YNYS FADOG

I'm neiaint a'm nith:

Dewi, Evan, Flo, Fred, Isaac, Iwan ac Owen

YNYS FADOG

Jerry Hunter

Argraffiad cyntaf: 2018

Dymuna'r cyhoeddwyr gydnabod cymorth ariannol
Cyngor Llyfrau Cymru

Llun y clawr: *Steamboats on the Ohio River* gan George W. Morrison
Cynllun y clawr: Sion Ilar

Rhif Llyfr Rhyngwladol:
978 1 78461 416 4

Cyhoeddwyd, rhwymwyd ac argraffwyd yng Nghymru gan
Y Lolfa Cyf., Talybont, Ceredigion SY24 5HE
gwefan www.ylolfa.com
e-bost ylolfa@ylolfa.com
ffôn 01970 832 304
ffacs 832 782

Coeden Deulu Sara

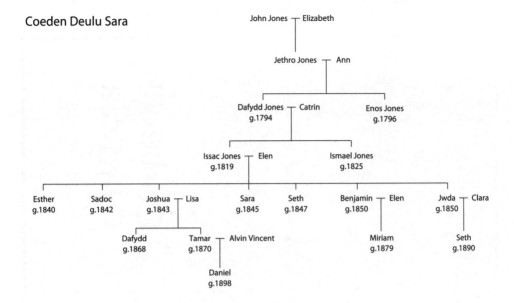

John Jones — Elizabeth

Jethro Jones — Ann

Dafydd Jones — Catrin
g.1794

Enos Jones
g.1796

Issac Jones — Elen
g.1819

Ismael Jones
g.1825

Esther
g.1840

Sadoc
g.1842

Joshua — Lisa
g.1843

Sara
g.1845

Seth
g.1847

Benjamin — Elen
g.1850

Jwda — Clara
g.1850

Dafydd
g.1868

Tamar — Alvin Vincent
g.1870

Miriam
g.1879

Seth
g.1890

Daniel
g.1898

Coeden Deulu'r Huwsiaid

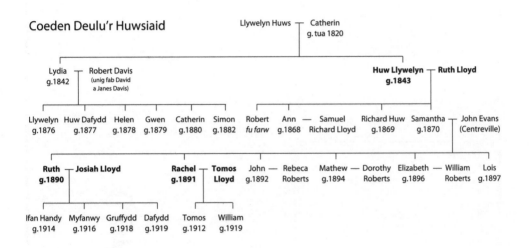

Llywelyn Huws — Catherin
g. tua 1820

Lydia — Robert Davis
g.1842 (unig fab David
a Janes Davis)

Huw Llywelyn — **Ruth Lloyd**
g.1843

Llywelyn
g.1876

Huw Dafydd
g.1877

Helen
g.1878

Gwen
g.1879

Catherin
g.1880

Simon
g.1882

Robert
fu farw

Ann — Samuel
g.1868 Richard Lloyd

Richard Huw
g.1869

Samantha — John Evans
g.1870   (Centreville)

Ruth — **Josiah Lloyd**
g.1890

Rachel — **Tomos**
g.1891   **Lloyd**

John — Rebeca
g.1892 Roberts

Mathew — Dorothy
g.1894 Roberts

Elizabeth — William
g.1896   Roberts

Lois
g.1897

Ifan Handy
g.1914

Myfanwy
g.1916

Gruffydd
g.1918

Dafydd
g.1919

Tomos
g.1912

William
g.1919

Coeden Deulu'r Lloydiaid

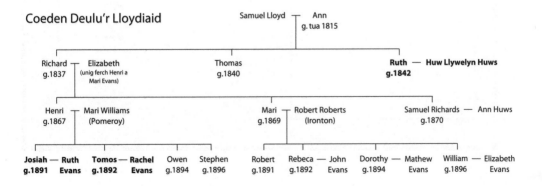

Samuel Lloyd — Ann
g. tua 1815

Richard — Elizabeth
g.1837 (unig ferch Henri a
Mari Evans)

Thomas
g.1840

Ruth — **Huw Llywelyn Huws**
g.1842

Henri — Mari Williams
g.1867 (Pomeroy)

Mari — Robert Roberts
g.1869 (Ironton)

Samuel Richards — Ann Huws
g.1870

Josiah — **Ruth**
g.1891   **Evans**

Tomos — **Rachel**
g.1892   **Evans**

Owen
g.1894

Stephen
g.1896

Robert
g.1891

Rebeca — John
g.1892 Evans

Dorothy — Mathew
g.1894 Evans

William — Elizabeth
g.1896 Evans

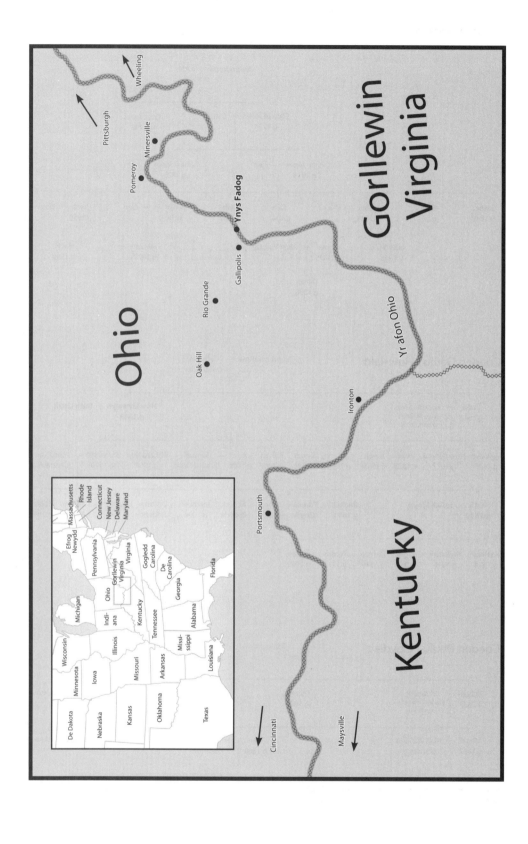

Angorfa Breuddwyd

1937

Deffrodd y bore olaf hwnnw yng ngafael breuddwyd.

Yn ystod yr eiliadau cyntaf hynny rhwng cwsg ac effro, roedd hi'n siŵr mai atgof ydoedd, mor fyw y freuddwyd. Ond wrth i'r bore wawrio amlygwyd y caswir. Clywodd y glaw'n curo'n drwm ar y to uwch ei phen a'r gwynt yn rhatlo ffenestr ei llofft. Ceisiodd guddio'n ddyfnach o dan ei dillad gwely a mynnu bod cwsg yn dychwelyd, a'r freuddwyd gydag o. Ond nid yw'n bosibl gwysio breuddwyd. Ceryddodd ei hun a dweud y dylai wybod yn well. Roedd ei holl flynyddoedd o gysgu a deffro wedi dysgu hynny iddi. Y freuddwyd sy'n galw arnat ti; ni elli di alw ar freuddwyd gan na ddaw ond yn ei hamser ei hun. Agorodd ei llygaid a gweld llwydni'r bore. Meddyliodd am Rowland.

Gwyddai yn ei breuddwyd y deuai adref i'r ynys. Gwyddai fel y bydd rhywun yn gwybod pethau mewn breuddwyd ei fod yn dod adref ati hi. Yn ei breuddwyd, cerddodd yn araf at lan yr ynys o ddrws ei thŷ, nid at yr un o'r ddau ddoc, ond at drwyn dwyreiniol yr ynys gan y gwyddai mai yno y byddai'n glanio. Cerddodd heibio i'r tai a adeiladwyd ar gyfer eu brodyr Benjamin a Jwda. Aeth ymlaen, gan nodi nad oedd golau yn ffenestri tŷ newydd Hector Tomos nac ychwaith yn ffenestri tŷ Owen Watcyn. Ymlaen yr aeth, nes cyrraedd pen draw'r ynys a sefyll yn ymyl sylfeini hen dŷ Hector Tomos. Gwyddai mai yn y fan honno y byddai Rowland yn glanio, yn ymyl gweddillion y tŷ a aeth gyda llifogydd 1853, y rhesi o gerrig yn diflannu'n raddol yn nŵr tywyll yr afon.

Roedd y ddwy res o gerrig wedi'i themtio hi pan oedd hi'n blentyn, yn ymddangos fel dau lwybr gan ei chymell i gerdded arnynt. Ildiai ar adegau, a cherdded ar hyd un o'r hen sylfeini, y cerrig o dan ei thraed yn llithrig gan fwsog a'i hesgidiau wedi'u gwlychu. Byddai rhan ohoni'n ei hannog i gerdded i'r pen, llais direidus y tu mewn yn dweud, dos, dos ymlaen a chanfod y gweddill. Ond byddai llais arall yn dweud, paid, dos yn ôl neu mi fydd llif yr afon yn dy gymryd ac yn dy foddi.

Pan gododd ei llygaid o'r hen sylfeini cerrig gwelodd fod y cwch yn dyfod, yn syfrdanol o agos. Gallai weld Rowland yn sefyll yn gefnsyth ar drwyn y cwch, yn gwisgo'i lifrai glas. Cododd ei law arni, yn arwyddo'i fod wedi'i hadnabod. Hwn a ddynodai'u haduniad, ac yntau wedi dyfod adref o'r diwedd.

Y storm oedd wedi'i deffro a'i llusgo o fyd ei breuddwyd. Clywodd guriadau rhythmig y glaw ar y to uwch ei phen a bysedd y gwynt yn ysgwyd ffenestr ei llofft.

Agorodd ei llygaid ar lwydni'r bore a meddwl, mae'n bosib mai eleni fydd hi. Pwy a ŵyr, efallai heddiw. Ceisiodd gau ei llygaid eto a chuddio'n ddyfnach yn nillad cynnes ei gwely, cymell cwsg, galw'r freuddwyd yn ôl a gweld Rowland eto'n sefyll yn gefnsyth ar drwyn y cwch, yn dod yn nes ac yn nes ati hi. Ond y cyfan a ddaeth oedd brath yn ei chalon, cwlwm yn ei bol ac awch am yr hyn nad yw'n bod. Eisteddodd yn araf, a symud ei chlustogau er mwyn pwyso'n gyfforddus yn eu herbyn. Roedd y poen arferol yn bygwth cloi'i chefn a'i hysgwydd, ond nid oedd yn waeth na'r dyddiau diwethaf. Estynnodd law yn ofalus a chydio yn y sbectol ar y bwrdd bach yn ymyl ei gwely, a'i gosod ar ei thrwyn. Trodd ei phen ac edrych ar y ffenestr, y poen yn ei hysgwydd yn tynnu ychydig yn waeth. Syllodd ar y ffenestr, ei llygaid yn cymryd eiliad neu ddau cyn deall yn iawn yr hyn a welai. Roedd fel pe bai'r gwydr yn symud, yn ymdoddi ac yn ailffurfio, gan fod cymaint o ddŵr yn ffrydio i lawr y tu allan, a'r rhaeadrau bychain yn cuddio'r gwydr yn gyfan gwbl. Daeth golau llwyd y bore di-haul i'w llofft trwy'r llen symudol hwnnw o ddŵr, fel pe bai'r tŷ'n suddo yn yr afon. Nage, meddyliodd. Mae dŵr yr afon yn dywyll; ni ddaw golau o fath yn y byd i lygaid yr un sy'n boddi ynddo. Dyfroedd y Nefoedd sy'n dod i lawr yn gyntaf, ac wedyn daw ymchwydd dyfroedd yr afon.

Ddechrau'r flwyddyn, cawsant dywydd cynnes. Gwanwyn yng nghanol gaeaf. Cododd un bore a cherdded at lan yr ynys, aroglau'r afon yn llenwi'i ffroenau ac awel annhymorol o gynnes yn anwesu'i bochau. Deallai, heb i neb ddweud wrthi, fod yr eira ar y bryniau i'r gogledd ac i'r de'n toddi. Erbyn canol dydd a'r haul yn ei anterth roedd y diwrnod yn teimlo'n debycach i ganol Mai na dechrau Ionawr. Gwyddai y byddai'r eira ar y mynyddoedd i'r dwyrain yn toddi, yr Appalachians a'r Alleghennies yn bwydo'r holl afonydd bychain â'u tawdd lif, wrth i'r gaeaf farw mor fuan, a'r dyfroedd hynny'n llifo i'r Ohio a chwyddo'r afon fawr. Erbyn diwedd wythnos gyntaf y flwyddyn, roedd yr afon wedi codi'n sylweddol. Ac yna daeth y glaw. Dyddiau cyfan o law diddiwedd, glaw na welwyd ei fath ym mis Ionawr erioed o'r blaen. Codai'r afon fodfeddi bob dydd, pob diwrnod yn gofnod i'r llyfrau hanes, yn gerydd i'r almanaciau ac yn codi cywilydd ar broffwydi'r tywydd. Erbyn canol mis Ionawr roedd hi'n weddol sicr na fyddai hi na'r ynys yn goroesi blwyddyn arall.

Felly deffrodd y bore olaf hwnnw ac eistedd i fyny'n araf yn ei gwely. Syllodd ar y glaw yn rhaeadru i lawr ffenestr ei llofft a meddwl. Felly y mae. Fel hyn y bydd yn gorffen.

'O'r gora', dywedodd wrth lwydni'r bore. 'Os dyma yw diwedd y byd, fydd o ddim yn fy nal fel hyn.'

Symudodd y dillad gwely a throi'i chorff yn ara deg, gan orfodi'i choesau i lithro i'r llawr. Teimlai'r hen fat gwellt o dan ei thraed noeth, yn oer ac yn galed ac yn goslyd. Dechreuodd y poenau cyfarwydd gydio yn ei migyrnau, ei phenliniau a'i chluniau, y crydcymalau'n deffro gyda'i chorff ac yn mynnu rhan yn ei diwrnod o'r eiliad y cododd o'i gwely. Daeth o hyd i'w slipers a'u gwthio ar ei thraed, crefft roedd wedi'i meistroli ers blynyddoedd, ei thraed yn gwneud y gwaith heb ei gorfodi i blygu a defnyddio'i dwylo, ond roedd yn waith araf a phoenus, ei migyrnau a'i phenliniau yn erfyn arni i roi'r gorau i'r artaith. Estynnodd law a chydio yn y ffon gerdded a grogai ar ei bwrdd bach. Gafaelodd yn dynn ynddi, a gadael iddi gymryd cyfran o bwysau'i chorff wrth iddi godi o'i gwely. Cymerodd un cam ac wedyn un arall, ei slipers yn rhasglo ar y mat a'i ffon yn gwneud sŵn tebyg i garreg yn disgyn ar ddaear galed. Cam arall ac roedd yn ymyl y drws. Gosododd ei ffon yn ofalus i bwyso yn erbyn y wal a chodi'i gŵn tŷ o'r bachyn ar y drws. Gwrandawodd ar y glaw'n curo'r to uwchben wrth fynd trwy'r ddawns araf drwsgwl o wisgo'r dilledyn cynnes heb ddod â gormod o boen i'w hysgwydd na'i chefn. Brathai'r crydcymalau yn ei llaw chwith, ei bysedd wedi hanner cau mewn crafanc ac yn gwrthod agor am ychydig. Oedodd, ochneidiodd a llefarodd y geiriau cyfarwydd y tu mewn iddi'i hun heb agor ei cheg wrth barhau â'i gorchwyl.

'Pa beth yw henaint? O ba beth y'i gwnaethpwyd? Ym mha le mae'n gorwedd?'

Gwêl rhai henaint fel dirywiad, y corff yn colli gafael ar ei hen iechyd a chryfder, sicrwydd yn llithro o'r meddwl ac afiaeth yn gadael yr enaid. Ond mae hi'n mynnu nad rhywbeth a gollir eithr rhywbeth a enillir yw henaint. Cyfanswm blynyddoedd lawer o fyw, cronfa gyfoethog profiad. Dywed yr Ysgrythur i Job farw yn hen ac 'yn llawn o ddyddiau', ac mae'n hoffi'r ymadrodd hwnnw. Llawnder yw henaint, nid gwagedd. Doethineb sydd mewn henuriaid, a deall mewn hir ddyddiau. Dyna a ddywed Llyfr Job. Credai Sara weithiau fod henaint yn debyg i hiraeth; mae yna golled, ond daw profiad gyda'r golled honno a deall yn sgil y profiad hwnnw. Dyna yw henaint – hiraeth am y bywyd a fu, a'r deall mai felly mae bywyd. Doethineb, dealltwriaeth, cronfa o brofiad. Llawnder.

Agorodd y drws yn araf, poen y crydcymalau yn ei gorfodi i gyflawni'r weithred fesul tipyn. Estynnodd ei llaw yn ofalus ac ailafael yn ei ffon gerdded. Oedodd cyn cerdded tros y trothwy, yn gwrando ar y glaw'n curo ar y to uwch ei phen.

Dyfroedd Rhagluniaeth
1818–1830

1

Meddyliai Sara weithiau ei bod hi wedi byw breuddwyd, er nad ei breuddwyd hi ei hun ydoedd, eithr breuddwyd ei hen ewythr, Enos Jones.

Ei daid, John Jones oedd wedi dechrau'r daith yn ôl ei hen ewythr. Roedd wedi penderfynu dau beth a fyddai'n llywio hynt hanes ei dylwyth. Yn gyntaf, penderfynodd enwi'i holl blant ag enwau o'r Hen Destament a mynnu bod y plant hynny a'u plant nhwythau'n dilyn yr un arfer a sicrhau na fyddai'i waed o byth yn rhedeg trwy wythiennau neb o'r enw John Jones.

Yr ail orchymyn a roddodd i'w epil oedd y dylent adael sir Gaernarfon a gweld y byd, yn wahanol iddo yntau a'r holl gyndeidiau o'r enw John Jones, nad oedd wedi gweld yr ochr draw i ffiniau'u sir enedigol. Jethro Jones oedd ei fab cyntafanedig; ni lwyddodd ufuddhau i ail orchymyn ei dad a gadael ei gynefin, er iddo ddilyn ei orchymyn cyntaf ac enwi'i feibion yn Dafydd ac Enos. Fel ei dad, roedd Dafydd yntau'n methu ufuddhau i'r ail orchymyn, ond roedd geiriau'i daid yn gân bersain yng nglustiau Enos, a deimlai iddo gael ei eni i deithio'r byd a chyflawni pethau mawrion. Ceisiodd fynd i'r môr sawl gwaith, ond roedd y rhyfel yn erbyn Napoleon a hefyd ail ryfel Lloegr a'r Unol Daleithiau wedi'i rwystro; dim ond gyda llynges y Brenin y câi fynd yn forwr a chan nad oedd am gael ei ladd mewn rhyfel cyn gwireddu'i freuddwydion, bu'n rhaid iddo aros adref. Roedd heddwch wedi'i adfer erbyn 1816 a'r llongau masnach yn hwylio'n ddilyffethair unwaith eto. Ac yntau'n ugain oed, aeth Enos Jones ar long ym mhorthladd Caernarfon a glanio nifer o wythnosau wedyn yn Efrog Newydd. Roedd yr Unol Daleithiau yn dal yn wlad ifanc iawn, a gwyddai Enos y cynigiai gyfleoedd lu i ddyn ifanc nad oedd arno ofn mentro. Crwydrodd yn igam-ogam ar draws y taleithiau dwyreiniol, yn ennill hynny o gyflog a allai trwy nerth bôn braich, yn torri coed ac yn cloddio, yn cludo ac yn claddu. Ar sawl achlysur ceisiodd gael gwaith fel athro ysgol neu fel clerc mewn swyddfa fasnach. Roedd yr ysgol Sabathol wedi'i gynysgaeddu â jochiad go hael o addysg ac roedd wedi ymestyn gorwelion ei ddysg trwy ddarllen cymaint â phosibl. Ymfalchïai yn y ffaith fod ganddo Saesneg gwell na neb arall yn ei deulu cyn iddo hwylio o Gaernarfon ac roedd wedi gwella'n arw yn ystod ei ymdaith yn yr Amerig. Ond ni lwyddodd i fachu swydd o'r fath; tybiai mai'r prif reswm a achosai i'r darpar gyflogwyr hynny ei wrthod oedd ei olwg, gan fod lliw haul ac ôl brath y gwynt ar ei groen yn ei fradychu, yn dangos mai dyn a lafuriai yn yr awyr agored ac nid mewn swyddfa neu ysgol ydoedd. Yn ogystal, roedd ei wallt yn anarferol o dywyll fel bron pawb arall yn ei deulu, nes ei fod bron yn ddu, a gwyddai fod rhai o'r Americaniaid Seisnig yn tybio mai Sbaenwr neu ddyn o wlad ddeheuol arall ydoedd er iddo wadu hynny.

Cafodd groeso a chysur gan Gymry eraill pan ddeuai, trwy hap a damwain, ar eu traws. Ni châi'r math o waith a ddeisyfai yn y lleoedd hynny chwaith, gan nad oedd dynion dysgedig yn brin yn eu mysg, ac roedd athrawon ysgol, fel gweinidogion, yn greaduriaid digon cyffredin yng nghymunedau Cymreig y taleithiau dwyreiniol. Sylwodd ar y modd yr aeth hoelion wyth y cymunedau newydd hyn ati i gynllunio, buddsoddi ac ymestyn eu tiriogaethau. Daeth i'r casgliad y gellid sefydlu teyrnas Gymreig fechan ar ddim byd mwy na chapel a hunanhyder. Gyda hunanhyder y deuai menter, a chyda menter y deuai masnach, a chyda masnach y deuai llwyddiant a pharhad y gymuned newydd. Daeth Enos Jones i deimlo'i fod yn un o'r dynion hynny, a daeth i gredu mai dyna oedd ei briod le yntau yn y byd. Byddai'n sefydlu cymuned Gymraeg lewyrchus newydd ar dir yr Amerig a'i harwain fel patriarch mwyn a mentrus. Ond ar ôl dwy flynedd o wneud gwaith y tybiai'i fod islaw iddo, dechreuodd rhyw surni a rhwsytredigaeth hel yn ei fol, gan na lwyddai i gael hyd i'r dyfodol hwnnw yr awchai amdano. Ysgrifennai'n achlysurol at ei deulu – 'F'Anwyl Dad a Mam, a'm brawd Dafydd' – ond nid arhosai'n ddigon hir yn unman i'w llythyrau hwy ei ganfod a gofynnai iddynt beidio â gwastraffu arian ar bost tan iddo ganfod lle parhaol.

Bu'n gweithio am ychydig ar ffarm hen Gymro o'r enw Huw Roberts ar gyrion Utica. Yn ogystal â'i dalu ag arian, rhoddodd y gŵr hwnnw lyfr iddo pan ymadawodd Enos – *Pigion o Hymnau*, cyfrol a argraffwyd yn Utica yn y flwyddyn 1808. Bodiai Enos y llyfr yn aml, yn rhyw feddwl bod y gyfrol swmpus solet honno'n dyst i'r cadernid Cymreig Americanaidd y gwyddai y byddai'n cyfranogi ohono'i hun cyn bo hir. Mynychai gyfarfodydd addoli pan fyddai hynny'n plesio pwy bynnag a'i cyflogai ar y pryd neu pan deimlai'n neilltuol o unig, er nad oedd Enos yn ddyn crefyddol fel y cyfryw. Ond hoffai ganu, a dysgodd lawer o gynnwys y gyfrol er mwyn canu'r emynau'n uchel iddo'i hun wrth iddo weithio, weithiau ar emyn donau priodol, weithiau ar alawon gwerin cyfarwydd ac weithiau ar donau a gyfansoddai'n fyrfyfyr dim ond i'w hanghofio'n syth wedyn. Ceid y geiriau 'Ffordd newydd a bywiol' cyn emyn cyntaf y llyfr, a chymerai'r cyfarwyddyd hwn fel her. Ceisiai'i orau i ganu'r geiriau mor fywiog â phosibl, a hynny mewn ffordd newydd bob tro, gan newid y tempo a'r teimlad. 'Dyma babell y cyfarfod, dyma gymmod yn y gwaed.' Hoffai feddwl fod rhai o'r cyfarwyddiadau'n gyngor neu'n addewid iddo yntau. Dywedai'r llyfr mai 'Dymuniad enaid llwythog am sylfaen safadwy' oedd Hymn 15 ac fe'i canai fel gweddi am y llwyddiant y chwiliai amdano ar dir yr Amerig. 'Dyma oedfa newydd, O Arglwydd dyro rym, i ymladd â phla calon, a llid gelynion llym.' Yn yr un modd, gan mai 'Disgwyliad am y Flwyddyn gymmeradwy' oedd Hymn

246, canai'r geiriau'n awchus o gableddus, gan eu cymryd fel addewid y byddai'r llwyddiant hwnnw'n dod i'w ran yn ystod y flwyddyn wedyn. 'Tan fy maich yr wyf yn griddfan, Disgwyl amser i ryddhau.'

Erbyn gwanwyn 1818 roedd yn gweithio mewn chwarel tywodfaen ar gyrion Pittsburgh, ei lygaid yn goch oherwydd y llwch a godai o'r garreg feddal a'r llygaid hynny'n ceisio canfod bywyd y tu hwnt i bonc lwyd y chwarel. Nid oedd ond llond llaw o Gymry yn y dref y pryd hynny, a nhwythau'n cynnal cyfarfod gweddi unol bob Sul mewn stordy ar lan yr afon. Felly yn y lle hwnnw y cyfarfu Enos Jones â'r deheuwyr: chwe theulu o gyffiniau Cilcennin, wedi teithio'r holl ffordd i Bittsburgh o Faltimore mewn wageni. Eu bwriad oedd prynu cychod a theithio i lawr yr afon ac ymuno â chymuned Gymreig lewyrchus mewn lle o'r enw Paddy's Run yn ne-orllewin talaith newydd Ohio.

Doedd gan yr un o'r mewnfudwyr hyn brofiad o'r *flatboats* a chynigiodd Enos ei wasanaeth gan iddo deithio ar un o'r cychod hynny i lawr yr Allegheny ar ei ffordd i Bittsburgh yn gynharach y flwyddyn honno. Gwyddai'r rhai a adwaenai Enos Jones yn dda y câi ei fenter a'i ddychymyg y flaenoriaeth ar ei onestrwydd ar adegau. Nid bod Enos yn ddyn a geisiai dwyllo eraill, ond roedd ei awydd i droi'r gwirionedd yn rhywbeth arall yn ddigon i drawsffurfio'r gwirionedd hwnnw. Fel y byddai'i nai Isaac yn ei ddweud droeon, adroddai Enos Jones stori'i fywyd ei hun yn barhaol a hynny er mwyn sicrhau'i fod o'n credu'i stori'i hun. Roedd yn wir bod y Cymro ifanc wedi treulio amser ar un o'r cychod anhydrin hynny, ond nid oedd wedi dysgu llawer am ei lywio; dynion mwy profiadol wnaeth y gwaith anodd hwnnw yn ystod y daith i Bittsburgh, tra oedd Enos yntau'n treulio'r dyddiau'n astudio'r bryniau coediog a ymroliai'n araf heibio ac yn breuddwydio am y gymuned y byddai'n ei sefydlu rywle ar y cyfandir eang hwnnw.

Felly prynodd pob penteulu *flatboat* ar gyfer ei dylwyth – Thomas Evans, William Williams, Lewis Davis, John Evans, Evan Evans a John Jones Tirbach. Yr unig ogleddwr yn eu plith, a'r unig un nad oedd yn teithio gyda'i deulu, oedd Enos Jones, a symudai o gwch i gwch yn ystod y daith, yn ceisio helpu llywio'r llestri trwsgl. Ceisiai wneud yn iawn am ddiffygion ei wybodaeth trwy ei ddychymyg, yn arbrofi gyda pholyn a llyw ac yn dysgu trwy'i gamgymeriadau. Dechreuwyd y daith ar lan ogleddol Pittsburgh ac er nad oedd ond hanner milltir ar yr Allegheny cyn i'r afon honno gwrdd â'r Monongahela a ffurfio'r Ohio, cymerodd sawl awr i deithio'r hanner milltir hwnnw. Gwnaeth Enos ei orau, wrth i'r cychod droi'r ffordd anghywir, mynd yn sownd yn ei gilydd neu lynu ar boncyn tywod. Byddai yntau'n neidio o'r naill *flatboat* i'r llall gydol y daith yn gweithio'n ddiflino. Roedd Mrs Jones Tirbach wedi gweld trwyddo cyn pen yr hanner milltir cyntaf hwnnw ac yn edliw i'w gŵr. 'Weda i hyn, John, bydd y dyn dwl 'ma'n siŵr o'n boddi ni i gyd!' Ond ymlaen yr aeth y llynges fach flêr ar yr Ohio, yr afon fawr a fyddai'n briffordd iddyn nhw am weddill eu siwrnai, o dalaith Pennsylvania ac wedyn tramwyo'r ffin rhwng talaith Virginia i'r de a thalaith Ohio i'r gogledd. Roedd yn daith flinderus ac anodd, a chyfrifid diwrnod yn un da pan na fyddai mwy na hanner dwsin o helyntion wedi'u llethu. Byddai cwch yn mynd i grafangau brwgaets yn ymyl y lan neu symudai un arall yn rhy bell o flaen y lleill a diflannu yn y pellter, a byddai'n rhaid i'r sawl a'i llywiai ei gael i'r lan a disgwyl am y cychod eraill. Yn aml byddai un cwch yn rhedeg i mewn i gwch arall, a'r plant yn sgrechian, yn poeni y caent eu taflu i'r dŵr a boddi. Dechreuodd rhai o'r gwragedd eraill rannu amheuon Mrs Jones Tir-bach am Enos. Byddent yn edliw ffolineb eu gwŷr, gan awgrymu y dylent lanio y tro nesaf y gwelent bentref, gwerthu'r cychod a theithio ar dir sych. Gweithiai Enos yn ddibaid trwy'r dydd, yn neidio o gwch i gwch, yn ladder o chwys, yn helpu William Williams neu Lewis Davis i wthio'r *flatboat* yn glir o ryw rwystr ac yna'n neidio i gwch un o'r Evansiaid i geisio'i sythu yn llif yr afon.

Tua diwedd yr haf daeth y cychod i'r lan yn ymyl Gallipolis. Cyn iddyn nhw orffen clymu'u *flatboats* i fân goediach ar y tir roedd mintai wedi ymffurfio a dod i'w croesawu – Ffrancwyr Gallipolis, wedi'u harwain gan ddyn gosgeiddig a ymddangosai'n syfrdanol o gryf, er bod ei wallt gwyn a chrychau'i wyneb yn dangos ei fod yn agos at drigain oed. Hwn oedd Jean Baptiste Bertrand, dyn a fyddai'n chwarae rhan nid ansylweddol ym mywyd Enos Jones. Moesymgrymodd y Ffrancwr yn urddasol ger bron y Cymry syfrdan, a dweud mewn Saesneg acennog ei fod yn gobeithio'n fawr y byddai'r teithwyr yn aros dros nos ac yn derbyn eu lletygarwch. Nid oedd ond pymtheg mlynedd ers i Ohio gael ei ffurfio'n dalaith ac roedd Rhyfel y Shawnee wedi bygwth sefydliadau'r Ewropeaid yn y parthau hynny tan yn ddiweddar iawn. Cawsai'r Cymry eu camarwain i feddwl mai anialwch fyddai llawer o'r wlad ac mai dynion digrefydd a diddiwylliant oedd llawer o drigolion y dalaith, ar wahân i Gymry Paddy's Run. Ond yng nghartrefi Gallipolis cawsant fwynhau moethusrwydd nad oedd yr un ohonynt wedi'i ddychmygu erioed, yn eistedd ar ddodrefn hynod gyfforddus a gludwyd dros y môr o Ffrainc, yn bwyta teisenni na fedrent gofio'u henwau, ac yn gwrando ar Mademoiselle Vimont yn canu, ei llais yn hyfryd er gwaethaf ei hoedran. Ni ddeallai'r Cymry y geiriau Ffrangeg, ond dywedodd Jean Baptiste Bertrand eu bod yn ganeuon duwiol yr arferai'r Mademoiselle eu canu yn eglwys fawr Notre Dame yn y ganrif ddiwethaf. Wedi dysgu bod y Cymry'n teithio i orllewin y dalaith a bod eu bryd ar ffermio, mynnodd dyn o'r enw Monsieur Duthiel drafod rhinweddau'r tiroedd cyfagos gyda nhw. Ffarmwr ydoedd, a gwenith o'i gaeau ef oedd yn y teisenni a'r bara roeddynt yn eu bwyta'r noson honno. Fe'u sicrhaodd fod y tir cyfagos yn well o lawer na'r tir yn ne-orllewin Ohio.

I'r cyfeiriad hwnnw yr aeth y drafodaeth, gyda Jean Baptiste Bertrand a Monsieur Duthiel yn cyfieithu i'r Ffrancwyr hynny na fedrent ddigon o Saesneg, ac Enos Jones a John Jones Tir-bach yn cyfieithu ar gyfer gweddill y Cymry.

Ymunodd yr holl Ffrancwyr ac erfyn ar y Cymry i aros. Dyna ni, dywedodd Mrs Jones Tir-bach, mae Rhagluniaeth wedi dod â ni at y llecyn hwn, ac yn y llecyn hwn dylen ni aros. Ond roedd ei gŵr a'r penteuluoedd eraill yn benderfynol o fynd yn eu blaenau mewn diwrnod neu ddau a chyrraedd Paddy's Run. Roedd Cymry a chapel i'w cael yno, dywedent wrth eu gwragedd yn Gymraeg, ac er bod croeso'r Ffrancwyr yn gynnes a'r tir, mae'n debyg, yn ffrwythlon, roedd y bobl hyn yn Babyddion a'u ffyrdd, fel eu ffydd, yn ddieithr. Gwell cadw at y cynllun a dyfalbarhau.

Jean Baptiste Bertrand a siaradai fwyaf, a gwrandawai Enos ar bob gair a ddywedai am hanes yr ardal. Pan ffurfiwyd talaith Ohio yn y flwyddyn 1803 enwyd y sir sy'n cynnwys Gallipolis yn *Gallia County*, a hynny er mwyn anrhydeddu'r Ffrancwyr a drigai yno. Credai Enos fod Gallia a Gwalia yn swnio'n rhyfeddol o debyg, a chydiodd y syniad mai yn y rhan hon o'r byd y dylai greu'i Gymru fach newydd o. Gorweddodd mewn gwely esmwyth y noson honno, ei feddwl aflonydd yn gwibio rhwng y dewisiadau o'i flaen. O'r diwedd, dyfeisiodd gyfaddawd â'i gydwybod ei hun: âi â nhw yr holl ffordd i Paddy's Run fel yr addawodd, ac yna, os nad oedd y lle hwnnw'n gafael ynddo yn yr un modd, medrai deithio'n ôl dros y tir ar ei ben i hun i sir Gallia. A'r benbleth honno wedi'i datrys o'r diwedd a meddwl Enos yn ymdawelu digon, llithrodd yn araf i freichiau cwsg. Ond daeth synau storm ofnadwy i'w ddeffro ganol nos, y gwynt a'r glaw'n fflangellu ffenestri ceinion tŷ Jean Baptiste Bertrand.

Bu'n bwrw glaw'n drwm tan y bore, a deffrodd y Cymry i glywed bod yr afon yn gorlifo. Roedd yn rhy beryglus i fentro i'r lan hyd yn oed, ac felly bu'n rhaid iddyn nhw aros yng nghartrefi'r Ffrancwyr am ddiwrnod arall nes bod y storm wedi gostegu a'r afon wedi dechrau ymddofi ychydig. Hwn oedd y Dilyw Cyntaf, yr un a sicrhaodd mai yn y rhan honno o'r ddaear y byddai teulu Sara'n byw. Pan dybiwyd ei bod hi'n saff, mentrodd Enos a rhai o'r dynion eraill i'r lan a gweld bod y cychod wedi mynd gyda'r llif. Daethpwyd o hyd iddynt ymhen rhai dyddiau'n bellach i lawr yr afon, wedi'u dal gan goed a brwgaets y glannau. Ond, erbyn hynny, roedd y gwragedd wedi penderfynu aros. Roedd gormod o arwyddion, medden nhw, rhwng croeso'r Ffrancwyr a pheryglon yr afon, bod Rhagluniaeth wedi'u tywys i'r lle hwnnw, a'r dilyw wedi dangos mai yno y dylen nhw aros. Dadleuodd rhai o'r gwŷr am rai dyddiau, ond idliodd pob un yn ei dro yn y diwedd a derbyn y drefn. Er nad oedd yn credu ym modolaeth y fath beth â Rhagluniaeth, roedd cyfrwystra Enos Jones yn drech na'i onestrwydd, ac felly sibrydai gysuron gwenieithus wrth y Deheuwyr. 'Dyna chi, dyna ydi Trefn Fawr Rhagluniaeth. Mae'ch gwragedd chi'n iawn, a dylech chi ddiolch i'r Hollalluog fod gennych wragedd mor ddoeth. Gwrandewch arnyn nhw, da chi.'

Ysgrifennodd Enos at ei deulu. 'F'anwyl Dad a Mam, a'm brawd Dafydd. Y mae genyf le cysurus a phur addawol o'r diwedd.' Wedi cofnodi ychydig o'i hanes, rhoddodd ddisgrifiad o'r ardal. 'Gweli di, Dafydd, ei bod hi'n ddelfrydol i ddyn a'i fryd ar wneuthur ei ffortiwn. Tyred y cyfle cyntaf a ddaw, ac bydd croesaw i ti yma yn *the House of Msr Jean Baptiste Bertrand, Gallipolis, Ohio* pan ddeui di.'

Daeth y newyddion yn fuan wedyn fod ffordd yn cael ei hadeiladu rhwng

Gallipolis a Chillicothe, a phenderfynodd y gwragedd doethion y dylai'u gwŷr ofyn am waith ar y ffordd er mwyn gwneud rhagor o arian fel y gallen nhw ei fuddsoddi yn eu ffermydd. Dyna a ddigwyddodd, ac ymhen y flwyddyn roedd y teuluoedd o gyffiniau Cilcennin wedi prynu'u ffermydd a dechrau bywydau newydd ar fryniau sir Gallia, Ohio. Arhosodd Enos Jones gyda Ffrancwyr Gallipolis am gyfnod. Cyflogai Jean Baptiste Bertrand y Cymro ifanc yn ysbeidiol i'w helpu gyda'i fasnach, yn llwytho'r nwyddau a ddeuai ar gychod o Bittsburgh neu o Cincinnati, ac yn helpu cadw trefn yn y stordy. Deuai llythyrau'n ysbeidiol o Gymru, y cyntaf oddi wrth ei fam yn dweud bod ei frawd, Dafydd wedi priodi a'r ail oddi wrthi'n dweud bod ei dad wedi marw. Dafydd a ysgrifennodd y trydydd llythyr, a hynny tua diwedd haf 1819. 'F'anwyl Frawd, Enos, newyddion tra chymysg sydd genyf i y mae arnaf ofn. Bu farw ein hanwyl fam fis yn union ar ôl claddedigaeth ein tad. Ond daeth llawenydd i ymryson â thristwch yn fy mron – ganed mab i mi a'm priod, un tra iach a heini a enwyd yn Isaac genym. Os deui di adref bydd genyt deulu newydd i gymeryd lle'r fam a'r tad a gollasom.' Ysgrifennodd Enos gyda'r post, yn llongyfarch ei frawd a'i chwaer-yng-nghyfraith nad oedd yn ei hadnabod ac yn dymuno hir oes i'w nai Isaac, ond eglurodd na fynnai ddychwelyd, gan erfyn arnynt hwythau i hwylio dros y môr ac ymuno ag o yn y wlad newydd, 'peth na fyddwch yn edifarhau, cymerwch hyn o air ac addewid gan eich cariadus frawd, Enos.'

Weithiau pan na fyddai gan Jean Baptiste Bertrand waith iddo, byddai Monsieur Duthiel yn cyflogi Enos ar y ffarm. Talai'n fwy na'r hyn roedd y gwaith yn ei haeddu a chwynai Enos, gan ddweud nad oedd am gymryd mantais arno, ond atebai Monsieur Duthiel gan egluro'i fod yn mynnu talu gormod am bob gwasanaeth, yn union fel y rhoddai ormod o wenith i bob prynwr adeg cynhaeaf, a hynny er mwyn sicrhau na fyddai neb byth yn ei ystyried yn ddyn cybyddlyd. Gwell colli ychydig o arian nac ychydig o barch, meddai. Roedd y gwaith ysbeidiol yn gweddu i Enos i'r dim, gan fod y drefn honno'n gadael digon o amser iddo grwydro glan yr afon ac astudio'r tiroedd o amgylch.

Ni fu'n hir cyn i Enos Jones osod ei galon ar un lle. Ynys hirgron fechan yn hanner milltir ar ei hyd ac ychydig yn fwy na rhyw dri chan llath ar draws yn y man mwyaf llydan, yn gorwedd ychydig i'r dwyrain o Gallipolis yn ymyl glan ogleddol yr afon a thir Ohio. Un o fanteision y lleoliad ym marn Enos oedd y ffaith bod yr ynys yn agos at y ffin rhwng talaith rydd Ohio a thalaith gaeth Virginia i'r de, ac felly'n safle a fyddai'n caniatáu masnach rwydd â'r ddwy dalaith. Bu Jean Baptiste Bertrand yn ceisio'i ddarbwyllo mai cam gwag fyddai ymsefydlu ar yr ynys fechan. Roedd yn annhebygol y deuai o hyd i ddŵr glân yno, meddai, a byddai llifogydd yn fygythiad parhaus. Cytunai Monsieur Duthiel, ond dywedodd wrth ei gyfaill ei fod wedi dysgu nad oedd y Cymro ifanc yn un a newidiai'i feddwl unwaith y gosodai ei galon ar rywbeth. *Bien alors*, atebodd Jean Baptiste Bertrand. Boed felly. Caiff gyfran o galedi a thorcalon, ond pwy a ŵyr na chaiff lwyddiant o fath hefyd. *Je lui souhaite bonne chance.*

2

Pan gamodd Enos Jones ar lan yr ynys fechan am y tro cyntaf, cododd ei ben a sibrwd i'r awel, 'dyma'r dechreuad'. Roedd yn weddol hyddysg yn natur cychod erbyn hyn, diolch i'r profiadau a ddaethai i'w ran yn ystod y daith o Bittsburgh a'r gwaith a wnâi i Jean Baptiste Bertrand ar ddociau Gallipolis. Prynodd gwch bach yn y dref gan saer coed o'r enw François Gillain a benthyg ceffyl a throl gan Monsieur Duthiel er mwyn ei symud ar hyd y lan i'r man priodol. Fe'i gwthiodd i'r afon yn ymyl y pen dwyreiniol gan wybod y byddai'r llif yn mynd ag o'n gyflym i lawr yr afon i'r gorllewin. Ac felly glaniodd ar yr ynys am y tro cyntaf yn agos at y lle a fyddai'n safle'r capel ym mhen rhai blynyddoedd – er nad oedd yno ond mieri a choed y pryd hynny. Llusgodd ei gwch bach o afael y dŵr a sefyll yno am yn hir, yn ymdrybaeddu yn arwyddocâd y glaniad hanesyddol hwnnw. Ac felly y mae hi'n dechrau.

Ar ôl gosod ei galon ar y darn bach hwnnw o dir yn llif yr afon, bu Enos yn ymholi am hanes yr ynys, a'i fryd ar ddod o hyd i'w pherchennog a'i phrynu. Dywedodd Jean Baptiste Bertrand ei bod hi'n stori hir a bod ei brofiadau personol wedi dysgu iddo fod perchnogaeth tir yn nyffryn yr Ohio yn bwnc anodd a phoenus. Gwelodd y siom ar wyneb y Cymro ifanc, a chan ei fod yn ddyn na fedrai siomi un a ystyriai'n gyfaill, dywedodd Jean Baptiste Bertrand y byddai'n egluro cymaint o'r hanes â phosibl a gofynnodd iddo ymuno ag o yn ei barlwr y noson honno. Wedi iddyn nhw eistedd o flaen y tân mewn cadeiriau breichiau moethus a wnaethpwyd ym Mharis yn y ganrif ddiwethaf, galwodd y Ffrancwr ar ei forwyn, hen ferch o'r enw Clémence a symudai'n gyflym ac yn ddeheuig er gwaethaf ei hoedran. Er bod Enos wedi dysgu tipyn go lew o Ffrangeg, siaradai'i gyfaill yn rhy gyflym iddo ddeall gair. Daeth Clémence yn ôl i'r parlwr, ychydig yn ddiweddarach, yn cario hambwrdd o goed tywyll sgleiniog ac arno botel werdd a dau wydr crisial. Wedi i'r forwyn oedrannus eu gosod ar fwrdd bach rhwng y ddwy gadair, moesymgrymu, ac ymadael, eglurodd Jean Baptiste Bertrand mai hon oedd y botel olaf o'r gwin cyntaf y gwyddai amdano a wnaethpwyd ar dir Ohio. Roedd cyfaill o'r enw Francis Menissier wedi plannu gwinllan yn Cincinnati, a llwyddo, ar ôl rhai blynyddoedd, i greu gwin gwyn hynod dderbyniol. Ond gwrthodwyd ei gais am diroedd a thrwydded gan Gyngres yr Unol Daleithiau, ac felly byrhoedlog fu'r fenter. Hwn oedd y gwin cyntaf i Enos ei flasu, a gwyddai'n syth ar ôl llyncu'r cegiad cyntaf, nad hwn fyddai'r olaf. Erfyniodd ei gyfaill arno i yfed yn araf gan ddweud na ddylent orffen y botel cyn iddo orffen ei stori, ac felly y bu.

Mewn ffordd gwmpasog a blodeuog, gyda llawer o ffraethinebau a sylwadau wrth fynd heibio ar wleidyddiaeth, ffasiwn, cerddoriaeth a gwyddoniaeth, eglurodd Jean Baptiste Bertrand holl hanes y drefedigaeth Ffrengig. Cyrhaeddasai dros bum cant ohonynt yn ôl yn y flwyddyn 1790, yn y man a enwyd mewn cyfuniad o Ladin a Groeg, yn Ddinas y Galiaid – Gallipolis. Roedd y fintai fawr wedi gadael Ffrainc cyn y Chwyldro, a'r newyddion a ddaeth dros y môr ar ôl i'r Bastille syrthio a'r *guillotine* ddechrau gwneud ei waith wedi'u sicrhau mai doeth fyddai aros yn *L'Amérique*. Arweiniwyd y fintai gan ddynion o sylwedd gan gynnwys neb llai na'r Marquis Lezay-Marnesia, y Barwn de Breteche, a Pierre Charles DeHault DeLassus et DeLuziere, marchog ac aelod o'r urddasol urdd, L'Ordre de Saint-Michel. Ymffrostiai'r Marquis y byddai'n adeiladu palas, ail yn unig i Versailles yn ei harddwch a'i fawredd, a hynny ar lan yr afon Ohio yn L'Amérique bell. Prynwyd digon o dir gan *Le Compagnie du Scioto* ym Mharis cyn ymadael, digon ar gyfer sawl tref a phalas ar lan yr afon, a digonedd o dir amaeth i fwydo poblogaeth a fyddai'n sicr o dyfu'n filoedd erbyn troad y ganrif wrth i enw da'r sefydliad gyrraedd Ffrainc.

Roedd L'Abbe Boisantier wedi teithio'r holl ffordd i Rufain gyda llythyrau gan nifer o benaethiaid yr Eglwys yn Ffrainc yn ei logell a dychwelyd ag addewid y byddai'r Pab yn ei wneud yn Esgob Gallipolis ac yn gyfrifol felly am yr Esgobaeth Gatholig gyntaf yn yr Unol Daleithiau newydd. Ond yn fuan ar ôl cyrraedd Ohio dysgodd y newydd-ddyfodiaid fod Cwmni Scioto wedi'u twyllo a bod y gweithredoedd tir a werthasid iddynt yn ddim amgen na darnau o bapur diwerth. Sicrhawyd eu hawl ar Gallipolis a llwyddodd rhai unigolion, gan gynnwys Jean Baptiste Bertrand a Monsieur Duthiel, wario'r aur a'r arian a oedd yn eu meddiant i brynu tiroedd eraill ar lan yr afon. Ymsefydlodd rhai'n llwyddiannus ryw bedwar ugain o filltiroedd oddi yno ym Marietta – y dref a enwyd ar ôl Marie Antoinette – ac aeth nifer i'r dwyrain i Cincinnati neu i'r dref ar lan ddeheuol yr afon yn nhalaith Kentucky a enwyd yn Louisville ar ôl y brenin a gollodd ei ben yn y guillotine. Symudodd nifer ymhellach i'r de a sefydlu Bourbon County ym mherfeddion Kentucky ac enwi prif dref y sir yn Baris. Teithiodd rhai o'r Ffrancwyr ar yr afonydd, gan fynd yr holl ffordd i lawr yr Ohio i'r Mississippi ac wedyn tramwyo'r afon fawr honno i'w haberoedd ac ymuno â'r gymuned Ffrangeg yn New Orleans.

Roedd hanes llawer o'r Ffrancwyr yn sawru o drasiedi, fel Monsieur Antoinme, gemydd a oedd wedi bwriadu sefydlu busnes yng Ngallipolis. Ond wedi symud ei holl eiddo gwerthfawr ac agor siop ar lan yr afon yn ymyl dociau'r dref, dysgodd nad oedd llawer o alw am emwaith cain ymhlith y dynion a weithiai ar gychod yr afon, nac ymhlith y sefydlwyr mentrus a oedd wrthi'n torri coed y bryniau er mwyn creu ffermydd. Penderfynodd ddilyn ôl traed y rhai a symudasai i New Orleans ac felly prynodd gwch mawr a chyflogi dau ddyn i'w dywys yr holl ffordd yno. Ond nid aeth ymhellach nag aber y Big Sandy, yr afon sy'n cwrdd â glan ddeheuol yr Ohio ac yn ffurfio'r ffin rhwng talaith Virginia a thalaith Kentucky. Saethwyd y gemydd yn farw yn ei gwch ei hun yn y fan honno; dywedai rhai fod rhyfelwyr Shawnee wedi ymosod arno ac eraill i'r ddau gychwr roedd wedi'u cyflogi droi arno. Yn ôl fersiwn arall o'r stori, roedd Monsieur Antoinme wedi codi'i bistol at ei arlais a gwneud amdano'i hun pan welodd y byddai'n colli'i holl eiddo. Er nad oedd holl drigolion Gallipolis yn cytuno ar union natur y trais a ddaeth â diwedd i'w daith, cytunodd pawb fod cistiau'r gemydd wedi disgyn i'r afon yn ystod y sgarmes, gan y deuai ambell glustdlws euraid a chrisial oriawr i'r lan yn llif yr afon bob hyn a hyn o hyd.

Ac felly siaradodd tan oriau tywyllaf y nos, yn adrodd y naill hanesyn ar ôl y llall, pob stori yn drist a'r rhan fwyaf ohonynt yn dangos mai peth llithrig oedd perchnogaeth tir yn nyffryn yr Ohio. Ond wrth wagio'i wydryn olaf a datgan bod y botel yn wag, edrychodd Jean Baptiste Bertrand i fyw llygaid Enos a rhoi iddo'r ateb y buasai'n chwilio amdano: y fi yw perchennog yr ynys fechan honno.

Gwrthododd y Ffrancwr werthu'r ynys iddo, nid oherwydd y cyndynrwydd hwnnw sy'n peri i rai perchnogion tir ddal eu gafael yn ddireswm ar bob hanner erw o'u heiddo, nac ychwaith oherwydd rhyw gybydd-dod a barai iddo feddwl y medrai wneud ffortiwn iddo'i hun trwy ddatblygu'r llecyn. I'r gwrthwyneb, haelioni ysbryd a gonestrwydd Jean Baptiste Bertrand oedd yn ei rwystro rhag gwerthu'r ynys i Enos Jones. Credai yn ei galon na fyddai'r Cymro'n dod o hyd i ddŵr yfed glân ar yr ynys a fyddai'n angenrheidiol i'r gymuned y gobeithiai'i sefydlu arni, ac felly teimlai ei bod hi i bob pwrpas yn ddiwerth. Ond dywedodd y medrai Enos ystyried bod yr ynys yn eiddo iddo ac y medrai ddechrau gweithio arni. Ychwanegodd gyda gwên lydan y byddai'n fodlon derbyn deg dolar am yr ynys pe bai Enos yn taro ar ffynnon o ddŵr croyw, er na fyddai'n disgwyl i'w gyfaill dalu'r swm cyfan ar unwaith. Fe'i rhybuddiodd y byddai llifogydd yn fygythiad parhaol, hyd yn oed pe bai'n dod o hyd i ddŵr yfadwy, a phwysleisiodd na fyddai'n bosibl adeiladu mwy na phentref bychan ar yr ynys.

Diolchodd Enos iddo, ond maentumiodd iddo'i hastudio o'r lan a chredai ei bod hi'n codi'n ddigon uchel i sicrhau y byddai'r tai a gâi'u hadeiladu yng nghanol yr ynys yn saff pan ddeuai hyd yn oed y llifogydd gwaethaf. Ychwanegodd fod ei maint hi'n berffaith. Erbyn i'r fasnach y byddai'n ei chychwyn ar yr ynys ddechrau llwyddo, ac esgor ar enwogrwydd, medrai ddenu rhagor o fewnfudwyr Cymreig i'r ardal, a byddai ganddo ddigon o arian i brynu rhagor o erwau ar y tir mawr yn ymyl. Gallai adeiladu pontydd ar draws sianel gul yr afon, pontydd praff cain a fyddai'n cysylltu'r ynys â gweddill ei ymerodraeth fach, a chreu tref hardd o gwmpas y pontydd hynny ar ffurf Amsterdam neu Fenis neu Feddgelert hyd yn oed.

Ac felly yn yr ysbryd hwnnw, yn benderfynol o ddarganfod dŵr croyw ac yn breuddwydio am bontydd, masnach ac enwogrwydd, y troediodd Enos Jones dir yr ynys am y tro cyntaf. Cerddodd yn ôl ac ymlaen ar draws yr ynys. Gwelodd ddigon o goed a mieri ac roedd y tir yn teimlo'n galed o dan ei draed, ond ni welodd ddŵr codi yn unman. Penderfynodd y byddai'n rhaid dychwelyd â chaib a rhaw er mwyn cloddio a darganfod y ffynhonnau croyw roedd yn hyderus eu bod yno, fel trysorau hylifol yn cuddio o dan wyneb yr ynys.

Ac felly treuliodd ddyddiau ar yr ynys, pan na fyddai'n gweithio i Jean Baptiste Bertrand neu i Monsieur Duthiel, yn ymosod ar dir caregog â'i gaib ac yn symud pridd â'i raw. Canai'n uchel iddo'i hun wrth weithio, curiad caib neu rasgl rhaw yn gyfeiliant i'w emynau afrosgo. 'Dyma odfa newydd, O Arglwydd dyro rym...' 'Tan fy maich yr wyf yn griddfan, disgwyl amser i ryddhau...' Ni lwyddodd i ddarganfod y ffynnon fywiol y breuddwydiai amdani yn ystod yr wythnos gyntaf honno. Ni lwyddodd yn yr ail wythnos ychwaith. Unwaith, wrth gloddio'n agos at lan yr ynys daeth o hyd i ffynnon o fath – pwll o ddŵr mwdlyd a gronnai'n araf yng ngwaelod y twll roedd newydd ei greu. Diolchodd i Dduw am y fuddugoliaeth honno, a chododd ei ben a gweiddi ar dop ei lais. 'Dyma'r dechreuad!' Cymerodd weddill y diwrnod hwnnw'n ŵyl i ddathlu'i ddarganfyddiad; crwydrai'r ynys yn hamddenol, yn breuddwydio am yr adeiladau y byddai'n eu codi – capel, ysgoldy, swyddfeydd a stordai ar gyfer ei fusnesau llewyrchus lu, a thai ar gyfer y cymdogion, y Cymry mentrus hynny a fyddai'n dod i wneud llwyddiant Enos Jones hyd yn oed yn fwy llwyddiannus. Ceisiodd ddewis safle ar gyfer ei dŷ ei hun, gan benderfynu ar un lle ac yna'n newid ei feddwl a dewis lleoliad arall. Gyda'r haul yn isel yn y gorllewin a'r diwrnod yn dirwyn i ben, casglodd ei bethau a'u gosod yn y cwch, yn barod i rwyfo gyda'r llif ar draws sianel gul yr afon i'r tir mawr. Ond cyn ymadael, aeth yn ôl i'r ffynnon a ddarganfu'r bore hwnnw, a syllu ar y dŵr tywyll a oedd bellach wedi llenwi'r twll i'r ymylon. Aeth ar ei bedwar a gwneud cwpan o'i ddwylo. Cododd y dŵr a'i yfed. Tagodd. Poerodd. Safodd. Ac yna bu'n rhaid iddo gyfaddef y gwirionedd na fedrai'i ewyllys ei droi'n wirionedd o fath gwahanol: roedd wedi cloddio'n rhy agos at y lan a chodi dŵr yr afon trwy'r pridd gwlyb.

Parhaodd Enos i dreulio'i ddyddiau rhydd ar yr ynys, yn archwilio ac yn cloddio, yn chwilio am y ffynnon fywiol a oedd wastad lathen neu ddwy y tu hwnt i'w afael. Penderfynodd fod y mieri'n tyfu dros dir caregog a gwythiennau o ddŵr yn rhedeg trwy'r graig odanyn nhw, a dywedodd wrtho'i hun y byddai'n rhaid iddo ddychwelyd â bilwg i dorri'r mieri er mwyn cloddio yn y lleoedd hynny. Pan na lwyddodd i ddarganfod dŵr yfadwy o dan y mieri, penderfynodd fod rhai o'r coed mawrion yn tyfu dros y lleoedd cyfrin hynny, eu gwreiddiau yn gwarchod y gwythiennau gwlybion yn y graig. Byddai'n rhaid dychwelyd â bwyell a llif a dechrau cwympo coed.

Weithiau byddai Enos wrthi'n ymosod ar goeden neu ddarn o dir caled pan glywai gorn agerfad, y waedd afreal o uchel honno a ddywedai fod un o'r creadigaethau arallfydol hynny'n dyfod. Erbyn iddo ollwng ei fwyell neu'i gaib a dechrau cerdded at lan ddeheuol yr ynys byddai'r synau eraill yn cyrraedd ei glustiau, twrw pesychlyd dwfn yr injan fawr a drymian rhythmig yr olwyn fawr wrth iddi daro'r dŵr. Ar gyrraedd y lan, gwelai'r *steamboat* yn symud i fyny'r afon i'r dwyrain ar ei ffordd i Marietta, Wheeling neu Bittsburgh, neu o bosibl yn dod o un o'r lleoedd hynny ac yn teithio i lawr yr afon i'r gorllewin, i ddociau Gallipolis, Cincinnati neu Louisville. Yr hyn a gyflymai'i galon fwyaf oedd y wybodaeth fod y cychod mawr hyn yn teithio i lawr yr Ohio i'r Mississippi, yn ymweld â St. Louis ac yn y pen draw â New Orleans ei hun, taith trwy ddarnau eang o'r cyfandir nad oedd Enos wedi'u tramwyo hyd yn hyn ar dir nac ar afon.

Safai ar lan yr ynys fach, yn wlyb gan chwys ei lafur, ei ddychymyg wedi'i rwydo gan yr agerfad, yn dilyn y llestr mawr wrth iddo fynd heibio, yn astudio'r ddau gorn simdde tal a godai o'i ganol yn poeri'u colofnau o fwg i'r awyr, ac yn rhyfeddu at yr olwyn fawr a gurai'r dŵr er mwyn ei symud yn ei flaen. Byddai'n craffu ar ddrysau bychain ystafelloedd y teithwyr a redai mewn rhes ar hyd yr oriel ar yr ail lawr, yn dychmygu pa fath o bobl a oedd yn cysgu'r nos yn y llofftydd symudol hynny. Daeth i adnabod pob un o'r agerfadau mawrion; roedd wedi darllen am eu hanes yn y papurau newydd a ddeuai i siop bost Gallipolis o Chillicothe, Cincinnati a Louisville, ac roedd y rhyfeddodau hyn yn destun trafodaeth yn aml ar aelwyd Jean Baptiste Bertrand. Ac felly, hyd yn oed pan na fyddai'r agerfad yn dod yn ddigon agos at yr ynys i Enos ddarllen yr enw, medrai fel arfer ei adnabod oherwydd nodweddion eraill – ei liw a'r patrymau a'i haddurnai, taldra y cyrn simdde a maint yr olwyn. Wedi ei adnabod byddai'n codi llaw er mwyn ei gyfarch, yn bloeddio'r enw ar draws wyneb sianel yr afon fel pe bai'n cyfarch hen gyfaill. Dydd da i chwi, y *Vesta*! Hawddamor, y *Zebulon Pike*! Weithiau, y mwyaf anrhydeddus ohonyn nhw i gyd, y *George Washington*, a adeilwyd yn ôl yn 1816 yn Wheeling, cyn bod sôn am agerfadau Cincinnati. Clywsai ei hanes yn fuan wedi iddo ymgartrefu yng Ngallipolis a gwyddai am y Capten Henry Shreve, a lywiodd y *Washington* trwy'r rhaeadrau yn ymyl Louisville, y cyntaf i gyflawni'r fath gamp. Weithiau deuai'r agerfad yn agosach i'r ynys a medrai Enos weld wynebau'r teithwyr yn glir, a nhwythau'n pwyso ar y canllaw cain a redai ar hyd yr ail lawr o flaen drysau'r ystafelloedd, gwragedd mewn ffrogiau mawr lliwgar a dynion mewn cotiau llaes a hetiau uchel. Byddai un ohonynt yn ei weld a chodi llaw arno, ac eraill yn ei ddilyn, y teithwyr crand yn amneidio ac yn siarad am y dyn gwallgof gwyllt ar lan yr ynys fach anial. Wrth i'r agerfad mawr fynd heibio deuai ton ar ôl ton yn ei sgil, yn taro'r lan wrth draed Enos, a'r llestr ei hun yn iasol o fawr.

Tua chanol gaeaf 1820 dechreuodd Enos ystyried un ffaith: cymuned symudol oedd pob agerfad mawr, pentref bach yn arnofio ar ddŵr yr afon, yn teithio o le i le, yn cludo pobl a phopeth angenrheidiol ar eu cyfer. Sicrhâi'r capten fod digon o ddŵr yfed glân ar gyfer y teithwyr cyn cychwyn ei siwrnai, digon o fwyd i'w digoni a digon o danwydd i'r ddau foiler droi'r olwyn. Nid oedd yn rhaid i Enos felly ddod o hyd i ffynnon fywiol ar yr ynys er mwyn gwneud y gymuned y byddai'n ei sefydlu yno'n hyfyw. Gallai gronni a chadw dŵr yfed ar yr ynys. Penderfynodd y byddai'n chwilio am waith ar un o'r *steamboats* yn y gwanwyn os na ddeuai o hyd i ffynnon er mwyn dysgu mwy am y byd bach symudol hwnnw.

Ond yn gyntaf, bu'n rhaid i Enos dreulio gaeaf arall yng Ngallipolis. Nid oedd y nosweithiau hirion hynny heb eu pleserau. Yn aml casglai nifer o'r Ffrancwyr ym mharlwr Jean Baptiste Bertrand. Gallai'r Cymro siarad Ffrangeg yn weddol rugl erbyn hynny, a'i gyfeillion yn canmol ei ymdrechion yn hael er nad oeddynt yn gallu ymatal rhag chwerthin ar brydiau oherwydd acen *Le Jeune Gallois*. Siaradai Jean Baptiste Bertrand a Monsieur Duthiel Saesneg ag Enos gan iddynt ffurfio'u cyfeillgarwch trwy gyfrwng yr iaith honno yn ystod dwy flynedd gyntaf Enos yn eu plith a'i chael hi'n anodd newid, er eu bod nhwythau'n mwynhau'i glywed yn siarad eu mamiaith â rhai o'r Ffrancwyr hŷn eraill. Deuai Mademoiselle Vimont i ganu *Te Deum* a chaneuon crefyddol eraill, ac ar yr adegau hynny byddai Enos yn ymgolli yn hyfrydwch hynafol y gerddoriaeth, rhywbeth a barai iddo anghofio am ei ynys a'i dyfodol am ychydig a dychmygu'i fod yn fonheddwr Ewropeaidd yn byw mewn oes o'r blaen. Byddai rhai o'r gwragedd oedrannus yn dod â theisenni, a deuai Monsieur Duthiel neu un o'r ffermwyr eraill â thameidiau o gig moch ac eidion wedi'u mygu. Byddai Clémence yn symud yn dawel o gwmpas yr ystafell, yn cludo'i hambwrdd ac yn cynnig diod i'r gwesteion, a honno bob amser yn ddiod feddwol o ryw fath. Brandi ceirios a wnaethpwyd gan *la veuve* Madame Marchand neu seidr a wnaethpwyd o afalau Monsieur Duthiel, ac weithiau diod a gawsai Jean Baptiste Bertrand trwy fasnach y cychod – cwrw o Cincinnati neu chwisgi o Kentucky. Unwaith cafodd afael ar win a wnaethpwyd gan un o Ffrancwyr Marietta, ond prin y barnai Jean Baptiste Bertrand ei fod yn yfadwy, yn wahanol iawn i'r gwin yr hiraethai ar ei ôl, y cynnyrch y bu'i gyfaill Francis Menissier yn ei greu am gyfnod byr.

Weithiau byddai'r sgwrs o flaen y tân yn hiraethus, fel awch yr hen Ffrancwr am y gwin na châi, a rhai ohonyn nhw'n siarad yn huawdl am gynlluniau uchelgeisiol y Marquis Lezay-Marnesia ar gyfer Gallipolis cyn iddo dorri'i galon a symud i Louisiana. Byddent yn trafod y Versailles Newydd roedd mintai 1790 am ei hadeiladu ar lan yr Ohio, gan ddisgrifio'r adeiladau ysblennydd fel pe bai'r cyfan yn wirionedd, yn hytrach na breuddwyd y byddai'r gymuned fechan hon yn dal i'w dychmygu wrth iddyn nhw suddo'n ddyfnach i'w henaint ac wrth i'r uchelgais nas gwireddwyd suddo'n ddyfnach i niwl y gorffennol.

Weithiau câi hanes diweddar yr ardal ei drafod. Roedd y Ffrancwyr wedi byw trwy Ryfel Tecumseh, ymdrech Cenedl y Shawnee i ddod â chenhedloedd eraill i'w cefnogi a thaflu'r dynion gwynion o'u gwlad unwaith ac am byth. Brawd Tecumseh ddechreuodd y cyfan, medden nhw, dyn o'r enw Tenskwatwa. *Le Prophète*, ychwanegai Madame Marchand bob tro, ei llygaid hi'n pefrio â chyfuniad o fwynhad ac arswyd. Dywedai'r brodorion ei fod yn weledydd, a bod eu duw wedi dweud wrtho fo mai plant yr ysbryd drwg oedd y dynion gwynion a bod disgwyl i'r Shawnee a'r brodorion cyfiawn eraill fwrw'r creaduriaid dieflig o'u tiroedd. Ond brawd y proffwyd, Tecumseh, oedd arweinydd y rhyfel. 'Un grand, bel homme tragique, c'est ça qu'ils disaient,' ychwanegai'r hen weddw, ei llygaid yn disgleirio. Lladdwyd Tecumseh yn 1813, dim ond pum mlynedd cyn i Enos a'r Cymry eraill lanio ger Gallipolis, a bu'n rhaid i weddill y Shawnee arwyddo cytundeb â'r Unol Daleithiau a derbyn telerau heddwch.

Symudodd llawer ohonyn nhw i'r gorllewin, ond arhosodd rhai yn Ohio. Maen nhw'n byw hyd heddiw mewn nifer o bentrefi yng ngogledd orllewin y dalaith, meddai Madame Marchand a bydd y dyn hwnnw, Tenskwatwa, *Le Prophète*, yn dychwelyd o'r gorllewin weithiau, medden nhw. Pwy all ddweud pa fath o broffwydoliaethau mae'n eu gweld y dyddiau hyn? *Qui peut dire?* Ac wedyn byddai'i llais hi'n dechrau crynu a dagrau'n casglu yn ei llygaid, a hithau'n siarad yn gyflym o dan ei hanadl ac yn dweud, hyd yn oed os yw'n eu hannog i gyfodi eto a'n lladd ni i gyd, pwy a ddywed nad dyna yw ein tynged, a'n haeddiant am i'r Unol Daleithiau ladd ei frawd, dyn a oedd, fel Moses, yn ceisio arwain ei bobl i ryddid, *le grand, bel homme tragique*, Tecumseh. Unwaith pan oedd yr hen weddw yng ngafael y teimladau cymysg cyfarwydd hyn, ceisiodd un o'r dynion ei chysuro a dweud, nage, nid dyna drefn naturiol pethau; yn gam neu'n gymwys, mae'r bobl gyntefig yna wedi'u tynghedu i ddifodiant, a'r tiroedd hyn wedi'u creu i ni, bobl waraidd, eu meddiannu. *Quelle bêtise!* Ebychodd Jean Baptiste Bertrand, gan eistedd yn gefnsyth yn ei gadair freichiau, y brandi ceirios yn slochian dros ymyl ei wydr wrth iddo symud. Ninnau, bobl waraidd, sy'n lladd ein gilydd gyda'r *guillotine* mewn mannau cyhoeddus ym Mharis ac yn rhyfela o hyd yn erbyn ein gilydd, Ffrainc yn erbyn Lloegr a Lloegr yn erbyn yr Unol Daleithiau! A beth a ddywedwch am dynged? Os felly, pam y'n twyllwyd ni gan *La Compagnie du Scioto*? Ai dyna oedd wedi'i ysgrifennu yn y sêr, sef ein gwasgaru i'r pedwar gwynt, rhai'n symud i Louisville ac eraill i New Orleans, yn gadael dim ond dyrnaid bach ohonom yma yn ein henaint, yn trafod hyd ein beddau y deyrnas ysblennydd na ddaeth yr un ohonom yn agos at ei hadeiladu yma yn y lle hwn? Wedyn gwagiodd Jean Baptiste Bertrand ei wydr a chau'i lygaid yn dynn. Agorodd nhw eto a gorfodi gwên i'w wyneb. Ymddiheurodd i'w gymydog a chyffesu bod siom y blynyddoedd yn dweud ar ei hwyliau weithiau. Cododd Enos wydraid arall o frandi oddi ar hambwrdd Clémence a throi i syllu i mewn i fflamau'r tân.

3

Cafodd Enos waith ar y *Timothy Smith*, agerfad mawr a deithiai'n ôl ac ymlaen rhwng Pittsburgh a Cincinnati, yn llwytho cistiau teithwyr a nwyddau masnach wrth y dociau ac wedyn yn gwneud pa waith bynnag y byddai'n rhaid iddo'i wneud yn ystod y siwrnai. Wrth ymrolio rhwng bryniau gorllewin Pennsylvania ar ei ffordd i Ohio, cofiodd Enos am ei daith gyntaf ar yr afon honno, ac yntau'n ymlafnio i gael trefn ar gychod y teuluoedd o Gilcennin. Er nad oedd ond ychydig o flynyddoedd ers hynny, teimlai rywsut ei fod yn byw bywyd gwahanol, bod y wlad wedi aeddfedu a gadael yr hen fyd hwnnw yn y gorffennol. Unwaith, pan arhosodd yr agerfad wrth ddoc Marietta am noson, cafodd Enos ganiatâd i grwydro'r strydoedd. Daeth o hyd i rai o Ffrancwyr y dref ac ymholi a oedd un ohonyn nhw wedi cael hwyl ar wneud gwin yn ddiweddar. Cafodd ateb gan hen ddyn gwargam a ddywedodd ei fod yn dal wrthi'n ymdrechu ond bod y cynnyrch o safon mor wael nes ei fod yn gyndyn o'i rannu ag eraill. Pan ddeuai'r agerfad yn agos at yr ynys, ceisiai Enos gael ei draed yn rhydd o'i lafur er mwyn dringo i'r ail lawr a phwyso ar y canllaw, yn astudio'r llecyn bach hwnnw o dir yn llif yr afon, yn nodi'r bylchau a wnaeth trwy dorri coed a sicrhau'i hun nad oedd neb arall wedi ceisio hawlio'r lle.

Cafodd waith wedyn ar y *Clifton*, agerfad bach gydag olwyn ar ei ochr a dramwyai'r afon rhwng Cincinnati a Louisville. Yn y diwedd ymrestrodd ar y *Webster Random*, llestr mawr urddasol a aeth ag o i St. Louis ac wedyn yr holl ffordd i New Orleans. Bu'n rhodio strydoedd y ddinas drofannol honno, ac yn mwynhau'r cyfle i ymarfer ei Ffrangeg â'i thrigolion. Prynodd ddwy botelaid o win a ddaethai'r holl ffordd o Ffrainc mewn siop ar rodfa St. Charles. Roedd yn fwy na bodlon gwario cyflog wythnos arnyn nhw; gwyddai y byddai'r anrheg yn dod â dagrau i lygaid Jean Baptiste Bertrand. Beth bynnag, ystyriai Enos mai pwrpas ennill arian oedd er mwyn ei wario, a theimlai mai yn y gwario ac nid yn yr ennill roedd y gwir bleser.

Byddai ambell deithiwr o un o'r taleithiau deheuol yn dod â chaethwas gydag o ar y *Webster*, ond ni allai Enos weld cymaint o wahaniaeth rhwng y dynion duon hyn a'r gweision a welsai mewn cartrefi eraill – mater o falchder eu meistri oedd sicrhau bod dillad o safon gan y *manservants* hyn, fel y dywedent. Ond gwelai gaethweision eraill yn llafurio ar ddociau neu strydoedd Louisville,

St Louis a New Orleans, a gwyddai Enos eu bod yn bobl na waredwyd rhag gormes a chreulondeb.

Pan arhosodd y *Webster Random* yn Natchez am hanner diwrnod cafodd Enos gyfle i grwydro'r strydoedd yn ymyl glan yr afon. Yn yr ardal honno roedd nifer o fasnachwyr wedi gosod eu busnesau, y rhan fwyaf ohonyn nhw'n gwerthu cotwm, ond roedd tyrfa wedi ymgasglu o gwmpas un llecyn a phan wasgodd Enos i'r tu blaen gwelodd lwyfan pren isel. Yno, o dan haul ysblennydd Mississippi, gwelodd yr olygfa fwyaf erchyll a welsai erioed. Dynion a merched yn cael eu harddangos a'u gwerthu fel anifeiliaid, y naill ar ôl y llall. Broliai'r arwerthwr – dyn boliog bochgoch a wisgai wasgod felen a het fawr ddu gantel lydan – rinweddau'r naill gaethwas ar ôl y llall. 'Look at those teeth! Step up and feel the muscles in this one's arms. Believe me, friends, when I say that this one has already given birth to two live children and you can see as well as I that she's young enough to bear many more. And look at this girl, so comely and her skin so light she's nearly white. Gentlemen, you'll be wondering how her master could've let her go, but never mind that, for it is your good fortune.' Camodd rhai o'r darpar brynwyr i'r llwyfan i wasgu breichiau a choesau'r trueiniaid ac i godi gwefusau er mwyn astudio'u dannedd. Codai rhai grys ambell gaethwas er mwyn gweld faint roedd ei gyn-feistr wedi'i fflangellu a defnyddio'r dystiolaeth honno i fesur yr hyn a ddywedai'r arwerthwr am ufudd-dod y dyn.

Llosgai bochau Enos gyda mwy na gwres yr haul. Cymerodd gam ymlaen at y llwyfan cyn ailfeddwl a chamu'n ôl. Penderfynodd ar gynllun a dechrau troi, gan fwriadu rhedeg yn ôl i'r agerfad a chael yr holl arian a oedd ganddo yn ei gist a rhuthro yn ôl a phrynu un neu ddau neu gymaint o'r bobl ag a allai. Âi â nhw adref i Ohio gydag o a'u rhyddhau. Ond sylwodd ar y prisiau y gofynnai'r dyn boliog amdanyn nhw; nid oedd ganddo ond saith dolar a hanner yn ei gist ac ni chlywodd bris is na 80 dolar. Safai yn y llwch, chwys yn rhedeg i lawr ei wyneb a'i gefn a'i fochau'n llosgi a'i feddwl yn troi. Wedyn daeth hen ddyn i'r llwyfan, ei wallt a'i locsyn yn wyn a'i wyneb yn grychog. Bachodd y dyn boliog ar y cyfle i gael ychydig o hwyl a chododd ei lais mewn ffug ymffrost. 'And this is the best bargain I have for you today, good ladies and fine gentlemen of Natchez. I am to ask no more than eleven dollars for this fine fellow.' Dechreuodd Enos gamu ymlaen eto, yn meddwl y medrai roi'i enw ac addo talu, ac wedyn rhedg i'r doc a gofyn i un o'i gydweithwyr roi benthyg gweddill yr arian iddo. Ond oedodd, ei feddwl chwim yn dychmygu gweddill y daith, ac yntau'n gorfod teithio'r holl ffordd i New Orleans ac yn ôl gyda'r dyn. Sut byddai'n talu i'w fwydo, ac yntau mewn dyled yn barod ar ôl ei brynu? Fyddai'r capten yn ei orfodi i brynu tocyn iddo cyn caniatáu i'r dyn ddod gydag o? Roedd ei symudiadau aflonydd – yn camu o flaen gweddill y dorf ac wedyn yn oedi ac yn hanner camu'n ôl – wedi denu sylw'r hen ddyn. Syllai ar Enos, ei lygaid yn ymddangos yn glir er gwaethaf ei oedran, ei wyneb yn gwgu, fel pe bai'n holi, beth o ddifri calon rwyt ti'n meddwl dy fod ti'n ei wneud? Trodd Enos ar ei sawdl a gwasgu'i ffordd trwy'r dorf. Cerddodd yn araf yn ôl at y doc, ei gydwybod yn ei brocio bob yn ail gam, yn ei gymell i ddyfeisio gwell cynllun a throi'n ôl ac achub o leiaf un ohonyn nhw. Aeth ar ei bennau gliniau yn yr agerfad y noson honno a chydnabod ei fethiant ac addo y gwnâi'r hyn a allai dros achos rhyddid am weddill ei oes. Canodd yn ddistaw iddo'i hun, yn gwbl ddiffuant a heb arlliw o'r hwyl a nodweddai'i emynyddiaeth fel arfer. 'Dyma odfa newydd, O Arglwydd dyro rym, i ymladd â phla calon, a llid gelynion llym…'

Wedi gorffen y daith honno ymadawodd â'r *Webster Random* a gweithio'i ffordd yn ôl i fyny'r Mississippi ac ar hyd yr Ohio. Gweithiai bob hyn a hyn ar yr agerfadau bychain, y pacets yn cludo post a pharseli rhwng Cincinnati, Louisville a threfi llai de Ohio a gogledd Kentucky. Treuliai gyfnodau rhwng ei wythnosau ar yr afon yn byw'r hen fywyd, yn gweithio'n ysbeidiol i Jean Baptiste Bertrand a Monsieur Duthiel ac yn treulio dyddiau lawer yn ailarchwilio'r ynys fechan, yn torri coed, yn symud cerrig, ac yn tyllu yn ei daear wlyb. Dechreuodd fesur un darn o dir ar gyfer sylfeini'i dŷ ac wedyn ailfeddwl a dechrau mesur darn arall.

Rhewodd cyfran o'r afon ym mis Ionawr 1825, gan adael dim ond llain denau o ddŵr yn llifo yn y canol. Roedd yr holl sianel gul rhwng yr ynys a'r lan ogleddol wedi rhewi'n gorn a mentrodd Enos gerdded arni nes clywed gwichian a theimlo ychydig o symud o dan ei draed, ailfeddwl, a sgrialu yn ôl am lan y tir mawr. Cyn diwedd y mis hwnnw bu farw Clémence, a hynny'n dawel yn ei chwsg. Cynigiodd Enos dorri'r bedd, gan wybod y byddai ymosod ar y ddaear galed yn ormod o ymdrech i'r dynion hŷn. Wedi disgwyl am fis – cyfnod a ystyriai'n un digon parchus – ysgrifennodd Jean Baptiste Bertrand nifer o bosteri â'i law ei hun, yn Ffrangeg ac yn Saesneg, yn dweud ei fod yn chwilio am forwyn neu howsgiper gan roi'i enw a'i gyfeiriad. Ni dderbyniodd yr un ymholiad ac ar ôl disgwyl rhai misoedd eto talodd am hysbyseb yn y *Chillicothe Gazette*, yr unig bapur newydd a gylchredai'n gyson yn y rhan honno o Ohio. Nid atebodd neb yr alwad honno chwaith. Yna, ysgrifennodd at olygydd y papur yn dweud y talai i gyhoeddi'r un hysbyseb yn y *Gazette* unwaith y mis nes y deuai ateb boddhaol. Derbyniodd Enos lythyr gan ei frawd, Dafydd yn ei hysbysu bod ail nai wedi'i eni iddo, Ismael. Ysgrifennodd Enos ateb, yn ailadrodd yr un hen ddeisyfiad. 'Dewch ac ymuno â mi yn y lle cysurus hwn. Cewch groesaw a chewch gyfle i greu bywyd gwell.'

Un noson, a nifer o gymdogion a chyfeillion wedi ymgasglu ym mharlwr Jean Baptiste Bertrand, Enos a wnâi'r gwaith yr arferai Clémence ei wneud, sef mynd â'r hambwrdd o gwmpas yr ystafell a chynnig diodydd i'r hen Ffrancwyr. Eisteddai pob un ar wahanol fathau o ddodrefn o gwmpas y waliau, er mwyn sicrhau fod pawb yn gallu sgwrsio â'i gilydd a wynebu'r tân ar yr un pryd. Masnach yr afon oedd testun y sgwrs, a chynigiodd Enos rai sylwadau'n deillio o'i brofiadau diweddar. Disgrifiodd yr hyn a welsai yn Natchez, pobl yn cael eu gwerthu fel anifeiliaid mewn marchnad agored. Dechreuodd ei ddwylo grynu dan deimlad, y gwydrau crisial bychain yn tincial ar yr hambwrdd, gan dywallt ychydig o frandi ceirios. Aeth yr holl dyrfa'n dawel, rhai'n syllu i'r tân ac eraill yn canfod diddordeb anghyffredin ym mhren sgleiniog braich *canapé* neu gadair. Yn y diwedd cododd Jean Baptiste Bertrand, ochneidio a dweud, ' Oh, my friend, this is not an easy subject for us.'

Eglurodd wedyn fod ei ewythr ei hun wedi croesi'r môr gyda'r enwog Marquis de Lafayette i ymladd gyda'r gwrthryfelwyr Americanaidd yn erbyn brenin Lloegr a'i fod wedi gwarafun wedyn ei fod o a'r Cadfridog Lafayette wedi tywallt gwaed er mwyn helpu gwneud yr Unol Daleithiau'n wlad rydd, nid un a ganiatâi'r fath ormes â chaethwasiaeth. Trodd yn araf yn ei unfan, yn codi llaw a'i chwifio dros y dynion a'r gwragedd oedrannus a eisteddai o gwmpas y parlwr. 'Still, remember that many of our old acquaintances left Gallipolis and settled in Louisville or St. Louis or New Orleans.' Aeth rhagddo i ddweud ei bod hi'n lled debygol bod o leiaf rai ohonyn nhw wedi dod yn berchnogion ar gaethweision yn y lleoedd deheuol hynny. Yn debygol? Ebychodd Enos, yr hambwrdd yn ysgwyd eto yn ei ddwylo. 'Dach chi ddim yn gwybod?'

'Mae'n un o'r pethau mae'n well peidio â holi yn eu cylch,' atebodd yr hen ŵr. 'Mae'n well peidio â sôn amdano.' Camodd at Enos a chymryd yr hambwrdd oddi arno, ei lygaid yn goch. Dywedodd fod ganddo gywilydd, ond ei fod wedi mynd yn llwfr yn ei henaint, ac yn ddiog yn ei foesau, yn dewis peidio â gofyn wrth fasnachu â rhywun o Virginia neu Kentucky a yw'r cynnyrch wedi'i greu gan lafur y caethion. Pesychodd Madame Marchand a gofynnodd Monsieur Duthiel mewn llais ffug lawen a gâi wydraid arall.

Ambell noson, gwin oedd testun y sgwrs. Rhannodd Jean Baptiste Bertrand un o'r poteli a brynasai Enos yn New Orleans, er na roddai fwy na gwydraid brandi yr un iddyn nhw. Canmolodd yr hen Ffrancwyr haelioni *Le Jeune Gallois* yr un fath. Ailadroddai Enos y sgwrs a gafodd ar strydoedd Marietta droeon, y modd y gwrthododd y Ffrancwr hwnnw rannu'i win gan fod y safon mor isel. ·Ddechrau mis Mawrth y flwyddyn honno, a'r afon yn gwbl rydd o rew, a masnach yn llifo'n gysurlon eto, glaniodd y *Cory Vista*, un o'r agerfadau lleiaf a deithiai'r afon. Roedd y capten a'r masnachwr Ffrengig yn hen gydnabod a mynnodd sgwrs ag o. Safodd Jean Baptiste Bertrand ar ddoc Gallipolis yn gwylio'r llestr bach wrthi iddo symud i'r dwyrain i gyfeiriad Wheeling a Marietta, yn gadael stribedau tenau o fwg llwydolau yn yr awyr. Gwrthododd ddweud wrth Enos pa beth a oedd wedi'i gyffroi i'r ffasiwn raddau, ond gofynnodd i'r Cymro fynd o gwmpas yr ardal a gwahodd yr holl gyfeillion. Byddai'n dadlennu'r newyddion iddyn nhw i gyd y noson honno.

Roedd y parlwr yn orlawn, a chadeiriau llai crand na'r cadeiriau breichiau a'r *canapés* arferol wedi'u symud o ystafelloedd eraill y tŷ. Safai Jean Baptiste Bertrand o flaen y tân tra symudai Enos o westai i westai, yn cynnig diod iddyn nhw – cwrw a ddaethai'r diwrnod hwnnw gyda'r *Cory Vista* o Cincinnati neu chwisgi gorau Kentucky. Roedd yn gryfach ac yn well na'r chwisgi yr arferai'r dyrfa ei yfed; daeth y masnachwr o hyd iddo gan ei fod wedi tyngu llw'n ddiweddar na fyddai'n prynu nwyddau o'r taleithiau caeth os nad oeddynt yn dod ag addewid nad oedd y rhai a'u creodd yn berchnogion ar gaethweision, nac yn defnyddio llafur caeth o gwbl wrth greu a symud eu cynnyrch. Un o oblygiadau safon newydd ei fasnach oedd na fyddai'n gwerthu tybaco o unryw fath eto, penderfyniad a oedd yn loes calon i lawer o ddynion Gallipolis. Ond dywedai Jean Baptiste Bertrand fod da yn dilyn da, ac mai ei benderfyniad i arddel safonau dyngarol a'i arweiniodd at y chwisgi newydd hwn. Yn ogystal â'r ffaith ei fod yn well chwisgi, roedd y distyllydd wedi dweud mai *bourbon whiskey* ydoedd, a hynny gan ei fod yn tybio y byddai'r safon yn plesio Ffrancwyr Bourbon County yn ogystal â'r rhai a yfai yn nhafarndai gorau Bourbon Street, New Orleans. Bid a fo am y cwsmeriaid eraill hynny, plesiai Ffrancwyr Gallipolis yn fawr.

Pan oedd y noson yn ei hanterth, safodd Jean Baptiste Bertrand a chyhoeddi bod ganddo newyddion o lawenydd mawr i'w rhannu â nhw. Roedd gwin cyntaf Nicholas Longworth yn barod i'w yfed. Oedd, roedd pawb wedi clywed am Mister Longworth, dyn busnes cyfoethocaf y dalaith, yn ôl rhai, ac wrth gwrs eu bod yn gwybod am ei arbrawf; plannodd winllannau ar fryniau yn ymyl Cincinnati. Ond rhwng tranc menter Francis Menissier a methiant Ffrancwyr Marietta, nid oedd eu gobaith yn fawr. Taerodd Jean Baptiste Bertrand iddo gael ei sicrhau fod menter Monsieur Longworth wedi llwyddo, a hynny i raddau y tu hwnt i'r disgwyl. 'Rwyf yn gobeithio, gyfeillion, y bydd y poteli cyntaf yn ein cyrraedd cyn diwedd y mis hwn.'

Daeth pawb ynghyd ym mharlwr Jean Baptiste Bertrand eto ymhen y mis i brofi'r gwin, a gwir oedd ei air. Gwin gwyn ysgafn, gyda'r gorau roedd Enos wedi'i flasu yn New Orleans. Codai'r Ffrancwyr lwncdestun ar ôl llwncdestun i Monsieur Longworth.

A'r tywydd yn fwynach, ymwelai Enos â'i ynys yn aml. Er y byddai'n palu ac yn tyllu bob hyn a hyn o hyd, yn chwilio am y ffynnon gudd na lwyddasai i'w darganfod, roedd hefyd yn ystyried dulliau eraill o ddarparu dŵr i'r ynys. Gallai ei symud a'i gadw, fel y byddai gweithwyr yn symud dŵr glân mewn casgenni i gwch. Ond byddai'r fath gwch yn glanio'n aml yn ymyl pentrefi, trefi neu ddinasoedd, a chasgenni newydd yn cael eu llwytho yn ôl yr angen. Gallai wneud yr un peth, a symud dŵr yn gyson o'r tir mawr i'w ynys, ond byddai'n gwastraffu amser y gellid ei dreulio ar weithgareddau mwy diddorol a phroffidiol. Ystyriai fod peipen yn bosibiliad, gan feddwl am y ddau ddyn roedd wedi treulio prynhawn yn eu cwmni mewn tafarn yn Louisville. Horace a Homer, dau frawd siaradus, eu barfau a'u gwallt hir blêr yn goch, a ddywedai mai crefftwyr teithiol oedden nhw'n troi coed yn beipiau dŵr. Erbyn diwedd eu hoedfa roedd y ddau wedi llyncu llawer o chwisgi ac aeth Horace i areithio'n danbaid yn erbyn y peipiau haearn a oedd yn araf ymledu ar draws y wlad ac yn gwneud dynion gonest yn ddi-waith. Porthai Homer ei frawd, a dweud mai bai'r Gogleddwyr oedd y cyfan, gan fod dinas Philadelphia wedi gosod peipiau haearn yn fuan ar ôl troad y ganrif, a'r anfadwaith wedi ymledu i'r gorllewin ac i'r de yn ystod y blynyddoedd, a nhwythau, dau Ddeheuwr gonest, wrthi'n ceisio ennill digon o arian i'w roi wrth gefn cyn i'r *Yankee audacity* oresgyn yr holl wlad. Ac felly cerddai Enos yn araf ar hyd y lan, yn astudio'r pellter rhwng yr ynys a'r tir mawr, ac yn dychmygu pont fach yn rhychwantu sianel gul yr afon ac yn cludo dŵr glân trwy beiben. Dechreuodd boeni am y cychod wedyn; byddai'r agerfadau'n dod i lan ddeheuol yr ynys, ond byddai cychod bychain yn sicr o ddefnyddio'r sianel er mwyn symud yn gyflym o'r ynys i dir mawr Ohio. Pe bai'n adeiladu'r bont yn ddigon uchel – fel y bwriadai'i wneud pan fyddai'i ymerodraeth wedi ymledu o'r ynys i'r tir mawr cyfagos – byddai'n ateb y diben, ond byddai'n rhaid disgwyl nifer o flynyddoedd cyn hel digon o gyfoeth i ymgymryd â'r fath uchelgais pensaernïol.

Cynorthwyai Enos ei ddau gyfaill yn ysbeidiol y gwanwyn hwnnw, yn helpu gweision Monsieur Duthiel i aredig a phlannu ei gaeau ac yn mynd gyda Jean Baptiste Bertrand i ddociau Gallipolis pan ddeuai argerfad â chyflenwad newydd i'w fasnach. Ni fu'r Ffrancwr yn gwneud cymaint o elw ers iddo roi'r gorau i werthu tybaco ac felly arbrofai â nwyddau eraill, ond ni allai daro ar syniad a gydiai gystal yn ei hen gwsmeriaid, er bod y chwisgi bwrbon o Kentucky yn gwerthu'n lled dda. Treuliai Enos y rhelyw o'r dyddiau ar yr ynys, yn breuddwydio ac yn cynllunio, yn mesur ac yn meddwl. Tua diwedd yr haf daeth y *Cory Vista* â newyddion o Cincinnati: roedd Nicholas Longworth wedi dechrau medi grawnwin cyntaf y winwydden newydd roedd wedi'i phlannu, y Catawba, ac roedd yn siŵr y medrai ddefnyddio'r grawnwin hwnnw i wneud gwin pefriog yn debyg i *Champagne*. Oedd, roedd capten yr agerfad yn sicr, roedd wedi clywed yr hanes gan un o gyfeillion pennaf y perchennog ei hun. Llenwai tyrfa lawen y parlwr y noson honno, a phawb yn codi gwydraid o'r gwin gwyn a oedd ar ôl er mwyn yfed i iechyd Monsieur Longworth. Wedi i'r gwesteion ymadael, aeth Jean Baptiste Bertrand ac Enos yn ôl i'w cadeiriau breichiau, siarad tan berfeddion y noson ac yfed bwrbon nes bod y botel yn wag.

Deffrowyd y ddau tua chanol dydd y diwrnod wedyn gan gnoc ar y drws. Cododd Enos – gyda chur yn ei ben, ei geg yn sych a'i lygaid megis yn gweld trwy niwl – a'i agor. Dyna lle roedd Arnold, yr hogyn a weithiai yn swyddfa bost Gallipolis, gyda sypyn bach o lythyrau. Fe'u darllenwyd gan Jean Baptiste Bertrand dros frecwast hwyr o gig moch hallt Maysville, bara ceirch, a jam mefus. Wedi darllen un llythyr gollyngodd ei fwyd ac ebychu. 'Enfin!' O'r diwedd roedd rhywun wedi ateb ei hysbyseb am forwyn. Darllenodd enw'r ferch i Enos wrth iddo dynnu tamaid o fraster cig moch a oedd wedi glynu rhwng ei ddannedd. Cytunodd y ddau bod awgrym cryf fod y ferch hon yn hanner Ffrances ac yn hanner Cymraes. Rhaid ei bod hi, gyda'r fath enw. Marie Marguerite Davies.

4

Erbyn deall, nid Marie Marguerite oedd ei henw hi. Roedd niwl trannoeth y bourbon ac awydd Jean Baptiste Bertrand i weld Ffrances y tu ôl i'r enw ar y llythyr wedi camarwain ei lygaid. Mary Margareta Davies oedd ei henw, ac ymhen yr wythnos teithiodd o'i chartref dros dro yn Chillicothe i Gallipolis. Cyrhaeddodd Enos y tŷ un noson yn flinedig ac yn fudr ar ôl treulio diwrnod hir yn llafurio ar yr ynys. Cerddodd i mewn i'r parlwr a dyna ble roedd hi, ei gwallt golau wedi'i glymu'n gocyn llac y tu ôl i'w phen, yn tynnu llwch o'r dodrefn gyda chadach, a hynny mewn modd mwy gosgeiddig nag y dychmygai Enos ei fod yn bosibl mewn gorchwyl o'r fath. Cyflwynodd Enos ei hun yn drwsgl, gan faglu dros ei eiriau, ei dafod yn gwlwm yn ei geg.

'A fi yw Mary Margareta Davies,' atebodd hithau gyda mymryn o wg. 'Ma Mistar Bertrand wedi rhoi gofal y tŷ i fi, ac rwy'n 'moyn i chi dynnu'r sgidie brwnt 'na'n syth, ac wedyn cerwch i'r cefen i folchi. A pheidiwch â dod nôl miwn cyn gwisgo dillad glân a cha'l gwared o'r hen ddrewdod 'na.'

Yna bwrodd at ei gwaith, fel pe na bai Enos yn bod. Wedi ychydig trodd eto a chyfarth arno. 'Gnewch beth ofynnes i a thynnu'r hen sgidie 'na yn hytrach na sefyll fel rhyw ddyn dwl!'

Cymerodd Enos gam yn ôl o'r drws agored, codi un droed a cheisio tynnu'r esgid tra oedd yn sefyll ar y droed arall, ond gan ei fod yn rhyw gadw llygad ar y forwyn arswydus yn y parlwr ar yr un pryd yn hytrach na chanolbwyntio ar ei draed, disgynnodd. A thra oedd yn gorwedd yno ar ei gefn, dywedodd wrtho'i hun mai felly y bydd cariad yn dechrau, gyda gorchymyn swta a chwymp annisgwyl.

Nid oedd gan Mary Margareta Davies lawer o Saenseg ac nid oedd wedi dysgu fawr o Ffrangeg, ond llwyddai rywsut i lywio pob sgwrs pan fyddai'r tri'n eistedd wrth fwrdd mawr Jean Baptiste Bertrand i fwyta'r bwyd roedd hi wedi'i baratoi. Yn ogystal, âi Enos yn annaturiol o dawel pan fyddai hi yn yr ystafell gan iddo ddysgu'n gyflym ei fod yn rhwym o ddweud rhywbeth anghywir wrth geisio siarad â hi. Dim ond ar yr adegau hynny pan fyddai'r ddau ddyn yn eistedd o flaen y tân ac yn yfed bwrbon, brandi, cwrw neu'r hyn oedd yn weddill o win gwyn Longworth y byddai Enos yn cael ailgydio mewn tamaid o'r bywyd a fu cyn dyfodiad Mary Margareta Davies.

Un bore braf ganol yr haf, pan nad oedd gan Jean Baptiste Bertrand na

Monsieur Duthiel waith iddo, eisteddai Enos ar fainc yn yr ardd gefn o dan y goeden afalau yn darllen rhifyn cyntaf *Sketch Book* Washington Irving. Daeth y forwyn allan gyda choflaid o rygiau a phastwn i guro'r llwch oddi arnyn nhw. Roedd Enos newydd ddarllen y geiriau *Rip Van Winkle, however, was one of those happy mortals* pan alwodd hi arno. 'Os y'ch chi'n mynnu segura obwytu'r lle fel rhyw hen ddiogyn, dewch 'ma â helpwch fi.' Safodd Enos yn gyflym a symud, baglu ychydig dros ei draed ei hun, ac wedyn camu'n ôl yn ansicr i'r fainc. Tynnodd ddeilen o'r goeden afalau a'i gosod yn y llyfr i gadw'i le cyn rhoi'r llyfr ar y fainc a cherdded draw. Cynorthwyodd Mary Margareta yn egnïol, yn gwneud sioe o'i ymdrech i ymgrymyd â'r gwaith caled, ond ni allai ddod o hyd i eiriau ac felly ni ddywedodd air wrthi gydol yr amser. Yn yr un modd ceisiai osgoi ei llygaid gan ei fod yn rhyw feddwl ei bod hi'n cilwenu arno o bryd i'w gilydd wrth iddyn nhw godi'r rygiau fesul un, eu gosod dros y ffens stanciau pren, a'u curo â'r pastwn. Penderfynodd Enos y diwrnod hwnnw na châi hi ei weld yn segura o gwmpas y tŷ fyth wedyn ac mai'r ffordd orau o osgoi hynny fyddai trwy dreulio'r rhan fwyaf o'i amser ar yr ynys.

Gwariodd yr arian a oedd ganddo wrth gefn ar nwyddau a ystyriai'n ddeunyddiau crai'i deyrnas, a hynny gan fod Mary Margareta, rywsut neu'i gilydd, yn gwybod popeth a ddigwyddai nid yn unig yn y tŷ ond hefyd ym myd busnes ei meistr, ac felly nid oedd Enos am iddi feddwl ei fod yn benthyca pethau gan Jean Baptiste Bertrand. Byddai'n rhaid iddo ddefnyddio ceffyl a chert Monsieur Duthiel yn gyson, ond gwnâi sioe o'i lwytho â'r holl offer angenrheidiol roedd wedi'u prynu: dwy fwyell, tri morthwyl o wahanol feintiau, caib, dwy lif a dwy raw; neddyfau a chynion o wahanol feintiau a gwahanol siapiau; casgen fach o'r hoelion gorau; cynfasau a rhaffau; tair casgen fawr ar gyfer cario'r dŵr glân y byddai'n ei gludo o nant ar y tir mawr; offer pysgota; ugain pwys o gig moch wedi'i halltu a deg pwys o ffrwythau wedi'u sychu; cist yn dal ei ddillad a'i lyfrau a gwahanol fân bethau eraill, gan gynnwys dwy botelaid o frandi (anrhegion Monsieur Duthiel) ac un potelaid fawr o'r bwrbon gorau (anrheg Jean Baptiste Bertrand). Ffarweliodd â'i gyfaill yn ei Ffrangeg gorau, a throi wedyn at Mary Margareta a dweud, 'Bydda i'n dychwelyd ar ôl i mi orffen adeiladu sylfeini safadwy ar yr ynys.'

Y peth cyntaf a wnaeth oedd adeiladu annedd syml iddo'i hun. Plethodd ganghennau ynghyd i greu dau fur o fath, gan ddefnyddio rhaff i glymu'r darnau mwyaf anhydrin. Clymodd y ddau ar ffurf *lean-to* a gyrru stanciau pren trwy'r gwaelod er mwyn angori'r adeiladwaith simsan yn y ddaear. Plethodd ddarn arall a'i osod ar fachau o raff i wasanaethu fel drws. Aeth ati wedyn i siapio rhai o'r coed roedd wedi'u cwympo, gan adael rhai darnau'n logiau a throi eraill yn estyll o wahanol feintiau. Rhwng ei gamgymeriadau ei hun a chlymau styfnig rhai o'r boncyffion, penderfynodd na fyddai llawer o'r darnau'n dda i ddim ond fel coed tân, ond dechreuodd gasglu storfa dderbyniol o ddeunyddiau adeiladu fesul tipyn, wrth i'r dyddiau droi'n wythnosau. Treuliai oriau lawer yn cerdded yn ôl ac ymlaen ar draws yr ynys fach, yn archwilio pob llathen o'r tir roedd yn ei adnabod yn dda'n barod, yn ceisio penderfynu unwaith ac am byth ar leoliadau'r tai, y capel, yr ysgoldy, y stordy a'r gwahanol adeiladau eraill. Lluniai fapiau lu yn y pridd â brigyn, yn ad-drefnu pentref ei ddychmyg dro ar ôl tro. Dechreuodd ystyried pa enw a roddai i'r ynys ac weithiau byddai'n gorwedd ar y ddaear galed ar ôl diwrnod caled o waith yn troi'r gwahanol enwau drosodd a throsodd ar ei dafod wrth iddo syrthio'n araf i freichiau cwsg. Glanfa. Noddfa. Galipolis Newydd. Gwalia Newydd. Ynys Siriol. Weithiau byddai'n gorwedd am hydoedd cyn i gwsg ei gipio, yn gwrando ar y gwynt yn ysgwyd y waliau simsan a blygai'n isel uwch ei ben, yn dychmygu'r hyn y byddai'n ei ddweud wrth Mary Margareta Davies am yr holl orchestion roedd wedi'u cyflawni ar yr ynys.

Pan nad oedd ond un gasgen o ddŵr glân ar ôl, byddai'n neilltuo diwrnod cyfan i fynd â'r ddwy gasgen arall yn y cwch dros y sianel i'r tir mawr a'u llusgo i fyny'r allt i'r nant a ddarganfu rai blynyddoedd yn ôl. Tarddai mewn ffynnon loyw yn y bryniau rhyw hanner milltir i'r gogledd, ac er nad oedd yn gwbl sicr pwy oedd perchennog y tir hwnnw, nid oedd neb wedi'i rwystro rhag gwneud, hyd yn hyn. Gwyddai y byddai'n rhaid iddo setlo'r mater rywbryd er mwyn cael caniatâd i gario'r dŵr i'r ynys ar hyd y bont fach y byddai'n ei hadeiladu ryw ddydd, ond cwestiwn i'r dyfodol fyddai hwnnw. Cymerai fwy o amser i symud y casgenni llawn yn ôl i'r cwch a'u rhwyfo'n ôl i'r ynys. Erbyn iddo gyrraedd y lan, tynnu'r cwch i fyny allan o afael y llif, a llusgo'r ddwy gasgen drom i'r annedd, ni fyddai ganddo'r egni i wneud dim byd arall am weddill y dydd ond eistedd ar lan yr ynys yn pysgota.

Ar y cychwyn, ni chadwai ond y pysgod roedd yn weddol gyfarwydd â'u bath i'w bwyta. Gwyddai fod gwahanol fathau o gathbysgodyn yn gyffredin iawn yn yr afon a bod canmol i'w cig, ond ni allai ddygymod â golwg y creaduriaid hynny, eu hwynebau fel angenfilod o'r isfyd, gyda'u blewiach hir a'u pigau bygythiol. Roedd wedi clywed straeon yn ystod ei ddyddiau'n gweithio ar yr agerfadau am gathbysgod gleision yr Ohio, y *blue catfish* a allai dyfu i faint rhyfeddol – mor fawr â chi mawr, yn ôl rhai, mor fawr â llo neu asyn yn ôl eraill. Weithiau wrth daflu'i fachyn i'r dŵr tywyll meddyliai Enos am yr angenfilod mawrion hyn a lechai ar waelod yr afon, yn hanner gobeithio y câi ddal un a'i dynnu i'r wyneb i'w weld ac eto'n hanner poeni y byddai'r fath greadur yn ei dynnu yntau i'r dyfroedd a'i foddi neu'i larpio'n fyw. Roedd yn weddol sicr fod yr Ysgrythur yn cyfeirio at angenfilod y dŵr ac yn edifarhau nad oedd wedi gwrando'n fwy astud yn ystod y pregethau a'r cyfarfodydd gweddi lu y bu'n hanner cysgu trwyddynt. Roedd ganddo Feibl Cymraeg ymysg y llyfrau yn ei gist, ac aeth ati i'w ddarllen. Daeth o hyd i hanes Lefiathan tua diwedd Llyfr Job. 'A dynni di y lefiathan allan â bach, neu a rwymi di ei dafod ef â rhaff? A osodi di fach yn ei drwyn ef neu a dylli di asgwrn ei ên ef â mynawyd?' Myfyriodd ynghylch ymffrost y Duw hollalluog wrth iddo brofi Job ac ailddarllen y Llyfr o'r dechrau, yn rhyfeddu at hanes gŵr sy'n berffaith, yn uniawn, yn ofni Duw ac eto'n dioddef oherwydd yr union rinweddau hynny, er mwyn i Dduw gael profi'i bwynt, a'r Hollalluog megis yn cydweithio â Satan er mwyn arteithio'r truanddyn. Ac yntau'n dioddef mor dawel gydol yr amser, dechreua Job achwyn o'r diwedd, gan ddweud 'mae fy enaid yn blino ar fy einioes', ac yn ymbil ar Dduw. 'Na farna fi yn euog; gwna i mi wybod paham yr ymrysoni â mi.' Credai y gallasai Job, gydag ychydig o gyfrwystra, fod wedi dianc rhag rhai o'r poenai pe bai wedi siarad yn llai gonest ar adegau â Duw a Satan. O leiaf roedd gan y stori ddiweddglo hapus o fath. 'Felly Job a fu farw yn hen, ac yn llawn o ddyddiau.' Ailgydiodd yn *Sketch Book* Washington Irving wedyn. 'Rip Van Winkle, however, was one of those happy mortals.' Roedd y ddeilen a osododd Enos yn y llyfr wedi troi'n frown ac yn ddifywyd, yn nes o ran ei hansawdd at bapur tudalennau'r llyfr.

Bob tro y clywai gorn agerfad byddai'n gollwng ei waith a rhedeg at lan ddeheuol yr ynys. Ni flinai ar wylio llongau mawrion yr afon yn mynd heibio, y gweithwyr a'r teithwyr yn symud yn ôl ac ymlaen, rhai ohonynt yn ei weld weithiau ac yn codi llaw. Meddyliai am yr agerfadau gyda'r nos, yn mynd ac yn dod ar hyd y ffordd fawr ddyfrllyd ac yn cysylltu'r dinasoedd a'r ffordd honno'n wythïen einioes bywyd iddyn nhw: Pittsburgh, Wheeling, Cincinnati a Louisville. Byddai rhai ohonynt yn mentro'r holl ffordd ar yr Ohio i'r Mississippi gan gyrraedd St. Louis neu hyd yn oed New Orleans yn y diwedd. Pwy a ŵyr beth a feddyliai teithwyr a gweithwyr yr agerfadau wrth iddo sefyll ar lan ei ynys fechan yn codi llaw arnynt? Meudwy o ddyn gwyllt, ei stori'n gyfrinach na ddysgai'r un ohonynt amdani fyth. Yr olaf o Shawnee'r dyffryn, efallai'n gwrthod gadael llecyn o dir roedd ei deulu wedi'i hawlio ers canrifoedd. Job dioddefus, wedi'i yrru i unigedd gan ei gystudd. Rip Van Winkle Ohio, wedi'i syfrdanu gan y cychod mawrion nad oedd yn bod pan aethai i gysgu flynyddoedd lawer yn ôl. Gwyddai Enos yn iawn beth a feddyliai ef wrth sefyll ar lan yr ynys yn codi llaw arnyn nhw: dyfodol ei fenter. Y math o agerfadau a ddeuai i'w ynys yn y dyfodol, yn oedi wrth y dociau y byddai'n eu hadeiladu er mwyn dod â'r fasnach a fyddai'n waed bywiol i'w deyrnas Gymreig fechan. Galipolis Newydd. Gwalia Newydd. Ynys Siriol. Ynys Enos, efallai. Pwy a ŵyr?

Weithiau gwelai ddyn ymhlith y teithwyr neu'r gweithwyr â'i groen yn dywyllach na'r lleill. Craffai Enos arno, yn ceisio canfod arwyddion yn ei wisg a'i osgo a ddywedai'i hanes. A oedd yn ddyn rhydd, papurau yn ddiogel yn ei boced yn profi nad oedd yn eiddo i neb yn llygad y gyfraith, neu ai caethwas ydoedd a deithiai gyda'i feistr, yn ddyn y gellid ei werthu ar fympwy fel anifail mewn marchnad yn debyg i'r un a welsai yn Natchez? Cofiai Enos am yr addewidion i'r caethweision nad oedd wedi'u gwireddu eto, ond ceisiai'i ddarbwyllo'i hun bod rhaid iddo'u cadw o'r neilltu dros dro, nes bod ei fenter wedi dechrau llwyddo. Credai mai trwy wireddu'i freuddwyd y byddai'n gallu gwasanaethu anghenion dynoliaeth orau.

Penderfynodd yn y diwedd ar leoliad ei dŷ. Roedd yna godiad bach o dir ar ochr orllewinol yr ynys a chanol y codiad hwnnw'n weddol wastad. Wrth lunio ac ailunio map o'r pentref y byddai'n ei godi, trawodd ar y syniad mai ar y codiad hwnnw o dir y dylai tai cyntaf a phwysicaf y gymuned sefyll. Dychmygai groesffordd ar yr union fan, a dwy lôn yn cyfarfod – y naill yn rhedeg o drwyn dwyreiniol yr ynys i'r gorllewin a'r llall yn rhedeg o'r doc ar gyfer yr agerfadau mawr ar y lan ddeheuol i ddoc bach ar gyfer cychod bychain ar y lan ogleddol. Byddai'i dŷ ei hun yn sefyll ar y groesffordd honno, yn arwydd o'i statws fel pensaer, arweinydd a phrif batriarch y gymuned. Gosododd frigyn o'r neilltu a ddaeth o un o'r coed roedd wedi'u cwympo gan ei fod yn anarferol o syth. Wedi ei drin ychydig a rhoi min arno roedd ganddo declyn yn debyg i ffon hir â phen miniog y medrai'i ddefnyddio fel ysgribin mawr i dynnu llinellau yn y pridd wrth ei draed. Dechreuodd lunio sylfeini'r pentref, nid tynnu llun map bach, ond disgrifio'r sylfeini yn y pridd, yn gywir o ran maint a lleoliad. Lluniodd y ddwy lôn gan greu felly'r groesffordd ar y codiad bach o dir. Nododd union fan cyfarfod y ddwy lôn, safleoedd y ddau ddoc, a lleoliad pen y bont fach a fyddai'n cludo dŵr glân o'r nant ar y tir mawr i'r ynys. Amlinellodd sylfeini nifer o dai, gan gynnwys ei dŷ ei hun – tŷ mawr, plasty o gartref yn ôl safonau'i hen gymdogaeth yn sir Gaernarfon, yn sefyll ar y groesffordd gydag un drws yn agor at y lôn a redai o'r gogledd i'r de ac un arall yn agor at y lôn a redai o'r dwyrain i'r gorllewin.

Treuliodd ddiwrnod cyfan yn amlinellu ystafelloedd oddi mewn i furiau'r plasty hwnnw – parlwr a fyddai'n fwy na pharlwr Jean Baptiste Bertrand, llyfrgell grand, cyntedd eang, myfyrgell fach iddo'i hun ac ystafell fyw fach i'w deulu. Ystafell fwyta ar ffurf neuadd o'r hen oesoedd, yn ddigon mawr i gynnwys bwrdd ar gyfer ugain o bobl. Ceginoedd a phantrïoedd, gan y byddai'n rhaid iddo dderbyn ymwelwyr pwysig a darparu gwleddoedd a fyddai'n gweddu'r achlysuron pwysig hynny. Gan fod ei fynych arbrofi â chaib a rhaw ar yr ynys wedi dangos fod y ddaear yn weddol wlyb ar ôl tyllu i ryw ddyfnder penodol, gwyddai na fyddai'n ddoeth adeiladu seleri o dan y tai, ac felly penderfynodd y byddai'n rhaid i'w wingell fod yn ymyl y pantri ond gyda waliau digon trwchus i wneud yr hinsawdd yn debyg i gell danddaearol. Dechreuodd symud y deunyddiau adeiladu gan gynnwys yr holl goed roedd wedi'u cwympo a chludodd gerrig o'r glannau i greu sylfeini. Ond ni allai ddechrau adeiladu. Yn hytrach, safai'n hir yn syllu ar amlinelliad ei blasty a theimlo rhyw gnoi yn ei fol. Oedd y parlwr yn y lle iawn? Oni ddylai feddwl yn fwy am leoliadau'r lleoedd tân? Sut byddai'r cyrn simdde yn edrych yn codi o'r rhannau hynny o'r to? Defnyddiodd ei droed i ddileu rhan o'i gynllun cyn codi'r ysgrifbin anferth a dechrau ailunio, yn canu'n ysbeidiol iddo'i hun. 'Dyma odfa newydd, o Arglwydd dyro rym…'

Ac felly'r aeth gweddill yr haf heibio, gydag Enos yn cynllunio, yn dadgynllunio ac yn ailgynllunio, yn breuddwydio ac yn ailfreuddwydio. Byddai'n cysgu yng ngoleuni ei freuddwydion ei hun, yn hanner gweld yr adeiladau crand yn llenwi'r ynys fach, a'r pontydd yn ei chysylltu â'r tir mawr i'r gogledd, rhai'n cludo dŵr ac eraill yn bontydd i ymwelwyr, yn hardd ac yn osgeiddig, bwâu ceinion o gerrig yn eu cynnal, eu colofnau wedi'u harddurno â cherfluniau. Weithiau pan fyddai'n gorwedd rhwng cwsg ac effro byddai'i freuddwydion yn uno â gweledigaethau eraill. Unwaith gwelodd y pontydd ceinion a gysylltai'i ynys â'r tir mawr yn gorffen mewn palmentydd llyfnion, a'r rheiny'n arwain at nifer o blastai anferth, eu ffenestri hirion yn disgleirio â goleuadau lawer. Gwyddai mai Versailles Newydd ydoedd, ei freuddwydion am ddyfodol ei ynys wedi cydio ym mreuddwydion hen Ffrancwyr Gallipolis, a phopeth a oedd yn hyfryd ac yn oesol am gelf a diwylliant Ewrop y ddeunawfed ganrif yn ymestyn i'r rhan honno o gyfandir America er mwyn harddu a chyfoethogi dyfodol disglair y gymuned Gymreig y byddai'n ei sefydlu yno.

Un diwrnod pan aeth Enos ar draws sianel yr afon i'r tir mawr i lenwi'i gasgenni dŵr, gwelodd ddyn yn sefyll yno fel pe bai'n disgwyl amdano. Tynnodd y cwch i'r lan a chlymu'r rhaff wrth foncyff coeden a chyfarch y dyn yn Saesneg. Nid atebodd. Llusgodd Enos y ddwy gasgen wag o'r cwch a'u gosod yn ymyl y boncyff cyn cerdded draw at y dyn a'i gyfarch eto. Roedd ei ddillad yn debyg i ddillad Enos ond gwelai'r Cymro wrth nesáu ato mai un o'r brodorion ydoedd. Disgynnai ei wallt tywyll at ei ysgwyddau ac er bod y crychau ar ei wyneb yn awgrymu'i fod mewn tipyn o oedran nid oedd blewyn gwyn i'w weld. Roedd wedi gosod sypyn yn ymyl ei draed, un wedi'i glymu â rhaffau er mwyn ei gludo ar ei gefn. Siaradai Saesneg yn rhugl er bod ganddo acen drom. 'I have been watching you cross. I know the current of this river, and I knew that you would land here.'

Gofynnodd Enos iddo eistedd a sgwrsio am ychydig. Gwrthododd y dyn eistedd a gwrthododd ddweud ei enw, ond safodd yno'n sgwrsio. Dysgodd Enos ei fod yn Shawnee a'i fod wedi arfer byw yn yr union ardal hon flynyddoedd yn ôl, cyn i Ohio gael ei ffurfio'n dalaith. Roedd wedi dilyn Tenskwatwa a Tecumseh i ryfel ond pan laddwyd Tecumseh penderfynodd ei throi hi am barthau eraill. Gan ei fod wedi dod i nabod nifer o'r Cherokee a fu'n hela ar hyd dyffryn yr Ohio yn yr hen ddyddiau, aeth i chwilio amdanyn nhw, ac yno, yn un o'u pentrefi ym mynyddoedd Gogledd Carolina, roedd wedi bod yn byw ers dros bymtheng mlynedd. Ond teimlai henaint yn tynhau'i afael arno a gwyddai na fyddai'n gallu teithio'n rhwydd am lawer o flynyddoedd eto, felly gan ei fod am farw ymhlith ei bobl ei hun roedd ar ei ffordd i ymuno â'r cymunedau Shawnee olaf yng ngogledd-orllewin Ohio. Cofiodd Enos yr hyn a ddywedai'r hen Ffrancwyr am *Le Prophète*, Tenskwatwa, a dywedodd wrth y dyn ei fod wedi clywed fod y proffwyd yn dychwelyd o'r gorllewin pell weithiau. Edrychodd y dyn yn wahanol arno, ei lygaid yn craffu ar wyneb Enos am arwyddion, ac wedyn amneidiodd a dweud, 'Yes, I too have heard this'. Dywedodd rywbeth nad oedd Enos yn ei ddeall, gan ailadrodd gair a swniai fel *iapacsimoci*.

Plygodd wedyn, cydio yn ei sypyn a rhoi'i freichiau trwy'r rhaffau er mwyn ei osod ar ei gefn. Trodd at y gorllewin, ond dywedodd Enos ei fod wedi gobeithio dysgu rhai pethau ganddo. Syllodd y dyn ar wyneb y Cymro, a dweud

mewn llais blinedig, 'and what things would you learn from me?' Dywedodd
Enos ei fod yn byw ar yr ynys fechan, gan hanner troi a phwyntio ati â'i law.
Eglurodd ei fod yn chwilio am enw i'r ynys ac felly am wybod beth oedd yr enw
a ddefnyddid gan y Shawnee. Ysgydwodd y dyn ei ben a dweud, 'you have our
old places now, even though you have no right to them. You might have some of
our names too, but I'm taking the rest with me.' Ac wedyn siaradodd yn yr iaith
frodorol, ac er nad oedd Enos yn deall y geiriau roedd yn rhyw feddwl ei fod
yn deall eu harwyddocâd. 'Twll dy din di, ddyn gwyn.' Dechreuodd y dyn droi i
adael, ond galwodd Enos arno, yn erfyn yn daer. 'But we have the river's name,
the Ohio, already, and surely the name of this one small island means nothing
by comparison.' Roedd brath yn llygaid y gŵr a'i eiriau'n swta wrth graffu ar
wyneb Enos. 'That is not our name for it. That is Seneca.' Meddalodd ychydig
wrth weld ei fod wedi torri crib Enos mor drylwyr, a gwenodd, caredigrwydd
yn disodli dicter. 'Pelewathîpi. That is how we call this river. Now you have that
name, and you won't get any more. I'm taking the others into the West with me.'
A heb yngan gair arall, trodd a cherdded i ffwrdd.

Rai dyddiau'n ddiweddarach eisteddai Enos ar lan yr ynys, ei wialen
bysgota yn ei law. Gan fod ei gig moch hallt wedi darfod ers talwm roedd yn
gwbl ddibynnol ar bysgota bellach. Tynhaodd y llinyn a neidiodd y wialen yn ei
ddwylo. Teimlai'r tyndra cyfarwydd, rhywbeth byw o dan y dŵr yn cwffio â'i holl
nerth yn ei erbyn o. Bu'n rhaid iddo gladdu'i sodlau'n ddyfnach yn y ddaear a
phwyso'n ôl, mor gryf roedd y pysgodyn anweladwy yr ymladdai ag o. Wedi rhai
munudau o ymdrechu yn y modd hwnnw, llwyddodd Enos i gael y pysgodyn i
wyneb yr afon. Cathbysgodyn glas, y mwyaf iddo'i weld â'i lygaid ei hun erioed,
ei ben mawr hyll mor llydan â rhaw, a'r blew hir yn symud yn yr awyr wrth i dwll
mawr ei geg agor a chau. Ond wrth iddo geisio tynnu'r pysgodyn o'r dŵr torrodd
y llinyn gydag ergyd fel chwip a syrthiodd Enos yn glwt ar ei gefn. Cododd ei
ben i edrych ar y cathbysgodyn yn diflannu yn nyfroedd tywyll yr afon. Cododd
Enos yn araf, gan ymestyn yn ofalus a cheisio canfod hyd a lled y poenau yn ei
gefn. Cyn plygu i godi'i wialen, sylwodd fod cymylau duon wedi cau'n llen dros
yr haul. Daeth ergydion trymion y taranau ac wedyn y glaw, dafnau mawrion
o'r fath nad oedd Enos wedi'i brofi ond yn y rhan honno o'r Amerig. Glaw
a'i gwlychodd o'i gorun i'w sawdl mewn eiliadau. Wrth godi'i wialen bysgota
meddyliodd y byddai dyn ofergoelus yn credu mai melltith y pysgodyn oedd
y glaw, y dŵr yn dod i lawr o'r nefoedd i'w foddi yn gosb am geisio llusgo'r
anghenfil o ddyfnderoedd yr afon.

Cododd Enos ei ben ac agor ei geg. Roedd bron cystal ag yfed, wrth i
gymaint o ddŵr lifo dros ei dafod. Dŵr glân y glaw, heb ei halogi gan y ddaear.
Erbyn cyrraedd ei annedd a thynnu'i ddillad gwlyb roedd syniad wedi'i daro.
Gallai gasglu dŵr glaw a'i gadw mewn cronfa ar yr ynys. Byddai'n creu'i ffynnon
ei hun o ddŵr bywiol iach, nid trwy ei godi o'r ddaear ond trwy harneisio'r dŵr
a ddeuai i lawr o'r nefoedd.

Roedd y glaw trwm wedi golchi ymaith yn gyfan gwbl y llinellau a sgrialodd ym mhridd yr ynys, felly dechreuodd arni unwaith eto, yn amlinellu'r ddwy lôn ac yn creu'r groesffordd ar y codiad o dir yn ymyl pen gorllewinol yr ynys. Ailgreodd batrwm ei dŷ mawr yn ymyl y groesffordd cyn dechrau o'r diwedd ar y gwaith adeiladu. Penderfynodd beidio â darllen na segura mewn unrhyw ffordd nes bod y tŷ wedi'i orffen, er bod rhaid iddo oedi bob hyn a hyn i bysgota. Ni ddaliodd y cathbysgodyn anferth wedyn, ond daliodd ambell anghenfil llai ei faint. Taflodd bob un yn ôl i'r afon yn fyw, oherwydd parch, meddai wrtho'i hun, gan wybod y byddai dyn ofergoelus yn ei alw'n ofn. Ond daliodd ddigon o bysgod eraill i lenwi'i fol. Fel arall, gweithiai'n ddygn ar ei dŷ. Palodd ychydig er mwyn gosod cerrig y sylfeini'n sownd yn y ddaear. Wedyn dechreuodd osod y coed i ffurfio waliau. Penderfynodd ddechrau ar un ystafell a'i gorffen, a honno oedd yr ystafell fyw fach yng nghesail y groesffordd. Cymerodd ddyddiau lawer, yn fwy na'r hyn roedd wedi'i ragweld, a phan oedd yr ystafell wedi'i gorffen roedd Enos wedi blino'n lân. Penderfynodd osod to ar yr ystafell honno a'i defnyddio fel tŷ dros dro. Roedd yn fwy o ran maint ac yn fwy solet o lawer na'i hen annedd fach, er nad oedd ond caban pren un ystafell nad oedd yn debyg mewn unryw ffordd i'r plasty mawreddog y byddai'n ei adeiladu ryw ddydd.

Aeth ati i astudio ac asesu'r ynys o'r newydd, a hynny er mwyn penderfynu ar leoliad y gronfa ddŵr. Dechreuodd lunio cynllun o'r gronfa ac ystyried gwahanol ddulliau o gynaeafu'r dŵr a'i sianelu. Dyfeisiodd, cynlluniodd ac adluniodd, dro ar ôl tro. Daeth ias yr hydref i hydreiddio'r nosweithiau er bod y dyddiau'n gynnes o hyd, ac roedd aroglau hiraeth yn y gwynt. Yn fuan ar ôl i ddail y coed ddechrau troi, daeth cais iddo ddychwelyd i Gallipolis. Clywodd lais yn gweiddi yn y pellter a phan gerddodd at lan ogleddol yr ynys gwelodd ddyn yn sefyll ar y tir mawr yn chwifio'i freichiau. Erbyn deall, Ed Symmes oedd o, dyn a gyflogid yn achlysurol gan Jean Baptiste Bertrand, ac roedd wedi dod â neges i Enos. Roedd gwin newydd Nicholas Longworth wedi cyrraedd Gallipolis, ac roedd ei gyfaill yn gobeithio y byddai Enos yn dod i'w flasu. Ymolchodd ac eilliodd a gwisgo'r unig ddillad roedd ganddo ar ôl heb dyllau na rhwygiadau yn eu hanffurfio. Wedyn gosododd ei holl offer yng nghornel ei dŷ bychan, cau'r drws a'i gloi â thamaid o bren ar raff, a chymryd y cwch i'r tir mawr.

Safai Jean Baptiste Bertrand o flaen y lle tân yn y parlwr, yn areithio'n hir yn Ffrangeg. Roedd Enos yn deall digon i wybod ei fod yn adrodd hanes Ffrancwyr Dyffryn yr Ohio, eu hymchwil am fyd gwaraidd gwell a'r siomedigaethau lu a oedd wedi'u rhwystro. Eisteddai'r hen Ffrancwyr eraill o gwmpas yr ystafell yn amneidio ac yn amenio, y dagrau'n disgleirio yn eu llygaid. Cyfeiriodd at y ffaith fod nifer ohonynt wedi cael mymryn o lwyddiant bydol a'u bod yn byw'n ddigon cyfforddus, er nad oedd y bywyd hwnnw ond cysgod gwan o'i gymharu ag uchelgais eu hen freuddwydion. Dywedodd wedyn fod ei ymchwil bersonol am win o safon yn *allégorie* ar gyfer yr ymchwil fawr honno am fyd gwell. Ychwanegodd fod yr ymchwil wedi troi'n *grande quête*, ac aeth ymlaen i adrodd hanes *la grande quête* honno, gan fanylu ar y gobeithion a'r siomedigaethau. Wedyn, camodd naill ochr, a chodi'i law i ddangos wyth potel roedd wedi'u gosod mewn rhes ar y seld.

Safai Mary Margareta Davies yn ymyl, yn dal hambwrdd gyda nifer o wydrau tal a elwid yn *flûtes* gan y Ffrancwyr. Cododd Jean Baptiste Bertrand botel, a throi at y Saesneg. 'And now, thanks to Monsieur Nicholas Longworth, I believe we are about to enter a new chapter in this long history.' Agorodd y botel, y gwesteion yn cymeradwyo'n frwdfrydig ar glywed ergyd y pop. Tywalltodd Jean Baptiste Bertrand y gwin, yn binc ac yn fywiog, gan lenwi'r holl wydrau. Cerddodd Mary Margareta yn ofalus o westai i westai, yn plygu ychydig ac yn cynnig yr hambwrdd. Daeth â'r gwydryn olaf i Enos, a oedd wedi dewis sefyll er mwyn gadael digon o gadeiriau i'r bobl oedrannus. Cododd Jean Baptiste Bertrand ei wydryn a gwnaeth pawb yr un fath: 'à la grande quête et à Monsieur Longworth!' Adleisiwyd ei lwncdestun gan bawb, gan gynnwys Enos a geisiodd lefaru'r geiriau Ffrangeg yn eglur. Roedd y gwin ychydig yn felys, a'r swigod yn chwarae ar ei dafod a'i daflod. Agorwyd potel arall. Daethpwyd â detholid o deisenni bychain hefyd.

Wedi rhyw awr o yfed, bwyta a siarad, dechreuodd Mademoiselle Vimont ganu, ac er bod ei llais hi wedi gwanhau yn ystod y blynyddoedd diwethaf roedd afiaith a chalon yn ei pherfformiad. Symudodd Enos yn araf o gwmpas yr ystafell, yn ceisio agosáu at Mary Margareta er mwyn siarad â hi, ond symud i ffwrdd wnâi hi bob tro, yn canfod gwaith i gymryd ei sylw cyn iddo gael cyfle i daro sgwrs. Pan agorwyd y botel olaf cynigiodd Jean Baptiste Bertrand wydryn iddi hi hefyd, ond gwrthododd yn gwrtais.

Ffarweliodd y rhan fwyaf o'r gwesteion fesul un neu ddau, ond arhosodd Monsieur Duthiel i siarad o flaen y tân gyda Jean Baptiste Bertrand ac Enos. Aeth Mary Margareta i nôl potelaid o frandi ceirios a thri gwydryn glân a'u gosod ar fwrdd bychan o'u blaenau. Aeth ati i gasglu'r gwydrau gweigion a'r platiau a mynd â nhw i'r cefn. Holodd y ddau Ffrancwr Enos am ei ynys, ac eglurodd ei fod wedi penderfynu casglu a chadw dŵr glaw yn hytrach na cheisio dod â dŵr o'r nant ar y tir mawr i'r ynys. Cododd y ddau eu gwydrau'n seremonïol a'u gwagio mewn un llwnc i gydnabod dyfeisgarwch y Cymro. Trafodwyd hynt a helynt y cymunedau Ffrengig ym Marietta, Louisville, St. Louis ac yn New Orleans. Trafodwyd y si bod gwaith ar fin dechrau ar reilffordd ym Maryland a fyddai'n cyrraedd de Ohio ymhen rhai blynyddoedd a'r modd y medrai'r trenau newydd ddwyn masnach yr agerfadau. Disgrifiodd Monsieur Duthiel y dyn roedd wedi'i gyflogi'n ddiweddar i weithio ar ei fferm, Jacob Jones – *un homme libre*, nid caethwas wedi ffoi ond dyn a chanddo bapurau cyfreithiol yn profi ei fod yn ddyn rhydd. Gofynnodd Enos a oedd wedi'i eni'n ddyn rhydd ynteu a oedd rhywun wedi prynu'i ryddid iddo ac atebodd Monsieur Duthiel na wyddai gan na hoffai ofyn gormod o gwestiynau personol iddo. Gwyliwch yr un fath, rhybuddiodd Jean Baptiste Bertrand: bydd dynion cwbl di-egwyddor o'r taleithiau deheuol yn cipio dynion rhydd weithiau. Gwell sicrhau fod copïau o'i bapurau wedi'u cadw'n saff yn eich cartref. Aeth y sgwrs wedyn i gyfeiriadau eraill, gan ddychwelyd yn gyson at rinweddau'r gwin pefriog pinc a yfasid y noson honno, *Champagne rosé de Cincinnati*.

Bu'n gyfle i Enos ddysgu mwy am y sefyllfa wleidyddol gan nad oedd wedi darllen papur newydd na siarad â neb ers misoedd. Roedd y ddau Ffrancwr yn credu mai *l'âne*, Andrew Jackson, fyddai'n ennill yr etholiad ym mis Tachwedd. Gan nad oedd mwyafrif eglur wedi'i sicrhau gan yr un ymgeisydd yn etholiad 1824 a'r Gydgynghorfa yn Washington wedi penderfynu mai John Quincy Adams oedd yr ymgeisydd llwyddiannus, bu'r Democratiaid wrthi yn ystod y pedair blynedd ers hynny'n dadlau fod Adams wedi'i urddo'n Arlywydd trwy ddulliau llygredig a bod yr uchel swydd wedi'i lladrata oddi ar Jackson. Chwarddodd Monsieur Duthiel wrth ddisgrifio rhai o'r cartŵnau a oedd wedi ymddangos yn y papurau, gyda chefnogwyr Adams yn darlunio Jackson fel *the jackass*. Ond difrifolodd Jean Baptiste Bertrand ac atgoffa'i gyfaill fod y Cadfridog o Dennessee wedi mabwysiadu'r llysenw'i hun a'i droi'n arwydd o gryfder a phenderfyniad. *L'âne*, yr asyn gwydn a phenderfynol. Chwarddodd Monsieur Duthiel a dweud, maen nhw'i gyd yn asynnod – y Democratiaid. Efallai, efallai, dywedodd Jean Baptiste Bertrand, ond gwyddom ni un ac oll fod y Democratiaid yn gryf ac y byddai Jackson yn sicr o ennill y tro hwn. Cododd y botel a llenwi'u gwydrau eto.

Wedyn trodd at Enos. 'And you, my friend, as we talk of politics, remember your naturalization.' Roedd wedi atgoffa Enos droeon o'r ffaith y medrai wneud cais i fod yn ddinesydd gan iddo fyw yn yr Unol Daleithiau ers dros bum mlynedd. 'It only takes five years, and you, you have been here for more than ten!' Ie wir, ychwanegodd Monsieur Duthiel yn Ffrangeg. Paid â bod yn asyn, yn *âne* dy hun, a cholli dinasfraint y wlad. Bydd yn cymryd dwy flynedd ar ôl i ti ddatgan dy fwriad, siarsiodd Jean Baptiste Bertrand, felly dos ar d'union i Chillicothe ac arwyddo'r papur yn ddi-ymdroi. Diolchodd Enos i'r ddau ac addo y byddai'n gwneud hynny cyn dychwelyd i'w ynys. Llyncodd Monsieur Duthiel ragor o frandi. 'But remember,' dywedodd Jean Baptiste Bertand, 'you will have to renounce your loyalty to the King of England.' Chwarddodd yn uchel. 'And renounce any titles to nobility you may have.' Chwarddodd Enos a Monsieur Duthiel hefyd. Dywedodd Enos wrth dagu ar ei ddiod y byddai'n bleser diarddel ei ffyddlondeb i Frenin Lloegr ond ei fod yn gyndyn o ffarwelio â holl deitlau pendefig ei deulu. 'Paid â phoeni, fy nghyfaill,' bloeddiodd Monsieur Duthiel. 'Rhoddwn deitl newydd i ti. *Le seigneur de l'île!* Arglwydd yr Ynys!' Ac wedyn gofynnodd i Enos a oedd wedi penderfynu ar yr enw eto. Difrifolodd y Cymro a dweud bod ganddo nifer o syniadau. Glanfa. Noddfa. Galipolis Newydd. Gwalia Newydd. Ynys Siriol. Ynys Enos. Eglurodd yr enwau Cymraeg a thrafod eu haddasrwydd. Dywedodd wedyn ei fod wedi dysgu enw'r Shawnee ar yr afon ac yn ystyried ei ddefnyddio. Pelewathîpi. Awgrymodd Monsieur Duthiel ei fod yn defnyddio'r enw *Nouveau-Versailles*. Daeth cysgod dros wyneb Jean Baptiste

Bertrand a syllodd i mewn i'w wydryn gwag wrth iddo siarad. 'Nage, nage, fy nghyfaill. Ni fydd y lle hwnnw'n bod ond yn ein breuddwydion ni.'

Wedi iddyn nhw orffen y botel, cododd y tri o'u cadeiriau. Dymunodd Monsieur Duthiel *bonne nuit* i Enos a cherddodd Jean Baptiste Bertrand gydag o o'r parlwr i'r drws ffrynt, y ddau'n sigledig ar eu traed ond yn parhau i siarad yn egnïol. Cododd Enos y botel wag a'r gwydrau a mynd â nhw trwy'r drws cefn i'r gegin fach. Dyna lle roedd Mary Margareta, wedi gorffen sychu'r llestri a'r gwydrau roedd wedi'u golchi yn y cafn a'u gosod yn dwt ar yr ochr yn ymyl y llusern olew. Safai yn ymyl y ffenestr fach yn syllu ar y tywyllwch y tu allan. Roedd cudyn o'i gwallt golau wedi dianc o'r cocyn llac ar gefn ei phen ac yn hongian i lawr heibio'i hysgwydd. Er bod ei chefn ato, taflai'r llusern olau ar y ffenestr a medrai weld ei hadlewyrchiad ynddi, fel wyneb ysbryd mewn drych. Trodd hi'n araf oddi wrth y ffenestr a dal ei lygaid am eiliad cyn symud at y llestri glân a dechrau eu twtio.

'Gwell i chi fynd i'ch gwely. Sa' i'n 'moyn i chi fod dan 'y nhra'd i fan hyn.'

'Alla i'ch helpu chi?'

Roedd y gwin a'r brandi wedi gwneud tafod Enos yn dew ac anhydrin yn ei geg, ond ceisiodd guddio'i feddwdod.

'Sa'i'n credu y byddech chi'n llawer o help fel 'na, Enos. Cerwch i'ch gwely. Mae'n hwyr.'

Ymsythodd Enos a neidiodd ei galon i'w wddf. Dyna'r tro cyntaf iddi hi ddefnyddio'i enw yn ei glyw. Ynganodd ei henw yn araf.

'Mary Margareta.'

Symudodd hi ychydig, yn sychu'i dwylo yn ei ffedog, ac yna trodd yn araf a'i wynebu. Roedd ei chefn i'r llusern a chysgodion dros ei hwyneb ond medrai Enos weld ei llygaid yn glir.

'Ie?'

Camodd yn nes ati, hyder a gobaith yn llifo trwy'i wythiennau ar don o win a brandi. Cododd ei ddwylo a chydio yn ei dwylo hi, eu gwasgu'n dyner a syllu i'w llygaid.

'Dwi wedi bod yn meddwl yn ystod y misoedd diwetha ar yr ynys.'

Tynnodd ei dwylo'n rhydd yn araf a chydio yn ei ffedog eto, fel pe bai'n sylwi nad oedd wedi'u sychu'n iawn ac am orffen y gorchwyl. Gollyngodd ei llygaid hefyd.

'Ie?'

'Ie wir. Yn meddwl. Am lawer o betha, wrth reswm, ond yn meddwl amdanoch chi hefyd. A dw i am ofyn i chi 'mhriodi i.'

Cododd ei llygaid a syllu ar ei wyneb. Trodd ei phen naill ochr ychydig. Gallai Enos weld ei bod hi'n hanner gwenu'n goeglyd.

'Y'ch chi am ofyn i fi, y'ch chi?'

'Yndw. Dwi am ofyn i chi.'

'Wel, gweda i hyn wthoch chi. Bydde'n well i chi bido.'

'Pam?' Cymerodd Enos gam yn ôl, yn ceisio dal ei llygaid eto.

'Achos byddech chi'n gwastraffu'ch amser.'

'Fyddwn i?'

'Byddech. Nawr cerwch i'ch gwely cyn i chi weud rhywbeth dwl arall.'

Deffrodd yn hwyr yn y bore gyda chur yn ei ben a brath yn ei galon. Llechodd yn y llofft fach am rai oriau, yn cnoi cil ar siom y noson gynt ac yn disgwyl i'r niwl glirio o'i feddwl. Erbyn amser cinio roedd wedi penderfynu bod Mary Margareta wedi gwrthod ei gymryd o ddifrif oherwydd ei feddwdod ar y pryd. Wedi gwrando'n astud wrth y drws a sicrhau nad oedd hi yn y rhan honno o'r tŷ, llithrodd o'i lofft yn ddistaw a gweithio'i ffordd yn ofalus i lawr y coridor, gan sicrhau na fyddai'n croesi'i llwybr. Aeth trwy'r drws cefn i'r ardd. Tynnodd ddŵr o'r ffynnon ac ymolchi. Wedyn aeth yn ôl i mewn i'r tŷ i chwilio amdani.

Daeth o hyd iddi yn y llyfrgell fach, cyfrol yn un llaw a chadach yn y llaw arall. Roedd newydd orffen rhoi sglein ar y clawr lledr ac ar fin dychwelyd y llyfr i'w le ar y silff pan glywodd y drws yn agor. Trodd i wynebu Enos, yn dal y llyfr a'r cadach o flaen ei brest fel tarian rhag ymosodiad.

'Ry'ch chi wedi cwni o'r diwedd.'

'Yndw. A dwi eisia ymddiheuro.'

Cododd ei haeliau, a daeth hanner gwên i chwarae ar ei hwyneb. Dechreuodd Enos gymryd cam i mewn i'r ystafell cyn ailystyried, baglu ychydig, a phwyso'n drwsgl yn erbyn ffrâm y drws.

'Ie. Ymddiheuro.'

Trodd a gosod y llyfr yn ei le ar y silff a chodi un arall. Siaradodd heb edrych arno, yn cadw'i llygaid ar waith ei dwylo wrth iddi droi'r gyfrol yn ofalus, tynnu llwch a sgleinio'r clawr tywyll. 'Mowredd annwl, ddyn. Ble ma'ch tafod chi? Wy'n gryndo.'

Pesychodd Enos a cheisio gorfodi sicrwydd a chadernid yn ei lais. 'Dw i ddim yn ymddiheuro am yr hyn a ddywedais. Dim ond am yr amgylchiada. Ddylwn i ddim bod wedi codi'r pwnc ar adeg... ar adeg fel 'na.'

'A chithe wedi meddwi fel llo, y'ch chi'n meddwl?'

'Ie... hynny ydi... ie.'

'Sdim ots 'da fi. Fe wyddwn ych bod chi'n ddyn afradlon. Dyw neithiwr ddim wedi newid 'yn meddwl i.'

Roedd hi'n edrych arno erbyn hyn, â rhywbeth yn ei llygaid yn dweud nad oedd ei meddyliau ddim mor hallt â'r geiriau eu hunain.

'Mi wyddoch o'r gora nad wyf yn ddyn afradlon. Mae gen i uchelgais a breuddwyd. Dwi wedi bod yn gwneud fy ffordd fy hun yn y byd, a hynny trwy nerth bôn braich a dyfeisgarwch. Dwi am gyflawni petha mawrion. Gewch chi weld.'

'Welwn ni?'

'Gwelwch. Ac felly dwi am ofyn eto. Wnewch chi 'mhriodi i? Cewch fod yn gydymaith i mi wrth i mi fynd ar drywydd f'uchelgais a'm breuddwyion, a chewch fod yn dyst i'r cyfan.'

Trodd a chodi llyfr arall o'r silff, ei llygaid yn dilyn gwaith manwl ei chadach arno. 'Dw i'n fodlon bod yn dyst i'r cyfan. Ond wna i mo'ch priodi chi cyn hynny. Dangoswch i fi fod popeth chi'n weud yn wir, nid breuddwydion dyn segur ond y gwirionedd, ac wedyn, ar ôl i fi weld ych bod chi'n gneud yn ogystal â gweud, fe wna i ystyried ych priodi.' Dychwelodd y llyfr a throi i'w wynebu eto. 'Dwy'n hoff ohonoch chi, Enos Jones. Fel ma rhywun yn hoff o blentyn sy'n ofnadw o wyllt ac eto'n ofnadw o annwl ar yr un pryd. Ond 'sa i'n 'moyn priodi plentyn.'

'Bydda i'n ddeuddeg ar hugain oed eleni, Mary Margareta. Edrychwch ar 'y ngwyneb i. Dwi ddim yn blentyn.'

Syllodd hi arno am yn hir, ei llygaid yn meddalu a'i cheg yn plygu mewn gwên o fath gwahanol. Camodd o'n agosach ati.

'Rwy'n hoffi'ch wyneb, Enos. Rwy wastad wedi hoffi'ch golwg chi. Mae'n ddrych o'r anwyldeb 'na sy ynoch chi.' Dechreuodd agor ei geg i ymateb, ond siaradodd hi eto cyn iddo gael cyfle. 'Ond sa i'n 'moyn ych priodi chi nes ych bod chi'n dangos bod sylwedd i'ch holl siarad.' Cododd law a gwasgu'i chledr i'w foch, yn cyffwrdd ynddo am y tro cyntaf erioed. 'Ond wir i chi, rwy'n eithriadol o hoff o'r wyneb 'ma.'

Cododd Enos law a chydio yn ei llaw hithau. 'O'r gora, 'ta. Os ydach chi mor hoff o'r wyneb 'ma, bydda'i'n... dwi'n tyngu llw yr eiliad 'ma yn y fan hon na fydda i byth yn eillio eto nes cytunwch chi i 'mhriodi i.' Gwasgodd ei llaw'n dyner a'i gollwng. Trodd a chamu'n ôl at y drws, ond oedodd i siarad cyn ymadael. 'Dw i'n mynd i Chillicothe heddiw. Dw i am fynd i'r swyddfa a datgan 'y mwriad i fod yn ddinesydd. Ac wedyn mi a' i'n syth i'r ynys. Mae'n debyg na welwch chi mohona i eto am yn hir.'

5

Bu blynyddoedd cyntaf arlywyddiaeth Jackson yn brawf ar benderfyniad ac ewyllys Enos. Daeth nifer o lifogydd i ddrysu'i waith, y naill ar ôl y llall, pob un yn uwch na'r un blaenorol. Wedi pythefnos o law trwm ar ddechrau'r gwanwyn cododd yr afon a dechrau llyncu'r ynys. Roedd Enos wedi rhagweld y dilyw; llusgasai'r cwch bach i fyny i ben y bryncyn a'i glymu wrth foncyff yn ymyl y tŷ. Symudodd gymaint o'r coed roedd wedi'u torri i dir uwch hefyd. Diflannodd rhyw draean o'r ynys dan ddyfroedd llidiog yr afon am ryw dridiau, ond gostegodd y stormydd a chiliodd y dilyw fesul llathen nes bod y glannau arferol wedi'u hadfer. Cwpl o fisoedd yn ddiweddarach, ac Enos yn aros am gyfnod ar y tir mawr, yn helpu busnes Jean Baptiste Bertrand, daeth cyfnod maith arall o law a chododd yr afon yn uwch. Pan oedd hi'n ddigon saff i'w mentro hi, croesodd Enos i'r ynys a chanfod bod y dyfroedd wedi cyrraedd stepan ei ddrws. Roedd stwnsh dail a brigau wedi'i daenu ar draws yr ynys, a'r cyfan yn ymddangos fel daear farw nad oedd yn perthyn i'r afon nac ychwaith i'r tir. Roedd yr holl goed tân a'r holl goed yn barod i'w defnyddio ar gyfer yr adeiladau wedi diflannu gyda'r llifeiriant.

Gan fod Monsieur Duthiel wedi mynd yn rhy fusgrell i weithio ar ei dir bellach, addawodd Enos helpu'i weision gryn dipyn yr haf hwnnw ac arhosodd i gynorthwyo gyda'r cynhaeaf ac felly treuliodd fisoedd cyfan ar y tir mawr. Roedd yn rhyw led adnabod y dynion eraill a gyflogid gan yr hen Ffrancwr yn barod – Bob Turner, Edward Symmes a Martin Duprey, dyn tua hanner cant oed, a'r ieuengaf o Ffrancwyr yr ardal – ond dyma'r tro cyntaf iddo gael cyfle i ddod i adnabod Jacob Jones yn dda, y dyn y cyfeiriai'r hen ffarmwr ato fel *l'homme libre*. Dyn ifanc oedd Jacob, rhyw ddeng mlynedd yn iau nag Enos. Roedd yn gymharol fyr ac yn denau ond yn gryf ac yn weithiwr da. Yr hyn a ddenodd Enos ato oedd ei ddeallusrwydd a'i ddoethineb, rhinweddau a wnâi i Enos deimlo weithiau fod Jacob yn hŷn nag ef. Roedd yn ddarllenwr brwd, a gwariai gyfran o'i gyflog ar lyfrau yn y siop fach yn Gallipolis. Pan gâi ychydig o ddyddiau iddo'i hun teithiai mor bell â Chillicothe a Cincinnati i weld cyfeillion ac i brynu rhagor o lyfrau. Roedd wedi adeiladu silffoedd ar hyd waliau'i lofft fach yng ngefn tŷ Monsieur Duthiel a dywedodd wrth Enos fod croeso iddo bori trwyddynt a benthyg unrhyw lyfr o'r casgliad y galwai'n *the great Jones library*.

Wedi tyfu'n gyfeillion mentrodd Enos ei holi ynghylch amgylchiadau'i ryddid. Roedd wedi gweld digon o ddynion rhydd eraill mewn trefi a phentrefi ar ddwy lan yr afon a hefyd yn gweithio ar yr agerfadau, ond rhywsut teimlai'n betrusgar i'w holi. Ond roedd cwlwm cyfeillgarwch wedi tyfu rhwng y ddau a gwyddai Enos fod croeso iddo blymio i hanes personol ei ffrind fel roedd croeso iddo ddarllen ei lyfrau. Hoffai Enos rannu'i hanes ei hun â Jacob – llinach ei deulu yn sir Gaernarfon, penderfyniadau ei daid John Jones, y ffaith nad oedd ei dad Jethro nac ychwaith ei frawd Dafydd wedi gallu ufuddhau i ddymuniad y patriarch a gadael eu cartref, a'r ffaith ei fod yn gwybod ers pan oedd yn hogyn ifanc iawn mai y fo, Enos Jones, oedd yr un a anwyd i wireddu breuddwydion ei daid. Hanes ei grwydro ar draws y taleithiau dwyreiniol, y daith ar yr afon gyda'r teuluoedd o Gilcennin a'r modd y daeth i fyw ymhlith Ffrancwyr Gallipolis. Ei brofiadau yn gweithio ar yr agerfadau, yr hyn a welsai yn St. Louis, yn Natchez ac yn New Orleans. Siaradai am ei ynys hyd syrffed hefyd, ac er bod Enos yn ddyn a ymgollai'n rhy rwydd yn ei ddychmygion a'i freuddwydion ei hun, daeth o dipyn i beth i sylwi mai'r arwydd sicraf o ffyddlondeb ei gyfaill newydd oedd y ffaith y goddefai Jacob iddo siarad cymaint am ei ynys gan ailadrodd cynlluniau a gobeithion roedd wedi'u trafod ag o droeon o'r blaen. Trafodai'i berthynas anwastad â Mary Margareta Davies, a'i benderfyniad i'w hennill yn wraig. Cynigiai Jacob gyngor weithiau. 'Be careful, my friend. Don't grow old in the waiting.' Ond atebodd Enos bob tro trwy ddweud nad oedd ganddo ddewis ond dilyn ei galon.

Ac felly gan ei fod wedi dadlennu cymaint amdano'i hun i'w gyfaill newydd, teimlai Enos y medrai'i holi yntau ynghylch amgylchiadau'i ryddid, ac roedd Jacob yn barod iawn i drafod yr hanes. Ganwyd o ar ffarm y tu allan i Wheeling, Virginia. Roedd yn dir mynyddig a'r ffermydd yn fychain a chaethweision yn gymharol brin yn y rhan honno o'r dalaith, ond roedd gan y dyn, y galwent yn feistr arnynt, bedwar caethwas, gan gynnwys ei fam. Ni wyddai pwy oedd ei dad ac ni chafodd gyfle i holi'i fam gan iddi farw ar ei enedigaeth. Nid oedd ei berchennog am wario arian ar famaeth i fagu'r babi ac felly daethpwyd i drefniant â gŵr a gwraig yn Wheeling; roedd y ddau'n rhydd ac wedi penderfynu aros yr ochr honno i'r afon gan fod y gŵr yn of llewyrchus. Nid oedd ganddyn nhw blant ac felly cymerwyd Jacob ar y ddealltwriaeth y byddai'n brentis i'r gof pan ddeuai i oed. Ar ben-blwydd Jacob yn ddeunaw oed prynodd ei ryddid. Penderfynodd groesi'r afon a dechrau bywyd o'r newydd yn nhalaith rydd Ohio ac felly daeth, ar ôl ychydig o grwydro, i weithio ar ffarm Monsieur Duthiel. Hoffai Enos ddweud y medrai Jacob fod yn aelod o'i deulu, gan fod ganddo'r un cyfenw, enw bedydd o'r Hen Destament, a'r deallusrwydd a'r penderfyniad angenrheidiol. Daeth y cellwair yn rhan o gwlwm eu cyfeillgarwch a dechreuodd y naill alw *brother* ar y llall. Dysgodd Enos y gair *brawd* i Jacob a hoffai'r modd yr ynganai 'Browd'. Daeth yn rhan o ieithwedd y ffarm. Gelwid y ddau yn *the Jones brothers* gan y gweision eraill a byddai hyd yn oed Monsieur Duthiel yn eu galw *les frères Jones*. Un nos Sadwrn, a'r ddau'n rhannu hanner potelaid o chwisgi ac yn trafod cyfrol denau a brynwyd gan Jacob yn ddiweddar yn cynnwys detholiad o gerddi William Cullen Bryant, dechreuodd Enos siarad am Mary Margareta Davies eto. Difrifolodd ei gyfaill a siarad yn llym ag o. 'Now listen, Enos, don't you grow old in the waiting. I have to tell you, I hope I am happily married before I reach your age.' Chwarddodd Enos yn hael a dweud, 'I hope that for you as well, little brother'. Cododd Jacob y botel a llenwi'r ddau wydr. 'Well all right then, browd. But you mark my words. Don't go dreaming your whole life away.' Dywedodd Enos ei fod yn sicr y câi ei phriodi ryw ddydd ac eillio'r locsyn o'r diwedd. Erbyn iddyn nhw orffen y botel safodd Jacob, ychydig yn sigledig, a datgan na fyddai yntau'n eillio nes y priodai Enos, fel arwydd o gefnogaeth a brawdgarwch. Daeth yn arwydd arall o'r cwlwm rhyngddynt. Y brodyr Jones barfog, *les frères Jones barbus*.

Roedd yn flynyddoedd ers i Enos deithio ar yr afon, a'i fyd wedi'i gyfyngu bellach i'w ynys, Gallipolis a ffarm Monsieur Duthiel, ond câi hanes y dalaith gan Jacob gan iddo ddod i adnabod pobl yn Chillicothe ac yn Cincinnati wrth deithio a chwilio am gyfrolau newydd i chwyddo'i lyfrgell. Roedd y ddinas fawr ar lan yr afon yn tyfu'n rhyfeddol, gyda llawer o Wyddelod wedi ymgartrefu yn Cincinnati a hefyd niferoedd cynyddol o gyn gaethweision neu ddisgynyddion i gaethweision a gawsai eu rhyddid a symud dros y ffin i Ohio. 'The long train of ages glides away,' ebychodd Enos, gan ddyfynnu rhai o eirau William Cullen Bryant. Wel dyna ni, frawd, mae'r byd yn newid.

Ffeiriai'r dynion ganeuon pan fyddai'r pump yn cydweithio yn y caeau. Câi Bob Turner drafferth dilyn alaw, ond hoffai ganu'r un fath a llwyddodd i ddysgu'i hoff gân i'r lleill, a chydganent y *Pesky Serpent*. Tyfodd Enos yntau'n dra hoff o'r gân, 'On Springfield mountain there did dwell, a comely youth I knew full well.' Roedd gan Ed Symmes lais tenor melys, ac oedai'r lleill ar ganol eu llafur yn aml i wrando arno'n perfformio darnau o un o'r hen faledi. 'Was in the merry month of May, when flowers were a-bloomin, Sweet William on his deathbed lay, for the love of Barbry Allen.' Dysgodd Jacob gân a glywsai'n aml yn ystod ei ieunctid gan ei dad maeth, gof Wheeling, ac roedd rhythm y geiriau'n gweddu'n berffaith pan fyddai'r dynion yn cyd-daro neu'n cyd-dynnu wrth eu gwaith. 'Come and taste along with me, consolations running free.' Daeth y pennill olaf yn un o ffefrynnau'r dynion, a gellid eu clywed o bell yn ei gydganu drosodd a throsodd wrth iddyn nhw gadw'r offer a'r ceffylau ar ddiwedd diwrnod caled o waith. 'Heaven's here, and heaven's there, comfort flowing every where, this I boldly can attest, that my soul has got a taste.' Ceisiodd Enos ddysgu emyn cyntaf *Pigion o Hymnau* iddyn nhw, ond yn ogystal â chael y geiriau Cymraeg yn anodd i'w cofio roedd y ffaith ei fod yn eu canu ar dôn wahanol bob tro yn peri rhwystredigaeth i'w gyfeillion ac felly bodlonent ar wrando arno'n canu ar ei ben ei hun. 'Dyma babell y cyfarfod, dyma gymod yn y gwaed.' Canai Martin Duprey 'Au jardin de mon père les lilas sont fleuris'. Cyhoeddodd Ed un diwrnod ei fod am dyfu barf er mwyn dangos i'r brodyr Jones sut roedd gwneud, ond ildiodd ar ôl cwpl o wythnosau ac eillio, gan gyffesu na allai gystadlu â'r locsyn patriarchaidd hir a hongiai ar wyneb Enos a'r farf drwchus hardd ar wyneb Jacob.

Ar ddiwedd y cynhaeaf, ar ôl cario'r gwenith euraid o'r caeau, ceisiodd Enos a Jacob ddarbwyllo Monsieur Duthiel i dderbyn pris uwch am ei gnwd, a'r hen ffarmwr yn codi llaw fel pe bai'n eu bendithio. 'Gwyddoch nad wyf am newid. Mae'n well gen i golli ychydig o arian na gadael i'r un dyn byw feddwl 'mod i'n ddyn cybyddlyd.' Dywedodd Jacob wrth ei gyfaill y noson honno fod Monsieur Duthiel wedi bod yn gwerthu darnau o'i fferm yn ystod y flwyddyn ddiwethaf. Deg erw ac wedyn deg erw arall. Roedd wedi ymbil arno i newid ei ddulliau o fasnachu ac arbed ei diroedd ond nid oedd golwg newid arno.

Chwalwyd patrwm syml eu bywyd yn mis Awst 1829 pan gyrhaeddodd y newyddion o Cincinnati fod terfysg wedi rhwygo'r ddinas am wythnos gyfan. Cododd cannoedd o ddynion gwynion yn erbyn y trigolion duon gan geisio'u gorfodi i ymadael trwy drais a thân. Dywedwyd mai Gwyddelod oedd yn bennaf gyfrifol, newydd-ddyfodiaid tlawd a deimlai fod y dynion duon yn cymryd eu swyddi. Aeth rhai o'r dynion rhydd ati i ymffurfio ac amddiffyn eu heiddo a'u teuluoedd, a ffurfiwyd grwpiau arfog i wynebu'r Gwyddelod ar strydoedd y ddinas. Ond penderfynodd llawer ohonyn nhw ffoi. Daeth nifer o'r teuluoedd duon i gyffiniau Gallipolis; cyfrannodd Jean Baptiste Bertrand arian i'w helpu ymgartrefu a chyfrannodd Monsieur Duthiel yntau lond wagen o fara, ffrwythau a chigoedd wedi'u sychu i'w bwydo.

Aeth Enos a Jacob â'r wagen lwythog i'r dref, y Cymro'n dal yr awenau a'i gyfaill yn eistedd wrth ei ymyl ar sêt y cerbyd. Awgrymodd Jacob fod y digwyddiadau diweddar yn ei atgoffa o linellau Bryant. Gofynnodd Enos pa linellau a oedd ganddo dan sylw, ac atebodd Jacob trwy'u dyfynnu. 'Bolder spirits seized the rule, and nailed on men the yoke that man should never bear, and drove them forth to battle.' Erbyn y noson honno, daeth y ddau i adnabod nifer o'r ffoaduriaid, gan gynnwys un ferch, Cynthia Ward, ychydig yn iau na Jacob ac o anian debyg iddo. Addawodd ddychwelyd y dydd Sul hwnnw â detholiad o lyfrau iddi. Wedi'r diwrnod hwnnw, treuliai Jacob lai o'i amser hamdden yng nghwmni Enos gan y byddai'n mynd i'r dref i chwilio am ei gariad bob tro y câi ddiwrnod rhydd.

Daeth Cynthia, ei brawd bach, a'i rhieni i fwynhau cinio Nadolig yng nghartref Monsieur Duthiel. Gofynnodd Jean Baptiste Bertrand i Enos dreulio'r diwrnod gydag ef, ond gwrthododd y Cymro yn gwrtais, yn glynu wrth ei fwriad o gadw'n glir oddi wrth Mary Margareta Davies nes deuai newid byd i'w ran. Testun y drafodaeth o gwmpas y bwrdd y dydd Nadolig hwnnw oedd y newyddion a ddaeth yn ddiweddar fod trefniadau ar gerdded ar gyfer cynhadledd fawr i'w chynnal yn ninas Philadelphia y flwyddyn wedyn, *The First National Negro Convention*, fel yr eglurai un pennawd. Byddai pynciau trafod y gynhadledd yn cynnwys terfysgoedd Cincinnati a'u harwyddocâd. Cymerwyd oriau i fwyta'r holl fwyd a ledaenwyd ar fwrdd Monsieur Duthiel y dydd Nadolig hwnnw, a chyrchwyd sawl potelaid o'i frandi gorau er mwyn codi llwnc destun i'r diwrnod, ac i'r flwyddyn newydd a ddeuai cyn bo hir, ac i gyfeillion hen a newydd. Eisteddai Jacob yn ymyl Cynthia, y ddau'n plygu'n agos at ei gilydd yn aml er mwyn siarad yn fywiog ond yn ddistaw. Sylwodd Jacob fod Enos yn syllu arnyn nhw. Daliodd ei lygaid a chwincio arno. Gwyddai'r Cymro ystyr ystum ei gyfaill. 'Do as I do; don't you grow old in the waiting.' Dywedai Enos wrtho'i hun nad aros roedd, ond yn hytrach dilyn cynllun fesul cam.

Cyrhaeddodd y cam cyntaf hwnnw yn ystod mis Chwefror 1830 pan ddaeth tystysgrif yn cadarnhau'i fod bellach yn ddinesydd yr Unol Daleithiau. Aeth â hi draw i'w dangos i Mary Margareta Davies a dod o hyd iddi yn y gegin, yn plygu dros y bwrdd ac yn tylino toes yn egnïol. Oedodd a sythu'i chefn. 'Shwd y'ch chi heddi, Enos Jones?' Ni ddywedodd Enos air am yn hir, gan ei gorfodi hi i siarad eto. 'Mowredd annwl, ddyn, gwedwch rywbeth, ma gwaith 'da fi neud.' Agorodd Enos ei gôt a thynnu'r papur o'i boced. Safai yno, y bwrdd rhyngddyn nhw, yn dal y dystysgrif allan, y papur yn hongian ychydig uwch y toes. 'Sbïwch. Mae wedi cyrraedd. Dwi'n ddinesydd rŵan.' Plygodd dros ei thoes unwaith eto, gan orfodi Enos i dynnu'i law yn ôl. Cododd ei phen fymryn er mwyn edrych arno trwy gil ei llygaid wrth iddo gadw'r dystysgrif yn ei boced.

'Pam gymerodd hi mor hir?'

'Beth dach chi'n feddwl? Des i yma'n syth i'w dangos i chi.'

Gollyngodd ei dwylo i'r bwrdd, a dechrau tylino'r toes yn galed. Siaradodd gan ddilyn rhythm ei gwaith, pwniad i'r toes a phwysleisio pob sill a ddeuai o'i cheg. 'Nag-e, ddyn, pam gym-er-odd hi mor hir i chi ga'l ych din-a-sydd-ieth?' Plygodd y toes drosodd arno'i hun, a llefaru'r brawddegau nesaf yn gyflym, heb godi'i llygaid. 'Gallesech chi fod wedi'i cha'l hi ers blynydde. Os bydd pob peth arall ry'ch chi 'di'i addo'u gneud yn cymryd mor hir i'w cyflawni, fe fydda i 'di marw o henaint cyn ych priodi chi.'

Llyncodd Enos yr holl bethau roedd ar fin eu dweud wrthi, a'r sgwrs hwyliog y gobeithiai'i chael yn dilyn ei ddatganiad yn marw y tu mewn iddo. Troes yn araf a cherdded yn ddistaw o'r gegin. Ond cyn iddo ddiflannu trwy'r drws galwodd ar ei ôl. 'A sôn am heneiddio, cofiwch fod y Meistr yn troi'n 70 y mis nesa. Bydd e'n dishgwyl i chi fod 'ma.'

Ar wahân i'r angladdau a ddeuai'n ddidostur o reolaidd, parti pen-blwydd Jean Baptiste Bertrand oedd y digwyddiad cymdeithasol mawr olaf yn hanes Ffrancwyr Gallipolis. Nid oedd mor hen â Monsieur Duthiel na rhai o drigolion eraill y dref, ond edrychid ar y masnachwr fel arweinydd y gymuned, a chan fod ei gartref yn ganolbwynt i ddathliadau a chynulliadau cymdeithasol o bob math fel rheol, roedd yn naturiol bod trefniadau arbennig ar gerdded ar gyfer y diwrnod y byddai'n troi'n 70 oed. Prin bod angen tân rhag oerfel noson ym mis Mawrth, cymaint oedd gwres yr holl gyrff a wasgai rhwng waliau'r tŷ. Roedd pob Ffrancwr yn bresennol, nid y bonedd yn unig ond pawb, gan gynnwys gweision a llafurwyr fel Martin Duprey. Daeth nifer o drigolion eraill yr ardal hefyd, gan gynnwys Jacob, Cynthia a'i rhieni. Roedd poteli lu o *Champagne rosé de Monsieur Longworth* wedi'u harchebu yn ogystal â chyflenwad o chwisgi bwrbon Kentucky. Sicrhaodd Monsieur Duthiel fod digon o seidr a brandi ar gael hefyd ac roedd mynyddoedd o deisenni ar fyrddau bychain a osodwyd ar hyd y waliau ym mhob ystafell. Ar fyrddau eraill roedd amrywiaeth o gigoedd sych i'w bwyta gyda bara a menyn a chaws. Gan fod y dyrfa'n rhy fawr i'r parlwr, eisteddai nifer o'r gwesteion hŷn mewn cadeiriau yn y llyfrgell. Safai llawer o'r to iau yn y cyntedd eang. Symudai Mary Margareta yn ddeheuig trwy'r cyfan, yn cynnig diodydd oddi ar ei hambwrdd ac yn casglu gwydrau gweigion. Gwrthododd gynnig ei meistr i gyflogi cwpl o ferched eraill ar gyfer yr achlysur, yn rhy falch i ildio tamaid o'i theyrnas y noson honno. Sefyll yn y cyntedd fu Enos yn ystod y noson, yn siarad â Jacob a Martin, y tri'n llwyddo i orffen potelaid gyfan o'r bwrbon rhyngddynt. Rhwng gafael y ddiod a gwres y dyrfa, dychmygai Enos ei fod yn gweld Clémence, yr hen forwyn fusgrell a gladdasid ers blynyddoedd, yn symud yn dawel trwy'r drws, yn cludo hambwrdd llawn gwydrau ac yn estyn cymorth i Mary Margareta o'r byd tawel y tu hwnt i'r bedd.

Cyn diwedd y noson gwasgodd Enos trwy'r dathlwyr a gweithio'i ffordd yn araf i'r parlwr er mwyn dod o hyd i Jean Baptiste Bertrand. Safai'r dyn yn ymyl un o'r byrddau bach llwythog, yn siarad yn fywiog â'r cyfeillion a'i amgylchynai. Cydiodd Enos yn ei law a'i wasgu'n daer. 'Bon anniversaire, mon ami!' 'Merci, mon cher ami', atebodd, gan ryddhau'i law o afael Enos a thynnu'n chwareus ar locsyn hir y Cymro. 'If I had a beard like this it would be as white as snow now.' Rhoddodd ei law ar ysgwydd Enos a phlygu'n agos er mwyn siarad yn ddistawach ag o. 'But you listen to me. Make your way in this world before your beard is white. You will not be le jeune Gallois forever.'

Eisteddai Mademoiselle Vimont yn un o'r cadeiriau breichiau gyda nifer o'r Ffrancwyr oedrannus eraill ar un o'r *canapés* yn ei hymyl. Dechreuai ganu bob hyn a hyn ar ei heistedd, ei chyfeillion yn ymuno er mwyn chwyddo'r caneuon a chynorthwyo'i llais gwan. Sylwodd Enos fod Mary Margareta wrth ei ymyl, heb ei hambwrdd am y tro cyntaf y noson honno, ei dwylo'n twtio'r cocyn o wallt golau ar ei phen, a'i hwyneb yn goch ac yn wlyb gan chwys. 'Enos, newch chi neud rhywbeth i fi?' Roedd hi'n osgoi'i lygaid, y ffaith ei bod hi'n gofyn cymwynas ganddo'n peri swildod. 'Dyw'n Ffrangeg i ddim digon da. Newch chi gyhoeddi y dyle pawb ddod i'r gegin i weld y gacen.' Llyncodd Enos a chlirio'i wddf, wedyn gofynnodd yn uchel yn Ffrangeg ac yn Saesneg i bawb symud mor drefnus â phosib i'r gegin i weld y deisen cyn iddi gael ei thorri.

Ffurfiwyd y dyrfa fawr yn rhes syfrdanol o dwt, wrth i'r gwesteion gerdded yn araf trwy ddrws y gegin a rhyfeddu at y deisen fawr a lenwai'r rhan fwyaf o'r bwrdd ac wedyn symud allan trwy ddrws arall y gegin. Cynigiodd Enos yntau ei fraich i Mademoiselle Vimont er mwyn ei helpu i godi a'i thywys i ganol y rhes, hithau'n pwyso arno. Safai mintai o ganhwyllau o gwmpas y deisen, y golau'n sgleinio ar yr eisin gwyn. Roedd ar ffurf plasty mawr, ffenestri ceinion ac addurniadau wedi'u llunio â thameidiau tenau o farsipán. Codai tyrrau o gorneli'r plasty gwyn, llechi'u toeau wedi'u gwneud â sleisiau o afalau wedi'u sychu. Cerddai Mademoiselle Vimont a'i llyaid ar y llawr, ond pan gamodd at y bwrdd cododd ei phen, ei bysedd tenau'n gwasgu braich Enos gyda nerth annisgwyl. 'Mon Dieu!' ebychodd, ei syndod yn sugno'i hanadl i'w hysgyfaint. 'Nouvelle-Versailles!' Wylodd Jean Baptiste Bertrand yn hidl pan welodd y deisen am y tro cyntaf, y weledigaeth goll wedi'i diriaethu mewn blawd, siwgr a menyn yn cyffwrdd â'i enaid.

Ni allai'r gwesteion fwyta'r holl fwyd a baratowyd ar gyfer y dathliad, a rhannwyd gweddill yr ymborth â theuluoedd llai ffodus Gallipolis yn ystod y dyddiau wedyn. Bu pobl nad oedd yn adnabod Jean Baptiste Bertrand yn dymuno hir oes iddo wrth iddyn nhw gyfarch ei gilydd ar y stryd. Ymhen pythefnos daeth stormydd o law trwm i olchi'r llawenydd o'r dref. Dyddiau cyfan o law diddiwedd ac yn eu sgil daeth y llifogydd gwaethaf roedd Enos wedi tystio iddyn nhw erioed, yn waeth na dilyw 1818 hyd yn oed. Cododd yr afon a llyncu dociau Gallipolis, y dŵr llidiog tywyll yn gwthio o dan ddrysau'r tai a safai agosaf at y lan. Ar ei uchaf, roedd chwe modfedd o ddŵr yn cuddio llawr parlwr ambell un o'r trigolion anffodus hyn.

Peidiodd y glaw a dechreuodd y dyfroedd gilio o dipyn i beth wrth i'r afon ostwng fesul modfedd, fesul troedfedd, fesul llathen. Roedd pysgod wedi'u taenu ar hyd y gwrychoedd yn yml y lan a heidiai'r brain o gaeau Monsieur Duthiel i wledda ar yr ymborth annisgwyl hwnnw. Cynigiodd Jacob fynd gydag Enos i'r ynys er mwyn asesu maint y dinistr yno. Rhwyfodd y cyfeillion ar draws y sianel yn ddisiarad, y ddau locsyn hir yn ysgwyd i rythm y gwaith wrth iddyn nhw rwyfo. Roedd y llifogydd wedi mynd â thŷ bychan Enos yn gyfan gwbl. Nid oedd dim ar wahân i rai o'r cerrig sylfaen i'w gweld ar ôl, ond daethant o hyd i hanner ffrâm y drws mewn coeden ar drwyn gorllewinol yr ynys. Roedd buwch farw yn hongian mewn coeden arall, ei chorff chwyddedig wedi'i rwygo i ddangos siapiau hyll ei pherfedd. Ciliodd y ddau yn ôl rhag y drewdod ac archwilio gweddill yr ynys. Roedd y cyfan wedi'i drawsffurfio. Nid daear dda ei ymerodraeth ydoedd bellach, eithr tir gwlad angau, tiriogaeth nad oedd yn perthyn i'r afon nac ychwaith i'r lan, a gorchudd o ddail a brwgaets a baw wedi'i daenu ymhob man, gydag ambell bysgodyn marw yn ychwanegu at surni'r aroglau.

Penderfynodd Enos adael pan gafodd dociau'r dref eu hadfer a masnach yr afon wedi dechrau llifo eto. Ceisiodd Jean Baptiste Bertrand ei ddarbwyllo i gefnu ar ei gynllun a dod i weithio gydag o unwaith eto. Rwyf yn hen lanc ac yn ddiblant, meddai. Bydd angen rhywun arna i i ofalu am y busnes ryw ddydd. Ond gwrthododd Enos yn gwrtais, gan ddweud ei fod yn benderfynol o lwyddo yn ei ffordd ei hun. 'Feddylies i eriod y bydde'r cynllun dwl 'na sy 'da chi'n llwyddo,' meddai Mary Margareta. 'Grwndwch ar y meistr a derbyniwch 'i gynnig. Ma tamed cyflog yn well o dipyn na dim byd.'

Llosgodd bochau Enos, wrth deimlo nad oedd digon o barch yn ei geiriau, er bod jochiad go dda o gydymdeimlad. 'Mi gewch chi weld,' dywedodd wrth bawb, gan faentumio bod ei gynllun yn iawn yn ei hanfod. Y cyfan roedd ei angen arno oedd rhagor o ddwylo i'w wireddu. Deallai bellach na allai adeiladu cymuned heb gael pobl a fyddai'n ei gwneud hi'n gymuned. Rhoddodd gyfeiriad ei hen gartref i Jean Baptiste Bertrand, i Mary Margareta Davies ac i Jacob Jones, a'u hannog i ygrifennu ato. Dywedodd y byddai'n mynd ar yr agerfad nesaf a fyddai'n teithio i gyfeiriad Pittsburgh. Ni ddaeth Mary Margareta i ffarwelio ag o, ond safodd Jean Baptiste Bertrand ar y doc, yn gweiddi ar ei ôl o. 'God speed you, and let him speed you back again! Bonne chance, mon ami!'

Cymraeg y Glannau

1831–1860

6

Byddai Enos Jones yn cyfeirio at y teithwyr a hwyliodd gydag ef yn haf 1845 fel y fintai gyntaf. Aeth pedwar ar hugain ohonynt ar y llong yn Lerpwl, ond cyrhaeddodd pump ar hugain borthladd Efrog Newydd. Roedd wyth ohonynt yn perthyn yn agos i Enos, a'r gweddill yn ddilynwyr a oedd wedi ymgasglu o gwmpas y proffwyd huawdl a addawai fyd gwell yn y gymuned Gymraeg fwyaf llewyrchus a welsai'r Amerig erioed.

Yn ystod y pymtheng mlynedd ers iddo ymadael â de Ohio bu Enos yn gweithio'n ysbeidiol ar longau a deithiai rhwng Efrog Newydd a Lerpwl. Pan deimlai fod ganddo ddigon o arian wrth gefn byddai'n cefnu ar ddociau'r ddinas Seisnig honno a theithio'n ôl i sir Gaernarfon. Câi groeso twymgalon gan ei frawd Dafydd a'i deulu bob tro, yn enwedig gan ei ddau nai, Isaac ac Ismael. Roedd gan y ddau frawd wallt tywyll fel y rhan fwyaf o'r teulu, ac er bod Isaac yn debyg iawn i'w dad dywedai pawb fod Ismael yn ddrych rhyfeddol i'w ewythr Enos. Yr un llygaid gwyllt a'r un natur aflonydd, fel yr eglurai'i dad a'i fam. Hydref 1831 oedd y tro cyntaf i'r ddau frawd weld eu hewythr. Roedd Isaac yn ddeuddeg ac Ismael yntau'n chwech oed. Wedi diosg ei gôt long, cofleidiodd Enos ei frawd Dafydd am yn hir. Wedyn, ar ôl i'r ddau sychu dagrau llawenydd, siaradodd am y tro cyntaf â Catrin, ei chwaer-yng-nghyfraith nad oedd wedi'i gweld erioed o'r blaen. Llechu yn y cysgodion wnaeth y ddau fachgen, yn swil er eu bod yn awyddus iawn i weld yr aelod chwedlonol hwn o'u teulu. Eisteddodd Enos ar y setl, ymestyn ei freichiau, a thynnu'r ddau ato. Cododd y lleiaf, Ismael, a'i osod ar ei lin. Fe'i gwasgodd yn dynn ac estyn ei law arall i gydio yn un o ddwylo Isaac. 'Rŵan, 'ta, hogia,' meddai'n gynllwyngar. 'Mae gen i gryn dipyn o hanes i'w rannu efo chi'ch dau.' Yr un oedd y drefn bob tro y dychwelai Enos ar ôl mordaith. Esteddai Ismael ar lin Enos, yn ystyried hyd ei locsyn du hir fel pe bai'n fesurydd amser dibynadwy.

Gofynnodd Isaac i'w ewythr a glywsai sôn am y tywysog Madog draw yn yr Amerig. Y tro cyntaf i'r bachgen ei holi felly, atebodd Enos yn gadarnhaol, gan agor ei lygaid yn llydan fel drychau yn adlewyrchu cyffro ei nai. 'Do, do, 'ngwas i, dwi wedi clywad amdano lawer gwaith.' Weithiau byddai'n egluro fod hen Gymro mewn cymuned ym Mhensylfania neu'n Efrog Newydd wedi adrodd hanes rhyw fenter neu'i gilydd i ddod o hyd i ddisgynyddion Madog ym mherfeddion y cyfandir eang. Ond ar ôl i Isaac aeddfedu ychydig, dechreuai

Enos ymateb mewn ffordd wahanol. Tynnai'n feddylgar ar ei farf ac edrych trwy gil ei lygaid ar wyneb eiddgar y bachgen. 'Wel, do, 'ngwas i, mae 'na rai draw yn yr Amerig sy'n sôn amdano. Ond dwi ddim yn rhoi coel ar y straeon 'na, wsti.' Ac wrth i siom ddisgyn dros wyneb Isaac, byddai'i ewythr yn estyn llaw a chydio'n dynn yn ei ysgwydd. 'Yli, 'ngwas i, hidia befo. Yn hytrach na meddwl am ryw hen hanesion na fedrwn eu profi, mae'n well ystyried yr hyn 'dan ni'n gallu'i gyflawni. Ni yw'r anturiaethwyr, ac mae hanes o'n blaenau i'w greu. Meddylia amdanat ti dy hun fel Madog. Tydi hynny'n fwy o beth na hel hen freuddwydion am y gorffennol?'

Gohebai Enos mor gyson â phosibl â'i gyfeillion pennaf yn Ohio, eu llythyrau'n ei ganfod yng nghartref ei frawd yn sir Gaernarfon a'i lythyrau yntau wedi'u postio o Efrog Newydd, Lerpwl neu ryw dref yng Ngogledd Cymru. Dechreuai pob un o lythyrau gan Jean Baptiste Bertrand â disgrifiad o gynhebrwng un arall o hen Ffrancwyr Gallipolis a byddai'r cywair lleddf yn parhau tan ddiwedd yr epistol wrth iddo hel ychydig o atgofion am ddyddiau hapusach neu holi'n hiraethlon a ddeuai Enos yn ôl i'w weld cyn iddo yntau eu dilyn i'r bedd. Wedi darllen bod Mademoiselle Vimont wedi marw, suddodd Enos mewn pwll o iselder am rai dyddiau. Ceisiai gofio'r caneuon yr arferai hi eu canu ym mharlwr Jean Baptiste Bertrand, ond ni ddeuai ond ychydig eiriau disgyswllt a thameidiau anghyflawn o'r alawon i'w gof. Cwmni Isaac ac Ismael yn unig a leddfai'i alar, a'i ddau nai ifanc yn addo y byddent yn mynd ag o i'r Amerig cyn i Ffrancwyr olaf Gallipolis farw.

Amrywiol iawn oedd cynnwys llythyrau Jacob. Adroddai hanes y Parchedig William Fletcher, dyn gwyn a gafodd ei gythruddo gan derfysgoedd Cincinnati, ac a deithiodd ar hyd y dyffryn yn trefnu cymorth i'r teuluoedd a ffodd. Hanes terfysgoedd eraill, dynion gwynion yn nhaleithiau honedig rydd y gogledd yn ymosod ar y diddymwyr, yr *abolitionists*, fel y Parchedig Fletcher a siaradai'n uchel o blaid hawliau'r caethion yn y taleithiau deheuol. Byddai'r holl drais fel pe bai'n symud yn ôl ac ymlaen ar hyd dyffryn yr afon fawr, wrth i dorf ar ôl torf mewn trefi a dinasoedd yn Ohio, Indiana ac Illinois – heb sôn am daleithiau caeth Virginia a Kentucky ar yr ochr arall i'r afon – ymosod ar yr *abolitionist* lleol, llusgo'i wasg argraffu o'i siop neu'i gartref a'i thaflu i ddyfroedd blin yr afon. Disgrifiodd Jacob safiad William Lloyd Garrison, a nododd ei fod yn tanysgrifio i'w gylchgrawn, *The Liberator*, gan ychwanegu y byddai'n eu clymu'n gyfrolau a'u gosod mewn safle anrhydeddus ar silffoedd ei lyfrgell. Yno ar ganol y llythyr cafodd Enos ddarllen dyfyniadau hirion o rifyn cyntaf y cylchgrawn, y cyfan wedi'i ysgrifennu'n llaw ofalus Jacob. 'I shall strenuously contend for the immediate enfranchisement of our slave population. I will be as harsh as truth, and as uncompromising as justice. I am in earnest, I will not equivocate, I will not excuse, I will not retreat a single inch, and I will be heard.' Nid oedd gan y ddau frawd ddim Saesneg, ac felly dangosodd Enos lythyr ei gyfaill iddyn nhw a'u cymell i ddechrau dysgu'r geiriau: *I shall, I will, I am.* Pan ddywedodd

Ismael fod yr iaith yn rhy anodd iddo, chwincodd ei ewythr arno. 'Paid â phoeni, 'machgen i. Mi gei di dy dafod o gwmpas y geiria yn y diwadd.' Chwinciodd ar ei nai hŷn wedyn, a sisial dan ei wynt er mwyn sicrhau na fyddai'i frawd a'i chwaer-yng-nghyfraith yn clywed. 'Beth bynnag, bydd angen Saesneg arnoch chi pan awn ni i'r Amerig efo'n gilydd.'

Roedd mwy na digon o newyddion llawen gan Jacob hefyd. Cyrhaeddodd un epistol yn dweud bod Cynthia Ward wedi cytuno i'w briodi. Yn fuan wedyn daeth llythyr maith yn disgrifio'r briodas. Mynnodd Monsieur Duthiel gynnal y wledd yn ei gartref, ac roedd wedi darparu cyfran sylweddol o'r ymborth, er gwaethaf ymdrechion Jacob i'w rwystro. Roedd yn ddiwrnod braf o wanwyn, a byrddau llwythog wedi'u gosod yn un o'r perllannau, canghennau'r coed yn cysgodi'r gwesteion wrth iddyn nhw fwyta, blodau'r coed ffrwythau'n arnofio'n wyn ac yn binc yn yr awel ysgafn uwch eu pennau.

Roedd llythyrau Mary Margareta Davies yn foethus o hir. Dywedai fwy o lawer wrtho ar bapur na'r geiriau prin a gâi ar lafar. Cyfeiriodd at angladdau'r Ffrancwyr a disgrifiai hwyliau prudd ei meistr mewn manylder. Roedd cwpl o Gymry eraill wedi ymgartrefu yng nghyffiniau Gallipolis, a thrwyddynt roedd hi wedi dysgu cryn dipyn am hanes y cymunedau Cymreig a oedd yn tyfu i'r gogledd, yn sir Gallia ac yn y sir nesaf i'r dwyrain, Jackson County. Roedd y rhan fwyaf o'r mewnfudwyr diweddar o dde-orllewin Cymru, yn debyg i'r arloeswyr o Gilcennin a ddaethai ar y *flatboats* gydag Enos ac yn debyg i Mary Margareta hithau. Roedd Methodistiaid Calfinaidd Cymraeg Ty'n Rhos wedi adeiladu capel cyntaf yr ardal, Moriah, yn y flwyddyn 1835, a daeth y Parchedig Edward Jones o Cincinnati i bregethu ynddo. Mewn un llythyr a ysgrifennodd ati yn ystod mordaith dymhestlog a'i bostio ar gyrraedd Efrog Newydd, dywedodd Enos ei fod yn gobeithio'i bod hi'n dal i ddisgwyl amdano gan ymddiheuro bod gwireddu'i freuddwyd yn orchwyl na allai'i gyflawni'n gyflym. Atebodd hithau mewn llythyr a ddaeth o hyd iddo yng nghartref ei frawd dri mis yn ddiweddarach, y geiriau ysgrifenedig yn garedicach o dipyn na'r hyn y tybiai Enos y byddai hi wedi'i ddweud wrtho yn ei wyneb. 'Peidiwch â dywedyd pethau o'r fath. Morwyn wyf i, ac mae morwyn yn disgwyl marw'n hen ferch. Gwell genyf barhau â'n cyfeillgarwch fel hyn heb ymofyn am yr hyn nad yw'n debygol o ddyfod.' Plygodd y llythyr a'i gadw gyda'r lleill, yn sisial ganu darn o emyn iddo'i hun. 'Tan fy maich yr wyf yn griddfan, Disgwyl amser i ryddhau.'

Roedd cyfaill Jacob, y Reverend Fletcher, yn adnabod y Parchedig Edward Jones, ac roedd y llythyrau a ysgrifennai Jacob yn ystod y flwyddyn honno'n gyforiog o gyffro gwleidyddol. Roedd yr *abolitionist*, James Birney wedi symud i Cincinnati, meddai, a'r gymuned wrthgaethiwol yn nyffryn yr Ohio yn ymgryfhau. Roedd John, mab cyntaf Jacob a Cynthia, yn flwydd oed erbyn hynny, a derbyniodd Enos ddisgrifiadau manwl o allu'r plentyn.

Câi Enos dameidiau gwasgaredig o newyddion o fathau eraill yn llythyrau'i gyfeillion. Roedd y rheilffordd yn parhau i ymestyn yn araf i gyfeiriad Ohio trwy Virginia. Roedd y Shawnee olaf wedi ymadael â'r dalaith er mwyn ymuno â gweddill eu cenedl yn y gorllewin. Etholwyd Andrew Jackson yn Arlywydd am ail dymor, a chwynodd Jean Baptiste Bertrand am y ffaith fod y wlad yn parhau'n ddarostyngedig i'r asyn hwnnw o ddyn. Ganol mis Rhagfyr 1837, ac Enos wedi penderfynu treulio'r gaeaf yn sir Gaernarfon, daeth llythyr oddi wrth Jacob yn disgrifio llofruddiaeth yr *abolitionist* Elijah Lovejoy yn Alton, Illinois. Roedd tyrfa o ddynion wedi ymosod ar ei dŷ a phan ddaeth i'r drws i'w gwrthsefyll fe'i saethwyd yn farw. Llusgodd y dorf ei argraffwasg i lan yr Ohio, ei malu'n ddarnau a'i thaflu i'r afon. Roedd Isaac yn ddeunaw oed, yn ddyn ifanc deallus ac Ismael yn ddeuddeg oed ac yn fawr am ei oed – rhy fawr i eistedd ar lin ei ewythr bellach. Yn hytrach na'u tynnu ato ar y setl, eisteddodd Enos gyda'r ddau o gwmpas unig fwrdd y tŷ, yn egluro cynnwys llythyr ei gyfaill ac yn mynd dros yr un hen wers Saesneg. 'I shall strenuously contend, I will be harsh as truth, I am in earnest and I will be heard.'

Aeth Enos â'i neiaint i weld Pont Fawr y Fenai. Roedd o wedi hwylio o dani hi nifer o weithiau ers iddo ddychwelyd i Gymru, ac wedi rhyfeddu at ei hadeiladwaith cain a chadarn, meddai, ond roedd arno eisiau cerdded trosti, camu ar ei chadernid a phrofi sut beth oedd croesi cymaint o ddŵr heb adael y tir. Wrth i'r tri gerdded yn dalog ar draws y bont, canâi Enos yn uchel, yn ailadrodd pob pennill yn araf er mwyn sicrhau bod ei ddau nai yn dysgu'r geiriau. *Dymuniad enaid llwythog am sylfaen safadwy.* A nhwythau'n llwglyd ar ôl yr antur, y cyffro ac awel y môr, mynnodd Enos eu bod yn mynd i'r dafarn gyntaf a welsai'r tri ar Ynys Môn, un nad oedd ymhell o ben y bont. Prynodd eu hewythr ginio ysblennydd i'r bechgyn – cyw iâr cyfan wedi'i rostio a thorth gyfan o'r bara gwyn gorau, a glasiad o gwrw yr un iddyn nhw, y cwrw cyntaf i Ismael ac Isaac ei flasu. Cododd Enos hances a sychu'r saim a'r cwrw o'i farf hir, cyn dechrau egluro sut y byddai'r ddau yn ei helpu i adeiladu pontydd yn yr Amerig, rhai ceinion a fyddai'n cysylltu'i ynys fach â'r tir mawr, yr un mor gadarn â phont y Fenai. Doeddan nhw ddim wedi dechrau adeiladu'r bont fawr honno pan adewais i Gymru, dywedodd, yn codi'i law ac yn cyfeirio, fel pe bai'n bosibl ei gweld hi trwy wal gefn y dafarn, ond sbïwch arni rŵan, sbïwch beth mae dynion â digon o benderfyniad yn gallu'i gyflawni. Fyddwn ni fawr o dro'n adeiladu pont fechan neu ddwy, mi welwch chi. Roedd hi'n oriau mân y bore erbyn i'r tri ddod adref, a mam y bechgyn yn edliw'r aroglau cwrw ar eu hanadl i'w gŵr, Dafydd ac yn dweud y byddai'i frawd afradlon yn siŵr o arwain eu plant ar gyfeiliorn yn hwyr neu'n hwyrach.

Pan ymadawodd Enos am gyfnod arall ar y môr, safodd y teulu cyfan o flaen y tŷ, a'r bechgyn yn gwneud y ffarwelio'n orchwyl hir. Wedyn, traddodai'u tad yr un bregeth. 'Mae'n dda gweld eich bod chi mor hoff o'ch ewythr, hogia. Ond peidiwch â chredu popeth mae o'n 'i ddeud. Dydi o ddim fel pawb arall.' Unwaith, wrth glywed y geiriau cyfarwydd, gofynnodd Ismael beth yn union roedd ei dad yn ei feddwl. 'Paid â chwestiynu dy dad,' oedd ateb ei fam.

Ond gwelodd hi'r penderfyniad styfnig cyfarwydd ar wyneb ei mab ieuengaf, ac felly ochneidiodd a gofyn iddo estyn Beibl y teulu. Eisteddodd hi wrth y bwrdd gyda'i dau fab a throi at yr Efengyl yn ôl Luc. Gofynnodd i Isaac ddarllen rhan gyntaf y ddameg. 'Yr oedd gan ryw ŵr ddau fab: A'r ieuengaf o honynt a ddywedodd wrth ei dad, Fy Nhad, dyro i mi y rhan a ddigwydd o'r da. Ac efe a rannodd iddynt ei fywyd. Ac ar ôl ychydig ddyddiau y mab ieuengaf a gasglodd y cwbl ynghyd, ac a gymmerth ei daith i wlad bell; ac yno efe a wasgarodd ei dda, gan fyw yn afradlon.' Darllenodd hi ddarn nesaf y stori, yn seibio ar ôl pob adnod er mwyn edrych ar y naill fab a'r llall, yn pwysleisio fel y daeth cyfnod o newyn i ymweld â'r fro estron honno a'r mab afradlon yn profi amser caled nes ei fod yn penderfynu dychwelyd at ei dad ac edifarhau. Rhoddodd hi'r llyfr o flaen Ismael wedyn a gofyn iddo yntau ddarllen y gweddill. 'A phan oedd efe eto ym mhell oddi wrtho, ei dad a'i canfu ef, ac a dosturiodd, ac a redodd, ac a syrthiodd ar ei wddf ef, ac a'i cusanodd.' Cododd ei ben a dweud, 'Wela i ddim byd o'i le ar hyn'na, Mam. Mae'n iawn bod y tad yn croesawu'i fab, yn tydi?' 'Dos ymlaen, 'machgen i,' oedd ei hateb. 'A'r tad a ddywedodd wrth ei weision, dygwch allan y wisg orau, a gwisgwch amdano ef, a rhoddwch fodrwy ar ei law, ac esgidiau am ei draed. A dygwch y llo pasgedig, a lleddwch ef; a bwytawn, a byddwn lawen.' Cyrhaeddodd y diwedd, y mab arall yn digio wrth weld y croeso a gafodd ei frawd afradlon, a'u tad yn ei ateb. 'Fy mab, yr wyt ti yn wastadol gydag mi, a'r eiddof fi oll ydynt eiddot ti. Rhaid oedd llawenychu, a gorfoleddu: oblegid dy frawd, hwn oedd yn farw, ac a aeth yn fyw drachefn; ac a fu golledig, ac a gafwyd.' Caeodd eu mam y Beibl yn fuddugoliaethus. 'Dyna chi. Mae'ch ewythr chi'n debyg i'r mab afradlon.' Dechreuodd Ismael gwestiynu'i fam eto, yn dweud na chredai fod y ddameg yn cefnogi'r hyn a ddywedai eu tad am eu hewythr, ond fe'i tawelwyd gan ei frawd hŷn. Ust 'wan!

Yn hytrach na dadlau mewn damhegion, byddai Isaac yn ceisio dal pen rheswm â'i frawd iau weithiau, yn dweud nad oedd yr hyn a ddywedai eu hewythr am wynfyd yr Amerig yn cyd-fynd â'r hyn a ddywedai am wleidyddiaeth y wlad. 'Dyna chdi,' taerodd, 'os oes rhaid i bobl dda ymladd dros gyfiawnder yn achos gorthrwm y caethwas, pam bod y lle mor ddelfrydol i Gymry sydd am adeiladu bywyd gwell?'

Weithiau, pan fyddai doethineb ei frawd hŷn yn ei rwystro, a'i eiriau yntau'n methu, byddai Ismael yn gwylltio ac yn ymosod ar Isaac, gweithred ofer o gofio'r chwe blynedd o wahaniaeth oedran rhyngddynt, a byddai'r ornest yn gorffen gyda'r brawd hŷn yn dal breichiau Ismael y tu ôl i'w gefn nes i'w ddicter chwythu'i blwc.

Aeth y blynyddoedd heibio, a phob tro y deuai'r ewythr afradlon i aros sylwai'r ddau frawd fod rhagor o flew gwyn yn britho'i locsyn hir tywyll. Byddai Enos yn siarad â phobl yma ac acw yn ystod ei ymweliadau, yn pregethu wrth y gweithwyr ar ddociau Caernarfon ac yn areithio i'r yfwyr yn y tafarndai lleol. Byddai'n mynychu capel gwahanol bob Sul a thynnu sgwrs â'r addolwyr ar ddiwedd y gwasanaeth, yn disgrifio rhagoriaethau'r Amerig ac yn dweud ei fod yn chwilio am eneidiau dewrion a fyddai'n fodlon mentro gydag o ac adeiladu Cymru newydd yn nyffryn yr Ohio. Pan gâi'i draed yn rhydd, byddai Ismael yn gydymaith i'w ewythr, yn cerdded lonydd yr ardal ac yn aros y tu allan i dafarn tra byddai Enos yn annerch y dyrfa y tu mewn iddi neu'n dal ei gôt long fawr pan safai o flaen efail neu siop i areithio i bwy bynnag a oedd yn fodlon gwrando.

Rhwng dau o ymweliadau Enos roedd ei frawd a'i chwaer-yng-nghyfraith wedi dechrau mynychu capel lleol y Methodistiaid Califinaidd ac felly aeth y meibion gyda'u rhieni i'r addoldy hwnnw. Pan dderbyniodd lythyr gan Mary Margareta Davies yn ystod gaeaf 1838 yn disgrifio cylchgrawn a sefydlwyd gan Fethodistiaid Cymraeg yr Unol Daleithiau, *Y Cyfaill o'r Hen Wlad*, aeth Enos ar ei fwyaf duwiol i siarad â bugail ei frawd, a darbwyllodd y gweinidog y byddai'n llesol i eneidiau'i braidd pe bai'n tanysgrifio i'r misolyn. Daeth emyn a gyhoeddwyd yn *Y Cyfaill* ac a gyfansoddwyd gan Henri Roberts o Ebensburgh, Pennsylvania, yn dra phoblogaidd yn y gymdogaeth wedyn. Canai Ismael y geiriau gydag arddeliad wrth gario dŵr o'r ffynnon i'r tŷ. 'Pechadur yw fy enw, fydd marw ar y maes, oddieithr cael Trugaredd, Trwy rinwedd Dwyfol Ras...' Dywedai'i fam weithiau na fyddai o'n canu'r emyn yn yr ysbryd cywir a'i bod hi'n poeni am ymroddiad ei galon, ond maentumiai'r bachgen na ddeallai natur ei chŵyn.

Roedd Catrin Jones wedi dechrau poeni am ymroddiad calon ei mab hynaf erbyn hynny hefyd. Sylwodd ers blynyddoedd y byddai sylw Isaac yn crwydro yn ystod y gwasanaeth, a'i lygaid yn crwydro o'r pulpud i ganfod Elen Evans, merch yr un oed ag o, ei gwallt yn goch a'i gwedd yn olau, mor wahanol i Isaac â'i wallt tywyll, ond yn hynod debyg iddo o ran anian, yn garedig ei natur ac yn chwim ei meddwl. Pan ddeuai Enos 'ar ymweliad', fel y dywedai, treuliai Ismael ei holl amser hamdden gyda'i ewythr, ond ymesgusodai Isaac ar ôl gorffen ei waith o gwmpas y tŷ a mynd i chwilio am Elen. Er gwaethaf ymdrechion eu rhieni i'w rhwystro, llwyddodd y ddau gariad i dreulio llawer o'u horiau rhydd yn rhodio'r dolydd neu'n eistedd ar garreg wastad yn siarad. Trafodai'r ddau wleidyddiaeth, crefydd a barddoniaeth, yn mwynhau ambell ddadl, y naill yn tynnu coes y llall wrth daeru bod y gerdd honno a ddaeth yn fuddugol mewn eisteddfod yn gwbl annheilwng neu'n cwestiynu un o hanfodion y cyffes ffydd. Edrychai Elen ar Isaac trwy gil ei llygaid weithiau a gofyn ei farn am briodas. 'Mae'n dilyn cariad yn naturiol', atebai bob tro.

'A beth am y tlodion nad ydan nhw'n gallu'i fforddio?' holodd hi drachefn. 'Dwi 'di clywad llawar o'n cyfoedion ni'n deud y bydden nhw'n dewis priodi ond 'u bod nhw'n rhy dlawd i gynnal teulu.' Edrychodd Isaac i fyw ei llygaid am ennyd ac wedyn gostwng ei lygaid. 'Fedra i ddim dweud wrth ddyn arall beth ddyla fo'i wneud. Ond pe bai cyfaill yn gofyn i mi am 'y nghyngor, dywedwn y dyla fo ymdaflu a dilyn 'i galon. Mae'n well na heneiddio wrth ddisgwyl am stad a chyflwr gwell.'

Cyn i Enos fynd yn ôl i'r môr ar ddechrau gwanwyn 1840 daeth llythyr maith oddi wrth Mary Margareta, yn disgrifio'r dyrfa fach ac oedrannus a ymgasglodd i ddathlu pen-blwydd Jean Baptiste Bertrand yn 80 oed. 'Mae'n peri loes calon genyf orfod dywedyd wrthych, ond hwnnw oedd y pryd olaf i'ch hen gyfaill a chyflogwr, Mr Duthiel, ei fwynhau ar y ddaear hon. Aeth yn wael drannoeth y dathliad a bu farw dridiau yn ddiweddarach.' Rhedai'r dagrau i lawr bochau Enos i flew brith ei locsyn a bu'n rhaid iddo roi'r gorau i'w ddarllen nes bod y pyliau o igian wedi gostegu. Roedd Isaac yn 21 oed, ac esteddai yn ymyl ei ewythr, gan ei gysuro. 'Mi gafodd flynyddoedd da. Bu'n byw'n hir ar ôl iddo gyrraedd oed yr addewid.' Ac yntau'n bymtheg oed, safai Ismael y tu ôl i gadair ei ewythr, yn ansicr sut y dylai gyfarch y dyn a edmgyai gymaint o dan yr amgylchiadau, a dewisodd aros yn dawel. Estynnodd law a'i gosod ar ysgwydd ei ewythr. 'Dyna chi', meddai Isaac. 'Ond mae Mistar Bertrand eto'n fyw, yn tydi? Ac yn iach er gwaetha 'i oedran, yn ôl pob sôn.'

Wedi iddo ymdawelu a sychu'i ddagrau darllenodd Enos weddill y llythyr, yn oedi pob hyn a hyn er mwyn rhannu'r hanes â'i ddau nai. Roedd nifer o gapeli gan Fethodistiaid Cymraeg de-ddwyrain Ohio erbyn hynny, ond o'r diwedd roedd yr Annibynwyr yn eu plith yn ymbaratoi i adeiladu dau addoldy. Disgrifiodd Mary Margareta yr union leoliadau, y naill yn Oak Hill yn sir Jackson a'r llall yn Nhy'n Rhos yn sir Gallia. Dangosodd Enos y frawddeg nesaf iddyn nhw. 'Gwelwch chi fod yr Annibynwyr Cymraeg yn mynd o nerth i nerth yn Y Taleithieu Unedig; dywedir eu bod yn dechreu cyhoeddiad misol yn y wlad hon.'

'Dyna chi, 'mechgyn i,' ebychodd Enos, 'arwydd sicr o lwyddiant. Capeli a chyhoeddiadau. Cyn hir bydd gan Gymry America eisteddfodau ac ysgolion a cholegau a phob dim!'

Pan ddychwelodd Enos ddiwedd yr haf roedd yn awyddus i agor ei sypyn a dangos i'w neiaint y ddau rifyn o'r cylchgrawn newydd, *Y Cenhadwr Americanaidd*, roedd wedi dod o hyd iddynt yn Efrog Newydd. Ond cyn iddo ollwng ei bethau a thynnu'i gôt long sylwodd fod naws yr aelwyd yn dra gwahanol.

'Tyr'd,' cynigiodd Dafydd. 'Gwell i ni fynd allan i mi gael egluro'r holl hanes i ti.'

'Na, 'Nhad,' dywedodd Isaac, 'mi wna i egluro wrth 'N'ewyrth Enos.' Dilynodd Enos ei nai trwy'r drws heb gwestiynu. Roedd yn noson fwyn a'r lleuad yn llawn, a safai yno yn ei gôt long laes, yn cribinio'i locsyn ag un llaw ac yn gwrando'n astud ar hanes ei nai. Priodasai o ac Elen bythefnos yn ôl, digwyddiad llawen iawn er gwaetha'r amgylchiadau. Roedd hi wedi beichiogi, a'r gweinidog wedi dweud na châi'r un o'r ddau groeso yn ei gapel o nac yn un arall o gapeli Methodistiaid Calfinaidd yr ardal. Roedd ei rieni wedi gadael y capel hefyd, a hynny'n dawel, ond creodd Ismael ychydig o helynt. Ymdrechai i amddiffyn enw da'r teulu, er nad oedd ond yn bymtheg oed, yn dadlau ag oedolion ac yn cwffio â phlant eraill. Roedd Isaac wedi'i ddarbwyllo i gadw'r heddwch yn y diwedd, rhag ofn iddo ddwyn y gyfraith am ei ben a gwneud pethau'n waeth i'r teulu, ond bu'n gyfnod anodd.

Pan ddaeth Isaac a'i ewythr yn ôl i mewn i'r tŷ tywysodd o Enos i'r llofft lle roedd Elen yn gorwedd yn y gwely, yn drwm dan ei phoen. Gwenodd hi'n wan a siaradodd Enos yn dawel. 'Paid â cheisio codi, 'mechan i. Wedi dŵad i'th groesawu i'r teulu dw i, dyna i gyd.' Plygodd drosti a rhoi sws ar ei thalcen, ei locsyn yn cosi'i boch ac yn gwneud iddi chwerthin. Ganwyd merch i Elen ac Isaac wythnos yn ddiweddarach, a dewisodd y cwpl ei henwi'n Esther. Fe'i bedyddiwyd gan un o weinidogion yr Annibynwyr a phenderfynodd y teulu oll y bydden nhw'n ymuno â'r enwad hwnnw gan aros yn ffyddlon iddo am weddill eu hoes. Mynnai Enos roi cyfran o'r cyflog a gâi ar y llongau i leddfu baich ei frawd a'i chwaer-yng-nghyfraith ac i helpu teulu bach Isaac.

Tyfodd y teulu hwnnw'n fwy. Ganwyd mab i Elen ac Isaac ddiwrnod olaf mis Tachwedd 1842 ac un arall y mis Tachwedd canlynol. Enwyd y cyntaf yn Sadoc a'r ail yn Joshua. Yn debyg i'w chwaer Esther, roedd y ddau'n fabanod cydnerth a chroeniach. Pan ddeuai Enos ar ymweliad byddai'n eu hanrhegu â theganau cain a naddwyd o bren caled gan grefftwyr Iddewig Efrog Newydd a melysion na flasodd y plant eu tebyg erioed. Eisteddai ar y setl a gwasgu'r tri phlentyn bach ynghyd ar ei lin, Elen yn sefyll yn ymyl rhag ofn i Joshua, y lleiaf, lithro o afael ei hen ewythr, straeon y dyn rhyfeddol yn cyfareddu Esther, merch fach ddeallus y tu hwnt i'w blynyddoedd. Ni ddeallai'r ddau fachgen bach lawer o'r hyn a ddywedai N'ewyrth Enos, ond hoffai'r ddau chwarae â'i locsyn brith, pob un yn ei dro'n codi'r llen trwchus o flew du a gwyn er mwyn canfod y botymau pres sgleiniog ar ei grys.

Ac yntau'n 19 oed erbyn gaeaf 1844, âi Ismael trwy ddrysau tafarndai gyda'i ewythr, yn gwrando'n astud wrth iddo gyfarch yr yfwyr a holi oedd rhywun yn y tŷ a hoffai glywed ychydig o hanes yr Amerig bell? Prynai Enos gwrw i'r ddau cyn iddynt ymadael bob tro. Pan oedd brandi ar gael a'r arian yn ei boced, byddai'n prynu chwarter potel a gwahodd Ismael i godi glasiad gydag o er cof am Monsieur Duthiel ac er mwyn dymuno hir oes i Jean Baptiste Bertrand.

Isaac a drefnodd i Enos siarad yn y capel un nos Fercher, i annerch tyrfa o Annibynwyr a ddaethai'n unswydd i'w glywed. Rhannodd gopïau o'r *Cenhadwr Americanaidd* yn eu mysg a thynnu'u sylw at yr ysgrifau hynny a brofai fod eu henwad yn tyfu o nerth i nerth yn yn y wlad fawr dros y môr. 'Pwy a ddaw gyda mi, gyfeillion? Pwy a fynn ran yn y Gymru newydd y codwn gyda'n dwylo diwyd ni ar lannau'r afon Ohio?' Safai Isaac ac Ismael y tu ôl i'w hewythr trwy gydol ei anerchiad, yn amenio, ac Elen a'i thri phlentyn bach yn cymeradwyo'n uchel ar yr adegau priodol o'u seti.

Eisteddai rhieni Isaac ac Ismael yn dawel, wyneb eu mam yn welw a gwg ar wyneb eu tad. Y noson honno, wrth iddyn nhw gerdded adref yn araf o'r capel, cydiodd Catrin Jones ym mraich ei gŵr Dafydd ac ochneidio. ''Dan ni 'di'u colli nhw iddo fo.' Cyfaddefodd Dafydd yn benisel fod ei feibion a'i wyrion dan gyfaredd ei frawd afradlon.

'Medi ffrwyth yr amgylchiada ydan ni,' cynigiodd o wrth i'r ddau gerdded yn dawel am ychydig. 'Sut medrai Isaac wrthwynebu Ismael, a'i frawd wedi'u hamddiffyn, y fo ac Elen, i'r ffasiwn radda adeg yr helynt? Enos yntau'n gymaint o gefn iddyn nhw hefyd? Ffrwyth yr amgylchiada ydi o.'

'Efalla wir, ond mae'r ffrwyth yna'n galed ac yn chwerw. Sut y medra i lyncu ffrwyth o'r fath?'

* * *

Roedd y fintai'n barod i ymadael erbyn dechrau mis Mehefin 1845. Bu ei mam-yng-nghyfraith wrthi'n ceisio darbwyllo Elen i beidio â mynd, a hynny hyd at y diwrnod y gosodwyd eu cistiau teithio llawn yn barod o flaen drws y tŷ. Roedd hi'n feichiog eto a thaerai Catrin Jones na fyddai taith hir ar long fudr yn gweddu gwraig yn ei chyflwr hi, heb sôn am y plant bach. Diolchai Elen iddi'n ddiffuant bob tro a dweud wrthi am beidio â phoeni, gan ychwanegu bod Esther bron yn bump oed ac wedi dangos yn barod y gallai fod o help i gadw'i brodyr bychain yn ddiddig. Ymgasglodd y 24 ohonynt ar y doc yng Nghaernarfon. Rhwng Enos, Ismael, Isaac, Elen a'r tri phlentyn bach, roedd saith ohonynt yn Jonesiaid. Roedd pedwar teulu arall wedi ateb galwad Enos Jones yn y diwedd. Llywelyn a Catherin Huws, cwpl priod ifanc a mab tair oed ganddynt. Samuel ac Ann Lloyd, a oedd ychydig yn hŷn, yr hynaf o'u tri phlentyn hwythau, Richard, yn wyth oed. Henri Evans, cefnder Elen, a'i wraig Mari a'u merch Lisbeth a oedd rhyw flwyddyn yn hŷn nag Esther. Ac yn olaf, y Parchedig Robert Richards, gweinidog ifanc a fuasai'n cynorthwyo gydag achos yr Annibynwyr ac a fyddai'n arwain y capel newydd yr addawodd Enos ei godi, ynghyd â'i wraig, Ann a'u tri phlentyn. Ac yn olaf, un a oedd wedi ateb yr alwad yn un o dafarndai'r dref – Gruffydd Jams, dyn canol oed, yn rhyfeddol o fach ond gydag ysgwyddau llydan a breichiau hir. Roedd yn foel ar wahân i ychydig o wallt carpiog o gwmpas ei glustiau, a'i groen crychog yn debyg i ledr brown. Bu'n ddyn gwneud popeth o gwmpas y dref, ond nid oedd ganddo deulu, ar wahân i'w gyfeillion yn y dafarn. Cyn pechu pob un o'r capteniaid gyda'i ymddygiad afreolus bu'n gweithio ar y llongau a hwyliai i Lerpwl, a chyn hynny, meddai, bu'n gweithio am flynyddoedd ar long a deithiai rhwng Lerpwl a Buenos Aires. Gwgodd y capten ar Gruffydd Jams pan gamodd ar fwrdd y llong yn harbwr Caernarfon, ond gwenodd y dyn yn ddireidus a chyfeirio at y sypyn o bapurau yn llaw Enos Jones. 'Hidiwch befo, Capten. Dwi'n teithio fel *passenger* y tro 'ma.'

Enos gasglodd eu harian, ac felly ef a dalodd am eu taith o Gaernarfon i Lerpwl a phrynu tocynnau iddyn nhw ar y *Rappahannock*, llong fawr tri hwylbren a allai gludo dau gant o deithwyr cyffredin yn ogystal â rhyw ddeg ar hugain yn y cabanau moethus. Wedi cyrraedd dociau Lerpwl a chanfod nad oedd y gofodau rhwng deciau'r *Rappahannock* wedi'u hanner llenwi, bu'n rhaid i'r fintai aros am yn agos at wythnos cyn i'r capten fodloni codi angor. Erbyn y diwedd, roedd rhyw gant a hanner o deithwyr wedi'u gwasgu yn y rhan honno o'r llong a elwid yn *steerage*, gydag Enos a'i dri ar hugain o ddilynwyr yn gyfran dda o'r dyrfa fawr honno o Saeson, Gwyddelod a Chymry. Cysgai'r holl deithwyr cyffredin hyn mewn gwlâu bync agored, rhes ar ôl rhes ohonynt yn llenwi'r gofod tywyll, drewllyd a swnllyd. Hawliodd mintai Enos wlâu gyda'i gilydd yn un rhan o'r *steerage*, gyda'r plant ar y bynciau uchel uwchben eu rhieni. Cysgai Gruffydd Jams yn y bync uwchben gwely Enos, a siaradai'r ddau yn hir cyn cysgu, yn cyfnewid straeon am eu mordeithiau ac yn trafod yr anturiaeth fawr o'u blaenau.

Un tro, pan oedd y tywydd yn ddigon mwyn i'r teithwyr dreulio llawer o'u diwrnod yn yr awyr iach ar fwrdd y llong, gofynnodd y Parchedig Robert Richards a gâi air ag Enos. Camodd y ddau'n hamddenol at yr ochr a phwyso ar y canllaw. 'Hyn sydd yn fy mhoeni i, Mistar Jones,' dechreuodd y gweinidog, yn troi'i ben er mwyn edrych dros ei ysgwydd a sicrhau nad oedd neb yn ei glywed. 'Rydych chi'n treulio llawer o amser yng nghwmni Gruffydd Jams ac mae'n peri ychydig o ofid i mi. Eich lles chi, ie, a lles pawb ohonom sy'n cyd-deithio gyda chi ar y fenter hon, sydd gennyf dan sylw, wyddoch chi.' Cribinodd Enos ei locsyn hir â bysedd ei law, wrth wrando'n astud. 'Rwyf wedi clywed tipyn o'i hanes, dach chi'n gweld. A dydi o ddim yn glod i'w gymeriad os ydach chi'n deall yr hyn sydd gennyf.' Wedi ysbaid, er mwyn dangos ei fod yn ystyried ei eiriau'n ofalus, siaradodd Enos. 'Peidiwch â phoeni, Mistar Richards. Mae'n holl deithiau wedi 'nghynysgaeddu â'r gallu i farnu cymeriad dyn. Mae Gruffydd yn hoff o'i lymaid ac mae wedi cael ei hun mewn ambell le cyfyng yn y gorffennol, gan ei fod yn rhy barod i ddweud ei ddweud wrth ddynion sy'n ystyried eu hunain yn well nag o. Ond mae rhuddin yn ei asgwrn cefn ac mae 'na ysfa yn ei galon i wneud rhywbeth o'i fywyd cyn ymadal â'r fuchedd hon. Ond dwi'n ddiolchgar iawn i chi am fynegi'ch pryderon, ie, ac am gyflawni hyn o waith bugeiliol. Mi gofia i'r hyn 'dach chi 'di'i ddeud ac mi wna i gadw llygad arno fo.'

Dim ond ychydig o amser a neilltuwyd bob dydd i bob teulu yn y gegin gul a elwid yn *cook shop* gan y morwyr, a hynny ar y diwrnodau pan na fyddai'r llong yn ymrolio gormod gan ymchwydd y tonnau. Ond trwy gydweithio, dysgodd y fintai y gellid paratoi bwyd i'r 24 ohonyn nhw gyda'i gilydd yn hytrach na gadael i bob teulu unigol ymorol am ei ymborth ei hun. Byddai Catherin Huws, Ann Lloyd a Mari Evans yn cydweithio, dwy ohonyn nhw'n coginio yn y *cook shop* cyfyng a'r llall yn paratoi'r nwyddau ar lawr y dec y tu allan er mwyn hwyluso'r gwaith. Cynigiai Elen eu helpu, ond gwrthodai'r lleill bob tro, gan ddweud na ddylai ymdrechu gormod, a hithau'n agos at ei thymor. Yn amlach na pheidio, cynigiai Gruffydd Jams ei gymorth, yn cario sachiad drom o geirch neu flawd o'u storfa rhwng y gwlâu er mwyn arbed cefnau'r gwragedd. Cynorthwyai gyda'r gwaith paratoi ar adegau hefyd, yn dangos ei fod yn gallu torri nionod gystal â neb.

Pan fyddai'r tywydd yn caniatáu, bydden nhw'n eistedd mewn cylch ar y bwrdd agored, ond pan oedd hi'n dymhestlog byddai'n rhaid iddyn nhw eistedd mewn rhes ar y llawr o flaen eu gwlâu, yn bwyta pryd oer yn y tywyllwch ac yn ceisio anwybyddu'r drewdod a ddeuai o waelod y llong. Byddai'r Parchedig Robert Richards yn gofyn gras cyn pob pryd bwyd, yn cynnig diolch am hynny o ymborth ac yn gweddïo am dywydd mwyn a siwrnai saff. Cynhaliai gyfarfod gweddi bob nos hefyd, yn ogystal â dau wasanaeth ar y Sul, yn pregethu'n fyr cyn trafod darn o'r Ysgrythur a gofyn iddyn nhw gydganu nifer o emynau. Gan iddo ddeall fod Enos wedi dysgu nifer o emynau ar ei gof ac yn hoff iawn o'u canu, gofynnodd y gweinidog iddo godi'r canu yn ystod y cyfarfod gweddi cyntaf ar fwrdd y llong, ond canai Enos yr emynau ar donau anghyfarwydd, rhai ohonynt yn bur ryfedd ac yn anodd i'w dilyn, felly'r Parchedig Robert Richards ei hun a gyflawnai'r ddyletswydd honno wedi'r cyfarfod cyntaf hwnnw. Ond awgrymodd ganu rhai o ffefrynnau Enos, a deuai'r morwyr hynny a allai adael eu gwaith yn nes er mwyn clywed y Cymry'n canu 'Dyma odfa newydd, O Arglwydd dyro rym...' neu 'Tan fy maich yr wyf yn griddfan, Disgwyl amser i ryddhau...' Dysgodd y gweinidog nifer o emynau eraill i Enos, gan gynnwys ei hoff un, 'Pob seraff, pob sant...' Llechai Gruffydd Jams ar gyrion y cyfarfodydd gweddi, yn plethu'i freichiau cyhyrog ac yn symud ei ben moel o'r naill ochr i'r llall, yn ansicr pa beth a ddisgwylid ganddo, ond byddai'n cau'i lygaid ac yn plygu'i ben mewn gweddi gyda'r lleill. Dysgodd ddarnau o'r emynau hefyd, a chyn diwedd wythnos gyntaf y fordaith clywid ei lais bas yn codi ac yn gostwng, ac yntau'n mwmial ganu'r darnau hynny nad oedd yn gyfarwydd â nhw ac yn bloeddio'r geiriau roedd wedi llwyddo i'w dysgu.

Un prynhawn braf daeth Robert Richards o hyd i Enos yng nghysgod prif hwylbren y llong a'i gyfarch wrth ei enw cyntaf. 'Chi oedd yn iawn, Enos. Doeddwn i ddim wedi cael gafael ar gymeriad Gruffydd Jams.' Ni wyddai'r gweinidog y byddai Enos a Gruffydd yn manteisio ar ambell gyfle pan nad oedd o na'r un arall o'r fintai yn ymyl i estyn un o'r poteli o rym a gadwai Gruffydd yn ei gist neu ychydig o frandi o storfa gudd Enos. Byddai'r plant yn chwilio am y ddau ddyn yn aml, a bu'n rhaid i Enos egluro i rai ohonyn nhw ar fwy nag un achlysur ei fod o a Mistar Jams yn cymryd ffisig.

'Pa fath o foddion, Mister Jones?' holai Richard Lloyd, a oedd yn wyth oed ac yn hŷn na'r plant eraill.

'Wel, Richard bach, ffisig hen forwyr siŵr iawn, gan 'mod i a Mistar James yn hen forwyr ac angen llymaid i atgyweirio cyflwr ein bolia bob hyn a hyn.'

Bu Gruffydd Jams yn gymorth amhrisiadwy wrth greu adloniant i'r plant. Byddai'n eistedd ar gasgen, yn chwifio'i freichiau hir yn yr awyr wrth adrodd straeon am angenfilod y môr neu ddynion a welsai mewn parthau deheuol, a chwythai dân o'u cegau ac a gerddai ar eu dwylo yn hytrach na'u traed. Eisteddai'r plant mewn hanner cylch o'i flaen, Richard Lloyd, yr hynaf o'r deg, yn ei borthi, yn gofyn eto am y stori honno neu'r hanesyn hwnnw, a Sadoc Jones, yr ieuengaf, yn eistedd yng nghôl ei chwaer Esther, yn chwerthin gyda'r lleill ar ddiwedd stori ddigrif neu'n cuddio'i wyneb mewn dychryn pan floeddiai Gruffydd yn ei lais dwfn wrth ddynwared rhyw fwystfil y daethai ar ei draws mewn ogof yn yr Andes. Weithiau byddai'n adrodd hanes Madog, y Cymro cyntaf i hwylio dros yr Iwerydd, tywysog cryf a dewr a ddiflanasai yn anialwch Mecsico neu mewn cors yn Fflorida.

Ar adegau eraill byddai Enos yn cyfareddu'r plant, yn eistedd ar gasgen Gruffydd Jams yn cribinio'i locsyn brith hir â'i fysedd wrth ddisgrifio rhyfeddodau cyfandir eang yr Amerig a moethusrwydd y dref y bydden nhw'n byw ynddi ar ôl iddo fo a'u rhieni ei hadeiladu. Gofynnodd Richard Lloyd unwaith a oedd o wedi clywed hanes Madog.

'Siŵr iawn, 'machgen i,' oedd ei ateb. 'Clywais i Gymro o Utica yn adrodd yr holl hanes, a gawsai gan Gymro arall a fu'n chwilio am y Madogiaid yn y gorllewin. Dwi wedi darllen amdano fo ym mhapurau Cymry'r Amerig hefyd, ond dydan nhw ddim wedi dweud ei hanner hi.'

Daeth y plant i feddwl bod yna ddau Fadog gwahanol, gan fod tywysog chwedlonol Gruffydd Jams yn ymladd â bwystfilod ac yn dringo mynyddoedd a gyrhaeddai'r sêr a'r Madog a ddisgrifid gan Enos Jones yn adeiladwr a godai gestyll ceinion a phontydd hirion yn nhiroedd gorllewinol yr Amerig. Roedd Madog Enos wedi hwylio o Gymru mewn llong fawr braff, yn tywys llynges o'r llongau gorau a adeiladwyd erioed, a Madog Gruffydd Jams yntau wedi cyrraedd glannau'r Amerig ar gefn morfil, yn marchogaeth yn dalog fel pe bai ar gefn ceffyl, fel dyn ar ei ffordd i ffair y plwyf.

Ar adegau eraill rhai o'r gwragedd fyddai'n edrych ar ôl y plant, a'r dynion yn ymgasglu i drafod y dyfodol, gydag Enos yn egluro faint o amser yn fras y byddai'n ei gymryd iddyn nhw deithio o borthladd Efrog Newydd i ddyffryn yr Ohio a pha bethau y byddai'n rhaid iddyn nhw eu prynu ar ôl cyrraedd. Byddai Ismael yn sefyll wrth ymyl ei ewythr, yn amenio'n frwdfrydig. Weithiau deuai rhai o'r gwragedd i ymuno hefyd, ac Elen yn amlach na neb pan fyddai'i chyflwr yn caniatáu iddi. Pan awgrymai Isaac y byddai'n well iddi orffwys ei hateb fyddai, 'mae gen i a'r mamau eraill fwy yn y fantol na chitha'r dynion, a dwi am glywad be' ddylwn i ddisgwyl ar ôl cyrradd.'

Ond bu'n rhaid iddi fynd i orwedd yn y diwedd, a hynny tua diwedd ail wythnos y fordaith. Roedd Catherin Huws wedi cynorthwyo mewn nifer o enedigaethau ac aeth i'r afael â'r sefyllfa.

'Mi ddaw cyn hir,' dywedodd wrth Isaac. 'Mae Elen wedi geni tri phlentyn iach, a does dim arwyddion fod dim byd o'i le y tro 'ma.'

Ond collodd Elen arni'i hun ychydig, a cheisio dringo allan o'i gwely, yn dadlau â Catherin pan ddywedodd y dylai hi orwedd yn llonydd.

'Naci' erfynnai, 'mae angen awyr iach arna i a dwi ddim isio i'r babi ddŵad yng nghanol y drewdod 'ma.' Rhoddodd Catherin gadach gwlyb ar ei thalcen a sibrwd yn ei chlust. 'Dyna ni, Elen, dyna ni. Mi ddaw, mi ddaw.'

Gwasgodd y rhan fwayf o'r fintai o'u cwmpas, a bu'n rhaid i Catherin ofyn iddyn nhw gamu'n ôl.

'Mae'n ddigon mwll fel y mae yma, ewch o'ma a gadael iddi anadlu'n well.' 'Dewch, blant,' cynigiodd Ismael, 'awn ni i ben arall y *steerage* a gweld a welwn ni'r llygoden wen yna mae Gruffydd Jams wedi bod yn sôn amdani.'

Aeth Ann Lloyd gyda nhw, ond arhosodd Jane Richards a Mari Evans, cyfnither Elen, i gynorthwyo. Dechreuodd y dynion eraill gerdded yn araf i'r cyfeiriad arall, ond oedodd Isaac ar gyrion y cylch bychan o wragedd a dendiai ar ei wraig. Sibrydodd Gruffydd rywbeth yng nghlust Enos wrth iddyn nhw gerdded ac wedyn llithrodd o'n ôl i sibrwd yng nghlust Isaac. Camodd Isaac yntau'n agosach at wely'i wraig a sibrwd yng nghlust Catherin Huws. 'O'r gora. Mae'n syniad da.' Aeth Isaac yn ôl at Gruffydd ac Enos a throsglwyddo'r neges, a chyn pen dim roedd Isaac yn ôl wrth ochr y fydwraig, un o boteli rym Gruffydd Jams yn ei law. Cymysgodd ychydig o'r rym â dŵr a siwgwr mewn cwpan ac wedyn plygodd dros Elen.

'Dyna ni. Yfa di hwn. Mi wneith o les i ti.'

Wrth i Ismael ac Ann Lloyd fugeilio'r plant trwy'r wasgfa o deithwyr, Ann yn cario Ruth, ei phlentyn ieuengaf, ac Ismael yntau'n cario'i nai bach, Sadoc, siaradai Richard yn fywiog â'i fam.

'Os ydi o'n hogyn, dylsen ni 'i enwi fo'n Madog.'

'Pam hynny, Richard?'

'Gan 'i fod o'n Gymro a ninna ar ganol y môr.'

'Thâl hynny ddim!' ebychodd Esther. ''Mond enwau o'r Hen Destament mae plant yn teulu ni'n eu ca'l. Beth bynnag, dwi'n siŵr mai hogan fydd hi.'

Wedi i'r plant syrffedu ar helfa'r llygoden wen yng nghysgodion pen pellaf y dec a dechrau gwasgu'n ôl trwy'r teithwyr Seisnig a Gwyddelig daeth Mari Evans i'w cyfarfod, ei hwyneb yn sgleinio gan chwys yng ngolau egwan y llusernau. Gwenodd. Oedd, roedd y babi wedi dyfod. Merch groeniach, yn ddigon o ryfeddod. Erbyn iddyn nhw gyrraedd roedd Elen ac Isaac wedi'i henwi hi: Sara. Ac felly nid 24 ond 25 oedd cyfanswm y fintai a gyrhaeddodd Efrog Newydd.

7

Cofiai Sara farwolaeth Zackary Taylor. Gwyddai nad oedd hi'n cofio llawer o ddigwyddiadau'i blynyddoedd cynnar, ond gan fod ei theulu wedi adrodd y straeon mor aml roedd y penodau hyn yn ei hanes wedi ymdreiddio i'w bod ac wedi cymysgu â'i hatgofion go iawn. Pennod felly oedd hanes y daith o Efrog Newydd i ddyffryn yr Ohio, a hithau'n fabi newydd anedig. Bu'n rhaid i'r pump ar hugain ohonynt deithio ar sawl trên a chwch camlas cyn cyrraedd Pittsburgh, ac aros am ddwy noson yn y ddinas honno am yr agerfad a fyddai'n eu cludo i'r gorllewin.

Dywedodd tad Sara i N'ewyrth Enos fynd ag o a'i frawd Ismael i weld chwarel tywodfaen y bu'n gweithio ynddi am gyfnod dros chwarter canrif yn gynharach. Safodd yno uwchben y chwarel segur, pwll o ddŵr yn ei gwaelod a choediach a brwgaets yn tyfu ar rai o'r ponciau, cyn troi at ei ddau nai a'u cyfarch. 'Mi welwch chi, hogia, mae dyn yn gweithio'n galed gydol ei oes, ond nid y gwaith 'i hun sy'n bwysig ond yr hyn sy'n deillio o'i lafur.'

Aeth â'r Parchedig Robert Richards a rhai o'r oedolion eraill i weld stordy ar lan yr afon lle bu Cymry Pittsburgh yn cynnal eu cyfarfodydd gweddi ar un adeg. Ni allai ddod o hyd i'r union le gan fod patrwm y strydoedd a natur yr adeiladau wedi newid cymaint yn y gymdogaeth honno, ond cafodd hwyl arni yr un fath yn disgrifio'r modd y daeth o, yn bererin unig o Gymro, ar draws cymuned Gymreig fechan rywle yn y rhan honno o'r ddinas, ac i chwe theulu o Gilcennin ymddangos un bore Sul a newid cwrs ei fywyd. Ond nid oedd angen addoldy cyntefig o'r fath bellach gan fod gan Gymry'r ddinas nifer o gapeli go iawn, adeiladau praff a safai yn un o gymdogaethau mwyaf llewyrchus Pittsburgh.

Cam olaf eu siwrnai oedd taith gyffordddus ar y *President Harrison* ar yr afon, y Cymry'n rhyfeddu at foethusrwydd yr agerfad mawr ac yn mwynhau cerdded ar hyd yr oriel o flaen eu hystafelloedd, yn oedi weithiau i bwyso ar y canllaw a gwylio'r bryniau a'r coedwigoedd a'r trefi yn ymrolio heibio. Bu teulu Sara – y chwech ohonynt gan ei chynnwys hi – yn cysgu mewn ystafell â'r enw Pennsylvania wedi'i baentio mewn llythrennau euraid ar y drws. Gallai'i chwaer fawr, Esther ddarllen Cymraeg yn dda iawn, er nad oedd hi ond pum mlwydd oed ac roedd wedi bod yn gweithio'n galed ar yr wyddor Saesneg ers iddyn nhw adael Cymru. Mwynhâi gerdded ar hyd yr oriel, law-yn-llaw â'i thad, yn astudio'r holl enwau ar y drysau, ac wedyn yn mynd i lawr y grisiau i astudio drysau'r dec oddi tanyn nhw. Arhosai Ann a Samuel Lloyd a'i thri phlentyn yn ystafell Delaware, teulu Huws yn Virginia a'r Evansiaid hwythau yn New Jersey. Arkansas oedd cartref y Parchedig Robert Richards; dywedodd ei hen ewythr Enos wrth Esther ei bod yn un o'r taleithiau newydd a oedd wedi'i ffurfio ers iddo fo ddod i'r wlad. Rhannai ei hen ewythr yntau lofft â'i hewythr Ismael a Gruffydd Jams, a honno'n dwyn yr enw Louisiana ar y drws. Soniodd Esther fod dyn main â locsyn gwyn, un yn hwy na locsyn ei hen ewythr hyd yn oed, yn aros yn Ohio a bod teulu mawr o bobl a siaradai iaith wahanol yn aros ym Mississippi. Galwai'r Cymry y teulu hwn yn Ellmyn, ond *Dutchmen* oedd y gair a ddefnyddid gan yr Americanwyr a siaradai Saesneg. Clywai hi'r fam yn galw un gair ar ôl ei phlant dro ar ôl tro, a dysgodd Esther y gair hwnnw hefyd. *Auchtung!* Byddai'n ei ddysgu i'w chwaer fach Sara pan ddechreuai siarad.

Ychydig cyn i'r agerfad gyrraedd Gallipolis galwodd Enos y fintai ynghyd ar ochr ogleddol y llestr. Safai ar flaenau bysedd ei draed, ei locsyn yn chwifio fel baner yng ngafael y gwynt. Poenai Esther y byddai'i hen ewythr yn disgyn dros y canllaw a syrthio i'r afon, mor uchel y gwthia'i hun i fyny a mor bell y plygai ymlaen wrth siarad. Cododd un llaw er mwyn tywys eu llygaid â'i fys estynedig, rhywbeth a wnâi i Esther boeni'n fwy hyd yn oed. 'Edrychwch!' galwodd yn orfoleddus. 'Dyna hi, yr ynys!' Clywsai Sara'r stori mor aml gan ei chwaer a'i rhieni nes iddi fynd yn un o'r atgofion a oedd yn fyw yn ei dychymyg er na allai hi fod wedi'i gofio go iawn, gan nad oedd ond yn fabi deufis oed ym mreichiau'i mam ar y pryd. Roedd ei brawd Sadoc yn mreichiau'u tad a safai Esther wrth eu hymyl, yn dal llaw Joshua nad oedd yn dair oed, y ddau'n syllu rhwng y pyst a gynhaliai'r canllaw. Ynys fechan iawn oedd hi, ac nid oedd dim neilltuol i'w weld arni, ond sugnodd y plant eu hanadl yn ddwfn i'w hysgyfaint yr un fath, eu llygaid yn llydan mewn syndod, a nhwythau'n gweld am y tro cyntaf y lle na fuasai cyn y diwrnod hwnnw yn ddim mwy na chwedl a adroddid gan eu hen ewythr. Coed oedd y cyfan a welsant ar yr ynys, ac roedd plant Isaac ac Elen Jones yn sicr bod rhyfeddodau lu yn llechu yng nghysgod y coed hynny. Siaradai'u hewythr Ismael yn egnïol, yn gofyn i'r plant ddychymgu'r naill adeilad a'r llall. 'Fan'na bydd eich tŷ chi, welwch chi. A fan'na, mae'n rhaid, fydd lleoliad yr ysgoldy y mae N'ewyrth Enos wedi'i ddisgrifio. Daw'r cychod mawr i'r lan yn fan'na, a'r rhai bychain i'r doc bach ar y lan arall y tu ôl i'r coed.'

Ni welodd rhieni Sara na'i chwaer fawr aduniad Enos a Jean Baptiste Bertrand, ond credai ei bod hi'n cofio'r olygfa honno hefyd rywsut, gan nad oedd stori'i theulu yn gyflawn hebddi. Wedi dadlwytho'u cistiau ar ddoc Gallipolis a dod o hyd i ddyn a allai helpu'r fintai gyda'u trefniadau, aeth Enos ar ei ben ei hun i dŷ ei gyfaill. Agorwyd y drws gan Mary Margareta Davies, y blynyddoedd wedi crychu'r croen o gwmpas ei llygaid a'i cheg ychydig, ond fel arall yn ymddangos yn union fel y darlun a goleddai Enos yn ei feddwl. Doedd dim arlliw o wyn yn y gwallt golau a glymai mewn cocyn llac ar gefn ei phen. Ysgydwodd ei phen a chodi llaw i'w cheg, ond wedi cymryd munud i lyncu'i syndod, roedd yn hunanfeddiannol, er gwaethaf y ffaith ei bod hi'n gweld dyn na welsai ers pymtheng mlynedd. 'Peidiwch â sefyll fan 'na, dewch miwn i'r parlwr i weld y meistr.' Bu'r ddau ddyn yn wylo yn hir wrth gofleidio'i gilydd, cyn i'r Ffrancwr gymryd cam yn ôl, pwyso ar ei ffon gerdded, ac astudio wyneb y Cymro. Roedd barf Enos yn hwy o lawer na'r hyn a gofiai, meddai, ac wedi'i britho â rhagor o wyn. 'But take heart, my friend. You are still Le Jeune Gallois in my eyes.' Cododd un llaw a thynnu ar y cudynnau tenau hir o wallt claerwyn a hongiai i'w ysgwyddau, cyn codi'r llaw'n uwch, gwneud dwrn ohoni a chnocio ar y darn moel ar ei benglog, fel pe bai'n curo ar gaead cist. 'What hair I have left is thin and white and most has yielded to this baldpate.'

Bu'n rhaid i'r fintai letya ar wasgar yn ystod y flwyddyn gyntaf honno, gydag Enos ac Ismael yn aros yng nghartref Jean Baptiste Bertrand, Isaac, Elen a'u plant yn aros yn hen gartref Monsieur Duthiel, a'r gweddill ohonynt mewn gwestai yn y dref.

Câi Gruffydd Jams waith yn helpu ar y dociau yn achlysurol, a buan y daeth yn wyneb cyfarwydd yn nhafarndai Gallipolis. Jacob Jones a'i deulu oedd perchnogion y ffarm bellach, ond roedd yn dipyn llai na'r hyn a gofiai Enos gan fod Monsieur Duthiel wedi gwerthu'r rhan fwyaf o'i dir cyn marw er mwyn gwneud yn iawn am yr arian a gollai bob cynhaeaf wrth werthu'i wenith mor rhad, ond roedd yn ddigon i gynnal Jacob, Cynthia a'u dau fab yn gyfforddus. Cafodd Isaac, Elen a'u plant groeso twymgalon yng nghartref y Jonesiaid hyn. Symudodd John, mab hynaf Jacob a Cynthia, i mewn i lofft ei frawd bach Samuel a rhoi'i ystafell wely fawr i'r teulu Cymreig. Pan leisiodd Elen ei phryder, yn dweud eu bod nhw'n creu gormod o drafferth, atebodd Jacob yn siriol. 'Your husband's uncle is like my brother, which means that all of you are like family too.' Adroddai hanes eu cyfeillgarwch droeon wrth y bwrdd bwyd yn ystod y misoedd nesaf, yn egluro'i fod wedi eillio'i wyneb yn lân rai misoedd ar ôl i Enos ymadael â'r ardal. Cawsai'i ddal rhwng cais Cynthia i eillio a'i awydd i gadw'i addewid i'w gyfaill, ond ildiodd i synnwyr cyffredin yn y diwedd a chydsynio â'i wraig.

Er bod John a Samuel rai blynyddoedd yn hŷn nag Esther, Sadoc a Joshua, treuliai'r ddau lawer o amser gyda'r plant o Gymry, gan ddangos rhyfeddodau'r ffarm iddyn nhw a'u helpu i ymestyn hynny o Saesneg a oedd ganddynt. Dysgai Esther yn gyflym iawn, ac ar ôl rhyw dri mis roedd hi'n siarad yn rhugl â'r bechgyn a'u rhieni. Roedd Saesneg Isaac yn gwella bob dydd hefyd, ac er bod Elen yn swil i siarad yr iaith byddai'n gwrando'n astud ar bob sgwrs ac yn dilyn heb lawer o drafferth. Gan ei fod wedi clywed cymaint am gyfaill ei ewythr dros y blynyddoedd, ystyriai Isaac y cyfle hwn i ddod i adnabod Jacob yn fraint. Edmygai feddwl chwim ac ehangder dysg y dyn, a byddai'n mwynhau trafod hanes a gwleidyddiaeth yr Unol Daleithiau gydag o.

Pan ddeuai Enos i ymweld â nhw, byddai'n troi'n seiat seciwlar fywiog. Clywodd Sara enwau lleoedd nad oedd yn eu deall, ond wrth iddi dyfu'n hŷn, gwnaeth synnwyr o'r enwau nad oeddent yn ddim ond geiriau rhyfedd ac annealladwy gynt: Polk, Mecsico, Califfornia a Wisconsin. Cwynai Jacob ac Enos yn groch am yr Arlywydd James Polk, Democrat a oedd yn rhy debyg o lawer i'r hen asyn Andrew Jackson yn eu tyb nhw. Cyfeiriai'r ddau weithiau at y rhyfel yn erbyn Mecsico a ddaeth i ben yn y flwyddyn 1848. Crybwyllwyd ambell gymydog o Gallipolis – ac ambell Gymro o sir Gallia hefyd – a oedd wedi mynd i Galiffornia i chwilio am aur. Nodwyd bod Wisconsin wedi'i derbyn yn dalaith newydd, a dywedai Enos fod nifer o Gymry'n teithio'r afon ar eu ffordd i Illinois, cyn ei throi hi am y gogledd-orllewin a'r dalaith newydd honno. Clywai clustiau tair oed Sara lawer o sôn am Seneca Falls, a sylwai fod ei chwaer fawr, Esther yn erfyn ar Jacob i adrodd hanes y lle hwnnw dro ar ôl tro. Clywodd lawer am Zachary Taylor hefyd, dyn roedd yr oedolion yn ei gysylltu rywsut â Mecsico ond a etholwyd yn Arlywydd yr Unol Daleithiau. Clywodd dipyn am bobloedd newydd hefyd, yr Ellmyn, yr Almaenwyr, y Dutchmen a'r Germans, a daeth i ddeall ymhen amser mai'r un bobl oedden nhw. Teithiai llawer ohonyn nhw trwy ddyffryn yr Ohio yn ystod y blynyddoedd hynny, rhai ar eu ffordd i ymgartrefu yn Cincinnati ac eraill yn chwilio am ffermydd yn Illinois, Missouri, Iowa neu Wisconsin, wedi'u gyrru dros y môr gan y newyn a ddaeth yn sgil cynhaeaf a fethodd neu'r siom wrth i chwyldro fethu.

Clywodd lawer am eglwysi'r wlad yn ymrannu oherwydd caethwasiaeth, y Methodistiaid wedi'u rhannu, rhai'n pledio'r Gogledd a'r lleill y De, a'r Bedyddwyr wedi'u rhwygo mewn modd tebyg. Roedd Esther fel pe bai'n deall hyn oll gystal â'r oedolion, a cheisiai egluro hyn wrth Sara fach yn aml. Mae caethiwed yn y de. Mae addewid o ryddid yn Seneca Falls. Weithiau deuai pobl eraill i aros gyda Jacob a Cynthia dros dro, pobl a oedd yn debycach iddyn nhw o ran lliw eu croen a'u gwallt nag i'r Cymry. Dyn neu ddynes unigol, ac weithiau rhiant a phlentyn. Unwaith daeth teulu cyfan, mam a thad a'u dwy ferch. Symud i hawlio rhyddid roedden nhw, meddai Esther wrth Sara yn ei dull hollwybodus. Rywle yn y gogledd mae'r rhyddid yna, meddyliai Sara, yn agos at y lle yna, Seneca Falls.

Treuliai Elen a Cynthia lawer iawn o amser yng nghwmni'i gilydd, nid oherwydd rheidrwydd y ffaith eu bod nhw'n byw yn yr un tŷ, ond gan fod y ddwy wedi tyfu'n gyfeillion gwirioneddol agos. Byddai'r ddwy'n coginio ac yn pobi gyda'i gilydd, yn cymryd seibiant yn aml i siarad ac yn llenwi'r ffermdy mawr â'u chwerthin. Dysgodd Cynthia i Elen sut i wneud hoff gawl ei theulu, yn mwydo pys wedi'u sychu mewn dŵr dros nos cyn eu berwi am oriau ac ychwanegu halen a phupur. Wedyn byddai'n ffrio nionyn wedi'i dorri'n fân a thameidiau o gig moch hallt a chyfuno'r cyfan gydag ychydig o fenyn a llefrith. Hoffai Sara'r adegau pan gâi helpu'r ddwy, a phan nad oedd dim y medrai'i wneud byddai'n eistedd yn dawel yn gwylio'i mam a Cynthia ac yn gwrando ar eu sgwrs. Canai Cynthia weithiau, ei llais persain yn codi'n wefreiddiol o uchel ac yna'n disgyn i ryw sisial ganu a ymdreiddiai i ganol bod Sara. 'There is a balm in Gilead to make the wounded whole, there is a balm in Gilead to heal the sin-sick soul...' Ymunai Elen a Sara bob hyn a hyn hefyd, a Sara'n rhyw feddwl bod y balm yn cyfeirio at y cawl roedd y ddwy'n eu coginio. Ond pan glywodd Esther Sara'n dweud hyn, eisteddodd gyda hi a dangos y darnau yn y Beibl a soniai am le o'r enw Gilead.

Un o gysuron lu'r cartref oedd y llyfrgell. Anogai Jacob deulu Isaac i'w defnyddio a dangosai rai o'i hoff lyfrau iddynt – hunangofiant Frederick Douglas, cyfrolau o ysgrifau Emerson, casgliadau o farddoniaeth Longfellow. Roedd wedi etifeddu rhai o hen lyfrau Ffrangeg Monsieur Duthiel a dywedodd fod Cynthia'n rhoi cynnig ar eu darllen weithiau gyda chymorth geiriadur a fenthycodd gan Jean Baptiste Bertrand. Weithiau, clywai Sara'i chwaer fawr Esther a'u tad yn eistedd wrth y bwrdd bach yn y llyfrgell, yn cyd-ddarllen yr un llyfr ac yn ei drafod. Pan ddechreuodd ddeall y llyfrau Saesneg, teimlai Sara hithau dynfa i'r llyfrgell. *Sketch Book* Washington Irving oedd ei ffefryn, a helpai Esther hi gyda'r geiriau anodd a'r brawddegau hirion. *Rip Van Winkle, however, was one of those happy mortals*. Weithiau ceisiai Esther gynnal gwers ysgol sabathol, a Sara oedd ei hunig ddisgybl. Eisteddai'r ddwy o flaen Beibl Cymraeg, ei chwaer fawr yn ei thywys yn amyneddgar trwy'r adnodau. 'Myfi yw yr Arglwydd dy Dduw, yr hwn a'th ddug di allan o wlad yr Aifft, o dŷ caethiwed.' Ond cefnai ar ei hymdrechion pan glywai sŵn siarad a chwerthin ei mam a Cynthia, eu lleisiau'n ei denu o'r llyfrgell i'r gegin.

Byddai tad Sara'n absennol am gyfnodau hirion pan fyddai'r tywydd yn fwyn. Gwyddai ei fod yn teithio i'r ynys gyda'r dynion eraill, gan mai dyna a ddywedodd ei mam, ei chwaer a'i brodyr hŷn. Gan fod Esther, Sadoc a Joshua yn gafael yn nwylo'u tad cyn iddo fynd ac yn erfyn arno i adael iddyn nhw fynd gydag o, dechreuodd Sara swnian a thaeru'i bod hi am fynd i'r ynys hefyd. 'Tewch rŵan,' dywedai'u tad yn dyner bob tro, 'mi gewch ddod efo fi i'r ynys cyn bo hir.'

Cynhelid gwasanaethau yn un o stordai Jean Baptiste Bertrand ar y Sul. Doedd dim ffenestri yn yr adeilad, ac felly byddai'n rhaid gadael y drysau mawr ar agor pan fyddai'r tywydd yn ddigon mwyn. Fel arall, doedd dim byd amdani ond cynnau rhesi o lusernau er mwyn goleuo'r gofod gwag yng nghanol y cistiau, y sachau a'r casgenni. Peth rhy beryglus o lawer fyddai cannwyll agored yn y lle hwnnw gan ei fod mor sych a rhai o'r gwirodydd a gedwid yn y casgenni mor ymfflamychol ag olew uffern. Felly, dawnsiai'r fflamau bychain y tu ôl i wydrau'r llusernau, gan wneud ellyll o gysodion yr addolwyr ymhlith tystion mudion y tomenni o gynnyrch. Bwrdd uchel clerc y stordy oedd pulpud y Parchedig Robert Richards, ei feibl wedi'i osod ar domen o lyfrau masnach. Roedd anallu Enos i ganu'r un emyn ar yr un dôn bob tro wedi drysu sawl cyfarfod, ac felly cafwyd datrysiad diplomataidd yn fuan ar ôl i'r fintai gyrraedd Gallipolis: byddai Enos yn adrodd pennill cyntaf yr emyn cyn iddynt ei ganu er mwyn eu hatgoffa o'r geiriau ac wedyn byddai Jane Richards, gwraig y gweinidog, yn arwain y canu.

Eglwys annibynnol ydoedd, meddid, yn rhydd i reoli'i gweithdrefnau ei hun, a phwy a ddywedai na allent ddilyn codwraig canu yn hytrach na chodwr canu? Beth bynnag, ni allai'r sawl a glywai lais Jane Richards edliw'r statws hwnnw iddi; canai'n glir ac yn soniarus, pob nodyn yn sidanaidd o fwyn ac eto'n taro'n gryf ac yn cyrraedd cefn y dyrfa'n ddidrafferth. Meddyliai Sara weithiau mai dyna oedd natur llais angel. Byddai'r lleisiau eraill yn ymuno, y sain yn llenwi'r gofod rhwng y cistiau, y sachau a'r casgenni. 'Pob seraff, pob sant, hynafgwyr a phlant...' 'Tan fy maich yr wyf yn griddfan, disgwyl amser i ryddhau...' Er na chymdeithasai â'r Cymry eraill, deuai Mary Margareta Davies i'r gwasanaethau, ei gwallt golau mewn cocyn a oedd yn dwtiach na'r un a addurnai'i phen ar ddiwrnod gwaith. Byddai'n taflu'i llygaid dros Enos er mwyn sicrhau bod ei locsyn hir, brith wedi'i gribo'n daclus a'i ddillad yn rhai teilwng, cyn camu ymlaen a sefyll ar gyrion y dyrfa, ymhell oddi wrtho.

Weithiau byddai'r Parchedig Robert Richards a'i deulu a rhai o'r lleill yn teithio mewn wageni er mwyn mynychu un o gapeli Cynulleidfaol eraill Cymry'r ardal. Capel bach Ty'n Rhos oedd yr agosaf, ond roedd dros ugain milltir o daith, felly byddai'n rhaid i'r pererinion godi cyn iddi wawrio er mwyn ymlwybro am ryw chwech awr i'r gorllewin. Ac yntau wedi mynd gyda'r lleill un Sul, dywedodd Isaac ei fod yn ei chael yn ddigrif. Pam, holai Elen, yn hanner mwynhau'r direidi yn ei lais ond eto'n poeni'i fod ar fin dweud rhywbeth cableddus o flaen y plant.

'Am fod capel Annibynwyr Ty'n Rhos mor fach. Does 'na ddim lle i ragor o addolwyr mewn gwirionedd, ac felly rhaid gadael y drws yn agored i weddill y dyrfa sydd wedi ymgasglu y tu allan i gael gwrando. A ninnau'n ymwelwyr, maen nhw'n mynnu'n bod ni'n gwasgu i mewn i'r adeilad pren bychan a hawlio lle yn ymyl y pulpud, ond fedra i ddim ond meddwl, pam teithio mor bell i fynychu addoldy sy'n llai o lawer na'n capel ni'n hunain.'

'Am 'i fod yn gapel go iawn, ac oherwydd y cymundeb â'r gymdeithas,' atebodd Elen, gan roi swadan chwareus i'w fraich â chefn ei llaw. Ambell Sul yn yr haf arweiniai'r Parchedig Robert Richards ei bererinion yr holl ffordd i gapel mawr Annibynwyr Oak Hill. Siaradai'r gweinidog yn aml am y rhyfeddodau a gyflawnwyd gan y Parchedig John Davies a ddaethai o Lanfair Caereinion i wasanaethu yn y rhan honno o Ohio. Oedd, roedd yr achos yn ffynnu yn siroedd Jackson a Gallai bellach; ni fyddai'r Annibynwyr Cymraeg yn cerdded yng nghysgod y Methodistiaid Calfinaidd byth eto.

Ni chofiai Sara enedigaeth ei brawd Seth. Daeth i'r byd ganol haf 1847, a hithau'n ddwy oed. Roedd Esther yn saith, ac arhosodd hi i wylio'r fydwraig, Catherin Huws, a'r gwragedd a'i cynorthwyai. Roedd Sara a'u brodyr hŷn, Sadoc a Joshua, wedi'u halltudio i'r gegin, a Cynthia Jones wedi sicrhau fod digon o gornbred a mêl yno i'w cadw'n ddiddig. Gwnâi meibion mawr Cynthia, John a Samuel, ystumiau doniol er mwyn tynnu sylw'r plant Cymreig oddi ar synau'r enedigaeth a ddeuai o'r ystafell wely i fyny'r grisiau. Ond cofiai Sara gofleidio'i brawd bach yn y wagen ar y daith i Dy'n Rhos rai blynyddoedd yn ddiweddarach. Roedd Annibynwyr Ty'n Rhos wedi adeiladu capel mawr newydd a gwahoddwyd eglwysi Cynulleidfaol Cymraeg eraill y cyffiniau i Gymanfa arbennig er mwyn ei agor a'i sancteiddio. Roedd wageni ychwanegol wedi'u benthyca, rhai o fferm Jacob a Cynthia ac eraill gan gyfeillion Jean Baptiste Bertrand. Eu tad a ddaliai'r awenau ac eisteddai eu mam ar y sêt yn ei ymyl, tra swatiai Esther, Sadoc, Joshua, Sara a Seth yng nghefn y wagen. Teithiodd Gruffydd Jams gyda nhw hefyd, gan orwedd yng ngefn y wagen yn ystod rhan gyntaf y siwrnai, yn cysgu'n sownd ac yn drewi o surni'r dafarn. Eisteddai Seth yng nghôl Sara. Rhoddwyd yr orchwyl bwysig hon iddi hi. Dywedasai'i mam cyn cychwyn mai y hi fyddai'n gwarchod ei brawd bach gydol y daith, felly hi, yn ôl ei thad, oedd yn gwneud y gwaith pwysicaf y diwrnod hwnnw. Roedd y wagen yn eu hysgwyd yn arw, ond dysgodd Sara symud gyda'r rhythm afrosgo, yn dal Seth yn ddigon tyn i'w gadw'n saff ond hefyd yn ddigon llac i adael i'w gorff bychan symud yn gyfforddus wrth i'r cerbyn hercian. Rhyfeddai Sara fod Gruffydd Jams yn gallu cysgu mor dda yng nghanol yr holl ysgwyd a'r sŵn, clecian a chrensian yr olwynion a charnau'r ceffylau, wrth i'r fintai symud i'r gorllewin i fyd arall.

Pan ymddangosodd yr haul yn boeth uwch eu pennau deffrodd Gruffydd Jams o'r diwedd. Eisteddodd yn araf ac ymestyn ei freichiau hir ac wedyn gwneud sioe o dwtio'r cudynnau blêr o wallt carpiog a hongiai o gwmpas ei glustiau. Cododd un llaw wedyn, yn dal brwsh neu grib anweladwy a'i symud trwy'r gwallt nad oedd ganddo. Unwaith, dwywaith, teirgwaith dros groen tywyll ei ben moel. Wedyn rhoddodd y teclyn dychmygol ym mhoced ei gôt a chwincio ar y plant.

'Sut dwi'n edrach 'ŵan? Dan ni'n mynd i'r eglwys heddiw, yn tydan. Rhaid i ddyn o foddion fatha fi edrach 'i ora, y'ch chi.'

'Capel ydi o, Mistar Jams, nid eglwys,' meddai Joshua yn ei ddiniweidrwydd. Plentyn tawel ydoedd, ond roedd castiau Gruffydd Jams yn ddigon i wneud iddo anghofio'i swildod. Ymsythodd y dyn ac agor ei lygaid a'i geg yn llydan.

'A-ho! Felly mae, blantos?'

'Ia, Gruffydd Jams, gwyddoch chi'n iawn ein bod ni'n mynd i gapel newydd Ty'n Rhos.' Llais Esther, yn mwynhau chwarae rhan yr ysgolfeistres.

'Gwela i.' Gwgodd y dyn yn chwareus, fel pe bai wedi'i ddal mewn penbleth. Edrychodd yn bryderus ar ei ddillad, gan frwsio llwch oddi ar ei ysgwyddau â chledr ei law a thwtio'i goler. 'Mae angen mwy o ymdrech, felly, yn does?' Winciodd ar y plant ac ymsythu eto. 'Sut dwi'n edrach rŵan, Miss Esther?'

'Purion, Gruffydd Jams, purion.'

Ochneidiodd y dyn yn hir, ei gorff yn mynd yn llipa, fel pe bai'r gwynt a'r nerth wedi'i golli ohono ar unwaith.

'Wel dyna ryddhad!'

Gwenodd mor llydan nes bod holl groen brown ei wyneb yn glytwaith o grychau a chododd ei aeliau'n rhyfeddol o uchel. Gwasgai Sara'i brawd bach yn dynn wrth iddi ymollwng i chwerthin, yn mynnu i'w mwynhad fynd fel ei chariad o'i chorff hi i gorff Seth. Erbyn y diwedd, roedd yr hogyn bach yn chwerthin hefyd, wedi dal haint y rhialtwch oddi wrth y chwaer a'i cofleidiai.

'Mi rydan ni'n mynd ymhell, Gruffydd Jams, tydan?' Joshua oedd y cyntaf i siarad ar ôl i'r chwerthin ildio i ychydig o igian tawel a phesychu.

'Wel, ydan, mewn ffordd o siarad.' Roedd llais y dyn yn garedig, yn benderfynol o ddysgu'i wers heb dorri crib y bachgen. 'Wedi'r cwbl, 'dan ni'n mynd yr holl ffordd o Gallipolis i Dy'n Rhos.' Amneidiodd i gyfeiriad Sara a Seth. 'A dyma'r pella mae Seth bach wedi teithio, a'r pella mae rhai ohonoch chi'n *cofio* teithio. Ond cofiwch chi, dach chi'n deithwyr profiadol. Pobol sydd wedi croesi'r môr ydach chi. Mae yn eich gwaed, mae yn eich cyfansoddiad.'

Trodd Sadoc at Joshua, a defnyddio'r awdurdod a gâi gan y flwyddyn a oedd rhyngddyn nhw i roi min i'w lais. "Dan ni ddim yn gadael Ohio heddiw, na Gallia County hyd yn oed. Dydi o ddim fel 'san ni'n teithio'r holl ffordd i Gaerefrog Newydd neu'n ôl i Gymru.'

'Wel, nacdan siŵr,' meddai Gruffydd Jams. 'Ond eto mae pob taith yn daith yr un fath, a dyma'r daith fwya y bydd y rhan fwya ohonoch chi'n 'i chofio, felly mae heddiw yn ddiwrnod pwysig.' Winciodd ar y ddau frawd. 'Ond os dach chi eisia clywad am deithia, mae gen i stori neu ddwy i chi.' Ac am weddill y siwrnai adroddodd hanesion ei fordeithiau, yn amlinellu rhyfeddodau Buenos Aires a glannau Brasil.

Cofiai Sara lawer am y gymanfa. Y capel mawr newydd ar ffurf un o gapeli'r Hen Wlad, dywedodd ei thad, ond wedi'i wneud o ystlysau pren, a'r cyfan wedi'i baentio'n wyn. Cyn mynd i mewn i'r gwasanaeth, aeth Isaac â'i deulu dros y lôn er mwyn dangos hen gapel Ty'n Rhos iddynt. Plygodd er mwyn sibrwd yng nghlust Sara.

'Wêl di? Dywedais 'i fod o'n fach, yn do?'

'Dydi o ddim yn fwy na'r cwt yna sydd gan Jacob Jones y tu ôl i'r tŷ', dywedodd wrth ei thad yn cydsynio.

Nid oedd Sara wedi gweld cymaint o Gymry yn yr un lle erioed o'r blaen, pawb yn eu dillad gorau ac mewn hwyliau braf. Roedd eu hacen yn destun rhyfeddod iddi hi hefyd, a dotiai at y *shwd*, yr *heddi*, y *nawr* a'r *dishgwl 'ma*. Wrth glywed y cyfarchiad cyntaf, meddyliodd Sara mai Cymraeg yr unigolyn hwnnw oedd yn wahanol, ond yn fuan clywodd un arall yn siarad fel hynny ac wedyn un arall. Chwech ar hugain oedd yn y fintai a ddaeth o Gallipolis y diwrnod hwnnw, ond roedd dros ddau gant o Gymry eraill yn y gymanfa, a'r mwyafrif mawr yn siarad Cymraeg y *shwd-heddi-dishgwl*. Meddiannwyd Sara gan deimlad yn debyg i bendro, wrth iddi sylwi nad y dafodiaith roedd hi'n ei siarad oedd yr unig fath o Gymraeg ar wyneb y ddaear. Y prif beth a gofiai Sara am gymanfa fawr Ty'n Rhos oedd bod canfyddiad newydd wedi cydio ynddi hi'r diwrnod hwnnw, sef bod dau fath o Gymraeg yn y byd.

Ar y naill law, y Gymraeg roedd ei phobl hi'n ei siarad, Cymraeg glannau'r afon fawr, ac ar y llaw arall, Cymraeg gweddill Cymry Ohio.

Bu Sara a'i chwaer a'i brodyr yn dyst i aduniad eu hen ewythr â phobl nad oedd o wedi'u gweld ers blynyddoedd lawer, y Cymry hynny roedd wedi teithio i Ohio gyda nhw dros ddeng mlynedd ar hugain yn ôl. Neu, hwyrach, y rhai hynny a oedd yn dal ar dir y byw. Gwraig urddasol oedd un ohonynt, ei gwallt trwchus yn hollol wyn a'i chefn yn syth, er gwaethaf ei hoedran.

'Mowredd,' meddai, yn cydio yn llaw Enos ac yn ei hysgwyd yn wresog. 'Ma'r dyn dwl ifanc hwnnw 'di troi'n hen batriarch!'

Cododd Enos ei law arall a'i rhedeg trwy'i locsyn brith hir yn feddylgar. 'O ran pryd a gwedd yn unig, efallai, Mrs Jones. Dwi ddim wedi priodi eto a does gen i ddim plant.'

'Ddim 'to! Mowredd ddyn, bwrwch ati a phriodi'n gloi 'te!' Edrychodd hi o gwmpas, ei llygaid yn aros ar Sara a'i theulu a'r Cymry eraill a ddaethai gydag Enos. 'Ond pidiwch gweud nad o's plant 'da chi. 'Shgwlwch, ry'ch chi 'di dod 'ma'n un tylwth mowr!'

Y gymanfa fawr yn agor capel newydd Ty'n Rhos oedd y tro cynta i Sara eistedd mewn addoldy a adeiladwyd i'r pwrpas hwnnw. Safodd Sara yn hir y tu allan ar ôl y gwasanaeth, yn disgwyl i'w rhieni orffen siarad â'u cyfeillion newydd, Cymry'r 'shwd-heddi-dishgwl' a ymddangosai'n gyndyn o'u gadael i ymadael. Roedd Seth wedi blino a bu'n rhaid iddi ofyn i Esther ei ddal gan nad oedd ganddi ddigon o nerth i wneud. Felly siaradai'n ddistaw â'i chwaer fawr, a hithau'n ysgwyd Seth yn ôl ac ymlaen yn ei breichiau, yn sisial hymian rhyw hwiangerdd yn ei glust.

'Esther, pa ochr y capel yw'r gogledd?'

Trodd ei chwaer ei phen er mwyn edrych ar yr adeilad mawr gwyn y tu ôl iddyn nhw cyn troi'n ôl ati.

'Wel, mae'r haul wedi symud i gyfeiriad y machlud, felly dyna'r gorllewin. Rhaid mai fan'na yw'r gogledd felly.' Amneidiodd â'i phen, ei dwylo'n dynn o gwmpas Seth. 'Pam?'

'Ydan ni fel y Methodistiaid a'r Bedyddwyr?'

Ochneidiodd Esther a symud pwysau Seth iddi gael edrych i fyw llygaid ei chwaer, yn paratoi ar gyfer un o'i darlithoedd.

'Wel, fel hyn mae hi, Sara. 'Dan ni i gyd yn Gristnogion – Methodistiaid, Bedyddwyr ac Annibynwyr fatha ni. Ond mae 'na rhyw fanylion o ran yr addoliad a'r credo sy'n wahanol. Fel bedyddio, wst ti, mae...'

'Ond beth am eistedd yn y capel?' Roedd amynedd Sara'n breuo ar gynffon diwrnod mor hir a chymaint o gyffro wedi'i blino. 'Ydan ni'n rhannu ar ddwy ochr y capel?'

'Beth wyt ti'n feddwl?'

'Y rhai sy'n caru rhyddid yn eistedd ar ochr ogleddol y capel, a'r lleill ar yr ochr ddeheuol. Fel y Methodistiaid a'r Bedyddwyr.'

Syllodd Esther arni am yn hir cyn datrys dull meddwl ei chwaer fach.

'Gwela i, Sara. Gwela i.' Chwarddodd, gan symud pwysau Seth yn ei breichiau eto. 'Dydi'r Annibynwyr ddim wedi'u rhannu fel 'na, Sara bach. Ond dydi o ddim yn golygu bod capeli'r Methodistiaid na'r Bedyddwyr wedi'u trefnu fel yna chwaith.'

'Nacdi?' Roedd Sara'n wynebu'r haul a chododd law i gysgodi'i llygaid wrth iddi syllu i fyny ar wyneb ei chwaer.

'Nacdi, Sara. Wedi'u rhannu rhwng y de a'r gogledd, rhwng y taleithiau gogleddol a'r taleithiau deheuol mae eglwysi'r Methodistiaid a'r Bedyddwyr. Mae'r gogledd o blaid rhyddid, weli di, a'r de o blaid cynnal caethiwed o hyd.'

'Ydan ni yn y de, Esther?'

Poenai Sara, a hithau wedi clywed oedolion yn sôn am Ogledd Ohio fel rhywle a oedd yn wahanol i'w cartref nhw.

'Nacdan, Sara, nacdan.' Ochneidiodd a meddwl am funud cyn ceisio egluro. 'Meddylia amdani fel hyn. Yr afon ydi'r ffin. 'Dan ni'n Ohio, i'r gogledd o'r afon. I'r de mae Virginia a Kentucky a llefydd felly. Wyt ti'n dallt?'

Dywedodd Sara ei bod hi'n deall, er nad oedd hi'n gwbl sicr o'r manylion. Byddai'n rhaid iddi holi Esther eto yn ystod y dyddiau nesaf.

'Beth bynnag,' ychwanegodd Esther, yn dyfynnu tamaid o sgwrs a glywsai'n ddiweddar rhwng eu tad â Jacob Jones, 'mae'n bosib y daw tro ar fyd cyn bo hir. Mae'r Arlywydd Taylor yn troi fwyfwy yn erbyn y taleithiau caeth y dyddiau hyn.'

Roedd Sara am ddweud bod yn rhaid felly fod yr Arlywydd Taylor yn eistedd ar ochr ogleddol yr eglwys, ond doedd hi ddim yn siŵr a oedd o'n Fethodist, yn Fedyddiwr yntau'n Annibynnwr, ac yn poeni y byddai cwestiwn o'r fath yn dwyn dirmyg ei chwaer yn ei sgil.

* * *

Bu farw Zachary Taylor y mis Gorffennaf hwnnw, ar ddiwrnod y picnic ar yr ynys. Wedi clywed y byddai hi'n ymweld â'r ynys o'r diwedd, roedd y disgwyl bron yn ormod i blentyn pum mlwydd oed, y cyffro a'r paratoadau'n meddiannu bywyd Sara am wythnos gyfan. Roedd ei mam yn feichiog ac yn weddol agos at ei hamser, a dywedai'n aml ei bod hi'n drymach nag y bu erioed o'r blaen. Aeth yn sgwrs gyfarwydd rhwng y ddwy, a Sara'n holi, a fyddai'r babi'n fwy na Seth pan oedd o'n fabi? Bydd, mae'n debyg, oedd yr ateb. A'r cwestiwn nesaf, a fyddai'r babi'n fwy na fi pan oeddwn i'n fabi? Bydd, mae'n siŵr. Ac ymlaen, gyda Sara'n enwi Joshua, Sadoc ac Esther, ac yn chwerthin bob tro y deuai'r ateb, yn dychmygu plentyn yn cuddio ym mol ei mam a oedd yn fwy na'i chwaer a'i brodyr ac yn fwy o lawer na hi ei hun. Er na fyddai Elen yn teithio gyda nhw i'r ynys ac er ei bod hi'n symud yn araf erbyn hyn, mynnai fod yng nghanol y paratoadau er mwyn cyfrannu at y digwyddiad mawr. Roedd Sara yn eu canol nhw hefyd, yn helpu'i mam i gymysgu'r surdoes a'i osod mewn llestr clai mawr ac yn pobi'r teisenni ceirch bychain roedd yn rhaid eu gwneud ymlaen llaw iddyn nhw gael caledi digon cyn eu bwyta.

Aeth John a Samuel gyda'r plant Cymreig i lenwi pwced pren mawr â cheirios. Dringai Sadoc a Joshua i'r canghennau uchaf fel y gwnâi'r hogiau mawr, a gollwng y ffrwythau i mewn i hen garthen roedd Esther a Sara wedi'i thaenu ar y ddaear mewn mannau priodol. Ceisiai Seth ruthro i ganol y garthen, ei ddwylo bach yn estyn yn farus am yr ysbail. Camai Esther ymlaen, cydio ynddo a'i godi, ei goesau bychain yn cicio'n wyllt a chwynion gwichlyd yn saethu o'i geg. Wedi i'w chwaer fawr ddysgu iddi beth i'w wneud, byddai Sara hithau'n dewis ceiriosen fawr sgleiniog, ei brathu'n ofalus â'i dannedd blaen er mwyn ei hagor a thynnu'r garreg galed o'i chanol. Wedyn byddai'n ei rhoi i Seth wedi i Esther ei osod yn ôl ar y ddaear. 'Hwde. Byta di honna.' Weithiau ebychai Esther wrthi hi, 'Cym di o, dw i am ddringo rŵan' a chydiai Sara'n ufudd yn llaw Seth er mwyn i'w chwaer fawr ddringo i'r canghennau uchel gyda'r bechgyn. Eglurai John a Samuel mai perllan Monsieur Duthiel ydoedd ac adroddai'r ddau straeon a glywsant gan eu tad ac Enos Jones am yr hen ffarmwr bonheddig a hunai ym mynwent Gallipolis ers blynyddoedd lawer bellach.

Wedi iddyn nhw lenwi hanner y bwced, edrychodd John ar Sara'n dosturiol. 'You're a patient girl aren't you. Wel all right then, it's your turn now.' A chyn iddi sylwi roedd yr hogyn mawr, a oedd bron mor dal â'i dad, wedi'i hysgubo oddi ar y ddaear ac yn ei dal i fyny i gasglu ceirios o'r canghennau is. Wedi ychydig, galwodd ar ei frawd i ddod yn nes ac wedyn gosododd John Sara i eistedd ar ysgwyddau Samuel. Chwarddai hi'n afreolus gan gau'i choesau am ei wddf. 'You tell me when and where to move, just like a good horse.' Chwarddodd Sara eto, a defnyddio hynny o Saesneg a oedd ganddi i'w gyfeirio yma ac acw, wrth iddi ymestyn ei breichiau a thynnu'r ceirios. Cerddai John wrth eu hymyl, ei freichiau wedi'u lapio o amgylch y bwced mawr, er mwyn i Sara gael gollwng y ceirios, fesul un, fesul dyrnad, i mewn iddo. A'r noson honno, ar ôl eu golchi, helpodd ei mam i lenwi'r sosban fawr a'u berwi. Daeth ei thad a dweud, 'Eistedda rŵan, Elen, mi wna i 'i thendio hi.' Plygodd a rhoi sws i Sara ar ei boch cyn sibrwd yn ei chlust. 'Gwell i ti eistedd efo dy fam a chadw cwmni iddi.'

Ond y bore wedyn cafodd helpu'i mam unwaith eto, gyda'i thad yn dal y crochan mawr a'r ddwy'n gwasgu'r cynnwys oer fesul llwyiad trwy liain caws i gael gwared ar y cerrig a thywallt y compot i mewn i res o botiau bychain a'u cau â darnau o frethyn a llinyn. Roedd Sara wedi dysgu gwneud cwlwm bwa twt, a sicrhâi fod y bwa ar gaead pob potyn yn edrych yn union yr un maint. Roedd un gorchwyl pwysig arall i'w gyflawni'r diwrnod hwnnw, sef estyn y surdoes o'r llestr clai, ei rannu'n belenni a throi pob un yn debyg i blât trwchus hirgron. Eu pobi wedyn, yr aroglau yn teithio 'mhell ac yn denu plant eraill fel creaduriaid wedi'u swyno i sefyllian yn freuddwydiol yn ymyl y popty, yn ddi-hid o'i wres er gwaethaf y ffaith ei bod yn ddiwrnod poeth ym mis Gorffennaf.

Ni fu'n rhaid i neb ddeffro Sara'r bore canlynol. Agorwyd ei llygaid gan rym y deall mai hwnnw oedd y diwrnod mawr, a hynny yn nhywyllwch y bore bach cyn y wawr. Safodd ei mam o flaen y drws yn ffarwelio â nhw, a Cynthia – a oedd yn benderfynol o aros i gadw llygaid arni – yn sefyll wrth ei hymyl. Eisteddai Seth ar y llawr rhwng y ddwy wraig yn bwyta un o'r teisenni ceirch celyd, gyda chompot ceirios arni, i'w gadw rhag sgrechian wrth weld ei dad, ei frodyr a'i chwiorydd yn ymadael. Roedd mab hynaf Cynthia, John, wedi gwirfoddoli i aros a chadw llygad ar y ffarm, ond eisteddai Samuel ar sêt y wagen rhwng ei dad a thad Sara. Yng nghefn y wagen yr eisteddai Esther, Sadoc, Joshua a Sara. Ar gyrraedd Gallipolis, ymunodd eu hewythr Ismael a'u hen ewythr Enos â nhw. Safai Mary Margareta o flaen tŷ Jean Baptiste Bertrand, yn amneidio'n urddasol ac yn ddifrifol fel pe bai'r fintai yn genhadon a deithiai i wlad bell neu'n filwyr yn ymadael am faes y gad. Cododd Enos i hanner sefyll yng nghefn y wagen a gweiddi'n ôl arni. 'Ydach chi'n sicr nad ydach am ddod hefo ni? Mae 'na le yma i chi.'

Galwodd hithau'n ôl, ei llais yn gymysgedd o gerydd a hiwmor. 'Chi'n gwbod yn iawn, Enos Jones. Sa'i'n 'moyn rhoi bla'n 'y nhro'd ar y lle 'na nes ych bod chi wedi gwireddu pob un o'ch addewidion.'

Wrth i'w hen ewythr hanner eistedd a hanner syrthio'n ôl i mewn i'r wagen a honno wedi dechrau symud yn gyflymach, tynnodd Sara ar fraich Esther a sibrwd yn ei chlust. 'Beth mae N'ewythr yn sôn amdano efo Mis Dafis? Addo beth mae o?'

'Hidia befo, Sara. Rhwng oedolion yn unig mae rhai petha, a dydi o ddim yn beth neis holi ynghylch petha o'r fath.'

Cychwynasant ar y lôn a blygai i'r dwyrain ar hyd glan yr afon fawr, yn un o bedair wagen. Yn yr ail roedd Samuel ac Ann Lloyd a'u tri o blant, Richard, Thomas a Ruth. Rhannai dau deulu'r wagen arall – Llywelyn a Catherin Huws a'u mab Huw a Henri a Mari Evans a'u merch Lisbeth. Ar ei ben ei hun ar sêt y wagen olaf esteddai Gruffydd Jams, a theulu'r Parchedig Robert Richards yng nghefn y cerbyd. Gallai Sara glywed tameidiau o sgwrs Saesneg ei thad, Jacob a Samuel. Y President yn gwneud rhywbeth a'r Congres yn gwneud rhywbeth arall. Ond pan siaradai'i hen ewythr Enos a'i hewythr Ismael ymgollai'n llwyr yn eu straeon. Syllai ar y ddau, yn eistedd â'u cefnau yn erbyn pen arall y wagen, yn wynebu'r plant ar draws tomen o fasgedi bwyd. Roedd Ismael yn dywyll ei bryd a'i wedd fel pawb arall yn y teulu, ond roedd siâp ei drwyn hir a ffurf ei lygaid mawrion yn ei wneud yn debycach na neb arall i Enos, tebygrwydd a ddwysawyd gan yr aeliau duon trwchus uwch ei lygaid. Er ei fod chwe blynedd yn iau na'i thad, meddyliai Sara fod ei hewythr yn edrych yn hŷn, a hynny gan fod y croen o gwmpas ei lygaid yn crychu fwy pan siaradai, yn union fel ei Hen Ewythr Enos. Roedd wedi dechrau tyfu barf hefyd, ac er nad oedd hanner mor hir â locsyn patriarchaidd y llall, ac er ei fod yn hollol ddu heb y llinynnau gwynion a frithai flew'i ewythr, gwnâi siâp ei wyneb yn debycach fyth iddo. Ac roedd lleisiau'r ddau yn debyg. Dysgodd Ismael adrodd stori wrth benelin ei ewythr, a defnyddiai'r un ystrywiau – y seibiau pwrpasol, y codi llais ar eiliad tyngedfennol, a'r suo-ganu fel gweinidog yn mynd i hwyl yn y pulpud – i greu cyffro a chynnwrf yn ei wrandawyr. Cydweithiai'r ddau wrth iddyn nhw greu adloniant i'r plant, yn disgrifio'r rhyfeddodau a oedd yn eu disgwyl ar yr ynys. 'Mi welwch chi fod sylfeini'ch tŷ chi wedi'u gosod gan ych tad yn barod,' meddai un. 'Ac fel y gwelwch chi, mi fydd yn un o'r tai crandia ar yr ynys,' ategodd y llall. 'Cewch sefyll ar y lan ddeheuol a syllu dros yr afon ar dir Virginia, ac wedyn cerdded i'r lan ogleddol a sbio dros y sianel ar dir mawr Ohio,' meddai'r naill, a'r llall yn ychwanegu, 'a gweld safle'r ddau ddoc, y naill ar gyfer yr agerfadau mawrion a'r llall ar gyfer y cychod bychain a fydd yn ein cludo 'nôl ac ymlaen nes i ni adeiladu'r pontydd.'

Y peth cyntaf a sylwodd Sara oedd nad pontydd a gysylltai'r ynys â'r tir mawr, ond rhaffau roedd y dynion wedi'u gosod er mwyn gwneud y croesi'n haws. Eisteddai Sara a Sadoc yn y cwch rhwng eu tad a'u hewythr, y naill yn tynnu ar y rhwyfau a'r llall yn dal dolen ledr a symudai ar hyd y rhaff er mwyn llywio'r croesi. Gorchmynnwyd i'r plant sefyll ar lan yr ynys gyda rhai o'r oedolion a oedd wedi croesi'n barod, tra aeth Isaac ac Ismael yn ôl dros y sianel gul i gyrchu Esther a Joshua. Roedd yn ddiwrnod poeth erbyn iddyn nhw gyrraedd ac aroglau chwerwfelys yr afon yn cymysgu â ffresni'r awel a ddeuai o'r tir mawr i'r gogledd. Tra oedden nhw'n disgwyl i bawb gyrraedd yr ynys, camai Sara mewn cylch bychan, yn mwynhau teimlo'r ddaear galed o dan ei thraed. Rwyf yma ar dir yr ynys o'r diwedd, yn sefyll ar dir caled yng nghanol dŵr yr afon.

Tywyswyd yr ymwelwyr o gwmpas yr ynys cyn y picnic ei hun, a'r dynion yn dangos i'w gwragedd a'u plant ffrwyth eu dyddiau lawer o lafur. Enos oedd y mwyaf llafar, yn egluro fel roedd y cynlluniau wedi'u newid dros y blynyddoedd, yn adrodd mewn modd dramatig pam y penderfynasai na fyddai'r syniad yna'n tycio a sut y gwawriodd rhyw syniad ardderchog arall. Gwelsant sylfeini'r tai a oedd wedi'u gosod ar hyd dwy stryd, gyda thŷ Enos ei hun yn hawlio'r gornel ar y groesffordd. Pan gamodd Sadoc a Joshua i fyny'r wal o gerrig bychain a ffurfiai ran o sylfeini'u tŷ nhwythau, fe'u dilynwyd gan Sara. Cerddai'r tri phlentyn â'u breichiau ar led o gwmpas y ffurf hirsgwâr mawr, yn gwrando ar eu tad wrth iddo dywys Esther o gwmpas y llecyn y tu mewn i'r sylfeini cerrig isel. 'Mi fydd ein parlwr yma, a'r lle hwn fydd ein cegin.' Gwelsant sylfeini'r capel a sylfeini'r ysgoldy a rhywbeth nad oedd Sara'n gallu'i weld yn iawn gan ei fod o dan y ddaear, ond eglurodd ei thad mai cafn eang ydoedd a fyddai'n dal y glaw er mwyn darparu dŵr glân i'r ynys yn barhaol. 'Rhyw fath o lyn o dan y ddaear, weli di. Mae Llywelyn Huws yn un o seiri maen gorau sir Gaernarfon, wst ti; y fo a'n harweiniodd i sicrhau bod waliau'r cafn yn llyfn fel un graig fawr.' Dywedodd ei thad y dylai Sara orwedd a rhoi'i chlust ar y ddaear. Yna, cododd ei goes a churo'r llawr yn galed â'i droed. Bwm! Gwnaeth eto ac eto. Bwm, bwm!

Roedd fel pe bai drwm anweledig mawr yn cael ei daro o dan y ddaear. Tynnodd ei thad hi ar ei thraed yn dyner a glanhau'r pridd ar ei boch â'i hances boced. 'Weli di, Sara. Dyna sŵn gwacter y cafn o dan y ddaear. Caiff y gwacter 'i lenwi â dŵr, a dyna fydd yn ein cadw ni'n fyw yma ar yr ynys.' Cymerodd Sara gamau mawr pwrpasol, gan geisio gwneud i'r drwm mawr anweledig fwmio oddi tani, yn meddwl am y dŵr glân a fyddai yno dan ei thraed, yng nghanol y ddaear sych, a hwythau yng nghanol dŵr yr afon. Eglurodd ei thad y modd y byddai'r glaw yn suddo trwy'r pridd ac yn casglu mewn cyfres o flychau brics bychain ac yna'n rhedeg trwy rwydwaith o beipiau clai i mewn i'r cafn, y cyfan o'r golwg o dan y ddaear.

Eisteddodd pawb yng nghanol ffurf hirsgwar tŷ Enos ar y groesffordd er mwyn bwyta'r bwyd. Dadlwythwyd y basgedi a dosbarthwyd teisenni ceirch celyd a theisenni melynion meddal, bara gwyn a bara surdoes tywyll, cig moch wedi'i halltu, caws, potiau o fenyn a photiau o gompot ceirios. Wedi bwyta lond ei bol gorweddodd Sara ar ei chefn yn gwylio'r cymylau gwynion gwasgaredig yn symud trwy awyr las y prynhawn. Pan gododd ar ei heistedd sylwodd fod ei hen Ewythr Enos, Gruffydd Jams a'i hewythr Ismael yn sefyll draw wrth ymyl sylfeini lle tân y parlwr, yn rhannu potelaid o rywbeth rhyngddynt.

Daeth Samuel Jones a rhai o'r bechgyn hŷn eraill â llinynnau a bachau pysgota a chyfeiriodd Enos nhw at lecyn ar lan ogleddol yr ynys a fu'n lwcus iddo fo. Wrth gwrs, roedd yr holl blant yn mynnu bod yn rhan o'r helfa, ac aeth Isaac, Ismael, Enos a Gruffydd Jams i sicrhau na fyddai'r rhai bychain yn mynd yn rhy agos at lan yr afon. Tynnwyd pysgodyn ar ôl pysgodyn o'r dŵr tywyll, y plant mawr yn bloeddio'n fuddugoliaethus bob tro a'r plant llai'n gwichian mewn cyffro. Penderfynwyd eu glanhau yn y fan a'r lle, tynnu'r cig a'i fygu er mwyn mynd ag o adref. Tynnodd Enos gyllell o'i boced a dangos i'r plant sut y dylid agor bol pysgodyn a thynnu'i berfedd ac wedyn y modd y gellid plicio'r croen a chodi'r cig yn stripedi cyfan o'r esgyrn. Cafodd Ismael rai o'r plant eraill i'w helpu i gasglu coed, a dechrau adeiladu pentwr i'w llosgi er mwyn mygu'r pysgod trwy eu hongian ar blethwaith o wiail gwyrdd gwlyb. Mynnodd Sara aros mor agos â phosibl at y pysgotwyr gan nad oedd am golli mymryn o'r cyffro. Daliwyd y pysgodyn olaf un gan Esther, a oedd wedi camu ymlaen a gofyn i Samuel a gâi roi cynnig arni gyda'i linyn a'i fachyn o. Pan deimlodd y tynnu ar y llinyn, daeth ystum o benderfyniad i'w cheg, a phlannodd ei thraed fel pe bai'n codi pwysau trwm oddi ar y ddaear. Ac yntau wedi synhwyro bod ganddi bysgodyn mawr ar ben arall y llinyn, cynigiodd Samuel ei helpu, ond gwrthododd Esther yn gwrtais. Bu'n rhaid iddi bwyso am yn ôl ychydig ar un adeg, a brathai'r llinyn groen ei llaw wrth iddi'i lapio o'i chwmpas er mwyn dod â'r ddalfa yn nes at y lan. Tynnu, a thynnu eto, ac yn y diwedd daeth rhan o'r pysgodyn mawr i'r golwg. Pen llydan, a llygaid duon bychain bach, ceg a oedd yn frawychus o fawr yn agor ac yn cau, a ffurf y creadur yn debycach i anghenfil chwedlonol. Sgrechodd y plant iau, rhai mewn llawenydd ac eraill mewn braw. Camodd Enos ymlaen, y gyllell yn dal yn ei law.

'Wel myn diawl i, Esther! Rwyt ti wedi dal cathbysgodyn glas! Y mwya dw i wedi'i weld ers blwyddyn neu ddwy. Gwylia 'ŵan, maen nhw'n gallu bod yn hen betha diawledig o gas weithia.' Cododd frigyn â'i law arall a phlygu i weithio'r pysgodyn mawr o'r dŵr i'r lan, ac wedyn ei ddal i lawr gyda'r brigyn a rhoi llafn ei gyllell trwy'i ben i'w ladd. 'Dyna ni! Mae'r hen ddiawl wedi'i drechu. Gadewch i ni 'i agor o 'ŵan.'

Ymgasglodd y plant o gwmpas Enos wrth iddo blygu dros y cathbysgodyn mawr, pen ei locsyn hir yn cyffwrdd â'r ysglyfaeth wrth iddo weithio â'i gyllell. Safai Esther drosto, ei breichiau wedi'u plethu, yn anadlu'n drwm: brenhines yr helfa. Aeth Sara i'w chwrcwd yn ymyl ei hen ewythr i'w wylio'n agos. Holltodd fol y pysgodyn a'i agor. Llithrodd fysedd y llaw arall y tu mewn a dod â'r perfedd allan. Oedodd. Ebychodd.

'Argian, mae 'na rywbeth caled yma.'

Gweithiodd fin ei gyllell yn ofalus, gan agor y stumog ymhellach, ac wedyn rhoddodd y gyllell ar y gro yn ymyl y pysgodyn. Archwiliodd y llanast llithrig â blaenau'i fysedd cyn ebychu eto a chodi rhywbeth rhyfedd o ganol y gwaed a baw du'r stumog. Cododd ei law arall a'i lanhau'n ofalus, y düwch yn ildio i sglein euraid, ac o flaen eu llygaid ymffurfiai rhywbeth hyfryd, rhywbeth tlws, rhywbeth a wnaethpwyd gan ddwylo dynol. Gemwaith – darn mawr o aur wedi'i ysgythru'n gain, a chrisial yn chwincio yn ei ganol. Safodd Enos a dal y trysor i fyny, yna'i droi at olau'r haul. Wedyn plygodd a'i binio ar grys Esther. 'Broets ydi hi, blant. A dwi'n gwybod 'i hanes hi.'

Wrth iddyn nhw wylio Ismael yn mygu cig y pysgod dros y tân, adroddodd Enos hanes yr hen emydd o Ffrainc a aeth i drafferth yn yr afon, a'i holl drysorau ceinion yn disgyn i ddyfnderoedd tywyll yr Ohio.

'Fel modrwy'r Brenin Maelgwn Gwynedd,' dywedodd Gruffydd Jams, yn drachtio'n hir o'i botel cyn ei rhoi i Enos. 'Wedi'i thynnu o fol pysgodyn, yn union fel modrwy Maelgwn Gwynedd.' Winciodd ar Esther. 'Mae hynny'n golygu mai chdi ydi'r frenhines.'

Ond dywedodd Esther ei bod hi am roi'r tlws yn anrheg i'w mam. Edmygai Sara allu'i chwaer i ddweud hyn, a sylwi bod y datganiad hael hwnnw'n rhoi cymaint o bleser i'w chwaer fawr ag roedd bodio'r trysor. Ni welodd Sara yr anrhegu ei hun; cysgodd yn y wagen cyn cyrraedd y fferm, a chludodd ei thad hi i'w gwely yn ei freichiau heb ei deffro.

Pan gododd fore trannoeth, roedd y froets ryfeddol yn sgleinio ar grys ei mam, a hithau'n dweud na fyddai'n ei gwisgo bob dydd fel rheol ond ei bod yn haeddu gweld golau dydd am ychydig wedi bod yn nhywyllwch yr afon cyhyd.

Cyn diwedd y diwrnod hwnnw, roedd newyddion pwysig wedi cyrraedd cartref Jacob a Cynthia Jones. Daeth o Washington ar hyd gwifrau'r teligraff ac wedi teithio ar yr afon ac wedi'i gludo o ddrws i ddrws ac o fferm i fferm gan ddynion a farchogai geffylau cyflym. Roedd yr Arlywydd wedi marw, a hynny ar ddiwrnod eu picnic nhw ar yr ynys. Clywodd Sara lawer o siarad amdano yn ystod y dyddiau wedyn wrth i'r plant hŷn ddadlau amdano. Dywedodd un fod y dyn enwog wedi yfed gormod o lefrith, a hwnnw'n rhy oer. Taerodd un arall fod pawb yn dweud bod yr Arlywydd wedi bwyta gormod o geirios. Holodd Sara'i rhieni a ddylai hi boeni, gan ei bod wedi bwyta llawer o'r compot ceirios ar ddiwrnod yr ymweliad â'r ynys.

'Na ddylet,' atebodd ei thad. 'Paid â gwrando ar y sïon gwirion 'na. Y colera laddodd Zachary Taylor. Aeth â llawer o fywydau yn Washington yr haf yma.'

Sicrhawyd Sara gan ei mam wedyn na fyddai'r colera yn dod ar gyfyl Ohio a'u bod nhw 'mhell o afael y pla. Aeth ei mam i orweddian yn fuan wedi hynny. Marchogodd John yn gyflym ar gefn ceffyl gorau'i dad i Gallipolis i ddweud wrth Catherin Huws a daeth Ismael â hi yn ôl yn un o wageni Jean Baptiste Bertrand. Roedd Cynthia yn y llofft gydag Elen yn barod, yn rhoi cadachau wedi'u trwytho mewn dŵr oer ar ei thalcen a'i thraed er mwyn tynnu ychydig o wres y poenau. Câi Esther aros a chynorthwyo, ond bu'n rhaid i Sara a'i brodyr ddisgwyl yn y gegin gyda'u tad a'u hewythr Ismael. Daeth sŵn crio'r babi ac wedyn piciodd Esther yn gyflym i'r gegin i ddweud bod brawd bach wedi'i eni iddyn nhw, a hwnnw'n hollol iach yn ôl yr hyn a ddywedodd Catherin Huws a Cynthia Jones. Wedyn rhedodd o'r ystafell i gymryd ei lle eto wrth ymyl gwely'i mam. Plygodd Ismael dros y bwrdd a churo'i frawd yn wresog ar ei gefn.

'Da 'wan, Isaac. Mae'n teulu ni'n tyfu.'

Gwenodd tad Sara ar ei hewythr a chwerthin. 'Ydi, ond dim diolch i chdi.'

Rhoddodd natur hwyliog y dynion ganiatâd i'r plant ymuno. Sadoc oedd y cyntaf i siarad.

'Pryd ydach chi am briodi felly, 'N'ewyrth Ismael?'

Chwarddodd ei ewythr a sythu'i gefn.

'Dwn i ddim, 'ngwas i. Ella ar ôl i'ch hen ewyrth Enos briodi.'

'Pryd fydd hynny?' holodd Joshua, yn ceisio arddel goslef ddidaro'i ewythr.

'Wel dyna i chdi gwestiwn, 'machgen i,' oedd ateb ei dad. Dechreuodd ddweud rhywbeth arall ond daeth rhagor o sŵn o gyfeiriad y llofft, a chyn i'r un ohonynt gael cyfle i godi, dyma Esther yn gwibio i mewn i'r gegin eto.

'Un arall! Hogyn arall! Efeilliaid! Y ddau'n holliach, yn ôl pob golwg.' Estynnodd Ismael a churo cefn ei frawd unwaith eto.

Awgrymodd Sara eu bod nhw'n enwi'r efeilliad ar ôl yr Arlywydd a oedd newydd farw, y naill yn Zachary a'r llall yn Taylor. Eglurodd ei thad fod hynny'n syniad ardderchog yn wir, ond bod rhaid iddyn nhw ddilyn traddodiad y teulu a dewis enwau o'r Hen Destament. Ac felly, pan oedd yr haul yn dechrau machlud, aeth Sara â'i brodyr i mewn i'r llofft i'w weld. Roedd ei mam yn eistedd yn y gwely gyda thomen o glustogau y tu ôl iddi, Catherin Huws yn eistedd mewn cadair yr ochr arall i'r bwrdd bach ac Esther yn eistedd yn ymyl Cynthia Jones yr ochr arall i'r gwely. Cododd y ddwy a symud eu cadeiriau er mwyn gadael i'r plant glosio at Elen a gweld y ddau fabi a ddaliai, un ym mhob braich.

'Dyma nhw,' dywedodd eu mam yn dawel, ei llygaid yn symud o'r naill fwndel bach i'r llall. 'Hwn ydi Benjamin, a hwn ydi Jwda.'

8

Oedodd Hector Tomos ar ganol ei wers pan glywodd waedd corn yr agerfad. Roedd y plant wedi'i chlywed hefyd, sŵn a oedd mor gyfarwydd i bob un ohonynt â chrawcian brân ac eto'n iasol o arallfydol yr un fath bob tro. Cododd Sadoc ei law mor uchel nes ei fod bron yn sefyll y tu ôl i'w ddesg. Gwenodd yr athro a siarad ag o mewn llais a ddywedai'i fod yn annerch gweddill y dosbarth yn ogystal â'r bachgen eiddgar.

'Cei, Sadoc, mi gei di fynd a gweld.' Roedd y plant wedi bod yn holi'r athro am y *Buckeye State*, y llestr cyflymaf ar yr afon, a oedd wedi gwneud y daith yn erbyn y llif o Cincinnati i Bittsburgh mewn llai na dau ddiwrnod cyfan. Addawodd Hector Tomos y byddai'n gadael i'r plant fynd i weld yr agerfad mawr pe bai'n dod heibio yn ystod adeg ysgol. Ac yntau'n dair ar ddeg oed, nid Sadoc oedd yr hynaf o blant yr ysgol ond fo oedd y mwyaf aflonydd pan fyddai cyffro yn yr awyr. Y fo hefyd oedd y cyflymaf ac felly nid edliwiodd neb y fraint hon iddo. Diolchodd yn frysiog i'r athro, codi a rhuthro o'r ysgol un ystafell, heibio yn agos at ugain o blant a eisteddai mewn rhesi bychain y tu ôl i'w desgiau.

Roedd Enos Jones wedi mynnu bod dodrefn ysgoldy'r ynys gyda'r gorau a'r mwyaf diweddar yn y wlad, a chytunodd holl rieni'r ynys ag o. Nid meinciau syml, ond cadair a desg unigol i bob plentyn. Ym mis Mai y flwyddyn honno, 1855, roedd y ddau fap newydd roedd Hector Tomos wedi'u harchebu wedi cyrraedd, a'r ddau wedi'u gludo ar gefnau pren sgŵar a'r rheiny wedi'u gosod ar goesau. Safai'r ddau un bob ochr i'r bwrdd du mawr y tu ôl i ddesg yr athro, y naill yn darlunio'r byd a'r llall yn ddarlun manylach o Unol Daleithiau'r Amerig a'i thiriogaethau.

Yn olaf aeth Sadoc heibio i'w chwaer Esther. A hithau'n bymtheg oed bellach, hi oedd plentyn hynaf yr ysgol yn eistedd ar ei phen ei hun yn y rhes gefn. Nid y hi oedd y plentyn hynaf ar yr ynys; roedd Richard, mab cyntaf anedig Samuel ac Ann Lloyd yn ddeunaw oed bellach. Sicrhaodd Hector Tomos yn rheolau'r ysgol fod yn rhaid aros yn yr ysgol hyd at ddeunaw oed; roedd rhai wedi dadlau y byddai 15 neu 16 oed yn ddigon, ond cefnogodd Enos Jones safiad yr ysgolfeistr. Traddododd araith huawdl, yn annog ei gyfeillion a'i gymdogion i godi'u golygon a dweud y dylai pob plentyn dderbyn cymaint o addysg â phosibl. Felly, gan fod Richard Lloyd wedi cyrraedd carreg filltir ei ben-blwydd yn ddeunaw oed yn gynharach y flwyddyn honno, roedd bellach yn gweithio yn y stordy ochr yn ochr â'i dad, ac wedi'i dderbyn yn aelod llawn yng nghwmni masnach yr ynys.

Gwyddai'r plant eraill fod Esther yn rhy hen i'r ysgol hefyd, er nad oedd ond pymtheg oed. Dywedai Hector Tomos wrthynt yn aml ei bod hi'n gwybod cymaint ag o'n barod, gan eu hannog nhw i'w hystyried yn athrawes gynorthwyol yn hytrach na chyd-ddisgybl. Eisteddai'r plant ieuengaf yn y rhes o flaen Esther, sef ei brodyr bach, Benjamin a Jwda, a oedd yn bum mlwydd oed, ynghyd â Robert Dafis ac Owen Lewis, a oedd tua'r un oed. Weithiau byddai Hector Tomos yn gofyn i Esther droi desgiau a chadeiriau'r plant bychain hyn i wynebu'i desg hi er mwyn iddi hi gynnal ei gwers fach ei hun a'u tywys trwy'u gwaith darllen neu'u mathemateg tra byddai'r athro yn cyflwyno gwers fwy heriol i'r plant hŷn. Haerai'r ysgolfeistr weithiau na allai'r ysgol lwyddo heb gymorth Esther.

Caeodd Sadoc y drws â chlep pan ymadawodd. Prin bod adlais y sŵn wedi marw yn yr ystafell cyn iddo ymddangos eto, ei wyneb yn sgleiniog gan chwys a'i wynt yn ei ddwrn. 'Hi ydi hi, Mistar Tomos – y *Buckeye State*.' 'O'r gorau, blant, codwch yn araf a chewch ddilyn Sadoc yn ôl i'r lan a'i gwylio hi'n mynd heibio. Cerdded, nid rhedeg, cofiwch.' Ffurfiodd Esther y plant ieuengaf mewn rhes fach dwt y tu ôl iddi a'u harwain trwy'r drws, tra gorymdeithiai'r plant hŷn y tu ôl i'r athro, a Seth yn cerdded wrth ymyl Sara, yn unol â'i arfer. Dilyn hynt yr hogiau mawr a wnâi Joshua a Sadoc, yn gyndyn o gael eu harafu gan frawd bach saith oed, felly dibynnai Seth ar Sara am fod sylw Esther a'u rhieni fwyfwy ar yr efeilliaid bychain. Ganddi hi y câi ateb bob tro, am na fyddai gan neb arall yr amser i siarad ag o ac yn ei chwmni hi y câi'r cysur na allai'i hawlio gan neb arall. Deallai Hector Tomos anghenion Seth, gan ei fod yn ŵr a oedd yn effro i bryderon plentyn ac i gymhlethdodau bywyd teulu mawr, a chaniataodd iddo eistedd wrth ymyl Sara yn yr ysgol, er bod tair blynedd rhyngddynt. Wfft i arglwyddi addysg a ddywedai y dylid sicrhau bod merched a bechgyn yn eistedd ar wahân. Trefnai Hector Tomos ei ddosbarth yn y modd y credai oedd orau i bob un o'r pedwar ar bymtheg o blant dan ei ofal.

Daethai Hector Tomos i fyw yn eu plith ar ddiwedd y flwyddyn 1850, ychydig cyn y Nadolig. Roedd y dynion wedi gorffen y prif waith adeiladu ar yr ynys yr hydref hwnnw. Penderfynwyd na fyddai'n ddoeth symud y gwragedd a'r plant yno tan y gwanwyn, ond aeth y dynion heb deuluoedd i fyw ar yr ynys a gorffen gweddill y gwaith. Felly symudodd Enos, Ismael, a Gruffydd Jams i'r ynys, ac ymunodd Richard Lloyd â nhw hefyd, ar ôl darbwyllo'i fam o'r diwedd ei fod yn haeddu'r cyfle hwnnw i wneud gwaith dyn a mentro o'i golwg hi am gyfnod. Ysgrifennodd Enos hysbyseb, a gofyn i Elen ac i Esther ei gynorthwyo – gan fod llaw gain gan y ddwy wrth ysgrifennu – a chreu trigain copi ohoni. Postiodd Enos nhw at y gwestai y gwyddai eu bod yn croesawu Cymry yn ninasoedd Philadelphia, Pittsburgh a Cincinnati, yn ymbil ar y perchnogion i'w harddangos mewn mannau cyhoeddus yn eu busnesau. Rhoddwyd rhai i gapteniaid yr agerfadau a fasnachai â Jean Baptiste Bertrand a gofyn iddynt hwythau dynnu sylw unrhyw deithiwr Cymreig a ddeuai i'w llestr. Ysgrifennodd at *Y Cenhadwr Americanaidd* hefyd, ac fe'i cyhoeddwyd ar ddiwedd rhifyn Medi 1850.

Dewch i ymuno â'r wladychfa Gymreig newyddaf
a mwyaf ei rhagolygon am lewyrch yn Nyffryn yr Ohio.
Croeso i bob Cymro a Chymraes o gymeriad ysydd yn fodlon mentro,
ond yr ydym ni'n daer angen ysgolfeistr
i ddyfod i'n plith at wanwyn y flwyddyn 1851.
Ysgrifenwch at Isaac Jones, Duthiel Farm, near Gallipolis

Y cyntaf i gyrraedd oedd Lewis a Margaret Morgan a'u pedwar o blant, teulu o sir Fynwy a oedd wedi ceisio creu bywyd newydd ym meysydd glo Pennsylvania cyn penderfynu symud a chwilio am le a allai addo dyfodol gwell. Pan ddaeth Ismael o'r ynys i ymweld â'i frawd, gofynnodd Isaac iddo ddychwelyd i'r ynys a dweud wrth Enos, Gruffydd a Richard y byddai'n rhaid dechrau adeiladu tŷ newydd, a hwnnw'n un go fawr, gan fod teulu o chwech wedi'i dderbyn i'w plith yn ddiweddar.

Wedyn derbyniodd Isaac lythyr gan Gymro o'r enw Hector Tomos. Dywedai'i fod yn saith ar hugain oed ac wedi symud i Cincinnati bum mlynedd ynghynt er mwyn astudio mewn athrofa ddiwinyddol yn y ddinas. Wedi graddio, penderfynodd na allai ymroi i fod yn weinidog a theimlai y dylai fod yn athro ysgol. Roedd wedi bod yn gweithio mewn nifer o ysgolion yn ne Ohio a gogledd Kentucky ac roedd y gwaith yn ei blesio'n fawr, ond deisyfai gyfle i wasanaethu'i gyd-Gymry. Ysgrifennodd Isaac yn ddioed ac erfyn arno ddod a chyflwyno'i hun ar gyfer y swydd.

Pan welodd lygaid gleision golau a mwstásh euraid hir Hector Tomos, meddyliai Isaac fod un o Almaenwyr Cincinnati wedi dod ato'n hytrach na'r Cymro y buasai'n ei ddisgwyl, ond Cymraeg Beiblaidd o gywir oedd yr iaith a ddeuai o enau'r dyn, a blas sir Ddinbych arni. Roedd ei wallt yn felyngoch golau, a'r mwstásh hir a hongiai i lawr hebio i'w ên ychydig yn fwy golau, ei lygaid yn anghyffredin o las, fel yr awyr ar ddiwrnod braf o wanwyn. Siaradai'n frwdfrydig am lawer o bynciau, yn awyddus i rannu'i wybodaeth, ond hefyd gwrandawai'n astud ac yn gwrtais ar bopeth a ddywedwyd wrtho. Cyn pen dim roedd Isaac wedi ymgolli mewn trafodaeth wleidyddol gydag o, yn holi'i farn am derfysgoedd hiliol y dinasoedd a'r modd roedd Fillmore, yr Arlywydd newydd, wedi bradychu'r addewid a ddangosasai Taylor cyn marw, a bod Cyfraith y Caethwas Ffoëdig yn arwydd eglur o'r tro gwael hwnnw. Siaradodd yr athro'n huawdl am ei athroniaeth; credai y dylai pob plentyn gael ei addysgu er mwyn sicrhau bod ei allu cynhenid yn blodeuo i'w lawn dwf. Gan ei fod yntau'n rhyfeddu'n barhaol at natur unigryw personoliaeth ac anian ei saith plentyn, edmygai Isaac yn fawr awydd y dyn i roi sylw i anghenion pob unigolyn mewn dosbarth cyfan. Dywedai'i fod yn sicr y byddai'r gweddill yn cytuno ag o, wrth ddatgan eu bod yn ffodus i athro mor oleuedig ac ymroddgar ddod i'w plith. Cyn diwedd y sgwrs honno dysgodd Isaac fod gan yr athro dri diddordeb arbennig ar wahân i athroniaeth addysg, sef peirianwaith stêm, adar a barddoniaeth arwrol. Gan ei fod yn ddyn dibriod a diblant, medrai roi llawer o'i amser hamdden i'r diddordebau hyn. Gofynnai a gâi weld yr ynys a dewis safle a fyddai'n gweddu i'w dŷ.

Cydsyniodd Isaac yn rhwydd, ac er bod peth eira ar y ddaear nid oedd rhew ar yr afon. Yn debyg i Isaac, dotiai Enos ac Ismael at Hector Tomos hefyd, er bod Richard Lloyd ychydig yn swil, wedi clywed mai'r dyn hwn fyddai athro'r ynys ac felly'n poeni y byddai'n mynnu'i fod yn dychwelyd i'w ysgol i orffen ei addysg. Ni ddaeth Gruffydd Jams i'r golwg; ar ôl tridiau o waith caled roedd wedi agor poteliad neu ddwy'n ormod i fwrw'i flinder y noson flaenorol ac nid oedd wedi deffro. Wedi astudio'r ysgoldy praff a rhoi sêl ei fendith iddo, cafodd Hector ryddid i grwydro'r ynys a chwilio am le dymunol ar gyfer ei gartref. Gwelodd nad oedd dim wedi'i adeiladu ar drwyn dwyreiniol yr ynys, a gofynnodd i Enos, Ismael ac Isaac a gâi'r llecyn hwnnw ar gyfer ei dŷ. Dychmygai eistedd ar fainc yn ymyl ei ddrws yn gwylio'r agerfadau, yn gweithio'r fformiwlâu mathemategol a brofai effeithioldeb eu mecanwaith stêm. Yn ogystal, byddai'r safle hwnnw'n ei alluogi i weld o bell yr adar yn hedfan mewn heidiau adeg mudo. Roedd yn cynilo arian ac yn gobeithio prynu copi o waith mawr ysblennydd James Audubon, *The Birds of America*, a sbienddrych a fyddai'n hwyluso'i astudiaeth yn sylweddol. Yn yr un modd, byddai tawelwch y lleoliad yn gweddu i'w fyfyrio pan âi ati i ailgydio yn ei arwrgerdd. Gobeithiai gystadlu yn un o'r eisteddfodau y bwriadai rhai o gymunedau Cymraeg de Ohio eu cynnal cyn bo hir. Gwenodd Isaac, wedi'i feddiannu gan swyn brwdfrydedd y dyn, ond cynigiodd gyngor iddo. Cofiwch na ddylech godi tŷ'n rhy agos at y lan am fod y llifogydd yn neilltuol o ddinistriol yn y fan honno gan ei bod yn wynebu llif yr afon.

Y Nadolig hwnnw, daeth Enos, Ismael, Gruffydd Jams a Richard Lloyd i aros yn Gallipolis. Gan fod pawb yn bwriadu symud i'r ynys ar ddiwedd y gwanwyn hwnnw, penderfynwyd y dylai'r gymuned gyfarfod, trafod a chytuno ar nifer o faterion. Daethon nhw ynghyd yn stordy Jean Baptiste Bertrand, rhesi o lusernau'n hanner goleuo wynebau'r rhai a safai i siarad. Etholwyd Enos yn ffurfiol yn gyfarwyddwr masnach, Ismael yn ddirpwy gyfarwyddwr, ac Isaac yn rheolwr gweithredol y cwmni. Cytunwyd ar faint a natur y cyfranddaliadau a gâi holl drigolion yr ynys yng nghwmni masnach yr ynys, a chytunwyd hefyd ar swm cyflog y dynion a fyddai'n gweithio ar y dociau, yn y stordy ac yn y siop. Cadarnhawyd y cyflog roedd Isaac wedi'i gynnig i'r ysgolfeistr, Hector Tomos. Cyfraniadau ychwanegol aelodau'r Capel fyddai'n cynnal y Parchedig Robert Richards a'i deulu.

Yn olaf, safodd Enos ar ei draed, yn cribinio un llaw trwy'i farf hir ac yn taflu'i lygaid dros yr holl bobl a eisteddai ar gistiau ac ar sypiau o'i gwmpas.

'Rŵan 'ta, gyfeillion. Y mae un pwnc pwysfawr yn ymaros penderfyniad gennym.' Aeth rhagddo a dweud bod rhaid iddynt gytuno ar enw. Roedd yn gwestiwn y bu'n cnoi cil arno ers blynyddoedd lawer, ac felly gwyddai o brofiad chwerw nad oedd yn hawdd dewis enw a fyddai'n ymddangos ar fapiau'r wlad hyd dragwyddoldeb. Yr un fyddai enw'r ynys ac enw'r pentref, a byddai'r pentref hwnnw'n sicr o dyfu'n dref fawr unwaith y byddai y pontydd wedi'u hadeiladu i gysylltu'r ynys a'r tir mawr. Edrychodd yn bryfoclyd ar Sara a rhai o'r plant eraill cyn parhau. 'Pwy a ŵyr na fydd rhai ohonoch chi'n byw i weld y dref honno'n tyfu'n ddinas, yn Athen ysblennydd yma ar lannau'r Ohio, yn cystadlu â Wheeling a Marietta, a phwy a ŵyr â Phittsburgh, Cincinnati a Louisville hyd yn oed? Ac felly nid peth bach yw dewis enw ar gyfer lle sy'n addo dyfodol mor ddisglair.'

Er bod pob oedolyn a'r rhan fwyaf o'r plant wedi'i glywed yn traethu ynglŷn â'r enwau cynt, rhestrodd Enos hwy unwaith eto. Byddai Glanfa neu Noddfa'n berffaith ar gyfer y pentref ar hyn o bryd, ond tybed a fyddent yn addas pan dyfai'n dref fawr? Galipolis Newydd, efallai, er y medrai hynny beri dryswch gan fod yr ynys mor agos at y dref honno. Roedd y Parchedig Robert Richards yn hoffi Gwalia Newydd, a chytunodd nifer o'r oedolion eraill bod gan yr enw hwnnw swyn neilltuol. Dywedodd Enos fod rhesymeg a moeseg ill dwy o blaid arddel enw brodorol yr afon a'i galw'n Ynys Pelewathîpi, ond poenai rhai y byddai'n anodd i bobl ei ynganu a'i gofio.

Safodd Richard Lloyd yn betrus, yn benderfynol o gyfrannu at y drafodaeth ond yn poeni na fyddai'r oedolion yn gwrando arno. Siaradai'n nerfus a phytiog, yn hanner llyncu'i eiriau, wrth gyfeirio at y straeon a adroddai Gruffydd Jams am Madog. Ategodd ei chwaer Ruth ei gynnig, a chytunodd ei ffrind pennaf hi, Lisbeth Evans. Arhosodd Esther a Sara'n dawel, ond ymunodd eu brodyr Sadoc a Joshua yng nghorws lleisiau'r plant. Ie, ie, dylen ni enwi'r ynys ar ôl Madog. Ac yntau'n eistedd rhwng ei feibion hynaf, safodd Isaac a rhoi'r naill law ar ysgwydd Sadoc a'r llall ar ysgwydd Joshua a'u gwasgu'n gynllwyngar. Ydi, mae'n syniad ardderchog, dywedodd, a disgrifiodd y modd y'i meddiannwyd gan y chwedlau hynny pan glywodd nhw gyntaf draw yn yr Hen Wlad yn nyddiau'i faboed. Cytunodd nifer o'r oedolion eraill, bod yr enw'n swyno'r clustiau Cymreig. Roedd y Parchedig Robert Richards yn gyndyn o adael i Walia Newydd lithro o'i afael, ond dywedodd na fyddai'n gwrthwynebu barn y mwyafrif. Cafwyd trafodaeth fywiog wedyn ynglŷn â'r union enw, a Gruffydd Jams yn eu hatgoffa o'r lleoedd yn Eifionydd, Portmadog a Thremadog. Siaradai pawb ymysg ei gilydd, yn troi gwahanol enwau drosodd ar eu tafodau. Tremadog Newydd. Portmadog Newydd. Dywedodd Gruffydd wedyn fod rhai hen longwyr yn cyfeirio at lecyn yn ymyl y porthladd hwnnw yng Nghymru fel Ynys Fadog, a disgynnodd llen o dawelwch dros y cyfarfod. Camai Enos yn ôl ac ymlaen yng ngolau'r llusernau, yn tynnu ar ei farf ag un llaw ac yn dal y llall ychydig o flaen ei lygaid gyda'i fynegbys wedi'i ymestyn, fel pe bai'n ysgrifennu'r enw ar fap. Purion, meddai, a gellid ei sillafu'n

Y-n-i-s V-a-d-o-c-k ar ddogfennau hefyd er mwyn i'r Americanwyr Saesneg gael ei ddeall yn rhwydd. Ni wrthwynebwyd y cynnig ac roedd y rhan fwyaf ohonynt, yn blant ac yn oedolion, yn frwd iawn o'i blaid. Pwysodd Sara'n agos at Esther a sibrwd yng nghlust ei chwaer,

'Beth am Ynys Madog?' Disgleiriai llygaid Esther yng ngolau'r llusern, yn dangos tosturi amyneddgar.

'Ni fyddai'n swnio'n iawn fel yna, Sara.'

'Na fyddai?'

'Na fyddai. Sut mae'r geiriau ynys mawr yn taro dy glust?'

'Yn rhyfedd.'

'Yn union. Ynys fawr sy'n gywir, fel y gwyddost yn iawn. Yr un fath â'r enw. Mae Ynys Fadog yn swnio'n iawn.' Gwyliodd Sara gastiau'i hen ewythr, a oedd yn dal i gamu'n ôl ac ymlaen o flaen y cyfarfod, yn bloeddio'n fuddugoliaethus.

'Dyma ni gyfeillion! Dyma gaiff ei ysgrifennu yn llyfrau hanes y wlad, sef ein bod ni, yn y flwyddyn 1850 wedi enwi gwladychfa Gymreig fwyaf llewyrchus y cyfandir.' Trodd Sara eiriau'i chwaer drosodd yn ei phen. Ynys Fadog sy'n swnio'n iawn. 'Rŵan 'ta, gyfeillion,' galwodd Enos wrth iddo ddechrau cerdded at y drws. 'Maddeuwch i mi, ond mae'n rhaid i mi rannu'r datblygiad pwysfawr hwn â Monsieur Bertrand a Miss Davies.'

* * *

Siaradodd Hector Tomos, y Parchedig Robert Richards ac Enos yn gryf o blaid symud ar y cyntaf o fis Mawrth, 1851. Pa ddiwrnod gwell i agor pennod newydd yn hanes y Gymru Americanaidd? Roedd y mamau a dynion hirben fel Isaac yn poeni na fyddai'r tywydd yn caniatáu iddynt groesi'n saff; byddai'r cychod yn llwythog a'r siwrnai'n beryglus. Ymroliodd stormydd rhewllyd mis Chwefror ymlaen i ddiwedd y mis, ac yn y diwedd bu'n rhaid i'r breuddwydwyr a'r rhamantwyr gytuno mai Isaac a'r gwragedd oedd yn iawn. Parhaodd y stormydd trwy gydol wythnos gyntaf mis Mawrth, gydag eira, eirlaw a chenllysg yn dod yn gymysgfa ymosodol ddydd a nos. Ond erbyn canol y mis roedd y gwyntoedd mawrion wedi gostegu a'r tymheredd wedi cynhesu'n sylweddol. Penderfynwyd dechrau symud ar ddiwrnod olaf ond un y mis; credid y byddai'n waith dau ddiwrnod, ac felly caent orffen ar ddiwrnod olaf mis Mawrth er mwyn osgoi herio ffawd a chroesi ar y cyntaf o Ebrill, adeg y mynnai Gruffydd Jams ei bod yn anlwcus ar y naw i fentro ar y dŵr.

Yn y diwedd, gwaith un diwrnod ydoedd, er i hwnnw fod yn ddiwrnod hir iawn.

Aethpwyd â'r teuluoedd i'r ynys gyntaf ar fore'r croesi mawr, gydag Isaac, Ismael, Enos a Gruffydd Jams yn gweithio'r ddau gwch yn ôl ac ymlaen ar draws y sianel, dau ddyn yn llywio pob cwch, y naill yn rhwyfo a'r llall yn ei dywys ar hyd y rhaff. Er bod rhai o'r dynion eraill yn iau na nhw, nid oedd neb â'r fath brofiad, gan fod Gruffydd wedi bod yn llongwr ers dros ddeugain mlynedd ac Enos yntau'n gychwr hynod brofiadol. Eisteddai Sara yng nghanol y cwch, yn dal llaw Seth yn dynn, yn gwylio'i thad wrth iddo dynnu ar y rhwyfau, ei hewythr Ismael yn dal y cylch lledr a lithrai ar hyd y rhaff. Daeth Jacob Jones â Jean Baptiste Bertrand yn ei wagen i weld y croesi. Nid oedd iechyd yr hen Ffrancwr wedi bod yn dda y gaeaf hwnnw, ond maentumiai'i fod yn ddigon cryf i fentro i'r awyr agored erbyn diwedd mis Mawrth. Nid oedd am golli'r cyfle hwn i weld cynllun mawr ei hen gyfaill yn cael ei wireddu. Eisteddai ar sêt y wagen, yn dal ei ffon gerdded yn ei ddwylo, yn gwylio'r cyfan. Gwisgai gôt fawr a het gantel lydan ddu, a disgynnai cudynnau o'i wallt gwyn hir ar ei ysgwyddau. Codai'r ffon yn ei law dde a'i chwifio ar y Cymry a gyrhaeddasai'r ynys, yn dathlu'u glaniad, pen arian y ffon yn disgleirio yn yr heulwen. Arhosai Llywelyn Huws amdanynt ar y doc bach roedd o a'r dynion eraill wedi gorffen ei adeiladu'n ddiweddar, yr ystyllod pren golau heb ildio dim eto i'r lliw llwyd a ddeuai ar ôl misoedd yn y glaw. Pan gurai trwyn y cwch yn erbyn pren y doc, cydiai Llywelyn ynddo.

'Dyna chi, dach chi wedi cyrraedd eich cartref,' meddai'u tad wrth Sara a Seth, a chododd eu hewythr Ismael hwy fesul un i goflaid Llywelyn Huws a'u gosod yn saff ar y doc. Safodd Sara yno am yn hir, yn dal llaw ei brawd bach, wrth i Mr Huws wthio'r cwch yn ôl, ei thad yn gwthio'n galed ar y rhwyfau, yn symud y llestr bach wisg ei gefn ar hyd y rhaff. Gwasgodd hi law Seth yn galed ac edrych ar ei wyneb disgwylgar. Ynys Fadog sy'n swnio'n iawn, dywedodd wrthi hi ei hun, cyn troi a thywys ei brawd o'r ffordd er mwyn gadael i Llywelyn Huws wneud ei waith. Cerddodd y ddau o'r doc i dir sych caled yr ynys, a throi a gwylio'r gweddill yn croesi. Gallai Sara weld pen arian ffon y Monsieur Bertrand yn fflachio yn y pellter wrth iddo'i chwifio bob hyn a hyn, yn arwydd o anogaeth a llongyfarchiad.

Daethpwyd â'r nwyddau a hynny o ddodrefn a oedd gan y teuluoedd drosodd wedyn, a Jacob yn helpu'r Cymry i lwytho'r cychod ar lan y tir mawr. Cludai dynion gistiau, parseli, cadeiriau a byrddau o'r doc i'r gwahanol dai. Yn olaf un daeth tresel fawr Mrs Richards. Roedd brawd ei thad wedi'i gwneud o'r coed derw gorau a thalodd ei gŵr yn ddrud i ddod â'r dodrefnyn mawr gyda nhw'r holl ffordd o Gymru ac yna ar drên, wagen ac agerfad i Ohio. Cafodd Jacob, Isaac ac Ismael drafferth ei chael yn ddiogel yng nghanol y cwch, a bu'n rhaid i Jacob fynd i nôl morthwyl a throsol o'i wagen a thynnu sêt ganol y cwch er mwyn gwneud lle iddi. Fe'i clymwyd â rhaffau i'r seti ôl a blaen, ac wedyn bu'n rhaid i'r ddau frawd lithro'n ofalus i ganol y rhaffau er mwyn eistedd. Medrai Sara glywed Jacob yn rhochian fel tarw wrth iddo wthio'r cwch i'r sianel gul. Ysgydwai'r llestr bach yn ôl ac ymlaen, brig y dresel fawr ddu'n symud i'r chwith ac i'r dde. Safai Mrs Richards yn yml, yn ochneidio.

'Be wna i? Mae'r ddau mewn perygl, o fy herwydd i.'

Sylwodd wedyn fod plant Isaac wedi'i chlywed, ac ochneidiodd eto, yn ymddiheuro wrth i ddagrau gronni yn ei llygaid. Plygodd ei gŵr, y Parchedig Robert Richards, ac edrych yn llygaid Sara a Seth.

'Mi fydd popeth yn iawn, rwy'n addo i chi. Peidiwch â gwrando ar Mrs Richards, mae'r profiad wedi'i chynhyrfu, braidd.'

Plygodd Mrs Richards hithau a chofleidio'r ddau blentyn pan gnociodd trwyn y cwch yn galed yn erbyn doc bach yr ynys. 'Diolch,' dywedodd yng nghlust Sara, cyn troi a sibrwd yr un peth yng nghlust Seth, fel pe bai'r plant yn gyfrifol am y gwaith caled a pheryglus a wnâi eu tad a'u hewythr. Roedd Enos, Llywelyn Huws, Samuel Lloyd a Gruffydd Jams yno'n barod, yn gweithio'r cwch nes bod ei ystlys yn sownd wrth ochr y doc. Gorweddai Enos a Samuel Lloyd ar eu boliau, un yn dal trwyn y cwch a'r llall y pen arall. Symudodd Isaac ac Ismael yn ofalus i ddatod y rhaffau. Cydiodd Llywelyn Huws a Gruffydd Jams yn y dresel fawr dywyll. Ac wedyn, gan rochian a thuchian a gollwng ambell waedd, llwyddodd y dynion i godi'r bwystfil mawr pren allan o'r cwch i'r doc. Cododd Isaac waelod y dodrefnyn ac yntau ar ei eistedd, tra hanner safai Ismael er mwyn cael gwell gafael ynddo. Clywyd clep fawr wrth i'r dresel drom lanio ar bren y doc, ond wrth i bwysau'r dresel gael ei symud o'r cwch, herciodd y llestr naill ochr a thaflu Ismael i'r afon, cyn diflannu yn nŵr tywyll yr afon.

Sgrech ar ôl sgrech a gwaedd ar ôl gwaedd, arswyd yn meddiannu'r gwylwyr!

Llewygodd Mrs Richards, ac er i Sara dynnu'n rhydd o'i choflaid wrth i'r wraig ddisgyn, ni lwyddodd Seth bach ddianc ac aeth i lawr o dan bwysau'i chorff llipa. Rhedodd y Parchedig Richard i'r doc, ond baglodd a disgyn ar ei bedwar. Rhedodd Sara heibio'r gweinidog, er mwyn gweld yn well, ei chalon yn curo yn ei gwddf. Gwelodd freichiau hir cyhyrog Gruffydd Jams yn tynnu'i hewthyr Ismael o'r afon, yn wlyb ond yn gwenu'n braf fel pe bai wedi mwynhau'r anturiaeth.

Cofiodd Sara am ei brawd a throdd i'w achub yntau. Roedd ei gŵr eisoes yn codi Mrs Richards ar ei heistedd, a hithau'n syllu yn syfrdan ar ei wyneb, fel un newydd ddeffro o drwmgwsg. Pan gyrhaeddod Sara ei brawd, roedd yn dal ar wastad ei gefn, yn igian crio. Cododd Seth ar ei eistedd a gweld nad oedd wedi'i frifo, er na allai ddeall pam bod gwraig y gweinidog wedi ymosod arno yn y fath fodd.

Meddyliodd Sara am y dresel fawr y noson honno wrth syllu ar waliau cymharol foel eu parlwr newydd. Roedd bwrdd bach a phedair cadair ganddynt, ond gan fod saith o blant yn ogystal â'u mam a'u tad, roedd Isaac wedi penderfynu gadael eu tair cist yn y parlwr, fel y gallai'r plant eu defnyddio fel meinciau tan iddo gael cyfle i greu rhagor o ddodrefn.

Cynhaliwyd gwasanaeth diolchgarwch yn y capel bach y diwrnod wedyn, y Parchedig Robert Richards yn sefyll y tu ôl i'r pulpud syml, y coedyn amrwd heb ei baentio eto. Crynai llais Mrs Richards wrth iddi ganu pennill cyntaf yr emyn cyntaf:

Pob seraff, pob sant,
Hynafgwyr a phlant,
Gogoniant a ddodant i Dduw,
Fel tyrfa gytûn,
Yn beraidd bob un,
Am Geidwad cryf iddyn' yn fyw.

Ond sylwodd Sara i'w llais godi'n uwch yn yr ail bennill:

Efe yw fy hedd,
Fy aberth a'm gwledd,
A'm sail am drugaredd i gyd;
Fy nghysgod a'm cân,
Mewn dŵr ac mewn tân,
Gwneud uffern ei hamcan o hyd.

Erbyn y pennill olaf, roedd llais Jane Richards wedi'i adfer i'w gryfder angylaidd arferol:

Yn babell y bydd
Rhag poethder y dydd,
A chedyrn lifogydd y fall;
Mewn cysgod mor dda,
Holl uffern a'i phla
Er chwennych fy nifa, ni all.

Estynnodd y Parchedig Robert Richards ei ddwylo, eu gosod ar y pulpud, a phwyso ymlaen.

'Cyn troi at yr Ysgrythur y dydd da hwn, drechreusom â geiriau'r emynydd. Dyma ni, gyfeillion, wedi dod ynghyd, yn hynafgwyr ac yn blant, megis ac yn dyrfa gytûn, i roddi gogoniant i Dduw. Ie, canu i'w ogoniant a diolch iddo Ef am ein tywys yn ddiogel i'r llecyn hwn. Efe yn wir yw ein hedd, fel y dywed yr emynydd. Efe yn wir yw sail ein trugaredd i gyd. Efe ysydd yn ein cysgodi, megis pabell, rhag poethder y dydd a rhag cedyrn lifogydd y fall, fel y mae'r addoldy newydd hwn a adeiladwyd trwy nerth bôn braich rhai ohonoch chi yn ein cysgodi ni un ac oll heddiw.'

Ymdrechai Sara i wrando'n astud, a hithau'n gwybod bod yr achlysur yn bwysig, ond crwydrai'i meddwl ychydig. Roedd y Parchedig Robert Richards wedi awgrymu enwi'r capel yn Saron wythnos cyn y symud, a chytunwyd ar yr enw. Disgwyliai hi iddo gyfeirio at yr enw yn ystod y gwasanaeth, ond ni wnaeth. Roedd wedi hanner disgwyl i rywun baentio'r enw rhywle ar y capel ond ni ddigwyddodd hynny ychwaith. Cyn hir byddai'r enw Saron yn angof, bron, gan nad oedd ond un capel ar yr ynys a phawb yn cyfeirio at yr addoldy'n syml fel 'Y Capel'.

Ni châi Sara grwydro'r ynys ar ei phen ei hun yn ystod y blynyddoedd cyntaf hynny; mynnai ei rhieni fod ei chwaer, Esther neu un o'i brodyr hŷn yn gwmni iddi hi a'i brodyr bach pan na fyddai'r plant gartref neu yn yr ysgol. Hoffai hi gerdded yn ôl ac ymlaen ar hyd y lôn fer a arweiniai o'r doc bach ar y lan ogleddol i'r doc mawr yn ymyl y stordy a'r siop ar y lan ddeheuol. Yn yr un modd, gorymdeithiai'n seremonïol, Esther yn ei dilyn yn sanctaidd o amyneddgar, yn ôl ac ymlaen ar hyd y lôn hir, yn rhedeg o drwyn gorllewinol yr ynys i'r trwyn dwyreiniol. Yna, hoffai sefyll ac edrych ar dŷ un llawr yr ysgolfeistr, yr holl adeilad yn ddigon bach i'w gynnwys yn dwt yn eu parlwr nhw, fel y dywedodd Sadoc un tro. Fel arall, oriau hir ysgol, capel ac ysgol sabathol a âi ag amser Sara, a'r rhawd gyfarwydd honno yn ffon fesur ei dyddiau, ei hwythnosau a'i misoedd, yn debyg i blant eraill yr ynys.

Erbyn dechrau'r haf cyntaf hwnnw roedd rhai eraill wedi ateb galwad Enos a symud i ymuno â'r 'wladychfa newyddaf a mwyaf llewyrchus ei rhagolygon,' fel y dywedai hen ewythr Sara. Yn gyntaf, daeth Owen Watcyn, dyn dibriod ychydig yn hŷn na Hector Tomos a benderfynodd adeiladu'i dŷ bychan o yn ymyl tŷ'r athro. Ond, yn aml, byddai ceg y dyn newydd wedi'i thynnu'n wg, a phan ddywedodd Sara hyn wrth ei thad, atebodd ei fod yn credu mai dyn a boenai lawer am bethau oedd Owen Watcyn. Yn fuan wedyn daeth teulu arall i fyw yn eu plith, David a Jane Dafis a'u mab tair oed Robert.

Ychwanegwyd ymhellach at eu niferoedd pan anwyd plentyn arall i Catherin Huws. Bu Elen Jones, mam Sara, yn sôn dipyn amdani yn ystod y misoedd cyn yr enedigaeth, yn atgoffa pawb mai Catherin oedd bydwraig y pentref ac yn dweud ei bod hi'n poeni nad oedd neb teilwng a allai ei chynorthwyo hi yn awr ei hangen. Wfftiodd Catherin Huws am bryderon ei chyfeilles, gan ddweud bod ganddi bob ffydd yng ngallu Elen a'i merch Esther. Roedd y ddwy wedi dysgu hen ddigon ac roedd digon o wragedd eraill i'w helpu. Ni fu'r gwaith yn anodd yn y diwedd, gan i'r enedigaeth fod yn gymharol ddidrafferth a Catherin hithau'n ddigon effro gydol yr amser i gynnig arweiniad i Elen ac Esther. Ganed merch iach iddi, Lydia. Roedd naw mlynedd rhwng y ferch fach a'i brawd hŷn, Huw Llywelyn Huws, bron cymaint â'r deng mlynedd rhwng Esther a'r efeilliaid, meddyliai Sara.

Gwelai Sara fod ei thad yn treulio oriau hirion yn siarad â'i hewythr, ei hen ewythr a rhai o'r dynion eraill, a'i fod wedi mynd i wgu fel Owen Watcyn yn amlach. Pan ddywedodd hyn wrth ei mam, cymerodd hithau Sara yn ei breichiau a'i gwasgu'n galed cyn codi'i phen yn dyner ag un llaw er mwyn syllu i fyw ei llygaid.

'Poeni am fasnach yr ynys mae o, Sara. Roedd D'ewyrth Enos wedi rhagweld gwell na hyn. Ychydig iawn o longau a ddaw yma i fasnachu.'

'Ond mae'r *Maysville Pride* yn dod yn reit aml, Mam.'

Hoffai Sara yr agerfad bach a elwai'i thad yn baced, gydag un corn yn hytrach na'r ddau a oedd gan y rhan fwyaf o'r llestri mawrion, a chaban nad oedd yn fwy na thŷ Hector Tomos, y rhan fwyaf o fwrdd y llestr wedi'i lenwi â pharseli a chasgenni.

'Ydi, Sara, diolch i'r drefn, ond dydi'r fasnach a ddaw ar honna ddim yn ddigon i'n bwydo ni i gyd. Dywed dy dad y bydd yn rhaid i rai o'r dynion fynd i'r tir mawr i chwilio am waith ar ffermydd neu yn y ffwrneisi os na fydd pethau'n dechrau gwella.'

Roedd hi wedi dysgu am y ffwrneisi haearn yn yr ysgol gan fod ei hathro'n hoff o gyfeirio at yr egwyddorion gwyddonol a oedd yn gysylltiedig â nhw. Cymry eraill a siaradai Gymraeg Ty'n Rhos, nid Cymraeg y Glannau oedd yn berchen arnynt, a chlywsai Sara'i thad, ei hewythr a'i hen ewythr yn dweud weithiau fod y Cymry hynny'n gwneud ffortiwn trwy'r gwaith haearn. Cydiai disgrifiadau Mr Tomos yn ei chof, a dychmygai hi'r ffrydiau o fetel chwilboeth yn rhedeg ar hyd y llawr, fel darnau o'r haul wedi'u troi'n hylif a'u tywallt i lawr i'r ddaear, dim ond i galedu wedyn a throi'n debycach i graig y ddaear nag i dân yr haul. Peth peryglus iawn oedd haearn tawdd, meddai'r ysgolfeistr, a thybiai Sara weithiau'i fod yn debyg i'r pergyl y soniai'r emyn amdano, sef 'cedyrn lifogydd y fall'. Dywedai'r emynydd hefyd fod Uffern yn gwneud ei hamcan o hyd, a hynny mewn dŵr ac mewn tân, a phenderfynodd Sara geisio cael digon o hyder i holi amdano y tro nesaf y câi gyfle i drafod pethau felly yn ysgol sabathol y plant.

Dechreuodd pobl siarad fwyfwy am y rheilffordd, a dwysâi gwg ei thad ymhellach. Roedd wedi cyrraedd Wheeling ac yn parhau i ymestyn i'r gorllewin; ni fyddai'n hir cyn i'r cledrau haearn gyrraedd Ohio. Ymddangosai erthyglau yn y *Gallipolis Journal* yn annog yr awdurdodau i adeiladu llinell rhwng y dref honno a Chillicothe. Roedd un wedi'i dechrau yn Marietta yn barod; cyn hir byddai'r rheilffyrdd yn we ar draws de Ohio, meddid, a byddai'n sicr o leihau masnach yr afon. Clustfeiniodd Sara pan glywodd ei thad yn siarad â'i hathro am hyn. Ni ddylet boeni'n ormodol, Isaac, meddai Hector Tomos. Rwyf wedi gweithio'r fathemateg a bydd hi wastad yn rhatach symud nwyddau ar yr afon. Gwrthwynebiad naturiol i egni'r peiriant stêm yw hanfod y peth, weli di: mae dŵr yr afon yn cynnig llai o wrthwynebiad na symudiad ar hyd cledrau celyd. Ni all dim newid anian sylfaenol rheolau natur, tra pery haul a thra pery lloer, creda di fi.

* * *

Dygodd llifogydd gwanwyn 1853 rai pethau o'r ynys, ond daeth â rhywbeth arall i'w plith yn eu sgil. Cofiai Sara'n fyw am noson y penllanw, y storm a fuasai'n fflangellu to a ffenestri'r tŷ wedi ymdawelu o'r diwedd, y glaw trwm wedi troi'n smiclaw ysgafn, ond sŵn rhuthr dŵr yr afon yn cyrraedd eu clustiau, a nhwythau'n gorwedd yn eu gwlâu. Roedd y mynyddoedd i'r gorllewin yn ildio'u dyfroedd, meddai Esther, a gweddill eira a rhew'r gaeaf yn toddi ac yn chwyddo'r llif ymhellach. Clywai leisiau'u mam a'u tad yn achlysurol, yn siarad yn bryderus i lawr yn y parlwr. Bob hyn a hyn deuai clep y drws, wrth i'w thad fynd a holi rhai o'r cymdogion. Dechreuodd y dŵr gilio erbyn y bore, ond gwnaethasai ddigon o ddrwg: roedd y dyfroedd wedi mynd â'r ddau ddoc yn llwyr. Roedd wedi mynd â thŷ Hector Tomos hefyd.

Arhosodd yr efeilliaid gyda'u mam yn y tŷ, ond crwydrai Sara, ei chwaer a'i thri brawd arall o gwmpas yr ynys, gan gadw gyda'i gilydd rhag ofn. Roedd aroglau difrod y llifogydd yn gymaint o bresenoldeb â'r sylfeini cerrig a oedd yn weddill o dŷ Hector Tomos, a gwelwyd bod y darnau mwyaf dwyreiniol o'r golwg gan nad oedd yr afon wedi encilio i'w hen lannau eto. Roedd y llifogydd wedi cyrraedd drws tŷ Owen Watcyn hefyd, gan daenu rhesi tywyll hyll ar hyd y lle – brigau coed a brwgaets, dail a brwyn, y cyfan yn frown ac yn llwyd, ambell bysgodyn marw yn ymddangos yma ac acw. Cerddai'r dyn o gwmpas yn stranclyd, yn procio'r llanast drewllyd â blaen ei droed ac yn galw ar bwy bynnag a oedd yn fodlon gwrando.

'Edrychwch, mae'r diawl afon 'na wedi gadael *calling card* wrth ddrws 'y nhŷ i. Daw'r llifogydd amdana i y tro nesa, credwch chi fi!'

Plygodd Esther a sibrwd yng nghlust Sara. 'Sbia di ar Mistar Tomos: er bod yr afon 'di gwneud mwy na gadael *calling card* wrth 'i dŷ o, mae'n cymryd ei brofedigaeth yn dawel.'

Yn wir, safai'r athro ym ymyl sylfeini'i gartref diflanedig, ei freichiau wedi'u plygu a'i lygaid yn astudio'r afon fawr ddigllon yn athronyddol. Ond clywodd Sara'i rhieni'n siarad y noson honno, a'i thad yn dweud wrth ei mam na ddylai pobl wneud cymaint o hwyl am ben Owen Watcyn.

'Y fo sy'n iawn,' meddai'n bruddaidd. 'Mae gen i deimlad y bydd yr afon yn llyncu'r ynys hon ryw ddydd. 'Y ngweddi i yw na fydd yn digwydd yn ystod ein hoes ni.'

'A'n gwaredo!' ebychodd mam Sara. 'Nac yn ystod bywydau'n plant ni chwaith!'

Ddiwrnod arall, a'r dyfroedd wedi gostegu ymhellach, aeth Isaac, Ismael a Gruffydd Jams ar draws y sianel gul i'r tir mawr i chwilio am weddillion y dociau i lawr yr afon. Tua amser swper daeth eu tad trwy'r drws â rhywbeth yn ei ddwylo.

'Dim golwg o'r dociau. Dim un ystyllen bren. Rhaid 'u bod nhw ar 'u ffordd i'r Mississippi erbyn hyn. Ond sbïwch beth wnaeth y llifogydd adael i ni.' Symudodd un llaw iddyn nhw gael gweld beth roedd o'n ei ddal mor dynn i'w fynwes. Ci bach, yn fudr-frown, ond yn fyw. Daeth Esther â phowlen o ddŵr a lliain i'w olchi a'i sychu o flaen y tân, ac er bod y dŵr yn fwdlyd dywyll, ni newidiodd lliw blew y ci bach ryw lawer. Dyna fo, meddyliai Sara, lliw mwd yr afon ydi o. Dechreuodd y creadur bach fywiogi, gan wichian, ysgwyd ei bwt bach o gynffon, a llyfu pawb a'i daliai. Rhoddwyd ef yn ddefodol o'r naill blentyn i'r llall, yn dechrau gyda'r rhai ieuengaf, Benjamin a Jwda, ac ymlaen i goflaid Seth, Sara, Joshua, Sadoc ac Esther. Erbyn iddo gyrraedd eu mam, roedd y ci bach yn barod i gysgu, a gwnaeth hynny'n dawel ar ei glin, wrth i Elen Jones ei fwytho'n ysgafn.

'Beth wnawn ni'i alw fo?'

'Mae ganddo fo enw'n barod,' atebodd ei gŵr.

'Oes?'

'Oes. Jehosaffat. Enwodd Ismael o yn y cwch ar y ffordd yn ôl.'

Gofynnodd Sara i'w hewythr y diwrnod wedyn pam roedd wedi dewis y fath enw.

'Dwn i ddim,' atebodd, yn tynnu ar ei locsyn du byr â'i fysedd, a golwg freuddwydiol yn ei lygaid. 'Dwi wastad wedi hoffi'r enw, a rhywsut rown i'n meddwl 'i fod o'n gweddu'r creadur bach digri yna.'

Tyfodd Jehosaffat yn gi eithaf mawr; yn fwngrel heb arwydd o'i dras, ei flew trwchus tywyll yn dal yn debyg i liw mwd yr afon, yn eithriadol o ddeallus, yn annibynnol ac eto'n ffyddlon ei natur ar yr un pryd. 'Yn debyg i'ch Ewythr Ismael,' dywedodd mam Sara wrthi hi ac Esther unwaith. Ni fyddai Elen Jones yn caniatáu i'r ci ddod dros y rhiniog; adeiladodd Sadoc a Joshua gwt bach iddo yn ymyl grisiau'r tŷ ac roedd yn ddigon bodlon ar ei gartref. Ond byddai'r ci'n disgwyl amdanynt wrth waelod y grisiau cerrig bob bore er mwyn eu hebrwng i'r ysgol ac yn disgwyl amdanynt o flaen grisiau'r ysgoldy bob prynhawn, ac yn barod i'w dilyn adref i'r tŷ. Pan fyddai Hector Tomos yn gadael i'r plant fynd allan i'r awyr iach ganol dydd, byddai Jehosaffat yn synhwyro bod rhywbeth ar dro, ac yn ymddangos er mwyn chwarae gyda Sara neu un o'i brodyr.

Ac felly dyna lle roedd y mwngrel y diwrnod hwnnw, yn y flwyddyn 1855 pan ddaeth yr holl blant trwy ddrysau'r ysgol i fynd i'r lan ddeheuol i weld y *Buckeye State*. Sara a welodd o gyntaf a'i alw wrth ei enw; rhedodd Jehosaffat ati, ac arhosodd gyda hi a Seth wrth iddyn nhw gerdded y ddau gan llath o ddrws yr ysgoldy i'r doc deheuol. Gorweddai'r ci yn ymyl traed Sara a rhoi'i drwyn yn dwt rhwng ei bawennau blaen, fel pe bai hefyd yn syllu ar yr agerfad mawr a ymroliai'n osgeiddig heibio'r ynys. Daeth Esther â'r disgyblion ieuengaf yn ei sgil, yn debyg i iâr a'i chywion.

'Mae hynny'n ddigon agos, peidiwch â chamu'n nes at y dŵr, os gwelwch chi'n dda.'

Safai Benjamin, Jwda a'r plant bach eraill yn ufudd, pob un yn sicrhau na chamai fodfedd o flaen y lleill. Er bod peth pellter rhyngddi â'r llestr mawr, teimlai Sara ergydion yr injan yn ei mynwes, curiadau rhythmig y peiriant a'u synau pesychlyd yn cyflymu curiadau'i chalon. Un gwyn oedd yr agerfad, gan gynnwys y darn mawr crwn ar yr ochr y gwyddai oedd yn gartref i'r olwyn fawr. Codai'r ddau gorn simdde du'n uchel, dwy golofon o fwg du-las yn codi allan ohonynt, yn plygu'n araf yn awel yr afon. Gwelai rai teithwyr yn cerdded y tu ôl i'r canllawiau a redai ar hyd y ddau lawr. Cododd rhai ohonynt law, gan ymateb i'r plant a chwifiai'u dwylo'n frwdfrydig uwch eu pennau. Wrth i'r agerfad ymlwybro heibio, daeth ton ar ôl ton yn ei sgil i guro'r doc.

'Dyna hi, blant.' Roedd yr athro wedi ymuno â nhw, ei lygaid glas golau yn disgleirio mewn cyffro. 'Onid yw'n llestr eithriadol o hardd? Y hi yw'r cyflymaf i wneud y siwrnai o Cincinnati i Bittsburgh, mewn llai na dau ddiwrnod cyfan, a hynny yn erbyn llif yr afon. Cawn edrych ar y map ar ôl i ni ddychwelyd i'r ysgol a chanfod faint o filltiroedd yn union yw'r daith honno. A chawn weld faint ohonoch chi sy'n cofio sut mae gweithio cyflymder llestr, o wybod pellter y daith a'r amser a gymer.'

Wrth i Sara droi, Seth yn ei hyml a Jehosaffat yn dynn ar eu sodlau, clywodd sŵn corn stêm, a sylwi bod peswch injan arall yn dod o'r un cyfeiriad, un na sylwodd arno'n gynharach pan oedd y *Buckeye State* yn denu'r holl sylw. Ond dyna lle'r oedd y *Maysville Pride*, y paced stêm bach yn symud yn gyflym i gyfeiriad y doc, yn ysgwyd ychydig yn y tonnau a ddeuai yn sgil y *Buckeye State* er bod honno wedi hen symud ymlaen heibio'r ynys. Camodd Sadoc i fyny at yr athro a gofyn yn daer,

'Gawn ni aros, Mister Tomos, a'i gweld hi'n docio?'

Cododd Hector Tomos law ac estyn ei fawd a'i fynegbys, a'u defnyddio i dwtio'r mwstásh euraid hir, ei lygaid gleision yn astudio'r *Maysville Pride*.

'O'r gorau, Sadoc. Mae'n syniad campus. Cawn weld pa nwyddau mae'n eu cludo heddiw, a gwnaiff honno wers mewn daearyddiaeth i ni y prynhawn 'ma.' Gwenodd Sara, gan ei bod hi'n mwynhau'r gwersi hynny, yn dysgu priodoli gwahanol fathau o gynnyrch i'r gwahanol daleithiau. 'Ond dewch yn ôl o'r doc, blant, i ni gael mynd o ffordd y gweithwyr a'u gwylio'n ddiogel o bellter.'

Agorodd Esther ei breichiau ar led er mwyn sicrhau bod ei haid bach o gywion yn troi, a symudodd y pum hogyn ifanc yn ddigon ufudd.

Yn araf y cerddai Sara adref ar ôl ysgol y prynhawn hwnnw, yn rhan o'r orymdaith arferol, gan ddilyn Sadoc a Joshua a fynnai gyrraedd gartref gyntaf bob tro, ac o flaen Esther a gerddai rhwng Benjamin a Jwda. Byddai Seth yn cerdded wrth ei hochr, yn dal ei llaw hi'n ysgafn, a'r ci'n trotian yn hunanfodlon yr ochr arall iddi. Disgwyliai tyrfa fechan amdanyn nhw yn y parlwr, a honno'n dyrfa brudd. Tua'r un adeg ag y daeth y *Maysville Pride* i ymyl doc mawr y lan ddeheuol roedd cwch Jacob Jones wedi cyrraedd y lan ogleddol, yn cludo newyddion trist i Enos.

Eisteddai hen ewythr Sara yno ar un o'u cadeiriau prin, un llaw'n tynnu ar flew brith ei farf hir, a'r llaw arall yn gwasgu dagrau o'i lygaid. Eisteddai ei thad mewn cadair arall yn ei ymyl, a safai ei hewythr Ismael y tu ôl iddo, un llaw gysurlon yn pwyso ar ei ysgwydd. Eisteddai Jacob Jones wrth y bwrdd hefyd, ac amneidiodd yn ddifrifol ar y plant, gan hanner codi llaw mewn cyfarchiad.

'Dewch yma,' dywedodd Elen Jones yn dawel wrth ei phlant, a'u cyfeirio o'r bwrdd i ochr arall y parlwr.

'Beth sy, Mam?' gofynnodd Esther.

'Mae Mistar Bertrand wedi marw. Ddiwrnod ar ôl ei ben-blwydd yn 94 oed.'

Aeth Enos, Isaac ac Ismael i'r angladd yn Gallipolis. Cynhaliodd y Parchedig Robert Richards wasanaeth coffa yng nghapel Ynys Fadog. Traddododd bregeth yn diolch i Dduw am fywyd dyn a oedd wedi'u cynorthwyo, Cymry'r ynys, yn ystod y blynyddoedd cynnar hynny.

'Megis planhigyn gwan heb wreiddio'n ddiogel oeddem ni'n ystod y dyddiau hynny, a symudodd ein Duw Dad y dyn da hwnnw i'n cysgodi a'n cysuro. Rhoddodd gymorth pan fu ei angen arnom. A chofiwn heddiw wrth i ni gydaddoli yn y capel hwn mae un o stordai Mistar Bertrand oedd ein haddoldy cyntaf, a'r dyn da hwnnw, er ei fod yn Babydd, yn un a allasai fod wedi codi'i drwyn ar ddyrnaid o Brotestaniaid diymgeledd, wedi estyn ei law a dweud, byddwch rydd i addoli yn yr adeilad hwn.'

Ni allai Sara ond gwenu wrth iddyn nhw gerdded adref, a hithau'n clustfeinio ar y sgwrs rhwng Esther a'r efeilliaid. Roedd Jwda'n synnu bod yr hen Fistar Bertrand yn gallu siarad Cymraeg mor dda, a Benjamin yn dweud nad oedd o'n credu'r peth, ac Esther hithau'n ceisio egluro yn ei llais athrawes ysgol gorau bod y gweinidog wedi disgrifio'r hyn y byddai'r Ffrancwr wedi'i ddweud pe bai'n gallu siarad Cymraeg.

Cydiodd euogrwydd ynddi y diwrnod wedyn, pan ddaeth y triawd yn ôl o'r angladd. Roedd golwg dyn wedi'i lethu gan dristwch ar wyneb Enos Jones. Eisteddai yng nghanol ei deulu estynedig, yn adrodd hanes cynhebrwng ei gyfaill, ei ddau nai'n amneidio'n bwyllog er mwyn ategu'r hyn a ddywedai'u hewythr. Bu'n rhaid cyrchu offeiriad Catholig yr holl ffordd o Somerset, dros gant o filltiroedd i'r gogledd. Nid oedd neb yn yr angladd a allai ganu'r hen ganeuon sanctaidd y bu Mademoiselle Vimont yn eu canu yn yr hen ddyddiau, na neb a allai siarad Ffrangeg, heblaw hynny o'r iaith a oedd gan Enos. A dim ond y funud honno y gwawriodd ar Enos mai Jean Baptiste Bertrand oedd yr olaf un o Ffrancwyr Gallipolis. Ni ddaeth un Ffrancwr o'r hen gymuned ym Marietta yno, a thybed a oeddent hwythau, un ac oll bellach yn huno'n dawel yn y ddaear hefyd.

Nid oedd neb ar dir y byw a gofiai freuddwyd y Versailles Newydd, neb a oedd wedi cludo'r freuddwyd honno dros y môr o Ffrainc yn curo'n fregus yn ei fynwes fel glöyn byw mewn cawell. Roedd Enos wedi clywed hanes y freuddwyd honno, ac wedi mwynhau dychmygu'i hyd a'i lled, ond nid oedd wedi'i choleddu a'i hanwylo yn yr un modd â hen Ffrancwyr Gallipolis. 'Gwyddelod ac Almaenwyr sy'n llenwi trefi a dinasoedd dyffryn yr Ohio y dyddiau hyn,' meddai, 'a phrin bod unrhyw un yn cofio i'r Ffrancwyr fod yma o'u blaenau'n byw.' Oedd disgynyddion Cymry Cilcennin, a ddaethai yma yn y flwyddyn 1818, yn cofio amdanynt? Mae'n debyg nad oeddynt yn eu cofio, mwy nag am y Shawnee a fu'n cerdded y glannau hyn cyn y Ffrancwyr. Suddodd Enos yn ddyfnach ac yn ddyfnach yn ei bruddglwyf nes troi at Ismael o'r diwedd ac ebychu,

'A phwy fydd yn ein cofio ni ar ôl i ninnau fynd i'r ddaear oer, a phopeth rydyn ni wedi'i adeiladu wedi'i ddymchwel gan bwysau diymdroi amser?'

Clywodd Sara ei thad yn siarad yn ddistaw â'i mam yn hwyrach y noson honno, ar ôl i Enos ac Ismael ymadael. Dywedodd nad oedd wedi clywed ei ewythr yn disgrifio'i freuddwydion a'i gynlluniau ei hun gyda chymaint o anobaith erioed o'r blaen. Roedd gan Enos Jones y gallu mwyaf rhyfeddol i dwyllo ffawd, ie, ac i'w dwyllo fo'i hun hyd yn oed pan fyddai'n haws cau'i lygaid ar y byd na chyfaddef ei fod ar gyfeiliorn. Ac yn hynny o beth roedd ei frawd Ismael yn debyg iddo, ychwanegodd Isaac Jones. Roedd y ddau yr un mor styfnig yn eu hanallu i gyfaddef mai ffansi a ffolineb oedd eu dychmygion, ac er byddai hynny'n ei wylltio'n aml, cyfaddefodd wrth ei wraig fod gweld ei ewythr mor benisel, a'i grib wedi'i dorri mewn modd mor greulon, wedi torri'i galon yntau.

'Paid â phoeni, Isaac,' atebodd Elen, ei llais yn gysurlon. 'Erbyn y bore, bydd ysbryd dy ewythr wedi'i adfer. Mi fydd o'n dychwelyd i rodio'i hen ffyrdd gyda'r wawr. Does dim newid arno fo, yn fwy nag mae'n bosibl newid cyfeiriad llif yr afon. Y fo a dy frawd. Ymlaen yr aiff y ddau ohonyn nhw, cei di weld yn y bore.'

9

Codwyd tŷ newydd ar gyfer Hector Tomos yr ochr arall i dŷ Owen Watcyn, ond treuliai'r athro lawer o'i amser hamdden yn ymyl gweddillion ei hen gartref ar drwyn dwyreiniol yr ynys. Eisteddai ar wal isel sylfeini'r cerrig, yn gwylio'r hwyaid, yn disgwyl i agerfad ymddangos, neu'n myfyrio'n dawel. Bu llifogydd 1853 yn destun poendod parhaol i Owen Watcyn, gan ei fod yn sicr y byddai'r llifogydd nesaf yn mynd â'i dŷ o. Anaml iawn y gwelai Sara'r dyn heb y gwg a wnâi i'w wyneb hir ymddangos yn hwy. Er mai tua'r un oed â'r ysgolfeistr ydoedd, roedd fel pe bai ugain mlynedd yn hŷn na'i gymydog; roedd yn moeli'n gyflym a'i bryderon hollbresennol wedi taenu rhesi o rychau ar ei dalcen. Ei bryder mawr arall oedd priodi. Gan nad oedd gwaith y doc, y stordy a'r siop yn ddigon i gadw holl ddynion Ynys Fadog yn brysur bob dydd, teithiai Owen Watcyn dros y sianel gul i'r tir mawr mor aml â phosib, gan ymweld â Chymry Ty'n Rhos ac Oak Hill. Roedd digon o ferched Cymreig dibriod yn siroedd Jackson a Gallia, meddai, a dod i nabod un a fyddai'n fodlon dygymod â dyn o'i fath o oedd y nod. Ceisiai fynychu cymanfaoedd canu, ac er nad oedd ganddo lawer o ddiddordeb mewn pethau felly âi gyda Hector Tomos i eisteddfodau bychain de-ddwyrain Ohio gan iddo glywed bod eisteddfodau'n denu merched ifanc. Daeth Cymry siroedd Jackson a Gallia i ystyried Owen Watcyn yn ddyn neilltuol o dduwiol a diwylliedig gan y gwnâi cymaint o ymdrech i fynychu'r achlysuron hyn, a dehonglwyd yr olwg bryderus bruddglwyfus ar ei wyneb fel arwydd o'i ddwyster a'i ddeallusrwydd. Ond er gofyn i sawl un, ni chytunodd yr un ferch i'w briodi na hyd yn oed caniatáu iddo alw amdani, ac roedd Owen Watcyn yn sicr bod y naill felltith yn gysylltiedig â'r llall. Hynny yw, roedd yn gwbl amlwg y byddai'n colli'i dŷ i ddicter yr afon yn hwyr neu'n hwyrach, ac roedd yr un mor amlwg iddo na fynnai neb ei briodi gan fod ieuo'i ffawd â dyn a oedd ar fin colli'i dŷ a'i eiddo'n ormod o fenter i unrhyw ferch.

Sylwai Sara fod Hector Tomos yn galw yn eu tŷ bob hyn a hyn er mwyn gofyn i'w thad fynd ag o i ryw eisteddfod neu'i gilydd, a chlywodd ei thad yn dweud wrth ei mam unwaith fod yr athro, druan, wedi alaru ar gwmni Owen Watcyn ond ei fod yn rhy gwrtais i ddweud hynny wrtho. Gwyddai Sara fod ei hewythr, Ismael yn mynd ar y teithiau eisteddfodol hyn weithiau, ac yn aml byddai'r gwibdeithiau achlysurol yn troi'n destunau tynnu coes, fel yr adeg y diflannodd Ismael Jones ar ganol cyfarfod llenyddol Capel Moriah ac ymddangos tua diwedd y prynhawn yn feddw ac yn berchen ar geiliog a gawsai'n anrheg gan y ffarmwr y bu'n rhannu cwrw ag o. Roedd coesau'r aderyn wedi'u clymu gan y ffarmwr gan fod natur ymosodol ynddo. Ar gyrraedd doc bach Ynys Fadog y noson honno, penderfynodd Ismael ei bod hi'n hen bryd rhyddhau'r ceiliog o'i rwymau. Aeth yn syth am Owen Watcyn, a thynnu gwaed o'r dwylo a gododd i warchod ei wyneb. Syrthiodd i'r afon ar ganol y sgarmes, ond llwyddodd i ddal ei afael ar ochr y doc. Fe'i tynnwyd yn wlyb o'r afon gan Isaac tra aeth Ismael i chwilio am y ceiliog a oedd wedi diflannu i glwydo rywle ar yr ynys. Deffrowyd pawb ar yr ynys ganddo'r bore wedyn, a phan aeth y plant i'r ysgol dyna lle roedd y ceiliog, yn eistedd yn dalog ar do'r ysgoldy, yn addurn pluog lliwgar. Gan fod Moriah yn un o gapeli'r Methodistiaid Calfinaidd Cymraeg yn siroedd Jackson a Gallia, roedd y Parchedig Robert Richards yn poeni'n fawr pan glywodd yr hanes, ac yntau'n tybio y byddai'r Methodistiaid yn edliw anturiaeth feddw Ismael Jones wrth Annibynwyr y cylch. Clochdar ceiliog eu hewythr Ismael fyddai'n deffro'r plant bob bore yn ystod y blynyddoedd hynny, a chan fod Sadoc yn hwyr yn codi a'r olaf i wisgo i fynd i'r ysgol fel rheol, byddai'n rhaid i'w tad alw'n siriol o'r parlwr.

'Dewch, bobl, mae cloch gwarthnod ych ewyrth Ismael wedi canu ers meityn. Dewch, neu mi fyddwch yn hwyr i'r ysgol!'

Clywai Sara lawer am anturiaethau eisteddfodol Hector Tomos gan fod ei hewythr, Ismael yn mynd ag o ac Owen Watcyn yn amlach na pheidio. Ni ddeuai Ismael Jones adref yn feddw bob tro, ond deuai adref â hanesion yn ddiffael ac edrychai Sara ymlaen yn eiddgar at ymweliadau ei hewythr drannoeth pob eisteddfod. 'Oedd, roedd Owen Watcyn wedi ceisio taro sgwrs â Nansi Evans Tŷ Coch eto, ond ni lwyddodd i gael mwy na rhyw brynhawn da swta ganddi. Do, aeth Hector Tomos â darn bach o'i gerdd hir anorffenedig a'i chyflwyno mewn cystadleuaeth, ond yr unig rinwedd a welsai'r beirniad yn y gwaith oedd cywirdeb Cymraeg y bardd. Ond daeth yr athro adref o'r eisteddfod ar ben ei ddigon: roedd Hannah Evans, Ty'n Rhos, wedi chwilio amdano fo, yn ôl pob golwg. Bu'r ddau'n siarad am yn hir, ac Owen Watcyn yn gwisgo'r wyneb tin mwyaf diawledig yr holl ffordd adref. Ddrwg gen i, Elen, ddylwn i ddim defnyddio'r fath iaith o flaen y plant, mi wn. Ond wir i chi, yr wyneb tin mwyaf diawledig welais i erioed!'

Ni cheryddodd Elen Jones ei phlant, er bod pob un o'r saith yn chwerthin yn afreolus, hyd yn oed Esther a geisiai godi uwchlaw pethau felly fel rheol. Gwenu hefyd wnaeth eu tad, yn mwynhau dull ei frawd o adrodd yr hanes. Dechreuodd yr efeilliaid Jwda a Benjamin gerdded o gwmpas y parlwr yn tynnu wynebau gwirion ac yn llafarganu'n uchel. 'Wyneb tin, wyneb tin, Owen Watcyn sydd â wyneb tin!' Curai Seth ei ddwylo'n rhythmig, yn annog ei frodyr bach, a churai Sadoc yntau'r bwrdd â'i ddwrn. Yn fwy cyndyn o bechu'u mam, ymunodd Joshua'n betrus yn y curo hefyd. 'Wyneb tin, wyneb tin!' Safodd Elen Jones o'r diwedd a galw ar dop ei llais. "Na ddigon. Peidiwch amharchu Mistar Watcyn yn 'i gefn fel'na.' Ymdawelodd pawb yn syth, er bod Sadoc yn dal i chwerthin yn ddistaw wrtho'i hun.

Daeth Jeremiah ac Ann Thomas i fyw yn eu plith, cwpl priod dros eu hanner cant. Roedd y ddau'n enedigol o sir Gaerfyrddin ond roedd eu plant wedi'u geni ar ôl iddynt ymfudo i'r Unol Daleithiau. Clywsai Sara si fod nifer o'u plant wedi marw'n ifanc, ond siaradai'r ddau'n aml am eu dau fab, un yn gweitho ar y môr a'r llall yn arolygydd tiroedd draw yng Nghalifformia. Bu Jeremiah'n gyfrifydd mewn cwmni yn Philadelphia, ond roedd wedi blino ar y gwaith ar ôl blynyddoedd maith; penderfynodd y ddau newid byd ar ôl i'r mab ieuengaf adael y nyth. A nhwythau wedi clywed am Ynys Fadog gan ryw Gymro, cydiodd y syniad. Annibynwyr oeddynt, ac roedd y ffaith bod gan yr ynys gapel Cynulleidfaol llewyrchus, yn ôl pob sôn, yn sbardun ychwanegol. Roedd ganddynt dipyn o arian wrth gefn, ac yn fodlon buddsoddi yng nghwmni masnach yr ynys. Yn ogystal, roedd Jeremiah yn awyddus i weithio gydag Enos ac Ismael a chael trefn ar lyfrau'r siop. Roedd Ann Thomas wedi ennill cystadlaethau canu mewn eisteddfodau yn yr Hen Wlad cyn ymfudo ac roedd ei llais yn dal yn swynol. Roedd gan ei gŵr lais bas da hefyd, ac felly rhwng y ddau a Mrs Richards, byddai canu ardderchog ym mhob cyfarfod ar y Sul.

Bu trafodaethau dwys ac anodd ar aelwyd Isaac ac Elen Jones yn ystod gwanwyn 1856, a hynny oherwydd eu mab hynaf. Er bod Hector Tomos yn taeru bod Sadoc yn fachgen digon deallus, taerai Sadoc yntau na allai ddioddef eistedd yn llonydd yn yr ysgol bellach. Roedd yn hoff iawn o'r athro, fel holl blant Ynys Fadog, a châi'r pynciau a ddysgai'n ddigon diddorol. 'Felly, beth sy'n bod?' holai ei fam. 'Beth sy'n aflonyddu arnat ti, 'ta?' gofynnai'i dad. Eisteddai Sara ar y grisiau gydag Esther a Joshua, yn clustfeinio ar y trafodaethau hyn. O dipyn i beth, daeth yn amlwg nad yr ysgol ei hun oedd y broblem, ond eistedd yn yr ysgoldy. Doedd Sadoc ddim yn hoffi aros yn llonydd, ac roedd eistedd yn dawel trwy oriau o wersi'n fwrn, dim ots pa mor ddiddorol y pynciau dan sylw. Beth bynnag, roedd rhywbeth arall yn ei gorddi, yn galw arno i fynd allan i'r byd a gweithredu fel dyn yn hytrach nag eistedd fel plentyn mewn ysgoldy trwy'r dydd bob dydd. Darllenai Sadoc yr hanesion am diriogaeth Kansas yn *Y Cenhadwr Americanaidd* a hefyd yn y papurau newydd Saesneg a gyrhaeddai'r ynys. Clywai'r trafodaethau pan fyddai'i ewythr a'i hen ewythr yn dod am swper ac eistedd yn hir o flaen y tân yn siarad gyda'i fam a'i dad. Roedd y Parchedig Robert Richards wedi'i wneud yn destun pregeth hyd yn oed: yr ymrafael rhwng caethiwed a rhyddid draw yng Nghansas, yn ddrych i'r ymrafael rhwng drygioni a daioni y tu mewn i ddyn. Roedd pobl eraill yn nyffryn yr Ohio yn ateb galwad yr *Immigrants' Aid Society*. Gwyddai fod pobl a gefnogai ryddid yn symud i'r gollewin i helpu troi Kansas yn dir rhydd.

'Mae 'na lawer o sôn am Gapten John Brown a'i feibion, gwroniaid o Ohio,' ymbiliodd Sadoc ar ei rieni. 'Pam na alla i fynd hefyd?'

'Na,' dywedodd Elen Jones, ei llais yn gymysgedd o garedigrwydd a chaledi.

'Pam, Mam? Mae 'di cydio yno i. Fedra i ddim meddwl am ddim byd arall.'

'Am nad wyt ti'n bymtheng mlwydd oed eto, dyna pam.'

'Mae hogia eraill yr un oed â fi'n mynd.'

'Ie, rhai sy'n mynd efo'u teuluoedd. 'Dan ni ddim yn mynd ac felly dwyt ti ddim yn mynd chwaith.' Roedd min anarferol ar lais Isaac Jones, goslef a ddywedai wrth ei fab mai dyna ddiwedd y drafodaeth honno.

Siaradodd Sara a Seth ar y ffordd i'r ysgol y bore wedyn. Clywid corn agerfad yn fuan ar ôl caniad ceiliog eu hewythr Ismael ac roedd Sadoc wedi darbwyllo Joshua i adael y tŷ yn gynnar a mynd i'r lan ddeheuol i weld a oedd y llestr yn dod i ddoc mawr yr ynys.

'Os wyt ti'n hudo dy frawd i fod yn hwyr i'r ysgol, mi gei hi gen i heno, Sadoc Jones,' galwodd ei fam ar eu holau o'r drws. Roedd Esther wedi cychwyn yn gynnar hefyd a'r efeilliaid gyda hi; er gwaethaf atynfa'u brawd hynaf a'r addewid am anturiaeth, roedd Benjamin a Jwda'n ei chael hi'n anodd anufuddhau i'w chwaer hynaf, ac felly disgyblaeth Esther yn hytrach na direidi Sadoc fyddai'n drech fel arfer. Dyna oedd natur y daith fer i'r ysgol bellach. Roedd y cymdogion wedi arfer gweld holl blant Isaac ac Elen Jones yn cerdded heibio'n un orymdaith fawr bob bore, ond erbyn hyn aent i'w gwersi boreuol fesul un, fesul dau, fesul tri. Weithiau codai Sadoc yn hwyr a byddai Joshua'n cerdded gyda Sara a Seth, ond nid oedd yn beth anghyffredin i Sadoc lwyddo i hudo'i frawd i fynd gydag o i weld rhywbeth roedd yn rhaid iddo'i weld cyn cyrchu'r ysgol. Ond fel roedd yr efeilliaid yn gaeth i ddisgyblaeth Esther, arhosai Seth yn dynn wrth sodlau Sara, er bod ei lygaid yn dilyn Joshua pan âi o ar ôl eu brawd hynaf. Roedd llygaid Seth ar ei draed y bore hwnnw, a'i lais yn bryderus.

'Fydd Sadoc yn mynd i Gansas?'

'Na fydd. Mi glywaist ti ateb Mam a 'Nhad neithiwr, yndo?'

'Do. Ond mae'n benderfynol o fynd, yn tydi?'

'Mae Sadoc yn hogyn penderfynol yn gyffredinol. Dyna'i natur. Penderfynol ac anystywallt.'

Defnyddiai Esther y gair hwnnw'n aml a hoffai Sara'i deimlad ar ei thafod hithau. Anystywallt.

'Ond os ydi o'n mynd, fydd o'n hudo Joshua i fynd efo fo?'

'Fydd o ddim yn mynd, Seth, a fydd Joshua ddim yn mynd chwaith.'

'Ond os ydan nhw'n mynd, dwi'n rhyw feddwl y dylwn i fynd efo nhw hefyd. I gadw cwmni iddyn nhw ar y ffordd. Mae'n bell i Gansas, yn tydi, Sara?'

'Ydi, Seth. Ydi, mae'n bell iawn.'

Gwyddai Sara fod llygaid Seth yn crwydro i'r map yn aml yn ystod gwersi'r bore, a'i fod yn ceisio canfod ffiniau Kansas yn y tiriogaethau gorllewinol.

Ychydig o lyfrau a oedd ganddynt yn eu cartref. Daethant â'r Beibl Cymraeg a dau gasgliad o emynau Cymraeg draw yn eu cist o Gymru a'r tri llyfr hyn oedd craidd y llyfrgell fach a eisteddai ar ben tresel fach yn y parlwr. Daeth cwpl o lyfrau Saesneg i gydfyw â nhw – *Typee* ac *Uncle Tom's Cabin*, y naill yn anrheg oddi wrth eu hewythr, Ismael a'r llall yn anrheg oddi wrth eu hen ewythr, Enos – ynghyd â chopïau o gylchgronau a phapurau Saesneg a blygwyd yn dwt gan Elen a'u gosod yn llyfrynnau ar y silff rhwng y cyfrolau mwy swmpus. Cyrhaeddodd dau lyfr Cymraeg arall yn ystod misoedd cynnar 1855, sef *Caban F'ewythr Twm; neu, Fywyd yn mhlith yr Iselradd* a *Llais o'r Llwyn*, casgliad o farddoniaeth gan Eos Glan Twrch, y bardd enwog o dalaith Efrog Newydd. Dangosai Esther i Sara y modd y medrai ddarllen *Caban F'ewythr Twm* ochr yn ochr ag *Uncle Tom's Cabin*, profiad a fwynhai'n fawr iawn. Byddai'r *Drych* a'r *Cenhadwr Americanaidd* yn ymwelwyr cyson â'r aelwyd, wrth i'r pentrefwyr a danysgrifai iddynt eu rhannu â'u cymdogion. Cynigiai'r ysgolfeistr lyfrau ar fenthyg iddyn nhw hefyd. Fe'u derbyniwyd yn ddiolchgar gan Esther a Sara. Gwyddai'r chwiorydd fod Joshua yntau'n falch i'w cael hefyd, er ei fod yn poeni am ymddangos yn gymaint o lyfrbryf o flaen ei frawd hŷn. Derbyniai Seth a'r efeilliaid eu llyfrau'n dawel ac yn ufudd, ond ni allai Esther na Sara guddio'u cyffro bob tro y cynigiai Hector Tomos gyfrol newydd iddynt. Bu Esther yn siarad ers blynyddoedd am yr hyn a ddigwyddasai yn Seneca Falls, yr addewid o ryddid i ferched y wlad a'r awydd i sicrhau'u bod nhw'n derbyn addysg ar yr un telerau â bechgyn, a phan ddywedodd Hector Tomos wrthi yr hyn a glywsai am Goleg Oberlin aeth y gwynfyd hwnnw'n rhan o'r un sgwrs. Daeth yn wireb deuluol, yn un o'r pethau y cymerai'r teulu'n ganiataol, o Isaac ac Elen i'r efeilliaid bychain. Byddai Esther yn mynychu Coleg Oberlin ryw ddydd.

Byddai pob un o blant hŷn yr ysgol yn ei dro yn aros ar ôl y gwersi er mwyn cynorthwyo'r ysgolfeistr i dwtio'r ystafell a pharatoi ar gyfer y diwrnod wedyn. Llwyddai Sadoc i gael Joshua i gymryd ei dro o'n aml, a rhyw esgus ganddo a lwyddai i argyhoeddi'r athro a darbwyllo'i frawd i wneud hyn drosto. Un diwrnod, pan oedd yn benderfynol o gael cwmni Joshua ar ba anturiaeth bynnag roedd wedi'i chynllunio ar eu cyfer ar lannau'r ynys, gofynnodd i Sara wneud ei ddyletswydd yn ei le. Cytunodd hithau, a dywedodd wrth Seth y dylai gerdded adref gydag Esther a'r efeilliaid. Wedi iddi olchi'r bwrdd du mawr yn lân ac ysgrifennu'r llinellau arno roedd yr athro am eu trafod yn y wers gyntaf y bore wedyn, cerddodd Sara 'nôl at ei desg a chasglu'i phethau. Ond cyn iddi droi am y drws sylwodd fod Hector Tomos wedi'i dilyn. Safai wrth ei hymyl, yn syllu o gul ei lygaid arni ac yn tynnu'n feddylgar ar ei fwstásh melyn hir. Sythodd Sara ei chefn a safodd yn ufudd, yn disgwyl i'w hathro siarad.

'Mae arna i eisiau dywedyd rhywbeth wrthych chi, Sara.'

'Ie, Mistar Tomos?'

'Eisteddwch, os gwelwch yn dda, i ni gael siarad yn iawn.'

Eisteddodd Sara ar ei chadair a'r athro yntau ar gadair Seth yn ei hymyl, yn gwasgu'n ofalus y tu ôl i'r ddesg gan nad oedd wedi'i gwneud ar gyfer dyn o'i faint o. Dechreuodd bwyso'i frechiau ar y ddesg fach cyn ailfeddwl a'u plygu ar draws ei fynwes.

'Sara.'

'Ie, Mistar Tomos?'

'Rwyf wedi bod yn bwriadu bachu ar y cyfle i ddywedyd hyn wrthych chi ers peth amser.' Arhosodd, yn trefnu'i feddyliau'n ofalus cyn parhau. Teimlodd Sara y gwres yn codi yn ei bochau. Sbiodd i lawr ar ei desg am ychydig cyn gorchfygu'i swildod a chodi'i llygaid er mwyn edrych ar wyneb ei hathro. 'Gwyddoch fod eich chwaer, Esther yn ddynes ieuanc hynod ddeallus.'

'Gwn, Mistar Tomos. Rydan ni i gyd yn eithriadol o falch ohoni hi. Mae Esther yn deud 'i bod hi am fynd i Goleg Oberlin, ac rydan ni i gyd yn siŵr y bydd hi'n llwyddo gwneud hynny.'

'Dyna ni, Sara. Purion. Ond rwyf am i chi wybod un peth arall.'

Gostyngodd Sara ei llygaid i edrych ar ei desg unwaith eto'n ddigon ansicr.

'Rwyf am i chi wybod fy mod i'n grediniol eich bod chithau yr un mor ddeallus â'ch chwaer. Mae'n bosibl nad ydych yn ymestyn gyda'r un hyder ag Esther, ond mae'r un gallu ynoch chi. Mae Esther yn fodlon gweithredu a manteisio ar ei gallu a'i doniau. Rwyf yn gwbl sicr y gallech chithau fynd yr un mor bell â hi os gwnewch ddysgu ymestyn â'r un hyder.'

Diolchodd Sara iddo, yn teimlo y dylai hi ddweud rhywbeth, gan boeni bod yr union allu a ddisgrifiai'r ysgolfeistr yn ei methu hi ar y pryd, ac felly roedd rhyw gyfuniad o falchder a swildod yn troelli y tu mewn iddi ac yn ei rhwystro rhag trefnu'i meddyliau'n well. Roedd Jehosaffat yn disgwyl amdani y tu allan i ddrws yr ysgoldy. Aeth i'w chwman a rhoi mwythau iddo. Plygodd yn nes ato er mwyn sibrwd yng nghlust y ci, yn ailadrodd geiriau'r ysgolfeistr. Gwyddai yn ei chalon na allai hi eu rhannu â neb arall.

Priododd Hector Tomos a Hannah Evans y mis Mehefin hwnnw, a hynny yn Nhy'n Rhos. Brathodd y siom pan glywodd Sara na fyddai hi'n cael mynd ac roedd hi'n sicr bod yr un siom yng nghalon Esther hefyd. Aeth eu tad a'u mam a gadael rheolaeth y cartref yn nwylo Esther, eu plentyn hynaf. Aeth eu hewythr, Ismael a'u hen ewythr, Enos ar y daith hefyd, yn ogystal â'r Parchedig a Mrs Richards. Bydden nhw'n aros dros nos mewn amryw o gartrefi yn Nhy'n Rhos, ac yn hebrwng Hector a Hannah yn ôl i Ynys Fadog drannoeth y briodas yn ŵr a gwraig.

Syniad Sara oedd addurno'r tŷ. Cydsyniodd Esther yn rhwydd ac roedd ei brodyr yn awyddus i gynorthwyo, hyd yn oed Sadoc. Crwydrodd y plant ar draws yr ynys, yn hel blodau. Roedd rhaid cribinio'r darnau bychain o dir nad oedd yn eiddo i neb y tu cefn i'r ysgoldy, y capel, yr ystordy a'r siop, a medi Llewyg y Chwain, Ysgall y Meirch a Milddail. Cerddasant yn araf ar hyd glannau'r ynys, yn hel cofleidiau o Les y Frenhines Ann a thipyn o Gwlwm y Cythraul. Ildiai'r tir gwyrdd a guddiai'r gronfa ddŵr ddigon o Lygaid y Dydd yn ogystal â chlystyrau o'r blodau a dyfai'n ffrwydriadau oren a elwid yn Chwyn y Glöyn Byw. Deallai Jehosaffat, y ci fod rhywbeth pwysig ar gerdded ac aeth bob cam gyda'r plant ar eu helfa flodau o gwmpas yr ynys, yn codi'i glustiau pan alwai Seth fod yna rai da i'w cael draw fan'no, ac yn ysgwyd ei gynffon yn llawen pan ganmolai Sara waith casglu Benjamin a Jwda. Daeth plant eraill yr ynys i ymuno, a thyfodd gorchwyl y fintai deuluol yn dasg gymunedol, pob un yn cyfrannu yn ôl ei allu. Rhedodd Huw Llywelyn Huws adref a gofyn i'w fam a gâi rai o'r blodau roedd hi wedi'u plannu yn ymyl eu tŷ, rhai'n debyg i Lygaid y Dydd mawr melyn â'u canol yn ddu, y *Black-eyed Susans*. Daeth yn ôl â thusw ohonynt a derbyn bonllef o gymeradwyaeth gan y plant eraill. Cytunodd Sadoc a Joshua gyfrannu ychydig o'r llinyn a ddefnyddient i bysgota er mwyn clymu'r blodau ynghyd a dal yr addurniadau yn eu lle. Ddiwedd y prynhawn, y diwrnod wedyn, galwodd rhywun i ddweud eu bod nhw'n croesi, a chyn hir roedd pobl yn adleisio'r gri o dŷ i dŷ. 'Maen nhw'n dychwelyd, maen nhw'n dychwelyd.' Gan nad oedd agerfad wrth y doc mawr, daeth yr holl ddynion o'r stordy a'r siop, ac ymsgasglodd pawb o gwmpas y doc bach i wylio'r cychod bychain yn croesi. Ond ni ddaeth Owen Watcyn o'i dŷ o gwbl y diwrnod hwnnw, yr unig aelod o'r gymuned na ddaethai i groesawu'r cwpl priod adref. Yn y cwch cyntaf roedd Enos, Y Parchedig a Mrs Richards ac yn yr ail roedd Isaac ac Elen Jones. Ismael a rwyfai'r trydydd, yn cludo Hector a Hannah Tomos, y fo yn ei siwt ddu orau, y hi mewn ffrog oren laes a het wellt lydan wedi'i harddurno â rhubanau gwynion a blodau Rhosyn y Paith. Dim ond yn ddiweddar roedd y trydydd cwch wedi'i ychwanegu at lynges fach y sianel, fel y gelwid y cychod gan Gruffydd Jams. Arwydd sicr o gynnydd, meddai Enos Jones, a chredai Sara ei bod hi'n gwybod ystyr geiriau'i hen ewythr wrth wylio'r fintai briodasol yn dychwelyd dros y dŵr y diwrnod hwnnw. Gyda chorws o gyfarchiadau, chwibanau a galwadau yn cyfeilio, cyrhaeddodd cwch y cwpl priod y doc. Ffurfiwyd llinell flêr ar hyd y lôn a arweiniai o'r doc i'r groesffordd, a phawb yn eu llongyfarch, yn ysgwyd llaw Hector ac yn curo'i gefn, yn dal dwylo Hannah ac yn ei chroesawu i'r ynys. Pan gyrhaeddodd Sara, cyflwynodd yr athro hi i'w wraig.

'Rwy wedi clywed amdanat ti, Sara,' dywedodd Hannah, yn gwenu'n hael arni ac ysgwyd ei llaw'n wresog. Credai Sara fod gwraig newydd yr athro yn debyg iddo, ond yn dlysach, ei thrwyn yn fain, ei llygaid yn las a'r cudynnau o wallt a syrthiai o'r het yn felyngoch golau.

Wedi rhyw awr o gyfarch a siarad, cerddodd y ddau i'w tŷ newydd, holl blant y pentref a llawer o'r oedolion yn eu dilyn, Jehosaffat y ci'n rhedeg o'u blaenau ac yna'n gwibio'n ôl i gerdded wrth ymyl Sara. Curodd Hector Tomos ei ddwylo â llawenydd a bloeddio o-ho pan welodd y tŷ, ac ebychodd Hannah,

'Wel am ryfeddod. Dyma hyfryd!'

Roedd llumanau amryliw yn hongian o'r bondo o gwmpas y tŷ ac roedd tyrch wedi'u clymu wrth y drws ac wrth y ffenestri. Cymylau gwynion o Les y

Frenhines Ann, Llewyg y Chwain ac Ysgall y Meirch, smotiau piws Milddail a ffrwydriadau oren Chwyn y Glöyn Byw, a thusw o Lygad y Dydd a *Black-eyed* Susan yn wyn, yn ddu ac yn felyn ar bob cornel y bondo. Cyn agor y drws a mynd i mewn i'r tŷ, trodd Hector Tomos a rhoi araith fer, yn diolch i'r holl gymdogion am eu cyfeillgarwch ac am roi croeso mor gofiadwy i Mrs Tomos. Edrychai Hannah o gwmpas wynebau'r plant, yn gwenu ei diolch hithau.

* * *

Pan ddeuai'i hen ewythr Enos ac Ismael i siarad â'i rhieni sylwai Sara fod eu trafodaethau'n troi o gwmpas haearn yn aml y dyddiau hynny. Cribai Enos ei farf laes â'i fysedd, ei lygaid yn pefrio wrth iddo ddweud ei bod hi'n adeg ffortunus i ffurfio cytundeb masnach ag un o ffwrneisi haearn golosg yr ardal. Ategodd Ismael eiriau'i ewythr, yn cribo llaw trwy'i farf ddu drwchus yntau. Gorffennai'r naill frawddegau'r llall wrth iddynt drafod eu cynllun.

'Ydi, mae Hannah yn perthyn i'r teulu hwnnw...'
'... Evansiaid Ironton.'
'... 'i thad yw'r hen John Evans Tŷ Coch...'
'... yn frawd i Richard Evans Ironton.'
'Mae'n perthyn yn agos, welwch chi, gan 'i bod hi'n...'
'... nith i hen Richard Evans Ironton.'
'Felly, os medrwn ni gael o...'
'... hynny ydi, Hector Tomos '
'... i ddarbwyllo'i wraig i siarad â'i hewythr '
'... i gymryd ein cynnig ni o ddifri '
'... dylai fod yn bosib i ni lunio cytundeb rhyngon ni '
'... a fyddai'n bodloni'r hen Richard Evans Ironton '
'... ac yn fanteisiol i fasnach Ynys Fadog.'

Roedd Isaac Jones a'r ysgolfeistr yn gyfeillion agos, a gwyddai Sara fod ei thad yn hoff iawn o drafod barddoniaeth, gwleidyddiaeth a phynciau eraill gydag o. Y tro nesaf y gwelodd hi'r ddau'n sefyll ar y groesffordd yng nghanol y pentref, ei thad yn siarad yn fywiog, yn symud ei ddwylo i bwysleisio beth bynnag roedd yn ei ddweud, yr ysgolfeistr yn gwrando'n astud, yn tynnu'n feddylgar ar ei fwstásh hir, meddyliodd Sara fod ei thad yn cyflwyno cynllun Enos ac Ismael i Hector Tomos. Ond ni wyddai i sicrwydd ac ni chlywodd beth fu canlyniad y sgwrs am rai blynyddoedd. Cytunodd Hector Tomos i siarad â'i wraig, a chytunodd Hannah hithau i anfon gair at ei hewythr. Ond gwrthododd Richard Evans Ironton lunio cytundeb masnach â chwmni Ynys Fadog; roedd yn ddrwg ganddo wrthod cais ei hoff nith, ond dylai gofio mai Evans oedd hi cyn priodi a deall nad oedd rheswm yn y byd dros wanhau rhagolygon masnach y teulu ar fympwy i gynorthwyo eraill. Yr un fath â phob cwmni haearn arall yn siroedd Jackson a Gallia, dywedodd ei thad wrth Sara flynyddoedd wedyn; 'mae pob Cardi Haearn yn ne-ddwyrain Ohio â'i lygad ar y geiniog, ac yn gwrthod tynnu'i lygaid oddi ar y geiniog.'

Ond o dipyn i beth dechreuodd masnach y pentref gynyddu, nid trwy werthu'r haearn, ond trwy gynllun masnach gwreiddiol Enos Jones, yr un roedd wedi'i ddyfeisio ugain mlynedd a mwy cyn genedigaeth Sara, sef defnyddio lleoliad yr ynys fel sylfaen i brynu a gwerthu, yn debyg i'r un a ddaeth â chyfoeth i Jean Baptiste Bertrand yn Gallipolis. Tystio i lwyddiant yr hen Ffrancwr yn ystod ei flynyddoedd cynnar yn Ohio a roddodd y syniad i Enos, ond câi'r cynllun ei rwystro gan y ffaith bod gan Jean Baptiste Bertrand fusnes llewyrchus nid nepell o'r ynys yn Gallipolis. Ni ddymunai'r rhan fwyaf o'r capteniaid a oedd yn glanio yn y dref honno er mwyn masnachu â'r Ffrancwr dorri'r daith wedyn er mwyn gwerthu i'r ynyswyr neu brynu ganddynt. Awgrymai rhai o'r dynion eraill y dylent daro bargen ag ambell gapten er mwyn sicrhau bod ei agerfad yn ymweld ag Ynys Fadog yn hytrach na dociau Gallipolis, ond gwrthodai Enos weithredu mewn unrhyw fodd a fyddai'n tanseilio busnes ei gyfaill, a chefnogai Isaac ac Ismael safiad eu hewythr ym mhob cyfarfod o gyfranddalwyr y cwmni.

Gyda thro rhyfedd ar olwyn ffawd, yr hyn a ddaeth â chymaint o dristwch i Enos Jones oedd yr hyn a ddaeth â llwyddiant i gwmni masnach Ynys Fadog, sef marwolaeth Jean Baptiste Bertrand. Gwnâi'r cyfreithwyr, a weithredai ar ran ei berthnasau pell, eu gwaith yn boenus o araf gan droi'n ddigyfeiriad fel llong heb lyw. Nid oedd y dynion a gyflogwyd dros dro gan y cyfreithwyr i'w fugeilio yn ddigon cydwybodol, a gadawsant i fasnach dociau Gallipolis nychu. Pydrodd cnydau yn y stordai. Collwyd cyfrifon. Talwyd gormod o arian i rai gwerthwyr a cheisiwyd codi gormod o bris ar nifer o gwsmeriaid. Anghofiwyd cytundebau a oedd wedi'u parchu ers degau o flynyddoedd. Cyn hir, dechreuodd yr asiantaethau a wasanaethai gwmnïau masnach dinasoedd a threfi glannau'r afon, a'r capteniaid a gludai nwyddau ar eu rhan, chwilio am bartner arall yn y rhan honno o'r dalaith. Deuai'r cychod paced bychain i ddoc Ynys Fadog yn aml, yn cludo cynnyrch y taleithiau deheuol o Wheeling, Virginia, a Maysville, Kentucky – cigoedd wedi'u halltu, chwisgi bwrbon, hemp, tybaco rhydd a thybaco ar ffurf sigars. Deuai cynnyrch o Cincinnati a Marietta a phorthladdoedd eraill Ohio hefyd – nwyddau haearn bychain, crochenwaith, llestri gwydr, a chasgenni o'r cwrw Almaenig a elwid yn lager. Dechreuodd rhai o freninesau'r afonydd ymweld hefyd, yr agerfadau mawrion a deithiai ar hyd yr Ohio a'r Mississippi, yn cyrraedd yn eu hurddas mawreddog, a byddai'r masnachwyr ac weithiau'r capteniaid, a weithredai ar ran yr asiantaethau busnes, yn ymweld â siop a stordy Ynys Fadog er mwyn prynu cynnyrch y gallent ei werthu am elw yn ninasoedd Pittsburgh, Cincinnati, St. Louis a New Orleans.

Y paced stêm lleiaf a ddeuai i'r ynys oedd y *Boone's Revenge*, llestr bychan isel gydag injan nad oedd yn fwy na thresel Mrs Richards, a'r caban bychan â'i gefn yn agored i'r tywydd. Roedd ganddo gorn simdde tenau rhydlyd ac olwyn fach ar yr ochr i guro'r dŵr nad oedd yn fwy na'r offer medi newydd a welid bellach ar rai o ffermydd y tir mawr. Dyn o'r enw William Cecil oedd capten a pherchennog y *Boone's Revenge;* roedd rhywbeth yn y modd yr ynganai'r dyn ei gyfenw – *Sî-sil* – a wnâi i Sara feddwl mai enw Cymraeg ydoedd, er ei fod o a'i feibion yn siarad Saesneg dwyrain Kentucky. Dau fab William Cecil oedd ei unig griw, Sammy, tua'r un oed â Sara, a Clay tua'r un oed â Sadoc, a'r tri'n hynod debyg, pob un ag wyneb hirsgwar, gên fel hanner bricsen, trwyn hir a blygai fel pig hebog, a mop o wallt brown blêr. Yr unig wahaniaethau amlwg oedd bod gwallt y tad wedi dechrau britho a gwerth wythnos o dyfiant brith i'w weld ar ei fochau a'i ên bob amser. Yn ogystal, roedd y mab hynaf, Clay, wedi colli'i olwg yn ei lygad chwith, a'r llygad hwnnw'n ddisymud ac yn ymddangos fel pelen wydr wedi'i llenwi â llefrith.

Roedd ewythr a hen ewythr Sara'n dipyn o ffrindiau â'r Capten Cecil, fel y galwai'r teulu o, a phan ymwelai'r *Boone's Revenge* â'r ynys, ar adeg pan nad oedd y plant yn yr ysgol, byddai'r chwech yn cyrchu'r doc, pob un ohonynt ar wahân i Esther, gan ei bod hi'n defnyddio'i hamser hamdden i ddarllen ac i astudio ar gyfer arholiadau derbyn Coleg Oberlin. Am nad oedd y caban bychan yn ddigon mawr i ddal mwy na'r injan a'r criw byddai'r holl nwyddau'n gorwedd ar y bwrdd agored. Ymddangosai i'r sawl nad oedd yn gyfarwydd â chyfrinachau'r Capten Cecil mai tomenni o garthenni a chrwyn *muskrat* yn unig a gludid ganddo. Talai telwriaid Cincinnati a Louisville yn dda am grwyn yr anifeiliaid ac roedd eu tad wastad yn barod i frolio gallu'i feibion, Clay a Sammy i osod maglau yn y lleoedd mwyaf priodol ar lannau'r afon fawr a'r afonydd bychain a'i bwydai hi. Ond buan y gwelodd Sara a'i brodyr fod y carthenni a'r crwyn yn cuddio casgenni. Byddai Enos yn cribinio'i fysedd yn feddylgar trwy'i farf frith hir ac Ismael yntau'n tynnu'n ystyriol ar ei farf ddu drwchus wrth i Gapten Cecil drafod rhinweddau'r *whiskey* hwn, y *rye* hwnnw a'r *bourbon* hwn. Galwai wedyn ar ei feibion i agor rhai casgenni penodol, ac estyn cwpan dun i Enos ac Ismael fel y caent brofi'r chwisgi, y bwrbon a'r chwisgi rhyg. Ymunai'r capten â nhw yn amlach na pheidio, a safai'r tri dyn yno rhwng y tomenni bychain, yn yfed ac yn siarad ac yn chwerthin. Byddai Seth, Benjamin a Jwda yn sefyll ar y doc fel arfer, yn cadw'u pellter oddi wrth y dyn ifanc â llygad fatha llygad gwrach, ond siaradai Sadoc a Joshua â Clay a'i frawd, Sammy, a daeth y bechgyn yn gyfeillion agos ymhen amser.

Wedi iddi ddechrau dod i arfer â chriw'r *Boone's Revenge*, dechreuodd Sara symud i ffwrdd oddi wrth ei thri brawd iau a safai gyda'i gilydd ar y doc, fel defaid mewn corlan, er mwyn nesáu at y paced. Hoffai hi ddull y cychwyr o siarad – yr acen gref, y straeon a lithrai'n rhwydd o'u tafodau, a'u parodrwydd i chwerthin. Rhwng y darnau o sgwrs a glywai yn ystod eu hymweliadau a'r hyn a ddywedai ei brodyr hŷn wrthi, dysgodd lawer am hanes y teulu.

Roedd y Capten Cecil yn enedigol o fynyddoedd dwyrain Kentucky. Nid oedd tad ei gariad yn caniatáu iddi hi ei briodi gan ei fod wedi'i eni i deulu tlawd iawn ac felly gadawodd ei gartref yn 17 oed i chwilio am gyfoeth. Teithiodd i ogledd y dalaith a chael gwaith ar yr agerfadau. Wedi pum mlynedd o weithio'n galed a byw yn ddarbodus, dychwelodd adref â digon o arian yn ei boced i brynu ffarm fechan. Priododd ei gariad a ganed eu meibion. Ei nod oedd magu'i blant yn hapus yno yng nghanol y mynyddoedd lle cawsai'i fagu, fel ei dad a'i daid o'i flaen o.

Ond pan oedd Clay a Sammy'n blant ifanc iawn bu farw'u mam o dwymyn a throes bopeth roedd eu tad wedi'i greu yn lludw yn ei geg. Gwerthodd y ffarm a ffarwelio â'i fro enedigol. Symudodd i Maysville a phrynu'r *Boone's Revenge*. Wedi rhai blynyddoedd o fasnachu, fel y gwnâi cychod paced eraill yr afon, daeth i gytundeb â dyn busnes o Louisville a'i darbwyllodd i fenthyca arian gan fanc yn Louisville, yn erbyn y *Revenge*, er mwyn ei fuddsoddi mewn menter ar y cyd ag o. Dihangodd y dyn hwnnw â'r arian gan adael y Capten gyda dyledion na fedrai'u talu. Pa beth a wnâi? Ildio i'r anghyfiawnder a cholli'r *Revenge* a'i holl fywoliaeth? Dianc a ffoi i lawr yr afon i'r Mississippi a gweithio'r fasnach afon rhwng St. Louis a New Orleans?

Yn y diwedd, dyfeisiodd ddull o wneud digon o arian i dalu'i ddyledion. Ei fagwraeth ym mynyddoedd dwyrain Kentucky fu'r achubiaeth. Roedd yn arferiad gan lawer o ffermwyr bychain yr ardal honno ddistyllu'u chwisgi'u hunain a'i werthu'n gyfrinachol gan anwybyddu'r dreth a rheolau trwyddedu'r dalaith. Nid oedd yn anodd iddo ddod o hyd i ddistyllwyr bychain a oedd yn chwilio am gapten a allai symud eu cynnyrch ar yr afon a'i werthu dros y ffin yn Ohio, mewn lleoedd na fyddai'r awdurdodau'n holi am drwydded na threth. Roedd y *Boone's Revenge* wedi bod yn gwerthu i fasnachwyr felly yn Ironton ac ym Marietta, ond nid oedd Jean Baptiste Bertrand yn fodlon mentro rhodio ar ochr anghywir y gyfraith. Gwelodd Enos Jones a'i nai Ismael law Rhagluniaeth ar waith, ac felly lluniodd cyfarwyddwr a dirprwy gyfarwyddwr masnach cwmni'r ynys gytundeb â'r Capten Cecil, er na rannodd yr un o'r ddau yr holl wirionedd am gynnyrch Capten Cecil â chyfranddalwyr eraill y cwmni. Cadwai'r ddau gyfran o'r bwrbon gorau iddyn nhw'u hunain, ar ôl talu'n deg amdano yn siop yr ynys, ond cyn gwerthu'r gweddill i'r agerfadau mawrion bydden nhw'n ei drosglwyddo i gasgenni eraill ac arnyn nhw'r stampiau treth priodol. Erbyn i Isaac Jones ddysgu am ystryw ei frawd a'i ewythr roedd goblygiadau datrys holl glymau'u dichell yn sylweddol ac felly, ar ôl llawer o nosweithiau di-gwsg, penderfynodd gau'i lygaid ar eu trosedd.

Ni fyddai Sara'n llwyr ymwybodol o'r holl fanylion hyn tan flynyddoedd wedyn, ond clywsai ddarnau ynysig o'r stori wrth sefyllian ar ymyl y doc, yn pwyso ar ochr y paced, yn gwylio'i hewythr a'i hen ewythr a'r Capten yn siarad ac yn chwerthin, tra byddai Sadoc a Joshua yn trafod rhinweddau bachau pysgota, neu faglau *muskrat* â Clay a Sammy. Un diwrnod, daeth Sammy draw i ochr y paced a galw arni hi.

'Hey-o Sara!' Roedd y cyfan yn un gair hir yn ei geg, yn alwad ac yn enw. Heiosara! Roedd hi'n synnu bod yr hogyn yn gwybod ei henw gan nad oedd hi wedi siarad yn uniongyrchol ag o erioed cyn hynny. 'Come on up with us.' Cyn iddi gael cyfle i'w ateb, plygodd Sammy Cecil dros ochr isel y llestr, estyn ei law iddi a'i thynnu i fyny. 'There y'are,' ebychodd, yn gwenu'n hael arni hi. 'See, you got river legs sur'nuff. Ya'll's river people same as us. Jest gota git off this lil' island ev'ry now and agin is all.'

Siaradai'r oedolion am yr etholiad yn aml yr haf hwnnw ac ymunai Esther, Sadoc, Joshua a Sara yn y trafodaethau ar yr aelwyd hefyd. Oedd, roedd y blaid newydd yn rymus. Gallai'r Gweriniaethwyr wneud yr hyn nad oedd yr hen bleidiau bychain a safasai dros ryddid yn y gorffennol wedi ei wneud. Gallai newid gwleidyddiaeth y wlad am byth. Bu'r *Gallipolis Journal* yn cefnogi'r Chwigiaid ond cefnogai'r papur y blaid newydd bellach. Yn bwysicach na hynny i'r Ynyswyr, roedd holl gyhoeddiadau Cymraeg yr Unol Daleithiau yn sefyll o blaid John Charles Frémont, ymgeisydd y Gweriniaethwyr. *Y Drych*, *Y Seren Orllewinol*, *Y Cyfaill o'r Hen Wlad*, ac wrth gwrs *Y Cenhadwr Americanaidd*. Dywedai tad Sara fod y dyn hwn yn ymgnawdoliad o'r newid roedd ei angen ar y wlad, ac yntau wedi'i fagu yn nhalaith gaeth De Carolina ond wedi cyfodi i herio'r drefn anghyfiawn honno. Dysgodd Esther dalpiau o ysgrifau gwleidyddol y *Cenhadwr* ar ei chof a cheisiai'u dysgu i'r plant iau, fel pe bai'n mynd trwy'r holwyddoreg yn yr Ysgol Sabathol.

Ymddengys i ni fod y Fremont hwn yn debyg i Moses, gwaredwr Israel, wedi ei fagu gan y Ffaro Caethiwol yn y De, ac i fod yn llaw Rhagluniaeth yn waredwr i'r bobl o'r wlad o dan awdurdod yr hen Ffaro.

Aeth maniffesto'r Gweriniaethwyr yn rhyfelgri i blant yr ynys. Tir rhydd, ymadrodd rhydd, a llafur rhydd! *Free Soil, Free Speech, Free Labour a Frémont!* Dywedai'r cyhoeddiadau Cymraeg fod cyfarfodydd 'Dros Frémont a Rhyddid' wedi'u cynnal mewn cymunedau Cymreig ar draws y taleithiau gogleddol, yn swydd Oneida, Efrog Newydd, ym meysydd glo Pennsylvania, ac yn nhrefi newydd Wisconsin. Clywsai'r ynyswyr fod Cymry Ironton a Chymry Oak Hill wedi cynnal cyfarfodydd tebyg, a dywedai rhywun fod y glowyr Cymreig a oedd wedi ymgartrefu yn Minersville a Pomeroy yn ffurfio cymdeithas Weriniaethol. Oedd, roedd Cymry America yn uno y tu ôl i'r blaid newydd, a byddai plant Ynys Fadog yn lleisio'r teyrngarwch llwythol newydd trwy arddel y rhyfelgri ddwyieithog wrth redeg adref o'r ysgol ar ddiwedd y dydd, neu wrth orymdeithio o naill ben yr ynys i'r llall, yn ymfyddino yn eu rhialtwch dros yr achos. Tir rhydd, argraffwasg rydd, ymadrodd rhydd, a llafur rhydd! *Free Soil, Free speech a Frémont!*

Un prynhawn braf tua diwedd yr haf daeth Enos draw i'w dŷ i ofyn a fyddai Elen yn fodlon torri'i wallt. Symudodd hi gadair o'r parlwr a'i gosod y tu allan ar y llain fach o wair o dan ffenstr y tŷ. Eisteddai Sara a Seth ar y grisiau bach a arweiniai i fyny at y drws yn gwylio'u mam wrth ei gwaith. Snic, snic, snic. Wedi gorffen, gofynnodd iddo a ddylai docio'i farf ychydig, ond gwrthododd yn gwrtais.

'Dim diolch, Elen bach. Ond mi gei di'i thorri'i gyd ac eillio 'ngên yn lân os bydda i'n llwyddiannus yfory.'

Wedi iddo ddiolch iddi hi, ffarwelio a cherdded draw i'w dŷ, cododd Seth y gadair a mynd â hi'n ôl i mewn i'r parlwr. Daliodd Sara lygaid ei mam wrth iddi hi droi i ddilyn Seth trwy'r drws.

'Mam?'

'Ie, Sara?'

'Beth mae N'ewyrth Enos am 'i wneud yfory?'

'Mae o'n mynd draw i Gallipolis, Sara. Mae am ofyn i Miss Mary Margareta Davies 'i briodi o.'

Ni welodd Sara ei hen ewythr pan ddaeth yn ôl y noson ganlynol, ond clywodd ei thad yn dweud wrth ei mam fod Mary Margareta Davies wedi'i wrthod unwaith eto.

'Er bod y rhan fwyaf o'i addewidion wedi'u gwireddu, mae hi am aros iddo gyflawni'r cyfan,' meddai Isaac Jones, wrth sythu'i gefn ac ochneidio, fel pe bai'n teimlo siom ei ewythr yn ei esgyrn ei hun. 'Beth bynnag, dywed 'i bod hi'n teimlo dyletswydd aros a gofalu am dŷ Jean Baptiste Bertrand nes bod y cyfreithwyr wedi gorffen 'u gwaith a'i werthu.'

Anghofiwyd pryderon eu hen ewythr pan gyrhaeddodd rhifyn Awst *Y Cenhadwr Americanaidd*. Roedd cerdd ynddo'n canu clodydd 'Rhyddid' gan y bardd William Thomas, a nodyn yn dweud ei fod yn fyfyriwr yn Oberlin. Ymsythodd Esther, ei llygaid yn pefrio. Nid yn unig roedd Coleg Oberlin yn derbyn merched, roedd Cymry Americanaidd o'r un duedd wleidyddol â nhw'n astudio yno'n barod. Ond disgynnodd cwmwl dros y cartref pan ddaeth Isaac adref ar ôl diwrnod o waith ar y doc a dweud ei fod o a rhai o ddynion eraill yr ynys wedi bod yn dadlau â chriw'r *Timothy Bryant*. Roedd y cychwyr un ac oll o blaid ymgeisydd y Democratiaid, Buchanan, a hynny'n bennaf oherwydd eu hawydd i beidio â chythruddo taleithiau caeth y de. Roedd datganiad Buchanan y dylai cyfansoddiad caethfeistri Kansas sefyll wedi gwylltio Ismael a bu'n rhaid i Isaac gadw'i frawd rhag codi'i ddyrnau ac ymosod ar y cychwr uchaf ei lais. Yn y diwedd, daeth capten y *Timothy Bryant* i weld beth oedd yr holl helynt a phan glywodd fod yr ynyswyr yn daer eu safiad dros Frémont a'r Gweriniaethwyr, dywedodd yn swta na fyddai'i agerfad o'n ymweld â'r ynys fyth eto.

Un dydd Sadwrn braf ar ddiwedd mis Medi daeth y *Boone's Revenge* i'r doc, ei injan fach yn pesychu stribed tenau o fwg o'i gorn rhydlyd. Roedd Sadoc wedi bod yn pysgota ar drwyn dwyreiniol yr ynys yn ymyl adfeilion hen dŷ Hector Tomos a gwelodd yr agerfad bach yn dod o bell. Erbyn i Gapten Cecil dywys y llestr yn herciog i'r doc, roedd Sadoc wedi cyrraedd gyda Joshua a Sara yn ei sgil a chanfod eu hewythr Ismael yn sefyll yno'n barod. Taflodd Clay y rhaff iddo a chlymodd Ismael y llestr yn sownd gan ddod â hi'n dynn yn erbyn y doc. Galwodd ar y plant dros ei ysgwydd,

'Wnaiff un ohonoch chi fynd a dweud wrth Ewythr Enos fod y *Revenge* wedi cyrraedd?' Edrychodd y tri'n gyflym ar wynebau'i gilydd heb yngan yr un gair ac amneidiodd Joshua gyda'r ddealltwriaeth honno sydd rhwng brodyr a chwiorydd a gwneud ystum: af i.

Nid oedd yn hir cyn i Joshua ddod yn ôl ag Enos, y ddau'n brasgamu ochr-yn-ochr, Enos yn codi un llaw ac yn galw'i halô o bell ac yn tynnu'n fodlon ar ei farf hir â'i law arall. Roedd Ismael, Sadoc a Sara wedi dringo i fwrdd y paced yn barod, ac ymunodd Enos a Joshua â nhw. Camodd y Capten Cecil draw ac ysgwyd llaw Enos tra llithrodd Joshua yn nes at Sadoc a Clay er mwyn gwrando ar sgwrs y bechgyn hŷn. Eisteddai Sara a Sammy ar gist y tu allan i'r caban bach ar yr ochr arall; eglurai hi rai o uchafbwyntiau'i gwersi ysgol diweddar iddo fo, fel y gwnâi bob tro erbyn hyn. Roedd aroglau hydrefol melys ar yr awel yn mygu surni mwdlyd yr afon, a'r haul yn gynnes braf heb fod yn rhy boeth. Holodd Sara a oedd Sammy wedi bwrw ymlaen gyda'i waith darllen, a hithau wedi copïo un o straeon Washington Irving iddo air am air â'i llaw ei hun. Oedd, oedd, roedd wedi'i ddarllen ddwywaith neu dair erbyn hyn, meddai.

Ac wedyn chwalwyd hinsawdd hamddenol y prynhawn gan dwrw – lleisiau'n codi, dadl yn ffrwydro. Neidiodd Sara a Sammy ar eu traed a chamu'n gyflym draw at yr ochr arall. Safai Sadoc a Clay, yn wynebu'i gilydd, y ddau'n gefnsyth a dwylo Sadoc wedi'u cau wrth ei ochr mewn dyrnau. Safai Joshua ychydig naill ochr ond yn nes at ei frawd, ei freichiau wedi'u plygu dros ei fynwes a golwg hynod boenus ar ei wyneb. Poerodd Clay i wyneb ei gyfaill,

'You damned abolitionists is the problem! Y'all gointa rip up the consterturtion and destroy the whole damned nation!' Pefriai ei un llygad da â dicter, y llygad disymud lliw llefrith yn gwneud i'r un byw ymddangos cymaint yn fwy bywiog. Cochodd wyneb Sadoc wrth iddo ateb, ei lais yn fwy o waedd,

'It's all'bout makin' this nation what it was supposed to be in the first damned place!'

Siaradai plant Ynys Fadog Saesneg ag acen ychydig bach yn nes at fynyddoedd Virginia a Kentucky na'r Saesneg a glywid ar dir mawr Ohio, ond pan siaradai Sadoc â chychwyr o ochr ddeheuol yr afon fel Clay a Sammy, âi ei Saesneg yn fwy mynyddig byth. Roedd Esther wedi ceryddu'i brawd droeon am gefnu'n ddireswm ar ei addysg a chogio'i fod yn rhywbeth nad ydoedd. Ond roedd hi wedi rhoi'r gorau iddi ers talwm a derbyn nad oedd newid arno. Beth bynnag fu'r cymhelliad gwreiddiol, roedd dull Sadoc o siarad Saesneg wedi mynd yn rhan naturiol ohono a bu'n rhaid i bawb dderbyn hynny. Dau Americanwr ifanc a safai o flaen Sara, yn dadlau yn y dafodiaith roedd y ddau'n eu rhannu am ddaliadau a oedd wrthi'n eu tynnu ar wahân.

'It's all'bout what's right. Cain't you see that, you damned fool!'

Cododd Clay ei law dde eiliad ar ôl i'r geirau olaf saethu o geg Sadoc, nid yn ddwrn ond â'i gledr yn agored, a tharo mynwes Sadoc er mwyn ei wthio'n ôl ychydig.

'I see well'nuff and it's plain to me that you're the damned fool.'

Cododd Sadoc ei law yn ddwrn, ond gafaelodd Ismael yn ei fraich. Gafaelodd Sammy yn ysgafn ym mhenelin Sara a sibrwd yn ei chlust.

'Don't you worry none. He'll come 'round directly. He always does.'

Wedyn siaradodd eu tad a min anarferol ar ei lais.

'All right then, let's not allow all this politickin' to come between friends.' Edrychodd ar ei fab hynaf wedyn, ei lygaid yn gyhuddgar. 'Ain't it bad'nuff that it comes between family these days?'

Diflannodd Sadoc y dydd Llun wedyn. Deffrodd Joshua i weld nad oedd ei frawd mawr yn y gwely yn ei ymyl. Fel arfer, fo fyddai'n ysgwyd Sadoc ac yn erfyn arno i godi cyn i'w mam ddechrau dweud y drefn wrth y ddau ohonyn nhw. Aeth i lawr y grisiau a gweld nad oedd ei frawd yno chwaith. Bu'n rhaid i'r plant eraill fynd i'r ysgol yr un fath, ond ni allai Sara ddilyn y gwersi ac roedd hi'n rhyw feddwl bod llygaid Esther a'i phedwar brawd arall yn crwydro'n aml at ffenestri'r ysgoldy. Rhuthrodd y chwech adref ar ddiwedd y dydd. Dywedodd eu mam fod un o'r cychod bychain wedi'i rwyfo ar draws y sianel gul a'i adael ar y lan yr ochr draw. Roedd eu hewythr, Ismael a'u hen ewythr Enos wedi mynd â'u tad i'r tir mawr i chwilio am Sadoc. Ni wyddai neb pa bryd yn ystod y nos y cychwynnodd ar ei daith, ond dylai fod yn bosibl i'r dynion ei ddal cyn iddo gyrraedd Gallipolis.

'Os aeth o i gyfeiriad Gallipolis,' meddai Esther mewn llais taer a difrifol. Syllodd Elen Jones ar wyneb ei merch hynaf.

'Ie. Os mai dyna'r ffordd yr aeth o.'

Dechreuodd eu mam grio, y crychau'n ymddangos i'w heneiddio ar amrantiad, a'r dagrau'n powlio i lawr ei bochau. Aeth Sara ati a'i chofleidio, a'r dagrau'n gwlychu'i hwyneb hithau hefyd. Awgrymodd Seth, Benjamin a Jwda eu bod am fynd i'r tir mawr i chwilio am eu brawd, a bu'n rhaid i Esther a Joshua ill dau ymdrechu'n galed i'w tawelu.

Wedi dwy noson ddi-gwsg a dau ddiwrnod llawn pryder, daeth Gruffydd Jams i'r drws a dweud bod Jacob Jones wedi ymddangos ar y lan yr ochr arall i'r sianel, wedi marchogaeth yn galed o'i ffarm a bod dau o'r stordy wrthi'n ei rwyfo ar draws y sianel i'r ynys. Ychydig yn ddiweddarach safai Jacob yn nrws eu tŷ, ei het yn ei ddwylo, a Jehosaffat y ci'n eistedd wrth waelod y grisiau y tu ôl iddo.

'It's all right, Elen. It sounds like the boy is fine. But they haven't caught up with him just yet.' Gwrthododd ddod i mewn, gan ddweud bod yn rhaid iddo ddychwelyd i'r ffarm yn ddiymdroi, ac eglurodd yr hyn a wyddai wrth sefyll yn y drws. Gwasgai Esther a Sara'n agos at gefn eu mam er mwyn clywed, a Joshua a Seth y tu ôl iddynt hwythau. Aeth Benjamin a Jwda bob ochr ar eu pedwar er mwyn ceisio gwasgu'u pennau rhwng coesau'r lleill i glywed yr hyn a ddywedai Jacob Jones. Doedd neb yn Gallipolis wedi gweld Sadoc ond cyrchwyd Jacob o'r ffarm i gynorthwyo a rhoes geffyl yr un i Isaac ac Ismael ar fenthyg. Penderfynwyd y byddai'r ddau yn teithio ar hyd y lan ogleddol, gan holi yn

Ironton a threfi a phentrefi eraill i'r gorllewin. Os na ddeuent o hyd i'r bachgen, byddai Ismael yn gadael ei geffyl gydag Isaac a mynd ar yr agerfad cyntaf a oedd yn fodlon ei gymryd a theithio i lawr i Cincinnati ac wedyn ymlaen pe bai'n rhaid. Aeth Enos i'r gogledd i holi Cymry Ty'n Rhos ac Oak Hill. Cytunwyd y byddai pwy bynnag a gâi newyddion o unryw fath yn gyrru neges i ffarm Jacob a Cynthia ac y bydden nhw'n ei throsglwyddo i'r teulu. Eglurodd wedyn fod Cymro o'r enw John Evans wedi marchogaeth o Ironton i'r ffarm y bore hwnnw. Roedd Sadoc wedi gadael nodyn gyda rheolwr un o'r cwmnïau yn Ironton, a fyddai'n masnachu ag Ynys Fadog. Roedd y nodyn wedi'i gyfeirio at ei deulu a dywedai iddo benderfynu mynd i Gansas i wneud ei orau dros achos rhyddid yn y diriogaeth. Diolchodd Elen i Jacob. Caeodd y drws a throi i wynebu'r chwech o blant a wasgai'n dynn ati. Esther a siaradodd gyntaf,

'Bydd o'n iawn, Mam. Mae'n hogyn cyfrwys a chlyfar.'

'Ond hogyn ydi o serch hynny, Esther. Dim ond pedair mlynedd ar ddeg oed.'

'Gwn i, Mam, gwn i. Ond bydd o'n iawn.'

Daeth John, mab hynaf Jacob, â neges ddau ddiwrnod yn ddiweddarach. Gallen nhw gadarnhau i Sadoc gael gwaith ar agerfad o'r enw *The Mary Lane*, un a deithiai'r holl ffordd i St. Louis. Cafodd Ismael le ar agerfad arall ac roedd ar ei ffordd i'r gorllewin i chwilio am Sadoc. Roedd Isaac yntau ar ei ffordd adref atyn nhw.

Bu'n rhaid i'r teulu ddisgwyl tan ddiwedd mis Hydref cyn clywed bod Ismael wedi dod o hyd i Sadoc. Daeth llythyr i Isaac yn llaw'i frawd yn dweud ei fod wedi glanio yn St. Louis ac wedi mynd yn syth i ymholi mewn gwesty a oedd yn gartref i'r *Free Soil Immigrants Aid Society*. Roedd mintai'n paratoi i ymadael am Gansas cyn bo hir, a rhai yn eu mysg na allai gyfrannu'n ariannol at y fenter yn cysgu yn y lloft uwchben stabl y gwesty. Yno, gyda dau lanc a ddaeth yr holl ffordd o Vermont, roedd Sadoc. Dywedodd Ismael, ar waelod ei lythyr, na ddylai'r teulu boeni, fod Sadoc yn eithriadol o iach, ond ychwanegodd fod ei nai'n gwrthod dychwelyd. 'Ac yfelly rwyf inau wedi penderfynu aros ymma er mwyn ei ddarbwyllaw, gan fod hynny'n well yn fy ngolwg i na'i glymu a'i lusgo adref fel porchell a brynwyd mewn marchnad.'

Eisteddodd Sara ar waelod y grisiau'r noson honno, yn gwrando ar ei rhieni'n siarad o flaen y tân yn y parlwr.

'Ddaw dy frawd ag o'n ôl, Isaac?'

Roedd llais ei mam yn flinedig.

'Daw, Elen. Daw.'

'Ond mae pryder yn 'y nghalon i. Mae'r ddau'n rhy debyg, rywsut. Y ddau'n tynnu ar ôl ych Ewythr Enos. Yn rhy anystywallt.'

'Efallai'n wir, Elen, ond er bod rhyw wylltineb yn Ismael, mae'n ddigon doeth i wybod faint mae hyn yn 'i olygu i ni i gyd. Daw â'r hogyn yn ôl. Cei di weld.'

Roedd y pedwerydd o fis Tachwedd yn ddiwrnod mawr y flwyddyn honno. Croesodd Enos, Isaac a'r dynion eraill a oedd wedi derbyn eu papurau dinasyddiaeth y sianel cyn y wawr er mwyn cyrraedd Gallipolis mewn pryd i fod ymysg y cyntaf i fwrw'u pleidleisiau. Pan gyrhaeddodd Isaac y tŷ yn hwyr y noson honno dywedodd fod cryn gythrwfwl ar strydoedd Gallipolis, gyda chefnogwyr Buchanan a chefnogwyr Frémont yn dadlau â'i gilydd, a bod rhai dynion a fu yn y dafarn wedi dechrau cwffio. Galwodd y Parchedig Robert Richards bawb i'r capel ar gyfer cyfarfod gweddi arbennig pan ddaeth y canlyniadau rai dyddiau'n ddiweddarach. Roedd Frémont wedi ennill Ohio, ond roedd Buchanan wedi ennill y rhan fwyaf o bleidleisiau etholiadol y wlad ac felly'r Democrat fyddai'r Arlywydd nesaf. Traddododd y Parchedig Robert Richards bregeth ar destun rhyddid, yn eu hannog i weld y canlyniad yn eu talaith nhw fel arwydd eglur o'r gobaith roedd Duw am iddynt, un ac oll, ei goleddu. Daw'r fuddugoliaeth, gyfeillion, meddai, ond mae'n rhaid i ni hwyluso'r ffordd ar gyfer y dyfodiad hwnnw trwy weddïo'n daer a thrwy weithredu'n ddoeth.

Daeth llythyr o St. Louis yn fuan wedyn. Oedd, roedd Ismael ac Enos yn dal yn y gwesty yn y ddinas honno, yn ennill eu bwyd a'u llety trwy weithio dros yr achos, yn edrych ar ôl y rhai a fyddai'n teithio draw i Gansas er mwyn troi'r diriogaeth honno'n dir rhydd. Nid oedd Sadoc wedi cydsynio i ddychwelyd eto, ond roedd mewn hwyliau ardderchog, a nododd Ismael ei fod yn sicr y byddai'i nai yn dyfod adref gydag o ar ôl cael ychydig yn rhagor o flas y gwaith a'r cyffro yn St. Louis. Adroddai ychydig o helyntion yr etholiad yn St. Louis, a'r dynion a gefnogai gaethiwed yn drwch ar y strydoedd; bu'n rhaid i ambell ddyn a siaradai'n gyhoeddus o blaid rhyddid droi a chilio rhag gelynion arfog.

'Cym gysur, Elen,' dywedodd Isaac wrthi ar ôl gorffen darllen y llythyr. 'O leia mae Ismael wedi'i ddarbwyllo i aros yn St. Louis yn ôl pob golwg. Dydi o ddim wedi mynd i ganol yr helyntion yng Nghansas.'

'Ond mae yna ddigon o helyntion yn St. Louis. Mae Ismael yn dweud cymaint â hynny yn ei lythyr.'

'Mae helyntion ym mhob man y dyddia hyn, Elen. Bu cwffio ar strydoedd Gallipolis, Wheeling a Cincinnati ar ddiwrnod yr etholiad. Mae'n rhaid i mi frathu 'nhafod yn aml rhag ffraeo â rhai o'r cychwyr sy'n galw i fasnachu. Mae arna i ofn na fydd neb yn gwbl saff nac unman yn gwbl ddiogel yn y wlad hon cyn bo hir iawn.'

'Ond byddai'n well o lawer gen i pe bai Sadoc yn dod adre aton ni. Mae ar drywydd peryglus.'

'Ond mae Ismael efo fo, Elen.'

'Dydi hynny ddim yn rhyw lawer o gysur i mi, Isaac. Mae'r ddau'n rhy debyg i'w gilydd.'

10

Ysgrifennodd Ismael ddechrau Rhagfyr a dweud eu bod nhw'n dod adref. Ond aeth wythnos heibio ac yna wythnos arall heb arwydd ohonynt, a gellid gweld olion yr holl nosweithiau di-gwsg ar wyneb Elen Jones. Rhewodd yr afon yn gorn wythnos cyn y Nadolig, rhywbeth nad oedd yr ynyswyr, ac eithrio Enos, wedi'i weld erioed o'r blaen. Ymbiliai holl blant y pentref ar eu rhieni i gael sglefrio, ond cytunodd yr oedolion y dylid rhoi prawf ar y rhew gyntaf. Gwirfoddolodd Gruffydd Jams a chlymwyd rhaff hir o gwmpas ei ganol a'r pen arall wrth bostyn ar y doc gogleddol. Llithrodd ar y rhew pan laniodd arno a disgyn yn galed ar ei ben-ôl, gan yrru ias o bryder trwy'r dyrfa o blant a rhieni a oedd wedi ymgasglu er mwyn ei wylio. Ond cododd Gruffydd ar ei draed yn araf a dweud nad oedd y rhew wedi cracio oddi tano. Cymerodd gam petrus ar y llawr caled, oer. Cymerodd gam arall. Dechreuodd symud yn gyflymach, yn llithro cerdded ar draws y sianel gul. Cyn hir roedd wedi cyrraedd glan y tir mawr. Troes a chodi'i freichiau hir a'u chwifio mewn arwydd o fuddugoliaeth. Bloeddiodd y plant mewn llawenydd. Aeth Huw Llewelyn Huws yn syth ar y rhew. Joshua oedd y nesaf i fentro.

Roedd eu mam wedi aros gartref a gofyn i Esther ofalu am ei brodyr iau. Dywedodd wrth Seth, Benjamin a Jwda i ddisgwyl nes y byddai hi a Sara'n mynd ar y rhew. Neidodd Jehosaffat y ci eiliad ar ôl i Sara osod ei thraed arno a sefyll yn betrus wrth ei hymyl, gan godi'r naill bawen ar ôl y llall. Cyn hir roedd yr holl blant yn llithro ar draws y sianel gul, eu chwerthin a'u sgrechiadau llawen yn llenwi'r awyr. Ac yntau wedi cynefino â'r rhew bellach, rhedai'r ci yn ôl ac ymlaen hefyd, yn cyfarth ar bwy bynnag a wnâi'r sŵn mwyaf, gan ysgwyd ei gynffon fel peth gwyllt. Dechreuodd fwrw eira, yn pluo'n ysgafn am ychydig cyn bwrw'n drwm. Symudai nifer o'r plant yn gyflymach erbyn hyn, yn chwarae gemau o wahanol fathau ac yn sglefrio neidio'n ôl ac ymlaen o lan i lan, yn gadael llwybrau ar eu holau yn yr eira ar y rhew. Ni thynnodd Gruffydd Jams y rhaff o'i ganol. Aeth Sara a Joshua ato a diolch iddo am ei wasanaeth. Pan holodd Joshua fo am y rhaff, tynnodd ei het wlân, crafu'i ben moel, a dweud yn ddifrifol, 'Dwi am 'i chadw hi, rhag ofn, wst ti, 'ngwas i. Rhag ofn bod yna fan gwan yn y rhew yn rhywle.'

Sodrodd yr het yn ôl ar ei ben, yr ychydig wallt a oedd ganddo'n ymddangos fel gwellt llipa o gwmpas ei glustiau. Dychymgai Sara fod yr hen longwr yn ailfyw profiadau a gawsai ar y môr ac yntau'n gorfod clymu rhaff o'i gwmpas mewn modd tebyg yn ystod stormydd mawrion. Hoffai feddwl ei bod hi'n deall y pethau hyn; wedi'r cwbl, roedd hi'n ferch a aned ar ganol mordaith.

Pan ddechreuodd nosi mynnodd Esther eu bod nhw'n ei throi am adref. Gwnaeth y plant eraill hefyd, rhai'n ateb gorchmynion eu rhieni'n anfoddog, eraill yn flinedig iawn ac yn ddigon bodlon cyfnewid y rhew a'r eira am ddillad sych a bwyd poeth. Roedd Benjamin a Jwda wedi dyfeisio'u gêm eu hunain; bu'r ddau wrthi am yn hir, yn wynebu'i gilydd, yn dal dwylo ac yn troi mor gyflym â phosibl mewn cylch heb syrthio. Daliai'r ddau ati ar ôl i Sara a Seth ddringo i fyny i'r doc, a safai Esther ar y rhew yn galw arnynt, dro ar ôl tro. 'Dowch rŵan! Dowch rŵan, hogia!' Yn y diwedd bu'n rhaid iddi gydio yn eu breichiau a'u llusgo i gyfeiriad y doc. Cerddai Huw Llywelyn Huws ochr yn ochr â Gruffydd Jams o'u blaenau, a chlywodd Sara fo'n holi a fyddai'n profi'r afon fawr yfory.

'Efallai wir, 'ngwas i,' meddai. 'Hynny ydi, os bydd ych rhieni chi'n fodlon.'

Pan gyrhaeddodd Sara, Esther a'u pedwar brawd y tŷ, roedd eu mam yn eistedd mewn cadair o flaen y tân a'u tad yn sefyll y tu ôl iddi, yn pwyso drosti, ei ddwylo ar ei hysgwyddau.

'Dewch,' meddai Esther, gan eu cyfeirio i fyny'r grisiau. 'Gadewch lonydd iddyn nhw.'

Wedi cyrraedd y llofft, dywedodd wrth Sara fod y rhew wedi ychwanegu at bryderon eu mam gan na fyddai'r un agerfad yn gallu teithio ar hyd yr afon am wythnosau ac efallai am fisoedd rŵan.

Wedi'r ysgol, y diwrnod canlynol, safai Gruffydd Jams y tu allan i'r ysgoldy, Jehosaffat y ci wrth ei ymyl. Oedd, roedd wedi profi'r rhew hyd at ryw hanner can llath o'r doc deheuol ac roedd yn ymddangos yr un mor galed â rhew y sianel. Dywedodd ei fod wedi cael caniatâd gan eu rhieni i fynd â nhw, cyn belled â'u bod yn gwrando'n ufudd arno a bod y plant bychain yn aros gyda'r rhai hŷn. Roedd wedi bwrw eira trwy'r nos, a phrin eu bod nhw'n teimlo'r rhew o dan eu traed wrth iddyn nhw lithro o'r doc a dechrau cerdded. Safodd Sara am yn hir yn edrych i'r de, yn syllu ar yr olygfa yng ngolau egwan y prynhawn gaeafol. Tir Virginia oedd y tir yn y pellter, ond yn hytrach na'r ehangder dyfrllyd arferol, llain hir o eira a oedd rhyngddi hi a'r tir pell hwnnw, fel pe bai'r afon wedi'i throi'n gae mawr gwastad a'r cae hwnnw wedi'i orchuddio ag eira. Sylwodd fod Joshua a Seth yn sefyll wrth ei hymyl. Roedd Esther wedi ymuno'n rhadlon â gêm yr efeilliaid y tro hwn, y tri'n dal dwylo ac yn troi a throi mewn cylch. Bu bron i Sara alw ar ei chwaer hŷn a dweud ei bod hi'n dda gweld bod yr ysgolfeistres wedi troi'n blentyn eto, ond gwenu iddi hi'i hun a wnaeth. Dilyn Sara fyddai Jehosaffat ond ildiodd i'r cyffro a rhedeg draw at Esther a'r efeilliaid. Neidiai'r mwngrel mawr o gwmpas, yn cyfarth yn uchel, yn symud igam-ogam rhwng coesau'r tri. Baglodd Jwda drosto a llusgo'i frawd a'i chwaer i'r llawr, y tri'n chwerthin a'r ci'n cyfarth yn uwch.

'Dach chi'n gwybod beth fyddai Sadoc yn 'i wneud?' Roedd llais Joshua'n fyfyrgar ac yn bell.

'Yndw,' atebodd Seth gyda sicrwydd. 'Byddai'n mynnu cerdded ar draws y rhew yr holl ffordd i Virginia. 'Mae'n biti'i fod o'n colli'r holl hwyl 'ma.'

'Yndi,' cydsyniodd Sara. 'Mae'n biti garw.'

Teimlai hi'r dagrau'n hel yng nghorneli'i llygaid, y dafnau'n oeri ar ei bochau. Cododd law i'w sychu. Roedd Seth a Joshua wedi sylwi ar ei thristwch. Y brawd ieuengaf siaradodd gyntaf.

'Mi fydd o'n cyrraedd cyn bo hir. Ysgrifennodd N'ewyrth Ismael a dweud 'u bod nhw'n dod. Bydd y ddau yma unrhyw ddiwrnod.'

'Bydd, bydd.' Roedd llais Joshua'n anarferol o ddwfn, ac yn yntau'n cymryd arno rôl y rhiant. 'Mae hynny'n sicr, Seth. Beth bynnag, mae'n rhaid 'i fod o a N'ewyrth Ismael rywle yn ymyl yr afon. Mae'n rhaid bod Sadoc yn cerdded ar y rhew yn rhywle.'

Syrthiai Noswyl y Nadolig ar ddydd Mercher y flwyddyn honno, a chyhoeddodd Hector Tomos, yn unol â'i arfer, fod y diwrnod yn ŵyl. Roedd Huw Llywelyn Huws wedi cyhoeddi bod ganddo gynllun ardderchog y diwrnod blaenorol ac felly ymgasglodd yr holl blant ar y doc gogleddol ar ôl brecwast er mwyn ei roi ar waith.

Roedd tad Huw, Samuel Lloyd ac Enos Jones wedi ymadael y diwrnod blaenorol, yn cludo rhai o ddanteithion o siop yr ynys mewn sypynnau ar eu cefnau gan obeithio eu gwerthu yn Gallipolis a gwneud iawn am y masnach a gollwyd ers i'r afon rewi. Byddai'r tri'n dychwelyd cyn y cyfarfod gweddi Noswyl y Nadolig ac roedd Huw am adeiladu creadigaeth eira ar draws y sianel gul i'w croesawu. Daeth Richard Lloyd o'r stordy i'w cynorthwyo; ymdrechai i ddangos ym mhob peth a wnâi ei fod yn ddyn, gan gadw draw pan fyddai'r plant yn chwarae, ond roedd hud y rhew a'r eira ac addewid cynllun Huw Llywelyn Huws yn ormod o atynfa. Awgrymasai Huw eu bod nhw'n adeiladu mur castell ond daeth fflach o syniad i feddwl Sara.

'Pont!' ebychodd hi, y ddelwedd yn ymffurfio yn ei dychymyg. 'Pont gain yn cysylltu'r ynys â'r tir mawr, fel yr un y bydd N'ewyrth Enos yn sôn amdani byth a beunydd.'

Penderfynwyd rhannu'r plant yn ddau weithlu, y naill i ddechrau ar lan ogleddol yr ynys a'r llall i weithio ar lan y tir mawr yn union gyferbyn, a dechrau adeiladu sylfeini'r bont eira gain a fyddai'n croesawu'r dynion adref o'u siwrnai. Ond ar ôl i weithlu'r ynys adeiladu wal eira sylweddol dechreuodd Jwda daeru mai castell ydoedd wedi'r cwbl. Cytunodd Benjamin, a chyn hir roedd yr efeilliaid yn creu storfa o beli eira. Aeth yn rhyfel rhwng y ddwy ochr, gyda rhai'n sgrialu ar draws llawr caled y sianel a thaflu peli eria at y fyddin arall a guddiai y tu ôl i'w castell ac yna troi a ffoi gan sgrechian i guddio y tu ôl i'w caerfa nhw. Roedd Jehosaffat y ci fel pe bai'n ymladd ar y ddwy ochr, yn cyfarth yn wyllt ar ba blentyn bynnag a redai ymlaen i ymosod. Roedd brodyr Sara ymysg pennaf arwyr eu hochr nhw, gan fod Joshua'n gallu rhedeg yn gyflym a Seth yn syfrdanol o dda pan anelai belen at ryw darged penodol. Creai'r efeilliaid fwy o sŵn na neb yn ystod pob cyrch gan wneud eu rhan i ddrysu'r gelynion. Yn ôl ac ymlaen rhwng y ddwy lan yr âi'r frwydr eira, y lluoedd yn ymrolio'n naill ffordd a'r llall, y bont fawreddog wedi'i hanghofio gan bawb. Daeth Ann Lloyd, Catherin Huws ac Elen Jones â phiseri o gawl poeth a basgedi'n gyforiog â bara, caws a chig hallt. Galwyd cadoediad ac ymunodd y ddwy fyddin â'r tair mam, gan eistedd ar y doc a mwynhau'r cinio. Wedi i'r mamau ymadael â'u piseri a'u basgedi gweigion, ailgydiodd y plant yn y rhyfel, y ci'n alaru ar ôl ychydig y tro hwn a phenderfynu dilyn llwybr aroglau rhyw anifail neu'i gilydd ar y tir mawr.

Wrth i'r eira droi'n las-lwyd yn y golau egwan datganodd Esther y dylent fynd adref a pharatoi ar gyfer y cyfarfod gweddi'r noson honno. Penderfynwyd cael un cyrch arall cyn dod â'r rhyfel i ben. Joshua a Seth oedd yn arwain yr ymosodiad, a sgrechiadau Jwda a Benjamin yn eu hannog o'r rheng nesaf. Ond oedodd Joshua hanner ffordd ar draws y sianel, cododd ei law dde gan ddal y belen eira nad oedd wedi'i thaflu. Gadawodd i'r belen syrthio i'r eira wrth ei draed. Arafodd Seth, yn synhwyro nad oedd ei frawd yn parhau â'r cyrch, a throi i edrych. Daeth pawb ar y ddwy ochr allan o'r tu ôl i'w cestyll eira ac edrych tua'r gorllewin. Yno, roedd mintai fechan yn cerdded tuag atynt, wedi gadael glan y tir mawr a dechrau cerdded ar draws y sianel gul. Pump ohonyn nhw, chwech yn cynnwys y ci. Dechreuodd Jehosaffat redeg tuag at Sara. Camodd hi ymlaen ychydig er mwyn gweld y fintai yn well. Deuai'r pump yn nes ac yn nes, eu traed yn sifflyd trwy'r eira a orchuddiai'r rhew. Gam wrth gam y nesai'r cerddwyr, a chyn bo hir medrai hi adnabod wynebau'r pump. Ei hen ewythr Enos, Samuel Lloyd a Llywelyn Huws, wedi dychwelyd adref erbyn y gwasanaeth fel roeddynt wedi'i addo. A'r ddau arall oedd ei hewythr Ismael a'i brawd Sadoc.

Bu'n wythnos o wyliau amheuthun ar aelwyd Isaac ac Elen Jones, gan fod y Nadolig hwnnw hefyd yn ŵyl i groesawu adref eu mab afradlon. Roedd gwallt Sadoc wedi tyfu'n hir ac ymddangosai ef fel pe bai wedi aeddfedu nifer o flynyddoedd yn ystod tri mis ei absenoldeb. Ymddiheurodd am achosi pryder i'w deulu ond dywedodd yn styfnig ei fod yn falch yr un fath. Er na chyrhaeddodd Kansas, roedd wedi cael ymroi i'r achos yn St. Louis a helpu'r bobl a oedd ar eu ffordd i droi'r diriogaeth yn dir rhydd. Clywodd Sara Sadoc yn siarad â Joshua a Seth un prynhawn wrth iddyn nhw gerdded yn hamddenol o gwmpas glannau'r ynys. Dywedodd fod pethau'n ddigon peryglus ar strydoedd St. Louis weithiau, gyda ryffians a gefnogai gaethiwed yn crwydro ar hyd y lle, yn barod i ymosod ar y dynion a blediai ryddid. Bu'n rhaid codi arfau a'u gwrthsefyll ar fuarth y gwesty mwy nag unwaith, dywedodd. Pan ddaeth y pedwar i olion hen dŷ Hector Tomos ar drwyn dwyreiniol yr ynys, dim ond ychydig o'r cerrig y gellid eu gweld uwchben yr eira. Wedi sefyll yn dawel

yn syllu ar wyneb gwyn yr afon, tynnodd Sadoc ei gôt a'i rhoi i Seth i'w dal.
Torchodd lawes chwith ei grys.

'Welwch chi honna?'

Roedd craith hir i'w gweld ar draws blaen ei fraich chwith, llinell frown-
goch yn dyst i'r trais.

'Cyllell oedd honna. Mewn cwffas â rhai o'r diawliaid.' Sugnodd Seth ei
anadl i mewn fel pe bai ar fin neidio o dan y dŵr. Syllodd Joshua'n dawel. 'Ond
peidiwch â phoeni, mi gafodd y diawl ei haeddiant, credwch chi fi.' Camodd
Sara'n nes, ei llygaid yn mynd o'r graith ar ei fraich i wyneb ei brawd. 'Peidiwch
â dweud dim wrth neb.' Troes ac edrych i fyw llygaid Sara, ei lais yn awdurdodol
ac fel ei wyneb, yn hŷn na'i oed. 'Paid ti â dweud gair.'

Daeth y Flwyddyn Newydd, 1857, heb arwydd bod y rhew yn agos at
ddadmer. Gan fod yr ynys fach yn gartref i gynifer o bobl, roedd olion traed wedi
anffurfio'r rhan fwyaf o'r eira, a dim ond ychydig o luwchfeydd yng nghysgod
waliau rhai o'r tai a arhosai'n ddi-sang. Ond wedyn byddai'n bwrw eira eto,
a phawb yn deffro i len wen lân arall, yn disgleirio'n hyfryd yn ei haddewid
o burdeb a dechreuad newydd. Ymffurfiai llwybrau'r olion traed yn gyflym
unwaith eto yn ystod y bore wrth i bobl gerdded o'u tai i'r ysgol neu i'r gwaith
neu ar ryw berwyl arall. Wedi ysgol byddai'r plant hynny nad oedd yn chwarae
ar rew yr afon yn creu llwybrau eraill trwy'r eira a orchuddiai'r gofod gwag
uwchben y gronfa ddŵr, trwyn dwyreiniol yr ynys, a gofodau gweigion bychain
eraill Ynys Fadog. Ddiwrnod neu ddau a byddai'r olion yn amlycach na'r eira
glân. Wedyn byddai'n bwrw eira unwaith yn rhagor a'r holl gylch yn dechrau
o'r newydd.

Ganol un bore, tua chanol mis Ionawr, a hynny ar ganol gwers, agorwyd
drws yr ysgoldy. Camodd Ismael Jones i mewn, chwa o wynt oer y tu ôl iddo.
Syllodd y plant yn gegrwth wrth i'r dyn barfog cyfarwydd redeg at eu hathro
a safai yno'n syn o flaen y dosbarth. Nid oedd wedi cau'r drws hyd yn oed a
dechreuodd y plant grynu yn eu cadeiriau. Sibrydodd Ismael Jones yng nghlust
Hector Tomos ac wedyn troes ar ei sawdl a rhuthro allan o'r ysgol eto, yn troi i
gau'r drws y tro hwn.

'Sefwch, os gwelwch chi'n dda.' Roedd llais yr ysgolfeistr yn anarferol o
ddifrifol – yn filwrol, hyd yn oed. Syllodd o gwmpas y dosbarth, bysedd ei law
dde'n tynnu ar ei fwstásh melyngoch hir. 'Gwisgwch eich cotiau ar unwaith, os
gwelwch chi'n dda. A dewch gyda mi i'r doc deheuol.'

Arweiniai Hector Tomos y ffordd, Sadoc wrth ei ochr. Roedd brawd mawr
Sara newydd ddychwelyd i'r ysgol yr wythnos flaenorol, a hynny ar ôl i'w fam
erfyn arno i ymroi i un flwyddyn arall o ysgol a'i dad yn ei gymryd naill ochr
a pheri iddo weld ei fod wedi achosi digon o bryder i'w fam am un flwyddyn.
'Cofia sut y llwyddodd Owain Glyndyfrdwy; rhaid dewis dy frwydra'n ofalus,
Sadoc.' Dyna a ddywedodd Isaac wrth ei fab hynaf pan nad oedd gorchymyn,
gweddi na deisyf yn llwyddo i newid meddwl yr hogyn. Ond roedd y bore hwn

yn argoeli bod yn ddiwrnod ysgol at ddant Sadoc Jones. Gwelodd Sara fod yr athro'n siarad yn fywiog ag o, yn amlwg yn ymddiried yn Sadoc i'w helpu gyda pha gynllun bynnag a oedd ar waith.

Yno, ar ddoc y lan ddeheuol roedd Gruffydd Jams a'u hen ewythr Enos, pennau rhaff hir wedi'u clymu o gwmpas pob un o'r ddau ddyn a gweddill y rhaffau mewn torchau mawr afrosgo yn eu dwylo. Eglurwyd y byddai'r ddau ddyn yn mynd gyntaf, gyda Richard Lloyd, yr ysgolfeistr a Sadoc ychydig ar eu holau, rhag ofn byddai'r rhew yn deneuach mewn rhai mannau yng nghanol yr afon. Wedyn byddai'r holl blant yn dilyn mewn rhes, yn dal dwylo'i gilydd, ac ie, yn cerdded yr holl ffordd i Virginia. Yn cerdded y tu ôl i'r plant byddai Isaac Jones a Llywelyn Huws, rhag ofn byddai angen cymorth, ill dau wedi'u clymu â rhaff yn yr un modd â Gruffydd Jams ac Enos Jones. Cerddai Hector Tomos gyda'r plant hŷn, Esther yn bugeilio'r rhai lleiaf.

Sadoc oedd yr unig un a dderbyniodd eglurhad yr athro, a chymerodd ychydig o eiliadau i esbonio i Esther. Roedd Sara a'r plant eraill yn syfrdan, yn methu deall pam bod eu hathro a dynion y pentref am dorri ar draws eu gwersi a'u gorfodi i chwarae'r gêm ryfedd hon. Ond ar ôl iddyn nhw adael y doc am rew'r afon, eu traed yn suddo trwy'r trwch o eira a oedd yn ei guddio, aeth y cwestiwn yn angof. Ymgollodd pob un ohonynt yn yr orchwyl, a Sara yn eu mysg yn mwynhau'r cyfle i wneud rhywbeth roedd nifer ohonynt wedi breuddwydio amdano, anturiaeth roedd eu rhieni wedi dweud ei bod yn rhy beryglus. Roedd rhes fechan o smotiau duon yn cerdded tuag atynt o'r de, yn symud ar draws yr afon o Virginia; erbyn deall, rhai o ddynion eraill yr ynys oedd y smotiau hyn, yn dychwelyd, a nhwythau wedi gwneud y daith drosodd i'r ochr arall yn barod.

"Drychwch!' galwodd Sadoc, a gerddai'n union y tu ôl i'r rhaff gyntaf. 'Mae rhai'n fa'ma!'

Newidiodd ei gerddediad, gan symud ei draed i'r ochr ychydig a neidio i fyny ac i lawr, fel pe bai'n ceisio gwneud difrod neilltuol i'r eira yn y fan honno. Aeth ymlaen felly, fel rhyw gwningen fawr letchwith yn neidio i fyny ac i lawr, yn symud ymlaen ond gyda mwy o ymdrech. Dechreuodd Seth, Benjamin, Jwda a rhai o'r plant ifanc eraill wneud yr un fath â Sadoc, er nad oedd yr un ohonynt yn deall y rhesymeg y tu ôl i'r holl hwyl.

Wedi cyrredd yr ochr arall camodd pawb i fyny i'r lan. Casglodd Hector Tomos y plant o'i gwmpas. Edrychai o wyneb i wyneb, gan wenu'n llydan.

'Dyma ni. Rydym ni i gyd wedi cyrraedd ochr arall yr afon ac rydym ni'n sefyll ar dir Virginia. Yn awr, rydym am droi a cherdded yn ôl i Ohio, ond ar lwybr ychydig yn wahanol. Dilynwch gyfarwyddyd Mistar Jones a Mistar Jams.'

Felly'n ôl dros yr afon y cerddodd y plant a'r oedolion, y rhai ifanc yn mwynhau'r hwyl a'r anturiaeth, a'u hathro yn eu hannog ac yn eu porthi, er bod ymarweddiad yr oedolion eraill yn wahanol ac yn fwy difrifol. Wel dyna ni, meddyliodd Sara, dydi oedolion ddim yn mwynhau chwarae yr un fath â phlant.

Ond dysgodd y noson honno nad chwarae oedd y gweithgarwch wedi'r cwbl ond gorchwyl hynod bwysig. Aeth eu mam a'u tad â chrochan o gawl a thorth draw i dŷ eu hen ewythr Enos gan adael Esther i roi swper i Sara a'u brodyr. Cynorthwyodd Sara hi, yn torri'r bara a'r cig hallt, a thywallt y cawl i'r powlenni. Sadoc eglurodd gwir hanes y diwrnod wrth iddyn nhw fwyta.

'Cerdded dros olion traed oeddan ni heddiw.'

'Creu olion traed, rwyt ti'n 'i feddwl.'

Roedd llais Jwda yn fodlon yn ei flinder, yn ochneidio wrth gofio holl hwyl y diwrnod.

'Ie,' ychwanegodd Benjamin, 'miloedd ar filoedd ohonyn nhw.'

'A dyna oedd y pwynt.' Siaradai Sadoc yn bwyllog ac yn amyneddgar, yn debycach i'w rhieni ac yn debycach i Esther na'r hogyn anystywallt a dynnai'n groes i weddill y teulu fel rheol. 'Cerdded yn ôl ac ymlaen dros hen olion traed eraill oeddan ni. Yn dileu olion ac yn creu digon o olion eraill i ddrysu pwy bynnag fyddai'n dod i chwilio amdanyn nhw.'

Roedd cwestiynau ar dafod y brodyr iau. Pa olion? Pwy? Pam? Ond gwrandawai Sara'n ddistaw, rhyw ddeualltwriaeth yn gwawrio yn ei meddwl. Ac erbyn i'w rheini ddychwelyd o dŷ eu hen ewythr, roedd Sadoc wedi egluro'r cwbl a sicrhau bod hyd yn oed Benjamin a Jwda'n deall. Roedd caethweision ffoëdig wedi cerdded dros y rhew o Virginia yn ystod y nos neithiwr. Pump ohonynt, bellach yn llochesu yn nhŷ eu hen ewythr, Enos. Bu rhai o'r mamau'n cadw cwmni iddyn nhw yn ystod y dydd tra bu'r dynion a'r plant yn cerdded yn ôl ac ymlaen dros yr afon yn drysu'r olion cyn i'r *slave catchers* ddod i'r rhan yna o'r lan i chwilio amdanynt. Roedd eu rhieni wedi dychwelyd cyn i Sadoc orffen egluro. Daeth eu tad i sefyll y tu ôl i gadair ei fab hynaf ac annerch yr holl blant yn ddifrifol.

'Rydych chi i gyd yn deall yr hyn y mae'ch brawd mawr 'di'i ddeud?' Edrychodd eu mam o gwmpas wynebau'i phlant a throi at ei gŵr.

'Ydan, Isaac, ac mi rydach chi'n deall bod hyn yn sefyllfa hynod beryglus hefyd, yn tydach chi?'

'Mae'ch mam yn iawn. Mae'n beryglus ac felly mae'n rhaid i bob un ohonoch gadw hyn yn gyfrinachol. Mae'r gyfraith o blaid y dynion o Virginia a Kentucky sy'n dod yma i ddal y caethweision sy 'di dianc. Felly rhaid i chi geisio mynd o gwmpas ych petha fel pe na bai dim byd yn wahanol. A phediwch â deud gair wrth neb nad yw'n byw ar yr ynys.'

Roedd llais eu tad yn gryg, llais dyn a oedd wedi bod yn cerdded yn yr oerfel trwy'r dydd ac wedyn, y noswaith honno, wedi bod yn cynllunio ac yn cynllwynio gyda'i frawd a'u hewythr. Ychwanegodd:

'A dweud y gwir, mae'n well peidio â'i drafod gyda phlant eraill yr ynys. Bydd pawb yn gwybod amdano'n hwyr neu'n hwyrach, ond gwell cogio nad yw'n bod. Mae'r *slave catchers* yn ddynion cyfrwys ac mae ganddyn nhw 'u hysbïwyr yn Gallipolis, yn Ironton ac yn Pomeroy. O bosibl yn Oak Hill hefyd, hyd yn oed. Felly, peidiwch â deud gair wrth neb. Ydach chi'n deall?'

Amneidiodd pawb, yn cydsynio.

* * *

Ni ddaeth y *slave catchers* i Ynys Fadog y gaeaf hwnnw, ond bu Sara'n cerdded mewn ofn o'i thŷ i'r ysgol bob dydd, yn ceisio ymddangos yn ddidaro, ond eto'n methu â chofio sut y byddai'n arfer ymddwyn. Roedd wedi gobeithio cyfarfod â'r caethweision ffoëdig a lochesai yn nhŷ ei hen ewythr, Enos. Poenai hi amdanyn nhw; roedd y pump wedi'u cau i mewn ers rhai dyddiau bellach, ac er bod N'ewyrth Enos yn ddyn difyr a hyd yn oed yn ddoniol ar adegau, rhaid eu bod nhw'n barod am gwmni pobl eraill. Ond pan holodd hi ei thad yn ddistaw amdanyn nhw adeg swper un noson, dysgodd eu bod nhw wedi hen ymadael â'r ynys. Erbyn deall, roedd ei hewythr Ismael wedi cerdded yr holl ffordd i ffarm Jacob a Cynthia Jones y noson wedi iddyn nhw gerdded yn ôl ac ymlaen dros yr afon trwy'r dydd. Do wir, meddai rhieni Sara; er bod Ismael yntau wedi bod wrthi'n sathru'r olion traed ar yr afon am oriau, aeth ymlaen wedyn i gerdded yr holl ffordd trwy'r eira i'r ffarm. Y noson ganlynol, tywysodd Jacob a'i fab John y ffoaduriaid i'r orsaf nesaf.

Dyna ydoedd Ynys Fadog bellach: gorsaf ar y rheilffordd danddaearol, un o nifer o noddfeydd ar hyd y rhwydwaith o lwybrau y medrai caethweision ffoëdig eu troedio o Virginia a Kentucky i'r gogledd ac i ryddid. Yn debyg i ffarm Jacob a Cynthia, cartrefi yng nghanol Gallipolis a gorsafoedd eraill ar hyd glan ogleddol yr afon mewn lleoedd fel Porstmouth a Ripley. Dysgodd Sara y byddai gwybodaeth yn teithio i'r de ar hyd rhwydwaith y rheilffordd danddaearol yn yr un modd ag y teithiai ffoaduriaid i'r gogledd ar hyd yr un llwybrau. Sicrhaodd Jacob Jones ac eraill a wasanaethai arni yn ne-ddwyrain Ohio fod caethion y de yn gwybod bod Ynys Fadog bellach yn orsaf ar y rheilffordd. Bu'n rhaid i Sara ddarbwyllo Seth nad oedd trên na chledrau go iawn i'w gweld yn unman fel rhan o'r rheilffordd y sibrydiai'r holl deulu amdani, er bod ambell dwnnel a chuddfan tanddaearol i'w cael o bosibl mewn rhai lleoedd eraill. Wedyn bu'n rhaid i Seth helpu Esther a Sara i ddarbwyllo'r efeilliaid mai dyna'n wir ydoedd natur y rheilffordd hon.

Roedd swmp o goed wedi'u cadw ym mhen pellaf stordy'r ynys ers talwm, yn barod i adeiladu estyniad pan fyddai masnach yn cynyddu digon i'w gyfiawnhau. Distiau ac estyll o wahanol feintiau, pob darn wedi'i drin ac yn barod i adeiladu'r estyniad. Ar y ffordd i'r ysgol un bore, gwelodd Sara a'r plant eraill fod Llywelyn Huws, Richard Lloyd ac Owen Watcyn yn helpu eu tad, eu hewythr a'u hen ewythr i gario'r coed adeiladu o'r stordy. Dysgodd Sara wedyn mai gweithio yn nhai Enos ac Ismael roedd y dynion, yn adeiladu parwydydd newydd a guddiai ystafelloedd bychain newydd, rhai gyda drysau cudd na ellid eu canfod, yn ymddangos fel estyll pared. Byddai'r ystafelloedd bychain cyfrinachol hynny'n arwain at ryddid, meddai Esther wrthi. Ychwanegodd Sadoc na ddylai hi ddweud gair wrth eu brodyr iau rhag i estroniaid ddod i'r ynys a holi am ffoaduriaid. Clywsai ei thad yn dweud wrth ei mam nad oedd wedi gweld Owen Watcyn mor siriol erioed o'r blaen; ac yntau'n saer coed bron mor fedrus â Llywelyn Huws, roedd defnyddio'i ddawn yn y modd hwnnw yn rhoi boddhad neilltuol iddo.

Gobaith Sara oedd cael gweld un o'r ffoaduriaid hyn, un o'r bobl ddewr yn dianc i ryddid, yn debyg i'r Iddewon a adawodd yr Aifft a ffoi rhag y Gaethglud, ymadrodd a ddefnyddid yn y pulpud yn aml gan y Parchedig Robert Richards. Ond deuai'r caethweision ffoëdig ganol nos fel arfer, yn symud yn ddistaw trwy'r pentref heb adael unrhyw arwyddion, yn cuddio yn yr ystafelloedd cyfrinachol yn nhai eu hewythr a'u hen ewythr ac wedyn yn diflannu dros y sianel i barhau ar eu taith. Fel rheol, yn ei dychymyg yn unig y byddai'r ceiswyr lloches yn byw, eu hwynebau a'u hosgo wedi'u disgrifio gan ei thad weithiau, ond ei dychmyg a ddeuent â nhw'n fyw. Dechreuodd Sara feddwl am ryddid fel taith y gellid ei dilyn ar fap. Roedd Ynys Fadog yn smotyn ar fap a ddarluniai un rhan fechan o'r daith honno.

Deffrodd un noson a sylwi fod golau'n disgleirio trwy grac rhwng estyll wal y llofft. Cododd o'i gwely, ei thraed yn symud heb sŵn ar y llawr, a cherdded at y wal. Ffurfiai'r golau linellau a chreu ffurf hirsgwar. Gwthiodd ar y darn a symudodd, fel drws yn agor. Bu'n rhaid iddi blygu'i phen er mwyn mynd trwy'r drws bach hwnnw ac am ryw reswm caeodd ei llygaid wrth wneud. Wedi camu i mewn cododd ei phen ac agor ei llygaid. Roedd wedi disgwyl gweld ystafell fechan nad oedd yn fwy na chwpwrdd mawr, a llusern neu gannwyll o ryw fath yn ei goleuo, ond yr hyn a welodd oedd caeau melynwyrdd eang yn ymrolio i'r gorwel, y gwair uchel yn symud yn yr awel ac yn dal golau tyner rhyw haul nad oedd hi'n gallu'i weld. Deffrodd, ei llygaid yn troi'n syth i graffu ar wal ei llofft. Ceisiodd eu cau drachefn, yn chwilio am y freuddwyd a oedd wedi dechrau encilio i gefn ei meddwl yn barod.

Yn hwyr un prynhawn cerddai Sara ar hyd glan ddeheuol yr ynys gyda Seth, Joshua a Sadoc. Roedd wedi bod yn bwrw eira eto'r diwrnod hwnnw, y plant yn codi'u llygaid yn hiraethus a syllu ar ffenestri'r ysgol, y llen o blu gwyn mawr a ddisgynnai yn eu gwahodd i fynd allan ac ymuno yn y gemau gaeafol. Erbyn diwedd eu gwers olaf roedd wedi gostegu, a chyn cyrraedd croesffordd y pentref roedd y cymylau trwchus wedi diflannu a'r awyr yn gwbl glir uwch eu pennau. Aeth Esther â'r efeilliaid adref ond dywedodd Seth y byddai'n syniad da mynd i chwarae yn yr eira glân cyn i blant eraill ei sathru. Aeth Sara a Joshua gydag o, a dilynodd Sadoc hefyd, yn cerdded ychydig y tu ôl yn hel ei feddyliau'i hun, ond yn eu dilyn yr un fath. Dywedodd Seth y dylen nhw ddechrau wrth ymyl y doc a cherdded i'r dwyrain ar hyd y lan ddeheuol. Y nod oedd creu llwybr a fyddai'n llinell rhwng tir yr ynys a rhew yr afon. Ymlaen yr aeth y tri ohonynt, eu traed yn suddo yn y gorchudd gwyn oer, a'u hanadl yn codi'n stêm fel mwg o gyrn agerfad, a Sadoc yn cerdded yn olion eu traed, dair neu bedair llathen y tu ôl iddyn nhw. Cyn cyrraedd trwyn dwyreiniol yr ynys roedd yr haul wedi dechrau machlud yn y gorllewin, yn lliwio'r eira'n orengoch.

'Arhoswch!' Llais Sadoc, yn daer ac yn awdurdodol. Llais dyn yn gorchymyn plant. Troes Sara a syllu ar ei brawd hynaf a sylwi'i fod yn sefyll ac yn syllu ar draws y cae gwastad o eira newydd a guddiai'r afon, goleuni orgengoch y machlud yn amlinellu'i ben, fel fflamau'n llosgi mewn cylch o'i gwmpas. Ymddangosai fel petai'n angel, a'i lais yn ddwys ddifrifol yn mynegi cydwybod y nefoedd ac yn erfyn ar y bodau daearol o'i gwmpas i ufuddhau i'w orchymyn. Arhoswch! Edrychwch!

Trodd Sara ac edrych i'r de, ei llygaid yn chwilio am yr hyn a hawliodd sylw'i brawd.

'Beth ydi o?' Llais Joshua y tro hwn.

Seth atebodd gyntaf. 'N'ewyrth Enos, mae'n siŵr, yn cerdded yn ôl o Gallipolis. Mae'n dweud bod llwybr yr afon yn gyflymach na llwybr y tir y dyddiau hyn.'

Heb dynnu'i llygaid o'r ffurf a gerddai tuag atyn nhw ar draws yr afon, haerodd Sara, 'Nid N'ewyrth Enos ydi hwnna, Seth. Mae'n dod ar draws yr afon o'r de, nid o'r dwyrain. Mae'n dod o Virginia.'

Plygodd Sadoc yn eu hymyl, ei lygaid yn gwibio o wyneb Sara i wyneb Seth. Siaradodd yn gyflym ond yn eglur, gan ynganu pob sill yn bwrpasol. Roedd yn rhaid iddyn nhw redeg mor gyflym â phosibl – rhedeg i'r stordy a'r siop gyntaf a chwilio am eu tad, eu hewythr neu eu hen ewythr a dweud bod ffoadur yn dod o'r de. Cydiodd Sara yn llaw Seth a dechrau rhedeg yn ôl ar hyd y llwybr roeddynt newydd ei greu trwy'r eira trwchus. Edrychodd dros ei hysgwydd er mwyn canfod beth oedd ei dau frawd hŷn yn ei wneud. Arafodd pan welodd eu bod yn gweitho'u ffordd trwy'r eira ar draws yr afon, yn symud i gyfeiriad y ffurf a ddeuai'n nes ac yn nes atynt. Roedd am alw a dweud na ddylen nhw fynd ar y rhew heb raff, ond gwyddai na fyddai'r un o'r ddau yn ei hateb. Oedodd am ennyd ac wedyn gwasgu llaw Seth a dechrau rhedeg eto.

Aeth eu tad â Seth adref ac aeth Enos i'w dŷ i ymbaratoi, ond dychwelodd Llywelyn Huws, Richard Lloyd ac Ismael gyda Sara. Er bod ei choesau'n brifo a chwys yr ymdrech wedi gwlychu'i dillad o dan ei chôt a gwlybaniaeth yr eira wedi gwlychu ei thraed, gwyddai fod ganddi ddigon o nerth i fynd; rhoddai cyffro'r sefyllfa egni iddi, a'r egni hwnnw'n ei galluogi i ddilyn y dynion a oedd yn brasgamu'n gyflym ar hyd y lan ddeheuol. Dyn ifanc oedd y caethwas ffoëdig, ychydig yn hŷn na Sadoc yn ôl pob golwg, er nad oedd arwydd o locsyn ar ei wyneb. Er bod y machlud wedi ildio i'r nos erbyn hyn, medrai hi weld wyneb y dyn yng ngolau'r lleuad – wyneb brown golau hardd, ei lygaid bywiog yn oedi am eiliad ac yn dal llygaid y ferch ifanc hon a oedd yn ei astudio. Ni wisgai'r dyn gôt ond roedd carthen wedi'i lapio dros ei ysgwyddau. Awgrymodd Ismael eu bod nhw'n gadael y llwybr a symud i gyfeiriad canol yr ynys er mwyn i dai eraill eu cysgodi wrth gerdded i dŷ Enos, rhag ofn bod rhywun yn ei ddilyn o'r de. Ceisiodd Sara weld olion traed y dyn ifanc wrth iddyn nhw ymlwybro trwy'r eira newydd, yn poeni y byddai'n droednoeth, ond gwelodd fod ganddo sgidiau o ryw fath. Roedd Enos yno'n sefyll yn nrws agored ei dŷ, yn barod i ysgubo'r dyn ifanc o'r golwg a chau'r drws ar dawelwch y nos. Safai ei mam yn nrws eu tŷ nhwythau hefyd a gwelodd Sara ei bod wedi cynhesu ychydig o gawl yn barod.

'Mi wyddwn nad oes gan N'ewyrth Enos ddim byd poeth i'w fwyta,' meddai wrth dywallt y cawl i mewn i jwg. 'Sara, dos di a rhoi hwn iddo.'

Daliodd Sara ddolen y jwg yn un llaw a gwasgu'r llestr poeth yn erbyn ei mwynwes â'r llaw arall cyn dechrau camu'n gyflym y tu ôl i'w thad. Safai ei hewythr Ismael ar y stryd y tu allan, yn troi'i ben o'r naill ffordd i'r llall, yn sicrhau nad oedd neb yn eu gweld. Gwelai ffurfiau eraill yn y tywyllwch, yn cerdded yn ôl ac ymlaen ar draws y stryd. Dychrynodd Sara a bu bron iddi slochian y cawl poeth dros ei chôt, cyn gweld yng ngolau'r lleuad mai Llywelwyn Huws ac Owen Watcyn oedd y ddau, gyda Ismael Jones yn cadw llygad. Ni churodd ei thad ar y drws ond ei agor a cherdded yn syth i mewn. Nid oedd golau yn y tŷ ar wahân i dân a losgai'n isel yn y grât ac felly cymerodd Sara ofal neilltuol wrth gamu i fyny'r grisiau cerrig a thros y trothwy. Y jwg boeth oedd ei gofalaeth hi ac nid oedd am golli diferyn o'r cawl. Edrychodd o gwmpas yr ystafell yn eiddgar ond nid oedd arwydd o'r dyn ifanc. Rhaid ei fod wedi mynd trwy'r drws cyfrinachol i'r ystafell fach gudd yn barod.

'Diolch, 'mechan i.'

Safai Enos o'i blaen, yn ymestyn ei ddwylo. Rhoddodd hi'r jwg iddo, a chredai fod ei hen ewythr yn chwincio'n gynllwyngar arni yng ngolau egwan y tân.

'Tyrd rŵan, Sara.'

Roedd llais ei thad yn dyner ac yn isel. Rhoddodd ei law ar ei hysgwydd a'i thywys trwy'r drws ac allan i'r nos. Aeth i gysgu'r noson honno'n meddwl am y drws cyfrinachol hwnnw a arweiniai at ryddid, yn gobeithio y byddai'n breuddwydio am y wlad heulog hyfryd y tu hwnt i'r drws, ond nid ymwelodd yr un freuddwyd â hi'r noson honno.

Gofynnodd i'w thad y noson wedyn a ddylai fynd â rhagor o gawl draw i fwydo'r dyn a guddiai y tu ôl i barwydydd N'ewyrth Enos. Ni fyddai rhaid, oedd ei ateb. Eisoes roedd y dyn ar ei ffordd ar draws tir mawr Ohio, yn symud i'r orsaf nesaf. Daeth rhagor o ffoaduriaid hefyd yn ystod yr wythnosau hynny, y rhan fwyaf yn cyrraedd yn y tywyllwch. Dim ond y bore wedyn y byddai Sara'n clywed bod ymwelydd wedi cysgu'r nos yn un o'r ystafelloedd cudd a'i fod wedi symud yn dawel y noson ganlynol dros y sianel i'r tir mawr. Un tro clywodd ei hewythr yn dweud wrth ei thad fod mam a merch wedi aros y nos yn ei dŷ, y ferch tua'r un oed â Sara. Ni ddaeth y *slave catchers* i Ynys Fadog y gaeaf hwnnw ychwaith, er bod y straeon a glywsai Sara am eu hymweliadau â Gallipolis yn destun hunllef. Byddai'n deffro ganol nos, yn sicr ei bod hi wedi clywed sŵn ar y stryd y tu allan, a'r un mor sicr mai dynion dieithr oedd yn creu'r sŵn hwnnw – dynion dieithr a oedd wedi croesi'r afon o Virginia, yn cludo gynnau a chyffion ac yn cerdded o ddrws i ddrws ar hyd y stryd yn chwilio am gaethweision ffoëdig. Gwyddai'r holl blant fod eu hewythr, Ismael yn cadw llawddryll yn ei dŷ o – refolfer mawr a alwai'n Golt Nêfi. Roedd wedi'i brynu gan gaptan un o'r agerfadau rai blynyddoedd yn ôl pan oedd yr arf yn weddol newydd; cadwai ef ar y bwrdd bach yn ymyl ei wely, meddai Sadoc, rhag ofn y byddai'r *slave catchers* yn curo ar ei ddrws ganol nos. Awgrymai brawd hynaf Sara weithiau y dylen nhw hefyd brynu gwn o ryw fath a'i gadw yn y parlwr rhag ofn, ond gwrthodai eu rhieni bob tro.

'Naci, Sadoc,' dywedodd eu mam unwaith. 'Dydan ni erioed wedi cadw offer angau yn y tŷ hwn a dydan ni ddim am ddechra rŵan.'

'Mae dy fam yn iawn,' ategodd eu tad, 'mae trais yn esgor ar drais.' A phan ddechreuodd ei fab hynaf daeru a'i atgoffa fod gan ei frawd Golt Nêfi yn ei dŷ, ysgydwodd Isaac Jones ei ben a dweud, 'Dyna ddigon o hynna, Sadoc. Mae D'ewyrth Ismael a minna'n wahanol mewn rhai petha a dyna un ohonyn nhw.'

Adleisiai Joshua, Seth a'r efeilliaid gais eu brawd hŷn weithiau, yn porthi Sadoc ac yn amenio. 'Ie wir. Byddai'n beth call gwneud. Mae N'ewyrth Ismael yn cadw'r refolfer am reswm, cofiwch.' Ac weithiau byddai'u mam yn colli arni ac yn gweiddi ar yr hogiau – 'tewch rŵan!' – a'u tad yn codi'i lais mewn modd na wnâi'n aml. 'Dyna ddigon,' meddai bob tro, 'peidiwch ag amharchu'ch rhieni.' Ac fel arfer byddai hynny'n ddigon i dawelu'r bechgyn am ysbaid. Dangosai Sara ac Esther eu cefnogaeth i'w rhieni trwy wneud ystumiau beirniadol ar eu brodyr fel dwy athrawes ddiamynedd yn gwgu ar blant drwg.

Un bore tua diwedd mis Chwefror a'r athro ar ganol ei wers, agorwyd drws yr ysgoldy. Camodd Gruffydd Jams i mewn o'r oerfel a chau'r drws y tu ôl iddo. Gwisgai'r hen forwr bach het wlân ddu heb siâp iddi ond siâp pen Gruffydd Jams, gydag ychydig o'i wallt carpiog yn ymddangos ac yn hongian yn llipa o gwmpas ei glustiau.

'Esgusodwch fi, Hector... m... yr... esgusodwch fi, Ysgolfeistr, ond mae arna i isio dweud rhywbeth wrthach di... wrthach chi. Mae gen i neges y byddai'r rhieni am i chdi... i chi... ei roi i'r plant.'

'O'r gorau, Mistar Jams.' Cododd Hector Tomos un llaw a rhedeg ei fysedd ar hyd ei fwstásh fel pe bai'n ei dwtio, ond gwelodd Sara fod yr athro'n ceisio cuddio gwên. 'Gan eich bod chi wedi dod yma â neges, a wnewch ddod yma o flaen y dosbarth a'i throsglwyddo i'r plant eich hunan.'

Oeododd Gruffydd Jams am ychydig, ac wedyn tynnodd ei het a'i dal yn ei ddwylo. Cerddodd yn gyflym rhwng y desgiau, ei ben moel yn sgleinio a'i lygaid wedi'u hoelio ar yr ysgolfeistr. Ar gyrraedd blaen y dosbarth, trodd ar ei sawdl fel milwr a sefyll yn ymyl Hector Tomos.

'Iawn 'ta, blant. Dyma'r hyn mae arna i isio'i ddeud. Mae'r afon yn dechra dadmer. Dydi hi ddim yn saff cerdded ar y rhew ac felly mae'n bwysig nad ydach chi'n gadael glan yr ynys o hyn ymlaen.'

Sibrydiai'r plant eu siom ar hyd y rhesi bychain nes i Hector Tomos yn y diwedd eu tawelu'n dyner a diolch i Gruffydd Jams am hynny o wasanaeth.

Protestiodd Seth, Jwda a Benjamin yn groch y noson honno, yn taeru nad oedd arwyddion o fath yn y byd bod yr afon yn dadmer ond fe'u tawelwyd gan eu rhieni. Erbyn y bore roedd hi wedi cynhesu a phan ddaeth y plant o'r ysgol yn y prynhawn roedd glaw yn fflangellu'r lluwchfeydd, yr eira'n ymdoddi ac yn diflannu. Awgrymodd Sadoc eu bod yn cychwyn yn gynnar y bore ar ôl hynny er mwyn mynd i'r doc deheuol cyn yr ysgol ac edrych ar yr afon. Roedd craciau i'w gweld ar hyd y rhew ac ambell ddarn yn dechrau codi'n uwch na gweddill y llawr gwyn caled. Pan gyrchwyd y doc wedi'r diwrnod ysgol, roedd yr afon yn llifo, y rhew yn symud fel talpiau mawrion o farmor yn arnofio ar y dŵr. Crawiau rhew oedd ymadrodd Gruffydd Jams. Safai'r hen forwr yno ar y doc, ei het ddu ddisiâp ar ei ben a'i freichiau hir wedi'u plethu o flaen ei frest, yn syllu'n fyfyrgar ar y rhew symudol.

Âi Sara i'r lan ddeheuol yn aml yn ystod y dyddiau wedyn, weithiau gyda Seth ac weithiau ar ei phen ei hun i wylio'r crawiau rhew yn rholio heibio, y darnau mawr yn trystio ac yn taro'n araf yn erbyn ei gilydd wrth iddyn nhw symud gyda llif yr afon fawr. Hoffai feddwl am darddle'r rhew hynny, yn dychmygu bod darn arbennig wedi ymffurfio'n ymyl Pittsburgh pan rewodd yr afon gyntaf a'r darn hwnnw wedi dod o rywle'n bellach i fyny'r Allegeheny ac wedi teithio'r holl ffordd i lawr i ymuno â'r Ohio. Lleihau wnâi'r crawiau rhew o dipyn i beth, ac ar ôl iddyn nhw fynd yn bethau bychain cymharol brin y dechreuodd Sara ofyn i ba le roeddynt yn teithio. Byddai'n syllu ar un darn bach budr-wyn yn siglo i fyny ac i lawr yn y dŵr tywyll wrth iddo fynd heibio a meddwl y byddai'n cyrraedd Cincinnati cyn nos ac o bosibl yn cyrraedd y Mississippi erbyn canol dydd y diwrnod canlynol.

Roedd agerfadau wedi ail ddechrau teithio'r afon erbyn hynny hefyd, ond y llestr cyntaf i ymweld â'r ynys ar ôl y dadmer oedd y *Boone's Revenge*, ei hinjan fach yn pesychu a stribed fach o fwg llwyd yn codi o'i chorn simdde rhydlyd. Roedd Sara ar y doc yn astudio'r darnau prin o rew a gwelodd hi'r paced bach yn dod cyn Owen Watcyn a eisteddai ar y gasgen wag a ddefnyddid fel cadair gan bwy bynnag fyddai ar ddyletswydd. Erbyn i'r llestr gyrraedd roedd Owen wedi deffro a mynd i nôl Enos o'r siop. Yn fuan ar ôl i'r ddau ddyn orffen clymu'r rhaffau wrth glymbyst y doc, sylwodd Sara mai dau'n unig oedd ar fwrdd y llestr, Capten Cecil a'i fab ieuengaf, Sammy. Rhaid bod Clay yn cuddio'n rhywle, wedi'i sodro'i hun rhwng y tomenni bychain a guddiwyd gan hen gynfasau ac wedi cau'r un llygad da a chysgu. Cyfarchodd Sammy hi â gwên, ei lais yn ddyfnach, a'r bachgen wedi dechrau troi'n ddyn yn ystod y gaeaf a aeth heibio.

'A-hey, Sara Jones! How d'ya get on durin the big freeze?' Gofynnodd gwestiwn ar ôl cwestiwn iddi, ei oslef yn siriol a ffwrdd â hi. Atebai Sara'n ddigon syml a diddychymyg, ei meddwl yn crwydro wrth iddi geisio canfod ym mha le roedd brawd mawr Sammy. Safai Capten Cecil yntau ar y doc gerllaw, yn siarad ag Enos ac Owen Watcyn. Yn y diwedd, a hithau'n rhyw deimlo bod talp o amser y gellid ei alw'n gwrteisi wedi mynd heibio, gofynnodd Sara'i chwestiwn iddo.

'Where's Clay, Sammy?'

'Oh, well, that's a bit of a long story, I reckon.' Aeth ei lais yn brudd a'i wyneb yn ddifrifol. Gwahoddodd Sara i eistedd ar y gist y tu allan i'r caban bychan, iddo gael egluro wrth ei bwysau. Dechreuodd Clay a'i dad ffraeo'n aml, a throdd y ffraeo hwnnw'n gas. Ar y dynion ifanc roedd y bai, meddai Sammy, ffrindiau Clay pan fyddai'r *Revenge* yn oedi wrth ddoc rhyw bentref neu dref yn Virginia neu Kentucky. Byddai tri neu bedwar ohonyn nhw'n cyrchu tafarn efo'i gilydd neu'n eistedd ar fainc y tu allan yn rhannu potel. Nid y ffaith ei fod yn feddw erbyn iddo ddychwelyd i'r *Revenge* ganol nos oedd asgwrn y gynnen, ond yr hyn y byddai Clay yn ei ddweud yn ei feddwdod. Yn rhegi'r *damned abolitionists* ac yn dweud mai'r rhai a garai'r dynion duon oedd yn achosi trafferthion y wlad. Ond byddai eu mam wastad yn dweud bod caethwasiaeth yn Anghristnogol. Am i Capten Cecil weithio ar yr afon gyda dynion a oedd yn berchen ar gaethweision, chwaraeai hynny ar ei gydwybod, ac roedd wastad wedi teimlo y dylsai barchu safbwynt ei ddiweddar wraig. Felly byddai'n atgoffa'r meibion bob hyn a hyn am ddaliadau'u mam. Ni allai'r Capten oddef clywed ei fab hynaf yn adleisio geiriau atgas y dynion ifanc eraill hynny ac aeth y ffraeo'n wirioneddol gas. Wedi i'r ddau ddod yn agos at godi dyrnau at ei gilydd penderfynwyd y byddai'n well i Clay ymadael. Cafodd waith ar y *Goldenrod Belle*, agerfad a deithiai rhwng Wheeling a Louisville. Dychwelodd y *Boone's Revenge* eto ymhen rhyw bythefnos. Dywedodd Sammy eu bod nhw wedi gweld Clay unwaith. Roedd â'i ben i lawr yn y caban, yn ceisio canfod pa ran o'r injan oedd yn gwneud y twrw anghynnes roedd ei dad wedi bod yn poeni amdano ers dyddiau, pan glywodd ei dad yn galw arno. Pan gododd a chamu i ymuno â'i dad ar y bwrdd agored gwelodd agerfad mawr yn dod o'r cyfeiriad arall a'i dad wedi dechrau llywio'r *Revenge* naill ochr i leihau'r effaith a gâi'r tonnau pan âi heibio iddyn nhw. Roedd ei dad wedi adnabod y llestr. 'That there's the *Goldenrod Belle*, sure as I'm alive.' A gwir y gair, pan ddaeth yn ddigon agos, pwy oedd yn sefyll yn ymyl trwyn y *Belle* ond Clay. Gallen nhw weld ei wyneb yn glir, yn gwisgo rhyw fath o glwt du dros ei lygad drwg, ond fel arall ymddangosai'r un fath ag arfer. Ac roedd o wedi'u gweld nhw hefyd. Safodd yno ar fwrdd uchel y llestr mawr, yn syllu. Wedyn daeth rhywbeth yn debyg i wên i'w wyneb a chododd ei law arnyn nhw. Cododd Sammy ei law yntau, a gwenu, ac aeth yr agerfad heibio a'r *Revenge* yn siglo ac yn sboncio yn y tonnau a ddeuai yn ei sgil. Dywedodd Sammy wrth Sara fod y cyfan yn brofiad nad oedd yn gallu'i ddisgrifio. 'Don't quite have the words for that,' dywedodd o'n hanner cnoi ar ei dafod wrth siarad. 'Left a strange kinda lingerin uneasiness in me, like I weren't sure if'n we was leavin Clay in our wake or if'n Clay was leavin us in his.' Pan adawodd y *Boone's Revenge* y tro hwnnw, safodd Sara'n hir ar y doc, yn codi'i llaw mewn arwydd o ffarwél ac yn astudio'r patrymau ar wyneb yr afon a ddaeth yn sgil y paced bach.

Y gwanwyn hwnnw daeth teulu Ifor a Rachel Jones i fyw ar yr ynys, cwpl priod tua chanol eu tridegau gyda thri o blant. Huw oedd yr hynaf, yn ddeuddeg oed, yr un oed â Sara. Roedd ei chwaer Elisbeth yn ddeg oed a'r ieuengaf, Elen, yn wyth. Chwarelwr oedd Ifor Jones, a ymfudasai i weithio ar y gamlas yng ngogledd talaith Efrog Newydd. Dechreuwyd agor chwarel yn ymyl lle o'r enw Granville, a chafodd ailafael yn y gwaith a wnâi yn yr Hen Wlad. Ond darbwyllwyd o gan ei wraig, Rachel y byddai'n well ymadael a chwilio am alwedigaeth nad oedd mor beryglus. Er bod y plant wedi'u geni yng Nghymru, yng ngogledd talaith Efrog Newydd roedd y tri wedi'u magu. Siaradai plant Ifor a Rachel Jones Gymraeg sir Gaernarfon, iaith a oedd yn ddigon tebyg i'r Gymraeg a siaredid ar aelwyd teulu Sara, ond roedd blas hollol wahanol ar eu Saesneg. Un o New York State ydw i, byddai Huw Jones yn ei ddweud weithiau, a'r acen Saesneg ddieithr honno'n taro clustiau Sara'n ddigrif pan ynganai'r tri gair hwnnw, *New York State*.

Roedd tad, ewythr a hen ewythr Sara wedi bod wrthi'n achlysurol yn ystod y misoedd cyn y gaeaf hwnnw yn adeiladu pedwar tŷ newydd rhwng cartref Enos ar gornel y groesffordd a thŷ Hector a Hannah Tomos. Tai ar gyfer Esther, Sadoc, Joshua a Sara oedden nhw, yn barod i'r plant pan fyddent yn ddigon hen i ddechrau'u teuluoedd eu hunain. Cwynai Seth, Benjamin a Jwda yn groch bob tro y codai'r pwnc, a byddai'u tad yn eu sicrhau y bwriadai godi tai ar eu cyfer nhwythau hefyd pan fyddai ganddo ddigon o arian wrth gefn i brynu'r coed a digon o amser i ymroi i'r gwaith. Rhoddwyd un o'r tai hyn yn gartref dros dro i Ifor a Rachel Jones. Penderfynodd Isaac wedyn ei fod yn fodlon ei werthu iddyn nhw am bris rhesymol iawn ac adeiladu tŷ arall pan fyddai'n gallu. Roedd Esther yn taeru'i bod hi am ddilyn cwrs gradd yng Ngholeg Oberlin beth bynnag a byddai'n flynyddoedd cyn i un o'r plant eraill gyrraedd oed priodi. Roedd yn wybodaeth gyffredin ar yr ynys bod Owen Watcyn yn dal i boeni y byddai llifogydd yn mynd â'i dŷ a'i fod yn awyddus i gael tŷ'n agosach at y groesffordd, ar y codiad bach o dir a nodweddai'r rhan honno o'r ynys. Ni thorrodd air ag Isaac Jones am ddyddiau ar ôl dysgu'i fod wedi gwerthu'r tŷ i'r newydd-ddyfodiaid. Fel y dywedodd Elen amdano wrth Isaac dros eu swper un noson,

'Rhaid iddo ddygymod â'r ffaith 'i fod o'n byw ar ynys.'

'Mae hynny'n wir,' atebodd ei gŵr. 'Beth bynnag, pan ddaw'r dilyw mawr olaf, fydd y codiad bach yma o dir ddim yn ddigon i warchod neb.'

'A'n gwaredo!' Edrychodd hi o gwmpas wynebau'r plant wedyn. 'Peidiwch â gwrando ar eich tad; fydd yna ddim dilyw o'r fath yn dod.'

Cochodd tad Sara a gwenu.

'Na fydd, siŵr iawn. Sôn am ddiwedd amser oeddwn i. Dydd y Farn Fawr, fel petai, nid rhywbeth fydd yn digwydd yn ystod ein bywydau ni.'

Roedd y teulu newydd yn boblogaidd gyda'u cymdogion. Gweithiai Ifor Jones yn galed yn y stordy, roedd Rachel yn bobyddes hynod grefftus ac yn hael iawn â'i chynnyrch a'i gwybodaeth, ac roedd Huw, Elisbeth ac Elen Jones yn gyfarwydd â gemau a rhigymau a oedd yn newydd i blant yr ynys. Un prynhawn ar ôl ysgol, a Hector Tomos wedi bod yn mynd â'r plant hŷn trwy wersi darllen Saesneg y diwrnod hwnnw, cerddai Huw gyda Sara a Seth o'r ysgoldy i groesffordd y pentref. Hoffai Sara'r bachgen, gan ei fod yn hyderus ond eto'n barod i wrando ar eraill ac yn barod ei gymwynas. Cyn iddo fo a'i ddwy chwaer droi i'r dde ar y groesffordd i'w tŷ, gofynnodd Sara iddo,

'Sut dach chi'n hoffi Ynys Fadog? Ydach chi'n meddwl y byddwch chi'n cynefino â bywyd yma?'

'Dw i'n 'i hoffi'n fawr, hyd yn hyn, er 'mod i'n colli'r mynyddoedd. Ac mae Mam yn dweud o hyd 'i bod hi'n falch bod Nhad wedi'i dynnu o dwll y chwarel yn fyw. Ond wn i ddim ydw i 'di cynefino eto. Mae popeth mor wahanol.'

'Popeth?'

'Wel, ie. Mae rhai petha'n gyfarwydd. Gwasanaethau'r capel a'i holl ddadleuon, gwersi'r ysgol, a'r mynd a'r dŵad ar stryd y pentra. Ond eto mae'n wahanol, mae'n rhyfedd peidio ag edrych i fyny a gweld mynyddoedd.'

Ffarweliodd â Sara, troi, a dechrau cerdded ar ôl ei chwiorydd, ond oedodd a galw arni.

'Erbyn meddwl, mae un peth yn rhyfedd ar y naw.'

'Beth ydi hynna?'

'Y ffordd dach chi'n siarad Saesneg.'

'Saesneg?'

'Ie. Heddiw, yn yr ysgol. Adeg y wers ddarllen. Dach chi'n siarad Saesneg fel y Southerners.'

'Gwela i. Ond mae pobl yr ochr arall i'r afon yn siarad yn wahanol eto. Nhw ydi'r Southerners go iawn. Dewch i'r dociau pan ddaw un o'r agerfadau mawrion. Mi glywch chi'r gwahaniaeth.'

'Ond mi rydach chi'n byw yr ochr arall i'r afon.'

Arhosodd Sara'n dawel am ychydig, yn meddwl cyn ateb.

'Mi rydan *ni*'n byw yr ochr arall i'r afon, rwyt ti'n ei feddwl. Dach chi'n perthyn i'r ynys rŵan. A dydan ni ddim yn byw yr ochr arall i'r afon. Rydan ni'n byw *yn* yr afon.'

'Eitha gwir. Eitha gwir.' Gwenodd Huw, troi, a cherdded ar ôl ei chwiorydd.

Roedd y pentref y daeth Huw a'i deulu i fyw ynddo'n wahanol i'r hyn roedd Sara'n ei gofio ers talwm; ni fu 'holl ddadleuon' y Capel yn rhan o fywyd Ynys Fadog tan yn gymharol ddiweddar. Mae'n wir bod y Parchedig Robert Richards yn parhau i bregethu ar ei hoff destunau. Ymffurfiai'r penawdau mewn llythrennau breision o flaen llygaid dychymyg Sara pan fyddai'r gweinidog yn trafod y themâu cyfarwydd o'i bulpud. Ffydd Job. Y Wraig o Samaria. Dioddefaint Crist. Dameg yr Heuwr. Yr Annychweledig yn Ddall i'w Berygl. Gwir Gyflwr Moesol yr Enaid. Her Ysgrythurol i'r Bedyddwyr. Drygau Caethwasiaeth. Ond erbyn hyn roedd pwnc arall wedi mynd yn destun pregeth cyfarwydd iawn, a'r geiriau Melltith y Ddiod Feddwol yn ymffurfio'n bennawd mawr bras ym meddwl Sara bob tro y dechreuai'r Parchedig Robert Richards sôn am y modd y bydd y ddiod yn llusgo'r meddwyn i gyflwr aflan ac Anghristnogol, a'r meddwyn yntau'n llusgo aelodau'i deulu, druain ohonynt, i'r un cyflwr yn ei sgil. Un prynhawn dydd Sadwrn, a nhwythau'n crwydro'n dyrfa o blant o gwmpas pen dwyreiniol yr ynys, clywodd Sara'i brawd, Sadoc yn dynwared y gweinidog er mwyn diddanu rhai o'r hogiau eraill. Gwyddai Sara fod castiau'i brawd yn debyg i'r gamwedd a elwid yn gabledd, ond bu'n rhaid iddi hi wenu er ei gwaethaf, mor rymus oedd y dynwarediad a mor debyg y geiriau i'r hyn a glywid yn y capel mor aml.

'Fel y bu trahauster a malais Satan yn offeryn ei gwymp, felly hefyd mae'r ddiod gadarn yn offeryn cwymp aml i ddyn meidrol, ac fel y llusgodd Satan angylion lu eraill ar ei ôl ef o'r nefoedd i ddyfn bydew Uffern, felly hefyd y mae teulu'r meddwyn yn ei ddilyn i'w uffern fach ef, a hynny er eu bod hwy'n gwbl ddieuog o bechod esgeler y dyn sy'n gyfrifol am eu cwymp.'

Ac felly y traddodai Sadoc, yn tynnu ystumiau ac yn codi bys a'i ysgwyd yn ffyrnig ar y gwrandawyr.

Ond nid difyrrwch oedd y dadleuon a ffrwydrai rhwng y gweinidog a rhai o ddynion eraill yr ynys, weithiau mewn trafodaeth ar ôl y gwasanaeth ac weithiau yn ystod ysgol sabathol yr oedolion. Cododd Ismael Jones ar ganol pregeth un tro a cherdded allan o'r capel, yn rhegi'r gweinidog dan ei wynt ond yn ddigon uchel i rai o'r dyrfa'i glywed. Clywodd Sara'i thad yn dweud wrth ei mam ei fod wedi erfyn ar ei frawd i ddychwelyd i'r capel er mwyn adfer uniondeb y gymuned, ond un penstiff oedd Ismael a gwrthodai ildio bob tro y codai'i frawd y pwnc.

Yn debyg i'r ysgolfeistr, roedd cyflog y gweinidog yn cael ei dalu'n fisol o gronfa a sefydlwyd ar y dechrau gan Enos Jones i'r perwyl hwnnw. Felly, yn wahanol i oedolion eraill yr ynys, nid oedd yr athro na'r gweinidog na'u teuluoedd yn perthyn yn uniongyrchol i Gwmni Masnach Ynys Fadog. Ond roedd yr ynys yn fach ac roedd hyd yn oed y plentyn lleiaf yn gyfarwydd â natur yr holl nwyddau a ddeuai o'r agerfadau i lenwi stordy a siop yr ynys cyn cael eu trosglwyddo o'r ynys i agerfadau eraill a'u cludai i bentrefi, trefi a dinasoedd o Pittsburgh i New Orleans. Felly dysgodd y Parchedig Richards fod gwahanol fathau o ddiodydd meddwol ymysg y nwyddau hyn flynyddoedd lawer yn ôl. Ond yn y cyfamser, roedd pori trwy dudalennau'r *Dyngarwr* a'r *Cenhadwr Americanaidd* a mynychu ambell gyfarfod mewn ambell gapel Cymraeg ar dir mawr Ohio wedi'i ddarbwyllo bod y fasnach mewn diodydd meddwol bron yr un mor bechadurus â'r fasnach mewn caethweision. Roedd wedi troi'n ddirwestwr selog, a'i nod o droi holl drigolion Ynys Fadog yn ddirwestwyr ar frig ei restr o orchwylion moesol. Ond gan fod y cwrw Almaenig golau a ddeuai o Cincinnati, a'r gwahanol fathau o chwisgi bwrbon a ddeuai o Kentucky ar fwrdd y *Boone's Revenge* ymysg eitemau mwyaf proffidiol y cwmni masnach, ni wrandawai dynion yr ynys. Roedd Catherin Huws ac Ann Lloyd wedi dechrau cefnogi safiad eu gweinidog, a dywedai mam Sara fod dadleuon y capel wedi troi'n ddadleuon mewn ambell gartref yn y pentref hefyd. Pan godai'r pwnc adeg swper byddai Esther yn awgrymu bod y gweinidog yn iawn gan fod meddwdod yn bla mewn rhai teuluoedd. Roedd wedi darllen digon ac wedi clywed digon i ddeall hynny. Ond ychwanegodd fod y Parchedig Robert Richards yn anghywir yn ei ddadansoddiad. Nid pechod yn debyg i gaethwasiaeth ydoedd, ond methiant yr unigolyn.

'Ewyllys Rydd yw'r allwedd,' meddai Esther, yn cloi'r drafodaeth. Gan fod Sara'n well disgybl iddi na'i brodyr, anelai Esther lawer o'r datganiadau hyn ati hi. Ewyllys Rydd, weli di, Sara. Dyna'r allwedd. Ewyllys Rhydd.

Ni fyddai Hector Tomos yn mynychu eisteddfodau mor aml bellach ac yntau wedi alaru disgwyl i un ofyn am arwrgerdd yn debyg i'r un y bu'n ei chyfansoddi ers blynyddoedd. Beth bynnag, diolch i'w fywyd priodasol, ystyriai'r ynys yn baradwys na fynnai ei gadael os na fyddai'n rhaid iddo. Er bod bardd mwyaf addawol y gymuned wedi cefnu ar yr eisteddfodau, teithiai rhai o'r ynyswyr eraill i'w mynychu yn Oak Hill, Pomeroy, Ty'n Rhos ac Ironton weithiau. Yn yr un modd, mynychai eraill – a'r Parchedig Robert Richards yn eu plith – ambell wasanaeth yng nghapeli'r Annibynwyr Cymraeg yn siroedd Jackson a Gallia ac weithiau byddai'r gweinidog yn tywys mintai o'r dewrion i fynychu cymanfa yn un o gapeli'r Methodistiaid. Ond roedd fel pe bai'r rhan fwyaf o gapelwyr de ddwyrain Ohio wedi troi'n ddirwestwyr erbyn 1857, ac roedd y ffaith bod Ynys Fadog yn gymuned a elwai trwy fasnachu mewn diodydd meddwol yn hysbys ym mhob cymuned Gymraeg arall yn y cyffiniau. Ar ddiwedd un Gymanfa Ganu ysbrydoledig, mynnodd Mrs Jones Tirbach gael sgwrs â'r Parchedig Robert Richards ar fuarth capel Oak Hill. Roedd mewn gwth o oedran ac yn pwyso ar fraich wyres, ond er bod ei chorff yn eiddil roedd yr hen fatriarch mor effro'i meddwl ag erioed. Ac oedd, roedd yn rhaid iddi daro gair â gweinidog Ynys Fadog.

'Rhag eich cywilydd chi,' meddai wrth y Parchedig Robert Richards, 'a chithau'n weinidog yr Efengyl ac yn ddyn sydd wedi cymryd y llw dirwestol yn ôl yr hyn yr wyf wedi'i glywed. Rhag eich cywilydd, yn gadael i'r dyn dwl yna, Enos Jones, a'i dylwyth lusgo cymaint o deuluoedd eraill i ymdrybaeddu mewn pechod oherwydd y ddiod feddwol.'

Roedd Catherin a Llywelyn Huws yn y gymanfa, ac yn sefyll yn ddigon agos at y Parchedig Robert Richards i glywed â'u clustiau eu hunain eiriau hallt Mrs Jones Tirbach. Adroddodd Llywelyn yr holl hanes wrth Isaac Jones wedi iddyn nhw ddychwelyd i'r ynys. Aeth Isaac ati'n syth i'w rannu ag Elen, ac ar ôl i Sadoc glywed, sicrhaodd fod ei chwiorydd a'i frodyr yn clywed yr hanes hefyd. Do, safodd y Parchedig Robert Richards yno'n gegrwth ar fuarth y capel, yn goch at ei glustiau, yn derbyn cerydd yr hen wraig fel plentyn drwg yn derbyn llond ceg gan ei fam. Dywedodd y gweinidog wrth Mrs Jones Tirbach nad trwy ddiffyg ymgeisio roedd wedi methu.

Nid dathlu'i phen-blwydd yn 13 a wnaeth haf 1858 mor gofiadwy i Sara, ond cyfuniad o ymdrechion ei chwaer, Esther ac ymdrechion dyn o'r enw Abraham Lincoln. Ers peth amser, bu Hector Tomos yn rhoi cymorth i Esther baratoi ar gyfer arholiadau mynediad Coleg Oberlin ond dwysaodd yr ymdrechion hynny ar ôl gwanwyn 1858. Roedd Hannah Tomos fel pe bai'n gweld pethau yn yr un golau â'i gŵr a chan ei bod hi'n wraig ddeallus, a ddeallai natur yr hyn y gofynnid amdano, treuliai hi lawer o amser gydag Esther hefyd, yn gwrando arni hi'n traethu ynghylch gwahanol bynciau ac yn profi'i chof wrth iddi redeg berfau Lladin a Groeg. Weithiau, byddai Esther yn treulio prynhawn dydd Sadwrn yng nghartref Hector a Hannah Tomos, yn astudio ac yn trafod ac wedyn yn mwynhau pryd o fwyd yn eu cwmni.

'Ti fydd y nesaf,' dywedodd yr ysgolfeistr wrth Sara un diwrnod, pan sylwodd ei bod hi'n gwrando arno wrth iddo wneud trefniadau gydag Esther ar gyfer astudio'r penwythnos hwnnw. 'Cofia di hynny, Sara. Ti fydd y nesaf.'

Pan nad oedd Esther wedi ymgolli yn ei pharatoadau ymunai yn y trafodaethau am yr etholiad draw yn Illinois. Er bod pobl Illinois yn dewis seneddwr ar gyfer eu talaith yn hytrach nag Arlywydd yr Unol Daleithiau, deallai Sara fod yr etholiad yn un pwysig. Roedd enw'r ddau ymgeisydd ar wefusau holl oedolion yr ynys, y Democrat Stephen Douglas a'r Gweriniaethwr Abraham Lincoln. Dechreuodd plant yr ynys ailafael yn yr hen ryfelgri: tir rhydd, ymadrodd rhydd a llafur rhydd! Cyhoeddwyd areithiau'r ddau ddyn yn y papurau Saesneg, a dysgodd Esther dalpiau o areithiau Lincoln ar ei chof. A hithau'n eiddigeddus o'i safle fel disgybl gorau Esther ar yr aelwyd, ceisiodd Sara hefyd ddysgu rhai o eiriau'r Gweriniaethwr o Illinois. Deallai fod un yn cyfeirio at adnod yn Efengyl Mathew, a hoffai'r ffaith ei bod hi'n gwybod hynny. 'Tŷ wedi ymrannu yn ei erbyn ei hun, ni saif.' *A house divided against itself cannot stand. I believe this government cannot endure, permanently, half slave and half free. I do not expect the Union to be dissolved; I do not expect the house to fall; but I do expect it will cease to be divided. It will become all one thing, or all the other.*

Dechreuodd Sadoc siarad am Gansas unwaith eto, a chyhoeddi'n aml na fyddai democratiaeth byth yn datrys problemau'r oes gyda Democratiaid fel Douglas yn dylanwadu ar wleidyddiaeth y wlad. Roedd Seth, Benjamin a Jwda yn ddigon hapus i ymuno yn chwarae afreolus y plant iau eraill, yn rhedeg o naill ben yr ynys i'r llall, yn gweiddi mor uchel â phosibl. Tir Rhydd! Llafur Rhydd! Dywedodd Seth un noson ei fod yn credu bod Illinois yn bwysicach na'r taleithiau eraill gan fod pawb yn sôn am yr hyn a ddigwyddai ynddi hi. Atebodd Sara,

'Dw i'n credu mai'r hyn sy'n digwydd yn fan'no sy'n bwysig. Nid y lle ei hun.' Cododd Esther ei phen o'i llyfr a gwenu ar ei chwaer.

Fel hyn y bu canlyniadau prif ymdrechion yr haf hwnnw: collodd Abraham Lincoln yr etholiad yn Illinois ond enillodd Esther le yng Ngholeg Oberlin. Enillodd ysgoloriaeth hefyd a fyddai o gymorth i'w rhieni dalu am ei haddysg. Roedd y lle hwnnw yn ymyl Llyn Erie, ymhell, bell i'r gogledd ym mhen arall y dalaith. Byddai'r daith yno'n cymryd wythnos ac roedd eu tad am fynd ag Esther yr holl ffordd. Trefnwyd i'r *Boone's Revenge* fynd â nhw i Gallipolis ac wedyn byddai Jacob Jones yn cwrdd â nhw ar y doc ac yn benthyca wagen a dau geffyl iddyn nhw. Ymgasglodd yr holl bentref o gwmpas y doc deheuol ar y diwrnod, rhyw hanner cant o bobl yn ffarwelio ag Esther, rhai'n dymuno'n dda iddi'n llawen ac eraill yn brudd iawn fel pe baent yn ei chladdu yn hytrach na'i hanfon ar y cam bychan cyntaf hwnnw ar ei ffordd i'r coleg. Safodd Hector a Hannah Tomos gyda theulu Esther pan ddaeth y paced bach i'r golwg, yr ysgolfeistr yn ysgwyd ei llaw hi ac yn datgan dro ar ôl tro'i fod yn falch iawn ohoni. Cofleidiodd Hannah Tomos hi'n dynn a sibrwd rhywbeth yn ei chlust na chlywodd neb arall. Wedi ffarwelio â Sadoc, Joshua, Seth, Benjamin a Jwda, aeth Esther at ei mam a chydio yn ei dwylo.

'Peidiwch ag wylo, rhag i minnau wneud.'

'O'r gora, o'r gora' meddai Elen Jones, ond roedd ei llais yn crynu a'i hwyneb yn wlyb gan ddagrau.

'O, Mam!' Ebychodd Esther, y geiriau'n ei methu hi am unwaith, a thaflodd ei breichiau amdani, yn hytrach na siarad. Arhosodd felly am hydoedd cyn camu'n ôl a chodi llaw i sychu dagrau'i mam. Edrychodd ar Sara wedyn.

'Rŵan. Dyma ni.'

Estynnodd law a'i gosod ar ysgwydd ei chwaer. Roedd Sara wedi paratoi araith fach. Roedd wedi aros yn effro tan berfeddion y nos yn meddwl am y geiriau y byddai'n eu llefaru wrth ei chwaer cyn iddi ymadael. Geiriau doeth a fyddai'n sicr o blesio Esther, geiriau a fyddai'n sicrhau bod ei chwaer fawr yn ei chofio fel merch ddeallus, ddiwyd, feddylgar a charedig. Ond dechreuodd igian crio, a'r cyfan y medrai'i ddweud yn y diwedd oedd,

'Cofia ysgifennu aton ni, Esther. Cofia di hynna.'

Teimlodd freichiau'i chwaer yn cau amdani a gwthiodd ei hwyneb gwlyb yn galed yn erbyn ei mwynwes. Estynnodd ei dwylo rhwng breichiau Esther a chau'i breichiau hithau o'i chwmpas. Dyma ni, meddyliodd. Dyma ni. Ac yna clywodd lais eu tad. 'Dyma ni. Mae'n amser mynd.' Gwenai Sammy yn hael ar Sara o fwrdd y *Boone's Revenge*, ystum ei wyneb yn dangos ei fod yn deall brath yr ymwahanu. Estynnodd Capten Cecil law i helpu Esther i gamu o'r doc i fwrdd yr agerfad bach a neidiodd eu tad i fyny ar ei hôl. Cododd Gruffydd Jams a Llywelyn Huws gist Esther a'i rhoi'n ofalus i Isaac a'r Capten, y ddau'n ei gosod yn un o'r ychydig leoedd gwag a oedd i'w weld ar fwrdd llwythog y paced. Tynnodd Gruffydd Jams y rhaffau o'r clymbyst a'u taflu i Sammy. Aeth Capten

Cecil yn ôl i'r caban bach. Cyn hir roedd yr injan yn pesychu a mwg llwyd yn codi o'r corn rhydlyd. Symudodd y *Boone's Revenge* o'r doc, yr olwyn fach yn curo dŵr yr afon ac yn gadael tonnau ewynnog bychain yn ei sgil. Boddwyd sŵn yr injan a'r olwyn gan y dorf, a phawb yn galw ffarwél neu'n gweiddi un fendith olaf. Daeth Jehosaffat y ci o rywle, wedi ymwasgu rhwng coesau'r dorf er mwyn sefyll wrth ymyl y doc a chyfarth ar Isaac ac Esther a hwythau'n diflannu yn y pellter. Ni ddywedodd Sara air. Safodd yn dawel, yn chwifio'i llaw yn yr awyr uwch ei phen, yn gwylio Esther a'i thad, ill dau'n chwifio, wrth i'r agerfad bach symud yn herciog i lawr yr afon i'r gorllewin.

Sefyll yn ymyl ei fam roedd Joshua, ei law yn ei llaw hi. Aeth Sara atyn nhw a gafael yn llaw arall ei mam. Cerddodd y tri adref gyda'i gilydd, eu breichiau wedi'u plethu.

'Mae'n gas gen i weld ein teulu'n chwalu o flaen fy llygaid,' meddai eu mam wrth gyrraedd drws eu tŷ.

'Dydi'r teulu ddim yn chwalu, Mam.' Swniai Joshua'n debyg i'w tad, ei lais yn aeddfed ac wedi'i hydreiddio â rhyw awdurdod caredig a thawel. 'Mae Esther wedi mynd i gael addysg ac mae hynny'n ychwanegu at y teulu, mewn ffordd o siarad.'

Gwenodd ei fam yn wan ar Joshua, fel pe bai am adael iddo gysuro'i hun yn y modd hwnnw er nad oedd hi'n gallu teimlo'r un fath. Teimlodd Sara hithau frath y tu mewn iddi wrth gau'r drws. Roedd yn deimlad tebyg i'r diwrnod y deffrodd i glywed fod Sadoc wedi dianc i Gansas.

Y dydd Sul canlynol roedd Sara wedi gobeithio y byddai'r Parchedig Robert Richards yn trafod ymadawiad Esther yn ei bregeth, ond Melltith y Ddiod Feddwol oedd ei destun. Wedi rhaffu cwpl o adnodau a drafodai sylfaen ysgrythurol pechod, dechreuodd areithio am ddallineb ei braidd ei hun,

'A chwithau, gymdogion a chymdogesau annwyl, yn goddef i'r fasnach esgeler hon fyned yn ei blaen mewn modd mor hyf yn ein plith.'

Dywedodd o'r pulpud wedyn ei fod wedi clywed bod Cymry draw yn Meigs County, Ohio, wedi dyfod yn drwch ger bron gorseddfainc yr Iesu er mwyn ymroi i achos Dirwest.

'Ie wir, bron y cwbl o Gymry Meigs County! Glowyr Minersville. Mwyngloddwyr halen Pomeroy. Mae achos y Bedyddwyr yn ffynnu yn eu plith, ac mae bron y cyfan o Gristnogion Cymreig y parthau hynny wedi ymroi i achos Dirwest.'

Ar ddiwedd y gwasanaeth, cerddai Sara, ei mam a'i brodyr o'r capel y tu ôl i deulu Ifor a Rachel Jones. Oedodd y wraig er mwyn cerdded gyda mam Sara.

'Beth roeddech chi'n ei feddwl am y bregeth, Elen?'

Ochneidiodd mam Sara cyn ateb, ei hwyliau'n dal yn brudd ers ymadawiad Esther a dim byd ers hynny wedi llwyddo i roi gwên ar ei hwyneb.

'Doedd dim llawer o ddim byd newydd ynddi hi. Dw i 'di clywad y cyfan o'r blaen.'

'A finna.' Roedd arwydd chwerthin yn llais Rachel Jones. 'Roedd rhai o'r gweinidogion yng nghyffiniau Granville yn dweud petha tebyg am y dynion mewn pentrefi eraill yn yr ardal ac ambell un yn dweud bod chwarelwyr yr Hen Wlad yn ymrestru wrth y cannoedd yn achos Dirwest. Ond yr un fyddai ateb Ifor bob tro.' Aeth llais Rachel yn ddigrif ddwfn, yn dynwared ei gŵr. 'Bydda troi haid o chwarelwyr yn ddirwestwyr yn fwy o wyrth na throi dŵr yn win.' Chwarddodd cyn ychwanegu, yn ei llais ei hun y tro hwn. 'A dw i'n rhyw feddwl nad ydi glowyr na mwyngloddwyr o Gymry Meigs County yn wahanol iawn.'

Aeth y si trwy'r ynys fod y Parchedig Robert Richards a'i deulu yn gadael. Ymdreiglodd o dŷ i dŷ ac o geg i geg. 'Ydi, mae'n ymadael â ni. Mae wedi derbyn galwad i wasanaethu mewn rhyw gapel i fyny yn Wisconsin neu rywle.' Nid oedd y dyrfa a ymgasglodd ar y doc i ffarwelio â'r gweinidog a'i deulu mor fawr â'r un a ffarweliodd ag Esther pan aeth i Oberlin. Roedd tua hanner y dynion yn absennol, gan gynnwys Enos ac Ismael Jones. Ond roedd Isaac yno gydag Elen, Sara a'r meibion. Yn absennol o'r casgliad o gistiau a dodrefn ar y doc yn aros am yr agerfad gyda'r teulu roedd tresel fawr Mrs Richards. Daethai hi i ddrws y tŷ y noson cynt er mwyn siarad ag Isaac ac Elen Jones, gydag Ismael wrth ei chynffon gan ei bod hi wedi ymweld â'i dŷ o gyntaf ar y ffordd.

'Rwyf am adael y dresel i chi,' amneidiodd yn frysiog dros ei hysgwydd ar Ismael, a safai yng nghanol y lôn y tu ôl iddi, yn tynnu ar ei locsyn du ag un llaw ac yn edrych yn goeglyd ar wyneb ei frawd. 'I chi, Mr Jones, am i mi bron â'ch boddi adeg y croesi i'r ynys.' Ac wedyn edrychodd ar Elen ac Isaac, 'neu i chi, Mr a Mrs Jones, am ddychryn eich mab gymaint pan lewygais i.' Safodd am ychydig, yn drwsgl o dawel. 'Dw i am adael y dresel i chi fel teulu, beth bynnag. Cewch benderfynu pwy sy'n ei chael hi. Mae wedi bod yn destun aml i hunllef i mi yn ystod y blynyddoedd, a minnau'n meddwl 'mod i bron wedi achosi damwain i chi fel teulu oherwydd fy malchder, yn mynnu llusgo'r hen beth yr holl ffordd efo fi o le i le.' Dechreuodd droi er mwyn ymadael ond oedodd. 'Rwy'n gobeithio y byddwch chi'n dyner eich gofal drosti. Brawd fy nhad wnaeth hi, welwch chi. O'r coed derw gorau yng Ngwynedd. Ond bydda i'n ddigon balch i beidio sbio arni hi byth eto.'

Wedi ffarwelio â'r Parchedig Robert Richards a'i deulu ar y doc, aeth Isaac Jones i chwilio am ei frawd a'i ewythr ac wedyn aeth y tri dyn ati i symud y dresel dywyll drom o dŷ gwag y gweinidog i'w gartref ei hun. Roedd Ismael wedi mynnu bod teulu'i frawd yn ei chymryd.

'Does gen i ddim llawer o lestri i'w gosod ar y dresel, Isaac. Does gen i ddim gwraig na phlant i fwyta oddi ar y llestri chwaith.'

Wedi i Sara helpu'i mam i osod y llestri ar y dresel fawr y noson honno, camodd Elen Jones yn araf wisg ei chefn er mwyn syllu ar y rhyfeddod.

'Chwarae teg i Mrs Richards. Mae wedi gwneud tro da â ni.'

Gosododd Isaac y papur newydd Saesneg y bu'n ei ddarllen ar y bwrdd, codi o'i gadair a chamu i ochr ei wraig.

'Chwarae teg iddi. Er, ro'dd hi'n ddigon balch ymadael â hi, cofia.'

'Efalla wir, Isaac. Ond os aeth yn destun hunllef iddi hi, mi fydd yn destun balchder i ni.'

Cynhaliwyd cyfarfod yn y capel heb weinidog yr un noson, a phawb yn trafod ym mha fodd y gellid dod o hyd i fugail newydd. Roedd golwg pur drist ar wynebau Catherin Huws ac Ann Lloyd, ac er bod gŵr Ann wedi aros yn ddistaw, ei lygaid yn syllu ar estyll pren y llawr rhwng ei draed, siaradai Llywelyn Huws yn fywiog, yn cyfeirio'n gymodlawn at y gwahaniaethau rhwng credoau'r Parchedig Robert Richards a natur gwaith cwmni masnach yr ynys. Dywedodd ei fod yn sicr y gallen nhw ddod o hyd i weinidog a fyddai'n meddu ar ddigon o ddoethineb a duwioldeb i bontio'r gwahaniaethau hynny a'u tywys fel cymuned ac fel eglwys i le gwell. Cododd Enos Jones ar ei draed, llusernau'r capel yn goleuo'r blew gwyn yn ei locsyn brith, ei lygaid yn disgleirio â'r egni cyfrin hwnnw a ddeuai bob tro y dyfeisiai gynllun newydd.

'Gwnawn gymwynas â holl Gymry'r cyfandir hwn, gyfeillion, a hynny trwy ddenu gweinidog newydd dros y môr o'r Hen Wlad. Rydw i am ysgrifennu llythyr at olygydd *Y Dysgedydd* a dweud bod gwladychfa Gymraeg lewyrchus ar lannau'r Ohio yn chwilio am fugail i'w heglwys Gynulleidfaol. Bydd yn cymryd mwy o amser na hysbysebu yng nghyhoeddiadau Cymraeg yr Amerig, ond medrai'r canlyniadau'n sicr fod yn dra derbyniol.'

Y llythyrau a fyddai ar feddwl Sara'r adeg honno oedd y rhai a ysgrifennai Esther atyn nhw. Roedd y post a ddeuai gyda'r agerfadau wedi mynd yn beth llawer mwy cyffrous ers i Esther ymadael, a llythyr neu ddau'n eu cyrraedd bron bob wythnos. Disgrifiai hi Goleg Oberlin fel rhyw Athen fach ddisglair yng ngogledd Ohio, gyda merched yn astudio yn yr un athrofa â'r dynion, ac roedd merched a dynion duon ymhlith y myfyrwyr hefyd. Dyma flas ar y freuddwyd a gyflwynwyd flynyddoedd yn ôl yn Seneca Falls, meddai, a dyma flas ar gymdeithasfa fel y dylai fod, fel y bydd trwy gydol y wlad hon pan fydd pechod caethwasiaeth wedi'i ddileu o'r ddaear yn gyfan gwbl. Ysgrifennai Sara hefyd, gan ychwanegu pytiau bychain at lythyrau'i rhieni weithiau, ac ar adegau eraill ysgrifennai lythyrau cyfan ei hun. Disgrifiai'r llyfrau a ddarllenasai, y castiau diweddaraf roedd Sadoc wedi hudo'u brodyr eraill i ymgolli ynddynt, a'r modd roedd blew Jehosaffat yn dechrau gwynnu o gwmpas ei geg, a'i wyneb yn troi'n frith, yn debyg i locsyn N'ewyrth Enos. Dywedodd fod Hector Tomos wedi gwirfoddoli i draddodi pregethau yn y capel dros dro, ac mor rhyfedd oedd gweld eu hathro'n sefyll y tu ôl i'r pulpud yn hytrach nag o flaen dosbarth a bod rhai o'r pethau a ddywedai yn ei bregethau'n hyfryd iawn, yn wahanol iawn i bregethau'r Parchedig Robert Richards. Cyffesodd mewn un llythyr nad oedd hi'n deall yn hollol yr hyn a ddywedasai'r athro yn y capel y Sul cynt, er ei bod hi'n hoffi sŵn y geiriau yn ei chlustiau a'u teimlad braf ar ei thafod pan ailadroddai'r darnau roedd hi'n gallu eu cofio. 'Daw cysuron gras fel awelon mynydd, a phob enaid llon yn ymateb i'w rhyddid.' Dywedodd ei thad wrth Sara mai darnau o'r gerdd hir na fyddai Hector Tomos byth yn ei gorffen oedd y darnau hynny a ddarllenai'r ysgolfeistr ar y Sul.

Un diwrnod, yn gynnar ym mis Ebrill 1859 pan oedd aroglau melys y gwanwyn yn hyfryd o drwm ar awel yr afon, daeth agerfad o'r enw *The Hampstead Belle* o'r dwyrain. Cludai nwyddau haearn, pres, tun a gwydr o weithdai Pittsburgh roedd y cwmni wedi'u harchebu ar gyfer siop yr ynys. Roedd ugeiniau o deithwyr hefyd arni, rhai ar eu ffordd i Cincinnati ac eraill i Louisville neu i St. Louis. Ond daeth un ohonynt i lawr i'r doc gyda'r nwyddau ac aros yno. Roedd y Parchedig Evan Evans yn ddyn ifanc o sir Gaerfyrddin, ei wyneb glân yn gwneud iddo ymddangos yn debycach i fachgen er ei fod yn bedair ar hugain oed. Daethai'r holl ffordd dros yr Iwerydd ar ôl ysgrifennu at Enos Jones a dweud ei fod yn ateb galwad eglwys Ynys Fadog. Hon fyddai'i ofalaeth lawn gyntaf, ac roedd wedi'i lwyr argyhoeddi y byddai'r wladychfa Gymreig a ddisgrifid mewn modd mor lliwgar a chanmoliaethus gan ei sylfaenydd yn gweddu i'r dim iddo. Ysgrifennodd Sara lythyr at Esther yn dilyn gwasanaeth cyntaf y Parchedig Evan Evans, yn dweud bod rhywbeth naturiol a gonest am ei bregeth ac yn ei ymarweddiad yn y pulpud a bod yn well ganddi wrando arno fo na'r Parchedig Robert Richards, er bod rhaid iddi nodi mai siom oedd sylweddoli na châi glywed yr ysgolfeistr yn pregethu yn ei ddull unigryw o.

Roedd y Nadolig hwnnw'n wahanol i'r arfer, a'r gweinidog ifanc wedi dysgu'r plant i ganu caneuon calennig a oedd yn rhan o'r defodau duwiol newydd. Byddai gwersi Cristnogol yn seiliedig arnynt mewn gwersi ysgol sabathol yn ystod yr wythnosau cyn ac ar ôl dydd Nadolig. Dechreuodd Ismael Jones fynychu'r capel unwaith eto ac ar gais y Parchedig Evan Evans aeth ef a Gruffydd Jams ar draws y sianel i chwilio am goed bytholwyrdd ar y tir mawr. Nid oedd yr afon wedi rhewi'r mis Rhagfyr hwnnw, er y disgynnai'r eira'n blu ysgafn bron bob dydd. Roedd y plant yn disgwyl ar y doc gogleddol pan ddychwelodd y cwch, Gruffydd Jams yn tynnu ar y rhwyfau ac Ismael yn dal y rhaff, tomen o ganghennau celyn a phinwydd yn llenwi cafn y cwch rhwng y ddau ddyn. Wedi addurno'r canghennau â rhubanau ac edau lliwgar, aeth y plant i orymdeithio o dŷ i dŷ, ambell un yn dal llusern, y golau'n gwneud i'r plu eira a ddisgynnai ymddangos fel fflachiadau byw yn nhywyllwch y nos. Canai'r parti'r caneuon roedd y gweinidog wedi'u dysgu iddynt wrth bob drws.

Ry'n ni'n cyhoeddi'r Geni
i bawb sydd yn eich teulu,
os 'munwch â ni mewn gweddi bur
cewch glywed peth o'n canu.

Bloeddiai Benjamin a Jwda'r penillion newydd ddydd a nos, ac weithiau byddai Seth yn ymuno â nhw hefyd. Un noson, ar ôl swper, pan oedd canu'r hogiau'n neilltuol o afreolus, gofynnodd Sara i'w rhieni,

'Ai dyna fel roedd y Parchedig Evan Evans yn dathlu'r Nadolig yn ei gartref yng Nghymru?'

'Efallai,' oedd unig ateb ei mam, ond meddyliodd ei thad am ychydig cyn siarad.

'Dwn i ddim, Sara. Dw i'n rhyw feddwl ei fod o wedi newid rhai o'r hen arferion roedd o'n eu mwynhau pan oedd yn blentyn.'

'Eu newid?'

'Ie, eu haddasu. Eu hailgreu ar ffurf sy'n gweddu i'w amcanion yma yn y lle hwn.'

Roedd Sadoc wedi gadael yr ysgol ers yr haf blaenorol ac wedi ymuno gyda'r dynion eraill a weithiai ar y doc, yn y stordy ac yn y siop. Câi deithio gyda'i ewythr Ismael weithiau, y ddau'n canfod lle ar fwrdd gorlwythog y *Boone's Revenge* er mwyn ymweld â gogledd Virginia a Kentucky. Dywedai Sadoc bob tro y cyfeiriai rhywun at y siwrneiau hyn mai mynd ar fusnes cwmni'r ynys roedd o a'i ewythr, yn chwilio am fathau newydd o gynnyrch y gellid eu gwerthu, ond anaml iawn y llwyddai'r ddau ddod adref â math newydd o gig hallt neu chwisgi bwrbon. Adroddai Elen Jones y geiriau cyfarwydd wrth ei gŵr: 'mae dy frawd yn rhy debyg i dy ewyrth ac mae Sadoc yn rhy debyg i dy frawd'. Er bod Esther wedi dweud mewn ambell lythyr y gobeithiai ddod adref ar ymweliad pan ddeuai gwyliau'r Coleg, deuai llythyr arall bob tro yn ymddiheuro ac yn ymesgusodi. Roedd wedi gwirfoddoli'i gwasanaeth ar gyfer ymgyrch elusennol Urdd y Myfyrwyr. Dro arall roedd wedi cadw digon o arian wrth gefn i fynd i Cleveland gyda rhai o'i chyfeillion er mwyn clywed Frederick Douglas yn areithio. Byddai'n sefyll arholiadau ychwanegol yn yr haf ac wedi penderfynu mai doeth fyddai aros ac ymdaflu i'w llyfrau yn ystod y gwyliau.

Ac wrth gwrs, byddai materion gwleidyddol yn derbyn llawer o sylw yn llythyrau Esther. Rhoddodd y flwyddyn 1860 lond coflaid o faterion gwleidyddol i'w trafod hefyd. Daeth ymadroddion newydd i fritho sgyrsiau'r pentrefwyr, a nhwythau wedi'u darllen yn y papurau Saesneg a'r cyhoeddiadau Cymraeg neu wedi clywed y cychwyr yn eu defnyddio pan drafodent wleidyddiaeth â'r ynyswyr. Cynhadledd Charleston, Cynhadledd Baltimore, Cynhadledd Richmond. Fire Eaters a Bolters. Roedd y Blaid Ddemocrataidd wedi'i rhwygo'n ddwy garfan ac roedd un ohonynt wedi dewis Stephen Douglas fel ymgeisydd arlywyddol ac yn taeru mai hawl pob talaith unigol oedd dewis a fyddai'n rhydd ynteu'n gaeth. Ond aeth y Bwytawyr Tân a'r Heglwyr i ddewis ymgeisydd a oedd o blaid ymestyn tiriogaeth caethwasiaeth mewn modd mwy ymosodol, a Breckinridge oedd yr ymgeisydd hwnnw. Daeth cryn gyffro yn sgil cynhadledd y Gweriniaethwyr hefyd gan fod Salmon Chase yn ddyn o Ohio a llawer o'r Gogleddwyr a deithiai ar yr afon yn gryf o'r farn mai y fo fyddai'r dewis gorau. Ond yn y pen draw dewiswyd y gŵr o Illinois, Abraham Lincoln. Cwynai Esther yn groch yn ei llythyrau; er bod Lincoln yn erbyn ymestyn y drefn gaeth i'r tiriogaethau, ni fyddai'n gwneud dim i'w dileu yn y taleithiau deheuol. Roedd y Blaid Weriniaethol wedi dewis dyn cymhedrol ei safiad yn hytrach na dewis ymgeisydd a fyddai'n fwy tebygol o symud yn gyflym yn erbyn melltith caethwasiaeth. Penderfynodd Lincoln i beidio â dweud gair am Ddeddf y Caethwas Fföedig nac ychwaith am benderfyniad y Goruchaf Lys ynglŷn â Dred Scott. Ond eto, gwrthwynebai ymestyn caethwasiaeth, atgoffai Sara'i chwaer pan ysgrifennodd ati, a byddai hynny'n golygu bod y wlad yn cymryd un cam bras allan o'r tywyllwch a oedd wedi taflu'i gysgod drosti am gyfnod mor faith.

Cyfeiriai'r naill chwaer a'r llall at ysgrif Dewi Emlyn a gyhoeddasid yn *Y Cenhadwr Americanaidd* ym mis Hydref. Roedd Esther wedi clywed gweinidog Annibynwyr Cymraeg Parisville yn areithio pan ddaeth i ymweld ag Oberlin, ac er nad oedd neb arall ar Ynys Fadog wedi gweld y dyn roedd darllenwyr y *Cenhadwr* yn siarad am Dewi Emlyn fel pe baent yn ei adnabod, yn yr un modd â'r Parchedig Ddoctor Robert Everett, golygydd y misolyn. Croesodd llythyrau Esther a Sara'i gilydd yn y post rywle yng nghanolbarth Ohio, mae'n debyg, a'r naill yn dweud bron yr union yr un peth â'r llall. Mor wir oedd geiriau Dewi Emlyn. Roedd caethiwed yn bwnc a ymddangosai ym mhobman, yn union fel y dywedodd gweinidog Parisville:

> Ar yr agerfadau, yn y rheilgerbydau, yn y sefydliadau llenyddol, yn y cymdeithasau crefyddol, yn yr eglwysi ac yn y Gydgynghorfa yn Washington.

Mor wir oedd y trosiad a ddefnyddiodd i ddisgrifio'r modd y ceisid cadw'r ddesgil yn wastad:

> Penderfynodd gwleidyddion yn eu cyrddau mawrion ei gladdu yn ddyogel a sicr; ond ni byddai yn aros yn ei fedd cyhyd ag yr arosodd Jonah yn mol y pysgodyn. Nis gellir ei ddystewi nes dryllio llyffethyriau y bobl dduon, ddim mwy nag y gellir dystewi cydwybod Judas yn y gollfa fythol. Cyn ceir tawelwch yn ei gylch, rhaid i gaethiwed ddiwreiddio egwyddorion rhyddid a Christionogaeth allan o'r Unol Dalaethau, neu i'r egwyddorion hyny ddiwreiddio caethiwed allan o honynt.

Ni all tŷ sydd wedi ymrannu yn ei erbyn ei hun sefyll, ychwanegodd Sara, yn adleisio'r araith roedd Lincoln wedi'i thradoddi yn Illinois ddwy flynedd ynghynt ac yn atgoffa'i chwaer bod safiad yr ymgeisydd Gweriniaethol yn un roedd yn rhaid iddynt ei gefnogi.

'Free Soil, Free Speech, Free Home,' oedd rhyfelgri'r blaid y tro hwn, gyda'r addewid y byddai Homestead Act y Gweriniaethwyr yn rhoi ffermydd am ddim i bobl yn y tiroedd gorllewinol. 'Vote for Lincoln and Vote Yourself a Farm' oedd y pennawd rhadlon a welai darllenwyr mewn nifer o wahanol bapurau newydd. Cwynodd Esther mewn llythyr fod awydd i apelio at drachwant y pleidleiswyr wedi mynd cyn bwysiced i'r Gweriniaethwyr â'r awydd i wrthsefyll y drefn gaeth. Cytunodd Sara pan ysgrifennodd ei hateb, ond atgoffodd ei chwaer hŷn unwaith eto y byddai cael Mr Lincoln yn Arlywydd yn gam bras ymlaen allan o'r tywyllwch o gofio'r arlywyddion eraill roedd y wlad wedi'u goddef ers i'w teulu groesi'r môr.

Yn ystod un o ymweliadau'r *Boone's Revenge* gofynnodd Sammy a oedd Sara wedi clywed y gân eto, a chyn iddi gael cyfle i'w ateb, dechreuodd ganu. Roedd yr alaw yn gyfarwydd er bod y geiriau'n newydd.

> Old Abe Lincoln
> came out of the wilderness,
> out of the wilderness,
> out of the wilderness,
> Old Abe Lincoln
> Came out of the wilderness,
> Down in Illinois.

Ysgydwodd ei ben wedyn, ei wên yn llydan, a dweud, 'I know it should be Up in Illinois, seein' as we're down here on the river, but that just hain't how the song goes.' Winciodd ar Sara, wrth wneud hwyl am ben ei ffolindeb ei hun, a dechrau canu eto.

Dangosai'r *Gallipolis Journal* ei gefnogaeth mewn rhifyn ar ôl rhifyn gyda phennawd bras yn gofyn i ddarllenwyr bleidleisio dros y 'National Republican Ticket – For President: Abraham Lincoln of Illinois – For Vice President: Hannibal Hamlin of Maine.' Cyhoeddodd golygydd y papur mewn erthygl arall mai'r 'Extension of Slavery' oedd y 'True Issue.' Rhedai'r plant iau'n wyllt dros yr ynys bob dydd Sadwrn, yn chwarae gêm a alwent yn Elecsiwn a oedd yn debycach i ryfel yn nhyb Sara. Wedi ymrannu'n ddwy fyddin fach, byddai un yn mynd i guddio rhywle ar ochr ddwyreiniol yr ynys, a'r ochr arall yn chwilio amdanyn nhw, brigau bychain yn eu dwylo. Wrth gyfarfod, rhuthrai'r naill ochr am y llall, yn taflu'u brigau fel gwaywffyn bychain ac yn galw'r hen ryfelgri. Tir Rhydd! Llafur Rhydd! Nid oedd y Free Home wedi ymdreiddio i ymwybyddiaeth plant Ynys Fadog, er gwaethaf ymdrechion y Gweriniaethwyr i gyhoeddi'r slogan newydd mewn papurau o bob math. Clywid ambell ryfelgri Saesneg hefyd. 'Vote Republican! No extension of slavery!' Bloeddiai'r plant enw Abraham Lincoln yn aml yn ystod y chwarae, ond aeth enw'i gyd ymgyrchydd yn Hambyl Hamlyn ar eu tafodau.

Wythnos gyntaf mis Tachwedd aeth y dynion dros y sianel er mwyn teithio i Gallipolis a phleidleisio. Nid oedd y Parchedig Evan Evans wedi derbyn ei bapurau dinasyddiaeth eto, ond cynhaliodd gyfarfod gweddi arbennig a dweud o'r pulpud ei fod yn gobeithio y byddai llaw'r Arglwydd i'w synhwyro ar waith yng nghanlyniad yr etholiad, a'r wlad hithau'n symud ymhellach oddi wrth ei chyflwr pechadurus o'r herwydd. Diolch i law'r Arglwydd neu beidio, etholwyd Abraham Lincoln yn Arlywydd y mis Tachwedd hwnnw. Cynhaliwyd cyfarfod gweddi arall yng nghapel yr ynys i ddiolch am yr arwydd hwnnw fod Jiwbilî yn dyfod. Oedd, meddai'r Pachedig Evan Evans o'r pulpud, a'r cyffro wedi meddiannu'i wyneb ifanc, roedd y Jiwbilî ar ei ffordd. Byddai'n dyfod yn hwyr neu'n hwyrach, roedd hynny'n sicr. Dridiau'n ddiweddarach daeth Sadoc, ei wynt yn ei ddwrn, a dweud wrth Sara a'r lleill fod y *Boone's Revenge* wedi ymddangos. Rhedodd Sara, gyda'i brodyr yn ymuno yn y ras, o'u tŷ i'r doc er gwaethaf y ffaith ei bod hi'n bymtheg oed bellach ac yn teimlo braidd yn rhy hen i ymdaflu i'r castiau hynny. Cyrhaeddodd Sara'r doc mewn pryd i weld y paced yn docio. Safai Sammy ar drwyn yr agerfad bach, y rhaff wedi'i chasglu mewn torchau yn ei ddwylo. Pan ddaeth yn nes medrai Sara glywed ei lais yn canu uwchben twrw pesychlyd yr hen injan fach. 'Old Abe Lincoln, came out of the wilderness, out of the wilderness, out of the wilderness.' Cododd ei llaw a galw'i chyfarchiad, ond yna gwelodd fod llanc arall ar fwrdd y paced hefyd. Oedodd, gan feddwl fod Clay wedi dychwelyd i weithio gyda'i dad a'i frawd. Ond craffodd ar ei wyneb a gweld nad mab hynaf y Capten Cecil oedd y bachgen. Roedd ei wallt yn dywyll iawn, yn debyg i Sara a'i theulu, a'i wyneb yn harddach o dipyn nag eiddo Sammy a'i frawd. Cadwodd ei llygaid ar y dieithryn wrth i'r *Revenge* besychu hercian yn nes ac yn nes at y doc. Roedd rhywbeth deallus ac agored yn ei wyneb, golwg a oedd yn ei hatgoffa o'r ysgolfeistr, Hector Tomos. Taflodd Sammy'r rhaff a symudodd Sadoc i'w dal, ond ni thynnodd Sara ei llygaid oddi ar wyneb y llanc. Galwodd Sammy.

'A-hey, Sara Jones!' Bu'n rhaid iddi droi ac edrych ar ei hen ffrind. Galwodd o eto. 'What did y'all make of the Lection?' Gwenodd Sara arno. Cnociodd y paced yn erbyn y doc yn ysgafn a thaflodd tad Sammy'r rhaff arall i Sadoc a oedd wedi clymu'r gyntaf yn barod. Neidiodd y ddau lanc i'r doc. Cydiodd Sammy yn mraich y dieithryn a'i dywys draw at Sara.

'This here's Rowland Morgan. He's one of your folk. From up around Minersville and Pomeroy.'

Y Cynnwrf Mawr

1860–1865

11

Disgwyl rwyf ar hyd yr hirnos,
Edrych am y boreu ddydd,
Disgwyl clywed pyrth yn agor,
A chadwynau'n mynd yn rhydd!

Canai Sara'n uchel, ei llais yn uno â gweddill y dyrfa. Canai'n hyderus, yn mwynhau'r ffaith ei bod hi wedi dysgu'r geiriau newydd ar ei chof. Canai'n llawen, a'r llawenydd hwnnw wedi'i borthi gan y ffaith fod holl aelodau eraill y capel wedi dysgu'r geiriau newydd hefyd. Roedd y cydganu hwn yn ddatganiad o undod ac ymroddiad y gymuned wrth iddyn nhw symud gyda'r wlad i gyfeiriad newydd. Syllai ar y wal y tu ôl i'r pulpud gwag wrth ganu, yn hanner cau ei llygaid bob hyn a hyn.

Roedd y Parchedig Evan Evans wedi dechrau arferiad newydd ers rhai misoedd; byddai'n camu i lawr o'r pulpud adeg y canu a sefyll gyda'r gweddill ohonynt, mewn lle gwahanol bob tro, weithiau gyda'r rhai yn y rhes flaen, weithiau'n camu i'r rhes gefn ac weithiau rhywle yn y canol. Safai'r gweinidog ifanc gyda'i braidd, yn syllu ar y pulpud gwag, ac yn cydganu, yn mynegi undod democrataidd yr eglwys trwy gyfrwng eu canu torfol.

Dydd Sul, 20 Ionawr 1861 ydoedd, a phob mis, wythnos a diwrnod wedi magu arwyddocâd arbennig, pob talp o amser yn feincnod, yn fodd i fesur rhawd y wlad ar ei ffordd i ryw gyflwr newydd nad oedd neb yn ei ddeall yn llawn eto. Buddugoliaeth Abraham Lincoln yn yr etholiad ddechrau mis Tachwedd fu'r man cychwyn. Y garreg filltir fawr nesaf oedd y newyddion a ddaeth rai dyddiau cyn y Nadolig fod talaith De Carolina wedi datgan ei bod hi am ymneilltuo o undeb yr Unol Daleithiau. Wedyn yng nghanol mis Ionawr, y naill dalaith ar ôl y llall yn dilyn yr un trywydd. Mississippi. Florida. Alabama. Georgia. Ac roedd y papurau Saesneg yn dweud bod Louisiana a Texas ar fin eu dilyn yn yr hyn a elwid yn *seccession route* gan un ohonynt.

Er bod gan *Y Cenhadwr Americanaidd* nifer o danysgrifwyr ar yr ynys yn barod, ac y câi'r rhifynnau hynny eu rhannu'n hael â gweddill y gymuned, roedd tad Sara a'i hewythr Ismael wedi rhannu'r gost o danysgrifio eu hunain er mwyn sicrhau y caent ei ddarllen yn syth. Gan fod yr afon yn rhydd o rew y mis Ionawr hwnnw a'r post yn llifo'n gymharol dda, cyrhaeddodd rhifyn Ionawr y *Cenhadwr* tua chanol y mis. Daeth Ismael â rhifyn newydd y misolyn adref o'r doc ar ôl y diwrnod gwaith a bu ef o gwmpas y bwrdd swper y noson honno, rhwng llwyeidiau o'r cawl pys a chig moch a chegeidiau o fara menyn yn darllen cynnwys y cylchgrawn i'r teulu. Oedai Sara ar ganol cnoi weithiau, yn gadael i'r bwyd fwydo yn ei cheg wrth iddi wrando'n astud ar lais ei hewythr. Roedd canhwyllbren ychwanegol wedi'i gosod ar y bwrdd yn ymyl powlen gawl Ismael, a daliai'r cylchgrawn ar ychydig o ogwydd er mwyn i'r goleuni a ddeuai o'r tair cannwyll daro'r tudalennau.

'Enw'r ysgrif hon yw Y Cynnwrf Mawr – Prif Destun y Dydd.' Cododd Ismael ei lwy a'i rhoi yn ei geg, yn cnoi'n gyflym ar damaid o gig moch, ychydig o'r sudd yn rhedeg dros ei wefus i'w farf.

'Mae'r ymgodiad yn y De yn fradwriaeth. Nis gall ei fod yn llai na bradwriaeth, oblegid y mae yn ymgais at fywyd a bodolaeth y Llywodraeth.' Wedi darllen yn araf ac yn bwyllog am rai munudau, seibiodd a chodi'r hances roedd wedi'i thaenu ar ei lin i sychu'i geg a'i locsyn. Cododd Ismael ei wydryn – cynnyrch un o weithdai gwydr Pittsburgh, yn dal ac yn las tryloyw, a golau'r canhwyllau yn gwneud i'r dŵr y tu mewn iddo ymddangos fel dŵr y môr yn ôl mam Sara. Yfodd. Cliriodd ei wddf. Cododd y cylchgrawn eto, cyn seibio i edrych o gwmpas y bwrdd, yn mwynhau sylw'i deulu, a dechreuodd ddarllen.

'Gorwedda yr achos *gwirioneddol* o'r ymgodiad hwn ymhellach yn ôl. Mae hen deimlad y De o awydd am Undeb mawr o daleithiau caethion heb un dalaith rydd yn perthyn iddynt, wedi bodoli yn meddyliau llaweroedd yno er dyddiau Jackson.' Cododd Ismael ei lygaid ac edrych ar Jwda a Benjamin, a eisteddai'n dynn yn ymyl ei gilydd ar law chwith eu hewythr. 'Ydach chi'n gwybod pwy oedd hwnna? Jackson?'

'Arlywydd ers talwm,' dywedodd Jwda, yn gwthio darn o fara â'i dafod i'w foch er mwyn ateb cyn i'w frawd gael cyfle. Roedd yr efeilliaid yn un ar ddeg bellach, a'r un mor dal â Seth, er ei fod dair blynedd yn hŷn na nhw.

'Ie, da iawn chdi. Roedd yn Arlywydd cyn i ni i gyd ddod i'r Amerig. Dim ond N'ewyrth Enos oedd yma'r adeg honno. Yr Asyn mae o'n galw Jackson.'

'Pam, N'ewyrth Ismael?'

Roedd Benjamin yntau wedi llyncu'i fwyd ac yn awyddus i ymuno yn y drafodaeth hefyd.

'Mae hwnnw'n bwnc hirfaith, Ben. Gwell gofyn i N'ewyrth Enos rywdro.'

Winciodd ar ei nai, a chodi'r cylchgrawn eto, gan fodio trwy'r tudalennau.

'A dyma lythyr gan Benjamin arall. Y Parchedig Benjamin Chidlaw, un arall o fawrion talaith Ohio. Mae wedi bod yn teithio trwy'r flwyddyn ar ran mudiad yr ysgolion sabathol Cymraeg. Gwrandewch ar hyn, hogia!'

Sylwodd Sara fod Sadoc yn astudio'u hewythr ar draws y bwrdd, golwg a oedd yn gymysgedd o addoliad a mwynhad ar ei wyneb. Meddyliodd Sara, fel hyn y bydd Sadoc gyda'i neiaint o pan fydd ganddo fo neiaint. Mae N'ewyrth Ismael yn tynnu ar ôl N'ewyrth Enos, ac mae Sadoc yntau'n tynnu ar ôl N'ewyrth Ismael, yntau'n ddyn ifanc bellach ar fin dathlu'i ben-blwydd yn 19 oed. Roedd wedi rhoi'r gorau i eillio ers talwm, a'u mam yn dweud bod ei locsyn du tywyll yn gwneud iddo ymddangos yn debycach fyth i Ismael. 'Ewedd annwyl, mae'r Parchedig Chidlaw wedi bod yn brysur!' Trodd llygaid Sara'n ôl at wyneb ei hewythr, yn mwynhau'i berfformiad gystal ag y gwnâi ei brodyr. 'Gwrandewch ar hyn: "Yn y flwyddyn bresennol yr wyf wedi teithio 2,200 o filltiroedd, annerch 180 o ysgolion sabathol, pregethu 80 o weithiau, a sefydlu 37 o ysgolion, yn cynnwys 200 o athrawon, 1,500 i 1,600 o blant ac ieuenctid. Dosbarthais 1,200 o Feiblau a Thestamentau…"'

Ymsythodd pawb yn eu cadeiriau pan gyrhaeddodd Ismael y darn am lynges yr Unol Daleithiau yn cipio llong a oedd yn cludo caethweision o Affrica i ynysoedd fel Ciwba. 'Diolch i'r Arglwydd am ffyddlondeb ein llynges a'i llwyddiant yn eu gwaith, yn dal y môr-ladron, ac yn achub plant Affrica o'u crafangau gwaedlyd.'

'Amen,' dywedodd Elen Jones, fel pe bai'r Parchedig Ben Chidlaw trwy gyfrwng y cylchgrawn a llais Ismael yn arwain cyfarfod gweddi o gwmpas y bwrdd. 'Amen', atebodd Isaac, ac ymunodd gweddill y teulu, gan ynganu'r gair yn glir ac yn bwyllog. Edrychodd Ismael dros y cylchgrawn, yn gwenu'n hael ar ei chwaer-yng-nghyfraith, cyn taflu'i lygaid o gwmpas y plant. 'Amen yn wir. Ac fel hyn y mae'n cloi'i lythyr. Gwrandewch: "Mae amgylchiadau ein gwlad yn ddyryslyd iawn yn y dyddiau hyn. Yr Arglwydd yn unig a ddichon ein gwared oddi wrth yr holl aflwydd sydd yn crogi uwch ben ein gwlad. Yr eiddoch mewn cariad, B. W. Chidlaw."' Arweiniodd eu mam gorws arall o amenio. Sylwodd Sara fod Jwda, wrth ymarfer yr ymadrodd newydd, yn ceisio cael ei dafod o gwmpas y geiriau. Mae amgylchiadau ein gwlad yn ddryslyd iawn. Yn ddy-rys-lyd iawn. Yn ddy-rys-lyd.

Yn y rhifyn newydd hwnnw o'r *Cenhadwr* y cyhoeddwyd emyn newydd gan William L Davies o Johnstown, Pennsylvania. Roedd y Parchedig Evan Evans wedi annog ei braidd i'w ddysgu, a dyma nhw'n ei ganu am y tro cyntaf y dydd Sul hwnnw, ar ôl i'r gweinidog draddodi pregeth bwrpasol ar y testun Disgwyliad am Ryddid. Roedden nhw wedi canu un o hen ffefrynnau'r dyrfa yn barod cyn y bregeth, 'Dyma odfa newydd, O Arglwydd dyro rym…' a llais Enos Jones wedi codi'n uwch na phawb, weithiau'n uno'n soniarus gyda'r gweddill ohonynt, ac weithiau'n crwydro ar esgyll rhyw alaw arall. Ond roedd cydganu'r emyn newydd yn wahanol, a'r lleisiau'n uno mewn modd na chofiai Sara'i brofi erioed o'r blaen.

Disgwyl rwyf ar hyd yr hirnos,
Edrych am y boreu ddydd,
Disgwyl clywed pyrth yn agor,
A chadwynau'n mynd yn rhydd!

Roedd llais Hannah Tomos yn gwneud iawn am absenoldeb Mrs Richards, a Sara'n gynyddol hyderus yn ei gallu hithau i chwyddo'r canu'n effeithiol. Caeodd ei llygaid wrth ganu'r llinell olaf.

O, na wawriai, O, na wawriai, Bore hyfryd Jiw-bi-lî!

Peth arall a wnaeth yr emyn newydd yn arbennig o annwyl i Sara oedd y ffaith fod y bardd, William L Davies, yn byw yn Johnstown. Bu tad Rowland Morgan yn gweithio i'r Cambria Iron Company yn Johnstown, ac yn y dref honno ym Mhensylvannia y ganed Rowland. Ond rŵan roedd Rowland Morgan yn sefyll yno yn y capel, rywle y tu ôl iddi hi, ei lais yntau'n chwyddo'r canu wrth iddyn nhw ailadrodd y geiriau clo.

Bu farw mam Rowland pan oedd yn bum mlwydd oed a chafodd ei dad ei ladd mewn damwain yn un o'r ffwrneisi haearn ddwy flynedd wedi hynny. Symudodd i fyw at ei ewythr a'i fodryb yn Minersville; roedd Rowland newydd adael yr ysgol ac wedi dechrau gweithio yn y pwll glo pan laddwyd ei ewythr mewn damwain o dan ddaear. Mynnodd modryb Rowland ei fod yn gadael y pwll. Nid oedd ganddi'r un plentyn byw ond roedd ganddi hi chwaer ar gyrion Columbus wedi priodi dyn cyfoethog ac wedi cynnig iddi ddod atyn nhw i fyw. Byddai hi'n cefnu ar byllau Minersville am byth ac roedd am i'w nai wneud yr un fath. Siaradodd hi â'i gweinidog a chysylltodd y gŵr da hwnnw â gweinidog Ynys Fadog. Atebodd y Parchedig Evan Evans yn ddioed. Oedd, roedd croeso i Rowland Morgan ar yr ynys. Dyn ifanc di-briod oedd y Parchedig Evan Evans ac roedd ganddo dŷ digon mawr; câi Rowland ei ystafell ei hun yng nghartref y gweinidog. Roedd rhanddalwyr cwmni masnach yr ynys wedi cytuno y câi'r bachgen weithio ar y doc ac yn y stordy a dod yn aelod llawn yn y cwmni fel y gweithwyr eraill, ond yn gyntaf byddai'n mynychu'r ysgol ac aros yno nes i'r ysgolfeistr fodloni iddo gael digon o addysg.

Ymddangosai fel dyn, o'i weld o bell neu o'r cefn, gan ei fod yn dal, yn gydnerth ac yn symud yn llawn sicrwydd. Dim ond blwyddyn yn hŷn na Sara oedd o, ond roedd cyn gryfed â rhai o'r dynion pan weithiai ar y doc ar y Sadwrn neu ar ambell brynhawn ar ôl ysgol. Câi Sara ei synnu bob tro y gwelai hi o yn ystod y dyddiau cyntaf hynny. Ar yr olwg gyntaf, dyn cryf a hyderus, ond pan fyddai'n troi ati hi, edrych ar wyneb plentyn fyddai hi, a'r wyneb hwnnw'n hardd mewn ffordd anghyffredin. Nid golygus fel rhai dynion hŷn, ond yn hardd fel llun cerub a welsai yn un o lyfrau Saesneg yr ysgol sabathol – llygaid crynion mawrion, gwefusau llawn, a'i wallt yn syrthio'n gudynnau meddal o gwmpas ei glustiau, a'r gwallt hwnnw bron mor dywyll â gwallt Sara. Roedd fel pe bai'n swil ac yn hyderus ar yr un pryd. Ni thynnai sgwrs â phobl eraill ond ni fyddai'n osgoi cwmni chwaith. Safai ar gyrion trafodaeth yn gwrando'n astud, ond ni fyddai'n cyfrannu nes i rywun arall ofyn ei farn. Yna, byddai'n siarad yn bwyllog a deallus, yn mesur ei eiriau'n ofalus ac yn eu llefaru'n dawel ond gyda hyder un a gredai'r hyn a ddywedai. Gwrando ar bobl eraill fyddai Rowland Morgan, nid fel un heb farn na dysg, ond fel un a wyddai fod gwrando'n ddawn ac yn gymwynas. Pan fyddai Sara'n siarad ag o teimlai ei bod hi'n torheulo yn ei sylw tawel, yn debyg i'r adegau pan fyddai'n eistedd ar lan yr ynys yn yr haf, yn torchi llewys ei chrys uwch ei phenelinoedd ac yn tynnu'i sgert i fyny i'w chluniau, gan bwyso'n ôl ar fwd a oedd wedi crasu'n galed yn yr haul ac yn teimlo'r cynhesrwydd yn anwesu'i chroen. Teimlai wres sylw tawel Rowland pan fyddai hi'n siarad ag o, y modd y gwrandawai ar ei geiriau fel heulwen yn trochi'i hwyneb ac yn cynhesu'i chalon. Weithiau pan na fyddai dim byd arall ar feddwl ei mam neu'i thad, medrai Sara siarad â'i rhieni gan wybod ei bod hi'n ganolbwynt eu holl sylw. Profiad tebyg oedd y sylw a gâi gan Rowland, ond bod rhyw haen ychwanegol yn y modd y gwrandawai o arni hi, rhyw deimlad bod y gwrando'n rhodd ac yn wahoddiad ar yr un pryd.

Pan ddeuai'r *Boone's Revenge*, a Sara a Rowland yn digwydd bod ar y doc ar yr un pryd, byddai Sammy'n eu cyfarch wrth i'r paced besychu'n herciog i'w cyfeiriad.

'A-hey, Sara Jones! A-hey, Rowland Morgan.'

Byddai'n siarad yr un mor siriol â hi ag erioed, ei wên yn llydan a'i eiriau'n llifo'n hawdd, ond gwyddai Sara ei fod yn edrych arni hi'n wahanol, yn sylwi ar y ffaith ei bod hi'n sefyll ychydig bach yn agosach at Rowland nag y byddai pan ddeuai brawd neu ffrind arall gyda hi i'r doc.

Bu'n oer y gaeaf hwnnw, ond nid digon oer i rewi'r afon fawr. Ffurfiai rhew ar wyneb y dŵr yn y cilfachau llonydd hynny ar hyd y glannau a rhewodd rhai o'r nentydd bychain ar y tir mawr. Rhewodd wyneb y sianel gul hyd yn oed ryw wythnos cyn y Nadolig, ond anogodd Gruffydd Jams rieni'r ynys i gadw'u plant oddi ar y rhew tenau gan nad oedd yn ddigon saff. Disgynnodd eira newydd yn drwch arno a disgleiriai gan gysylltu'r ynys â'r tir mawr i'r gogledd. Bu'r temtasiwn yn ormod i rai. Gwelid ôl traed yn yr eira ar y rhew yn agos at y doc bach ac ar hyd y lan ogleddol, felly bu'n rhaid i holl blant yr ynys wrando ar bregeth arall gan eu rhieni. Wedi noson arall o eira trwm, roedd y cae gwyn yn cysylltu'r ynys â'r tir mawr ac yn denu. Aeth Benjamin, Jwda a Robert Davis, ill tri'n un ar ddeg oed, i drafferth, ar ôl herio'i gilydd i gerdded ar draws y sianel gul i'r lan arall. Daeth Jwda ar draws Sara a Rowland, yn cerdded yn hamddenol o'r ysgol i'r capel gan fod Sara wedi addo cynorthwyo Rowland ac yntau wedi addo cynorthwyo'r Parchedig Evan Evans gyda'r paratoadau at y Nadolig. Oedd, dywedodd Jwda, a'i wynt yn ei ddwrn, fod Benjamin a Robert wedi cyrraedd canol y sianel a'r rhew wedi dechrau cracio. Cer di i'r doc mawr a gofyn i rywun ddod â rhaffau, meddai Rowland wrth Sara, a cer di gyda dy chwaer, meddai fo wrth Jwda. Pan gyrhaeddodd Sara, ei thad, Gruffydd Jams a rhai o'r dynion eraill y doc bach gyda sawl coflaid o raff, roedd Rowland ar y rhew eisoes, yn dal y rhaff a oedd yn sownd wrth un o byst y doc ac yn cerdded yn bwyllog i gyfeiriad Benjamin a Robert, a safai'n llonydd, eu breichiau ar led, fel pe baent yn chwarae gêm, a'r gamp honno'n eu gorfodi i gogio'u bod yn gerfluniau. Dechreuodd tad Sara ddringo i lawr i'r rhew hefyd, ond fe'i hataliwyd gan Gruffydd Jams. Gwell peidio â rhoi rhagor o bwysau arno fo. Gwell gadael i Rowland wneud. Clymwyd rhaff wrth raff ac aeth Rowland trwy'r eira gam wrth gam yn bryderus, yn ceisio mynd mor gyflym â phosibl ond eto'n oedi i synhwyro trwch a gwydnwch y llawr o dan yr eira. Oedodd rhyw ddwy lathen oddi wrth y bechgyn. 'Beth sydd?' galwodd Isaac Jones. Plygodd ei ben ychydig i alw dros ei ysgwydd, ond yn ofalus, fel pe bai'n poeni y byddai'r symudiad hwnnw'n ormod.

'Clywes i grac o dan 'y nhra'd.' Dechreuodd Isaac a Gruffydd Jams gynnig cyngor, y naill yn galw ar draws y llall, ond roedd Rowland wrthi'n barod yn estyn y rhaff hir roedd wedi bod yn ei chludo mewn torchau ar ei fraich. Taflodd hi at Robert, y bachgen agosaf.

'Gan bwyll nawr, Robert. Plyga di gan bwyll bach a choda'r rhaff.'

Wedyn gorchmynnodd iddo'i chlymu'n ofalus o gwmpas ei ganol gan adael digon ar y pen arall ac wedyn ei thaflu i Benjamin. Llwyddodd, ac wrth i Sara deimlo curiadau'i chalon yn drymio trwy'i chorff, dringodd Rowland, Robert a Benjamin i fyny i'r doc. Ceryddai ei thad Jwda a Benjamin a'u cofleidio bob yn ail, ac aeth Sara at Rowland a diolch iddo.

''Na fe. Wy'n falch yn bod ni 'di cyrra'dd yr angorfa'n saff. Fydd neb yn moefad heddi.' Yna, difrifolodd. 'Ond dyle rhywun walu'r rhew 'na ar y lan, rhag ofon i'r bechgyn ga'l 'u temptio i drybini 'to.'

A hithau'n daer yn ei ddiolch, doedd Sara ddim am iddo wybod nad oedd hi'n deall pob gair a ddywedodd. Siaradai Rowland Gymraeg a oedd yn gymysedd o wahanol dafodieithoedd, yn amrywio o ddwyrain Morgannwg i orllewin sir Gaerfyrddin. Ni allai Sara briodoli'r gwahanol eiriau i wahanol ardaloedd, Cymraeg Rowland ydoedd iddi hi. Cymraeg y Glannau oedd yr iaith a siaradai hi a Chymraeg Rowland oedd yr iaith newydd hon. A chan ei fod o'n wrandäwr mor dda, yn canolbwyntio ar yr hyn a ddywedai hi ac yn dewis ei eiriau prin ei hun yn ofalus, dim ond o dipyn i beth daeth Sara i gynefino â'i Gymraeg. Ni ofynnai iddo ystyr geiriau; hoffai ddysgu fesul tipyn trwy wrando, yn gadael i'r deall ddod yn hyfryd o hamddenol wrth iddi ddod i adnabod Rowland Morgan yn well.

Pan ddaeth y newyddion cyn y Nadolig fod De Carolina am ymneilltuo o Undeb yr Unol Daleithiau, manteisiodd Sara ar y cyfle i holi barn Rowland. Cerddai'r ddau adref o'r ysgol yn araf gyda'i gilydd, yr aferiad newydd fel pe bai wedi torri Seth yn rhydd o'r cortyn anweladwy a oedd wedi'i glymu wrth Sara ers pan ddechreusai gerdded gyntaf. Roedd Joshua yn ddeunaw bellach ac wedi gadael yr ysgol a mynd i weithio ochr yn ochr â'i frawd Sadoc a'i dad. Roedd Seth wedi magu rôl newydd, yn arwain ei frodyr iau, Jwda a Benjamin, fel y cafodd ef ei arwain gan Sara ar hyd y blynyddoedd. Felly, nid oedd ei brodyr ar ei chyfyl y diwrnod hwnnw pan gerddai hi o'r ysgol yng nghwmni Rowland yn araf, y plu eira'n disgyn trwy olau egwan y prynhawn gaeafol. Siaradai Sara'n gyflym, yn oedi bob hyn a hyn er mwyn cael ei gwynt, cyn ymdaflu i lif arall o frawddegau. Oedd hi'n bosibl i un dalaith adael undeb yr Unol Daleithiau?

Pam na wnâi'r Arlywydd Buchanan rywbeth? Fyddai'n rhaid disgwyl i Abraham Lincoln ymgymryd â'r swydd yn y flwyddyn newydd cyn i'r Llywodaeth symud i rwystro De Carolina? Fyddai taleithiau deheuol eraill yn ei dilyn? Ac ar gyrraedd y rhan o'r daith fer pan gerddai Rowland ymlaen i'r tŷ capel a'i gadael hi i ddilyn ei brodyr i'w chartref, gofynnodd Sara beth oedd o'n meddwl am y sefyllfa. Safodd Rowland yn llonydd am yn hir. Edrychai arni, fel pe bai'n dal i ddadansoddi'r hyn roedd hi wedi'i ddweud wrtho. Cododd law a gwthio cudyn o wallt a oedd wedi disgyn o'i gap gwlân y tu ôl i'w glust. Taflodd ei lygaid tua'i draed cyn eu codi eto a syllu i'w llygaid hi.

'Dere am dro 'da fi, i fi ga'l egluro sut wy'n 'i gweld hi.'

Cerddodd y ddau'n hamddenol yn ôl i'r groesffordd a throi am ben dwyreiniol yr ynys. Arhosodd Sara iddo ddechrau siarad, ond ni ddywedodd air tan iddyn nhw gerdded heibio i dŷ Hannah a Hector Tomos a thŷ Owen Watcyn. Dechreuodd Rowland siarad yn bwyllog wedyn, yn dweud ei fod wastad wedi teimlo bod mwy nag un wlad yn byw oddi mewn i ffiniau'r Unol Daleithiau. Dywedodd nad oedd wedi deall erioed sut roedd un llywodraeth yn gallu cwmpasu cymaint o wahanol gymunedau a chymaint o wahanol syniadau, llawer ohonynt yn groes i'w gilydd.

'Ma hi fel rhyw sied bren shimshan wedi'i llanw i'r ymylon â phob math o anifeilied. Moch, cŵn, ceffyle a bustych. Y naill yn cyfarth ar y llall, un yn neidio i achosi niwed i rywun arall, a'r llall yn neidio o'r ffordd yn treial dianc. Rhyw nyfaeth o greaduried yn cynhyrfu ac yn ymladd, yn bwrw yn erbyn welydd shimshan yr hen sied 'na, ac yn 'i hysgwyd hi'n ofnadw.'

Cyrhaeddodd y ddau syfleini hen dŷ Hector Tomos a sefyll yno. Cododd Rowland un droed a'i gosod ar y wal isel o gerrig. Syllai ar yr afon, yn trefnu'i eiriau, cyn troi i wynebu Sara a siarad eto.

'Dyw sied fach fel'na ddim yn galler sefyll am byth. Ma'r holl gynhyrfiade a'r wmladd tu fiwn yn siŵr o'i chwalu hi'n hwyr neu'n hwyrach.'

'Ond mae'r wlad yn fwy na rhyw hen gwt pren bychan, yn tydi? Bydd yn cymryd mwy nag ychydig o gynhyrfu a checru i'w chwalu hi.'

'Itha reit, Sara, itha reit.'

Cochodd hithau, yn mwynhau clywed ei henw ar ei wefusau. Oedd o wedi sylwi? Oedd, meddyliodd, gan deimlo'r gwres yn codi yn ei bochau unwaith eto; sylwai Rowland ar bopeth. Gwenodd ychydig cyn difrifoli.

'Rwyt ti'n llygad dy le. Ma'r wlad 'ma'n fwy na rhyw sied fach bren. Ond ma'r atgasedd sy rhwng y taleithie caeth a'r taleithie rhydd yn fwy peryglus 'fyd na rhyw anifeilied yn cadw sŵn.'

Ni all tŷ wedi ymrannu yn ei erbyn ei hun sefyll, meddyliodd Sara. Roedd hi'n gwenu er gwaethaf difrifoldeb y pwnc, wrth iddi sylwi bod Rowland wedi taro ar yr un dadansoddiad ag Abraham Lincoln, er ei fod wedi defnyddio geiriau pur wahanol i'w fynegi.

Yng nghanol ail wythnos mis Ionawr daeth y stori i'r ynys gydag un o'r agerfadau fod Mississippi wedi datgan ei bod hi hefyd yn ymneilltuo o'r Undeb.

'Mae'r hen gwt wedi'i ysgwyd unwaith eto,' meddai Sara wrth Rowland ar ôl iddyn nhw droi wrth y groesffordd a dechrau cerdded yn araf i'r dwyrain. Ni ddywedodd Rowland air am dipyn, yn disgwyl iddi hi siarad mwy gan y byddai hi fel rheol yn ymhelaethu. Roedd Hannah Tomos yn sefyll o flaen ei thŷ a chododd law i'w cyfarch.

'Ydych chi'n meddwl y bydd Mistar Tomos yn debygol o fod yn hwyr cyn gadael yr ysgol?'

Roedd pryder yn ei llais, ac ôl oerfel ar ei bochau yn awgrymu'i bod hi wedi bod yn disgwyl am ei gŵr ers amser.

'Dw i ddim yn credu y bydd o'n hir, Mrs Tomos,' atebodd Sara'n gysurlon. 'Roedd Lydia Huws wedi aros i'w helpu a doedd dim llawer o ddim twtio i'w wneud.'

Camodd Hannah Tomos o gysgod ei thŷ atyn nhw er mwyn siarad heb weiddi. Roedd rhyw egin sirioldeb wedi disodli'r pryder ar ei hwyneb erbyn iddi eu cyrraedd.

'Byddet ti'n arfer hoffi gwneud y gwaith hwnnw ers talwm, Sara. Aros a helpu Mr Tomos yn yr ysgoldy.' Gwenodd. 'Ond mae amgenach cwmpeini gyda ti'r dyddie hyn, on'd 'os e?'

Winciodd a throi i edrych a welai ei gŵr.

'Hwyl nawr, Mrs Tomos,' dywedodd Rowland, yn codi'i law at ei gap gwlân. Gadawodd y ddau, heb ddweud gair am ychydig. Rowland a dorrodd y tawelwch gyntaf, peth pur anghyffredin.

'Mo'yn trafod y digwyddiade 'da'i gŵr, ma Mrs Tomos.'

'Ie, mae'n rhaid.'

'Yn gywir fel ry'n ni'n gneud.'

'Ie.'

'Pan fydd pethe mowr yn ysgwyd y byd, mae'n gysur 'u trafod 'da rhywun sy'n agos atoch chi.'

Edrychodd Rowland arni trwy gil ei lygaid yn gyflym cyn troi a thaflu'i lygaid i gyfeiriad yr afon. Symudodd Sara'n nes ato, gan fod rhyw reddf yn dweud wrthi mai dyna oedd y peth iawn i'w wneud. Symudodd ei llaw dde a chydio yn ei law chwith, gan mai dyna oedd awgrym nesaf y reddf honno. Gwasgodd ei law, yn teimlo cryfder a chysur wrth i'w fysedd o wasgu'i llaw hithau.

Y diwrnod wedyn cyrhaeddodd y *Boone's Revenge* â'r hanes diweddaraf: roedd Florida wedi datgan ei bod hi'n dilyn De Carolina a Mississippi. Daeth â phapurau newydd o Virginia hefyd, yn cynnwys rhagor o fanylion am yr hyn a oedd wedi digwydd yn ystod y dyddiau diwethaf. Roedd Mississippi wedi anfon ei chomisiynydd, William L Harris, i gyfarch llywodraeth Georgia a'i darbwyllo i ddilyn trywydd y taleithiau eraill a oedd wedi datgan eu hannibyniaeth.

Dywedodd comisiynydd Mississippi fod dewis yn wynebu pob talaith ddeheuol. Ar y naill law roedd 'This New Union with Lincoln Black Republicans and Free Negroes without Slavery', ac ar y llaw arall roedd 'Slavery under our old Constitutional Bond of Union, without Lincoln Black Republicans or free Negroes to molest us.' Daeth tad Sara ag un o'r papurau adref a bu'r teulu'n ei ddarllen ac yn ei astudio yn ystod eu swper y noson honno. Wedyn gofynnodd Sara ganiatâd i fynd am dro, ac aeth draw i dŷ'r gweinidog. Atebwyd y drws gan Rowland ac ni bu'n hir yn gwisgo'i gôt a'i gap. Aeth y ddau i ddoc bach y lan ogleddol. Roedd golau'r lleuad yn disgleirio ar wyneb dŵr y sianel gul, a'r rhew a oedd wedi ymffurfio yn y cilfachau cysgodol ar hyd y lan yn chwincio yn y golau llwydwen fel platiau bychain o risial.

'Byddan nhw'n tynnu'r cwbwl lawr yn y diwedd, d'os dim dwyweth amdani,' meddai Rowland, yn symud ychydig yn nes ati hi. ''Na fath o ddeheuwyr y'n nhw, yn sôn am ryddid a hawlie, er taw'r rhyddid i gaethiwo a gwerthu pobol erill yw'r unig hawl ma nhw'n poeni amdano mewn gwirionedd. Chwalu'r cwbwl oherwydd 'u drygioni wnân nhw.'

'Efallai,' atebodd Sara, yn troi i'w wynebu. 'Ond eto dw i'n obeithiol. Mae N'ewyrth Enos wedi gweld deuddeg Arlywydd yn y wlad hon ac mae o'n dweud nad yw e 'di gweld un mor alluog ag Abraham Lincoln.'

'Yffach wyllt!' Disgleiriodd ei lygaid yng ngolau'r lleuad. 'Douddeg!'

'Daeth N'ewyrth Enos yma'n gyntaf yn y flwyddyn 1816, pan oedd James Madison yn Arlywydd.'

Ailadroddodd Rowland yr enw eto'n freuddwydiol, yn cnoi ar y sillafau a'u treulio'n araf. Ac wedyn meddai, 'Un o'r rhai a sefydlodd yr Unol Daleithiau adeg y rhyfel yn erbyn Lloeger. Ife Madison a sgrifennodd y Cyfansoddiad?'

'Mae rhai o'r llyfrau'n deud hynny. Eraill yn deud iddo dywys y lleill adeg y Constitutional Convention. Ond roedd Madison yno yn ei chanol hi, gyda George Washington, Thomas Jefferson a'r lleill, yn sefydlu'r wlad ar y dechrau.'

'Ro'dd yn wlad wahanol iawn, yr adeg 'ny pan dda'th dy hen wncwl 'ma gynta.'

'Oedd, yn nes at y ddeunawfed ganrif na'r ganrif hon, a'r Unol Daleithiau'n wlad newydd sbon danlli.'

'Y taleithie gwahanol, newydd ddod ynghyd i greu gwlad newydd, a nhwythe'n tynnu i gyfeiriade gwahanol heddi, ac yn bygwth chwalu'r wlad honno.'

'Fel anifeilied gwyllt mewn sied shimshan.' Gwenodd Sara, yn mwynhau dyfynnu'i eiriau fo iddo. Cododd ei llygaid at y lleuad, gan ddifrifoli. 'Wyddost ti fod James Madison yn berchen ar gaethweision? Cannoedd ar gannoedd ohonyn nhw. Felly hefyd George Washington a Thomas Jefferson, a nhwytha wedi sôn cymaint am ryddid wrth sefydlu'r wlad.'

'Felly, ma'r holl adeilad wedi bod yn bwdwr o'r dechre.'

'Do, fe'i hadeiladwyd ar sylfeini simsan.'

Siaradodd y ddau yn hir, tarth eu hanadl yn codi yn yr oerfel fel llumanau tryloyw yng ngolau'r lleuad, y ddau'n symud ychydig bob hyn a hyn er mwyn cynhesu, yn debyg i geffylau diamynedd yn curo'u carnau mewn stabal, yn codi'u traed ac yn eu curo ar lawr pren y doc. Trafodasant y comisiynydd hwnnw roedd llywodraeth talaith Mississippi wedi'i anfon at lywodraeth Georgia. Nythfa o ddeheuwyr, chwedl Rowland, yn protestio yn erbyn y bygythiad i deyrnas caethwasiaeth.

'Wedest ti mai William Harris o'dd 'i enw fe?'

Roedd Sara wedi codi'i dwylo difenyg i'w cheg er mwyn ceisio'u cynhesu, ac felly gwnaeth rhyw sŵn cadarnhaol wrth chwythu trwy'i dwrn.

'Ma fe'n swno fel Cymro, on'd yw e? William Harris?'

Rhwbiodd Sara'i dwylo'n gyflym, fel pe bai'n eu cynhesu o flaen tân.

'Mae llawer o'r gwleidyddion deheuol y bydd y papura'n sôn amdanyn nhw'n swnio fel Cymry, ond Americanwyr Saesneg ydan nhw.'

'Ond cofia fod rhai Cymry draw yn Pomeroy a Minersville yn ddigon pleidiol i'r caethfeistri.'

'Oes? Mae'n anodd gen i gredu... mae pawb yma, a'r holl Gymry dw i 'di dod ar 'u traws ar y tir mawr yn chwyrn yn erbyn y drefn gaeth. Rhaid bod...' Gwrandawodd Rowland yn dawel, yn disgwyl iddi orffen ei brawddeg, ond ni orffennodd hi, ac roedd hynny'n bur anghyffredin. Teimlodd Sara wres o fath arall yn codi yn ei bochau, fel plentyn diniwed yn dysgu un o ffeithiau caled bywyd am y tro cyntaf. Pan welodd Rowland nad oedd hi am orffen ei brawddeg, troes ati a chydio yn ei dwylo.

'O's, Sara. Ma tipyn ohonyn nhw draw yn Meigs County. Dim y glowyr na'r gwithwrs fel rheol, ond rhai o'r siopwyr a'r masnachwyr. Yn gweud taw'r Democrats yw'r dewis gore i'r wlad, yn diawlio'r Republicans a'r abolisionists. Poeni am 'u masnach â'r taleithe deheuol ma nhw, 'u llyged ar y ginog.'

Ond roedd meddwl Sara'n llonydd. Nid oedd hi'n dilyn y drafodaeth. Nid oedd yn ymbaratoi i ofyn cwestiynau na mynegi'i barn. Ni wnâi'r rhan fwyaf o'r pethau y byddai hi'n eu gwneud mewn sgwrs fel arfer; ymgollodd yn y teimlad wrth i ddwylo mawr Rowland gau'n dynn am ei dwylo hi.

* * *

Nid y papurau newydd na'r cyflenwad arferol o chwisgi bwrbon oedd yr unig bethau y daeth y *Boone's Revenge* â nhw i Ynys Fadog y tro hwnnw, er na ddysgodd Sara am y gyfrinach tan y diwrnod wedyn. Tua amser swper, a hithau'n nosi, gofynnodd ei mam iddi fynd â phiser o gawl poeth draw i dŷ ei hewythr. Pan gyrhaeddodd, gwelodd yr ymwelydd yn eistedd wrth y bwrdd, un o ddodrefn prin Ismael – gwraig ifanc, ei chroen yn frown golau a'i gwallt tywyll wedi'i dynnu'n gocyn syml ar gefn ei phen, a rhai cudynnau wedi disgyn o gwmpas ei hwyneb. Eiliad yn ddiweddarach sylwodd Sara fod bachgen tua wyth oed yn eistedd wrth ei hymyl, ei wyneb hardd yn debyg i'w fam, a'i wallt wedi'i dorri'n fyr iawn. Eisteddai Enos ac Ismael yn y ddwy gadair yr ochr arall i'r bwrdd, y naill yn tynnu'n feddylgar ar ei locsyn brith hir a'r llall yn cribinio'i fysedd trwy flew du trwchus ei locsyn yntau. Eisteddai'r wraig a'r plentyn yn gefnsyth yng ngŵydd y ddau batriarch a'u croesawai i'w lloches, yn bwyta bara, menyn a chaws. Roedd rhes o ganhwyllau ar y bwrdd rhyngddynt a fflamau'n neidio'n braf yn y lle tân ym mhen arall yr ystafell. Wedi hanner troi yn ei gadair a gwenu ar Sara, siaradodd Ismael, gan godi llaw fel pe bai'n cyflwyno actor ar lwyfan.

'And this is my niece, Sara, come with some of her mother's best soup to warm you.'

Rhoddodd Sara y piser ar y bwrdd yn ofalus.

'Diolch, 'mechan i,' dywedodd Enos wrthi hi, cyn codi'i law a gwneud yr un ystum â'i nai, ac amneidio'n osgeiddig. 'Sara, this is Gabi.' Symudodd ei law fymryn eto, 'and this fine young man is her son, Irvin.'

'How do you do?' Oedodd a chochodd, yn meddwl bod y cyfarchiad yn anaddas o dan yr amgylchiadau. Chwiliodd am eiriau Saesneg eraill. 'Welcome.' Diolchodd y wraig a'r mab iddi, eu lleisiau'n ddistaw, yn bradychu cyfuniad o ofn a blinder. Aeth Sara trwy'r drws i gegin ei hewythr i nôl powlenni a llwyau ond bu'n rhaid iddi ddychwelyd a chodi un o'r canhwyllau o'r bwrdd er mwyn goleuo'i ffordd. Nid oedd gan ei hewythr Ismael lawer o lestri a gwelodd Sara nad oedd wedi golchi'r unig ddwy bowlen a oedd ganddo ers iddo'u defnyddio'r tro cynt, ond cafodd hyd i ddwy gwpan lân. Aeth â nhw i'r bwrdd a'u llenwi â chawl, y stêm yn codi o'r hylif poeth ac yn troi'n we arallfydol yng ngholau'r canhwyllau.

'Thank you, Sara. That's very kind of you.'

Roedd llais Gabi yn sicrach y tro hwn, ond prin y medrai Sara glywed Irvin pan ddywedodd, 'Thank you, ma'am.'

Eglurodd ei hewythr, Ismael – yn Saesneg, i'r ymwelwyr gael deall – yr hanesyn a gawsai gan y Capten Cecil a'i fab Sammy. Roedd y *Boone's Revenge* wedi gadael porthladd Wheeling yn teithio i'r gorllewin, ond gan fod un o'r agerfadau mawrion, y *Senator Carson*, yn dyfod i'r dwyrain ac yn symud yn nes at y lan ogleddol, penderfynodd gadw'n agos at y lan ddeheuol er mwyn osgoi'r tonnau mawr a ddeuai yn sgil y llestr mawr. Gan fod y *Carson* wedi symud o'r golwg trodd y Capten Cecil lyw'r *Revenge* i gyfeiriad canol yr afon pan alwodd Sammy o'i safle ar drwyn y paced. Roedd wedi gweld rhywun yno ar y lan ddeheuol, yn ceisio denu'u sylw. Dynes a phlentyn, yn galw am gymorth.

'You see,' meddai Ismael, 'Captain Cecil and his son Samuel have thrown their lot in with us once and for all. And he said that it was the right and proper thing to do, having begun his business by avoiding the excise men so as to get his whiskey across the river without paying tax...'

'And ending up like this,' ychwanegodd Enos, yn gorffen brawddeg ei nai, ac yn codi'i law er mwyn cyfeirio at Gabi ac Irvin eto, 'smuggling people across the river to freedom and thereby smuggling his own soul a little bit closer to heaven!'

Roedd Sara yn yr ysgol y diwrnod canlynol pan ddaeth Jacob Jones a'i fab John â wagen at lan y tir mawr. Clywodd yr holl hanes dros fwrdd swper y teulu'r noson honno. Gyda dynion eraill yn rhedeg yn ôl ac ymlaen o drwyn gorllewinol a thrwyn dwyreiniol yr ynys yn eu sicrhau nad oedd agerfad mewn golwg, aeth Ismael ac Enos â'r caethweision ffoëdig ar draws y sianel gul a'u cuddio yng nghefn y wagen. Ymalen â nhw wedyn i aros y nos ar ffarm Jacob a Cynthia, cyn symud i ryw orsaf arall ar y rheilffordd danddaearol.

Erbyn iddi gael cyfle i ddweud yr hanes wrth Rowland roedd y newyddion wedi cyrraedd fod Alabama am ymneilltuo o'r Undeb hefyd. Aeth y ddau am dro o gwmpas yr ynys ar ôl ysgol, eu traed yn crensian trwy grwst yr eira newydd a ddisgynnodd yn drwch trwy'r bore.

'Pob hwyl iddyn nhw a phob bendith,' dywedodd Rowland ar ôl gwrando'n astud wrth i Sara ddisgrifio Gabi ac Irvin, y modd roedd y fam a'i mab wedi dianc, y waredigaeth a gawsant ar fwrdd y *Boone's Revenge*, yn cuddio o dan hen garthen rhwng y tomenni o gasgenni chwisgi, a holl hanes ei chyfarfod hi â'r caethweision yn nhŷ ei hewythr. Cyfeiriodd Sara wedyn at y newyddion o'r de, at y taleithiau a oedd wedi datgan eu hannibyniaeth a'r rhai oedd yn debygol o wneud. A nhwythau'n cerdded ar hyd y lan ddeheuol, cododd fraich a chyfeirio at y tir yr ochr arall i'r afon lydan, y bryniau isel yn ymddangos yn llwyd ac ymhell wrth i olau'r prynhawn bylu.

'Beth am Virginia? Wyt ti'n meddwl y bydd hi'n dilyn hefyd?'

Craffodd Rowland yntau ar y tir yn y pellter.

'Sa i'n gwbod, Sara. Ma rhai dynon yn gweud na fydd Virginia na Kentucky yn mynd, gan 'u bod nhw'n ffinio ar daleithiau rhydd y gogledd ac yn dibynnu gormod ar yn masnach ni. Ond ma fel 'se rhyw nerth yn y symudiade gwleidyddol 'ma, fel 'se'r naill daleth gaeth yn rhwym o ddilyn y llall.'

'Nes bod yr hen gwt yn disgyn.'

'Nes bod yr hen adeilad pwdwr wedi'i chwalu'n ifflon.'

Gan fod Rowland yn lletya yn nhŷ'r gweinidog, a chan fod y ddau'n ymddangos yn weddol debyg o ran pryd a gwedd, casglai rhai o Gymry'r tir mawr eu bod nhw'n ddau frawd pan âi Rowland gyda'r Parchedig Evan Evans i Gymanfa yn Nhy'n Rhos neu i gyfarfod eglwysig yn Oak Hill. Roedd yn wir bod y gweinidog ifanc yn edrych hyd yn oed yn iau na'i oedran a bod rhywbeth yn llinellau'i wyneb glân a oedd yn weddol debyg i wyneb Rowland, er bod Sara'n credu nad oedd y Parchedig Evan Evans hanner mor olygus. Roedd y ddau wedi dod yn agos; cynorthwyai Rowland y gweinidog, trwy wneud llawer o'r gwaith tŷ a helpu gyda pha drefniadau bynnag roedd angen eu gwneud yn y capel. Dywedodd Rowland wrth Sara yn ystod un o'u prynhawniau'n hamddena fod y Parchedig Evan Evans yn neilltuol o garedig ond ei fod yn poeni y byddai'n ei siomi yn y diwedd. Pan chwarddodd Sara a dweud nad oedd hi'n credu'i bod hi'n bosibl iddo siomi neb, cydiodd Rowland yn dyner yn ei braich er mwyn pwysleisio'i ddifrifoldeb.

'Nage, Sara. Ma hyn yn wahanol. Ma'r Parchedig Evan Evans yn dechre breuddwydio am 'y nyfodol i.'

'Wel mae hynny'n beth da, yn tydi? Chwarae teg iddo fo.'

'Na, Sara, gwranda arna i.'

Ymsythodd. Er mai tawel oedd y gorchymyn, ni chlywsai hi Rowland yn siarad felly. 'Gwranda di': roedd y geiriau'n ei chymell bron cymaint â theimlad ei law ar ei braich.

'Ma fe'n gweud 'i fod e am i fi fynd i'r athrofa yn Cincinnati ar ôl i fi adel ysgol Mistar Tomos. I fi ga'l hyfforddiant i fynd yn weinidog, yr un fath ag e. Ma fe am fy helpu i ga'l lle ac ma fe'n gweud bod 'da fe ddigon o arian wrth gefen, i dalu am 'yn addysg i yno.'

Roedd arni hi eisiau dweud y byddai'n gam mawr ar lwybr a arweiniai at yrfa lewyrchus. Teimlai hi y dylai annog Rowland i gymryd cynnig y gweinidog er ei les o'i hun, ond ni allai agor ei cheg. Brathwyd ei chalon gan rywbeth yn debyg i gywilydd, a hithau'n poeni am yr hyn a oedd wrth wraidd ei thawelwch. Roedd arni eisiau dweud y gwir wrtho ac egluro'i bod hi am iddo aros yno ar yr ynys gyda hi, ond poenai y byddai'r geiriau hynny'n swnio'n rhy hunanol. Syllodd Rowland arni am yn hir, yn disgwyl iddi ddweud rhywbeth. Yn y diwedd dywedodd,

'Ond sa' i'n mo'yn mynd, Sara.'

'Nag wyt?'

Ochneidiodd, a dechrau poeni'n syth fod ei rhyddhad yn rhy amlwg yn ei llais.

'Na'dw. Sa'i'n mo'yn mynd yn weinidog.' Troes ati a chydio yn ei dwylo. 'Sa'i'n m'oyn dy adel di, 'fyd.'

Dywedodd Rowland wrth Sara fod y Parchedig Evan Evans yn codi math arall o sgwrs weithiau a wnâi iddo deimlo'r un mor anghyfforddus, ond am reswm gwahanol. Pan fyddai'r ddau ar eu pennau eu hunain yn y tŷ, siaradai dipyn am y fasnach mewn gwirodydd. Holai Rowland a wyddai faint o chwisgi a chwrw a werthid gan gwmni'r ynys a pha ran o'r holl elw a oedd yn dibynnu ar y fasnach honno. Nid oedd Rowland yn gwybod, meddai, er ei fod wedi gweld y casgenni a'r poteli yn y stordy ac ar y doc. Do, bu'n rhaid iddo gyfaddef, iddo helpu dadlwytho casgenni pan fyddai'n gweithio ar y doc ar y Sadwrn. Roedd Rowland yn credu bod y gweinidog ifanc mewn penbleth, yn mwynhau bywyd ar yr ynys ac yn teimlo bod llawer yn ei glymu wrth y capel a'r gymuned, ond eto roedd bellach yn ddirwestwr a theimlai'i fod yn fugail esgeulus gan ei fod yn caniatáu i'w braidd elwa trwy arwain eraill i golledigaeth.

Eglurodd Sara fod gweinidog diwethaf yr ynys wedi ymadael am yr union un rheswm. Wedi aros yn dawel am ychydig, yn syllu ar ei draed, dywedodd

Rowland ei fod yn poeni y medrai'r Parchedig Evan Evans fynd yr un ffordd cyn bo hir iawn. Dim ond â Rowland y siaradai amdano, ac oni bai am Rowland ni fyddai Sara'n gwybod bod natur y fasnach yn faen tramgwydd iddo. Ni ddywedodd air amdano wrth ei theulu gan nad oedd Rowland am fradychu ffydd y gweinidog ynddo a chan nad oedd Sara hithau am fradychu ffydd Rowland ynddi hithau.

Beth bynnag, dywedodd Rowland fod cyffro'r amseroedd ar feddwl y gweinidog yn ystod y dyddiau hynny, yn debyg i oedolion eraill y gymuned. Y tro nesaf y cyrhaeoddodd agerfad cawsant y newyddion fod Georgia wedi dilyn ei chymdogion a datgan ei bod hithau am ymadael ag undeb yr Unol Daleithiau hefyd. Y dydd Sul hwnnw, 20 Ionawr 1861, 'Y Cynnwrf Mawr', chwedl *Y Cenhadwr Americanaidd*, oedd testun pregeth y Parchedig Evan Evans. Ni fyddai'n taranu yn y pulpud fel y gwnâi'r Parchedig Robert Richards yn erbyn y ddiod feddwol, nac yn bustachu'n stranclyd trwy'i ddarlleniadau fel rhai o'r pregethwyr a glywsai Sara yng nghapeli Cymraeg y tir mawr. Hoffai hi ddull y gweinidog ifanc o gyfarch y gynulleidfa, yn traethu'n ddeallus ond yn daer ac yn wylaidd ei ymarweddiad. Ymestyniad o'i ddull o bregethu oedd yr arferiad o gamu i lawr o'r pulpud ar ôl gorffen ei bregeth a sefyll gyda'r gweddill ohonynt i ganu, heb dynnu sylw ato'i hun wrth ymdoddi ymhlith ei braidd.

Ymdaflai Sara i'r canu, yn teimlo'i bod hi'n un â gweddill y gynulleidfa hefyd, yn canu'n uchel ac yn llawen, ei llygaid hi'n syllu ar y wal y tu ôl i'r pulpud gwag, wedi i'r Parchedig Robert Richards ddiflannu. Safai ei mam ar ei llaw chwith, rhyngddi hi a'i thad, ac ar ei llaw dde safai'i brodyr mewn rhes, Benjamin, Jwda, Joshua a Sadoc. Ar yr ystlys, ar law dde ei brawd hynaf, safai Rowland. Yn aml teimlai hi'r awydd i droi'i phen, plygu ymlaen ac edrych heibio i'w brodyr a'i ganfod, yn gwybod na fyddai'r fath ymddygiad yn weddus ond eto'n mwynhau teimlo'r atynfa o gael edrych arno.

Roedd Sara wedi dechrau ysgrifennu llythyr at Esther ers rhai dyddiau. Er iddi lenwi sawl dalen yn barod, gwyddai'i bod hi 'mhell o'i orffen. Anghofiodd y cyfarchiadau arferol, yn holi am hynt addysg ei chwaer a'r hyn y byddai'n ei wneud ar ôl graddio a gadael y coleg yn yr haf. Ni chynhwysodd y cwestiynau gwleidyddol arferol chwaith, yn holi barn Esther am bynciau penodol y dydd fel y gwnaethai yn y rhan fwyaf o'i llythyrau. Cyfeiriasai at ddyfodiad Rowland Morgan i Ynys Fadog wrth fynd heibio mewn llythyr blaenorol, ond y tro hwn roedd Sara'n cysegru epistol hir i'w drafod yn fanwl. Nid oedd wedi penderfynu ysgrifennu amdano, ond dyna a ddigwyddodd pan eisteddodd i ysgrifennu. 'O, Esther! Y fath gynnwrf sydd ynof y dyddiau hyn!' Llifai'r geiriau o'i llaw, a'r geiriau hynny yn llenwi'i chalon â llawenydd, a'r llawenydd hwnnw yn ei gyrru i ysgrifennu yn gynt ac yn gynt, a'i hysgrifbin yn crafu ar y papur. Cyffesodd ei bod hi'n teimlo'n wirion weithiau pan fyddai'n gwawrio arni mai dim ond ers rhyw ddau fis roedd o wedi bod yn byw yn eu plith. 'Wyth wythnos yn unig – ond cred di fi, Esther, pan ddywedaf nad yw'r gydnabyddiaeth yn teimlo yfelly.'

Ceisiodd ddweud y cwbl wrth iddi lenwi dalen ar ôl dalen, mewn llawysgrifen anarferol o flêr. Gwyddai'i bod hi'n beth rhyfedd, ond teimlai'i bod hi'n adnabod Rowland ers blynyddoedd – ie, yn well na Huw Llywelyn Huws, Richard Lloyd a'r bechgyn eraill y cawsai ei magu yn eu plith. Credai'i bod hi'n ei adnabod bron cystal â'i brodyr ei hun. Roedd ei greddf yn dweud bod Rowland yn deulu, bron, a'r agosatrwydd naturiol hwnnw'n gwlwm hyfryd rhyngddynt y gwyddai na ellid ei dorri, ond bod cyffro yn yr adnabyddiaeth hefyd. Weithiau yr hyn a'i synnai fwyaf oedd y modd y tywysai Rowland hi i edrych ar y byd o'i chwmpas trwy lygaid newydd. Teimlai'n wahanol yn bersonol, ac yn yr un modd teimlai'n wahanol am y byd y tu allan iddi. Tra bod dyfodiad Rowland wedi gwneud i'r ynys deimlo'n *fwy*, gwnaeth iddi hi, ar yr un pryd, deimlo'n *llai*. Fel yna y teimlai wrth ganu geiriau'r emynydd o Johnstown, Pennsylvania. Yn rhan o rywbeth a oedd yn fwy na hi ei hun er bod y peth hwnnw hefyd yn teimlo'n llai na hi ei hun, yn rhywbeth y medrai hi ei gynnwys a'i gadw mewn llecyn bach arbennig y tu mewn i'w chalon. Tynnai hi'r geiriau o'r llecyn bach hwnnw wrth ganu, yn teimlo bod hynny'n fodd iddi symud yr hyn a oedd y tu mewn iddi allan, ymgolli yn y profiad a gwybod ei bod hi'n un ag eraill a ymgollai yn y profiad hwnnw.

Disgwyl rwyf ar hyd yr hirnos,
Edrych am y boreu ddydd,
Disgwyl clywed pyrth yn agor,
A chadwynau'n mynd yn rhydd!
O, na wawriai, O, na wawriai, Bore hyfryd Jiw-bi-lî!

12

Daeth Sadoc adref ym mis Awst 1861, ond nid o dan yr amgylchiadau roedd pawb wedi'u rhagweld. Teithiai'r newyddion yn gyflym o bellafion y wlad. Dechreuwyd cyhoeddi'r *Pomeroy Weekly Telegraph* yn ddiweddar. Rhedai'r rheilffordd trwy'r dref honno a rhedai'r gwifrau teligraff – gwythiennau'r ddyfais honno a elwid yn bellebyr gan *Y Drych* – ar hyd y cledrau. Roedd peiriant yng nghorsaf Pomeroy a allai dderbyn y newyddion diweddaraf o'r gwifrau a'u trosglwyddo'n syth i olygydd y papur a enwyd ar ôl y rhyfeddod technolegol hwnnw. Ond er bod cyhoeddiad newydd Pomeroy yn brolio'r ffaith ei fod yn derbyn peth o'i gynnwys o'r cyfrwng modern hwnnw, nid y *Pomeroy Weekly Telegraph* oedd yr unig bapur newydd yn Ohio a'r taleithiau cyfagos a ddefnyddiai'r teligraff. Deuai nifer o agerfadau bychain cyflym â phapurau newydd o'r trefi a'r dinasoedd ar lannau'r afon i Ynys Fadog yn rheolaidd ac felly derbyniai'r trigolion y newyddion pan fyddai'n dal yn weddol newydd. Yn ogystal, cludai'r agerfadau sïon a straeon ar dafodau'r gweithwyr a'r masnachwyr, a'r rheiny'n aml yn rhoi lliw ar lun digwyddiad na cheid mewn inc du ar bapur gwyn. Felly gwyddai pawb yn nechrau mis Awst na fyddai Sadoc yn dod adref i gyfeiliant caneuon buddugoliaethus ond yn hytrach yng nghanol cwmwl cas o ansicrwydd ac ofn.

Pan ddaeth y newyddion ddechrau mis Chwefror fod Texas yn dilyn y taleithiau deheuol eraill a oedd am ymneilltuo o Undeb yr Unol Daleithiau, y cwestiwn ar wefusau pawb oedd a fyddai taleithiau caeth yr *upper south* yn dilyn y *lower south* i lawr llwybr secsesiwn. A'r ynyswyr yn syllu'n ddyddiol dros yr afon i dir Virginia, roedd y cwestiwn hwnnw'n boenus o agos. Arferai Jwda a Benjamin chwarae ar ddydd Sadwrn gyda thri o blant eraill a oedd tua'r un oed â nhw, sef Lydia Huws, Robert Davis ac Elen Jones. Dyfeisiwyd gêm newydd a elwid yn 'secsesio' ganddynt: safai'r pump yn agos at ei gilydd mewn cylch, ac wedyn byddai un yn datgan ei fod 'yn secsesio' a chymryd cwpl o gamau i ffwrdd o'r grŵp. Fe'i dilynid gan y lleill fesul un, nes bod un yn sefyll yno ar ei ben ei hun ar y safle gwreiddiol. Byddai'n cau'i lygaid wedyn a chyfrif i ddeg ar hugain wrth i'r lleill redeg a chuddio. Wedi iddo ddod o hyd i'r holl ymneilltuwyr byddai'r gêm yn dechrau o'r newydd.

Bob tro y gwelai Sara nhw wrthi, meddyliai am erthygl a gyhoeddwyd yn *Y Drych* y gaeaf diwethaf. Eisteddai ei thad wrth y bwrdd, yn darllen y papur, ei mam, yr efeilliaid, Seth a Sara hithau'n eistedd wrth y bwrdd hefyd. Safai Sadoc a Joshua y tu ôl i'w tad, yn plygu dros ei ysgwyddau er mwyn ceisio gweld y geiriau ar y papur.

'Sonia rhai am orfodi y Talaethau anfoddog i aros yn yr Undeb, ond y mae rhyw sŵn cas i'n clustiau ni yn y gair *gorfodi*. Wrth orfodi, rhaid anfon yno fyddin o filwyr, bydd rhyfel cartref yn sicr o ddechrau gwrteithio llenyrch heulog y Dehau â gwaed dynol, a throir y tir yn Acaldema.'

'Be ydi Acadamela?' holodd Jwda.

'Acaldema,' dywedodd eu mam, yn cywirio'r bachgen mewn llais amyneddgar.

'Be' ydi hwnnw 'ta?' gofynnodd Benjamin.

'Mae yn y Beibl. Mae'n golygu cae o waed. Dyna brynodd Jwdas gyda'r arian gafodd am werthu'r Iesu.'

Wythnos ar ôl datganiad Texas daeth y newyddion fod cynrychiolwyr o'r taleithiau ymneilltuol wedi cyfarfod mewn tref o'r enw Montgomery yn Alabama a datgan eu bod yn ffurfio gwlad newydd, The Confederate States of America. Etholwyd Jefferson Davis yn arlywydd ac Alexander Stephens yn is-arlywydd.

'Edrych di, Rowland,' meddai Sara'n flin, fel pe bai'r troseddwr yn sefyll yno o'u blaenau a'i bod hi'n disgwyl i Rowland fynd i'r afael â'r dihiryn yn y man a'r lle. Daliai'r papur newydd Saesneg o flaen ei lygaid er eu bod wedi cyd-ddarllen yr erthygl ddwywaith yn barod. 'Mae'r dyn maen nhw'n ei alw'n is-arlywydd yn dweud beth yw 'u bwriad nhw.' Darllenodd y geiriau unwaith eto, ei llais yn torri mewn dicter. 'Our new government is founded on the opposite idea of the equality of the races.' Ac edrych di yma. 'Its corner stone rests upon the great truth that the Negro is not equal to the white man.' Dechreuodd sôn am deulu Jacob a Cynthia Jones a thraethu am y caethweision ffoëdig a fu'n llochesu yn nhai ei hewythr a'i hen ewythr dros y blynyddoedd, gan gynnwys y rhai roedd hi wedi'u cyfarfod, Gabi ac Irvin, ei llais yn codi'n groch wrth i'w llid gynyddu.

Estynnodd Rowland law yn araf a'i gosod yn ysgafn ar ei braich a'i mwytho, fel rhywun yn ceisio dofi ceffyl anniddig. 'Wi'n gwbod, Sara. Do's dim rhaid i ti roi'r bregeth 'na i fi.' Gwelodd ei fod o'n gwenu, yn arwydd ei fod yn mwynhau tystio i'w hangerdd yr un fath. 'Dere am dro bach, i ni ga'l cyfle i gnoi cil ar y mater.'

Sefydlwyd Abraham Lincoln yn Arlywydd ar y pedwerydd o fis Mawrth, 1861, ac wythnos yn union yn ddiweddarach roedd y taleithiau Conffederat wedi cyhoeddi'u cyfansoddiad. Newidiodd y plant ieuengaf eu gêm, a'r un ar ei ben ei hun, wedi i'r lleill secsesio, yn datgan mai fo oedd Lincoln cyn mynd i chwilio am y lleill. Un dydd Sadwrn, a Sara wedi mynd i gyrchu Rowland o'r doc deheuol wedi'r hanner diwrnod o waith yr arferai'i wneud pan na fyddai ysgol, gwelsant fod Jwda a Benjamin yn hanner cuddio yn ymyl pen pellaf y siop, y naill y tu ôl i gasgen ddŵr a'r llall y tu ôl i domen o goed tân a gedwid ar gyfer ffranclyn stôf y siop. Safai Elen Jones rhwng y ddau, yn troi'i phen o'r naill fachgen i'r llall.

'Tyrd, Elen,' meddai Jwda, yn hisian ei eiriau, 'mae digon o le i ti 'ma.'

'Na,' dywedodd Benjamin, yn gweiddi'i sibrwd, 'mae Lincoln yn sicr o edrych yn fan'na gynta. Tyrd i guddio fam'a efo fi.'

Cerddodd y ddau i ffwrdd, gan ysgwyd eu pennau'n dawel. Wedi ychydig, Rowland siaradodd.

'Ma'r plant yn lwcus. Ro'n i wedi hen benni whare erbyn i fi gyrradd 'u hoedran nhw.'

'Nhw ydi'r ifenga,' eglurodd Sara, yn ceisio achub cam eu brodyr iau. 'Does yr un babi wedi'i eni yma ers blynyddoedd a does yr un teulu â phlant ifanc wedi symud yma ers talwm chwaith.' Edrychodd ar Rowland trwy gil ei llygaid cyn egluro ymhellach. 'Dw i'n rhyw feddwl eu bod nhw'n tueddu chwarae fel plant yn iau na'u hoed… oherwydd y ffaith mai nhw ydi plant lleia'r ynys.'

Oedodd Rowland a throi er mwyn edrych i fyw ei llygaid.

'Paid â 'nghamgymryd, Sara. Wi ddim yn gweld bai arnyn nhw. Dim ond gweud 'u bod nhw'n lwcus yn ca'l whare fel 'na.'

'Dw i'n gwybod, Rowland, 'mond eisiau dweud oeddwn i…' cochodd, ei thafod yn drwsgl yn ei cheg, yn awyddus i ddangos ei dealltwriaeth a'i chydymdeimlad ond yn methu dod o hyd i'r geiriau cywir am unwaith. Gwenodd o arni hi, a'r wên honno'n dweud, paid â phoeni, mae popeth yn iawn. Roedd arni hi eisiau dweud rhywbeth arall wrtho, sef ei bod hi'n gwybod ei fod wedi cael plentyndod trist a'i bod yn ei edmygu'n fawr am fod mor garedig wrth eraill er nad oedd bywyd wedi bod yn garedig iawn wrtho fo, ond ni ddaeth y geiriau hynny chwaith. Gwenodd Rowland a'r wên honno'n awgrymu ei fod yn deall.

Ar ddydd Gwener, y deuddegfed o Ebrill, agorwyd drws yr ysgoldy yn ddisymwth gan Gruffydd Jams. Safai Hector Tomos o flaen ei ddosbarth, ei geg ar agor ar ganol brawddeg, yn syllu arno. Safai'r hen forwr yn y drws, ei ben moel yn sgleinio gan chwys a'i freichiau hir yn hongian yn afrosgo wrth ei ochr. Llyncodd ei boer, gan edrych o gwmpas yr ystafell, fel pe bai ofn arno – ofn trosglwyddo'r neges a gweld yr effaith a gâi ei eiriau ar y plant a'u hathro. Pan siaradodd, roedd ei lais yn gryg.

'Mae wedi dechrau. Mae'r Conffederats wedi dechrau bombardio Ffort Sumter.' Syllodd yr ysgolfeistsr yn gegrwth arno. Ni symudodd. Roedd fel dyn yn cysgu er ei fod yn sefyll ar ei draed a'i lygaid yn llydan agored. 'Mae'r saethu wedi dechrau, Mistar Tomos. Mae'n rhyfel rŵan.'

Dadebrodd Hector Tomos a diolch i Gruffydd Jams. Cyhoeddodd wedyn ei fod yn cau'r ysgol am y diwrnod ac annog y plant i fynd adref yn syth yn hytrach nag oedi a chwarae. Wedi iddyn nhw gamu trwy'r drws i ganol heulwen mis Ebrill, edrychodd Sara ar Rowland a dweud,

'Bydd yn acaldema rŵan.'

'Beth?'

'Mae'n rhyfel cartref rŵan, ac mae hynny'n golygu y bydd y wlad yn troi'n acaldema, yn gae o waed.'

Cyn diwedd yr wythnos roedd yr Arlywydd Lincoln wedi galw am 75,000 o wirfoddolwyr i wasanaethu am dri mis er mwyn sicrhau adfer cyfraith ac undeb yr Unol Daleithiau. Aeth Sadoc ar yr agerfad cyntaf a ddaeth i'r ynys, paced cyflym o'r enw y *Lucy Hammond*. Dywedodd y byddai'n holi'r dynion ar bob glanfa a oedd catrawd neu gwmni yn cael ei ffurfio i wasanaethu ym myddin wirfoddol yr Arlywydd. Taflasai ychydig o bethau i mewn i sach cyn ei throi hi am y doc, ei fam yn ymbil arno i ailfeddwl ac aros.

'Gad iddo fynd, Elen.' Llais dyn blinedig yn derbyn ei ffawd oedd llais Isaac Jones. 'Does gan yr un ohonon ni'r gallu na hyd yn oed yr hawl i'w rwystro.'

Roedd Joshua, Sara, Seth, Jwda a Benjamin yno yn y tŷ hefyd, yn gwrando ar drafodaeth eu rhieni. Ymresymai eu tad, yn dweud nad oedd yn hoffi meddwl am Sadoc yn mynd i ganol perygl ond eto roedd yn parchu'i benderfyniad. Wedi'r cwbl, roedd yn ddyn ifanc a oedd newydd gael ei ben-blwydd yn 19 oed. Nid plentyn yn rhedeg i ffwrdd i chwilio am drafferth yn nhiriogaeth Kansas oedd o'r tro hwn, ond dyn ifanc yn ateb galwad ei wlad. Beth bynnag, dim ond am dri mis y byddai'n gwasanaethu, a dywedai pawb y byddai'r helynt ar ben erbyn hynny. Roedd Joshua'n ddeunaw ac wedi dweud bod arno fo awydd mynd hefyd. Ceisiodd Elen Jones siarad ond roedd yr igian a ddaeth gyda'i dagrau'n rhwystro'r geiriau. Pwysodd ar ei gŵr gan fod ei choesau'n wan a rhoddodd Isaac ei fraich amdani. Siaradodd â thaerineb na chlywsai ei phlant erioed o'r blaen,

'Joshua, paid di â mynd hefyd. Dw i'n erfyn arnat ti. Er mwyn dy fam.' Dechreuodd Joshua agor ei geg ond ni ddywedodd air. Daeth dagrau i'w lygaid yntau a chamodd at ei rieni a rhoi llaw ar fraich ei fam.

'Peidiwch â phoeni, Mam. A' i ddim. Dwi'n addo.'

Sylwodd Sara fod llygaid Joshua'n symud rhwng ei rieni a Sadoc pan ddaeth y brawd hynaf i lawr y grisiau, ei sach dros ei ysgwydd.

Aeth y si fel tân trwy'r pentref, ac roedd tyrfa ar y doc deheuol yn dymuno'n dda i Sadoc ac yntau'n sefyll ar fwrdd y *Lucy Hammond* gyda'i sach wrth ei draed. Safai Elen Jones rhwng ei gŵr a'i mab Joshua, a safai Rowland gyda Sara.

'Hwyl fawr, 'machgen i,' galwodd ei hen ewythr Enos.

'Rho hi i'r diawliad!' gwaeddodd Gruffydd Jams, gan godi un llaw mewn dwrn.

'Byddwch yn destun ein gweddïau,' galwodd y Parchedig Evan Evans.

Taflwyd y rhaffau, curodd olwyn y *Lucy Hammond* y dŵr, a symudodd y llestr bach i ffwrdd o'r doc.

Daeth llythyr ar agerfad arall dridiau'n ddiweddarach, amlen o'r fath a werthid gan rai o'r cwmnïau cychod i'w teithwyr, wedi'i chyfeirio at Mr and Mrs Isaac Jones, Ynys Fadog, near Gallipolis, Gallia Co., Ohio, a'r teulu oll yn adnabod llaw Sadoc. Roedd un ddalen o bapur melynlwyd y tu mewn ac ychydig linellau blêr wedi'u hysgrifennu'n gyflym arni.

F'Anwyl Rieni, Chwaer a Brodyr.

Yr wyf yma yn Cincinnati, ym mha le y mae cwmni wedi ei ffurfio o'r enw y Lafeyette Guards, ym mha un yr wyf wedi enlistio. Dywedir y byddwn ni'n cymeryd ein hynt i Golumbus cyn hir er mwyn ymuno ac un o'r catrodau newyddion yno.

Eich mab a'ch brawd cariadus a ffyddlon,

Sadoc Jones

Daeth y llythyr nesaf o wersyllfa ger Columbus, un mwy manwl. Dywedodd Sadoc fod y cwmni wedi'i wneud yn rhan o'r Ail Gatrawd o Ddraedfilwyr Gwirfoddol Ohio, gan ychwanegu mai Company E, 2nd Ohio Infantry oedd eu henw swyddogol bellach er bod 'yr hogia' yn arddel yr enw y Lafeyette Guards o hyd ymysg ei gilydd. Dywedodd mai peth digrif ydoedd ar un olwg, gan mai Almaenwyr oedd llawer o'r hogiau hynny, a nhwythau'n mynnu galw'r cwmni ar ôl arwr o Ffrancwr. Bu'r teulu'n trafod cynnwys y llythyr am yn hir wedyn. Pan ddechreuodd yr efeilliaid chwerthin ynglŷn â'r hyn a alwai Sadoc 'yn beth digrif', dywedodd eu tad fod y peth yn gwbl naturiol: roedd Almaenwyr Cincinnati yn fewnfudwyr neu'n blant i fewnfudwyr, ac roedd galw'r cwmni ar ôl y Ffrancwr Lafeyette yn fodd iddyn nhw fawrygu estronwr a gododd arfau o blaid yr Unol Daleithiau adeg eu rhyfel yn erbyn Lloegr. Ond meddwl fel Americanwr mae Sadoc, ychwanegodd Isaac Jones. Roedd ar Sara eisiau holi'i thad a gofyn beth yn union roedd o'n ei feddwl trwy ddweud bod ei brawd yn meddwl fel Americanwr, ond roedd lleisio cwestiwn o'r fath yn teimlo fel haerllugrwydd ar y pryd ac felly ni ddywedodd air.

Atgoffai'r naill aelod o deulu Sara'r llall y byddai Sadoc yn dychwelyd adref ym mhen tri mis, ei thad yn cysuro'i mam a'i mam yn cysuro Sara, a Sara hithau'n cysuro'r efeilliaid. Pan ddywedodd y geiriau cyfarwydd wrth Joshua unwaith, edrychodd yn feddylgar arni cyn dweud,

'Fyddwn i ddim yn dweud hyn yng nghlyw Mam, Sara, ond dwi ddim yn credu y bydd y rhyfel yma drosodd ymhen tri mis.'

Nid oedd malais na cherydd yn ei lais, ond siaradai gyda sicrwydd a difrifoldeb.

'Efallai, Joshua, ond am dri mis mae Sadoc wedi enlistio ac am dri mis yn unig mae o am wasanaethu. Bydd yn dod adref aton ni ym mis Awst.'

'Mae hynna'n wir, Sara,' dywedodd Joshua. 'Bydd ar 'i ffordd adref aton ni ym mis Awst.'

Daeth caredigrwydd Joshua â dagrau i'w lygaid; dyna oedd ei natur o, yn boenus o ystyriol o deimladau pobl eraill.

Wrth i fyddin wirfoddol newydd Abraham Lincoln ymffurfio, datganodd pedair talaith arall – Virginia, Arkansas, Tennessee a Gogledd Carolina – eu bod nhw hefyd yn ymneilltuo o'r Undeb ac yn ymuno â'r cynghrair newydd o daleithiau gwrthryfelgar ac er bod pedair talaith arall – Maryland, Delaware, Kentucky a Missouri – wedi dewis aros yn yr Undeb, roedd straeon ar led fod miloedd o ddynion o'r taleithiau hynny wedi ymrestu â byddin y Conffederats yr un fath. Safai Sara ar y lan ddeheuol yn syllu ar draws yr afon ar fryniau llwydlas Virginia, yn sylweddoli bod y bryniau hynny'n perthyn i wlad arall bellach, gan achosi rhywbeth yn debyg i bendro.

Clywodd Sara'i ffrind, Lisbeth Evans yn cwyno bod Richard Lloyd yn bwriadu ymrestru hefyd. Dyma oedd y tro cyntaf i Sara sylwi fod gan Lisbeth ddiddordeb neilltuol yn Richard. Gan ei bod hi dipyn yn hŷn na Sara, dim ond yn ddiweddar y dechreuodd y ddwy ddod yn gyfeillgar, y blynyddoedd rhyngddynt yn lleihau'r gwahanfur wrth i Sara aeddfedu. Ond daethai i adnabod Lisbeth yn dda erbyn hyn, ac roedd y pryder yn ei llais yn ddigamsyniol.

'Mae Richard am fynd; fedra i ddim ei ddarbwyllo i aros. Mae o rai blynyddoedd yn hŷn na Sadoc a dywed ei fod yn dân ar ei groen fod Sadoc 'di hen enlistio ac yntau heb wneud.' Roedd Sara'n rhyw feddwl bod Lisbeth am iddi deimlo'n euog oherwydd yr hyn a wnaethai'i brawd, ond er iddi hanner ystyried ei hateb, penderfynodd oddef cerydd annheg ei chyfeilles yn dawel. Ni ddywedodd Lisbeth air pellach, a phan gyhoeddodd Richard Lloyd ei fod yn mynd i Ironton i ymrestru â magnelfa – batri o artileri, fel y dywedai – derbyniodd Lisbeth ei ffawd yn dawel.

Roedd gwedd newydd ar lawer iawn o'r agerfadau a deithiai heibio'r ynys, ambell un gyda chanon wedi'i osod ar ei drwyn, ambell un gyda dau neu dri o'r gynnau mawrion, y llestri mawreddog cyfarwydd wedi'u troi'n fodau bygythiol. Peth cyffredin oedd gweld cnwd o filwyr Undebol yn eu lifrai glas yn teithio ar fwrdd un ohonynt, ac weithiau chwifiai baneri milwrol newydd o dynraffau'r agerfadau yn ogystal â'r *Stars and Stripes* arferol. Ni ddeuai cynifer ohonynt i'r ynys bellach chwaith. Dywedai tad Sara fod rhai capteniaid wedi gwirfoddoli gwasanaethu yn llynges yr afonydd a bod eraill wedi'u gorfodi i wneud gwaith y llywodraeth, a bod cludo milwyr a nwyddau rhyfel wedi disodli'r teithwyr a'r nwyddau masnachol. Dywedai hefyd fod rhai masnachwyr yn elwa oherwydd y Rhyfel Cartref er bod eraill – gan gynnwys cwmni masnach Ynys Fadog – ar eu colled o'r herwydd. 'Ffawd a Rhawd Rhyfel' oedd yr ymadrodd a ddefnyddid gan Ismael ac Enos. Byddai'r ddau'n sefyll ar y doc gwag, yn gwylio rhyw agerfad a arferai alw cyn y rhyfel yn stemio heibio, canon ar ei drwyn a thyrfa o filwyr yn pwyso ar y canllawiau, rhai'n codi llaw ar yr ynyswyr. Byddai un ohonynt yn dweud, ddaw honno ddim i fasnachu nes bod yr helynt drosodd, a'r llall yn ateb, Ffawd a Rhawd Rhyfel, y ddau'n tynnu'n ddoeth ar eu beirf patriarchaidd.

Ond galwai'r *Boone's Revenge* o hyd, yn cludo hynny o chwisgi Virginia a bwrbon Kentucky nad oedd wedi'i gymryd gan y naill ochr na'r llall. Gwasanaethai dynion o ogledd Kentucky a gogledd Virginia yn y ddwy fyddin, ac roedd yr Undebwyr a'r Conffederats o'r taleithiau hynny yr un mor hoff o chwisgi â'i gilydd, meddai'r Capten Cecil. Yn ystod un ymweliad, tua chanol mis Mehefin, cyrchai Sara'r doc pan glywsai fod y *Revenge* wedi cyrraedd. Roedd Rowland wrthi'n helpu'r Parchedig Evan Evans i roi trefn ar lyfrau'r ysgol sabathol ac felly aeth hi gyda Joshua a Seth. Pan welodd Sammy nhw, cododd law ond ni leisiodd y cyfarchiad siriol arferol. Dringodd Sara a'i brodyr o'r doc ar fwrdd y paced, yn unol â'u harfer. Gan ei fod yn anarferol o wag, roedd yn hawdd croesi i'r ochr arall ac edrych dros yr afon ar diroedd Virginia. Dechreuodd y sgwrs yn araf ac yn herciog, ond ar ôl siarad am dywydd mwyn y gwanwyn a phethau dibwys eraill, mentrodd Sara holi Sammy am faterion y dydd.

'Do you think it's going to be a real war?'

Syllodd Sammy ar yr olygfa; ni ddywedodd air i'w hateb. Safai brodyr Sara'n fud ger llaw, ymddygiad eu hen gyfaill wedi'u gwneud yn drwsgl ac yn swil. Ceisiodd hi eto. 'Most of the papers are saying that the war will be over soon, but some people are...'

'Got a letter from Clay.' Torrodd Sammy ar ei thraws, a siaradodd heb edrych arni hi. 'It were wait'n for us in Wheeling. Clay writ it in Charles Town. He and some other fellers from the boat he was workin on ran off and joined one of the Virginia regiments. One of them Confederate regiments. Said he was goin to fight for the rights of the south and that he hoped me and Pah would come to our senses and throw in with the Confederacy same as he done, or keep our noses out of the war lest we cross each other on the battle field. Pah said he didn't think they'd take him on account of his one eye and all, but they did.'

Pan ofynnodd Sara iddo beth oedd Capten Cecil yn ei feddwl am y sefyllfa, dywedodd fod ei dad wedi bod yn anarferol o ddistaw ers derbyn y llythyr a'i bod hi'n anodd ei gael i ddweud mwy na rhyw air neu ddau. Pan ofynnodd i Sammy am ei farn o, gwgodd, yn cnoi cil ar ei feddyliau cyn ateb. Pan siaradodd wedyn, daeth y geiriau'n araf.

'Well I don't rightly know for sure. That is, I reckon I still hold with Pah that it's an evil thing to go to war over slavery and whatnot, but I don't know how in hell we's goin' to pitch in and do for it, with Clay fightin' on t'other side and all.'

Pan geisiodd Sara gydymdeimlo, ymunodd Joshua yn y sgwrs, yn dweud bod rhyfel o'r fath yn newid popeth. Ochneidiodd Sammy, yn cytuno, ac wedyn siaradodd heb edrych ar wynebau Sara na'i brodyr, gan droi yn hytrach i edrych ar yr afon.

'It's a god-damn awful mess is what it is.'

'It is, Sammy,' cytunodd Joshua. 'And I have a feeling it's going to get to be a whole lot more of a mess before it gets any better.'

Trodd y cychwr ifanc atyn nhw eto, yn codi llaw i wasgu dagrau o'i lygaid.

'I expect you're right, Joshua Jones. Don't like it none the better, but I expect you're right.'

Symudodd ychydig oddi wrthyn nhw yn araf at drwyn yr agerfad bach er mwyn syllu i lawr yr afon i gyfeiriad y gorllewin. Fe'i dilynwyd yn ofalus gan Sara, Joshua a Seth. Pan synhwyrodd o fod y tri'n sefyll y tu ôl iddo, symudodd ychydig er mwyn siarad â nhw dros ei ysgwydd.

'Wheeling was all a-chatter, you know. Everybody talkin about the Convention. Some sayin they done rip up Virginia's seccesion declaration and come full back into the Union.'

Dywedodd wedyn fod rhai o ddynion eraill ar ddociau Wheeling yn siarad fel arall, yn dweud mai siroedd gorllewinol Virginia yn unig a fyddai'n dychwelyd i'r Undeb a bod hynny'n golygu y byddai'r rhanbarth yna'n torri'n rhydd oddi wrth weddill y dalaith a ffurfio talaith newydd.

'Lota mountain folk in the hills and mountains down there in western Virginia.' Roedd ei lais ychydig yn fwy siriol, a'r olwg ar ei wyneb yn debycach i'r hyn a gofiai Sara o'r holl drafodaethau lu gydol y blynyddoedd. 'Just like eastern Kentucky, where I's born. Too poor to own slaves and not well pleased with the way the big plantation owners down state always gettin their way and pushin everybody around.' Wedi troi'i ben i edrych ar yr afon eto, ychwanegodd, 'And there's some right religious folk, like my mama was. Finding an evil in it and such like.' Camodd Sara'n nes a sefyll wrth ei ymyl. Cododd un droed a'i gosod ar ynwal y paced, yn union fel ei chyfaill. Dywedodd fod ei phobl hi yno ar yr ynys yn teimlo'n debyg hefyd. Gwenodd, gan droi ati.

'Oh I know, Sara Jones. You Welch are abolitionists down to your funny bones. Pah and I, we ain't as hot-headed as you, but we don't like it none.' Difrifolodd eto. 'Clay, he's just like so many others down south of the river. Southern pride and southern rights and what not.'

Ymddangosodd hanes Cynhadledd Wheeling ar dudalennau'r papurau newydd hefyd, ac yn fuan daeth yn rhan o ymwybyddiaeth a daearyddiaeth trigolion yr ynys. Byddai Sara'n gofyn i Rowland fynd am dro gyda hi a dweud, tyrd, cerddwn ni ar hyd y lan ddeheuol ac edrych ar y dalaith newydd. Dechreuai'r ynyswyr gyfeirio at Orllewin Virginia fel lle agos atynt a Virginia fel lle pell yr ochr draw i orwelion eu byd. Teithiai hanes Richard Lloyd o dŷ i dŷ. Roedd wedi ysgrifennu at ei rieni, ei frawd Thomas, ei chwaer Ruth, ac roedd wedi ysgrifennu at Lisbeth Evans hefyd. Wedi i'r Ironton Independent Artillery orffen hyfforddi ar gaeau Camp Dennison, credwyd y byddai'r fagnelfa'n cael ei symud draw i'r de-ddwyrain i wynebu'r gelyn, ond daeth tro ar fyd, er gwell ym marn Lisbeth, pan ddaeth y newyddion mai gwarchod glanfa Cincinnati fyddai gorchwyl Richard a'i gydfilwyr. Gan fod Sadoc Jones dipyn yn nes at berygl, ceisiodd guddio'i llawenydd yng ngŵydd Sara.

Pan ddaeth hi'n fis Gorffennaf caeodd Hector Tomos ei ysgol am wyliau'r haf. Er bod Rowland wedi colli llawer o ysgol yn ystod ei blentyndod yn Johnstown a Minersville, roedd yr ysgolfeistr yn ffyddiog ei fod wedi llenwi'r bylchau yn ei addysg ac yn wir wedi symud ymhellach yn ei ddatblygiad deallusol na'r hyn a ddisgwyliai fel rheol gan fachgen 17 oed. Byddai'n troi'n 18 cyn i'r flwyddyn ysgol nesaf ddechrau ac felly roedd ei gyfnod dan law'r ysgolfeistr ar ben. Ac yntau wedi codi pwnc dyhead y Parchedig Evan Evans unwaith a gweld nad oedd Rowland yn awyddus i'w drafod, ni chyfeiriodd Hector Tomos at y coleg diwinyddol wedyn. Yn 16 mlwydd oed, roedd Sara hithau wedi meistroli'r holl waith ysgol yr ystyriai'r athro'i fod yn orfodol, a chynigiodd droeon iddi ddod draw i'w gartef fel y medrai Mrs Tomos ei pharatoi ar gyfer arholiadau mynediad Coleg Oberlin. Diolchai Sara iddo, ond gwrthodai'r gwahoddiad yn gwrtais bob tro hefyd. Weithiau byddai hi'n egluro nad oedd am wneud trefniadau o fath nes gweld beth fyddai rhawd y rhyfel. Penderfynodd aros yn yr ysgol, yn darllen hynny o lyfrau newydd a gâi ar fenthyg gan yr athro a'i gynorthwyo i roi addysg i'r plant iau fel y byddai ei chwaer Esther yn ei wneud ers talwm.

Daeth llythyr gan Esther gyda cherdyn y tu mewn â llythrennau breision wedi'u hargraffu arno yn datgan bod gwahoddiad iddynt i *The Commencement Ceremony for the Class of 1861 at Oberlin College*, er bod Esther yn cydnabod yn ei llawysgrifen gain y gwyddai nad oedd yn debygol y byddai'r un ohonynt yn gallu teithio mor bell i'w dderbyn. Roedd wedi sicrhau swydd yn barod fel athrawes mewn ysgol elusennol yng nghyffiniau Columbus, ac yn gobeithio cael cyfle i ymweld â'r ynys cyn ymgymryd â'i chyflogaeth ddiwedd yr haf.

Daeth llythyr oddi wrth Sadoc tua'r un pryd, y cyntaf iddo'i ysgrifennu ers peth amser. Roedd wedi naddu'r cyfeiriad ar frig y ddalen – Gwersyllfa'r Ail Gatrawd o Draedfilwyr Ohio, Washington, DC – a disgrifiodd mewn hanner dwsin o frawddegau'r gwaith a wnâi yn cynnal amddiffynfeydd y ddinas ac yn eu gwylio rhag ymosodiad. Roedd amlen fechan arall wedi'i chau y tu mewn i'r brif amlen a honno wedi'i chyfeirio at F'ewythr Ismael Jones, Ynys Fadog. Gwyddai Sara y byddai'n cynnwys hanesion o'r fath na feiddiai Sadoc eu rhannu â'u rhieni a gwyddai hefyd fod ei mam a'i thad yn ysu am ei hagor. Ond rhoddodd ei thad yr amlen fach ym mhoced ei wasgod a dweud, 'A' i draw i weld Ismael rŵan.'

Parhaodd Elen Jones i fyseddu'r llythyr roedd newydd ei ddarllen am yr eildro. Cododd lythyr Esther hefyd a oedd wedi bod yn gorwedd ar y bwrdd o'i blaen gan ddal llythyron ei dau blentyn hyna. Edrychodd ar ei gŵr wrth iddo agor y drws a sefyll yno am ychydig, fel pe bai wedi'i daro gan ryw hud a'i rhewodd yn y fan a'r lle. Roedd yn dechrau nosi y tu allan, a daeth awel iach i mewn i'r tŷ, gan gludo arogleuon cyfoethog Gorffennaf. Roedd y criciaid yn canu, yn cyfeilio i'r synau eraill a ddeuai gyda'r gwyll – galwadau olaf adar y dydd wrth iddynt ddechrau clwydo am y nos a hwtian tylluan yn y pellter, o bosibl o'r tir mawr ar draws y sianel gul. Dadebrodd Isaac a galw dros ei ysgywdd.

'Fydda i ddim yn hir.'

Caeodd y drws â chlep ysgafn. Sylwodd Sara ar y dagrau'n cronni yn llygaid ei mam. Cododd a cherdded o gwmpas y bwrdd er mwyn plygu drosti a'i chofleidio. Cododd Joshua hefyd a sefyll yn ymyl y ddwy, ei bresenoldeb yn dawel ac yn warchodol.

Seth a siaradodd gyntaf. Roedd yn 14 oed ac wedi'i ddal rhwng y plant iau a'i frawd a'i chwaer hŷn, ond roedd y bachgen a arferai ddilyn Sara i bob man wedi aeddfedu'n rhyfeddol yn ddiweddar, yn gwneud mwy na'i ran o'r gwaith yn y cartref ac yn cynnig cysur i'w fam pan fyddai angen. Roedd ei lais wedi torri hefyd ac yn ddyfnach na'i ddau frawd hŷn, yn agosach at fas ei dad na thenor ei ewythr a'i hen ewythr pan ganai yn y capel.

'Peidiwch â phoeni,' meddai. 'Mae'r ddau mewn llefydd da, cofiwch. Esther wedi derbyn ei haddysg ac yn dilyn ei llwybr yn y byd, a Sadoc ymhell o afael peryglon yn ninas Washington.' Pesychodd, ac ailadroddodd eiriau a glywsai'n aml gan wahanol oedolion yn y pentref. 'Ac mae'i wasanaeth o'n glod ac yn anrhydedd i ni i gyd.'

'Mi wn i, Seth. Diolch i ti, 'machgen i.'

Sychodd eu mam ei dagrau a gwenu ar ei mab. Cododd Seth a dweud ei fod am fynd i nôl rhagor o ddŵr o'r gasgen y tu allan. Gwylio'r cyfan yn dawel wnâi Jwda a Benjamin, yn symud ychydig yn eu cadeiriau ond yn ddisiarad. Cododd y ddau a dilyn Seth o'r tŷ, fel pe baent yn falch am unrhyw esgus i osgoi rhagor o ddagrau. Wedi i'r tri ymadael, cododd Sara a dychwelyd i'w chadair gan wynebu'i mam. Arhosodd Joshua y tu ôl iddi ond cymerodd gam yn nes er mwyn codi llaw a'i gosod ar ei hysgwydd. Wedi byseddu llaw ei mab yn ysgafn â'i llaw dde, rhoddodd ei dwylo ar y llythyrau eto, ei chledrau'n wastad, yn smwddo'r darnau tenau o bapurau, fel pe bai'n ceisio'u gwasgu i mewn i bren caled y bwrdd. Edrychodd ar Sara, a'r dagrau'n dychwelyd.

'Tyrd â'r pethau ysgrifennu at y bwrdd, Sara, os gweli di'n dda, ac mi wnawn ni ateb eich brawd a'ch chwaer yn syth.'

Daeth llythyr arall dridiau'n ddiweddarach, un byr a oedd wedi'i ysgrifennu ar frys:

F'Anwyl Rieni, Chwaer a Brodyr.
    Nis gwn ym mha le y cewch hyd i mi am ryw hyd, ond rydym wedi ein gwneuthur yn rhan o frigâd Schenck, ysydd yn adran Tyler, ym myddin McDowell. Byddwn ni'n gadael Washington heddiw neu yfory, a hynny er mwyn mynd â'r rhyfel i'r bradwyr ar dir Virginia.
    Eich mab a'ch brawd cariadus a ffyddlon,
    Sadoc Jones

Ac wedyn roedd dwy linell arall wedi'u naddu o dan brif gorff y llythyr, y geiriau'n symud ar ogwydd ar draws y papur a'r llythrennau'n fach ac yn flêr.

Na bydded i chwi boeni yn fy nghylch; dywedir mai hon yw'r fyddin fwyaf a drefnwyd ar dir y Taleithieu Unedig erioed yn eu hanes a bod y bradwyr yn sicr o redeg fel defaid pan welant hwy ni'n neshau.

Ac ar waelod y ddalen, roedd dwy linell olaf, wedi'u hysgrifennu'n llai fyth ac yn flerach.

Dyn o Franklin, Ohio, ydyw'r Cadfridog Schenck a ddywed na fydd yn goddef i ddim drwg ddyfod i ni, bechgyn gwladgarol ei anedig dalaith ef.

Gwenodd Joshua'n dawel ond ni ddywedodd air. Cynigiodd Seth gysur i'r gweddill ohonyn nhw, yn ailadrodd yr hyn a ddywedai'r papurau am faint byddin yr Unol Daleithiau mewn cymhariaeth â lluoedd y Conffederats ac yn eu hatgoffa o sirioldeb llythyr Sadoc. Ailadroddodd tad Sara eiriau i'w mam a ddaethai'n gyfarwydd yn ddiweddar.

'Dwi ddim yn hoffi'r sefyllfa chwaith, ond does dim y medrwn ni 'i wneud. Mae'n un o ddegau o filoedd o ddynion eraill; nid y ni ydi'r unig deulu sy'n wynebu gofid o'r fath.'

Pan welodd nad oedd y geiriau cyfarwydd wedi codi calon ei wraig, eiliodd gysuron Seth. 'Mae'r Deheuwyr yn sicr o droi a ffoi pan welan nhw fyddin fawr yr Unol Daleithiau yn dyfod i'r maes.'

Byddai Sara'n edrych ar y cyfnod hwnnw o bellter y blynyddoedd fel un yn edrych ar olygfa trwy len o niwl, ond byddai'r awel yn symud y niwl mewn gwahanol fannau ar wahanol adegau, yn creu twll bach yma ac acw gan ei galluogi i weld ambell beth yn eglurach. Cofiai iddi weld rhai pethau a ddigwyddodd yr adeg honno er ei bod hi'n gwybod nad oedd yn bosibl ei bod wedi'u gweld â'i llygaid ei hun. Darllenai'r hanesion yn y papurau Saesneg ac yn *Y Drych* a'r *Cenhadwr Americanaidd*, a thrafodai'r newyddion gyda'i theulu a Rowland. Clywai drigolion eraill yr ynys yn eu trafod hefyd, rhai'n ailadrodd yr un dadansoddiadau ac ambell un yn cynnig gwedd wahanol. Rhybuddiai'r *Gallipolis Journal* fod 'female spies' o'r taleithiau deheuol yn croesi i'r gogledd yn gyson. Dylai pawb fod yn wyliadwrus, meddai golygydd y papur, gan fod y 'fair rebels' yn gallu gwneud llawer i danseilio ymgyrch rhyfel yr Undeb. Deuai sïon a straeon ar dafodau gweithwyr yr agerfadau hynny a barhâi i alw yn ystod cyfnod cythryblus y rhyfel a derbyniai ragor o newyddion yn llythyrau ei chwaer Esther, a hithau wedi dod i adnabod cylch o wrthgaethiwyr brwdfrydig yn ystod ei chyfnod yng Ngholeg Oberlin. Diolch i Esther, clywai lawer am ymdrechion y rhai a oedd yn flaengar yn yr ymgais i gysylltu'r rhyfel â'r ymgyrch yn erbyn caethwasiaeth.

Ond byddai Sara, flynyddoedd yn ddiweddarach, yn sicr iddi hi *weld* rhai pethau â'i llygaid ei hun yn hytrach na'u darllen mewn llythyr, papur, cylchgrawn neu eu clywed mewn sgwrs. Yr unig eglurhad y medrai hi'i dderbyn oedd iddi weld rhai pethau yn ei breuddwydion. Dathlodd ei phen-blwydd yn 16 oed ddechrau'r mis Gorffennaf hwnnw ac felly daeth i gredu iddi dderbyn y gallu hwnnw i weld pethau fel anrheg pen-blwydd ar adeg pan nad oedd llawer o anrhegion na dathlu yn dod i'w rhan.

Roedd catrawd Sadoc wedi bod yn symud ers cyn y wawr y bore hwnnw, 21 Gorffennaf 1861, yn rhan o frigâd Shenck, a'r frigâd honno'n symud ar lôn i gyfeiriad Manassas Junction, Virginia. Ymlaen i Richmond oedd y rhyfelgri a byddin yr Unol Daleithiau wedi'i gosod ar waith er mwyn cipio prif ddinas y gwrthryfelwyr deheuol, ond roedd lluoedd y gelyn wedi ymgasglu yn ymyl Manassas ac felly dyna oedd y nod y diwrnod hwnnw. Ymlaen yr âi'r milwyr yng ngolau llwydlas y bore bach, yn martsio'n drefnus ar y lôn, dillad a oedd wedi'u gwlychu gan wlith y bore bellach yn wlyb gan chwys. Siaradai rhai o'i gydfilwyr yn ymyl Sadoc wrth iddynt gerdded gan sgwrsio yn Almaeneg, ond canolbwyntiai o ar ddal ei ddryll yn syth ar ei ysgwydd dde – y Springfield rifled musket newydd – a symud ei draed yn rhythm y marts. Codai'r haul yn raddol dros y bryniau isel, a goleuo'r tarth a godai o'r gwair bob ochr i'r lôn, gan greu golau melyn euraid a ddeuai â rhyw hud a lledrith i'r holl olygfa. Cyn bo hir roedd gwres haul y bore wedi llosgi'r tarth hudolus a'r awyr bellach yn glir. Ymlaen y cerddai Sadoc, yn rhan o'r llinell las, hir, yn un o gwmni o gant o ddynion, pob un yn ei lifrai glas newydd, pob un yn dal ei ddryll newydd ar ei ysgwydd, a'r cwmni yna'n rhan o gatrawd, a'r gatrawd honno'n rhan o frigâd, dros dair mil o ddynion yn symud yn yr un modd ar hyd yr un lôn i'r un cyfeiriad. Symudai adrannau eraill o'r fyddin i gyfeiriad Manassas ar hyd lonydd eraill, ond hon oedd lôn Sadoc, ac yntau'n martsio fel pe bai'n gorymdeithio mewn parêd, yn rhan o'r llinell las hir honno.

Safai afonig fach Bull Run rhyngddynt a Manassas, a phont gerrig dwt drosti. Dechreuodd rhai o'r canonau danio – rhai o fagnelau mawrion eu byddin, a osodasid rhywle o olwg Sadoc a'i gydfilwyr – gan saethu dros yr afonig at luoedd na allai'r traedfilwyr eu gweld. Ond yn fuan gwelwyd llinellau yn y pellter, wedi'u ffurfio ar yr ochr arall i lan bellaf yr afonig, rhesi o ddynion, rhai'n gwisgo lifrai llwyd ac eraill wedi'u dilladu yn null y *zouave*, yn goch ac yn wyn ac yn las ac yn garnifalaidd o grand. Carlamai nifer o geffylau trwy'r gwair yn ymyl y lôn, heibio Sadoc a'i gydfilwyr – swyddogion staff y Cadfridog Shenck. Ac wedyn câi gorchmynion eu trosglwyddo ar hyd y llinell, o golonel i uwchgapten i gapten i is-gapten i ringyll, a Sadoc yn symud yn ufudd, ei gwmni'n gadael y lôn ac yn ailffurfio mewn llinell yn barod i frwydro. Ymlaen â nhw wedyn, eu drylliau'n dal ar eu hysgwyddau, yn martsio trwy wair uchel i gyfeiriad y bont. Gorchymyn arall, a symudodd Sadoc ei ddryll a'i ddal yn ei ddwylo yn barod, fel pawb arall.

Ni chofiai Sara weld y gweddill – y saethu ar hyd y llinell, a'r gelyn yr ochr arall i'r bont yn saethu'n ôl, y ddwy ochr yn ail-lwytho'u harfau ac yn saethu eto, dau neu dri o gydfilwyr Sadoc yn syrthio yn eu gwaed yn ei ymyl. Y milwyr yr ochr arall i'r bont yn symud, yn troi ac yn cilio, rhai'n martsio'n dalog yn eu dillad glas, gwyn a choch ac eraill yn rhedeg i ffwrdd, a chatrawd Sadoc yn cael ei symud gyda gweddill y frigâd dros y bont, yn ysgwyddo'u drylliau eto ac yn martsio mewn trefn. Ond ymhellach draw yr oedd yr ymladd ar ei ffyrnicaf, wrth i adrannau eraill byddin yr Unol Daleithiau symud o gwmpas y bryniau isel ac ymosod i'r gorllewin. Yno y bu gwirfoddolwyr y ddwy ochr yn wynebu'i gilydd am oriau, y llinellau'n symud ymlaen ac yn ôl, y mwg yn codi o ugeiniau o ganonau a degau o filoedd o ddrylliau, a dynion yn syrthio wrth eu cannoedd. Erbyn diwedd y prynhawn, trodd lluoedd Undeb yr Unol Daleithiau a ffoi yn ôl i'r gogledd, eu wageni a'u magnelau'n cymysgu â cherbydau'r sifiliaid a oedd wedi dilyn y fyddin o Washington er mwyn mwynhau picnic wrth wylio'r frwydr. Llanast ac anrhefn, dychryn a braw, wrth i'r gwirfoddolwyr a'r sifiliaid adael dros bedwar cant o ogleddwyr yn farw yr ochr draw i Bull Run, a channoedd eraill yn gorwedd wedi'u clwyfo ar y maes neu wedi'u cipio gan y Deheuwyr. Ciliodd catrawd a brigâd Sadoc mewn trefn, gan droi a martsio'n ôl i fyny'r lôn heb dorri ffurf eu llinellau, yn wahanol i'r rhan fwyaf o wirfoddolwyr Lincoln. Daeth Sadoc yn ôl i gyffiniau Washington yn ddianaf a gyda rhywfaint o falchder yn dilyn y gwaith a wnaethai yn ei frwydr fawr gyntaf.

Ddechrau Awst roedd wedi bod yn y fyddin am dris mis a daeth cyfnod gwasanaeth Sadoc Jones a'i gydfilwyr i ben. Dim ond yn ddiweddarach y dysgodd Sara am ddyddiau olaf ei brawd yn y brif ddinas – ar ôl i Sadoc rannu'r hanes â'u hewythr Ismael y cafodd Sara glywed fesul tipyn hanes anturiaethau'i brawd yn Washington. Almaenwr ifanc o Cincinnati o'r enw Gustav Wunder oedd ei gyfaill pennaf yn y gatrawd, ac ymgollodd y ddau mewn cyfeddach a gloddest, yn gwario'u holl arian yn nhafarndai a gwestai'r ddinas, ac yn y diwedd yn gorfod hel cardod er mwyn prynu tocynnau i ddychwelyd i Ohio.

* * *

Gwyddai pawb ar yr ynys fod tueddiad pruddglwyfus yn Owen Watcyn a bod tri pheth yn gysylltiedig â'i hwyliau gwael fel arfer, sef y ffaith nad oedd ganddo wraig, y tebygolrwydd na châi wraig fyth, a'r pryder y byddai'r afon yn codi ryw ddydd a'r dyfroedd dicllon yn ysgubo'i dŷ o'i sylfeini. Ond ers rhai misoedd bellach Y Cynnwrf Mawr oedd ar ei feddwl a'i dafod ddydd a nos, a'i hwyliau'n pendilio o bryder ac anobaith i orfoledd twymgalon. Pan fyddai mewn pwll o anobaith byddai'n gwbl sicr bod lluoedd y De ar fin gwneud cyrch dros yr afon a haid o lofruddwyr anifeilaidd am ddisgyn ar drigolion diymgeledd Ynys Fadog a'u lladd un ac oll. Ond ar adegau eraill byddai'r rhyfel presennol yn creu balchder yn ei galon a chân wladgarol ar ei wefusau, ac yntau'n breuddwydio am yr hyn y medrai o a'i gydynyswyr ei wneud er mwyn anrhydeddu'r bechgyn gwrol a fyddai'n achub Undeb yr Unol Daleithiau a sifiliaid diniwed rhag pwerau'r Fall. Yn weddol fuan wedi iddo glywed i Sadoc ymrestru yn y Second Ohio Infantry am dri mis, dechreuodd Owen Watcyn drefnu'r gwasanaeth y byddai'r gymuned yn ei gynnal er mwyn croesawu arwr Ynys Fadog yn ôl ar ddiwedd ei dymor buddugoliaethus ym myddin Abraham Lincoln. Yn yr un modd, roedd yn wybodaeth gyffredin ei fod wedi dechrau ystyried trefnu cyfarfod arbennig er mwyn croesawu Richard Lloyd adref pan ddeuai'r amser priodol. Ond nid oedd Richard wedi'i ryddhau o'i wasanaeth, ac felly bu'n rhaid i wladgarwr mwyaf llafar yr ynys fodloni ar groesawu Sadoc Jones adref. Darbwyllodd y Parchedig Evan Evans fod cyfarfod gweddi arbennig yn briodol a dechreuodd y gweinidog ysgrifennu'r bregeth ar gyfer yr achlysur. Gofynnodd Owen Watcyn i'w gymydog, Hector Tomos, draddodi araith hefyd, a chydsyniodd yr ysgolfeistr a dechrau myfyrio'n ddwys ynghylch pa rinweddau y dylid eu trafod yn yr araith honno. Ond pan ddaeth y newyddion mai'r Deheuwyr a fu'n fuddugoliaethus ym mrwydr Bull Run a byddin yr Undeb wedi'i gorfodi i gilio'n ôl dros y ffin i Washington, aeth Owen Watcyn i'w wely am ddeuddydd, yn cwyno bod ganddo dwymyn a oedd yn debygol o fod yn angheuol.

Catherin Huws oedd y peth agosaf at feddyg oedd gan Ynys Fadog, ac âi hi a'i gŵr i weld y claf. Pan gyhoeddodd mai anobaith ac nid twymyn a oedd wedi llorio Owen Watcyn, protestiodd y dyn yn erbyn y diagnosis a mynnu aros yn ei wely am ddiwrnod cyfan arall. Dychwelodd i'w waith yn y stordy y diwrnod wedyn, yn symud fel ci â'i gynffon rhwng ei goesau. Erbyn y noson honno roedd wedi cyfarfod â'r Parchedig Evan Evans a'r ysgolfeistr, yn ochneidio'n drwm ac yn gofyn a ddylid hysbysbu'u cymdogion na fyddai gwasanaeth arbennig wedi'r cwbl pan ddeuai Sadoc Jones adref o'r fyddin. Dywedodd y gweinidog ei fod yn grediniol y byddai gwasanaeth yn briodol er ei fod am newid ei bregeth o dan yr amgylchiadau. Cytunwyd na fyddai Hector Tomos yn traddodi araith a bod gwasanaeth cymharol fyr a dirodres yn fwy gweddus o dan yr amgylchiadau.

* * *

Roedd yn ddiwrnod chwilboeth, a llawer o bobl ifanc yr ynys wedi ymgasglu ar lan cildraeth yn ymyl doc bach y gogledd. Roedd y cildraeth bron fel harbwr bychan er bod y dŵr yn rhy fas i'r un cwch fynd i mewn iddo. Dechreuasai Rowland gyfeirio at y lle fel 'yr angorfa' a chydiodd yr ymadrodd yn nychymyg holl blant yr ynys. Angorfa breuddwydion ydoedd, a Rowland yn dweud wrth Benjamin, Jwda a Robert Davis y gallen nhw ddychmygu mai nhw oedd y capteniaid, yn trefnu'r llongau a fyddai'n hwylio o'r angorfa honno ar drywydd rhyw anturiaeth. Cipiodd y tri bachgen bren adeiladu o'r stordy unwaith a chreu cwch bychan anhylaw ar lan yr angorfa, llestr di-siâp na symudodd ymhell o'r lan cyn chwalu'n ddarnau. Roedd Sara, Rowland a Joshua'n eistedd ar y doc bach yn siarad, a rhedodd Rowland i achub y sefyllfa, yn gwlychu'i sgidiau a'i drywsus wrth iddo neidio i ddŵr yr angorfa ac achub y darnau pren cyn iddynt gael eu hysgubo ymaith gan lif yr afon. Wedi'u gosod ynghyd mewn tomen fach dwt ar lan yr angorfa, gwenodd Rowland ar y tri bachgen a dweud, cerwch â nhw 'nôl i'r stordy nawr, cyn i'ch trosedd gael ei ddarganfod.

Ni hwyliai llestri o unrhyw fath o'r cildraeth ar wahân i longau dychmygol breuddwydion y plant y diwrnod poeth hwnnw ar ddiwedd mis Awst. Un prynhawn aeth Seth, Jwda, Benjamin a Robert Davis ati i dynnu'u sgidiau a thorchi'u trywsus at eu pengliniau cyn cerdded i mewn i'r dŵr yn yr angorfa. Safai Lydia Huws ac Elen Jones a'u traed noeth yn y dŵr ond ni ddilynodd yr un o'r merched y bechgyn i'r afon. Tyrd, Elen, galwai Jwda, tyrd draw ata i yn fa'ma. Yna, galwodd Benjamin, tyrd yma, Elen, draw fan hyn. Eisteddai Sara rhwng Rowland a Joshua ar y lan, eu traed yn noeth ond yn sych. Cysgai Jehosaffat yn ymyl Joshua; bellach cysgu fyddai'r hen gi y rhan fwyaf o'r dydd a symudai'n araf pan ddewisai symud. Roedd Joshua wedi cau'i lygaid a throi'i wyneb at yr haul, ei gorff mor ddisymud â'r ci er nad oedd o'n cysgu. Gwyliai Sara a Rowland y plant iau yn chwarae.

'Wyt ti 'di sylwi bod yr efeilliaid mewn byd efo Elen Jones?' gofynnodd Sara i'w brawd. Ni chynigiodd Joshua ateb, ond agorodd ei lygaid ac edrych yn fyfyrgar ar ei frodyr. 'Wyt ti'n meddwl bod hynny oherwydd y ffaith bod ganddi'r un enw yn union â Mam?' gofynnodd Sara wedyn.

'Wn i ddim,' atebodd ei brawd o'r diwedd, gan ychwanegu, 'does dim llawer o blant yr un oed â nhw yma, nag oes?' cyn cau ei lygaid a gorwedd ar ei gefn. Cododd Jehosaffat ei lygaid a symud ei ben ychydig er mwyn gosod ei drwyn yn ymyl llaw Joshua.

Safodd Rowland yn ddisymwth, yn dal llaw i gysgodi'i lygaid, a chraffu ar rywbeth.

'Beth sydd?'

Safodd Sara'n reddfol, yn efelychu Rowland. Agorodd Joshua'i lygaid a chraffu ar y tir mawr yr ochr arall i'r sianel. Deffrowyd y ci gan y cyffro a dechreuodd sefyll yn araf, gan ymestyn ei goesau wrth wneud. Edrychodd Sara: roedd dyn yn sefyll yno ar lan y tir mawr, yn codi'i law arnyn nhw – dyn mewn dillad glas a'i wallt tywyll bron yn cyrraedd ei ysgwyddau.

Pan ddaeth Sadoc i ddrws y tŷ roedd Sara, Rowland, ei frodyr a nifer o blant eraill y pentref yn gwlwm siaradus y tu ôl iddo. Rhoddodd ei fam floedd o lawenydd cyn taflu'i breichiau amdano a'i wasgu'n dynn yn hir. Bu bron i'r ddau ddiscyn i lawr y grisiau cerrig a arweiniai at y drws a chydiodd Joshua yn ei frawd er mwyn ei sadio. Wedi mynd i mewn i'r tŷ a chau'r drws ar bawb nad oedd yn aelod o'r teulu, holodd Elen Jones ei mab hynaf am ei iechyd. Oedd o'n bwyta digon? Oedd unrhyw arwydd o afiechyd, ac yntau wedi bod yn cysgu ar y ddaear wlyb? Wedi'i sicrhau ei fod yn holliach, craffodd hi ar wyneb ei fab; er bod Sadoc o bryd tywyll fel gweddill y teulu, roedd yn dywyllach na'r arfer gan fod ei groen wedi'i grasu yn haul yr haf a haen o fudreddi'n ei barddu'o ymhellach. Roedd ei wallt du wedi tyfu'n hir ac yn syrthio'n anystywallt at golar ei grys a blewiach du'n cuddio'i ên, ei wefus a'i fochau. Cydsyniodd Sadoc fynd yn ôl i'r lan ogleddol ac ymdrochi yn yr angorfa cyn dychwelyd i ymolchi'n drylwyr yn y dŵr glân roedd ei fam am ei gynhesu iddo. Ond gwrthododd dorri'i wallt ac eillio'i egin locsyn, er iddi erfyn arno wneud cyn mynd i'r gwasanaeth yn y capel.

Traddododd y Parchedig Evans bregeth fer yn diolch i'r Arglwydd am fod yn darian ar faes yr ymdrechfa fawr i Sadoc Jones, mab gwrol yr eglwys hon, cyn ymdoddi ymhlith ei braidd a chydganu gyda nhw. Hen ewythr Sadoc ddewisodd yr emyn, a chanai Enos Jones y geiriau gydag arddeliad:

Dyma odfa newydd,
O Arglwydd dyro rym,
i ymladd â phla calon,
a llid gelynion llym.

Cerddodd y gweinidog yn araf yn ôl i'r tu blaen, troi a gwenu'n hael ar y gynulleidfa, cyn esgyn y grisiau i'r pulpud unwaith eto. Cydiodd yn y pren tywyll â'i ddwylo, fel pe bai'n forwr yn sadio'i hun ar fwrdd llong ar ganol storm, a phlygodd dros y Beibl a'r papurau roedd wedi'u taenu yno ar ddechrau'r gwasanaeth. Ymsythodd ychydig ac edrych ar ei nodiadau, cyn plygu ymlaen eto a syllu ar wynebau'r gynulleidfa. Oedodd ei lygaid ar Sadoc, a oedd bellach yn lân ac yn gwisgo'i hen ddillad capel.

'Dyma ni, gyfeillion, mae un ohonom wedi dychwelyd, yn un o ddegau o filoedd o feibion ein gwlad sydd wedi gosod eu hunain o flaen y tân a'r cleddyf er mwyn diogelu'r llywodraeth. Diolchwn am y dychweliad hwn, am yr aduniad hwn, am y ffaith ein bod ni'n gallu cydgyfarfod, cydganu, a chydweddïo yn yr addoldy hwn, a Sadoc Jones yn ein plith unwaith eto.' Aeth ton o amenio trwy'r dorf, a Sara'n sylwi bod amen ei mam a'i thad yn atseinio'n uwch na'r gweddill. 'Ond wrth i ni gydlawenhau yr ydym ni hefyd yn uno yn ein pryder yn wyneb y tro arswydus hwn yn hanes ein gwlad.' Edrychai'n araf o unigolyn i unigolyn, nid er mwyn creu effaith ond fel un a oedd yn daer astudio wynebau'i gyfeillion ac yn ceisio darllen eu teimladau'n ofalus cyn cyfeirio geiriau priodol atyn nhw. 'Gwyddom yn awr na fydd y rhyfel presennol drosodd yn fuan ac felly mae'n rhaid i ni un ac oll godi'n golygon tua'r nef a gofyn i'r Hollalluog ein cynnal ac i'n gwarchod yn ystod y cyfnod cythryblus hwn.' Aeth ton arall o amenio trwy'r dorf, a llais Owen Watcyn yn uwch na neb y tro hwn. 'Yn awr, gyfeillion, hoffwn ddarllen ychydig o eiriau yr wyf yn tybio'u bod yn briodol, rhai a ysgrifennwyd yn ddiweddar gan y Parchedig R D Thomas ac a gyhoeddwyd y mis diwethaf yn y *Cenhadwr*.' Edrychodd ar y gynulleidfa, 'mae'n cynnwys rhybudd i ni i gyd, a chais i ni archwilio'n perthynas â rhawd hanes ein gwlad.' Pesychodd cyn darllen.

'Gall y rhyfel hwn fod yn fflangell drom i'r Gogledd, am eu bydolrwydd a'u ffurfioldeb crefyddol, ond bydd yn ddinistr i fasnach, uchelgais, balchder a llwyddiant y Deheubarth am eu rhagrith a'u caledwch, eu twyll a'u creulonderau yn hir orthrymiad y Negro Du.'

Rhoddodd y papur yn ôl a chodi'i lygaid eto. 'Gadewch i ni gadw'r ystyriaethau hynny mewn cof wrth i ni wynebu'r misoedd... ac o bosibl y blynyddoedd celyd o'n blaenau... a chofio, er mor ofnadwy yw'r offeryn, bod y rhyfel hwn yn offeryn yn llaw'r Arglwydd i gosbi'r wlad am ei phechodau ac i ddangos y ffordd i ni agor ein calonnau ac ymroi i ymgodi eto. Ac yn awr, gadewch i ni gydweddïo am ddychweliad buan Richard Lloyd, un arall o feibion dewr yr eglwys hon.'

Wedi'r gwasanaeth bu'n beth amser cyn i Sadoc ymryddhau o afael yr holl gymdygion; bu'n rhaid iddo sefyll am yn hir ar fuarth y capel a gadael i'r pentrefwyr, na chawsent gyfle i'w gyfarch, ysgwyd ei law a'i guro ar ei gefn, rhai'n dweud wrtho fod ei ddychweliad yn ateb i'w gweddïau ac eraill yn ei longyfarch ar y gwaith gwrol a wnaeth ar lannau'r Bull Run. Wedyn cerddodd Sadoc yn araf gyda'i deulu yn ôl i'w cartref. Roedd ei fam wedi rhostio iâr cyn y gwasanaeth a'i gwisgo â chymysgedd o finegr, afalau a siwgr i'w bwyta'n oer gyda bara, caws, nionod a moron. Sicrhaodd Isaac fod cwrw ar gael yn ogystal â dŵr. Wedi i'r teulu fwynhau'r swper moethus, siaradodd Sadoc ychydig am ei brofiadau, yn dweud mor dda roedd y Second Ohio wedi cynnal ei hun ar ddydd y frwydr, a disgrifio'r modd gwarthus y ciliodd rhai o'r catrodau eraill o'r maes yn ddi-drefn. Dywedodd fod dinasyddion Washington wedi ymateb iddo ef a'i gyfeillion mewn ffyrdd amrywiol iawn, gyda rhai'n eu llongyfarch ac yn diolch iddynt am eu gwasanaeth ac eraill yn codi'u trwynau arnynt.

'Ond bydd pawb yn gweld ein gwerth ni cyn y diwedd.'

Cododd ei wydr cwrw a'i wagio.

'Beth mae hynny'n 'i feddwl, Sadoc?' gofynnodd ei fam, a oedd ar ganol casglu'r llestri budron o'r bwrdd, a Sara'n ei chynorthwyo. Cododd Sadoc wydraid o ddŵr a sychu'r blewiach du o gwmpas ei geg.

'Deud dwi... nad yw'r rhyfel drosodd ac y bydd rhagor o ymladd... a bod cyfle i ni ddangos eto'r hyn y medrwn 'i wneud ar faes y gad.'

Rhoddodd eu mam y platiau yn ei dwylo i Sara, eistedd yn ei chadair a wynebu'i mab hynaf.

'Ond dwyt ti ddim yn filwr ddim rhagor, Sadoc. Fydd 'na ddim rhagor o ymladd i ti rŵan.'

'Bydd, Mam. Mae arna i ofn bydd rhagor. Mae galwad i'r gatrawd ailffurfio, am dair blynedd y tro hwn. Dwi am fynd yn ôl ac enlistio eto am dair blynedd.'

13

'**D**yma nhw, offerynnau ein hamddiffyniad!'

Safai Enos uwchben y bocs pren hirsgwar, a'r caead roedd newydd ei dynnu yn ei ddwylo. Roedd ei farf drwchus hir bellach yn gwbl wyn, yr arlliw olaf o ddu wedi ildio o'r diwedd – felly hefyd y llwyni o aeliau mawr uwchben ei lygaid. Ac yntau'n sefyll yno o flaen ei bobl, ymddangosai'n debyg i Moses wedi iddo ddychwelyd o Fynydd Sinai; ond yn hytrach na dal dwy lechen yn dystiolaeth o ôl llaw Duw, dal caead pren hir roedd Enos Jones. Y fo ydi Moses 'i bobl yr un fath, meddyliodd Sara, yr un a'n harweiniodd i'n Canaan, a'r un a osododd drefn gynnar ar ein bywydau a'n masnach. Pump a thrigain oed oedd ei hen ewythr, yr hynaf o drigolion yr ynys, ond nid oedd ei egni na'i angerdd fymryn yn llai. Safai Patriarch Ynys Fadog ar y doc deheuol. Nid o ben mynydd y daeth y pethau pwysig roedd yn awyddus i'w dangos i holl drigolion yr ynys, ond o fwrdd agerfad a oedd newydd ymadael.

Roedd tad Sara wedi dweud wrthyn nhw ers talwm fod Enos yn bwriadu ffurfio Gwarchodlu Cartref, ond rhwng dychweliad ac ymadawiad Sadoc, gwaith cynnal y cartref, a'r holl newyddion a lenwai'r papurau a'r cylchgronau ac a hawliai'r rhan fwyaf o sylw pan siaradai'r teulu o gwmpas y bwrdd bwyd, nid oedd y pwnc wedi codi yn y cyfamser. Ond, erbyn deall, roedd Enos Jones wedi ysgrifennu at yr Anrhydeddus William Dennison, Llywodraethwr Ohio, a derbyn ateb gan un o'i ysgrifenyddion yn dweud 'the Governor is pleased to recognize your newly formed militia as the Ynys Madock Home Guard, unattached, and thanks you for your service'. Ac yntau'n fodlon plygu'r gwir pan fyddai o gymorth i sicrhau canlyniad boddhaol, roedd Enos wedi awgrymu bod gan yr ynys filisia ffurfiol yn barod gan arwain pawb i gredu mai dim ond sêl bendith y Llywodraethwr roedd ei angen arnyn nhw. Prynasai focsiad o arfau â'i arian ei hun. Roedd yr archeb wedi cyrraedd y diwrnod hwnnw ar fwrdd y *Rachel Hanahan*, agerfad bach a ddaeth â nhw o werthwr annibynnol ym Marietta. Ugain o fwsgedi oedd yn y bocs hirsgwar mawr, hen arfau'n dyddio o leiaf o gyfnod y rhyfel yn erbyn Mecsico a heb y rhychau y tu mewn a wnâi'r drylliau mwy diweddar mor beryglus, ond, yn ôl Enos, roeddent yn arfau digon dibynadwy yr un fath. Wedi'r cwbl, fel y broliai arweinydd newydd Gwarchodlu Cartref Ynys Fadog, roedd y mwsgedi wedi'u haddasu, a chapsen daro wedi cymryd lle'r hen offer carreg fflint ar bob un, ac roedd ganddo ddigon o bowdwr gwn a phelenni plwm i bara am flynyddoedd. Amneidiodd Enos at y casgenni a'r bocsiau pren oedd wedi'u gosod mewn tomen dwt yn ei ymyl ar y doc.

Cytunodd y dynion yn unfrydol â'r rhaglen hyfforddi a awgrymwyd gan Enos a chydsyniodd y gwragedd â'r drefn newydd. Tair awr bob dydd Sadwrn a dwy awr bob nos Fawrth a nos Iau pan fyddai'r tywydd yn caniatáu. Arhosodd Enos, Ismael, Owen Watcyn a Gruffydd Jams i gadw'r arfau mewn cornel o'r stordy a neilltuwyd ar gyfer arfau'r ynys. Gwirfoddolodd Rowland a Joshua i helpu hefyd, ond er i Elen Jones syllu'n galed ar ei mab, ni ddywedodd air wrtho. Dim ond wrth gerdded adref gydag Isaac, Sara, Seth a'r efeilliaid y lleisiodd Elen Jones ei chŵyn.

'Mae'n gas gen i feddwl bod y bocs mawr yna wedi glanio yma ar yr ynys. Mae'n f'atgoffa i o arch.' Cymerodd gam neu ddau arall. 'Offerynnau ein hamddiffyniad? Offerynnau angau ydan nhw.'

'Gwn'i fod o'n boen i chi, Mam,' meddai Seth, yn gysurlon. 'Ond mae'n adeg rhyfel rŵan. Debyg y bydd yn rhaid i ni fyw trwy aml i boen a derbyn llawer o bethau atgas cyn y diwedd.'

'Wynebu, efallai, Seth. Goddef neu ddioddef, efallai'n wir. Ond nid derbyn.'

Er bod ei geiriau'n llym, rhoddodd ei braich trwy fraich Seth a cherdded ochr wrth ochr weddill y ffordd i'w cartref. Rhedodd Jwda a Benjamin o'u blaen, a cherddai Sara a'i thad y tu ôl. Pan gamodd Seth i fyny'r grisiau cerrig ac agor y drws i'w fam, oedodd Isaac Jones, gan hawlio sylw'i ferch.

'Wyddost ti, Sara', meddai'n dawel, bron yn sibrwd. 'Mae N'ewyrth Enos wedi gwneud tro da iawn â'r teulu yma.' Safodd Sara'n fud, yn disgwyl i'w thad egluro. 'Hynny ydi, mae'n debyg nad yw ffurfio milisia, neu beth bynnag y mynni di'i alw'r peth, yn syniad drwg o dan yr amgylchiadau, ond mae dull N'ewyrth Enos o'i ffurfio wedi bod yn fodd iddo wneud tro da â ni, ac â sawl teulu arall ar yr ynys. Gall fod yn fodd i gadw rhai o'r hogiau eraill rhag dilyn yn ôl traed dy frawd hyna ac enlistio.'

Y diwrnod canlynol, dywedodd Ruth Lloyd wrthi fod ei brawd, Thomas, wedi bod yn sôn am fynd i'r tir mawr ac ymrestru yn y fyddin, ond gan ei fod wedi clywed bod lle iddo yn rhengoedd y Gwarchodlu Cartref, roedd fel pe bai'n fodlon ar ei fyd bellach. Gobeithio y byddai'n ddigon i Joshua a Seth, meddyliodd Sara, gan gofio geiriau'i thad.

Dechreuodd masnach yr afon gynyddu rywfaint yn ystod mis Medi, gyda rhagor o agerfadau'n galw, rhai'n gwerthu nwyddau i gwmni'r ynys ac eraill yn prynu. Aeth y tywydd yn boeth, ac er bod yr haul yn machlud yn gynt ac yn gynt bob nos, teimlai'r tywydd yn debyg i dywydd canol haf, a'r awel o'r afon yn anhymhorol o gynnes. Ar ddechrau mis Hydref dechreuodd dail y coed y gellid eu gweld ar y tir mawr o'r ynys droi. Daeth fflachiadau o goch llachar a melyn moethus i ddisodli'r gwyrddni tywyll fesul tipyn, fesul coeden, fesul llethr a bryn, gan gyhoeddi dyfodiad tymor y cynhaeaf. Daeth llythyr yn llaw

Sadoc, a'r pennawd yn datgan ei fod wedi'i ysgrifennu ger Olympian Springs, Kentucky. Roedd brawd hynaf Sara wedi llenwi un ddalen gyfan, yn egluro fod ei gatrawd wedi gadael Ohio, wedi croesi'r afon a theithio i lawr trwy ardal Mount Sterling, ac wedi arestio grwpiau bychain o ddynion a fwriadai ymuno â byddin y Conffederats ar eu ffordd i wynebu prif luoedd y gelyn a oedd wedi ymgasglu ym Morgan County. Cynyddodd Gwarchodlu Cartref Ynys Fadog eu horiau hyfforddi, yn ymarfer am bedair awr ddydd Sadwrn ac awr bob prynhawn Llun, Mawrth, Mercher a Iau, gan nad oedd digon o olau i ymarfer gyda'r nos bellach.

Un prynhawn dydd Sadwrn pan oedd ias hydrefol yn yr awel, aeth Sara gyda Jwda a Benjamin i wylio diwedd y sesiwn hyfforddi. Roedd y dynion yn defnyddio'r doc deheuol i ymarfer saethu pan na fyddai agerfad o fewn golwg, ac yn defnyddio'r tir agored uwch ben y gronfa ddŵr i wneud yr ymarferion eraill. Eisteddai Sara ar y wal gerrig isel yn ymyl y lôn, ond safai'r efeilliaid, fel pe baent am osgoi ymddangos yn rhy ddiog yng ngŵydd eu brodyr hŷn, gan fod Joshua a Seth gyda'r dynion yn dal mwsged ar eu hysgwyddau wrth fartsio. Yno roedd Rowland hefyd, yn cochi bob tro y daliai lygaid Sara, ond yn sefyll yn gefnsyth ac yn fwy o filwr yn ei golwg hi na'r lleill. Sgleiniai pen moel Gruffydd Jams, yr unig un na wisgai gap na het o ryw fath. Ond, gwisgai pob un sach ledr fach i ddal parseli papur bychain yn cynnwys powdwr gwn a phelen blwm. Daeth Joshua ag un ohonyn nhw adref yn ei boced unwaith i ddangos i Sara a'u brodyr iau, ac egluro ei bod yn haws llwytho certris o'r fath na thywallt y powder a'r belen i mewn i faril yr arf ar wahân. Pan ddaeth y rhes o ddynion a bechgyn hŷn yn agos at y lôn, chwinciodd eu tad ar Sara a'r hogiau, a gwenu'n llydan, ond cogiai Joshua nad oedd wedi sylwi ar sifiliaid y teulu oherwydd difrifoldeb yr ymarferion. Galwodd Enos ar y fintai fechan i *haltio* a thynnodd oriawr o'i boced a'i hastudio. Cyhoeddodd wedyn fod yr hyfforddiant ar ben am y diwrnod. Cerddodd Sara a'r efeilliaid gyda'u tad, wrth i'r Home Guard fynd â'u harfau yn ôl i'w cadw yn y stordy. Dywedodd Isaac ei fod am aros i wneud ychydig o waith yn y siop ac aeth Jwda a Benjamin i holi Joshua a Seth am y driliau roeddynt newydd eu gweld, eu brodyr hŷn yn fwy na bodlon arddangos eu gwybodaeth filwrol ac egluro'r symudiadau i'r ddau.

'Mae'n brynhawn braf, er gwaetha'r gwynt o'r afon.' Safai Rowland wrth ochr Sara. Gwenodd Sara, yn cydsynio heb ddefnyddio geiriau. Cerddodd y ddau yn hamddenol o gwmpas trwyn gorllewinol yr ynys, yna ar hyd y lan i gyfeiriad y doc bach. Ciciodd Rowland garreg i lif yr afon a chododd ei lygaid i astudio haid o adar yn hedfan i glwydo ar y tir mawr. Dim ond wedyn y dechreuodd siarad.

'Wi 'di siomi'r Parchedig Evan Evans yn fowr iawn, mae arna i ofon.'

Eglurodd iddo agor ei galon i'r gweinidog o'r diwedd a dweud nad oedd yn dymuno mynychu'r coleg diwinyddol yn Cincinnati gan nad oedd am fynd i'r weinidogaeth. Ochneidiodd Sara, wrth edrych trwy gil ei llygaid arno,

'O leia ma'r gwir wedi'i ddweud. Dyna ddeuparth y gwaith, medden nhw.'

'A finne'n meddwl mai deuparth gwaith o'dd dechre.'

Gwenodd Rowland, er na wnaeth yrru'r tristwch yn gyfan gwbl o'i wyneb. Chwarddodd Sara cyn difrifoli a dweud bod siomi'r gweinidog ifanc a fu mor garedig wrtho yn well o lawer na chaethiwo'i hun trwy ddilyn gyrfa nad oedd yn alwedigaeth iddo. Cytunodd Rowland trwy fwmial rhywbeth yn annelladwy. Gan droi i wynebu'r afon a phlygu'i freichiau ar draws ei frest, siaradodd yn uwch, fel pe bai'n annerch cynulleidfa'n arnofio ar wyneb y dŵr tywyll.

'Wi'n teimlo'n euog, yn aros 'ma, yn byw dan do'r Parchedig Evans, a finne wedi'i siomi fe gymaint. Wi'n teimlo 'fyd y dylen i enlistio fel y gwnath Sadoc a neud fy rhan dros yr Undeb a rhyddid. Dyw cerdded nôl a mla'n i gyfeiliant ordors dy hen ewyrth ddim cweit y math o wasaneth y dyle dyn ifanc fel fi neud.' Oedodd a throi i wynebu Sara. 'Ond sa'i'n galler gadael yr ynys. Ma gormod o dynfa i 'ngadw i 'ma.'

Ysgrifennodd Esther, yn ymddiheuro bod ei llythyrau'n araf yn eu cyrraedd, ond yn egluro bod ei hamser wedi'i lenwi rhwng ei gwaith yn yr ysgol a'r hyn a wnâi gyda'r gymdeithas wrthgaethiwol leol, yn casglu enwau ar ddeisebau ac yn llythyru â gwleidyddion amlwg er mwyn eu hannog i ieuo'r rhyfel yn swyddogol â'r ymgyrch yn erbyn caethwasiaeth. Dywedodd fod yr Arlywydd Lincoln wedi bod yn siomedig yn ei safiad dros achos cyfiawnder, a'i fod wedi dadwneud gwaith y Cadfrig Frémont draw ym Missouri. Roedd y Frémont Emancipation wedi rhyddhau caethweision gwrthryfelwyr Missouri i bob pwrpas, cam a groesawyd gan bleidwyr rhyddid fel nodyn ariannaidd cyntaf cân y Jibiwli Mawr a ddeuai cyn bo hir. Ond bradychodd Abarham Lincoln achos rhyddid trwy ddiddymu cyhoeddiad Frémont. Bu trafodaeth frwd o gwmpas y bwrdd bwyd, gydag Elen a'r plant yn amenio beirniadaeth Esther ac yn cyhoeddi eu bod yn siomedig yn Lincoln. 'Dyna ni,' dywedodd Isaac, yn codi llaw i dawelu'i deulu tymhestlog.

'Beth fyddech chi'n 'i wneud? Pechu caethfeistri Missouri a'u cymdogion a gyrru'r dalaith honno i gorlan y Conffederats? Cofiwch nad yw Missouri wedi ymneilltuo o'r Undeb eto a bod cryn dipyn o ddynion y dalaith yn ymladd ym myddin Mistar Lincoln.'

'Mae hynny'n wir, Nhad,' ebychodd Joshua, ei lais yn anarferol o finiog, 'ond mae llawer ohonyn nhw'n ymladd ym myddin y Rebels hefyd.'

'Beth fyddet ti'n dymuno'i neud, Joshua? Pechu'r rhelyw ohonyn nhw a'u gyrru un ac oll i ymladd ar yr ochr arall yn ein herbyn ni?' Ymdawelodd pawb a chododd Isaac ei wydr ac yfed llymaid o ddŵr. 'Mae Esther yn byw mewn caerfa o ddelfrydau, a dwi'n 'i hedmygu am hynny. Ond un peth yw beirniadu'r Arlywydd, peth arall yw ceisio gwneud y swydd yn 'i le fo.'

Roedd Sara am ddweud bod hynny'n wir am Dduw hefyd, ond brathodd ei thafod, yn gwybod y byddai ei mam yn ei cheryddu am gabledd o'r fath.

Cyrhaeddodd un arall o lythyrau Sadoc ganol wythnos gyntaf mis Tachwedd, a'r amlen yn anarferol o lawn. Roedd dwy amlen arall y tu mewn iddi, un wedi'i chyfeirio at N'ewyrth Ismael a'r llall wedi'i chyfeirio 'I'm Brawd Joshua ar ei ben-blwydd yn 18 mlwyddyn oed'. Yn ei lythyr at yr holl deulu disgrifiodd y frwydr yn West Liberty, a'i gatrawd yn hel y gwrthryfelwyr o'r cyffiniau.

Flynyddoedd yn ddiweddarach byddai Sara'n sicr iddi weld y cyfan unwaith eto mewn breuddwyd. Symudai ei brawd mewn colofn ar hyd lôn fach lychlyd yn ymdroelli trwy fryniau coediog, a'r coed hynny'n berwi yn lliwiau'r hydref. Roedd gwallt tywyll Sadoc wedi tyfu ac yn syrthio'n anystywallt at ei ysgwyddau, ei farf ddu yn drwchus ac yn hir, a'r dyn ifanc yn ymddangos yn hŷn na'i oed. Ymlaen yr âi, yn rhan o golofn hir o filwyr, eu lifrai glas yn ymddangos yn dywyll o dan ganghennau'n llwythog o ddail melyn, oren a choch, a'r rheini fel cymylau amryliw. Bu'n rhaid i'r dynion a ddaliai'r baneri eu gostwng ychydig er mwyn osgoi'r canghennau isaf. Wrth agosáu at y dref fach a oedd wedi'i gwasgu mewn dyffryn cul rhwng y bryniau, dechreuodd y swyddogion weiddi gorchmynion a chwifio'u cleddyfau yn yr awyr. Newidiodd y golofn ei ffurf, Sadoc yn cymryd ei le mewn llinell ryfel denau, yn symud trwy erddi bychain i gyfeiriad y tai, tra ymddangosodd milwyr mewn gwisgoedd brown a llwyd o'r tu ôl i guddfannau mewn adeiladau a thu ôl i waliau a ffensiau. Oedodd y llinell hir las roedd ei brawd yn rhan ohoni, cododd y milwyr eu drylliau a thanio, yr arfau'n taflu llen flêr o fwg llwydlas i'r awyr, a'r gelynion yn saethu'n ôl, yn tanio mewn grwpiau bychain digyswllt. Ac yna ymddangosodd yn y strydoedd gatrawd arall o filwyr Undebol, bidogau ar eu drylliau a nhwythau wedi symud trwy'r coed wrth draed y bryn. Wedi i gatrawd Sadoc saethu unwaith eto, ciliodd y grwpiau bychain o wrthryfelwyr o'r golwg, fesul un, fesul dau, fesul tri. Camodd un o'r swyddogion ymlaen a throi i wynebu'r llinell. Cododd ei gleddyf uwch ei ben a gweiddi gorchymyn. Tynnodd pob milwr yn y rhes ei fidog o'i wain a'i gosod yn ddeheuig ar flaen ei ddryll. Credai Sara y medrai glywed cyfres o gliciadau wrth i'r milwyr newid eu harfau. Galwodd y swyddog eto, a chamodd y swyddogion eraill ymlaen gydag o. Symudodd y milwyr a ddaliai'r baneri ymlaen hefyd, y fflagiau'n ymestyn yn falch yng ngafael y gwynt. Wedyn symudodd yr holl linell a daliai Sadoc a'i gydfilwyr eu drylliau ar ogwydd, a rhes o fidogau'n sgleinio yn yr haul.

* * *

Er nad oedd yn arferiad gan y teulu ddathlu pen-blwydd yn llawn gloddest, eto byddai pawb yn gwisgo ar gyfer swper fel pe bai'n ddydd Sul a byddai Elen Jones yn sicrhau bod rhywbeth ychwanegol ar y bwrdd i nodi'r achlysur. Roedd wedi bod wrthi'n gynharach y mis Tachwedd hwnnw yn ymholi yn siop cwmni masnach yr ynys, gan sicrhau bod ganddi sinamon, clofs a chyrains sychion, a gwyddai y medrai gael brandi gan ei brawd-yng-nghyfraith, Ismael. Felly lleolwyd y deisen yng nghanol y bwrdd, ond yn agosach at Joshua na neb arall, wrth iddyn nhw fwyta eu golwython porc gyda nionod a bresych, a hynny gyda digonedd o fara a menyn a chaws. Teisen olau ydoedd, gyda smotiau duon y cyrains a'r clofs yn ei britho, un roedd Cynthia Jones wedi dysgu Elen i'w phobi flynyddoedd yn ôl. Fe'i gelwid yn Washington Cake gan Cynthia, a theisen Washington oedd yr enw a ddefnyddid gan Elen a'i theulu. Er nad oedd yr un ohonyn nhw'n gwbl sicr o'r hanes y tu ôl i'r enw, caniatâi iddyn nhw ddychmygu mai dyma'r deisen y byddai Arlywydd cyntaf y wlad yn ei bwyta ers talwm, a phwysigion y brif ddinas yn ei mwynhau ar achlysuron arbennig. Yn debyg i'r froets a sgleiniai ar fynwes Elen Jones, datganai'r deisen ei bod hi'n ddiwrnod arbennig.

Nid oedd amheuaeth nad oedd rhyw bwysigrwydd ac urddas yn perthyn i'r deisen, gyda'i blas hufennog cyfoethog, y gwahanol sbeisys yn deffro'r tafod ac yn cyffroi'r daflod. Fel y gwnâi'r deisen y bwrdd ychydig yn fwy llwythog na'r arfer, daeth Enos ac Ismael i lenwi'r ystafell hefyd, yn debyg i ben-blwyddi eraill yn y gorffennol, ond ni fu'n rhaid dod â'r bwrdd bach na dwy gadair ychwanegol o dŷ Ismael oherwydd absenoldeb Esther a Sadoc. Gyda chaniatâd ei frawd, roedd Ismael wedi dod â photel o'i hoff chwisgi bwrbon iddyn nhw gael codi llwncdestun. Daeth Enos yntau â photelaid o win pefriog o winllan Nicolas Longworth yn Cincinnati. Caniataodd Elen i Seth a Sara gael glasiad gyda Joshua a'r oedolion, ond gwrthododd y fraint i Jwda a Benjamin, er gwaethaf eu cwyno chwerw.

Wrth agor y botel a dechrau llenwi'r gwydrau, nododd Enos fod yr union win hwnnw wedi ysbrydoli un o feirdd enwocaf y wlad, neb llai na Henry Wadsworth Longfellow. Rhoddodd y botel ar y bwrdd a thynnu ar ei farf wen hir ag un llaw, fel petai'n tynnu ar raff a lusgai'r geiriau o waelod ei gof i flaen ei dafod. Gwenodd wedyn, a chwincio ar Joshua. Dechreuodd adrodd yn araf, ei lais yn glir a'i acen Gymreig yn drwm ar y geiriau Saesneg.

This song of mine
is a song of the vine,
to be sung by the glowing embers
of wayside inns,
when the rain begins
to darken the drear Novembers.

Oedodd wedyn, tynnodd ar ei farf a mwmblian dan ei wynt. Novembers, Novembers, ia, ia. Gwenodd Sara, yn mwynhau'r ffaith ei bod hi'n noson lawog oer ym mis Tachwedd, a thân yn llosgi'n braf yn y parlwr, a'r holl gerdd fel pe bai wedi'i chyfansoddi ar gyfer yr union achlysur hwnnw. Gwgodd ei hen ewythr wedyn, yn gwthio'i wefus isaf allan.

'Fedra i ddim cofio'r darn nesa,' meddai'n bwdlyd, fel pe bai'r nam ar ei gof yn fai ar rywun arall. Caeodd ei lygaid a mwmial dros y pennill cyntaf eto. Wedyn agorodd ei lygaid, gwenu'n fuddugoliaethus, a pharhau â'i adroddiad.

It is not a song
of the Scuppernong
from warm Carolinian valleys,
nor the Isabel and the Muscadel
that bask in our garden alleys.

Cododd ei ddwylo'n ddramatig, yna'u hagor a dangos ei gledrau i'w gynulleidfa cyn eu symud o gwmpas, fel dewin hud ar lwyfan, yn eu cymell i weld yr olygfa roedd geiriau'r bardd yn ei ddisgrifio.

Nor the red Mustang
whose clusters hang
o'er the waves of the Colorado,
and the fiery flood of whose purple blood
has a dash of Spanish bravado.

Oedodd wedyn, gan sugno'i anadl fel pe bai ar fin plymio i ganol dŵr oer, yn oedi'n gomig o hir, gan beri i Benjamin a Jwda chwerthin wrth iddyn nhw ddisgwyl am y gweddill, a theimlai Sara wên yn ymestyn yn ddigymell ar ei hwyneb. O'r diwedd, tarodd Enos y bwrdd â chledr un llaw yn ysgafn – yn ddigon i ratlo'r llestri ond nid digon i fwrw'r gwydrau drosodd – ac aeth ymlaen, ei lais yn uwch wrth iddo lafar-ganu'n llon:

For richest and best
is the wine of the west,
that grows by the beautiful river,
whose sweet perfume fills all the room
with a benison on the giver.

Chwarddodd pawb, gan gynnwys rhieni Sara, ond gwgai'i hen ewythr eto.
'Argian, be 'di'r gweddill, duwch?' Wedi hymian a mwmial ychydig, ebychodd. 'Fedra i ddim 'i chofio i gyd, ond mae yna rywbeth am y *trees* a'r *bees*, ac mae'n melltithio rhyw ddiodydd eraill ac ati.' Oedodd, ac ysgwyd ei ben. 'Beth bynnag, mae'n gorffen fel hyn.' Cododd ei ddwylo eto, gan bwysleisio rhythm y geiriau trwy wneud i'w fysedd ddawnsio yn yr awyr, yn awgrymu bod adar bach tlws na allai neb arall eu gweld yn hedfan o gwmpas o flaen ei wyneb.

So pure as a spring
is the wine I sing,
and to priase it one needs but name it,
for Catawba wine has no need of a sign,
no tavern-bush to proclaim it.

And this song of the vine,
This greeting of mine,
The winds and the birds shall deliver
To the Queen of the West
In her garlands dressed,
On the banks of the beautiful river!

Curodd pawb eu dwylo a chwerthin, a neb yn fwy na Joshua, a gododd ei wydr a'i ddal mewn ystum o ddiolch i'w hen ewythr. Cododd pawb eu gwydrau gwin nhwythau, a Jwda a Benjamin eu gwydrau dŵr. Isaac siaradodd wedyn.

'Diolch, Ewyrth Enos, am hynny o ddifyrrwch, ac am ddarparu'r catawba pefriog yma a'r gwydrau sy'n ei ddal.' Symudodd ei wydr gan ei gyfeirio mewn salŵt at Joshua, a phawb arall yn ei efelychu. 'Ac i'n mab, ar ei ben-blwydd yn ddeunaw oed! Bydd wych, Joshua, a bydd iach a llawen gydol y blynyddoedd a roddir eto i ti!'

'I Joshua!' Llais Enos a ddaeth wedyn, gydag Ismael yn ei ddilyn. 'I Joshua.' Adleisiwyd y gri gan bawb arall ac yfwyd y gwin. Roedd y ddiod ychydig yn felys, a'r swigod yn chwarae ar dafod Sara ac yn cosi'i thaflod. Disgleiriai'r froets ar fynwes ei mam yng ngolau'r canhwyllau, gan roddi rhyw urddas i'r dathlu.

Dechreuodd pawb fwyta'r golwython wedyn, wrth i sawl sgwrs fyrlymu o gwmpas y bwrdd ar yr un pryd. Gofynnodd Sara i Jwda a Benjamin a oedden nhw wedi deall y gerdd Saesneg, ac wedyn eglurodd mai eu hafon nhw, yr Ohio, oedd yr afon hardd y cyfeiria Longfellow ati, a bod Brenhines y Gorllewin yn drosiad i gyfleu dinas Cincinnati. Dywedodd Jwda ei fod wedi meddwl mai Eos Glan Twrch ac nid Henry Wadsworth Longfellow oedd bardd enwocaf America, a gwenodd Sara, yn cofio fel yr arferai Esther ddarllen barddoniaeth Gymraeg a gyhoeddid yn *Y Drych* a'r *Cenhadwr* i'w brodyr bach.

Cododd Sara i glirio'r platiau gwag ac estyn rhai glân ar gyfer y deisen. Ac wedyn, wrth iddyn nhw fwyta'r Washington cake, cafwyd cyfres o lwncdestunau eraill, a hynny gyda bwrbon Ismael. Caniataodd eu rhieni i Sara a Seth gael un glasiad bach, ond llenwodd eu tad eu gwydrau â dŵr wedi hynny. Un glasiad bach yn unig o'r gwirod cryf a gafodd Elen Jones hefyd. Siaradai Joshua fwy nag arfer, yn mwynhau'r sylw a gâi, ac yn mwynhau cwmni'i ewythr a'i hen ewythr. Pan arafodd y sgwrs ychydig a phan nad oedd nac Enos nac Ismael yn gallu meddwl am lwncdestun arall, cofiodd Joshua fod ganddo lythyr gan ei frawd i'w agor ar ei ben-blwydd. Estynnodd yr amlen fach o boced ei wasgod a'i hagor. Plygodd yn nes at y canhwyllau, a darllen yn eiddgar.

'Deudwch wrthon ni, Joshua, beth mae Sadoc yn 'i ddweud?' Roedd llais ei fam yn llawen, yn gobeithio bod rhyw gyfarchiad ffraeth wedi'i ysgrifennu ar y ddalen felen. Edrychodd Joshua i lawr, gan osgoi llygaid ei fam, a chnoi cil ar ei ateb. Wedyn cododd ei ben, gwenu ac edrych arni. 'Mae'n debyg i gynnwys eich llythyr chi, ond ei fod yn fy llongyfarch ar droi'n ddeunaw ac mae'n cynnig hyn o anrheg i mi.' Rhoddodd y llythyr ar y bwrdd yn ymyl ei blât ac estyn bawd a bys a'u rhoi i mewn i'r amlen. Tynnod bluen allan, pluen ddu a oedd wedi'i phlygu er mwyn ei gwasgu i mewn i'r amlen fach. Cododd Joshua ei law arall ac ymestyn y bluen hir a'i dal yn uchel. 'Dywed mai pluen ostrits ydi hi, a'i bod wedi'i thynnu o het un o swyddogion y Rebels a laddwyd yn West Liberty.'

'Ewedd annwyl,' ebychodd Ismael, ei farf ddu yn ysgwyd yng ngolau'r canhwyllau. 'Dyna anrheg anghyffredin.'

Cytunodd Enos, gan gribinio'i fysedd trwy'i farf wen, ei ben yn amneidio'n batriarchaidd ddoeth. 'Tamaid bach o harddwch wedi'i gipio o ganol hyllni a pherygl rhyfel.'

Clywodd Sara Seth yn ailadrodd y geiriau dan ei wynt. Harddwch wedi'i gipio o hyllni a pherygl rhyfel. Clywodd eu mam hefyd ac edrychodd ar ei mab, cysgod o bryder yn disodli'r llawenydd ar ei hwyneb. Aeth pawb yn dawel, difrifoldeb Elen Jones yn ymledu fel tarth ar wyneb afon, yn gorchuddio'r dyrfa lawen ac yn mygu'r sŵn a'r siarad. Ac yna tarodd Enos y bwrdd â chledr ei law ac estyn am y botel â'i law arall.

'Un llwncdestun arall!' Wedi iddo lenwi gwydrau bychain Isaac, Ismael a Joshua, llenwodd Enos ei wydryn ei hun. Cododd o, yn gadael i olau'r canhwyllau lifo trwy'r hylif brown golau. 'I Sadoc ac i'w gydfilwyr – pob llwyddiant iddyn nhw, ac i achos yr Undeb!'

* * *

Gan fod ei gyfnod yn yr ysgol wedi dod i ben yr haf blaenorol, gweithiai Rowland yn llawn amser gyda chwmni masnach yr ynys, yn llwytho'r nwyddau a ddeuai i'r doc deheuol gyda'r agerfadau a alwai, yn helpu cadw trefn yn y stordy ac yn dysgu trefn a dulliau cyfrif y siop. Roedd yn lletya yn nhŷ'r Parchedig Evan Evans o hyd ac yn gwneud pa waith bynnag a ofynnai am nerth bôn braich yn y capel. Âi am dro gyda Sara hefyd pan fyddai ganddo amser hamdden a phan fyddai'r tywydd yn caniatáu, gan grwydro o gwmpas glannau'r ynys, yn olrhain ffiniau cyfarwydd teyrnas fechan eu cymuned dro ar ôl tro, weithiau gyda Jwda, Benjamin a Seth yn eu sgil. Ceisiai'r efeilliaid dynnu Rowland i ganol eu chwarae beth bynnag fyddai'r gêm y diwrnod hwnnw, boed yn cogio'u bod yn filwyr yn gwarchod yr ynys rhag ymosodiad o'r de neu'n ymchwil am y greal sanctaidd a ymddangosai'n debyg i damaid o hen bren y daethpwyd o hyd iddo yn y mwd rhywle ar hyd y glannau. Ceisiai Seth yntau dynnu sgwrs â Rowland a Sara ynglŷn â phwnc y tybiai ei fod yn un addas ar gyfer pobl aeddfed, weithiau'n trafod hynt y rhyfel yn y de ac weithiau'n gofyn eu barn am bregeth ddiwethaf y Parchedig Evan Evans. Ond câi'r ddau gyfle'n weddol aml hefyd i rodio'r glannau ar eu pennau eu hunain, a byddai natur y crwydro a'r drafodaeth yn bur wahanol ar yr adegau hynny. Deuai Jehosaffat gyda nhw yn achlysurol pan na fyddai'n cysgu yn ei gwt. Roedd nifer o gŵn eraill yn byw ar yr ynys bellach, ond er bod croeso iddo fo, yr hynaf o'r cnud, yn eu plith, ei ddewis fel rheol oedd aros yn agos at gartref ei deulu.

Dim ond yn achlysurol yr ymunai Joshua â nhw; gweithiai yntau'n llawn amser yn y cwmni hefyd, ac yn amlach na pheidio byddai Rowland yn gweithio pan gâi Joshua brynhawn rhydd. Gan nad oedd agerfadau wedi bod yn galw mor aml ers i'r rhyfel ddechrau, roedd y cwmni wedi penderfynu defnyddio llwybrau'r tir sych ar gyfer ei fasnach hefyd. Byddai rhai dynion yn croesi'r sianel mewn cychod ac wedyn yn cerdded i Gallipolis, Ty'n Rhos, Centreville neu Oak Hill, yn cludo nwyddau bychain mewn sachau ar eu cefnau a ddeuai ag elw mwy na'u maint. Llestri tun o'r gwneuthuriad gorau ac weithiau rhai o'r llestri arian roedd y cwmni wedi bod yn eu cadw dan glo ers blynyddoedd. Sypyn o'r tybaco gorau neu fwndeli o sigârs. Poteli'r chwisgi bwrbon a geid gan y *Boone's Revenge*, a phob potel wedi'i lapio'n ofalus mewn hen garthen i'w chadw'n ddiogel yn y sach. Cynigiai Ismael fynd ar y teithiau hyn bron bob tro, a chan ei fod ymysg yr ychydig ddynion nad oedd yn ddyn teulu, byddai'r lleill yn cytuno ac yn diolch iddo am ei wasanaeth. Nid ymadawai Owen Watcyn â'r ynys fel y gwnâi yn y cyfnod pan deithiai i eisteddfodau gyda Hector Tomos, a byddai'n ymddwyn fel pe bai'n credu bod cadw'i lygad ar y glannau'n barhaol yn fodd iddo warchod ei dŷ a'i eiddo rhag y llifogydd apocalyptaidd. Dechreuasai adeiladu'i gwch bach ei hun hefyd, un a gadwai yn ymyl ei dŷ. Dywedodd Hector Tomos wrth dad Sara fod ei gymydog yn bwriadu defnyddio'r cwch i achub y pethau mwyaf gwerthfawr yn ei dŷ pan ddeuai'r llifogydd mawrion. Dyna oedd patrwm bywyd Owen Watcyn bellach; ar ôl gwneud ei waith yn y stordy a'r siop, cerddai ar hyd y lan ddeheuol er mwyn astudio uchder yr afon cyn ei throi hi am ei gartref a gwneud rhagor o waith ar ei gwch. Pan fyddai angen dau ddyn i deithio ar y tir mawr, âi Joshua gyda'i ewythr. Ond, er i'w fam boeni y byddai Ismael yn dylanwadu ar ei hail fab fel y gwnaethai yn achos ei mab hynaf, ni thyfodd Joshua locsyn ac ni newidiodd ei ffordd dawel ac ystyriol o fyw.

Felly cerddai Ismael a Joshua'r llwybrau a arweiniai o dref i dref ac o bentref i bentref o gwmpas siroedd Gallia a Jackson tra mai cerdded o amgylch yr ynys fyddai Sara a Rowland, yn siarad am ddyheadau a breuddwydion ac yn cyfnewid barn. Cerddai'r ddau ochr yn ochr trwy ddyddiau olaf yr hydref ac i mewn i dywyllwch gaeaf, y nos yn disgyn yn gynt ac yn gynt, y gwynt main yn eu gorfodi i dynnu coleri'u cotiau'n uwch at eu clustiau ac i wasgu'u hetiau i lawr nes eu bod bron â chuddio'u llygaid. Un prynhawn oer ond sych yn nechrau Rhagfyr, daeth Sara adref ar ôl ymgolli am awr yng nghwmni Rowland, ei bochau'n goch a'i chalon yn llawn, a chanfod ei rhieni a Joshua'n eistedd o flaen y tân. Roedd Seth a'r efeilliaid yn eistedd wrth y bwrdd, yn darllen eu llyfrau ysgol yng ngolau'r canhwyllau a osodid yno ar eu cyfer. Wedi cau'r drws ar oerfel y nos, tynnodd Sara ei het ac agorodd fotymau'i chôt. Cerddodd at y bwrdd i edrych dros ysgwyddau'r bechgyn ar eu llyfrau, cyn i'w llygaid grwydro wedyn i sbio ar yr olygfa dawel o flaen y tân.

'Joshua,' meddai Seth, gan sibrwd. 'Mae am enlistio.' Cododd Jwda a Benjamin eu pennau a syllu ar Sara, y ddau'n chwilio am arwydd o arweiniad yn wyneb eu chwaer. Tynnodd ei chôt yn araf ac ateb ei brawd, gan efelychu'i sibrwd.

'Wela i.'

* * *

Dridiau'n ddiweddarach roedd Joshua a'i gyfaill Huw Llywelyn Huws ar eu ffordd i rywle o'r enw Camp Morrow yn ymyl Portsmouth i ymrestru. Aeth y ddau dad, Isaac Jones a Llywelyn Huws, â nhw dros y sianel. Safai gweddill eu teuluoedd ar y doc bach, a'r rhan fwyaf o drigolion y pentref wedi'u gwasgu ar hyd y lan ogleddol yn ymyl. Ffarwél! Tan eich bendith! Byddwch wych! Ffarwél! Wedi i'r pedwar ddiflannu dros fryncyn ar y tir mawr, toddai'r dorf o dipyn i beth, gyda rhai pobl yn cerdded i'w tai ac eraill yn mynd i sefyll am ychydig ar ganol y lôn yn siarad. Aeth Elen Jones a Catherin Huws yn ôl adref yn araf, y ddwy fam yn cerdded fraich ym mraich, y naill yn cysuro'r llall ac yn porthi ofnau'r llall bob yn ail. Ein meibion, beth ddaw ohonyn nhw?

Safai Rowland a Sara gyda'i gilydd ar y doc, yn syllu'n dawel wrth i olau oer y bore hwnnw o Ragfyr chwarae ar ddŵr yr afon. Pan oedd pawb wedi ymadael, gofynnodd Rowland a hoffai hi gerdded draw at drwyn dwyreiniol yr ynys. Atebodd Sara trwy gymryd y cam cyntaf, a gwneud ystum chwareus â'i phen er mwyn ei gymell i'w dilyn. Wedi cyrraedd olion hen dŷ Hector Tomos, y rhesi isel o sylfeini cerrig yn diflannu yn nŵr tywyll yr afon, edrychodd Sara o'i chwmpas er mwyn sicrhau'i hun nad oedd neb arall yn eu gwylio ac wedyn cydiodd yn llaw Rowland a'i dal yn dynn.

'Mae'n ergyd i ni i gyd, waeth i mi ddweud hynny'n blaen.' Gwasgodd hi ei law eto ac edrychodd ar ei wyneb. 'Ond byddai'n gelwydd dweud ei fod yn annisgwyl.' Arhosodd yn dawel am ychydig, yn edrych ar yr afon. 'Mater o amser oedd hi.' Daeth rhyw delpyn bach caled i'w gwddf, a bu'n ennyd cyn iddi'i lyncu a gadael i'r geiriau lifo'n rhydd eto. 'Mater o amser fydd hi cyn i Seth fynd hefyd, os na ddaw'r rhyfel i ben mewn pryd.' Tynnodd ei llaw'n rhydd o afael tyner Rowland, plygu'i breichiau a'u gwasgu'n dynn ar draws ei mynwes. Ciciodd yr hen sylfeini â blaen un droed, yn chwilio am garreg rydd.

'Sara?'

'Ie?'

'Ma 'da fi rwbeth i'w weud 'thot ti.'

'Ie, Rowland?' Llaciodd ei breichiau ychydig, a throi i edrych arno.

'O'n i'n gwpod fod y gatrawd newydd yn ca'l 'i ffurfio yn Portsmouth. Weles i'r darn papur 'na ddo'th gyda'r *Egerton Smith* wthnos ddiwetha.'

'Mi welais i o hefyd, Rowland.'

'Do, do.' Ochneidiodd a dweud y gair unsill eto, er mwyn osgoi dweud rhywbeth arall. 'Do, do.'

Gallai Sara ddarllen tawelwch Rowland. Ac yntau'n gwrando'n fwy nag oedd yn siarad, roedd hi wedi dysgu ystyr ystumiau'i wyneb ac ongl ei ben a'r modd y symudai'i ddwylo. Gwyddai ystyron amrywiol ei dawelwch. A chan ei fod yn siarad yn onest ac yn agored pan siaradai, roedd hi'n gwybod yn anad dim pan fyddai Rowland yn ceisio osgoi dweud rhywbeth wrthi.

'Rowland?'

'Ie?'

'Beth oeddet ti am 'i ddweud?'

Ochneidiodd eto. Edrychodd i fyw ei llygaid.

'O'n i'n mo'yn gweud 'mod i 'di teimlo temtasiwn i enlistio 'fyd. Yn teimlo'i bod hi'n ddyletswydd arna i, erbyn hyn.'

Dychwelodd y telpyn caled i'w gwddf, ac arhosodd y tro hwn, a'i rhwystro rhag dweud dim byd ar wahân i,

'O.'

'Do, do. Ma hi'n adeg ofnadw, enbyd a gweud y gwir. Wi'n teimlo y dylen i enlisto. Ond es i ddim gyda Joshua a Huw. Alla i ddim mynd. Alla i 'mo dy adel di.'

Dychwelodd Isaac Jones a Llywelyn Huws ddau ddiwrnod yn ddiweddarach, gan gludo'r holl hanes. Ymrestrodd Joshua a Huw yn rhengoedd Company E, y 56th Ohio Infantry, ac roedd y rhan fwyaf o ddynion y cwmni hwnnw'n Gymry o Gallia County. Daeth teuluoedd rhai o'r gwirfoddolwyr eraill yno hefyd a daethon nhw ar draws rhywun a oedd yn nabod hwn a hon o Dy'n Rhos ac Oak Hill. Gellid clywed canu Cymraeg yn y wersyllfa – emynau cyfarwydd yn ogystal â rhai o'r caneuon gwladgarol newydd a gyhoeddwyd yn *Y Cenhadwr* a'r *Cyfaill*. Cwynai Joshua a Huw, meddai'r tadau, gan fod hen fwsgedi Awstriaidd wedi'u rhoi i'r gatrawd – yn waeth, medden nhw, na'r mwsgedi a ddefnyddid gan Warchodlu Catref Ynys Fadog – ond roedd eu colonel wedi'u sicrhau y caent arfau gwell cyn bo hir. Dywedodd Isaac wrth ei deulu fod rhai o'r hogiau eraill yn adnabod Joshua'n barod oherwydd ei deithiau diweddar ar hyd lonydd Gallia County a Jackson County yng ngwmni'i ewythr, Ismael.

'Ond nid oedd pawb yn ymateb yr un fath,' dywedodd Isaac wrth Elen ar ddiwedd y sgwrs. Roedd Seth, Jwda a Benjamin wedi'i throi am eu llofft ond arhosodd Sara i dwtio'r coed wrth ymyl y lle tân. Eisteddai ei rhieni mewn cadeiriau, yn mwynhau'r gwres. Edrychodd Elen Jones ar ei gŵr, ei llygaid yn adlewyrchu'r fflamau, yn disgwyl iddo orffen. 'Roedd rhai o'r hogia Cymreig eraill wrth ymrestru'n falch o weld Joshua. Gwyddost ti... yn ei gyfarch fel hen gyfaill. Felly hefyd rhai o'r Almaenwyr ifanc.' Oedodd, yn ymestyn ei goesau er mwyn gosod ei draed ychydig yn nes at y tân. 'Ond roedd rhai o'r Cymry hŷn fel pe baen nhw'n troi'u trwynau arno fo, ac yn ddigon swta efo fi hefyd.'

Ysgydwodd Elen ei phen yn wybodus, gan ochneidio.

'Y fasnach?'

'Ie. Y fasnach.'

Clywid yr ymadrodd hwnnw'n aml ar dafodau trigolion Ynys Fadog, weithiau'n cyfeirio at fusnes cwmni'r ynys yn gyffredinol. Dro arall, byddai'n cyfeirio at y fasnach bechadurus mewn caethweision. Ond pan lefarai un o'r ynyswyr yr ymadrodd hwnnw mewn goslef arbennig, deallwyd mai cyfeiriad at y ffaith bod cwmni'r ynys yn masnachu mewn diodydd meddwol ydoedd. Dim ond yn ddiweddar roedd rhieni Sara wedi dechrau gadael iddi glywed sgyrsiau o'r fath.

'Sgwn i ydi'r elw sy'n deillio ohoni'n gwneud iawn am elyniaeth cymaint o Gymry de Ohio?'

Roedd llais ei mam yn procio. Edrychodd Sara ar ei thad, yn disgwyl am ei ymateb.

'Dwn i ddim, Elen. Dydi pob Cymro ddim yn ddirwestwr, hyd yn oed yng ngyffiniau Oak Hill.'

'Ond mae digon ohonyn nhw i orfodi'r cwestiwn yr un fath.'

Wedi i Sara orffen twtio'r coed camodd o olau'r tân i'r tywyllwch y tu ôl i gadeiriau ei rhieni ond nid ymadawodd â'r ystafell. Credai fod gallu ymresymu ei mam yr un mor finiog â'i thad; er ei bod hi fel rheol yn gadael manylion busnes y cwmni iddo fo fel y gadawai gwragedd eraill yr ynys y cyfryw bethau i'w gwŷr nhwythau, pan ddewisai ei mam fynegi barn ynghylch y pethau hynny roedd wastad yn ddatganiad gwerth ei glywed. 'Rhaid bod cwmni'r ynys yn colli busnes o'i herwydd. Mae llawer o Gymry yn gwrthod prynu dim byd gennyn ni gan fod cwmni'r ynys yn un sy'n masnachu mewn gwirodydd. Mae'n debyg y bydden nhw'n prynu nwyddau eraill gennyn ni pe bai'r cwmni'n rhoi'r gorau iddi, ac y byddai'r elw ychwanegol hynny'n gwneud yn iawn am golli'r elw sy'n dod yn sgil y fasnach.'

'Debyg iawn.' Roedd llais tad Sara'n flinedig. 'Ond mae digon o bobl eraill y gallen ni werthu iddyn nhw ar wahân i'r Cymry. Beth bynnag, pan fydd masnach yr afon yn llifo'n rhwydd eto, mi fydd y rhan fwya o'n busnes ni'n dod o lefydd pellach i ffwrdd. Mae'r cwmni wastad wedi gwerthu chwisgi a brandi… a chwrw ers i'r Almaenwyr ddechrau arni o ddifri yn Cincinnati… a gwin, pan fydd yn bosib ei gael o… ac wedi gwneud ers i N'ewyrth Enos ddechrau masnachu ar hyd y glannau flynyddoedd yn ôl.'

'Ond ydi hwnnw'n rheswm dros beidio ag ystyried newid?'

'Nacdi, mae'n siŵr. Ond eto, dydi newid ddim yn dod yn hawdd bob amser.'

'Mae hynny'n wir, Isaac. Dydi newid ddim yn dod yn hawdd.' Roedd peth cerydd yn ei llais. Ochneidiodd a siarad eto, mewn goslef fwy cymodlon y tro hwn. 'Beth bynnag, dw i ddim yn credu bod pethau felly mor bwysig bellach.' Edrychodd ei gŵr arni, yn disgwyl iddi orffen. 'Dwi'n gobeithio y bydd y rhai gododd eu trwynau ar Joshua'n byw i edifarhau, ac yntau wedi enlistio yn y fyddin ac ar fin mynd i ganol perygl dros 'i wlad. Dylsai'r bobl yna sy'n poeni am fasnach yr ynys ddysgu bod pethau eraill i boeni amdanyn nhw erbyn hyn.'

14

Bu'n bwrw eira'n drwm yn ystod yr wythnos cyn y Nadolig a'r llen wen foethus yn trawsffurfio'r ynys. Cydsyniodd eu rhieni i gais Jwda a Benjamin a gadael i'r ci Jehosaffat ddod i'r tŷ a chysgu ar hen garthen a daenwyd ar ei gyfer o flaen y lle tân.

Cyhoeddodd Seth ei fod o'n rhy hen i ymuno yn y canu calennig. A hithau'n casáu meddwl am dyrfa fechan y plant ieuengaf yn cerdded o dŷ i dŷ ar eu pennau eu hunain, dywedodd Sara yr âi hi pe bai Seth yn addo dod hefyd. Aeth Rowland gyda nhw a'r tri hynaf yn dilyn Jwda, Benjamin, Robert Davis, Lydia Huws ac Elen Jones. Roedd cyffro'r achlysur wedi deffro Jehosaffat o'i gwsg, ac ymunodd â'r cŵn eraill a oedd yn dilyn y plant o dŷ i dŷ, eu cyfarth yn gyfeiliant i'r canu.

Ry'n ni'n cyhoeddi'r Geni
i bawb sydd yn eich teulu,
os 'munwch â ni mewn gweddi pur
cewch glywed peth o'n canu.

Cynhesodd yn rhyfeddol noswyl y Nadolig, ac erbyn iddyn nhw gyrchu'r capel fore'r Nadolig ei hun roedd dwy lôn y pentref wedi'u troi'n nentydd o fwd. Er bod y llen wen o eira'n parhau i orchuddio'r rhan fwyaf o'r ynys, roedd golwg dadmer arni.

Erbyn dydd Calan 1862, dim ond tomenni bychain o hen eira budr a oedd i'w weld yma ac acw yng nghysgod rhai o'r adeiladau, a rhyw gynhesrwydd anhymhorol yn cymell yr ynyswyr i feddwl bod gwanwyn am wneud cyrch annisgwyl o gynnar y flwyddyn honno. Pan ymddangosodd rhifyn newydd *Y Cenhadwr Americanaidd*, eisteddodd y teulu o gwmpas y tân, Isaac Jones yn darllen cyfarchiad y golygydd.

'Bydd y flwyddyn 1861 yn aros yn hir yn y cof fel y flwyddyn y torrodd allan y gwrthryfel Americanaidd.' Gwnaeth aelodau eraill y teulu yr un synau â chynulleidfa yn porthi pregethwr. Ie wir, ie wir. Gwyddai Sara beth fyddai'n dod, a hithau wedi'i magu yn sŵn ysgrifau'r Parchedig Robert Everett, golygydd y *Cenhadwr*. Roedd ymysg y lleisiau hynny a ddeuai o dudalennau llyfrau a chylchgronau a glywid ar hyd y blynyddoedd ar yr aelwyd, yn y capel ac yn yr ysgol, lleisiau a oedd bron yr un mor fyw â lleisiau cymdogion, er eu bod nhw'n codi o inc ar bapur yn hytrach nag o dafodau. Ond er nad oedd y geiriau'n rhai annisgwyl, cydiai'r cynnwrf yng nghalon Sara yr un fath wrth iddyn nhw godi o'r papur a dod yn fyw ar dafod ei thad. 'Dyma ryfel wedi'i gynhyrchu mewn gwlad rydd, gan gaethddalwyr. Ie, y caethiwed ffieiddiaf yn ei lygredigaethau moesol ac yn ei anghyfiawnder cywilyddus o ddim caethiwed a fodolodd erioed ar ddaear Duw!'

Aeth corws arall o amenio o gwmpas yr ystafell ac oedodd Isaac Jones, yn gadael i'r geiriau suddo yn ei gof. Edrychodd o gwmpas wynebau'i wraig a'i blant ac wedyn astudiodd y cylchgrawn eto. Wrth i'r saib barhau'n hir, dechreuodd Jwda a Benjamin siarad yn ddistaw ymysg ei gilydd, y naill yn ceisio dyfynnu'r geiriau'n gywir i'r llall. Yn ei lyg-er-ed-ig-aeth-au moesol. Naci, naci. Yn ei lygredigaethau moesol. Cododd eu tad fys i'w ceryddu.

'Gwrandewch rŵan. Ma'r darn yma'n sôn am eich brodyr chi.' Edrychodd ar yr efeilliaid, yn sicrhau'i hun fod ganddo eu holl sylw, a darllenodd. 'Ond pan ganfyddwyd y gelynion yn ymgodi yn ein plith, yn gwisgo'u harfau ac yn tanio'u magnelau, wele fyddin o saith gan mil o wŷr yn dyfod i'r maes mewn ychydig wythnosau, oll yn wirfoddolion, heb na galw enwau na drafftio neb!' Torrodd ei lais ychydig, llyncodd a gwneud rhyw sŵn yng nghefn ei wddf. Tybiai Sara ei fod yn gyfuniad o falchder a hiraeth, a sylwodd fod ei mam yn crio'n dawel a bod deigryn ar ei boch ei hun. Llyncodd ei thad, pesychu, a darllen, ei lais yn gryf er ei fod yn crynu ychydig.

'Yn yr amgylchiadau hyn y mae y pwnc o ryddid dynoliaeth a iawnder hanfodol y gwaelaf o ddynion wedi dyfod i fwy o sylw nag erioed o'r blaen. Y mae eto yn un o hynodion y flwyddyn 1861. Gwnaed ymdrech, mae'n wir, ers blynyddau lawer, trwy'r weinidogaeth, a thrwy'r wasg, a thrwy ddylanwad y bleidlais i ryw raddau, i ddeffroi ysbryd y wlad at y peth hyn, ond yn lled araf roedd y gwaith yn myned yn mlaen.' Darllenodd am ennyd yn dawel, ac wedyn cododd ei thad ei lygaid ac adrodd y geiriau iddyn nhw, gan edrych o wyneb i wyneb. 'Ond yn awr, deffrowyd teimlad ac effeithiwyd cyffroad na welwyd ei fath yn ein gwlad erioed o'r blaen.' O'i weld felly yng ngolau'r tân, ymddangosai wyneb ei thad yn hŷn, gyda chrychau o gwmpas ei lygaid a'i geg, ei fochau'n deneuach a'i wallt tywyll wedi dechrau britho. Edrychodd Sara ar ei mam a chanfod arwyddion tebyg.

'Ydi *Cenhadwr* mis Rhagfyr gennyn ni o hyd?' Seth a ofynnodd.

'Nacdi, mae o gan D'ewyrth Ismael ar hyn o bryd,' oedd ateb eu tad, yn siarad fel pe bai'n ateb fflamau'r tân yn hytrach na'i fab, ei feddwl ymhell o'i eiriau. Gwyddai Sara fod Seth yn hoff o lythyr a gyhoeddwyd gan y bardd, Cymro Tawel, yn y rhifyn hwnnw, yn disgrifio hanes Cymry Company F y 56th Ohio, rhai o gydfilwyr Joshua a Huw, a'r modd y bu i'r gymuned Gymreig leol ffarwelio â nhw wrth iddyn nhw ymadael â Centreville er mwyn ymuno â'r gatrawd ger Portsmouth. Ysgrifennai'r Cymro Tawel ryddiaith fel bardd, ac roedd Seth yn mwynhau'r ymadroddion a ddefnyddiai fel 'bechgyn dewrion Cymru'. Roedd y rhifyn wedi teithio yn ôl ac ymlaen dros y pellter byr rhwng eu tŷ nhw a thŷ eu hewythr Ismael bump o weithiau ers canol mis Rhagfyr yn barod, a Sara'n synnu nad oedd ei brawd wedi dysgu'r darn ar ei gof erbyn hyn. Dywedodd wrthi'i hun y dylai hi awgrymu bod Seth yn dechrau copïo peth o gynnwys y cylchgrawn yn ei law ei hun, fel y byddai hi a'i chwaer fawr Esther yn ei wneud ers talwm. Edrychodd ar ei brawd a theimlo euogrwydd yn brathu yn ei mynwes. Dylai hi geisio cael ei gwmni'n amlach ac ailgydio yn yr agosatrwydd hwnnw a gymerai'n ganiataol yn yr hen ddyddiau pan fyddai Seth yn ei dilyn hi i bob man.

Newidiodd cywair y sgwrs wedyn, a'i thad yn dweud bod N'ewyrth Enos wedi derbyn copi o'r *Cincinnati Gazette* y diwrnod hwnnw, a'r papur yn cynnig rhestr o'r holl nwyddau rhyfel a anfonwyd o'r ddinas yn ddiweddar i atgyfnerthu byddin y Cadfridog Buell. Yr hyn a gydiai yn ei gof fwyaf oedd y ffaith fod naw cant a hanner o wageni a phedair mil o fulod wedi'u nodi.

'Dychmygwch!' dywedodd eu tad, yn cyfeirio'i sylw at Jwda a Benjamin. 'Mae hynny'n rhyw gant o fulod i bob un sy'n byw yma ar yr ynys!' Brathodd Jwda ei wefus, yn curo bysedd ei law dde'n ysgafn ar gledr ei law chwith, yn cyfrif. 'Mae'n agosach at, beth? 85? Naci, naci... 87.' Chwarddodd eu tad, yn mwynhau'r ffaith mai Jwda oedd yr unig un yn y teulu a oedd yn neilltuol o hoff o'r hyn a elwid yn arithmatic gan Hector Tomos. 'Ond mae'n llawer iawn, iawn o fulod yr un fath.'

'Ydi,' cytunodd Jwda'n rhwydd.

'Ewedd annwyl!' ebychodd Benjamin. 'Dw i ddim yn credu bod digon o dir ar yr ynys i gymaint o fulod sefyll hyd yn oed.'

'Dychmygwch y llanast a'r drewdod!' Eu tad eto'n mwynhau tywys y sgwrs i gyfeiriad mor wahanol.

'A fyddai'n syniad da cael mul neu ddau?' gofynnodd Benjamin wedyn. Difrifolodd eu tad ychydig.

'Wel, ie, mae mul yn beth da ei ddefnydd. Ond mae'n bwyta llawer.' Gwenodd eto. 'Beth bynnag, cychod yr afon yw ein mulod ni. Dydan nhw ddim yn bwyta dim ac maen nhw'n haws 'u trin. Ond dychmygwch, pedair mil o fulod!'

Erbyn i fis Ionawr ddechrau ar ei drydedd wythnos roedd yr ynys wedi'i throi'n fwd, gydag ambell glwt o wair gwelw gwan yn ymddangos yn y darnau hynny na ddioddefasai draed cerddwyr. Dim ond ychydig o wyn a oedd i'w weld ar y bryniau bychain i'r gogledd ar dir mawr Ohio a thros yr afon i'r de yng Ngorllewin Virginia. Chwyddodd yr afon gyda'r dŵr tawdd. Cerddai Owen Watcyn at lan yr ynys nifer o weithiau bob dydd, yn mesur uchder yr afon ac yn udo'i ddioddefaint fel rhyw anifail wedi'i ddal mewn magl. Weithiau codai'i ddwrn a'i ysgwyd yn ffyrnig, fel pe bai'n bygwth yr afon fawr neu'n ceryddu pa dduwiau paganaidd bynnag a oedd yn gyfrifol am ei thymer hi. Yn hwyr un prynhawn, a golau'r dydd bron wedi ildio'n llwyr i ymosodiad y nos, aeth Sara a Rowland am dro i'r trwyn dwyreiniol a gweld bod y rhan fwyaf o sylfeini hen dŷ Hector Tomos wedi'u llyncu gan y dŵr tywyll. Cododd Rowland un droed a'i gosod ar yr unig damaid o'r wal fechan y gellid ei gweld o hyd.

'Mae'n byd ni'n mynd yn llai, Sara,' meddai, y cellwair yn amlwg yn ei lais. Estynnodd Sara law a chydio yn ei law o.

'Nacdi, Rowland,' seibiodd, gan sugno'r gwynt yn ddwfn i'w hysgyfaint. Pan siaradodd, daeth y geiriau'n araf ac yn bwyllog. 'Mae'n *tir* ni'n mynd yn llai, ond mae'n *byd* ni'n mynd yn fwy.' Gwasgodd ei law a symud ei chorff yn nes ato. Ni ddywedodd o air mewn ateb, ond gwyddai Sara ei fod o'n deall yn iawn.

Nid oedd y sianel gul yn teilyngu'i henw bellach gan fod llawer o'r lan ar y tir mawr gyferbyn o dan y llif. Gan fod yr afon bron â llyncu'r doc gogleddol, gofynnodd Enos i nifer o'r dynion ei helpu a symud y cychod bychain rhag ofn byddai'r llifogydd yn mynd â nhw. Roedd Rowland yn un o'r rhai a wirfoddolodd a dywedodd wrth Sara wedyn fod ei hen ewythr wedi siarad yn ddibaid am lifogydd 1818 wrth iddyn nhw gludo'r cychod fesul un i'w gorweddfan newydd yn ymyl croesffordd y pentref.

'Rhes o gychod yng nghanol tir sych,' meddai Sara wrth Seth ar eu ffordd i'r ysgol yn y bore, 'mae'r byd â'i ben i waered'. Roedd y doc deheuol yn uwch na doc bach y gogledd a deuai ambell agerfad o hyd, er gwaethaf peryglon tramwyo afon uchel – coed a cherrig yn llechu o dan wyneb y dŵr yn barod i ddal neu hyd yn oed rwygo gwaelod cwch. Daeth un â llythyr oddi wrth Joshua, yn dweud bod yr afon yn ymyl Portsmouth wedi codi'n frawychus o uchel a bod eu gwersyllfa wedi troi'n fôr o fwd. Roedd y gatrawd wedi'i symud i safle newydd yn ymyl cartref y Colonel ei hun, a ddisgrifiwyd ganddo fel tŷ mawr brics coch gyda rhes o golofnau pren gosgeiddig yn harddu'r tu blaen. Nododd Joshua fod y frech goch wedi taro llawer o'i gydfilwyr, gan eu sicrhau yn yr un frawddeg ei fod o a Huw Llywelyn Huws yn holliach. Ond ychwanegodd fod un o bob pedwar o'r gatrawd yng nghrafangau'r afiechyd ac wedi'u symud i ysbyty yn y dref a oedd yn ôl pob sôn yn orlawn o'r herwydd.

Oerodd eto ac erbyn diwedd y mis roedd haen arall o eira yn gorchuddio'r tir. Gostegodd yr afon ychydig, ond ni symudwyd y cychod yn ôl i'r doc bach ac ni pheidiai mynych ymweliadau Owen Watcyn â'r lan na'i gwyno hunandosturiol. Parhâi'r afon i ostwng ychydig wrth i rew gloi'r nentydd ar y tir mawr a'r oerfel atal llif y dŵr tawdd. Daeth Hector a Hannah draw am swper un noson; er i dad Sara egluro iddi fod angen codi ysbryd yr ysgolfeistr a'i wraig, ni chynigiodd fanylion ac ni theimlai fod croeso iddi ofyn am faterion personol Mr a Mrs Tomos. Bu'n achlysur llawen, gydag Isaac Jones yn denu ei hen gyfaill i adrodd storïau ac yn ei annog i sôn am y teithiau hynny pan fynychai eisteddfodau de Ohio yng nghwmni Owen Watcyn ac Ismael. Ar ganol un stori, seibiodd Hector Tomos, a thynnu ychydig ar y mwstásh melyngoch hir cyn estyn ei law a chydio yn llaw ei wraig. Eglurodd wedyn, dan wenu, mai dyna'r achlysur pan welodd o Hannah am y tro cyntaf.

'Gobeithio bod y noson wedi gwneud lles iddyn nhw,' dywedodd Elen ar ôl i'w gwesteion ymadael.

'Dw i'n credu'u bod nhw wedi mwynhau'n neilltuol,' dywedodd Isaac, cyn ychwanegu, 'ac mi wnaeth les i mi hefyd. Dw i ddim yn chwerthin hanner digon y dyddiau hyn.'

Penderfynodd rhieni Sara y dylen nhw rannu'u bwrdd bwyd ag eraill yn amlach, a daeth yn arferiad cael Ismael ac Enos draw am swper, y ddau'n rhannu potelaid gydag Isaac wrth iddyn nhw rannu straeon teuluol, gan wneud i Sara feddwl bod ei thad yn edrych ychydig yn iau yn ystod y nosweithiau hynny, un ai oherwydd mai y fo oedd yr unig un yn y triawd a oedd heb farf neu oherwydd y ffaith bod cwmni'i frawd a'i ewythr yn codi'i galon ac yn goleuo'i wyneb. Ymunai ei mam yn llawen hefyd, ac fel arfer byddai digon o siarad am yr hen wlad ac am yr hen ddyddiau. Tua chanol Chwefror penderfynwyd gofyn i Rowland a'r Parchedig Evan Evans ddod draw a chymryd dwy o'r tair cadair wag wrth y bwrdd am noson. Atgoffwyd y plant gan Isaac na ddylai neb gyfeirio at na chwisgi bwrbon, cwrw, brandi na gwin yn ystod ymweliad y gweinidog. Eisteddai Rowland am y bwrdd â Sara, yn gwrando'n gwrtais ar bawb ac yn bwyta'n araf er mwyn gwneud yn siŵr na wnâi lanast o unrhyw fath. Meddyliodd hi y medrai ymestyn ei throed a chyffwrdd ag o o dan y bwrdd, ond ni wnaeth, rhag ofn iddi gyffwrdd yng nghoes y gweinidog trwy gamgymeriad. Cochodd wrth feddwl bod ei mam neu'i thad wedi'i dal yn edrych ar Rowland a siaradai'n gyflym pan ofynnai un ohonyn nhw gwestiwn iddi, yn cuddio'i hembaras â gormod o eiriau. Pan ddywedodd ei mam fod mis Chwefror yn teimlo'n debycach i fis du rywsut, atebodd y Parchedig Evan Evans a dweud, wel, ie, mae yna ryw brudd-der yn yr awyr yr adeg yma o'r flwyddyn, onid oes? Ond y mis bach yw mis Chwefror wedi'r cwbl, ac fe fydd wedi ildio i fis Mawrth cyn i ni wybod. Gofynnodd wedyn a oedd un ohonyn nhw wedi clywed sôn am y mis mawr? Atebodd Rowland ei fod yn gyfarwydd â'r ymadrodd, ac yntau wedi'i glywed gan rai o weithwyr haearn Johnstown a rhai o lowyr Minersville. 'Y mish mowr i rai,' meddai, 'a'r mish pump w'thnos i eraill.'

'Dyna fe, dyna fe!' gwenodd y Parchedig Evan Evans ar Rowland, fel tad balch yn cydnabod camp plentyn. 'Am fod y gweithwyr yn derbyn gwerth pump wythnos o gyflog y mis hwnnw, onide, Rowland?'

Ei rhieni hi a ffarweliodd â'r gwesteion yn y drws, ond cododd Sara ar flaenau bysedd ei thraed y tu ôl iddyn nhw a chael cip arall arno cyn i'r drws gau.

Wythnos yn ddiweddarach daeth y *Boone's Revenge* i'r doc mawr, yn teithio o'r gorllewin ac yn cludo sypyn o lythyrau wedi'u cyfeirio at Ynys Fadog roedd y Capten Cecil wedi'i dderbyn gan gapten y *Roger Windham* yn ymyl Gallipolis. Yn eu plith roedd dau ar gyfer teulu Sara, un oddi wrth Joshua a'r llall oddi wrth Sadoc. Gadawodd Isaac ei waith er mwyn dod â nhw'n syth i Elen, a phan ddaeth Sara, Seth a'r efeilliaid adref o'r ysgol, roedd eu rhieni wrth y bwrdd yn darllen ac yn ailddarllen epistolau eu brodyr hŷn. Ar frig llythyr Joshua roedd wedi'i ysgrifennu Paducah, Kentucky, y pymthegfed o fis Chwefror, 1862. Dywedodd fod ei gatrawd wedi mynd ar ddau agerfad yn hwyr yn y prynhawn ar y deuddegfed o'r mis hwnnw, y *Poland* a'r *Champion Number Three*, ac wedi gadael Portsmouth gyda'r machlud. Daeth teuluoedd a chyfeillion y milwyr hynny a oedd yn byw yn y cyffiniau i'r doc i ffarwelio â nhw. 'Mae'n chwith gennyf i,' ychwanegodd Joshua, 'na chefais gyfleustra i ysgrifennu atoch chwi mewn pryd i'ch hysbysu.' Gallai Sara weld y dyrfa o bobl yn ymwasgu ar ddociau'r dref, pawb yn edrych trwy'r golau egwan, yn ceisio canfod gŵr neu gariad, mab neu frawd, cyfaill neu gyn-ddisgybl, a phawb yn bloeddio 'Hwrê' wrth i olwynion y llestri mawrion symud, mwg eu cyrn simdde'n chwythu drostynt ac yn dwyn rhagor o'r golau roedd marwolaeth y dydd wedi dechrau'i ildio eisoes.

I lawr yr afon wedyn, a Joshua'n un o gannoedd o filwyr, wedi'u meddiannu gormod gan gyffro i gysgu, pwysai ar ganllaw'r agerfad yn gwylio pentrefi, trefi a dinasoedd yn ymrolio heibio, toeau'r tai yn siapau tywyll yn y tywyllwch, gyda thŵr ambell eglwys neu neuadd ddinesg yn codi'n uwch, a goleuadau yn rhai o'r ffenestri, fel canhwyllau cyrff yr hen chwedlau, yn ceisio hudo'r teithwyr o fwrdd y llong i ddŵr oer yr afon. Ymlaen heibio i leoedd nad oedd Joshua wedi'u gweld erioed o'r blaen. Maysville, Ripley, Augusta, New Richmond. Dywedodd ei brawd fod digon o chwisgi gan rai o'i gydfilwyr ond ei fod wedi ymwrthod, nid oherwydd unrhyw gariad at yr achos dirwestol, meddai, ond gan ei fod o am aros yn llydan effro a chofio pob peth am y profiad hwnnw.

Erbyn ail ddalen ei lythyr roedd diwrnod arall wedi gwawrio a nhwythau'n teithio heibio i Cincinnati, Joshua'n nodi nad oedd wedi gweld cymaint o agerfadau erioed yn ei fywyd â'r rhesi hirion ohonynt yn ymyl dociau 'Brenhines y Gorllewin'. Dywedodd iddo gyfrif tyrrau tair eglwys ar ddeg cyn i'r agerfad ymrolio heibio. Ond cyn amser cinio'r diwrnod hwnnw roedd yr agerfad y teithiai arno, y *Champion No. 3*, wedi chwythu darn o'r injan, a bu'n rhaid aros am noson arall, gyda'r *Poland* yn cadw cwmni iddo nes i'r peirianwyr ei drwsio. Ymlaen wedyn a gweld tir talaith Indiana i'r gogledd a heibio i ddinas Louisville, nes cyrraedd Paducah, Kentucky, a bwrw angor am y noson. Dywedodd rhingyll y byddai'n casglu llythyrau ar gyfer y post i'r dwyrain yn y bore a'u bod yn cychwyn gyda'r wawr am y Cumberland a thalaith Tennessee – tir y gelyn. A hithau'n noson sych, er ei bod hi'n oer iawn o hyd, eisteddai Joshua ar fwrdd yr agerfad yn manteisio ar olau'r lleuad i ysgrifennu'r llythyr hir hwn atyn nhw.

Un hanner dalen yn unig a oedd y tu mewn i amlen Sadoc, heb ddim ond pedair brawddeg arni, un ohonyn nhw'n dweud na ddylen nhw boeni am Joshua, ei fod yn siŵr y byddai'i frawd yn dygymod â bywyd milwrol yn ardderchog. Dywedodd wedyn fod ei gatrawd yn arwain byddin a elwid yn Army of the Ohio o dan y Cadfridog Buell wrth iddi wthio'n bellach ac ymhellach i'r de. Roedd newydd gyrraedd Bowling Green, Kentucky, meddai, ac yno'r ysgrifenasai'r llythyr, ond roedd yn sicr y byddent yn croesi'r ffin i dir Tennessee cyn bo hir.

'Beth sy'n mynd â phawb i Denesî, dudwch?' gofynnodd Benjamin, yn taflu'i ddwylo i'r awyr fel y gwelai ei rieni'n gwneud weithiau.

'Y rhyfel, y ffŵl gwirion,' atebodd Jwda, yn pwnio'i frawd yn ei fraich â'i ddwrn.

'Digon o hyn'yna,' meddai eu mam.

'Rown i'n meddwl bod y Rhyfel yn Virginia,' protestiodd Benjamin, yn edrych yn gyhuddgar ar ei frawd.'

'Mae'r rhyfel ym mhob man, Ben,' dywedodd eu tad.

'Dydi o ddim yn fa'ma.'

'Paid ag ateb dy dad fel 'na,' hisiodd eu mam.

'Mae'r hogyn yn iawn, Elen,' cytunodd Isaac Jones, cyn troi at Benjamin eto. 'Dydi o ddim yn fa'ma, ond caiff ei ymladd mewn llawer o leoedd: Virginia, Kentucky, Tennessee, Missouri, Indian Territory ac ar y môr hyd yn oed.'

'Ond nid yn fa'ma.'

'Nag ydi, nid yn fa'ma.'

'Pam bod rhaid i'r gwarchodlu cartref ymarfer, 'ta?'

'Rhag ofn.'

Deallai Sara ymdrechion ei rhieni i guddio'r agweddau mwyaf brawychus ar y rhyfel rhag sylw'r efeilliaid. Ni hoffai Elen ac Isaac Jones ddweud yng nghlyw eu plant ieuengaf y medrai'r llanw droi a'r ymladd symud yn nes atyn nhw. Ond gwyddai Sara. Trafodai'r posibiliad gyda Rowland yn aml. Codai Seth y pwnc weithiau hefyd. Pe bai byddinoedd yr Unol Daleithiau yn y gorllewin yn colli'r brwydrau mawrion a oedd ar y gorwel fel y collasai'r fyddin yn y dwyrain frwydr Bull Run yr haf blaenorol gallasai'r gwrthryfelwyr deheuol symud trwy Orllewin Virginia a Kentucky ac ymosod ar Ohio.

Yn ogystal, poenai'r oedolion am y 'pennau copr', y Democratiaid Heddychlon yn y gogledd a oedd o blaid llunio heddwch yn syth a gadael llonydd i'r drefn gaeth. Bedyddiwyd y bradwyr – gan mai dyna oedd y math yna o bobl ym marn Gweriniaethwyr fel Cymry Ynys Fadog – yn *copperheads* gan rai o bapurau Saesneg y gogledd, cyfeiriad at y nadroedd gwenwynig hynny a oedd yn hoff o guddio ac ymosod ar eu hysglyfaeth yn ddisymwth. Yn fuan iawn dechreuodd yr ymadrodd 'pennau copr' ymddangos ar ddudalennau'r *Drych* a'r cyhoeddiadau Cymraeg eraill. Er gwaethaf yr ansoddair 'peace' a gysylltid â'r Democratiaid hynny a oedd yn erbyn y rhyfel, roedd sôn mewn rhai papurau a sïon ar dafodau'r cychwyr fod pennau copr Ohio am ddechrau gwrthryfel arfog yn eu mysg cyn bo hir.

Dywedai Seth yn aml ei fod yn teimlo'r gwarth a'r cywilydd i'r byw, o gofio bod dau wleidydd o Ohio, Clement Valandigham ac Alexander Long, ymysg prif arweinwyr y pennau copr. Er na ddaethai Sara ar draws Cymro erioed nad oedd yn Weriniaethwr, atgoffai Rowland hi weithiau bod rhai Cymry yng nghyffiniau

Pomeroy a Minersville yn bennau copr a darllenai hi yn *Y Drych* fod rhai Cymry o'r fath i'w cael yng ngogledd Ohio hefyd. Cododd y pwnc gyda Sammy Cecil yn ystod un o ymweliadau'r *Boone's Revenge*.

'Y'all afeard of them damned copperheads s'posed t'be hidden all up an down this valley?' Pan ddisgrifiodd Sara weithgareddau'r Gwarchodlu Cartref iddo, cymeradwyodd Sammy ymdrechion y Cymry a chytunodd ei bod hi'n ddoeth iddyn nhw fod yn barod. Gofynnodd Sara a oedd o a'i dad wedi troi'n Weriniaethwyr felly? Camodd Sammy yn ôl fel pe bai hi wedi poeri yn ei wyneb. 'Hell no! We's Democrats, but we ain't no god damned Peace Democrats. Pah and I's War Democrats, sure as we're born!'

Deuai'r post ar yr afon a chan nad oedd gan yr ynys bostfeistr swyddogol, byddai capten yr agerfad yn trosglwyddo'r llythyrau i bwy bynnag a welai gyntaf ar y doc a'r dyn hwnnw fyddai'n dod o hyd i aelodau'r teuluoedd roedd y post wedi'u cyfeirio atynt. Mewn cymuned fach, mae'n naturiol fod pawb yn gwybod pwy dderbyniai lythyrau. Ac felly deallai Elen ac Isaac Jones fod eu mab, Sadoc, yn parhau i ysgrifennu at ei ewythr Ismael ond ei fod yn anfon llythyrau ar wahân ato'n hytrach na'u cau yn yr un amlenni â'u llythyrau nhwythau. Deallon nhw fod y llythyrau hynny'n rhai trwchus yn aml a phan holai Isaac ei frawd amdanynt dysgodd fod Sadoc yn cynnwys llythyr ar gyfer ei hen ewythr Enos yn ei ohebiaeth ag Ismael yn aml hefyd. Byddai Elen yn gwaredu, ac yn gofyn i Isaac yn achlysurol beth roedden nhw wedi'i wneud yn anghywir fel rhieni i beri i'w mab hynaf eu hesgeuluso, a nhwythau ond yn derbyn pytiau o lythyrau byr ganddo a hynny'n anaml. Atebai Isaac trwy ddweud 'wel, dyna ni, mae pob plentyn yn mynd 'i ffordd 'i hun yn y diwedd', gan ychwanegu weithiau'i fod o'n falch bod Sadoc yn gohebu ag aelodau'r teulu o leiaf.

Yn yr un modd, gwyddai'r pentrefwyr fod Huw Llywelyn Huws, yn ogystal ag ysgrifennu at ei rieni, yn anfon llythyrau at Ruth Lloyd yn bur aml. Roedd Ruth a Huw yr un oed â Joshua, a bu'r tri'n ffrindiau agos yn eu dyddiau ysgol. Ers pan oedd yn 14 oed treuliai Ruth bythefnos bob haf yn Gallipolis, yn aros gyda gwraig weddw a oedd yn enwog am ei gwaith gwnïo. Roedd Mary Margareta Davies, ffrind Enos, yn adnabod y ddynes yn dda, ac felly gyda'i chymorth hi y gwnaed y trefniant gwreiddiol. Mrs Glenora Silverstone oedd enw'r wraig weddw ac roedd hi'n falch o'r gwmnïaeth. Dechreuodd Ruth ymweld â hi'n amlach ar ôl gorffen ei hysgol, yn treulio ysbeidiau byrion yn Gallipolis, gan fynd a dod ar yr agerfadau. Anogai Mrs Silverstone Ruth i gychwyn ei busnes ei hun ac aeth mor bell â chynllunio hysbysebion ar gyfer y papurau lleol. *Miss Ruth Lloyd of Lloyd House, Inis Madock, Gallipolis, Ohio, Dressmaker and Seamstress, accepts postal orders of work, if the client would be so good as to send the following measurements.* Dywedai'r weddw y byddai'i chrud cymalau yn ei gorfodi i roi'r gorau i waith cyn bo hir a bod ganddi hen ddigon o arian wrth gefn beth bynnag, a'i bod am i Ruth ymsefydlu mewn busnes tra byddai ar dir y byw i'w chynorthwyo. Ac felly y bu. Cyrhaeddai llythyrau lu dŷ'r Lloydiaid a byddai Ruth hithau'n postio parseli at ei chwsmeriaid ledled Dyffryn yr Ohio. Deuai Samuel Lloyd â'r parseli i'r siop, yn barod i'w hanfon pan alwai agerfad a deithiai i'r cyfeiriad priodol. Cynyddodd y parseli hyn yn sylweddol ar ôl i Ruth ddechrau gwneud gwaith gwirfoddol i'r Sanitary Commission. Wedi i Huw a Joshua ymadael i ymrestru yn y 56th Ohio Infantry, cyrhaeddai amlenni milwrol, wedi'u cyfeirio gan law Huw Llywelyn Huws, ymhlith y gwahanol archebion am waith gwnïo.

Rai dyddiau ar ôl i'r papurau Saesneg adrodd hanes gwarchae Fort Donelson a'r ymladd yn y cyffiniau hynny, daeth tri llythyr i'r ynys mewn amlenni o'r un fath, sef gyda llun ar ochr chwith y tu blaen wedi'i argraffu mewn inc glas a choch o faner yr Unol Daleithiau yn chwifio yn y gwynt ac arni'r geiriau *The Union Now and Forever*. Roedd un yn llaw Joshua wedi'i gyfeirio at ei rieni, a dau yn llaw Huw, un ar gyfer ei rieni a'r llall ar gyfer Ruth. Merch dawel oedd Ruth, un na hoffai aros i siarad tu allan i'r capel na sefyll yn hel clecs ar y lôn o flaen y tŷ. Ond roedd yn amhosibl iddi osgoi cael ei thynnu i ganol sgwrs gyda'i chymdogion yn dilyn y frwydr. Ymhen diwrnod neu ddau byddai cynnwys y tri llythyr yn wybodaeth gyffredinol ar yr ynys, a phawb yn gweld Brwydr Fort Donelson trwy lygaid Joshua Jones a Huw Llywelyn Huws. Byddai brawd Ruth, Richard, yn ysgrifennu at y teulu'n gyson ers iddo ymrestru, ond gan mai gwarchod glanfa Cincinnati oedd ei waith, ni fyddai fawr o ddim byd newydd yn ei lythyrau o a rhoddodd y cymdogion y gorau i ofyn am fanylion ar wahân i holi'n gyffredinol am ei iechyd. Gwahanol iawn oedd newyddion Joshua a Huw.

Roedd y cyfan mor fyw yn nychymyg Sara, y gatrawd yn teithio i lawr y Cumberland, Joshua'n pwyso ar ganllaw'r agerfad ac yn ceisio canfod a oedd yr afon yn arogleuo'n wahanol i arogleuon cyfarwydd yr afon y maged o ar ei glannau. Cyrraedd eu cyrchfan ar yr 16ed o Chwefror 1862, a'r noson honno'n oer ac yn glir, y sêr yn disgleirio yn y ffurfafen uwchben a fflamau ambell dân i'w gweld ar furiau Caerfa Donelson yn y pellter. Ambell fagnel yn tanio yn y pellter, ambell ffrwydrad i'w glywed, y clepian dwfn yn tynnu sylw'r milwyr a safai ar fwrdd yr agerfad, pawb yn craffu ar y gaerfa ond yn methu â gweld llawer yn y tywyllwch. Pan ddaeth y wawr, a Joshua, Huw a'u cydfilwyr yn ysgwyd cyffion eu hychydig oriau o gwsg o'u breichiau a'u coesau, dechreuodd rhai o fagnelau Fort Donelson saethu atyn nhw. Ond roedd eu swyddogion wedi dweud y gwir, a'r ddau agerfad wedi'u hangori'n rhy bell o'r gaerfa i ganonau'r gelynion eu cyrraedd. Peth brawychus oedd y bwm, y chwish a'r sblash yn nŵr yr afon yr un fath. Un arall, ac wedyn un arall, yr agosaf yn llai na hanner can llath o safle Joshua a Huw ar fwrdd y llestr. Symudodd rhai o'u cymdeithion i ffwrdd o'r ganllaw, yn poeni y deuai'r ergyd nesaf yn agosach, waeth beth ddywedai'r swyddogion. Dyma'u cipolwg cyntaf ar yr eliffant, fel y dywedodd Joshua, gan ddefnyddio ymadrodd a ymddangosai yn y papurau Saesneg weithiau.

Wedi brecwast digysur o hardtac a chig moch hallt oer, fe'u gorchmynnwyd i fynd i'r lan ac ymffurfio mewn colofnau'n barod i fartsio, ac felly camodd

Joshua Jones a Huw Llywelyn Huws ar dir y gelyn am y tro cyntaf, y tir byddai'r eliffant yn ei droedio. Yna'r gorchymyn, a'r gatrawd yn symud ymlaen i gyfeiriad y gaerfa, ar eu ffordd i ymuno â'r fyddin a oedd wedi bod yn cynnal y gwarchae ers rhai dyddiau, ymlaen i gyfarfod â'r eliffant a syllu i fyw ei lygaid. Gorchymyn arall wedyn, a'r gatrawd gyfan yn sefyll tan eu harfau, si a siarad yn byrlymu ar hyd y rhengoedd – beth sy'n digwydd rŵan? Rhingyll yn ceisio'u tawelu, ond y si a'r siarad yn parhau ar hyd y rhengoedd, fel dŵr codi'n ymddangos mewn cae gwlyb. Sylwodd Joshua fod isgapten o ryw gatrawd arall yn siarad â'u colonel, a hwnnw wedyn yn codi'i finocwlars ac yn syllu'n hir trwy wydrau'r ysbienddrych deuol bach ar furiau'r gaerfa. Siaradodd hefyd â'r swyddogion a safai y tu ôl iddo, ac aeth y gorchymyn ar hyd y rhengoedd, y waedd yn mynd o gapten i isgapten i ringyll. Troi a martsio'n ôl i'r lanfa. Roedd y faner wen wedi ymddangos ar y muriau, arwydd digamsyniol bod y Rebels wedi ildio! Cyn amser cinio, roedd dynion y 56th yn ôl ar y ddau agerfad. Cinio oer ydoedd, yr un fath â'u brecwast, ond roedd afiaith yn eu bwyta ac roedd yn haws llyncu'r hardtac a'r cig oer heb orfod meddwl mai hwnnw, o bosibl, fyddai'r pryd bwyd olaf a gâi'r milwyr cyn marw.

Aeth yr agerfadau â nhw i lanfa arall o dan furiau'r gaerfa ei hun, ac fe'u gorchmynnwyd i wneud eu gwersyllfa yn y fan honno. Wedi cyflawni'u dyletswyddau roedd Joshua a Huw yn rhydd i grwydro ac archwilio'r gaerfa. Nid oedd y Gwrthryfelwyr meirw wedi'u claddu eto; gorweddai'r cyrff lle roeddynt wedi syrthio, y rhan fwyaf â thyllau bwledi yn eu pennau, gan iddynt gael eu saethu wrth edrych dros y muriau. Roedd ambell gorff wedi'i anffurfio gan y canonau, a'r olygfa yn un erchyll – gwaith yr eliffant nad oedd Joshua a Huw wedi'i weld yn agos cyn y diwrnod hwnnw. Roedd 13,000 o'r Gwrthryfelwyr wedi'u dal yn garcharorion ac wedi'u symud o'r gaerfa dan ofal un o'r catrodau buddugoliaethus. Wedi dringo i ben y mur pellaf, gwelodd Joshua a Huw lu o ddynion yn gwisgo llwyd a brown a melyn, rhai'n sefyll ond y rhan fwyaf yn eistedd, ystum y cyrff yn dangos anobaith, dirmyg neu ofn, a'r milwyr Undebol yn eu lifrai glas yn sefyll, rhai'n dal eu gynnau â'u bidogau yn barod, eraill yn pwyso'n hamddenol ar ddrylliau heb fidogau'n siarad ymysg ei gilydd, neu'n cynnal sgwrs â'r carcharorion dan eu gofal.

Cyrhaeddodd llythyr arall yr un pryd, un na châi sylw'r cymdogion yn yr un modd. Llaw Esther oedd ar yr amlen, a gwgodd Elen Jones pan welod mai cwpl o linellau'n unig oedd ei gynnwys, mor wahanol i'r epistolau maith a manwl a anfonai fel arfer. Awgrymodd yn goeglyd fod clwyf Sadoc wedi ymledu i'w chwaer, ond stopiodd pan ddarllenodd y frawddeg olaf. Roedd Esther yn dod adref. Erbyn i'r llythyr gael ei drosglwyddo o'i mam i'w thad ac iddi hithau, gwelodd Sara nad dychwelyd i aros fyddai'i chwaer, ond ymweld â nhw ar ei ffordd i'r dwyrain. Roedd wedi derbyn swydd newydd mewn ysgol a ddechreuwyd gan yr un elusen a'i cyflogai'n bresennol, a honno'n ysgol newydd sbon danlli a fyddai'n cael ei hagor yn Washington, D. C.

Daeth cysgod dros wyneb Elen Jones a gyrru'r llawenydd o'i llygaid, eu gwên yn syrthio'n araf fel pabell bapur yn y glaw.

'Beth sydd, Mam,' holodd Sara.

'Mynd i Washington mae hi, yn agosach at y rhyfel.'

Ei thad oedd wedi cyrchu'r llythyrau adref o'r doc, wedi i Gruffydd Jams ddweud bod dau wedi'u cyfeirio ato fo a Mrs Jones. 'Cofia di,' meddai, 'mae Washington yn saffach lle na fa'ma erbyn hyn, a chymaint o filwyr yr Undeb wedi'u gosod yn amddiffyn y brif ddinas.' Wrth gofio fod Jwda a Benjamin yn yr ystafell, ychwanegodd. 'Hynny yw, pe bai byddin o wrthryfelwyr yn ymyl – a chofiwch *nad* oes yr un yn agos – mi fyddai'n haws iddyn nhw groesi'r Ohio nag y byddai iddyn nhw groesi'r Potomac ac ymosod ar Washington, yn wyneb yr holl amddiffynfeydd sydd o gwmpas y ddinas erbyn hyn.' Gwyddai Sara nad oedd yr efeilliaid yn poeni dim mewn gwirionedd, a'u bod, i'r gwrthwyneb, yn mwynhau dychmygu'r symudiadau pwysig hyn, ond gwyddai hefyd fod ei mam yn poeni a bod 'gwarchod y bechgyn ifanc' yn rhywbeth byddai'i thad yn ei wneud, er mwyn parchu'i theimladau hithau, mewn gwirionedd.

Ddeuddydd yn ddiweddarach, a phawb yn trafod brwydr Fort Donelson a'r ffaith fod dau o fechgyn yr ynys bron wedi'u dal yn ei chanol hi, cyrhaeddodd Esther. Samuel, mab iau Jacob Jones, a ddaeth â hi yn ei wagen gan ei bod hi wedi cyrraedd Gallipolis a chanfod nad oedd agerfad a fwriadai alw yn yr ynys. Mynnodd Elen ac Isaac fod Samuel yn aros i gael tamaid o fwyd cyn dychwelyd i'w fferm. Nid oedd Sara wedi gweld Samuel Jones ers blynyddoedd ac er bod ei theulu'n cyfeirio ato fel mab iau Jacob a Cynthia, sylweddolodd ei fod yn ddyn ifanc erbyn hyn. Wedi'r cwbl, roedd ddwy flynedd yn hŷn nag Esther, a hithau'n ddynes ieuanc, ei hwyneb yn feinach a'i llygaid yn edrych yn llai tosturiol nawddoglyd ar ei chwaer a'i brodyr iau. Daeth yn amlwg yn fuan fod Esther a Samuel yn gyfforddus yng nghwmni'i gilydd, a'r ddau'n cyfarfod weithiau pan fyddai cymdeithas wrthgaethiwol Columbus yn ymuno â'r gymdeithas fechan yn Gallipolis, ac roedd rhai o selogion y rheilffordd danddaearol roedd Esther yn eu hadnabod, trwy gylchoedd Coleg Oberlin, hefyd yn adnabod Samuel Jones a'i deulu, y bobl rydd hynny a wnaethai gymaint dros yr achos yn ne Ohio ers degawdau.

Dywedodd Esther nad oedd wedi derbyn llythyrau gan Sadoc na Joshua ac roedd yn falch iawn clywed eu bod ill dau'n iach. Ychwanegodd Samuel y dylai'r teulu fod yn falch o wasanaeth y meibion a dweud y byddai'n ymrestru'i hun pe bai Lincoln a'r Gyngres yn caniatáu i ddynion duon ymuno â'r fyddin.

'I have considered making my way east, because it's said that the Union Navy permits freemen to join, even while the army forbids it.' Gwenodd ar Elen Jones, yn synhwyro'r tristwch yr achosai'r pwnc iddi. 'But I just can not see myself as a sailor. If I admit it, I was a bit afraid crossing that old river to come over here today.' Gwenodd Elen hithau, yn gweld gwên ei hen gyfeilles Cynthia yn wyneb ei mab. Holodd hi Samuel am ei rieni a'i frawd wedyn, ond ar ôl trafod y teulu am ychydig a hel atgofion am y cyfnod pan oedd y plant yn fach a theulu Elen yn byw am ryw hyd ar ffarm Jacob a Cynthia Jones, cododd pwnc y rhyfel eto pan ddywedodd Esther fod ganddi nifer o bapurau newydd lled ddiweddar, rhag ofn nad oedd yr ynys wedi'u derbyn yn barod. Aeth draw at y sach a osodwyd ar ben ei chist fach hi, a dychwelyd gyda thri rhifyn o'r *Cincinnati Gazette*. Dyma ni, meddai, dywed fod Byddin yr Ohio o dan y Cadfridog Buell ar ei ffordd i Nashville. Mae'n debyg mai o'r fan honno y daw llythyr nesaf Joshua. Ac edrychwch yma – mae'r golygydd yn ymosod yn chwyrn ar Vallandigham a'r pennau copr. 'It's like my father always says,' ychwanegodd Samuel, 'if the snake is poisonous you got to cut its head clean off.' Ac edrychwch yma, mae'r *Gazette* yn ymosod yn gyson ar yr *Enquirer* hefyd. Eglurodd wrth Jwda a Benjamin fod y naill bapur yn cefnogi'r Gweriniaethwyr a'r llall yn ochri gyda'r Democratiaid. Clywai Sara lais cyfarwydd yr athrawes gynorthwyol yn ysgoldy Hector Tomos, a'i brodyr iau ymysg ei disgyblion. Mae rhai'n ymladd ag arfau ac eraill â geiriau, neb llai na golygyddion y papurau newydd. Plygodd Esther yn nes at yr efeilliaid, yn eu cymell i ddilyn y darn yn y *Gazette* uchwben ei bys hi. 'Men who have any dispotision to aff...' baglodd Jwda ar y gair Saesneg ond llwyddodd ei dafod yn fuan wedyn. 'Men who have any disposition to affiliate with the *Enquirer*, or who suffer themselves to be influenced by it, are shaky on the Union question.' Gwelodd eu mam erthygl am waith y Sanitary Commission yn casglu dillad, rhwymau meddygol a dillad gwely ar gyfer y milwyr sâl a chlwyfedig, a dywedodd fod pawb ar yr ynys yn falch o'r gwaith a wnâi Ruth Lloyd dros yr achos a'i bod hi a gwragedd eraill y pentref am ddechrau'i chynorthwyo.

A hithau'n dechrau nosi, bu'n rhaid i Samuel adael. Cynigiwyd iddo aros tan y bore, ond dywedodd nad oedd ganddo ddigon o fwyd ar gyfer ei geffylau am ddiwrnod arall. Roedd y lôn yn ddigon eglur, meddai, a gallai'i theithio yn y tywyllwch yn ddidrafferth. Aeth y teulu cyfan ag o i ddoc bach y gogledd. Eisteddodd Isaac a Seth yn y cwch, yn barod i fynd ag o ar draws y sianel. Gallai Sara glywed y ceffylau'n curo'u carnau'n ddiamynedd ar y ddaear ar y lan arall. Estynnodd Esther ei llaw a chydio yn llaw Samuel, a diolch iddo am ddod â hi'r holl ffordd ac yn dymuno siwrnai saff iddo.

'And a safe journey to you, Esther. All the way to Washington!' Diolchodd i Elen eto am y bwyd a'r croeso, ac wedyn eisteddodd rhwng Isaac a Seth yn y cwch bychan. Galwai Benjamin a Jwda arno'n achlysurol wrth i'r cwch groesi ac atebai Samuel hwy. Yna clywsant grensh yr olwynion, cloncian harnesi, carnau ceffylau yn cerdded, y synau'n dod yn glir ac eto'n bell ar draws dŵr yr afon. Arhosodd Sara, Jwda a Benjamin i'w tad a'i brawd ddychwelyd i'r doc, ond roedd ei mam wedi cydio ym mraich Esther ac wedi'i thywys yn ôl i gyfeiriad y tŷ.

Dywedodd Esther ei bod hi'n disgwyl am agerfad a fyddai'n mynd â hi i Bittsburgh gan fod ei chyflogwyr wedi gofyn iddi godi cyflenwad o lyfrau newydd yn y ddinas honno cyn teithio wedyn i Washington. Pan gyrhaeddodd y *Burnley* ddau ddiwrnod yn ddiweddarach, dechreuodd Esther drefnu'i phethau ond pan welodd yr olwg ar wyneb ei mam, gofynnodd i Seth redeg a dweud wrth y capten na fyddai'n dod wedi'r cwbl. Gallai ddisgwyl am y llestr nesaf.

Pan nad oedd yn y tŷ yn siarad â'i mam, crwydrai Esther yr ynys, gyda Sara, Seth, Benjamin a Jwda yn gwmni iddi. Roedd ei haduniad â Hector a Hannah Tomos yn achlysur llawen, a dywedodd Esther fod ei mam yn mynnu'u bod nhw'n bwyta swper gyda nhw'r noson honno a'r ysgolfeistr yn ei dro yn gofyn i Esther ddod y diwrnod wedyn i annerch hynny o blant a oedd ganddo ar ôl yn yr ysgol.

'Wrth gwrs mae gen i athrawes gynorthwyol ardderchog,' meddai, yn cofio bod Sara yno'n gwrando a gwenodd yn hael arni, 'ond byddai'n dda i'r plant glywed pa fath o wersi yr ydych wedi'u bod yn eu rhoi i blant Columbus.'

Mwynhâi Sara'r ffaith fod Esther yn cerdded i'r ysgol gyda hi, Seth a'r efeilliaid, ond pan safodd ei chwaer fawr o flaen y dosbarth teimlai iddi gael ei gwasgu'n ôl i gadair plentyn a'i safle wedi'i ddiraddio. Gwahanol iawn oedd y profiad pan gyflwynodd hi Esther i Rowland.

'Mae'n union fel y disgrifiaist ti o yn dy lythyrau,' dywedodd Esther wrthi wedyn, a'r sylw'n cynhesu calon Sara.

'Gwyddwn y byddet ti'n 'i hoffi,' dywedodd wrth ei chwaer hŷn.

Cafodd Esther ymuno yn y cyfarfod gwnïo cymdeithasol cyntaf hefyd. Pan sylweddolodd Ann Lloyd na allai'r holl wragedd a'r merched eistedd yn ei pharlwr hi, cynigiodd Hannah Tomos ofyn i'w gŵr agor yr ysgoldy iddyn nhw gan mai ar y dydd Sadwrn y bydden nhw'n cynnal y cyfarfodydd. Awgrymodd rhywun arall y capel, ond roedd yn haws symud dodrefn yr ysgoldy. Daethpwyd â chadeiriau a byrddau ychwanegol gan fod desgiau a chadeiriau bychain y disgyblion ysgol braidd yn anghyfforddus. Daeth Hector Tomos ei hun i gynnau tân yn y stof i gynhesu'r ystafell. Dywedodd y byddai'n dychwelyd i gadw'r tân yng nghyn, ond sicrhawyd o gan Sara y medrai hi wneud y gwaith hwnnw. A dyna ble roedd holl drigolion benywaidd yr ynys yn gwnïo crysau nos, yn tacluso ymylon hen wrthbanau, yn torri darnau o ddefnydd i greu rhwymau at ddefnydd y doctoriaid, ac yn eu rholio a'u clymu'n daclus. Catherin Huws a'i merch Lydia. Hannah Tomos. Jane Davis. Rachel Jones a'i merched Elisabeth ac Elen. Margaret Morgan a'i merch Sarah. Mari Evans a'i merch Lisabeth. Esther, Sara a'u mam. Ac wrth gwrs, Ann Lloyd, a edrychai'n falch ar ei merch Ruth wrth iddi symud o fwrdd i fwrdd, yn cynnig cymorth neu gyngor pan fyddai angen, ac yn eistedd fel arall yn ymyl ei mam, yn ychwanegu'n gyflym at y domen daclus o ddillad newydd yn y bocs pren rhwng cadeiriau'r ddwy.

'Mae'n wir ddrwg gen i!' ebychai Esther wrth gwyno am ei gwaith llaw. Daliodd y crys roedd yn gweithio arno i fyny a chwerthin. 'Edrychwch ar hwn. Ni fyddai Job yn ei ddioddefaint a'i noethni yn ei gymeryd hyd yn oed!' Chwarddodd, a llawer o'r benywod eraill yn ymuno â hi. 'Byddai'n well i mi droi'r dwylo trwsgl hyn at rolio rhwymau.' Ochneidiodd Esther wedyn, a Sara'n edmygu'r modd y medrai'i chwaer iselhau'i hun heb dynnu sylw at yr holl ddoniau eraill y gwyddai pawb yn yr ystafell amdanyn nhw. Craffodd Sara ar odre'r gwrthban roedd hi'n ei wnïo, a gweld bod y pwythau'n anghyson eu maint a'u lleoliad. Gwenodd, ond ni ddywedodd air.

Daeth Hector Tomos, y Parchedig Evan Evans a Rowland â'u cinio iddyn nhw – crochan o gawl poeth roedd yr ysgolfeistr ei hun wedi'i goginio, a digon o fara, caws a menyn. Roedd dŵr oer a choffi poeth hefyd. Gofynnodd y gweinidog fendith ar y bwyd, a dywedodd air o ddiolch wrth y gwragedd am wneud eu gwaith elusennol Cristnogol yn olau disglair y medrai gweddill y gymuned ei ddilyn trwy dywyllwch y dyddiau duon hynny. Gwyliai Sara Rowland wrth iddo gasglu'r llestri budron a sylwi wedyn fod Esther yn ei gwylio hithau. Gwenodd ei chwaer fawr yn gynnil arni ar ôl dal ei llygaid.

Pan ymroliodd y *Buckeye Bloom* yn araf i gyfeiriad y doc deheuol, daeth Isaac Jones adref â'i wynt yn ei ddwrn, yn dweud y byddai hi'n ymadael ym mhen yr hanner awr a'i bod yn teithio'r holl ffordd i Bittsburgh. Roedd yn ddiwrnod oer a'r eira'n disgyn mewn plu ysgafn. Safai Rowland yn y lôn wedi dod i gynnig help i gludo pethau Esther. Gofynnodd Elen Jones i Rowland ddod i mewn a chynhesu tra byddai hi'n helpu Esther i bacio ei phethau. Daeth Sara ac eistedd gydag o, a hithau wedi aros gartref o'r ysgol er mwyn mwynhau cwmni'i chwaer.

'Dyma ni,' dywedodd hi wrtho. 'Mae'r diwrnod wedi dod.'

Edrychodd Rowland i mewn i'r tân a'i hateb.

'Mae'r diwrnod wastad yn dod.'

15

Ni ddaeth y dilyw mawr y gaeaf hwnnw ac ni ddaeth y gwanwyn chwaith. Gostegai'r afon o dipyn i beth, weithiau'n codi ychydig ond yna'n disgyn yn is ac yna'n is drachefn. Daeth y rhan fwyaf o sylfeini hen dŷ Hector Tomos i'r golwg eto ac ymdawelodd Owen Watcyn i ryw raddau, er y daliai i wylio'r glannau â llygad barcud o hyd. Deuai llythyrau byrion Sadoc yn achlysurol, ychydig o linellau'n dweud ei fod yn iach ac yn gobeithio bod y teulu oll felly hefyd, y cyfeiriad ar frig y ddalen yr unig awgrym o'i leoliad. Murfreesboro. Fayetteville. Shelbyville. Huntsville. Widow's Creek.

'Dw i ddim yn hoffi sŵn y lle hwnnw,' meddai Elen Jones ar agor yr amlen. 'Widow's Creek. Mae'r rhyfel yma wedi creu digon o weddwon fel y mae.'

Disgrifiai llythyrau Joshua daith ei gatrawd yn ôl ar hyd lonydd mwdlyd Tennessee, y dyddiau hirion, blinedig, a'r nosweithiau digysur yn cysgu ar y ddaear galed. Dywedodd fod un o'r catrodau yn y fyddin a deithiai o'u blaenau wedi rhoi rhywle o'r enw Peytona Furnace ar dân. Tybiai Joshua fod y safle'n debyg i weithfeydd haearn golosg Cymry de Ohio – 'i'r rhai ohonoch chwi yn y teulu ysydd wedi gweld y ffwrneisi hyny' – ond ei fod yn danllwyth mawr o dân erbyn iddo fo fartsio heibio, y fflamau'n neidio'n uchel yn y nos, a'r olygfa'n llonni'i galon ac yn ei arswydo bob yn ail, meddai. Newid cyfeiriad wedyn, a mynd ar agerfad o'r enw yr *Iowa* er mwyn teithio ar hyd afon o'r enw y Tennessee, a Joshua'n gwneud sylwadau ysmala nad oedd gobaith ganddo ddeall map yr Unol Daleithiau fyth wedyn, a thalaith Iowa bellach yng nghanol Tennessee. Cafwyd newyddion trist mewn llythyr a ysgrifennodd ar y 26ain o fis Mawrth yn ymyl lle o'r enw Crump's Landing: roedd un o ddynion Company C, Cymro o'r enw Evan D Evans o Jackson County, wedi marw o salwch yn ystod y nos a chynhaliwyd ei gynhebrwng y prynhawn canlynol. Roedd Colonel Kinney ei hun wedi darllen llith y gwasanaeth angladdol, a gwnaeth hynny gydag urddas a theimlad, meddai, ond testun Saesneg a ddefnyddiwyd gan yr Eglwys Esgobol ydoedd, ac roedd un o gyfeillion Joshua yn ei gwmni'n sicr bod yr ymadawedig yn aelod yn un o gapeli'r Methodistiaid Calfinaidd Cymraeg yn Jackson County, Moriah o bosibl. Dywedodd Isaac y byddai'n holi'i frawd a'i ewythr, rhag ofn bod un ohonyn nhw'n adnabod y teulu.

Gyda thywydd mwyn a chynnes mis Ebrill, glasai'r ddaear, y dail gwyrdd golau cynnar yn torri ar dywyllwch bryniau Ohio i'r gogledd a Gorllewin Virginia i'r de, y cwyrwiail – neu'r *dogwoods*, fel y cyfeiriai'r rhan fwyaf o Gymry'r ynys atynt – yn dechrau blodeuo, yn harddu'r olgyfa yma ac acw gyda'u cymylau gwynion meddal ac ambell gwmwl bach pinc. Ond i wrthbwyso'r hyfrydwch a ddeuai gyda'r gwyrddni a'r blodau daeth newyddion arswydus am y frwydr fawr i lawr yn ne Tennessee mewn lle o'r enw Pittsburgh Landing. Dywedodd Benjamin ei fod yn meddwl fod Pittsburgh draw i'r dwyrain ac nid i'r de, gan ddyfynnu geiriau Joshua am ddryswch map yr Unol Daleithiau, ond dangosodd ei dad y pennawd yn y *Gazette* iddo, ac roedd darllen y geiriau'n ddigon i dynnu'r gwynt o'i hwyliau. *Reception of the News of the Terrible Battle in Tennessee, Active Preparations for the Relief of the Wounded.* Chwiliodd Isaac ac Elen trwy'r papurau am restrau o'r lladdedigion a'r clwyfedig, a phan gyrhaeddodd *Y Drych* rhwygwyd ei dudalennau wrth iddyn nhw chwilio'n wyllt ac ofer am hanes y 56ed Catrawd o Draedfilwyr Ohio.

Cyrhaeddodd un o'r amlenni cyfarwydd yn y diwedd, y faner falch gyda'i glas, gwyn a choch yn dal y geiriau *Union Now and Forever*, a'r cyfeiriad a ysgrifennwyd yn ei hymyl yn llaw Joshua. Oedd, roedd o fewn clyw sŵn y frwydr, a hynny am ddau ddiwrnod cyfan, ond nid aeth ei gatrawd i faes y gad tan i'r gelynion gilio. Gwylio a chwilio oedd ein gwaith ni, meddai fo, a hynny filltir neu ddwy o lanfa Pittsburg ac Eglwys Shiloh, enwau a gysylltid gan y papurau â'r gyflafan fwyaf yn hanes yr Unol Daleithiau. Deng mil o filwyr yr Undeb wedi'u lladd neu wedi'u clwyfo, a niferoedd tebyg o'r Gwrthryfelwyr hefyd. Ni chyfeiriodd Joshua'n ysgafn at weld yr eliffant y tro hwn.

Ceisiaf roddi desgrifiad o faes y gwaed i chwi, ond etto yma mha fodd y gallaf wneuthur hyny? Nid ydyw'r geiriau genyf i ddarlunio'r pethau erchyll a drychrynllyd yr wyf wedi eu gweled. Y mae rhai rhanau o'r maes wedi'u gorchuddio bron yn gyfan gan gyrff dynion meirwon a cheffylau meirwon, a llawer o gyrff y Rebels wedi'u llosgi'n ddrwg gan y tân a fu yn y coed ar ddiwedd y frwydr. Gwelsom rai miloedd o'r clwyfedigion, yn filwyr o'r ddwy ochr, yn gorwedd yn gruddfan yn eu gwaed, heb ddigon o orderleys meddigol i dendio arnynt hwy. Ceisiem ni fechgyn y 56ed wneuthur yr hyn a allom i leddfu dioddefaint y truanddynion lluosog. Gobeithiwyf mai dyma'r tro olaf y byddaf yn tystio i'r fath olygfa. Er ein bod ni wedi ein harbed rhag y bwledi a'r tân hyd yn oed, teimlaf fy mod wedi gweled digon o ryfela erbyn hyn.

Ni ddarllenwyd y llythyr drosodd a throsodd, fel y byddai'r teulu yn ei wneud fel arfer. Wedi gorffen ei ddarllen yn uchel unwaith, a'i lais yn torri, plygodd Isaac Jones y ddalen a'i rhoi'n ôl yn yr amlen. Cododd law i sychu'i lygaid ac wedyn safodd a cherdded draw i'r silff ben tân, agor y blwch pren bychan a fu'n dal dail te ar un adeg, ac ychwanegu'r amlen at y llythyrau eraill.

Wedi derbyn disgrifiad Huw Llywelyn Huws o'r hyn a welodd yn dilyn y frwydr fawr yn ne Tennessee, cynyddodd Ruth Lloyd ei hymdrechion dros y milwyr claf a chlwyfedig. Siaradai rhieni Joshua a Huw yn dawel â'u cymdogion am gynnwys llythyrau'u meibion, ac roedd y siarad ar y lonydd, ar fuarth y capel ac ar y doc yn brudd ac yn bryderus. Câi'r pentrefwyr hanes y frwydr yn y papurau Saesneg ac wrth i'r dyddiau fynd heibio, yn y cyhoeddiadau Cymraeg hefyd. Oedd, roedd mwy o ddynion wedi'u lladd yn ystod y ddau ddiwrnod o ymladd nag yn holl flynyddoedd y rhyfel am annibyniaeth y wlad yn y ganrif ddiwethaf. Teimlai Sara fod cwmwl wedi disgyn a mygu'r ynys, fel y byddai tarth yr afon yn ei chuddio â niwl trwchus ambell fore, ond cwmwl a deimlid yn y galon a'r stumog oedd hwn, nid niwl y gellid ei weld â'r llygaid a'i deimlo ar eu crwyn.

Cerddai'r oedolion fel pobl yn cerdded yn eu cwsg, eu llygaid yn goch, ac ni chlywid y plant yn chwarae. Traddododd y Parchedig Evan Evans bregeth a ganolbwyntiai ar rai adnodau o Lyfr y Proffwyd Esaiah. 'Ymgyfeillwch, bobloedd, a chwi a ddryllir. Gwrandewch, holl belledigion y gwledydd, ymwregyswch, a chwi a ddryllir. Ie, ymwregyswch, a chwi a ddryllir.' Roedd yn bosibl synhwyro effaith pregethau'r gweinidog ifanc fel arfer, a Sara hithau'n siŵr ei bod hi'n gallu gweld pobl yn cerdded yn fwy egnïol wrth adael y capel weithiau, sicrwydd, cysur a ffydd yn disgleirio yn eu llygaid. Nid felly'r tro hwn; aeth pawb o'r addoldy fel pobl yn gadael angladd rhywun na fedrent ddychmygu'i golli.

Tua chanol mis Mai, a'r cwmwl anweladwy yn parhau i oeri calonnau'r ynyswyr, penderfynodd Enos Jones fod angen digwyddiad a fyddai'n dod â llawenydd i'r ynys unwaith eto a phenderfynodd mai ei briodas o'i hun fyddai hwnnw. Gofynnodd i Ruth Lloyd drwsio'i gôt orau a gwnïo colar newydd ar gyfer un o'i grysau gwynion er mwyn ymgyrraedd at y ffasiwn diweddaraf. Gan fod ei mam yn cwyno bod ei dwylo'n tueddu i grynu'r dyddiau hynny, bu'n rhaid i Sara dorri gwallt ei hen ewythr. Eisteddai ar gadair ar ymyl y lôn o flaen y tŷ â hen garthen dros ei ysgwyddau. Er bod safon isel ei gwaith gwnïo wedi achosi pryder i Sara, synnai at y modd y symudai'r siswrn yn ei llaw a chyn bo hir roedd wedi rhoi trefn ar wallt hir N'ewyrth Enos, bellach bron mor wyn â'i farf, er bod ambell awgrym o'r düwch a fu i'w weld o hyd.

Aeth Enos Jones ar y siwrnai i Gallipolis ddwywaith yn ystod ail hanner mis Mai 1862 a phedair gwaith yn ystod mis Mehefin. Gwrthododd Mary Margareta Davies ei briodi bob tro. Tyrrai'r ynyswyr i ddoc bach y gogledd ar bob achlysur i annog Enos a gweiddi 'Hwrê' wrth i'w neiaint Isaac ac Ismael fynd ag o dros y sianel mewn cwch bach. A phan ddeuai'n ôl i'r ynys â'i ben yn isel byddai'r newyddion yn teithio o ddrws i ddrws. 'Ydi, mae o wedi methu. Mae hi wedi'i wrthod unwaith eto, gwaetha'r modd.'

'Pam mae N'ewyrth Enos yn dal i drio?' gofynnodd Jwda a Benjamin yn unllais un noson o gwmpas y bwrdd bwyd. 'Mae o'n rhy hen i briodi, yn tydi?' Dywedodd eu tad rywbeth am benderfyniad diysgog ei ewythr ac ar ôl meddwl yn dawel am ychydig cynigiodd eu mam ateb a oedd yn fwy boddhaol.

'Cofiwch eich gwersi yn yr ysgol sabathol. Gwaith pob Cristion yw ceisio cyrraedd y nefoedd, ymgeisio ac ymdrechu o hyd, gydol ei oes ar y ddaear, hyd yn oed os nad oes sicrwydd y bydd yn cyrraedd yn y diwedd. Felly mae'ch hen ewyrth yn achos Miss Davies. Ymgeisio o hyd mae o.'

Dywedodd Rowland wrth Sara wrth i'r ddau gerdded yn hamddenol i gyfeiriad trwyn dwyreiniol yr ynys fod y cyfan yn ei atgoffa o gefnogwyr tîm pêl-fas Minersville. Byddai'r rhai nad oedd yn gallu teithio a gweld y tîm yn chwarae yn erbyn Pomeroy neu Flatwoods neu Rutland yn disgwyl yn eiddgar am y newyddion a ddeuai ar wefusau'r cyntaf i ddychwelyd o'r gêm, a'r newyddion hynny'n amlach na pheidio'n ddrwg, a phawb yn cymryd y methiant fel ergyd bersonol. Teimlai mai cefnogi uchelgais priodasol Enos Jones oedd prif sbort yr ynys, a'r sbort hwnnw'n codi calon dorfol y gymuned dros dro cyn pob cyrch er bod pob gwraig, gŵr a phlentyn yn gwybod y byddai'r canlyniad yn sicr o'u suddo i bwll o ddigalondid wedyn.

Ymlwybrai'r gwanwyn i gyfeiriad yr haf, y dyddiau'n ymestyn, y tywydd yn boethach bob wythnos, ond yr un fu patrwm cyrchoedd priodasol Enos Jones a'r un fu patrwm ymateb ei gymdogion. Codi gobeithion a mwynhau'i annog, edrych ymlaen, ac wedyn siom.

Roedd y papurau'n llawn hanes ymgyrch y Cadfridog George McClellan ar benrhyn Virginia ymhell i'r dwyrain, byddin anferth yr Undeb yn symud yn araf i gyfeiriad Richmond, ond wedi'i harafu a'i dal yng ngwarchae Yorktown ac wedyn yn ymladd brwydr ar ôl brwydr, y lleoliadau ar y map a daenwyd gan Isaac Jones ar y bwrdd yn agos iawn, iawn at ei gilydd, a Seth yn ebychu ac yn dweud y dylai Lincoln roi mwy o sylw i fyddin y gorllewin gan fod Joshua, Huw a'r hogiau'n gwneud yn well o lawer na holl filwyr McClellan.

Tua diwedd mis Mehefin, dychwelodd Enos Jones i'r ynys ar ôl ymweld â Gallipolis a'i ben yn uchel, ei lygaid yn disgleirio fel y byddent yn disgleirio pan deimlai fod un o'i gynlluniau mawrion ar fin cael ei wireddu. Naddo, nid oedd Mary Margareta Davies wedi cytuno i'w briodi, ond roedd wedi tystio i rywbeth ar strydoedd Gallipolis a oedd wedi rhoi'i ddychymyg ar waith. Roedd trigolion y dref yn paratoi dathlu'r Pedwerydd o Orffennaf, a hynny gyda chryn grandrwydd. Gwelodd faneri y tu allan i'r holl adeiladau cyhoeddus ac o flaen nifer o dai hefyd, ac roedd gweithwyr wrthi'n hongian rhaffau ac arnynt resi o faneri bychain coch, gwyn a glas ar hyd y strydoedd. Erbyn meddwl, roedd y papurau newydd y llynedd wedi nodi'r ffaith fod nifer o bentrefi, trefi a dinasoedd wedi dathlu'r *Fourth of July* 1861 gydag asbri neilltuol, a hynny fel ymdrech i arddangos a chynnal ysbryd gwladgarol yn wyneb caledi rhyfel. Ac erbyn meddwl, roedd llawer o'r ynyswyr yn cofio darllen yn *Y Drych* neu'r *Cenhadwr* am y modd y dathlwyd y diwrnod cenedlaethol mewn ambell gymuned Gymraeg yn yr Unol Daleithiau Gorffennaf y llynedd. Cynhaliwyd eisteddfod mewn pentref ym Mhensylfania, a'r holl gystadlaethau cerddorol a llenyddol ar destunau gwladgarol. Daeth Cymry mewn ardal wledig yn Wisconsin ynghyd i gynnal cymanfa gydenwadol ar y diwrnod yn un o gapeli Cymraeg y dalaith. A bu Cymry mewn trefi a phentrefi eraill yn Ohio yn gorymdeithio ar hyd y strydoedd, yn profi i'w cymdogion di-Gymraeg eu bod yn wladgarwyr Americanaidd twymgalon.

Traddodiad Ynys Fadog oedd cynnal cyfarfod gweddi syml ar y Pedwerydd o Orffennaf, gyda'r gweinidog yn pregethu ar frawdgarwch neu ar ryw destun priodol arall, ac Enos Jones neu Hector Tomos yn traddodi araith fer am rinweddau Rhyddid neu am gyfraniad y Cymry at fawredd yr Unol Daleithiau neu ryw bwnc tebyg. Ond y tro hwn byddai'n rhaid i'r ynys ddangos nad oedd yn ddiffygiol o'i chymharu â chymunedau Cymraeg eraill y wlad. Beth a ddigwyddai pe bai agerfad yn galw ar y diwrnod a gweld nad oedd awgrym o ddathlu i'w weld na'i glywed – dim bandiau pres yn llenwi'r awyr ag alawon gwladgarol, dim corau yn canu anthemau, dim gorymdeithio, dim gwledda yn y stryd, a dim chwifio baneri? Baneri! Dyma'r tro cyntaf i Enos sylweddoli nad oedd yr un faner genedlaethol na'r un faner arall i'w chael ar yr ynys, ac yn fuan iawn roedd pawb yn dra ymwybodol o'r ffaith arswydus honno hefyd. Brasgamodd Enos Jones o ddrws i ddrws, yn tynnu'n bryderus ar ei farf wen hir ac yn holi'n daer a oedd ganddynt faner genedlaethol wedi'i chuddio'n rhywle? Mewn cist yn y llofft, efallai? Mynegodd ei bryder i'r gweithwyr, yn bytheirio arnynt ar y doc, yn erfyn arnynt yn y stordy, ac yn eu ceryddu'n dawel yn y siop. Pam nad oedd yr un ohonynt wedi meddwl am brynu baner erioed? Pam, tybed?

Torrodd ar draws gwers Hector Tomos yn yr ysgol a gofyn a oedd baner genedlaethol yn yr ysgoldy. Nac oedd? Onid oedd ysgolion y wlad yn eu harddangos, yn rhan o'r dodrefn arferol, fel y desgiau, y mapiau a'r llechen fawr ddu?

Ac yntau wedi hen ddysgu bod anogaeth yn fwy tebygol o ennyn cydweithrediad na chwyno, newidiodd Enos ei gywair a'i oslef a dechrau gofyn yn gyfeillgar am gymorth. Ni fu'n anodd iddo gan fod trigolion yr ynys wedi arswydo hefyd pan agorwyd eu llygaid i'r ffaith eu bod nhw'n ymddangos mor llugoer yn eu gwladgarwch. Cynigiodd Llywelyn Huws fod un ohonyn nhw'n teithio i Gallipolis a cheisio prynu baner neu ddwy. Gwrthwynebodd eraill. Ni thâl i ni adael i drigolion cymunedau eraill wybod ein bod ni wedi esgeuluso'n dyletswyddau cenedlaethol hyd yn hyn. Beth am archebu baneri o rywle pellach i ffwrdd fel Pittsburgh? Mae'n rhy hwyr i hynny, ochneidiodd rhywun arall, dyddiau sydd gennym. Ac yna, daeth fflach o weledigaeth i feddwl Enos Jones, y syniad yn goleuo'i lygaid o dan y llwyni trwchus o aeliau gwynion. Ruth Lloyd a'r gwragedd a'r merched sy'n ei chynorthwyo fyddai'r ateb. Rhedodd Enos draw at dŷ'r Lloydiaid, ei goesau 66 oed yn syfrdanol o ystwyth ac yn ei gario fel coesau dyn ifanc. Cyfrannodd Mari Evans ffrog goch hir a rhoddodd Margaret Morgan hithau un las at wasanaeth yr achos cenedlaethol. Aberthodd Ann Lloyd ei hun gyfran o ddillad gwely'r teulu. Ymhen y diwrnod roedd baner weddol ei maint wedi'i gorffen, y brithresi coch a gwyn yn gymen a'r sêr gwynion yn dwt yng nghanol y sgwâr glas. Cyrchwyd paent o wahanol liwiau o'r stordy er mwyn creu tair baner arall – un gydag Eryr Americanaidd yn ymestyn ei adenydd yn falch, un gyda phortread o Uncle Sam a oedd yn ymddangos yn rhyfeddol o debyg i N'ewythr Enos Jones, ac un yn dangos Lady Liberty yn dal cleddyf yn uchel.

'Tydi o'n beth rhyfedd?' Siaradai Benjamin â Jwda, y ddau'n sefyll a'u traed noeth yn nŵr bas yr angorfa ar y lan ogleddol. Eisteddai Sara, Rowland a Seth ar y tir sych yn ymyl. Roedd cyfoedion yr efeilliaid yn absennol, pob plentyn arall yn brysur gyda'r paratoadau, yn dysgu geiriau'r caneuon nad oedd wedi'u serio ar eu cof neu'n helpu'u mamau i bobi teisenni. Ond gwyddai plant Elen ac Isaac Jones eiriau'r holl emynau a'r holl anthemau ac roedd gwaith pobi'r teulu wedi'i orffen y bore hwnnw.

'Beth sy'n rhyfedd?' holodd Jwda, yn codi carreg fach a'i thaflu. Cyrhaeddodd yr ergyd ddŵr yr afon y tu hwnt i'r angorfa, y sblash yn dynodi'r union fan.

'Mae'n rhyfedd bod rhaid i ni ddangos baner i brofi ein bod ni'n byw yn yr Unol Daleithiau.' Plygodd Benjamin a chydio yn ei garreg ei hun, taflodd y garreg, bron yn colli'i draed a disgyn gyda'r ymdrech. Dangosodd y sblash fod ei ergyd o wedi mynd ymhellach na thafliad ei frawd. 'Ac mae pawb arall yn gwybod ein bod ni'n byw yn yr Unol Daleithiau.'

'Ond mae yna ryfel, Ben.'

'Dw i'n gwybod hynna, y *corned coot*.'

Edrychodd Rowland ar Sara, gan wenu. Gwyddai ei fod o'n mwynhau clywed ei brodyr yn cymysgu'r ddwy iaith, eu Cymraeg Ynys Fadog yn swnio'n drwyadl ogleddol i Rowland a'u Saesneg yn swnio fel rhywbeth a ddeuai o fryniau Kentucky neu Orllewin Virginia. Rhaid bod rhyw gychwr a ddaeth ar un o'r agerfadau'n ddiweddar wedi defnyddio'r ymadrodd wrth un o blant yr ynys ar y doc ar y pryd. Hynny, neu, hwyrach, bod y geiriau wedi ymddangos yn un o'r papurau Saesneg. Ni wyddai Sara'r ffynhonnell, ond roedd plant yr ynys, gan gynnwys ei brodyr ieuengaf, wedi dod yn hoff iawn o'r sarhad.

'Ond pam?' Nid oedd Benjamin am roi'r gorau iddi. 'Dw i'n deall bod rhaid cludo baner i ryfel, a dwi'n deall bod rhaid i bobl ffyddlon Kentucky ddangos y sêr a'r brithresi gan fod cymaint o bobl o'r dalaith yn cefnogi'r Rebels, ond pam bod rhaid i bobl y Gogledd ddangos baner i brofi yr hyn mae pawb yn 'i wybod yn barod, sef y ffaith ein bod ni'n byw yn yr Unol Daleithiau.'

Cododd Jwda garreg arall a'i thaflu cyn ateb.

'Dydi pawb yn y Gogledd ddim yr un mor ffyddlon.' Gwgodd: roedd y garreg wedi syrthio'n fyr y tro hwn, yn sblashio'n gywilyddus y tu mewn i goflaid y cildraeth. Porthodd ei fethiant ei ddicter a rhoi min ar ei eiriau nesaf. 'Dylet ti gofio bod yna ddigon o *gopperheads* o gwmpas ym mhob man yn Ohio. Mae'n beth da dangos iddyn nhw ein bod ni'n ffyddlon i'r Undeb a'r Llywodraeth.'

'Does yna ddim *copperheads* ar yr ynys, y *corned coot* gwirion.'

Gollyngodd Jwda'r garreg roedd newydd ei chodi a throi i wynebu'i frawd.

'Galwa di fi hynny unwaith eto, ac mi wna i… mi wna i…'

'Paid â bod mor *all-fired* blin, Jwda.'

'Ond paid ti â 'ngalw i'n *goot* dim mwy.' Gwenodd. 'Dim ots am y *corned*.' Chwarddodd y ddau, a phlygu i godi carreg yr un.

Plygodd Sara'n nes at Rowland er mwyn sichrau na fyddai'r efeilliaid yn ei chlywed. 'A sôn am bobl *gorned…*' Pwysleisiodd y gair Saesneg mewn modd digrif. 'Beth yw teimladau'r Parchedig y dyddiau hyn am y fasnach?'

Edrychodd Rowland ar y bechgyn, yn disgwyl i bob un daflu'i garreg cyn ateb.

'Sa' i'n gwpod. Dyw e ddim 'di sôn amdani ers tipyn.'

'Mae'n cadw'i bryderon iddo fo'i hun, chwarae teg iddo. Mi wn fod fy nhad yn rhyw boeni y bydd y gweinidog yn cael llond bol a dechrau pregethu dirwest o'r pulpud.' Chwarddodd. 'Ac mae N'ewyrth Ismael a N'ewyrth Enos yn poeni'n fwy hyd yn oed.' Roedd yn amlwg bod Seth yn gwrando ar eu sgwrs erbyn hyn. Edrychodd hi arno fo ac wedyn troi at Rowland eto. 'Mae'n debyg 'i fod am adael i bethau orwedd fel maen nhw tan ar ôl y rhyfel.'

Cytunodd Rowland trwy wneud rhyw sŵn bach tawel yn ei wddf.

Ni ddaeth yr un agerfad i alw wrth y doc ar y Pedwerydd o Orffennaf 1862 yn y diwedd, ond gobeithiai'r dathlwyr y byddai teithwyr ar y llestri a ymroliai heibio i'r ynys yn ystod y dydd – neu, hwyrach, rywun a safai ar lan yr afon draw yng Ngorllewin Virginia a chanddo sbienddrych go dda – yn sylwi ar fwrlwm y diwrnod. Gorymdeithiai'r holl drigolion yn ôl ac ymlaen trwy gydol y bore ar draws yr ychydig dir a oedd ganddynt, yn dechrau ar y trwyn gorllewinol ac yn mynd ar hyd y lôn at y trwyn dwyreiniol, ac wedyn yn ôl, yn troi wrth y groesffordd er mwyn gwneud y daith fyrrach o'r doc gogleddol i'r doc deheuol. Arweiniwyd yr orymdaith gan ddynion y Gwarchodlu Cartref, a hynny mewn dwy res, y pedwar dyn blaenaf yn dal y baneri yn hytrach na mwsgedi. Enos Jones ei hun a gludai'r faner genedlaethol, y sêr a'r brithresi'n chwifio ac yn chwipio'n egnïol yng ngafael y gwynt cryf a ddeuai o'r afon. Yn ei ymyl cerddai Owen Watcyn, yn dal baner yr Eryr, gyda Samuel Lloyd y tu ôl iddo'n dal baner Lady Liberty a'i nai Ismael y tu ôl i Enos Jones yn dal y faner gyda'r Uncle Sam arni – yn syfrdanol o debyg i Enos Jones. Roedd yn ddiwrnod poeth a'r awyr las bron yn ddigwmwl, felly diolchai pawb am y gwynt a chwythai o'r gogledd.

Nid oedd yr un offeryn pres ar yr ynys na'r un offeryn cerddorol arall ar wahân i'r rhai a orweddai wedi'u lapio mewn gwlân yn y stordy, yn disgwyl i'r siop dderbyn archeb i'w gwerthu. Felly, rhoddai trefnwyr y dathliadau bwyslais neilltuol ar y canu, a phob enaid byw yn y gymuned wedi dysgu'r holl eiriau ar gof erbyn y diwrnod. Ceisiai'r gorymdeithwyr greu rhythm â'u traed yn gyfeiliant i'w canu, ond anghyson ac anwadal oedd camre milwrol hyd yn oed y rhan fwyaf o wŷr y Gwarchodlu. Bid a fo am safon eu martsio, canai'r gymuned yn galonnog, pob llais yn chwyddo pob cân, wrth i'r holl drigolion orymdeithio'n ôl ac ymlaen ar hyd yr ynys fach.

Glori, glori, haleliwia
Glori, glori, haleliwia
Glori, glori, haleliwia
His truth is marching on!

Ac wedyn, pan ddeuai'r gorchymyn i newid y gân:

Let music swell the breeze
And ring from all the trees
Sweet freedom's song;
Let mortal tongues awake,
Let all that breathe partake,
Let rocks their silence break,
The sound prolong.

Daeth yr orymdaith i ben ar y lan ddeheuol, gydag Enos Jones yn trefnu'r Gwarchodlu mewn llinell ar y doc mawr, a phawb arall yn ymgasglu yn ymyl. Llwythodd y rhai nad oedd yn cludo baneri eu mwsgedi ac ar orchymyn Enos cododd y dynion eu harfau a'u tanio i'r awyr ar draws yr afon. Wedyn cadwodd y gwarchodwyr eu harfau, gosodwyd y baneri mewn bachau ar y doc er mwyn sichrau bod unryw lestr a âi heibio yn eu gweld, a chyrchodd pawb fyrddau a chadeiriau o'u cartrefi. Crëwyd un bwrdd hir ar y lôn, yn rhedeg o'r de i'r gogledd ar draws y groesffordd fach yng nghanol y pentref. Daethpwyd â'r cigoedd oer, y bara menyn a'r teisenni lu roedd mamau'r pentref a'u merched wedi'u pobi, a phiseri o ddŵr oer. Eisteddai Sara am y bwrdd â'i hewythr a'i hen ewythr, a gweld bod pob un yn ei dro'n estyn potel fach o'r tu mewn i'w wasgod ac yn tywallt ychydig o'r cynnwys i'w gwydrau, y ddau'n tynnu'n gynllwyngar ar eu barfau, y naill yn chwincio ar y llall. Wedi cadw'r llestri a symud yr holl ddodrefn yn ôl i'w cartrefi priodol, cyrchodd pawb y capel er mwyn gwrando ar bregeth y Parchedig Evan Evans. Dechreuodd ag adnod o Salm 33. 'Gwyn ei byd y genedl y mae yr Arglwydd yn Dduw iddi hi, a gwyn eu byd y bobl a ddetholodd efe yn etifeddiaeth iddo ei hun.' Traethodd yn fyr ar arwyddocâd y geiriau, yn egluro na ddylid deisyfu i genedl oroesi rhawd y canrifoedd os na ddewisodd ddilyn yr Arglwydd. Gorffennodd y gwasanaeth trwy ganu dau emyn. Yn gyntaf, atseiniai'r waliau gyda hen ffefryn Enos Jones.

Tan fy maich yr wyf yn griddfan,
Disgwyl amser i ryddhau…

Ac yn olaf, câi Sara ymuno â'i theulu a'r holl gymdogion a chanu un a ystyrid yn newydd o hyd ganddi hi.

O, na wawriai, O, na wawriai,
Bore hyfryd Jiw-bi-lî…

Wrth i'r papurau adrodd hanes methiant McClellan yn nwyrain Virginia, dechreuai rhai golygyddion a llythyrwyr leisio'r hen bryder y medrai'r gelyn groesi'r Potomac ac ymosod ar Washington. Bob tro y dywedai Elen Jones y dylen nhw erfyn ar Esther i adael y brifddinas a dychwelyd i Ohio, byddai Isaac yn cerdded draw at y silff ben tân, codi'r blwch pren bach, a dod ag o'n ôl i'r bwrdd. Codai lythyrau diweddaraf Esther. Nid oedd yn rhaid iddo chwilio trwy'r casgliad o hen amlenni gan na fyddai Joshua na Sadoc yn ysgrifennu'n aml bellach ond byddai llythyrau Esther ar y llaw arall yn cyrraedd yn wythnosol. Taenai un neu ddau ohonynt ar y bwrdd, eu hastudio ac wedyn dangos i Elen â'i fys y brawddegau hynny a ddisgrifiai'r gwaith a wnaed yn cryfhau amddiffynfeydd Washington, a'r gwahanol gatrodau a bostiwyd i warchod y brifddinas.

'Gwn i, Isaac, gwn i,' fyddai ateb Elen bob tro. 'Ond mae'r papurau'n gwneud i mi boeni.'

Câi'r holl ynyswyr ddigon i boeni amdano pan ddechreuodd y *Telegraph* a'r *Gazette* gyhoeddi hanes cyrch John Hunt Morgan. Roedd yr enw'n gyfarwydd yn barod gan fod y gwrthryfelwr a arweiniai'r Second Kentucky Confederate Cavalry wedi gwneud enw iddo'i hun yng nghyflafan brwydr Pittsburg Landing. Dywedai'r papurau iddo arwain ei gatrawd o feirchfilwyr yn ôl dros fynyddoedd Tennessee a thros y ffin i'w dalaith ei hun, yn y gobaith y byddai'u campau'n fodd i wthio Kentucky i adael yr Undeb ac ochri â'r Gwrthryfelwyr Deheuol yn ffurfiol. Yn sinistr o ystyrlon, croesodd y ffin ar y Pedwerydd o Orffennaf, ei wrthryfelwyr yn marchogaeth yn gyflym i'r gogledd tua'r un adeg ag roedd trigolion Ynys Fadog yn gorymdeithio'n ôl ac ymlaen wrth ddathlu'r diwrnod cenedlaethol. Bloeddiai'r penawdau fod Morgan a'i Rebel Cavalry wedi treiddio 'mhell i'r gogledd, wedi cipio dros fil o filwyr yr Undeb yn garcharorion, cyn eu rhyddhau ar barôl, ac wedi creu difrod yma ac acw. Dyna oedd prif destun y siarad ar lonydd a dociau'r ynys, y ffaith bod Morgan wedi dod yn nes ac yn nes atyn nhw. Ymddangosodd erthygl amdano yn *Y Drych*, hyd yn oed. 'Dywedir bod y Colonel gwrthryfelgar, John Hunt Morgan ysydd yn creu cymaint o fraw a dychryn ar hyn o bryd yn Gymro o dras.' Cyfeiriai'r erthygl yn helaeth at wybodaeth a geid trwy law un llythyrwr brwd, Mr O E Williams o Erie, Pennsylvania. Roedd mab Mr Williams wedi bod yng Ngholeg Kenyon Ohio, ac ymhlith ei gydfyfyrwyr yno roedd brawd John Hunt Morgan. Ac felly trwy gadwyn o siarad ac inc ar bapur cyflewyd y neges yn y pen draw, i drigolion Ynys Fadog, fod y Gwrthryfelwr yn ddisgynnydd i'r enwog Gadfridog Daniel Morgan, un o arwyr y Rhyfel am Annibyniaeth yn erbyn Lloegr, a oedd yn Gymro o waed coch cyfan gan fod ei ddwy nain a'i ddau daid wedi ymfudo i'r Amerig o Gymru, un ohonynt yn or-nai i'r morleidr enwog Henri Morgan. Hysbysai golygydd *Y Drych* ei ddarllenwyr ymhellach fod brawd John Hunt Morgan wedi dweud wrth fab Mr O E Williams nad oedd yr un aelod o'r teulu o blaid ymneilltuo o Undeb yr Unol Daleithiau ar y dechrau ac yn falch nad oedd Kentucky wedi dilyn trywydd ei chymdogion Tennessee a Virginia a bod John Hunt Morgan yn arbennig wedi dweud ar nifer o achlysuron fod ganddo ffydd yn yr Arlywydd newydd a'i fod yn sicr y medrai Mr Lincoln ddod o hyd i ffordd o dawelu'r cynnwrf mawr a oedd yn dadsefydlogi'r wlad. Ond gadawodd brawd Morgan Goleg Kenyon er mwyn cwblhau'i addysg yn Athrofa Filwrol Kentucky. Casglodd golygydd *Y Drych* fod John Hunt Morgan a'i frawd wedi newid eu syniadau a'u teyrngarwch a daeth yn amlwg bod y ddau wedi ymrestru ym myddin y Gwrthryfelwyr.

Daeth y *Boone's Revenge* i Ynys Fadog yn syth o ddoc Maysville, Kentucky, heb alw mewn pentref na thref arall, yn cludo'r cyflenwad mwyaf o chwisgi bwrbon roedd y Capten Cecil wedi llwyddo cael gafael ynddo ers i'r Rhyfel ddechrau a hanner dwsin o goesau moch wedi'u halltu a'u heneiddio yn null arbennig Kentucky. Yn debyg i ansawdd y bwrbon, nid oedd neb i'r gogledd o'r afon fawr yn gallu efelychu'n llwyddiannus ansawdd y Kentucky hams. Daeth Sara i siarad â Sammy Cecil tra oedd Rowland yn gweithio gyda rhai o'r dynion eraill, yn dadlwytho mynydd bychan o focsys pren, pedwar dyn yn symud pob un yn ofalus, y poteli gwydr yn tinclian fel clychau bychain y tu mewn iddyn nhw. Rhoddodd Sammy bapur newydd i Sara, un o gyhoeddiadau Kentucky a brynwyd – fel y bwrbon a'r cig moch hallt – yn Maysville. Ar y tudalen blaen roedd llun o'r Colonel John Hunt Morgan, engrafiad wedi'i seilio ar ffotograff a dynnwyd yn ddiweddar, fel y broliai'r eglurhad o dan y portread. Roedd yn ddyn golygus, gyda mwstásh a locsyn pig a atgoffai Sara o luniau a welsai o ryw foneddigion Ewropeaidd, a het gantel lydan ffasiynol ar ei ben.

'This man seems to be causing quite a bit of trouble,' dywedodd Sara, ar ôl diolch am y rhodd ac edrych ar y tudalen blaen. 'Everybody is talking about him.'

'Yep, well, I spect he'll be at the river directly.' Ysgydwodd Sammy'i ben ychydig. 'Y'all's lucky you live further away down east here.'

'Do you think he'll be caught?' gofynnodd Sara wrth iddi blygu'r papur. Ysgydwodd Sammy ei ben eto.

'Don't spect so. He maybe fightin' for the wrong side, but he's a Kentuckyan through and through. Ain't gointa go let nobody catch him sleepin.'

Pan aeth Sara â'r papur adref, ymgasglodd pawb o gwmpas y bwrdd a'i astudio'n frwdfrydig.

'Mae'n rhyfedd meddwl 'i fod o'n Gymro,' dywedodd Jwda.

'Dydi o ddim yn Gymro,' cyfarthodd Seth ar ei frawd iau.

'Ond dywedodd *Y Drych* 'i fod... '

'Mi ddywedodd *Y Drych* 'i fod o dras Cymreig. Dydi hynny ddim yn golygu'i fod o'n Gymro.' Pan welodd Seth yr olwg styfnig ar wyneb Jwda, ychwanegodd, ei lais ychydig yn fwy cymodlon y tro hwn, 'Mae 'na wahaniaeth.'

'Dwn i ddim,' meddai eu mam, yn craffu ar y llun. 'Dydi o ddim yn edrych fel Cymro i mi.'

Erbyn mis Awst, roedd y pryderon wedi dwysáu, yn dilyn llwyddiant cyrch Morgan cafwyd ymosodiad llawn gyda'r Cadfridog Braxton Bragg yn arwain byddin wrthryfelgar sylweddol dros y ffin o Chattanooga i dir Kentucky, yn trechu lluoedd Undebol bychain mewn cyfres o frwydrau a chipio cyfres o leoedd – Munfordville, Bardstown ac yna Frankfurt, prif ddinas y dalaith. Dywedai rhai papurau fod gŵr o'r enw Richard Hawes yn teithio gyda'r fyddin wrthryfelgar, a bod y Cadfridog Bragg wedi dyrchafu Hawes yn llywodraethwr a fyddai'n rheoli Kentucky yn enw'r Taleithiau Conffederat. 'Haerllugrwydd noeth,' oedd bloedd Isaac Jones pan welodd y pennawd. 'Cyfodi llywodraethwr trwy nerth arfau yn hytrach na thrwy etholiad democrataidd! Pa anfadwaith nesaf y bydd y Rebels yn ei orfodi ar y wlad?'

Aeth Owen Watcyn yn fwy gwelw gyda phob papur newydd a gyrhaeddai'r ynys, a dywedai tad Sara fod y dyn, druan ohono, yn treulio llawer o'i oriau gwaith yn sefyll ar y doc deheuol yn astudio ochr arall yr afon. Pan ofynnai un o'i gydweithwyr iddo ddychwelyd i'r stordy neu ymuno ag o yn y siop, er mwyn mwynhau cwpanaid o goffi, byddai'n ateb gyda gwich a dweud nad oedd yn saff i gymryd ei lygaid oddi ar yr afon. Beth pe bai'r Rebels yn symud i'r dwyrain ac yn ymosod ar Ohio trwy Orllewin Virginia yn hytrach na Kentucky? Pur annhebyg, meddai'r lleill, nid oedd awgrym o ddatblygiad o'r fath yn y papurau. Ond ni wrandawai Owen Watcyn ar neb arall. Darbwyllodd o Enos Jones fod rhaid i'r Gwarchodlu Cartref gynyddu'u gweithgareddau, a phenderfynwyd y dylai'r dynion gadw'u harfau yn eu cartrefi, rhag ofn. Pan ddaeth Isaac a Seth â'u mwsgedi adref a'u gosod yng nghornel y parlwr, sach fach ledr a gynhwysai'r certrisiau a'r capiau powdwr gwn yn hongian ar bob un, cwynodd Elen yn groch. 'I ba beth y mae rhaid dod ag offer angau i'n cartref ni?' Gwahanol oedd ymateb Jwda a Benjamin, a chlywid geiriau llym eu mam yn atseinio trwy'r tŷ pan ddeuai i'r ystafell a gweld un o'r efeilliaid yn dal un o'r arfau yn ei ddwylo, yn chwarae bod yn filwr.

Daeth un llythyr byr oddi wrth Sadoc – wedi'i bostio, meddai, o rywle yng ngogledd Tennessee, er nad enwodd y lle – yn dweud bod ei gatrawd ar ei ffordd yn ôl i'r gogledd, yn rhan o fyddin Undebol sylweddol a oedd ar drywydd Gwrthryfelwyr Braxton Bragg. Roedd y llythyr nesaf a ddaeth oddi wrth Joshua wedi'i bostio o Arkansas. Ysgrifennai'n amlach, gyda chyfres o lythyrau'n dilyn, yn llonni'r teulu gyda'i fanylion bach dibwys – y disgrifiadau manwl o nodweddion tirwedd, y sylwadau am y tywydd, a'r portreadau geiriol doniol o drigolion cefn gwlad y dalaith ddeheuol bell honno.

Cyrhaeddodd sypyn o lythyrau o'r gorllewin ar fwrdd y *Pride of Clarksville*, tri oddi wrth Joshua a dau oddi wrth Huw i'w deulu yn ogystal â chwech wedi'u cyfeirio at Ruth Lloyd – yr ohebiaeth wedi bod yn hel yn sach rhyw bostfeistr milwrol ers rhai wythnosau, yn amlwg.

Teithiai Auguste a Constance Bisson ar yr agerfad hefyd, cwpl priod ifanc tua chanol eu hugeiniau, y gŵr yn gwisgo het wellt gantel lydan a'r wraig, er mawr syndod i bawb, yn gwisgo dillad dyn, y deunydd ychydig yn ysgafnach a goleuach na dillad ei gŵr. Tasgai cudynnau o wallt golau o'i het, un wellt, yn debyg i het ei gŵr, ond bod y naill wedi'i hardduro â rhuban coch a'r llall ag un melyn. Rhoddwyd y gorau i'r gwaith ar y doc am ychydig, a dynion Ynys Fadog yn sefyll yn gegrwth wrth i'r wraig yn ei gwisg wrywaidd gamu'n araf i lawr y dramwyfa o'r agerfad. Pwysai rhai o'r cychwyr ar ganllaw y *Pride of Clarksville*, yn mwynhau syndod y Cymry. Ond cyfarthodd rhywun orchmynion ar fwrdd yr agerfad a'u rhoi ar waith. Dadebrodd y gweithwyr ar y doc wrth sylweddoli fod y teithwyr hyn yn bwriadu aros ar yr ynys a symud i helpu'r cychwyr drosglwyddo cistiau lu'r cwpl ifanc. Wrth i'r gŵr oruwchwylio'r gwaith o drafod y cistiau, ac annog y dynion i fod yn ofalus gydag un gist gan ei bod yn cynnwys offer hynod fregus, cyfarchodd ei wraig yr ynyswr agosaf, Owen Watcyn, a gofyn mewn Saesneg yn drom o acen Ffrangeg a oedd gwesty i'w gael ar yr ynys.

Cochodd Owen Watcyn a baglu trwy'i hanner ateb, cyn troi a gofyn i Ismael Jones yn Gymraeg beth y dylai ei ddweud wrthi. Gwenodd Ismael a thynnodd ychydig ar ei farf ddu hir ag un llaw cyn codi'i freichiau mewn ystum o groeso wrth iddo foesymgrymu ychydig.

'Firstly, Madame, let me welcome you both to our community.' Ymsythodd wedyn a gwenu eto. 'Most regrettably, we have no hotel as such on the island, yet that is of no consequence, for we have several empty houses with a few furnishings of reasonable standard and I am sure that the owners would consent gladly to you occupying one of them for the time being.'

Gwyddai pawb ar yr ynys mai ei frawd, Isaac, oedd perchennog y tai dan sylw, ac yntau wedi adeiladu un ar gyfer pob un o'i blant a'u bod yn wag hyd yn hyn. Safai'r adeiladau mewn rhes ar hyd y lôn a redai o'r gorllewin i'r dwyrain, y cyntaf ohonynt yn ymyl tŷ Ismael ei hun, a hwnnw'n ymyl tŷ Enos a safai ar y groesffordd. Safai tai teulu Isaac ar y tir uchaf ar Ynys Fadog, ac roedd Owen â'i lygad arnynt, ond fe'i gwrthodwyd yn gwrtais bob tro gan Isaac. Ysgwydai'i ben a dweud, 'Mae'n wir ddrwg gen i, ond ein gobaith ni yw y bydd Esther yn cymryd y tŷ hwnnw pan fydd hi'n penderfynu dychwelyd i'r ynys.' Neu, ar adeg arall, 'Na, Owen, na, mae'n ddrwg gen i, ond mae'r ddau dŷ yna ar gyfer Sadoc a Joshua; maen nhw'n sicr o'u meddiannu'n syth ar ôl dychwelyd o'r fyddin.' Ac ar dro arall, 'Mae'n gas gen i dy wrthod eto, ond mae hwn wedi'i neilltuo ar gyfer Sara, pan fydd wedi priodi,' gan siomi Owen Watcyn bob tro.

Erbyn hyn, roedd Isaac ac Enos wedi ymuno â'r dyrfa ar y doc, y ddau wedi prysuro i orffen eu gwaith llyfrau yn swyddfa gefn y siop ar ôl clywed corn yr agerfad ac wedi gweld nifer o'u cymdogion a'u cydweithwyr yn sefyll mewn hanner cylch o gwmpas y cwpl ifanc tra bod y rhai mwyaf cydwybodol yn helpu'r cychwyr gyda holl eiddio'r ymwelwyr. Cyflwynodd Enos ei hun a'i nai Isaac i Madame Bisson a phan ddeallodd ei bod hi a'i gŵr yn Ffrancwyr, curodd ei ddwylo mewn llawenydd a chyfarch y wraig ifanc yn yr iaith nad oedd wedi'i defnyddio ers blynyddoedd lawer. *Bienvenue à vous deux! Bienvenue à notre île!* Galwodd hi ar ei gŵr yn Ffrangeg, a daeth Monsieur Bisson i gwrdd â'r ynyswyr. Siaradai Enos yn gyflym yng nghyffro'r eiliad, tameidiau o Gymraeg a

Saesneg yn britho'i Ffrangeg, ac yntau'n gwenu, yn cochi, ac yn ysgwyd ei ben, yn ailadrodd ei gwestiynau ar ôl dod o hyd i'r geiriau priodol. Rhaid eu bod nhw'n perthyn i un o hen Ffrancwyr Gallipolis! Jean Baptiste Bertrand, efallai? Disgynyddion i'r perthnasau a adawodd Ohio am Louisville, St. Louis neu New Orleans? Disgynnodd gwên Enos ychydig pan atebodd y ddau nad oedd gan yr un ohonynt berthynas o fath yn y byd ar y cyfandir, a'u bod wedi croesi'r môr ddwy flynedd yn ôl er mwyn cofnodi rhyfeddodau'r Unol Daleithiau mewn lluniau. Ond cynigiodd Enos Jones ei wasanaeth yr un fath, yn gwneud ei orau i droi'r sgwrs yn ôl i'r Ffrangeg o'r Saesneg wrth i rai o'r ynyswyr eraill gyfarch y newydd-ddyfodiaid.

Ffotograffwyr oedd y ddau, a'r holl gistiau yn dal offer eu galwedigaeth. Pan ddechreuasai'r Rhyfel, roedd Monsieur a Madame Bisson yn benderfynol o ddal cyffro, arwriaeth a thrasiedi'r ymrafael gyda'u camera, ond roedd eu hymdrechion i dynnu lluniau'r byddinoedd draw yn Virginia wedi'u rhwystro gan anffawd na fynnai'r un ohonynt fanylu arno. Er mwyn cael digon o fodd i'w cynnal eu hunain, roedd y ddau wedi derbyn comisiwn i deithio i ddwyrain Pennsylvania am fis a thynnu lluniau'r gweithfeydd haearn ar gais eu perchennog – un o arglwyddi diwydiannol yr Unol Daleithiau a oedd yn awyddus i groniclo'i ymerodraeth o ffatrïoedd a ffwrneisi ac am ddefnyddio'r dechnoleg ddiweddaraf i wneud hynny. Talodd yn dda, ond roedd y gwaith yn ddiflas iawn, ychwanegodd Monsieur Bisson yn Saesneg mewn acen Ffrengig drymach na'i wraig.

'Very boring, very boring indeed, making images of so many big dull things!' Tua'r un adeg ag roedd y gwaith hwnnw'n dirwyn i ben, gwelsai'r cwpl hanes cyrch y Colonel Morgan ym mhapurau Pennsylvania a phenderfynu mynd i Kentucky.

'It was our intention, you see,' ychwanegodd Madame Bisson, yn tynnu cantel ei het wellt yn is dros ei llygaid rhag haul poeth mis Awst, 'to try our very best to photograph the Cavalier Morgan, perhaps after his capture or perhaps with his consent if we could find the proper *intermédiaire*.' Ond ni ddaliwyd Morgan, fel y gwyddai pawb yn iawn, a phan ddechreuodd y Ffrancwyr ifanc holi yn nhrefi gogledd Kentucky a oedd rhywun yn adnabod yr awdurdodau Conffederat, arestiwyd Monsieur a Madame Bisson a'u cyhuddo o fod yn ysbïwyr. Wedi rhai wythnosau *très inconfortable* mewn carchar yn Newport, Kentucky, daeth llythyr oddi wrth y diwydiannwr hwnnw ym Mhennsylvania, y bu'r ddau yn ei wasanaethu, yn tystio i'w cymeriad. Rhyddhawyd y cwpl ynghyd â'u holl eiddo, er bod rhai o'u platiau gwydr ffotograffyddol wedi'u torri gan yr *imbéciles* milwrol.

Wedi croesi'r afon ac ymgartrefu mewn gwesty yn Cincinnati, daeth y ddau o hyd i ambell bwnc a pherson a oedd yn deilwng o'u sylw. Almaenwr a weithiai yn un o fragdai'r ddinas gyda'r mwstásh hwyaf a welwyd erioed. Hen wreigan a gadwai asyn yn ei gardd, a hwnnw'n cael ei wisgo mewn dillad morwr ganddi bob dydd Sadwrn er mwyn mynd am dro i'r farchnad. Rhes o *ironclads* newydd yn cael eu hadeiladu yn nociau'r ddinas, y cychod gorffenedig yn ymddangos fel crwbanod mawr rhyfelgar. Wedyn, wrth holi ar hyd y dociau am bynciau eraill yn gysylltiedig â'r rhyfel presennol a allai fod o ddiddordeb, dywedodd rhywun fod yna dipyn o sôn am y gymuned Gymreig fach ar ynys i'r dwyrain, a'i benywod wedi cyflenwi'r Sanitary Commission â mwy o nwyddau na'r rhan fwyaf o'r cymdeithasau elusennol eraill yn y dalaith. Roedd y drychfeddwl wedi apelio'n fawr at y ddau a phenderfynasant ymweld â'r ynys a chreu cyfres o luniau a'u cyflwyno i'r byd o dan y teitl *Les Femmes Galloises Patriotiques de la Vallée de l'Ohio*. Cartrefwyd Monsieur a Madame Bisson yn nhŷ gwag Esther, y drws nesaf i dŷ Ismael. Fe'u gwahoddwyd i swper yn nhŷ Elen ac Isaac y noson honno, a daeth Enos ac Ismael hefyd, ynghyd â chwe photelaid o'r gwin catawba pefriog. Erbyn diwedd y noson, a'r holl boteli wedi'u gwagio, cynigiodd Enos sefyll a pherfformio rhai o'r caneuon Ffrangeg a glywsai yng nghartref Jean Baptiste Bertrand yn yr hen ddyddiau pan fyddai Mademoiselle Vimont yn dod i greu adloniant i'r dyrfa fechan â'r caneuon duwiol roedd wedi'u canu yn eglwys fawr Notre Dame yn y ganrif ddiwethaf. Ond ni chofiai Enos lawer o'r geiriau na llawer o'r alawon chwaith. Ymddiheurodd yn Ffrangeg ac yn Gymraeg ac eisteddodd, ei gadair bron yn troi gan iddo yfed mwy na'i siâr o'r gwin. Ond achubwyd ei gam gan Madame Bisson a ganodd rai caneuon Ffrangeg eraill, a hynny mewn llais soprano melfedaidd. Sgleiniai llygaid Enos yn hiraethus o dan ei aeliau gwyn trwchus. Wrth ffarwelio am y noson a diolch am y croeso a'r gwmnïaeth, dywedodd Madame Bisson y byddai hi a'i gŵr yn dymuno cael rhywun i'w tywys o gwmpas yr ynys. Cynigiodd Enos, Ismael, Seth a'r efeilliaid eu gwasanaeth.

Ac felly cafodd y Ffrancwyr dridiau o gerdded ar hyd y glannau, yn astudio gwahanol leoliadau posibl ar gyfer y ffotograffyddiaeth, a hynny yng nghwmni tair cenhedlaeth o'r teulu. Âi Sara hefyd weithiau, yn mwynhau'r modd y tywysid yr ymwelwyr gan Enos a'r teulu, yn adrodd hanes adeiladu'r gronfa ddŵr ac yn egluro ym mha drefn y codwyd adeiladau'r pentrefwyr. Sara a gyflwynodd y cwpl i Ruth Lloyd a'i theulu, ac wedyn i holl wragedd a merched eraill yr ynys y byddai eu delweddau'n ymgasglu ar blatiau gwydr o dan y pennawd *Les Femmes Galloises Patriotiques de la Vallée de l'Ohio*.

Ond ymadawodd y ffotograffwyr mewn llai nag wythnos, a hynny cyn iddyn nhw ddadbacio eu hoffer hyd yn oed. Daeth y *Boone's Revenge* i'r doc, wedi ymadael â Maysville yn cludo newyddion. Oedd, oedd, roedd byddin y gwrthryfelwyr yn dod yn nes, a phawb yn poeni y byddai'r gelyn yn cyrraedd y trefi ar lan yr afon cyn bo hir. Roedd byddin Undebol y Cadfridog Buell yn symud ar eu hôl o'r de, meddai pawb, ac roedd lluoedd eraill yn croesi'r afon o Cincinnati. Ymosodiad ar dir y gogledd ydoedd – cyrch ar Ohio ei hun – dyna a ddywedodd pawb. Cynigiodd Monsieur a Madame Bisson swm o arian i'r Capten Cecil fynd â nhw 'nôl i'r gorllewin. Ymddiheurodd y ddau yn llaes a dweud y byddai'n uchelgais ganddynt ddychwelyd i'r ynys ryw ddydd, ond dyma oedd eu cyfle i ddal peth o gyffro a pherygl y rhyfel â'u camera. Cludwyd eu heiddo i'r doc deheuol, fesul cist, fesul bocs, fesul sach, o'r tŷ nad oeddynt wedi treulio ond pedair noson ynddo. Wedi i'r cyfan gael ei lwytho, daeth yr holl bentrefwyr i ymgasglu o gwmpas y doc a ffarwelio wrth i injan y *Boone's Revenge* besychu a'r olwyn fach ddechrau troi. Safai'r Bissoniaid yn ymyl cefn y llestr, y gŵr yn gwasgu'i het wellt ar ei ben ag un llaw a chwifio ar y Cymry â'i law arall, a Madame Bisson yn dal ei het hithau yn ei llaw, yn ei chwifio'n egnïol fel baner fach. Cododd Enos Jones ei ddwylo a galw'n uchel ar eu holau. *Bonne chance*!

Chwiliodd Enos ac eraill o'r teulu am hanes y Ffrancwyr ifanc yn y papurau, ond nid oedd gan y *Telegraph* na'r *Gazette* na'r un o'r papurau eraill a gyrhaeddai'r ynys air am y ffotograffwyr anturiaethus. Wrth i'r haf ildio i'r hydref, yr hyn a gymerai sylw'r papurau a'r ynyswyr fel ei gilydd oedd hynt yr ymgyrchoedd milwrol mawr. Yn niwedd Awst roedd y Gwrthryfelwyr wedi trechu byddin yr Undeb yn y dwyrain unwaith eto, a hynny ar faes Bull Run, lleoliad buddugoliaeth fawr y gelyn ar ddechrau'r Rhyfel. Roedd y Cadfridog Robert E Lee wedi arwain ei fyddin dros y Potomac i dir Maryland, yn symud, credai pawb, i gyfeiriad Washington. Yn yr un modd, roedd dwy fyddin ddeheuol yn symud i fyny trwy Kentucky, a lluoedd yr Undeb yn eu cysgodi. Gwyddai pawb ar yr ynys fod Ail Gatrawd Ohio ymysg y lluoedd hynny a bod Sadoc Jones yn martsio yn rhengoedd y gatrawd honno. Ganol mis Medi daeth y newyddion arswydus am gyflafan Antietam draw ym Maryland. Ymfalchïai papurau'r Gogledd ei bod yn fuddugoliaeth i'r Undeb, ond roedd y colledigion yn uwch na brwydr fawr Pittsburgh Landing hyd yn oed, a maint y gwaed a dywalltwyd ar dir Maryland yn hanesyddol hunllefus. Ond y datblygiadau yn Kentucky a âi â sylw'r ynyswyr yn anad dim.

Pan ddaeth y newyddion am frwydr Perryville roedd fel storm yn torri. O'r diwedd, ar fryniau bychain a elwir yn Chaplin Hills yn ymyl pentref Perryville, daeth lluoedd yr Undeb benben â'r fyddin ddeheuol a geisiai symud i fyny trwy dalaith Kentucky ac ymosod ar Ohio. Cafodd rhyw bedair mil eu lladd neu eu clwyfo ar y ddwy ochr, rhai papurau'n ei galw'n fuddugoliaeth i'r Undeb ac eraill yn dweud mai *stalemate* ydoedd, y naill fyddin wedi dioddef fel y llall. Ond ymhen dau neu dri diwrnod roedd y papurau'n cytuno bod byddin yr Undeb wedi llwyddo i droi'r llanw, wrth i'r Gwrthryfelwyr gilio'n ôl i'r de i gyfeiriad Tennessee. Edrychai Elen ac Isaac Jones a'u plant am restr y lladdedigion mewn papur ar ôl papur, ond nid oedd yr awdurdodau wedi meddwl am hysbysu'r teuluoedd y tro hwn. Yn y diwedd daeth amlen blaen wedi'i chyfeirio atynt yn llaw Sadoc. Darllenai Isaac wrth iddo frasgamu adref o'r doc a phan gamodd trwy'r drws galwodd ar Elen.

'Mae o'n saff. Mae Sadoc yn saff!'

Cyn hir roedd Sara, Seth a'r efeilliaid wedi ymgasglu gyda'u rhieni o gwmpas y bwrdd, eu tad yn darllen llythyr eu brawd hynaf iddyn nhw. Ni allai

Sara aros yn llonydd. Cododd a sefyll y tu ôl i'w thad, yn plygu dros ei ysgwydd er mwyn dilyn y geiriau gyda'i llygaid ei hun wrth iddo ddarllen.

F'Anwyl Rieni, Chwaer a Brodyr,
      Yr wyf yn gobeithio bod hyn o linellau yn eich canfod yn iach fel yr ydynt yn fy ngadael inau. Y mae yn bur debygol eich bod chwi wedi clywed am yr ymladdfa galed a fu ar y bryniau yn ymyl Peryville, Ky, ym mha un y buom ni y 2nd OVI. Ni allaf ysgrifenu mo'r haner ar hyn o amser, ond credwch chwi fi pan ddywedaf mai hon oedd y frwydr waethaf a welais i erioed. Saethwyd dros ugain o'm cydfilwyr yn farw yn fy ymyl, gan gynwys Captain Herrel. Ond mae'r gelyn ar ffo yrwan, a ninau ar eu holau hwy. Er mor arswydus a blinedig y gwaith, mae gwybod ein bod wedi gyru'r Brawd Braxton Brag a'i giwiaid yn ôl i'r deheu yn ein llonni yn fawr.
      Eich serchog fab a brawd,
      Sadoc Jones

Wedi ailddarllen y llythyr a siarad yn ddistaw am ei gynnwys ymysg ei gilydd, ymdawelodd y teulu.

'Seth,' gofynnodd eu tad mewn llais tyner, 'dos a gofyn i D'ewyrth Ismael a D'ewyrth Enos ddod draw. Bydd y ddau am glywed hanes dy frawd.'

Daeth Enos â photelaid o fwrbon gydag o, a rhoddwyd glasiad bach i Sara ac i Seth hefyd. Codwyd llwncdestun i Sadoc a'i gydfilwyr. Bu cryn drafod wedyn, a'r drafodaeth yn ymestyn tan oriau mân y bore.

Daeth Isaac adref o'r gwaith y diwrnod canlynol a dweud bod ei frawd am ymrestru yn y fyddin.

'Beth?!' ebychodd Seth, yn achub y blaen ar Jwda a Benjamin. 'N'ewyrth Ismael? Ond tydi o'm yn rhy hen?'

'Wel, mae'n iau na fi,' oedd ateb eu tad. 'Ac mae dynion hŷn na fi wedi ymrestru.' Edrychai Sara'n araf o'i mam i'w thad. 'Peidiwch â phoeni,' meddai Isaac Jones gan ddal ei ddwylo i fyny a dangos ei gledrau fel dyn yn ildio. 'Dw i ddim yn bwriadu ymrestru. Fedra i ddim eich gadael. Ond does gan Ismael ddim plant na gwraig, ac mae'n dweud nad ydi o'n gallu aros yn segur yma a gweld yr hogiau ifanc yn wynebu'r tân.'

Daeth y *Mary Josephine* i'r doc y prynhawn hwnnw, yn cludo cyflenwad o nwyddau haearn o Bittsburgh. Pan ddywedodd y capten mai Cincinnati fyddai'r stop nesaf, penderfynodd Ismael fynd ar yr agerfad a chyrchu'r swyddfa ymrestru yn y ddinas honno.

'Peidiwch â phoeni,' dywedodd Elen Jones wrth ei phlant, yn gwylio'r olwyn fawr yn curo dŵr yr afon yn egnïol, a'r mwg yn codi mewn stribedi du blêr o'r ddau gorn simdde wrth i'r llestr ymadael. 'Mae'ch ewyrth wedi hen arfer â theithio ac ae mor gyfrwys â llwynog. Mi ddaw'n ôl aton ni'n saff.' Oedodd, cyn troi i edrych dros yr afon i gyfeiriad y de. 'Yn debyg i'ch brodyr. Mi ddaw pawb adra yn y diwedd.'

16

Dim ond wedyn y clywodd Sara fod Rowland wedi gwirfoddoli i ofalu amdano. Ni ddaeth Gruffydd Jams i weithio yn y doc ar ddiwrnod cyntaf mis Rhagfyr 1862. Nid oedd wedi dangos ei wyneb yn y stordy na'r siop chwaith. Wedi agor un botel yn ormod neithiwr, mae'n rhaid, awgrymodd Enos Jones, a phawb yn rhyw gytuno. Ond â'r haul yn isel yn yr awyr lwyd a Gruffydd heb ymddangos, penderfynwyd y dylai rhywun fynd ac edrych amdano. Gwirfoddolodd Rowland. Cerddodd yn gyflym ar y ddaear galed, yr haen denau o eira budr yn crensian o dan ei draed. Curodd yn galed ar y drws ond ni chlywodd ateb. Curodd eto. Dim sŵn. Agorodd y drws a cherdded i mewn. Cafodd Gruffydd Jams yn ei wely, ei anadl yn rhasglu yn ei wddf. Gorweddai yn ei grys nos, ei freichiau hirion yn ddisymud, a'r dillad gwely wedi disgyn i'r llawr. Wedi ymbalfalu o gwmpas yr ystafell flêr, llwyddodd Rowland i roi'i law ar gannwyll. Rhagor o ymbalfalu cyn dod o hyd i dinderbocs. Daliai'r gannwyll yn agos ato a gweld bod ei wyneb yn welw a bod staen llysnafedd gwyrdd ar ei glustog wrth ymyl ei ben, a'r ychydig gochni'n awgrymu fod gwaed ynddo. Uffern dân, meddai Rowland wrtho'i hun. Gan ymateb i bresenoldeb Rowland neu efallai i olau'r gannwyll, agorodd Gruffydd ei lygaid ychydig. Edrychai ar Rowland trwy haen ddyfrllyd a bylai'r llygaid a oedd wastad wedi astudio popeth mor graff. Roedd ei wyneb a'i ben moel yn sgleinio mewn chwys. Ceisiodd godi'i law a'i hestyn at Rowland, ond roedd yn crynu'n ddrwg a syrthiodd yn ôl yn ddiymadferth ar y gwely. Pesychodd a throi'i ben ychydig, wrth i ragor o'r llysnafedd lithro o'i geg. Uffern dân. Cododd Rowland y dillad gwely a cheisio gwneud y claf mor gyffforddus â phosibl.

Dychwelodd i'r siop er mwyn adrodd yr hanes wrth y dynion eraill a oedd wedi cefnu ar eu gwaith ac ymgasglu i rannu'u hofnau. Agorodd Rowland ddrws y siop ond ni chamodd dros y rhiniog. Cadwch draw! Roedd ei lais yn daer ac yn awdurdodol. Cadwch draw, rhag ofn bod yr afiechyd yn heintus. Wedi i Rowland ddisgrifio cyflwr Gruffydd mewn cymaint o fanylion â phosibl, aeth yn ôl i ofalu amdano. Aeth Llywelyn Huws adref yn syth ac adrodd y rhestr o symptomau i'w wraig, Catherin, a chasglodd nifer o'r dynion eraill wahanol bethau o'u cartrefi. Cyn hir, roedd Enos Jones ac Owen Watcyn – dau hen lanc yn byw ar eu pennau eu hunain heb wraig na phlant a allai ddal unrhyw afiechyd ganddynt – yn sefyll wrth ddrws tŷ Gruffydd Jams. Curodd Enos ar y drws, ac atebodd Rowland.

Adroddodd Enos bopeth a ddywedodd Catherin Huws am y math o ofal roedd ei angen ar Gruffydd Jams ac eglurodd eu bod nhw'n gadael dillad gwely glân, llusern, matsys, crochan o gawl i'w gynhesu, a sachiad bychan o berlysiau i'w berwi mewn dŵr a'u rhoi iddo fel te. Adroddodd Isaac Jones ran gyntaf y ddrama wrth Sara am Rowland yn torri'r newyddion a chlywodd y gweddill gan ei hewythr Enos. Ond nid oedd yn ddigon i Sara. Cerddai hi o gwmpas yr ystafell, ei mam yn eistedd o flaen y tân a Seth, Jwda a Benjamin wrth y bwrdd. Adroddodd ei thad yr holl hanes eto, gan fynd dros bob un manylyn mor fanwl â phosibl.

'Dw i ddim yn deall. Pam Rowland?' holodd Sara.

'Wel, Sara... y fo a gynigiodd ei hun. Mi wirfoddolodd.'

Cafwyd llu o gwestiynau eraill ganddi. Am ba hyd y byddai'n aros gyda'r claf? Pwy fyddai'n sicrhau nad oedd Rowland yntau wedi syrthio'n ysglyfaeth i'r afiechyd? Beth ydi o? Oni ddylai rhywun fynd drosodd i'r tir mawr a chyrchu meddyg o Gallipolis? Ceisiai'i thad ei hateb a'i chysuro hefyd. Ond roedd min ar gwestiynau Sara ac ni dderbyniai'r atebion na'r cysuro. Dywedai Catherin Huws mai llid yr ysgyfaint ydoedd yn ôl pob tebyg, ond galwai rhai o'r cymdogion yr afiechyd yn dwymyn y gaeaf.

Cnoc digon penderfynol ar y drws. Camodd Isaac Jones draw a'i agor ac yno roedd y gweinidog, ei het yn ei ddwylo. Nid oedd am ddod i mewn, diolch yn fawr. Ond roedd am iddyn nhw wybod ei fod yn mynd draw i sicrhau bod Rowland yn iawn ac i weld a allai helpu tendio ar Gruffydd Jams. Roedd wedi penderfynu. Byddai'n dod yn ôl i'w dŷ yn nes ymlaen, ac roedd am sicrhau na fyddai neb yn dod ar ei draws ar y lôn wrth iddo deithio'n ôl ac ymlaen rhwng ei dŷ a chartref y claf, na galw i'w weld yn y capel na'i gartref, rhag ofn bod yr afiechyd yn heintus. Gofyn cymwynas ydoedd: a fyddai'n bosibl i'r teulu hysbysu'r cymdogion? Gyda diolch a bendith, sodrodd ei het ar ei ben a diflannu o'r drws. Wedi estyn eu cotiau cyrchwyd y nos. Aeth Jwda a Benjamin gyda'i gilydd, ond aeth Seth, Sara, Elen ac Isaac ar wasgar, pawb yn curo drysau, gan sicrhau eu bod yn trosglwyddo neges y gweinidog i'r pentref cyfan a'u rhybuddio: peidiwch â chwilio amdano yn ei dŷ a pheidiwch â mynd i'r capel. Rhag ofn.

Aed â bwyd, dillad glân a hanfodion eraill i ddrws tŷ Gruffydd Jams bob dydd, a gwelwyd y Parchedig Evan Evans yn cludo gwahanol bethau hefyd, ond bob tro yr agorai un o'r cymdogion ei ddrws a gweld y gweinidog ar y lôn, byddai'n cau'r drws, fel pe bai'r dyn yn angel angau. Galwai'r gweinidog yn nhŷ Isaac unwaith neu ddwy bob dydd, yn sefyll ar y lôn ac yn galw, nes byddai rhywun yn ateb heb agor y drws – Elen Jones, yn amlach na pheidio. Yn y modd anhylaw hwnnw byddai'n trosglwyddo'r newyddion.

'Nag oes, dim newid heddiw. Nag yw, diolch i'r Hollalluog, nid yw Rowland wedi dal yr afiechyd hyd yn hyn. Rwyf innau'n teimlo'n bur iach, er yn flinedig, diolch yn fawr iawn i chi, Mrs Jones.'

Disgynnai'r eira'n achlysurol, yn cuddio'r lonydd â'i burdeb gwyn dros dro nes bod traed y pentrefwyr yn gwneud stwnsh budr ohono eto. Disgwyl am y newyddion hyn oedd canolbwynt dyddiau Sara. Er gwaethaf yr ysfa a losgai ynddi yn ei chymell i fynd a galw ar Rowland trwy ddrws tŷ Gruffydd Jams, gwyddai na allai. Beth pe bai'n dod â haint yn ôl i'w rhieni a'i brodyr? Cododd unwaith a dechrau estyn ei chôt, rhyw ran ohoni wedi penderfynu y dylai hi fynd. Oedd, roedd yn rhaid iddi geisio, dim ond unwaith, dim ond i gael clywed ei lais â'i chlustiau'i hun a sicrhau'i fod yn iawn. Byddai'n cadw'i phellter. Ni fyddai'n gosod neb mewn perygl. Ond cododd llais arall y tu mewn iddi cyn iddi gau botymau'i chôt yn ei chymell i'w thynnu eto.

Yn ogystal ag effaith sobreiddiol salwch Gruffydd Jams ar y gymuned, roedd y newyddion a ymddangosai yn y papurau a'r cyfnodolion yn pentyrru tristwch ar ben tristwch a phryder ar ben pryder. Roedd John Hunt Morgan yn creu rhagor o drafferth i luoedd yr Undeb yng Ngogledd Tennessee a phoenai golygydd ambell bapur y byddai'n mynd ar gyrch trwy Kentucky a gwasgu am y gogledd unwaith eto. Wedyn daeth y newyddion am frwydr Fredericksburg draw yn Virginia – curfa ofnadwy, miloedd lawer o golledion mewn diwrnod, arwydd eglur arall nad oedd gobaith trechu byddin y Gwrthryfelwyr yn y dwyrain. Cyhoeddwyd yn *Y Drych* na fyddai rhai eisteddfodau'n cael eu cynnal y Nadolig hwnnw na'r Flwyddyn Newydd honno oherwydd y Rhyfel. Gwyddai pawb na fyddai'r gweinidog yn arwain y calennig ar Ynys Fadog chwaith.

Ond bu cryn drafod yn y wasg Gymraeg ynghylch Cyhoeddiad Rhyddid yr Arlywydd Lincoln, y cyfeiriai'r papurau Saesneg gwrthgaethiwol ato fel 'the Emancipation Proclamation'. Dywedid y byddai'r Arlywydd yn arwyddo'r ddogfen ar ddydd cyntaf mis Ionawr gan ryddhau'r caethweision yn ffurfiol a gwneud 1863 yn flwyddyn y Jiwbilî. Ond dywedai eraill na fyddai'r diwrnod mawr yn gwawrio ac y byddai gwleidyddion eraill yn Washington, rhai nad oeddent am weld y Rhyfel i achub yr Undeb yn cael ei droi'n rhyfel yn erbyn caethwasiaeth, yn sicr o ddylanwadu ar Lincoln yn y diwedd. Ar wahân i galedi'r rhyfel a pheryglon y salwch, dyna'r unig fater oedd ar dafodau'r ynyswyr ganol mis Rhagfyr. Byddai'r naill gymydog yn holi'r llall ar y stryd, 'ydych chi'n credu y bydd yr Arlywydd yn cyhoeddi'r datganiad ddydd Calan?' A'r ateb, yn amlach na pheidio oedd, 'thâl hi ddim i ni obeithio – does dim byd yn symud i'r cyfeiriad cywir y dyddiau hyn.'

Noswyl y Nadolig. Noson grisial, y sêr yn bigau sgleiniog mewn awyr gwbl ddigwmwl, a'r lleuad yn disgleirio'n arallfydol o lachar ar yr eira ym mhobman. Daliai'r golau anadl y gweinidog hefyd, y tarth a godai o'i geg yn yr oerfel yn stribed fach wen uwch ei ben. Safai ar y grisiau, wedi curo a chamu'n ôl ris neu ddau erbyn i Isaac agor y drws.

'Ie wir, Mistar Jones. Mae'n gwbl sicr bellach bod Gruffydd Jams yn well. Felly roeddem ni'n amau ers echdoe ond mae'n gwbl amlwg erbyn heno. Daeth Catherin Huws i edrych amdano brynhawn heddiw ac mae hi'n cytuno â ni, diolch i'r Arglwydd Dduw.'

'A diolch i chithau ac i Rowland hefyd. Dewch i mewn o'r oerfel, Mistar Evans.'

Erbyn i'w thad lefaru'r geiriau roedd Sara'n sefyll y tu ôl iddo. Gallai weld y Parchedig Evan Evans rŵan, ei wyneb yn welw ac yn dangos ôl blinder yng ngolau'r lleuad.

'Diolch, Mistar Jones, ond ni ddof dros y rhiniog. Nid wyf yn poeni am yr haint bellach, cofiwch, ond mae'n well i mi beidio... gwell i mi ei throi hi am adref, ymolchi a newid fy nillad cyn treulio amser yng nghwmni eraill. Ond mae un neges arall gennyf. Mae Rowland yntau wedi mynd adref i ymolchi a newid ei ddillad. Mae'n gofyn a fyddai'n dderbyniol gennych pe bai'n galw nes ymlaen, er y bydd hi braidd yn hwyr erbyn hynny.'

'Wrth gwrs, Mistar Evans. Dywedwch wrtho am alw. Bydd croeso iddo yma.' Wrth i dad Sara gau'r drws, galwodd y gweinidog, wedi cofio bod ganddo un neges arall.

'Gyda llaw, a fyddwch chi gystal â dweud wrth bawb y bydd gwasanaeth yfory wedi'r cwbl?'

Gwisgodd Isaac, Seth a Sara eu cotiau a'u hetiau yn gyflym. Cytunwyd y byddai'r tad a'r mab yn mynd o ddrws i ddrws yn hysbysu pawb bod y salwch wedi ymadael â Gruffydd Jams a'r ynys, a bod y gweinidog wedi cyhoeddi y bydd yn cynnal gwasanaeth yn y bore. Ond aeth Sara allan i'r nos ar berwyl arall. Cerddodd yr ychydig bellter rhwng ei chartref a chartref y gweinidog a sefyll yno ar y lôn, rhyw bum llath o ddrws y tŷ, ei hanadl yn codi'n darth uwch ei phen a golau'r lleuad yn gwneud crisial o'r eira a'r rhew o'i hamgylch. Symudai ei phwysau o'r naill droed i'r llall, nid oherwydd oerfel ond oherwydd y cyffro, yn disgwyl, a'r disgwyl hwnnw'n teimlo'n hir. Agorwyd y drws o'r diwedd. Roedd Rowland yn ymbalfalu â botymau'i gôt ac yn troi i gau'r drws y tu ôl iddo. Nid oedd wedi'i gweld hi'n sefyll yno yn y lôn o flaen y tŷ.

Camodd i lawr y grisiau cerrig, ei draed yn crensian ar yr eira, ei lygaid ar y traed hynny. Ac wedyn, rhyw lathen neu ddwy cyn ei chyrraedd, cododd ei ben ac fe'i gwelodd hi.

* * *

Er na chlywsai Sara na neb arall ar yr ynys amdani am rai dyddiau, dechreusai brwydr Stone's River ar ddiwrnod olaf y flwyddyn. Daeth yr ymgyrch yn y dwyrain i benllanw bythefnos yn gynharach yn Fredericksburg, Virginia, a hwnnw'n gyflafan o fethiant; llanwyd y papurau â'r galar, y cyhuddo, yr egluro a'r esgusodi. Roedd angen buddugoliaeth ar Lincoln a byddai'n rhaid i'r fuddugoliaeth honno ddod yn nhalaith Tennessee draw yn y gorllewin. Cychwynasai'r fyddin o Nashville y diwrnod ar ôl y Nadolig, gan symud i gyfeiriad lluoedd y Gwrthryfelwyr yn ymyl Murfreesboro. Daethant at yr afon, gan wynebu'r gelyn tros y tir caregog a thrwy'r coed ar hyd ei glannau, hwythau wedi ffurfio'u llinellau ac yn disgwyl. Yno bu Sadoc yn rhynnu trwy'r nos, yn gorwedd ar dir caled, gwynt miniog yn chwythu i lawr ar draws y bryniau ac yn cribinio â'u bysedd crafog trwy'r coed. Noson ddi-gwsg, yn crynu yng nghafael y gwynt hwnnw ac yn gwybod bod miloedd o elynion yn cysgu mewn rhesi rhyw bum can llath i ffwrdd. Daeth y sŵn gyda'r wawr, y magnelau'n tanio, miloedd o ddrylliau'n saethu, a gwaedd annaearol y Gwrthryfelwyr wrth iddyn nhw ruthro amdanyn nhw. Cododd Sadoc gyda gweddill Ail Gatrawd Ohio, ei wallt hir yn chwythu yn y gwynt, yn pwyso ar ei ddryll ag un llaw ac yn tynnu'n fyfyriol ar ei farf â'i law arall. Clywai siarad ar hyd y llinell, weithiau'n Saesneg ac weithiau'n Almaeneg, a dyma'i gyfaill Gustav – a allai fod yn frawd i Sadoc o weld ei wallt hir a'i locsyn du – yn troi'i ben a dweud yr hyn roedd Sadoc yn ei wybod yn barod. Draw fan'na mae'r ymladd, draw ar ystlys ein byddin. Brasgamai'r rhingyll o flaen eu llinell, yn trosglwyddo gorchymyn y colonel. 'Stand at ready, boys. Nothing for it but to wait.' Disgwyl, a disgwyl ac wedyn y gorchymyn i orwedd eto, y rhingyll yn cerdded y llinell yn achlysurol yn bytheirio ar ambell filwr a oedd wedi llwyddo trwy ryfedd wyrth i syrthio i gysgu er gwaethaf yr oerfel a synau'r frwydr gyfagos. Ni allai Sadoc na Gustav gysgu, fel y rhan fwyaf o'u cydfilwyr, a siaradai'r ddau, gan barhau â thestun sgwrs roedd y cyfeillion wedi dychwelyd ato'n achlysurol yn ystod yr wythnos ddiwethaf.

Cawsai'r gatrawd ginio mawr yn Nashville ddydd y Nadolig, a Colonel Kell wedi sicrhau'u bod nhw'n cael y bwyd gorau y medrai ddod o hyd iddo. Lladdwyd bustych i gael cig eidion – golwython mawr poeth – a digon o fara a menyn. Dosbarthwyd chwisgi a chwrw hefyd, ac er i Almaenwyr y gatrawd gwyno am safon y cwrw, roedd yn wledd nas profwyd ei bath ers blwyddyn gron. Dechreuodd Gustav Wunder siarad â Sadoc am Nadolig 1860 yn Cincinnati, cyn i'r Rhyfel ddechrau. Eithr nid Nadolig ydoedd fel y cyfryw gan fod Gustav a'i deulu a'r rhan fwyaf o'i ffrindiau agos yn Iddewon. Daethai Hanukkah cyn y Nadolig y flwyddyn honno, ond roedd yn ddathliad arbennig y tro hwnnw, yn wahanol iawn i'r arfer. Carreg filltir i'w chydnabod yn y synagog fuasai Hanukkah, gwers hanes wedi'i chysyllu â rhai o'r ysgrythurau Sanctaidd, ond ni fu'n ddathliad teuluol fel y cyfryw tan y tro hwnnw. Roedd rabi'r synagog a fynychid gan deulu Gustav wedi cyhoeddi y byddai'r dyrfa yn ei dathlu mewn modd arbennig y flwyddyn honno. Cyhoeddodd y byddai'n ŵyl bellach, ac anogai bob teulu i ddathlu'r ŵyl yn y cartref yn ogystal â dyfod i'r synagog, a rhoi sylw arbennig i'w plant. Gwnaeth yr anrhegion a'r danteithion, y cymdeithasu, y siarad a'r chwerthin dynnu'r gymuned Iddewig ynghyd fesul teulu, fesul stryd, fesul synagog, a pheri iddyn nhw deimlo eu bod nhw'n gymuned ar wahân i'w cymdogion Cristnogol ac yn falch o'r herwydd. Roedd eu plant yn edrych ymlaen at yr Hanukkah nesaf. Dywedodd Sadoc fod eu gweinidog newydd nhwythau wedi dechrau arferiad newydd adeg y Nadolig hefyd, a disgrifiodd y modd y dechreusant ganu calennig ar lonydd bychain Ynys Fadog. A phan adawodd y gatrawd, yn rhan o'r fyddin fawr a ymlwybrai o Nashville y diwrnod ar ôl y

Nadolig, parhau wnaeth y cyfeillion i drafod capel a synagog, y ddau â barn debyg ynglŷn â chrefydd. Dywedai Gustav nad oedd ei deulu'n rhoi llawer o bwys ar bethau felly er bod yr agweddau cymdeithasol fel yr Hanukkah newydd yn cael eu gwerthfawrogi ganddyn nhw. Awgrymodd Sadoc unwaith y byddai teulu'i gyfaill yn gweddu iddo'n fwy gan ei fod yn teimlo mai y fo oedd aelod lleiaf crefyddol ei deulu, ar wahân i'w ewythr Ismael. Gwenodd Gustav bob tro y crybwyllai Sadoc enw aelod o'i deulu, a hynny ers iddyn nhw gyfarfod gyntaf yn ôl yn haf 1861. 'You are all Jewish judging by your names.' Roedd yn jôc ac yn gwlwm rhyngddynt.

Ac felly gorweddai Sadoc Jones a Gustav Wunder ar y ddaear galed oer yn ymyl Stones River trwy gydol y bore ar ddiwrnod olaf y flwyddyn 1862, yn siarad am grefydd a'r di-grefydd. Y teimladau a gaent bob blwyddyn wrth iddyn nhw ddathlu Seder, y tynnu ynghyd, y cofio. Dallineb a chulni hen rabi neu hen weinidog. Yr aferion a ddaeth gyda rabi neu weinidog newydd fel awyr iach yn chwythu gwe pry cop a llwch o gorneli eu cymunedau. Sŵn yr Hebraeg yn y synagog, effaith y geiriau hudol hyd yn oed os nad oedd Gustav yn deall llawer nac yn credu llawer yn yr hyn a ddeallai. Ond roedd grym a swyn yn y sŵn beth bynnag. Nerth geiriau. A Sadoc yntau'n disgrifio'r canu yn y capel, yn adrodd rhai o'i hoff linellau ac yn cyfieithu'r geiriau. 'Dyma odfa newydd, O Arglwydd dyro rym, i ymladd â phla calon a llid gelynion llym.' Oedd, roedd pob gair yn ddealladwy i hyd yn oed y plant yn y gynulleidfa; dyna'r iaith roedd pawb yn y gymuned yn ei siarad bob dydd. Ond roedd rhyw rym yn y farddoniaeth a rhyw nerth yn y canu torfol. Trafododd yr emyn newydd a ddaethai'n boblogaidd yn ystod y misoedd cyn i'r Rhyfel dorri, cyn i Sadoc ymadael â'i gymuned ac ymuno â chymuned newydd y Second Ohio Infantry. Canodd ychydig, ei lais yn dawel ac yn rhasglu yn yr oerfel.

> Disgwyl rwyf ar hyd yr hirnos,
> Edrych am y boreu ddydd,
> Disgwyl clywed pyrth yn agor,
> A chadwynau'n mynd yn rhydd!

Sylweddolodd ei fod yn canu'n uwch na'r disgwyl, er gwaethaf ei ymdrechion i ganu'n ddistaw. Gwrandawai'r milwyr eraill yn ymyl, ambell un yn codi ar benelin er mwyn troi'i ben ac edrych i gyfeiriad Sadoc.

'What kind of Dutch song is that?'

Gustav a'i hatebodd, ei lais yn siriol, ei acen yn gwbl Americanaidd, fel Saesneg Sadoc, er bod blas ychydig yn wahanol ar Saesneg Gustav, un a gysylltai Sadoc â strydoedd y ddinas fawr.

'Damn it, Jim Doyle, you ought to know by now! That's Welsh, not German, you damn fool.'

'Sounds like Dutch to me all the same.'

Roedd llais Doyle yr un mor siriol, a rhai o'r dynion eraill yn chwerthin dan eu gwynt.

Ac wedyn brasgamodd y rhingyll ar hyd y llinell:

'All right now, boys. Wait and listen. Orders be along directly. Wait and listen.'

Ychydig yn ddiweddarach daeth y rhingyll heibio eto'n dweud y dylen nhw fwyta os oedd ganddyn nhw hardtac ar ôl rhag ofn na ddeuai cyfle arall. Yn ogystal â'r bisgedi caled sych, roedd Gustav wedi cadw darn mawr o gaws yn ei sach ers eu gwledd o ginio yn Nashville; er nad oedd ond tamaid bach ohono ar ôl, rhannodd o â'i gyfaill. Roedd y dŵr yn ei gantîn yn rhewllyd o oer ac yn brifo gwddf Sadoc.

Daeth y gorchymyn i sefyll wedyn. Pawb yn barod. Roedd dau ganon wedi'u gosod ychydig o flaen eu llinell, ychydig i'r dde, magnelfa roedd dynion Pennsylvania yn ei gweithio. Ychydig o'u blaenau ar y chwith roedd clystyrau llac o filwyr Indiana, sgarmeswyr wedi'u gosod i gyfarfod â'r gelyn cyntaf pe baent yn rhuthro am y brif linell. Safai cannoedd ar gannoedd o ddynion yr Ail Ohio â'u drylliau wedi'u llwytho, mewn llinell hir yn cynnwys dwy gatrawd arall o Ohio ac un o Wisconsin, yn disgwyl, yn gwrando ar synau'r ymladd a ddeuai o rannau eraill maes y frwydr ac yn disgwyl eu tro.

'We goin to stand here all day? My pocket watch says its past one o'clock.' Llais Jim Doyle, yn galw i lawr y llinell. Nid atebodd neb.

Gwaedd. Sgrech. Rhyfelgri annaearol y Rebels, sŵn lluoedd barbaraidd yn ymosod. Ac yna gwelwyd llinell hir anwastad o ddynion mewn llwyd a brown a melyn, â'u harfau yn eu dwylo. Gwelai Sadoc y baneri'n chwipio yn y gwynt uwch ben y don o ddynion a ddeuai i'w cyfeiriad: catrodau o Ogledd Carolina, Tennessee a Georgia. Daeth y gorchymyn i godi arfau. Curai calon Sadoc. Un. Dau. Tri. Pedwar. Llyncodd ei boer. A dyna'r gorchymyn i saethu, sŵn yr holl ergydion yn llenwi'i glustiau, mwg yn codi ar hyd y llinellau, a chnoc ei ddryll yn erbyn ei ysgwydd wrth iddo danio'r arf.

* * *

Roedd olion ei wythnosau o wylio a thendio i'w gweld ar wyneb Rowland, ac er ei fod wedi dianc rhag yr afiechyd a oedd wedi mynd â Gruffydd Jams at riniog drws angau, roedd effaith yr ymdrech wedi dweud arno. Felly dim ond yn achlysurol y bu'r ddau'n cerdded ar hyd glannau'r ynys yn ystod dyddiau cyntaf mis Ionawr 1863. Dechreuodd Rowland ymweld â'u cartref a threulio amser yn eistedd gyda Sara o flaen y tân, weithiau yng nghwmni ei rhieni a'i brodyr, pan ymwelai gyda'r nos. Cyhoeddiad Rhyddid Lincoln oedd testun y drafodaeth gan amlaf i ddechrau. Oedd, roedd wedi'i ddilysu gan yr Arlywydd ddiwrnod cyntaf y flwyddyn newydd ac roedd gan y Cyhoeddiad rym cyfraith bellach. Cyhoeddodd *Y Drych* gyfieithiad Cymraeg.

Mae pob person a ddelir fel caethion o fewn unrhyw dalaith, neu ran benodol o dalaith, y byddo ei phobl y pryd hwnnw mewn gwrthryfel yn erbyn y Taleithiau Unedig i fod y pryd hwnnw, o hynny allan, a byth, yn rhydd.

Daeth llythyr gorfoleddus oddi wrth Esther, yn dyfynnu talpiau o'r Cyhoeddiad yn Saesneg ac yn Gymraeg rhag ofn nad oedd y papurau wedi cyrraedd yr ynys, ac yn disgrifio'r dathliadau mewn rhai o eglwysi a mannau cyhoeddus Washington. Ond pan gyrhaeddodd y newyddion am y frwydr ar hyd glannau Stones River yn ymyl Murfressboro, ac erbyn i Sara a'i theulu sylweddoli fod catrawd Sadoc yn y frwydr honno, newidiodd testun y sgwrs i'r hyn a ddigwyddai dros diroedd a bryniau a mynyddoedd Gorllewin Virginia a Kentucky, i lawr yng nghanol talaith Tennessee. Dechreuasai'r frwydr ar ddiwrnod olaf yr hen flwyddyn, meddai'r papurau, ac roedd yr ymladd yn parhau.

* * *

Erbyn i'r haul fachlud ar y trydydd o Ionawr gwyddai Sadoc fod y cyfan drosodd. Gorweddai ar ei gefn yn ymyl Gustav, y ddau'n syllu ar yr awyr lwyd wrth i olau'r dydd ildio i noson oer arall, yn gwbl lonydd fel dynion meirw, er eu bod nhw'n fyw. Pedwar diwrnod o ymladd, pedwar diwrnod o sefyll yn wynebu'r gelyn, yn saethu a saethu. Symud, cilio, cuddio, a symud ymlaen. Noson ar ôl noson heb lawer o gwsg na llawer o fwyd, yr oerfel yn dod â pheswch a chryndod. Cwlwm yn y bol, nid o ddiffyg bwyd ond o ddiffyg sicrwydd, a deuai'r synau o ardaloedd eraill ym maes y frwydr â sïon a siarad yn eu sgil.

Y llinell wedi'i thorri draw fan'na, y fflanc yn cilio'n ôl. A ddaw'r gelyn o gwmpas pen y llinell a'n chwalu? A ddaw gorchymyn i sefyll neu ai cilio fydd ein hanes erbyn y nos?

Y disgwyl, y poeni a'r dyfalu, ac wedyn yr ymladd, y sefyll, y saethu, y rhuthro a'r cilio. Ddiwrnod ar ôl diwrnod ar ôl diwrnod. Nifer o'u cydfilwyr yn syrthio, gan gynnwys Colonel Kell, wrth iddo'u harwain o'r tu blaen a'u hannog ymlaen. Capten Hazlett wedi'i glwyfo'n ddrwg; ni allai neb ddweud a fyddai'n goroesi. Jim Doyle, y diwrnod olaf hwnnw, wedi'i saethu'n farw yn yr ymrafael yn erbyn dynion Arkansas. Deirgwaith yr aed â'r faner ymlaen, criw bychain o'r dynion yn eu brown, melyn a'u llwyd yn rhedeg o flaen eu llinell, y faner wen a glas yn chwifio ar ei pholyn du a theirgwaith y daeth y llinell i fyny at y faner, y Gwrthryfelwyr yn saethu ac yn sgrechian, eu rhyfelgri yn gyrru ias i lawr cefn Sadoc bob tro. Y tro olaf hwnnw y syrthiodd Jim Dole. Newydd fwmlian rhyw sylw ysmala na chlywsai Sadoc oedd Jim, pan welodd Sadoc o trwy gornel ei lygad yn baglu i'w bennau gliniau ac wedyn yn syrthio ar ei wyneb. Yno'r arhosodd yn ddisymud. Ond erbyn hynny roedd Sadoc, Gustav a'r lleill, eu drylliau unwaith eto wedi'u llwytho, wedi dilyn y gorchmyn i dynnu'u bidogau a'u gosod. Saethu eto, ac wedyn eu gwaedd nhwythau'n ddwfn ac yn isel yn y gwddf, yn wahanol i waedd y Rebels, wrth ruthro ymlaen, heibio i gorff Jim Doyle a'r lladdedigion eraill, cyrraedd baner y gelyn, yna ymosod, a'r gelynion yn cilio'n ôl. Roedd rhai o filwyr y gatrawd wedi cipio'r faner a chafodd Sadoc gyfle i'w hastudio wedyn. Peth digon blêr – stribedi o frethyn gwyn a glas wedi'u gwnïo ynghyd, a geiriau fel pe bai plentyn wedi'u ffurfio ar hyd y brig: 30th Arkansas Regiment. Wedyn enwau brwydrau'r gatrawd mewn llythrennau llai cywrain hyd yn oed. Farmington, Kentucky. Richmond, Kentucky. Y wobr fwyaf y gellid ei dwyn o faes y gad – baner un o gatrodau'r gelyn. Ond roedd Sadoc wedi blino hyd eithaf ei esgyrn ac nid oedd ganddo'r egni i gymryd llawer o ddiddordeb ynddi. Dim ond chwilio am ddŵr i lenwi'i gantîn, dychwelyd at ei gyfaill Gustav a gorwedd yno ar y ddaear galed oer.

* * *

Cyrhaeddodd y llythyr ddechrau'r mis nesaf. Yn llaw Sadoc, dalen ar ôl dalen, yn adrodd ei hanes yn faith, yn cynnwys mwy ohono'i hun yn yr un amlen honno na'r holl lythyrau eraill roedd wedi'u hysgrifennu ers ymrestru yn y fyddin. Dywedodd fod Stones River yn waeth o lawer na brwydr Perryville. Disgrifiodd y pedwar diwrnod yn fanwl. Cyffesodd hefyd fod arno hiraeth a bod ei fisoedd hirion yn y fyddin wedi'i dywys i werthfawrogi cysuron cartref a chariad teulu. Defnyddiodd iaith na wyddai Sara fod gan ei brawd, fel pe bai wedi llyncu talp o farddoniaeth Hector Tomos, fel y nododd ei thad.

'Onid yw rhyfel yn beth rhyfedd,' dywedodd Seth. 'Mae Joshua wedi treulio misoedd draw yn Arkansas heb weld llawer o ymladd ond dyna Sadoc i lawr yn Nhenesî yn ymladd yn erbyn dynion o Arkansas.'

'Ie wir,' cytunodd ei fam. 'Rhyfedd ac ofnadwy.'

Peth arall rhyfedd oedd y ffaith nad oedd Joshua wedi ysgrifennu ers talwm; roedd y ddau fab wedi cyfnewid arferion, gyda Sadoc yn llenwi'r blwch llythyrau ar y silff ben tân â'i dudalennau a'r brawd iau wedi rhoi'r gorau iddi.

'Pwy a ŵyr,' dywedodd Isaac wrth Elen, 'mae'r post yn gallu bod yn wamal.'
'Pwy a ŵyr,' atebodd Elen, 'mae rhyfel yn medru newid dyn.'

Ni chlywodd neb air am hanes Ismael Jones am gyfnod. Ac wedyn daeth llythyr o Cincinnati, a hwnnw tua chanol mis Mawrth. Ni ddywedodd air am wasanaeth milwrol, ond roedd yn amlwg o'r hyn na ddywedwyd nad oedd wedi ymwisgo'n filwr eto. 'Wedi cymeryd peth amser i wneud ychydig o fusnes ar ran cwmni masnach yr ynys,' dyna a ddywedodd yn ei lythyr at ei frawd. Ond eto nid oedd arwydd na manylion yn awgrymu beth oedd natur y busnes hwnnw, a dywedai tad Sara ei fod yn weddol sicr mai yn nhafarndai'r ddinas roedd gwir fusnes ei hewythr ar y pryd. Ond cyrhaeddodd llythyr ar drydedd wythnos mis Mai yn datgan ei fod wedi ymrestru. Roedd wedi ymuno â byddin yr Undeb, ond nid i ymladd ar dir ond fel aelod o griw un o'r agerfadau milwrol. Y *Moose* oedd enw'r llestr y byddai'n gwasanethu arni.

'Peidiwch â phoeni dim,' meddai Isaac wrth y plant. 'Mae'ch ewyrth Ismael yn nabod yr afon yn dda. Mi fydd o'n iawn.'

Ddiwrnod yn ddiweddarch cyrhaeddodd y newyddion am frwydr draw ym Mississippi. Y Cadfridog Grant oedd y dyn y soniai'r papurau amdano, arwr Pittsburgh Landing, ac roedd wrthi'n symud ei fyddin, yn ceisio gwasgu ar linellau'r gelyn o gwmpas Vicksburg, prif gaerfa'r Gwrthryfelwyr yn y gorllewin. Aeth byddin y Cadfridog Grant i'r afael â lluoedd y Gwrthryfelwyr yn Champion Hill yn nhalaith Mississippi. Buddugoliaeth arall iddo, a'r gelyn yn cilio. Dim ond yn ddiweddarach y sylweddolodd Elen ac Isaac Jones fod y 56ed Ohio, catrawd Joshua, wedi chwarae rhan yn y frwydr honno hefyd. Bu rhai dyddiau o ddisgwyl am lythyr a rhai nosweithiau di-gwsg. Chwilio yn y papurau am restr y meirwon, ond dim hanes am Joshua. Ac wedyn llythyr, un byr, yn debyg i rai Sadoc ers talwm. 'Yr wyf yn iach ac wedi goroesi'r frwydr ofnadwy a fu.'

Cyfarfu Elen â Catherin Huws ar y lôn y diwrnod wedyn a chael bod Huw wedi ysgrifennu at ei deulu a bod ei lythyr o'n cynnwys rhagor o fanylion. Oedd, roedd Huw a Joshua'n holliach, diolch i'r Arglwydd. Ond roedd Robert Owen, un o gyfeillion pennaf Huw a Joshua, wedi'i ladd. Pan adroddodd Elen yr hanes wrth weddill y teulu, dywedodd Isaac ei fod yn cofio'r teulu. Ie, mab yr hen Robert Owen, ffarm ar gyrion Oak Hill. Roedd wedi'i weld mewn eisteddfodau a chymanfaoedd yn y gorffennol. Yn ôl Catherin Huws enillodd catrawd Joshua a Huw ganmoliaeth yr uchel swyddogion, wrth gipio dau ganon gan y gelyn yn ystod y frwydr a chymryd tros gant o'r Rebels yn garcharorion hefyd. Ond talwyd yn ddrud, lladdwyd llawer o ddynion eraill yn ogystal â Robert Owen. Rhwng y lladdedigion a'r clwyfedigion, roedd 135 ohonynt wedi syrthio yn y frwydr, llawer ohonynt yn Gymry o siroedd Jackson a Gallia.

Disgwyliai teulu Sara am lythyr arall, ond ni ddaeth. Byddai Joshua'n sicr o ysgrifennu eto, meddai Isaac Jones, ond ni wnaeth. Aeth Elen Jones i'r blwch llythyrau ac ailddarllen rhai o'r epistolau hirion roedd Joshua wedi'u hysgrifennu yn y gorffennol, yn ochneidio wrth bori trwy'r dalennau. Mae rhyfel yn gallu newid dyn.

17

Bu Sara'n edrych ymlaen at ei phen-blwydd. Byddai pawb yn gwisgo'u dillad Sul, broets arbennig yn sgleinio ar fynwes ei mam a rhywbeth ychwanegol ar y bwrdd, tarten, teisen neu bwdin reis. Nid y dathlu oedd craidd y cyffro, ond ei arwyddocâd. Byddai'n troi'n ddeunaw oed y mis Mehefin hwnnw. Roedd merched iau yn priodi. Gwyddai am Gymraes o Jackson County roedd ei thad yn adnabod ei theulu wedi priodi'n bymtheg oed. Dywedai rhai fod merched tipyn yn iau na hynny'n priodi dros yr afon ym mryniau Gorllewin Virginia a Kentucky. Ond roedd yn ddealledig yn nheulu Elen ac Isaac Jones na fyddai'u merched yn priodi cyn dathlu'u pen-blwydd yn ddeunaw oed. Eto, roedd Esther yn dair ar hugain oed a heb grybwyll yr awydd i briodi erioed, ac er bod pawb yn rhyw ddeall cyfeiriad posibl cyfeillgarwch Sara â Rowland, nid oedd hi wedi codi'r pwnc erioed chwaith. Ond byddai'n porthi breuddwydion Sara a'r dyheadau hynny na rannai â neb arall. Yn y parti byddai Rowland yno hefyd, yn ogystal â'r gweinidog a'i hen ewythr Enos. Roedd ei rhieni wedi cyhoeddi'n barod na fyddai diodydd ar y bwrdd, er parch i deimladau'r gweinidog ac er gwaethaf teimladau N'ewyrth Enos. Dychmygai Sara edrych ar Rowland dros y bwrdd, gan gyfeirio, heb i neb weld, at y gwg ar wyneb ei hen ewythr a gwenu. Byddai Rowland yntau'n codi'i lasiad o ddŵr ac amneidio'n slei i gyfeiriad y Parchedig Evan Evans a byddai hithau'n cael trafferth llyncu'i bwyd, wrth i'r chwerthin godi yn ei gwddf.

Ond taflodd Seth gwmwl dros y cyfan. Y brawd bach y bu hi'n ei fagu yn ei breichiau, y brawd a fu'n ei dilyn hi i bob man fel cyw hwyaden yn dilyn ei fam. Y brawd a fu'n ufudd iddi ac yn awyddus i'w phlesio. Y fo a ddaeth â'r newyddion adref.

'Mae'r Fifty-Sixth Ohio yn chwilio am ragor o ddynion. Dywedodd Robert Davis fod ei dad wedi gweld hysbyseb yn y papur.' Ymlaen yr aeth, yn rhyferthwy o siarad byrlymus. 'Ie, catrawd Joshua a Huw. Mae angen rhagor o ddynion arnyn nhw i lenwi'r rhengoedd. Mae'n gyfle perffaith i fi gael bod yn yr un gatrawd â Joshua.' Ceisiodd ei dad roi taw arno.

'Rhagor o ddynion sy eisiau arnyn nhw. Hogyn wyt ti.'

'Ie, Seth. 16 oed wyt ti,' ychwanegodd ei fam, mewn llais miniog.

'Ond mae hogiau'r oed yna wedi enlistio. Hogiau iau na hynny hefyd.'

'Arhosodd dy frodyr,' poerodd ei fam. 'Roedd Sadoc a Joshua'n ddeunaw cyn enlistio.' Agorodd Seth ei geg, yn barod i daeru, ond siaradodd ei fam ar ei draws, ei llais yn uchel. 'Dy frawd, Sadoc, hyd yn oed. Arhosodd o, ac aros fydd dy hanes ditha hefyd!'

Oedran ymrestru, oedran priodi, y diwrnod yn dod i bawb yn y diwedd i hawlio'i fywyd iddo'i hun. Cafwyd noson ddigon hapus yn y diwedd, er na allai Sara ymgolli'n llwyr a'i mwynhau'r un fath. Ac yntau mor sylwgar, gwyddai fod Rowland wedi synhwyro fod rhywbeth o'i le. Ni ellir osgoi'r teimlad hwnnw rhag rheoli, pan fydd pobl yn osgoi trafod yr hyn sy'n gwasgu arnyn nhw.

Pan ffarweliodd y Parchedig Evan Evans â'r teulu a dweud bod ganddo bregeth i'w gorffen cyn noswylio, cyhoeddodd Sara'i bod am fynd am dro yng ngolau'r lleuad gyda Rowland. Dywedodd ei hen ewythr ei fod am aros ac eistedd gyda'i nai, a gwyddai Sara y byddai'i thad yn estyn rhywbeth bach i'w yfed ar ôl i'r gweinidog ymadael. Roedd hi'n noson fwyn, a'r awel yn ysgafn ar eu crwyn heb fod yn oer. Cerddai Rowland a Sara'n araf at lan orllewinol yr ynys cyn eistedd ar garreg lefn fawr, gan ddychryn hwyaden a'i chywion; cododd yr adar o'u clydfan ar y lan a mynd am y dŵr, y fam yn cwacian yn flin wrth iddyn nhw ymadael. Wedi eistedd, eglurodd Sara helyntion y diwrnod. Gwrandawai Rowland yn dawel wrth iddi fanylu ar y cythrwfl a achoswyd gan Seth ar yr aelwyd. Dywedodd Sara'i bod hi'n teimlo'n euog am fod yn flin wrth Seth am daflu cwmwl dros y diwrnod.

'Ddylet ti ddim teimlo'n euog, Sara.' Edrychodd Rowland ar yr afon, yn hel meddyliau. Oedodd cyn siarad. 'Dwyt ti ddim 'di rhoi dolur i neb arall. Ddylet ti ddim poeni am deimlo fel'na. Mae digon o boen yn y byd yn barod.'

Wedi eistedd yn dawel am ychydig cydiodd Sara yn ei fraich i gael ei sylw. Edrychodd arni hi, ei lygaid yn feddal yng ngolau'r lleuad.

'Rowland?'

'Ie?'

'Wyt ti'n ystyried ymuno hefyd?'

Ochneidiodd a throi'i ben i edrych ar yr afon eto.

'Sa'i'n mo'yn trafod 'ny heno, Sara.'

'Ond ma'r cwestiwn wedi'i ofyn rŵan. Wyt ti?'

Ochneidiodd Rowland eto a throi'n ôl i'w hwynebu.

'Ydw, Sara. Os o's rhaid i ti ga'l gwpod. Bydde'n anonest i fi bido cyfadde. Mae'n anodd aros yn segur a gadel i bobol erill beryglu'u bywyde.'

Gwyddai hi fod ganddo ragor i'w ddweud ac felly arhosodd yn dawel, ei hewyllys yn tynnu'r geiriau allan ohono fel llinyn anweladwy yn tynnu pysgodyn allan o ddŵr.

'Wi'n teimlo bod... tynfa... t'mod... tynfa yn 'y nghymell i... i neud y peth iawn... dros 'y ngwlad a dros ryddid.' Gan fod y tawelwch wedi'i dorri a'r gwaethaf wedi'i ddweud, dechreuodd siarad yn gyflymach. 'Dyw e ddim yn bosib i neb wadu nad yw'n rhyfel dros ryddid nawr. Os nad yw dyn fel fi'n fodlon sefyll ar 'i dra'd ar adeg fel hyn a neud y peth iawn, beth yn fwy all 'y nghymell i fynd? Ma'r hen dynfa yna, fel bachyn yn ddwfn i lawr yn f'enaid i, yn tynnu ac yn tynnu o hyd.' Anadlodd yn ddwfn cyn ychwanegu, 'Ond ma 'na dynfa arall 'fyd, yn 'y nhynnu i gyfeiriad arall, yn 'y nghymell i aros ma 'da ti.'

Symudodd Sara a llithro ar draws y garreg er mwyn gwasgu'i chorff yn ei erbyn. Ymatebodd trwy roi'i fraich o'i chwmpas a'i thynnu'n nes ato. Cododd ei hwyneb ato a theimlo'i wefusau ar ei gwefusau hi. Arhosodd felly, yn ymgolli, pryderon yn diflannu fel yr hwyaid.

Cerddai fel pe bai mewn byd arall am ddau ddiwrnod cyfan a chysgai yng ngafael cynhesrwydd y teimlad hwnnw am ddwy noson. Hwn oedd y bywyd. Gwyddai fod yr hyn a elwir yn ddyfodol yn debyg i'r teimlad hwn. Ond er bod y dymestl a achoswyd gan Seth yn y cartref wedi ymdawelu ers rhai dyddiau, dechreuodd godi eto, yn debyg i storm yn hel ar y gorwel. Gellid synhwyro rhyw newid yn ymddygiad Seth, rhyw benderfyniad yn ei lygaid a hyder yn ei osgo. Dechreuodd siarad fwyfwy am Joshua, pwnc y gwyddai na fyddai'i rieni'n troi oddi wrtho, am gatrawd ei frawd, am ei wasanaeth diweddar a'r colledion diweddar. Wedyn daeth â thoriad o'r *Gallipolis Journal* adref a gawsai gan rywun ar yr ynys nad oedd Seth am ei enwi. Roedd y tamaid bach hwnnw o bapur yn gyrch milwrol wedi'i anelu at gaerfa safiad ei rieni.

'Gwrandewch, os gwelwch chi'n dda, ar hwn.' Siaradai Seth yn hunanfeddiannol, ei lais yn ddwfn ac yn aeddfed. 'Llythyr ydyw, a gyhoeddwyd yn y *Journal* ddau fis yn ôl. Yr awdur yw Ashley R Williams, Co E, 56th Reg. OVI. Gwrandewch.' Darllenai'n araf ac yn bwyllog. 'Dear Sir, Permit me through your respectable and loyal sheet, to give the biography of one who is a boy in Uncle Sam's service, now going on two years, and am not particularly tired yet. Mr Editor, I volunteered in Capt. John H Evans Company, belonging to the 56th OVI, and have not regretted it yet. I was a little over sixteen years old when I embarked in this cause…'

'Dyna ddigon!'

Cododd eu mam a cherdded o'r ystafell. Clywai Sara ei thraed ar y grisiau ac wedyn drws llofft eu rhieni'n cau gyda chlep. Edrychai Jwda ar Benjamin a Benjamin yntau ar Jwda, y ddau'n symud yn anniddig yn eu cadeiriau. Roedd llygaid eu tad wedi dilyn eu mam. Ochneidiodd a throi i edrych ar Seth.

''Machgen i.'

Am unwaith nid oedd Sara'n gwbl sicr beth oedd ystyr geiriau'i thad. Ebychiad. Datganiad. Cyhuddiad. Cwestiwn. Cododd Seth, plygu'r darn o bapur a'i osod ym mhoced ei wasgod. Camodd i'r drws, yn bwriadu gadael y tŷ heb ddweud gair arall. Eistedd yn dawel wnâi'r tad, ei ben yn isel. Cododd Sara a brysio ar ôl Seth, ei gyrraedd wrth iddo agor y drws. Chwythai awel iach mis Mehefin i mewn i'r ystafell, yn cludo arogleuon blodau a gwyrddni a bywyd yn ei amrywiol wisgoedd. Estynnodd Sara law a'i gosod ar ysgwydd ei brawd ond pan ddechreuodd hi agor ei cheg i siarad, camodd Seth trwy'r drws.

'Paid, Sara,' galwodd dros ei ysgwydd, a chau'r drws yn ei hwyneb.

Ni fu'n rhaid iddi glustfeinio ar sgyrsiau'i rhieni yn ystod y dyddiau nesaf; medrai Sara'u clywed yn hawdd, weithiau'n siarad yn uchel yn eu llofft yn y nos ac weithiau'n trafod yn agored o'i blaen yn ystod y dydd. Siaradai ei thad fel dyn wedi ildio a derbyn ei ffawd er bod y ffawd honno'n atgas iddo. Roedd ei mam fel dynes o'i chof, weithiau fel anifail gwyllt wedi'i gornelu, yn taranu, yn taro â'i geiriau, yn erfyn ac yn bygwth. 'Ond pa beth y gallwn ei wneud, Elen?' Dyna a ofynnai Isaac i'w wraig dro ar ôl tro. Weithiau byddai'n cydio yn ei dwylo, dagrau yn ei lygaid, ei lais yn crynu. 'Beth alla i wneud? Mynd ar ei ôl o pan fydd o'n mynd, achos mae'n sicr o fynd, a'i lusgo'n ôl yn erbyn 'i ewyllys? Gofyn i'r awdurdodau 'i roi mewn cyffion, fel troseddwr ar 'i ffordd i'r carchar? A beth wedyn? Ei gadw dan glo?' Ac felly ymlaen ac ymlaen, yn boenus o ailadroddus, am ddyddiau. Ceisiai Sara ddal pen rheswm â'i brawd, ond ni allai oresgyn ei benderfyniad tawel. Nid ymollyngai i ddadlau â hi, dim ond dal ei ben yn uchel, fel merthyr a oedd yn fodlon derbyn holl ymosodiadau'i erlidwyr gydag urddas a thawelwch.

Ni ddeallodd Sara tan ar ôl iddo ddigwydd ond fe ddigwyddodd, yn raddol o bosibl, neu, hwyrach, mewn modd na allai gofio'i hynt gan fod arswyd a phoen wedi pylu'i theimladau a drysu'i chof. Ond fe ddigwyddodd. Teimlai fel un a fuasai yng ngafael hunllef, wedi troi a throsi yn ei gwely am oriau cyn penderfynu deffro a llusgo'i hun o gwsg er mwyn dianc rhag yr hunllef. Ond, ar ôl deffro, ymwisgo, camu o'i llofft a gadael y tŷ, dyma sylweddoli bod yr hunllef wedi'i dilyn. Dyna a ddigwyddodd, neu, hwyrach, dyna a ddigwyddai'n raddol, wrth iddi siarad â Rowland dros gyfnod o rai dyddiau, yn trafod y dymestl ar yr aelwyd, yn gofyn am gyngor, yn dweud na allai lwyddo dod â Seth at ei goed. Yn y diwedd, siaradai Rowland yntau am ymrestru, yn dweud ei fod am fynd gyda Seth. Ildiodd yn y diwedd, a derbyn bod yr hunllef wedi meddiannu'i horiau pan fyddai'n effro.

Bu'n rhaid i fam Sara dderbyn y drefn yn y diwedd hefyd. Ni allai ennill; dyma oedd eu ffawd. O leiaf roedd yr ildio a'r derbyn wedi adfer heddwch ar yr aelwyd. Gallai rhieni Seth ei gofleidio eto a siarad â'u mab mewn lleisiau caredig. Ymollyngai pawb i'r un pwll o gysuron. Ailadroddid pynciau'r cysuron hyn, fel y cadwedig rai yn aildrodd pynciau'r ffydd mewn seiat. Byddai Rowland gyda Seth, yn edrych ar ei ôl. Bydden nhw'n ymuno â Joshua a Huw Llywelyn Huws, yn gwasanaethu ysgwydd wrth ysgwydd â theulu a ffrindiau. Roedd ugeiniau o Gymry eraill o siroedd Jackson a Gallai yn y 56th; nid oedd catrawd fwy Cymreig yn holl fyddin yr Undeb. Byddai Seth a Rowland yn fodd i godi calon Joshua hefyd. Roedd y Cadfridog Grant wedi gyrru'r gelyn o fan i fan wrth wasgu ar Vicksburg. Ni allai'r Gwrthryfelwyr wrthsefyll yn hir; roedd Vicksburg yn sicr o syrthio, o bosibl cyn i Seth a Rowland gyrraedd y gatrawd. Ac felly yr adroddid y catecism o gysuron.

Daeth y newyddion ddau ddiwrnod cyn iddyn nhw ymadael fod Gorllewin Virginia wedi'i chreu'n dalaith newydd. Roedd datganiad y siroedd gorllewinol wedi'i dderbyn a'r llywodraeth yn Washington wedi croesawu'r dalaith newydd yn ffurfiol i'r Unol Daleithiau. Cerddai Sara a Rowland ar hyd glan ddeheuol yr ynys, yn syllu dros yr afon ar y bryniau isel. Roedd Sara'n anarferol o dawel ac felly siaradai Rowland fwy na'r arfer. Nid oedd hi'n adnabod neb a fedrai wrando mor dda ag o, ac roedd hi'n mwynhau'i allu i adael i dawelwch fod, yn ei dderbyn am yr hyn ydoedd heb geisio'i lenwi bob amser â geiriau a leferid er mwyn creu sŵn. Ond ni dderbyniai Rowland y tawelwch y tro hwn, ar eu diwrnod olaf cyn iddo ymadael. Dywedai mai peth rhyfedd oedd syllu ar y tir yr ochr arall i'r afon a meddwl ei fod rywsut yn wahanol. A oedd wedi newid? Oedd y ffiniau a nodwyd ar fap a'r datganiadau a ddeuai o gegau gwleidyddion yn newid ffurf y bryniau ac ansawdd y pridd? Onid oedd ei hen ewythr hi wedi sôn am y Shawnee olaf yn dal i droedio glannau dyffryn yr afon fawr pan ddaeth o i Ohio gyntaf, eu henwau nhw ar leoedd yn ildio i enwau'r newydd-ddyfodiaid, ond y lleoedd hynny'n aros yr un fath.

'Ond dydi'r llefydd ddim yr un fath, Rowland.' Roedd brath yn ei geiriau, min ar ei llais. 'Mae'r hen goedydd wedi'u torri ac mae trefi a dinasoedd wedi trawsffurfio'r glannau. Beth bynnag, sut mae un dyn yn gallu deall yr hyn mae darn o dir yn ei olygu i ddyn arall? Sut mae cenedl nad yw'n deall iaith, na hanes, na chrefydd cenedl arall, yn gallu deall ystyr ac arwyddocâd y tir iddyn nhw?' Edrychodd arno, ei llais yn meddalu. 'Sut mae deall beth yw gwir ystyr rhywbeth i rywun arall?' Rhoddodd ei fraich o'i chwmpas a'i gwasgu ato. Safodd y ddau, y naill yn teimlo gwres corff y llall, y ddau'n edrych yn freuddwydiol dros yr afon ar dir Gorllewin Virginia. Camodd Rowland yn ôl fymryn er mwyn troi a wynebu Sara, ei freichiau'n cydio'n ysgafn yn ei breichiau hi.

'Fe ddo i'n ôl atat ti, Sara. Do i'n ôl.'

'Dwyt ti ddim yn medru addo hynny, Rowland.'

Nid oedd arlliw o gerydd yn ei llais, dim ond cydnabyddiaeth a thristwch.

'Wi'n addo bydd pob darn ohono i'n trio'i orau glas i ddod 'nôl atat ti.' Gwasgodd o hi ato a'i chofleidio'n dynn. Siaradodd hi heb ymryddhau o'i afael.

'Ysgrifenna, Rowland. Ysgrifenna'n aml.'

'Fe sgrifenna i, Sara. Wi'n addo. Mor amal â phosib.'

Symudodd Sara'n ôl ychydig, gan ymryddhau er mwyn codi dwrn a tharo ergyd chwareus ar ei fraich.

'Dwi o ddifri, Rowland! Mae'n well i ti wneud. Dwi wedi gweld sut mae hi efo Sadoc a Joshua. Llythyrau weithia ac wedyn dim byd am fisoedd. Cofia di sgrifennu!' Roedd o'n chwerthin erbyn hynny.

'Fe 'na i. Wi'n addo. Bob cyfle posib.'

Roedd diwrnod eu hymadawiad yn boeth ond deuai gwynt o'r gogledd i oeri wynebau'r dyrfa a lladd gwres yr haul i raddau. Ymgasglodd pawb o gwmpas doc bach y gogledd, yn gymysgfa o ysgwyd llaw a churo cefn, pobl yn dymuno'n dda ac yn cynnig bendith. Gwasgai teulu Seth yn agosach, y naill yn siarad ar draws y llall, yn gofyn i Rowland edrych ar ôl Seth ac yn gofyn i Seth atgoffa

Joshua i ysgrifennu. Camodd Ann Lloyd ymlaen, y dorf yn gwahanu i adael iddi gyrraedd y cwlwm o Jonesiaid. Siaradodd yn ddistaw, yn gofyn i Seth a Joshua anfon ei chofion at Huw. Roedd Isaac ac Enos yn y cwch, yn disgwyl am y teithwyr, y naill yng nghefn y llestr bach, yn dal y doc ag un llaw, a'r llall yn eistedd yn y pen arall, ei ben wedi'i droi i gyfeiriad y doc a'r dorf. Cychwr o'r hen chwedlau ydoedd Enos Jones, ei farf wen hir yn dangos ei fod yn perthyn i'r oesau, ac yntau'n fythol ifanc ac yn fythol hen, wedi mynd ag eneidiau lawer dros yr afon. Bu'n rhaid i Seth ymryddhau o ddrysfa'i deulu – ei fam, Benjamin a Jwda yn dal ei freichiau – er mwyn camu i lawr ac eistedd yn y cwch rhwng ei dad a'i hen ewythr. Cydiodd Rowland yn Sara a'i chusanu am yn hir, y tro cyntaf iddyn nhw wneud o flaen pobl eraill. Ni chlywodd Sara neb yn dweud gair am hynny, ac ni phoenai chwaith. Camodd Rowland yntau i lawr i'r cwch a gwasgu rhwng Seth a'i dad, y llestr yn isel yn y dŵr erbyn hynny. Galwodd Sara un gair wrth iddyn nhw ymadael â'r doc a dechrau croesi'r sianel gul.

'Cofia.'

* * *

Er bod y papurau'n dal i sôn am John Hunt Morgan ac yn dweud ei fod wrthi'n arwain cyrch arall trwy dalaith Kentucky, yr unig bwnc, ar wahân i ffawd eu meibion, ar dafodau Isaac ac Elen Jones am rai dyddiau oedd sefyllfa Hannah Tomos. Roedd Catherin Huws wedi dweud wrth Elen fod gwraig yr ysgolfeistr yn disgwyl, er ei bod dros ei deugain oed. Roedd wedi colli sawl baban yn y gorffennol erbyn deall. Roedd yn wyrthiol, ond roedd y beichiogrwydd wedi mynd dipyn ymhellach y tro hwn. Yn ôl popeth a wyddai Catherin Huws, roedd yn ymddangos yn obeithiol. Gwrandawai Sara'n dawel, yn meddwl am sirioldeb Hector a Hannah Tomos, eu cymwynas a'u hawydd i gynorthwyo eraill. Cofiodd y cwmwl o dristwch dienw a ddeuai drostyn nhw'n achlysurol, pwl drwg a basiai bob tro, rhywbeth na roddai neb enw arno.

Roedd Sara wedi penderfynu dweud wrth Hector Tomos na fyddai'n dod i'r ysgol bellach gan nad oedd digon o blant ar ôl i gyfiawnhau gwasanaeth athrawes gynorthwyol. Gwyddai fod yr ysgolfeistr yn ei hystyried yn rhan bwysig o gymuned yr ysgol, fel Esther gynt. Ond roedd ymadawiad Rowland wedi suddo i'w chalon ac ni phoenai bellach am y pethau a berthynai i'r byd a fu. Byd gwahanol a'i hwynebai a byddai'n rhaid iddi ymddwyn yn wahanol. Ni thâl iddi gogio nad oedd dim wedi newid. Byddai'n well treulio'i hamser yn cynorthwyo Ruth Lloyd gyda gwaith y Sanitary Commission na chwarae bod yn athrawes i blesio Mr Tomos. Byddai'n rhaid iddi ddweud wrtho, er na fynnai frifo'i deimladau. Roedd yn rhaid i bawb galedu rywfaint; roedd y byd yn wahanol. Ond pan glywodd y newyddion am Hannah Tomos meddalodd ei chalon a phenderfynodd na fedra'i siomi o. Beth bynnag, mae'n bosib y byddai angen athrawes gynorthwyol arno – gwir angen – pan ddeuai'r plentyn.

Daeth llythyr cyntaf Rowland dridiau ar ôl iddo ymadael. Roedd wedi'i ysgrifennu ar yr agerfad a'i bostio o Evansville, Indiana. Chwe dalen o'i lythrennau trwsgl, gwaith ei law'n ymddangos fel ysgrifen plentyn bach ond y brawddegau'u hunain yn cyfleu Rowland iddi – ei garedigrwydd, ei hiwmor tawel, ei awydd i'w phlesio. Disgrifiodd sut y bu'n rhaid i'r gwirfoddolwyr newydd hyfforddi ar fwrdd yr agerfad yn ystod y daith. Disgrifiodd y bwyd a'r dynion eraill. Dywedai fod Seth yn iach ac yn mwynhau'i hun yn fawr, eu bod wedi symud heibio Cincinnati yn ystod y diwrnod cyntaf ac wedi gweld y *Moose* wrth y doc. Do wir, digon agos i ddarllen yr enw ar y llestr milwrol. Rhoddodd ddisgrifiad digrif o Seth yn gwasgu yn erbyn y canllaw, yn galw ac yn ceisio cael sylw rhai o'r dynion ar y *Moose*, yn gofyn a fyddai rhywun yn gallu cael hyd i'w ewythr, Ismael Jones, nes i'r rhingyll ddod draw a gweiddi arno a dweud y dylai ymddwyn fel milwr nid fel bachgen bach ar ei daith gyntaf, rhywbeth a frifodd falchder Seth yn fawr. Pwysleisiodd Rowland mai dyna oedd y pellaf i'r gorllewin roedd wedi teithio erioed yn ei fywyd, a disgrifiodd y pentrefi, y trefi a'r dinasoedd mewn cymaint o fanylder â phosibl, er mai ond eu gweld a wnaeth wrth iddynt ymrolio heibio ar yr afon. Dywedodd fod yr amser ers iddo ymadael â hi'n teimlo'n hir, er nad oedd ond cwpl o ddyddiau mewn gwirionedd.

Cyrhaeddodd llythyr nesaf Rowland, a bostiodd yn Nashville, yr un pryd â phenawdau'r papurau am y ddwy frwydr. Draw yn y dwyrain roedd Robert E Lee wedi arwain byddin fawr o Wrthryfelwyr dros y ffin i dir y gogledd ac wedi cyfarfod â lluoedd yr Undeb yn ymyl rhywle nad oedd neb ar yr ynys wedi clywed amdano erioed o'r blaen – Gettysburg. Ar yr un pryd, draw yn y gorllewin roedd Ulysses S Grant yn tynhau'i afael ar gaerfa fawr y Gwrthryfelwyr ar lan y Mississippi – Vicksburg. Gofynnodd Sara i'w thad a oedd o'n credu bod Rowland a Seth wedi cyrraedd Mississippi erbyn hynny. Ni wyddai. Aeth i'r ysgoldy ac astudio'r map mawr, yn olrhain llwybrau'r afonydd â'i bys, yn dilyn yr Ohio i'r Mississippi ac yna'n dilyn y ffin las droellog honno rhwng Tennessee ac Arkansas i lawr nes ei bod hi'n troi'n ffin i dalaith Mississippi.

Y disgwyl oedd yn llywodraethu bywyd yng nghartref Sara. Nid oedd na Sadoc na Joshua wedi ysgrifennu ers tipyn, ac roedd y disgwyl am air oddi wrth Seth a Rowland yn dwysáu'r holl boendod – pob agerfad a ddeuai i'r doc, pob sachaid o lythyrau, pob taith a wneid gan rywun o'r ynys i Gallipolis neu i Oak Hill. Dim byd ond disgwyl, a'r disgwyl hwnnw'n gynyddol annioddefol. Nid oedd gan neb awydd trefnu dathliad mawreddog ar y Pedwerydd o Orffennaf, ac felly ailgydiodd y gymuned yn yr hen draddodiad a chynnal cyfarfod syml yn y capel gyda'r nos.

Wedyn roedd y papurau a gyrhaeddai'r ynys yn gyforiog o hanes Gettysburg a Vicksburg, dwy fuddugoliaeth fawr i'r Undeb. Cynhaliodd y gweinidog gyfarfod gweddi.

'Mae clychau eglwysi'r trefi a'r dinasoedd yn canu heddiw,' meddai. 'Maen nhw'n canu o dyrau eglwysi ar draws Ohio a holl daleithiau'r gogledd. Nid oes gennym gloch yn yr addoldy syml hwn, ond codwn ein gweddi'n wylaidd mewn arwydd o ddiolch, a gweddïwn hefyd mai dechrau'r diwedd yw'r datblygiadau pwysfawr hyn.' Cyfeiriodd at y ffaith fod sawl un yn disgwyl am hanes anwyliaid oedd yn gwasanaethu yn y 56ed Ohio a'u bod nhw fel cynulleidfa a chymuned yn gweddïo drostynt un ac oll.

Aeth diwrnod ar ôl diwrnod heibio, a'r disgwyl yn parhau. Y cwbl a ddaeth oedd llythyr oddi wrth Esther, yn holi a oedd ganddynt newyddion am ei brodyr. Ac wedyn cyrhaeddodd rhifyn newydd *Y Drych*, y penawdau mewn llythrennau breision yn cyhoeddi'r hyn roedd pawb yn ei wybod yn barod.

> YMLADDFA FFYRNIG YN MHENNSYLFANIA
> BRWYDRAU MWYAF GWAEDLYD Y RHYFEL-DYMOR
> GORCHFYGU Y GWRTHRYFELWYR A'U GYRRU FILLTIROEDD YN ÔL
>
> CWYMP VICKSBURG
> RHODDIAD Y LLE I FYNY YN DDIAMODOL
> RHAGOLYGON CALONNOG I ACHOS YR UNDEB

Ond yn ofer y chwiliai Sara a'i rhieni am restr y lladdedigion a'r clwyfedigion, ac yn ofer y chwilion nhw am hanes hynt a helynt y 56ed Ohio.

Mae rhywbeth am y glaw caled ganol haf yn nyffryn yr Ohio. Daw bob tro ar ôl cyfnod o dywydd poeth, y lleithder yn cronni yn yr awyr a'r hinsawdd yn drofannol o chwyslyd. Bydd pobl yn cerdded yn araf, y gwres a'r lleithder yn eu llethu, yn sugno'u hegni, a gobaith am waredigaeth ym meddyliau pawb. Wedyn, daw'r glaw, y cymylau duon yn ymrolio dros yr afon, y diwrnod yn duo, ac yn y diwedd bydd y storm yn torri gyda mellt a tharanau. Bydd dafnau'r glaw yn fwy o lawer na'r hyn a gofiai'r mewnfudwyr am law Cymru. Daw cawod ar ôl cawod o'r glaw gan oeri'r awyr a chymell gair o ddiolch ar dafod pob meidrolyn.

Diwrnod o'r fath ydoedd yng nghanol mis Gorffennaf, y glaw'n crychu wyneb yr afon, ffrydiau o ddŵr yn rhedeg i lawr yr ynys i'r glannau, gan greu nentydd bychain ym mhob man. Ddiwedd y prynhawn, yr efeilliaid a Sara yn cysgodi yn y tŷ rhag y tywydd ac yn cadw cwmni i'w mam, agorwyd y drws a daeth eu tad i mewn, yn baglu mewn prysurdeb. Rhedai'r dŵr o'i het wlyb lipa ac o'i gôt. Aeth yn gyflym at y bwrdd, gan adael llwybr o ddŵr ar ei ôl ar y llawr. Agorodd ei gôt a'i thaflu ar lawr, rhywbeth na welsai Sara erioed mo'i thad yn ei wneud, fel dyn meddw mewn hofel yn un o'r straeon dirwestol hynny. Rhoddodd law y tu mewn i'w grys a thynnu sypyn o lythyrau a'u gosod ar y bwrdd wrth iddo eistedd. 'Mae tri oddi wrth Joshua, dau oddi wrth Seth ac... un... dau... tri... pedwar... pump... chwech oddi wrth Rowland. Fel arfer byddai Sara wedi codi a neidio trwy'r drws o glywed corn yr agerfad yn cyrraedd y doc, ond nid oedd wedi sylwi na chlywed, rhwng ergydion y taranau a churo diddiwedd y glaw ar y to a'r ffenestri. Aeth â'i llythyrau i'w darllen mewn cadair o flaen y tân, a gadael i'w rhieni bori trwy ohebiaeth ei brodyr gyda Jwda a Benjamin.

Roedd pob un ohonynt yn iach, pob un wedi goroesi gwarchae Vicksburg. Oedd, roedd Rowland a Seth wedi cyrraedd cyn y diwedd, wedi cerdded yng nghysgod y gaerfa yng nghwmni Joshua a Huw Llywelyn Huws. Hanesion, manylion, myfyrdodau a straeon. Darnau lluosog o feddyliau Rowland wedi'u gwasgu ar y darnau hynny o bapur. Roedd wedi nosi erbyn iddi godi ac ymuno â'i rhieni a'r efeilliaid wrth y bwrdd er mwyn darllen llythyrau Joshua a Seth yn frysiog a thrafod eu hanes gyda gweddill y teulu.

'Ond dim gair oddi wrth Sadoc?' Daeth cwmwl dros wyneb ei mam, a newidiodd cywair y sgwrs yn ddisymwth. 'Dim byd o gwbl?'

'Dydi'r Ail Gatrawd ddim wedi bod yn y gwarchae o gwmpas Vicksburg,' atebodd ei thad. 'Dydan ni ddim wedi cael gair ers peth amser ynglŷn â'u symudiadau nhw. Does wybod ble mae Sadoc ar hyn o bryd.'

Casglodd Sara lythyrau Rowland ynghyd a'u twtio'n un domen fach. Gwyddai beth fyddai ei mam yn ei ddweud cyn iddi lefaru'r geiriau. Ond roedd Sadoc wedi newid, roedd wedi ysgrifennu llythyr maith atyn nhw... pam y tawelwch? Dywedodd tad Sara rywbeth am natur wamal y post milwrol. Atgoffodd o hefyd fod Morgan ar herw, o bosibl yn llosgi'r wageni a'r trenau a'r cychod a gludai'r post. Ymesgusododd Sara, a mynd â'i llythyrau i fyny'r grisiau i'w llofft.

Yr wythnos ganlynol roedd papurau Ohio yn llawn hanes John Hunt Morgan. Roedd wedi cipio dau agerfad a chroesi'r afon ac ymosod ar Indiana. Dywedai rhai ei fod bellach ar dir Ohio, yn marchogaeth yn wyllt gyda channoedd o feirchfilwyr trwy'r dalaith, yn llosgi pontydd ac yn cipio nwyddau. Roedd lluoedd Undebol ar ei ôl, ond er iddyn nhw ladd rhai o'r Gwrthryfelwyr haerllug, nid oedd neb wedi dal Morgan ei hun hyd yn hyn. Aeth Owen Watcyn o ddrws i ddrws yn datgan y byddai'r Gwarchodlu Cartref yn cynyddu'i ymarferion. Roedd Enos Jones wedi trosglwyddo'r gapteniaeth i Owen, gan iddo benderfynu nad oedd ganddo'r nerth i gario arfau bellach. Wedi i Owen Watcyn adael eu cartref, gofynnodd Jwda i'w dad a oedd yr hyn a ddywedasai am ei hen ewythr yn wir.

'Wel, 'machgen i, mae'n wir bod N'ewyrth Enos yn 67 oed erbyn hyn, ac mae'n wir iddo drosglwyddo'r awenau i Mistar Watcyn. Ond dw i ddim yn credu'i fod yn wannach nag oedd o flwyddyn yn ôl. Ei hwyliau sydd wedi newid, dyna'r cwbl. Dydi o ddim yn gweithio ryw lawer yn swyddfa'r siop y dyddiau hyn, chwaith. Pan dwi'n 'i holi am hynny, mae'n dweud nad yw o'n gallu canolbwyntio ar y gwaith, ond mae'n anodd gwybod beth sydd o'i le arno.'

Sylwai Sara fod ei hen ewythr yn cerdded ar ei ben ei hun yn aml. Byddai hi'n ei weld weithiau yn sefyll ar y lan ogleddol rhywle rhwng y doc bach a'r trwyn dwyreiniol, yn syllu'n freuddwydiol ar y tir mawr, yn meddwl, mae'n siŵr, am y pontydd nas adeiladwyd.

Er bod Morgan yn parhau ar grwydr rhywle i'r gogledd, yn llwyddo osgoi cael ei ddal o drwch blewyn bob tro, dywedai'r papurau fod y Gwrthryfelwyr yn cilio fel arall. Deuai llythyrau Rowland, Joshua a Seth yn achlysurol hefyd, yn disgrifio'r modd roedden nhw'n erlid y Rebels ar draws talaith Mississippi. Daeth amlen wedi'i chyfeirio yn llaw Sadoc o'r diwedd hefyd, er mai tair llinell yn unig oedd y llythyr, yn ymddiheuro am beidio â rhoi gair ar bapur ers talwm ond yn eu sicrhau'i fod yn iach. Roedd ei gatrawd yn symud trwy dde Tennessee a byddai'n ysgrifennu'n faith pan gâi gyfle. Erbyn diwedd y mis roedd Morgan wedi'i ddal yn Salinville, Ohio. Cyhoeddodd Owen Watcyn mai dwywaith yr wythnos yn unig y byddai'r Gwarchodlu yn ymarfer o hynny ymlaen. Deuai llythyrau Seth a Joshua'n gyson, ond derbyniai Sara dri neu bedwar oddi wrth Rowland am bob un yr ysgrifennai ei brodyr at y teulu. Erbyn canol mis Awst roedd y gatrawd ar yr agerfadau eto'n teithio i lawr y Mississippi i gyfeiriad New Orleans.

Yn niwedd mis Medi roedd y tymor rhwng dau feddwl, y dyddiau'n dal eu gafael ar wres yr haf ond y nosweithiau'n dod â min awel yr hydref. Fel yr aroglau yn yr awyr a awgrymai'r haf a fu yn ogystal â'r hydref a ddeuai, roedd Sara wastad yn teimlo'i bod wedi'i dal rhwng hiraeth a gobaith pan deimlai awel diwedd Medi ar ei boch. Dyna pryd y cyrhaeddodd y newyddion am frwydr fawr Chickamauga yn ymyl y ffin rhwng Tennessee a Georgia. Dau ddiwrnod o ymladd ffyrnig, y colledion yn ail yn unig i frwydr fawr Gettysburg. Yna, sylweddoli bod catrawd Sadoc, y Second Ohio Infantry, wedi bod yn y frwydr honno. Nosweithiau di-gwsg, cyn derbyn rhagor o newyddion. Clywed bod Ail Gatrawd Ohio yn ei chanol hi, eu bod wedi dioddef colledion enbyd – 183 o ddynion wedi'u lladd a 36 wedi'u cipio'n garcharorion gan y gelyn. Dim gair oddi wrth Sadoc, dim hanes. Ac wedyn, mewn taflen frys a osodwyd y tu mewn i rifyn y *Gazette*, a hwnnw wedi'i gludo'n unswydd gan y *Boone's Revenge*, rhestr o feirwon y gatrawd wedi'u cyflwyno fesul cwmni. Ac yno mewn llythrennau duon o dan y pennawd Company E, the Lafeyette Guards, roedd ei enw o, Sadoc Jones.

18

Marwolaeth oedd y gair y disgwylid ei glywed bob dydd. Angau oedd y bod dirfawr a yrrai'r angylion o gyrion pob breuddwyd. Cystudd oedd y cywair a lywiai bob gweddi. Pan ddeuai newyddion am fuddugoliaeth, ni allai ysbryd y dathlu gyfodi uwchben y pentwr o gyrff, a phan ddeuai hanes trychinebus o golli brwydr, ni allai dicter a siom gyfodi uwchben y teimlad mai dyna oedd ffawd eu gwlad. Pan gyrhaeddai un o'r papurau newydd Saesneg, byddai rhieni Sara'n troi trwy'r tudalennau, yn chwilio am restrau meirwon y brwydrau diweddaraf, a phan gyrhaeddai'r *Cenhadwr Americanaidd*, byddai mam a thad Sara'n bodio trwyddo'n gyflym, yn chwilio am deyrngedau i filwyr ymadawedig ac yn oedi'n hir uwch ben y golofn dan y pennawd: BU FARW. Ni phostiodd neb lythyr at y golygydd yn amlinellu hanes bywyd Sadoc ac amgylchiadau'i farwolaeth; nid oedd gan neb yr awydd na'r egni i ymgymryd â'r gorchwyl. Darllenai Isaac ac Elen Jones y teyrngedau a ysgrifennwyd i eraill, y pregethau angladdol a draddodwyd er cof amdanynt a'r marwnadau a gyfansoddwyd i'w coffáu. Ar wahân i chwilio am adroddiadau a allai oleuo hanes catrawd Joshua, Seth, Huw a Rowland, prif swyddogaeth y wasg gyfnodol ar eu haelwyd yn ystod y flwyddyn 1864 oedd bod yn garreg ateb i'w galar.

> *Cofiant Milwr Cymreig.*
> *Marwolaeth Milwr.*
> *Galar Mam.*
> *Llinellau a gyfansoddwyd ar farwolaeth mab yn y rhyfel.*

Darllenai Sara hithau'r un llythyrau, yr un teyrngedau, yr un pregethau a'r un cerddi pan nad oedd neb arall yn yr ystafell, yn teimlo bod ei llygaid yn dilyn olion anweladwy a adawsai llygaid eu rhieni ar y tudalennau. Codai fys a'i osod yn ysgafn ar y papur, yn ei symud yn araf o dan eiriau brawddeg, yn gwybod i'w thad wneud yr union 'run peth yn barod. 'Yn y blynyddoedd hyn yn America mae miloedd o lygaid yn cael eu gwneuthur yn gochion gan wylo, a miloedd o ruddiau yn cael eu gwneuthur yn wlyb gan ddagrau.' Llefarai linellau'n ddistaw y tu mewn iddi, yn berfformiad o flaen tyrfa dawel ei hatgofion hi ei hun, yn gwybod bod ei mam wedi gwneud yr union 'run peth.

Ac megis Rahel wylo wnaf,
A hawdd yw gwybod pa'm.
Trwy brofiad gwn rwy'n tystio nawr,
Mai mawr yw galar mam.

Yr unig wrthbwynt i lenyddiaeth marwolaeth y flwyddyn oedd y llythyrau a ddeuai'n weddol gyson. Bu'n rhaid dod o hyd i flwch pren mwy gan fod y casgliad yn bygwth gorlifo ar y silff ben tân. Cadwai Sara'i chasgliad ei hun rhwng cloriau hen lyfr cyfrifon roedd ei thad wedi dod ag o iddi o swyddfa'r siop. Esteddai ar y bwrdd bach yn ymyl y gwely yn cadw cwmni i'w Beibl a pha lyfrau bynnag roedd wedi'u cael ar fenthyg gan Hector a Hannah Tomos ar y pryd. Y llyfr hwn oedd Llyfr Bywyd, yr un a ysgrifennwyd yn llaw Rowland Morgan, yr un a dyfai fesul amlen, fesul dalen.

Siaradai ei thad yn dawel am yr hyn a glywai gan y gweithwyr ar yr agerfadau a ddeuai i'r doc. Yn ogystal â nwyddau masnach arferol a'r offer rhyfel y gofynnai'r Llywodraeth iddynt eu symud ar ran y fyddin, cludai llawer o agerfadau lwyth o fath gwahanol bellach: eirch. Arferai dynion ddilyn y byddinoedd mawrion ac embalmio cyrff y meirwon am bris, pe bai perthynas neu gyfaill yn fodlon talu'r pris hwnnw. Dywedai'r ynyswyr a deithiai ar dir mawr Ohio fod pob trên yn cludo eirch hefyd. Teithiai cyrff yr holl ffordd o feysydd y gwaed yn nwyrain Virginia, y clwyfau angheuol wedi'u cuddio a'r corff wedi'i falmeiddio er mwyn ei gadw, a byddai wagen, trên neu agerfad yn cludo'r arch yn barsel wedi'i gyfeirio at y teulu galarus. Peth cyffredin oedd gweld tad neu frawd yn sefyll mewn gorsaf yn ei wisg angladdol, yn disgwyl am y trên a gludai'i fab neu'i frawd adref. Safai tyrfaoedd bychain o deuluoedd ar ddociau Pittsburgh a Cincinnati, yn disgwyl am yr agerfadau hyn yn cludo offrwm Angau iddynt.

Ond nid oedd olwynion masnach marwolaeth yn troi mewn modd mor effeithiol yn y gorllewin. Yn debyg i'r ffotograffwyr a ddilynai'r fyddin yn y dwyrain, yn manteisio ar y siwrnai gymharol hawdd o Washington dros y ffin i Virginia, roedd yn hawdd i'r embalmwyr wneud eu gwaith yn y rhan honno o'r wlad. Ond pur anaml yr ymwelai ffotograffwyr â'r byddinoedd a ymladdai ym mynyddoedd Tennessee na phellafion Arkansas a Louisiana, ac nid oedd mor hawdd i deulu gyrchu corff anwylyn adref o'r meysydd hynny chwaith. Ni wyddai teulu Sara ym mha le roedd Sadoc wedi'i gladdu hyd yn oed, dim ond iddo syrthio yn ystod brwydr Chickamauga a'i fod wedi'i gladdu gyda'i gydfilwyr rywle yn ne Tennessee neu yng ngogledd Georgia. Cerddai Angau yn dalog trwy'r wlad, yn meddiannu'r papurau a'r cylchgronau a hawlio pob math o drafnidiaeth iddo'i hun. Cynhaliwyd cyfarfod coffa tawel yn y capel gan y Parchedig Evan Evans, ond ni fu cofnod gweladwy yn dilyn marwolaeth Sadoc Jones.

Ystyriai Sara ysgrifennu rhywbeth. Hyd yn oed pe na bai'n ei chyhoeddi, byddai'n gysur gwybod bod ysgrif goffa wedi'i chyfansoddi. Rhoi trefn ar deimladau. Dethol atgofion. Canmol yr hyn y dylid ei ganmol. Gallai ysgrifennu at Esther a gofyn iddi fireinio'r ysgrif. Byddai'r gwaith gorffenedig yn gysur i'w rhieni a'u brodyr, ac yn llesol iddi hithau ac i Esther hefyd. Roedd darnau cofiadwy yn llythyrau Esther y medrai hi eu cymryd fel sylfeini. Brawddegau'n dweud bod colled a chystudd yn dâl am aberth ar allor rhyddid, yn gofyn iddyn nhw gofio'i fod wedi rhoi'i fywyd er mwyn rhyddhau eraill. Un darn yn dweud bod aberth ei brawd wedi ysbrydoli Esther ei hun i wneud mwy dros yr achos pwysig hwnnw ac yn gofyn iddyn nhw gofio y medrai yn yr un modd ysbrydoli eraill. Ond sut roedd dechrau cyfansoddi ysgrif o'r fath?

Porodd Sara trwy'r *Cenhadwr Americanaidd*, yr hen rifynnau roedd ei thad wedi'u gosod mewn rhes dwt ar dop darn isaf y dresel. Lle i lestri ydoedd, dywedodd ei mam mewn dyddiau hapusach, wrth dynnu coes ei gŵr. Nage, taerodd ei thad; gwnâi silff lyfrau ardderchog. Aeth Sara'n ôl trwy ôl rifynnau'r cyfnod cyn y rhyfel, yn bodio ac yn chwilio, yn astudio penawdau ac yn darllen y llinellau agoriadol. Bachwyd ei llygaid gan un ysgrif yn rhifyn Mehefin 1858: *Buchdraithodawl Mr Morris Pugh, Dolgellau, o'r Dysgedydd.* Hoffai hi'r gair hwnnw. Buchdraethodol. Ysgrif a oedd yn traethu am fuchedd. Traethawd am fywyd rhywun. Darllenodd y geiriau cyntaf.

'Wrth *ysgrifenu* nodiadau ar fywyd a marwolaeth unrhyw berson, yr ydys yn golygu ei fod yn anwyl gan y rhai a feddant ran yn eu hysgrifeniad.' Seibiodd a chau'i llygaid am ennyd, yn meddwl. Mae'n annwyl gennyf. Agorodd ei llygaid a darllen.

'Ac wrth *gyhoeddi* yr ysgrifen honno trwy y wasg, golygir fod y gwrthddrych yn adnabyddus i'r cylch ag y byddo yr argraffiad yn cael ei ddarparu iddo, ac fod nodiadau ar ei fywyd a'i farwolaeth yn teilyngu eu sylw oddiar yr adnabyddiaeth hono. Y mae dyn yn dyfod yn adnabyddus i'w genedl weithiau ar gyfrif ei neillduolrwydd corfforol, bryd arall ar gyfrif grym ei feddwl, yn fynych ar gyfrif y gangen lenyddol fyddo yn ei dilyn, yn aml ar gyfrif neillduolrwydd ei foesau, ac yn amlach ar draul teilyngod ei dduwioldeb.'

Dechreuodd wylltio. Roedd am godi'i llais a chyfarth ar awdur Buchdraethodol Mr Morris Pugh a'i geryddu am ei gulni a'i ddallineb. Ai dyna'n union a wnâi ddyn yn werth ei gofio? Neilltuolrwydd corfforol oedd yr unig rinwedd y medrai'i brawd hynaf ei hawlio – y ffaith ei fod yn gryf ac yn wydn ac yn gallu goddef poen a gwaith caled. Ond gwenodd ychydig wedyn, yn meddwl am nodweddion arbennig Sadoc a'r modd y medrai eu mynegi yn ysgrifenedig. Roedd yn gwybod ei feddwl ei hun. Roedd yn gallu cellwair a thynnu coes a throi geiriau y tu chwith allan – dyna oedd y gangen ieithyddol os nad y gangen lenyddol y bu'n ei dilyn. Ef a bennodd ei foesau ef ei hun, ac er na fyddai rhai Phariseaid yn cyfrif ei regi a'i hoffter o blygu'r gwir a'i duedd i ganlyn y ddiod gadarn yn foesau, eto roedd yn gwbl ddi-ildio pan fyddai egwyddorion rhyddid a chyfiawnder dan sylw. Duwioldeb. Gwenodd eto. Ni fyddai'n dod ar gyfyl y capel os na fyddai'n hoffi'r gweinidog a byddai'n troi at gabledd ar ddim pe bai'n credu y byddai'n gwneud i eraill chwerthin. Mewn geiriau eraill, roedd cabledd yn bris gwerth ei dalu wrth greu hiwmor. A'r ysgrif wedi colli'i gafael arni hi, cipddarllenodd Sara'r gweddill. Gwelai fod yr awdur yn rhestru Samson, Goliath, Hector, Paul yr Apostol, Isaac Newton, William Jay, a John Roberts, Llanbrynmair, ymysg ei enghreifftiau. Chwarddodd ychydig. Os oedd Mr Morris Pugh, Dolgellau, yn haeddu cael ei enwi wrth ochr y cymeriadau chwedlonol a'r enwogion hynny, diau bod Sadoc Jones, Ynys Fadog, yn haeddu'r un anrhydedd. Ond erbyn iddi gau'r rhifyn a'i osod yn ôl yn ei briod le yn y rhes ar y dresel, roedd y chwerthin wedi distewi a'r dagrau wedi dechrau hel yn ei llygaid. Teimlad gorgyfarwydd oedd y llif bychan hwnnw na fedrai'i atal rhag gwlychu'i bochau.

Daeth mam Sara adref a hithau wedi galw gyda Ann Lloyd un noson ddechrau mis Mawrth a chlywed bod Hannah Tomos wedi mynd i orweddian. Roedd Catherin Huws wedi'i gweld hi ac wedi cyhoeddi y byddai'n esgor cyn bo hir. Galwodd Hector Tomos ychydig cyn i fam Sara alw a gofyn i Ann a Ruth Lloyd ddod i helpu. Pam na feddyliodd Catherin Huws ofyn i ni'n dwy, gofynnodd Sara i'w mam. Am fod marwolaeth yn gysylltiedig â'n teulu ni ar hyn o bryd, meddai. Mae'n anlwcus. Ebychodd Sara, gan ddangos ei hanallu i gredu'r esboniad. Hector Tomos a Hannah Tomos! Yn credu hen goel gwrach o'r fath? Catherin Huws sy'n ben ar bethau rŵan, dywedodd ei mam. Ond mae'n anodd gen i gredu bod Catherin Huws yn wraig ofergoelus chwaith. Tawelodd ei mam am ychydig, yn cnoi cul ar ei hateb. Wedyn siaradodd wrth godi o'i chadair a gadael yr ystafell.

'Mae'n anodd gwybod ble mae'r ffin rhwng traddodiad ac ofergoel. Beth bynnag, nid yw genedigaeth yn beth hawdd bob amser; daw galar yn aml yn ei sgil. Mae'n bosibl bod Catherin Huws yn meddwl ein bod ni'n dwy wedi tystio i ddigon o alar yn ddiweddar.'

Erbyn y bore âi Samuel Lloyd o ddrws i ddrws, yn cyhoeddi bod Ruth wedi dod adref a dweud bod merch fach wedi'i geni i Hannah ychydig cyn y wawr. Roedd y ddwy'n holliach yn ôl pob golwg. Erbyn diwedd y dydd, roedd y newyddion ar led yn y pentref mai Morfudd oedd enw plentyn cyntaf Hannah a Hector Tomos.

Un prynhawn dydd Sadwrn roedd Sara a'i mam yn eistedd o flaen y tân ar eu pen eu hunain. Wedi trafod anghenion y diwrnod, ymdawelodd y ddwy. Roedd Benjamin a Jwda wedi mynd gyda Robert Davis i grwydro'r glannau. Tro tad Sara ydoedd rheoli'r siop y diwrnod hwnnw, felly ni fyddai'n dod adref tan ar ôl iddi nosi. Eisteddai galar yn yr ystafell gyda nhw, yn gwneud eu deuawd tawel yn driawd, yn bresenoldeb anweladwy a bwysai'n drwm yn y gadair wag. Ni soniodd Sara na'i mam amdano, ond roedd yno yr un fath.

Sŵn. Ergyd o fath. Rhywun yn curo wrth y drws. Cododd Sara a cherdded yn gyflym i'w agor. Yno'n sefyll ar y grisiau cerrig, gydag un droed ar y gris uchaf a throed arall ar y gris nesaf i lawr roedd Sammy Cecil, yn dal ei het feddal yn ei ddwylo. Roedd hi'n ei adnabod yn dda ers dros ddeng mlynedd, ond ni allai gredu am eiliad mai y fo a safai yno ar drothwy ei thŷ. Teimlai'n debyg i droi tudalen mewn llyfr a chanfod tudalen o lyfr hollol wahanol. Agorodd y drws gan ddisgwyl gweld rhywun a oedd yn byw ar yr ynys ond nid Sammy Cecil. Fel pe bai ar ganol darllen Efengyl Ioan ac wedi troi'r tudalen yn ei Beibl i ganfod tudalen o *Sketch Book* Washington Irving. Nid *Byddwch lawen y dydd hwnnw a llemmwch, canys wele, eich gwobr sydd fawr yn y nef* yn cyfarfod â'i llygiad, ond *Rip Van Winkle, however, was one of those happy mortals.* Fel arfer byddai hi'n camu i fyny ar fwrdd y *Boone's Revenge* i siarad â Sammy; anaml y deuai o i lawr i sefyll ar y doc a sgwrsio â Sara, ei brodyr a Rowland. Ond ni welsai o'n troedio tir yr ynys erioed, dim ond sefyll ar lawr pren y doc, ac er nad oedd ond byr o dro o'r lan ddeheuol i'w tŷ roedd y ffaith bod Sammy Cecil wedi cerdded heibio'r groesffordd ac ymlaen at ddrws ei thŷ hi bron yr un mor annhebygol a phe bai cathbysgodyn wedi neidio allan o'r afon ac wedi dyfod i alw heibio.

Wedi diosg y syndod o'i weld gofynnodd Sara iddo ddod i mewn. Cyfnewidiodd ychydig o eiriau cwrtais â'i mam ond wedyn ymesgusododd hi ac aeth i fyny'r grisiau i'w llofft. Cyfeiriodd Sara o at y tân ac eistedd yn y gadair roedd ei mam wedi'i gadael yn wag.

'I am sorry about Sadoc,' oedd y peth cyntaf a ddywedodd ar ôl eistedd. 'It's a powerful shame. Your pah is in the shop talkin with my pah. I reckoned I'd come on over here and express my condolences myself. I am truly sorry. Your brother was... he was... a fine feller.'

Diolchodd hi iddo. Eisteddodd y ddau mewn tawelwch am ychydig. Cynigiodd hi ddiod a bwyd iddo, ond gwrthododd. 'We got word yesterday. In Wheeling.' Roedd wedi troi'i lygaid oddi wrthi. 'Little bit of a letter waitin' for us there. Clay. He got himself killed too.' Cliriodd ei wddf a throi i edrych arni eto. 'Last summer it were. In that big battle o'er'n Gettysburg.' Siaradai gyda goslef a awgrymai mai cwestiwn ydoedd, er ei fod yn datgan ffeithiau. 'Took us months to find out. No damn good, the Confederate post offices, that's what Pah says. I reckon the fellers he knowed best got killed along side o' him and so it took a while for somebody to get the news along to us. Maybe took some time to figure out just who we was and then work out where to find us. Anyways. Bad enough hearin he's dead, but hearin that he died last year and all. Well.'

Dywedodd hi'r geiriau arferol o gydymdeimlad. Wedi diolch iddi, siaradodd ychydig am ei frawd, am y dyddiau da a fu, am y ffraeo â'u tad ac am amgylchiadau ei ymadawiad i ymrestru. 'Pah says it hurts a bit more seein' as he got himself killed fightin for the wrong side and all. I just cain't get on past the notion that he's dead.'

Syniad a oedd mor syml ond eto'n amhosibl ei ddirnad, bod rhywun a fu'n rhan o fywyd a byd rhywun gydol ei blentyndod wedi croesi'r ffin dywyll a gadael y bywyd a'r byd hwnnw am byth.

Dyddiau'r oged, yr aradr a'r hadu oedd dyddiau'r gwanwyn i ffermwyr ar y tir mawr. Dyddiau torri coed a thrwsio ffensiau. Gyda'r tir yn glasu o'r newydd a blodau gwyn a phinc y cwyrwiail yn ffrwydro dros nos fel cymylau lliwgar yn y coed ar y glannau, symudai'r gwanwyn yn dalog i gyfeiriad yr haf. Daeth glaw'r gwanwyn i chwyddo'r afon, ond er i'r dyfroedd llidiog tywyll lyncu ambell droedfedd o lannau'r ynys am ddiwrnod neu ddau ar adegau gwahanol, ni chafodd Owen Watcyn ormod o fraw yn ystod y gwanwyn hwnnw.

Darluniai'r llythyrau lluosog a gyrhaeddai'r ynys yn ystod misoedd Mawrth, Ebrill a Mai 1864 fyd pur wahanol. Amrywiai niferoedd a chynnwys y llythyrau, a byddai Joshua, Seth a Rowland yn disgrifio gwahanol agweddau ar yr hyn a alwai'r papurau Saesneg yn The Red River Campaign. Clywai Sara a'i theulu hanes Huw Llywelyn Huws hefyd gan ei rieni ar y lôn neu yn y siop, a phob hyn a hyn byddai Ruth Lloyd yn rhannu ychydig o hanesion yn ei ffordd dawel ei hun pan ddeuai'r gwragedd a'r merched ynghyd i wnïo dros y Sanitary Commission.

Rhamant y Rhyfel ac ymffrost milwr a geid yn llythyrau Seth gan amlaf. Nid oedd neb yn fwy gwrol na bechgyn Cymreig y 56ed Ohio yn ystod y marts o Franklin i Alexandria. Nid oedd yr un ohonynt am ffoi o'r frwydr yn Sabine Crossroads, a dim ond yn anfoddog y bu'n rhaid iddynt ufuddhau i'w swyddog a chilio yn y diwedd. Diolchodd am y cyfle i sefyll yn erbyn y gelyn ar gyrion Pleasant Hill, ac er i rai o'u llu wegian, ni symudodd y 56ed fodfedd o'u llinell. Llwyddwyd i groesi'r afon a throi'r Rebels yn ôl ym mrwydr glanfa Davidson's Ferry, a Seth ei hun yn un o'r ysgarmeswyr a aeth o flaen y brif linell. Ar hyd glannau'r Afon Goch, yn Natchitoches a Dunn's Bayou a lleoedd nad oedd o'n gwybod eu henwau cafwyd deunyddiau chwedl a thestunau mawl.

Cyfeiriodd Joshua at y brwydrau a'r martsio, y gwersylla a'r disgwyl, ond sylwedd ei lythyrau bellach oedd disgrifiadau o gymeriadau'r gatrawd.

Y Parchedig Thomas, a ddechreuodd bregethu yn sir Gaerfyrddin yn un ar bymtheg oed. Ymfudodd gyda llawer o'i eglwys yn weinidog ifanc 24 oed yn 1835 ac ymgartrefu yn nhalaith Missouri, ond ar ôl gweld na allai'r gymuned grefyddol Gymreig y gobeithiai ei harwain gydfyw â'r drefn gaeth, symudodd i dde Ohio. Er nad oedd yn ddyn ifanc, ymrestrodd â'r 56ed fel milwr cyffredin, a gwasanaethu am naw mis, ysgwydd wrth ysgwydd â dynion hanner ei oed. Ond pan ddaeth angen caplan newydd ar y gatrawd, fe'i etholwyd i'r swydd gan ei gydfilwyr. Dechreuodd edrych ar ôl y cyn-gaethweision a ddeuai i chwilio am loches yng ngwersyllfa byddin yr Undeb ac roedd si ar led fod y Llywodraeth yn Washington am ei osod yn bennaeth ar yr adran honno yn rhanbarth Missouri ac Arkansas cyn hir.

Awchai'r Is Gapten, Thomas J Williams, am addysg. Wedi'i eni yn swydd Oneida, Efrog Newydd, a symud gyda'i deulu i Jackson County, Ohio, cafodd waith yn ffwrneisi haearn y Cymry, ond llenwai bob dydd rhydd, ar wahân i'r Suliau, yn mynychu pa ysgol bynnag a oedd yn fodlon ei gymryd. Roedd newydd gychwyn fel myfyriwr ym Mhrifysgol Ohio yn Athens pan ddechreuodd y Rhyfel. Deuai cyfres o ddyrchafiadau i'w ran – corporal, rhingyll, ac wedyn Is Gapten. Dywedai rhai o fechgyn Cymreig y Gatrawd y byddai T J Williams yn gadfridog cyn y diwedd. George Grindly o Landeilo wedyn. Hoffai ddweud iddo gael ei gyfenw a'i hiwmor gan ei Albanwr o dad. Ymfudodd gyda'i deulu i Cincinnati pan oedd yn blentyn ond pan fu farw'i rieni o dwymyn yr haf symudodd i'r dwyrain a chael gwaith fel gwas ar un o ffermydd Cymreig Gallia County. Dyna fu'i safle hyd at y diwrnod yr ymrestrodd yn y fyddin. Yn ôl Joshua, roedd yn ddyn na chafodd fanteision addysg na chyfoeth ond a ddangosai'r rhinweddau dynol gorau posibl.

Ysgrifennai Rowland am bethau na fynnai Sara'u rhannu â neb arall. Myfyrdodau ynghylch rhyw sgwrs a gawsai gyda hi fisoedd neu flynyddoedd ynghynt. Pytiau am ei hanes ei hun a'i obeithion ynglŷn â'r dyfodol y gobeithiai ei rannu gyda hi. Weithiau cynhwysai ddisgrifiadau byrion o'r ymladd, a darllenai Sara'r darnau hynny i'w rhieni a'i brodyr. Y gatrawd yn gwthio ar hyd lôn gul dyllog trwy frwgaets trwchus i gyfeiriad yr ymladd yn ymyl Sabine Crossroads. Y saethu a'r symud, y gatrawd wedi'i gorchymyn i gilio, y symud yn ôl ar hyd yr un ffordd, wageni yn eu rhwystro, y lôn yn rhy gul mewn mannau i droi'r cerbydau. Dryswch a gwallgofrwydd rhyfel. Cilio'n ôl i Grand Ecore wedyn, ychydig o adeiladau'r pentref wedi'u llosgi gan gatrawd Undebol arall cyn iddyn nhw gyrraedd. Y tanau yn y nos, y dinistr nad oedd yn beth anarferol bellach. Y martsio'n ôl ac ymlaen trwy goedwigoedd pinwydd ar gyrion Alexandria, symud i un safle ac yna gorfod gadael a symud hanner milltir i safle arall nad ymddangosai iddyn nhw damaid yn wahanol. Yr agerfad *Warner* wedi'i roi ar dân, yn troi'n ddigyfeiriad yn yr afon, darnau ohoni'n syrthio i'r dŵr wrth iddi losgi, fel claddedigaeth hen frenin paganaidd y darllenodd Rowland amdano mewn llyfr Saesneg unwaith.

Yn amlach na pheidio, byddai darnau o'i lythyrau y medrai Sara'u rhannu â'i theulu yn debyg i'r hyn y byddai'r cylchgronau'n ei alw'n Hanesion Diddorol. Y rhwyd bysgota y daeth rhai ohonyn nhw o hyd iddi tra oedd y gatrawd yn disgwyl ar lan Cane River. Yn syth ar ôl penderfynu'i defnyddio yn yr afon dyma nhw'n dal anghenfil o bysgodyn, yn fwy o faint ac yn fwy brawychus, tybiai Rowland, na'r cathbysgodyn mwyaf a ddaliwyd yn yr Ohio erioed. Roedd dros bum troedfedd ac roedd ei ddannedd yn hynod finiog. Cornbig ydoedd yn ôl rhai, Carrai Fôr yn ôl eraill. Dywedodd un o'r bechgyn mai *garfish* oedd yr enw Saesneg. Llwyddwyd i'w dynnu o'r dŵr, a bu bron i ddau ohonyn nhw gael eu brathu'n ddrwg gan yr anghenfil, ond fe'i lladdwyd yn y diwedd. Cafwyd digon o gig i fwydo'r cwmni cyfan yn dda; roedd y blas yn felys iawn ac yn wahanol i unrhyw bysgodyn arall roedd Rowland wedi'i flasu cyn hynny. Cyfeiriodd Seth, Joshua a Huw Llywelyn Huws at y wledd ryfeddol honno hefyd, er na roddai'r un ohonynt gymaint o fanylion â Rowland.

Yn ôl Rowland, bytheiriai milwyr Ynys Fadog yn erbyn y Pennau Copr.

Roedd rhai o'r ciwiaid gwenwynig, chwedl Seth, wedi ysgrifennu at nifer o filwyr y gatrawd. Mae'n debyg mai sifiliaid yn siroedd Gallia a Jackson oedd y Democratiaid gwrth ryfel hyn, rhai a oedd yn adnabod y milwyr dan sylw cyn iddyn nhw ymrestru. Ymddangosai eu llythyrau fel ymdrechion i gynnig cysur a chyngor, yn gresynu bod y milwyr mor bell o Ohio ac yn cydymdeimlo â nhw am gael eu twyllo gan Hen Dad Abraham i ymladd ac aberthu'u bywydau dros y Negro. Penderfynodd ambell un ysgrifennu at y *Gallipolis Journal* er mwyn codi cywilydd ar y *copperheads* lleol ac er mwyn dangos i'r bradwyr nad oedd eu geiriau yn effeithio'r tamaid lleiaf ar ysbryd na phenderfyniad y milwyr. Dywedodd Seth fwy nag unwaith ei fod o a llawer o'i gyfeillion yn y gatrawd yn edrych ymlaen at eu *furlough* cyntaf, iddyn nhw gael dychwelyd i Ohio a saethu'r pennau copr melltigedig.

Wrth edrych yn ôl, gwelai Sara fod ymffrost Seth yn broffwydol. Daeth cyfres o lythyrau byrion wedi'u hysgrifennu ar frys. Tri ohonynt, pob un gyda'r gair *furlough* ynddo. Oedd, roedd Joshua, Seth a Rowland yn dod adref.

19

Pwysai Sara yn erbyn Rowland, y cyfarwydd mor wefreiddiol o anghyfarwydd, y cynhesrwydd arferol mor gyffrous o anarferol. Roedd y ddau'n sefyll yn ymyl sylfeini hen dŷ Hector Tomos, braich Rowland o gwmpas Sara'n ei dal yn dynn, ei braich hi'n ei wasgu yntau ati hithau. Roeddyn nhw wedi bod yn sgyrsio'n fywiog wrth iddyn nhw gerdded law yn llaw ar draws yr ynys, ond ar gyrraedd y trwyn dwyreiniol tawelodd y ddau. Syllai Sara ar yr afon, y crychau bychain yma ac acw ar ei wyneb yn dangos cyfeiriad ei llif, gan fwynhau cynhesrwydd corff Rowland. Hwn oedd ail ddiwrnod eu haduniad, diwrnod llawn cyntaf mis cyfan o ysbaid rhag y rhyfel a'u gwahanai.

Bu'n boeth y diwrnod blaenorol, yn boethach o lawer na'r tywydd arferol yn nechrau mis Mehefin. Gwyddai'r rhai a oedd yn eu disgwyl, yn wir y pentref cyfan, y gallen nhw gyrraedd unrhyw ddiwrnod. Ond roedd min o fath gwahanol ar natur disgwyl Sara a'i theulu, y gallent ei rannu â Ruth Lloyd a theulu Huw Llywelyn Huws. Gwisgai Sara, Ruth, a theuluoedd y milwyr eu dillad Sul bob bore, y mamau'n sicrhau bod y bwydydd gorau wedi'u paratoi, ac amryw ohonynt yn cerdded yn ôl ac ymlaen rhwng eu tai a'r doc mawr yn ystod y dydd, yn gwrando am gri corn agerfad ac wedyn yn cerdded i'r gogledd i'r doc bach rhag ofn byddai'r milwyr yn teithio ar draws y tir o Centreville neu o ryw orsaf drên arall. Ymunai rhai o'r pentrefwyr eraill yn y gwylio diddiwedd hwn, yn llawn cynnwrf. Mynnai Owen Watcyn fod y baneri yno i groesawu'r milwyr adref, ond gan nad oedd neb yn gwbl sicr o ba gyfeiriad y byddai'r hogiau'n dod, bu cryn ailfeddwl a phoeni ynghylch y peth. Penderfynodd adael dwy o'r baneri – yr un â'r eryr a'r un â phortread o Ewythr Sam – ar byst yn ymyl doc mawr y lan ddeheuol a'r faner â Lady Liberty ar bolyn bach yn ymyl doc bach y gogledd. Symudai Owen Watcyn y faner genedlaethol yn ôl ac ymlaen trwy'r dydd bob dydd yn ystod cyfnod y disgwyl, er mwyn sicrhau y byddai milwyr Ynys Fadog, a phwy bynnag a fyddai'n eu cludo adref, yn gweld y Sêr a'r Brithresi o bell cyn cyrraedd, un o glustnodau priodol gwladgarwch yr ynyswyr ac un o hanfodion y math cywir o groeso y dylid ei estyn i'r dewrion. Clywodd Sara Benjamin yn dweud wrth Jwda fod y cyfan fel rhyw ddathliad Pedwerydd o Orffennaf ar chwâl. Fel arfer dim ond ar ambell ddiwrnod arbennig y byddai Elen Jones yn gwisgo'i broets Ffrengig, ond câi'r trysor ddod o'i flwch bach bob bore am rai dyddiau, i groesawu diwrnod y dychweliad a'r aduniad mawr. Ni ddaeth neb i'r ynys dros y sianel yn ystod y cyfnod hwnnw, ond bob tro yr ymwelai agerfad â'r doc deheuol byddai pobl yn rhuthro i'w gyfarfod, codi dwylo, chwifio, galw, craffu, ac yn y diwedd, derbyn y siom nad oedd y llestr yn cludo'r hogiau.

Wedi wythnos lawn o'r disgwyl anniddig hwn daeth y diwrnod mawr, a hynny ar y seithfed o Fehefin. Clywodd Sara gorn agerfad yn udo. Unwaith. Dwywaith. Teirgwaith. Bloedd hir wedyn, y gwddf stêm yn rhyddhau cri'r corn am yn hir – galwad peiriant ar bobl. Dewch, meddai, mae gennyf newyddion llawen i chwi. Er ei bod hi'n neilltuol o boeth roedd gwynt cryf yn chwythu o'r gorllewin. Baglodd Owen Watcyn yn ymyl y groesffordd; rhedodd o ddoc bach y gogledd i'r doc mawr gyda pholyn y faner genedlaethol yn ei ddwylo, ond chwipiai'r gwynt y faner ar draws ei wyneb a'i ddallu. Cerddodd Sara'n gyflym ato ac estyn llaw i'w helpu ond llwyddodd i adennill ei draed cyn iddi hi ei gyrraedd. Ymlaen yr âi, yn rhedeg yn gyflym am ddyn a oedd yn hŷn na chanol oed bellach, y faner yn chwipio'n wyllt yn y gwynt. Ni sylwodd Sara ar weddill y dorf yn ymgasglu gan fod ei llygaid wedi'u hoelio ar y llestr mawr a oedd yn ymrolio i gyfeiriad y doc. Y *Norwood*, un o ychydig agerfadau newydd Cincinnati nad oedd wedi'u prynu gan y fyddin. Roedd ei bwrdd wedi'i lenwi â thomenni gwynion uchel. Erbyn deall, cotwm ydoedd – bêls o gotwm roedd y fyddin wedi'u cipio yn y taleithiau deheuol ac wedi'u hanfon i'r gogledd a melinau Pennsylvania, Efrog Newydd a Lloegr Newydd. Gallai Sara weld smotyn glas yn glir yn erbyn y gefnlen fawr wen honno. Yn fuan roedd y *Norwood* wedi nesáu digon iddi fedru gweld mai clystwr bach o ddynion oedd y smotyn hwnnw. Pedwar ohonynt, yn eu lifrai glas, yn sefyll o gwmpas y polyn ar drwyn yr agerfad mawr. Huw, Joshua, Seth a Rowland.

Cymerodd yn hir i'r pedwar ymryddhau o'r dorf a'i throi hi am eu cartrefi. Erbyn i'r milwyr gamu ar y doc roedd yr holl bentref wedi ymgasglu, a mynnai pawb groesawu a chyfarch pob un o'r pedwar yn unigol, gan ysgwyd ei law neu ei gofleidio. Da iawn 'ŵan, da iawn 'ŵan, meddai Owen Watcyn dro ar ôl tro, fel pe bai Huw, Joshua, Seth a Rowland wedi ennill y Rhyfel. Symudwyd Morfudd, y babi, yn ôl ac ymlaen rhwng breichiau'i mam a breichiau'i thad er mwyn i'r ddau gael cyfle i'w cyfarch. Bu dagrau, chwerthin a churo cefnau. Er i Sara geisio dal Rowland yn hir yn ei breichiau, nid oedd ganddi ddewis ond ei ildio i'r dorf. Yn yr un modd, ni chafodd ond ychydig o eiliadau dryslyd gyda'i dau frawd cyn iddyn nhwythau gael eu sugno i ganol y dyrfa o gymdogion.

Wedi iddo ysgwyd llaw â phob un o'r pedwar, cerddodd y Parchedig Evan Evans yn araf trwy'r dorf gan ddweud y byddai'n cynnal cyfarfod gweddi byr am saith o'r gloch y noson honno. Roedd Owen Watcyn wedi awgrymu cynnal gwledd i anrhydeddu'r milwyr, ond ni fynnai'r teuluoedd rannu rhagor o oriau melysaf yr aduniad a chytunwyd mai yn y capel y câi'r holl gymuned gyfarch y pedwar. Ac felly o'r diwedd, aeth Huw Llywelyn Huws adref gyda'i rieni a'i chwaer Lydia, ei fam yn annog Ruth Lloyd a'i theulu i ddod draw am bryd o fwyd cyn y gwasanaeth. Cerddodd Elen Jones adref fraich ym mraich gyda'i meibion, Joshua a Seth, a'u tad a'r efeilliaid yn dynn ar eu sodlau. Roedd Sara a Rowland wedi'u rhagflaenu. Cerddodd y ddau at ddrws tŷ'r gweinidog, fel y câi gyfle i ymolchi a newid cyn dod draw gyda'r gweinidog am swper. Ond dim ond pan gyrhaeddodd y gweinidog, ac yntau'n sefyll yn swil gerllaw ac yn pesychu'n dawel, y rhyddhaodd Sara Rowland o'i breichiau a gadael iddo fynd gyda'r gweinidog. Pan ddaeth hi'n ôl i'r tŷ, dyna ble roedd ei rhieni a'i phedwar brawd yn eistedd o gwmpas y bwrdd. Gwelodd ddagrau'n sgleinio yn eu llygaid a deallodd yn syth eu bod nhw'n trafod Sadoc. Ni chawsai Joshua na Seth gyfle i rannu'r galar wyneb yn wyneb â nhw yng nghanol y cymdogion ar y doc. Pan ddaeth Sara i'r ystafell cododd Joshua ar ei draed a'i chofleidio. Ymddangosai Seth yn anghyfforddus, wedi'i ddal rhwng dau feddwl ynglŷn â'r hyn y dylai wneud ac felly aeth hi ato, plygu dros ei gadair, a rhoi'i breichiau o gwmpas ei ysgwyddau.

'Tyrd, Sara,' meddai ei mam, yn sychu'i bochau â hances. 'Paid ti â dechrau rŵan. Mae gymaint o waith paratoi at heno.'

Daeth eu hen ewythr Enos draw yn gynnar er mwyn rhannu potel o'i hoff fwrbon roedd wedi bod yn ei chadw ar gyfer achlysur o'r fath. Nid oedd yn anodd ei gwagio, gyda Joshua a Seth yn yfed cymaint â N'ewyrth Enos a'u tad, a hynny er gwaethaf ymdrechion gorau'u mam i'w rhwystro. Bu bron iawn iddi hithau gymryd glasiad hefyd ond gwrthod fu'n rhaid gan na fynnai i'r gweinidog glywed yr arogl ar ei hanadl. Gwrthododd Sara hefyd. Cafwyd digon o fwyd y noson honno, gan gynnwys coes mochyn hallt a ddaethai'r holl ffordd o stordy masnachwr cig enwocaf Mayseville, pei cyw iâr a theisen Washington.

Pan gyrhaeddodd Rowland a'r gweinidog trodd y siarad yn ddwys gan na chawsai Rowland yntau gyfle ar y doc i gydymdeimlo'n iawn â Sara, ei rhieni a'r efeilliaid. Ond wedi i bawb eistedd a dechrau bwyta symudodd y sgwrs i gyfeiriadau ysgafnach. Er bod Seth yn ddigon hapus i drafod manylion brwydrau'r gatrawd, cyfeiriai Joshua a Rowland y sgwrs at bynciau eraill bob tro. Wedi ychydig cytunwyd, heb i neb ddweud, y byddai'r sgwrs yn troi o gwmpas y daith adref. Adroddodd Joshua dalpiau o'r hanes a Rowland yn ychwanegu sylwadau doniol a dwys bob yn ail. Taflai Seth yntau ambell sylw i ganol y stori hefyd, yn ategu'r agweddau mwyaf rhyfeddol. Mis yn union oedd hyd y daith, a nhwythau wedi hwylio o borthladd New Orleans ar y seithfed o Fai a chyrraedd Ynys Fadog ar y seithfed o Fehefin. Y *Catawba* oedd enw'r agerlong, a dotiai Enos at y ffaith fod y llestr yn dwyn yr un enw â'r grawnwin a wnâi win pefriog Monsieur Longworth. Croesi Gwlff Mecsico fu cam mawr cyntaf y daith. Wedi deuddydd aethon nhw heibio i'r Dry Tortugas, a gweld gwersyllfan carchar y fyddin ar un o'r ynysoedd bychain. Yn y lle hwnnw roedd Wil Anderson, meddai Joshua. Torrodd Seth ar ei draws ac egluro mai dyn mewn un arall o gwmnïau'u catrawd oedd Wil Anderson a'i fod wedi'i garcharu am gwffio â chapten o gatrawd arall yn New Orleans. Âi llongau eraill heibio iddyn nhw, ond nid oedd yr un yn ymddangos mor gyflym â'r *Catawba*. Gwenodd Enos eto a chodi'i wydr a syllu'n freuddwydiol ar y dŵr y tu mewn iddo. Un noson, a rhai o'r hogiau Cymreig yn eistedd mewn cylch ar fwrdd y llestr yn siarad yn dawel ymysg ei gilydd, daeth capten y llong a thynnu'u sylw at y ffurfafen uwchben. 'You don't want to miss that,' meddai Seth, yn dynwared y capten, gan ddal un fraich i fyny, a'i fys wedi'i anelu at y nenfwd. Croes y Dehau, the Southern Cross, y pedair seren yn disgleirio'n amlwg ac yn amlinellu'r groes yn yr awyr uwchben. Dywedodd Rowland ei bod hi fel arwyddbost ar drothwy byd arall, yn dangos y ffordd i ryw wledydd rhyfedd a phell. Pan oedd Joshua wrthi'n disgrifio'r stormydd bygythiol a ymosododd ar y llong am rai dyddiau cyn iddyn nhw gyrraedd Cape Hatteras dechreuodd Seth fanylu ar y salwch môr a ddaeth i ran cynifer o'r milwyr, ond awgrymodd Rowland yn garedig wrth Seth na fyddai'i deulu o bosibl yn croesawu'r fath fanylion wrth y bwrdd bwyd. Dywedodd Isaac Jones fod y stori'n ei atgoffa o'r fordaith draw i'r Amerig bedair blynedd ar bymtheg yn ôl. Gwenodd ar ei wraig cyn troi at Sara a disgrifio, fel y gwnâi'n aml, amgylchiadau'i geni – y cyffro a'r antur, y perygl a'r poeni ar ganol mordaith fawr.

Siaradai Joshua a Seth ar draws ei gilydd wrth geisio darlunio sut beth oedd cyrraedd porthladd dinas Efrog Newydd gyda'r wawr, y wasgfa o longau mawrion a llestri bychain, y dociau diddiwedd, yr adeiladau'n llenwi'r gorwel. Cofiai yntau hynny'n dda hefyd, meddai'u tad. Amneidiodd Enos yn fodlon, yn nodi iddo hwylio i mewn i borthladd Caer Efrog Newydd nifer o weithiau yn ystod ei flynyddoedd ar y môr, ac wedi hwylio o'r porthladd mawr hwnnw lawer gwaith hefyd. Arhosodd y gatrawd mewn barics a adeiladwyd yn y parc mawr, yn ymyl Amgueddfa P T Barnum. Dywedodd Joshua fod Rowland wedi treulio tipyn o amser yn darbwyllo Ned Rosser o Ironton i beidio â dianc. Eisiau mynd i'r Amgueddfa roedd o, eglurodd Seth. Ychwanegodd Rowland fod Ned am lithro heibio i'r sentrîs a mynd i'r Amgueddfa a dychwelyd y noson honno trwy lithro'n ôl i mewn i'r barics heb i neb ei weld. Doedd Rowland ddim am i'r bachgen dwl gael ei arestio am ddesertio. Dylech chi fod wedi'i glywed yn taeru â Rowland, dywedodd Seth; doedd Ned ddim yn mynd i adael Efrog Newydd heb weld Morforwyn Ffiji a boncyff y goeden roedd disgyblion Crist wedi eistedd oddi tani. 'Hynny'i gyd am just twenty-five cents,' meddai Seth, gan ddynwared llais y bachgen. 'Yn y diwedd bu'n rhaid i mi gydio yn ei war a'i ysgwyd fel ci bach a dweud y câi ei saethu am ddesertio yn ogystal â gweld y Forwyn a Choeden y Disgyblion am ei bum ceiniog ar hugain,' meddai Roland. 'Do,' meddai Seth, 'a dywedais i na fyddwn i'n maddau iddo pe bai'r rhingyll yn fy newis i fod yn rhan o'r sgwad saethu.' Y bore wedyn yr aeth y gatrawd draw i Elizabethport er mwyn mynd ar y trên i Harrisburg, Pennsylvania. Adroddodd Rowland y rhan honno o'r stori gan iddo aros yn effro; roedd siglo rhythmig y cerbydau ar y cledrau wedi suo'r lleill i gysgu, ond roedd Rowland yn gaeth i ryw gyffro, ac yntau'n gwybod y byddai'n gweld lleoedd cyfarwydd nas gwelsai ers blynyddoedd lawer. Ymlaen yr aeth y trên, a chyrraedd Altoona erbyn canol nos ar yr ail ddiwrnod, ac oedi i lwytho rhagor o danwydd a dŵr ar y trên. Deffrodd Rowland gyda'r wawr a gweld eu bod yn rholio heibio'r mynyddoedd gwyrddion wrth iddyn nhw symud i'r gorllewin. Erbyn i Seth, Joshua a Huw ddeffro roedden nhw wedi cyrraedd Johnstown. Wrth i'r trên glecian yn araf heibio i fannau cyfarwydd, eglurodd Rowland ychydig wrth y lleill. Gallen nhw weld y mwg yn codi o ffwrneisi'r Cambria Iron Company, gan gynnwys yr un y bu ei dad yn gweithio ynddo – yr un y bu farw ynddo. Gydag ychydig o ymdrech roedd yn bosibl gweld to capel Bedyddwyr Cymraeg Johnstown hefyd. Pittsburgh, nesaf, ac er eu bod nhw wedi gofyn i ymadael â'r rhengoedd er mwyn chwilio am agerfad a fyddai'n eu cludo o'r ddinas honno i Ynys Fadog, gwrthodwyd eu cais; ni fyddai'r un ohonynt yn cael mwstro allan ar *furlough*, meddai'r rhingyll, nes cyrraedd Portsmouth. Ond gan eu bod yn newid trên ac yn gorfod disgwyl am rai oriau cyn gwneud hynny, fe'u tywyswyd i neuadd yn ymyl yr orsaf i fwyta; roedd dinasyddion glwadgarol Pittsburgh wedi paratoi gwledd iddyn nhw, y bwyd gorau iddyn nhw ei gael ers ymrestru yn y fyddin. Tua chanol nos aethon nhw ar drên arall a chyrraedd Columbus, Ohio, tua chanol dydd y diwrnod canlynol. Dau ddiwrnod yn y barics ym mhrif ddinas y dalaith, ac ymlaen wedyn ar drên gwahanol trwy Cincinnati i orsaf Portsmouth. Gwasgarodd pawb, y milwyr yn ffarwelio â'i gilydd am fis wrth i finteioedd bychain fynd i wahanol gyfeiriadau yn siroedd Jackson a Gallia. Roedd ffawd wedi trefnu i'r *Norwood* ddod i ddoc Portsmouth ychydig cyn iddyn nhw gyrraedd, wedi galw i gael rhagor o danwydd ar ei ffordd o St. Louis i Bittsburgh gyda'i chyfoeth o gotwm roedd yr Undebwyr wedi'i gipio oddi ar blanigfeydd yn y de. Roedd y capten yn ddigon bodlon galw yn noc Ynys Fadog er mwyn cario'r pedwar milwr adref.

Ar ail ddiwrnod eu hadeiniad bu Sara'n holi Rowland eto wrth iddyn nhw gerdded yn araf ar draws yr ynys, yn gofyn am fanylion y fordaith honno o New Orleans i Efrog Newydd a'r siwrnai trên ar draws Pennsylvania ac Ohio. Dywedodd fod natur y gweld yn wahanol i'r holl bethau a'r holl leoedd eraill a welsai ers ymrestru. Pan ofynnodd iddo egluro, siaradodd yn anarferol o gyflym, fel pe bai'n ceisio rhwydo syniad cyn iddo ddianc o gorlan ei feddwl.

'Dyw e ddim fel petai Efrog Newydd yn fwy rhyfeddol o ddinas na New Orleans, na dwyrain Pennsylvania'n bertach neu'n fwy diddorol na *swamps* de Louisiana, nid 'na beth yw e o gwbwl, t'mod, dim ond bod gweld rhywle newydd, pan on i ar y ffordd i ymladd neu'n dishgwyl clywed unrhyw bryd yn bod ni ar yn ffordd i ymladd, yn brofiad tipyn gwahanol i weld llefydd newydd ar y ffordd sha thre ar *furlough*. Bob tro y gwelwn i rwbeth newydd a o'dd yn dal fy llyged i lawr yn y de, ro'n i'n meddwl, wel, fe hoffwn ddod â Sara 'nôl 'da fi rhyw ddiwrnod a gweld hyn 'to 'da hi.' Oedodd ychydig, a phan siaradodd wedyn deuai'r geiriau'n arafach, yn debycach i'w ffordd feddyglar arferol. 'Ond bydde rhyw boendod yn dod bob tro, rhyw ofon ofnadw na fydden i'n ca'l byw i ddod nôl adeg heddwch 'da ti i weld y pethe 'ny.' Oedodd eto. 'Ond unweth ro'n i'n hwylio o borthladd New Orleans i ddod gatre ar *furlough*, ro'dd hi'n hollol wahanol. Dyna lle ro'n i'n sefyll ar fwrdd y *steamer* mowr 'na'n edrych lan ar y sêr yn y nos neu'n gwylio porposes yn neidio ac yn whare yn y dŵr yn ymyl, ac o'dd e'n bosib gweud, wel, 'ma ni, 'ma un o ryfeddode bywyd, a wi am ddod â Sara ar long fel hon rywbryd iddi ga'l gweld y pethe hyn 'da fi.'

'Mi wnawn ni hynny,' dywedodd Sara ar ôl sicrhau ei fod wedi gorffen ei stori. Cerddodd y ddau mewn tawelwch wedyn a chyrraedd adfeilion yr hen dŷ yn ymyl trwyn yr ynys, y sylfeini cerrig yn ymestyn fel waliau cerrig isel i goflaid dyfrllyd yr afon. Gwasgai Sara'n nes ato, yn mwynhau cynhesrwydd ei gorff, yn syllu'n dawel ar y crychau ar wyneb y dŵr. Wedi ychydig, gafaelodd yn llaw Rowland a'i dywys i'w dilyn heb ddweud gair, camu dros y cerrig a fuasai'n sylfaen i wal orllewinol yr hen dŷ bychan er mwyn eistedd i lawr ar y wal isel. Wedi iddo gymryd ei le yn ei hymyl, dywedodd Rowland,

'Ma Huw a Ruth am briodi mor gloi â phosib. 'Na'r cwbwl o'dd Huw yn sôn amdano fe'r holl ffordd o New Orleans. Ro'dd y ddau 'di cytuno priodi cyn iddo enlistio, ac fe wedodd Huw a Ruth wrth 'u rhieni neithiwr. Wi'n gwpod achos da'th y ddau draw i'r tŷ a gofyn i'r Parchedig Evan Evans neud y trefniade. Ma nhw'n mo'yn priodi cyn diwedd y *furlough*, t'wel.'

'Dwi'n falch drostyn nhw.'

Deallai Sara'r ystyr, rhwng ei eiriau a goslef ei lais. Curai'i chalon yn gyflym yn ei gwddf a medrai deimlo'r gwaed yn codi yn ei bochau. Gwyddai hi y dylai adael iddo ddweud y geiriau yn ei ffordd dawel ei hun, a theimlai ychydig yn euog am ei amddifadu o'r cyfle, ond ni allai ymatal.

'Byddai'n well i ni'n dau gael sgwrs â'r gweinidog hefyd, 'ta.'

Dridiau ar ôl dychwelyd cyhoeddodd Joshua'i fod am groesi i'r tir mawr. Roedd am ymweld â theulu Robert Owen, ei gyfaill a laddwyd ym mrwydr Champion Hill. 'Byddai'n well i ti aros yma,' meddai wrth Seth, 'neu mi fydd Mam yn gwarafun colli cwmni ni'n dau mor fuan ar ôl i ni ddod adre.'

Gwyddai na fynnai Huw dreulio diwrnod heb gwmni Ruth, ac felly dywedodd Joshua yr âi i'w fferm yn ymyl Oak Hill ar ei ben ei hun ac aros am ddiwrnod neu ddau pe bai teulu Robert yn gofyn iddo wneud. Gwirfoddolodd Seth a Rowland fynd â Joshua ar draws y sianel a cherddodd Sara gyda nhw at y cychod. Safai Joshua ar lawr pren y doc gyda hi, yn siarad wrth i'r ddau arall ddringo i mewn i'r cwch a'i baratoi.

'Mae'n beth rhyfedd ar y naw, Sara,' meddai Joshua, yn edrych dros y sianel gul i gyfeiriad y tir mawr, 'ond dwi ddim yn gallu derbyn na fydd o byth yn dod yn ôl i'r ynys 'ma.'

'Dw i'n gwybod, Joshua. Mi oedd natur dianc yn Sadoc, awydd cefnu ar bob dim a rhedeg i ffwrdd i rywle pell, ond rown i wastad yn meddwl y bydda fo'n dod yn ôl ryw ddydd.' Eisteddai Rowland a Seth yn llonydd yn y cwch, yn disgwyl yn dawel. Gwnaeth Joshua sŵn peswch yn ei wddf – ystryw, meddyliai Sara, modd o rwystro'r wylo rhag ei orchfygu. 'Fo oedd yn f'arwain i i bob man.'

Chwarddodd ychydig. 'A fi oedd yn dilyn.' Taflodd ei ben i gyfeiriad y ddau a eisteddai'n dawel yn y cwch. 'Fel bydda Seth yn dy ddilyn ditha i bob man, ers talwm. Ond fi oedd yn dilyn Sadoc. Fo oedd yn canfod yr hwyl ym mhob peth. Fo oedd yr un drygionus. Eisia bod yr un fath ag o ro'wn i, ond do'dd y drygioni ddim yn dod mor hawdd i mi. Wrth sbio'n ôl ar yr hen ddyddia, dw i'n rhyw feddwl i mi fod wastad rhyw ddau neu dri cham ar 'i ôl o, yn 'i ddilyn ac yn 'i wylio, yn rhyfeddu at 'i hyfdra a'i ddewrder, ond yn rhy lwfr i ymdaflu'n llwyr i'r antur.'

Gwenodd Sara. 'Ti oedd yr un swil, Joshua, ond rwyt ti wastad 'di bod yn hael.'

'Hael?'

'Ie. Rwyt ti wastad 'di gadael i eraill gael y sylw. Dwyt ti erioed 'di chwenychu bod yn destun siarad.'

'Dwn i ddim, Sara. Mi o'wn i eisia bod fel Sadoc... ond yn methu'i ddilyn i'r pen rywsut.'

'Pam, sgwn i?'

Symudodd ei ben, gan gribinio glan y tir mawr yn araf â'i lygaid. Ochneidiodd a chodi llaw i wasgu'r dagrau'n gyflym o'i lygaid cyn ateb.

'Ofn, dw i'n credu.'

'Ofn?'

'Ie, ofn siomi Mam a 'Nhad. Dyna oedd yn llywio dyddia 'mhlentyndod i – awydd dilyn Sadoc ac ofn y bydda hynny'n siomi ein rhieni, rhyw dynnu'n ôl ac ymlaen rhwng y ddau begwn. Eisia bod yr union run fath ag o, ond eto ofn bod fel fo.'

'Rhaid bod gair gwell nag ofn ar gyfer hynna, Joshua.'

Edrychodd o arni hi a gwenu.

'Gad i mi wybod os doi di o hyd iddo, 'ta, Sara.'

Aeth un noson yn noson arall, a dechreuodd Elen Jones boeni fod rhywbeth wedi digwydd i Joshua. 'Peidiwch â phoeni,' meddai gweddill y teulu wrthi, pob un yn ei dro yn ceisio tawelu'i hofnau hi. Bydd yn golygu llawer iawn iddyn nhw gael cwmni cyfaill eu mab, un a oedd efo fo pan fu farw. Derbyniai hi'r geiriau yn raslon bob tro a dweud ei bod hi'n teimlo'n euog am wadu'r cysur hwnnw i deulu galarus arall, ond gan boeni yr un fath. Tybed a oedd wedi mynd yn sâl yn ystod y daith? Ym mha fodd y byddai'n anfon gair atyn nhw? 'Dim ond i gyffiniau Oak Hill mae o 'di mynd,' meddai Isaac, yn cydio yn nwylo'i wraig ac yn gwenu arni gyda chyfuniad o gerydd, tosturi a hiwmor. 'Dydi o ddim 'di mynd yr holl ffordd nôl i New Orleans.'

Cyrhaeddodd llythyr i dynnu sylw Elen Jones oddi ar ffawd Joshua, un byr oddi wrth Esther yn dweud ei bod hi'n gadael Washington er mwyn ymgymryd â swydd newydd. Roedd byddin yr Undeb wedi sefydlu ysgolion ar gyfer cyn-gaethweision ar rai o ynysoedd y Carolinas. Milwyr a wirfoddolai yn eu hamser hamdden oedd yr athrawon cyntaf, ond penderfynwyd cyflogi rhai athrawon profiadol i ymroi'n llawn i'r gwaith. Roedd chwech ohonynt yn mynd o Washington, tri athro a thair athrawes. 'Mae fy nghalon yn llamu bob tro yr wyf yn meddwl am y fenter y byddaf yn ymdaflu iddi mewn byr o dro,' meddai Esther. 'Caf lafurio i greu newid yn y dyddiau rhyfeddol hyn, gyda rhyddid yn lle caethiwed a goleuni dysg yn lle tywyllwch anwybodaeth. Prysured y dydd y bydd pob cadwyn yn rhydu yn y llwch a phob plentyn Duw a fu'n gaeth yn cerdded yn rhydd i'r ysgoldy ac i'r addoldy!'

Dychwelodd Joshua'n holliach er gwaethaf ofnau'i fam, a hynny ar ôl aros am yn agos at wythnos gyfan gyda theulu Robert Owen. Mentrodd Seth dynnu coes eu mam yn dyner. Roedd 'i frawd wedi goroesi dros ddwy flynedd yn y fyddin a nifer o frwydrau ffyrnicaf y gorllewin, siawns na fyddai'n marw yn ystod ymweliad hamddenol ag Oak Hill. Gwenodd Elen Jones a chwarddodd Sara, Seth a'r efeilliaid – oherwydd y rhyddhad a ddaeth gyda'r datganiad hwnnw. Ymunodd eu tad yn y chwerthin hefyd. Ymddangosai Joshua'n swil, ei lygaid yn osgoi wynebau'r gweddill ohonynt. Dyna fo, meddyliodd Sara, y fo yw'r brawd ufudd a swil. Felly mae hi 'di bod erioed ac mae o 'di dychwelyd atom.

Y noson honno gwahoddwyd Rowland a'u hen ewythr Enos i ymuno â'r teulu am bryd o fwyd. Eisteddai Rowland yn ymyl Sara. Pwysai hi'n agos ato weithiau, yn cyffwrdd a'i law, ei fraich neu'i goes. Gallai wneud hynny bellach, ers iddyn nhw gyhoeddi'u bwriad yn ddiweddar. Roedden nhw'n bâr. Cwpl. Teulu fydden nhw cyn bo hir. Roedd pob dim wedi newid a gwyddai Sara fod pawb arall yn gwybod hynny hefyd. Wedi i Elen Jones ofyn gras, dywedodd Joshua fod arno eisiau cyhoeddi rhywbeth. Aeth yr ystafell yn dawel, llaw Isaac, yn dal cyllell, wedi'i rhewi hanner ffordd at y cyw iâr a llaw Enos yn cydio yng ngwddf y botel roedd am ei hagor. Ennyd o dawelwch yn syllu arno, Joshua yntau'n cochi, ei lygaid yn chwilio am noddfa yn y cysgodion, fel pe bai wedi colli'r gallu i ddweud yr hyn roedd ar fin ei ddweud. Pesychodd ac ymsythu. Wedyn, a'i ben yn uchel edrychodd ar wyneb ei fam, wedyn ar wyneb ei dad a dweud ei fod wedi gofyn i Lisa'i briodi. Dechreuodd Jwda ofyn pwy ar wyneb y ddaear oedd Lisa, ond sodrodd Benjamin benelin yn ei asennau i gau ei geg. Eglurodd Joshua mai chwaer ei gyfaill Robert a laddwyd oedd Lisa a'i bod hi wedi derbyn yn hapus a'i rhieni wedi rhoi sêl eu bendith.

Ffrwydrodd babel o longyfarchiadau ac ebychiadau di-eiriau o gwmpas y bwrdd a phlygodd Seth yn agos at ei frawd er mwyn ei guro'n rhadlon ar ei gefn. Wedi i'r twrw ostegu ychydig, siaradodd eu mam.

'Ble byddwch chi'n byw?' Cyn i Joshua gael cyfle i ateb siaradodd eu tad.

'Cofia fod gen ti dŷ gwag yma ar yr ynys yn barod.' Cododd law a sychu deigryn yn frysiog o'i lygaid ac edrych ar Sara a Rowland. 'Cofiwch fod tŷ ar eich cyfer chi i gyd hefyd yn barod at ddiwrnod eich priodas.' Cododd law a sychu deigryn arall a syllu'n frysiog ar Seth, Jwda a Benjamin.

Amneidiodd Joshua, yn cydnabod geiriau'i dad, yn gwenu'n fodlon ond yn amlwg yn methu'n lân â dod o hyd i rywbeth arall i'w ddweud. Ei fam siaradodd nesaf, ei dwylo wedi'u gosod ar y bwrdd y naill ochr i'w phlât, fel pe bai am ei sadio'i hun yn ei chadair.

'Felly ar ddiwedd y rhyfel byddwch chi'n priodi?'

'Nage, Mam.' Roedd ei eiriau'n barod y tro hwn a siaradai gyda balchder a sicrwydd. 'Mae Lisa'n awyddus i briodi cyn diwedd ein *furlough* ni a dw i 'di cytuno.'

'Cyn i chi i gyd fynd yn ôl i'r fyddin felly?'

Roedd Elen Jones yn gwasgu'i dwylo at ei bochau erbyn hyn.

'Cyn hynny, Mam,' atebodd Joshua. 'Mae teulu Lisa wedi siarad â'u gweinidog yn barod.'

Rhoddodd Elen Jones eu dwylo ar y bwrdd eto a gwasgu'i chefn yn ôl yn erbyn y gadair.

'R'annwyl Dad! Mi fydd yn fis o briodasa felly!'

Dechreuodd Isaac Jones ddweud rhywbeth, ond erbyn hynny roedd ei ewythr Enos ar ei draed. Gan fod y botel yn ymyl ei blât bellach yn wag, plygodd dros y bwrdd er mwyn estyn am botel arall. Bu bron iawn i'w farf hir gyffwrdd â fflam un o'r canhwyllau a sylwodd Sara fod Jwda a Benjamin yn cydio'n gyflym yn eu gwydrau, rhag ofn. Edrychodd Enos yn hir ar Joshua, ei lygaid yn hoelio llygaid ei nai am ychydig, ac wedyn siaradodd, ei lais yn uchel ac yn gryf, fel pe bai'n annerch torf mewn neuadd.

'Yn wyneb y fath gyhoeddiad, nid oes dim yn rheitiach na chodi llwncdestun i Joshua a'i ddyweddi.' Plygodd eto a llenwi'i wydr. 'A hefyd, gan nad ydan ni eto wedi cael dathlu dyweddïad Sara a Rowland efo'n gilydd, dyma i chi hefyd! I Sara a Rowland!'

Ac felly roedd y mis Mehefin hwnnw'n gyforiog o briodasau. Priododd Huw Llywelyn Huws ac Ann Lloyd gyntaf, a hynny yng nghapel Ynys Fadog. Ryw wythnos wedyn croesodd y rhan fwyaf o'r pentrefwyr y sianel a theithio i Oak Hill ar gyfer priodas Joshua a Lisa Roberts. Yn olaf, a hynny ar ddiwrnod olaf mis Mehefin 1864, priododd Sara a Rowland. Tair priodas mewn tair wythnos. Dathliad ar ôl dathliad, llawenydd ar ben llawenydd, teuluoedd a chyfeillion yn ymdaflu i fwynhau bywyd gan geisio anghofio bod cysgod angau yn cyrraedd pellafion y wlad. Diflannodd nifer o'r danteithion roedd cwmni masnach yr ynys wedi'u cadw yn y stordy at wasanaeth y dathlwyr. Yn yr un modd, yfwyd tipyn go lew o'r gwin, y cwrw a'r bwrbon, er nad yfwyd diferyn o'r ddiod gadarn yng ngwydd Cymry Oak Hill. Dim ond ar y ffordd adref yn y wageni a fenthycwyd gan Jacob Jones a'i gydnabod yng nghyffiniau Gallipolis y câi Enos, Gruffydd Jams ac eraill agor y poteli a guddiwyd yn y cerbydau ar gyfer y daith yn ôl i'r ynys. Daeth Jacob, Cynthia a'u meibion i'r tair priodas, a chanwyd un emyn Saesneg ym mhob gwasanaeth er eu mwyn.

Pan ddaeth Sara a Rowland i sefyll o flaen y gweinidog yng nghapel Ynys Fadog, teimlai hi rywbeth tebyg i bendro yn ei tharo, ei choesau'n crynu gan fawredd yr achlysur. Roedd hi'n sicr y byddai'i choesau'n ildio ac yn ei gollwng fel doli glwt ar y llawr yno o flaen yr holl dyrfa. Ond roedd rhyw deimlad ysgafn y tu mewn iddi ar yr un pryd, rhyw awydd i godi i fyny, fel pe bai'n nofio o dan y dŵr a'i hysgyfaint yn swigen fawr y tu mewn i'w chorff a allai'i chodi i wyneb yr afon. Byddai'i chorff hi'n hollti, meddyliai, a hithau'n chwalu, gyda'r rhan ddaearol yn disgyn yn llipa ar y llawr a rhyw ran arall ohoni'n codi i nenfwd y capel. Ond pan ddechreuodd y Parchedig Evan Evans siarad daeth cryfder yn ôl i'w choesau. Gwyddai hefyd pa beth oedd y swigen ysgafn y tu mewn iddi hi. Nid ei chodi oedd ei swyddogaeth ond yn hytrach ei symud ymlaen i gyfeiriad gweddill ei bywyd. Wedyn siaradodd yn uchel, gan ailadrodd y geiriau ar goedd.

Mynnodd Sara gynnwys emynau traddodiadol yr ynys yn y gwasanaeth. Chwyddai ei chalon pan glywai Rowland yn sefyll yn ei hymyl yn canu 'Dyma odfa newydd, O Arglwydd dyro rym...' Gallai glywed llais N'ewyrth Enos yn gwyro oddi ar drywydd gweddill y dyrfa pan ganwyd 'Pob seraff, pob sant...' Gwenodd, ac estyn llaw i wasgu llaw Rowland, a chanu'n uwch. Roedd Elen Jones wedi gofyn i Cynthia ganu, gwenodd ar y ddau, caeodd ei llygaid a chanu:

> There is a balm in Gilead
> to make the wounded whole,
> there is a balm in Gilead
> to heal the sin-sick soul...

Daethpwyd â byrddau a chadeiriau o dai'r ynys er mwyn creu un bwrdd hir a ymestynnai ar hyd y lôn o'r capel i'r groesffordd. Roedd yn ddiwrnod poeth ond deuai digon o wynt o'r dwyrain i leddfu'r gwres. Wedi'r cinio hir, aeth y gwirfoddolwyr i'r afael â'r clirio, y twtio a'r golchi. Symudai eraill i gyfeiriad y doc deheuol er mwyn sefyll, siarad ac yfed wrth wylio'r afon yn ymrolio heibio. Cerddodd Sara a Rowland law yn llaw yma ac acw, yn siarad â hwn a hon ac yn derbyn bendithion rhai a oedd wedi'u bendithio nifer o weithiau'n barod y diwrnod hwnnw. Nid oedd arwydd y byddai'r dathlu'n dod i ben, a chyrchwyd rhagor o fwyd. Eisteddai pobl mewn grwpiau bychain, rhai ar y naill ddoc a'r llall, rhai o flaen yr ysgoldy ac eraill o flaen y capel, yn bwyta bara, caws ac afalau haf. Dim ond pan ddechreuodd yr awyr las droi'n oren yn y gorllewin wrth i'r haul fachlud yr aeth Sara a Rowland i'w cartref newydd. Un cylchdro arall, yn cerdded law yn llaw o'r naill dyrfa i'r llall, gan ddiolch i bawb am eu caredigrwydd. Oedi gyda rhieni Sara, ei mam yn ei dal hi'n hir yn ei breichiau a'i thad bron yn ei chodi oddi ar ei thraed wrth iddo'i chofleidio, ac wedyn roedd y ddau ar y groesffordd ac yn troi i gyfeiriad y dwyrain, yn cerdded yn araf at eu tŷ a diflannu trwy'r drws.

Nid oedd mor fawr â thŷ ei rhieni, ond teimlai'n fwy gan mai eu heiddo nhw ill dau'n unig ydoedd. Bu Sara ynddo droeon yn ystod y blynyddoedd.

Gwyddai mai hwn oedd y tŷ a godwyd gan ei thad, ei hewythr a'i hen ewythr ar ei chyfer hi, a bod y tai eraill yn y rhes yn ei ymyl wedi'u codi ar gyfer Esther, Sadoc, Joshua a'r efeilliaid. Gan nad oedd neb yn disgwyl i Esther ddod yn ôl i fyw ar yr ynys, holai Owen Watcyn yn achlysurol a gâi brynu'i thŷ, ond gwrthodai Isaac Jones y cynnig bob tro. Nid oedd gan Owen Watcyn yr wyneb i holi am dŷ Sadoc pan laddwyd o ym mrwydr Chickamauga ac ni chynigiodd Isaac Jones werthu'r tŷ gwag i neb. Byddai'n parhau i ofalu am dŷ Sadoc fel y gofalai am y tai gweigion eraill, yn cynnau tân ar yr aelwyd yn rheolaidd rhag cael tamprwydd ac yn glanhau nythod llygod o'r corneli gweigion. Âi Sara gydag o weithiau pan oedd yn blentyn. Pa le gwell i ferch fach chwarae na mewn tŷ gwag cyfan? Gydol y blynyddoedd pan fyddai Seth yn ei dilyn hi i bob man fel cyw ar gynffon iâr, byddai'r ddau'n dyfeisio chwaraeon a gemau di-ri. Ymrithiai llofft wag yn neuadd mewn castell a bwrdd llong oedd llawr y parlwr. Deuai Jwda a Benjamin gyda nhw weithiau, a byddai'n rhaid i'w tad greu heddwch rhwng y ddwy ochr pan âi'n rhyfel rhy waedlyd rhwng trigolion llawr isaf y tŷ a'r ail lawr.

Pan dyfodd y plant yn hŷn rhoddwyd y cyfrifoldeb arnynt i ofalu am eu tai eu hunain. Ei thad fyddai'n gofalu am dai Sadoc ac Esther, a chynorthwyai'r efeilliaid a oedd rywsut yn arafach na gweddill y plant yn derbyn bod cyfrifoldeb yn gyfrifoldeb, ond ers rhai blynyddoedd bu Sara a Joshua'n cynnau tân ar aelwydydd eu tai gweigion eu hunain, yn ysgubo'r baw llygod o'r lloriau ac yn glanhau gwe pryfed cop o'r distiau. Nid aeth Sara â Rowland i weld y tŷ tan y mis hwnnw gan na fyddai'n weddus iddyn nhw gwrdd y tu ôl i ddrws caeedig cyn dyweddïo. Ond ar ôl trefnu diwrnod eu priodas, aeth Sara ag o i weld eu darpar gartref. Dechreuodd yntau weithio arno a'i ddodrefnu â byrddau, cadeiriau, setl a thresel a gafwyd yn rhoddion. Bu'n rhaid gofyn am gymorth Seth, yr efeilliaid a Huw Llywelyn Huws i gludo'r darnau mawrion, ond fel arall gwnaeth Sara a Rowland y gwaith ar eu pennau eu hunain. Felly erbyn noson eu priodas, roedd y cartref yn fwy na pharod.

'Dyma ni,' meddai Sara, ar ôl i'r drws gau y tu ôl iddyn nhw. "Dan ni wedi dod adra am y tro cynta.'

Pan gofleidiodd Rowland hi, rhoddodd Sara ei gwefusau wrth ei glust a sibrwd y geiriau. 'Dyma ni, rydan ni adra.'

Wythnos namyn diwrnod ydoedd. Chwech o nosweithiau gyda'i gilydd, chwe noson yn cysgu o dan yr un to, yn yr un gwely, ymhleth yn un goflaid. Pump o ddiwrnodiau llawn, a nhwythau'n gwpl priod, yn cerdded ar lan yr ynys, yn mwynhau gwres mis Gorffennaf, yn mwynhau gwres cyfarchiad teulu, cyfeillion a chymdogion a'u sgwrs rywsut yn wahanol, gan eu bod bellach yn ŵr ac yn wraig, y ddau'n cuddio yn eu cartref am gymaint o'r diwrnod ag y byddai cwrteisi'n caniatáu iddynt wneud, fel y gallai'r ddau fod yn un ac yn gyfan, heb neb i amharu arnynt. Chwech o foreau, yn deffro'i gilydd, yn agor eu llygaid ar yr un byd a hwnnw'n fyd nad oedd neb ond y nhw ill dau yn ei rannu.

Wythnos namyn diwrnod, chwe noson, pum niwrnod a chwe bore, ac wedyn daeth *furlough* Rowland i ben.

Ar y chweched o fis Gorffennaf, 1864, roedd milwyr y 56ed Ohio yn ailymgynnull yn noc Portsmouth er mwyn dechrau ar y daith hir yn ôl i New Orleans. Anfonodd Isaac Jones air gyda chapten paced stêm a chafodd y negesydd hyd i'r *Boone's Revenge* ar ddoc Wheeling. Felly wrth i'r haul araf ymwthio trwy niwl y bore, safai cyfran sylweddol o'r ynyswyr ar y doc deheuol. Roedd Huw, Seth a Rowland yn eu gwisg filwrol unwaith eto a hafersac wrth droed pob un. Gallai Sara glywed y *Revenge* cyn ei gweld, pesychiadau'r injan a'r olwyn yn curo'r dŵr, y llestr anweledig yn symud yn nes ac yn nes a'r synau'n codi'n uwch ac yn uwch. Ymddangosodd y ffurf arallfydol yng nghanol tarth yr afon yn gliriach ac yn gliriach wrth iddo agosáu, yn gwthio'i ffordd trwy'r niwl.

Wedi cyrraedd y doc a chlymu'r rhaffau yn y mannau arferol, neidiodd Sammy Cecil i lawr o fwrdd y paced a brasgamu at Sara a Rowland. Ysgydwodd law Rowland yn egnïol a'i longyfarch, cyn troi a chydio yn llaw Sara.

'Wel, what d'ya know, Sara Jones. I reckon you're Sara Morgan now.'

'I reckon so,' atebodd hi.

Nid oedd y *Revenge* yn cludo llawer o nwyddau ac roedd Capten Cecil wedi cytuno i fynd â'r tri milwr i Portsmouth yn ogystal ag Ann, Lisa, Sara a'i rhieni hi, fel y gallent ffarwelio yno. Daeth Lisa â'i chist hefyd gan y byddai'i rhieni yn cwrdd â nhw ar ddoc Portsmouth, ac yn mynd â hi 'nôl i'r ffarm wedi iddi ffarwelio â'i gŵr.

Taith ryfedd ydoedd hefyd. Er ei bod hi wedi sefyll ar fwrdd y *Boone's Revenge* lawer gwaith a siarad yn hamddenol â Sammy a'i frawd Clay, dyma oedd y tro cyntaf iddi deithio ar y paced. Gan nad oedd hi ond babi bychan iawn pan deithiodd o'r dwyrain i Ohio, ni allai gofio teithio ar yr un agerfad erioed. Peth rhyfedd, a llestri'r afon mor gyffredin ag adar yr awyr. Gwelsai filoedd ohonynt yn ymrolio heibio'r ynys yn ystod ei bywyd, a gweld cannoedd ohonynt wrth y doc deheuol. Roedd hi'n adnabod llawer o'r agerfadau wrth eu henwau, yn gwybod enwau'u capteniaid ac yn gallu cofio'r hanesion am eu hadeiladu, am eu cyflymder, neu am ryw anffawd a oedd bron wedi'u suddo. Ond ni allai gofio teithio ar fwrdd agerfad tan y diwrnod yr aeth gyda Rowland i Portsmouth er mwyn ffarwelio ag o. Byddai wedi mwynhau'r profiad yn aruthrol, meddyliodd wedyn, pe na bai tristwch yr achlysur yn ei llethu. Ceisiodd fwynhau'r oriau olaf hynny, yn eistedd ar focs pren mawr ar fwrdd y paced wrth ymyl Rowland, yn teimlo gwres ei law am ei llaw hi, ac yn cogio'u bod nhw'n mynd ar yr hyn a elwid yn *honeymoon* gan un o'r papurau Saesneg a ddarllenai. Ceisiai ddychmygu'u bod nhw'n mynd i weld dinasoedd mawrion y glannau – Cincinnati, Louisville a St. Louis – ac am fwynhau nosweithiau bwy'i gilydd yng ngwestai gorau'r trefi hynny. Mis o deithio a moethusrwydd fyddai, a nhwythau'n dychwelyd yn y diwedd i'w cartref ar yr ynys i ailgydio yn y bywyd hyfryd newydd roedden nhw wedi'i fwynhau yn ystod y dyddiau a'r nosweithiau diwethaf. Ond nid oedd ei dychymyg yn llwyddo i guddio'r amgylchiadau, ac am eiliadau'n unig y llwyddai i ymgolli yn y rhith. Nid dillad teithio crand roedd Rowland yn eu gwisgo, ond lifrai glas milwr, ac erbyn hanner dydd byddai'n cael ei rwygo oddi wrthi. Eisteddai Huw ac Ann mewn rhan arall ar fwrdd y paced, a Seth a'u rhieni yn ymyl y caban bach agored. Gallai glywed Seth yn siarad yn uchel â Sammy weithiau, y ddau'n syfrdanol o siriol o dan yr amgylchiadau.

Roedd curiadau rhythmig yr olwyn yn rhy gyflym a'r pellter rhwng yr ynys a doc Portsmouth yn rhy fyr iddi, a chyn hir safai Sara yno ar y doc, a oedd yn fwy o lawer na doc mawr deheuol yr ynys, yn cofleidio Rowland yng nghanol torf o bobl. Cymysgedd o filwyr a sifiliaid yn gweu trwy'i gilydd, rhieni'n ffarwelio â'u mebion, gwragedd yn dal eu gwŷr yn dynn yn eu breichiau, plant yn gyndyn o ollwng gafael ar eu tadau. Bendithion a gweddïau a dymuniadau gorau, yn Gymraeg, yn Saesneg ac ambell un yn Almaeneg. Tynnodd Sara Rowland yn nes ati ac ailadrodd y geiriau roedd wedi'u llefaru dro ar ôl tro yn ystod y dyddiau diwethaf. Ein bywyd ni ydyw bellach. Ni all neb ei gymryd oddi wrthym. Tyred yn ôl adref, tyred yn ôl at ein bywyd ni.

'Sara,' meddai, pan symudodd fymryn i ffwrdd o'i choflaid er mwyn edrych i fyw ei llygaid. 'Do's dim ots ble bydda i, ti fydd f'angorfa i.' Amneidiodd ar yr agerfad mawr a oedd yn disgwyl i fynd ag o a'i gydfilwyr yn ôl i ansicrwydd rhyfel. 'Do's dim ots faint o ddocie, na faint o borthladdo'dd, na faint o angorfeydd y bydda i'n ymweld â nhw. Ti fydd f'angorfa i, ble bynnag y byddi di.'

Gwenodd hi trwy'i dagrau.

'Ar yr ynys bydda i, siŵr iawn, yn disgwyl amdanat ti, nes y doi di adra.'

'Dyna fydd f'angorfa i 'te. Gan taw yn y fan honno y byddi di.'

Gwasgodd hi o'n dynn unwaith eto, yn siarad i mewn i'w fynwes, fel pe bai am sodro'r geiriau yn ddwfn yn ei galon.

'Yn y fan honno y bydda i, Rowland. Yn disgwyl. Ein bywyd ni ydi o rŵan. Tyrd yn ôl ato fo. Tyrd yn ôl ata i.'

20

Melltithiai Sara ddyn nad oedd hi'n ei adnabod. Kirby Smith oedd ei enw, a melltithiai hi o bob dydd, yn deisyfu y byddai o'n dioddef am dragwyddoldeb yn fflamau Uffern. Roedd pawb arall wedi ildio, hyd yn oed Robert E Lee, ond gwrthodai'r Cadfridog Kirby Smith roi'r gorau iddi ac felly ni ddaeth y Rhyfel i ben. Yn uffern dân boed iddo drigo, y fo a phawb sy'n ei ddilyn o. Fel y dywedwyd ar dudalennau'r *Cenhadwr Americanaidd*, roedd llawer yn cyd-deithio yn nyffryn adfyd y dyddiau hynny. Y dyn aflan hwnnw a oedd yn sicrhau'u bod nhw'n dal i gyd-deithio trwy'r wlad arswydus honno. Ystyriai Sara'r fath syched am waed yn fath arbennig o bechod, un na allai Iesu Grist faddau iddo hyd yn oed. Dyddiau'r Cystudd Mawr oeddynt, fel y dywedai'r *Cenhadwr*, ac roedd y dyddiau trallodus hynny'n ymestyn yn ddiderfyn.

Llusgai diwedd yr haf a'r hydref wedi i Rowland ymadael. Gwlad Angau ydoedd o hyd, a pho fwyaf y byddai'r Rhyfel yn parhau, mwyaf i gyd fyddai'r teimlad na fyddai crafangau Angau yn gollwng gafael ar bob cwr o'u bywydau. Disgwylid gweld colofnau'r meirwon wrth agor un o'r papurau Saesneg. Roedd llenyddiaeth Angau'n britho pob un o'r cyhoeddiadau Cymraeg. Cofiant Milwr Cymreig. Marwolaeth Milwr. Galar Mam. Cludwyd eirch adref i'w teuluoedd ar drenau ac ar agerfadau. Cynhaliwyd gwasanaethau mewn capeli ac eglwysi i filwyr a gladdwyd ar faes y gad yn y Deau Pell. 'Am hynny, byddwn barod, canys yn yr awr a'r dull na wyddom, y daw yr angau.' Darllenai Sara'r rhybudd hwnnw yn y *Cenhadwr* dro ar ôl tro, ond nid oedd yn barod am ddyfodiad Angau i'w chartref newydd hi ac ni allai feddwl am ymbaratoi hyd yn oed i'w dderbyn. Deuai ias afiach i'w hoeri bob tro y gwelai'r geiriau hynny. Am hynny, byddwn barod. Galwodd Angau am yr hen gi, Jehosaffat, hyd yn oed. Daeth Jwda a Benjamin allan o'r tŷ un bore a'i ganfod yn farw yn ymyl gwaelod y grisiau cerrig. Roedd y ddau'n hwyr iawn i'r ysgol gan iddynt fynd yn syth i gladdu'r creadur mewn llecyn bach yn ymyl trwyn gorllewinol yr ynys.

Aeth Sara i weld Catherin Huws a gofyn i'r fydwraig alw yn ei thŷ. Eisteddai'r ddwy wrth y bwrdd roedd Sara wedi'i rannu gyda Rowland am lai nag wythnos, yn yfed coffi ac yn bwyta bara gyda menyn a mêl. Safodd Sara a dechrau clirio'r llestri budron, a dim ond ar ôl cael ei thraed y cafodd ddigon o ddewrder i ofyn yr hyn nad oedd wedi llwyddo i'w ofyn yn ystod rhyw awr o eistedd a siarad â Mrs Huws. Gorchmynnodd y fydwraig iddi fynd i fyny i'r llofft a gadael iddi hi olchi'r llestri a'r cwpanau. Pan ddaeth Catherin Huws i fyny'r grisiau roedd Sara wedi ufuddhau i'r cyfarwyddiadau, ac wedi tynnu'i dillad, gwisgo'i gwn nos a mynd i orwedd yn y gwely.

'Mae'n ddrwg gen i, Sara,' oedd ei datganiad hi ar ôl archwilio Sara. 'Nid y tro hwn. Nid oedd yr amseru'n iawn, ond paid â phoeni, fe ddaw cyfle arall pan ddaw o'n ôl o'r rhyfel.'

Pan ddaw o'n ôl, meddyliai Sara. Pan fydd terfyn ar y dyddiau trallodus hyn.

Y llythyrau a dderbyniai oedd yr unig gysur. Daeth cnwd ohonynt oddi wrth Esther, gan gynnwys rhai roedd hi wedi'u hysgrifennu ers talwm ond eu bod wedi mynd ar goll mewn rhyw fag post milwrol yn rhywle. Llongyfarchodd ei chwaer ar ei phriodas gyda geiriau a ddaeth â dagrau i lygaid Sara. 'Cofia fod dy lawenydd di'n llawenydd i minnau.' Dywedodd y byddai hi'n cofio am Rowland yn ei gweddïau beunyddiol, yr un modd â'u brodyr Seth a Joshua, a'i bod yn breuddwydio am y diwrnod pan fyddai'r tri'n dychwelyd i Ohio yn fuddugoliaethus a holl gadwyni'r caethion yn chwilfriw mân. Disgrifiodd Esther ei gwaith, awch y cyn-gaethweision am addysg, a'r teimlad ei bod hithau'n rhan fechan o'r chwyldro a oedd yn dechrau pennod rydd newydd yn hanes y wlad. Disgrifiodd hinsawdd a thirwedd ynysoedd y Carolinas hefyd, y tonnau'n taro ar yr arfordir, aroglau'r heli ar y gwynt hyd yn oed pan nad oedd y môr o fewn golwg, y coed derw bytholwyrdd mawrion, stribedi hirion o fwsogl yn hongian o'u canghennau ac yn symud fel baneri yn yr awel. Gallai Sara ddychmygu gweld ei chwaer yn sefyll o dan un o'r coed hynny, ei disgyblion yn eistedd mewn hanner cylch o'i chwmpas, pob un yn dal llechen i ysgrifennu yn ei ddwylo. Dyfynnai Esther linellau o emyn William L. Davies, Johnstown, yn ei llythyrau gan ei bod hi'n gwybod bod Sara yr un mor hoff ohonynt â hi'i hun. Dychmygai Sara'i chwaer yn cerdded heibio colofnau gwynion plasty a fuasai'n gartref i un o'r caethfeistri, heibio i res o gytiau pren bychain a oedd yn gartrefi i'r rhai a fuasai'n gaeth, a hithau'n canu iddi hi'i hun gydol yr amser.

O, na wawriai, O, na wawriai,
Bore hyfryd Jiw-bi-lî…

Nid ysgrifennai Joshua atynt mor aml gan mai at ei wraig, Lisa, yr ysgrifennai'r rhan fwyaf o'i lythyrau, a nodai Elen Jones fod hynny'n gwbl briodol. Ond deuai ambell lythyr byr, weithiau wedi'i gynnwys yn yr un amlen ag un o lythyrau Seth, yn eu sicrhau'i fod yn iach. Rhoddai Seth dipyn o hanes y gatrawd iddynt, er na ddaeth cymaint o frwydro i'w rhan ers iddynt ddychwelyd o'u *furlough*, diolch i'r drefn. Rhoddai ychydig o hanes bywyd bob dydd ar strydoedd New Orleans, y mynd a'r dod o'r dociau mawrion, y cymysgedd o Wyddelod, Almaenwyr, Ffrancwyr a chyn-gaethweision, a'r holl nwyddau rhyfeddol a oedd ar werth yn y marchnadoedd. Cynhwysai Rowland ambell sylw ysmala am acen trigolion Louisiana neu wisgoedd rhai o'r cerddorion a berfformiai ar y strydoedd, ond ar wahân i'r darnau byrion hyn, ni rannai Sara ei lythyrau hirion â gweddill y teulu. Estyniad o'r dyddiau prin a gawsai hi ag o ar yr ynys, rhwng eu priodas a'i ymadawiad, oedden nhw. Dywedai fel y byddai'n gorwedd yn effro'r nos yn y barics yn New Orleans yn meddwl am bob manylyn am ryw noson yn eu gwely priodasol. Cydiai mewn sgyrsiau a gawsai gyda hi, yn cymryd y cyfle i ymhelaethu ar yr hyn a ddywedasai ar lafar, yn manylu ar ei deimladau ac yn ehangu ar y breuddwydion roedd yn eu rhannu gyda hi. 'Ti yw fy angorfa,' meddai, 'ac atat ti y byddaf yn dychwelyd.' Hen stordy halen yn ymyl y dociau oedd barics y gatrawd, a'r halen yn crensian fel gro dan draed bob tro y cymerai Rowland gam ar y llawr pren. Pan fyddai'r hiraeth drymaf gyda'r nos ac yntau'n methu â'i chadw hi draw wrth i'r atgofion melys lifo, cyfaddefodd y byddai'n wylo. Byddaf yn meddwl weithiau bod fy nagrau'n sychu ar y llawr gan adael yr halen ar ôl a bod mwy o halen fy nagrau yma o dan draed erbyn hyn nag o'r hen halen gro.

Er bod cryn drafod ar symudiadau'r byddinoedd a chnoi cul ar hanes y brwydrau mawrion yn Virginia, Tennessee a Georgia, yr etholiad arlywyddol oedd pwnc mawr trafodaeth yr hydref. George McClellan oedd ymgeisydd y Democratiaid, y cyn uwchgadfridog a oedd bellach yn arwain plaid a ddywedai mai heddwch oedd y flaenoriaeth. Dod â'r Rhyfel i ben yn syth, nid rhyddhau'r caethweision oedd nod McClellan a'r Democratiaid. Cynyddai ymdrechion y *copperheads* yn Ohio, gan fod cryn gefnogaeth i McClellan ymysg rhai cylchoedd yn y dalaith. Yn ôl yr hyn a ddywedai Rowland, Joshua a Seth yn eu llythyrau, roedd rhai o bennau copr siroedd Jackson a Gallia wedi dechrau ysgrifennu at nifer o'u cydfilwyr unwaith eto, yn cydymdeimlo mewn modd ffuantus â sefyllfa'r milwyr dewr o Ohio a gawsai'u twyllo gan lywodraeth i ymladd dros ryddid y negro. Ailadroddai Seth yr hen addewid bostfawr, a dweud ei fod yn edrych ymlaen at ddiwedd y rhyfel pan fyddai'n cael dod adref a defnyddio'r dryll a ddefnyddiai yn erbyn y Gwrthryfelwyr Deheuol i saethu holl bennau copr y Gogledd. Mae'r milwyr un ac oll o blaid Lincoln, meddai, am ein bod ni un ac oll am fynd â'r Rhyfel i'r pen, heb ildio dim i fradwyr a lladron rhyddid dynion.

Cadwai Sara lythyrau Rowland ar y bwrdd bach yn ymyl ei gwely, pob dalen yn ychwanegu at y trwch rhwng cloriau'r hen lyfr cyfrifon. Pan gyrhaeddai un newydd, byddai hi'n dysgu'r darnau y dewisai eu rhannu â gweddill ei theulu ar ei chof ac wedyn byddai'n ei throi hi am dŷ ei rhieni. Câi ddarllen llythyrau hirion Seth a negeseuon byrion Joshua, adrodd ychydig o hanes Rowland, a thrafod y cyfan gyda'i rhieni a'r efeilliaid. Pan ysgrifennai Esther lythyr ati, âi â hwnnw i'w rannu â'i theulu yn ei grynswth. Gan nad oedd hi a Rowland yn derbyn y cyhoeddiadau eu hunain, byddai'r ymweliadau hyn yn gyfle iddi ddarllen *Y Drych*, *Y Cenhadwr*, y *Telegraph*, a'r *Gazette* hefyd. Weithiau ni allai cof Sara wahaniaethu rhwng geiriau Esther a'r geiriau a ddarllenai yn y *Cenhadwr*. 'Barnaf mai dyma'r pwysicaf o'r holl etholiadau a fu yn ein gwlad erioed. Mae ein hiachawdwriaeth, neu ynte ein darostyngiad oesol fel gwlad yn crogi wrth ddydd yr etholiad.' Cyhoeddid llythyrau yn y papurau Saesneg gan *War Democrats* a feirniadai'r Democratiaid Heddychlon a'r pennau copr yn ffyrnig. *Vote for Lincoln, don't change horses in the middle of the stream*, oedd yr ymadrodd a ddefnyddid gan nifer ohonynt. Llai cynnil o dipyn oedd taflen a ddosbarthwyd gyda'r *Gazette* wythnos cyn yr etholiad: *The Election of McClellan will bring Armistice, Anarchy, Despotism and THE END.*

Ar yr wythfed o Dachwedd, cychwynnodd y dynion yn gynnar iawn, gan groesi'r sianel yn nhywyllwch y bore, y cychod bychain yn teithio'n ôl ac ymlaen ar hyd y rhaffau o'r lan i'r doc. Benjamin, Jwda a Robert Dafis a ddaeth â'r cychod yn ôl. Safai Sara ar y doc yn eu gwylio. Roedd yn aeafol o oer a gwisgai ei dillad gaeaf, ei chôt fawr wedi'i chau amdani a'r het wlân wedi'i thynnu i lawr at ei chlustiau. Erbyn iddyn nhw glymu'r cwch olaf yn sownd wrth y doc roedd llwydni'r diwrnod cymylog wedi disgyn. Dechreuodd fwrw eira, plu mawr yn wlyb ar ei bochau a'i dwylo. Pan gamodd yr hogiau i fyny i'r doc, edrychodd Jwda ar yr awyr.

'Eira cynnar, gaeaf hir,' meddai, gan ailadrodd geiriau y byddai Gruffydd Jams yn hoff o'u dweud.

'Wel, mae'n oer gythreulig, beth bynnag,' ebychodd Benjamin, 'dewch adra.' Er bod yr efeilliaid yn dal yn yr ysgol, roedd y diwrnod cystal â diwrnod o wyliau gan fod Hector Tomos wedi mynd gyda'r dynion eraill i fwrw pleidlais yn neuadd Gallipolis. Roedd Sara wedi cynnig bod yn athrawes am y diwrnod.

'Byddai hynny'n dda o beth, Sara, rywbryd arall,' atebodd yr ysgolfeistr, yn symud bys a bawd ar hyd ei fwstásh melyngoch hir a oedd wedi'i fritho ag ychydig o wyn bellach. 'Mae gwybod y byddwch chi'n sefyll o flaen dosbarth ryw ddydd yn creu llawenydd ynof i. Ond credaf y byddai'n dda galw'r diwrnod yn ŵyl, fel y gall y plant werthfawrogi arwyddocâd gweithredoedd Democratiaeth a mawredd Gweriniaeth.' Ac felly aeth Sara adref gyda'r efeilliaid, Robert Dafis yn ffarwelio â nhw o flaen eu drws, a mwynhau brecwast o gig moch a bara wedi'i grasu a ddarparwyd gan eu mam. Eisteddodd y pedwar ohonynt o flaen y tân yn hir wedyn, yn yfed coffi ac yn siarad am yr etholiad. Pan godod Jwda a Benjamin, gwisgo'u cotiau a'u hetiau, a mynd i weld a oedd yr eira'n disgyn yn drwch, codod Sara o'i chadair hefyd. Ond cyn iddi agor ei cheg er mwyn dweud wrth ei mam ei bod am fynd, gofynnodd Elen Jones, 'Wnei di aros, Sara? Mae eisiau cwmnïaeth arna i heddiw.' Roedd Sara'n gobeithio dechrau ysgrifennu llythyr arall at Rowland, ond adwaenai'r angen yn llygaid ei mam ac felly eisteddodd yn y gadair.

Erbyn i'r newyddion gyrraedd yr ynys dridiau'n ddiweddarach roedd y tywydd wedi cynhesu eto a'r eira wedi diflannu. Oedd, roedd y canlyniad yn sicr. Er na fyddai'r cyhoeddiad yn dod am beth amser eto, roedd holl siroedd pob talaith wedi dychwelyd canlyniad y cyfrif, ac roedd gwifrau'r pellebyr yn canu gyda'r newyddion. Roedd Lincoln wedi ennill! Trosglwyddwyd y waedd o bob derbynnydd telegraff yn ne Ohio, ac aeth yn ebychiad gorfoleddus ar wefusau ac yn benawadau breision mewn papurau. Lincoln wedi ennill! Ni chynhaliwyd dathliad fel y cyfryw ar yr ynys, dim ond cyfarfod gweddi gyda'r nos, a'r Parchedig Evan Evans yn esgyn i'w bulpud er mwyn traddodi pregeth fer yn diolch am y fuddugoliaeth. Cyn dod â'r gwasanaeth i derfyn, gweddïodd y gweinidog dros Rowland, Joshua, Seth a Huw gan eu henwi, a gweddïo hefyd dros holl filwyr yr Undeb gan obeithio y byddai'r rhai oedd yn galaru yn y wlad yn teimlo llaw dyner a chysurlon yr Arglwydd ar eu hysgwyddau a honno'n ymestyn i helpu'r sawl a fyddai'n profi galar cyn diwedd y Rhyfel. Am hynny, byddwn barod, canys yn yr awr a'r dull na wyddom y daw'r angau.

Pendiliai'r dyddiau rhwng oerni tymhorol a chynhesrwydd anghyffredin, clytiau bychain o eira i'w gweld am rai dyddiau yma ac acw ar hyd yr ynys dim ond i ddiflannu cyn ymffurfio'n drwch. Codai'r afon fesul tipyn, ond disgynnai cyn llyncu mwy na rhyw lathen o'r glannau wedyn. Pan oedd y byd fel pe bai ar fin dod â'r gwanwyn yn gynnar, disgynnodd gaeaf yn ei iawn wisg, a hynny ychydig ddyddiau'n unig cyn y Nadolig. Rhewodd yr angorfa a'r cildraethau bychain eraill yn gyntaf, ac wedyn rhewodd y sianel ei hun. Llen denau o rew grisial yn cysylltu glan ogleddol yr ynys â'r tir mawr, brau ei golwg ac yn bygwth dadmer. Ni fentrodd hyd yn oed y plentyn ieuengaf ofyn i'w rieni a gâi chwarae ar y rhew. Tenau hefyd oedd yr haen o eira a orchuddiai'r ynys ddiwrnod y Nadolig, a phawb yn cerdded i'r capel, eu hanadl yn codi'n llumanau o darth uwch eu pennau. Gwasanaeth syml ydoedd, a'r achlysur heb lawer o lawenydd ynddo. Pregethodd y gweinidog am ddaioni'r Iesu, ond ni chafodd Sara lawer o gysur yn y geiriau.

Daeth llythyr hir oddi wrth Rowland ddau ddiwrnod cyn diwedd y flwyddyn ac un arall ar ail ddiwrnod y flwyddyn newydd. Nid oedd ond cwpl o frawddegau'n disgrifio'r Nadolig yn New Orleans. Gan nad oedd y milwyr wedi cael eu talu'n ddiweddar, nid oedd ganddynt arian i brynu danteithion na diodydd. Nadolig digon syml ydoedd iddynt felly, yn ddi-wledd ac yn ddi-lawenydd. Un frawddeg fer yn dweud nad oedd arwyddion y byddai'r gatrawd yn symud o'u barics yn y ddinas. Roedd lluoedd y Cadfridog Gwrthryfelgar Kirby Smith wedi methu â chroesi'r Mississippi nifer o weithiau, mor gryf oedd gwrthymosodiad byddin yr Undeb bob tro, ac felly ni chafwyd ond ambell gyrch gerila yma ac acw ar hyd glan orllewinol yr afon fawr. Roedd digon o gatrodau eraill yn y cyffiniau, ac felly nid oedd golwg y byddai'n rhaid i'r 56ed Ohio adael New Orleans a mynd i faes y gad unwaith eto. Gwarchod dociau New Orleans a hyfforddi oedd eu hunig wasanaeth bellach, meddai Rowland, diolch i'r drefn. Roedd ei lythyrau'n fwy gobeithiol o lawer na theimladau Sara, ac yntau'n ei sicrhau y byddai'r Rhyfel ar ben cyn hir a'r holl filwyr yn rhydd i ddyfod adref. 'Ti yw fy angorfa', meddai. 'Atat ti y dof yn ôl, ac wedi bwrw fy angor wrth dy ystlys ni fyddaf yn dy adael byth eto.'

Ddiwedd wythnos gyntaf mis Mawrth, bu cryn drafod ymysg y pentrefwyr yn dilyn urddo Abraham Lincoln yn Arlywydd am ei ail dymor. Cyhoeddwyd ei araith yn rhai o'r papurau Saesneg a dysgodd Sara dalpiau ohoni ar ei chof. Er mwyn tynnu'i sylw oddi ar y disgwyl diddiwedd am lythyrau a newyddion, aeth ati i annog Jwda a Benjamin i wneud yr un peth a'u siarsio i ddechrau cefnu ar eu chwaraeon bachgennaidd a chymryd diddordeb yn y pethau yr ymddiddorai dynion ynddynt. Eisteddai gyda nhw o flaen y tân yn nhŷ eu rhieni, yn ysgolfeistres na oddefai i'w disgyblion ddianc cyn gorffen eu gwers. Dechreuodd Jwda siarad yn bwyllog, a chnoi'n araf ar y geiriau.

'With malice toward none, with charity for all, with firmness in the right as God gives us to see the right, let us strive on to finish the work we are in... we are in... .'

'... to bind up the nation's wounds,' cynigiodd Sara.

Cochodd Jwda ac ysgwyd ei ben. Edrychodd Sara ar Benjamin. Gwenodd o, fel un a wyddai'i fod ar fin ennill gêm, a siarad yn gyflym,

'Let us strive to finish the work we are in, to bind up the nation's wounds, to care for him who shall have borne the battle and for his widow and orphan, to do all which may achieve and cherish a just and lasting peace.'

Pan gyhoeddwyd cyfieithiad Cymraeg yn *Y Drych*, dywedodd Sara wrth yr efeilliaid y dylent ddysgu'r geiriau hynny ar gof hefyd ac roedd edrychiad eu mam yn awgrymu y byddai'n rhaid iddyn nhw wneud. Rhaid, meddyliai Sara, er mwyn helpu'u chwaer i lenwi'r amser os nad er eu lles nhw eu hunain.

'Gadewch i ni ymdrechu,' dechreuodd hi, yn dangos y geiriau ar y tudalen i'r bechgyn â'i bys ac yn eu hannog i'w hailadrodd. Rhwymau clwyfau'r genedl. Gofalu dros yr hwn ysydd wedi ysgwyddo caledi'r frwydr a thros ei weddw a'i blentyn amddifad. Ond pan ddechreuodd ei brodyr adrodd y geiriau, dechreuodd Sara deimlo'n oer, er gwaethaf y tân a losgai'n braf yn ei hymyl. Gweddw. Effeithiai'r gair Cymraeg hwnnw yn fwy arni na'r gair Saesneg *widow*. Y diwrnod blaenorol pan alwodd roedd rhifyn newydd y *Cenhadwr* wedi cyrraedd. Wedi i Jwda ddweud gyda chryn gyffro fod ynddo gerdd hir ar destun y Rhyfel a oedd yn neilltuol o dda a dangos y tudalen iddi, dechreuodd Sara ddarllen. Bardd o Iowa ydoedd, a rhestrai'i gerdd yr amgylchiadau a oedd wedi esgor ar y chwalfa genedlaethol. Trafodai wedyn yr effaith ar y wlad. Dau gwpled a hawliodd ei sylw; fe'u darllenodd nifer o weithiau cyn rhoi'r gorau i'r gerdd a chau'r cylchgrawn.

Pwy all rifo heddiw'n gryno
Ddagrau gweddwon 'Meric fawr?
Ond yr Iesu mwyn a thirion
Wylodd gyda'r gweddwon llawr.

Am hynny, byddwn ninnau barod. Ni fyddaf, meddai Sara wrthi'i hun dro ar ôl tro, ni fyddaf byth yn barod.

Daeth llythyr y diwrnod wedyn, un roedd Rowland wedi'i ysgrifennu ar frys, ac yntau'n awyddus iawn i adrodd yr hanes. Disgrifiodd yr ŵyl ryfeddol roedd trigolion New Orleans wedi'i dathlu ddiwedd mis Chwefror. Y Montegro oedd yr enw a roddai rhai arni, meddai, gan ychwanegu bod eraill yn ei galw'n Mardi Gras. Ar strydoedd y ddinas roedd cannoedd ar gannoedd o bobl yn dathlu, yn gwisgo masgiau rhyfedd a chlogynau wedi'u gorchuddio â phlu lliwgar. Roedd cerddorion yn curo drymiau ac yn canu utgyrn, a phawb yn dawnsio dawnsfeydd gwyllt, a'r cwbl yn ymddangos fel rhyw ddefod baganaidd o'r hen oesau a fu. Bu Rowland yn rhan o sgwad o filwyr yn cymryd eu tro'n gwarchod y dociau, a'r rheini'n weddol bell o'u barics. Penderfynodd y rhingyll eu martsio trwy'r strydoedd yn hytrach nag ar hyd y dociau, ond gwnaeth edifarhau gan ei bod mor anodd symud trwy ganol y dorf. Peth rhyfedd eithriadol oedd ceisio martsio trwy'r wasgfa ryfedd honno, meddai Rowland, y dawnswyr a'r cerddorion yn gyndyn o symud a gadael i filwyr y Gogledd fynd heibio, a'r cyfan yn ymddangos fel rhyw freuddwyd liwgar hudolus a allai droi'n hunllef ar amrantiad. Mae'r byd mor fawr, meddai, wrth gloi'r disgrifiad o'r Montegro, ond er bod cymaint i'w weld, ei glywed a'i flasu yn y byd mawr hwn, ti yw'r unig ran ohono rwy'n mo'yn ei gyrchu. 'Pan ddof yn ôl atat ti adawa i mohonot ti byth 'to. Fydda i ddim yn teithio i lefydd pell os na fyddi di'n dod 'da fi bob cam o'r ffordd.'

Ni ellir gwadu nad oedd sawr dathlu ar y cyfarfod a gynhaliwyd yn y capel ail wythnos mis Ebrill. Roedd yr Uwchgadfridog Gwrthryfelgar Robert E Lee wedi ildio yn Appottomax Court House draw yn y dwyrain a holl filwyr ei fyddin wedi gollwng eu harfau a derbyn telerau heddwch. Ni fyddai'n hir, cyhoeddodd y Parchedig Evan Evans o'r pulpud, cyn bod holl luoedd gwrthryfelgar y Deau yn ildio. Mewn ychydig wythnosau, ychydig ddyddiau efallai, byddai heddwch yn dychwelyd i deyrnasu yn y wlad. Hon, meddai, oedd y flwyddyn. Hon oedd blwyddyn y Jiwbilî.

Ond deffrowyd rhai gan ganiad corn agerfad y bore canlynol, a chyn hir roedd gwaedd a galw ar hyd y lonydd a phawb yn deffro i'r newyddion arswydus. Roedd yr Arlywydd Lincoln wedi'i lofruddio. Oedd, roedd deheuwr o'r enw Booth wedi'i saethu yng nghefn ei ben, a hynny ar ganol perfformiad drama mewn theatr yn Washington. Cynhaliwyd cyfarfod arall yn y capel, un tra gwahanol. Wylai'r Parchedig Evan Evans yn ystod ei bregeth, ei igian yn rhwystro'i eiriau ar adegau. Ond ar ôl cau'i lygaid am gyfnod a gafael yn dynn yn y pulpud daeth o hyd i'r nerth i barhau.

Fel y lladdwyd yr Iesu gan ei elynion, felly hefyd y llofruddiwyd yr Arlywydd gan ei elynion yntau. Ond cyfododd daioni o'r weithred waedlyd honno. Ie, dyna a ddywedaf, er mor ryfedd y drychfeddwl, fel y deilliodd daioni o farwolaeth yr Iachawdwr ar Ei Groes, felly, trwy'r weithred waedlyd hon daw'r holl fyd i sylweddoli bod y gŵr da hwn, Abraham Lincoln, wedi marw er mwyn eraill. Fel y bu farw'r Iesu er mwyn chwalu cadwynau pechod, felly hefyd mae'r Arlywydd Lincoln wedi marw er mwyn chwalu cadwynau'r caethion. Gadewch i ni weddïo dros ei weddw a'i blant.

Pan blygodd Sara ei phen a chau'i llygaid, cododd geiriau'r bardd o Iowa yn ei meddwl. 'Pwy all rifo heddiw'n gryno, ddagrau gweddwon 'Meric fawr?'

Ddiwrnod olaf y mis bu'n rhaid iddyn nhw ymgynnull eto a chynnal cyfarfod coffa arall, a hynny ar ôl clywed bod yr agerfad, *Sultana* wedi mynd ar dân a suddo yn ymyl Memphis, Tennesse a 1,500 o filwyr Undebol wedi marw. Cyngarcharorion rhyfel oeddyn nhw, dynion a oedd wedi'u newynu'n ofnadwy yng ngwersyllfannau carchar y gwrthryfelwyr ac wedi'u rhyddhau'n ddiweddar gan eu cydfilwyr Undebol. Trychineb ar ben trychineb, a'r rhyfel heb ddod i ben. Er bod Lee wedi ildio yn y dwyrain, nid oedd y Cadfridog Kirby Smith wedi rhoi'r gorau iddi yn y gorllewin. Roedd byddin wrthryfelgar Smith yn dal ar grwydr yng ngefn gwlad Texas a Louisiana ac ni fyddai'r Rhyfel ar ben na Rowland yn dychwelyd adref tra byddai'n parhau felly.

Deffrodd Sara ganol nos tua chanol mis Mai. Gwelsai Rowland yn ei breuddwyd, yn cerdded yn ei lifrai glas ar hyd stryd mewn dinas fawr, a'r stryd honno'n fôr o bobl yn dawnsio'n wyllt. Camodd creadur rhyfedd o'i flaen, yn hanner dyn ac yn hanner aderyn, gyda thrwyn fel pig goch hir a phlu lliw'r enfys yn gorchuddio'i ben, ei ysgwyddau a'i freichiau. Cododd ei freichiau, fel aderyn mawr yn agor ei adenydd, y plu'n sgleinio yng ngholau rhyw haul na allai Sara'i weld. Tynnodd ei freichiau at ei fynwes wedyn, ei geg yn agor mewn gwên fawr o dan ei big o drwyn. Ymestynnodd ei ddwylo, gan gynnig tomen fach wen i Rowland. Dyma halen i ti, meddai'r aderyn ddyn wrtho. Dyma werth dy ddagrau mewn halen i ti. Roedd Sara am alw ar Rowland, am weiddi arno a dweud wrtho am beidio â chymryd yr halen, ond er ei bod hi'n gweld y cyfan o'i blaen nid oedd hi yno gydag o ac ni allai siarad ag o. Deffrodd o'r hunllef ac eistedd i fyny yn ei gwely. Paid, Rowland, paid, meddai wrth dywyllwch y nos. Paid â'i gymeryd.

Cyrhaeddodd llythyr byr y diwrnod wedyn, un roedd Rowland wedi'i ysgrifennu ar frys ar ddiwrnod cyntaf mis Mai.

F'annwyl Sara.
Rwyf yn gadael New Orleans heddiw, am ba hyd nis gwn. Mae trigain ohonom, un sgwad o'n cwmni ni a dau o ddau gwmni arall, wedi'n gorchymyn i fynd ar yr agerfad *Richard Norton* i fyny'r Mississippi er mwyn helpu dal rhai o'r gerilas sy'n gwneud drygioni ar hyd y lan. Mae Seth yn dyfod hefyd, ond pan fwriwyd coelbren y rhingyll gadawyd Joshua allan ohoni. Dywedodd y byddai'n gwirfoddoli a dyfod gyda ni pe na bai'n ŵr priod ac rwyf yn deall i'r dim ei deimladau. Fodd bynnag, rwyf wedi dyfod trwy bopeth hyd yn hyn ac mae'n bosibl y bydd y rebels olaf yn ildio unwaith ac am byth cyn i ni eu cyrraedd, fel y dywed rhai. Yr wyf yn meddwl amdanat bob dydd, bob nos. Atat ti y byddaf yn dychwelyd yn fy meddwl bod tro y caf funud o lonyddwch. Ysgrifennaf eto y cyfle cyntaf a ddaw.
Yr eiddot yn wastadol,
Rowland.

Bu'n rhaid iddi ddisgwyl am yn hir am newyddion. Wythnos, ac wedyn wythnos arall. Dim hanes yn y papurau chwaith; ni thrafferthai'r golygyddion gyfeirio at y cyrchoedd bychain yn y gorllewin. Ond cyrhaeddodd llythyr yn y diwedd, yn adrodd yr hanes. Aeth yr agerfad â thrigain o draedfilwyr y 56ed Ohio i fyny'r Mississippi, a Seth a Rowland yn eu plith. Rhyw bentref bychan ar lan orllewinol yr afon fawr oedd pen y daith, pentref o'r enw Mortin's Landing. Ond nid oedd pentref o fath yn y byd ar ôl gan fod pob adeilad wedi'i hen losgi. Roedd cwmni o feirchfilwyr Undebol yn yr ardal ar drywydd mintai o'r rebels, ac roedd Rowland, Seth a'u cydfilwyr wedi'u hanfon yno i'w cynorthwyo. Wedi i fechgyn Ohio gael eu traed a dechrau trefnu'u gwersyllfan, ymadawodd y meirchfilwyr ar drywydd y gerilas. Ryw hanner awr yn ddiweddarach a dyna John Williams o Ironton yn taeru iddo glywed ergydion gynnau. Roedd eraill wedi'u clywed hefyd, ond ni chredai'r swyddogion fod angen poeni. Ychydig wedyn dyma farchog yn carlamu'n wyllt i lawr yr allt. Roedd y cwmni wedi'i ddal mewn magl gan y rebels a oedd yn ymguddio yn y coed ar bob ochr i lôn gul, a hynny lai na rhyw filltir i ffwrdd. Gorchmynnodd y Capten i hanner y traedfilwyr aros i warchod yr agerfad, ac aeth o gyda'r deg ar hugain arall, gan gynnwys Rowland a Seth.

Gallai Sara'u gweld, yn cerdded mewn rhes ar hyd y lôn, y coed yn drwchus ar bob ochr, y milwyr yn dal eu drylliau'n barod, eu llygaid yn edrych i'r chwith ac i'r dde. Cerddai Rowland a Seth yng nghanol y rhes, y naill ar ôl y llall, pawb yn ddistaw, pawb yn wyliadwrus, yn symud mor dawel â phosibl. Wedyn daeth y synau – ergydion drylliau a mwsgedau. Cawod ohonyn nhw, yr ergydion yn ffrwydro rhywle o'u blaenau. Gorchmynnodd y Capten iddyn nhw adael y lôn a symud mewn llinell sgarmes trwy'r coed, hanner ar y chwith a hanner ar ochr dde'r lôn. Aeth Rowland a Seth ar y chwith, yn agosach at y lôn, yn baglu trwy'r brwgaets er gwaethaf eu hymdrechion i symud yn dawel. Ac yna o'u blaenau roedd llannerch o fath – croesffordd ac ychydig o dir agored o'i chwmpas. Yno, roedd rhes o geffylau, pob un heb farchog, a rhai milwyr yn eu cwrcwd o'u blaenau'n dal yr awenau. Wedi symud o'r coed a heibio'r ceffylau, medrai Rowland weld y sgarmes ei hun, yno ar ymyl y llannerch. Roedd ambell domen fach, rhai'n las a rhai'n llwyd – cyrff milwyr y ddwy ochr. Gallai weld milwyr yr Undeb, y meirchfilwyr yn gorwedd gyda'u drylliau byrion, ambell un yn cuddio y tu ôl i foncyff coeden fach, ambell un yn cuddio y tu ôl i geffyl marw, un yn pwyso'i ddryll ar gorff rebel marw. Gallai weld y gelynion yn y coed hefyd – pen, ysgwyddau a breichiau ambell un yn dod i'r golwg, yn codi mwsged ac yn saethu, y mwg yn codi yng nghanghennau'r coed.

Aeth Rowland a Seth ar eu boliau ac ymgropian yn drwsgl gyda'u harfau, yn symud gyda'u cydfilwyr, fel rhyw bry genwair rhyfedd, i gyfeiriad yr ymladd. Ac ar ôl sicrhau bod eu drylliau'n barod, codi a saethu. Llwytho, codi a saethu eto. Roedd hen goeden wedi syrthio hanner ffordd rhwng eu safle a lleoliad y gelynion ar gyrion y coed, a galwodd Seth ar Rowland a dweud ei fod am fynd ymlaen a defnyddio'r safle hwnnw. Gwell peidio, atebodd Rowland, ond symudodd Seth gan lithro ar ei fol. Y fo oedd yr unig un i fentro, a chyrhaeddodd y goeden yn saff. Cododd a saethu, gan lorio un o'r gwrthryfelwyr. Disgynnodd Seth y tu ôl i'r guddfan ac ail-lwytho'i ddryll. Cododd eto a saethu gan ladd un arall. Dechreuai'u cydfilwyr lwytho a saethu'n gyflymach, ac o dipyn i beth lleihaodd saethu'r gelynion. Dim ond dau neu dri a fentrai godi o'r brwgaets ac anelu atyn nhw. Roedd y sgarmes bron ar ben, mater o funudau os nad eiliadau ydoedd. Cododd Seth eto a saethu, a gweiddi'n fuddugoliaethus pan syrthiodd un arall o'r rebels. 'Dewch, fechgyn,' galwodd dros ei ysgwydd, 'come on, come on, dewch!' Ac wedyn disgynnodd Seth, gan syrthio dros yr hen goeden, ei ben a rhan uchaf ei gorff yn hongian dros yr ochr arall yn ddiymgeledd rhag y gelyn. Cododd Rowland yn gyflym a saethu heb anelu'n iawn. Rhedodd a rhoi'i fraich trwy strap ei ddryll er mwyn cludo'r arf ar ei gefn a rhyddhau'i freichiau. Rhedodd ar draws y tir anwastad, ond ni faglodd, a chyrraedd Seth. Dechreuodd blygu dros Seth er mwyn ei godi. Ac yna daeth yr eiliad, yr eiliad unigol a fyddai'n llywio gweddill bywyd Sara. Saethwyd Rowland trwy'i galon a marw'n syth, heb iddo wybod, mae'n siŵr. Dyna a ddywedodd Joshua yn ei lythyr. Roedd y sgarmes wedi'i hennill funudau wedi iddo syrthio, a gwelodd eu cydfilwyr fod Seth wedi'i saethu deirgwaith ond yn dal yn fyw, er ei fod yn anymwybodol. Fe'i cludwyd yn ôl i'r lanfa ond bu farw Seth cyn nos, a hynny heb ddeffro. Bu'n rhaid iddyn nhw aros yn y wersyllfan honno ddiwrnod a noson arall, a chan fod y tywydd yn dechrau codi'n boeth, penderfynwyd claddu Rowland, Seth a'r meirwon eraill yno yn ymyl eu gwersyllfan ym Mortin's Landing. Rhes fechan o feddau ym mhridd cochlyd Louisiana yn ymyl pentref nad oedd yn ddim ond sylfeini tai a losgwyd a rhes o feddau dirodres. Cafodd Joshua'r hanes gan lygad dystion pan ddychwelodd y milwyr i New Orleans. Eisteddodd ar ei wely yn y barics, ei draed yn crensian ar ro'r halen, ac ysgrifennodd ddau lythyr, y naill at ei chwaer a'r llall at ei rieni.

Eisteddai Sara a'i mam yn eu dillad duon wrth y bwrdd noson y gwasanaeth coffa. Roedd geiriau arferol galar wedi'u llefaru ganwaith yn barod ganddynt, y gweddïo, yr ymbilio a'r crio di-eiriau wedi llenwi'u dyddiau ers i lythyrau Joshua gyrraedd. Ond y noson honno, ar ôl y gwasanaeth coffa, dywedodd Elen Jones rywbeth gwahanol. Eisteddai wrth y bwrdd yn ei gwisg ddu a'i merch yn eistedd wrth ei hymyl yn ei gwisg ddu hithau, Isaac ei gŵr a'r efeilliaid Jwda a Benjamin yn eu dillad Sul yn eistedd yno'n dawel hefyd.

'Addawodd dy ewyrth wynfyd i ni,' hisiodd dan ei gwynt. 'Cyfoeth diddiwedd. Ymerodraeth heddychlon. Dinas ysblennydd, pontydd ceinion rhwng yr ynys a'r tir mawr. Bywyd moethus a diogel ar gyfer ein plant a phlant ein plant.' Roedd wyneb Isaac yn ei ddwylo, ei ysgwyddau'n symud ychydig. 'Ond dyma'r oll sydd wedi dod i'n rhan. Trallod a galar. Colled a rhagor o golled.'

Collodd Sara'i llais wrth udo crio. Roedd wedi gweiddi ganol nos ar Dduw, wedi galw'n uchel ar neb ac ar bawb, bellach roedd hi'n ddistaw, yn eistedd yno yng ngwisg y weddw, yn gwrando fel ysbryd nad oedd yn perthyn i'r byd hwn mwyach.

Er bod y Parchedig Evan Evans wedi mynnu gweddïo gyda hi am oriau hirion, ac er bod Jwda a Benjamin wedi gwneud eu gorau i dynnu'i meddwl oddi ar eu galar gyda chymysgedd o garedigrwydd a chastiau, ac er bod Ruth wedi dod i eistedd yn dawel gyda hi, yr unig beth a gododd fymryn ar ei chalon oedd rhywbeth a ddywedodd Owen Watcyn wrthi. Daeth i'w drws drannoeth y llythyrau, yn cydymdeimlo â hi, ac yn areithio'n fyrfyfyr am wroldeb ei diweddar ŵr. Ond cyn ymadael, dywedodd fod un peth yn gysur iddo fo a'i fod yn gobeithio y byddai'n gysur iddi hithau. Cofiwch yr hanesion am y carcharorion, meddai. Y milwyr a syrthiasai i ddwylo'r gwrthryfelwyr, y rhai a oedd wedi'u newynu a marw'n araf ac yn ddigalon mewn lleoedd fel Andersonville. Bu farw Rowland yn syth, a hynny'n anterth ei arwriaeth. Ni ddioddefodd yn Andersonville. Cofiwch hynny. Mae'n gysur rhyfedd, ond mae'n gysur yr un fath, o gofio amgylchiadau'r dyddiau trallodus hyn, a ninnau'n cyd-deithio dyffryn angau.

O'r diwedd, daeth y newyddion fod lluoedd y Cadfridog Gwrthryfelgar Kirby Smith wedi ildio. Melltithiai Sara'r dyn am beidio â gwneud yr un pryd â Robert E Lee. Melltithiai'r dyn nad oedd hi'n ei adnabod, nifer o weithiau bob dydd a phob nos, yn dymuno ei weld yn diodde'n enbyd am dragwyddoldeb ac yn fflamau Uffern. Byddai dyddiau'i chystudd mawr hi'n ymestyn yn ddiderfyn, a'r unig gysur a gâi oedd yr hyn a ddywedasai Owen Watcyn a'r nerth a gâi bob tro y melltithiai'r dyn hwnnw. Gorweddai'n effro am hydoedd bob nos, yn teimlo bod ei byd hi'n mynd yn llai ac yn llai.

Goreuro'r Gwirionedd

1865–1879

21

Safai Sara ar drwyn dwyreiniol yr ynys yn ymyl sylfeini hen dŷ Hector Tomos. Dychmygai'i bod hi'n teithio ar hyd yr afon, gan ddilyn yr Ohio i'r dwyrain, i ddinas Pittsburgh. Ymlaen wedyn, ar hyd rhyw lonydd amrywiol, yr holl ffordd ar draws Pennsylvania ac ymlaen i ddinas fawr Efrog Newydd. Ceisiai ddychmygu'r wasgfa o bobl, y gwahanol ieithoedd yn gwau trwy'i gilydd ar strydoedd prysur y ddinas. Cofiai'r hyn a ddywedasai Rowland am Efrog Newydd, y dociau diddiwedd, prysurdeb y strydoedd, y parciau, a'r adeiladau mawrion. Ceisiai ddychmygu Esther yn cerdded ar hyd y strydoedd hynny, yn symud yn hunanfeddiannol trwy'r wasgfa ddynol, gyda'r hyder a'r sicrwydd hwnnw a nodweddai bopeth a wnâi ei chwaer hŷn. 10 Mai 1866 ydoedd, diwrnod y Gynhadledd Fawr yn Efrog Newydd. Roedd Esther wedi ysgrifennu at Sara yn gofyn iddi ymuno â hi.

'Tyred, Sara! Os nad wyt yn gallu gwneud hyn er dy fwyn di dy hun, cymer y daith i'r dwyrain er fy mwyn i. Tyred! Ni fydd yn edifar gennyt!'

Ond roedd Sara wedi ysgrifennu ac wedi gwrthod, yn dweud na fedrai adael yr ynys ar hyn o bryd. Cododd un droed a'i gosod ar wal isel y sylfeini cerrig, a chraffu'n galetach ar y dwyrain pell. Caeodd ei llygaid a cheisio gweld yr eglwys fawr a elwid yn Church of the Puritans yn sefyll yn Union Square yn Efrog Newydd. Ceisiai weld yr holl fenywod yn llifo o'r sgwâr a'r strydoedd cyfagos trwy ddrysau'r eglwys, ac Esther yno yn eu canol, ar ei ffordd i gymryd rhan yn yr Eleventh National Woman's Rights Convention. Agorodd ei llygaid a'u gollwng o'r gorwel i syllu ar ddŵr tywyll yr afon. Na, meddyliodd. Yma y bydda i, yn disgwyl. Caiff eraill deithio, ond yma bydda i'n aros. Bu'n rhaid iddi gyfaddef rhywbeth arall hefyd: dychmygu oedd hi, nid gweld.

Gwyddai fod gweddill y milwyr yn teithio adref. Roedd yn flwyddyn gron ers i Rowland a Seth gael eu lladd, yn flwyddyn ers diwedd y Rhyfel, ond bu'n rhaid i'r 56ed Ohio aros yn New Orleans er mwyn helpu cadw trefn yn ystod yr ailadeiladu, wrth i'r Unol Daleithiau gyfodi'n raddol yn wlad newydd o adfeilion, lludw a llwch y Rhyfel Cartref. Roedd yr ynyswyr yn disgwyl Huw Llywelyn Huws a Joshua Jones, gan fod eu teuluoedd wedi derbyn llythyrau'n dweud iddynt adael New Orleans ers peth amser, yn teithio i fyny'r Mississippi ar agerfad, ond nid oedd neb yn gwybod pa ddiwrnod yn union y byddai'r ddau'n cyrraedd. Yn yr un modd, disgwylid Richard Lloyd cyn bo hir; er bod ei fagnelfa wedi'i symud o'r diwedd o Cincinnati i gyfres o leoliadau yn Kentucky, daethai'r Rhyfel i ben heb iddo danio unwaith ar y gelyn. Roedd Ismael Jones, yr hynaf o drigolion Ynys Fadog i wasanaethu, wedi dychwelyd adeg y Nadolig. Wedi gwasanaethu ar yr *USS Moose*, yn ymladd ar hyd nifer o afonydd a'u glannau – yr Ohio, y Kentucky a'r Cumberland – yn rhwystro gerilas deheuol rhag croesi i'r Gogledd ac weithiau'n saethu at gaerfeydd y gwrthryfelwyr, daeth rhyfel Ismael Jones i ben ym mis Ebrill 1865. Gwerthwyd y *Moose* i gwmni masnachol ac ymadawodd y rhai a fuasai'n gwasanaethu arni er mwyn dychwelyd i'w hen fywydau. Ond ni ddaeth Ismael adref yn syth. Yn ôl yr hyn a ddywedai'i thad wrth Sara, gwyddai fod ei hewythr wedi bod yn crwydro o ddinas i ddinas ac o dalaith i dalaith, yn gwario cyfanswm cyflog ei holl wasanaeth ar ddyn a ŵyr beth. Ei bocedi'n wag, ei ddillad yn garpiog, ac ychydig o wyn yn dechrau britho'i farf ddu hir, dychwelodd Ismael Jones dridiau cyn y Nadolig. Cysgodd am ddau ddiwrnod a dwy noson gyfan ac wedyn ymddangosodd yn y capel ar gyfer gwasanaeth Noswyl y Nadolig, wedi ymolchi ac yn gwisgo'r dillad gorau a oedd ganddo yn ei dŷ. Nid aeth Ismael ati i ailafael yng ngwaith y cwmni masnach wedyn. Teithiai dros y sianel yn aml, yn dweud ei fod am archwilio'r cyfle hwn neu'r cynnig busnes arall yn Oak Hill, Gallipolis, Pomeroy neu ym Minersville, er na ddaeth dim o'r teithiau hynny ac ni ofynnodd neb iddo am fanylion. Roedd wedi gwasanaethu yn y Rhyfel, yn wahanol i'r rhan fwyaf o ddynion yr ynys, ac roedd y ffaith seml honno'n ddigon o drwydded iddo am ryw hyd. O'r diwedd, roedd Huw Llywelyn Huws, Joshua Jones a Richard Lloyd ar eu ffordd adref, yr unig dri arall a fyddai'n dychwelyd. Sibrydiai trigolion yr ynys enwau'r tri na ddeuai adref, yn destun siarad pan fyddai cymdogion yn cyfnewid geiriau ar y lôn neu'n ganolbwynt i weddïau tawel ar yr aelwyd. Sadoc Jones. Seth Jones. Rowland Morgan.

Gwrthod derbyn y newyddion oedd ymateb Sara ar y dechrau. Mwy nag unwaith dechreuasai ysgrifennu at Joshua, yn erfyn ar ei brawd i holi'r cydfilwyr a fu gyda Seth a Rowland yn sgarmes Mortin's Landing. Taerai hi fod amgylchiadau dyrys y sefyllfa wedi taflu llwch i lygaid y rhai a ddywedai fod Rowland wedi'i ladd. Tybed a oedd eu rhan nhw yn yr ymladd yn llai nag anrhydeddus, a nhwythau wedi cilio'n ôl yn hytrach nag aros i drechu'r gelyn a chladdu cyrff Seth a Rowland a'r lleill? Os felly y bu, onid oedd yn bosibl fod Rowland yn dal yn fyw, iddo gael ei frifo yn hytrach na'i ladd a'i gymryd yn garcharor? Byddai pethau felly'n digwydd yng nghanol dryswch rhyfel. Gallasai fod wedi'i gipio a'i gloi yn un o wersyllfaoedd carchar y de, neu wedi'i glwyfo a dianc, a chael lloches gan ryw ffarmwr nad oedd yn elyniaethus i achos yr Undeb. Mae'n bosibl ei fod yn cuddio mewn rhyw gwt o gaban tlawd rhywle yng nghefn gwlad Missouri, Arkansas neu Louisiana, yn disgwyl clywed i sicrwydd fod y Rhyfel ar ben. Gallasai fod yn rhy wael i deithio, yn disgwyl iddi hi ddod o hyd iddo a'i gyrchu adref yn saff. Gallai, gallasai, gellid a gallesid. Ond byddai

Sara'n deffro wedyn o afael ei dyheadau ac yn rhwygo'r papur y bu'n ysgrifennu arno'n ddarnau mân.

Yn ei galar byddai'n cloi'i hun yn ei llofft am gyfnodau maith, yn gwrthod gweld neb na bwyta nes i'w heuogrwydd ei threchu, a hithau'n sylweddoli o'r newydd fod ei rhieni a'i brodyr mewn galar hefyd ac y byddai'i chwmni hi'n cynnig cysur o fath iddyn nhw. Ond dechreuai wedyn ysgrifennu llythyr maith at Joshua, yn awgrymu gwahanol bosibiliadau ac yn erfyn arno i ddilyn y naill drywydd neu'r llall. Ceid yr un patrwm, y dadebru, hi'n llusgo'i hun o afael y rhith, y cysur ffug yn brifo wrth i'w grafangau ollwng eu gafael ar ei chalon, a'r llythyr ei hun yn cael ei rwygo'n ddarnau mân. Ni thwtiodd ei llofft, ac yn gymysg â'r llwch dan ei thraed roedd tameidiau bychain o bapur, a darnau drylliedig ei geiriau arnyn nhw. Gallai, gallasai, gellid a gallesid.

Daeth y dicter wedyn. Ymchwyddai y tu mewn iddi, yn fôr o gasineb a symudai gyda'i lanw a'i drai ei hun. Roedd hi'n flin wrth gynifer o wahanol bobl. Yr holl wrthryfelwyr, wrth gwrs, yr arweinwyr a fynnai gyfodi mewn rhyfel er mwyn gwarchod pechod caethwasiaeth. Y milwyr cyffredin a aeth i faes y gad i ymladd dros achos mor anfoesol. Y colonel a ddewisodd Rowland i fynd gyda'r fintai fechan a adawsai New Orleans am lanfa Mortin's Landing. Y capten a benderfynodd y dylai Rowland fod gyda'r rhai a adawsai'r lanfa a martsio ar hyd y lôn trwy'r coed. Weithiau byddai'n flin wrth Seth, yn dweud y drefn wrth ei brawd bach yn ei meddwl am fentro o flaen y llinell sgarmes a gosod ei hun mewn perygl, am fod mor ddi-hid o'i fywyd ei hun a gadael i'r gelyn ei saethu, am orfodi Rowland i fynd a cheisio'i achub. Ond byddai'n gweld wyneb Seth wedyn, nid y milwr deunaw oed ond y bachgen bach a'i dilynai hi i bob man ers talwm, a byddai'n syrthio ar ei gwely a chrio, yn wylo'n waeth nag o'r blaen, euogrwydd yn gyrru'r dicter o'i chalon am ychydig ac yn llenwi'r gwagle â rhywbeth gwaeth.

Dychwelai wedyn i'w gobeithion, yn gweddïo'n orffwyll ac yn cynnig bargen neu gyfaddawd i Dduw neu i Ffawd. Pa beth fyddai wedi digwydd pe bai dyn arall wedi marw'n ceisio achub Seth, a Rowland wedi'i gipio a'i gymryd yn garcharor rhyfel? Os felly, medrai fod yn fyw o hyd. Gweddïai'n daer, yn addo bod yn well Cristion pe bai'r Arglwydd yn sicrhau bod Rowland yn dod adref ati. Byddai'n sicrhau y byddai o'n cysegru gweddill ei fywyd iddo Ef; medrai hi siarad â'r Parchedig Evan Evans a'i helpu i wneud y trefniadau ac wedyn darbwyllo Rowland i newid ei feddwl a mynychu'r coleg diwinyddol a mynd yn weinidog. Dywedodd yn ei gweddïau y byddai'n hollol fodlon fel gwraig gweinidog, yn addo defnyddio'i holl egni i gynorthwyo'i gŵr a chefnogi'r achos. Pe bai Duw'n dangos arwydd mai dyna oedd Ei ddymuniad Ef, âi'r ddau'n genhadon, yn ymroi i wasanaethu ym mha le bynng y gwelai Ef yn dda eu gosod. Pe bai Rowland yn dod adref ati hi o ba le bynnag roedd yn ymguddio neu wedi'i gadw yn y De, byddai achos crefydd yn ennill dau a fyddai'n ymladd hyd angau dros achos Cristnogaeth.

Galwai ar ryw bwerau eraill weithiau, yn ymresymu, yn dweud nad oedd yn iawn bod Rowland wedi marw hefyd. Rydych chi wedi cymeryd Sadoc a Seth, meddai. Gwelwch nad yw'n deg cymeryd Rowland hefyd. Rhaid adfer cydbwysedd, rhaid adfer yr iawn. Gadewch iddo fod yn fyw. Efallai'i fod wedi gweithio'i ffordd yn ôl i'w gatrawd erbyn hyn, ond bod ei lythyrau ar goll yn y post. Efallai'i fod yn teithio adref yr eiliad hwn, yn dychwelyd yng nghwmni Huw a Joshua. Unrhyw ddiwrnod, unrhyw awr, unrhyw funud bydd corn agerfad yn canu, a phan af i'r doc mi welaf dri dyn yn gwisgo lifrai glas milwyr yr Undeb, y tri'n camu i lawr i'r doc. Huw, Joshua, a Rowland. Gallai fod yn wir, dim ond i chwi weled mai dyna sydd yn iawn.

Dadebrai wedyn, ac ar ôl i ffolineb ei dychmygion godi fel carreg yn ei gwddf byddai'n ymsuddo mewn pwll o anobaith. Ymlusgai trwy'r diwrnod fel un yn cerdded yn ei chwsg, yn rhoi atebion unsill i bobl pan nad oedd yn gallu osgoi eu hateb yn gyfan gwbl.

Pan ddaeth Richard Lloyd adref o'r diwedd ni allai Sara fynd i'r cyfarfod croeso a gynhaliwyd yn yr ysgoldy. Galwodd Jwda a Benjamin amdani ar y ffordd a dweud bod gweddill y teulu wedi mynd yn barod, ond gofynnodd Sara iddyn nhw ymddiheuro ar ei rhan a dweud nad oedd hi'n teimlo'n dda iawn. Nid oedd Richard wedi gweld yr un frwydr yn ystod y Rhyfel hyd yn oed; cyfanswm ei wasanaeth fu sefyll yn ymyl mangel na fyddai fyth yn ei thanio ond i ddynodi buddugoliaethau'r byddinoedd Undebol a ymladdai yn y De a gorymdeithio trwy strydoedd Cincinnati bob Pedwerydd o Orffennaf gyda gweddill gwarchodlu'r ddinas. Gwyddai Sara na ddylai deimlo'n ddig wrtho – nid y fo a benderfynasai'i ffawd a'i rawd ei hun – ond eto ni allai wynebu'r achlysur yr un fath. Ym mhen y mis priododd Richard Lloyd a Lisbeth Evans. Ymdaflodd Sara i'r trefniadau gyda brwdfrydedd a oedd bron yn annaturiol, y cyfan yn ymdrech i dawelu'r euogrwydd a fuasai'n cnoi yn ei bol ar ôl iddi fethu'r cyfarfod croeso.

Roedd yr ynyswyr wedi bod yn dathlu, er gwaethaf galar Sara a'i theulu. Diwedd y Rhyfel, a'r Home Guard yn gorymdeithio am y tro olaf, eu baneri'n chwifio yng ngafael gwynt yr afon, a phawb yn ymgynnull yn y capel wedyn i wrando ar bregeth y Parchedig Evan Evans, ac yntau'n cynnig diolch am y ffaith bod cleddyfau'n cael eu curo'n sychau. Gwasanaeth diolchgarwch eto er mwyn cydnabod llaw'r Arglwydd yn y ffaith bod y Llywodraeth wedi derbyn y Gwelliant i'r Cyfansoddiad a wnâi gaethwasiaeth yn anghyfreithlon yn yr Unol Daleithiau am byth. Pan gyrhaeddodd *Y Cenhadwr Americanaidd* ym mis Ionawr, eisteddodd ei rhieni, Benjamin a Jwda wrth y bwrdd. Darllenai Isaac anerchiad y Parchedig Robert Everett. Eisteddai Sara ar ei phen ei hun mewn cadair yn ymyl y tân, yn gwrando heb roi arwydd ei bod hi'n cymryd diddordeb. Cwbl Ddilead Caethiwed yn America! I'r Arglwydd byddo clodydd tragwyddol am hyn. Mae America yn wlad rydd, y De a'r Gogledd dan yr un drefn. Ysgrifennai Esther yn aml, yn cynnig cysuron iddi a amrywiai o'r athronyddol i'r diwinyddol ac o'r barddonol i'r ymarferol. Adroddai hanes ei rhan hi yn yr ymdrechion i greu cymdeithas waraidd newydd ar gyfer y bobl rydd. Adroddai hanes Susan B Anthony a Mudiad y Benywod, fel y galwai Esther o. Rhoddodd ddigon o ragrybudd i Sara ymbaratoi a theithio i ymuno â hi yn Efrog Newydd ar gyfer y Gynhadledd Fawr. Gwranda di arna i, Sara; cymer y cyfle hwn i gysegru dy fywyd i rywbeth mwy. Atebodd Sara mewn pwt o lythyr a dweud unwaith eto na fyddai'n gadael yr ynys. Gwranda dithau, Esther, rwyf wedi cysegru fy mywyd i rywbeth mwy ac rwyf wedi'i golli. Nid oes gennyf ddim byd arall i'w roi.

Roedd yn beth cyffredin i Sara ddeffro yng ngafael breuddwyd – weithiau ganol nos ac weithiau gyda'r wawr. Unwaith, gwelodd yn ei chwsg fod y cildraeth bach a elwid yn angorfa gan y plant yn fwy o lawer na'r hyn roedd wastad wedi'i dybio. Harbwr ydoedd mewn gwirionedd, angorfa o'r iawn ryw, ac nid oedd y sianel gul yn gul, ond yn afon fawr arall. Fel y safai Pittsburgh ar groesffordd ddyfrllyd yr Ohio a'r Allegheny, felly hefyd y safai Ynys Fadog ar groesffordd yr Ohio a rhyw afon fawr arall. Deuai llongau mawrion ar hyd yr afon honno, llestri ceinion o'r math mwyaf rhyfeddol a welsai hi erioed. Nid agerfadau oeddynt, eu cyrn yn poeri mwg du i'r awyr a'u holwynion mecanyddol yn curo'r dŵr, ond llongau hwylio o'r hen fyd, yn hardd ac urddasol. Deuai'r llongau hyn i ddociau mawrion yr Angorfa Fawr, yn cludo teithwyr o leoedd pell ar hyd yr afon nad oedd hi wedi sylwi arnynt erioed tan yr eiliad hwnnw. Cerddodd at y dociau, ei llygaid yn fawr, y rhyfeddod yn gwneud iddi deimlo'n benysgafn. Safodd yno'n astudio'r llongau hardd. Gwyddai yn ei chalon y byddai Rowland yn dyfod ati ar fwrdd un ohonynt.

Dro arall, gwelai ei bod hi'n sefyll y tu mewn i adeilad mawr. Roedd yn hollol wag, fel rhyw neuadd fawr neu stordy nad oedd neb yn ei ddefnyddio. Llechai cysgodion ym mhob man, ond medrai weld ychydig. Safai yn ymyl un pen a gwelai rywun yn sefyll yn y cysgodion yn y pellter ym mhen draw'r ystafell fawr wag. Dechreuodd gerdded tuag ato, a sylwi bod tameidiau o bapur o dan ei thraed, miloedd ar filoedd o dameidiau bychain o bapur, darnau o lythyrau roedd rhywun wedi'u rhwygo'n ddrylliau bychain, yn gorchuddio'r llawr fel tywod. Cerddodd yn araf, y papur yn arafu'i chamre, fel pe bai'n symud trwy eira hynod drwchus. Roedd o wedi dechrau cerdded hefyd ac roedd hi am gwrdd ag o yng nghanol yr ystafell fawr wag, ond roedd y papur, y tywod, yr eira yn ei harafu, yn ei gwneud hi'n anodd iddi gerdded. Daeth o'n nes ac yn nes at y canol. Rowland, wrth gwrs. Yn ei lifrai glas, wrth gwrs. Cerddai ef dros rywbeth hefyd, ond nid papur na thywod nac eira. Gro. Cerrig mân, yn wyn fel eira neu bapur ond yn galed. Halen ydoedd – gro halen yn crensian o dan ei draed wrth i Rowland gerdded tuag ati. Ceisiodd gerdded yn gyflymach. Ceisiodd gyrraedd canol yr ystafell fawr wag, ond ni allai symud ei thraed yn ddigon cyflym. Deffrodd i sŵn – lleisiau ar y lôn y tu allan, rhai o'r dynion yn cyrchu'r doc, y stordy neu'r siop am eu diwrnod gwaith, mae'n rhaid – a sylwi bod diwrnod arall wedi gwawrio.

Bu'n deffro'n ysbeidiol yn ystod y nosweithiau hynny, cyfuniad o'r gwahanol freuddwydion a ymwelai â hi yn ei chynhyrfu ac yn ei haflonyddu. Roedd

Rowland yn cerdded mewn ystafell wag, ei draed yn symud trwy haen o halen, ond gwelodd wedyn ei fod y tu mewn i long. Un o'r llongau mawrion, yn hwylio ar hyd yr afon fawr i gyfeiriad yr angorfa, a'r llong honno'n cludo Rowland a dim byd arall. Cerddai hi'n araf o'u tŷ i'r angorfa i gwrdd ag o gan wybod bod y llong honno'n dyfod a'i fod o y tu mewn iddi. Ni ddeisyfai i'r delweddau gilio o'i chof pan ddeuai'r bore. Clywodd ergyd ac wedyn un arall. Rhywun wrth y drws. Cododd a galw. Pwy sydd yna? Gwyddai cyn clywed yr ateb: Jwda a Benjamin, ar eu ffordd i'r ysgol. Wyt ti am ddod efo ni heddiw, Sara? Eu mam a oedd wedi'u gyrru i ofyn, mae'n rhaid. Ymdrech i dynnu Sara allan o'i thŷ. Gwrthododd, gan weiddi'i hateb heb agor y drws. Daeth pwl o euogrwydd wedi iddyn nhw fynd. Roedd yr efeilliaid yn 16 oed ac yn rhyw fodlon aros yn yr ysgol cyn belled â bod eu cyfeillion yn yr ysgol hefyd – yn enwedig Elen, y ferch roedd y ddau fachgen yn chwennych ei sylw. Yn wahanol i Sadoc a'i wrthryfela a'i grwydro, yn wahanol i Joshua a'i ymroddiad tawel, ac yn wahanol i Seth a'i anian yn pendilio rhwng natur y ddau frawd hŷn, roedd dyheadau a phenderfyniadau'r efeilliaid yn troi o gwmpas eu cyfoedion – o gwmpas Elen yn enwedig. Byddai wedi bod yn destun siarad a chwerthin rhwng Sara a'i mam pe na bai digwyddiadau'r flwyddyn ddiwethaf wedi tynnu'r holl chwerthin allan ohonyn nhw. Wedi gorwedd yn ei gwely am ychydig yn meddwl heb lawer o ddiddordeb am Jwda a Benjamin, cofiodd mai hwnnw oedd y diwrnod. 10 Mai 1866. Roedd Esther yn cymryd rhan yn y Gynhadledd Fawr yn Efrog Newydd. Wrth iddi ymolchi ac ymwisgo ceisiai archwilio'i chalon: a oedd yn edifar ganddi? A ddylai hi fod wedi gadael yr ynys am y tro cyntaf ers talwm a theithio'r holl ffordd i ymuno â'i chwaer yn ninas fawr y dwyrain? Erbyn iddi adael y tŷ a dechrau cerdded i drwyn yr ynys roedd wedi penderfynu'n sicr nad oedd hi'n edifarhau. Yma rwyf am aros. Hon yw fy angorfa, er nad oes llawer ohoni ar ôl. Ond hoffai feddwl am Esther ac roedd hi'n dymuno'n dda iddi. Safai yno'n ymyl adfeilion yr hen dŷ, yn syllu i'r dwyrain, yn dychmygu Esther yn chwarae rhan bwysig yn y Gynhadledd Fawr yn yr eglwys fawr ar Union Square yn Efrog Newydd.

Teimlodd y sŵn cyn ei glywed. A dyna ydoedd: cri corn agerfad. Gwaedd y peiriant stêm. Trodd yn gyflym a dechrau rhedeg. Bu bron iddi faglu, ond rhedodd nerth ei choesau. Rhedai fel plentyn gwyllt; ni phoenai am y ffaith y byddai rhai'n dweud nad oedd yn beth gweddus i wraig weddw ymddwyn felly. Erbyn iddi gyrraedd y doc, chwys ar ei thalcen a'i gwynt yn ei dwrn, roedd yr agerfad mawr yn hercian i gyfeiriad y doc, yn symud o'r gorllewin. Roedd tyrfa o ynyswyr yno i'w dderbyn, a rhai o'r dynion yn symud yn barod i daflu'r rhaffau er mwyn eu clymu'n sownd wrth byst y doc. Cymerodd Sara gam ac wedyn cam arall, gan ymwthio'n araf i res flaen y dorf fechan. Nid edrychodd ar enw'r agerfad hyd yn oed. Roedd ei llygaid wedi'u hoelio ar y bobl a symudai o gwmpas ar ei bwrdd, rhai'n clymu'r rhaffau'n dynn, eraill yn dechrau symud nwyddau, a'r teithwyr yn paratoi ar gyfer y glanio. Daeth y dramwyfa i lawr. Daeth un o'r cychwyr gyntaf, y capten efallai, a symud i chwilio am un o ddynion y cwmni masnach er mwyn trafod pa fusnes bynnag a oedd ganddo. Ac wedyn daeth y milwyr, y dynion yn eu lifrai glas, yn cludo sachau ar eu cefnau ond heb arfau. Dau ohonyn nhw, Huw a Joshua. Gwelodd Sara Ruth yn rhuthro i gofleidio Huw, a'i rieni o'n ei dilyn. Gwelodd ei mam a'i thad a'r efeilliaid yn rhuthro am Joshua. Trodd llygaid Sara 'nôl i fwrdd yr agerfad. Craffai ar y bobl a symudai yno, yn chwilio am ragor o deithwyr. Aeth cryndod trwy'i chorff, y naill deimlad ar ôl y llall yn ysgwyd ei hesgyrn. Gwrthododd gredu'r hyn a oedd yn amlwg: rhaid ei fod yno'n rhywle, yn disgwyl ei dro i ddod i lawr ati hi. Trodd yn flin, ei meddwl yn gwibio yma ac acw, yn chwilio am darged y medrai anelu'i chasineb ato. Pwy oedd ar fai am y camwedd mawr hwn? Dechreuodd weddïo a chynnig abwyd i Dduw: boed iddo fod yn wir, ac yna gwnaf y cyfan rwyf wedi'i addo i Ti. Ac yna aeth y nerth o'i choesau a hithau'n poeni y byddai'n disgyn yn glwt ar y doc.

Ond roedd Joshua wedi'i hoelio hi â'i lygaid, a theimlodd fod llygaid ei brawd yn ei dal hi rhag syrthio, fel pe baent yn freichiau cryfion. Camodd oddi wrth eu rhieni a'u brodyr a cherdded yn araf tuag ati hi, ei lygaid wedi'u hoelio ar ei llygaid hi. Cofleidiodd hi o a theimlo'i freichiau yn ei gwasgu hi'n dynn ato. Gwasgodd ei hwyneb ym mynwes ei brawd, ei dagrau'n gwlychu gwlân ei gôt. Yn y modd hwnnw y derbyniodd y gwir. Wrth sylweddoli, collodd rym ei chyhyrau, a bu bron iddi ddisgyn eto, ond cofleidiai Joshua hi'n dynn, ei freichiau cryfion yn ei chynnal.

22

Eisteddai Sara yng nghanol babanod a phlant bychain. Dyna oedd parlwr ei thŷ erbyn hynny – man ymgynnull babanod a phlant iau'r ynys, a oedd yn rhy ifanc i fynd i'r ysgol. Yn aml, byddai rhai mamau'n aros hefyd, eu siarad a'u chwerthin yn gymysg â pharablu'r rhai bychain, ond anogai Sara'i chyfeillesau adael eu plant gyda hi a mynd i wneud y pethau na fyddai'n hawdd eu gwneud gyda phlentyn bach dan draed neu fabi'n hawlio sylw. Felly'r diwrnod hwnnw yn niwedd mis Tachwedd, 1870, hi oedd yr unig oedolyn yn ei meithrinfa o barlwr.

Oes y disgwyl, y gorweddian a'r geni fu'r blynyddoedd diwethaf. Bu'n oes y colli a'r claddu hefyd. Ganed plentyn cyntaf Ruth a Huw Llywelyn Huws ym mis Chwefror 1867, mab a enwyd yn Robert ganddynt. Bu Sara'n cynorthwyo Catherin Huws, y fydwraig, i ddod â'i hŵyr cyntaf i mewn i'r byd. Ond nid oedd golwg iach ar y babi ac nid oedd awydd bwydo arno. Bu'r nain wrthi'n daer yn defnyddio triniaeth ar ôl triniaeth a photes ar ôl potes, yn gynyddol ei thaerineb wrth i'r diwrnod ildio i'r nos. Ceisiodd Sara wneud mwy a mwy, yn dilyn cyfarwyddiadau Catherin Huws gan fod dwylo'r fydrwaig yn crynu'n ddrwg erbyn y diwedd. Erbyn y bore, roedd y babi wedi marw. Bu Sara wrthi eto ryw flwyddyn yn ddiweddarach pan ddaeth ail blentyn Ruth a Huw. Merch y tro hwn, a enwyd yn Ann Catherin ar ôl ei dwy nain, a golwg holliach arni. Ganed mab arall iddyn nhw ym mis Mai 1869, Richard Huw Huws, ac er iddo ddechrau'i fywyd yn wan ac yn eiddil, daeth, o dipyn i beth, i lenwi'i groen a lleddfu'r pryderon. Ym mis Mehefin 1870 ganed merch arall i Ruth a Huw, Samantha.

Cynyddodd rhengoedd teulu Sara yn haf 1868 pan aned Dafydd, mab i Lisa a Joshua. Bellach roedd gan Sara nith a nai, gan i Tamar gyrraedd ryw fis cyn Samantha Huws. Roedd Lisa wedi colli babi arall rhwng Dafydd a Tamar, un a aned yn rhy gynnar o lawer ac a gladdwyd mewn bedd bach yn ymyl Robert Huws gyda charreg fechan sgwâr i nodi'r man ond heb ysgrifen arni.

Er bod Morfudd, merch Hannah a Hector Tomos, yn chwe blwydd oed, yng nghartref Sara y treuliai ddyddiau'r wythnos. Roedd hi'n ddigon hen i ddechrau'r ysgol, ond poenai ei rhieni'i bod hi'n rhy ifanc i werthfawrogi'r gwahaniaeth rhwng ei thad a'r ysgolfeistr, ac felly câi'r ferch fach ei haddysg yng nghartref Sara. Byddai Sara'n gosod gwaith i Morfudd ac yn ei helpu gyda'i darllen a'i mathemateg, a byddai Morfudd hithau'n cynorthwyo Sara i gadw'r babanod yn ddiddig. Felly, ym mis Tachwedd 1870, Morfudd oedd yr hynaf o'r plant dan ei gofal, yn eistedd wrth y bwrdd bach yn y parlwr yn cael prawf ar ysgrifennu nifer o eiriau roedd newydd eu dysgu, Samantha yn cysgu mewn crud yn ymyl ei chadair, Tamar ym mreichiau Sara, a'r rhai bychain eraill – Ann Catherin, Richard a Dafydd – yn eistedd ar y ryg a ledaenwyd ar y llawr o flaen y tân, yn chwarae gyda chasgliad o lwyau pren. Bob hyn a hyn byddai'n rhaid i Sara godi'r babi'n saff yn ei breichiau, a defnyddio un droed i annog Dafydd yn ôl i'r cylch chwarae pan fyddai'i nai bach yn dechrau cropian i gyfeiriad y tân a losgai'n braf ar yr aelwyd. O'r cychwyn cyntaf, Boda Sara fu hi i Morfudd, a'r ferch yn defnyddio gair ei mam. Gan mai hi oedd yr hynaf o do ieuengaf yr ynys, byddai'r rhai bychain eraill yn efelychu Morfudd, ac felly Boda Sara oedd hi iddyn nhw i gyd. Roedd ei nai bach, Dafydd, wedi dechrau dweud rhai geiriau, ac er bod ei dad yn ei galw hi'n Fodryb Sara, Boda oedd hi iddo yntau hefyd gan mai dyna a glywai trwy'r dydd gan Morfudd Tomos.

Weithiau, pan edrychai Sara ar wyneb y babi a gysgai yn ei breichiau byddai'n meddwl am y ddau roedd wedi helpu i'w geni a'u claddu, Richard bach a fu farw ar ôl un diwrnod ac un noson yn eu mysg, a'r un bychan bach a aned yn farw ac a gladdwyd heb enw. Bu'n rhaid i Hector Tomos arwain y gwasanaeth ar y ddau achlysur, wrth iddyn nhw ymgasglu yn y fynwent fechan y tu ôl i'r capel. Dyna oedd y tro cyntaf i'r ynys brofi claddedigaeth – mis Chwefror 1867, pan roddwyd mab cyntaf Ruth a Huw mewn bedd bach a dorrwyd yn y ddaear rewllyd.

Ymadawsai'r Parchedig Evan Evans ddiwedd haf 1866. Gan fod Rowland wedi rhannu cyfrinachau'r gweinidog ifanc â Sara, gwyddai nad oedd natur masnach yr ynys yn dygymod ag o; fel cynifer o weinidogion ymneilltuol Cymreig America, roedd wedi coleddu egwyddorion Dirwest. Ond yn wahanol i'w ragflaenydd, ni ddywedodd y Parchedig Evan Evans air wrth neb am y mater mewn pregeth nac mewn trafodaeth, ar wahân i Rowland. Credai Sara fod gan weinidog cyntaf Ynys Fadog, y Parchedig Robert Richards, ormod o hyder yn ei allu rhethregol a'i dduwioldeb ei hun, wedi meddwl y medrai ddefnyddio'i gerydd, ei gystwyo a'i ddiwinydda i ddod â'i braidd i weld mai pechod oedd y fasnach mewn gwirodydd. Ond roedd wedi tanbrisio styfnigrwydd y gymuned a bu'n rhaid iddo gyfaddef yn y diwedd fod y styfnigrwydd hwnnw'n drech nag o. Er ei fod yn ddyn iau nad oedd wedi gweld cymaint o'r byd, deallai'r Parchedig Evan Evans o'r cychwyn cyntaf na fyddai'n bosibl iddo argyhoeddi'i gymdogion. Roedd y fasnach mewn gwin, cwrw a chwisgi – ac yn enwedig y bwrbon hwnnw a ddeuai o ddistylltai bychain Kentucky ar fwrdd y *Boone's Revenge* – yn gyfystyr â llwyddiant cwmni masnach yr ynys. Nid oedd yr elw a gâi'r cwmni yn sgil gwerthu nwyddau o fathau eraill yn ddigon i gynnal cynifer o deuluoedd, er gwaethaf yr addewidion a wnaeth Enos Jones i'r fintai wreiddiol a groesodd y môr gydag o yr haf hwnnw yn y flwyddyn 1845. Felly, yn union fel y dywedasai

Rowland wrth Sara, arhosodd y Parchedig Evan Evans ar yr ynys er mwyn gwneud ei ran i dywys ei gymdogion trwy flynyddoedd trallodus y Rhyfel. Wedi i Huw Llywelyn Huws a Joshua Jones ddyfod adref o'r diwedd yn 1866, roedd yn bryd iddo adael. Cyhoeddodd ei fwriad yn y capel, a safodd ei dir yn dawel yn wyneb yr holl erfyn dagreuol. Erbyn diwedd yr haf, roedd wedi derbyn galwad ac wedi ymadael i wasanaethu capel Cymraeg a sefydlwyd gan gymuned newydd o Annibynwyr yn Wisconsin.

Felly gyda'r ysgolfeistr Hector Tomos yn camu i'r bwlch ac yn gwneud ei orau fel pregethwr lleyg, aeth Enos Jones a'i ddau nai, Isaac ac Ismael, ati i ddenu gweinidog newydd. Bu Cymry mewn cymunedau eraill yn ne-ddwyrain Ohio yn sôn am 'bechod Ynys Fadog' fel y'i gelwid ers blynyddoedd lawer, ond erbyn ymadawiad y Parchedig Evan Evans roedd y si wedi teithio ar draws yr Unol Daleithiau. Mewn ysgrif am egwyddorion Dirwest a gyhoeddwyd ym misolyn y Methodistiaid Calfinaidd, *Y Cyfaill o'r Hen Wlad*, cyfeiriwyd at yr ynys heb ei henwi. 'Dywedir bod un sefydliad Cymreig yn swydd Gallia, Ohio, ysydd yn byw ym mron yn hollawl trwy fasnachu mewn gwirodydd. Rydym ni'n gobeithio nad gwir y gair, eithyr mai pob rhyw dystiolaeth yn ein harwain i feddwl mai yfelly y mae.' Dechreuwyd cynnal eisteddfodau eto yn Oak Hill, Ty'n Rhos, Pomeroy a Minersville, ond ar ôl i Owen Watcyn ddychwelyd unwaith yn dweud nad oedd neb yn fodlon taro gair ag o ar wahân i ambell gerydd am 'bechod yr ynys', ni fentrai'r ynyswyr eu mynychu, ar wahân i Ismael Jones. Byddai o'n gwisgo'i ddillad gorau, cribo'i wallt hir a'i farf frith, ei throi am yr eisteddfod â photelaid neu ddwy ym mhocedi'i gôt. Ni feiddiai neb godi ffrae â'r dyn gwyllt o'r ynys, ac yn ystod ambell egwyl câi gwmni eisteddfodwyr eraill nad oeddent wedi derbyn caethiwed Dirwest.

Treuliai Enos dipyn o amser yn Gallipolis yn ystod y cyfnod hwnnw, yn manteisio ar linellau'r teligraff a'r ffaith fod dociau'r dref honno'n brysurach na doc yr ynys er mwyn ysgrifennu'r naill lythyr ar ôl y llall a cheisio rhwydo gweinidog newydd. Arhosai mewn ystafell yn hen dŷ Jean Baptiste Bertrand a oedd yn dal yng ngofal Mary Margareta Davies. Roedd cenhedlaeth arall o ddisgynyddion yr hen Ffrancwr wedi marw cyn dod i gytundeb yn y llysoedd ynglŷn â'r etifeddiaeth, a tho iau teulu Bertrand, a oedd yn byw yn Louisville, St. Louis a New Orleans, wrthi'n llythyru ac yn ceisio sicrhau'r hyn y methodd eu rhieni â'i gyflawni. Yn y cyfamser deuai digon o arian o swyddfeydd eu cyfreithwyr i alluogi Mary Margareta i gynnal y tŷ. Cynorthwyai hi Enos, gan ysgrifennu ambell lythyr ar ei ran er mwyn galw ar berthynas yn Scranton a chydnabod yn Cincinnati am gymorth. Ond ni ddaethpwyd o hyd i fugail o Gymro a oedd yn fodlon yngymryd â phraidd Ynys Fadog. Dywedai Ismael Jones iddo wneud ymholiadau yn ystod ei deithiau ar y tir mawr, ond doedd neb yn rhyw sicr iawn ym mha ffordd byddai o'n pysgota am weinidog. Ysgrifennai'i frawd Isaac lythyrau at berthnasau pell yn sir Gaernarfon, yn holi tybed a oedd gweinidog ifanc yn yr Hen Wlad a hoffai symud dros y môr ac ateb galwad rhai o'i gydgenedl yn yr Amerig? Ond ni lwyddodd yr un o'r ymdrechion hyn, a bu capel Ynys Fadog heb fugail am rai blynyddoedd.

Ar un wedd roedd Sara'n falch nad oedd gweinidog yn y capel, a hynny oherwydd ei brodyr ieuengaf. Bu blynyddoedd olaf Jwda a Benjamin yn yr ysgol yn gynyddol gythryblus gan fod y ddau'n cystadlu fwyfwy am sylw Elen, merch Ifor a Rachel Jones. Cofiai Sara'r blynyddoedd pan nad oedd Elen yn ddim ond un arall o gyfeillion yr efeilliaid, ond o dipyn i beth aeth hi'n destun cystadleuaeth rhyngddynt. Gwaethygodd ar ôl iddynt adael yr ysgol a dechrau gweithio yng nghwmni'r ynys gyda'u tad a'u brawd Joshua.

Un noson fwyn ym mis Mai 1869 roedd Sara wedi galw yn nhŷ'i rhieni a'i thad yn darllen hanes yr Ysbigyn Aur yn y *Gazette*. Eisteddai ei mam a Benjamin wrth y bwrdd yn gwrando ar Isaac Jones yn darllen erthygl gyfan i'w deulu am yr eildro. 'The crowd gathered at Promontory Point, Utah, cheered heartily as Governor Leland Stanford drove the Golden Spike in its place, completing the transcontinental railroad.' Agorodd y drws yn gyflym, gan daro'r wal yn glep a'u dychryn. Camodd Jwda i mewn, gan adael y drws ar agor, cymerodd gwpl o gamau a sefyll hanner ffordd rhwng y bwrdd â'r darn bach o'r noson y gallen nhw ei weld trwy'r drws agored. Syllai ar ei frawd, ei lygaid yn wyllt a'i geg yn symud, heb siarad. Roedd ei ddwylo wedi'u cau'n ddyrnau a gwythiennau ei wddf a'i arlais i'w gweld yn glir. Daeth geiriau o'i geg o'r diwedd.

'Pam nest ti ddim deud wrtha i?'

Siaradai â Benjamin, fel pe na bai'i chwaer na'i rieni yn yr ystafell. Wedi ailadrodd y geiriau nifer o weithiau, cymerodd gam arall at ei frawd, cyn ailfeddwl, troi a rhuthro allan trwy'r drws heb ei gau.

Cododd Isaac Jones yn araf, tynnu'i sbectol ddarllen a'i gosod ym mhoced ei grys. Cerddodd yn bwyllog at y drws a'i gau, cyn eistedd wrth y bwrdd. Caeodd y papur newydd a'i dwtio, wedyn edrychodd ar ei fab.

'Oes gen ti rywbeth yr hoffet ti 'i ddeud, Benjamin?'

'Oes.' Bu ei lygaid yn chwilio am loches yng nghysgodion corneli'r ystafell ond edrychai ar ei dad pan siaradodd.

'Dw i 'di gofyn i Elen Jones 'y mhriodi i.'

'Gwela i,' oedd unig ateb ei dad.

Wedi ennyd o dawelwch, siaradodd ei fam, ei geiriau'n llifo'n gyflym. 'Beth?' gofynnodd. 'Pam wnest ti ddim deud wrth yr un ohonon ni dy fod ti'n bwriadu gneud? Pam wnest ti ddim deud wrth dy frawd? Ydach chi 'di trefnu dyddiad? Ym mha le cewch chi weinidog i'ch priodi?'

Llenwai'r cwestiynau ofod poenus yn yr ystafell. Dim ond ar ôl rhai dyddiau y clywyd yr holl hanes. Gwrthododd Elen roi ateb i Benjamin pan ofynnodd o iddi'i briodi. Eiliadau cyn iddo frasgamu trwy ddrws y tŷ, er mwyn herio'i frawd, roedd Jwda yntau wedi gofyn i Elen ei briodi a hithau wedi dweud ei bod hi'n ystyried cynnig ei frawd. Cafodd y ddau gyfle pellach i siarad ag Elen, er mwyn pwyso arni a cheisio ennill ei ffafr. Ceisiodd hithau gadw'r ddau hyd braich trwy ddweud ei bod hi'n ystyried gadael yr ynys. Roedd nifer o'i pherthnasau wedi croesi'r môr i weithio yn y chwarel yn ymyl Granville, Efrog Newydd, ac roedd hi'n ystyried symud atynt a dechrau bywyd newydd yn y gogledd pell. Ond cawsai'r un ateb gan Benjamin a Jwda; byddent yn ei dilyn yr holl ffordd i dalaith Efrog Newydd. Yna trawodd Elen ar gynllun arall i ohirio'r mater; dywedodd na fyddai'n ystyried yr un cynnig i briodi cyn cael gweinidog ar yr ynys.

Ni ddaeth Jwda yn ôl i dŷ ei rieni i aros wedi'r noson honno. Aeth i fyw at ei ewythr, Ismael, a oedd yn ddigon balch o'i gwmni. Ceisiai'r naill efaill osgoi'r llall yn ystod eu horiau gwaith yn y stordy ac ar y doc. Ond unwaith, pan ddaeth y *Boone's Revenge* gyda chyflenwad o fwrbon o un o ddistylltai Maysville, aeth y ddau i siarad â Sammy Cecil, yn ymateb yn reddfol i gri corn cyfarwydd y paced stêm cyn meddwl a dod wyneb yn wyneb ar y doc. Roedd Sara'n gaeth yn ei thŷ yn gofalu am y rhai bychain ac felly'n ail law y clywodd am y ddadl a'r ymladdfa a fu yno ar y doc. Bu'n rhaid i Joshua a Huw Llywelyn Huws eu gwahanu, a Sammy Cecil yn ysgwyd ei ben ac yn dweud, 'Well I'll be damned, I never though I'd see the day'. Ond nid oedd Sara'n amau gwirionedd y stori, wrth weld llygad ddu Benjamin a'r hollt hyll yng ngwefus Jwda. Roedd y ddau a fu'n gymdeithion anwahanadwy trwy gydol eu plentyndod bellach yn osgoi'i gilydd, y naill yn troi o'r lôn pan welai'r llall yn dod, a'r dynion eraill yn mynd i gryn drafferth i sicrhau na fyddai'r efeilliaid yn cyfarfod yn y stordy na'r siop. Ond mewn ynys fach roedd y tyndra'n rhoi straen ar fywyd y gymuned. Awgrymodd eu tad fod un ohonyn nhw'n mynd i aros yn Gallipolis gyda'u hen ewythr Enos, ond gwrthododd y ddau, yn poeni y byddai absenoldeb un yn rhoi cyfle i'r llall ddylanwadu ar Elen yn ddilyffethair.

Bu cryn ddathlu ar yr ynys ym mis Tachwedd 1869 pan etholwyd Ulysses S Grant yn Arlywydd, a hynny am dri rheswm: Grant oedd yr uwch-gadfridog a oedd wedi trechu Robert E. Lee, roedd yn ddyn o Ohio, ac roedd yn Weriniaethwr. Galwodd Owen Watcyn ar ddynion y Gwarchodlu Cartref i ffurfio rhengoedd a chyrchwyd yr hen faneri rhyfelgar o'u cilfachau llychlyd. Traddododd Hector Tomos araith wladgarol o bulpud y capel mewn cyfarfod gyda'r nos. Sylwodd Sara fod Benjamin yn eistedd yn y rhes flaen yn ymyl Ruth a Huw Llewelyn Huws a Jwda yn y cefn gyda'u hewythr Ismael.

Ysgrifennai Sara at Esther yn aml, yn gwrthbwyso tristwch hanes y rhwyg rhwng yr efeilliaid â sylwadau am y nai a'r nith nad oedd ei chwaer fawr wedi'u gweld eto, Dafydd a Tamar. Disgrifiai'r nythaid o fabanod a phlant bychain a lenwai'i pharlwr gan fanylu ar eu personoliaeth a natur eu hymwneud â'i gilydd. Efrog Newydd oedd cartref Esther o hyd, a hithau'n rhannu tŷ â rhai o ferched eraill y daeth i'w hadnabod trwy 'Fudiad y Benywod' neu 'Yr Achos' fel y galwai o weithiau. Ar wahân i'r ffaith iddi gynilo'r cyflog a enillodd yn ystod ei blynyddoedd fel athrawes, ni wyddai Sara sut yn union roedd ei chwaer yn byw, er bod awgrym bod ambell un o'i chyfeillesau'n perthyn i deuluoedd pur gefnog ac yn noddi'r Achos yn hael. Disgrifiai Esther y ddinas fawr mewn iaith farddonol a chofiadwy – siopau moethus Madison Avenue, plastai boneddigion 5th Avenue, a'r dociau â'u rhesi diddiwedd o longau o bedwar ban y byd. Yn ei dychymyg, gallai Sara weld ei chwaer yn cerdded ar hyd llwybrau ceinion Central Park, teyrnas werdd yng nghanol prysurdeb y ddinas yn ôl Esther, a oedd wedi'i chreu'n lled ddiweddar, ymdrech chwedlonol rhyw ugain mil o weithwyr dros gyfnod o rai blynyddoedd – llafurwyr Gwyddelig, garddwyr Almaenig, seiri maen o Upstate New York a rhai Cymry yn eu plith. Roedd miliynau o dunelli o bridd a cherrig wedi'u symud, yr holl dirlun wedi'i ailffurfio, a thros ddau gan mil o goed wedi'u plannu.

Yn yr un modd, medrai weld capel Cynulleidfaol Cymraeg Efrog Newydd, yr addoldy a fynychid gan Esther yn amlach na pheidio – adeilad brics cochion hardd a phren tywyll y canllawiau o gwmpas y pulpud yn sgleinio. Dyn o Fethesda, sir Gaernarfon, y Parchedig William Roberts, oedd y gweinidog. Canmolai Esther ei bregethau, er iddi nodi mewn llythyr ei fod, fel bron pob gweinidog arall, yn ddall i anghyfiawnder sefyllfa'r fenyw. Bu'r enwog R D Thomas yn gofalu am y capel cyn i'r Parchedig William Roberts ymgymryd â'r ofalaeth, ac er bod Iorthryn Gwynedd, fel y'i gelwid gan Gymry llengar America, wedi ymadael cyn i Esther ymgartrefu yn y ddinas, roedd rhai o'r aelodau eraill wedi sôn wrthi am gamp a rhemp y gweinidog hwnnw.

Trafodai'r chwiorydd bynciau llosg y Cymry Americanaidd yn eu llythyrau, fel David Charles, Aberystwyth, yn galw ar ei gydgenedl yn yr Unol Daleithiau i gyfrannu'n hael er mwyn sefydlu Prifysgol Cymru. Roedd golygydd *Y Cyfaill o'r Hen Wlad* wedi dweud y dylid creu cronfa a chodi $150,000 gan annog holl Gymry America i weld mai 'Gwarth ar y Cymro ydyw fod ei wlad mor isel fel nad oes o'i mewn gymaint ag un *University* a all gyflwyno iddo radd'. Dywedodd Esther fod llawer o aelodau'i chapel yn bobl wirioneddol gefnog a bod nifer ohonynt yn cyfrannu'n hael at gronfa Prifysgol Cymru, er bod eraill yn mynnu y dylid cyfrannu at achosion lleol ac felly'n noddi colegau a phrifysgolion Efrog Newydd. Ychwanegodd fod rhai o gyfoethogion Cymreig y ddinas yn cefnogi achosion da'r ddwy wlad. 'Ond dyna ni,' meddai Esther, 'nid yw calonnau pawb wedi'u hangori yn yr un lle; yn y wlad hon rydym yn byw bellach, er bod rhai fel petaent yn dal i fyw yn yr Hen Wlad o hyd, tra bod eraill fel pe baent wedi'u rhwygo rhwng y ddwy wlad.'

Darllenodd Sara y rhan honno o'r llythyr dro ar ôl tro gan wenu am y credai fod Esther yn disgrifio'i bywyd ei hun heb sylwi'i bod yn gwneud hynny. Nid oedd calon ei chwaer fawr wedi'i rhwygo rhwng dwy wlad a safai ar ddwy ochr y môr, eithr rhwng dwy wlad arall a geid oddi mewn i ffiniau'r Unol Daleithiau – y Gymru Americanaidd a rhyw America arall nad oedd wedi'i geni eto er bod Esther yn gwneud ei gorau i'w chreu. Roedd y ddwy wlad yn ddwy ymysg llawer a oedd yn byw yn nychymyg dinasyddion yr Unol Daleithiau, a'r holl wledydd hyn yn cydfyw mewn cydgord a chydweithrediad ar adegau ac yn tynnu'n groes i'w gilydd ar adegau eraill. Y capel Cymraeg a fynychai, y cyfnodolion Cymraeg a ddarllenai, a'r llythyrau hirion a ysgrifennai Esther at ei theulu ar yr ynys oedd clustnodau'r naill wlad, ond cysegrai'r rhan fwyaf o'i horiau i'r wlad arall honno – cyfarfodydd yr American Equal Rights Association a'r National Woman Suffrage Association, a'r gwaith a wnâi yn helpu cyhoeddi a dosbarthu *The Revolution*.

Pan gyrhaeddodd Cranogwen roedd fel pe bai'r ddwy wedi'u huno ym modolaeth gyfriniol y fenyw ryfeddol honno. Darllenasai Sara amdani yn y cyfnodolion, ond postiai Esther dameidiau ychwanegol o newyddion a'i galluogai i ddilyn taith Cranogwen o gwmpas y taleithiau dwyreiniol ynghyd â disgrifiadau o'i gallu a'i dawn gan ohebwyr a'i gwelodd yn traddodi pregeth neu ddarlith. Dywedodd Esther mewn llythyr fod Cranogwen yn ennill calonnau llawer o'r dynion hynny sy'n gwrthwynebu'r Achos, a dyfynnodd ysgrif Dewi Cwmtwrch er mwyn profi'r pwynt. 'Nid ydym yn credu mewn rhoddi yr etholfraint i fenywod, a llawer o bethau cyffelyb. Credwn mai cartref yw ymerodraeth merch; ond eto tybied i'r Hollalluog roddi'r fath gymhwysder ac athrylith yn y ferch hon.' Roedd Esther wedi tanlinellu'r gair 'eto' a nodi mewn llythrennau bychain ar ymyl y ddalen, 'wele fy chwaer – yn y gair bach hwn y gwelir dyfodiad y trawsffurfiad mawr!' Wedi ei chlywed yn siarad yn Newburgh, Ohio, cyhoeddodd rhyw E Evans lith yn datgan y 'gwirionedd yn syml amdani,' sef ei bod yn 'ferch gyhoeddus' a oedd 'yn meddu ar feddwl galluog a choeth, a gwybodaeth gyffredinol helaeth.' Teithiodd y bardd Morddal yr holl ffordd o Wisconsin er mwyn ei chlywed yn traddodi darlith ar 'Ddiwylliant y Meddwl' yn Johnstown, Pennsylvania, a chyhoeddodd gerdd o fawl i Granogwen wedyn. Cawsai Esther hithau'r fraint o'i chlywed yn areithio yn Efrog Newydd ar sawl achlysur a chafodd dreulio diwrnod cyfan yn ei chwmni, yn ei thywys o gwmpas y ddinas. 'Cred di fi, Sara,' meddai, pob gair wedi'i danlinellu, 'mae hi'n cwmpasu popeth y dychmygwn y byddai hi.' Gwenodd Sara ar ddarllen y geiriau. 'Ie', dywedodd yn uchel wrth Esther, er nad oedd neb ond y plant bychain a gropiai o gwmpas ei thraed yno i'w chlywed, 'ac mae'n cwmpasu popeth yr wyt ti'n ei gwmpasu – ei chlywed hi'n pregethu mewn capel Cymraeg un noson ac yn gwrando arni'n areithio i'r Suffrage Association y diwrnod wedyn.'

Plygodd Sara'r llythyr a'i osod ym mhoced ei ffedog, a'r ffedog honno wedi'i staenio â mwydion bara a llefrith a'r bwyd llwy a wnâi bob bore yn unol â rysáit Catherin Huws. Taflodd ei llygaid o gwmpas yr ystafell fach, yn nodi safle a chyflwr pawb. Cysgai Samantha yn y crud, dim golwg deffro arni. Eisteddai Ann Catherin a Richard ar y llawr o flaen ei thraed yn wynebu'i gilydd yn eu bydoedd eu hunain, y naill yn cnoi ar un o'r llwyau pren a'r llall yn ceisio tynnu edafedd o wead y ryg. Ond roedd Dafydd wedi dechrau cropian yn gyflym i gyfeiriad y tân. Oedodd y bachgen a dechrau codi'n araf, yn pwyso ar ei ddwylo o hyd, ac wedyn ymsythodd. Safai'n dalog yn syllu o'i gwmpas am ychydig, wedyn syrthiodd ei lygaid ar y lle tân unwaith eto. Dechreuodd gerdded, ei ddwylo wedi'u hymestyn o'i flaen. Cododd Sara'n ddeheuig, gan ddal Tamar yn saff yn ei breichiau, cyn camu'n gyflym o gwmpas Ann Catherin a Richard ac estyn un droed i symud Dafydd yn araf yn ôl i ganol y ryg. Ceisiodd ei nai bach godi ar ei draed ond syrthiodd yn ôl ar ei ben ôl. Syllodd arni hi'n gyhuddgar, ei wyneb yn bradychu awydd i grio. 'Aros di, Dafydd bach,' meddai'n dawel. Symudodd a gosod Tamar yn y drôr a osodwyd yn ail grud yn ymyl y llall ac wedyn plygodd a chodi Dafydd yn ei breichiau. Cododd hi o'n uwch ac yn uwch, yn cogio'i bod hi am ei daflu i ganol y distiau uwchben, ystryw a wnâi iddo chwerthin bob tro. 'Be wna i efo chdi?'

Cnoc.

Cododd Morfudd ei phen o'i llechen ysgrifennu a galw dros ei hysgwydd o'r bwrdd bach. 'Mae rhywun wrth y drws, Boda Sara.' Roedd Tamar wedi dechrau crio, ei dyrnau bach yn ymddangos uwchben ymyl y drôr. Cymerodd Sara hanner cam i gyfeiriad y babi cyn newid cyfeiriad a chamu'n gyflym at y drws. Safai ei brawd ar y rhiniog. Seth, meddyliodd gyntaf. Nage, Joshua, ond Joshua pan oedd yn iau. Nage, Benjamin.

'Tyrd i mewn, wnei di,' ebychodd yn flin, yn symud ei chorff i gysgodi Dafydd bach o'r gwynt oer a ddeuai trwy'r drws agored.

'Mae N'ewyrth Enos wedi dychwelyd,' dywedodd ei brawd yn gyflym ar ôl cau'r drws a throi i'w hwynebu hi. 'Ac mae wedi dod â chryn dipyn o hanes efo fo.'

Ni fu ymdaith hir Enos Jones ar y tir mawr yn ofer. Roedd wedi dod o hyd i weinidog newydd, un roedd yn sicr y byddai'n dygymod yn llawn â bywyd Ynys Fadog. Ond er bod y newyddion hynny wedi dod â chysur i holl aelwydydd yr ynys, stori o fath arall a oedd ar dafodau'i thrigolion ac roedd yn ddigon i dynnu'i sylw hi oddi ar y plant bychain am ennyd.

'Ydi, Sara,' meddai Benjamin, yn plygu'i freichiau ar draws ei fynwes. 'Mae'n wir. Mae Miss Mary Margareta Davies wedi cytuno i briodi N'ewyrth Enos o'r diwedd!'

23

Erbyn canol y 1870au roedd tri theulu newydd wedi symud i'r ynys. Y cyntaf ohonynt oedd Moses a Mari Morris, cwpl priod ifanc o sir Drefaldwyn, a'u plant Morus, a oedd yr un oed â Morfudd Tomos, Lowri a oedd rhyw flwyddyn yn iau, a'r babi Wiliam.

Gŵr gweddw canol oed oedd Daniel Philips a chanddo fflyd o blant. Roedd ei wraig wedi marw flwyddyn ynghynt ar enedigaeth eu plentyn olaf, Marged, a oroesodd, diolch i ofal ei chwiorydd hŷn, Olwen, Agatha ac Ann. Roedd y mab hynaf, Owen, tua'r un oed â Jwda a Benjamin a'i ail fab, Siôn, flwyddyn yn iau, a'r ddau felly'n ddynion ieuainc ac yn barod i ymdaflu'n syth i waith y doc a'r stordy. Roedd tri mab arall, Robert, Morgan ac Edwart, yn oed ysgol o hyd.

Roedd Gruffydd Jones yn gefnder i Ifor Jones ac wedi'i hudo ynghyd â'i wraig Jane i'r ynys gan lythyrau Ifor a froliai lwyddiant y gymuned a'r rhagolygon. Bu Gruffydd yn gweithio mewn chwarel yn ymyl Granville, Efrog Newydd, cyn ildio i swyn Ynys Fadog a symud. Roedd un o'u meibion wedi marw mewn damwain yn y chwarel a'r ddau arall wedi marw yn y Rhyfel ac roedd eu merch a'i gŵr wedi symud i Chicago, felly nid oedd dim i'w cadw yn eu hen gynefin ac roedd addewid am fywyd newydd cyn marw yn fodd i godi'u calonnau ac yn gymhelliad iddynt godi pac.

Ond er bod y newydd-ddyfodiaid wedi chwyddo gweithlu cwmni masnach yr ynys a llenwi ysgoldy Hector Tomos o'r newydd, nid oedd yr un ohonynt wedi llenwi'r ynys cymaint â'r gweinidog newydd, a hynny mewn sawl ffordd. Gŵr o faint sylweddol oedd y Parchedig Solomon Roberts; pe na bai'n neilltuol o dal byddai pobl yn ei ystyried yn ddyn tew, ond gan fod ei ben a'i ysgwyddau'n rhodio pen ac ysgwyddau uwchben hyd yn oed y talaf o ddynion yr ynys, nid oedd ei fol mawr na'i gluniau trwchus yn tynnu sylw. Roedd ganddo lais mawr hefyd, dwfn a chryf, un a allai ysgwyd chwareli ffenestri'r capel pan âi i hwyl yn y pulpud. Edrychai'n wahanol i bob gweinidog arall a welsai Sara cynt. Bu'n meddwl yn hir am y modd y byddai hi'n ei ddisgrifio y tro nesaf yr ysgrifennai lythyr at Esther – ei wallt tonnog a phennau'i fwstásh hir yn cyrlio'n chwareus. Awgrymai'r crychau o gwmpas ei lygaid ei fod yn hŷn, ond roedd ei wallt a'i fwstásh yn annaturiol o ddu ac yn sgleinio gyda rhywbeth yn debyg i olew. Penderfynodd Sara mai 'moethus' oedd yr ansoddair priodol, a dyna a ddefnyddiodd pan ysgrifennodd at Esther o'r diwedd. Roedd yn wybodaeth gyffredinol ar yr ynys nad oedd y Parchedig Solomon Roberts yn ddirwestwr. Yn ystod ei fisoedd cyntaf ar yr ynys, treuliai aml i noson yng nghartref Enos Jones, yn blasu'r gwin, y cwrw a'r bwrbon gorau a ddeuai dros riniog stordy'r cwmni masnach. Wedi priodas Enos, cartref Ismael fu cyrchfan cyfeddach y gweinidog.

Hyd y gwelai Sara, roedd trigolion eraill yr ynys yn fwy na bodlon â'r Parchedig Solomon Roberts. Ond cyffesodd hi mewn llythyr at ei chwaer fod ganddi amheuon; roedd y gweinidog newydd yn fwy o berfformiwr llwyfan na'r Parchedig Evan Evans, a'i bregethau wedi'u saernïo i greu effaith ddramatig yn hytrach na dylanwadu ar feddwl, calon ac enaid y dyrfa. Roedd yn ganwr ardderchog, ac ymroliai'i lais bas cyfoethog dros yr addolwyr, yn chwyddo pob emyn a ganent, er ei fod yn cymryd gormod o bleser yn ei allu'i hun i fod yn weddus, yn nhyb Sara, gan symud ei ddwylo i gyfeiliant y canu yn y pulpud. Ond roedd yn ddyn hoffus er gwaethaf ei ffaeleddau ac yn ddyn caredig hefyd, fel y dysgodd Sara rai dyddiau wedi iddo gyrraedd yr ynys. Gwnaeth ymdrech i dynnu sgwrs â phob enaid byw yn y pentref, ac roedd yn amlwg iddo fanteisio ar y nosweithiau a dreuliasai yng nghwmni Enos Jones ar y tir mawr i ddysgu tipyn am hanes pob teulu yn y gymuned.

'Esgusodwch fi, Mrs Morgan,' galwodd arni pan oedd hi'n cerdded adref ar ôl mynd am dro i drwyn dwyreiniol yr ynys. Roedd o newydd ddod allan o dŷ Hector a Hannah Tomos ac wedi brasgamu ar ei hôl. 'Rwyf wedi bod yn aros am gyfle i gael ychydig o eiriau gyda chi, a hynny heb fod yng nghlyw eraill gan fod y pwnc sydd gen i'n un go dyner.' Safodd Sara ac edrych i fyny ar wyneb y dyn mawr. 'Gwn eich bod yn weddw, Mrs Morgan. Mae'ch teulu a'ch cymdogion wedi disgrifio'ch diweddar ŵr yn y modd mwya canmoliaethus ac mae'n wir resyn gennyf na chefais gyfle i'w adnabod.'

'Diolch, Mr Roberts.'

'Bydd rhai'n codi cerrig i goffáu'r dewrion a laddwyd ar feysydd y gwaed yn y Rhyfel. Hoffwn ddweud y byddwn i'n barod i wasanaethu pe baech chi'n dymuno cynnal gwasanaeth arall. Pe bai'n ddymunol gennych godi carreg ym mynwent yr ynys er cof am eich diweddar, annwyl ŵr, byddwn i'n ei hystyried hi'n fraint cael dweud gair neu ddau.'

Diolchodd Sara iddo a dweud y byddai'n ystyried ei gynnig caredig.

Cynhaliwyd tri gwasanaeth arbennig yn ystod mis Ebrill 1871, un pob wythnos, yn dilyn yr un patrwm. Cafwyd cyfarfod gweddi byr yn y capel. Wedi canu emyn, cerddodd pawb yn araf ar hyd gro'r llwybr i'r fynwent fach y tu ôl i'r adeilad. Yno, ymgasglodd tyrfa o gwmpas y garreg newydd roedd Huw Llywelyn Huws, Ifor Jones, a brodyr Sara wedi'i gosod yn y pridd y bore hwnnw. Carreg wenithfaen gydag enw a dyddiadau Rowland arni oedd y gyntaf, y garreg yn un o nifer a fu'n hel llwch yn stordy'r ynys ers talwm a'r llythrennau wedi'u naddu'n gain gan Ifor Jones. Dyma oedd y tro cyntaf i Jwda a Benjamin gydweithio ers i'r ffrwgwd am Elen Jones greu cynnen rhwng yr efeilliaid, er bod cysgod cystadleuaeth dros y cydweithio wrth i'r naill geisio dangos i dad Elen ei fod yn gweithio'n galetach na'r llall wrth balu a gosod y garreg yn sownd yn y pridd. Ymwasgodd y dorf o gwmpas y gofeb newydd. Yn ei hymyl safai carreg arall.

Robert Huws

14 Chwefror 1867 – 15 Chwefrof 1867

Gwyn eu byd y rhai pur o galon, canys hwy a welant Dduw

Wrth ei hymyl hithau roedd carreg arall, un llai o faint, heb yr un ysgrifen arni, uwchben bedd y plentyn dienw a aned i Joshua a Lisa. Safai Sara yn union o flaen y gofeb newydd gan nad oedd bedd i sathru arno. Syllodd ar waith llaw Ifor Jones, pob llythyren a rhif wedi'u naddu'n ddwfn yn y garreg.

Rowland Morgan

56th Ohio VI

a laddwyd yn Mortins Landing, Louisiana, 3 Mai 1865

yn un ar hugain oed.

Gŵr Annwyl Sara

I'm Duw yr ydwyf yn diolch ym mhob coffa amdanat

Safodd y Parchedig Solomon Roberts y tu ôl i'r garreg, yn dal ei feibl, bron fel pe bai yn ei bulpud. Darllenodd yn araf o lyfr Job, ei lais dwfn yn rhoi pwyslais neilltuol ar bob sill o bob gair.

'Os bydd gŵr yn marw, a fydd efe byw drachefn? Disgwyliaf holl ddyddiau fy milwriaeth, hyd oni ddelo fy nghyfnewidiad.' Cododd ei lygaid o'i lyfr a llefaru'r geiriau olaf fel pe bai'n siarad yn uniongyrchol â Sara. 'Gelwi, a myfi a'th atebaf.' Cododd y llais dwfn ac arwain y dyrfa mewn emyn. Sylwodd Sara ar y canu ond ni nododd yr emyn ac ni cheisiodd ymuno. Cododd law a gwasgu'r dagrau o'i llygaid. Syllodd ar yr ysgrifen o'i blaen. Roedd y gweinidog wedi awgrymu nifer o adnodau. Wedi deall amgylchiadau marwolaeth Rowland, teimlai fod Ioan 15:13 yn addas: 'Cariad mwy na hwn nid oes gan neb; sef, bod i un roi ei einioes dros ei gyfeillion.' Ond ni fynnai Sara gofio i Rowland farw wrth iddo geisio achub ei brawd, Seth. Awgrymwyd Mathew 5:4 hefyd: 'Gwyn eu byd y rhai sydd yn galaru, canys hwy a ddiddenir.' Ond ni allai hi gysylltu unrhyw fendith â'i galar. Ac felly penderfynodd hi yn y diwedd ar Philipiaid 1:3 'I'm Duw yr ydwyf yn diolch ym mhob coffa amdanoch.' Newidiodd y gair olaf i 'amdanat', yn credu bod hynny'n ei bersonoli ac yn ei hatgofio o'u cariad. Ni sylwodd neb ei bod hi wedi aralleirio'r Llyfr, neu, o leiaf ni dddywedodd neb air wrthi. Safodd hi'n hir o flaen y gofeb ar ôl i bawb adael, ei llygaid wedi'u hoelio ar y garreg. 'I'm Duw yr ydwyf yn diolch ym mhob coffa amdanat.'

Ymhen yr wythnos roedd gwasanaeth arall o flaen cofeb arall, un gyda enw Sadoc arni. Roedd Elen ac Isaac Jones wedi dewis II Timotheus 4:7 ar gyfer eu mab hynaf: 'Mi a ymdrechais ymdrech deg, mi a orphenais fy ngyrfa, mi a gedwais y ffydd.' Cytunai Sara â'i rhieni; fel yna y byddai Sadoc wedi hoffi cael ei gofio: fel un a oedd wedi ymdrechu'n galed dros yr hyn a oedd yn bwysig iddo hyd y diwedd. A chyn diwedd y mis roedd carreg Seth wedi ymuno â'r rhes fach yn y fynwent, I Corinthiaid 15.54 wedi'i naddu ar waelod yr arysgrif: 'Angau a lyngcwyd mewn buddugoliaeth.' Sylwodd Sara fod Jwda a Benjamin yn sefyll ysgwydd wrth ysgwydd yn ystod gwasanaeth Seth, y ddau'n canu'r emyn gydag arddeliad. 'Tan fy maich yr wyf yn griddfan, Disgwyl amser i ryddhau...' Ond ar ôl iddyn nhw adael y fynwent a cherdded i'r lôn, aeth Jwda adref i dŷ ei ewythr, Ismael, a Benjamin yn ôl i dŷ eu rhieni, heb i'r naill ddweud gair wrth y llall.

Bythefnos yn ddiweddarach bu'n rhaid i'r Parchedig Solomon Roberts gynnal gwasanaeth arbennig arall yng nghapel Ynys Fadog, un tra gwahanol i'r gwasanaethau coffa. Daeth tair wagen i lanfa'r tir mawr, yn cludo Jacob a Cynthia Jones, ei mab hynaf, John, nad oedd wedi priodi, a'i hail fab Samuel, ynghyd â'i wraig a'u pedwar o blant. Yn eistedd yn dalog ar sêt y wagen olaf yn ymyl John roedd Miss Mary Margareta Davies, ei gwallt gwyn wedi'i dynnu'n gocyn mawr gosgeiddig ar dop ei phen. Safai Enos Jones ar y doc bach, yn disgwyl, fel patriarch ar lan yr Iorddonen, ei wallt gwyn a'i farf wen hir wedi'u golchi a'u cribo mor dwt â phosibl, yn gwisgo côt ddu newydd a oedd yn rhy boeth i dywydd y mis Mai hwnnw ond a weddai'n berffaith i'r achlysur fel arall. Croesawai Enos y cyfeillion wrth i'r cychod bychain ddod â nhw dros y sianel, gydag Isaac a Benjamin yn y naill gwch ac Ismael a Jwda yn y llall. Pan ddringodd Jacob o'r cwch i'r doc, cofleidiodd Enos o. Wedi ymryddhau o wasgfa breichiau'i gyfaill, chwarddodd Jacob a dweud,

'You do know I'd be lying if I said I knew that this day would come?'

'It is all a question of faith, my dear brother Jacob.'

Tywyswyd Jacob a'i deulu gan Elen Jones i'w thŷ er mwyn rhoi ychydig o luniaeth iddyn nhw cyn y gwasanaeth. Roedd Sara wedi cynnig ei thŷ hi i'r briodferch fel y gallai ymbaratoi cyn y gwasanaeth ac felly disgwyliai i'w thad a Benjamin ddod â hi i'r doc. Safai Isaac Jones yn y cwch er mwyn helpu Mary Margareta Davies yn ofalus, ond dringodd hi'n sionc i'r doc, y cocyn gwyn mawr yn amneidio ar dop ei phen. Camodd Enos ymlaen a gafael yn ei dwylo. Disgwyliasai Sara i'w hen ewythr draddodi araith o ryw fath. Gallai huodledd Enos Jones fod yn destun balchder neu'n destun cywilydd i'r teulu, yn dibynnu ar yr achlysur a'r cymhelliad y tu ôl i'r araith, a phrin yr âi digwyddiad o bwys heibio ar yr ynys heb iddo'i nodi gyda mwy nag ychydig o eiriau. Roedd Sara'n gwbl sicr mai hwn oedd y digwyddiad unigol pwysicaf ym mywyd ei hen ewythr, ond methodd ei eiriau y tro hwn. Ni allai Enos Jones wneud dim ond sefyll yno ar y doc, yn dal dwylo'i ddyweddi a gwenu.

Felly ar yr 17fed o fis Mai yn y flwyddyn 1871, ac yntau'n 75 oed, priododd Enos Jones â Mary Margareta Davies, 47 o flynyddoedd wedi iddo ofyn iddi'r tro cyntaf hwnnw i'w briodi. Safai'r Parchedig Solomon Roberts rhwng y ddau o flaen y capel gorlawn, pennau cyrliog ei fwstásh hir yn symud wrth iddo siarad, ei lais bas cyfoethog yn cyhoeddi bod cariad yn fytholwyrdd ym mhob oes, a hynny trwy ddwyfol gysegredig rodd yr Arglwydd. Pan gofleidiodd Enos Jones ei wraig a'i chusanu, safodd ei nai Ismael a bloeddio'i gymeradwyaeth, ac er nad oedd hynny'n hollol weddus mewn capel, bloeddiodd a chlapiodd gweddill y dorf hefyd. Daeth Cynthia Jones ymlaen a chanu unawd, ei llais yr un mor gryf â'r tro cyntaf y clywsai Sara hi'n canu.

There is a balm in Gilead
to make the wounded whole,
there is a balm in Gilead
to heal the sin-sick soul...

Wedi i Cynthia gymryd ei lle rhwng ei gŵr Jacob a'i mab John, cyhoeddodd y gweinidog yr emyn. Ymrôdd Sara i'r canu, yn teimlo'i bod yn mwynhau canu am y tro cyntaf ers blynyddoedd, ei llais yn chwyddo'r sŵn gogoneddus. 'Dyma babell y cyfarfod, dyma gymod yn y gwaed...'

Wedi'r gwasanaeth, siaradai'r cwpl priod, y gweinidog a theulu Jacob a Cynthia Jones ar fuarth y capel tra aeth gweddill y gymuned ati i osod y byrddau, pob teulu'n cludo dodrefn o'u tai, gan greu un bwrdd hir yn ymestyn ar hyd y lôn o ddoc bach y gogledd i'r groesffordd, a rhes o gadeiriau amrywiol ar bob ochr. Daethpwyd â'r bwyd a'r ddiod wedyn – coesau moch wedi'u halltu a'u rhostio'n araf, ffiledau o gathbysgod wedi'u mygu, bara brown a bara gwyn, bara ceirch a bara haidd gyda digonedd o fenyn a chaws, a llysiau'r gwanwyn mewn saws a wnaed trwy gymysgu finagr a siwgwr. Roedd Enos wedi sicrhau bod cyflenwad sylweddol o'r Catawba pefriog wedi'i gadw o'r neilltu ar gyfer y diwrnod, a gosodwyd y poteli gwydr yng nghanol y bwrdd, fel rhes hir o filwyr bychain.

Eisteddai Sara wrth ymyl ei chwaer-yng-nghyfraith, Lisa, Tamar yn ei breichiau a Dafydd ar lun Sara. Roedd ei nai yn dair oed bellach ac wedi meistroli geirfa helaeth a ddefnyddiai gydol y dydd. Wrth i Sara'i fwydo â thameidiau bychain o fara menyn a physgod wedi'i fygu, diolchai iddi drosodd a thro. 'Diolch am hwnna, Boda Sara. Ac o, diolch am hwnna. Dyna garedig, diolch i chi.' Pan nad oedd yn cnoi'i fwyd neu'n diolch i'w fodryb, siaradai am gathod, cŵn, pysgod ac adar. Pan chwarddai'r gweinidog, ei lais bas mawr yn ysgwyd y gwydrau ar y bwrdd, ymdawelai Dafydd. Codai'i ben, ei ddal ar ogwydd ac astudio'r dyn. Cododd Sara law a rhedeg ei bysedd yn ysgafn trwy wallt sidanaidd yr hogyn bach – gwallt a oedd mor dywyll nes ei fod bron yn ddu, fel pawb arall yn y teulu nad oedd henaint wedi newid ei liw. Yn ystod misoedd cyntaf Dafydd ar y ddaear treuliai Sara lawer o'i hamser yn astudio'i wyneb. Yn debyg i'w dad, meddyliai weithiau. Dro arall, byddai'n nodi rhyw ystum ar wyneb y bychan a phenderfynu bod natur Seth ynddo fo. Pan ddechreuodd

Dafydd gropian, ei ddwylo'n chwilio o hyd am bethau i'w malu, bu'n rhaid i Sara gyfaddef bod peth o ddireidi Sadoc yn ei nai. Ond nid oedd syniadau o'r fath wedi croesi'i meddwl ers iddo ddechrau siarad brawddegau llawn. Dafydd oedd Dafydd, a dyna'r cwbl.

Wedi i bawb orffen bwyta'r cigoedd a'r llysiau, cyrchwyd platiad ar ôl platiad o deisenni a bobwyd ar yr ynys, a rhai a ddaeth o bobtai Gallipolis. Roedd Sara wedi cynorthwyo'i mam i bobi pedair Washington Cake a'u haddurno â thameidiau o geirios siwgwr. Gosodwyd un o flaen Mary Margareta. Cyn iddi'i thorri, safodd Enos. Edrychodd i'r dde ac i'r chwith, fel petai'n cyfrif yn gyflym yr holl wynebau cyfarwydd ac yn chwilio am ysbrydoliaeth yn yr awyr las a oedd ar fin troi'n orengoch. Cododd law at ei farf a thynnu arni ychydig.

'Peidwch sefyll 'na fel dyn dwl,' dywedodd Mary Margareta, yn ceisio sibrwd ond yn siarad yn ddigon uchel i bobl ei chlywed. 'Gwedwch rywbeth, ddyn!' Gwenodd Enos ac ymdaflodd i'w araith.

'Cyn i'r haul fachlud ar y diwrnod gogoneddus hwn, hoffwn ddiolch o waelod fy nghalon i'm teulu annwyl ac i'm cyfeillion caredig.' Edrychodd ar Jacob Jones, a eisteddai am y bwrdd ag o, 'and to thank friends of so many years who have made the journey here today.' Gwenodd i lawr ar Mary Margareta, a'r gyllell yn barod yn ei llaw, 'ac i chi, yn anad neb ac uwchlaw popeth, fy ngwraig annwyl, am deithio yma heddiw.' Oedodd, yn tynnu'i fysedd trwy'i farf wen hir, fel pe bai'n casglu'i eiriau ac yn ymbaratoi ar gyfer gweddill yr araith, ond Mary Margareta siaradodd:

'Wel 'na ni!' meddai a dechrau torri'r deisen.

Chwibanai Ismael yn afreolus a churo'i ddwylo fel dyn gwyllt. Bloeddiodd eraill, rhai'n galw Hwrê! ac Amen. Roedd Esther wedi ysgrifennu a dweud ei bod yn ddrwg ganddi, ond na allai ddyfod adref i'r briodas; byddai Cranogwen yn ymadael am Gymru cyn bo hir, ac roedd hi wedi addo'i chynorthwyo yn ystod ei hwythnosau olaf yn yr Unol Daleithiau. Ond cyfansoddodd anerchiad ac fe'i darllenwyd gan ei thad. Safodd Isaac Jones, ei sbectol ar ei drwyn a llythyr Esther yn ei law. Er ei fod yn ddarn sylweddol, roedd safon yr ysgrifennu'n ddigon da i hoelio sylw pawb ar wahân i'r plant iau. Brawddeg flodeuog ar ôl brawddeg flodeuog, yn disgrifio'r modd yr edmygai holl blant y teulu 'Gampau N'ewyrth Enos', yn dymuno pob bendith i'r cwpl priod, ac yn cynnig ychydig o gyngor cellweirus i'w hen fodryb newydd. Daeth y frawddeg olaf â chorwynt o chwerthin: 'Er fy mod i'n troi mewn cylchoedd dirwestol erbyn hyn, ni allaf ond dymuno bod pawb yn codi gwydraid o ba ddiod bynnag ysydd gerbron ac yfed i iechyd a dedwyddwch Mr a Mrs Enos Jones!' Traddodwyd araith gan Isaac ac un gan Ismael. Cododd Gruffydd Jams a dweud ychydig o eiriau, ei lygaid yn ddagreuol a'i lais yn crynu. Cafwyd araith hir gan Owen Watcyn. Mam Sara a geisiai gyfieithu i Jacob a Cynthia, ond collodd linyn araith Owen Watcyn a daeth pwl bach o chwerthin annodweddiadol drosti, er na sylwodd yr areithiwr arni, trwy drugaredd. Yfwyd llwncdestun ar ôl llwncdestun, y rhan fwyaf i'r

Cwpl Dedwydd neu i Enos a Mary Margareta Jones, ond mynnodd Owen Watcyn godi un i'r Arlywydd Ulysses S Grant hefyd. Pan ganfuwyd nad oedd tropyn o'r gwin pefriog ar ôl, estynnwyd poteli o gwrw Almaenig gorau Cincinnati. Ildiodd orengoch y machlud i lwydni meddal y cyfnos.

Cliriwyd yr holl lestri a symudwyd y dodrefn yn ôl i'w cartrefi priodol. Ffarweliodd Enos a'i wraig â'r dathlwyr a diflannu trwy ddrws y tŷ mawr ar y groesffordd, cartref a fu'n rhy fawr i hen lanc ar hyd y blynyddoedd. Crwydrodd rhai i eistedd ar y doc mawr a gwylio golau'r lleuad yn chwarae ar wyneb yr afon. Cyrchodd Ismael Jones a Gruffydd Jams gasgen fach o fwrbon.

'Tala i amdano fo o 'nghyflog i,' cyhoeddodd Gruffydd Jams, yn chwifio'i freichiau hir, y lleuad yn disgleirio ar ei ben moel. 'Na wnewch chi ddim,' taerodd Ismael, yn estyn llaw a'i chwifio o flaen wyneb ei gyfaill, 'mae gen i beth arian wrth gefn ar gyfer achlysur fel hwn.' Cytunodd y ddau rannu'r gost ac aeth y naill i chwilio am wydrau neu gwpanau yn y siop a'r llall i chwilio am ddathlwyr eraill i wagio'r gasgen gyda nhw.

Cerddai Sara'n hamddenol o'r naill garfan o ddathlwyr i'r llall, yn dweud ei nos dawch wrth bawb. Cerddodd yn araf i'w chartref unig wedyn a chau'r drws ar sŵn y chwerthin a'r canu.

Ymddeolodd Enos Jones o gwmni masnach yr ynys. Gwyddai'i deulu na fu'n fwriad ganddo wneud hynny, ond dyna oedd bwriad Mary Margareta Jones ac felly hynny a fu. Bu tad Sara'n siarad yn egnïol â'i frawd Ismael am ddyddiau, y ddau'n dadlau ac yn chwerthin bob yn ail fel hogiau ifanc, yn ceisio dyfalu pa bryd y byddai N'ewyrth Enos yn torri'i farf ac yn eillio'i wyneb yn lân. Ond ni ddiflannodd y farf wen hir wedi'r briodas a phan oedd holl aelodau'r teulu wedi ymgasglu am bryd o fwyd yn nhŷ Isaac ac Elen, Ismael ofynnodd y cwestiwn. Roedd Sara'n eistedd yn ymyl y tân, Tamar ar ei glin a Dafydd yn chwarae o gwmpas ei thraed. Eisteddai pawb arall o gwmpas y bwrdd. Wedi gwagio'r botelaid olaf, chwinciodd Ismael ar ei frawd, gan dynnu'n feddylgar ar ei farf frith ag un llaw.

'Fodryb Mary Margareta?'

'Ie, Ismael?'

Roedd cywair ei llais rywle rhwng direidi ac amheuaeth, hithau wedi hen arfer â chastiau nai afradlon ei gŵr.

'Dudwch i mi, Fodryb Mary Margareta: pam nad ydi N'ewyrth Enos wedi eillio'i farf a chithau wedi priodi erbyn hyn?'

Edrychodd hi ar ei gŵr a gwenu.

'Wel, Ismael Jones, dwy i 'di gofyn i'ch ewythr bido â'i siafo gan 'mod i 'di tyfu'n eithriadol o hoff o'i olwg fel ma fe, dros y blynydde.' Trodd i wynebu Ismael wedyn. 'Ond cewch chi siafo unrhyw bryd, Ismael Jones. Fi'n credu y gwnele fe ddaioni i'ch golwg wyllt chi!'

Chwarddodd pawb, Enos ac Ismael yn uwch ac yn hwy na'r gweddill ohonynt.

Cododd Dafydd a phwyso yn erbyn coes Sara. Edrychai ar yr oedolion o gwmpas y bwrdd, gan eu hastudio'n ofalus, ei wyneb yn feddylgar.

'Paid â phoeni, Dafydd bach,' meddai Sara, yn symud Tamar yn ei breichiau. 'Bydd yn rhaid i mi egluro hanes Hen Ewyrth Ismael a Gor-hen Ewyrth Enos i ti ryw ddydd.'

* * *

Beichiogodd Ruth Huws unwaith eto a ganed merch iddi'n gynnar ym mis Ebrill 1872. Mari. Fe'i bedyddiwyd gan y gweinidog, a wnâi fwy o sioe o'r bedydd na dau fugail cyntaf capel Ynys Fadog. Mynnodd ddod o hyd i lestr arian cain i ddal y dŵr a gwisgai ryw glogyn gwyn hir yn debyg i'r ffrog fach wen a wisgai'r babi ar gyfer y gwasanaeth.

Sylwai Sara fod Catherin Huws yn ymweld â chartref Joshua a Lisa'n aml a daeth i'r casgliad bod ei chwaer-yng-nghyfraith wedi colli plentyn neu ddau arall, rhai rhy fychain i'w claddu yn y fynwent hyd yn oed. Ond ni feiddiai ddweud gair amdanynt. Ni ddywedodd Joshua na Lisa air wrthi hithau chwaith ac ymhen hir a hwyr dechreuodd Sara dderbyn na fydden nhw'n cael plentyn arall. Diolchodd am Tamar a oedd wedi dechrau siarad geiriau rif y gwlith yn debyg i'w brawd a diolchodd am Dafydd, a fyddai'n ei dilyn hi i bob man pan gâi rwydd hynt i wneud hynny, yn debyg i gyw yn dilyn iâr.

Ffurfiwyd Cymdeithas Farddonol Ynys Fadog gan y Parchedig Solomon Roberts, gyda Hector Tomos ac Owen Watcyn yn aelodau o'r cychwyn cyntaf. Yn fuan darbwyllwyd Isaac Jones i ymaelodi a dechreuodd Ismael fynychu'r cyfarfodydd yng nghartref y gweinidog hefyd. Aeth Enos unwaith ar ei ben ei hun, ond yn y cyfarfod wedyn roedd Mary Margareta yn gwmni iddo, yn datgan heb ddweud gair bod y gymdeithas yn agored i fenywod yr ynys hefyd. Âi Sara weithiau, ond ni allai ddarbwyllo'i mam i fynd. Byddai Owen Watcyn yn darllen cerddi byrion o'i waith ei hun a alwai'n 'englynion', er y cyfeiriai'r gweinidog a'r ysgolfeistr atyn nhw fel 'penillion' pan nad oedd Owen yn yr ystafell. Weithiau darllenai Hector Tomos ddetholiad o'i arwrgerdd, y cyfansoddiad a oedd yn anorffenedig o hyd er ei fod yn llenwi sawl drôr yn ei dŷ. Pan ofynnodd y gweinidog yn daer am eglurhad, dywedodd yr ysgolfeistr ei bod hi'n 'Gân o fawl i Dduw ac i Natur ac i'r Anian a'u Tynnai Ynghyd ar ffurf Stori'r Ymryson rhwng y Nefoedd a'r Ddaear'. Roedd y llinellau'n swnio'n hyfryd, er bod eu hystyr yn llithro o afael y geiriau persain. Darllenai aelodau'r Gymdeithas y cerddi a gyhoeddid yn y wasg hefyd. Roedd y Parchedig Solomon Roberts yn tanysgrifio i'r *Cyfaill o'r Hen Wlad* yn ogystal ag i'r *Cenhadwr Americanaidd*, ac felly ceid digon o farddoniaeth i gnoi cil arni bob mis. Weithiau byddai'n tyrchu trwy hen rifynnau o'r cyfnodolion er mwyn darllen i'r gweddill rhyw gerdd roedd yn neilltuol o hoff ohoni, neu er mwyn tynnu sylw at ryw ddiffyg anfaddeuol yn awen rhyw druanfardd.

Hoffai pawb destun y gerdd a ddaeth yn fuddugol yn Eisteddfod Dinas Mahanoy. 'Llywarch Hen!' ebychodd y gweinidog, gan sythu pennau cyrliog ei fwstásh sgleiniog â'i fys a'i fawd. 'Dyna destun i gyffroi calon Cymro awengar!' Ond dywedodd Hector Tomos nad oedd mor sicr bod y bardd wedi gwneud cyfiawnder â'r testun. Darllenodd rai llinellau, ei lais yn codi mewn modd digrif er mwyn pwysleisio geiriau na chredai eu bod yn talu am eu lle.

Ar lechres fawr cofnodion beirdd,
Hoff gynfeirdd gwlad ein tadau,
Canfyddwn enw Llywarch Hen,
Wr addien a'i rinweddau.

Chwarddodd y Parchedig Solomon Roberts, a chytunodd â beirniadaeth yr ysgolfeistr. Ychwanegodd fod angen gwersi hanes ar y bardd hefyd, a darllenodd y llinellau perthnasol er mwyn pwysleisio'r pwynt.

Yn brwydro bu yn erbyn brad,
A thros ei wlad orenwog,
Yn erbyn trais y Saeson dig,
A llu Rhufeinig 'sbeiliog.

Pan geisiodd Owen Watcyn achub cam y bardd a thaeru bod pob arwr Cymreig yn yr hen oesau wedi brwydro yn erbyn trais y Sais, eglurodd y gweinidog yn dyner fod y Rhufeiniaid wedi dod i Brydain *cyn* y Saeson. Cochodd Owen a cheisio newid cywair y drafodaeth trwy holi beth oedd enw'r bardd.

'Wel, dyna'r peth rhyfeddaf,' cyhoeddodd y gweinidog, ei lais bas yn ysgwyd y chwareli yn ffenestri'i barlwr. 'Mae ganddo ddau enw barddol – Meurig Aman a Brython Farfog – a minnau'n rhyw feddwl nad yw'n haeddu'r un!'

Roedd pawb yn cytuno bod 'Cywydd i'r Gwanwyn' gan Huw Dyfi, Trenton, New Jersey, yn gyfansoddiad llwyddiannus iawn, er y cytunai Hector Tomos â'r Parchedig Solomon Roberts bod gwallau cynganeddol mewn ambell linell. Cydiodd un cwpled yng nghof Sara.

Ac er dechrau dyddiau dyn,
Ni luddiwyd tymor blwyddyn.

Swniai'r geiriau'n gyfarwydd yn ei chlustiau a theimlent fel hen bader ar ei thafod. Bu'n chwilio trwy'i llyfrau a hefyd yn astudio'r rhai yn nhŷ ei rhieni, yn chwilio am y geiriau hyn, ond ni ddaeth o hyd iddyn nhw'n unman arall. Fe'i trawodd un noson fod y cwpled yn debyg i rai adnodau yn Llyfr Job. Cododd o'i gwely a chynnau cannwyll. Estynnodd ei Beibl a dechrau darllen. Bu farw Job yn hen ac yn llawn o ddyddiau. Tymor blwyddyn. Dyddiau dyn. Job yn marw'n llawn o ddyddiau.

Cynnydd oedd gair mawr yr oes. Roedd y papurau Saesneg yn llawn hanes John D Rockefeller â'i gwmni Standard Oil. Dyma oes newydd, meddid, a dyma amgylchiadau newydd sy'n caniatáu i ddynion wneud arian mewn dulliau newydd. Yn debyg i enwau gwleidyddion amlycaf y wlad ac enwau'r beirdd Cymraeg hynny a enillai'n gyson mewn eisteddfodau Americanaidd, roedd enwau cyfoethogion y wlad ar dafodau'r ynyswyr. Tywysogion masnach, barwniaid diwydiant, dynion busnes a oedd yn gyfoethocach na'r un brenin chwedlonol a fu erioed – perchnogion rheilffyrdd, banciau a'r ffatrïoedd mawrion. Siaradai rhai am gyfoethogion Cymreig y wlad fel pe baent yn weinidogion amlwg a'u golud yn brawf o'u sancteiddrwydd. Cadwaladr Richards, y masnachwr hwnnw yn Efrog Newydd y dywedid ei fod yn berchen ar gyfran sylweddol o ddociau'r ddinas. Edward Jones, Olyphant, a wnaeth ffortiwn yn symud glo Pennsylvania ar y rheilffyrdd a'r afonydd. David Thomas, Catasqua, a oedd yn berchennog ar fusnes haearn – nid un o'r ffwrneisi golosg bychain fel y rhai a fu'n creu bywoliaeth gyfforddus i gynifer o Gymry de Ohio ers rhyw hanner canrif, ond gweithfeydd anfeidrol eu maint. Byddai rhyw ysfa'n gafael yn Enos Jones bob hyn a hyn, wrth iddo yntau â'i wraig gerdded yn hamddenol o gwmpas yr ynys a galw heibio'r siop am sgwrs ag un o'i neiaint neu'i orneiaint. Cyn hir byddai nifer o'r dynion eraill wedi ymgasglu er mwyn gwrando ar batriarch yr ynys yn traethu: 'Meddyliwch amdano, gyfeillion! Pe bai cwmni'r ynys yn buddsoddi mewn rhai o'r *coal barges* a welir mor aml y dyddiau hyn ar yr afon, ac yn prynu agerfad i'w gwthio, gellid llunio cytundeb â rhai o feistri glo Minersville, neu hwyrach gludo'r glo yr holl ffordd o feysydd Pennsylvania, hyd yn oed. Gallai'r elw fynd wedyn...'

"Na ddigon, ddyn!' Byddai Mary Margareta'n ebychu, a'i atgoffa'i fod wedi ymddeol o fyd busnes. Pan geisiai Ismael Jones achub cam ei ewythr, torrai hi ar ei draws. 'Byddwch chithe'n dawel 'fyd, y Brython Barfog!' Byddai dynion eraill y cwmni yn y siop yn mwynhau clywed Mrs Jones yn defnyddio'r llysenw a roesai i nai ei gŵr. Cyfeiriai rhai ohonynt at Ismael fel Brython Barfog y tu ôl i'w gefn, ond ni feiddiai neb ond Mary Margareta ei ddefnyddio yn ei glyw. Felly, er i Enos Jones awgrymu'n aml fod ganddo gynlluniau busnes newydd a allai fanteisio ar amgylchiadau'r oes, ni châi neb eu clywed, ac er bod yr hen ysfa'n ei gorddi weithiau, roedd fel arall yn ddigon hapus i fyw'i fywyd hamddenol newydd, yn cerdded ar hyd y lonydd bychain fraich ym mraich â'i wraig, yn mynychu cyfarfodydd y gymdeithas farddonol gyda hi, ac yn mwynhau'r hyn y cyfeiriai ato fel 'dedwyddwch priodasol'.

Weithiau clywai Sara gymdogion yn sefyll ar y groesffordd neu'n eistedd ar fainc y tu allan i'r siop yn siarad am wleidyddiaeth a'r dadlau'n boeth. Awgrymai rhai o'r papurau Saesneg nad oedd pethau fel y dylen nhw fod yn Washington, a chwynai rhai sylwebwyr fod llywodraeth Grant yn ei gwneud hi'n rhy hawdd i'r cyfoethogion dyfu'n gyfoethocach. Gallai glywed sgrech groch o bell pan fyddai Owen Watcyn wedi'i dynnu i ganol dadl o'r fath, wrth iddo godi'i lais yn gwrthwynebu'r fath ensyniadau cableddus. Beth? Yr Arlywydd Ulysses S Grant? Ffwlbri noeth! Er y cytunai rhai o ferched a dynion ifanc yr ynys â'r feirniadaeth, gwrthodai'r trigolion hŷn gredu bod unrhyw lygredd yn gysylltiedig â'r Arlywydd. Wedi'r cwbl, roedd yn arwr, roedd yn Weriniaethwr, ac roedd yn ddyn o Ohio!

Cyrhaeddodd dau gyhoeddiad yr ynys ddiwedd haf 1872 a greodd gynnwrf sylweddol. Y cyntaf oedd catalog Montgomery Ward, cwmni yn Chicago a oedd wedi dyfeisio'r dull newydd o brynu a gwerthu. Ni fyddai'n rhaid i gwsmeriaid deithio'r holl ffordd i'r ddinas er mwyn siopa yn y siopau gorau; gallen nhw ddewis yr eitemau o'r catalog a'u harchebu trwy'r post. Roedd cryn frolio ar y syniad, a llawer yn cydnabod bod gwareiddiad a democratiaeth wedi cymryd camau breision a bod Mr Montgomery Ward yn haeddu pob ceiniog o'r elw a ddeuai i'w ran yn ei fenter newydd. Gallai ffermwyr a thrigolion pentrefi cefn gwlad Illinois, Indiana, Wisconsin ac Ohio fwynhau'r un dewis o nwyddau â'r crachach a rodiai strydoedd y dinasoedd mawrion. Cyn hir roedd yr unig gopi a ddaethai i'r ynys wedi breuo'n ddrwg wrth iddo gael ei drosglwyddo o deulu i deulu. Roedd rhai wedi dysgu'r rhestr ar gof – pob un o'r cant a thri a thrigain o eitemau, ynghyd â chost pob un.

'Ylwch,' meddai Enos Jones un prynhawn pan alwodd heibio'r siop am sgwrs, 'byddai'n well i ni wneud rhywbeth am hyn.' Dechreuodd y dynion eraill wasgaru cyn iddyn nhw fynd yn dargedau i ddicter Mrs Jones. Tynnai Enos yn gynllwyngar ar ei farf wrth iddo blygu'n nes at ei nai, Isaac, a sibrwd yn ei glust. 'Rhaid i gwmni'r ynys gystadlu, wel di.'

'Dewch nawr a gadwch i'ch nai ofalu am y *rhywbeth* yna. Ma'r dyddie 'na 'di mynd i chi, Enos Jones!'

Gwenodd Enos ar ei nai wrth i Mary Margareta gydio yn ei fraich a'i dywys o'r siop i'r awyr iach.

Cyrhaeddodd campwaith hirddisgwyliedig R D Thomas yr un diwrnod â chatalog Montgomery Ward. Roedd cerddi, ysgrifau, pregethau a llythyrau'r Parchedig Thomas – neu Iorthryn Gwynedd, a defnyddio'i enw barddol – wedi britho tudalennau'r *Cenhadwr* a chyfnodolion Cymraeg eraill y wlad ers blynyddoedd lawer. Roedd ei waith mawr newydd wedi'i hysbysebu ymlaen llaw, a nifer o'r ynyswyr wedi'i archebu o argraffdy T J Griffiths, Utica, New York, ond copi'r Parchedig Solomon Roberts gyrhaeddodd gyntaf. *Hanes Cymry America, a'u Sefydliadau, eu Heglwysi, a'u Gweinidogion, eu Cerddorion, eu Beirdd, a'u Llenorion* mewn dwy gyfrol braff, ynghyd â thrydedd un, *Cyflawn Olygfa ar Gymry America*.

Gan nad oedd copïau'i gymdogion wedi cyrraedd, gwnaeth y Parchedig Solomon Roberts yr hyn a ystyriai'n weithred Gristnogol a darllen darnau o'r gwaith cyn ei bregeth y Sul cyntaf ar ôl i'r trysor ddyfod i'w feddiant. Wedi'r cwbl, roedd yr awdur yn weinidog gyda'r Annibynwyr hefyd, ac roedd fel pe bai wedi rhagweld y defnydd hwnnw o'r *Hanes* gan ei fod wedi dewis agor y gwaith

ag adnod gyntaf un y Beibl. 'Duw, yn y dechreuad, a greodd y nefoedd a'r ddaear.'
Wedi dechrau yn y dechrau, aeth ymlaen i egluro mai un 'ym mhlith y mil-fyrdd
fydoedd a osododd Duw i gylchdroi' oedd 'ein daear ni', a bod 'Cyfandir Mawr
America' yn rhan o'r ddaear honno. Pwysai'r gweinidog dros y pulpud, wrth
ddarllen geiriau'r gyfrol yn ei lais mawr a'r gynulleidfa'n clywed hanes a wyddai
pob un ohonynt, ar wahân i'r plant iau, yn barod – Hanes y Chwyldroad yn
erbyn Llywodraeth Prydain, hanes taleithiau cyntaf yr Undeb, ac yn y blaen.
Ond yn y diwedd, cyrhaeddodd yr uchafbwynt, a llais eu gweinidog yn codi'n
uwch, yr ystryw fel pe bai wedi'i ymarfer ganddo.

'Yr wyf fi, ac y mae miloedd eraill, yn teimlo diddordeb mawr yn *hanes
cenedl y Cymry* ym mhob oes a gwlad. Hyfrydwch mawr i mi, ac i bob Cymro
a Chymraes cenedlgarol yw darllen eu hanes boreuol, ac y mae hanes dewrder
eu brenhinoedd a'u tywysogion, dysgeidiaeth eu derwyddon a'u beirdd, ac
egwyddorion a duwioldeb eu dysgawdwyr a'u blaenoriaid crefyddol yn yr oesau
tywyllion ac ymdrechion eu pregethwyr, yr hen Anghydffurfwyr Cymreig, yn
erbyn Pabyddiaeth ac Eglwysyddiaeth, a gormes eu gwlad, a thros iawnderau
Duw a dyn, yn llawenhau ein calonnau.'

Cododd ei lygaid a chau'r llyfr yn araf, darn olaf y detholiad wedi'i ddysgu
ar ei gof ganddo. 'Ond *Cymry America* yw prif destun hanesyddiaeth y gyfrol
hon, ac atynt hwy yr wyf yn prysuro i alw eich sylw.' Dechreuodd draddodi'i
bregeth wedyn, un wedi'i seilio ar hanes eu capel nhw eu hunain. 'Ystyriwch,
frodyr a chwiorydd,' meddai, ei lais bas yn adleisio rhwng y waliau, 'pa fodd y
bu i chwi lwyddo a chadw llewyrch ar yr achos gydol y blynyddoedd meithion.'
Oedodd ac edrych o wyneb i wyneb, y saib yn ddramatig hir a'r cynnwrf yn cronni
yn y gynulleidfa. Lledodd ei freichiau a'i ddwylo'n symud fel pe bai'n arwain
cerddorfa neu gôr. 'Mae'n rhaid gennyf mai trwy ddwyfol ras ein Harglwydd y
bu i chwi lwyddo yn y modd hwnnw. Mae'n rhaid mai Ei lewyrch Ef yw llewyrch
yr achos yr ydych chwi wedi'i gynnal gyhyd ar yr ynys fechan hon.' Daeth y
gwasanaeth i ben gyda phawb yn canu un o'r emynau cyfarwydd. 'Tan fy maich
yr wyf yn griddfan, disgwyl amser i ryddhau...'

Cyrhaeddodd copïau eraill o waith mawr R D Thomas yn ystod y dyddiau
nesaf, gan gynnwys un wedi'i gyfeirio at Mr and Mrs Enos Jones, Ynys Maddock,
near Gallipolis, Ohio. Er byddai Sara'n bwyta yn nhŷ ei rheini'n aml ac weithiau
yng nghartref Johsua a Lisa, gwrthododd bob cynnig y noson honno. Un o'r
nosweithiau hynny ar ddiwedd yr haf ydoedd, gwres yn codi o'r pridd ar ôl
diwrnod poeth er bod yr awel yn cynnig rhagflas o'r hydref. Wedi bwyta swper
syml yn ei chartref, aeth am dro ar hyd y lan ogleddol, yn crwydro'n araf o'r doc
bach, heibio'r cildraeth – angorfa cynifer o chwaraeon plant ers talwm. Aeth
ymlaen, cyn oedi ychydig yn ymyl sylfeini hen dŷ Hector Tomos. Deuai'r awel o'r
dwyrain, yn cludo aroglau hydrefol. Caeodd Sara'i llygaid ac anadlu'n ddwfn.
Awel hiraeth, yn cludo aroglau'r gorffennol. Cefnodd ar yr afon a cherdded yn
ôl ar hyd y lôn. Roedd ffenestri tŷ Owen Watcyn yn dywyll, ac yntau, fel rheol,

yn gweithio'n hwyr yn y siop, ond dawnsiai llewych canhwyllau yn ffenestri tŷ'r Tomosiaid. Gwenodd, yn dychmygu Hannah a Hector a'u merch Morfudd, wedi gorffen bwyta efallai ond yn dal i eistedd wrth y bwrdd, yn siarad am hyn a'r llall.

Roedd ei thŷ'n dywyll ac wedi oeri ers iddi ymadael i gerdded o gwmpas yr ynys, ond nid ymdrafferthodd Sara â chynnau tân. Penderfynasai fynd i glwydo'n gynnar a darllen yn y gwely cyn cysgu. Ond cyn gosod ei throed ar y grisiau a dechrau esgyn i'r llofft clywodd sŵn. Anifail o ryw fath yn rhuo? Nage, dyn yn gweiddi. Clywodd glep wrth i ddrws un o'r tai yn ymyl ei chartref gau'n swnllyd. Erbyn iddi gyrraedd y lôn clywai sŵn arall – ergydion, dwrn yn curo'n galed ar ddrws. Cerddodd i gyfeiriad y sŵn a chanfod ei hen ewythr, Enos, llyfr yn y naill law a'r llall yn curo ar ddrws tŷ ei rhieni. Cyrhaeddodd y drws cyn i'w thad ei gau. Syllai'n syn arni hi, yn methu â deall pan fod llif o'i deulu'n camu trwy'i ddrws ar adeg pan ddylai pawb fod yn cyrchu'u gwlâu. Cyn hir roedd Ismael a Jwda wedi ymateb i'r twrw ac wedi ymuno â nhw.

'Mae'n warth o beth! Gwarth!' Ailadroddai Enos y geiriau, ei lygaid yn fflachio, a'i ddwylo'n dal y llyfr o'i flaen. Ysgydwai'r gyfrol, ei figyrnau'n wyn gan ei fod yn ei gwasgu mor galed, fel dyn yn ceisio tagu creadur byw a gwasgu'i anadl einioes ohono fo. 'Mae'n warth! Rhag 'i gywilydd o.' Cronnai poer yng nghorneli'i geg a dasgai'n ewynnog i'w farf wrth siarad.

Yn y diwedd llwyddodd Isaac i'w dywys i gadair ar ben y bwrdd. Eisteddodd Enos yn araf, yn dal y llyfr, golwg un wedi'i dorri ar ei wyneb. Edrychodd Sara ar ei hen ewythr a meddwl am y tro cyntaf ei fod yn hen ddyn. Gwyddai y byddai'n dathlu'i ben-blwydd yn 80 cyn bo hir, ond er bod ei wallt a'i farf wedi gwynnu ers blynyddoedd, roedd yr un egni yn byrlymu ynddo a'r un fflach yn ei lygaid ac felly, hyd yn oed ar ôl i'w wraig ei orfodi i ymddeol, nid oedd Sara wedi ystyried N'ewyrth Enos yn hen ddyn. Cerddai'n hamddenol fraich ym mraich â Mary Margareta yn hytrach na brasgamu i lawr y lôn, ond siaradai gyda'r un brwdfrydedd ac roedd ei feddwl yr un mor chwim pan drafodai wleidyddiaeth y dydd. Ond wrth edrych arno'n eistedd yno ar ben y bwrdd, ei ddwylo'n symud yn bryderus dros glawr y gyfrol a'i lygaid yn goch ac yn ddyfrllyd, bu'n rhaid i Sara gyfaddef fod Enos Jones yn hen ddyn.

Daeth ato'i hun ac ar ôl i weddill y teulu eistedd wrth y bwrdd, dechreuodd egluro. Roedd wedi bod yn darllen cyfrol gyntaf *Hanes Cymry America*, yn sawru pob gair, yn mwynhau'r Rhag-Sylwadau ac yn cnoi cil ar y bennod am 'Gymry America Yr Aeth Heibio'. Cynyddai'r cyffro wrth iddo ddarllen am gymunedau Cymraeg y gwahanol daleithiau, yn troi tudalen ar ôl tudalen, yn darllen am Y Sefydliadau Cymreig yn Pennsylvania cyn symud ymlaen i lyncu hanes am Gymry talaith Efrog Newydd. Cyrhaeddodd y bennod am Ohio wedyn ac roedd y tudalennau cyntaf wedi'i blesio'n fawr. Agorodd y gyfrol a darllen. 'Talaith amaethyddol ragorol yw Ohio, dros ddau gant o filltiroedd o hyd wrth ddau gant o led.' Aeth ati i ddarllen geiriau'r awdur yn ofalus, yn disgrifio hanes a ffeithiau y gwyddai pawb yn yr ystafell amdanynt yn iawn, ond roedd eu darllen yn peri cyffro. 'Nid oes ynddi fynyddau na bryniau uchel yn un man, fel y sydd yn nhaleithau Efrog Newydd a Phennsylvania, ond y mae ynddi lawer iawn o fryniau bychain coediog, a thiroedd toredig, a gellir diwyllio y rhan fwyaf o honynt trwy lafur caled, ac y mae llawer o weithfeydd glo bychain yn y *Western Reserve* oeddeutu Youngstown, Hubbard a Brookfield, ac oddeutu glannau yr afon Ohio.' Roedd ei lais yn gryf ac yn gyson, ac yntau wedi ymgolli dros dro yn y darllen ac wedi ymlonyddu ychydig.

Oedodd wedyn, a gosod y llyfr yn agored ar y bwrdd o'i flaen, ei lygaid yn fflachio, ac yntau'n edrych o'r naill nai i'r llall, ac Isaac ac Ismael hwythau'n edrych yn ymbilgar arno, yn disgwyl am ateb.

'Ond wedyn mae o'n dechrau trafod cymunedau penodol, fesul ardal.'

'Ie?' Roedd anogaeth yn llais tad Sara, a'r pryder am gyflwr ei ewythr yn gwneud iddo yntau ymddangos yn hŷn na'i 56 o flynyddoedd.

'Wel di, Isaac. Tyrd yma a sbio, Ismael.' Bu'n rhaid i'r ddau frawd godi a mynd draw at eu hewythr a phwyso dros y llyfr. 'Welwch chi, mae'n sôn am sefydliad Paddy's Run gyntaf.' Gwnâi Isaac ac Ismael synau, yn dangos eu bod nhw'n deall ac yn annog yr hen ddyn i barhau. 'Wedyn mae'n sôn am Cincinnati.' 'Ydi, siŵr iawn, N'ewyrth Enos,' atebodd Isaac yn bwyllog. Ymlaen yr aeth, yn troi'r tudalennau ac yn nodi pob pennawd â'i fys. Columbus. Brown Township. Newark. Granville. Y Welsh Hills. Delaware. Radnor. Troedrhiwdalar. Gomer. 'Siŵr iawn, siŵr iawn,' meddai Ismael yn achlysurol, yn ei borthi'n dyner. 'O'r gorau, ond sbïwch. Sbïwch!' Bodiai'r hen ddyn yn gyflymach trwy'r tudalennau, yn gadael pennawd ar ôl pennawd heb ei ddarllen. 'Dyma ni! Edrychwch, yma ar dudalen 143. Y Sefydliadau a'r Eglwysi Cymreig yn Siroedd Jackson a Gallia, Ohio.' Rhoddodd y gyfrol i Isaac. 'Darllen di o. Does gen i mo'r stumog i wneud eto.'

Cododd tad Sara'r llyfr ac ymsythu, gan sefyll yn ymyl pen y bwrdd. Daeth ei frawd Ismael i edrych dros ei ysgwydd wrth iddo ddarllen. Cododd un llaw er mwyn symud y sbectol i lawr ychydig ar ei drwyn ac wedyn dechreuodd.

'Clywais lawer o sôn er ys blynyddau am y sefydliadau Cymreig nodedig hyn, ac am eu gweinidogion parchus, ac am eu haelioni at y Beibl Gymdeithas.' Ac felly y darllenai, gyda gweddill y teulu a eisteddai o gwmpas y bwrdd yn amneidio'n dawel bob tro yr enwai un o'r lleoedd cyfagos cyfarwydd. Oak Hill. Centreville. Carmel. Ty'n Rhos. Enwodd gapeli'r cymunedau hefyd. Moriah, Horeb, Bethel, Sardis, Salem, Bethesda, Bethania, a Soar. Wedyn daeth y diweddglo. 'Arwynebedd y wlad sydd fryniog a choediog, y pridd yn gleiog a melyngoch, y ffyrdd yn anwastad, ond er hynny ceir yno lawer o dyddynau prydferth a ffrwythlon, ac ambell i ddoldir feillionog ar lann yr afonydd.' Roedd tad Sara wedi ymgolli yn y darllen, yn amlwg yn ei fwynhau. Pe na bai ei hen ewythr yn eistedd yno, yn pwyso'n drwm dan ei flynyddoedd yn ei gadair, ei wefusau'n symud yn aflonydd fel dyn o'i gof, byddai Sara wedi ymgolli hefyd.

'Mae y Cymry yn awr yn byw yn gysurus a dedwydd yno, ac yn meddu cyflawnder o fanteision gwladol a chrefyddol.'

'Dyna chi!' Poerodd Enos y geiriau at yr holl wrandawyr, yn codi'i ddwylo er mwyn tywys eu llygaid i gyfeiriad y llyfr yn nwylo'i nai.

'Gadewch i mi orffen, mae bron ar ben,' dywedodd tad Sara mewn llais caredig. Plethodd ei hen ewythr ei ddwylo'n un dwrn a'i osod ar y bwrdd o'i flaen, golwg styfnig ar ei wyneb. Edrychodd ei thad ar y llyfr eto.

'Gwlad y Beiblau, a'r pregethau, a'r Ysgolion Sabothol, ydyw, fel Cymru orfreintiog.'

Caeodd y llyfr a'i osod ar y bwrdd yn ymyl dwylo'i ewythr.

Roedd Benjamin yn gwenu, y darlleniad wedi'i ddiddanu'n fawr, a'i feddwl yn amlwg yn crwydro ar drywydd y geiriau ceinion. Ond cododd Jwda o'i gadair, ei fysedd yn cosi'i wyneb o dan y farf y bu'n ei thyfu ers rhai misoedd. Edrychodd ar ei ewythr Ismael, yn chwilio am gymorth yn ei ddicter.

'Ond does 'na ddim sôn amdanon ni!'

Cododd Enos ei ddwylo'n ddau ddwrn ar wahân a dod â nhw i lawr yn galed, y naill ar y llyfr a'r llall ar y bwrdd.

'Nag oes!' Ebychodd, i ateb Jwda cyn taflu'i lygaid o gwmpas yr wynebau eraill. 'Mae'n warth! Mae'n sarhad! Wn i ddim beth oedd ar ben R D Thomas. Rhag 'i gywilydd o!'

'Rhag 'i gywilydd o!' Ailadroddodd Jwda eiriau'i hen ewythr, ac ychwanegu llifeiriant o felltithion eraill. 'Y corned coot iddo, 'swn i'n gallu rhoi bunch of fives iddo'r funud yma, y diawl, mae'n haeddu nose-ender os gwnaeth un erioed 'i haeddu, mi wranta i.'

Dechreuodd Isaac Jones gynnig geiriau i leddfu dicter ei ewythr a'i fab, ond curodd rhywun ar y drws a dod â'r drafodaeth i derfyn yn ddisymwth. Mary Margareta oedd yno, golwg hynod flinedig ar ei hwyneb hi. Wedi cyfarch pawb yn gwrtais edrychodd ar ei gŵr.

'Dewch nawr, Enos Jones, ma'n hen bryd i chi ddod gatre.'

Cydsyniodd yn dawel, yn codi'n araf o'i gadair gan ysgubo'r gyfrol droseddol o'r bwrdd ag un llaw.

Erbyn deall, roedd protestiadau, cwynion a melltithion wedi'u llefaru mewn cartrefi eraill ledled yr ynys. Bu'r siarad yn frwd ar y dociau, yn y siop ac ar y lonydd. Bu cryn drin a thrafod dros y gwnïo a'r coginio. Deallodd Sara mewn sgwrs â Dafydd fod ei nai ifanc yn rhannu pryderon oedolion yr ynys. 'Mae'n wir, Boda Sara,' meddai, goslef ei lais yn ddwys a'r olwg feddylgar ar ei wyneb yn gwneud iddo ymddangos yn hŷn o lawer na'i oed, 'mae Mistar Thomas wedi gwneud cam difrifol iawn â ni.'

Penderfynwyd cynnal cyfarfod cyhoeddus gyda'r nos yn yr ysgoldy, gan fod y teimladau braidd yn rhy anghristnogol i'r capel. Safodd Enos Jones o flaen desg yr ysgolfeistr, ei ben yn uchel. 'Gyfeillion, gymdogion, a theulu. Mi wyddoch chi'r rheswm paham yr ydym ni wedi ymgynnull yma heno. Unig fater y cyfarfod hwn yw penderfynu ym mha ddull ac ym mha fodd y byddwn ni'n ateb y camwedd a wnaethpwyd i Ynys Fadog. Gadewch i ni ystyried a yw'n bosibl i ni ddadwneud y drwg a wnaethpwyd i'n cymuned ddedwydd ni gan y Parchedig R D Thomas, yr hwn a eilw ei hun yn Iorthryn Gwynedd.'

Safodd Hector Tomos a chynnig ysgrifennu llythyr at yr awdur enwog a gofyn yn gwrtais iddo ystyried cyhoeddi atodiad i'w waith a chynnwys hanes yr ynys yn yr atodiad hwnnw. Roedd Owen Watcyn am ddwyn achos enllib yn ei erbyn mewn llys barn. Dywedodd Catherin Huws y dylen nhw ysgrifennu at y cyhoeddwr yn Utica a gofyn iddo yntau wneud yn iawn am ddiffygion y gwaith. Awgrymwyd gwahanol fathau o lythyrau a deisebau, pawb yn cytuno cyn i rywun arall awgrymu dull arall o ymateb, a'r drafodaeth yn crwydro i gyfeiriad arall. Eisteddai Enos Jones yn y gadair y tu ôl i'r ddesg, yn amneidio'n ddoeth ar ôl pob sylw a syniad ac yn tynnu'n galed ar ei farf wen hir.

'Gyda phob parch,' dywedodd Jwda, a safai wrth ymyl ei ewythr Ismael gyda rhai o'r dynion eraill gan nad oedd digon o gadeiriau. 'Dw i ddim yn credu y bydd yr un o'r ideas 'ma'n tycio. Ma'r ceffyl wedi cymryd y goes ac mae'n rhy hwyr i ni gau drws y stabl. Gallen ni wneud popeth dach chi'n sejestio, i gyd all one stick, fel petai, a fyddai o ddim yn gwneud tamaid o wahaniaeth. Mae'r drwg wedi'i wneud.'

'Rwyt ti'n hollol gywir, 'machgen i,' meddai Enos wrth godi ar ei draed. Cerddodd yn araf a sefyll o flaen y ddesg, ei lygaid yn fflachio yng ngolau'r llusernau. 'Mae'r drwg wedi'i wneud ac mae'n ofer i ni ddisgwyl i'r un a wnaeth y cam ei ddadwneud.' Oedodd, gan astudio'r holl bentrefwyr a oedd wedi'u gwasgu rhwng waliau'r ysgoldy, yn gwrando'n astud ar yr hynafgwr. Dywedodd Enos Jones ei fod wedi penderfynu mynd ati ac ysgrifennu hanes Ynys Fadog ei hun a'i gyhoeddi fel cyfrol. 'Rydym ni wastad wedi gofalu amdanom ni'n hunain, gyfeillion, ac felly cyhoeddwn ein hanes ni ein hunain, hefyd. Caiff y Parchedig R D Thomas ei ddarllen wedyn, os mynn. Caiff Iorthryn Gwynedd ei ddarllen hefyd, am wn i!' Daeth y cyfarfod i ben gyda chorws o leisiau'n cymeradwyo'r penderfyniad.

Teimlai'r holl ynyswyr frath y sarhad, a dyfnder y camwedd oedd prif destun pob sgwrs am rai dyddiau. Dim ond ar ôl i fin y dicter bylu ychydig y dechreuwyd trafod y rhesymau posibl dros y gwendid yn *Hanes Cymry America*. Anwybodaeth? Esgeulustod? Amryfusedd? O dipyn i beth ymddangosodd yr eglurhad yn araf trwy wead y trafod a'r damcaniaethu, fel swigen yn codi'n araf mewn olew trwchus. Natur masnach cwmni'r ynys ydoedd. Sibrydwyd yr awgrym yn gyntaf, y naill gymydog yn ysgwyd ei ben a'r llall yn rhy barod i wadu'r hyn roedd newydd ei ddweud. Nage, does bosib. Ond safai'r eglurhad tywyll hwn, er gwaethaf pwysau'r dadansoddi a'r hunanholi a ddaeth yn ei sgil. Dyna ydoedd: roedd Ynys Fadog yn masnachu mewn gwirodydd. Gwrthun o beth yng ngolwg y rhan fwyaf o Ymneilltuwyr Cymreig y wlad. Y ddiod feddwol. Llaeth enwyn Satan. Rhwydiwr Eneidiau. Clywai'r rhai a fynychai eisteddfodau a chymanfaoedd ar y tir mawr yr ymadroddion hynny. Fe'u sibrydid y tu ôl i'w cefnau fel arfer, ond weithiau byddai rhywun yn edliw 'pechod yr ynys' i'w hwynebau ar fuarth capel yn Oak Hill, Ty'n Rhos neu Centreville. Rhaid bod y si a'r siarad wedi teithio'n bell. Onid oedd yr ynys wedi colli dau weinidog o'r herwydd? Wel, ie, cytunai pawb yn y diwedd, mae'n wir bod pobl yn siarad, ac mae hefyd yn wir nad oes dim sy'n creu siarad yn fwy nag anghydfod rhwng gweinidog a'i braidd. Ond roedd y rhan fwyaf ohonyn nhw'n ddi-edifar. Dyna ni, byddai'r hanes y bwriadai Enos Jones ei ysgrifennu'n unioni'r cam. Byddai'n dangos ein bod ni gyda'r mwyaf moesol, a ninnau wedi ymroi i achos y caethweision mewn modd mor gadarn, wedi rhoddi'n meibion ni yn enw Undeb a Rhyddid, a'n bod ni wedi gwneud ein gorau i gofleidio gwir ysbryd y wlad trwy adeiladu cymuned a chapel ar sylfeini llafur caled, menter a masnach.

Cyn hir cododd mater arall yng nghymdeithas yr ynys a daflodd helynt yr *Hanes* i'r cysgodion. Penderfynodd Elen Jones dderbyn cynnig Benjamin. Cartrefi'r teuluoedd glywodd gyntaf ac wedyn lledodd y newyddion i bob aelwyd arall ar yr ynys. Cyn llongyfarch Benjamin, galwodd Sara yn nhŷ ei hewythr Ismael er mwyn siarad â Jwda. Gan nad oedd ond dwy gadair o gwmpas y bwrdd bach, aeth Ismael i fyny'r grisiau i 'nôl ystol ac eistedd arni. Nid oedd yr ystafell mor foel ag y byddai ers talwm er bod dodrefn yn dal yn brin; roedd mapiau a lluniau a dorrwyd o bapurau newyddion ar y waliau ynghyd â chroen arth roedd Ismael wedi'i brynu yn ystod un o'i deithiau. Roedd ryg rhacs mawr yn gorchuddio'r rhan fwyaf o'r llawr o flaen y lle tân, a'r mwsged y bu Ismael yn ei gludo yn nyddiau'r Gwarchodlu Cartref yn cael ei arddangos yn falch ar begiau uwchben y rhes fach o gwpanau tun a eisteddai ar y silff ben tân. Roedd llestri budron a photel wag ar y bwrdd pan ddaeth Sara i mewn i'r ystafell, ond fe'u hysgubwyd o'i golwg yn gyflym gan ei brawd. Cynigiodd ei hewythr goffi iddi, a chyn hir roedd stêm yn codi o gwpanau ar y bwrdd o flaen y tri ohonyn nhw. Wedi yfed mewn tawelwch am ychydig, dywedodd Sara,

'Dw i 'di clywed y newyddion, Jwda, ac mae'n ddrwg gen i.'

Gwenodd Jwda yn goeglyd a chodi bys a bawd i dwtio'r blewiach o gwmpas ei geg.

'Ond mae'n news reit dda i Ben, yn tydi?'

'Am wn i, ond fedra i ddim llawenhau drosto fo heb deimlo drostat ti. Mae'n hen sefyllfa atgas. Mae wedi bod yn boendod i ni i gyd ers tipyn o amser.'

'Does dim rhaid i chi boeni rŵan. Mae Elen wedi setlo'r mater once and for all.'

'Ond eto, mae'n dal yn boendod. O ystyried.'

'O ystyried,' gwenodd eto, ei geg yn gam.

Gwrando'n dawel wnâi Ismael, gan dynnu'n feddylgar ar ei farf frith hir a gadael i'w nith a'i nai siarad. Cododd ei gwpan, yfed gweddill ei goffi a sodro'r gwpan wag ar y bwrdd gyda chlep.

'Paid poeni dim, Sara. Fydd dy frawd ddim yn codi helynt.'

Edrychodd Jwda arni, ei lygaid ychydig yn fwy siriol.

'Mae N'ewyrth Ismael yn iawn. Paid â phoeni, Sara. Dw i ddim am roi dwrn yn wyneb Ben.'

Yr hyn a wnaeth Jwda oedd ysgwyd llaw â'i frawd a'i longyfarch. Trodd ar ei sawdl wedyn a mynd yn ôl i dŷ ei ewythr a phacio'r ychydig bethau a oedd ganddo mewn sach. Y diwrnod wedyn, daeth y *Rutherford Reibus* i'r doc, agerfad mawr a oedd ar ei ffordd i'r dwyrain. Talodd Jwda am gludiant i ben y daith – Pittsburgh. 'Beth a wnei di mewn dinas fawr estron,' gofynnai aelodau'i deulu iddo, y naill ar ôl y llall.

Gwenodd Jwda ac wfftio at eu pryderon. 'Hidiwch befo. Peidiwch â phoeni amdana i. Mi fydda i'n all right, mi gewch chi weld.'

Pesychodd yr injan a chododd mwg o ddau gorn simdde mawr y llestr. Taflwyd y rhaffau i'r cychwyr o'r doc a dechreuodd yr olwyn droi, yn curo dŵr tywyll yr afon. Symudodd yr agerfad i'r dwyrain, y tonnau a ddeuai yn ei sgil yn lapio o gwmpas pyst y doc. Ac roedd poblogaeth Ynys Fadog un yn llai.

Gan fod y plant bychain a fu dan ofal Sara wedi tyfu, a Morfudd Tomos wedi'i darbwyllo ers talwm y byddai'n rhaid iddi ddioddef embaras cael ei thad ei hun yn ysgolfeistr arni, roedd parlwr Sara wedi newid i fod yn lle tawel yn ystod y dydd. Gofynnodd Hector Tomos iddi ddod i'w gynorthwyo yn yr ysgol. Er nad oedd yr ysgol yn orlawn, roedd y gwahaniaeth oedran yn ei gwneud hi'n anodd dysgu'r holl ystod o blant gyda'i gilydd. Athrawes gynorthwyol oedd yr union beth roedd arno'i angen, meddai. Rhywun i ofalu am y plant iau, fel y gwnaeth Esther a Sara hithau yn yr hen ddyddiau. Câi hi beth trafferth gyda Dafydd, gan ei fod yn siarad gymaint nes ei bod hi'n anodd i'r plant eraill ddangos eu gwybodaeth. Yn ogystal, roedd natur eu perthynas yn ei gwneud hi'n anodd i Sara ddisgyblu'i nai. Nid oedd yn ddrygionus na hyd yn oed yn ddireidus, dim ond bod ganddo'r ysfa i siarad yn ddiddiwedd a defnyddio'r holl eiriau roedd wedi'u llyncu. Roedd Tamar hithau'n hynod alluog, ond roedd fel pe bai ganddi well dealltwriaeth o ddisgwyliadau cymdeithas ac felly'n gwrando'n gwrtais ar eraill ac yn disgwyl i'w modryb o athrawes ofyn cwestiwn uniongyrchol iddi hi cyn mentro agor ei cheg. Ysgol Mistar Tomos a Boda Sara ydoedd i holl blant yr ynys, gyda hyd yn oed y disgyblion hŷn, a ddysgid gan yr ysgolfeistr, yn mabwysiadu'r enw a roddid ar Sara gan y rhai iau. Roedd yr ysgol yn union fel y bu yn nyddiau plentyndod Sara, ar wahân i'r ffaith fod y mapiau mawr wedi'u diweddaru, y naill i ddangos taleithiau newydd yr Unol Daleithiau a'r llall i ddangos gwledydd a thiriogaethau newydd y byd. Roedd lliw mwstásh hir Hector Tomos wedi idlio i'r gwyn a oedd wedi gorchfygu'i wallt melyngoch hefyd, ond roedd ei lais a'i ysfa i ddal sylw'r plant yr un fath. Codai Sara ei phen bob hyn a hyn, ei sylw wedi'i dynnu oddi ar y disgyblion ifanc o'i chwmpas, pan sylwai fod yr ysgolfeistr yn traddodi gwers y cofiai hi ei chlywed ganddo flynyddoedd yn ôl. Yr un trawiad rhythmig yn cyflwyno'r un sylwadau a'r un geiriau.

Ar ddechrau mis Tachwedd 1873 traddododd yr athro nifer o wersi am hanfodion democratiaeth, gan ddechrau gyda'r egwyddorion athronyddol gwreiddiol a gorffen gyda manylion system etholiadol yr Unol Daleithiau. Cofiai Sara glywed yr un sylwadau yn 1852 pan oedd hi'n saith oed, y flwyddyn yr enillwyd y ras gan y Democrat, Franklin Pierce. Ac eto yn 1856 pan enillodd Democrat arall, James Buchannon. Bu Sara hithau wrthi'n helpu'r disgyblion ieuainc i ddeall arwyddocâd buddugoliaeth y Gweriniaethwr, Abraham Lincoln yn 1860. A'r tro hwn, ym mis Tachwedd 1873, aelod arall o 'Blaid Lincoln', U S Grant, a oedd yn sefyll am ei ail dymor. Roedd llythyrau diweddar ei chwaer wedi bod yn feirniadol iawn o lywodraeth Grant. 'Ni chredaf ei fod yn ddyn drwg,' meddai Esther, 'ond mae'r dyn a fu mor ddoeth yn arwain byddinoedd ar faes y gad wedi profi'n greadur diniwed yng nghoridorau Washington. Caiff y barwniaid busnes a brenhinoedd masnach y gorau arno bob tro, ac mae llygredd yn tyfu'n rhemp fel chwyn ar hyd y wlad,' cwynai Esther. 'Mae'r blaid a fu'n Blaid Rhyddid a Chyfiawnder wedi troi'n Blaid Mamon a Masnach, a'r rhai a allai ateb y broblem yn rhy brysur yn ymbesgu neu, fel yr Arlywydd Grant ei hun, yn rhy ddiniwed i fynd i'r afael â gwreiddyn y drwg. Duw a'n gwaredo!' Wrth wrando ar wers Hector Tomos drannoeth y canlyniad, a Grant wedi ennill ei ail dymor, llygredd a diniweidrwydd neu beidio, gwenodd Sara wrth feddwl pa fath o wers y byddai'i chwaer fawr wedi'i thraddodi i'r disgbylion y diwrnod hwnnw.

Er bod ei mam a'i thad a Sara hithau wedi dechrau cytuno'n ddistaw bach ag Esther, bu'n rhaid iddyn nhw ymuno yn y dathlu. Brasgamai Owen Watcyn o ddrws i ddrws yn cyhoeddi'r ffaith y byddai gorymdaith yn dechrau ar y doc deheuol ac yn gorffen yn y capel. Byddai'r Parchedig Solomon Roberts yn traddodi pregeth ar destun Brawdgarwch a byddai Owen Watcyn ei hun yn gwneud ychydig sylwadau ar hanes gwleidyddol diweddar y wlad. Disgwyliai i bawb gymryd rhan. Wedi'r cwbl, roedd U S Grant yn Weriniaethwr, ac yn ddyn Ohio, ac roedd ei ail fuddugoliaeth arlywyddol wedi dangos bod ganddo ddyfalbarhad. Chwifiai'r hen faneri rhyfelgar unwaith eto a chodai'r hen ganeuon gwladgarol ar awel oer Tachwedd. 'Glory, glory, hallelujah, His truth is marching on!' Bu Sara, ei rhieni, ei hewythr Ismael, Benjamin ac Elen yn westai yng nghartref ei hen ewythr a'i fodryb y noson honno. Roedd Mary Margareta wedi rhostio tair iâr ac wedi pobi hanner dwsin o deisenni afal. Yfwyd gwin yn gymhedrol, ond pan ymesgusododd Ismael a dweud ei fod wedi addo cyd-ddathlu gyda Gruffydd Jams, gwyddai Sara'n iawn ym mha ffordd y byddai'r ddau'n dathlu.

Daeth hanes y noson yn rhan o chwedloniaeth yr ynys. Wedi gwagio potel o'r bwrbon gorau a ddaeth oddi ar fwrdd y *Boone's Revenge* yn ogystal â photel o rym roedd Gruffydd Jams wedi bod yn ei chadw ers talwm iawn, roedd y ddau am yfed ychwaneg, ac felly cyrchwyd potel arall o dŷ Ismael, chwisgi eithaf cyffredin ond digon hawdd i'w yfed yr un fath. Er ei bod hi'n noson oer, roedd y ddau wedi gwisgo'u cotiau gaeaf ac wedi bod yn yfed ar y doc deheuol, yn eistedd ar ddwy gasgen a ddaliai ddŵr yfed ar gyfer y gweithwyr a'r cychwyr. Wedi gwagio'r drydedd botel, cytunodd y ddau'n rhwydd bod angen pedwaredd arnyn nhw. Roedd Ismael yn rhyw gredu bod ganddo un yn llechu'n rhywle ac aeth yn ôl i'w dŷ unwaith eto i chwilio, ei gerddediad yn bur ansicr erbyn hynny. Nid oedd yn cofio diwedd y noson, ond mae'n rhaid ei fod wedi mynd i chwilota yn ei lofft ac wedi disgyn ar ei wely a syrthio i gysgu.

Yno yr oedd hanner dydd y diwrnod wedyn, yn cysgu yn ei ddillad a'i sgidiau pan gerddodd ei frawd Isaac i mewn a dweud bod Gruffydd Jams wedi marw. Roedd y gweithwyr cyntaf i gyrraedd y doc y bore hwnnw wedi'i ganfod yn eistedd yno, ei gefn yn pwyso yn erbyn un o'r casgenni, y tair potel wag yn gorwedd wrth ei ymyl, yn dystion mudion i noson olaf yr hen forwr ar y ddaear. Nid oedd neb yn gwybod dyddiad geni Gruffydd, hyd yn oed Enos Jones a oedd wedi bod yn gyfeillion agos ag o yn ystod blynyddoedd cynnar y gymuned. Nid oedd neb yn gwybod man ei eni chwaith, er bod pawb a ddaethai draw gyda'r fintai gyntaf yn cytuno mai rhywle yn sir Gaernarfon oedd y man anhysbys hwnnw. Y fo oedd yr unig oedolyn ar yr ynys nad oedd wedi dod yn ddinesydd Americanaidd, ac ni ellid canfod papurau personol o unrhyw fath yn ei dŷ bychan. Ac felly ei enw a dyddiad ei farw oedd yr unig wybodaeth a naddwyd ar garreg ei fedd. Cyn cludo'r arch o'r capel i'r fynwent, traddododd y Parchedig Solomon Roberts bregeth fer, yn nodi daioni cynhenid y dyn a'r ffaith ei fod yn Gristion o ran anian os nad o ran credo. 'Er nad ydym yn gwybod ei union oedran,' datganodd y gweinidog, ei lais dwfn yn atseinio, 'mae'n sicr bod ein brawd wedi rhedeg gyrfa deilwng ac wedi marw, fel Job gynt, yn llawn o ddyddiau.'

24

Eisteddai Sara ar y setl o flaen y tân, Dafydd ar un ochr a Tamar ar yr ochr arall iddi, y llyfr ar agor ar ei gliniau. Roedd Tamar yn mynnu astudio un o'r lluniau, gan fod y llyffant a'i sach ar ben ffon yn null trempyn a'r ddau grwban – y naill yn cludo'r llall ar ei gefn – yn ei gogleisio hi'n fawr. *Exodus of the Natives* oedd y pennawd, ac roedd Tamar yn egluro'i bod hi wedi gweld yr un math o frodorion ar yr ynys, er na welodd yr un llyffant yn cludo'r un pecyn erioed o'r blaen. Ond roedd Dafydd yn awyddus i Sara ddarllen rhagor. Gallai o ddarllen y nofel ar ei ben ei hun yn ddigon hawdd, ond roedd wedi cytuno gadael i'w fodryb ei darllen iddo fo a'i chwaer ar yr un pryd. Roedd Sara'n sicr y medrai Tamar ei darllen hi ar ei phen ei hun yn ddigon rhwydd hefyd. Credai fod ei nith yr un mor ddeallus â'i nai, ond bod Tamar yn mwynhau ymdroi ym myd plentyn, a Dafydd yntau'n rhyfeddol o hŷn na'i oed ym mhopeth. Er bod datganiadau'i nai yn ennill edmygedd gan eraill, a chan Sara'i hun, wrth reswm, poenai fod y bachgen yn colli'r cyfle i fwynhau bod yn blentyn. Yn hynny o beth, ystyriai Tamar yn ddoethach. Bydd ifanc, gan y bydd amser yn dy lusgo ar ei ôl yn ddigon buan. Ac felly mynnai Tamar astudio'r llun er gwaethaf i'w brawd ymbil ar ei fodryb i droi tudalen a pharhau â'r stori.

'Dyna ni, Boda Sara,' meddai Tamar o'r diwedd. 'Dwi'n barod.'

Gan fod ei llygaid ar y llyfr, ni allai Tamar weld ei modryb yn gwenu wrth iddi droi'r tudalen ac ailddechrau darllen.

'Saturday night came, but the men were obliged to wait, because the appropriation had not come.'

Gallai deimlo sylw Dafydd, bron fel pe bai'r sylw hwnnw'n bresenoldeb arall yn yr ystafell, pob gair ar y tudalen yn tanio'i feddwl mewn gwahanol ffyrdd. Nofel newydd Mark Twain oedd hi, un roedd yr awdur enwog wedi'i hysgrifennu ar y cyd â rhywun nad oedd Sara'n gyfarwydd â'i enw, Charles Dudley Warner. *The Gilded Age: A Tale of Today*. Gan fod y tri wedi cyrraedd pennod 25, roedden nhw'n nabod y cymeriadau'n dda iawn erbyn hynny. Ond roedd pethau'n poethi. Ysgrifenasai Harry i geisio cael yr arian, ond roedd y gweithwyr yn Stone's Landing yn gwrthryfela. 'What's to be done?' gofynnodd Colonel Sellers. 'Hang'd if I know,' atebodd Harry. Wedi troi'r tudalen, dyna lun arall, yn darlunio Harry ar gefn ceffyl, yn dianc rhag tyrfa o ddynion blin, rhai'n taflu cerrig a ffyn ar ei ôl. Ochneidiodd Tamar ac ebychu.

'O diar!'

Chwarddodd Sara ac ymestyn braich i gofleidio'i nith a'i thynnu'n nes ati.

'Ie wir. Druan o Harry, ynde, Tamar?'

'Wel, roedd yr awduron wedi addo *Smash-up* yn y bennod hon,' nododd Dafydd, yn dangos mwynhad a oedd yn llai na chwbl aeddfed am unwaith. 'A dyna ni wedi'i gael o!'

Byddai Sara'n ceryddu'i hun weithiau, oherwydd ei bod hi'n poeni'n ormodol am ei nai. Er ei fod yn siarad â'r oedolion eraill fel oedolyn, ac er ei fod yn gwrthod gadael i bwnc fynd tan iddo'i ddadansoddi'n llawn, hyd yn oed os oedd yr holl broses yn achosi cryn boen meddwl iddo, medrai ymwneud â phlant. Dim ond ddoe roedd hi wedi'i weld o a Tamar yn chwarae gyda'r plant eraill, yn rhedeg trwy'r eira newydd ac yn cogio'u bod nhw'n Indiaid. Cuddiai mintai eraill o blant rywle ar yr ynys – y milwyr a fyddai'n chwilio am yr Indiaid. Gorffennai mewn rhyfel bob amser, a'r tro hwn roedd rhai o'r Indiaid wedi creu cwpl o beli eira'n barod, rhag ofn byddai'r milwyr yn eu goddiweddyd cyn iddyn nhw gyrraedd eu cuddfan. Rhedai Dafydd â phelenni yn ei ddwy law. Rhedai Tamar â'i dwylo o'i blaen, yn ceisio ffurfio pelen wrth fynd.

Disgrifiodd Sara chwarae'r plant mewn llythyr at ei chwaer. Dyma ni, Esther, a'r flwyddyn 1873 bron wedi tynnu i'w therfyn, ac mae'r plant yn chwarae milwyr eto. Gan wybod pa bynciau a fyddai ar feddwl ei chwaer, traethodd wedyn ynghylch enwau rhai o'r cadfridogion roedd wedi darllen amdanyn nhw yn y papurau Saesneg. George Armstrong Custer. Philip Sheridan. William Tecumseh Sherman. Yr un dynion a fu'n helpu i arwain lluoedd yr Undeb yn ystod y Rhyfel Cartref, eu gweithredoedd yn fodd i ryddhau'r caethweision, yn awr yn arwain byddinoedd o dan yr un faner yn erbyn cenhedloedd rhydd y gorllewin. Gwell peidio â dyrchafu dyn yn arwr nes ei fod yn ei fedd a'i holl fywyd ger bron i'w fesur a'i bwyso, ychwanegodd. Roedd am ddweud bod tro rhyfedd ar ffawd i'w ganfod yn hanes y Cadfridog Sherman, ac yntau wedi'i enwi ar ôl Tecumseh, ond ni ddaeth Sara o hyd i'r geiriau priodol i fynegi'r syniad. Gorffennodd trwy ddweud bod yr oes yn teimlo'n anwadal a rhyfedd. 'Yma yn yr Unol Daleithiau y mae olwynion masnach yn troi a dynion yn tyfu'n gyfoethocach nag erioed o'r blaen – yn goreuro'r oes, fel y byddai Mr Twain a Mr Warner yn ei ddywedyd – ond yn y gorllewin pell mae'r Sioux a phobloedd eraill yn cael eu herlid gan ein llywodraeth am y rheswm syml eu bod nhw'n rhydd ac yn mynnu aros felly'.

Roedd Sara wedi rhoi'r gorau i ofyn i Esther ddychwelyd. Mewn llythyr ar ôl llythyr roedd wedi erfyn arni, yn gofyn iddi ddod yn ôl hyd yn oed os na fyddai ond am ymweliad byr. Ceisiai ddwyn perswâd arni trwy'i hatgoffa y byddai'n llesol i'w rhieni, a nhwythau wedi dioddef cymaint yn ystod y blynyddoedd ers i Esther ymadael. Ymddiheuriai ei chwaer ym mhob llythyr wrth ateb y cais gydag esgus neu reswm. Ond ni ddaeth arwydd nac addewid y byddai hi'n dychwelyd ac felly roedd Sara wedi rhoi'r gorau i obeithio. Bydd yn ddiolchgar ei bod hi'n fyw ac yn iach ac yn fodlon ei byd, meddai wrthi'i hun.

Gwyddai pawb ar yr ynys fod Enos Jones wrthi'n ysgrifennu'r Hanes, ond ni châi neb weld y gwaith, ar wahân i Mary Margareta Jones. Ond gyda chyfeillion, teulu a chymdogion yn pwyso'n fynych, cydsyniodd yr awdur i ddangos darnau o'i waith i'r ffodus rai. Wrth i'r flwyddyn 1874 symud o'i dechreuadau oer i fwynder gwanwyn dechreuodd Enos rannu darnau gyda'r gymuned gyfan. Trefnwyd cyfarfod arbennig adeg y Pasg, i'w gynnal ar ôl y gwasanaeth yn y capel a chyn yr ysgol sabathol. Cytunwyd y byddai'r Parchedig Solomon Roberts yn darllen y gwaith gan na allai neb gystadlu â'i lais o – hyd yn oed Hector Tomos, a oedd yn siaradwr cyhoeddus rhagorol, ac Enos Jones ei hun, a oedd wedi bod yn swyno cynulleidfaoedd â'i areithiau byrfyfyr ers dros hanner canrif.

'Yn awr, frodyr a chwiorydd, gadewch i ni droi oddi wrth hanes sanctaidd a gwrando ychydig ar hanes lleyg, er fy mod i'n gobeithio, ac yn wir yn credu, y bydd modd i ni ganfod cysylltiadau rhwng y ddau.' Bu ychydig o amryfusedd gan nad oedd y llawysgrif ganddo, ond wedyn camodd Enos Jones at y gweinidog a rhoddodd y Parchedig Solomon Roberts y papurau ar y pulpud a dechrau darllen.

'Y mae'n rhaid dechrau yn y dechreuad a chofnodi, er perygl ymddangos ym mron yn gwbl amddifad o wyleidd-dra, mai awdur y gwaith hwn fu'r cyntaf o drigolion Ynys Fadog i ddyfod i Ddyffryn yr Ohio.' Ac ymlaen yr aeth llais dwfn y gweinidog, yn darllen hanes ymweliad cyntaf Enos Jones â'r ardal, ambell dro trwstan yn dod ag ychydig o chwerthin yn ei sgil, a mawredd y breuddwydion a'r ymdrechion yn dod â llawer o ochneidio balch ac edmygus.

Bu Enos Jones yn sefyll am hydoedd ar fuarth y capel wedyn, gan fod bron pawb am ei longyfarch a rhai'n holi am y bennod nesaf ac yn mynegi gobaith y byddai rhyw fanylyn penodol yn derbyn sylw neilltuol gan awdur yr Hanes. Wrth iddyn nhw ymadael o'r diwedd a cherdded yr ychydig gamau i dŷ ei rhieni am bryd o fwyd, clywodd Sara Mary Margareta yn ceryddu'i gŵr dan ei gwynt. 'Enos Jones, mi wyddoch nad oedd yn wir bod...' ond er iddi foeli'i chlustiau a gwrando'r gorau y medrai, ni lwyddodd Sara glywed pa ddarn neu ddarnau o'r hanes nad oedd yn wir ym marn gwraig yr awdur.

Erbyn i fwynder gwanwyn ildio i boethder haf, cynhaliwyd cyfarfod cyhoeddus arall yn y capel er mwyn clywed yr ail bennod. Roedd lleithder yr awyr yn ormesol iawn y diwrnod hwnnw fel y bydd yn aml yn nyffryn yr Ohio pan na fydd digon o awel i ddod â rhywfaint o ryddhad, ac er bod yr ail gyfarfod wedi'i drefnu gyda'r nos, roedd hi'n dal yn boeth a phobl yn symud yn eu seddi, yn ceisio osgoi rhag i'w dillad chwyslyd afael yn eu cyrff. Ond unwaith y dechreuodd y Parchedig Solomon Roberts ddarllen roedd fel pe bai pob anesmwythyd corfforol wedi ymadael, cymaint roedd sylw pawb wedi'i hoelio ar y testun. 'Er bod yr amseroedd hynny yn rhai celyd, ac er bod tylodi yn llethu llawer o'r ymsefydlwyr newydd a ddeuai o Gymru i gyfaneddu'r wlad, bu

Rhagluniaeth yn dyner wrth y fintai a ddaethai gydag ef i fwrw eu gwreiddiau yn y lle rhagorol hwn, un a ydoedd y llecyn lleiaf o dir o'i gydmaru â thiroedd rhai o Gymry eraill sir Gallia, ond eto a ydoedd hefyd yn cynnig yr addewid mwyaf posibl o lwyddiant.'

Ac felly ymlaen trwy'r flwyddyn ac i mewn i'r flwyddyn nesaf, gyda darlleniadau cyhoeddus o'r Hanes yn atalnodi rhawd amser ac yn sicrhau pawb i Enos Jones fod wrthi'n gwneud y gwaith roedd wedi addo'i wneud ar eu rhan. Weithiau, pan nad oedd neb arall o gwmpas i glywed ond y nhw ill tri, dywedai rhieni Sara wrthi fod ei hen ewythr wedi gorymestyn ambell ffaith neu wedi ychwanegu ychydig o liw at y digwyddiad hwnnw neu'r stori honno.

'Wel dyna ni,' atebodd Sara unwaith, 'mae N'ewyrth Enos yn hoffi meddwl ei fod yn Americanwr o'r iawn ryw, ac felly mae'n goreuro'r gwirionedd, yn unol ag ysbryd mawr yr oes sydd ohoni.'

Gwnaeth y Gymdeithas Farddonol gymryd darnau o'r Hanes fel ei thestunau trafod hefyd. Awgrymodd Owen Watcyn yn betrus y tro cyntaf ei fod yn poeni'u bod yn torri rheolau'r gymdeithas er ei fod yn prysuro i ychwanegu bod ganddo feddwl mawr o'r gwaith yr un fath. Dywedodd y Parchedig Solomon Roberts na ddylai neb boeni gormod ynglŷn â'r gwahaniaeth rhwng rhyddiaith a barddoniaeth. 'Onid yw rhai darnau o'r Beibl ei hun yn taro'n clustiau ni fel barddoniaeth Gymraeg er mai rhyddiaith ydyw mewn gwirionedd, ac onid yw rhai darnau a ysgrifennwyd ar ffurfiau mydryddol yn yr Hebraeg yn wreiddiol yn frawddegau rhyddiaith yn y Beibl Cymraeg, er nad ydynt yn swnio tamaid yn llai persain i ni o'r herwydd?'

Cyrhaeddai llythyrau'n gyson yn ystod misoedd olaf 1874 hefyd, y rhan fwyaf oddi wrth Esther. Roedd wedi gadael Efrog Newydd dros dro er mwyn helpu sefydlu cangen o'r gymdeithas yn Scranton, Pennsylvania. Tro ar fyd, meddai, datblygiad a oedd yn bur ffodus gan fod bwriad cynnal Eisteddfod Genedlaethol yn y rhan o Scranton a elwid yn Hyde Park cyn diwedd y flwyddyn. Mewn epistol ar ôl epistol disgrifiodd y trefniadau a âi rhagddynt ar gyfer yr Eisteddfod, ac Esther wedi'i thynnu rhywfaint oddi wrth waith yr American Equal Rights Association er mwyn ymroi i gynorthwyo trefnwyr Eisteddfod Hyde Park. Tyred, a thi a gei weled, meddai, yn ceisio'i swyno. Wedi derbyn un arall o lythyrau Sara'n diolch i'w chwaer fawr ond yn dweud na allai feddwl am adael yr ynys, ysgrifennodd Esther bwt o gerdyn gyda'r geiriau wedi'u hysgrifennu arni mewn llythrennau breision. TYRED, O TYRED, SARA! PAID Â CHOLLI'R CYFLE HWN! Ond roedd Sara wedi'i hangori ar yr ynys; gwyddai na allai groesi'r sianel gul a gosod troed ar y tir mawr hyd yn oed, heb sôn am deithio'r holl ffordd i ddwyrain Pennsylvania. Er nad oedd ganddi'r geiriau a fyddai'n gwneud i'w chwaer ddeall, teimlai fod ei hanallu i adael yr ynys yn ffaith, yn fater o gyfansoddiad corfforol, bron cymaint â'r ffaith na allai hedfan am nad oedd ganddi adenydd.

Bu Esther erioed yn ohebydd da a chydwybodol, ond ysgrifennai at ei rhieni'n amlach wrth iddi dyfu'n hŷn, y geiriau ar bapur yn iawndal am yr holl flynyddoedd a aeth heibio ers iddyn nhw gyfarfod wyneb yn wyneb. Ar y llaw arall, nid oedd Jwda wedi ysgrifennu o gwbl ers iddo ymadael. Byddai Sara'n helpu'i thad i geisio tawelu ofnau'i mam weithiau.

'Peidiwch â phoeni dim, Mam, un di-ddal fu Jwda erioed,' oedd yr ymadrodd arferol. Ar brydiau bu'n rhaid iddi ateb ofnau penodol a dweud ei bod yn gwbl sicr nad oedd wedi'i ladd nac wedi'i frifo mewn damwain ofnadwy yn ei waith gan y byddai'i gydweithwyr yn sicr o fod wedi ysgrifennu i'w hysbysu o'r newyddion trist pe bai rhywbeth o'r fath wedi digwydd. Meddyliai weithiau y byddai Benjamin yn ysgrifennu atynt pe bai'n ymadael â'r ynys, ac efallai mai dyna o bosibl oedd y rheswm pam y dewisodd Elen briodi Benjamin yn hytrach na'r efaill arall. Roedd y ddau mor debyg ac eto, rywsut, roedd rhywbeth mor wahanol ynddynt hefyd. Gellid dibynnu ar Benjamin i ateb a dod at ei goed yn yr hen ddyddiau pan fyddai'r ddau mewn hwyliau drygionus. Jwda fyddai'n ymdaflu'n llwyr i'r drygioni, yn debycach yn hynny o beth i Sadoc, efallai. 'Peidiwch â phoeni, Mam,' cysurodd Sara. 'Un fel 'na ydi o, ond mi wn 'i fod o'n meddwl amdanon ni'r un fath. Mi welwch chi.'

A hithau wedi bod yn sych iawn rhwng y Nadolig a'r Flwyddyn Newydd, cyrhaeddodd eira cyntaf 1875 ganol mis Ionawr. Y diwrnod wedyn, a Sara'n cerdded trwy deyrnas fechan wen y dydd Sadwrn hwnnw ar ei ffordd i'r doc i weld a oedd post wedi dyfod gyda'r *Mary Louise*, fe'i gwobrwywyd am ei thrafferth gyda llythyr. Roedd rhifyn newydd *Y Drych* wedi cyrraedd hefyd, wedi'i gyfeirio at ei rhieni. Gan fod ei thad yn gweithio yn y siop, gofynnodd iddi fynd â'r papur newydd adref at ei mam. Felly cyn amser cinio eisteddai o flaen y tân gyda'i mam, y ddwy'n darllen y papur a llythyr Esther bob yn ail, y ddau'n cynnwys disgrifiadau o Eisteddfod Hyde Park.

Gwelai Sara'i chwaer yn cerdded i'r neuadd fawr ddiwrnod y Nadolig, a'r enw Washington Hall i'w weld yn glir ar y garreg uwchben y drysau mawrion. Roedd Esther yn un o lawer a ddisgwyliai'n amyneddgar i'r drysau agor a gadael i ddiferyn bach arall o'r dorf fynd i mewn. Yn y diwedd, eisteddai Esther yn un o'r rhesi yng nghanol y neuadd, gwres yn codi o'r holl gyrff a oedd wedi'u llenwi, fel pysgod hallt mewn casgen. Agorwyd yr Eisteddfod gyda chân, y geiriau wedi'u hysgrifennu'n bwrpasol ar gyfer yr achlysur gan y Bardd Coch. Wedi i'r Llywydd ddweud gair a'r Arweinydd ddweud mwy na gair, dechreuwyd gyda chystadleuaeth y parti canu. 'Y Fwyalchen' oedd y darn, a llanwyd y neuadd â lleisiau'n asio'n hyfryd. 'O gwrandaw, y beraidd fwyalchen, clyw, edn mwyn serchog liw du...' Thomas Beddoe a'i gyfeillion oedd y parti olaf, ac Esther yn gwbl sicr wrth iddi ymdaflu i'r curo dwylo byddarol ar ddiwedd eu perfformiad mai nhw fyddai'n fuddugol. Wedi'r gystadleuaeth honno, camodd Dafydd Jenkins, Wilkesbarre, i'r llwyfan i dderbyn ei wobr a darllen darn o'i gywydd buddugol ar y testun 'Glan yr Afon'.

Cyrhaeddodd llythyr cyntaf Jwda tua dechrau mis Mai 1875, y cyntaf iddo'i ysgrifennu erioed a'r olaf am beth amser wedyn. Peidiwch â phoeni amdanaf fi, mi rydwyf fi'n iawn. Mi rydwyf fi wedi myned ymlaen i Efrog Newydd, yn pushing on across lots, ac yn cael digon o waith i wneyd yn all right.'

'Dyna ni,' meddai Sara, yn rhoi'i braich am ysgwyddau'i mam. 'Symud ymlaen *across lots*,' ychwanegai, yn gwneud ei gorau i ddynwared llais ei brawd a pheri i'w mam chwerthin.

Er bod llythyr Jwda yn fyr iawn a'r newyddion ynddo'n druenus o brin, gwnaeth Elen Jones ei gorau i'w gadw'n destun trafod am rai dyddiau. Bu Sara'n bwyta pob pryd bwyd nos yng nghartref ei rhieni ers peth amser, y nosweithiau yn unig ac wedi troi'n gaerfa ac yn gell iddi a hithau wedi ildio i ryw fath o fywyd teuluol eto. Byddai'n helpu'i mam gyda'r coginio, ac wedyn yn mwynhau pryd hamddenol gyda'i rhieni. Weithiau ymunai Joshua ac Elen, ac weithiau ei hewyrth Ismael. Bob hyn a hyn, deuai'r holl berthnasau ynghyd, gan gynnwys ei hen ewythr Enos a Mary Margareta. Ond gan amlaf, Sara, ei mam a'i thad fyddai'n gwmni i'w gilydd gyda'r nos, y tri'n eistedd o flaen y tân yn darllen ac yn siarad yn dawel ar ôl gorffen bwyta.

Ymhen yr wythnos roedd pwnc arall wedi disodli llythyr Jwda ar eu tafodau, sef gwarth cenedlaethol y Whiskey Ring. Ymddangosai'r hanesion y naill ar ôl y llall ar dudalennau'r *Gazette* a'r *Telegraph* a'r papurau a ddeuai'n achlysurol o West Virginia a Kentucky hefyd. Roedd y drwg wedi dechrau yn St. Louis, ond ymledodd i ddinasoedd eraill. Chicago. Milwaukee. New Orleans. Cincinnati, hyd yn oed. Llygredd o'r math gwaethaf, gwleidyddion yn cynllwynio gyda distyllwyr a gwerthwyr chwisgi er mwyn osgoi talu miliynau o ddoleri mewn trethi, a chyfran sylweddol o fudr-elw'r fenter yn llenwi coffrau'r gwleidyddion. Darllenwyd y geiriau *smuggle* a *smugglers* yn bur aml bellach, a hynny yng nghyd-destun chwisgi a'r elw anferthol a ddeuai yn ei sgil. Roedd llwgrwobrwyo'n rhemp, meddid, a rhwydwaith o droseddau'n ymestyn o'r swyddi uchaf mewn llywodraethau dinesig i siopwyr cyffredin. Dywedai rhai fod y cyfan yn adlewyrchu'n wael ar yr Arlywydd Grant, ond amddiffynnai eraill ef a nodi'i fod wedi addo golchi'r gwarth o wythiennau'r wlad. 'Wele,' nododd Esther mewn llythyr, 'dyma brawf unwaith eto fod y Blaid Weriniaethol wedi newid ei lliwiau ac wedi dyrchafu elw uwchlaw pob ystyriaeth foesol. Nid yw lles y bobl rydd yn y taleithiau deheuol yn wir ystyriaeth gan y llywodraeth yn Washington; pe bai'n ymgynnull canfed ran o'r fyddin fawr a drechodd y De yn y Rhyfel Cartref byddai'n fwy na digon i atal gweithgareddau'r Ku Klux Klan a sicrhau cyfiawnder, ond nid cyfiawnder yw blaenoriaeth ein llywodraeth ni,' cwynodd Esther, 'eithr elw uwchlaw pob peth arall, doed a ddelo.' Dim ond unwaith y cyfeiriodd ei chwaer fawr at Ynys Fadog mewn llythyr wrth drafod y Whiskey Ring. Gwn o'r gorau na fu'n teulu na'n cymdogion yn ddifrycheuyn yn y pethau hyn, ond er bod cyfraith gwlad wedi'i thorri ganddynt yn enw elw ni fu i'r un ohonynt esgeuluso'r Gyfraith Uwch, sef gwir anghenion cyfiawnder.

Yn yr un modd, roedd pobl yn gyndyn o drafod y pwnc yn agored, hyd yn oed pan nad oedd agerfad wrth y doc na neb nad oedd yn rhan o'r fasnach ar yr ynys. Dim ond y tu ôl i ddrysau caeëdig y siop neu'r stordy y'i trafodid gan y gweithwyr, a hynny dim ond mewn grwpiau bychain o ddau neu dri a siaradai'n ddistaw rhag ofn bod gan y cysgodion glustiau. Ni fyddai oedolion yn ei godi ar yr aelwyd chwaith nes bod y plant yn eu gwlâu, ac wedyn dim ond mewn sibrydion. Oedd, roedd cwmni masnach yr ynys yn euog o'r un drosedd y darllenai pawb amdani yn y papurau newydd. Roedd wedi bod yn elwa felly o'r cychwyn cyntaf, flynyddoedd cyn bod rhai o droseddwyr y dinasoedd mawrion wedi'u geni. Derbyn chwisgi a smyglid i'r ynys yn syth o'r distylltai heb iddynt dalu'r trethi, a hynny er mwyn eu galluogi i wneud gwell elw a gwneud y cynnyrch yn rhatach i'r gwerthwyr. Y nhw, Cwmni Masnach Ynys Fadog, oedd y gwerthwyr. Telid trethi ar bob math arall o gynnyrch, gan gynnwys y gwirodydd a ddeuai gydag agerfadau eraill. Ond y *Boone's Revenge* oedd prif ffynhonnell chwisgi West Virginia a bwrbon Kentucky y cwmni, ac roedd y Capten Cecil a'i fab Sammy yn smyglwyr.

Ni welsai Sara Sammy yn aml yn ystod y blynyddoedd diweddar. Rhyw ddwy neu dair blynedd ar ôl i Rowland gael ei ladd yn y Rhyfel, gofynasai iddi hi ei briodi. 'Wel, Mrs Sara Morgan, I reckon we been friends for `bout as long as I can recall. I'd like to think we been good friends all these years. I was mighty fond of Rowland, as you well know, but he's been gone for some time now.' Ac yn ei ffordd hamddenol o siarad, symudodd o'n araf at y pwnc y gwyddai hithau'i fwriad yn hir cyn iddo'i gyrraedd. Diolchodd iddo ond gwrthododd yn gwrtais. Byddai Sammy'n dal i godi'r pwnc bob hyn a hyn. 'If you were taken to change yer mind, I'm still ready, willin' and able.'

Ar ddiwrnod sych a heulog ym mis Hydref 1875, gyda lliwiau dail y coed ar y tir mawr yn gefnlen goch a melyn i fywyd ar yr ynys, clywodd Sara besychiad injan stêm o bell pan oedd hi ar ei ffordd adref o'r ysgol. Roedd y llais peirianyddol yn llai o lawer na'r rhan fwayf o'r agerfadau a ymwelai â'r ynys ac roedd yn gyfarwydd. Ni fu'n ddiwrnod ysgol hawdd gan fod achosion llys rhai o brif droseddwyr y Whiskey Ring yn llenwi'r papurau Saesneg. Gofynasai un o'r plant hŷn gwestiwn amdano i'r ysgolfeistr. Cochodd Hector Tomos a baglu'n drwsgl trwy'i eiriau. Cydymdeimlai Sara ag o, ond er ei bod hi'n dymuno gwneud rhywbeth i'w gynorthwyo, bu'n rhaid iddi gadw'i sylw hi ar y plant iau o dan ei gofal yng nghefn yr ystafell. Wedi dechrau ambell frawddeg, oedi, ac ailddechrau, ymdaflodd yr ysgolfeistr i wers gyfarwydd am drefn llysoedd y wlad. Ar ddiwedd y dydd, roedd Sara wedi'i rhwygo rhwng awydd i gerdded at ddesg yr ysgolfeistr, mynegi'i chydymdeimlad a'i longyfarch ar y modd yr ymdriniodd â'r sefyllfa. Ond poenai y byddai'r disgyblion hŷn yn sylwi ar hynny, felly ildiodd a gadael yr ysgoldy a dechrau cerdded adref yn gyflym, ei llygaid ar y lôn o dan ei thraed. Roedd newydd gerdded ar draws y groesffordd pan glywodd besychiad injan y *Boone's Revenge*. Troes ar ei sawdl a cherdded yn gyflym i gyfeirad y doc deheuol.

'Howdy do, Misses Sara Morgan.' Camodd Sammy i lawr o fwrdd y paced bach, sypyn o bapurau yn ei law. Roedd ei thad a'i hewythr Ismael yno i'w gyfarfod. Amneidiodd Sammy at y llestr wrth y doc y tu ôl iddo. 'That there's Billy Baxter. Pah took poorly last week. He's restin' in a bordin' house in Maysville. Billy done come on board to help.' Cododd y dyn ifanc a symud o gwmpas yn bwrpasol ar fwrdd y paced. Dilynodd Sara Sammy, ei thad a'i hewythr i swyddfa'r siop. Yno roedd Jeremiah Thomas, y cyfrifydd. Roedd mewn tipyn o oedran erbyn hyn. Byddai dod o hyd i sbectol newydd iddo'n un o orchwylion rheolaidd cwmni masnach yr ynys, gan fod ei lygaid yn ei chael hi'n gynyddol anodd gweld y print mân a'r rhesi o rifau ar bapurau'r swyddfa. Safai Sara ar ei phen ei hun yng nghanol yr ystafell fach, rhwng y drws a'r hen ddesg. Eisteddai Jeremiah Thomas yn ei gadair arferol, sbectol ar ei drwyn a'i ben wedi'i blygu dros y papurau. Safai'r tri dyn arall o'i gwmpas, Isaac Jones yn pwyso ar y ddesg â'i law. Siaradai'r pedwar yn Saesneg, tad Sara'n helpu Jeremiah Thomas i egluro rhai pethau i Sammy a'i hewythr hi'n amenio'n frwd. Daeth natur eu gwaith yn amlwg iddi ar ôl ychydig o wrando a gwylio: roedd y pedwar yn sicrhau bod ffurflen dreth ar gyfer y cyflenwad diweddar yn gywir ac yn ei chysoni â ffug gyfrifon y gorffennol. Goreuro o fath arall, meddai hi'n ddistaw wrthi hi'i hun wrth iddi droi ac ymadael.

'Yr Indiaid a orfu'r tro hwn,' meddai Dafydd yn ddifrifol. Noson hyfryd yn niwedd mis Mehefin 1876 ydoedd, a Sara wedi dod i dŷ ei rhieni er mwyn mwynhau pryd o fwyd gyda'r teulu estynedig. Roedd Joshua, Lisa a'u plant Dafydd a Tamar yno, yn ogystal â N'ewyrth Enos a Mary Margareta. Roedd Ismael wedi mynd i'r tir mawr ar berwyl rhywbeth na wyddai neb ond Ismael Jones ei hun. Gwyddai Sara nad oedd ei nai'n sôn am chwarae'r plant y tro hwn. 'Do, Dafydd, do. Mi welais i'r papurau heddiw. Cyflafan Little Bighorn draw yn y gorllewin pell. Marwolaeth y Cadfridog Custer a'i holl filwyr mewn brwydr â'r Sioux.' Siaradai Dafydd am y manylion, y gwahanol adroddiadau a ddaethai i law gyda'r oedolion yn gwrando'n astud arno. Roedd Tamar wedi gwasgu'n agos at Mary Margareta, yn rhannu cyfrinach o ryw fath â'r wraig oedrannus. Gwrandawai Enos yn ofalus ar y bachgen. Er gwaethaf difrifoldeb y newyddion, ni allai rhai o'r oedolion eraill ond gwenu a rhyfeddu at grafffter meddwl Dafydd; roedd yn wyth mlwydd oed, ond eto deallai faterion pwysfawr y dydd yn well na llawer ohonyn nhwythau. Ond golwg o fath gwahanol a oedd ar wyneb aelod hynaf y teulu. Gostyngodd Enos Jones ei ben a mwmblian rhywbeth i'w farf ei hun. Sara'n unig a glywodd y geiriau gan ei bod hi'n eistedd yn agos at ei hen ewythr.

Twll dy din di, ddyn gwyn.

25

Roedd dyn o'r enw Alexander Graham Bell wedi dyfeisio dull o siarad dros bellter gan ddefnyddio gwifren. Nid anfon negeseuon yn null y pellebyr neu'r teligraff ond siarad go iawn – clywed lleisiau pobl nad oedd yn yr un adeilad neu hyd yn oed yr un sir â chi. Roedd dyn arall o'r enw Thomas Edison wedi dyfeisio llusern a oleuid gyda'r ansawdd newydd a elwid yn drydan. Nid oedd y naill na'r llall wedi cyrraedd yr ynys ond roedd yr ynyswyr wedi darllen am y pethau rhyfeddol hynny yn y wasg ac wedi clywed teithwyr yr afon yn disgrifio'r hyn a welid mewn rhai o'r dinasoedd mawrion. Rywbryd rhwng clywed am deleffon Bell a chlywed am electric lamp Edison, daeth y streic fawr. Dechreuodd gyda gweithwyr rheilffordd ym Martinsburg, Gorllewin Virginia. Y 'Baltimore and Ohio' oedd y cwmni, a chyn hir roedd y streic wedi rhewi'r rhan fwyaf o'r trenau yn yr holl daleithiau cyfagos. Hwb i fasnach yr afon, meddai rhai o'r ynyswyr. Prawf arall fod y Gweriniaethwyr mewn grym wedi mynd yn orgyfeillgar â pherchnogion y cwmnïau mawrion, meddai Esther yn ei llythyrau. 'Nid oes gan y gweithwyr cyffredin ddewis ond gwrthod gweithio. Ni fydd y Llywodraeth yn Washington na'r llywodraethau taleithiol yn sicrhau cyfiawnder os na fydd pobl yn ymladd drosto.' 'Noda di, fy chwaer,' meddai Esther, 'y modd y mae arweinwyr pennaf y Blaid Weriniaethol yn dyfynnu'r Ysgrythur er mwyn plesio'r holl Fethodistiaid a'r holl Fedyddwyr y maent yn dibynnu cymaint arnynt am eu pleidleisiau. Ond, o mor wahanol yw eu gweithredoedd hwy ac wrth eu gweithredoedd hwy y'u bernir!' Bid a fo am farn Esther a'i chydnabod yn Efrog Newydd, pan ddaeth etholiad arlywyddol arall, roedd yr ynyswyr yn unfryd eu cefnogaeth i'r hen blaid. Y *Grand Old Party* ydoedd bellach, a phlaid Cymry America oedd yr hen blaid grand honno. Enillodd Rutherford B Hayes, a sicrhaodd Owen Watcyn fod dathliad priodol i gydnabod y fuddugoliaeth. Wedi'r cwbl, roedd Mr Hayes yn Weriniaethwr ac yn ddyn o Ohio.

Drannoeth y dathliad daeth y *Madison Bewley* i'r doc deheuol, agerfad mawr na fyddai'n galw mewn pentrefi na threfi bychain ar ei thaith rhwng Pittsburgh a Cincinnati, ond oedodd am ychydig funudau wrth ddoc Ynys Fadog gan fod teithiwr wedi talu i'r capten wneud hynny. Cadwaladr Redson Rees oedd ei enw. Roedd yn ddyn canol oed gyda gwerth wythnos o flewiach ar ei wyneb – 'locsyn diffyg eillio yn hytrach na locsyn go iawn,' sibrydodd Tamar yng nghlust Sara. Gwisgai Mr Rees ddillad a fuasai'n ddillad crand ar un adeg – côt laes â choler ffwr, a het ddu gantel lydan. Roedd ôl rhwygo ar ei gôt a'i drowsus, a'r tyllau wedi'u cau gan waith gwnïo nad oedd gyda'r mwyaf celfydd. Roedd twll yn yr het, y credai plant yr ynys mai twll bwled ydoedd, ac roedd ymylon cantel yr hen het ddu wedi breuo'n ofnadwy. Er bod y dyn yn deithiwr, un sypyn bach a oedd ganddo, sach o liain amrwd yn ddigon i ddal eu holl eiddo.

'Ewedd Annwyl,' ebychodd Ismael Jones un noson, ar ôl i'r teulu estynedig ymgynnull yng nghartref ei frawd a'i chwaer-yng-nghyfraith, 'mae'r dyn 'na'n edrych fel trempyn os bu un erioed!'

'Fe ddylech chi wybod sut mae trempyn yn disgwl, Brython Barfog,' dywedodd Mary Margareta. 'Pidwch â gweld brycheuyn yn llygad ych brawd a chithe â darn go fowr o bren yn ych llygad ych hunan!'

'Nid dyna dwi'n 'i feddwl,' atebodd Ismael yn bigog. Eglurodd wedyn. Roedd wedi ffurfio stori fanwl am y dyn, er nad oedd wedi taro mwy na dau air ag o ers iddo gyrraedd yr ynys. Edrychai fel dyn cefnog a fuasai'n byw mewn dinas neu dref ac wedi mynd allan gyda'r nos i weld yr opera yn ei ddillad gorau ond, am ryw reswm, bu'n rhaid iddo gymryd y goes a ffoi, ei ddillad crand wedi'u troi'n ddillad teithio oherwydd rheidrwydd.

'Wel mae ganddo ddigon o arian,' nododd tad Sara, er bod goslef ei lais yn awgrymu nad oedd o'n credu stori ddychmygus ei frawd. 'Talodd am 'i daith ar y *Madison Bewley* a chynnig talu'n hael am ei lety yma ar yr ynys.' Fe'i rhoddwyd yn hen dŷ Gruffydd Jams, a hynny'n ddi-dâl. Roedd Hector a Hannah Tomos am fwydo'r dyn yn ystod ei arhosiad.

Y bore wedyn, a hithau ar ei ffordd i'r ysgoldy, gwelodd Sara'r dyn dieithr ar y lôn. Rhaid ei fod wedi codi gyda'r wawr i archwilio'r ynys. Roedd wrthi'n cerdded yn ôl i gyfeiriad tŷ Gruffydd Jams. Camodd yn araf heibio iddi, yn codi'i het ddu ag un llaw ac yn moesymgrymu ychydig.

'Bore da!'

Roedd y cyfarchiad yn siriol, a'r llais yn felfedaidd o soniarus. Dymunodd Sara fore da iddo yntau a phrysuro ar ei ffordd i'r ysgol. Dywedodd Hector Tomos wrthi amser cinio fod cyfarfod cyhoeddus wedi'i drefnu'r noson honno. Byddai'n gofyn i rai o'r plant hŷn fynd o ddrws i ddrws ar ôl ysgol er mwyn sichrau fod pawb yn gwybod.

Y noson honno, a'r tywyllwch yn dod ag oerfel ac ychydig o eira cynnar hyd yn oed, ymgasglodd pawb yn yr ysgoldy. Roedd Hector Tomos wedi cadw tân yn y stof trwy'r dydd, ac roedd yr ystafell yn gynnes braf er gwaethaf bysedd rhynllyd y nos y tu allan. Safodd Mr Tomos er mwyn annerch ei gymdogion. Meddyliodd Sara fel y byddai'i hen ewythr Enos yn arwain pob cyfarfod cyhoeddus ers talwm. Ond yn gynyddol felly, roedd yr hen ddyn yn fodlon eistedd wrth ymyl ei wraig a gadael i un o'i neiaint, y gweinidog neu'r ysgolfeistr arwain y cyfarfodydd cyhoeddus bellach.

'Gyfeillion, diolch am ddyfod yma heno, a hithau'n noson mor anghyffredin o oer am fis Tachwedd.' Seibiodd a thynnu ychydig ar ei fwstásh gwyn. 'Ond os yw'r gaeaf wedi ymweld â ni'n gynnar eleni, mae ymwelydd arall yma yn ein plith ni heno, un nad yw ei ymweliad yn destun cwyno, ond yn hytrach yn destun chwilfrydedd. Felly, heb ragor o oedi, gadewch i mi gyflwyno Mr Cadwaladr Redson Rees i chi, a gadael iddo egluro'r rheswm dros ei ymdaith yma.'

Amneidiodd yr ysgolfeistr a chodi un llaw, fel pe bai'n llywydd ar lwyfan cyngerdd yn cyflwyno prif unawdydd y noson cyn camu o'r neilltu. Roedd yr ymwelydd ar ei draed cyn i Hector Tomos eistedd, wedi golchi a chribo'i wallt er nad oedd wedi eillio'i wyneb.

'Diolch yn fawr iawn i chi, Mr Tomos.' Siaradai ag acen nad oedd Sara'n gallu'i lleoli, ei lais bariton melfedaidd yn llenwi'r ystafell. 'Hoffwn gymeryd y cyfle hwn i ddiolch i Mrs Tomos ac i Morfudd hefyd, am eu cwmni a'u lletygarwch, yn bwydo teithiwr lluddedig. Yn yr un modd, hoffwn ddiolch i bob un ohonoch chi am eich croeso.' Curodd ei ddwylo wedyn a dychryn ambell un. Roedd llygaid y dyn yn pefrio. 'Mae heno'n achlysur yr wyf wedi bod yn edrych ymlaen ato ers peth amser. Yn wir, roedd yr eiliad y rhoddais fy nhroed ar dir eich ynys heddiw'n achlysur cyffrous i fi.' Oedodd. Astudiai'r holl wynebau. 'Rwyf wedi dyfod yma er mwyn dysgu cymaint â phosibl am hanes eich ynys.'

'Yr Hanes!' ebychodd Enos Jones, ei lais yn fuddugoliaethus mewn balchder. Aeth si o gymeradwyaeth trwy'r dorf, gyda phobl yn sibrwd ac yn siarad ac yn amenio. Roedd meddwl Sara hithau'n troi fel olwyn agerfad, yr ymdrech yn ei symud o'r ffeithiau i'r posibiliadau. Wel, ie, am wn i, mae'n bosib, meddyliai, mae sïon yn teithio. Dechreuodd Cadwaladr Redson Rees siarad eto a dim ond yn araf y gwawriodd ergyd ei araith a natur ei genadwri ar y dorf.

'... ac yfelly, rwyf wedi dyfod yma i'ch plith i gofnodi'r hanesion ysydd wedi'u traddodi o'r naill genhedlaeth i'r llall, ie, o'ch gor-hen-dadau i'ch hen-dadau ac o'ch hen-dadau i'ch tadau a'ch mamau, ac felly ymlaen atoch chwithau, hanesion am eich unig sefydlydd, y gwron a arweiniodd eich hynafiaid yma i'r llecyn hyfryd hwn.' Roedd Enos Jones wedi ymsythu eto, ei ben yn uchel a'i farf fawr wen yn ymestyn o'i flaen fel lluman gan arddangos ei falchder. 'Ie, gyfeillion, os caf y fraint o'ch annerch felly, canys teimlaf mai cyfeillion y byddwn ni un ac oll wrth i mi dreulio amser yn eich plith yn cofnodi'r hanes clodwiw a phwysig hwn, er mwyn sicrhau y bydd y byd yn gwybod o'r diwedd.' Awgrymai'r awyrgylch fod cymuned gyfan o bobl yn dal eu hanadl ac yn disgwyl am ei eiriau nesaf, a neb yn fwy na sefydlydd ac arweinydd cyntaf y gymuned honno, Enos Jones. 'Ie, hanes y gorenwog Dywysog Madog ab Owain Gwynedd, a ddaeth yma i gyfandir yr Amerig ym mlwyddyn ein Harglwydd Iesu Grist 1170, yn tywys ei ddilynwyr i fyd gwell.'

Erbyn diwedd y noson, a'r rhan fwyaf o'r gynulleidfa wedi gadael ac wedi troi am eu cartrefi, roedd y gwir wedi'i ddadlennu i Cadwaladr Redson Rees. Eisteddai Hector Tomos, Enos Jones a'i ddau nai, Isaac ac Ismael, a Sara yn y cadeiriau bychain mewn hanner cylch o gwmpas y stof. Ie, dyna'r gwir, mae arna i ofn. Dydi'r enw ddim mor hen â hynny. Dim ond yn y flwyddyn 1850 y penderfynwyd enwi'r ynys yn Ynys Fadog. Dyna a ddigwyddodd. Ond roedd Mr Rees yn gyndyn o ildio gobaith. Os felly, rhaid bod yna reswm da dros ddewis yr enw. Wel, ie, mae hynny'n wir, eglurwyd wrtho. Dewiswyd yr enw er mwyn cael sylw. Er mwyn rhoi'r enw ar y map, fel petai. Roedd rhai ohonom yn meddwl y byddai'n enw da i greu masnach, a byddai'r chwedl yn gwneud y gwaith hysbysebu am ddim i ni. Hefyd roedd yr enw'n plesio'r plant. A'i grib wedi'i dorri, rhoddodd Cadwaladr Redson Rees yr hen het ddu ar ei ben a thynnodd goler ffwr ei gôt at ei glustiau. Cerddodd Sara gydag o a Hector Tomos beth o'r ffordd, yr eira newydd yn crensian dan eu traed a'u hanadl yn codi'n darth uwch eu pennau. Ni leisiodd neb air, cyfuniad o flinder a siom yn lladd pob awydd i siarad. Dywedodd Sara nos dawch a throi am ei drws, gan adael i'r ddau ddyn ymlwybro trwy'r tywyllwch.

Gadawodd Cadwaladr Redson Rees ar yr agerfad nesaf a alwodd ar ei ffordd i'r gorllewin. Diolchodd i Hector Tomos ac Isaac Jones, y ddau wedi dod i ffarwelio ag o. Roedd am deithio i'r Mississippi ac efallai aros am ychydig yn St. Louis. Ymlaen wedyn, meddai, ar drywydd cenedl y Mandan. Roedd nifer o gyhoeddiadau wedi awgrymu mai nhw oedd y Madogwys, disgynyddion dilynwyr y Tywysog Madog, ac felly roedd yn rhaid iddo droi'i drwyn i gyfeiriad y gorllewin pell. Ffarwél, a diolch.

Daeth yr agerfad a aeth â Cadwaladr Redson Rees i'r gorllewin â phost o'r dwyrain, gan gynnwys llythyr wedi'i gyfeirio at Mr and Mrs Isaac Jones, Ynys Maddock, near Gallipolis, Ohio. Mewn ychydig o linellau, dywedodd Jwda ei fod wedi bod yn teithio ar ôl cyfnod yn Efrog Newydd a'i fod wedi glanio yn y diwedd yn Washington. Awgrymodd fod ganddo swydd yno a oedd yn talu'n dda ond ni roddodd fanylion o fath yn y byd. Ysgrifennwch ataf i'r cyfeiriad uchod, meddai ar ddiwedd y llythyr, a'r cyfeiriad hwnnw oedd Farnby's Hotel, Park Street, Washington, District of Columbia. Er nad oedd llawer i'w weld yn y llythyr na ellid ei gofio a'i drosglwyddo ar lafar, ymgasglodd y teulu yng nghartref Isaac ac Elen i fodio'r un tudalen ac astudio'r ychydig eiriau roedd Jwda wedi'u hysgrifennu.

'Wel dyna ni,' cyhoeddodd Ismael yn fodlon, yn eistedd yn ôl yn ei gadair ac yn cribinio'i fysedd trwy'i farf frith flêr. 'Mae'n amlwg bod yr hogyn wedi landio ar ei draed...'

'Dwi ddim yn synnu dim,' meddai Enos Jones, yn gorffen brawddeg ei nai.

'Efallai'n wir,' meddai mam Sara, 'ond does yna ddim llawer o'i hanes yn y llythyr.'

Plygodd Sara'n nes a gosod llaw ar ei hysgwydd.

'Fel yna mae Jwda, Mam.' Yn debyg i Sadoc, meddyliodd, ond er ei bod hi'n rhyw feddwl bod ei mam a'i thad yn credu'r un peth, ni ddywedodd y geiriau hynny. Anwesodd ysgwydd ei mam. Roedd hi'n deneuach, meddyliodd Sara, yr esgyrn i'w teimlo'n amlwg o dan ei chroen a'i dillad. Astudiodd wyneb ei mam: edrychai'n hen, yn hŷn na'i thad, yn hŷn na'i hoed a hithau heb gyrraedd trigain oed eto.

Ni ddywedodd Joshua na'i wraig Lisa air. Astudiodd Benjamin lythyr ei frawd, ond yn hytrach nag ymuno yn y sgwrs eisteddodd yno'n dawel, ei lygaid yn osgoi wynebau'r lleill. Edrychodd Lisa ar ei merch Tamar, a eisteddai yn ymyl ei hen Fodryb Mary Margareta, y ddwy'n chwarae gêm yn ymwneud â phlethu edafedd o gwmpas eu bysedd. Ebychai'r hen ddynes yn dawel bob hyn a hyn, yn canmol clyfrwch y ferch. 'Wel dyna ti, wedi 'nal i eto!' Safai Dafydd draw yn ymyl y wal, yn astudio'r llyfrau a'r cylchgronau ar yr hen dresel fawr. Pan aeth sgwrs yr oedolion o gwmpas y bwrdd yn dawel, siaradodd o.

'Ydych chi wedi gweld y llith hon?' Daliai rifyn o'r *Cenhadwr Americanaidd* a gyrhaeddasai'n gynharach y flwyddyn honno. Cerddodd yn araf at y bwrdd, y cylchgrawn yn ei ddwylo gan ddarllen yn uchel, a sefyll o'u blaenau fel pregethwr mewn pulpud.

'Hanes Unol Daleithiau America yw'r testun.' Saethodd ei lygaid at waelod y tudalen, 'gan awdur anhysbys, y golygydd efallai, gan nad oes enw yma.' Symudodd ei lygaid i fyny eto a chanfod y darn roedd am iddynt ei glywed. 'Gwrandewch ar yr hyn a ddywedir yma, os gwelwch yn dda.' Pesychodd ychydig, yn paratoi'i lais ar gyfer y perfformiad. 'Ac o barth honiad y genedl Gymreig, nid wyf yn gweled y gellir ar dir teg a diamheuol osod Madog ap Owain Gwynedd i gystadlu â Christopher Columbus am yr anrhydedd o ddarganfod y wlad.' Cododd ei lygaid er mwyn sicrhau bod ei gynulleidfa'n ei ddilyn. 'Ni wnaf ddarllen y cwbl, ond fel hyn y mae'r awdur yn terfynu'i drafodaeth: Y mae hanes mordeithiau Madog yn rhy niwlog ac ansicr.'

'Da iawn, 'machgen i.' Isaac, ei daid, oedd y cyntaf i ymateb i ddarlleniad Dafydd. 'Rwyt ti wedi rhoi dy fys ar hanesyn bach pwrpasol iawn yn fan'na.' Chwarddodd ychydig. 'Neu ddiffyg hanesyn, mewn ffordd o siarad.'

'Ie wir,' ychwanegodd Enos, 'da iawn, 'machgen i!' Tynnai'n hir ar ei farf, ei aeliau mawrion yn dawnsio fel dwy Siani Flewog wen uwch ben ei lygaid. 'Ond mae'n stori dda yr un fath, yn tydi hi?' Cododd Mary Margareta ei llygaid o'r edafedd a oedd wedi'i gweu o gwmpas ei bysedd.

'Ma'n well dysgu'r gwahanieth rhwng celwydd a stori i'r plant 'ma, Enos Jones.'

'Mae'n *chwedl*, f'anwylyd,' ymbiliodd Enos, 'ac mae gwerth ynddi na ddylid ei bwyso yng nghlorian y gwirionedd.'

Roedd edrychiad yn llygaid gwraig ei hen ewythr a awgrymai i Sara ei bod hi ar fin dweud rhywbeth am berthynas yr hen ddyn â'r gwirionedd, ond siaradodd Dafydd eto, gan hoelio sylw'r oedolion.

'Ond dyma'r hyn sydd ar fy meddwl i: tybed a oedd Mistar Cadwaladr Redson Rees wedi darllen y llith hon? Byddai wedi rhoi achos iddo ailfeddwl ac o bosibl wedi arbed cryn dipyn o arian a thrafferth iddo.'

Chwarddodd Isaac Jones eto, yn dotio at ddeallusrwydd ei ŵyr, ond ei hen ewythr Ismael a'i atebodd.

'Dyna chdi, Ddafydd bach. Ond mae'n bur debyg bod Mistar Rees wedi darllen digon o betha fel'na. Dydi hi ddim yn hawdd troi dynion fath ag o oddi wrth 'u breuddwydion.'

'Ma gair am ddynion fel fe, Brython Barfog,' dywedodd Mary Margareta. Cododd Tamar law a mygu'i chwerthin; roedd hi wastad yn mwynhau'i chlywed yn tynnu coes ei hen ewythr, ond eto'n gwybod yn iawn nad oedd yn gwrtais iddi ddangos hynny. Curodd Enos ei ddwylo, nid er mwyn cymeradwyo geiriau'i wraig ond er mwyn cyhoeddi'r ffaith ei fod wedi cofio rhywbeth.

'Ewedd Annwyl! Bu bron iawn i mi anghofio! Ei di draw at fy nghôt, Dafydd bach. Mae 'na rywbeth yn y boced i chdi.' Erbyn deall, rhifyn arall o gylchgrawn arall ydoedd, wedi'i blygu a'i stwffio ym mhoced ddofn yr hen gôt laes. Astudiodd Dafydd y clawr. '*Y Wawr* ydi o,' nododd Enos, 'cylchgrawn newydd y Bedyddwyr.' Plygodd Tamar yn agosach a sibrwd yng nghlust ei modryb Margareta yn ddigon uchel i Sara a'r rhan fwyaf ohonyn nhw glywed y sylw.

'Wyddwn i ddim bod N'ewyrth Enos yn Fedyddiwr.'

Gwnaeth Mary Margareta sioe o sibrwd ei hateb yn ddigon uchel.

'Dyw e ddim, Cariad. Ond ma fe'n hala'i arian ar hen bethe fel'na.'

Ond roedd Enos wrthi'n dangos i Dafydd y darn yn y cylchgrawn roedd am iddo'i ddarllen.

'Edrych di yma! Pennod gyntaf gwaith mawr Ellis Wynne o'r Lasynys, *Gweledigaethau'r Bardd Cwsg*, gyda chyflwyniad da iawn gan olygydd y cylchgrawn yn disgrifio hanes yr awdur a gwerth y llyfr. Mae'n hen lyfr ardderchog, wyddost ti, a diolch i'r *Wawr*, gall Cymry America ei ddarllen o'r newydd, fesul pennod.'

'Oedd Mistar Elis Wyn o'r Lasynys yn Fedyddiwr?' sibrydodd Tamar.

'Sa' i'n gwbod, Cariad,' atebodd Mary Margareta, yn codi'i bysedd a'u hymestyn, gan arddangos y we o edafedd, er mwyn tynnu'r ferch i mewn i'r gêm eto.

Deffrodd Sara ar ddydd Sul cyntaf mis Rhagfyr, ei llygaid yn gyndyn o agor, a hithau'n gwarafun y ffaith ei bod hi'n gweld yr hyn a welai bob bore ar ddeffro. Bu'n breuddwydio cyn deffro, a'r freuddwyd wedi dechrau fel rhagflas o'r bore. Wedi codi ac ymwisgo, dechreuodd gerdded i'r capel. Roedd llen wen o eira'n gorchuddio'r holl ddaear. Ers pan oedd yn blentyn roedd hi wastad wedi mwynhau bod y gyntaf i gerdded trwy eira newydd; roedd teimlo'i thraed yn disgyn trwy grwst yr eira a cherdded gyda dim ond llen ddilychwin o wynder o'i blaen a dim ond ei holion traed hithau y tu ôl iddi'n bris gwerth ei dalu am esgidiau a sanau gwlyb. Ond sylwodd Sara gydag ychydig o siom nad hi oedd yn gyntaf y bore hwnnw, a'i bod hi'n dilyn olion traed eraill. Cerddodd yn araf i gyfeiriad y capel a gweld tyrfa fach o blant yn cerdded. Gallai Sara eu hadnabod er mai ond eu cefnau y gallai eu gweld. Ei nith a'i nai, Tamar a Dafydd, a'u cyfeillion pennaf, Ann Catherin, Richard a Samantha Huws. Roedd rhywun yn troi er mwyn siarad â'r criw o blant a'i dilynai. Cerddai merch hŷn, Morfudd Tomos, o'u blaenau. Ond roedd rhywun arall o flaen Morfudd, rhywun a oedd yn dalach o lawer na hi. Meddyliodd Sara ar y dechrau mai'r Parchedig Solomon Roberts ydoedd. Craffodd ac ailfeddwl. Nage, mae'r dyn hwn yn dal ond nid yw mor fawr â'r gweinidog. Edrychodd ar y dyn eto. Roedd rhywbeth cyfarwydd am y modd y daliai'i ben ar ychydig o ogwydd wrth iddo ddisgwyl i'r plant ddal i fyny ag o. Cerddodd Sara tuag ato, ei thraed yn symud yn araf trwy'r eira. Gallai weld ei wyneb yn glir erbyn hyn. Rowland. Ceisiodd redeg ato, ond symudai'i thraed yn rhy araf, yr eira'n anarferol o drwchus, yn codi'n lluwchfeydd i'w rhwystro. Deffrodd wedyn, ei llygaid yn agor yn araf. Nid oedd hi'n sefyll ar y lôn yn yr eira ond yn gorwedd ar ei chefn yn ei gwely, yn edrych ar yr hyn a welai bob bore wrth ddeffro. Cododd. Roedd y bore'n rhewllyd a'r tŷ'n dawel. Ymolchodd a gwisgo, gan ymbaratoi i fynd i'r capel. Gadawodd heb gynnau tân, a chau'r drws ar y tŷ oer.

Byddai Sara'n parhau i lythyru'n gyson ag Esther, ond nid mor aml â Jwda, er ei bod hi'n ysgrifennu ato'n amlach na'r hyn a haeddai, fel y dywedai Sara wrtho mewn ambell un o'r epistolau. Ceisiodd ddarbwyllo'r ddau i ddod adref. 'Meddylia, Esther, meddylia am y lles y byddai'n ei wneud i Mam, a hithau heb ddathlu'r Nadolig gyda thi ers cynifer o flynyddoedd. Tyrd, Jwda, tyrd adref cyn y Nadolig. Mi wyddost y byddai'n codi calonnau'n rhieni ni, ac mi wyddost hefyd mai dyna'r peth lleiaf y medr plentyn ei wneud i'w fam a'i dad.'

Roedd ymddiheuriadau Esther yn faith ac yn fanwl. Hoffai hi eu gweled eto, meddai. Nid oedd dim byd yn fwy sicr ar wyneb y ddaear hon. Ond byddai gwaith y gymdeithas yn ei rhwymo am ryw hyd eto. Weithiau ychwanegai Esther addewidion annelwig a awgrymai y byddai hi'n dod adref rywbryd yn y dyfodol agos. Anaml iawn yr ysgrifennai Jwda, ond o leiaf roedd yn ei hateb bob hyn a hyn, fel arfer ar damaid o bapur a stwffiodd i'r un amlen a gynhwysai lythyr byr at ei rieni. Yr un fyddai'i neges bob tro; roedd yn iach, roedd yn hapus yn ei waith, a diolch i chi am eich llythyrau a'ch anerchiadau. Ond nid oedd manylion ac erbyn hynny ni ddisgwyliai neb glywed rhagor am ei fywyd yn Washington.

Noswyl y Nadolig roedd Sara yn nhŷ'i rhieni, yn cynorthwyo'i mam gyda'r paratoadau gan ei bod hi'n disgwyl cryn dyrfa ar gyfer cino ar ôl y gwasanaeth yn y bore. Yn ogystal â'r teulu, byddai Rachel ac Ifor Jones, rhieni ei merch-yng-nghyfraith Elen, yn dod am wledd o fwyd. Roedd tad Sara wedi archebu dwy goes mochyn wedi'u halltu – old ham gorau Maysville – ac roedd ei frawd Ismael wedi llwyddo i saethu twrci gwyllt ar y tir mawr dridiau'n gynharach. A'r ddwy wrthi'n plicio tatws, sylwodd Sara fod ei mam yn oedi'n aml er mwyn gosod ei chyllell a'r daten ar y bwrdd a gwasgu'r naill law â'r llaw arall.

'Ydach chi'n iawn, Mam? Pam na rowch y gorau iddi am rŵan ac eistedd wrth y tân am ychydig. Mi wna i eu gorffen nhw.'

'Paid â phoeni, Sara. Dim ond y cricymala, mae'n siŵr.'

'Wyddwn i ddim bod cricymala yn ych poeni chi, Mam.'

'Mae'n dŵad i bawb yn y diwedd, mae'n siŵr.' Gwenodd yn wan. 'Henaint.' Astudiodd Sara wyneb ei mam. Roedd golwg wedi teneuo ac wedi breuo arni hi. Ailgydiodd yn ei phlicio.

'Hidiwch befo, Mam. 'Mond wedi blino ydach chi.'

Dechreuodd y gaeaf oeri, ac aeth yn oerach fyth yn ystod wythnos olaf y flwyddyn. Erbyn dydd Calan 1879 roedd yr afon wedi rhewi'n gorn, yr eira a oedd wedi disgyn yn rheolaidd yn gwneud iddi ymddangos fel cae gwyn gwastad gan gysylltu'r ynys â thir mawr Ohio i'r gogledd ac â glannau Gorllewin Virginia i'r de. Dyma oedd y tro cyntaf i'r plant brofi'r fath ryfeddod ac yn fuan roedd olion eu traed wedi creu patrymau lloerig yma ac acw ar draws yr afon. Ar y dechrau, sicrhâi'r trigolion hŷn, a gofiai wasanaeth Gruffydd Jams i'r rhieni, fod dynion ar y rhew gyda rhaffau wedi'u clymu i'r doc rhag ofn, ond yn fuan daeth yn amlwg bod wyneb yr afon mor galed â gwenithfaen.

'Dewch,' meddai Sara wrth ei nith a'i nai un bore. 'Ewch i 'nôl eich ffrinidau ac mi wna i ddangos rhywbeth i chi.' Safai Sara ar ddoc bach y gogledd, yn cyfarwyddo'r plant wrth iddyn nhw ddechrau adeiladu sylfeini o'r eira, ond yn y diwedd ni allai wrthsefyll galwad yr hwyl ac aeth i lawr i'w cynorthwyo gyda'r gwaith. Er bod rhai o'r plant yn crwydro oddi wrth y cynllun bob hyn a hyn er mwyn ymdaflu i frwydrau byrfyfyr gyda pheli eira, canolbwyntiai Dafydd a Tamar ar y gwaith a llwyddai Morfudd i gael y lleill i ddychwelyd at y cynllun yn weddol lwyddiannus bob tro. Aeth pawb adref am damaid o ginio cyflym ond yn fuan dychwelodd yr holl weithlu. Gan fod y rhew wedi dod â masnach yr afon i derfyn dros dro, nid oedd llawer o waith yn galw ar y doc nac yn y stordy na'r siop. Roedd Joshua, fel y rhan fwyaf o'r dynion, yn mwynhau ychydig o hamdden yn ei gartref ac felly roedd yn hawdd i'w blant ei ddarbwyllo i ddod i roi help llaw ar ôl cinio.

'Da iawn chdi, Sara,' meddai'i brawd pan gyrhaeddodd, yn cerdded yn hamddenol ar ôl Dafydd a Tamar, a ruthrodd gydag archwaeth i ailafael yn eu gwaith. 'Mae'n well o lawer na'r rhai wnaethon ni ers talwm.'

'Ydi, Joshua, achos mae'r plant 'ma'n canolbwyntio'n well na chdi.' Roedd hi am enwi'u brodyr eraill hefyd. Sadoc, Seth a Jwda, ond pesychodd a chodi llaw er mwyn tywys ei lygaid. 'Edrycha, bron 'di cyrraedd y lan!'

Ymhen ychydig roedd Ann Catherin, Richard a Samantha wedi dychwelyd o'u cinio hwythau, a'u tad yn cerdded lawlaw gyda'i ddwy ferch. Safodd Joshua, a oedd newydd blygu i ddechrau ffurfio bricsen o eira.

'Wel 'drychwch, bawb. Neb llai na Huw Llywelyn Huws!'

'Argian fawr, Josh,' galwodd Huw wrth iddo neidio i lawr o'r doc. 'Mae'n fwy na fortifications Vicksburg!'

'Nhw 'nath nid fi.' Taflodd Joshua'i fraich gan gwmpasu'r holl blant a weithiai'n ddyfal. 'Y work detail gora welis i erioed, Corporal Huws!'

Cyn bo hir roedd y ddau ddyn yn cystadlu â'i gilydd, yn gosod bricsen eira ar ben bricsen eira ac yn naddu addurniadau ar y colofnau a godai bob hyn a hyn ar hyd yr adeiladwaith. Pan oedd yr haul ar fachlud a'r golau'n edwino cyhoeddodd Dafydd fod y gwaith wedi'i gwblhau'n foddhaol.

'Tyrd, Joshua,' meddai Sara, yng ngafael cyffro'r eiliad. 'Tyrd i 'nôl N'ewyrth Enos efo fi!' Nid dynes 33 oed oedd Sara, nid gwraig weddw barchus yn ei hoed a'i hamser, ond plentyn bach, un a oedd yn llai aeddfed na'i nai a'i nith. Ac er bod ei brawd ddwy flynedd yn hŷn na hi, roedd yntau wedi ymgolli yn y diwrnod yr un fath. 'Tyrd, Joshua, tyrd i ni gael dangos iddo fo.'

Ni chaniataodd Mary Margareta iddo adael y tŷ cyn lapio sgarff ar ben sgarff o gwmpas ei wddf a chau'i gôt fawr mor dynn â phosibl.

'Rhaid i chi ddod hefyd, f'anwylyd, os yw'r plant yn deud 'i fod o'n rhywbeth mae'n rhaid i ni'i weld.'

Safai Sara a Joshua a'u hen ewythr yno, yn chwysu yn eu dillad gaeaf yng ngwres y tân a losgai'n braf yn yr ystafell, tra aeth Mary Margareta i ymbaratoi ar gyfer wynebu'r oerfel.

Wedi cyrraedd doc bach y gogledd, safodd Enos Jones yno'n syllu am yn hir ar y rhyfeddod o'i flaen: dwy bont gain wedi'u ffurfio o'r eira, llinellau'r brics i'w gweld yn glir, waliau bychain twt yn cau tramwyfa pob pont i mewn yn saff, a cholofnau'n codi bob hyn a hyn trwy'r waliau, gyda cherfluniau o eira ar eu pennau – arth neu gi o ryw fath, aderyn, pysgod, penddelw dyn â het neu goron ar ei ben. Ymestynnai'r ddwy bont yr holl ffordd ar draws y sianel, yn ddwy ddolen gyswllt hardd rhwng yr ynys a'r tir mawr. Roedd holl arwynebedd yr adeiladwaith wedi'i rewi o'r newydd gan yr oerfel eithafol, ac felly sgleiniai'r cyfan fel pe bai wedi'i naddu allan o farmor. Cydiodd Enos ym mraich ei wraig, ei goesau fel pe baent ar fin ildio. Sylwodd Sara fod dagrau'n ffrydio o'i lygaid. Dechreuodd siarad ond roedd ei lais yn crynu ac ni allai Sara glywed yr hyn a ddywedodd. Cliriodd ei wddf a chododd law i sychu'r dagrau o'i lygaid a'i fochau. Caeodd ei lygaid yn dynn, fel dyn yn ceisio sodro breuddwyd na fynnai ei hanghofio yn sownd yn ei gof. Agorodd ei lygaid a siarad, ei lais yn glir ac yn uchel erbyn hyn. Er bod rhai o'r plant yn sefyll draw yn ymyl pen pellaf y pontydd ar y tir mawr, medrai pob un ei glywed.

'Dyma'r olygfa fwyaf gogoneddus a welais erioed. Hoffwn ddiolch i'r seiri maen a'r artistiaid un ac oll. Y rhain yw'r pontydd mwyaf cain ar wyneb y ddaear, ar fy llw! Yn fwy o ryfeddod na'r bont fawr sy'n cysylltu Kentucky â Cincinnati, yn hyfrytach o dipyn, mae'n siŵr gen i, na phontydd Fenis neu bontydd Beddgelert hyd yn oed.'

Troes Mary Margareta at Sara a dweud yn dawel, 'Dyw e erio'd 'di gweld na Fenis na Beddgelert.'

Plygodd Sara'i phen yn nes er mwyn sicrhau na allai'i hen ewythr ei chlywed.

'Yn achos N'ewyrth Enos, mae 'na fwy nag un math o weld.'

Mynnodd Enos ddringo i lawr o'r doc er gwaethaf rhybuddion ei wraig.

Roedd am gerdded yn ôl ac ymlaen er mwyn astudio'r pontydd ceinion yn agos. Pe bai'n disgyn a thorri'i glun, boed felly. Pe bai'n dal annwyd a hwnnw'n troi'n llid yr ysgyfaint a hwnnw'n ei ladd, boed felly. Câi farw'n ddyn dedwydd.

'Un pengaled fuodd e eriod,' ebychodd Mary Margareta, gan droi at Sara am gefnogaeth.

Chwarddodd Sara, nid am y tro cyntaf y diwrnod hwnnw. Oedai ei hen ewythr bob hyn a hyn, yn plygu i astudio manylion y gwaith. Oedai i siarad â phob un o'r plant hefyd, yn ysgwyd llaw ac yn eu llongyfarch fesul un. Ardderchog, 'y machgen i. Da iawn chdi, 'ngeneth i. Erbyn iddo gyrraedd glan y tir mawr a dechrau siarad â'r plant a safai yno, roedd lliwiau'r machlud yn ymdreiddio trwy'r awyr glir. Daliai'r pontydd a'r waliau a'r colofnau sgleiniog y golau fel drych, gwynder yr eira rhewllyd yn troi'n goch ac yn oren. Sylwodd Sara fod Mary Margareta wedi sugno'i hanadl, syndod wrth weld harddwch yr olygfa wedi'i tharo hi hyd yn oed.

'Wel, am hyfryd,' ebychodd.

Cododd Sara law a chydio'n dyner ym mraich yr hen wraig.

'Mae'n weledigaeth, yn tydi hi?'

'Odi, Sara bach, odi. Weles i ddim byd tebyg eriod.'

Safodd pawb yn hir i edmygu'r gwaith tan i wawl y machlud bylu a thywyllwch ddechrau disgyn. Dim ond wedyn y dechreusant ymadael, fesul dau, fesul tri. Hebryngodd Sara'i hen ewythr a'i modryb i'w cartref. Camodd ymlaen wedyn a churo drws Benjamin ac Elen. Dywedasai Joshua ei fod wedi galw ar ei frawd ar ei ffordd i'r sianel, yn meddwl y byddai yntau'n hoffi ymuno yn chwarae'r plant, ond gwrthododd Benjamin adael y tŷ.

'Tyrd i mewn, Sara', meddai'i brawd bach yn dawel, 'mae Elen yn cysgu yn y llofft.' Wedi iddi hi dynnu'i chôt, ei sgidiau a'i sanau, a'u rhoi i sychu o flaen y tân, eisteddodd mewn cadair wrth ymyl Benjamin.

'Mi rwyt ti 'di colli diwrnod da, heddiw.'

'Mae'n edrych felly,' gwenodd, yn cyfeirio at y stêm yn codi o'i sgidiau a'i sanau. 'Ond dw i ddim yn hoffi gadael Elen os nad oes rhaid gwneud.' Eglurodd wedyn ei bod hi'n disgwyl ers rhyw dri mis, ond cyn i Sara ddechrau'i longyfarch, cododd law. Siaradai'n herciog, y geiriau'n dod yn araf, y pwnc yn un roedd yn amlwg am ei drafod â hi ond eto'n ei gael yn anodd. Roedd Elen wedi colli sawl plentyn ers iddyn nhw briodi. Wedi rhyw ddau neu dri mis fel arfer, eglurodd. Doedd hi ddim am rannu'u baich â neb arall ond Catherin Huws, ac felly parchodd Benjamin ddymuniadau'i wraig.

'Ond mae wedi mynd ymhellach y tro hwn,' dywedodd yn codi er mwyn troi sgidiau Sara a sychu'r ochr arall. Eisteddodd eto. 'Dwed Misses Huws fod 'na fwy o obaith o'r herwydd.'

'Wel, mae hynna'n beth da, yn tydi, Benjamin?'

'Yndi, am wn i. Ond mae Elen am aros tipyn eto cyn rhannu'r newyddion.'

'Wela i, Benjamin. Wel, tyrd draw i'r sianel yfory i weld gwaith y plant, dim ond am ychydig. Bydd Dafydd a Tamar am ei drafod efo chdi, a chei di ddim maddeuant os gwnaiff y cwbl doddi cyn i ti 'i weld.

'O'r gora, Sara. O'r gora.'

Ryw wythnos yn ddiweddarch roedd hi wedi cynhesu ychydig er nad oedd golwg dadmer ar yr afon. Nid oedd wedi bwrw eira ac roedd y rhan fwyaf o'r ynys wedi'i hysgythru ag olion traed. Dim ond ar rannau o'r tir mawr ar draws y sianel y gellid gweld caeau gwynion heb arwydd o fynd a dod yn y llen o eira. Roedd Sara ar ei ffordd i'r ysgoldy yn y bore pan ddaeth ei thad ar ei thraws.

'Tyrd, Sara, tyrd. Dydi dy fam ddim yn hanner da. Dos di ati, dw i am fynd i 'nôl Joshua a Benjamin.'

Tynnodd Sara'i chôt ac eistedd yn y gadair fach wrth ymyl gwely'i rhieni cyn i'w brodyr gyrraedd. Nid oedd ei mam yn cysgu, ond roedd ei llygaid yn goch ac yn dyfrio a'i chroen yn hynod welw. Cwynai fod poen yn ei pherfedd ac na allai fwyta. Roedd wedi bod felly ers y noson cynt. Daethai Catherin Huws i edrych amdani ac er bod tad Sara wedi dweud ei fod am ddweud wrth y plant, gwrthododd ei mam. Paid, Isaac. Gad iddyn nhw gysgu tan y bore.

Bu Sara wrth ymyl ei mam trwy'r dydd, ac eraill yn mynd ac yn dod yn dawel. Daeth Catherin Huws â the a wnaeth yn arbennig. Llwyddodd Elen i yfed ychydig a dywedodd ei bod hi'n teimlo'n well er na chredai Sara bod ei mam yn dweud y gwir. Clywodd Sara Mrs Huws yn siarad â'i thad ar y landin y tu allan. Pan syrthiodd ei mam i gysgu, aeth Sara i lawr y grisiau. Roedd ei thad yno'n twtio llestri'r bore.

'Mae Joshua wedi mynd i Gallipolis,' meddai. 'Dywed Catherin Huws nad oes dim byd arall y medr hi ei wneud a bod rhaid i ni gael y meddyg.'

Cymerodd Sara'r llestri a gorchmynnodd i'w thad eistedd wrth y tân. Wedi twtio, aeth i fyny'r grisiau'n ddistaw er mwyn sicrhau bod ei mam yn dal i gysgu. Dychwelodd at ei thad a gofyn am bapur ac ysgrifbin neu bensel. Eisteddodd wrth y bwrdd i ysgrifennu dau lythyr, y naill at Esther a'r llall at Jwda. Er nad oedd modd teithio ar yr afon, byddai'r trenau'n rhedeg tra byddai'r cledrau'n glir. Roedd Benjamin wedi dychwelyd erbyn iddi orffen cau'r llythyr olaf a'i gyfeirio. Daeth draw a phwyso dros y bwrdd, yn astudio'r ddwy amlen.

'Sut wyt ti am eu postio, Sara?'

Sythodd yn ei chadair. Dim agerfadau, dim post.

'A' i â nhw Sara.' Estynnodd Benjamin ei law i dderbyn yr amlenni'n barod. 'A' i â nhw dros y sianel i'r tir mawr, ac i'r trên yn Portsmouth neu'n Jackson. Mi wna i holi N'ewyrth Ismael pa un sy'n debygol o fod y cyflyma i gludo post i'r dwyrain.'

Daeth Joshua â'r meddyg y diwrnod wedyn. Roedd parch mawr i Ddoctor Friedman ar hyd a lled sir Gallia, ac er bod Catherin Huws yn amheus o feddygon fel rheol, roedd ei hymwneud hi â meddyg enwocaf Gallipolis wedi'i hargyhoeddi o'i werth a'i rinweddau. Wedi treulio rhyw awr gydag Elen Jones yn ei harchwilio a gofyn gwahanol gwestiynau iddi, daeth i lawr y grisiau er mwyn cyhoeddi'i brognosis i'r teulu a oedd wedi ymgynnull yn y cartref. 'It is a kind of cancer, I'm afraid. There are doctors in some of the big hospitals who have operated on such maladies, but I fear I have neither the tools nor the experience to do so.'

Awgrymodd Joshua y gallen nhw fynd â hi i Bittsburgh neu i Golumbus neu i Cincinnati. Ysgydwodd y meddyg ei ben yn drist. 'I do not think it would be wise to move her from bed, even if the weather were not so cold. However, I have prepared a tincture which has proven to help such cases in the past.'

Pan ofynnodd tad Sara ym mha ffordd y byddai'n ei helpu, ysgydwodd y meddyg ei ben eto ac egluro. 'I am sorry if I have misled you. It will not cure your wife, but it will alleviate the pain and allow her to eat. Eating will give her strength and that strength should help her to live longer than she might otherwise. That, I am afraid, is all I can do.'

Symudodd Sara i mewn i'w hen lofft er mwyn rhannu tŷ â'i rhieni a chael tendio'i mam ddydd a nos. Deuai Joshua a Benjamin â bwyd roedd eu gwragedd wedi'i baratoi. Llwyddodd ffisig Doctor Friedman i wireddu'r addewid, a dechreuodd mam Sara fwyta ychydig eto. Wedi rhai dyddiau roedd ganddi ddigon o nerth i ddod i lawr y grisiau ac eistedd mewn cadair o flaen y tân. Dechreuodd bywyd afael mewn rhywbeth a oedd yn debyg i batrwm, a'r patrwm hwnnw'n fodd i leddfu ofnau Sara rywfaint.

Un prynhawn, teimlai ei mam yn wan, ac felly bwydodd Sara hi yn y gwely â chawl roedd Ruth wedi'i baratoi. Clywodd sŵn. Y drws yn agor. Lleisiau niferus. Lleisiau cyfarwydd. Wedyn traed ar y grisiau. Safodd Sara, y bowlen yn dal yn ei llaw. Ei thad oedd yno.

'Fyddwch chi byth yn credu pwy sydd wedi cyrraedd! Mae tipyn o ddalfa wedi dod i'n rhwyd, credwch chi fi!'

Cyrhaeddodd Esther a Jwda yr ynys yr un pryd, y ddau wedi teithio i Jackson ar y trên gyda'i gilydd ac wedi talu i ddyn ddod â nhw'r holl ffordd yn ei wagen. Dylsai Esther fod wedi cyrraedd cyn ei brawd, ond roedd lluwchfeydd eira wedi rhwystro'i thrên hi yng ngorllewin Pennsylvania. Cyn i'r gweithwyr glirio'r cledrau, cyrhaeddodd trên arall hefyd. A hithau'n eistedd ac yn syllu allan ar yr olygfa rewllyd trwy'r ffenestr, gwelodd Esther ddyn yn cerdded y tu allan yn araf ar hyd y trên. Un o deithwyr y trên arall, wedi syrffedu ar eistedd ac aros ac wedi penderfynu mynd am dro ac ymestyn ei goesau. Roedd rhywbeth cyfarwydd am ei wyneb er na wnaeth ei adnabod yn syth. Trwy lwc, neu ffawd, neu Ragluniaeth, edrychodd y dyn arni hi trwy'r ffenestr cyn camu ymlaen trwy'r eira. Oedodd ac wedyn galwodd arni, a chodi llaw i guro'r ffenestr, fel dyn gwyllt. Er bod Jwda'n edrych yn wahanol iawn i'r plentyn o frawd bach adawodd Esther ar yr ynys flynyddoedd lawer yn ôl, nid oedd Esther yn edrych mor wahanol i'r chwaer a gofiai Jwda ac felly gwnaeth ei hadnabod hi'n syth er nad oedd hi'n siŵr iawn pwy oedd o tan iddo gamu i mewn ati a dechrau siarad. Felly y cyrhaeddodd y ddau Ohio gyda'i gilydd.

Roedd Jwda'n edrych yn wahanol hyd yn oed i'r dyn ifanc a gofiai Sara, gyda'i wallt yn syrthio'n donnog dros ei dalcen a'i locsyn bwch gafr yn fach a thwt. Er bod crychau o gwmpas llygaid Esther, nid oedd hi'n ymddangos yn wahanol, ei gwallt yn dywyll a hithau ond dwy flynedd yn fyr o fod yn ddeugain oed. Mynnodd Jwda aros gyda'i ewythr Ismael, er i'w rieni ofyn iddo aros gyda nhw.

'Nid plant ydan ni rŵan,' dywedodd gyda gwên. 'Mae Esther wedi arfer â chael llety crand, a dw i am adael iddi gael digon o le.'

Roedd Sara am symud yn ôl i'w thŷ ei hun, ond taerodd ei chwaer fawr y dylsai aros.

'Pryd y caf gyfle i rannu llofft gyda'm chwaer fach byth eto? Beth bynnag, bydd Mam yn falch o gael y ddwy ohonon ni o dan yr un to â hi am ryw hyd.' Cytunodd Sara. Ni welodd Sara aduniad Jwda a Benjamin; roedd hi ac Esther yn eistedd yn ymyl gwely eu mam, a Jwda i lawr yn y parlwr gyda'u tad pan alwodd ei frawd. Ond gallai ddychmygu, wedi clywed disgrifiad y tad am yr ysgwyd llaw ffurfiol, a'r geiriau cwrtais. Dychmygai Sara y deuai'r dyddiau nesaf â'r efeilliaid yn agosach eto, rhew eu chwithdod yn dadmer yn araf, a'r ddau'n dechrau siarad yn fwy naturiol â'i gilydd. Cyn hir byddai Jwda a Benjamin yn treulio oriau yng nghwmni'i gilydd, yn crwydro'r ynys, yn croesi am ymdaith ar y tir mawr, y ddau'n rhoi'r byd yn ei le ac yn ailymweld â direidi a llawenydd eu mebyd. Dim ond yn nychymyg Sara y digwyddodd hynny. Cydeisteddai'r ddau yn yr un ystafell yn aml, ond nid ar eu pennau eu hunain, ac er eu bod yn cyfnewid rhai geiriau, nid oedd arwydd o'r hen agosatrwydd. Pan âi Jwda gyda'i ewythr Ismael i'r tir mawr deuai Benjamin ag Elen i weld ei mam-yng-nghyfraith, a hithau'n gwneud ei gorau i osgoi gweld gefaill ei gŵr.

Yn ystod un o'r achlysuron hynny pan oedd Benjamin ac Elen yn eistedd gyda'r claf, a'r diwrnod heb fod yn rhy oer, aeth Sara ac Esther am dro. Safai'r ddwy ar y doc deheuol – a oedd yn dawel ac yn amddifad o weithwyr – a syllu ar yr haen o eira a ymroliai ar draws yr afon. Cododd Esther ei llygaid a chraffu ar y bryniau gwynion i'r de.

'Wyt ti 'di cerdded draw i Orllewin Virginia?'

Gwenodd Sara.

'Nid y tro hwn. Dw i ddim 'di teimlo'r ysfa i wneud.'

'Dylet ti, Sara. Dim ond hyn a hyn o weithiau yn ystod bywyd rhywun mae'r afon yn rhewi fel hyn.' Astudiai Sara'r olygfa ond symudodd ei phen er mwyn edrych ar wyneb ei chwaer. Sylwodd Esther fod ei llygaid arni a throes i'w hwynebu. 'Mae'n bwysig cydio mewn profiadau prin pan ddaw'r cyfle, Sara.'

Cerddodd y ddwy'n hamddenol i'r gogledd a'u cael eu hunain yn sefyll yn y fynwent fach y tu ôl i'r capel. Er bod yr eira wedi lluwchio yng nghysgod cefn y capel, roedd rhywun wedi'i glirio oddi ar y cerrig. Syllodd Esther ar feddau bychain y babanod. Estynnodd law i gyffwrdd â charreg Gruffydd Jams.

'Do'dd neb yn gwybod blwyddyn 'i eni,' meddai'n feddylgar. Datganiad ydoedd, nid cwestiwn, ac ni ddywedodd Sara air. Oedodd y ddwy'n hir o flaen cerrig di-fedd eu brodyr Sadoc a Seth.

'Mae'n beth rhyfedd,' meddai Esther yn dawel, ei llais yn torri ychydig. 'Maen nhw'n teimlo mor agos, yn gymaint rhan ohona i ag erioed, ond eto maen nhw'n teimlo mor bell.' Wedi troi a cherdded yn araf at y garreg nesaf ochneidiodd Esther ac estyn llaw er mwyn cydio ym mraich Sara.

'A dyma fo.'

'Dyma fo,' adleisiodd Sara, ei llygaid yn anwesu'r llythrennau cyfarwydd. Darllenodd Esther linell olaf yr arysgrif yn uchel.

'I'm Duw yr ydwyf yn diolch ym mhob coffa amdanat.'

Tynnodd Esther Sara'n agosach ati er mwyn llithro'i braich o'i chwmaps a'i gwasgu'n dynnach.

'Bydda i'n meddwl amdano mewn ffordd wahanol,' cyffesodd Sara wrth ei chwaer. 'I Rowland ei hun dw i'n diolch ym mhob coffa amdano fo. Nid 'mod i'n anniolchgar i Dduw, ond... ond fel yna y bydda i'n meddwl amdano.' Oedodd ac wedyn gofynnodd yn dawel, 'Ydi hynny'n gabledd, tybed?'

Teimlodd fraich ei chwaer yn gwasgu'n galetach. 'Does dim byd sy'n ymwneud â chariad pur yn gabledd, Sara.'

Wrth i'r ddwy droi a cherdded yn araf ar hyd y llwybr roedd rhywun wedi'i glirio trwy'r lluwchfeydd, teimlai Sara'i llygaid yn crwydro a'i meddwl yn eu dilyn. Ai yn y fan hyn y bydd Mam yn gorwedd cyn bo hir? Ynteu ai draw fan acw y bydd ei bedd hi? Ond ni lwyddodd i lefaru'r cwestiynau hyn er ei bod hi'n rhyw feddwl bod ei chwaer yn ystyried yr un peth.

Ar gyrraedd doc bach y gogledd roedd Dafydd, Tamar a nifer o'u cyfeillion wrthi'n ceisio trwsio'r difrod roedd chwarae'r dyddiau diwethaf wedi'i wneud i'r pontydd eira. Safodd y ddwy yno am yn hir yn gwylio'r plant. Rhoddai Dafydd orchmynion i'r lleill, ei lais yn boenus o daer ar adegau. Ond, gwelwch chi, mae'n rhaid ei wneud fel hyn, er mwyn sicrhau'i bod hi'n dal y pwysau. Symudai Tamar yn rhwydd rhwng y gwahanol garfanau o weithwyr, ei llais yn siriol wrth iddi wrthbwyso difrifoldeb ei brawd mawr. Roedd Esther newydd ddweud ei bod hi wedi derbyn swydd yn ddiweddar – athrawes breifat. Cyflogid *nanny* yn ogystal i ofalu am ddwy ferch fach y teulu cefnog, meddai, ac felly dim ond yn ystod oriau ysgol byddai Esther yn gweithio, a medrai felly gysegru gweddill ei horiau hamdden i'r Achos ac i fwynhau bywyd diwylliannol y ddinas. Roedd un o'r merched eraill a gydlafuriai gyda hi yn yr Achos hefyd wedi gweithio fel athrawes a chytunodd y teulu y medrai hi gymryd lle Esther dros dro.

'Rwyt ti'n ffodus yn dy ffrindiau, mae'n amlwg.'

Nid atebodd Esther, ei meddwl wedi'i hoelio ar y plant. Gwenodd wrth wylio'i nith a'i nai.

'Rwy'n hynod falch 'mod i'n cael dweud 'mod i'n athrawes eto, er nad wyf yn gofalu am ddosbarth cyfan. Ni sylwais tan ar ôl i mi ymgymryd â'r swydd 'mod i'n colli dysgu plant cymaint. Mae holl bosibiliadau'r holl ddynoliaeth yn cael eu geni o'r newydd ym mhob plentyn, ac mae'n fraint cael estyn cymorth i un wrth iddo aeddfedu.'

Bloeddiodd un o'r bechgyn eraill, yn protestio yn erbyn gorchymyn diweddaraf Dafydd. Ond roedd Tamar yno ar amrantiad, yn dod â'i brawd at ei goed ac yn llwyddo i wneud i'r bachgen arall chwerthin. Chwarddodd Esther hithau, ac ysgwyd ei phen.

'Mewn teulu mor fawr mae'n demtasiwn chwilio am batrymau. Fel Mam, ers talwm, yn taeru bod Sadoc yn rhy debyg i N'ewyrth Ismael ac Ewyrth Ismael yntau'n rhy debyg i N'ewyrth Enos. Ond edrych di ar y ddau yna. Nhw eu hunain ydyn nhw.' Nododd Sara ystumiau cyfarwydd ei nith a'i nai. Chwarddodd hi ychydig hefyd. 'Mae hynna'n wir, Esther.' Edrychodd yn geryddgar ar ei chwaer fawr. 'Ac mae'n dda o beth dy fod wedi dod adra i ti gael dod i'w nabod nhw.'

Plethodd Esther ei braich trwy fraich Sara. 'Ydi, Sara. Ydi.'

Wrth iddyn nhw gerdded yn araf yn ôl i'r tŷ, torrodd Sara ar y tawelwch myfyrgar gyda chwestiwn a oedd wedi bod yn cnoi ynddi.

'Beth yn union mae Jwda yn 'i wneud? Mi gest ti ddigon o gyfle i'w holi yn ystod y daith adra, mae'n siŵr.'

Dywedodd Esther y cyfan a wyddai. Fel y dywedai'u tad yn aml pan oedd yr efeilliaid yn blant ysgol, Jwda oedd yr unig un yn y teulu a oedd yn neilltuol o hoff o arithmetig. Gallai drin rhifau'n well na neb, er nad oedd wedi rhoi'r gallu hwnnw ar waith mewn modd adeiladol tan iddo adael yr ynys. Ond bu'n gweithio am gyfnod gyda chwmni glo ym Mhennsylvania a sylwodd un o'i gwsmeriaid ar ei allu; cyfeiriodd hwnnw Jwda at gwmni arall, ac yn y diwedd llwyddodd i gael gwaith yn adran gyfreithiol busnes o'r enw Roger Felton and Sons a oedd yn isgwmni i Louis Trading. Gweithiai yn y swyddfa, yn cadw cyfrifon, ac efallai'n gwneud mwy na hynny hefyd, gan fod y swydd yn amlwg yn talu'n dda iawn, ond nid oedd Esther wedi llwyddo i gael rhagor o fanylion ganddo. Roedd tipyn o'r gwaith yn ymwneud â chytundebau â'r Llywodraeth, rhywbeth a oedd yn egluro pam bod y swyddfeydd yn Washington, a hefyd yr holl gyfrinachedd.

'Mae'n biti na ddaw'n ôl at gwmni'r ynys eto i weithio. Mae llygaid Jeremiah Thomas yn pylu ac mi fydd angen cyfrifydd newydd cyn bo hir.'

Gwenodd Esther arni mewn modd nad oedd wedi'i wneud ers blynyddoedd, y chwaer fawr yn penderfynu peidio â cheryddu'r chwaer fach am ddiniweidrwydd ei gobaith, ond ei llygaid yn bradychu'r awydd i wneud hynny.

Weithiau, pan fyddai'u mam yn cysgu a'r tŷ yn dawel, eisteddai Sara ac Esther o flaen y tân yn y parlwr, yn siarad yn dawel neu'n darllen. Un noson, a'u tad yn pori dros y papurau newydd a oedd wedi'u taenu o flaen llusern ar y bwrdd, ei sbectol ddarllen ar ei drwyn, eisteddai'r ddwy yn eu cadeiriau arferol. Roedd pentwr o lythyrau wedi cyrraedd y diwrnod hwnnw, pob un i Esther. Darllenai Sara *The Adventures of Tom Sawyer*, yn oedi'n aml ac yn codi'i llygaid o'r geiriau cyfarwydd er mwyn syllu ar y tân. Plygodd Esther y llythyr olaf a'i osod yn ôl yn ei amlen. Daliodd lygaid Sara cyn iddyn nhw grwydro'n ôl at y llyfr.

'Rwyt ti'n hoff o Mark Twain.'

'Wn i ddim. Dw i ddim yn nabod y dyn, ond dw i'n hoff o'i lyfrau.'

'Ac mae'n amlwg bod ei gellwair yn heintus.'

'Dw i'n cael rhyw gysur yn y straeon. Mae Tamar a Dafydd yn hoff ohonyn nhw hefyd, ond am resymau gwahanol.'

'Ond pam rwyt ti'n 'u hoffi, Sara?'

Syllodd ar y tân am ychydig cyn ateb ei chwaer.

'Fel y dywedais i. Dw i'n cael ei straeon yn gysurlon. Efallai gan 'mod i'n eu darllen i Dafydd a Tamar mor aml. Ond mae 'na rywbeth arall hefyd. Maen nhw'n cynnig rhyw olwg ar ddyheadau pobl yn y wlad 'ma.'

'Sara?' Roedd goslef ymholgar llais ei chwaer yn gyfarwydd, yn rhybudd ei bod hi ar fin gofyn cwestiwn y gwyddai na fynnai Sara'i ateb.

'Ie?'

'Pam na ddoi di efo fi pan fydda i'n gadael, er mwyn gweld ychydig o'r wlad? Neu, os nad wyt ti'n dymuno gweld dinasoedd y dwyrain, dos am daith ar agerfad i'r Mississippi. Rwy'n sicr y byddai N'ewythr Ismael yn fodlon bod yn gydymaith i ti. Dos i weld cartref Tom Sawyer a Huckleberry Finn â'th lygaid dy hun.'

Ni lefarodd Sara ei hateb, ond edrychodd ar ei chwaer gyda llygaid a ddywedai'r cwbl: 'mi wyddost yn iawn 'mod i wedi dweud o'r blaen nad wyf yn dymuno gadael yr ynys.'

'O'r gorau. Mae'n ddrwg gen i am fod mor hyf arnat ti.'

Er mwyn newid cywair y sgwrs, dechreuodd Esther sôn am gynnwys ei llythyrau. Roedd rhyfeddod newydd wedi'i gyflwyno i drigolion Efrog Newydd yr wythnos ddiwethaf, cae sglefrio rhew wedi'i greu gan ddynion. Dywedodd cyfeilles Esther mai *ice rink* oedd yr ymadrodd a ddefnyddid gan rai. Roedd gwerth milltir o beipiau haearn wedi'u gosod ar lawr y neuadd arddangos fawr; symudai amonia hylifol trwyddyn nhw gan ryw beiriant neu'i gilydd er mwyn oeri a rhewi'r dŵr uwchben.

'Yr holl ddyfeisgarwch a chost,' meddai Sara, 'er mwynhad yn unig.' Cytunai Esther. 'Mae'n oes felly; mae'r arian a allai fynd i fwydo tlodion newynog y ddinas yn mynd ar ddifyrrwch.'

'Gad iddyn nhw ddod yma,' meddai Sara, 'a sglefrio ar yr afon am ddim.'

Ond y materion pwysicaf dan sylw yn llythyrau Esther oedd yr hyn a oedd newydd ddigwydd yn Washington, DC. Roedd yr Arlywydd Hayes wedi arwyddo bil yn caniatáu i gyfreithwyr benywaidd ddadlau achosion gerbron y Goruchaf Lys. Roedd holl gyfeillion Esther yn trafod y peth, rhai'n rhagweld y byddai'r cam bras hwn yn arwain at y bleidlais i ferched cyn hir.

'Women's suffrage, y greal sanctaidd.' Nid oedd yr un o'r ddwy wedi sylwi bod eu tad wedi codi'i ben o'i bapurau er mwyn clustfeinio ar sgwrs ei ferched.

'Ie, 'Nhad,' atebodd Esther, yn codi o'i chadair, yr amlenni yn ei llaw. 'Ein greal sanctaidd.'

'Does gen i ddim amheuaeth y byddech chi'ch dwy'n bwrw pleidleisiau'n ddoethach na llawer o ddynion y wlad.'

'Pe bai'r un ffydd sydd gennych chi ynom ni gan y rhan fwyaf o ddynion y wlad, byddai'r frwydr wedi'i hen ennill erbyn hyn.'

Syrthiodd gwên eu tad wedyn.

'Ond mae un peth yn peri pryder i mi.' Edrychai Esther a Sara arno'n ddisgwylgar am yn hir, ond roedd golwg ar ei wyneb a awgrymai'i fod yn poeni am yr hyn roedd wedi dechrau'i ddweud. Siaradodd ar ôl ychydig, yn cyfeirio'i sylwadau at Esther. 'Mae'r rhan fwyaf ohonoch chi sy'n pledio *suffrage* yn pledio dirwest hefyd.' Oedodd a chochi, ei lygaid yn chwilio am ddihangfa. Edrychodd ar Esther eto o'r diwedd. 'Ac felly pe baech chi i gyd yn cael y bleidlais, mae'n siŵr y byddai hynny'n arwain at sefydlu cyfraith ddirwestol yn y pen draw.'

Ochneidiodd Esther.

'Mae'n wir bod llawer iawn o'r rhai sy'n cydymdrechu yn yr Achos yn pledio dirwest, ond nid pob un. Mae rhai'n credu bod rhyddid yn ben ar bob egwyddor arall a bod yr hawl i ddewis yn un o freintiau pennaf rhyddid.' Gwenodd yn gysurlon. 'Beth bynnag, fedra i ddim pleidleisio dros y ffasiwn beth, gan wybod y byddai'n golygu diwedd ar gwmni masnach yr ynys.'

Pwysodd eu tad yn ôl yn ei gadair, ei wyneb wedi ymlacio.

'Dyna ni. Dywedais i y byddai'r ddwy ohonoch chi'n pleidleisio'n ddoeth.'

Ceisiai Sara dreulio'i hamser gyda Jwda hefyd, ond ni ddeuai cyfle'n aml i siarad ag o ar ei ben ei hun. Un prynhawn Sadwrn ar ôl iddi roi help llaw i Esther gyda chinio'u mam, gwisgodd ei chôt a mynd draw i dŷ N'ewyrth Ismael.

'Ty'd, Jwda. Dw i isio i chdi ddod am dro efo fi.'

Winciodd ar eu hewythr wrth iddo estyn ei sgidiau.

'Fedra i ddim gwrthod summons mor serious â hynny.'

Wrth siarad ag o, clywai Sara lais ei brawd, ond pan edrychai hi arno teimlai weithiau ei bod hi'n cerdded ochr yn ochr â dyn dieithr, yn gwisgo côt foethus, ei wallt yn donnog a chanddo locsyn bwch gafr. Wedi iddyn nhw gyrraedd doc y gogledd a throi i'r dwyrain, penderfynodd Sara blymio i ganol y pwnc nad oedd neb yn ei drafod.

'Jwda, mi ddylet ti siarad mwy â Benjamin, mae...'

'Dwi ddim eisia sôn amdano fo, Sara. Dw i wedi... I just pocket it. Dwi 'di gadael iddo fynd. Ond dwi ddim eisia sôn amdano fo.'

Er bod rhew'r afon yn gwneud y gwahaniaeth rhwng tir a dŵr yn llai perthnasol, roedd llwybr wedi'i wisgo trwy'r hen eira o gwmpas yr arfordir yr un fath. Hen arferion, hen ofnau meddyliai Sara wrth iddyn nhw weithio'u ffordd yn araf i'r hen gyrchfan chwarae. Gellid gweld siâp y cildraeth bach, y llwybr yn dynodi'r lan, rhew'r afon yn llenwi'r twll bach yn yr ynys, fel pe bai cawr wedi brathu darn allan ohoni.

'Yr angorfa,' meddai Jwda'n freuddwydiol.

'Ie, dyma hi.'

Ni ddywedodd Sara mai un o'r pethau a gofiai orau am y lle oedd pan fyddai'r efeilliaid yn blant yn sefyll yng nghanol y dŵr bas, y ddau'n ceisio denu sylw Elen fach.

'Yr angorfa.' Ochneidiodd. 'Pwy ddechreuodd ei galw hi felly? Go brin bod yr un cwch wedi bwrw angor yma erioed.'

'Rowland.'

'Ie wir?'

'Ie.'

Cododd Jwda law ac esmwytho'i locsyn bach â'i fys a'i fawd. Gwenodd. 'I'll be damned. Do hefyd. Dw i'n cofio Rowland yn ein hannog ni i chwarae yma. Yn dweud ein bod ni'n gapteniaid llong ac ati. Y fi, Ben a Robert Davis.'

Angorfa breuddwydion, meddyliodd Sara. Mae'n angorfa atgofion rŵan.

'Rwyt ti wedi rhannu cymaint gyda Benjamin, Jwda.'

'Gad o fynd, Sara. Fel y dywedais i. I've pocketed it for a loss. Dw i ddim eisia siarad amdano fo. Tyrd 'mlaen. Ydi ruins hen dŷ'r ysgolfeistr yn dangos trwy'r eira?'

Dechreuodd gynhesu tua diwedd mis Chwefror. Cyhoeddodd Jwda y byddai'n ymadael cyn i'r rhew ddadmer. Byddai pawb yn gaeth ar yr ynys am ryw hyd adeg y dadmer, gan y byddai'n amhosibl cerdded ar draws y sianel gul a'r afon yn rhy beryglus i gychod ac agerfadau ei thramwyno nes byddai'r darnau rhew yn llai. Rhaid ymadael, meddai, roedd busnes yn galw. Mynnodd eu mam fod Jwda a Benjamin yn treulio amser gyda hi yn ei llofft. Neb ond y nhw, am rai oriau cyn i Jwda ymadael. Ni welodd Sara'r ffarwél, ond clywodd lais ei mam yn siarad yn uchel yn ei gwely er gwaethaf ei gwendid. 'Cofia di, Jwda. Doed a ddelo, cofia di hynny.' Cerddodd gweddill y teulu gydag o i ddoc bach y gogledd, ond ei ewythr Ismael yn unig a aeth ag o dros y sianel i'r tir mawr. Dywedodd Ismael y byddai'n mynd ymlaen a galw gydag ambell gyswllt busnes yng nghyffiniau Gallipolis ac Ironton ac na ddylai neb ddisgwyl ei weld am rai dyddiau.

'Mi wn i'n iawn pa fath o fusnes mae N'ewyrth Ismael yn ei wneud ar y tir mawr,' sibrydodd Joshua yng nghlust Sara. 'Daw'n ôl heb ddim i'w ddangos ond pocedi gwag a chur yn ei ben.'

Wrth iddyn nhw ei throi hi am eu cartrefi, dywedodd Sara wrth Joshua y dylai siarsio Dafydd a Tamar i beidio â cherdded ar y rhew eto.

'Paid â phoeni, Sara. Dw i wedi sôn am beryglon y dadmer.'

Clywodd y craciau mawr cyntaf yn hollti'r rhew yn y nos, sŵn fel dwy long bren fawr yn gwrthdaro. Erbyn y bore roedd wyneb yr afon yn anwastad, gyda rhai darnau'n codi'n finiog i'r awyr. Ymhen rhyw dridiau roedd yr afon yn llifo unwaith eto, yn cludo darnau mawr o rew fel ynysoedd symudol. Cafodd mam Sara adferiad o ryw fath yr un adeg â'r dadmer. Eisteddai i fyny yn y gwely yn ddidrafferth a siaradai gydag egni nad oedd Sara wedi'i weld ers iddi fynd yn wael. Pan ddaeth Sara â'r llwyaid boreuol arferol o ffisig Doctor Friedman dywedodd ei mam nad oedd hi'n credu bod arni ei angen.

'Mae'n well i chi ei gymryd yr un fath, Mam. Rhag ofn.'

Cymerodd ei mam y ffisig, ond amneidiodd ei phen i gyfeiriad y drws wedyn.

'Dw i am gerdded i lawr y grisau yna cyn bo hir, Sara. Dw i am fynd i lawr y grisiau a dw i am adael y tŷ. Mi wela i flodau'r gwanwyn pan ddaw'r amser. Mi weli di.'

Dechreuodd fwrw glaw'r diwrnod hwnnw, a chyn y nos roedd holl eira'r ynys wedi diflannu. Erbyn trannoeth, dim ond esgyrn eira a oedd i'w gweld ar fryniau'r tir mawr, a golwg a awgrymai na fyddai'r un man gwyn yn dal ei dir yn hir iawn. Codai wyneb yr afon fesul modfedd a chyn hir roedd adfeilion hen dŷ Hector Tomos wedi diflannu. Gwelid ambell agerfad yn mynd heibio, ond ni alwodd yr un wrth ddoc yr ynys gan ei fod bron o dan wyneb y dŵr. Dywedodd tad Sara fod Owen Watcyn yn rhagweld dyfodiad y Dilyw Mawr eto, ac yntau'n sicr y byddai'r dyfroedd yn mynd â'i dŷ cyn diwedd yr wythnos. Ond gostegodd y glaw a dechreuodd yr afon ostwng ychydig wedyn. Daeth Ismael Jones yn ôl i'r ynys, darnau o rywbeth yn debyg i gyflath yn sownd yn ei farf hir a'i bocedi'n wag. Daeth â rhagor o ffisig Doctor Friedman hefyd, er bod digon ganddyn nhw'n barod.

'Gan fy mod i yno,' meddai wrth ei frawd Isaac, yn tynnu â'i fysedd ar yr hyn a lynai yn ei farf. 'Dw i ddim eisia i Elen fynd hebddo.' Daeth Ismael Jones â newyddion drwg hefyd; roedd y Capten Cecil wedi marw. Clywsai'r hanes gan gapten agerfad arall ar ddociau Ironton a thra oedd Sammy wrth wely angau ei dad aeth llif y rhew â'r *Boone's Revenge* o'i hangorfa yn ymyl Maysville. Byddai'r hen baced wedi'i chwalu ar raeadrau Louisville, os nad oedd wedi'i malu a'i suddo gan y rhew ymhell cyn iddi gyrraedd y fan honno. Rhaid ei bod hi'n gorwedd yn ddarnau ar waelod yr afon, yn gymysg â chreiriau cudd eraill y dyfroedd tywyll.

'Druan ohono,' meddai Sara. 'Mae wedi colli'i dad a'i fywoliaeth yr un pryd.' Dechreuodd holi'i hewythr ai yn nhref Maysville roedd o'n aros o hyd, gan benderfynu ysgrifennu ato a mynegi'i chydymdeimlad. Aeth draw i holi'r Parchedig Solomon Roberts a oedd ganddo feibl Saesneg, iddi hi gael cynnwys rhai adnodau cysurlon yn y llythyr. Edrychodd ar Lyfr Job, ond gyrrodd y geiriau cyntaf a welodd ias anghynnes trwyddi hi. 'Lo, let that night be solitary, let no joyful voice come therein. Let them curse it that curse the day, who are ready to raise up their mourning.' Meddyliodd hi am Mathew 5.4 wedyn. 'Gwyn eu byd y rhai sydd yn galaru, canys hwy a ddiddenir.' Edrychodd ar y Saesneg. 'Blessed are they that mourn, for they shall be comforted.' Caeodd y llyfr. Nage, nage.

Penderfynodd yn y diwedd mai ei geiriau syml hi ei hun fyddai'n gwneud y tro. 'I am also grieved to hear of your loss and would like for you to know that you are remembered in my thoughts and prayers.'

Ni ddaeth ateb, ond nid oedd Sara wedi disgwyl i Sammy ysgrifennu ati. Dyn y sgwrs hamddenol a'r cyfarchiad wrth ymweliad oedd o, nid dyn llythyrau. Byddai cyfeillion Esther yn parhau i ysgrifennu ati hi o Efrog Newydd, y llythyrau'n cludo hanes diweddar yr Achos, y pethau nas cyhoeddwyd yn y papurau newydd. Daeth parsel hefyd, llyfr mawr wedi'i lapio mewn haen ar ôl haen o bapur llwyd, a'r cyfeiriad Miss Esther Jones, Inis Maddock, near Gallipolis, Ohio, wedi'i ysgrifennu ar yr haen olaf mewn llaw gain.

'Rwyf wedi bod yn disgwyl am y gyfrol hon ers cryn amser, Sara.' Dangosodd ei chwaer y trysor iddi hi. *Progress and Poverty* gan ddyn o'r enw Henry George. Agorodd Sara'r clawr er mwyn astudio'r wynebddalen. *An Inquiry into the Cause of Industrial Depression and of Increase of Want with Increase of Wealth: the Remedy*. 'Tyrd, Sara, i ni gael ei ddarllen gyda'n gilydd. Clywais Henry George yn darlithio yn Efrog Newydd unwaith ac roedd ei neges fel pe bai'n agor drysau'r oesoedd yn fy nychymyg.' Ymunodd eu tad, y tri'n eistedd o gwmpas y bwrdd, pob un yn darllen yn ei dro yng ngolau'r canhwyllau. 'Take a hard-headed business man', darllenai Isaac Jones yn ei acen Gymreig, 'and say to him...' Daeth Benjamin i lawr y grisiau, oedodd y tu ôl i gadair ei dad am ychydig, yn gwrando. Roedd Benjamin a'i wraig Elen wedi bod yn treulio tipyn o amser yn ei hen gartref ers i Jwda ymadael, ac er bod cerdded i fyny'r grisiau'n dipyn o orchwyl iddi yn ei beichiogrwydd, mynnai Elen fynd i weld ei mam-yng-nghyfraith bob tro.

'Mi fydda i 'di codi o'r hen wely 'ma erbyn i'r babi gyrraedd,' meddai hi'n aml. 'Mi weli di, Elen fach. Dwi am godi a mynd i lawr grisia unrhyw ddiwrnod.'

Un bore tua chanol mis Mai cyhoeddodd eu mam ei bod am godi, ymolchi ac ymwisgo. Cynorthwyodd Sara ac Esther hi. Roedd hi'n esgyrnog iawn o hyd a rhai symudiadau'n amlwg yn boenus iddi, ond mynnodd barhau. Daeth i lawr y grisiau'n araf, yn pwyso ar fraich Sara, ac eistedd wrth y bwrdd i fwyta am y tro cyntaf ers misoedd. Wedi iddi orffen bwyta, gwnaeth tad Sara ei hannog i eistedd wrth y tân roedd newydd ei gynnau.

'Na, Isaac, mae'n teimlo'n ddigon cynnes heddiw. Dw i am fynd allan am dro.'

Erbyn iddyn nhw adael y tŷ roedd Joshua a Benjamin wedi ymuno yn yr ymdaith deuluol. Cerddai pawb yn araf, Elen Jones yn gwisgo'i dillad gorau, y ffroets yn disgleirio yn heulwen mis Mai, ei meibion yn cerdded bob ochr iddi gan ddal yn ei breichiau. Cludai ei gŵr, Isaac, gadair fel y medrai hi eistedd ar ôl iddyn nhw gyrraedd pen eu taith fer. Eisteddodd Elen yn y gadair ar ddoc bach y gogledd, yn codi'i hwyneb i deimlo gwres yr haul, a chludai awel yr afon aroglau melys y gwanwyn ati. Roedd y tir mawr yn cynnig golygfa ysblennydd, blodau'r coed cwyrwiail yn harddu'r caeau a'r llethrau'n gymylau bychain o binc a gwyn.

Am weddill yr wythnos honno âi Elen Jones allan i eistedd yn ei chadair ar y doc bach bob dydd. Drwy'r prynhawn byddai Sara ac Esther yn cario coffi neu gawl, ac wedi i'r ysgol orffen, deuai'r wyrion, Dafydd a Tamar i gadw cwmni iddi. Daethpwyd â chadeiriau i Enos a Mary Margareta eistedd hefyd, ac roedd y cyfan wedi dechrau teimlo fel defod deuluol newydd. Fel hyn y bydd hi trwy ddyddiau'r gwanwyn a'r haf, meddyliodd Sara. Eistedd yma'n dawel gyda'n gilydd, yn siarad yn hamddenol ac yn mwynhau'r hyn sy'n dod ar adain yr awel bob diwrnod. Ond pan gododd hi ar fore Sadwrn aeth yn syth fel arfer at ei mam ac fe'i cafodd yn welw ac yn wan.

'Dw i ddim yn credu y bydda i'n codi heddiw, Sara,' meddai'n ddistaw. Pan ddaeth Esther ag ychydig o uwd a mêl, gwrthododd yn dawel. 'Does dim awydd bwyd arna i, 'nghariad i.' Bu'r ddwy ferch gyda hi yn y llofft trwy gydol y dydd, ond mynnodd eu tad eu bod nhw'n dod i lawr i gael eu swper. Aeth Benjamin a Joshua i eistedd gyda'u mam am ychydig i roi saib i'w chwiorydd. Daeth eu hen ewythr Enos hefyd i ymweld, ei wyneb yn welw a'i lygaid yn goch. Aeth Sara i fyny'r grisiau gydag o. Cododd ei brodyr o'u cadeiriau a symud i gornel pellaf y llofft er mwyn gwneud lle. Agorodd mam Sara'i llygaid yn fwy llydan pan welodd yr hen ddyn. Eisteddodd Enos wrth ei hymyl a chydio yn ei llaw. 'Paid â cheisio codi, 'mechan i.' Plygodd drosti a rhoi sws i'w thalcen. Pan aeth Sara ag o i lawr y grisiau, cydiodd ym mraich Isaac. 'Yn ei gwely roedd hi y tro cynta i mi ei gweld hi. Wyt ti'n cofio, 'machgen i?'

'Ydw, N'ewyrth Enos.' Gwasgai un llaw fraich ei nai a chododd ei law arall i sychu'r dagrau ar ei fochau. 'Yn ei gwely, yn yr hen gartref yn Sir Gaernarfon.' Edrychodd ar Esther. 'Yn gorweddian, yn disgwyl i ti ddod i'r byd.'

Wedi i'w hen ewythr adael, dywedodd Isaac Jones wrth ei blant y dylen nhw i gyd geisio cysgu; y fo'n unig fyddai'n edrych ar ôl eu mam yn ystod oriau'r nos. Ni chysgodd Sara a gwyddai nad oedd Esther yn cysgu wrth ei hymyl chwaith. Heblaw am glywed cri tylluan o bell bob hyn a hyn, roedd y byd yn hollol ddistaw. Rywbryd ar awr dywyll ganol nos agorodd drws eu llofft. Cododd Sara yn ei gwely. Gwelodd siâp ei thad yn sefyll yn y cysgodion. Deffrodd Esther hefyd.

''Ngenethod i,' dywedodd yn ddistaw, fel pe bai'n poeni am ddeffro'i mam. 'Mae hi 'di marw.'

Cododd y ddwy a cherdded yn araf ar draws y landin bach i lofft eu mam. Wedi eistedd am ychydig yn ymyl y corff llonydd, dywedodd Sara'i bod am wisgo.

'Bydd yn rhaid i rywun ddweud wrth Joshua a Benjamin.'

Cododd Esther hithau.

'Mi ysgrifenna i at Jwda.'

'Esther?'

'Ie, Sara?'

'Ydi Mathew yn cynnig cysur i ti?'

'Mathew?'

'Ie. Gwyn eu byd y rhai sydd yn galaru, canys hwy a ddiddenir.'

Ochneidiodd ei chwaer yn drwm. Meddyliodd. Gwyddai Sara na allai Esther roi ateb iddi nad oedd yn gwbl onest.

'Nac ydi, Sara. Dydi o ddim yn gysur i mi, mewn gwirionedd. Ond galla i ddweud un peth wrthot ti.' Oedodd. Gallai Sara weld llygaid ei chwaer yn disgleirio yn y tywyllwch. 'Dydi o ddim yn gysur i mi, ond gwn yn iawn y byddai wedi bod yn gysur i Mam.'

Afon Fad y Gorffennol

1880–1900

26

Gwelwyd yr ysbryd am y tro cyntaf ym mis Medi 1881. Roedd yn ddydd Sadwrn a chynhesrwydd haf yn dal yn yr haul er bod min hydrefol ar yr awel, a rhai o'r plant wedi mynd i chwarae wrth ymyl adfeilion hen dŷ Hector Tomos. Syniad Ann Catherin Huws ydoedd, a hithau'n dair ar ddeg ac yn dipyn o arweinydd. Roedd am weld a fyddai'n bosibl iddyn nhw ailadeiladu waliau ar y sylfeini nad oedd wedi'u llyncu gan yr afon. Gan fod Dafydd yr un oed â hi, mynnai yntau ran yn yr arwain hefyd. Cwynodd ar y dechrau, yn maentumio na fyddai'r cynllun yn gweithio ac nad oedd diben ceisio ailgodi hanner tŷ, ond pan welodd fod y lleill am ddilyn Ann Catherin ac ymdaflu i'r her, cydsyniodd a phenderfynu gwneud ei orau i sicrhau bod y gwaith yn cael ei wneud mewn modd rhesymegol a thwt. Roedd rhai o'r plant eraill yn credu bod Dafydd yn fusgrell gan y câi byliau gwael o besychu weithiau, yn enwedig pan newidiai'r tywydd yn gyflym yn y gaeaf neu yn ystod wythnosau cyntaf y gwanwyn. Fyddai o ddim yn cystadlu mewn gemau corfforol gan fod yr ymdrech yn arwain at beswch yn aml a hwnnw'n ddigon drwg i'w rwystro rhag parhau. Yn ffodus ddigon, nid oedd ei frest yn rhy gaeth y diwrnod hwnnw ac felly aeth ati'n frwd i gynorthwyo ac awgrymu newidiadau i'r cynllun, er nad oedd ei galon yn y gwaith.

Llafuriai brawd a chwaer iau Ann Catherin, Richard Huw a Samantha, yn ddiflino a dirwgnach. Ymdaflai Tamar i'r gwaith hefyd, a siaradai'n siriol â'r lleill gydol yr amser er mwyn tynnu'r brath o orchmynion ei brawd mawr. Wedi llwyddo i godi wal fechan ar sylfaen y mur cefn, cyhoeddodd Ann Catherin y medrai'r holl weithwyr orffwys am ychydig. Gwnaeth Dafydd sioe o archwilio'r wal am rai munudau ar ôl i'r lleill eistedd, ond ymunodd â nhw yn y diwedd. Roedd Tamar a Samantha wrthi'n trafod y ffaith ei bod hi'n biti garw nad oedd Morfudd Tomos yno i'w gweld nhw'n ailadeiladu hen gartref ei thad. Roedd Morfudd yn ddeunaw oed ac wedi ymadael am Goleg Oberlin bythefnos yn gynharach. Dywedodd Dafydd na ddylen nhw deimlo dros Morfudd gan ei bod hi mewn lle da iawn ac yn derbyn addysg a fyddai'n mynd â hi i rywle gwell. Teimlodd Tamar ddicter yn codi ynddi, ac roedd am ddweud wrth ei brawd na ddylai darfu ar eu sgwrs. Ond caeodd ei cheg cyn yngan gair, a hithau wedi penderfynu bod llyncu balchder yn well na chodi ffrae. Safodd ac ysgwyd llwch y gwaith o'i dwylo. Dechreuodd gerdded yn araf yn ôl ar hyd y lan ogleddol.

Pan gyrhaeddodd y doc bach sylwodd Tamar fod dyn yn sefyll ar y tir mawr yn ei gwylio. Dyn tal, main, gyda gwallt fel ei farf yn hir, yn frith ac yn anystywallt. Roedd rhywbeth amdano a'i dychrynodd, ond ar ôl craffu arno gwelodd mai ei hen ewythr Ismael ydoedd, er bod golwg eithriadol o wyllt a budr arno. Dyna ni, dywedodd wrthi'i hun, mae N'ewyrth Ismael yn cael rhai dyddiau gwael, a bydd braidd yn flêr ac yn fudr weithiau wrth ddychwelyd ar ôl ymdaith ar y tir mawr. Cododd ei llaw arno a galw cyfarchiad. Cododd ei law yntau, ond yn araf ac yn betrus. Sylwodd Tamar wedyn fod y cychod bychain wedi'u clymu wrth y doc bach ac felly mae'n rhaid nad newydd groesi'r sianel oedd o. Cofiodd wedyn ei bod hi wedi gweld ei hen ewythr y bore hwnnw a'i fod yn ymddangos yn dipyn twtiach na'r ddrychiolaeth a safai ar y lan arall. Teimlodd ias oer yn rhedeg trwy'i chorff a dechreuodd grynu. Troes i adael, ond ar ôl cerdded cwpl o lathenni daeth ysfa i droi'i phen ac edrych dros ei hysgwydd. Nid oedd neb i'w weld yno ar lan y tir mawr. Sgrechiodd a rhedeg am adref.

Erbyn y noson honno roedd y stori wedi cyrraedd pob cartref ar yr ynys. Do, dyna a ddywedodd Tamar Jones: roedd y ddrychiolaeth yn debyg iawn i'w hewythr Ismael, ond roedd Ismael Jones ar ddoc mawr y lan ddeheuol ar y pryd yng nghwmni rhai o'r dynion eraill. Pan edrychodd Tamar wedyn roedd wedi diflannu. Dywedai rhai fod genethod ifanc yn gallu dychmygu pethau, yn enwedig pan fyddent yng ngafael gwres twymyn. Dadleuodd eraill nad oedd hynny'n debyg gan fod rhieni Tamar yn tystio'i bod hi'n holliach ar wahân i effaith y braw arni, a gwyddai pawb ei bod hi'n ferch onest a chall. Sibrydai ambell un mai arwydd o farwolaeth ydoedd, yn debyg i'r gannwyll gorff neu'r ci du a welid gan yr hen bobl yn yr hen ddyddiau yn yr Hen Wlad. Aeth Sara draw i dŷ ei thad ar ôl swper. Roedd ei hen ewythr Enos yno hefyd.

'Beth wnei di o'r holl helynt, Sara bach?' gofynnodd iddi.

'Wn i ddim, N'ewyrth. Dydw i ddim yn ofergoelus.'

'Na finna, fy mechan i,' atebodd yr hen ddyn yn feddylgar, 'ond mi aeth Mary Margareta'n wyn fel y galchen pan glywodd a bu'n rhaid iddi eistedd. Estynnais lymaid o ddŵr iddi ac ar ôl cael ei gwynt ati dywedodd ei bod hi'n poeni y byddai Ismael yn marw erbyn y bore.'

Ysgydwodd tad Sara ei ben a gwneud rhyw sŵn tsic-tsic â'i dafod y tu ôl i'w ddannedd, fel pe bai'n ceryddu plentyn bach.

'Mi fydd Ismael yr un fath yfory ag y mae o heddiw, cewch chi weld.' Gwenodd. 'Hynny ydi, mi fydd yr un fath yfory os na fydd o 'di gwagio'r gasgen newydd 'na heno.'

Yn groes i broffwydoliaeth Mary Margareta, deffrodd ewythr Sara'r bore wedyn, ond doedd y ffaith bod Ismael Jones yn holliach ddim yn ddigon i atal y sïon na'r siarad. Dechreuai'r ynyswyr gyfeirio at y ddrychiolaeth fel 'yr ysbryd', a mynnai rhai gredu o hyd mai arwydd o farwolaeth o ryw fath ydoedd er na fyddai'r union ystyr yn amlygu'i hun tan ei bod hi'n rhy hwyr. Dywedodd Benjamin wrth Sara fod ei wraig Elen wedi bod yn poeni ers i'r ysbryd ymddangos, a'i bod hi'n treulio oriau'n syllu ar eu merch fach pan fyddai hi'n cysgu. Blwyddyn a hanner oed oedd Miriam bellach. Daethai i'r byd yn blentyn bach iach a llon, ond roedd cerrig y beddau bychain yn taflu cysgod hir dros feddwl ei mam, a phob tro y pesychai'r ferch, dechreuai'i mam boeni bod yr ysbryd yn rhagfynegi marwolaeth ei phlentyn. Ceisiai Benjamin ei chysuro ym mhob ffordd bosibl. Roedd wedi gofyn i'r Parchedig Solomon Roberts siarad â'i wraig, a threuliodd y gweinidog brynhawn cyfan yn y tŷ yn dal pen rheswm ag Elen Jones gan ddangos iddi nad oedd cynsail yn yr Ysgrythur ar gyfer y fath ofergoeledd. Aeth Sara draw i siarad â'i chwaer-yng-nghyfraith hefyd, ond er bod Elen wedi cyfaddef y gwyddai nad oedd unrhyw synnwyr yn y peth, dywedodd na allai ei anwybyddu chwaith.

Mynnai Owen Watcyn, wrth bwy bynnag a wrandawai arno, ei bod hi'n flwyddyn wael iawn. Pa syndod bod yr Hollalluog yn caniatáu i ysbrydion ac ellyllon gerdded y ddaeaer yng ngolau dydd, a 1881 yn flwyddyn mor dywyll? Onid oedd yr Arlywydd Garfield wedi'i saethu yn yr haf ac yn nychu o'i glwyfau? Buasai buddugoliaeth James Garfield yn yr etholiad yr hydref blaenorol yn achos dathlu brwd, gan ei fod yn Weriniaethwr ac yn ddyn o Ohio. Roedd wedi'i eni'n fab ffarm tlawd cyn ennill ei blwyf. Gwasanaethodd yn y Rhyfel Cartref gydag anrhydedd ac roedd wedi helpu adfer enw da'r Gweriniaethwyr yn dilyn y llygredd a'r camweinyddu a fu'n bla ar y wlad yn ystod arlywyddiaeth Grant. Yn eu llythyrau, byddai Sara'n mwynhau cyfnewid traethodau bychain am addewid yr oes ag Esther. Er na welai chwaer fawr Sara lawer i'w ganmol yn y drefn wleidyddol fel rheol, cyffesodd ei bod hi – ie, y hi hyd yn oed – yn gweld gobaith yn arlywyddiaeth Garfield; roedd y dyn yn benderfynol o wrthwynebu'r grymoedd yn y taleithiau deheuol a gyfyngai ar iawnderau'r cyn-gaethweision a'u disgynyddion, a dywedodd fod sicrhau addysg i bawb o bob hil yn flaenoriaeth ganddo. Ond saethwyd yr Arlywydd newydd ddechrau mis Gorffennaf gan Charles Guiteau. Yn ôl straeon diweddaraf y papurau newydd roedd clwyfau Mr Garfield yn septig a'i gyflwr wedi gwaethygu. Unwaith, wrth i'r tri eistedd ar y fainc y tu allan i dŷ Sara, gofynnodd Tamar iddi pam bod y dyn drwg yna wedi saethu'r Arlywydd, ond cyn i'w modryb gael cyfle i ateb, ymatebodd ei brawd.

'Mae amryw o syniadau wedi'u cyflwyno. Dywed gohebydd y *Telegraph* fod Charles Guiteau wedi'i siomi am y rheswm na chawsai'r swydd yn y llywodraeth y gofynnodd amdani. Mae cryn drafod ynghylch y ffaith bod Guiteau'n perthyn i'r Stalwarts, a chyn i ti ofyn, Tamar, y Stalwarts yw'r ffacsiwn yn y blaid Weriniaethol a oedd yn uchel eu bri yng nghyfnod yr Arlywydd Grant. Ond mae eu seren dan gwmwl erbyn hyn ac yn rhoi'r bai ar yr Arlywydd presennol am iddo newid cyfeiriad y blaid. Byddai dyn craff yn dweud nad newid cyfeiriad y blaid y mae Mistar Garfield, ond yn hytrach ei dychwelyd i'r hen ffordd, gan ei gwneud yn debycach i blaid Lincoln unwaith eto. Ar y llaw arall, mae golygydd y *Morning Her*…'

'Ond dydi'r rheiny ddim yn rhesyma!'

'Ydan, Tamar, maen nhw'n rhesyma… '

'Nacdan, Dafydd, dydan nhw ddim yn rhesyma. Does yr un o'r petha yna'n ddigon i egluro pam fydda dyn yn lladd.'

Cochodd Dafydd. Brathodd ei wefus. Edrychai Sara ar ei nai, gan geisio peidio â gwenu. Cododd ei ddwylo, eu cledrau am i fyny, a gwneud clorian ohonyn nhw er mwyn pwyso rhyw sylwedd anweladwy.

'Mi rwyt ti'n iawn, Tamar.' Ciciodd nith Sara ei thraed yn ôl ac ymlaen o dan y fainc, y symudiad yn ddatganiad o'i bodlondeb. 'Ond cofia un peth: nid yw Charles Guiteau wedi lladd yr Arlywydd, dim ond ei saethu.'

Un hael ei hysbryd oedd Tamar, ac fel arfer roedd cadw heddwch yn bwysicach iddi nag ennill dadl, ond ni allai adael i'w brawd ddwyn y fuddugoliaeth oddi arni'r tro hwn.

'Wela i ddim llawer o wahaniaeth, Dafydd.'

Gwelwyd agerfad mawr yn ymrolio heibio'r diwrnod wedyn. Y *Rose Marie* ydoedd, un na alwai wrth ddoc Ynys Fadog fel rheol. Ni stopiodd y tro hwn chwaith, ond cludwyd neges ganddi'r un fath gan fod baneri duon yn chwifio o'i rhaffau ac yn addurno'i chanllawiau. Erbyn diwedd yr wythnos honno roedd nifer o bapurau newyddion wedi cyrraedd yr ynys a marwolaeth yr Arlywydd James Garfield yn brif bennawd ar dudalen blaen pob un ohonyn nhw. Wel dyna ni, ochneidiodd rhai cymdogion dan eu gwynt. Roedd yr ysbryd yn arwydd, yn doedd? 'Gwae ni,' cwynodd Esther mewn llythyr, 'Nid yw'r Is-Arlywydd Chester Arthur yn deilwng o'r swydd mae'n ei hetifeddu ac ni fydd yn dilyn yr un llwybr dyrchafedig â'r diweddar Arlywydd.' Nid yr un a fyddai'n llenwi'i esgidiau, eithr tynged yr un a gollwyd oedd testun pob sgwrs ar y lôn, ar y dociau ac ar fuarth yr ysgol. Cyflwr galarus y wlad oedd testun y bregeth y dydd Sul wedyn hefyd. Pwysodd y gweinidog dros y pulpud, ei lygaid yn symud yn araf o wyneb i wyneb.

'Mae llawer yma heddiw ysydd yn cofio pan laddwyd yr Arlywydd Lincoln.' Roedd Solomon Roberts wedi heneiddio ers pan ddaethai i'r ynys gyntaf, ei wallt tonnog a'i fwstásh cyrliog mawr wedi troi'n wyn a chrychau dyfnion yn ymestyn o gorneli'i lygaid. Ond roedd ganddo bresenoldeb dyn mawr o hyd ac nid oedd ei lais bas wedi colli'i rym.

'Da y cofiaf yr adeg honno, gyfeillion, y galar a ddisgynnodd fel cwmwl tros wyneb y wlad a'r dagrau lu a wylodd y llygaid. Cafwyd pregethau angladdol mewn capeli ar draws y taleithiau gogleddol a gweddïau taer ar aelwydydd rhy niferus i'w cyfrif. Ond er mor ofnadwy oedd yr ergyd drallodus honno i'n gwlad, roedd yn gyfnod rhyfel, ac roedd llofruddiaeth yr Arlywydd Lincoln fel pe bai'n perthyn i'r dilyw hwnnw o waed a lifodd dros gaeau a dolydd y wlad hon am bedair blynedd. Ond y tro hwn, gwelwn yr Arlywydd Garfield wedi'i dorri i lawr mewn cyfnod o heddwch. Ond yr un yw'r ergyd a'r un yw'r neges: gall hyd yn oed y dyn mwyaf ei fraint a'i rym yn yr holl wlad gael ei gymryd yn ddisymwth o ganol bywyd. Mae'n fodd i ni gofio, gyfeillion, bod bywyd yn fyr a bod angau'n agos, a chofio hefyd fod yr Arglwydd Dduw trwy'i unig anedig fab Iesu Grist wedi addo y bydd cysur ar gyfer y rhai ysydd yn galaru, dim ond iddynt hwy gofio'i eiriau bendigedig ef ac ymofyn am y cysur hwnnw.'

Eisteddai Sara rhwng ei thad a'i hen ewythr Enos, yn unol â'i harfer ac roedd Owen Watcyn yn yr un rhes. Pan safodd pawb i ganu'r emyn sylwodd Sara fod wyneb Owen Watcyn yn hynod goch ac yn sgleinio o ddagrau, a'i lais yn torri pan geisiodd ganu. Ond roedd llais N'ewyrth Enos yn seinio'n uchel ar ei drywydd cerddorol ei hun. 'Tan fy maich yr wyf yn griddfan, Disgwyl amser i ryddhau...'

Y prynhawn hwnnw, a Richard Huw Huws wedi methu'r Ysgol Sabathol ar ôl llwyddo i ddarbwyllo'i fam fod ganddo gur yn ei ben a bod rhaid iddo fynd adref i gysgu, aeth y bachgen i chwarae ar ei ben ei hun yn ymyl y cildraeth a elwid yn angorfa gan blant yr ynys. Tynnodd ddarn hir o linyn o'i boced a'i ddefnyddio i glymu nifer o ddarnau o bren ynghyd. Gwthiodd y cwch smalio bach i'r dŵr. Pan gyrhaeddodd ganol hafan y cildraeth, dechreuodd daflu cerrig ato, sblash y dŵr pan fethai'r ergyd a chrac y garreg pan drawai'r pren yn hoelio'i sylw ac yn gwthio'i euogrwydd i gefn ei feddwl. Ymgollodd yn llwyr yn y rhyfel bach personol rhyngddo ef, gwarchodwr y glannau, a'r llong ryfel estron. Sblash, Sblash, Crac! Yn y diwedd, arnofiodd y llestr bach allan i'r sianel, fe'i daliwyd gan y llif a symudodd i ffwrdd yn gyflymach. Cododd Richard ei ben a dyna ble oedd yr Ysbryd, yn sefyll yr ochr arall i'r sianel gul, yn ei wylio o lan y tir mawr. Dyn gwyllt ei olwg gyda gwallt a barf hir, yn union fel roedd Tamar wedi'i ddisgrifio, yn ei wylio fo. Ac yn union fel y dywedasai Tamar, pan edrychodd Richard yr eilwaith roedd yr Ysbryd wedi diflannu. Gan fod rhaid iddo rannu'r profiad â rhywun a bod arno ofn cyfaddef i'w rieni iddo ddweud celwydd am ei salwch, adroddodd ei stori wrth ei chwaer fawr, Ann Catherin. 'Mae'n rhaid i ti ddweud wrthyn nhw. Efallai'i fod wedi ymddangos heddiw gan dy fod di wedi palu celwyddau er mwyn colli'r ysgol Sul a thorri dau o'r Deg Gorchymyn ar unwaith,' meddai wrtho. 'Anrhydedda dy dad a'th fam a chofia'r Arglwydd dy Dduw neu mi fydd yr Ysbryd yn ymddangos.'

Pan alwodd Sara i weld ei thad y noson honno fe'i cafodd yn eistedd wrth y bwrdd, yn dal yn ei ddillad gorau ers iddo ddychwelyd o'r capel. Wedi eistedd, sylwodd fod papur o'i flaen ar y bwrdd, ei sbectol ddarllen o yn ei ymyl.

'Beth ydach chi'n 'i ddarllen heno, Nhad?'

Cododd ei sbectol a'i gosod ar ei drwyn.

'*The Cambrian*.' Gwyddai Sara am y cyhoeddiad newydd ar gyfer Cymry America, ond nid oedd hi wedi'i weld hyd yn hyn. 'Dwi ddim wedi tanysgrifio iddo, ond mae N'ewyrth Enos a Mary Margareta 'di penderfynu rhoi cynnig arno. Mi ges i o ganddyn nhw dro'n ôl, ond dwi ddim 'di bod ag awydd 'i ddarllan rywsut.' Dechreuodd droi'r tudalennau, ei lygaid yn gwibio'n feirniadol dros y colofnau. 'Dydi o ddim yn teimlo'n iawn, rywsut, wyddost ti. Papur Saesneg ar gyfer Cymry America.' Edrychodd arni dros ei sbectol. 'Mae digon o bapura newyddion Saesneg yn y wlad i'r Cymry hynny sy'n dymuno darllen cyhoeddiada

Saesneg. A gwranda ar hyn. Dywed mai diben cyhoeddi'r *Cambrian* yw *for the sake of greater usefulness*'. 'Neno'r Tad! Ychwanegu diferyn bach arall o Saesneg at y môr o Saesneg sydd o'n cwmpas ni ym mhob man yw'r peth lleia *useful* y medra dyn 'i ddychmygu!' Tynnodd ei sbectol a'i gosod ar y bwrdd eto. Gwenodd yn ddireidus arni. 'Efalla mai tranc y Gymraeg yn y wlad hon yw'r farwolaeth mae'r ysbryd 'di dod i'w ragfynegi i ni.'

Wedyn dechreuodd y ddau drafod y si bod Richard Huw Huws wedi gweld yr Ysbryd y diwrnod hwnnw, y stori wedi teithio'n gyflym o dŷ i dŷ yn ystod y prynhawn.

Treuliai Sara lawer o'i nosweithiau yng nghwmni'i thad. Weithiau byddai'r teulu estynedig yn cyfarfod yn gynyddol yng nghartref Joshua a Lisa a byddai'r nosweithiau hynny'n gyfle i ailafael yn rhannol yn llawenydd a hwyl y gorffennol, gydag Enos yn traethu'n ddoeth am hyn a'r llall ac Ismael yn tynnu coes pob aelod o'r teulu yn ei dro. Mwynhâi Sara weld Dafydd a Tamar yng nghanol y sgwrs, yn ei hatgoffa o'r modd byddai'i rhieni, ei hewythr a'i hen ewythr wedi'i chynnwys hi mewn trafodaethau bwrdd bwyd yn yr hen amser. Ond roedd gan y nosweithiau tawel gyda'i thad rin arbennig. Anaml iawn y siaradai o am ei mam, ond rhannai bethau bychain â hi, fel ei anfodlonrwydd â'r *Cambrian*, mewn modd a gynhesai'i chalon. Yr hen gyfuniad o ddoethineb a direidi, y cariad a ddangosai trwy eiriau cyffredin a chyffyrddiadau bychain.

Trafodai'r ddau aelodau eraill y teulu'n rheolaidd. Llythyrau diweddaraf Esther. Llythyrau prin Jwda. Gallu rhyfeddol Dafydd a Tamar, ac anwyldeb Miriam fach.

'Wyddost ti, Sara,' meddai unwaith wrth drafod Miriam, 'mae hi'n f'atgoffa i ohonot ti. Fel yna roeddat ti pan oeddat ti'n fach iawn, yn feddylgar ac yn hynod addfwyn.'

Siaradai'r ddau am Ismael weithiau. Mab afradlon yr ynys fu Ismael Jones yng ngolwg rhai o'i gymdogion erioed, ond datblygodd i fod yn gymeriad mwy ystyrlon rywsut ers i'r Ysbryd ymddangos, gan fod y plant yn taeru bod y ddrychiolaeth yn debyg iddo. Ond er bod Ismael yn wfftio'r syniad, roedd tad Sara'n argyhoeddedig bod ymweliadau'r Ysbryd yn chwarae ar ei feddwl. Wedi'r cwbl, gwyddai'n iawn na fyddai Tamar ei or-nith wedi dweud anwiredd. Gwaith N'ewyrth Enos yw dweud anwireddau, chwarddodd ei thad unwaith, a gwaith Ismael yntau hefyd!

Er bod Sara'n credu bod ei hen ewythr yn rhyfeddol o iach o gofio'i flynyddoedd mawr, roedd ei thad yn teimlo bod crib N'ewyrth Enos wedi'i dorri rywfaint ers helyntion y Whiskey Ring a'r ofn a ddaeth yn sgil y canfyddiad y medrai troseddau cwmni masnach yr ynys gael eu darganfod. Ers hynny roedden nhw wedi sicrhau y câi pob treth a tholl eu talu'n brydlon. Y gwirodydd anghyfreithlon fu'n gyfrifol am gyfran sylweddol o elw'r cwmni o'r cychwyn, felly nid oedd yr un llewyrch ar fusnes yr ynys bellach. Yn yr un modd, roedd y diddordeb yn yr Hanes a ysgrifennai Enos Jones wedi pylu'n arw. Beth pe bai o'n ei gyhoeddi a'r llyfr yn sbarduno haneswyr eraill i dyrchu yng ngorffennol Ynys Fadog, a beth pe bai'r tyrchwyr brwd hynny'n darganfod y gwir? Pan gasglodd Enos Jones y fintai wreiddiol o'i gwmpas yn Sir Gaernarfon roedd wedi pwysleisio bod lleoliad yr ynys yn yr afon rhwng tir Ohio a thir Virginia yn fanteisiol o ran treth ac yn dod ag elw anghyffredin i'w masnach. Ond y gwir amdani yw bod y mapiau swyddogol yn dangos bod yr ynys yn perthyn i'r dalaith ogleddol yn unig a bod digon o drwch dyfrllyd yr afon rhyngddi hi a'r ffin â Gorllewin Virginia, felly gweithred droseddol fu osgoi talu trethi gan greu elw anghyffredin i gwmni masnach yr ynys. Y ffaith eu bod nhw'n prynu a gwerthu'r ddiod gadarn a wnâi'r ynyswyr yn bechaduriaid ym marn dirwestwyr Cymreig America, ond nid oedd neb, ac eithrio'r ynyswyr eu hunain a chylch cyfrin eu cysylltiadau busnes, yn gwybod eu bod hefyd yn torri cyfraith gwlad. Cafodd blynyddoedd o lyfrau cyfrifon y swyddfa eu hailysgrifennu, a'r cyfan ei gladdu yn llwch y gorffennol, a dymuniad yr holl ynyswyr, gan gynnwys Enos Jones, oedd mai yn llwch y gorffennol y byddai'n aros. Felly ni ofynnai neb i hen batriarch yr ynys ddarllen darnau o'i hanes mawr bellach. Nid oedd gan neb arall yn y teulu'r galon i godi'r pwnc a chredai pawb iddo roi'r gorau i'w ysgrifennu.

Yn y modd tawel hwn y siaradai Sara a'i thad am y teulu, yn eistedd ar y fainc o flaen y tŷ ar nosweithiau mwyn y gwanwyn a'r haf neu'n eistedd yn glyd o flaen y tân ar nosweithiau oer yr hydref a'r gaeaf. Ildiodd 1881 i 1882, ond er y gwelai rhai o blant yr ynys yr Ysbryd yn achlysurol a thaeru ei fod yn debyg i Ismael Jones, ni ddaeth marwolaeth ddisymwth i alw am ewythr Sara ac yn 1883 roedd Ismael Jones yn dal ar dir y byw. Deuai Morfudd Tomos adref o Goleg Oberlin bob haf a phob Nadolig, gan roi testun trafod teuluol arall i Sara a'i thad, sef y ffaith na ddychwelsai Esther o gwbl yn ystod ei chyfnod hi yn Oberlin. Byddai tad Sara'n cloi'r drafodaeth trwy ddweud, wel, dyna ni, un annibynnol fu hi erioed. 'Yn ei hannibyniaeth mae cadernid Esther; felly y'i gwnaethpwyd ac felly y mae.'

Cyrhaeddodd llythyr ddechrau mis Mai 1883 yn llaw gyfarwydd Jwda ond gyda stamp a ddangosai nad o Washington DC y daeth. Roedd ei gyflogwyr wedi agor swyddfa yn Chicago ac wedi gofyn i Jwda fynd â'i goruchwylio. Ysgrifennai'n falch, 'Mae'ch mab wedi'i apwyntio'n Regional Manager a fo sydd in charge of all business in the West'. Ymddiheurodd mewn brawddeg fer am beidio â galw i'w gweld ar ei daith o Washington i Chicago gan fod peth brys ac felly teithiodd ar y rheilffordd. Addawodd dreulio ychydig o wyliau ar yr ynys pan fyddai baich y gwaith yn caniatáu iddo fwynhau seibiant o'r swyddfa.

Ysgrifennodd Esther y mis hwnnw hefyd i ddisgrifio'r bont fawr ysblennydd newydd yn Efrog Newydd, y Brooklyn Bridge. Aeth i weld y seremoni pan agorwyd hi, y dorf yn bloeddio ac yn cymeradwyo campwaith John Augustus Roebling, yr un gŵr a gynlluniasai'r bont i gysylltu Covington, Kentucky a Cincinnati, Ohio.

'Paid â dweud gair amdani yng nghlyw N'ewyrth Enos,' rhybuddiodd ei thad wedi i'r ddau orffen pori tros y llythyr gyda'i gilydd. 'Cofia fod pontydd yn destun hiraeth ofnadwy iddo.'

'Hiraeth am yr hyn nad yw,' meddai Sara'n ddistaw.

Cerddodd adref yn araf y noson honno, gan fwynhau awel dyner diwedd mis Mai a myfyrio ychydig. Meddyliai am Esther a'i hannibyniaeth. Tybed a oedd ganddi resymau dros adael yr ynys na fyddai hi byth yn eu rhannu â nhw? Ynteu ai grym ei hawydd i wneud yr hyn roedd am ei wneud a'i gyrrodd i adael? Er eu bod nhw'n gwybod am waith Esther, ei gwleidyddiaeth, ei chwaeth a'i syniadau, roedd hi wedi byw cymaint o'i bywyd ymhell o'u golwg a'u clyw. Er nad dyna oedd ei bwriad efallai, gwnaeth fyw llawer o'i bywyd yn y dirgel o safbwynt ei theulu hi. Oedodd Sara'n ymyl yr hen sylfeini ar drwyn dwyreiniol yr ynys, drychfeddwl arall wedi'i meddiannu. Onid yw cyfran sylweddol o fywyd pawb yn y dirgel, hyd yn oed bywydau'r rhai sy'n byw yng ngŵydd eraill yn gyhoeddus?

Er bod Jwda'n brysurach nag erioed o'r blaen yn ôl ei dystiolaeth ei hun, ysgrifennai'n amlach, cyffro'i lwyddiant a'i falchder yn ei waith yn ei gymell i rannu'r hanes â'i deulu. 'Mae'n ddrwg calon genyf ddweyd,' meddai ar ddechrau un llythyr, 'ond mae hawl Cincinnati i'r title The Queen City of the West wedi'i gipio beyond all doubt gan ddinas Chicago'. Roedd y ddinas yn tyfu'n rhyfeddol o gyflym, gydag ymfudwyr o bedwar ban byd, yn ogystal ag Americanwyr o hen daleithiau'r dwyrain, yn llewni'r tai na ellid eu codi'n ddigon cyflym ar eu cyfer. Dywedodd fod yr Home Insurance Company Building yn fath newydd o adeilad, un a safai'n dalog uwchben y stryd, yn ei lordio hi dros yr adeiladau eraill. Hwn oedd adeilad y dyfodol a phriodol oedd ei godi yno yn ninas y dyfodol.

Pan gyrhaeddodd nofel newydd Mark Twain, *Huckleberry Finn*, darllenodd Sara hi'n syth. Aeth ati wedyn i'w hailddarllen gyda Tamar a Miriam. Teimlai fod Dafydd yn rhy hen i hyn, ond er bod Tamar yn llowcio nofelau a llyfrau o bob math ar ei phen ei hun, ni fynnai gefnu ar yr hen ddefod deuluol. Roedd Miriam yn bum mlwydd oed bellach ac yn gallu ymuno â nhw pan fyddai'r llyfr yn addas, ac roedd *Huckleberry Finn* yn addas i ddarllenwyr o bob oed. Chwarddai Miriam pan glywai am gastiau'r prif gymeriad a chuddiai'i hwyneb yn ei dwylo pan ddeuai'r golygfeydd brawychus. Ymdrybaeddai Tamar yn y darlleniadau, yn mwynhau'r stori a hefyd yn mwynhau ymateb ei chyfnither fach. Codai'r stori hiraeth braf yng nghalon Sara, rhyw ysfa am Amerig yr oes a fu, yr afon fawr a lifai trwy'r nofel yn hau delweddau byw yn ei meddwl. Nid y Mississippi ydoedd iddi hi, ond yr Ohio. Gorweddai'n effro am hydoedd yn y nos, yn mwynhau'r tawelwch ac yn dychmygu bod ei gwely'n rafft a hithau'n teithio'n hamddenol gyda llif yr afon. Gad i Jwda fyw yn ei ddinas fawr, meddyliodd. Gad iddo gerdded yng nghysgod yr adeiladau newydd, bwystfilod y dyfodol. Rwyf am fynd gyda llif yr hen afon i'r gorffennol.

27

Ymddangosai'r Ysbryd yn achlysurol yn ystod y blynyddoedd yn yr un modd ag arfer. Byddai un o'r plant yn ei weld yn sefyll ar lan y tir mawr, yn debyg iawn i Ismael Jones, golwg wyllt ac anystywallt arno. Diflannai'r ddrychiolaeth cyn i'r plentyn gyrchu rhiant neu oedolyn arall. Credai rhai mai plant yn unig a allai weld yr Ysbryd. Credai eraill mai ffrwyth dychymyg torfol plant yr ynys ydoedd. Erbyn mis Medi 1886, Dafydd oedd yr unig blentyn yn y gymuned nad oedd wedi'i weld. Roedd hynny'n gwneud synnwyr i Sara rywsut, gan mai Dafydd oedd y lleiaf plentynnaidd o'r holl blant roedd hi wedi'u hadnabod gydol ei bywyd. Beth bynnag, roedd ei nai, yr hydref hwnnw, yn ddyn ifanc deunaw oed. Cytunai â'r oedolion eraill hynny a gredai nad oedd y ddrychiolaeth yn fwy na dychymyg aelodau iau y gymuned.

Roedd Dafydd wedi ennill ysgoloriaeth i sawl coleg ac wrthi'n penderfynu pa un i'w fynychu pan gafodd ei daro'n wael gan anhwylder yn ei frest. Cytunai Catherin Huws â'r meddyg a ddaethai o Gallipolis nad oedd y cyflwr yn rhy beryglus, ond ildiodd Dafydd i ddeisyfiad ei rieni a phenderfynu gohirio'i addysg am flwyddyn gan obeithio y byddai'i ysgyfaint yn cryfhau. Gwnaeth yr oedi ef yn fyr ei amynedd ac yn fwy penboeth ac felly byddai gweddill y teulu'n osgoi dadlau ag o. Siaradai Tamar â'i rheini a'i modryb Sara am yr Ysbryd, ond nid yng nghlyw'i brawd Dafydd.

Deuai Angau i ymweld ag Ynys Fadog yn rheolaidd a chredai rhai ynyswyr fod y marwolaethau'n gysylltiedig ag ymddangosiadau'r Ysbryd. Bu farw Samuel Lloyd yn ddirybudd yn ei gwsg. Er ei fod yn 71 oed, gweithiai yn y siop a'r stordy yr un fath ag erioed ac nid oedd neb wedi dychmygu y câi ei ysgubo o'u mysg mewn modd mor ddisymwth. Aeth Henri Evans yn wael ychydig ar ôl hynny, yn cwyno bod cnoi yn ei fol na allai'r un ffisig ei leddfu. Ymhen yr wythnos roedd wedi marw, felly collodd y cwpl priod, Richard a Lisbeth Lloyd, eu tadau. Roedd Jeremiah Thomas yn 80 pan fu o farw. Ddiwrnod ar ôl ysgrifennu llythyrau at eu plant yn dweud bod eu tad wedi marw aeth Ann Thomas hithau i'w gwely ac ni chododd wedyn. Ysgrifennodd Isaac Jones gyfres arall o lythyrau ar eu rhan yn hysbysu'r plant fod eu mam wedi dilyn eu tad. Aeth mam-yng-nghyfraith Benjamin, Rachel Jones, yn wael wedyn. Yn 64 oed, ni welsai neb yn y teulu Rachel Jones yn sâl erioed ac felly roedd y ffaith bod twymyn wedi cydio ynddi wedi'u dychryn yn fawr. Gan fod ei chwaer-yng-nghyfraith wrth ymyl gwely'i mam a'i brawd wedi mynd i Gallipolis i nôl y meddyg, Sara ofalodd am ei nith fach, Miriam. Ond roedd Rachel Jones wedi marw cyn i Benjamin a'r meddyg ddychwelyd i'r ynys.

Bu'n rhaid ehangu'r fynwent fach y tu ôl i'r capel er mwyn cynnwys yr holl feddau newydd. Edwart, Morgan a Robert Philips wirfoddolodd i wneud y gwaith. A nhwythau'n deulu mawr wedi symud i'r ynys yn gymharol ddiweddar, roedd y Philipiaid yn barod iawn eu cymwynas ac wedi hen ennill calonnau'r ynyswyr. Er bod y tri mab yn eu hugeiniau, nid oedd yr un wedi priodi nac wedi dangos awydd i ymadael a chwilio am fywyd mewn cymuned fwy poblog a llewyrchus. Gyda gwaith cwmni masnach yr ynys yn gynyddol ysgafn a'r tri dyn ifanc yn fythol egnïol, bydden nhw'n ymgymryd â pha waith bynnag a oedd yn galw ar y pryd er mwyn osgoi segurdod – atgyweirio pren y dociau, ailosod peipiau clai newydd ar gyfer y gronfa ddŵr, trwsio to ysgoldy'r ynys neu agor beddau. Ac felly'r diwrnod hwnnw ym mis Medi roedd y Philipiaid wedi dechrau tyllu mewn llecyn gogleddol yn agos at y sianel gul er mwyn creu bedd ar gyfer Rachel Jones. Ond cyn cyrraedd y dyfnder arferol dechreuodd y dŵr ymddangos yng ngwaelod y bedd. Wedi sefyll yno ar lan y bedd am ychydig, yn crafu'u pennau wrth wylio'r dŵr mwdlyd yn cronni, aeth yr hynaf o'r brodyr, Edwart, i ddweud wrth y gweinidog. Daeth y Parchedig Solomon Roberts a sefyll gyda'r dynion ifanc i astudio'r pwll bach brown yng ngwaelod y twll hirsgwar. Penderfynwyd cyrchu Enos Jones gan y gwyddai fwy am ddaearyddiaeth a dyfryddiaeth yr ynys na neb. Felly daeth Enos, ynghyd â'i neiaint Isaac ac Ismael a'i or-nith Sara. Safai'r pedwar gyda'r gweinidog a'r tri brawd, yn astudio'r bedd na allai fod yn fedd. Cribiniai Enos Jones ei fysedd trwy'i farf wen hir a myfyrio'n dawel am ychydig. Wedyn curodd Edwart Philip ar ei gefn a'i gyfarch mewn llais siriol.

'Fel yna mae hi, 'machgen i. Mae pridd yr hen ynys hon yn anwadal. Mae'n galed fel craig Calfaria mewn un man ac yn dwyllodrus o ddyfrllyd mewn man arall.' Curodd y dyn ifanc ar ei gefn eto, troi a cherdded i ffwrdd yn araf. Camodd Isaac Jones yn nes.

'Gwrandewch, hogiau,' meddai'n gysurlon, 'gyda chydsyniad y Parchedig Solomon Roberts, byddai'n well ymestyn y fynwent i'r de yn hytrach nag i'r gogledd.' Roedd ei frawd Ismael wedi tynnu'i gôt a'i thaflu naill ochr. Dechreuodd dorchi llewys ei grys.

''Stynnwch y rhaw 'na i mi,' meddai wrth Morgan. 'Mae'n debyg eich bod chi wedi blino erbyn hyn. 'Steddwch am ychydig. Mi wna i ddechrau agor bedd newydd.' Cerddodd y gweinidog heibio'r beddau eraill i'r ochr ddeheuol, ymhellach o'r afon. Cododd un droed a'i gosod yn galed ar y ddaear.

'Rwy'n credu bod hwn yn lle addas.'

'O'r gorau.' Cydiodd Ismael Jones yn y rhaw ac aeth at y gweinidog.

'Tyrd, Sara.' Plethodd ei thad ei fraich trwy'i braich hi. 'Tyrd am dro efo fi.' Wrth i'r ddau gerdded yn araf heibio'r capel, ochneidiodd Isaac Jones. 'Dw i'n credu bod Owen Watcyn yn iawn, Sara,' meddai wrthi. 'Bydd yr afon yn llyncu'r holl ynys 'ma yn y diwedd.'

Drannoeth angladd Rachel Jones daeth y newyddion fod Geronimo wedi ildio ar ôl oes o ryfela. Buasai llwyddiant arweinydd yr Apache yn destun arswyd i sefydlwyr gwynion y gorllewin pell ac yn destun rhwystredigaeth i luoedd arfog yr Unol Daleithiau ers degawdau, ond roedd wedi ildio o'r diwedd a'r hanes yn britho'r papurau. Ar y ffordd adref o'r ysgol siaradodd Sara â Tamar am y newyddion. Pan ddywedodd ei nith yr hoffai gyfarfod â rhai o frodorion y cyfandir ryw dro, dywedodd Sara y dylai hi siarad â N'ewyrth Enos.

'Mae o'n cofio Indiaid Ohio, wyddost ti. Mi welodd rai o'r Shawnee olaf i ymadael am y gorllewin.'

'O ddifri?'

'O ddifri. Tyrd.' Estynnodd ei llaw iddi. 'Mi awn ni i'w holi ynghylch hynny rŵan.'

Er bod Tamar yn 16 oed, roedd yn mwynhau rhannu cyfrinachau â'i modryb ac yn hapus i Sara gydio yn ei llaw a'i thywys i gyfeiriad rhyw anturiaeth neu gilydd. Cyn hir eisteddai'r ddwy wrth y bwrdd yn siarad â'r hen ddyn. Daeth Mary Margareta â choffi a bisgedi ceirch iddyn nhw.

'Gwedwch,' meddai hi wrth ei gŵr ar ôl eistedd yn ei ymyl. 'Gwedwch wrthyn nhw am Tecumseh a'i frawd, y Proffwyd.'

Agorodd Tamar ei llygaid yn fawr. 'Welsoch chi Tecumseh ei hun, N'ewyrth Enos?'

Gwyddai Sara nad oedd ei hen ewythr wedi gweld yr arweinydd enwog, er iddo gyfarfod â Shawnee arall, un na chafodd ddysgu'i enw hyd yn oed. Ond nid oedd am sathru ar fwynhad ei nith nac ychwaith ar y mwynhad a gâi ei hen ewythr wrth adrodd hanes nad oedd yn hanes. Dywedai ei thad weithiau fod ei ewythr yn mwynhau adrodd stori'i fywyd ei hun ac yn mwynhau sicrhau bod y stori honno'n un werth ei hadrodd. Yn hytrach na'i weld fel ffolineb neu anonestrwydd, roedd awydd Enos Jones i wneud y gwirionedd yn rhywbeth arall yn rhan annatod o'r dyn yr oedd Sara wedi'i garu ers cyn cof. Felly cododd hi fisgeden geirch o'r plât ar y bwrdd a'i bwyta wrth wrando'n dawel.

'Do, do, fy mechan i. Mi welais i o flynyddoedd yn ôl pan oedd rhyfel Tecumseh yn ei anterth. Teithio ar hyd y wlad oeddwn i ar y pryd, wyddost ti, yn chwilio am le priodol ar gyfer ein gwladychfa ni. Daeth byddin gyfan o ryfelwyr y Shawnee ar fy nhraws, a neb llai na Tecumseh 'i hun yn 'u harwain.' Disgrifiodd Tecumseh yn fanwl, ei wyneb hardd a'i lygaid treiddgar. Pefrai llygaid Enos Jones, wrth ymgolli yn ei stori'i hun.

'Oedd ofn arnoch chi, N'ewythr Enos?'

'Nac oedd, Tamar bach. Dyn boneddigaidd oedd Tecumseh, wyddost ti, ac ro'dd yn amlwg iddo fo a'i bobl nad o'wn i'n filwr o fath yn y byd.'

'Ddaru chi siarad ag o?'

'Do wir. Anghofia i fyth mo'i lais o, tra bydda i fyw.'

'Pa iaith oeddech chi'n ei siarad?'

'Wel, Saesneg ar y cyfan, ond rown i'n deall ychydig o iaith y Shawnee ac ro'dd yr hen Decumseh wrth 'i fodd pan glywodd o fi'n 'i annerch yn 'i iaith 'i hun.'

'Ydach chi'n cofio ychydig o'r iaith, N'ewyrth Enos?'

Pwysodd yr hen ddyn yn ôl yn ei gadair, un llaw ar y bwrdd a'r llaw arall yn esmwytho'i farf. Cododd ei lygaid a'u hanner cau.

'Wel, Tamar bach, mae'n flynyddoedd lawer ers i mi gael cyfle i'w siarad hi. Mi aeth y Shawnee ola i'r gorllewin dros hanner canrif yn ôl, wyddost ti.'

Caeodd ei lygaid ac aros yn dawel am ychydig. Roedd Sara wedi dechrau meddwl ei fod wedi disgyn i gysgu ond agorodd ei lygaid, gwneud dwrn o'i law a churo'r bwrdd ag o.

'Pelewathîpi!' Edrychodd pawb yn syn arno. 'Enw'r afon,' eglurodd, yn codi'i law eto ac yn estyn bys, fel pe bai'n bosibl iddyn nhw weld yr afon fawr trwy wal y tŷ. 'Pelewathîpi – dyna enw'r afon yn 'u hiaith nhw!'

Cafwyd tawelwch wedyn, yr hynafgwr fel pe bai wedi ymgolli yn ei feddyliau'i hun. Cododd Mary Margareta a dechrau clirio'r bwrdd.

'Eisteddwch,' meddai Sara'n dyner wrthi, 'mi wna i olchi'r llestri i chi.'

'Na newch chi ddim, Sara. Y diwrnod bydda i'n beni golchi a glanhau fydd 'y niwrnod ola i ar y ddaear 'ma.'

Diolchodd Tamar i'r ddau am yr hanes, y coffi a'r bisgedi. Wedi ffarwelio â'r hen gwpl a chamu i lawr y grisiau cerrig bychain i'r lôn, edrychodd Tamar dros ei hysgwydd er mwyn sicrhau bod y drws wedi'i gau y tu ôl iddyn nhw.

'Bu farw Tecumseh cyn i N'ewyrth Enos ddod i Ohio, yndo?'

Cydiodd Sara yn llaw ei nith wrth gerdded yn araf.

'Do, Tamar, do.'

'Dyna o'n i'n 'i feddwl hefyd.'

Ysgrifennodd Esther lythyr hir yn niwedd mis Hydref yn disgrifio'r digwyddiad a elwid yn *The Dedication of the Statue of Liberty* gan y papurau Saesneg. Roedd hi wedi gweld braich y gwaith copr mawr mewn arddangosfa yn y parc ym Manhattan ac roedd hi'n awyddus i groesi i'r ynys fach yn yr harbwr a gweld y gawres ar ei thraed. Rhodd pobl Ffrainc i ddinasyddion yr Unol Daleithiau oedd y cerflun; ar ôl darllen amdani yn y papurau, roedd Enos Jones wedi dysgu enw Ffrangeg y gwaith celf mawr ar ei gof. Bob tro y codai aelod o'i deulu neu un o'i gymdogion y pwnc mewn sgwrs byddai'n ysgwyd ei ben yn ddoeth a thynnu ar ei farf ag un llaw cyn dweud,

'La Liberté éclairant le monde! Enw sy'n codi hiraeth yng nghalon dyn am fyd gwell!'

Yna byddai Mary Margareta yn cydio ym mraich ei gŵr a dweud,

'Ac ma'ch clywed chi'n siarad Ffrangeg 'to'n codi hiraeth am yr hen ddyddie yn 'y nghalon inne 'fyd.'

Roedd y Statue of Liberty – fel y'i gelwid gan yr ynyswyr eraill – wedi'i gynllunio gan Frédéric Auguste Bartholdi ac wedi'i adeiladu gan yr enwog Gustave Eiffel. Hoffai Enos Jones godi'r enwau hyn mewn sgwrs, eu hynganu'n araf yn ei acen Ffrangeg orau.

'Hyfryd o beth fyddai teithio i Gaerefrog Newydd eto cyn marw a gweld gwaith mawr Monsieur Eiffel. Dywedir bod Monsieur Batholdi wedi gwneud Mademoiselle Liberté yn ddrych i'r hyn sy'n dda yn yr holl ddynoliaeth.'

'Piti na cha'th Monsieur Bertrand fyw i'w gweld 'fyd,' ategodd Mary Margareta, yn cydio ym mraich ei gŵr a'i dywys adref.

Bu Dafydd yn weddol iach trwy gydol y gaeaf, er y câi bwl drwg bob tro y newidiai'r tywydd yn sydyn, ond gwaethygodd ei anhwylder yn y gwanwyn. Pan ddechreuodd y blodau ymagor dechreuodd Dafydd duchan a phesychu. Ambell ddiwrnod byddai'n rhaid iddo oedi ar ôl cerdded pump neu chwe cham er mwyn cael ei wynt. Dywedai Catherin Huws mai caethiwed y frest ydoedd, ond cyfeiriai Mary Margareta at y salwch fel Y Fogfa, weithiau'n ei bersonoli fel Mogfa Dafydd. Asthma oedd y gair a ddefnyddid gan y meddygon a ddeuai o Gallipolis, Ironton a Marietta i wrando ar anadl Dafydd ac astudio cochni'i lygaid a lliw ei wefusau. Wedi hir ymgynghori â'r holl ddoctoriaid hyn, penderfynodd fynd i'r Brifysgol yn Cincinnati yn hytrach na Choleg Oberlin gan fod meddyg arbenigol yn y ddinas honno a allai fod o gymorth iddo gyda'i asthma.

'Cofia fynd i weld y Red Stockings a chofia gadw'n glir o'r salŵns ar Vine Street,' oedd cynghorion ei hen ewythr, Ismael. Gwyddai pawb ar yr ynys nad oedd Ismael Jones yn colli cyfle i weld gêm *baseball* pan fyddai'n teithio ar y tir mawr; cystadlaethau rhwng tîmau amatur siroedd Gallia a Jackson oedd llawer o'r gemau pêl-fas a welai, ond weithiau âi mor bell â Cincinnati i weld y tîm proffesiynol yn chwarae. Nid oedd Dafydd yn hoff o chwaraeon ac nid oedd yn yfwr ychwaith, ond roedd yn neilltuol o hoff o'i hen ewythr a rhoddodd iddo'r ateb y gwyddai y byddai'n chwilio amdano.

'Mi fydda i'n sicr o weld y Red Stockings yn chwara bob cyfle ga' i, peidiwch â phoeni – ac mi gadwa i'n glir o Vine Street.'

Dywedodd y geiriau olaf gan roi chwinc cynllwyngar a roddodd wên ar wyneb ei hen ewythr.

Tamar aeth i Oberlin, a dilyn ôl traed ei modryb Esther a Hannah Tomos. Felly hi oedd y drydedd ferch o'r ynys i fynychu'r coleg enwog yng ngogledd y dalaith. Aeth hi'r hydref canlynol wrth i Dafydd ddechrau ar ei ail flwyddyn yn Cincinnati. Ysgrifennai'r ddau at Sara mor aml ag at eu rhieni. Ysgrifennai Dafydd at ei hen ewythr Ismael bob hyn a hyn hefyd, gan roi hanes pob gêm *baseball* a welai. Dangosai Ismael y llythyrau i weddill y teulu er mwyn profi bod Dafydd wedi magu blas ar bêl-fas er gwaethaf ei ddifrifoldeb. Ym mis Tachwedd 1889, yn dynn ar sodlau'r newyddion bod Gweriniaethwr arall, Benjamin Harrison, wedi ennill yr etholiad arlywyddol, daeth y newyddion bod y Red Stockings a'r Brooklyn Dodgers yn gadael yr hen Association ac yn ymuno â'r National League. Nid y cyhoeddiad hwnnw, eithr darn arall o newyddion am y tîm a gythruddodd Ismael Jones; roedd tîm Cincinnati wedi gollwng y gair Stockings o'u henw.

'Y Reds,' bytheiriodd Ismael i'w frawd Isaac pan aeth draw i'w dŷ i gymharu'r newyddion o'r ddinas yn y papurau â chynnwys llythyr diweddaraf Dafydd. 'Mae'n hen enw syml heb arlliw o swyn yn ei gylch.'

'Dwn i ddim, Ismael,' cynigiodd ei frawd mawr. 'Mae rhywbeth braf mewn enw syml weithia, wst ti.'

Yn ystod yr un ymweliad hwnnw y cafodd Esther gyfle i adnabod Tamar, ond roedd y ffaith bod ei nith yn mynychu'i halma mater wedi'i hysbrydoli i ddechrau llythyru'n gyson â hi. Ysgrifennai at ei chwaer yn bur aml o hyd hefyd, ac felly datblygodd yn ohebiaeth dair ffordd, gyda'r un pynciau'n cael eu rhannu rhyngddynt. Byddai Esther yn cychwyn paragraff gyda'r geiriau 'Fel y dywed Tamar yn ei llythyr diweddaf,' cyn ymdaflu i draethawd byr am bwnc gwleidyddol neu achos moesol. Pan gyhoeddodd Jacob Riis ei lyfr *How the Other Half Lives* yn 1890 postiodd Esther gopi'r un at ei chwaer a'i nith. Er bod y gwaith yn astrus ac er nad oedd ei nith arall, Miriam, ond yn un ar ddeg oed, penderfynodd Sara rannu darnau ohono â hi hefyd. Darllenai'r gwaith ochr yn ochr â rhai o lythyrau Esther gan fod ei chwaer yn ategu'r hyn a ddywedai'r awdur am amodau byw tlodion Efrog Newydd. Eisteddai'r ddwy'n agos wrth ymyl ei gilydd ar y setl ym mharlwr bach Sara'n astudio'r tudalennau.

'Gwêl di yma, Miriam,' meddai, yn dangos y frawddeg â'i bys, 'mae Mister Riis yn crynhoi'n berffaith y sefyllfa a ddisgrifiodd dy Fodryb Esther yn ei llythyr hi. "The slum is not for Christian men and women, let alone innocent children, to live in, and therefore it must go."'

'Dw i'n falch nad oes 'na slyms yma ar yr ynys, Boda Sara.'

'A finna, Miriam, a finna. Ond fel y noda Mister Riis ac Esther, mae gormod ohonyn nhw yn y wlad, hyd yn oed os nad ydan nhw'n weladwy i ni.'

'Os does 'na ddim slyms yma, ydi hynna'n golygu nad oes 'na other half yma chwaith?'

Meddyliodd Sara am ychydig cyn ateb ei nith.

'Wel, Miriam, dwi'n credu dy fod ti'n iawn. Hynny ydi, dwi ddim yn credu bod yna hanner arall i Ynys Fadog. Mae pawb yr un fath, mwy neu lai.'

'Ond mae 'Nhad yn deud fod N'ewyrth Ismael yn deud fod y Cardis yn sir Gallia sy'n berchen ar y ffwrneisi haearn yn fwy cyfoethog na ni a'u bod nhw'n ormod o gybyddion i adael i gwmni'r ynys werthu'u haearn a mwynhau 'chydig o'r elw.'

'Wel, 'u dewis nhw ydi hynna, am wn i, Miriam.'

'Ond os ydan nhw'n fwy cyfoethog na ni, ydi hynna'n meddwl mai 'other half' Cymry sir Gallia ydi pobol Ynys Fadog?'

Meddyliodd Sara am yn hir eto cyn ateb.

'Wel, Miriam, 'dan ni 'di bod yn ddigon cyfoethog yn ein hamser.'

'Pryd oedd hynny?'

'Sbel yn ôl, pan oedd y cwmni'n gwneud gwell elw o'r fasnach.'

'Felly'r *other half* ydan ni rŵan.'

Roedd yn ddatganiad yn hytrach na chwestiwn.

'Wel, Miriam, am wn i, mae pawb yn 'other half' i rywun arall. Fel yna mae petha.'

'Ond ai fel yna dylia petha fod?'

Caeodd Sara'r llyfr a'i ddal mewn un llaw.

'Dwi'n credu dy fod di'n deall Mistar Riis yn well na fi, Miriam.' Symudodd y llaw arall i anwesu boch ei nith. 'Ac rwyt ti'n rhyfeddol o debyg i dy fodryb Esther, weithia.'

Gwenodd Miriam yn swil.

'Be' sydd?'

''Mond be' dach chi newydd 'i ddeud.'

''Mod i'n dy weld di'n debyg i Esther?'

'Ie.'

'Beth sy mor ddoniol am hynna?'

'Achos mae 'Nhad yn deud 'mod i'n debyg iawn i chi.'

Chwarddodd Sara. Symudodd ei llaw eto er mwyn rhoi'i braich am Miriam a'i gwasgu'n agos ati.

'Wel, am wn i, mae'r holl ferched yn yn teulu ni'n bobl glyfar.'

Chwarddodd Miriam hithau.

'Mae hynna'n wir.' Difrifolodd ychydig wedyn. 'Ond mae Dafydd yn reit glyfar hefyd.'

'Yndi, Miriam. Mae dy gefnder di'n reit glyfar.'

'Am fachgen.'

'Ie. Mae o'n glyfar iawn am fachgen.'

Chwarddodd y ddwy eto, y chwerthin yn cynyddu fesul eiliad, y naill ferch yn bwydo'r llall, fel y bydd plant bychain sy'n ymollwng i bwl o rialtwch.

28

Eisteddai Sara wrth y bwrdd bwyd. Roedd wedi gorffen ei swper, wedi clirio'r llestri a'u golchi cyn estyn ei deunyddiau ysgrifennu. Sylwodd fod smotyn tywyll ar bren y bwrdd – ychydig o'r cawl, mae'n rhaid. Cododd ac estyn cadach a'i sychu. Eisteddodd a dechrau ysgrifennu, gan sicrhau nad oedd y papur yn cyffwrdd â'r lle gwlyb roedd newydd ei lanhau.

6 Gorffennaf 1892

F'Annwyl Frawd Jwda,

Da clywed eich bod chi'i gyd yn iach. Diolch am gymeryd yr amser i ysgrifennu; gresyn nad wyt yn gwneud yn amlach – mae clywed gennyt yn llonni fy nghalon i. Diddorol hefyd ydoedd manylion trefniadau'r Ffair fawr a'r Eisteddfod. Rwyf wedi darllen peth o'r hanes yn y papurau. Os yw hanner ohono'n wir (a phaid â phoeni; nid oes gennyf reswm yn y byd dros wadu'r hyn a ddywedi!), mae'n rhaid mai rhyfeddod o'r rhyfeddodau fydd Eisteddfod Ffair y Byd Chicago. Eto – a madda i mi am daflu hyn o ddŵr ar dân dy newyddion – ni all fod mor rhyfeddol â'r hyn a ddigwyddodd yn y Cynhebrwng heddiw...

Dechreuodd Jwda ysgrifennu'n amlach yn y flwyddyn newydd ar ôl tawelwch hir. Credai Sara fod ei gydwybod wedi'i drechu o'r diwedd, neu o bosibl cafodd gymorth gan ei wraig. Prif neges y llythyr cyntaf hwnnw oedd bod ganddo deulu. Dywedai'i wraig Clara ei fod o'n hynod o ffodus bod ganddo deulu mawr, er eu bod nhw'n byw 'mhell i ffwrdd yn ne Ohio. Roedd gan Jwda a Clara fab o'r enw Seth a oedd bellach yn ddwy oed, ac er ei bod hi dipyn yn iau nag o, dywedodd Jwda na fedrai Clara gael rhagor o blant. Gan fod Seth yn unig blentyn a chan fod Clara wedi colli brawd a dwy chwaer i'r teiffoid pan oedden nhw'n blant gan adael un brawd yn unig iddi, ystyriai hi deulu mawr yn fendith. Gallai Sara deimlo grym credo a dyhead y chwaer-yng-nghyfraith nad oedd hi'n ei hadnabod y tu ôl i lythyrau'i brawd, y cymell a'r penderfyniad, y tywys a'r argyhoeddi, a Jwda'n ildio ac yn diwygio'i ffyrdd. Ond teimlai hefyd fod ei brawd yn mwynhau'r ohebiaeth bellach; hoffai feddwl y gallai ganfod rhywbeth yn y llythyrau a fu ar goll yn ei fywyd am flynyddoedd.

Americanes na ddeallai Gymraeg oedd Clara, a phan ofynnodd Sara mewn llythyr a oedd Jwda'n siarad Cymraeg â'i fab bach, dywedodd ei fod yn bwriadu gwneud, er nad oedd gofynion ei swydd yn caniatáu iddo dreulio digon o amser yn y cartref yn ystod yr oriau pan fyddai'r bychan yn effro ar hyn o bryd. Felly, iaith ei fam yn unig oedd ganddo ar y pryd. Dywedodd mewn llythyr arall fod Seth bach wedi'i fedyddio yn eu heglwys, yr Epworth Methodist Episcopal Church.

Cyfeiriai Jwda yn ddidaro at ei swydd gan ddweud, 'nad yw'r gwaith byth ar ben' a 'bod busnes yn dda'n wastadol y dyddiau hyn', ond ni roddodd fanylion. Y pynciau yr hoffai draethu amdanynt oedd y ffaith bod ganddo deulu, bod y teulu hwnnw'n byw'n gyfforddus, yn mwynhau holl gyfleusterau'r bywyd modern, a'r ffaith iddo weld sawl datblygiad mawr. Roedd hyd yn oed eu haddoldy yn newydd ac wedi'i adeiladu mewn dull anghyffredin, gan fod rhannau o'i furiau wedi'u hadeiladu â cherrig mawrion trawiadol o Wisconsin. Aeth i fanylion wrth ddisgrifio'r modd roedd y cerrig wedi'u gosod ar rafftiau pren, wedi'u tynnu gan agerfad, ac wedi'u symud ar lyn Michigan yr holl ffordd i Chicago. Disgrifiodd yr adeiladau mawrion newydd yng nghanol y ddinas hefyd. Enwodd yr Home Insurance Company Building a safai ddeg llawr uwch ben y stryd, a gwneud corachod o'r hen adeiladau cyffredin. Cyfeiriodd at y Tacoma Building, y Rookery Building ac adeilad mawr Rand McNally a gynhwysai un ar bymtheg o siopau a thri chant o swyddfeydd. Unwaith, pan oedd hi'n darllen y papurau Saesneg gyda'i thad, gwelodd Sara erthgyl dan y pennawd *The High Building Craze in Our Cities*. Pwysodd ei thad yn ôl yn ei gadair a thynnu'i sbectol, ei lygaid yn syllu ar fan annelwig.

'Beth sy, 'Nhad?'

'Meddwl oeddwn i, Sara, mai dyna'r math o beth y soniai N'ewyrth Enos amdano ers talwm. Dyna'r math o beth a âi â'i fryd, wyddost ti – codi'r adeilad mwyaf yn y wlad.'

'Fel y pontydd.'

'Ie. Ew, byddai o'n ein swyno ni pan oedden ni'n blant, y fi ac Ismael.' Cododd un llaw, mynegbys yn anelu at y nenfwd, y llaw arall yn cribo'r farf nad oedd erioed wedi'i thyfu, ei lais yn dynwared ei ewythr. 'Gwnawn ni greu gwladychfa Gymreig fwyaf llewyrchus y cyfandir! Adeiladau mawrion rhyfeddol, pontydd ceinion yn cysylltu'r ynys â'r tir mawr, elw masnach o'r de ac o'r gogledd yn llenwi'n coffrau ni.' Gwenodd yn wan ac yn oeraidd. 'Ond dyna ni. Mae fel petai N'ewyrth Enos wedi mynd yn rhy hen i freuddwydio rŵan.'

Astudiodd Sara wyneb ei thad. Craffodd. Meddyliodd.

'Dwn i ddim, 'Nhad. Dw i'n rhyw feddwl bod N'ewyrth Enos yn fodlon ei fyd a dyna pam mae wedi rhoi'r gorau i'w ffantasïau.'

Gwenodd ei thad, yn gynnes y tro hwn.

'Debyg dy fod ti'n iawn, Sara. Mae'n hapus rŵan. Mi gymerodd flynyddoedd, ond mae'n fodlon bellach.'

Ysgydwodd ei ben ychydig eto a chodi'i sbectol a'i gosod yn ôl ar ei drwyn. Cymerodd y papur o ddwylo Sara a'i astudio'n dawel am ychydig cyn siarad eto.

'Gwranda ar hyn. Maen nhw'n galw'r adeilada mawrion newydd yn *skyscrapers*. Dwi 'di clywed rhai'n galw hetia'n *skyscrapers*. Dynion tal hefyd, weithia. Ond mae'n fwy addas, rywsut, ar gyfer adeilad sy'n ceisio cyrraedd y cymyla.'

'Fel Tŵr Babel yn y Beibl.'

'Ie.' Chwarddodd. 'Ie, fel Tŵr Babel.'

Cynhwysai rhai o lythyrau Jwda hanes yr holl waith adeiladu a âi rhagddo ym Mharc Jackson ar lan Llyn Michigan. Roedd byddin o lafurwyr wrthi'n creu'r Ddinas Wen, cannoedd ar gannoedd o adeiladau ysblennydd a gâi eu codi'n unswydd ar gyfer y ffair fawr a elwid y Columbian Exposition. Roedd Sara wedi darllen yn y papurau fod bwriad cynnal Eisteddfod Fawreddog fel rhan o Ffair y Byd yn Chicago. Pan holodd ei brawd atebodd trwy ddweud iddo gyfrannu'n ariannol ati er na chynorthwyodd gyda'r trefnu. Rhwng gwaith y swyddfa a'r ychydig amser a oedd ganddo ar yr aelwyd gyda Clara a Seth, meddai, nid oedd munud yn rhydd i'w neilltuo i bethau felly.

Deffrodd Sara un bore yng ngafael breuddwyd. Roedd hi'n teithio ar rafft ar afon lidiog, y dŵr tywyll yn chwyddo ac yn llyncu'r glannau ar bob ochr, y rafft yn degan yng ngafael y llif, a hithau'n cael ei chipio'n ddiymadferth i ble bynnag yr âi'r afon â hi. Roedd yr haul yn codi'n araf ac yn llwydni'r wawr medrai weld fod yr afon yn ymledu o'i blaen ac yn troi'n llyn. Meddyliai ar y dechrau fod y dilyw wedi gorlifo coedwig, ond gwelodd ar ôl i'w rafft symud yn nes mai dinas ydoedd, nifer o adeiladau mawrion yn codi o'r dŵr ac ambell adeilad llai wedi diflannu oddi tano ar wahân i'w do. Cyrhaeddodd y llyn y ddinas, ei rafft yn symud ar hyd y strydoedd yng nghysgod yr adeiladau mawrion. Cododd Sara ei phen a gweld bod y cewri o gerrig a brics a gwydr yn crafu'r cymylau llwydion yn yr awyr. Deffrodd yn ansicr, yn synnu bod ei gwely'n ddisymud ar y llawr, yn hanner disgwyl iddo fynd gyda llif yr afon. Eisteddodd i fyny yn araf, yn teimlo bod byd o ryw fath ar ben.

Roedd ystafell ddarllen llyfrgell y brifysgol yn Cincinnati yn derbyn papurau newydd o bob rhan o'r wlad, ac felly cawsai Dafydd gyfle i gymharu'r gwahanol straeon am frwydr – neu gyflafan – Wounded Knee. Roedd un cyhoeddiad o'r gorllewin, y *Bismarck Weekly Tribune*, wedi dechrau gyda'r pennawd *Conflict at Last*. Rhoddodd Dafydd yr is-benawdau air am air hefyd. *While Disarming Big Foot's Band of Hostiles, A Disastrous Fight Occurs. Captain Wallace of the Seventh Cavalry Killed, and Lieutenant Garlington Wounded. Members of the Seventh Cavalry Again Show Themselves to be Heroes*. Ond roedd rhai o bapurau'r dwyrain yn codi amheuon. Yn ôl y *Pittsburgh Dispatch*, bai milwyr yr Unol Daleithiau ydoedd. O dan y pennawd *Each Side Wished Revenge – A Female Missionary Thinks the Massing of Troops Caused the Trouble*, dywedai'r papur fod Miss Mary C. Collins wedi cyrraedd Pittsburgh, 'from the scene of the Indian troubles in South Dakota, where she has been for several years.'

Aeth rhagddo, yn manylu ar ei thystiolaeth hi.

In reference to the Wounded Knee affair, she said the soldiers wanted to avenge Custer's death and Spotted Eagle wanted to avenge Sitting Bull's death. She greatly opposed the massing of troops on the frontiers, and thought that had not the soldiers been sent to intercept the Indians, they would soon have quieted down and the sacrifice of so many lives would thus have been averted.

Yn dilyn traethawd o lythyr gan Ddafydd yn crynhoi popeth a wyddai am hanes y rhyfeloedd rhwng y brodorion a'r Unol Daleithiau, casglodd mai Wounded Knee fyddai'r frwydr olaf.

'Mae'n debyg dy fod yn iawn,' atebodd Sara mewn llythyr at ei nai. 'Y mae'n bur debyg bod byd o ryw fath ar ben.'

Holai Sara ei nai yn aml am yr hyn a astudiai yn y brifysgol, ac atebai'r cwestiynau hyn yn faith ac yn fanwl. Holai hefyd am gaethiwed ei wynt a'r cynnydd a wnâi ymchwil meddygon y ddinas i'r cyflwr, ond ni fyddai'n ateb fel rheol ar wahân i ddweud ei fod yn weddol iach ar hyn o bryd, diolch yn fawr. Tueddai i lenwi'i lythyrau â thrafodaeth, gan ddefnyddio'r ohebiaeth i gnoi cil ar faterion y dydd.

Câi Sara fwy o fanylion gan ei brawd Joshua a'i chwaer-yng-nghyfraith Lisa gan fod Dafydd yn trafod ei iechyd yn ei lythyrau at ei rieni. Nid oedd y cyflwr sylfaenol wedi newid; gwaethygai wrth i'r tywydd newid yn gyflym ac roedd wastad yn ddrwg yn y gwanwyn. Cytunai'r holl arbenigwyr mai asthma ydoedd er bod eu syniadau'n amrywio'n fawr ynglŷn â'r modd gorau o drin y cyflwr. Rhoddodd un meddyg ipecac iddo er mwyn gwneud iddo gyfogi gan ei fod yn credu bod gwagio'r ystumog yn ysgafnhau'r pwysau ar yr ysgyfaint. Rhoddodd meddyg arall rywbeth o'r enw clorofform iddo, rhyw driniaeth a wnâi iddo gysgu. Awgrymai un y dylai ysmygu tybaco mor aml â phosibl ac un arall y dylai yfed alcohol go gryf bob dydd, triniaeth y byddai N'ewyrth Ismael yn ei gymeradwyo'n fawr, mae'n debyg, ychwanegodd Joshua gyda gwên. Wedi profi amrywiaeth o foddion a thriniaethau – nifer ohonynt yn arteithiol o boenus ac eraill yn ymddangos yn gwbl ofer, daeth Dafydd i'r casgliad bod tri pheth yn well na phob dim arall. Y cyntaf oedd coffi cryf iawn, a lwyddai i leihau'r caethiwed ar ei wynt ond ei rwystro rhag cysgu. Yr ail oedd *opium*, a gymerai pan fyddai'r cyflwr ar ei waethaf gan ei osgoi fel arall, am fod y cyffur yn drysu'i feddwl ac yn ei gwneud hi'n anodd astudio. Yr olaf oedd ysgmygu rhywbeth o'r enw *stramonium* mewn pibell. Planhigyn o ryw fath ydoedd, un roedd rhai o'i gydfyfyrwyr yn ei alw'n *jimsonweed* ac eraill yn *devil's snare*. Dywedodd Joshua iddo egluro mewn llythyr at ei fab mai afal dreiniog oedd enw Cymraeg y planhigyn.

'Tipyn o gamp, Sara,' meddai Joshua, yn gorfodi sirioldeb i'w lais er mwyn cuddio'r pryder. 'Ddim yn aml dw i'n gwybod rhywbeth dydi Dafydd ddim yn 'i wybod.'

Ddechrau mis Gorffennaf 1892 eisteddai Sara gydag Enos a'i wraig yn eu cartref. Roedd yn ddiwrnod poeth iawn, ond roedd Mary Margareta wedi gwrthod mynd allan i eistedd gan ei bod hi'n poeni y byddai haul canol dydd yn rhy gryf iddi. Er bod holl ffenestri'r tŷ yn llydan agored, agorodd Sara'r ddau ddrws er mwyn sicrhau bod digon o wynt yn mynd trwy'r parlwr. Daeth o hyd i garreg y tu allan i gadw drws eu cegin yn y cefn ar agor ond ni allai weld dim a fyddai'n gwneud y tro ar gyfer prif ddrws y tŷ.

'Cymer y rhain,' meddai ei hen ewythr, yn estyn tomen o lyfrau iddi, 'maen nhw'n ddigon trwm.'

Roedd Sara ar fin lleisio cwyn a dweud ei bod hi'n synnu ato, gan iddo ddweud wrthi ers pan oedd hi'n ferch fach iawn fod llyfrau'n bethau i'w parchu a'u trin yn ofalus. Edrychodd ar y gyfrol gyntaf a gweld mai *Hanes Cymry America* R D Thomas ydoedd, a chasglai mai llyfrau eraill a ystyrid yn gableddus neu'n ddiwerth gan ei hen ewythr oedd y bwndel. Felly eisteddodd Sara, â gweithiau swmpus y Parchedig Thomas a'i gyfeillion yn dal y drws ar agor fel y gallai'r gwynt chwythu'n braf trwy'r tŷ a'i lenwi â chymysgedd o aroglau gwyrddni'r haf ac arogl lleidiog yr afon.

Gan i'r teulu drafod Jwda a'i hanes yn ddiweddar, a chan fod yr hanes hwnnw'n cynnwys y paratoadau ar gyfer Ffair y Byd a'r eisteddfod gysylltiedig, roedd Mary Margareta yn poeni ynglŷn â'r argraff a wnâi'r Cymry ar weddill y byd yn yr Ecsposisiwn, fel y'i gelwid ganddi hi. Dyna oedd yn ei phoeni, wrth i awel mis Gorffennaf wneud i lenni'r ffenestri agored ddawnsio fel ysbrydion llon.

'Peidiwch â phoeni, f'anwylyd', meddai Enos, goslef ei lais yn awgrymu'i fod wedi lleisio'r union eiriau nifer o weithiau cynt, 'bydd ein cydgenedl yn ymddwyn yn weddus.' Cododd law, ei fynegfys yn taro'r awyr er mwyn pwysleisio, 'Bydd goreuon hil Gomer yn America yn gorymdeithio ger bron y byd yn Chicago y flwyddyn nesaf. Ie, a dynion a gwragedd gorau'r Hen Wlad hefyd. Llinach Cadwaladr, Arthur a Dewi Sant. Cenedl hynaf a mwyaf gwareiddiedig Ewrop. Sut yn y byd y gall y Cymry beidio â gwneud argraff dda?'

'Cofiwch chi am y pwt bach weles i yn y *Cenhadwr*, Enos Jones.' Edrychodd Mary Margareta ar Sara wedyn. 'Ma'n flin 'da fi, Sara, ond gyda'r hen gefen a'r coese 'ma, ma fe'n cymryd oes i fi godi o 'nghader. Wnei di basio'r *journals* 'na ar y bwrdd i fi?'

Cyn pen dim roedd Sara 'nôl yn ei chadair gyda dau rifyn o'r *Cenhadwr Americanaidd*. Roedd y naill o fis Ionawr 1888 a'r llall o fis Chwefror y flwyddyn ganlynol.

'Disgwl di, Sara fach,' meddai'r hen wreigan. 'Ma 'na bwt bach yn un ohonyn nhw am ymddygiad cywilyddus rhai Cymry yn rhai o Steddfode America.'

Bodiodd Sara trwy'r rhifyn hynaf.

'Dyma ni.' Darllenodd y pennawd yn uchel, gan nad oedd hi mor sicr o glyw Mary Margareta bellach. 'Eisteddfod Pittsburgh a Chyngwystlaeth.'

'Wedes i!' Estynnai hi law fregus i gyfeiriad ei gŵr, ei llais yn llawen fuddugoliaethus. 'Cyng-rhywbeth-ma-iaeth.'

'Cyngwystlaeth,' meddai Enos yn amyneddgar.

"Na fe. A ma fe'n golygu betio. Darllen di, Sara fach.'

'O'r gorau.' Edrychodd yn slei ar ei hen ewythr, chwincio a gweld ei fod yn mwynhau'r cyfan. Dechreuodd ddarllen yr erthygl yn uchel. 'Ymddengys nad duwiolion a Christnogion yw'r oll sydd yn cymeryd diddordeb yn eisteddfod nesaf Pittsburgh, oblegid ceir mewn cwmnïau ddigon o *bets* ar ganlyniadau'r cystadleuthau.

Telir pum dolar ar hugain y cymer Hyde Park y ddwy brif wobr. Telir arian gan amryw bleidiau ar y *male chorus* rhwng Utica a Pittsburgh, a rhwng Pittsburgh a Johnstown.'

"Na fe. Dyna wedes i. Ble ma'r darn am rasio cyffyle, gwed?'

Cribiniodd Sara trwy weddill yr erthygl yn gyflym â'i llygaid.

'Dyma fo, Boda Mary Margareta. Dywed yma "nad oes gwahaniaeth pwysig rhwng yr Eisteddfod a rhedegfeydd ceffylau."'

"Na beth wedes i. Betio ar steddfode, yn gywir fel ar rasys ceffyle!' Aeth rhagddi, yn egluro'i bod hi'n poeni y byddai betio mawr ar yr eisteddfod yn Chicago y flwyddyn nesaf ac y byddai'n dwyn gwarth ar enw'r Cymry yn America.

'Peidiwch â phoeni, f'anwylyd. Rwy'n weddol sicr bod yna ddigon o fetio'n digwydd yn Chicago beth bynnag, ac nid y Cymry yw'r gwaethaf o'r rhai sy'n hoffi mentro'u harian yn y modd hwnnw.'

'Ond beto ar eisteddfod. Beth fydd yr Americanwyr yn meddwl?'

'Beth mae unrhyw Americanwr nad yw'n Gymro hefyd yn gwybod am eisteddfod yn y lle cynta?'

"Na'n union 'y mhryder i,' meddai hi , wedi camddeall ergyd sylw ei gŵr. Yn hytrach na dal pen rheswm â hi, penderfynodd Enos newid y pwnc.

'Dwedwch i mi, f'anwylyd, beth oedd yr ysgrif yn y rhifyn arall roeddech chi am 'i dangos i Sara?'

Wedi ychydig o ddryswch a chrafu pen, cofiodd Mary Margareta: roedd wedi'i hatgoffa o Esther ac roedd hi'n meddwl y byddai Sara'n hoffi sôn amdani mewn llythyr y tro nesaf yr ysgrifennai at ei chwaer. Daeth Sara o hyd i'r ysgrif ar 'Iawnderau Merched' gan Rhydwen, o Pittston, Pennsylvania. Nid oedd ganddi'r galon i atgoffa'i hen fodryb y byddai hi'n darllen y cylchgrawn yn rheolaidd beth bynnag a'i bod hi wedi trafod yr ysgrif yn ei gohebiaeth gydag Esther dair blynedd yn ôl. Dechreuodd ddarllen yn ufudd, ond crwdyrai'i meddwl ychydig pan seibiai i adael i Mary Margareta siarad.

Ac yna daeth tad Sara a sefyll yn y drws agored, ei wynt yn ei ddwrn.

'Dyma chi, eich tri. Mae Dafydd wedi dychwelyd. Mae'n croesi'r sianel rŵan.'

'Dos di, Sara fach,' meddai'i hen ewyrth wrthi. 'Mi wnawn ni aros adref, gan nad yw Mary Margareta am wynebu'r gwres, ond tyrd â Dafydd yma i ni gael 'i weld o unwaith caiff o'i draed dano.'

'Pidwch â siarad dwli, ddyn,' meddai'i wraig wrth godi'n araf o'i chadair. Symudodd Enos yn syfrdanol o gyflym, o ystyried ei oed, er mwyn ei chynorthwyo.

Er bod Sara'n awyddus i ruthro o'r tŷ, arhosodd am yr hen gwpl. Cerddai Mary Margareta'n araf, un llaw'n pwyso ar fraich ei gŵr a'r llaw arall ar fraich Sara. Roedd tad Sara wedi brasgamu o'u blaenau ac erbyn iddyn nhw gyrraedd doc bach y gogledd roedd Joshua yno'n helpu'i fab allan o'r cwch. Benjamin a Robert Dafis oedd wedi'i hebrwng yn ôl dros y sianel. Roedd y ddau yn y cwch, y naill yn helpu Dafydd wrth iddo ddringo i fyny i goflaid ei dad a'r llall yn pwyso'n fodlon ar y rhwyfau. Roedd Dafydd yn wyn fel y galchen ac yn ymladd am ei wynt. 'Ydi,' meddai trwy'r tuchian, 'mae braw yn gallu dod â'r fogfa hefyd.' O dipyn i beth y dysgodd Sara'r holl hanes. Gwrthodasai'r capten alw yn Ynys Fadog felly bu'n rhaid i Dafydd ddisgyn o'r agerfad yn Gallapolis a chwilio am ddyn a allai ddod ag o mewn wagen. Roedd yn teimlo'n holliach ar y pryd, a'r daith ar yr afon wedi dygymod ag o'n burion. Safodd yn gwylio'r wagen yn mynd; roedd y gyrrwr, yn garedig iawn, wedi mynnu mynd ag o am ddim gan ei fod yn nabod ei hen ewythr Ismael yn dda, ac felly cododd Dafydd ei law am yn hir cyn iddo ddiflannu dros ael y bryn. Wrth i'r wagen fynd o'i olwg, troes Dafydd i weld a gâi sylw rhywun ar yr ynys a beth a welodd ond yr Ysbryd yn sefyll yno o'i flaen. Gwyddai'n syth mai dyna ydoedd. Drychiolaeth o ddyn, hynod debyg i'w ewythr Ismael ond yn fwy blêr a gwyllt ei olwg, yn sefyll ryw bum llath i ffwrdd, yn syllu arno.

'Rwy'n gwybod nad o'wn i'n credu ynddo,' meddai, gan oedi ac anadlu mor ddwfn â phosibl, 'ond rhaid i fi gredu rŵan. Roedd yn union fel y disgrifiodd pawb o.' Pesychodd ychydig ac oedi eto. 'Ac er 'mod i'n ddyn rhesymegol...' anadlodd yn wichlyd, 'sydd wedi ymroi i anianyddiaeth...' pesychodd eto, 'a gwyddoniaeth...' ceisiodd dynnu anadl ddofn, 'aeth ias oer i lawr asgwrn 'y nghefn i...' Safodd am ychydig, ei law ar ei frest. Wedi ychydig, mentrodd frawddeg arall. 'Gwyddwn i fod o'n rhywbeth na fedrwn 'i esbonio.'

Wedi cyrraedd y tŷ, estynnodd Dafydd am botel fach o'i sach a rhoi tropyn o'i chynnwys mewn glasiad o ddŵr roedd ei fam wedi'i osod ar y bwrdd o'i flaen. Tywysodd ei dad bawb arall o'r tŷ. Plygodd Joshua'n agos er mwyn sibrwd yng nghlust Sara.

'Tyrd yn ôl yn nes ymlaen. Bydd 'di dadebru erbyn hynny.'

'Druan o Dafydd,' ebychodd Mary Margareta wrth i Enos ei thywys i ffwrdd yn araf, 'peth cas yw'r hen fogfa 'na.'

'Ie, f'anwylyd. Peth cas ar y naw.'

Penderfynodd Sara fynd i dŷ ei thad er mwyn cnoi cil ar gyffro dychweliad Dafydd a gwneud tamaid o swper y gallen nhw ill dau ei rannu. Wedi iddi glirio'r llestri a'u golchi, gofynnodd iddo a fyddai'n dod yn ôl i dŷ Joshua gyda hi er mwyn gweld a oedd Dafydd yn effro ac yn ddigon iach i siarad ychydig. Cydsyniodd ei thad ac roedd ar fin codi o'i gadair pan agorodd y drws yn ddisymwth. Benjamin, a golwg ar ei wyneb a ddywedai mai newyddion drwg a gludai.

'Paid â dweud bod Dafydd yn wael,' meddai'u tad yn disgyn yn ôl yn ei gadair.

'Naci, 'Nhad, nid dyna sy 'di digwydd.'

'Wel diolch am hynny,' meddai Isaac Jones, a dechrau codi o'i gadair eto. Safai Benjamin yno'n symud ei bwysau o'r naill goes i'r llall, ei wefusau'n gweithio wrth iddo ystyried ei eiriau.

'Beth sy, Benjamin?' holodd Sara'n ddiamynedd.

'Mary Margareta. Mae hi 'di marw.'

Gwelsai Benjamin ei hen ewythr Enos ar y lôn yn cerdded yn araf fel dyn mewn breuddwyd. Cydiodd yn ei law ac eglurodd. Wedi cyrraedd y tŷ, dywedodd Mary Margareta nad oedd arni awydd bwyta gan ei bod hi'n teimlo'n neilltuol o flinedig a'i bod hi am orwedd am ychydig. Pan aeth Enos i fyny'r grisiau i edrych amdani, roedd hi wedi marw, a hynny'n dawel yn ei chwsg yn ôl pob golwg.

* * *

'Yr wyf yn gadael i chwi dangnefedd.' Safai'r Parchedig Solomon Roberts yn ymyl y bedd, y Beibl yn ei ddwylo mawr. Roedd haul Gorffennaf yn fileinig o boeth, ond chwipiai gwynt trugarog ar draws yr ynys o'r dwyrain, gwynt digon cryf i gipio hetiau'r galarwyr pe na baent wedi'u dal yn eu dwylo. Eisteddodd Sara gyda'i hen ewythr a'r gweinidog y noson flaenorol, yn trafod y gwasanaeth. Ie, dyna oedd yr adnod i'w ddarllen ar lan y bedd. Ioan 14.27. Cofiai i Mary Margareta ddweud unwaith ei bod hi'n teimlo'i fod yn hynod addas. 'Na thralloder eich calon, ac nac ofned.'

Daliai Enos Jones lyfr. Roedd wedi bod yn ei ddwylo gydol y gwasanaeth yn y capel wrth eistedd yn gwrando ar y bregeth angladdol ac wrth sefyll i ganu'r emynau. Fe'i daliai'n dynn at ei frest pan gerddai'n araf y tu ôl i'r arch, fel offeiriad yn dal y Llyfr Sanctaidd mewn gorymdaith. John, mab hynaf Jacob Jones, oedd yr unig un o'r chwech a gludai'r arch nad oedd yn aelod o'r teulu er ei fod, fel y pump arall, yn ddyn o'r enw Jones. Erbyn deall, bu'n cynorthwyo Mary Margareta i gael trefn ar y tŷ yn Gallipolis yn y cyfnod ar ôl i Jean Baptiste Bertrand farw a daeth y ddau'n gyfeillion agos. John a'i dad Jacob oedd yr unig aelodau o'r teulu a allai ddod i'r cynhebrwng gan fod Cynthia'n wael a'r mab ieuengaf, Samuel, wedi aros i ofalu amdani. Roedd Sara wedi poeni y byddai'r ymdrech yn ormod i'w nai, Dafydd, er iddo daeru'i fod yn ddigon cryf pan nad oedd y caethiwed ar ei frest. Ond gwelai Sara fod Dafydd yn ei hystyried yn fraint gwasanaethu ar y cyd gyda'i dad, ei ewythr Benjamin, ei daid a'i hen ewythr Ismael. Er bod Isaac yn 73 oed a'i frawd Ismael yn 67 oed, roedd y ddau ddyn yn dal yn ddigon heini. Yn debyg i'w hewythr, Enos, meddai pobl yn aml, wedi'u bendithio â blynyddoedd patriarchiaid yr Hen Destament ac mor gryf â dynion hanner eu hoed. Cododd Sara'i llygaid o'r bedd er mwyn edrych ar ei hen ewythr yn symud ei wefusau gyda'r gweinidog, ond llais dwfn y Parchedig Solomon Roberts yn unig a glywai. 'Clywsoch fel y dywedais wrthych, Yr wyf yn myned ymaith, ac mi a ddeuaf atoch. Pe carech fi, chwi a lawenhaech am i mi ddywedyd, Yr wyf yn myned at y Tad, canys y mae fy Nhad yn fwy na myfi.' Agorodd Enos y llyfr yn ofalus, ei fysedd yn gwarchod y tudalennau rhag y gwynt. Cododd rywbeth a'i ddal rhwng bawd a bys un llaw. Craffodd Sara a gweld mai deilen fach frown ydoedd. Plygodd yr hen ddyn i lawr at y bedd er mwyn sicrhau na fyddai'r gwynt yn cipio'r ddeilen a'i chwythu hi i ffwrdd. Symudai ei wefusau'n dawel, wrth siarad â'r ymadawedig. Yna, gollyngodd y ddeilen fach frau i ddisgyn ar gaead yr arch. Arhosodd yno yn ei gwrcwd am dipyn, ei lygaid ar y gorffennol na allai neb arall ei weld. Poenai Sara y byddai'n syrthio a disgyn i mewn i'r bedd ond arhosodd yno yn ei gwrcwd, ei ddwylo'n dal y llyfr, ei freichiau'n pwyso ar ei bengliniau a'i farf wen hir yn symud yn y gwynt.

Safai tad Sara yn ei ymyl ac ar ôl munud arall o dawelwch estynnodd law er mwyn helpu'r hen ddyn i'w draed. Cyhoeddodd y gweinidog eu bod am ganu emyn arall.

'Yn ôl ein brawd, Enos Jones, dim ond ar ôl iddi symud i'r ynys y daeth ei ddiweddar briod yn hoff o'r emyn hwn.'

Canai pawb yn egnïol, ac er bod llais bas mawr y Parchedig Solomon Roberts yn boddi rhai o'r lleisiau eraill, medrai Sara glywed ei hen ewythr yn arwain, yn seinio'n gryf, er gwaethaf cryndod oedran. 'Pob seraff, pob sant, Hynafgwyr a phlant, Gogoniant a ddodant i Dduw...'

Daeth yr emyn i ben a dechreuodd y dyrfa ymadael, Enos Jones yn cerdded rhwng ei neiaint, Isaac ac Ismael ac yn sgwrsio â nhw.

'Diolch, 'y mechgyn i, diolch.'

Cerddai Sara'n araf y tu ôl iddyn nhw, yn gwrando ar ei hen ewythr yn dweud iddyn nhw gael blynyddoedd da gyda'i gilydd a'i fod wedi mwynhau dedwyddwch priodasol na fynnai ei newid am unrhyw beth arall yn y byd. Gallai glywed sŵn yn y cefndir, wrth i Edwart, Morgan a Robert Philips godi rhaw yr un a dechrau ar eu gwaith, metel yn rhasglu trwy'r pridd wrth iddyn nhw gau'r bedd.

* * *

'O Dduw!'

Gwaedd. Gwraig yn galw. Dychryn. Syndod. Erbyn deall, chwaer-yng-nghyfraith Sara ydoedd, Elen, ei llais yn annaearol o ryfedd, a hithau yng ngafael braw. Lleisiau eraill, yn galw ac yn ebychu.

'Fan'na!'

'Sbïwch!'

'Dyna fo!'

Yn hytrach nag ymlwybro'n araf o'r fynwent roedd y dyrfa wedi newid cyfeiriad. Symudai pawb i ran ogleddol y fynwent. Codai ambell un ei law er mwyn estyn bys. Gwasgai rhai ddwylo at ei bochau, yn ceisio cuddio'r dychryn.

'Dw i'n 'i weld o!'

'A finne!'

'Drychwch arno fo!'

'Fan acw!'

'Sbïwch!'

Bu'n rhaid i Sara symud heibio'r bobl eraill a safai'n syllu'n syn. Erbyn i Sara'i weld roedd pawb wedi distewi. Ac yntau wedi anghofio amdani yng ngafael y syndod, cipiwyd het Owen Watcyn gan y gwynt. Hedfanodd fel aderyn trwsgl di-adain a glanio yng nghanol y sianel, hanner ffordd rhwng y dyrfa a'r ddrychiolaeth a safai ar lan y tir mawr. Yr Ysbryd. Yn union fel roedd Tamar a'r plant eraill wedi'i ddisgrifio flynyddoedd yn ôl. Yn union fel roedd Dafydd wedi'i ddisgrifio'r wythnos hon. Mwng o wallt brith hir. Barf frith hir. Dillad carpiog. Yn debyg i Ismael Jones pan fyddai ar ei fwyaf anystywallt a budr ar ôl wythnos o ymweld â thafarndai'r tir mawr. Safai'r holl gymuned ar y llain o dir mwdlyd rhwng y fynwent a'r lan yn syllu'n dawel ar y dyn a syllai'n ôl arnynt hwythau.

'Nid y fi ydi hwnna!' ebychodd Ismael Jones.

Syllodd Sara. Craffodd. Roedd hi'n adnabod wyneb y dyn, er nad oedd wedi'i weld ers naw mlynedd ar hugain. Credodd Sara yr hyn na allai'i gredu. Caeodd ei llygaid yn dynn cyn eu hagor a syllu eto. Roedd hi'n ei adnabod. Y fo oedd yn sefyll yno ar ochr arall y sianel gul. Y fo – ei brawd, Sadoc.

Ni siaradodd rhyw lawer, a gwingai bob tro y gofynnwyd cwestiwn iddo, fel pe bai'r geiriau'n ei daro'n galed ar ei wyneb. Wedi cofleidio'i fab, camodd Isaac Jones yn ôl a chyfarch y dorf. Dywedodd y byddai'n well, ar hyn o bryd, i bawb adael llonydd i'r teulu fynd ag o adref. Ond aeth coesau Isaac Jones yn wan pan ddechreuodd gerdded a bu'n rhaid i Benjamin roi cymorth iddo. Cydiodd Ismael ym mraich Sadoc a'i dywys yn dyner ar hyd y lôn. Wedi iddyn nhw gyrraedd y tŷ, eisteddodd Isaac a Sadoc mewn cadeiriau yn ymyl ei gilydd wrth y bwrdd, llaw y tad ar fraich ei fab hynaf. Eisteddodd y lleill hefyd – Enos, Ismael, Benjamin a Sara. Aeth Dafydd, mab Joshua, adref gyda'i fam, a Miriam, merch Benjamin, hithau gyda'i mam hithau i'w cartref. Ceisiodd Isaac Jones siarad ond ymollyngai i bwl o grio bob tro. Yn y diwedd, ei frawd Ismael a ddywedodd,

'Wrth dy bwysa rŵan, 'machgen i. Deuda di'r hanes wrtha ni.'

Edrychodd Sadoc o gwmpas y bwrdd, ei lygaid yn sglefrio ar draws pob wyneb ond yn gwrthod dal llygaid neb. Ni ddywedodd air.

'Hoffet ti ddiod o ddŵr?' Cododd Sara a mynd i 'nôl jwg a dau wydr, un i'w brawd ac un i'w thad. Yfodd y ddau, ond ni siaradodd Sadoc.

'Coffi?' Ni dyweddodd neb air. 'Rhywbeth arall?' Roedd ei ewythr Ismael wedi tynnu'i gôt a'i gosod i hongian ar gefn ei gadair gan fod y diwrnod mor boeth. Symudodd ac estyn rhywbeth o boced fewnol y dilledyn. Fflasg arian fach. Tynnodd y corcyn a'i hestyn ar draws y bwrdd i Sadoc.

'Tria di hwnna, 'machgen i. Dyna'r bwrbon gora dan ni'n medru'i gael y dyddia hyn.'

Cododd Sadoc y fflasg ac yfed llymaid. Llyncodd. Yfodd eto, yn tynnu'n hir ac yn llyncu'n gyflym yr eildro. Gwagiodd y fflasg a'i dychwelyd i'w ewythr.

'Diolch,' meddai, ei lais yn ddidaro.

Cododd y gwydr o'r bwrdd ac yfed y dŵr. Yfodd ac yfodd nes bod y gwydr yn wag.

'Fel hyn y digwyddodd hi.' Dechreuodd siarad yn herciog, weithiau'n seibio fel pe na bai'n cofio'r geiriau ac yn gyflym ar adegau eraill fel pe bai'r geiriau'n bethau poenus roedd am gael gwared arnynt o'i gorff mor fuan â phosibl. Taflai gilolwg i gyfeiriad wyneb ei dad bob hyn a hyn, euogrwydd yn ei lygaid. Edrychai ar wynebau'r lleill weithiau hefyd a phan ddaliodd lygaid Sara ei lygaid yntau teimlai hi ei fod o'n chwilio am gymorth. Eisteddodd yno'n gwrando ar ei brawd hynaf yn adrodd peth o hanes y naw mlynedd ar hugain, y brawd a welsai'r tro diwethaf yn ddyn ifanc un ar hugain oed yn ymadael am y rhyfel, yn awr yn dychwelyd yn ddyn hanner cant, ei wyneb yn grychiog a'i wallt yn frith. Roedd Sadoc dair blynedd yn hŷn na Sara, ond ymddangosai'n hŷn o lawer na hynny, yn agosach mewn oedran at ei hewythr Ismael. Sylweddolodd pawb nad oedd yn talu holi cwestiynau a'i bod hi'n well iddyn nhw adael i Sadoc adrodd ei stori yn ei ddull ei hun. Eisteddai Sara yno wrth y bwrdd yn dawel fel y gweddill ohonyn nhw, yn gwrando ar y brawd a ddaeth yn ôl o farw'n fyw.

Brwydr Chickamauga, mis Medi 1863. Bu'r Ail Gatrawd, Traedfilwyr Ohio, yn ei chanol hi. Lladdwyd ei gyfaill, Gustav Wunder yn ei ymyl o. Trawyd Sadoc yntau a'i adael ymysg y meirwon. Fe'i cymerwyd yn garcharor gan y gelyn ond roedd disgwyl iddo farw. Ni fu farw a phan ddadebrodd, dywedodd wrth y Rebels a'i daliai mai Gustav Wunder oedd ei enw. Doedd o ddim yn gwybod pam y gwnaeth hynny; ond doedd dim byd yn gwneud synnwyr y pryd hynny, felly pa wahaniaeth beth a wnâi? Aethpwyd ag o, ynghyd â thros ddeg ar hugain o filwyr eraill o'i gatrawd, i wersyllfa garchar Andersonville. Nid oedd am sôn rhagor am y lle hwnnw, oherwydd yn ystod y flwyddyn a hanner nesaf bu farw pob un o hogiau'r Ail Ohio yn Andersonsville. Pob un ar wahân iddo fo, Gustav Wunder neu Sadoc Jones. Bu'n rhaid iddo aros am gyfnod mewn ysbyty milwrol ar ôl i'r carcharorion gael eu rhyddhau ar ddiwedd y rhyfel, gan ei fod mor wan ac mor fusgrell. Teithiodd yn ôl i Cincinnati er mwyn dweud wrth deulu Gustav ei fod wedi marw. Ond cymerodd y daith flwyddyn. Aeth ar grwydr, ni allai ddweud pam na sut, ond dyna a wnaeth ar ôl gweld rhieni'i gyfaill marw.

Crwydro. Symud o le i le, yn dal gwahanol swyddi dros dro ac yna'n teithio wedyn. Bu'n gweithio ar agerfadau'r afonydd ac ar longau'r moroedd. Bu'n troedio cyfandiroedd pell – De America, Awstralia, Affrica. Bu yn Lloegr ac yng Nghymru. Bu'n byw am rai blynyddoedd yn ninas Efrog Newydd a chredai iddo weld Esther o bell unwaith. Pan ddeuai i'r cyffiniau hyn byddai'n ceisio cadw golwg ar yr ynys. Gwyddai lawer o'i hanes gan iddo holi gweithwyr yr afon ar ddociau Wheeling, Marietta, Ironton a Mayseville. Heddiw daeth adref. Nid oedd yn sicr ei fod am ddychwelyd, ond pan ddaeth i'r lan yr ochr draw clywodd y canu yn y fynwent. Arhosodd ac fe'i rhwydwyd.

Eu tad oedd y cyntaf i siarad ar ôl i Sadoc orffen dweud ei hanes. Sychodd ei ddagrau a daeth ychydig o liw yn ôl i'w fochau er bod ei lais yn crynu pan siaradai.

'Ond... Sadoc... beth sydd gen ti ddeud am dy fam?'

Edrychodd ei fab arno ond ni ddywedodd air. Rhoddodd Isaac law ar ei fraich eto. 'Pe bai hi ond wedi cael gwybod cyn iddi farw...' Ni ddywedodd Sadoc air. Hongiai tawelwch fel cwmwl o fwg yn yr ystafell, yn ei gwneud hi'n anodd i bawb anadlu'n gyfforddus. Ismael a siaradodd yn y diwedd.

'Tyrd i aros efo fi, 'machgen i. Mi wna i ferwi dŵr, rhywbeth dwi ddim yn 'i wneud yn aml. Mi ddylet ti gael trochfa go dda. Wedyn dwi am gladdu'r hen ddillad drewllyd 'na.'

Gwenodd Sadoc ac adnabu Sara fflach o rywbeth cyfarwydd yn ei lygaid.

Arhosodd Sara gyda'i thad ar ôl i'r lleill ymadael. Eisteddai'n dawel, ei ddwylo wedi'u plethu ar y bwrdd o'i flaen. Llefarai bob hyn a hyn, yn ailadrodd y geiriau amlwg. 'Anodd credu.' 'Wedi'r holl amser.' 'Sut ar wyneb y ddaear?' Cynigiodd Sara wneud bwyd iddo, ond dywedodd nad oedd arno eisiau bwyta dim. Awgrymodd y byddai paned o goffi'n help, ond gwrthododd yn gwrtais. Wedi eistedd mewn tawelwch am funudau hirion, edrychodd i fyw ei llygaid, a golwg fyfyrgar ar ei wyneb.

'Mi gollais fy mab yn agos at ddeng mlynedd ar hugain yn ôl. A dwi ddim yn teimlo 'mod i 'di'i gael o'n ôl heddiw. Dwi ddim yn gwybod pwy neu beth dwi wedi'i gael heddiw.'

'Ond Sadoc ydi o. Y mab afradlon fuo fo erioed.'

Gwenodd ei thad mewn modd a awgrymai'i fod yn derbyn ei phwynt. Agorodd ei ddwylo a gosod y cledrau ar y bwrdd a dechrau codi'n araf o'r gadair.

'Dw i am fynd i fyny a gorwedd am ychydig.'

Ni wyddai Sara beth y dylai ei wneud. Nid oedd yn ddiwrnod ysgol ac nid oedd gwaith o fath yn y byd yn galw yn ei thŷ. Roedd ei meddwl yn rhy aflonydd i'w galluogi i eistedd yn dawel a darllen. Gobeithiai weld Sadoc cyn noswylio, ond eto roedd arni ofn y cyfarfod hwnnw hefyd. Penderfynodd fynd am dro. Gwelodd ei nith, Miriam a rhai o'r plant eraill ar eu ffordd i chwarae ar ochr ddwyreiniol yr ynys a chan nad oedd hi'n teimlo'i bod hi'n gallu siarad â neb, cerddodd yn araf i gyfeiriad y rhan orllewinol. Ychydig ar ôl iddi fynd heibio'r groesffordd gwelodd ei hewythr Ismael yn camu o'r cyfeiriad arall. Safodd a daeth ati.

'Yn hytrach na chladdu'i ddillad mi es â nhw at yr afon a gadael iddyn nhw fynd gyda'r lli'. Argian, roeddan nhw'n drewi!'

'Sut mae o?'

'Dwn i ddim. Mae'n ymdrochi yn yr hen dwba tun. Mi fydda i'n gwneud yn yr ardd fach yn y cefn, fel arfer, ond mi osodais i o yn y parlwr iddo gael llonyddwch.'

Gwenodd Sara. Câi gysur o'r ffaith ei fod yn ymddwyn fel pe na bai digwyddiadau'r diwrnod yn gymaint â hynny o sioc, ac roedd ei duedd i ddisgrifio'r llecyn bach blêr llawn danal poethion a mieri y tu ôl i'w dŷ fel 'gardd' yn un o arferion niferus ei hewythr a wnâi iddi chwerthin.

'Mae o am eillio a thorri'i wallt wedyn.'

'Ydach chi'n credu y dylwn i ddod draw a gwneud swper i chi'ch dau ar ôl hynny?'

'Diolch, 'mechan i, ond mae gen i ddigon o gig moch oer a bara yn y tŷ. Dw i'n credu'i fod o 'di cael digon o gymdeithasu am heddiw. Bydd yn well iddo gysgu. Dywed nad yw wedi gorwedd mewn gwely ers talwm.' Rhoddodd law ar ei hysgwydd. 'Mi fydd o'n well yn y bore. Mi gei di weld.' A cherddodd i ffwrdd gan chwibanu'n uchel.

Dyna ni, meddyliodd Sara, yn troi er mwyn gwylio'i hewythr yn brasgamu i lawr y lôn. Dyma'r peth agosaf at yr Iesu'n dod yn ôl o farw'n fyw a welsai â'i llygaid ei hun, a'i hewythr yn siarad fel pe na bai ond ychydig o anhwylder ar Sadoc. Mi fydd o'n well yn y bore. Gwenodd, er gwaethaf ei rhwystredigaeth hi ei hun.

Canodd cri corn agerfad. Er nad oedd Sara'n teimlo'n chwilfrydig iawn, aeth i'r doc deheuol gan fod hynny'n well na chrwydro'r ynys yn ddigyfeiriad. Oedodd ar y cyrion, yn gwylio wrth i'r gweithwyr glymu rhaffau'r *H. K. Bedford*, llestr mawr gosgeiddig o'r hen fath nad oedd yn edrych yn sylfaenol wahanol i lygaid Sara i agerfadau'r gorffennol pell. Gwyliai'r dynion a symudai nwyddau i'r doc, yn cofio'r olygfa ar y doc yn ystod y Rhyfel, y milwyr yn eu lifrai glas yn gymysg â'r cychwyr a'r teithwyr eraill. Sadoc yn ddyn ifanc yn ei lifrai, yn dod adref ar ymweliad. Rowland, Seth a Huw Llywelyn Huws, yn camu i lawr i'r doc ac yn derbyn croeso'r dyrfa. Y hi'n gweithio'i ffordd trwy'r clymau o bobl, yn ceisio cyrraedd Rowland, yntau'n codi'n uchel ar flaenau bysedd ei draed ac yn taflu'i lygaid dros y pennau eraill er mwyn dod o hyd iddi hi.

'Boda Sara!' Ac yno roedd Tamar yn ei chofleidio. Wedi ychydig cymerodd Sara hanner cam yn ôl, ond daliai ddwylo'i nith gan eu hysgwyd yn llawen.

'Gad i mi edrych arnat ti, Tamar!'

Roedd hi'n ddynes ddwy ar hugain oed ac amser yn drech na chalon Sara. Ceisiodd ddweud rhywbeth arall, ond ysgubwyd Tamar i freichiau'i thad.

Roedd Joshua wedi bod yn gweithio yn siop y cwmni ond rhedodd at y doc pan ddywedodd un o'r dynion wrtho fod ei ferch wedi cyrraedd.

'Sbia arni hi, Joshua,' dywedodd Sara wrth ei brawd.

'Dos, Tamar,' meddai fo wrth ei ferch. 'Bydd dy fam am dy weld di'n syth. Mi wna i ofyn i dy Ewyrth Benjamin fy helpu efo dy betha di.'

Yn ogystal â'i chist roedd gan Tamar fagiau gorlawn gan ei bod hi wedi gorffen ei chwrs gradd yn Oberlin ac wedi dod â phopeth adref. Dywedodd ei bod wedi teithio ar y rheilffordd i Portsmouth ac wedi dal yr *H. K. Bedford* gan fod Capten Greene yn dweud bod ganddo nwyddau o Cincinnati a Louisville ar gyfer cwmni'r ynys beth bynnag.

'Ydach chi wedi cwrdd â'i wraig erioed, Boda Sara?'

Pan ddywedodd Sara nad oedd wedi cael y cyfle, disgrifiodd ei nith Mrs Mary Becker Greene, gwraig hynaws a wnâi i'r teithwyr deimlo'u bod yn ymweld â chartref y teulu. Personoliaeth fawr ym mhob ffordd. 'Ond mae hi hefyd yn ddirwestrwraig fawr,' chwinciodd Tamar arni hi. 'Dywedwch wrth N'ewyrth Ismael y byddai'n well iddo beidio â theithio gyda hi.'

Chwarddodd Sara. 'Mi wna i. Ac mi ddyweda i wrth D'ewyrth Sadoc hefyd.'

'N'ewyrth Sadoc?'

'Ie. Mae'n dipyn o stori. Mi wnaiff dy dad egluro'r cyfan. Bydd yn well i mi fynd adra. Mae gen i lythyra i'w hysgrifennu.'

Ac felly eisteddodd Sara yn ei thŷ, golau'r prynhawn yn pylu wrth iddi ysgrifennu. Cododd ei llygaid ac edrych ar y llwydni'r tu allan i'r ffenestr. Gorffennodd lythyr Jwda, ei osod mewn amlen ac ysgrifennu'r cyfeiriad. Cododd a chynnau'r tair cannwyll yn y ganhwyllbren yng nghanol y bwrdd. Eisteddodd ac estyn dalen newydd o bapur a dechrau ysgrifennu eto. F'Annwyl Chwaer, Esther. Mae'r newydd sydd gennyf yn fawr.

Dridiau'n ddiweddarach safai Sara yn y fynwent gyda'i brawd hynaf. Er bod y crychau dyfnion ar ei wyneb yn gwneud i Sadoc ymddangos yn hŷn na'i hanner cant oed, roedd yn ddyn gwahanol i'r ddrychiolaeth a ymddangosodd ar ddiwrnod y cynhebrwng. Roedd ei wyneb wedi'i eillio'n lân a'i wallt wedi'i dorri a'i gribo'n dwt yn ôl o'i dalcen. Syllai Sara arno; er bod olion bywyd didostur ar ei wyneb, roedd yn ddyn golygus, a'r gwyn a frithai'i wallt yn rhoi rhyw urddas iddo. Gwisgai ddillad ei dad ac ymddangosai'n barchus. Safai'r ddau o flaen y garreg goffa gydag enw Sadoc arni hi.

'Rhyfedd o beth,' meddai, 'gweld f'enw fy hun ar garreg fedd.'

'Wel beth ar wyneb y ddaear oeddat ti'n disgwyl i ni wneud, Sadoc?'

'Mae'n ddrwg gen i, Sara.'

'Mi ddylet ymddiheuro i Dad ac i'r lleill hefyd.'

Arhosodd o'n dawel am yn hir, yn syllu ar y garreg ac wedyn dechreuodd gerdded yn araf, gan oedi i astudio cerrig Seth a Rowland. Wedyn syllodd ar gerrig y babanod cyn oedi o flaen carreg fedd eu mam. Daeth Sara'n dawel y tu ôl iddo. Sylwodd ei fod yn wylo. Cododd ei law er mwyn gwasgu'r dagrau o'i lygaid a throi'i gefn ati hi. Ni allai ddod o hyd i eiriau addas i'w mynegi. Mae'n iawn. Paid â phoeni. Ni thyciai'r hen ymadroddion gorgyfarwydd. Ac felly ni ddywedodd Sara air. Yn y diwedd troes Sadoc a'i hwynebu hi, ei lais yn gryg wrth siarad.

'Mae ymddiheuro'n anodd, Sara. Mae'n anodd egluro. Nid y fi yw'r dyn a fu yn Chickamauga yr holl flynyddoedd yn ôl.'

'Paid â phoeni, Sadoc. Rwyt ti'n fyw.' Estynnodd ei llaw a chydio yn ei law er mwyn pwysleisio'r geiriau olaf hynny. 'Rwyt ti'n fyw.'

Ochneidiodd a thynnu'i law i ffwrdd. Plethodd ei freichiau ar draws ei frest, ei lygaid ar y garreg.

'Dwyt ti ddim yn deall. Mi ddylai'r mab a adawodd am y rhyfel ymddiheuro i'w dad. Ond fedr o ddim. Dydi o ddim yma. Mae o 'di marw. Mi laddwyd o yn Chickamauga yn mis Medi, 1863. Fi sydd yma rŵan, ond nid yr un un ydw i.'

Ni fu dewis ganddi ond aros yno'n fud gan nad oedd hi'n ei ddeall. Sylwodd Sara'i fod o'n syllu arni hi'n hytrach nag ar y garreg. Cododd ei ddwylo a gafael yn ei breichiau a'i hysgwyd ychydig, y tro cyntaf roedd wedi cyffwrdd ynddi'n iawn ers y coflaid trwsgl cyntaf.

'Ond mae'r dyn hwnnw'n difaru, Sara. Mae o. Yr un a fu farw. Mae'n ddrwg iawn ganddo'i fod o 'di'ch brifo chi i gyd. Mae'n ddrwg iawn ganddo na ddaeth adra i weld 'i fam cyn iddi farw. Mae'r dyn hwnnw'n difaru bod popeth wedi gwneud dychwelyd yn amhosib iddo.'

Symudodd Sara er mwyn ymryddhau o'i afael a rhoi'i breichiau amdano. Gwasgodd hi o ati, a rhoi'i boch yn erbyn ei fynwes. Wedi sefyll felly am ennyd, camodd yn ôl a siarad, ei llais yn awdurdodol ond yn garedig, fel pe bai'n annerch cnwd o'r plant ieuengaf yn yr ysgoldy.

'Mi allet ti ddeud hynna wrtho fo. Deuda di wrth Dad yr union eira 'na. Deuda di 'i bod hi'n edifar gan y dyn ifanc hwnnw a aeth i ffwrdd i'r rhyfel yr holl flynyddoedd yn ôl. Deuda di nad oedd am 'i frifo fo, nad oedd am frifo Mam na neb ohonon ni. Deuda wrtho mai bai'r rhyfel oedd o, bai'r anaf a bai Andersonville. Deuda fod y dyn hwnnw'n difaru bod popeth wedi gwneud dychwelyd yn amhosibl iddo.'

'O'r gora, Sara. Dw i'n credu y medrai'r dyn hwnnw ddeud hynna wrtho fo.' Roedd yn wylo unwaith eto.

Bu'n rhaid i'r holl deulu ymdrechu i gadw'r cymdogion draw. Dywedodd Sadoc na allai wynebu llawer o bobl, yn enwedig y rhai roedd yn eu hadnabod. Felly bu'n rhaid iddyn nhw i gyd wneud esgusodion ar ei ran. Pan ofynnodd Hector Tomos wedi'r ysgol a allai Sadoc ddod draw am bryd o fwyd gydag o a'i wraig Hannah, ysgydwodd Sara ei phen yn drist. Diolch yn fawr iawn i chi, ond dyw Sadoc ddim yn barod i gymdeithasu eto. Pan fyddai un o'r dynion yn holi Ismael Jones ar y doc a fyddai'n syniad da gofyn i'w nai ddod draw i rannu sgwrs a photelaid gyda nifer ohonyn nhw, gwenodd Ismael a dweud bod hynny'n garedig iawn ond câi'r hogyn hi'n chwithig ar hyn o bryd. Gwell gadael llonydd iddo am ychydig eto. Daeth y Parchedig Solomon Roberts i holi a fyddai'n syniad da trefnu cyfarfod gweddi yn y capel er mwyn diolch am ymddangosiad hwyrfrydig mab hynaf Isaac. Atebodd ei fod yn ddiolchgar iawn am y cynnig ond credai na fyddai Sadoc yn dymuno hynny ar hyn o bryd. Roedd Owen Watcyn wedi bod yn dweud ers y diwrnod cyntaf hwnnw y dylid trefnu cyfarfod gwladgarol mawreddog i ddathlu dychweliad un o arwyr yr ynys, ond bob tro y codid y pwnc gyda Sadoc, dywedodd y byddai'n ymadael yn ddiymdroi cyn dioddef y fath beth. Cerddai Sadoc ar ei ben ei hun yn ystod y dydd, ond pan fyddai rhyw gymydog yn ceisio'i ddal mewn sgwrs, troi a chamu i ffwrdd oedd ei ymateb. Cuddiai yn nhŷ'i ewythr Ismael weithiau pan deimlai fod gormod o bobl ar y lôn.

Ond deuai i'r rhan fwyaf o'r prydau bwyd teuluol, yn nhŷ eu tad gyda Sara'n coginio, ac yng nghartrefi Joshua neu Benjamin. Deuai'i hen ewythr Enos a'i ewythr Ismael â photeli o ryw fath bob tro – chwisgi o Orllewin Virginia, bwrbon o Kentucky neu gwrw Almaenig o Cincinnati. Yfai Sadoc y diodydd hyn fel pe bai'n ddyn sychedig yn yfed dŵr, ac ar ôl llyncu digon byddai'i dafod yn llacio a rhywbeth yn debyg i lawenydd yn disgyn dros yr ystafell. Adroddai straeon am ei deithiau, yn cymharu'i brofiadau ar y cefnforoedd ag atgofion ei hen Ewythr Enos, ac yn disgrifio gwledydd pell nad oedd neb ohonyn nhw wedi'u gweld. Câi Dafydd, Tamar a Miriam hi'n anodd peidio â syllu'n gegrwth ar yr hen ewythr hwn na fu tan yr wythnos hon ond enw yng nghofrestrau hanesion y teulu. Talp o'u cyn-hanes nhw a ddaethai'n fyw ydoedd, y rhyfeddod o'r rhyfeddodau. Un tro tua diwedd noson dda pan oedd Sadoc wedi cael digon i'w yfed, cododd Tamar bwnc yr Ysbryd. 'Dyna roedd pawb yn ych galw chi, N'ewyrth Sadoc.' Edrychodd ar Sara, direidi meddw yn ei lygaid a gofyn ai dyna oedd y gwirionedd? 'Ie,' atebodd hi, 'dyna sut roedd pawb yn cyfeirio atat ti. Yr Ysbryd.' Pan ofynnodd Tamar iddo sut y medrai ddiflannu mor gyflym, cododd Sadoc ei ddwylo a dweud,

'Y nant.' Ceisiodd egluro, ei lygaid yn ymbilio ar ei dad, ei ewythr a'i hen ewythr am gymorth. 'On'd ydach chi'n cofio'r nant, yr un roeddach chi, N'ewyrth Enos, yn ei chyrchu i lenwi'ch casgenni â dŵr glân cyn i'r gronfa gael 'i hadeiladu ar yr ynys? Mae rhan ohoni'n rhedeg trwy bant bach cyn cyrraedd yr afon. Dydi o ddim yn llawer o bant, ond mae'n ddigon i guddio dyn.'

Eglurodd fel y cymerai gam neu ddau wysg ei gefn a llithro i lawr yr allt fach a diflannu o'r golwg yn y pant. Hawdd. Weithiau byddai'n aros tan iddi nosi cyn codi a cherdded i ffwrdd yn hamddenol. Weithiau pan fyddai ar frys i ymadael, byddai'n ymgropian ar hyd gwaelod y pant am ychydig cyn codi a mynd. Hawdd iawn.

Ymhen rhai dyddiau, yn gynnar iawn un bore pan nad oedd yr haul ond yn dechrau cynnau fflam orengoch y wawr, deffrodd Sara gyda braw. Roedd rhywun yn ei llofft, yn sefyll wrth ymyl ei gwely. Symudodd. Siaradodd.

'Sara? Wyt ti'n effro?'

Eisteddodd ar ei gwely. Craffodd.

'Sadoc?'

'Ie. Ddrwg gen i. Do'n i ddim eisia curo'r drws a deffro'r cymdogion. Mae arna i rywbeth dw i eisia'i ddeud.'

'Beth?'

'Dw i'n ymadael. Rŵan.'

'Rŵan?'

Roedd ei meddwl yn gysglyd a'i thafod yn dew yn ei cheg. Yn ddiweddarach meddyliodd am nifer o bethau y gallasai fod wedi'u gofyn ond y cyfan a wnaeth ar y pryd oedd gofyn y cwestiwn amlwg.

'Pam?'

'Mae'n rhaid i mi. Fedra i ddim deud mwy.'

'Ond pam? Dwyt ti ddim wedi bod yma bythefnos eto.'

'Mae'n teimlo'n rhy fach. Y pentra. Yr ynys. Fedra i ddim aros. Mae'n ddrwg gen i, Sara, ond fedra i ddim. Mae'n fy mygu i. Mae'n rhy anodd osgoi pobl. Fedra i ddim aros. Dywedais i wrth N'ewyrth Ismael a N'ewyrth Enos neithiwr. Maen nhw'n aros wrth y doc bach, yn disgwyl i fynd â fi dros y sianel. Dw i am alw i weld Dad ar y ffordd a deud wrtho fo.' Dechreuodd hi godi o'i gwely.

'Aros, Sadoc. Mi ddo i hefyd.'

'Paid, Sara, paid. Dw i ddim eisia deffro pawb. Dw i ddim eisia gwneud môr a mynydd ohono, 'mond ymadael yn dawel.'

'Wyt ti 'di dweud wrth Benjamin a Joshua? Beth am Tamar a Dafydd a Miriam?'

'Bydd yn rhaid i ti ffarwelio â nhw ar fy rhan i.'

'Beth ddyweda i?'

'Deuda 'mod i'n cofio atyn nhw. Deuda 'i bod hi'n ddrwg iawn gen i ond bod yn rhaid i mi fynd.' Plygodd a'i chofleidio hi'n dynn. Fe'i gwthiodd hi'n gadarn ond yn dyner yn ôl o dan ei dillad gwely. 'Aros di yn fan'na, Sara.'

Cyn iddo gerdded yn dawel o'i llofft, galwodd hi.

'Sadoc?'

'Ie?'

'Cofia ysgrifennu.'

Arhosodd yno yn ffrâm y drws, ei wyneb yn aneglur yn llwydni'r bore ond roedd rhywbeth am ei siâp a'i ffurf yn ei hatgoffa o'i thad.

'Ysgrifennu?'

'Ie. Wnei di ysgrifennu? Bob hyn a hyn. I adael i ni wybod dy fod di'n iawn.' Oedodd am yn hir, a hithau'n ceisio dychmygu'r teimladau na allai eu gweld yn chwarae ar ei wyneb yn y tywyllwch.

'Mi wna i, Sara. Mi wna i ysgrifennu bob hyn a hyn.'

Yna gadawodd heb ddweud gair arall. Clywodd y drws yn cau'n dawel i lawr y grisiau.

Cododd a mynd at y bwrdd. Tywalltodd ddŵr o'r jwg i'r bowlen ac ymolchi. Ymwisgodd yn araf a mynd i lawr y grisiau. Dywedai'r golau a lifai trwy'r ffenestr fod y wawr wedi torri. Agorodd y drws ac edrych rhag ofn y gallai weld Sadoc ar y lôn ond roedd wedi hen fynd. Safodd yno am ychydig, yn mwynhau ffresni awel y bore a thrydar yr adar. Cododd ei golygon ac astudio'r awyr: byddai'n ddiwrnod poeth arall. Clywodd draed ar y lôn yn dod o'r cyfeiriad eraill – rhai o'r dynion yn mynd i ofalu am waith boreuol y doc. Caeodd y drws gan nad oedd am ateb cwestiynau pobl eraill am ei brawd. Eisteddodd wrth y bwrdd, yn teimlo bod rhaid cnoi cil ar yr hyn a oedd wedi digwydd cyn y medrai wynebu brecwast.

Mae'n ddrwg gen i. Dyna a ddywedodd o: mae'n ddrwg gen i. Y fo a ddywedodd y geiriau hynny, Sadoc. Nid y dyn ifanc a aeth i'r Rhyfel yn y gorffennol pell ond y dyn a ddaeth i sefyll yn ymyl fy ngwely y bore hwnnw cyn i'r wawr dorri. Y fo.

Cododd Sara a cherdded i'r gegin fach, y geiriau'n codi y tu mewn iddi. Y fo yw'r un nad yw'n gallu aros yma. Fi yw'r un nad yw'n gallu ymadael.

Teimlai'n benysgafn. Estynnodd law er mwyn pwyso yn erbyn y wal. Symudodd yn araf, a chanfod y gadair agosaf â'i llaw i eistedd arni.

Y fo, Esther a Jwda. Maen nhw i gyd wedi ymadael ac yn ei chael hi'n anodd dychwelyd. A fi yw'r un sy'n aros. Y fi yw'r un na all adael yr ynys hon.

29

'Felly Job a fu farw yn hen, ac yn llawn o ddyddiau.' Safai Sara rhwng ei thad a'i hewythr Ismael yn ymyl y bedd. Plygai'r Parchedig Solomon Roberts dros y Beibl yn ei law yn edrych yn llawn o ddyddiau, er bod ei lais yn dal yn weddol gryf o hyd. Felly Job a fu farw yn hen, ac yn llawn o ddyddiau.

Ystyriai Sara'r haf hwnnw yn ôl yn 1892 fel cyfnod a safai ar wahân i ffrâm arferol amser. Ymroliodd yr haf hwnnw heibio'n araf ar ôl i Sadoc ymadael. Er bod pethau mawr ar gerdded yn y byd mawr y tu hwnt i lannau'r ynys fach, ni fu gan y byd mawr hwnnw lawer o afael ar feddwl a dychymyg yr ynyswyr. Mân siarad lleisiau pell oedd penawadau'r holl bapurau newyddion mewn cymhariaeth ag ymweliad y Sadoc atgyfodedig. Y dyn marw wedi troi'n ysbryd a gerddai'r ddaear a'r ysbryd hwnnw wedi ymrithio'n ddyn byw eto. Pa rym cryfach oedd gan hanes masnach, rhyfel a gwleidyddiaeth? Roedd Ysbryd Ynys Fadog yn fyw; nid oedd areithiau gwleidyddion Washington na dwndwr capteniaid busnes yn y dinasoedd mawrion yn fwy perthnasol na sibrwd ysbrydion y dychymyg.

Yr unig ddatblygiad y tu hwnt i ymweliad Sadoc a fu o bwys yng ngolwg Sara oedd y Streic Fawr. Dechreuasai yn Homestead, Pennsylvania, tua'r un pryd ag roedd ei brawd hynaf yn croesi i'r ynys am y tro cyntaf ers rhyw 30 mlynedd. Ymrafael rhwng y gweithwyr a berthynai i'r Amalgamated Association of Iron and Steel Workers ac un o gwmnïau mawrion y wlad, y Carnegie Steel Company, ydoedd. Wedi i Andrew Carnegie orchymyn i reolwr ei weithfeydd dur yn Homestead gynyddu'r cynnyrch, gwrthododd aelodau'r AAISW dderbyn yr amodau newydd. Ymateb y rheolwr, Henry Clay Frick, oedd cloi aelodau'r undeb allan o'r gweithfeydd. Fe'u diswyddwyd ganddo wedyn. Gan fod y streicwyr wedi amgylchynu'r gweithfeydd a chynnal gwarchae, cyflogodd Frick rai cannoedd o ddynion arfog Pinkerton i'w symud. Aeth yn ysgarmes. Lladdwyd pobl ar y ddwy ochr. Hawliai hanes yr ymrafael draw ym Mhennsylvania sylw Sara gan fod llythyr Jwda wedi cyfeirio ato fel y rheswm na allai adael ei swyddfa yn Chicago.

'Mae'n wir ddrwg genyf i ond mae ofn y bydd yr Homestead Strike yn ymledu ac y bydd atal steel production yn golygu newid investments y cwmni. Rhaid i mi aros ar alwad yma, gwaethaf modd, ond dywed di wrth ein brawd Sadoc fy mod i'n llawenhau ac yn edrych ymlaen yn eiddgar at ei weld pan fydd cyfle.'

Y streic oedd wrth wraidd esgus Esther hefyd. Roedd rhai o'i chyfeillesau yn y National Women's Suffrage Association am drefnu taith i Homestead er mwyn cyfrannu nwyddau ac arian at achos y streicwyr a dangos bod buddiannau'r gweithwyr a buddiannau merched ledled y wlad yn un.

Roedd Sadoc wedi ymadael erbyn iddi dderbyn y ddwy neges fer beth bynnag, ond penderfynodd nad oedd ei brawd na'i chwaer yn haeddu gwybod hynny ac felly nid atebodd eu llythyrau. Edrychai'n frysiog ar hanes y streic yn y papurau, a rhyw lais bach piwis y tu mewn iddi'n dweud, gadewch i ni weld a yw'n ddigon i'ch cadw rhag gweld eich teulu. Gwelodd fod yr ymrafael yn llusgo ymlaen ac ymlaen, ac y bu'n rhaid i ddynion Pinkerton ildio yn y diwedd yn wyneb grym safiad y gweithwyr. Gwelodd fod llywodraethwr y dalaith, Robert Pattison, wedi gyrru miloedd o filwyr y milisia i Homestead. Daeth llythyr byr oddi wrth Esther wedi'i bostio o Bittsburgh, yn cwyno'n groch. Wele unwaith eto y drefn wleidyddol yn cydweithio â grymoedd masnach i ormesu gwerin y wlad. Nid atebodd Sara'r llythyr hwnnw ychwaith. Erbyn diwedd mis Tachwedd roedd y cyfan drosodd a chwmni Mr Carnegie wedi ennill buddugoliaeth dros y gweithwyr. Fe'u gorfodwyd i dderbyn oriau gweithio hwy a chyflogau is a chwalwyd eu hundeb. Testun llawenydd i Jwda a thestun anobaith i Esther, meddyliodd Sara pan welodd y penawdau, ond nid ysgrifennodd atynt.

Teimlai'n euog pan glywodd fod ei thad a Joshua wedi ysgrifennu at Jwda ac Esther yn eu hysbysu am ymadawiad Sadoc, ond roedd Sara am i'w brawd a'i chwaer ysgrifennu ati hi eto cyn adfer yr hen ohebiaeth arferol. Roedd epistolau Esther yn gymysgedd o hanes ei gwahanol ymgyrchoedd gwleidyddol, cipolwg ar fywyd diwylliannol Efrog Newydd a manylion bychain y capel Cymraeg y byddai'n ei fynychu mor gyson â phosibl. Yn ddieithriad, disgrifiai Jwda bryfiant ei fab, Seth yn ogystal â datblygiadau Chicago – yr adeiladau uchel a thwf y Ddinas Wen ryfeddol ar lan y llyn. Gofynnai Sara yr un hen gwestiwn bob hyn a hyn a'r un oedd yr ateb bob tro: y mae'n fwriad gennyf siarad Cymraeg â Seth bach pan na fydd gwaith yn galw fel y mae ar hyn o bryd. Streic arall a oedd yn poeni rheolwyr cwmni Jwda yn y flwyddyn 1893, yr un yn y Rolling Mill yn Cleveland, Ohio. Pwyliaid yw llawer o'r gweithwyr, meddai mewn llythyr, ac mae buddsoddwyr yn poeni am ddiwydiant sy'n cyflogi cynifer o lafurwyr o anian mor gynhennus. Gan mai'r Democrat Grover Cleveland oedd yr Arlywydd ar y pryd, dywedodd wrth gyfeirio at Eisteddfod Fawr Ffair y Byd y dylai'r trefnwyr gyflwyno cystadleuaeth arall a gofyn am arwrgerdd ar y testun 'Problemau Cleveland, Adeg Cleveland'.

Deuai parseli bychain o Chicago yn ystod yr haf hwnnw hefyd, pob un wedi'i lapio'n dwt mewn papur brown gyda'r enw Roger Felton and Sons wedi'i stampio arno, a'r cyfeiriad wedi'i ysgrifennu gan law Jwda. Mrs Sara Morgan, Ynys Maddock, near Gallipolis, Ohio. Y tu mewn byddai creiriau a gasglwyd gan Jwda a'i deulu yn Ffair y Byd – mapiau o'r Ddinas Wen, lluniau o'r adeiladau, y peiriannau, y cerfluniau a'r olwyn fawr, pamffled a ddisgrifid fel *A Brochure of Excursions Connected with the World Columbian Exposition in Chicago, 1893*, a llyfr llawn ffotograffau yn dwyn y teitl *Glimpses of the World's Fair*, un arall gyda lluniau lliw artist yn darlunio *Buffalo Bill's Wild West and Congress of Rough Riders of the World*. Broliai fod y sioe yn cynnwys cant o ryfelwyr y Sioux a'r Cheyenne, cant o gyn-feirchfilwyr yr Unol Daleithiau, hanner cant o gowbois, hanner cant o farchogion cyfandir Ewrop a ddisgrifid fel Cossacks a Hussars, a llawer iawn o anifeiliaid o wahanol fathau, a'r enwog Annie Oakley. Daeth un llythyr byr yn disgrifio'r hyn a welsai o'r Eisteddfod yn y Ffair; tybiai Sara fod hynny oherwydd y ffaith na allai Jwda ddod o hyd i ddeunydd printiedig amdani. Dywedodd mor dda oedd gweld yr Orsedd yn gorymdeithio ar hyd strydoedd y Ddinas Wen, a bod nifer o'i gymdogion, na wyddai lawer am y Cymry, wedi canmol canu'r corau meibion.

Yn fwy gwerthfawr na'r holl bamffledi, lluniau a llyfrau a dderbyniodd gan Jwda oedd y cerdyn bach a ddaeth gyda llun lliw o un o adeiladau ceinion y Ddinas Wen, baneri lliwiau'r efnys yn chwifio o'i do a chychod bychain yn hwylio yn y llyn o'i flaen. Ar yr ochr chwith roedd llun o ddyn cyhyrog yn dal gordd yn ei law a eisteddai ar einion ac yn ei ymyl roedd dyn hanner noeth yn eistedd ynghanol llyfrau. Llafur a'r Celfyddydau, meddyliai Sara, er nad oedd pennawd ar wahân i'r llythrennau cochion WORLD COLUMBIAN EXPOSITION. Roedd tair llinell wedi'u hysgrifennu ar y cerdyn mewn llawysgrifen flêr:

Anwyl Sara, Gobeithiwyf fod hyn o linellau'n dy ganfod yn iach fel y maent yn fy ngadael innau. Wedi peth amser ar yr afonydd rwyf wedi glanio yma yn ninas Chicago. Cofiaf fi'n serchog at ein tad a'r teulu oll. Dy frawd, Sadoc.

Aeth hi draw i dŷ ei thad er mwyn astudio'r hen lythyrau brau o gyfnod y rhyfel a gedwid yn ddiogel yn yr un hen flwch te pren o hyd. F'Anwyl Rieni, Chwaer a Brodyr. Ie, yr un llaw ydoedd, er bod yr ysgrifen ar y cerdyn yn fwy sigledig ac ansicr, yn debyg i waith llaw a grynai gan henaint. Ond Sadoc ydoedd yr un fath. Ysgrifennodd at Jwda a holi a wyddai fod ei frawd Sadoc yn y ddinas. Atebodd fod y newyddion yn syndod iddo. Gan nad oedd Sadoc wedi nodi cyfeiriad ar y cerdyn, gwyddai Sara yn ei chalon na fyddai llwybrau'i brodyr yn croesi ar strydoedd Chicago. Ni ddaeth gair arall oddi wrth Sadoc o'r ddinas honno. Arafodd gohebiaeth Jwda wedi bwrlwm y ffair fawr fel yr arafodd gohebiaeth Esther hithau.

Graddiodd Dafydd yn y brifysgol yn Cincinnati, ei gwrs gradd wedi'i arafu gan ei salwch a chan y ffaith ei fod wedi newid ei feddwl nifer o weithiau gan fod cynifer o bynciau academaidd yn apelio ato. Ond graddiodd mewn peirianneg yn y diwedd, maes a oedd yn cynyddu yn ei boblogrwydd yn y brifysgol honno ar y pryd. Aeth ei rieni, ei daid a'i hen ewythr Ismael yr holl ffordd i'r ddinas ar fwrdd yr *H. K. Bedford* er mwyn bod yn y seremoni ac aros am nifer o ddyddiau i ddathlu gyda Dafydd. Roedd wedi erfyn ar Sara i ddod hefyd, ond gwrthododd.

'Mae'n wir ddrwg gennyf, Ddafydd annwyl, ond ni fedraf ddyfod ar hyn o bryd. Edrychaf ymlaen at ddathlu dy lwyddiant pan ddoi di adref.'

Ond ni ddaeth Dafydd adref yr haf hwnnw; roedd ysgoloriaeth wedi'i chynnig iddo aros yn y brifysgol a dilyn gradd uwch mewn peirianneg sifil a threfnodd un athro iddo gael gwaith pwrpasol yn adran gynllunio cyngor y ddinas. Teithiodd y fintai lawen yn ôl ar fwrdd yr *H.K. Bedford* y diwrnod hwnnw, ei brawd a'i thad yn llawn straeon am wraig y capten, Mary Becker Greene, a oedd wedi derbyn tystysgrif bellach a'i gwnâi hi'n gapten trwyddedig yr un fath â'i gŵr. Cyfeiriai N'ewyrth Ismael ati hi fel Mother Greene, a hynny gydag ychydig o ddirmyg yn ei lais. Dywedodd ei thad wrth Sara wedyn fod y wraig hynaws ond cadarn wedi gorfodi Ismael i wagio cynnwys ei fflasg i'r afon pan ddaliodd hi o'n yfed ohoni.

'Peidiwch â dal dig', meddai Joshua. 'Mi roddodd hi chicken dinner am ddim i chi.'

Gwgodd ei hewythr, a thynnu'n biwis ar ei farf frith hir. 'Roedd y bwrbon a dywalltwyd dros yr ochr yn werth llawer mwy na'r bwyd.'

Graddiodd Tamar hithau yn Oberlin yr haf hwnnw ond nid aeth neb i'r seremoni gan fod y lle mor bell i'r gogledd. Pe bai'r afon yn rhedeg trwy Oberlin, mae'n siŵr gennyf y byddai hanner y teulu wedi dyfod, meddai Sara'n gysurlon mewn llythyr. Ildiodd Tamar i ymbilio cyson ei brawd a symud i Cincinnati. Cyn hir roedd wedi cael swydd fel athrawes yn un o ysgolion y ddinas. Yn ôl eu llythyrau, byddai Dafydd a Tamar yn mwynhau cinio dydd Sul yng nghwmni'i gilydd bob wythnos fel rheol. Pan gwynodd Sara wrth eu mam ei bod hi'n hiraethu'n ofnadwy amdanynt, ateb ei chwaer-yng-nghyfraith oedd,

'A finna, Sara, ond o leia maen nhw gyda'i gilydd. Mae teulu'n deulu, 'sdim ots ble maen nhw.'

Ysgrifennai Tamar yn gydwybodol at ei modryb a byddai ei brawd yn gwneud weithiau hefyd, ond ni ddaeth y ddau adref o gwbl ar wahân i wythnos a hanner o wyliau dros y Nadolig a'r Flwyddyn Newydd. Wedi iddyn nhw ymadael am y ddinas yn gynnar ym mis Ionawr 1895 dechreuodd y gaeaf ddangos ei ddannedd o ddifrif. Oerodd a bu'r ychydig o blant oedran ysgol a oedd ar ôl ar yr ynys yn ystraffaglu trwy luwchfeydd eira, eu pennau wedi'u cuddio gan eu hetiau a'u sgarffiau wedi'u lapio o gwmpas eu gyddfau a'u hwynebau. Yn bymtheng mlwydd oed, roedd nith Sara, Miriam, wedi datblygu'n gynt na'r disgyblion eraill. Yn gynyddol, byddai Sara'n dysgu gweddill y dosbarth er mwyn gadael i Hector Tomos a Miriam eistedd ar fwrdd bach ym mhen arall yr ystafell yn gwneud gwaith a oedd yn ei hymestyn fwy-fwy. Dechreuai'r ysgolfeistr sôn am ragolygon Miriam a dechreuai'i rhieni feddwl mai y hi fyddai'r nesaf o'r teulu i fynychu Coleg Oberlin – ymhen dwy flynedd a hanner. Weithiau deuai gwahoddiad i Sara a Miriam giniawa yng nghartref Hector a Hannah Tomos. Roedd eu merch Morfudd wedi hen orffen ei haddysg ac wedi derbyn swydd dda mewn ysgol breswyl ar gyfer merched ar gyrion Columbus. Teimlai Sara ychydig yn chwithig pan siaradai'r hen ysgolfeistr am ddyfodol ei nith yn ystod y nosweithiau hynny.

'Dylech chi fynd i Goleg, Miriam, mi wyddoch chi hynny.' Ac wedyn, gan chwincio'n garedig arni hi, 'mae digon o ferched ieuainc eraill o'r ynys hon wedi mynychu Coleg Oberlin, un o'r sefydliadau gorau yn y dalaith.' Chwinc arall, ei fysedd yn tynnu ar un o bennau'i fwstásh gwyn hir, 'ac nid oes rheswm yn y byd pam na ddylech chi wneud yr un fath.'

Unwaith sylwodd Sara fod Hannah Tomos wedi plygu'n nes at ei gŵr a thynnu ar ei fraich er mwyn ei rwystro. Edrychodd Hector Tomos ar Sara o gil ei lygaid, cochi, a thynnu'n galed ar ei fwstásh. Dechreuodd Hannah siarad yn gyflym am y tywydd oer. Er na ddywedodd air, teimlai Sara y gallasai fod wedi'u cysuro trwy ddweud, 'Peidiwch â phoeni: y fi yw'r un sy'n aros – mae pawb yn gwybod hynny.'

Dechreuodd y rhew hel ar lannau'r afon wrth i'r oerfel dynhau'i afael ymhellach. Gyda'r agerfad olaf, a ddaeth cyn i'r rhew lyffetheirio masnach yr afon, daeth rhifynnau Chwefror *Y Cenhadwr Americanaidd* ac *Y Cyfaill o'r Hen Wlad*. Er bod yr olaf yn gyhoeddiad ar gyfer Methodistiaid Calfinaidd Cymraeg yr Unol Daleithiau, tanysgrifiai nifer o Annibynwyr Ynys Fadog i'r cylchgrawn yn ogystal ag i'r *Cenhadwr* a wasanaethai'u henwad nhw. Hen ewythr Sara oedd yr un a dderbyniai'r *Cyfaill* yn eu teulu. Galwodd Sara'r noson honno i wneud swper iddo; roedd hi a'u dwy chwaer-yng-nghyfraith wedi bod yn rhannu'r gwaith ers i Mary Margareta farw, gan sicrhau bod un o fenywod y teulu yn nhŷ N'ewyrth Enos i wneud cinio a swper poeth iddo bob dydd. Diolchai'n hael bob tro a dweud 'cofiwch nad oes rhaid i chi wneud', ond gwyddai'r tair ei fod yn dibynnu arnyn nhw bellach a bod gwneud ei uwd ei hun ar gyfer ei frecwst yn ddigon o goginio i'r hen ddyn. Wedi iddyn nhw fwyta gofynnodd iddi eistedd o flaen y tân gydag o. Roedd y *Cyfaill* ganddo'n barod ar y bwrdd bach yn ymyl ei gadair freichiau.

'Gwranda ar y gerdd hon, Sara fach.' Craffodd ar y tudalen, a darllen y teitl yn araf: 'Galar-gân ar ôl yr hen frawd, Rees Morgan, Moriah, Swydd Jackson, Ohio, gan David Morgan.' Oedodd er mwyn edrych arni hi. 'Wyt ti'n cofio Rees Morgan? Roedd gan dy dad hanesyn bach ysmala amdano fo… adeg un o'r eisteddfodau.' Oedodd, wrth i'w lygaid grwydro i gyfeiriad y tân. 'Neu efallai d'ewythr Ismael oedd o.' Ysgydwodd ei ben. 'Ta waeth.' Dechreuodd ddarllen y gerdd a Sara'n synnu at y ffaith na ddefnyddiai sbectol i ddarllen.

Hen bobl yr ardal sy'n gadael y llawr
Fe deimlir eu colled, a hynny yn fawr;
Rees Morgan aeth eto, bu gyda y gwaith,
Yn ffyddlon a diwyd, flynyddau lled faith.

Oedodd ac edrych arni, ei lygaid yn gwenu.

'Nid yw'n farddoniaeth fawr ar unrhyw gyfrif,' cododd ei law, un bys wedi'i anelu i lawr at y tudalen, 'ond eto mae rhyw deimlad diffuant yn llifo o'r geiriau.'

'Oes, N'ewyrth Enos, oes.'

'Mae'r hen bobl yn gadael yr ardal fesul un, yn tydyn nhw.'

'Mae'n dod i bawb, N'ewyrth Enos, yn tydi?'

'Ydi, 'mechan i, ydi. Ond mae rhyw dristwch yn 'i gylch, yn does, y ffaith bod hen Gymry siroedd Jackson a Gallai bron wedi mynd yn gyfan gwbl, y rhai sy'n cofio dyddia cynnar y sefydliada.'

'Wel, dw i ddim yn credu bod neb yn cofio mor bell yn ôl â chi, N'ewyrth Enos.'

'Mae'n debyg bod hynny'n wir, Sara fach.'

Aeth yn dawel wedyn a chredai Sara ei fod wedi syrthio i gysgu. Wedi'i rhwygo rhwng awydd i adael iddo hepian yn braf yn ei gadair ac awydd i orffen y sgwrs, fe'i meddiannwyd yn y diwedd gan ysfa i ddweud a gofyn rhai pethau iddo. Bob tro y gwelai hi ei hen ewythr yn ddiweddar medrai synhwyro llais bach y tu mewn iddi yn ei hannog i ddweud y pethau y dylai hi eu dweud wrtho a gofyn y cwestiynau y dymunai eu gofyn iddo rhag ofn na ddeuai cyfle arall.

'N'ewyrth Enos?'

'Ie?'

Ysgydwodd ei ben ychydig, fel pe bai'n gwadu iddo gysgu.

'Hoffwn ddarllen eich llyfr am hanes yr ynys.'

Gallai hi weld ei lygaid yn pefrio yn fflamau'r tân. Craffai arni hi, cysgod o wên yn chwarae dros ei wyneb.

'Mi gei di dy gyfle, 'mechan i, paid â phoeni dim.'

'A pheth arall: hoffwn eich clywed eto'n siarad yn gyhoeddus. Roedd cymaint o ysbryd yn yr hen gyfarfodydd yna yn y capel a'r ysgoldy pan fyddech chi'n codi ar eich traed ac yn areithio am rywbeth neu'i gilydd.'

Daeth rhyw sŵn o'i wddwf, rhyw gymysgedd o grio a chwerthin.

'Diolch am ddweud hyn'yna, Sara fach, ond mae'r dyddia hynny drosodd. Dyn wedi ymdawelu ydw i bellach. Fel yna y dylia petha fod.'

'Ond dw i eisia i chi wybod... ' oedodd gan chwilio am y geiriau. Gwyddai hi beth oedd y teimlad ond ni allai'i enwi. Edrychai'n amyneddgar arni, yr un hen wên fach yn dangos y mymryn lleiaf trwy'r blew gwyn hir o gwmpas ei geg. 'Dw i eisia i chi wybod 'mod i'n teimlo bod ysbryd yr ynys wedi ymdawelu efo chi.'

Gwenodd yn llydan a chodi bys at gornel y naill lygad ac wedyn y llall.

'Rwyt ti wastad 'di bod yn garedig eithriadol, Sara. Diolch i ti, 'nghariad bach i.' Plethodd ei ddwylo a'u gosod ar ei lin. Ymsythodd yn ei gadair fel athro ar fin traethu. 'Ond rwy am i ti gofio un peth go bwysig, Sara.' Daliodd o'i llygaid am yn hir, yn chwarae ar yr oedi i sicrhau y byddai'i eiriau'n creu'r effaith mwyaf posibl ar ei wrandawraig. 'Mae ysbryd y llecyn bach hwn o dir y tu mewn i ti hefyd. Ydi, ac mae ysbryd popeth mae pob un ohonon ni 'di ceisio'i greu a'i gynnal yma y tu mewn i ti hefyd.' Gwenodd yn llydan eto. 'Cofia di hyn'yna a phaid â phoeni amdana i mwyach.' Cododd un llaw a gwneud dwrn ohoni ac wedyn ei phwnio i lawr ar gledr ei law arall. Clep! 'Cofia di hyn'yna ac yna mi alla i orffwys yn dawel yn gwybod bod 'y ngwaith i wedi'i gyflawni.'

Erbyn y degfed o fis Chwefror roedd yr afon wedi rhewi'n gorn a storm wedi gollwng llathen o eira'n drwch ar hyd y wlad. Roedd yr holl fyd yn wyn, heb wahaniaeth i'w weld rhwng y tir a'r afon. Nid oedd gwaith i ddynion y cwmni masnach a phenderfynwyd cau'r ysgol am gyfnod. Ni fentrodd rhai pobl o'u tai, ond ar ôl ychydig roedd llwybrau wedi'u gwisgo trwy'r eira trwchus ar hyd y lonydd gan draed yr anturus rai. Aeth Sara â Miriam i weld y plant yn cerdded yn ôl ac ymlaen ar draws cae gwyn y sianel gul, yn creu gwe o olion traed. Cofiodd Sara am bontydd eira'r gorffennol ond nid oedd ganddi'r egni i egluro'r syniad i'r plant presennol felly bodlonodd ar sefyll yno gyda Miriam yn gwylio'r cerdded yn ôl ac ymlaen a'r brwydrau peli eira. Teimlodd Sara ergyd fach ar ei chefn – roedd rhywbeth wedi'i tharo, ond roedd y syndod yn fwy na'r boen. Ar droi gwelodd ei brawd Benjamin, pelen eira arall yn ei law. Taflodd o hi at Miriam a oedd wrthi'n troi hefyd a'i tharo ar ei hysgwydd.

'Dad!' Chwarddodd, yn codi llaw i lanhau'r eira o'i chôt.

'Tyrd, Miriam. Mae dy fam yn chwilio amdanat ti.'

Gwenodd ei nith, ffarwelio a mynd. Safodd Sara yno a daeth ei brawd i sefyll wrth ei hymyl.

'Maen nhw'n cael hwyl,' meddai Benjamin.

'Ydan, ond fedra i ddim peidio â theimlo ychydig yn drist.'

'Pam, Sara?'

'Tybed ai dyma'r tro ola y bydda i'n gweld plant yn cerdded ac yn chwarae ar wyneb yr afon cyn i mi farw?'

'Paid â bod mor wirion, Sara. Dim ond hanner cant oed fyddi di'r haf yma.'

'Ie, ond dydi'r afon ddim yn rhewi mor aml â hynny.'

'Nacdi.' Cododd law a chydio yn ei phenelin. 'Tyrd, 'ta! Cerddwn ni draw at y tir mawr.'

Ym mhen pythefnos roedd hi wedi cynhesu. Daeth y dadmer yn gyflym. Toddodd yr eira'n araf a gadael budreddi ar ei ôl ar hyd yr ynys. Codai wyneb yr afon yn dalpiau mawr blêr o rew ac eira ac ar ôl rhyw ddau ddiwrnod arall dechreuodd y darnau symud. Cyn hir roedd yr afon yn llifo eto. Safai Sara ar y lan fwdlyd yn gwylio'r afon fawr dywyll yn ymrolio heibio. Tybed ai dyna fyddai'r tro olaf, meddyliodd.

* * *

Cyrhaeddodd un o wyrion Jacob a Cynthia Jones ar gefn ceffyl ddechrau gwanwyn 1896 a galw nes dal sylw un o'r ynyswyr. Pan aethpwyd draw ato dywedodd nad oedd am groesi i'r ynys, dim ond wedi dod i drosglwyddo newyddion trist. Roedd ei nain wedi marw a'i deulu am i'w cyfeillion ar Ynys Fadog wybod. Aeth mintai dda o'r ynys draw i'r tir mawr i'r cynhebrwng. Tad Sara, ei brodyr Joshua a Benjamin, ei hewythr Ismael a hyd yn oed ei hen ewythr, Enos. Nac oedd, dywedodd yn gadarn, nid oedd yn rhy hen i wneud y siwrnai draw i'r fferm. Jacob oedd y cyfaill hynaf a oedd ganddo ar wyneb y ddaear.

Aeth aelodau eraill o'r fintai wreiddiol a ddaethai i'r ardal yn ôl yn y flwyddyn 1845 hefyd. Catherin a Llywelyn Huws a'r ddwy weddw, Ann Lloyd a Mari Evans. Ni ofynnodd neb i Sara fynd; roedd yn ddeëlledig bellach na fyddai'n gallu. Dychwelodd y fintai y diwrnod canlynol, y bobl hŷn yn ymddangos yn flinedig iawn ar wahân i'r hynaf ohonyn nhw i gyd, Enos Jones. Credai Sara ei fod yn ymddangos yn fwy trist na blinedig. Cerddai hi gydag o o'r doc i'w dŷ er mwyn clywed yr hanes am y gwasanaeth. Canai'r hen ŵr yn dawel iddo'i hun pan na siaradai. 'There is a balm in Gilead to make the wounded whole, there is a balm in Gilead to heal the sin-sick soul…'

Ym mis Mehefin 1896 daeth newyddion o gynhadledd y Blaid Weriniaethol yn St. Louis fod William McKinley wedi'i ddewis yn ymgeisydd ar gyfer y ras arlywyddol. Nid oedd Owen Watcyn wedi bod yn ddyn iach yn ddiweddar. Cwynai fod cnoi yn ei fol a bod poenau yn ei gefn a'i goesau; nid oedd yn bwyta llawer ac roedd wedi mynd yn ofnadwy o denau. Hongiai'r croen ar ei wyneb yn llac ac yn llwyd fel hen ddilledyn yn barod i'w daflu i'r bin sbwriel. Ceisiai dynion eraill y cwmni'i ddarbwyllo i ymddeol, a hynny drosodd a thro, ond gwrthodai'n styfnig, yn dweud pa beth a wnâi a minnau heb deulu a heb ddim i ladd segurdod trwy'r dydd? Ond pan ddaeth y newyddion am enwebiad McKinley dywedodd ei fod am drefnu cyfarfod gwladgarol yn y capel neu'r ysgoldy. Gwell peidio, meddai rhai o'i hen gyfeillion. Gwell gorffwys ar hyn o bryd a disgwyl am ganlyniad yr etholiad ym mis Tachwedd. Ond roedd Mr McKinley wedi bod yn llywodraethwr y dalaith ac wedi cynrychioli Ohio yng Nghyngres yr Unol Daleithiau. Dywedodd ei thad wrth Sara ei fod o a rhai o'r lleill yn poeni y byddai'r ymdrech yn ormod i'r dyn. Eto sylweddolodd y byddai'n well gadael iddo farw'n gwneud yr hyn a fwynheuai fwyaf, ac ni chwestiynodd Sara ddoethineb ei thad.

Daeth y newyddion y mis wedyn fod y Democratiaid, yn eu cynhadledd nhwythau yn Chicago, wedi dewis dyn cymharol ifanc o Nebraska, William Jennings Bryan. Gwerth arian y wlad oedd prif destun y ddadl rhwng y ddau ymgeisydd, gyda'r Gweriniaethwr yn cefnogi'r hen safon aur a'r Democrat yn siarad yn huawdl o blaid yr hen a elwid yn *free silver*. Bytheiriai cefnogwyr McKinley fod Bryan am ddod â dinistr i fasnach y wlad. Dibrisio eu harian. Chwyddo'r arian a'i wneud yn hanner yr hen werth. Ond roedd y Democratiaid yn credu y byddai'r newid o hen safon aur y wlad yn helpu'r ffermwyr tlawd yn y gorllewin na allent gynilo na gwario fel y mynnen nhw. Argraffwyd talpiau o araith boblogaidd Bryan yn ymwneud â'r hyn a alwai'n Groes Aur y wlad.

> You come to us and tell us that the great cities are in favour of the gold standard; we reply that the great cities rest upon our broad and fertile prairies. Burn down your cities and leave our farms, and your cities will spring up again as if by magic; but destroy our farms and the grass will grow in the streets of every city in the country.

Llifai arian masnach i chwyddo ymgyrch McKinley. Aeth byddin o areithwyr profiadol i hyrwyddo achos y Gweriniaethwyr mewn trenau ac ar agerfadau. Argraffwyd baneri, pamffledi a phosteri rif y gwlith. Ni adawodd McKinley ei gartref ger Canton, Ohio, ond dywedai'i gefnogwyr fod hynny'n rhinwedd hefyd.

'Gwelwch chi,' meddai Owen Watcyn, 'nid yr ynfytyn Bryan yw'r unig ddyn sy'n cynrychioli'r werin bobl. Dyn ei filltir sgwâr yw Mr McKinley, dyn ei gymuned, dyn ei bobl. Bydd masnach yn tyfu o nerth i nerth pan fydd yn disodli'r Democrat Cleveland. Dyn sy'n nabod y werin, yn Weriniaethwr â chalon. Gadewch i ni gynnal cyfarfod i ddangos bod Ynys Fadog wedi dod allan yn selog dros yr achos unwaith eto.'

'Na, Owen, na,' atebai un o'r dynion eraill bob tro. 'Gwell gorffwys ar hyn o bryd. Daw cyfle i ddathlu ym mis Tachwedd, mae'n siŵr.'

Aeth Sara draw i dŷ ei hen ewythr ar ddiwrnod cyntaf mis Awst er mwyn paratoi'i ginio. Roedd wedi bod yn bwrw glaw'n drwm pan godod o'i gwely ond erbyn canol y bore roedd yr haul wedi ymddangos yn ei holl ogoniant crasboeth a'r dŵr yn codi'n stêm o'r ddaear wlyb. Curodd yn ysgafn ar y drws. Curodd eto, yn uwch. Agorodd y drws a rhoi'i phen y tu mewn. Galwodd.

'N'ewyrth Enos?'

Arhosodd eiliad ac wedyn un arall. Galwodd eto. 'N'ewyrth Enos? Y fi, Sara, sy 'ma. Wedi dod i neud ych cinio.'

Camodd dros y rhiniog a chau'r drws yn dawel y tu ôl iddi. Yno o'i blaen ar y bwrdd bwyd roedd powlen a llwy, yn wag ond gydag awgrym o uwd o gwmpas ymyl y bowlen. Ar droi gwelodd ei hen ewyrth yn eistedd yn ei gadair freichiau yn ymyl y lle tân oer. Roedd cwpan coffi ar y bwrdd bach a llyfr ar agor ar ei lin. Pwysai'i ben yn ddisymud ar ei frest, ei farf wen hir yn cyrraedd hanner ffordd at ei wregys. Safodd Sara am ychydig yn ei astudio. Ni symudai yn ei gadair. Cerddodd yn nes ato, ond ni symudodd. Plygodd ac estyn llaw i gyffwrdd â'i dalcen ac yna'i foch. Roedd yn oer. Aeth ar ei phengliniau ar y llawr yn ymyl ei gadair a dal ei law. Edrychodd ar ei wyneb. Roedd ei lygaid wedi cau fel pe bai'n hepian cysgu. Llonyddwch. Pen eithaf yr ymdawelu. Yn dyner ac yn araf, gosododd ei law ar fraich y gadair a chodi'r llyfr o'i lin. Gan ei ddal ar agor ar yr un tudalen, edrychodd ar y clawr. *Sketch Book* Washington Irving ydoedd.

Edrychodd wedyn ar y tudalen y bu'n ei ddarllen. Roedd nam neu staen ar y papur. Craffodd Sara. Gwelodd mai siâp deilen o ryw fath ydoedd. Aeth ei llygaid at y geiriau yn ymyl cysgod y ddeilen. *Rip Van Winkle, however, was one of those happy mortals.* Caeodd y llyfr yn ofalus a'i osod ar y bwrdd bwyd yn ymyl y bowlen wag.

Gadawodd y tŷ yn dawel. Cerddodd yn araf at y siop. Roedd ei thad y tu ôl i'r cownter, yn astudio llythyr busnes, ei sbectol ar ei drwyn a'i geg wedi'i phlygu mewn gwg. Clywodd y drws yn agor. Cododd ei ben a gweld yr olwg ar wyneb ei ferch.

'Beth sy, Sara?'

'Mae N'ewyrth Enos wedi marw.'

Ochneidiodd yn hir a dweud rhywbeth a swniai fel 'do hefyd' er na chlywsai Sara'i union eiriau. Gosodd y llythyr ar y cownter, tynnu'i sbectol a'i gosod ar y darn o bapur.

'Wyddost ti pryd y bu farw?'

'Rywbryd y bore 'ma. Roedd wedi gwisgo'i ddillad a bwyta'i frecwast. Ond mi ddes o hyd iddo'n farw yn ei gadair.'

'Do wir.'

'Do.'

'Ddoe roedd ei ben-blwydd.' Ni wyddai Sara. Dim ond yr eiliad honno y sylweddodd na wyddai pryd roedd pen-blwydd ei hen ewythr gan y mynnai na fyddai neb yn ei ddathlu. Ochneidiodd ei thad eto.

'Roedd yn gant oed.' Syllodd Sara arno. Cododd ei sbectol a cherdded draw ati gan ailaddrodd y geiriau. 'Roedd yn gant oed, ddoe.'

Ei hewythr Ismael a wylodd fwyaf yn y cynhebrwng. Eisteddai llawer o'r galarwyr â gwên drist ar eu hwynebau, ambell un yn codi llaw i sychu ambell ddeigryn, ambell un yn ymollwng i wylo'n ysbeidiol, ond wylodd Ismael Jones yn hidl trwy gydol y bregeth angladdol. Roedd y cyfarfod wedi dechrau trwy ganu dau o hoff emynau'r ymadawedig, 'Dyma Babell y Cyfarfod' a 'Dyma Oedfa Newydd', ond ar ôl i'r gynulleidfa eistedd, a'r nodyn olaf yn atseinio rhwng waliau'r capel, dechreuodd Ismael igian yn dawel. Tynnodd yn galed ar ei farf gyda'r naill law, a'r llall yn gwasgu'i dalcen. Erbyn i'r gweinidog gamu i'r pulpud cododd sŵn y crio'n uwch. Pwysodd y Parchedig Solomon Roberts ar y pulpud, ei lais yn taro'n gryf ac yn uchel er ei fod yn seibio'n amlach ac yn hwy nag y byddai ers talwm er mwyn anadlu'n ddwfn ac ymgryfhau cyn ymdaflu iddi wedyn. Wedi gweddïo, disgrifiodd y tro cyntaf y daethai ar draws Enos Jones.

'Ie, y dyn da hwnnw yr ydym wedi ymgasglu heddiw i ffarwelio ag ef yw'r rheswm pennaf y penderfynais dderbyn galwad y capel hwn a dyfod i fyw yn eich plith. Ef a'i nai, Ismael Jones, oedd yn cydweithio ag o mewn cynifer o bethau y pryd hynny.' Udodd Ismael, fel anifail wedi'i frifo. Gwenodd y gweinidog yn garedig ac ymdaflu i graidd ei bregeth. Darllenodd Salm 46 ac wrth wneud symudai gwefusau rhai yn y gynulleidfa, yn cydadrodd y geiriau cyfarwydd, er mai llais y gweinidog yn unig a glywid.

'Duw sydd noddfa a nerth i ni, cymorth hawdd ei gael mewn cyfyngder. Am hynny nid ofnwn pe symudai y ddaear, a phe treiglid y mynyddoedd i ganol y môr...' Ceisiodd Sara beidio â gwenu. Ie, meddyliodd, dyna ydoedd N'ewyrth Enos, dyn a ddymunai symud mynyddoedd.

'Y mae afon, a'i ffrydiau a lawenhânt ddinas Duw; cysegr preswylfeydd y Goruchaf.' Cydiodd pedair sillaf gyntaf yr adnod honno yn nychymyg Sara: y mae afon. Un frawddeg fer ydoedd, datganiad syml a ddywedai'r cyfan. Fe'i meddiannwyd gan y frawddeg honno; ni allai atal ei meddwl rhag ei hailadrodd dro ar ôl tro. Y mae afon. Ni allai ganolbwyntio ar weddill y bregeth; deuai ambell air i gosi brig ei hymwybod, ond canolbwyntiodd ar yr ailadrodd. Y mae afon, y mae afon... Ac wedyn safodd pawb er mwyn canu un arall o hoff emynau Enos Jones. Dim ond yr adeg honno y llwyddodd meddwl Sara i ymryddhau o'r pedair sillaf swynol. Ymunodd yn y canu, yn mwynhau clywed ei llais ei hun yn chwyddo'r sŵn persain o'i chwmpas. 'Tan fy maich yr wyf yn griddfan, disgwyl amser i ryddhau...'

Cerddai Sara rhwng ei thad a'i hewythr Ismael wrth iddyn nhw orymdeithio'n araf o'r capel i'r fynwent. Codai'i wyneb yn aml, fel pe bai'n gofyn i'r haul sychu'i ddagrau. Wedi iddyn nhw ymgasglu o amgylch y bedd, edrychodd y gweinidog o gwmpas y cylch, ei lygaid yn oedi ar wyneb pob aelod o'r teulu. Ymsythodd. Roedd yn ddyn tal pan godai ei ben yn uchel, er i'w gefn grymu ychydig yn ddiweddar, ond eto'n dalach na phawb ar yr ynys. Taflodd ei lygaid o gwmpas y dorf a ymwasgai'n agos y tu ôl i'r cylch o deulu. Roedd pob aelod o'r gymuned yno, hyd yn oed Owen Watcyn a fynnai godi o'i wely er gwaethaf rhybuddion Catherin Huws.

'A dyna ni, gyfeillion, wedi dyfod at lan ei fedd.' Dywedodd y gweinidog y geiriau cyfarwydd am y gwahaniaeth rhwng llwch ac enaid ac am yr atgyfodiad a ddeuai yn niwedd amser. Wedyn agorodd y Beibl a phlygu drosto, gan bwyso ar ei bulpud anweladwy. 'Felly Job a fu farw yn hen, ac yn llawn o ddyddiau.'

Ni wyddai neb yn y teulu beth yn union y dylid ei wneud â'r tŷ. Roedd Enos a Mary Margareta wedi casglu darnau da iawn o ddodrefn, rhai ohonynt wedi'u cludo'r holl ffordd o Ffrainc gan Jean Baptiste Bertrand yn ôl yn y ddeunawfed ganrif. Roedd gan Enos lyfrgell sylweddol hefyd a chasgliad helaeth o bapurau personol. Nid oedd gan y teulu agos le i gadw cynifer o bethau ychwanegol. Penderfynwyd mai cadw'r tŷ fel yr oedd fyddai'r cynllun gorau nes cael syniad gwell. Byddai un ohonyn nhw'n treulio amser ynddo er mwyn cynnau tân ar yr aelwyd a thynnu'r llwch a'r gwe pryfed cop. Yn ystod un o'r ymweliadau cyntaf hyn, daeth Sara o hyd i lawysgrif drwchus ar ddesg ysgrifennu fach yn y llofft – dodrefnyn a elwid yn secretari gan Mary Margareta. Llawysgrifen ei hen ewythr ydoedd, ac yntau wedi rhifo pob un o'r 505 tudalen. Yn pwyso ar dop y domen o bapurau roedd carreg lefn o lan yr afon, yn eu cadw'n saff rhag bysedd unrhyw awel a allai lithro i mewn i'r ystafell. Roedd inc y tudalen cyntaf wedi pylu gydag amser ac roedd gwyn y papur wedi ildio i frown ond medrai Sara ddarllen y teitl yn glir yr un fath.

HANES YNYS FADOG
O'i Sefydlu Hyd At y Presennol;
yn cynnwys byr grynodeb o'r ymchwiliadau rhagbaratoadol
a arweiniodd at greu'r Wladychfa Gymreig Honno
Gan Enos Jones

Rhoddodd hi'r gorau i'r glanhau. Cododd y llawysgrif yn ofalus. Safodd yno o flaen y ddesg, yn teimlo pwysau'r holl bapurau yn ei dwylo. Edrychodd ar frawddegau olaf y tudalennau olaf a gweld bod yr hanes yn cynnwys digwyddiadau'r flwyddyn honno. Yr afon yn rhewi, marwolaeth Cynthia Jones, 'un o gynorthwywyr cynnar a mwyaf hynaws y fintai gyntaf a ddaethai i Ddyffryn yr Ohio yn y flwyddyn 1845.' Cynhwysai fanylion am fasnach cwmni'r ynys ar gyfer misoedd cyntaf 1896. Gwyddai Sara nad oedd N'ewyrth Enos wedi gweithio ers blynyddoedd lawer. Rhaid ei fod wedi cael y manylion gan ei thad neu gan un arall o'r dynion a wasanaethai yn y siop neu'r stordy. Craffodd eto. Er nad oedd hi wedi cymryd diddordeb ym manylion cyfrifyddiaeth y cwmni ac er nad oedd hi'n orhoff o fathemateg, gwelai na allai'r rhifau fod yn gywir. Adlewyrchu elw'r cwmni yn ei oes aur roedd y cyfrifon a ddyfynnwyd, nid realiti'r degawdau diwethaf, heb sôn am y flwyddyn ddiwethaf. Gwenodd. Dyn a allai symud mynyddoedd i ganol y môr â'i ddychymyg. Aeth i lawr y grisiau ac eistedd o flaen y tân roedd wedi'i gynnau er mwyn cadw'r tamprwydd draw. Dechreuodd ddarllen.

Dywedodd wrth ei brodyr a'i thad y byddai hi'n fodlon edrych ar ôl y tŷ bob dydd am weddill yr wythnos honno. Byddai'n cychwyn gyda'r wawr, yn cludo ychydig o fwyd ac yn bwyta'i brecwast, ei chinio a'i swper yn y tŷ. Gwnâi dân ar yr aelwyd. Agorodd bob ffenestr pan na fyddai'n bwrw glaw er mwyn sichrau bod digon o awyr iach yn llifo trwy'r adeilad. Archwiliai'r tŷ yn gyflym am arwyddion o aflendid – gwe pryfed cop ar y distiau, baw llygod yn y corneli – a thynnai gadach yn gyflym dros rai darnau o ddodrefn. Ond treuliai'r rhan fwyaf o'r diwrnod yn eistedd yn hen gadair freichiau N'ewyrth Enos yn darllen. Weithiau pan fyddai'r diwrnod yn rhy boeth, symudai'r gadair ymhell o'r tân a'i gosod yn ymyl un o'r ffenestri agored. Darllenai tan iddi nosi'n araf, yn sawru ansawdd y llythrennau ar y tudalen, yn pwyso pob gosodiad yn ei meddwl, yn cymharu'r stori a ddarllenai â'r hyn a wyddai'n barod. Chwarddai'n uchel weithiau ac ar adegau eraill byddai'n rhaid iddi roi'r gorau iddi am ychydig gan fod dagrau'n pylu'i golwg. Wedi gorffen darllen gwaith mawr ei hen ewythr dechreuodd ei ailddarllen.

Gwaethygodd iechyd Owen Watcyn. Dywedai Catherin Huws na fyddai'n hir. Roedd wedi gobeithio codi o'i wely ar ddiwrnod yr etholiad, ond ni allai godi'i ben o'i obennydd hyd yn oed. Dywedodd y rhai a gadwai gwmni iddo ei fod wedi gwenu pan glywodd y gerddoriaeth wladgarol. Daeth yr *H. K. Bedford* heibio ar ei ffordd o Bittsburgh i'r gorllewin, baneri coch, gwyn a glas yn addurno'i chanllawiau, a band pres yn eistedd ar ddarn agored y bwrdd, yn chwarae 'America the Beautiful.' Cafodd Owen Watcyn hyd i ddigon o nerth i holi a oedd McKinley wedi ennill? 'Nid eto,' meddai'r gwylwyr wrtho, 'nid yw'r canlyniadau wedi dod i law. Rhaid aros a gweld.'

Ni fu farw am dri diwrnod cyfan. Cafodd glywed fod William McKinley wedi ennill y dalaith, yn ogystal ag ennill yr holl etholiad. Bu farw Owen Watcyn ychydig ar ôl derbyn y newyddion, a golwg ddedwydd ar ei wyneb. Wedi'r cwbl, roedd McKinley yn Weriniaethwr ac yn ddyn o Ohio.

30

'I reckoned ya'll might like to see it. If'n you ain't got it yet.'

Safai'r dyn ar y doc, ei anadl yn codi'n darth uwch ei ben. Mis Ionawr arferol ydoedd, gydag ychydig o eira'n gorchuddio caeau a bryniau'r tir mawr er nad oedd yn hanner digon oer i rewi'r afon. Daethai tad Sara i'r ysgoldy, yn ymddiheuro i Hector Tomos am dorri ar draws ei wers ac yn gofyn tybed fyddai Sara'n gallu dod i'r doc. Roedd Miriam yn ddeunaw oed ac wedi bod yn astudio Lladin yn y gornel. Dywedodd y medrai hi barhau ar ei phen ei hun ac y cymrai ddosbarth Sara. Roedd yr *Homer Handly*, agerfad mawr ar ei ffordd i'r dwyrain o Louisville, wedi galw gyda chyflenwad o gynnyrch distylltai'r ddinas. Nid oedd y bwrbon mor rhad â'r cynnyrch di-dreth a ddeuai o ddistylltai bychain Kentucky yn yr hen ddyddiau, ac nid oedd o gystal safon chwaith, yn ôl Ismael Jones, ond cytunai ei fod yn well na chwisgi Tennessee, Gorllewin Virginia ac Ohio, ac felly byddai cwmni'r ynys yn sicrhau fod digon o fwrbon Louisville yn y stordy bob amser. Yr un agerfad fu'n brif gyswllt yr ynys â Louisville ers tua dwy flynedd, ond yr hyn a ddywedodd ei thad wrth Sara y diwrnod hwnnw, er mwyn ei thynnu o'i gwaith yn yr ysgol, oedd bod dyn newydd yn gweithio ar yr *Homer Handley*: Samuel Cecil.

Camodd Sara ato'n ansicr a ddylai'i gofleidio neu beidio. Estynnodd Sammy ei law i'w hysgwyd ac felly bodlonodd Sara ar hynny. Gwenodd yn llydan, yn dangos bylchau yn ei ddannedd nad oedd hi'n eu cofio.

'How ya'been all these years, Sara Morgan?'

A nhwythau'n ysgwyd dwylo am yn hir, yr aduniad yn chwithig ac yn llawen ar yr un pryd, astudiodd Sara ei hen gyfaill. Yr un wyneb hirsgwar mawr, gên fel hanner bricsen a thrwyn hir a blygai fel pig hebog, a mop o wallt brown anystywallt gyda dim ond ychydig o wyn yn ymddangos o gwmpas ei glustiau. Ond roedd wedi heneiddio – ei groen fel lledr yn sgil oes o waith yn yr awyr agored, a'i wefusau'n symud fel rhai hen ddyn o gwmpas ei ddannedd bylchog. Daliai bapur newydd yn ei law arall. Roedd wedi dod ag o iddyn nhw ond roedd am i Sara ei weld gyntaf.

'On account of me recallin' that you always seemed to be readin' and such.' Cymerodd hi'r offrwm o'i ddwylo a diolch iddo. Y *Maysville Evening Bulletin* ydoedd – rhifyn 12 Ionawr 1897. Edrychodd ar y papur. Darllenodd benawdau'r tudalen blaen yn uchel gan nad oedd yn sicr pa beth arall y dylai ei wneud.

CABINET GOSSIP: SPAIN CAN NOT WIN: Such is Senator Money's Opinion of the Cuban War. Camodd i'w hochr hi ac estyn llaw i droi'r tudalennau iddi. Newyddion lleol gogledd Kentucky. Tybaco'n gwerthu'n dda, eglwys wedi'i hailadeiladu. Estynnodd Sammy fys hir a dangos y pennawd iddi: *River News.* Craffodd Sara. Wedi nodiadau cryno'n dweud y byddai'r *Sherley* yn teithio i'r dwyrain ar ei ffordd i Pomeroy a Pittsburgh a'r *Bonanza* hithau'n teithio i'r cyfeiriad arall, roedd paragraff hwy. Darllenodd Sara'n uchel:

'There are about 300 steamers plying on the Ohio River between Pittsburg, Penn, and Carrollton, Ky. These boats during the past twelve months carried 2,367,059 passengers, and it is a remarkable fact that not a single life was lost due to a steamboat disaster during that time.' Camodd Sammy'n ôl a phlethu'i freichiau ar draws ei frest.

'Ain't that somethin'? I mean, I been workin' the river all my life and I know'd for damned sure that there was a lot more steamers these days, but three hundred of 'em!' Chwibanodd trwy'i ddannedd bylchog, sŵn a bwysleisiai natur syfrdanol y ffaith. Cytunodd Sara. Roedd wedi gweld y llestri mawrion yn cynyddu gydol y blynyddoedd wrth reswm, ond nid oedd wedi oedi a meddwl y byddai rhywun yn eu cyfrif.

'I was thinkin' what ever would your good old great uncle've thought about that.' Difrifolodd wedyn. 'And by the way. I am sorry about his passin'. I ain't seen you since way before then. I reckon he had a mighty good run of life, but I am sorry all the same.'

'Thank you, Sammy. Yes, he did have a good run of life.'

Cafodd hi ychydig o'i hanes yntau wedyn. Hen lanc ydoedd o hyd; nid oedd bywyd wedi caniatáu iddo aros yn ddigon hir yn unman i briodi. Bu'n gweithio ar gyfres o agerfadau yn ystod y blynyddoedd ers tranc y *Boone's Revenge*, ac roedd newydd arwyddo gyda chapten yr *Homer Handly*. Enwodd y gwahanol lestri y bu'n gwasanaethu arnynt a nododd ei fod wedi gweithio i'r teulu Greene am ychydig.

'They done bought another steamer, the *Argand*.' Roedd Sara wedi clywed amdani a dywedodd hynny. Amneidiodd Sammy a pharhau. 'Ma Greene captains that one all by herself now. I done work on it for a while, but she and I had a little dispute on account of the liquor and I took my leave of her. She's a kind woman otherwise, but we just could not reconcile ourselves on that point.' Dywedodd Sara nad oedd yr un o agerfadau'r Greenes wedi galw wrth ddoc Ynys Fadog ers talwm. 'I know. They worked out that ya'll sellin' whiskey and such here. Ma Greene don't let the company do no business with them that trades in liquor.' Galwodd llais o fwrdd yr agerfad. Gwgodd Sammy. 'Time to pull off now. Gotta make Marietta by dusk.' Dywedodd hi ei bod hi wedi mwynhau'i weld. 'It sure has been good to see you again too. I hain't been feelin' like the same man these past years, not bein' the captain of my own steamer no more and such. The world's got to be a lonlier place somehow.' Edrychodd arni o gil ei lygaid wrth iddo droi a chodi llaw ar ei gydweithiwr er mwyn dweud ei fod ar ei ffordd. 'Don't s'pose y'd'ever reconsider that thang what I asked years ago.' Gwenodd Sara'n drist a dweud nad oedd dim wedi newid. Ni fyddai hi'n priodi neb arall. Byth. Ysgydwodd Sammy ei ysgwyddau. 'Well all right then. I'll be seein' you, Sara Morgan. You take care o' y'self now.'

Urddwyd William McKinley yn Arlywydd yr Unol Daleithiau ar y pedwerydd o fis Mawrth 1897. Yn ôl yr hyn a ddywedai pobl yng nghlyw Sara, roedd yr holl ynyswyr – yn debyg i'r rhan fwyaf o Gymry America, tybiai hi – wedi pleidleisio dros y Gweriniaethwr. Ni threfnwyd dathliad na chyfarfod gwladgarol o unrhyw fath. Cyflwynodd Hector Tomos yr un hen wers ysgol roedd plant yr ynys wedi'i chael bob tro yr ymsefydlwyd Arlywydd newydd, yn egluro natur y ddefod ac arwyddocâd y garreg filltir hanesyddol a elwid yn *Inauguration* gan rai o'r papurau Saesneg. Cafodd Sara ddisgrifiad o'r dathliadau yn y ddinas yn un o lythyrau Tamar. Roedd ei llythyrau wedi prinhau, er ei bod hi'n ysgrifennu at ei rhieni'n wythnosol ac yn sicrhau bod Sara'n derbyn o leiaf ychydig o linellau unwaith y mis. Yn yr un modd, nid oedd ei brawd, Dafydd, yn cynnal yr un math o ohebiaeth â'u modryb bellach. Ymddiheurai'n llaes pan ysgrifennai, yn dweud bod cyfuniad o'i waith yn Neuadd y Ddinas a'i astudiaethau ôl-radd yn y Brifysgol yn llenwi bron y cyfan o'i oriau. Yn ystod y tymor pêl-fas postiai Dafydd ambell raglen at ei hen ewythr Ismael er nad ysgrifennai lythyrau maith yn disgrifio gemau'r Reds mwyach. Ond rhwng ei nai a'i nith, ei brawd Jwda a'i chwaer Esther, deuai o leiaf un llythyr o un o'r dinasoedd – Efrog Newydd, Chicago neu Cincinnati – yn weddol gyson. Weithiau byddai dau neu dri llythyr yn cyrraedd yr un diwrnod ac weithiau byddai'n rhaid i Sara ddisgwyl pythefnos am un. Felly y mae, meddyliodd pan ddechreuodd deimlo brath hiraeth, y fi yw'r un sy'n aros. Ddiwedd y mis Mawrth hwnnw cyrhaeddodd cerdyn gydag ychydig o linellau yn llaw Sadoc.

F'Anwyl Chwaer Sara.
Yma yr wyf i yn ninas San Francisco. Rwyf i'n iach ac yn gobeithio dy fod ti hefyd. Cofia fi'n serchog at ein tad, ein brodyr a gweddill y teulu. Yr eiddot dy serchog frawd, Sadoc.

Nid oedd dyddiad ar y cerdyn ac ni wyddai Sara faint o amser y byddai'n cymryd i bost deithio'r holl ffordd o Galiffornia. Roedd llun lliw ar yr ochr arall, yn darlunio pobl yn cerdded ar lwybr eang, y gro o dan eu traed yn wyn ac yn lân, cerfluniau gwynion clasurol eu golwg ar bob ochr a choed palmwydd yn codi uwch eu pennau. Roedd rhyw fath o borth mawr gwyn i'w weld ym mhen pellaf y rhodfa a bryniau'n codi y tu ôl iddo yn y cefndir. Mewn llythrennau cochion a argraffwyd ar draws y cymylau gwynion yn yr awyr safai'r pennawd *Palm Avenue, Sutro Heights, San Francisco, California.*

Un prynhawn Sadwrn ym mis Ebrill eisteddai Sara wrth y bwrdd yn ei thŷ yn darllen. Roedd wedi cael rhifyn diweddaraf *Y Cyfaill o'r Hen Wlad* ar fenthyg, ac roedd wedi cymryd at gerdd a gyhoeddwyd ynddo, 'Yr Afon' gan y bardd Ap Gomer o Fôn. Er ei bod hi wedi dysgu talpiau o'r gerdd ar ei chof yn barod, astudiai'r llinellau'n fanwl, gan anwybyddu'r llythyrau a'r ysgrifau nad oedd hi wedi'u darllen eto er mwyn oedi gyda gwaith y bardd o Fôn.

O, afon fad, 'r wyt fel yr arian byw,
Yn ymddolenu rhwng y bryniau heirdd;
Mae'r olwg arnat yn nefolaidd iawn,
A swyn dy wedd o'r dwyfol sydd yn llawn.
Pan ddeuaf at dy lanau'n brudd fy mron,
Murmur meddyliau dwyfol yn eu murmur hwy
Glywaf yn eglur nes fy ngwneyd yn fwy
Dwyfol nag o'r blaen, wrth wrando arni.

Roedd y gerdd yn grefyddol yn ei hanfod, ond nid yn y neges ddiwinyddol roedd yr apêl. Hoffai hi'r modd y codai delweddau yn ei dychmyg pan ddarllenai hi eiriau'r bardd.

Yr afon fawr a lifai o gwmpas ei hynys hi oedd afon y gerdd. Gwelai Sara hi ei hun yn cerdded yn brudd ei bron at ei glannau ac yn clywed murmur meddyliau'r gorffennol yn y dyfroedd a ymroliai heibio. Yno, yn sibrwd yr afon y câi neges ynglŷn â'i gwneuthuriad hi ei hun. Yno, yn iaith gyfrin y dŵr tywyll roedd ei holl hanes hi ei hun ynghyd â hanes pawb a fu'n gysylltiedig â hi gydol ei hoes.

Sŵn caled rhywun yn curo a dynnodd hi o bleser ei myfyrdodau. Cododd ac agor y drws a gweld Hector a Hannah Tomos yn sefyll yno. Annisgwyl oedd ymweliad o'r fath. Galwai Sara yn eu tŷ weithiau, a phob hyn a hyn byddai'r ddau'n ymuno â'r teulu estynedig am bryd o fwyd mawr yn nhŷ tad Sara, ond nid oedd yn arfer ganddynt alw yn ei thŷ hi.

'Dewch i mewn.'

'Diolch, Sara, ond fedrwn ni ddim aros,' meddai'r ysgolfeistr. 'Mae'n rhaid i ni weld nifer o bobl heddiw.' Sylweddolodd Hannah fod angen eglurhad ar Sara. Roedd eu merch Morfudd wedi ysgrifennu a dweud ei bod hi'n priodi gweinidog cynorthwyol y capel lle'r ymaelododd yn Columbus. Dymuniad y ddau oedd priodi yno yn eu capel ac roedd gwahoddiad i bawb o'r ynys a ddymunai fynd i'r briodas. Diolchodd Sara iddyn nhw a dweud y byddai'n ysgrifennu at Morfudd yn ddiymdroi i'w llongyfarch. A hithau wedi'i dal mewn penbleth, yn poeni am siomi'r cyfeillion annwyl ac eto'n gwybod yn iawn na fyddai hi'n croesi'r sianel i'r tir mawr, daeth gwaredigaeth mewn fflach o ddyfeisgarwch.

'Hoffwn weld Morfudd yn priodi, mi wyddoch chi hynny, ond dw i'n credu y bydd yn rhaid i mi aros yma i edrych ar ôl yr ysgol.'

Dechreuodd Hector Tomos ddweud na fyddai'n rhaid iddi wneud hynny, ond cododd Sara law a gwenu'n garedig. 'Dw i'n mynnu gwneud, Mr Tomos. Y peth pwysica yw sicrhau'ch bod chi'ch dau'n cael mwynhau priodas Morfudd a bydd yn haws i chi ymlacio a mwynhau o wybod bod gofalaeth yr ysgol mewn dwylo da.' Estynnodd law a chydio yn llaw Hannah. 'A bydd yn haws i chitha fwynhau, Mrs Tomos, o wybod na fydd Mr Tomos yn poeni am yr ysgol pan fyddwch chi yn Columbus.'

Cerddai Sara'n aflonydd o gwmpas ei thŷ bychan ar ôl iddyn nhw ymadael, yn twtio ychydig ac yn creu gwaith iddi hi'i hun. Roedd arni awydd mynd am dro a mwynhau aroglau'r gwanwyn, crwydro at lan yr afon a syllu ar y dyfroedd, ond ni theimlai y gallai wynebu pobl eraill. Cysur ei chwmni'i hun, dyna'r cwbl roedd arni hi ei angen. Estynnodd *The Adventures of Huckleberry Finn* ac eistedd. Agorodd y llyfr a dechrau darllen y bennod gyntaf.

'You don't know about me, without you have read a book by the name "The Adventures of Tom Sawyer," but that ain't no matter. That book was made by Mr Mark Twain, and he told the truth, mainly. There was things which he stretched, but mainly he told the truth. That is nothing.'

Gwenodd ac ymsuddo'n ddyfnach i gysur y geiriau cyfarwydd. Wedi gorffen y bennod gyntaf bodiodd trwy'r nofel, yn darllen rhai o'i hoff ddarnau. Oedai uwch rhai o'r disgrifiadau o fywyd ar y Mississippi. 'We laid there all day, and watched the rafts and steamboats spin down the Missouri shore, and up-bound steamboats fight the big river in the middle.' Seibiodd, gan godi'i llygaid o'r llyfr a meddwl. Gwaredigaeth oedd yr afon i Huck a Jim, a nhwythau'n dilyn y Mississippi i fyny i'r Ohio ac ymlaen i ryddid. 'O, afon fad, 'r wyt fel yr arian byw, yn ymddolenu rhwng y bryniau heirdd.'

Denodd plant ei brawd Joshua sylw'r gymuned trwy gydol yr haf y flwyddyn honno. Yn gyntaf, daeth y newyddion bod Tamar wedi dyweddïo. Roedd wedi bod yn canlyn y dyn ifanc ers rhai blynyddoedd erbyn deall er ei bod hi wedi cadw'r berthynas yn gyfrinachol tan y llythyr a gyhoeddai'r dyweddïad. Credai Sara fod cyfrinachedd ei nith yn deillio o'r ffaith bod y dyn yn gwasanaethu yn y fyddin. Roedd Alvin Vincent yn is-gapten yn y *Sixth Regiment*, uned ym myddin sefydlog yr Unol Daleithiau a oedd â'i phencadlys yn Fort Thomas, Kentucky. Croesodd o a rhai o'i gyd-swyddogion yr afon i Cincinnati er mwyn mynychu digwyddiad a alwai Tamar yn *charity cotillion*. Roedd rhai o'r merched a weithiai yn yr un ysgol â Tamar wedi'i darbwyllo i fynd er nad oedd hi wedi dysgu'r dawnsfeydd poblogaidd ac nad oedd hi'n teimlo bod ei ffrog yn ddigon da. Wedi cyfarfyddiad y noson honno yn y *cotillion*, galwai'r Liwtenant Vincent ambell ddydd Sadwrn pan na fyddai ar ddyletswydd ac er na fyddent yn gweld ei gilydd yn aml roedd y garwriaeth wedi blodeuo. Bwriadai'r ddau briodi ddiwedd yr haf hwnnw a byddai Tamar yn gadael ei swydd er mwyn symud dros yr afon i Fort Thomas. Newyddion mawr Dafydd oedd y ffaith ei fod wedi derbyn swydd fel darlithydd mewn peirianneg yng Ngholeg Technegol Carnegie yn ninas Pittsburgh. Byddai'n dechrau yn y flwyddyn academaidd newydd yn yr hydref. Ei fwriad oedd symud ar ôl priodas ei chwaer.

'And you must be the Aunt Sara I've heard so much about.' Dyna oedd y peth cyntaf a ddywedodd Alvin wrthi hi. Roedd yn ddiwrnod chwilboeth ym mis Awst, a rhai o'r dynion ar y doc yn noeth at ei hanner. Gwisgai Sara'r ffrog ysgafnaf a oedd ganddi – y deunydd yn gotwm ac yn denau a bron wedi'i gwisgo'n dyllau mewn ambell le. Wedi gadael i'r dyn ifanc ysgwyd ei llaw a dweud yn Saesneg ei bod hi'n falch o'r cyfle i gyfarfod ag o o'r diwedd, ymddiheurodd wrth Tamar,

'Doedd neb yn eich disgwyl heddiw! Byddwn i wedi gwisgo rhywbeth gwell.' Camodd ei nith ati a'i chofleidio am yn hir. Sibrydodd yn ei chlust a dweud na ddylai hi boeni. Roedd y ddau wedi dod i aros am wythnos gyfan cyn y briodas. Byddai o'n aros yng nghartref rhieni Tamar a Tamar hithau'n aros gyda Sara. Roedd Dafydd wedi dod gyda nhw o Cincinnati ar yr un agerfad.

'Come on then, Alvin,' meddai Dafydd yn siriol. 'I never thought I'd get to share my old bedroom with a brother.' Nid oedd Alvin yn gwisgo'i lifrai pan gyrhaeddodd ac roedd Sara wedi anghofio'i fod yn filwr. Dyn pryd golau ydoedd, ei wallt byr cyrliog o liw gwellt a brychni haul yn addurno'i fochau a'i drwyn, ei wyneb yn agored a'i wên lydan yn dod yn hawdd.

Cyn mynd i gysgu'r noson honno, eisteddai Sara a Tamar yn eu dillad nos yn y parlwr. Roedd hi'n llethol o boeth er bod yr haul wedi hen fachlud a'r awyr yn ormesol o laith. Adroddodd Tamar hanes y tro cyntaf iddynt gyfarfod yn y ddawns; nid oedd hi wedi cael cyfle i ymarfer y walts ryw lawer er bod ambell gyfeilles wedi dysgu'r symudiadau iddi a'i hannog i ddawnsio. Roedd wedi ceisio anwybyddu'r milwyr hefyd, ond pan ofynnodd yr is-gapten ifanc iddi ddawnsio penderfynodd y byddai'n haws ei dderbyn na'i wrthod. Adroddodd hanes Alvin wrth Sara hefyd. Bu farw'i fam ar ei enedigaeth. Roedd ei dad yn siopwr yn Paterson, New Jersey, ond bu farw yntau o'r diciâu pan oedd Alvin yn wyth oed. Roedd ganddo ewythr cefnog a dalodd iddo fynychu ysgol breswyl yn ne Indiana ac wedyn sicrhaodd le iddo yng ngholeg milwrol West Point. Roedd gyrfa filwrol wedi'i rhagordeinio gan ei ewythr ond roedd wedi dygymod â'i dynged a chofleidio'r bywyd a oedd ganddo. Cyfeiriai'n aml at y ffaith ei fod yn hynod ffodus; gwyddai am yr *orphan trains* a gludai blant amddifad i'r taleithiau gorllewinol a'u taflu ar drugaredd ffawd. Cafodd deulu o fath yn y fyddin yn ogystal â gwaith y medrai ymfalchïo ynddo, ond dywedai fod ei syniadau wedi newid ers iddo gwrdd â Tamar. Byddai'n gwasanaethu tan ddiwedd ei dymor ac wedyn medrai adael y fyddin a chwilio am waith yn y byd mawr y tu allan i waliau Fort Thomas. Pan ofynnodd Sara iddi pa beth a wnâi ar ôl priodi, dywedodd Tamar fod tai bychain digon twt ar gyfer swyddogion y fyddin ar gyrion y gwersyll milwrol mawr yng ngogledd Kentucky. Roedd swyddi i rai sifiliaid gan gynnwys merched yn y swyddfeydd cysylltiedig ond fel arall medrai chwilio am waith fel athrawes yn un o ysgolion y cyffiniau.

Dywedodd Isaac fod Jwda wedi ysgrifennu ac ymddiheuro. Ni allai'i deulu ddod i'r briodas gan na fyddai'i swydd yn caniatáu iddo. Roedd streiciau dros y wlad mewn ambell ffatri ac mewn ambell gwmni rheilffordd, ac roedd prisiau'r farchnad yn fygythiol o anwadal. Ei ewythr oedd yr unig deulu oedd gan Alvin ac ni allai ddod oherwydd ei iechyd. Ni chawsai'r un o'i gyfeillion yn Fort Thomas eu rhyddhau i ymadael â'r safle ychwaith gan fod nifer ohonynt wedi ildio'u gwyliau fel y câi Alvin ragor o wyliau ar gyfer ei briodas a'i fis mêl.

Ond cyrhaeddodd un a ddaeth o bell, un o aelodau hynaf y teulu. Saith ar hugain oed adeg ei phriodas oedd Tamar a'i modryb Esther yn 30 mlynedd yn hŷn na hi, yn ddynes osgeiddig, ei gwallt brith wedi'i dynnu'n gocyn twt ar gefn ei phen, ei dillad syml a dirodres yn gefnlen i'w phersonoliaeth fawr. Roedd Sara wedi poeni y byddai'i chwaer fawr yn edliw'r ffaith bod Dafydd am dderbyn arian Andrew Carnegie wrth dderbyn ei swydd newydd yn Pittsburgh. Roedd wedi poeni hefyd y byddai'n codi'i thrwyn ar Alvin fel gŵr a wasanaethai lywodraeth a oedd yn sylfaenol anfoesol yn ei barn hi, ond ni ddywedodd Esther air am hynny chwaith. Gwyddai fod ei nith, Tamar, o blaid rhoi pleidlais i ferched ac felly pan gododd gwasanaeth milwrol ei darpar ŵr mewn sgwrs byddai hi'n gwenu'n hael a dweud ei bod hi'n sicr y byddai lluoedd arfog y wlad yn sicrach yn eu gwaith pe bai benywod y wlad hefyd yn cael cyfle i ddewis y gwleidyddion a'u gorchmynnai i fynd i ryfel. Pan gyfeiriai rhai o bobl hŷn yr ynys at y cynnydd economaidd a oedd wedi dod gydag arlywyddiaeth McKinley byddai Esther yn cytuno'n rhwydd ac yn dweud mewn geiriau blodeuog a gyda choegni cyfrwys nad oedd neb ond Sara'n ei ddeall, ei bod hi'n gobeithio y byddai'r Arlywydd, yn ei ddoethineb, yn parhau i sicrhau bod cyfoeth newydd y wlad yn fodd i warantu hawliau poblogaeth ddu'r taleithiau deheuol. Gan ddibynnu ar y gynulleidfa a wrandawai arni a'r amgylchiadau, adroddai straeon doniol a ddarllenasai mewn papurau o wledydd tramor, disgrifiai ddramâu a welsai yn theatrau Efrog Newydd a dyfynnai o'r pregethau a glywsai yn y capel Cymraeg a fynychai. Arhosai hi yn nhŷ ei thad a rhwng prysurdeb y trefniadau a'r ffaith bod aelodau eraill o'r teulu'n chwenychu sylw Esther ni chafodd Sara lawer o gyfle i siarad â hi ar ei phen ei hun. Ond weithiau pan fyddai'i chwaer hŷn ar ganol un o'r perfformiadau hyn, a phawb yn gwrando'n astud ac yn ochneidio neu'n chwerthin ar yr adegau priodol, byddai llygaid Esther yn dal llygaid Sara, a gwyddai'i bod hi'n gwybod pa beth roedd hi'n meddwl amdano'r eiliad honno.

Yn ystod un swper teuluol mawr yng nghartref eu tad, roedd y sgwrs wedi dechrau troi o gwmpas gwleidyddiaeth. Dywedodd Alvin fod ei gyd-swyddogion yn Fort Thomas yn cwyno am y ffaith nad oedd McKinley yn rhoi llawer o sylw i'r lluoedd arfog ac y byddai gwrthryfel Cuba yn erbyn Sbaen yn dangos ffolineb y diffyg buddsoddi maes o law. Gwyddai Sara fod gan ei chwaer syniadau pendant iawn ynglŷn â'r pwnc, ond yn hytrach nag ymuno yn y drafodaeth, llwyddodd yn ddiplomataidd i newid y cyfeiriad. Cyn y diwedd roedd Esther yn disgrifio'r lluniau symudol rhyfeddol a welsai ym mharlwr Kinetoscope Woodville Latham yn Efrog Newydd. Mae'n wir, maentumiodd wedyn pan chwarddodd ei hewythr Ismael, cyn hir bydd pobl ledled y wlad yn mynychu lleoedd tebyg i weld lluniau'n symud ac yn darlunio stori ar y wal. Wedi i bawb orffen bwyta, a'u hewythr Ismael wrthi'n agor potel arbennig roedd wedi dod â hi er mwyn cloi'r noson, cododd Sara ac Esther i glirio'r llestri budron. Wedi iddyn nhw eu gosod yn y sinc yn y gegin gefn, cyffesodd Sara ei bod hi'n edmygu diplomyddiaeth Esther.

'Mae'n bwysig peidio â meddwl nad oes gwersi bywyd i'w dysgu o hyd, Sara.' Dywedodd nad oedd hi'n deall yn iawn, ac eglurodd Esther, gan estyn ei dwylo a chydio yn ochr y sinc, fel pe bai'n ei sadio'i hun ar fwrdd llong. 'Mae hiraeth dros gyfnod hir yn gallu troi'n garreg yn dy galon. Rwy'n gwbl fodlon â'r bywyd rwyf wedi'i ddewis, ac o gael byw eto ni chredaf y byddwn i'n gwneud llawer o bethau'n wahanol, ond dysgais un wers gyda dyfodiad graddol henaint.' Estynnodd ei llaw er mwyn cyffwrdd â llaw Sara'n ysgafn â blaenau'i bysedd. 'Mae'n ddyhead gen i'ch gadael chi ag atgofion y byddwch chi'n eu trysori. Mae'r wythnos hon yn garreg filltir yn hanes y teulu, ac rwy i am i bawb ei chofio am y rhesyma cywir.' Dechreuodd Esther dywallt dŵr o'r jwg a golchi'r llestri ond ni symudodd Sara, ei meddwl yn cnoi cil ar eiriau'i chwaer. Pan ddechreuodd siarad, cododd Esther law wleb, ei chledr ar agor fel pe bai'n ei gorchymyn i atal. 'Ni wn a fydd cyfle i mi ddychwelyd eto, Sara. Ac rwy i wedi rhoi'r gorau i ofyn i ti ddyfod i aros efo fi yn Efrog Newydd.' Ochneidiodd a sychu'i dwylo ar y clwtyn a grogai ar fachyn yn ymyl y sinc. Cydiodd yn ysgwyddau Sara a syllu i fyw ei llygaid. 'Ac am henaint, mi ddyweda i hyn. Nid y ni sy'n cyfri'r blynyddoedd, y cyfan gallwn ni'i wneud yw penderfynu pa beth a wnawn â'r blynyddoedd a roddir i ni. Mae'n beth ffodus bod rhywun yn cael byw i brofi dyfodiad araf henaint.'

Gollyngodd ei gafael ar ysgwyddau Sara a dechrau troi at y llestri ond oedodd a chodi un llaw at ei gwallt. Gwenodd. 'Coron anrhydeddus yw penllwydni, os bydd mewn ffordd cyfiawnder. Dyna a ddywed Llyfr y Diarhebion.' Daeth llais meddw eu hewythr Ismael o'r ystafell arall, yn chwerthin yn afreolus o uchel ac yn curo'r bwrdd â'i ddwrn i bwysleisio rhythm ei rialtwch. Gwenodd Esther eto wrth droi at y sinc. Siaradai'n ddidaro â Sara dros ei hysgwydd. 'Ie, anrhydedd yw henaint, *os* bydd wedi'i ennill trwy droedio ffordd cyfiawnder. Ond mae *os* yn air bach mawr.'

Noson cyn y briodas cysgodd Sara yn ei hen lofft yn nhŷ'i thad, Esther yn ei hymyl hi. Siaradodd y ddwy am ychydig, cyn penderfynu cysgu ac atgyfnerthu at y diwrnod mawr. Daeth storom o law i dorri ar y tywydd llaith a phoeth pan oedd y brecwast priodas ar ben a'r cymdogion yn dechrau clirio'r byrddau a osodwyd yn rhes ar hyd y lôn fel arfer. Ni ostegodd y glaw gydol y prynhawn na'r noson. Ysgydwai'r taranau ffenestri'r tai a fflachiai mellt yn yr awyr lwyd. Roedd Sara, Esther a'u chwiorydd-yng-nghyfraith, Lisa ac Elen, wedi paratoi ac addurno tŷ Sara ar gyfer y cwpl priod newydd. Ar gais y benywod, aeth Joshua a Benjamin dros y sianel mewn cwch er mwyn chwilio trwy gaeau a chloddiau'r tir mawr am y blodau gwylltion hynny a oedd yn parhau yn eu lliwiau mor hwyr yn yr haf. Daeth y ddau'n ôl gyda chofleidiau o flodau melyn – suran a blodyn yr haul, gan mwyaf – wedi'u cymysgu â phiws yr helyglys, pob coesyn yn cludo llawer o flodau bychain. Dychmygai Sara'r olygfa pan fyddai Tamar ac Alvin yn rhedeg rhag y glaw i mewn i'r tŷ ac yn dilyn y rhubanau o flodau i fyny'r grisiau a cherdded trwy'r porth o felyn a phiws o amgylch drws y llofft. Gorweddodd hi wrth ymyl ei chwaer noson y briodas, fel pe bai'r ddwy'n blant unwaith eto, yn gwrando ar ergydion dyfnion y taranau. Siaradodd y ddwy am yn hir. Ni allai Sara gofio pa un ohonyn nhw a syrthiodd i gysgu gyntaf.

Roedd y glaw wedi gostegu rywbryd yn ystod oriau mân y bore a'r haul yn dangos ei wyneb. Yn unol â'r trefniant, galwodd y *Franklin Farmer* wrth y doc er mwyn cludo Tamar ac Alvin i Portsmouth. Byddai'r ddau'n teithio ar y trên i'r gogledd ac wedyn i'r dwyrain a threulio wythnos yn y Prospect Hotel yn Niagara Falls. Yn ddiweddarach yr un diwrnod galwodd yr *Homer Handley* ar ei ffordd o Louisville i Pittsburgh.

'Well this is a mighty big pleasure,' dywedodd Sammy Cecil pan gododd i helpu un o'i gydgychwyr gyda chist Dafydd. Roedd Esther am deithio gyda'i nai i Pittsburgh a mynd ymlaen ar y trên i Efrog Newydd ar ôl ei adael yn ei gartref newydd. Dim ond un bag bach a oedd ganddi a gwrthododd yn gwrtais pan gynigiodd un o'r dynion ei gludo i'r agerfad. Gwenodd ar Sara a dweud,

'Dw i ddim mor hen â hynny eto.'

Safai Sara, ei brawd Joshua a'i chwaer-yng-nghyfraith Lisa ar y doc, yn syllu i'r dwyrain am amser maith ar ôl i'r *Homer Handley* ddiflannu o'u golwg. O'r diwedd, galwodd Joshua ar rai o'r dynion a oedd wrthi'n gweithio a dweud y byddai'n ymuno â nhw cyn bo hir. Plygodd i gusanu boch ei wraig. Pan ddechreuodd Sara droi i gerdded adref sylwodd fod eu tad yn sefyll wrth eu hymyl hefyd. Gan ei fod mor dawel nid oedd hi wedi sylwi arno. Gwenodd arni hi.

'Mae'n ddiwrnod braf. Rown i'n meddwl y byddai'r storom yn parhau trwy'r bore ac yn rhyw ddisgwyl i'r afon godi.' Edrychodd i lawr ar y dŵr. 'Ond gostegodd mewn pryd.' Plethodd Sara law trwy'i fraich a dechrau'i dywys yn araf o'r doc.

Ymadawodd Miriam ddechrau mis Medi. Ni ddymunai deithio mor bell ag Oberlin, felly cofrestrodd yn Rio Grande, coleg bach yn sir Gallia a oedd wedi tyfu'n ddiweddar. Roedd yn llai nag ugain milltir i'r gogledd-orllewin o Gallipolis ac felly byddai'n bosibl iddi ddychwelyd i'r ynys ambell benwythnos heb sôn am dreulio'r holl wyliau gartref.

'Dwi'n debyg i chi, Boda Sara,' meddai wrth ffarwelio, 'dwi ddim eisia mynd yn rhy bell o'r llecyn yma.'

Gwasgodd ei nith ati. 'Un annwyl wyt ti, Miriam. Ond paid â bod yn rhy debyg i fi.'

Roedd hi'n falch ei bod hi wedi dweud y geiriau olaf hynny er ei bod hi'n gobeithio, yn nyfnder ei chalon, y byddai Miriam yn dychwelyd i aros ar ôl iddi raddio.

Ganed mab i Tamar ac Alvin ym mis Mai 1898. Cymeradwyodd pawb yn y teulu yr enw a ddewiswyd gan ei rieni: Daniel. Aeth Lisa a Joshua i Fort Thomas er mwyn gweld eu hŵyr cyntaf ac arhosodd Lisa gyda'i merch i gynorthwyo gan y gwyddai y byddai Alvin yn ymadael cyn hir. Ers i'r *U.S.S. Maine* ffrwydro yn harbwr Havana y mis Chwefror hwnnw bu rhai o bapurau newyddion y wlad yn galw am ryfel yn erbyn Sbaen. Nid oedd yr Arlywydd McKinley yn awyddus – dadleuai y byddai rhyfel yn gostus ac yn tanseilio'r cynnydd economaidd roedd y wlad yn ei fwynhau – ond roedd y Democratiaid a'r rhan fwyaf o'i blaid ei hun yn ei annog i ddefnyddio grym arfau ac felly ildiodd yr Arlywydd yn y diwedd. Roedd yr Unol Daleithiau mewn rhyfel yn erbyn Sbaen. Darllenodd yr ynyswyr fod y Sixth Regiment wedi gadael Fort Thomas am y rhyfel cyn i Joshua ddychwelyd.

'Pam na ddaw Lisa, Tamar a'r babi adra i aros rŵan?' gofynnodd Sara i'w brawd.

Ysgydwodd Joshua'i ben. 'Awgrymais i'r union beth, ond gwrthododd Tamar. Dywedodd mai yno mae ei chartref hi a'i bod am aros yno a disgwyl am Alvin.' Oedodd. 'Roedd gen i'r teimlad ei bod hi'n credu y byddai'n bradychu'i gŵr trwy adael a dod yma. Mae am iddo wybod ei bod hi'n disgwyl iddo ddychwelyd.'

Ygrifennodd Sara lythyr at Tamar, yn dweud ei bod hi'n cydymdeimlo'n llawn gan ei bod hi'n gwybod sut beth yw gweld gŵr yn ymadael am ryfel. Cododd y papur a darllen yr hyn roedd newydd ei ysgrifennu cyn ei rwygo'n ddarnau a'u gadael i ddisgyn fel plu eira ar lawr. Gwyddai Tamar am yr Ewythr Rowland a laddwyd yn y Rhyfel Cartref bum mlynedd cyn iddi gael ei geni. I ba beth y byddai hi'n dyfynnu o'i thristwch ei hun ac yn corddi'r ofnau oedd yng nghalon Tamar yn barod? Dechreuodd lythyr arall.

Ysgrifennai'n wythnosol at ei nith. Ganol mis Gorffennaf, ar ôl i'w thad dderbyn rhifyn diweddaraf *Y Drych*, penderfynodd gopïo'r gerdd a gyhoeddwyd ar ei dudalen blaen. Y tu mewn i'r papur roedd yr hanesion roedd pawb ar yr ynys wedi'u darllen yn barod yn y papurau dyddiol Saesneg. Ond eto roedd ymddangosiad pob rhifyn o'r *Drych* yn achosi cyffro gan mai profiad pur wahanol oedd darllen am y rhyfel yn Gymraeg. Syllodd Sara'n hir ar y pennawd perthnasol: YMLADDFEYDD CELYD GER SANTIAGO – COLLEDION TRYMION. Roedd wedi darllen am frwydr San Juan yn Saesneg, ond crynai wrth ei ddarllen o'r newydd yn Gymraeg. 'San Juan yn unig oedd yn aros heb ei gymeryd, ac roedd yn un o'r lleoedd cadarnhaf, ar fryn uchben yr afon San Juan. Trowyd at y gaerfa hon, a dechreuwyd trwy ysgarmesu, y milwyr yn gwneyd gwaith rhagorol trwy gipio yr Ysbaenwyr a dramwyent o fan i fan.' Gwelai hi gysgodion gwaedlyd y gorffennol ar ddudalennau'r papur newydd, yr un oedd y geiriau a'r ymadroddion, a'r enwau Sbaenaidd yn unig yn ei hatgoffa mai rhyfel gwahanol oedd hwn. Syrthiodd ei llygaid ar y rhifau ar ddiwedd yr erthygl. 'Amcangyfrifir fod colledion y fyddin Americanaidd yn 1,700 o ddynion, sef tua 150 o laddedigion, a'r gweddill yn glwyfedigion. Bernir fod colled yr Ysbaenwyr yn 2,000 i 2,500 rhwng lladdedigion a chlwyfedigion.' Mae'r inc mor ddu a di-deimlad, meddyliai. Estynnodd fys a'i symud yn ôl ac ymlaen ar y papur cyn ei godi at ei llygaid. Smotyn du. Dylai fod yn goch fel gwaed.

Dim ond wedyn y daeth cadarnhad bod Alvin a'r Sixth Regiment wedi bod ym mrwydr Bryn San Juan. Tua chant a hanner o laddedigion, rhai ohonynt yn gyfeillion agos iddo, ond daeth Alvin yntau trwy'r frwydr yn ddianaf. Ailadroddodd Tamar dalpiau o'r llythyr a ysgrifenasai Alvin ar ôl y frwydr pan ysgrifennodd hi at ei thad. Dywedodd wrtho y dylai rannu'r hanes â Boda Sara. Bu'r Chweched yn ei chanol hi, yn rhuthro i fyny allt y bryn, yn rhedeg yn syth i gegau gynnau'r Sbaenwyr. Yn wir, cyffesodd, mae'n gwbl ryfeddol na fu farw rhagor ohonom y diwrnod hwnnw. Canmolodd Alvin ddewrder y milwyr duon a chyfeiriodd at y meirchfilwyr a elwid yn Rough Riders a'u Colonel Theodore Roosevelt. Dywedodd Alvin ei fod yn gobeithio na fyddai eu mab Daniel yn gorfod mynd i ryfel na gweld y pethau a welsai ar dir Cuba.

'Heddwch' oedd prif air penawdau'r mis wedyn. Roedd Sbaen wedi gyrru cenhadon draw i arwyddo'r *Protocol of Peace* yn Washington. Ymadawodd y Chweched Gatrawd ag ynys Cuba. Roedd Alvin yn dyfod adref, meddai Tamar yn ei llythyr. Ond erbyn deall, nid oedd y gatrawd am ddychwelyd i Fort Thomas. Roedd y cadfridogion yn eu doethineb wedi penderfynu y byddai'r Sixth Regiment yn mynd i gaerfa arall – Fort Sam Houston yn nhalaith Texas.

'Fydd Tamar yn dychwelyd rŵan?' gofynnodd Sara i'w brawd.

'Na fydd,' atebodd Joshua. 'Dyw hi ddim 'di newid 'i meddwl. Mae hi am aros yn y cartref mae hi ac Alvin wedi'i greu ar gyfer Daniel.'

Roedd Sara wedi dechrau colli diddordeb yn y papurau Saesneg. Gorweddai'r *Gallipolis Journal*, y *Cincinnati Enquirer* a'r *Maysville Evening Bulletin* heb eu cyffwrdd ar ei bwrdd am ddyddiau. Darllenai bob dydd, ond yn hytrach nag ymdrafferthu â newyddion y dydd trodd at destunau'r gorffennol – nofelau Mark Twain a'i hoff gerddi Cymraeg. Y hi a reolai hynny o fyd a oedd ganddi, y hi a ddewisai'r geiriau a'r delweddau a lenwai'i phen. Âi i gysgu bob nos gyda'r ddwy iaith yn gymysg, y dyfyniadau cyfarwydd yn plethu trwy'i gilydd a'r delweddau'n asio penodau nofelau a llinellau o farddoniaeth ynghyd. Llifai Mississippi Huckleberry Finn i mewn i 'Afon' ap Gomer o Fôn; byddai'r *up-bound steamboats* yn ymladd â'r *big river*, a'r afon fad fel arian byw yn symud i gyfeiriad y gorffennol. Ni chymerai Sara lawer o sylw pan fyddai'r teulu'n trafod gwleidyddiaeth o gwmpas y bwrdd bwyd. Gadawai i'w meddwl grwydro, a hithau'n cofio prydau bwyd teuluol y gorffennol. Collodd afael ar rediad y grymoedd mawrion hynny a lywiai gynifer o fywydau y tu hwnt i ffiniau'i hynys fach hi. Felly ni ddeallai sut yn union roedd heddwch â Sbaen wedi arwain at ryfel yn erbyn Ynysoedd y Philipinau. Ond dyna ddigwyddodd, ac ym mis Gorffennaf 1899 gadawodd Alvin a'i gatrawd Fort Sam Houston er mwyn teithio i bellafoedd byd ac ymladd yn erbyn y Philipiniaid.

Dadfreuddwydio

1900–1920

31

'Dydi'r *Cenhadwr* ddim wedi cyrraedd.'

Daeth ei thad i mewn i'r tŷ, yn ysgwyd eira o'i ysgwyddau. Roedd Sara wedi dod draw i goginio yn ei gegin o. A hithau wedi addo pobi chwe theisen yn ogystal â sawl saig arall, roedd ganddi lawer o waith i'w wneud. Yng nghartref Elen a Benjamin fyddai swper Noswyl y Nadolig, ond nid oedd Sara am i'w chwaer-yng-nghyfraith wneud yr holl baratoi ei hun. Roedd tad Sara a Benjamin wedi ymddeol yn ffurfiol o waith y cwmni o'r diwedd yr haf hwnnw. Er bod ei frawd Ismael chwe blynedd yn iau nag o, roedd o wedi ymddeol ychydig cyn hynny. Nid oedd wedi cyfrannu o ddifrif at waith y cwmni ers blynyddoedd, mewn gwirionedd, ac ni welai neb eisiau Ismael Jones yn y siop na'r stordy, ond gan fod pawb wedi edrych ar Isaac Jones fel arweinydd y cwmni ers i'w ewythr Enos ymddeol, dywedai'r holl weithwyr y byddai'r cwmni'n teimlo colled fawr wrth iddo ymddeol. Eto, nid oedd cymaint o waith i'w wneud bellach, ac roedd meibion Isaac, Joshua a Benjamin, wedi profi'u bod nhw'n ddigon galluog i reoli swyddfa'r siop. Llifai digon o fasnach trwy'r cwmni i gynnal holl deuluoedd yr ynys er nad oedd llawer o arian dros ben i'w fuddsoddi. Pan holai Sara'i brawd Joshua am gyflwr y cwmni, byddai'n ysgwyd ei ben ychydig a rhoi'r un ateb iddi. 'Byw rydan ni, nid ffynnu. Mae'r dyddiau ffyniannus drosodd.'

Darllen a siarad a âi ag amser Isaac Jones bellach. Roedd wastad wedi pori'n frwd trwy'r papurau a'r cylchgronau diweddaraf ond roedd defod eu derbyn, eu darllen a'u trafod â'i deulu a'i gyfeillion wedi magu pwysigrwydd neilltuol ers iddo ymddeol. Ebychodd wrth iddo ollwng tomen fechan o bapurau newydd a llythyrau ar y bwrdd.

'Dydi'r *Cenhadwr* ddim wedi cyrraedd.' Cerddodd draw at ei silff lyfrau ac estyn llaw. 'Dyma fo, y rhifyn diwetha. Mis Gorffennaf 1901.' Fe'i cododd a'i agor. Bodiodd yn gyflym trwy'r tudalennau nes cyrraedd y diwedd. 'Dyma ni. Gwranda di ar hyn, Sara.' Darllenai'n araf, fel pe bai hi'n blentyn bach na allai ddeall arwyddocâd yr hyn a ddarllenai'n hawdd. 'DALIER SYLW! Oherwydd colli ein cysodydd yn annisgwyliadwy, mewn canlyniad i agoriad gwell iddo mewn cysylltiad golygyddol â newyddiadur Saesnig, yr ydym mewn cryn bryder na allwn fod yn brydlon gyda dygiad allan ein rhifyn nesaf.'

'O'r gorau, 'Nhad. Dyna sy'n egluro'r oedi.'

Gwgodd arni hi tros ei sbectol ddarllen ac ysgwyd y cylchgrawn yn gyhuddgar yn ei ddwylo.

'Oedi? Mis Gorffennaf oedd y rhifyn diwetha. Mae'n Nadolig rŵan a dydi rhifyn mis Awst na'r un rhifyn arall wedi cyrraedd.'

Aeth ato a chymryd y cylchgrawn o'i ddwylo. 'Wyt ti'n deall, Sara? Nid y rhifyn diwetha yw hwn, ond y rhifyn ola. Mae'r *Cenhadwr Americanaidd* wedi dod i derfyn ei oes.'

Cerddodd y ddau'n araf at y bwrdd ac eistedd, y cylchgrawn yn dal yn nwylo Sara.

'Mae'n beth trist.'

'Ydi, Sara. Mae'n ddiwedd oes.'

Agorodd hi'r cylchgrawn. Syrthiodd ei llygaid ar erthygl 'Peryglon Cenedlaethol. Ein Dinasoedd Mawrion' gan y Parchedig R Mawddwy Jones o Oregon. 'A ydych chi'n cofio'r ysgrif hon?' Darllenodd y geiriau. 'Yn yr haner can mlynedd ddiweddaf, yn Ewrop ac America, cynyddodd poblogaeth y trefi yn aruthrol, ar draul lleihau poblogaeth y rhannau gwledig.'

Gwenodd ei thad.

'Ydw.' Roedd wedi tynnu'i sbectol ac yn ei dal rhwng ei fysedd. Caeodd ei lygaid a gwrando arni hi.

'Beth fu dylanwad y ddinas fawr ar ddynolryw o ddyddiau dinasoedd y cynfyd hyd yn awr? Byth er pan sefydlwyd y dref gyntaf gan y llofrudd cyntaf, Cain, bu'r ddinas yn nyth i bob aderyn aflan.'

'Dw i'n mwynhau tân ei draethu, ond dw i ddim yn siŵr os ydw i'n cydweld ag o i'r pen.' Roedd wedi agor ei lygaid ac yn ysgwyd ei sbectol at y cylchgrawn, yn dangos bod ganddo ddadl â'r awdur. 'Wedi'r cwbl, mae Jwda ac Esther wedi cael bywydau da mewn dinasoedd. A Dafydd hefyd.' Pwysodd yn ôl a chau'i lygaid eto, yn arwydd ei fod yn barod i wrando. Symudodd y gweinidog o Oregon o'r hen dyndra rhwng gwlad a thref at yr hyn a welai fel y drwg yn y caws dinesig.

'Pe ceid gwaharddiad i gwtogi rhwysg y fasnach feddwol, cyfyngai hynny ar ddylanwad y salŵn mewn gwleidyddiaeth, ond prif feddyginiaeth tref a gwlad yw efengyl Oen Duw, yr hwn sydd yn symud ymaith bechodau'r byd, ac mae y gymdeithas genhadol gartrefol yn gwneud ei goreu i gyraedd tramorwyr ein dinasoedd mawrion.'

Pwysodd ei thad ymlaen, ei lygaid yn llydan agored. Gosododd ei sbectol ar y bwrdd er mwyn plethu'i ddwylo ynghyd.

'Dirwestwr fu'r *Cenhadwr* erioed. Ers dyddiau'r Parchedig Ddoctor Robert Everett. Ond mae'n gas gen i weld Cymro Americanaidd yn awgrymu bod bai ar ddramorwyr y wlad. Mae'n chwarae i ddwylo'r Immigration Restriction League a phobl felly.' Chwarddodd yn sbeitlyd. 'Tramorwr yw'r Parchedig Mawddwy Jones ei hun, mae'n debyg. Hynny yw, tramorwr yn ei hanfod er ei fod wedi dewis mudo ac ymsefydlu yn y wlad hon. Felly hefyd yr holl dramorwyr yn y dinasoedd mawrion y mae'n cyfeirio atyn nhw. Mae'n beth rhy hawdd i roi'r bai ar y Gwyddelod a'r Almaenwyr am gynnal salŵns y dinasoedd. Mae yna ddigon o bobl a aned yn y wlad hon sy'n rhoi arian ym mhocedi'r tafarnwyr, coelia di fi.' Wedi i ddicter ei thad chwythu'i blwc, newidiodd Sara gyfeiriad y sgwrs.

'Ond mae'r hen *Genhadwr* wedi cyflawni gwasanaeth teilwng yn ystod ei flynyddoedd ola.'

'Ewedd annwyl, ydi.'

'Dewch i ni weld.' Cododd Sara a mynd at y silff eto, yn mwynhau taro ar bwnc a oedd wrth fodd calon ei thad. A dyna ble bu'r ddau am awr a mwy, yn edrych trwy hen rifynnau'r *Cyfaill*, y *Cenhadwr* a'r *Drych*, ac yn cymharu safon yr ysgrifennu a natur y gwahanol safiadau moesol. Cytunodd y ddau mai'r rhyfel yn erbyn y Philipiniaid a amlygai arwriaeth yr hen *Genhadwr* fwyaf. Yn ei 'Anerchiad' blynyddol ym mis Rhagfyr 1900, roedd golygydd y *Cyfaill*, T Solomon Griffiths, wedi diolch am heddwch, cyflwr a oedd wedi'i adfer trwy ailethol McKinley'n Arlywydd a thrwy guro'r Philipiniaid yn y rhyfel:

Hyderwn y bydd i waith dinasyddion y wlad hon yn rhoi y fath fwyafrif i'r Arlywydd McKinley yn yr etholiad diweddaf fod yn foddion i ddyfod â thrigolion y Philippine Islands i'w dillad a'u hiawn bwyll, fel ag i allu gweled a chredu mai eu lles sydd gan ein Harlywydd mewn golwg.

'Wel dyna ni', dywedodd Sara, gan ddweud yr union run geiriau y gwyddai y byddai'i thad yn eu dweud. 'Ymatebodd y rhan fwyaf o Gymry America i'r rhyfel yn union yr un modd â'r rhan fwyaf o Weriniaethwyr a gwladgarwyr eraill y wlad.' Aeth rhagddo i ddweud mai cyfle i gyfiawnhau balchder yr Unol Daleithiau oedd y rhyfel, cyfle i brofi bod y wlad yn un bwerus a allai hawlio ymerodraeth ymhell y tu hwnt i'w ffiniau. Cododd hi rifyn o'r cylchgrawn arall. 'Ond roedd ymateb y *Cenhadwr* yn wahanol iawn, yn toedd. Gwrandewch ar hyn.' Er bod Sara wedi pori dros y geiriau gyda'i thad droeon, fe'i darllenai'n araf, fel pe bai'n eu gweld am y tro cyntaf:

Ond nid oedd genym ni fel gwladwriaeth ddim yn erbyn y Philippiniaid ond eu bod yn caru rhyddid, ac yn ewyllysio cael llywodraethu eu hunain – yr un ysbryd ac a feddianai sefydlwyr cyntaf y Talaethau Unedig yn erbyn Lloegr, y rhai a folir genym ni fel gwladgarwyr. Ond gwrthryfelwyr y galwn y Philippiniaid am eu hefelychu! Ac nid hyny yn unig, ond y mae ein rhyfel yn cael ei gario yn mlaen drwy ganiatad a than nawdd ein Harlywydd mewn modd sydd yn warth ar wareiddiad.

Ond erbyn iddi orffen darllen roedd gwg wedi disodli'r wên ar wyneb ei thad.

Ochneidiodd a llefaru dau air.

'Alvin druan.'

Caeodd Sara'r cylchgrawn ac ailadrodd geiraiu'i thad. 'Alvin druan.'

Bu Alvin a'r Chweched Gatrawd mewn rhyw hanner cant o frwydrau, y rhan fwyaf yn erbyn pobl y Bangsamoro. Roedd y tywydd chwilboeth a'r jwngl di-ildio yn ddigon i dorri calon aml i filwr cyn cyrraedd y frwydr, meddai, ond roedd yr ymladd ei hun yn fwy mileinig na'r hyn a allasai fod wedi'i ddychmygu, gyda'r gelynion yn ymladd am eu rhyddid ac yn gwneud hynny trwy frwydro hyd at y dyn olaf. Dychwelodd Alvin wedi'i glwyfo, ond dywedodd Tamar mai'r clwyfau na allai hi eu gweld oedd y rhai gwaethaf. Roedd y rhan fwyaf o'r gatrawd wedi'i gyrru i San Francisco, ond gan fod gan Alvin deulu yn Fort Thomas, cafodd ganiatâd i aros am gyfnod yn yr ysbyty milwrol yno. Penderfynodd Tamar ddod â Daniel bach i aros gyda'i rhieni am ychydig. Dywedodd fod Alvin yn pendilio, yn siarad yn siriol ar adegau, yn debyg i'r dyn a briododd, ond yn syrthio i bwll dwfn o dawelwch du ar adegau eraill. Yn ôl Tamar, roedd Alvin wedi gweld gormod o ladd – plant, gwragedd a dynion o bob oed yn ogystal â milwyr y ddwy ochr. Dywedodd fod ei gŵr wedi profi'r pethau gwaethaf y medrai rhywun eu dychmygu, wrth ymladd mewn rhyfel na allai weld cyfiawnhad trosto. Dywedodd fod Alvin a'i gydfilwyr wedi gwneud pethau na ddylai dynion da gael eu gorfodi i'w gwneud. Gwarth ar wareiddiad, meddyliodd Sara, yn cofio geiriau'r *Cenhadwr*.

Ond lleddfodd llawenydd yr ymweliad dristwch yr amgylchiadau ryw faint. Dotiai Sara at ei gor-nai bach. Roedd yn olau iawn, yn debyg i'w dad, a medrai siarad yn rhyfeddol o dda'n barod, a hynny yn y ddwy iaith gan fod Tamar a'i mam wastad wedi siarad Cymraeg ag o. Yn debyg i'w fam, fe'i galwai hi'n Boda Sara. Roedd golwg hynod flinedig ar Tamar; cysgai lawer ac roedd hi'n ddiolchgar iawn bob tro y cynigiai Sara gymryd Daniel. Weithiau, byddai Isaac yn cerdded gyda nhw, y plentyn bach yn hercian symud rhwng y ddau, yn dal dwylo'i or-hen daid a'i hen fodryb, ac weithiau byddai Sara'n ei gario yn ei breichiau.

'Mae'n biti garw nad yw 'N'ewyrth Enos yma i'w weld o,' meddai'i thad wrth Sara unwaith pan oedd y tri'n sefyll yn ymyl yr hen sylfeini ar drwyn dwyreiniol yr ynys, Daniel bach yn ceisio taflu cerrig i'r afon. 'Pum cenhedlaeth o'n teulu ni'n troedio tir yr ynys ar yr un pryd. Meddylia!'

Plygodd Sara, codi Daniel a mynd ag o'n nes at yr afon er mwyn sicrhau y byddai'n ei chyrraedd â'i garreg nesaf.

'Mae pedair cenhedlaeth o'r teulu'n fyw ar dir yr ynys heddiw, 'Nhad.' Disgynnodd y garreg fach gyda sblash a ddaeth â sgrech fuddugoliaethus o geg y plentyn. 'Ac mae hynny'n ddigon o ryfeddod.'

Wedi wythnos ar yr ynys aeth Tamar a Daniel yn ôl i Fort Thomas. Ym mhen y mis, roedd y tri wedi dechrau ar eu siwrnai hir ar draws y wlad er mwyn ymuno â gweddill y gatrawd yn San Francisco. Er ei bod hi wedi ystyried ysgrifennu at Tamar a dweud y dylai hi chwilio am ei hen ewythr Sadoc, ni wnaeth; gwyddai yn ei chalon fod ei brawd wedi hen adael y ddinas bellach.

Teimlai Sara ei bod hi wedi colli cyfran o'i theulu gan fod California mor bell. Ond roedd wedi ennill diddordeb o'r newydd mewn materion gwleidyddol. Ac felly byddai'n mwynhau mynd dros yr erthyglau a'r farddoniaeth a gyhoeddwyd yn *Y Cenhadwr Americanaidd* am y rhyfel diweddar. 'Wel dyna ni, 'Nhad: os yw'r hen *Genhadwr* wedi marw, mae wedi cyflawni gwasanaeth teilwng yn ystod 'i flynyddoedd olaf.'

Sara'n unig a ofalai am yr ysgol bellach. Symudodd Hector a Hannah i fyw at deulu'u merch, Morfudd yn Columbus. Pan ddywedodd yr hen ysgolfeistr wrthi ei fod yn bwriadu ymddeol, teimlodd Sara fysedd pryder yn cau am ei hysgyfaint. Pa beth a wnâi? Ni allai'r gymuned fforddio talu digon o gyflog i ddenu athro newydd.

'Nid oes rhaid,' meddai'n dawel, yn estyn llaw ac yn gwasgu'i llaw yn garedig. 'Ni fyddai'n bosibl dod o hyd i well athrawes na'r un sydd yma'n barod.' Teimlodd Sara'r bysedd yn cau'n dynnach y tu mewn iddi; ni allai anadlu'n hawdd.

'Ond dyna sy'n 'y mhoeni i, Mistar Tomos. Does gen i ddim gradd na'r un drwydded.'

Ysgydwodd ei llaw. Gwenodd. 'Peidiwch â phoeni dim am betha felly, Sara. Mae digon o athrawon didrwydded yn dysgu o hyd. Yn enwedig yn y pentrefi bychain.' Difrifolodd. 'Beth bynnag, does dim llawer o blant ar ôl yn yr ysgol. Rydach chi'n 'u hadnabod mor dda a gellwch sicrhau y byddan nhw'n gorffen eu haddysg mewn modd teilwng yma ar yr ynys.'

Derbyniodd Sara ei ffawd yn dawel. Nid oedd yr un teulu wedi symud i'r ynys ers blynyddoedd bellach gan nad oedd y cwmni'n gwneud digon o elw i ddenu neb. Symudodd rhai o'r bobl ifanc i ffwrdd a dim ond ychydig o'r rhai a arhosodd ar yr ynys a briododd a magu teuluoedd.

Pedwar ar ddeg o ddisgyblion a oedd ar ôl yn yr ysgol, a'r rheiny'n perthyn i dri theulu'n unig – yr Evansiaid, y Lloydiaid a'r Robertsiaid – a'r tri theulu yna'n berthnasau gwaed â'i gilydd.

Cafwyd cyfarfod cyhoeddus yn yr ysgoldy i ffarwelio â'r hen ysgolfeistr a'i wraig. Darllenwyd teyrnged gan Isaac Jones ar ran y gymuned a Sara ar ran ei chenhedlaeth hi o gynddisgyblion. Daeth Miriam adref o Goleg Rio Rande ar gyfer yr achlysur i ddarllen anerchiad ar ran ei chenhedlaeth hi o blant yr ynys. Canodd disgyblion presennol yr ysgol hoff emyn Hector Tomos. Ymunodd y gynulleidfa gan droi'r ysgoldy'n addoldy, a'r waliau'n atsain â'r geiriau, 'Pob seraff, pob sant, hynafgwyr a phlant...' Gwnaeth y Parchedig Solomon Roberts gynnig gweddi wedyn, yn diolch am wasanaeth hir yr ysgolfeistr, am gyfeillgarwch Hector a Hanna dros y blynyddoedd ac yn dymuno pob bendith iddyn nhw fwynhau'r dyfodol yng nghwmni'u merch, eu mab-yng-nghyfraith a'u hwyrion.

Cyn ymadael, rhoddodd Hector Tomos gist o'i lyfrau a'i bapurau i Sara er mwyn ei chynorthwyo gyda'i gwaith. Wrth iddi fynd trwy'r drysorfa lenyddol honno daeth o hyd i domen o hen bapurau mewn hen ffeil gabinet. Roedd ymylon y tudalen cyntaf wedi breuo a'r papur ei hun yn frown gan henaint, ond er bod yr inc wedi pylu medrai ddarllen y geiriau roedd Hector Tomos wedi'u hysgrifennu flynyddoedd yn ôl yn iawn. 'Yr Afon, sef Cân o fawl i Dduw ac i Natur ac i'r Anian a'u Tynnai Ynghyd.' Y tro cyntaf yr ysgrifennodd Sara at Hector Tomos yn Columbus dywedodd wrtho iddo adael ei arwrgerdd yn y gist trwy gamgymeriad a'i bod hi am ei phostio iddo. Daeth llythyr ganddo yn dweud y dylai hi gadw'r gerdd. Roedd wedi gwneud copi arall ohoni ac y dylai un copi aros yno ar yr ynys.

'Ond os na welwch werth ynddi, dylech ei thaflu i'r afon a mwynhau gweld y dalennau'n mynd gyda'r llif,' meddai'n chwareus ar ddiwedd y llythyr, gan awgrymu y byddai'n fodd iddi ddathlu troad y ganrif.

* * *

'Dw i'n teimlo bod y ganrif newydd wedi dechrau cydio erbyn hyn.' Pwysodd Isaac Jones yn ôl yn ei gadair, a thynnu'i sbectol ddarllen. Eisteddai Sara am y bwrdd ag o, tomen o bapurau newyddion a llythyrau rhyngddynt, y gwres a ddeuai o'r lle tân ben arall yr ystafell yn cadw oerfel mis Ionawr o'r ystafell. Deallodd Sara'n union deimladau'i thad. Er bod y flwyddyn 1900 bron yn fis oed, dim ond yn ddiweddar roeddent wedi dechrau arfer â gweld y rhif mawr hwnnw ar frig papur newydd neu lythyr. Cynhaliodd y Parchedig Solomon Roberts gyfarfod pregethu nos Galan a chynnig rhai myfyrdodau ar rawd amser, yn cymharu'r hyn a alwai'n amser dyn ac amser Duw.

Mynnodd Ismael Jones gladdu'r hen ganrif trwy gynnal gwledd ar gyfer y teulu estynedig. Y fo a brynodd y bwyd. Sara, Lisa ac Elen a'i coginiodd. Pobodd Sara chwe theisen Washington ar gyfer yr achlysur, ond er i bob tamaid o bob teisen gael eu bwyta a'u llyncu gyda chryn ganmoliaeth i'r bobyddes, gwyddai Sara nad oedd wedi llwyddo erioed i bobi yr un Washington Cake a flasai'n debyg i rai ei mam. Ni wyddai pam; dilynai rysáit ei mam yn ofalus bob tro ond ni allai greu'r hen flas hyfryd a gofiai. Uchafbwynt y noson oedd agor a gorffen chwe photelaid o'r gwin Catawba pefriog roedd Sara wedi dod o hyd iddynt yn nghartref ei hen ewythr Enos yn fuan ar ôl ei farwolaeth. Roedd ei hewythr Ismael yn awyddus i yfed y gwin yn syth a hynny er mwyn nodi diwedd oes N'ewyrth Enos, meddai, ond fe'i darbwyllwyd gan ei frawd Isaac i aros am achlysur arall. Ac yn y flwyddyn newydd 1900 y cafwyd yr achlysur hwnnw. Codwyd llwncdestun ar ôl llwncdestun, gydag Ismael ac Isaac yn enwi aelodau'r teulu a chyfeillion a gollwyd yn ystod yr hen ganrif.

Rhyw bythefnos yn ddiweddarach felly, â'r papurau newydd a'r llythyrau o'i flaen ar y bwrdd, y cyhoeddodd Isaac Jones ei fod yn teimlo bod y ganrif newydd wedi dechrau cydio. Roedd dau o rifynnau *Y Drych* wedi cyrraedd ers i'r ganrif newydd wawrio. Cododd rifyn 4 Ionawr 1900 a'i ysgwyd ychydig.

'Wêl di hynna, Sara? Mae gweld y dyddiad ar yr hen bapur 'ma'n cyfleu rhyw sicrwydd. Mae'r ganrif wedi cydio, does dim dwywaith.'

Dechreuodd drafod cynnwys y papur, pynciau roedd wedi'u trafod gyda Sara o'r blaen. Teimlai hi fod ei thad yn ailadrodd ei hun yn gynyddol, yn cyhoeddi ffaith roedd wedi'i thrafod yn ddiweddar neu'n gofyn eilwaith ei barn am ryw achos arbennig. Roedd atgofion cannoedd o nosweithiau teuluol yn mudlosgi'n braf y tu mewn iddi, a'i thad oedd yr un fyddai wastad wedi siarad yn gall pan âi'i hen ewythr Enos a'i hewythr Ismael ar gyfeiliorn yn ailadrodd yn eu meddwdod. Nid oedd y newid diweddar ond dirywiad bychan bach, ond roedd yn ddigon iddi sylwi a gwneud iddi boeni ychydig. Eto, byddai'r sgyrsiau'u hunain wastad yn hyfryd hyd yn oed os cawsai'r ddau yr union rai'n ddiweddar. Felly darllenodd ei thad yr erthygl am yr Eisteddfod Fawr a fu yn Cincinnati y Calan hwnnw, unwaith eto. Pum mil o bobl yn bresennol. Canu Ardderchog. Côr Ada a Lima yn Cipio'r Brif Wobr, sef $600. Corau Meibion Venedocia a Columbus yn gydfuddugol am y Wobr o $400. Côr Merched Columbus yn Ennill £200 a Thlws Aur. Rees Morgan oedd enw'r awdur. Wedi gofyn iddi unwaith eto a oedd Sara'n credu'i fod o'n perthyn i'r Morganiaid roedden nhw'n eu nabod a Sara'n ateb, nad oedd hi'n gwybod, dywedodd ei thad fod Mr Morgan yn defnyddio hanes yr eisteddfod i awgrymu bod y ddinas yn adennill peth o'i hen fri. Darllenodd y geiriau'n ofalus, gan lithro'n gyflym dros enwau'r holl ddinasoedd eraill, ac yn arafu er mwyn pwysleisio prif bwynt yr awdur.

'Cynullwyd lluaws o eisteddfodau nodedig yn y wlad hon yn ystod y deugain mlynedd diweddaf, megys y Gyd-genedlaethol yn Chicago, eisteddfodau yn Philadelphia, eisteddfodau mawrion Hyde Park, Wilkesbarre, Pittsburg, Youngstown a Columbus, heb angofio Llyn yr Halen, a Denver, ond yn ddiau, ar lawer ystyr, gallwn restru Eisteddfod Cincinnati, Calan, yn un o Eisteddfodau goreu ein gwlad. Ystyrir dinas Cincinnati yn hen ddinas enwog. Cofus gennyf ei bod yn cael ei galw yn "Frenhines y Gorllewin" ers talwm, ond fe gipiodd amryw o ddinasoedd ieuengach na hi yr anrhydedd oddi arni. Eto y mae hi wedi cael adfywiad yn y blynyddoedd diweddaf.' Gwnâi Sara synau pwrpasol er mwyn dangos ei bod hi'n gwrando ac yn gwerthfawrogi'r sylwadau. 'Ond gwranda di ar hyn, Sara!' Roedd yn pwnio'r papur â bys, gwên ddireidus ar ei wyneb, ei lygaid yn pefrio arni dros ei sbectol ddarllen. Pesychodd, a chlirio'i wddf, ei lais yn pwysleisio pob sillaf. 'Y Gymanfa Ganu Ar Y Sul Ddim Mor Llwyddianus A'r Disgwyliad.' Gwenodd yn ddireidus eto. 'Pwy fyddai'n meddwl y byddai cystadlu eisteddfodol yn ennill y blaen ar grefydda ymhlith y Cymry?'

'Mae'r dyddiau'n newid, efallai.'

'Efallai. Piti nad aeth dy ewyrth Ismael i'r eisteddfod dros y Calan. Mi gafodd lond ei fol ar eisteddfodau Gallia a Jackson Counties sbel yn ôl. Wedi mynd yn rhy grefyddol ac yn rhy sych iddo, meddai, a'r gymanfa ganu wedi mynd yn bwysicach na'r eisteddfod ei hun.' Pwniodd y papur â'i fys eto. 'Ond dyna eisteddfod at ddant Ismael, yn ôl y sôn.'

Gosododd *Y Drych* ar y bwrdd eto a chodi'r rhifyn diweddaraf o'r *Maysville Evening Bulletin*. Darllenodd benawdau'r tudalen blaen yn gyflym. *Philippine Field Day. British Forces in Africa to Unite for a Great Central Advance. Resolution of Sympathy For the Boers Smothered in the House*. Porodd trwy'r papur, yn darllen ambell beth i Sara: dociau newydd Toledo, Ohio, yn costio miliwn o ddoleri; tân wedi gwneud difrod sylweddol yn Taylor, Mississippi; rhywun o'r enw John Shifflet wedi'i saethu a'i ladd yn Salt Creek, Gorllewin Virginia.

'A gwranda ar hyn. Dywedodd dy frawd Benjamin fod gweithwyr ar un o'r agerfadau wedi cyfeirio at hyn. Proprietors of all gambling resorts at Columbus, Ohio, have been ordered to close.' Llithrodd dros nifer o benawdau eraill, yn mwmblian rhywbeth am ragor o ddifrod tân mewn lleoedd eraill. Oedodd ac edrychodd ar Sara, ei lygaid yn ddifrifol, ac wedyn symudodd y sbectol ychydig ar ei drwyn er mwyn gweld yn well. 'Rube and Frank Givney, colored, were lynched by a mob.' Bu'r gair hwnnw'n britho'r papurau Saesneg, a'r *lynchings* fel rheol yn y taleithiau deheuol, er bod rhai yn Kentucky a Gorllewin Virginia yn ddigon agos at y ffin. Dywedid bod y llofruddiaethau'n digwydd yn amlach yn nhaleithiau Mississippi a Georgia.

'Nhad?'

'Ie, Sara?' Rhoddodd y papur ar y bwrdd ac edrych arni.

'Oes yna air Cymraeg iddo?'

Tynnodd ei thad ei sbectol a'i dal mewn un llaw.

'Dw i ddim yn siŵr, Sara.'

'Dydi'r gair crogi ddim yn gweddu rywsut, nacdi?'

'Nacdi, Sara.' Rhoddodd y sbectol ar y bwrdd yn ymyl y papur. 'Mae yna rywbeth yn y gair... rhywbeth budr...'

'Rhywbeth budr na all crogi'i gyfleu.'

'Oes, am wn i. Mae'n bosib bod rhai pethau'n rhy Americanaidd i'w Cymreigio.'

Eisteddai'r ddau mewn tawelwch, yn brawf eu bod ill dau wedi'u meddiannu gan yr un teimlad. Ond dechreuodd Sara boeni am yr olwg boenus ar wyneb ei thad ac felly cododd y llythyrau teuluol a ddaeth yn ddiweddar a chyfeirio at eu cynnwys. Jwda, wedi ailgydio yn ei ohebiaeth ar ôl cyfnod hir, yn dweud pethau digon amhenodol am waith ei swyddfa a manylu am lwyddiant ei fab Seth yn yr ysgol. Esther, yn cwyno am y ffaith bod McKinley wedi ildio i'r mwyafrif yn ei blaid, a derbyn bod gormesu'r Philipiniaid yn fwy derbyniol na cholli enwebiad ar gyfer ail dymor. 'Y mae'n bur annhebygol gennyf,' meddai, 'y bydd y Blaid sydd mor fodlon tawelu gwladgarwyr mwyaf diddysg y wlad hon trwy ormesu gwlad bell yn cytuno rhoi'r bleidlais i'r ferch.' Llythyr byr yn llaw flêr Sadoc, a ddaethai'r holl ffordd o Lundain. Dyma'r tro cyntaf roedd wedi ysgrifennu mwy na chwpl o linellau ar gefn cerdyn. Bu'n gweithio ar y môr am gyfnod, meddai, a'r gwaith wedi mynd ag o i nifer o ynysoedd y Môr Tawel, Awstralia, Tseina, India a Lloegr. 'Mae gennyf ddigon o arian yn fy llogell,' nododd, 'ac felly rwyf i wedi esgyn o'r llong yma yn Llundain ac yn ystyried mynd am dro i Gymru.'

'Dydi o ddim yn ddyn ifanc,' dywedodd Sara ar ôl plygu'r llythyr a'i osod yn ofalus yn ei amlen. Mi fydd yn drigain oed ym mhen rhyw flwyddyn neu ddwy.'

'Bydd.'

'Ni all grwydro'r byd a gweithio ar longau am byth. Dydi o ddim yn ddyn ifanc.'

'Dydw i ddim yn ddyn ifanc, Sara,' meddai'i thad gan wenu a phwyso'n ôl yn ei gadair, yn plethu'i ddwylo o'i flaen. 'Mae gan Sadoc ddigon o fywyd ynddo fo. Mi oroesodd Chickamauga ac Andersonville. Fydd blynyddoedd o waith caled ddim yn ei ladd o. Y fi sy'n hen.'

Pan ddaeth y nos Galan y flwyddyn wedyn nid oedd yr un botel o win pefriog i'w hyfed ond mynnodd Ismael Jones gynnal dathliad teuluol yr un fath. Diolch i gwrw Almaenig Cincinnati, bwrbon Kentucky a chwisgi Gorllewin Virginia, roedd yn ddigon o noson i blesio ewythr Sara. Ni fyddai ei brodyr Joshua a Benjamin yn yfed llawer fel rheol, ond byddent yn ymollwng ar achlysuron o'r fath er mwyn cynnal y traddodiad teuluol. Yfwyd llwncdestun i'r flwyddyn newydd, 1901, i iechyd pob aelod o'r teulu ac i bwysigrwydd cynnal y traddodiad.

Ddechrau mis Mawrth bu Sara wrthi'n tyrchu yn nodiadau Hector Tomos. Roedd McKinley wedi ennill ail dymor yn yr etholiad y mis Tachwedd blaenorol ac felly roedd hi am sicrhau bod disgyblion ysgol yr ynys yn derbyn yr un wers a draddododd yr hen ysgolfeistr wedi etholiadau'r gorffennol. Byddai Is-Arlywydd newydd yn cael ei urddo hefyd, Theodore Roosevelt, arwr Brwydr San Juan. Nid dyn gwangalon yw Teddy Roosevelt, meddai rhai o'r hogiau yn yr ysgol pan ofynnodd Sara oedden nhw'n gwybod am yr Is-Arlywydd newydd.

'Mae 'Nhad yn dweud bod Teddy Roosevelt yn ddyn a wnaethpwyd ar gyfer y ganrif newydd,' meddai Josiah Lloyd, deg oed. Ym marn Sara, y fo oedd y galluocaf o blant yr ysgol, yn hynaws ac yn barod ei gymwynas. Byddai'i frodyr iau – Tomos, Owen a Stephen – yn gwgu arno pan ddywedai ei fod yn aros i helpu Mrs Morgan yn hytrach na mynd i bysgota, ond ni phoenai Josiah Lloyd am hynny. Roedd ganddo ddau gefnder a dwy gyfnither yn y dosbarth hefyd – Robert, Rebeca, Dorothy a Wiliam – ac felly roedd wyth o'r pedwar disgybl ar ddeg yn ysgol Sara'n perthyn yn agos. Plant John a Samantha Evans oedd y chwech arall, a nhwythau'n perthyn o bell i'r wyth.

Credai weithiau y dylai newid natur ei hysgol. Roedd rhyw ddiawl ynddi a geisiai'i darbwyllo i gynnwys peth o gynnwys llythyrau Esther yn ei gwersi ysgol. Ie, blant, ac felly mi welwch fod Mr McKinley, hwyrach, er gwaethaf yr hyn a alwai Abraham Lincoln yn *the better angels of our nature*, wedi ildio i'r dynion hynny yn ei blaid sydd am wneud yr Unol Daleithiau yn ymerodraeth, a honno'n ymestyn ymhell y tu hwnt i'w ffiniau cyfreithiol, a'i sefydlu ar yr egwyddor fawr honno – y trechaf treisied a'r gwannaf gwichied. Ond eto gwyddai fod tadau'r plant wedi pleidleisio dros McKinley, a hynny am ei fod yn ddyn o'r un dalaith â nhw ac yn Weriniaethwr. Felly, er y byddai'n mwynhau meddwl am yr hwyl a gâi yn y dosbarth, gwrthodai demtasiwn y diawl bach gwleidyddol bob tro.

Graddiodd Miriam yn Rio Grande yn nechrau'r haf hwnnw. Yn ogystal â'i thad a'i mam, aeth y rhan fwyaf o'r teulu i'r seremoni – Isaac Jones, Ismael, Joshua a Lisa, a'i chefnder hŷn Dafydd hyd yn oed, a gawsai wythnos yn rhydd o'i waith yng Ngholeg Carnegie.

'Sara. Dw i'n gwybod y byddi di'n gwrthod, ond mae'n rhaid i mi ofyn.' Safodd Benjamin yn nrws ei thŷ, yn dadlau achos ei ferch. 'Mi fyddai'n golygu llawer iawn i Miriam.'

'Mi wn i, Benjamin, ond fedra i ddim.'

'Dydi Rio Grande ddim ymhell. Gallet ti ddod yn ôl yr un noson.'

Ni ddywedodd air gan nad oedd ganddi ddim byd gwahanol i'w ddweud. 'Dywedodd Joshua na fydda dim pwynt gofyn i ti. Ond rown i'n teimlo bod rhaid i mi ofyn yr un fath. Er mwyn Miriam gan ei bod mor hoff ohonot ti, Sara.'

Ochneidiodd, a syllu'n hir ar wyneb ei brawd. Nid oedd ymddiheuro'n ddigon. Roedd pawb yn y teulu wedi derbyn ei chyflwr ers blynyddoedd ond roedd awydd Benjamin i blesio'i ferch wedi trechu'r teimlad y dylai barchu hynodrwydd ei chwaer. 'Tyrd efo ni, Sara. Mae Miriam mor hoff ohonot ti.'

Ochneidiodd eto. Roedd Benjamin yn ddyn yn ei oed a'i amser, wedi dathlu'i ben-blwydd yn hanner cant y llynedd. Roedd wedi gwneud safiad yno ar y grisiau cerrig o flaen drws ei thŷ ac roedd yn haeddu ateb o ryw fath.

'Gwranda, Benjamin. Dwi'n hoff iawn, iawn o Miriam. Dw i'n ei charu hi. Y hi, Dafydd a Tamar. Nhw ydi'r peth agosa at blant sydd gen i. Mi wyddost ti hynny. Dw i'n eu caru nhw i gyd. Dw i ddim eisiau siomi Miriam, na dy siomi ditha, chwaith.' Teimlodd ddagrau'n cronni yn ei llygaid a chrynai ei llais. 'Dw i ddim eisia siomi'r un ohonoch chi. Wir.'

Cymerodd Benjamin hanner cam yn ôl, gan awgrymu wrth adael nad oedd angen dweud mwy. Ond roedd hi am orffen. 'Mae'n debyg i salwch, Benjamin. Dyna'r unig ffordd dw i'n gallu'i egluro. Bob tro bydda i'n meddwl am adael yr ynys, mynd ar agerfad neu ddringo i mewn i un o'r cychod bychain i groesi'r sianel, bydd meddwl amdano'n ddigon i 'ngwneud i'n sâl. Fel Dafydd pan fydd yr hen gaethiwed 'na ar 'i wynt o, yn cwffio am anadl. Fel pe bai'r syniad ynddo'i hun yn 'y mygu i, yr ysgyfaint yn cau a 'nghalon i'n rasio.'

'Mae'n ddrwg gen i, Sara. Ddylwn i ddim bod wedi…'

'Paid, Benjamin…' Estynnodd law a chydio yn ei fraich a'i gwasgu ychydig. 'Paid ag ymddiheuro.' Gwasgodd ei fraich eto. 'Diolch am ofyn. Mi fydd yn o ddrwg arna i pan fyddwch chi 'di rhoi'r gorau i ofyn i mi.'

Gwenodd a throi er mwyn cau'r drws.

Daeth Miriam a Dafydd yn ôl i'r ynys mewn pryd i helpu dathlu priodas Rachel Evans a Tomos Lloyd. Clywsai Sara gan amryw o'i chymdogesau fod Rachel yn feichiog yn barod ond yn hytrach na theimlo rhyw wefr hunangyfiawn fel yr un a oedd yn gyrru'r lleill i siarad, teimlai hi'n falch fod y cwpl ifanc yn dechrau teulu. Gwyn eu byd, a gyda lwc byddai digon o blant i gadw'r ysgol ar agor am genhedlaeth arall. Trafodai ei nith, Miriam, yr ysgol gyda hi'n aml ar ôl dychwelyd. Roedd hi am chwilio am swydd yn ystod yr haf ac yn gobeithio cael un yn ddigon agos. Clywsai fod un o athrawon Gallipolis am adael cyn hir ac roedd rhywun arall yn sicr bod un o athrawesau ysgol i ferched Ironton yn ymadael i briodi. Gyda lwc, medrai Miriam barhau felly i ddod adref weithiau ar benwythnos ac yn ystod y gwyliau, fel y gwnaeth gydol ei hamser yng Ngholeg Rio Grande. Gwrandawai Miriam yn astud pan siaradai'i chefnder Dafydd am ei waith yng Ngholeg Carnegie. Roedd hi'n anodd creu sefydliad newydd ond roedd yn gyffrous hefyd. Nid oedd y cnwd cyntaf o fyfyrwyr wedi graddio eto ac nid oedd y rhan fwyaf o'r adeiladau wedi'u cwblhau chwaith. Ond roedd y dyfodol yn ddisglair gan fod y wlad yn sychedig am raddedigion a ddeallai wahanol fathau o dechnoleg ac roedd Andrew Carnegie'n noddwr hael. Nid oedd asthma Dafydd yn rhy wael er ei fod yn ymddangos yn welw iawn i Sara. Ymresymodd ei fod yn gaeth i'r ystafelloedd dysgu a'r llyfrgelloedd, a heb gyfle i weld llawer o'r haul y dyddiau hyn.

Y diwrnod olaf cyn i Dafydd ymadael, trefnodd y teulu bicnic ar drwyn dwyreiniol yr ynys. Eisteddai Dafydd a'i gyfnither Miriam ar wal isel hen sylfeini'r adfail, a'r oedolion mewn cadeiriau a gludwyd o'u tai.

'Tyrd i Pittsbrugh, Miriam, os oes gen ti awydd.'

Roedd llais Dafydd yn ddigon uchel i Sara'i glywed, ac yntau'n siarad bron fel dyn wedi meddwi, a rhyw olwg wyllt yn ei lygaid. 'Mae'n ddinas ysblennydd, wyddost ti. Ac mae'n tyfu o hyd. Mi fydd yn hawdd i ti gael gwaith yn un o'r ysgolion neu hwyrach mewn swyddfa.'

'Diolch, Dafydd,' meddai'i gyfnither yn swil, 'ond dw i'n credu y bydda i'n chwilio am swydd yn yr ardal hon, rhywle.'

'Mae'r byd yn fawr, Miriam.' Safai'n sigledig ar ei draed, yn agor ei freichiau ar led. 'Cofia di hynna, a rhan fach iawn ohono yw'r ardal hon.'

A'r haul ar fachlud, dechreuodd pawb gasglu'u pethau. Cariodd Sara fasged yn llawn llestri budron. Camodd yn gyflym er mwyn dal Joshua, a gariai ddwy gadair.

'Mae Dafydd ychydig yn wahanol heddiw. Doedd o ddim yn un i feddwi ers talwm.'

Taflodd ei brawd ei ben naill ochr er mwyn sicrhau na fyddai neb yn gwrando.

'Yr opium ydi o, Sara. Mae'n ei gymryd at ei asthma. Mae'n help, ond bydd yn cymryd gormod weithia.'

Bu ychydig o sôn yn y papurau am y ffair fawr yn ninas Buffalo yng ngogledd talaith Efrog Newydd. Yn un o'i lythyrau prin wfftiodd Jwda'r peth a dweud na allai fod mor fawr â Ffair y Byd Chicago wyth mlynedd ynghynt, ond eto roedd yr hanes a ddarllenai Sara'n awgrymu bod Pan-American Exposition Buffalo yn sioe a oedd yn deilwng o'r ganrif newydd. Roedd dwy filiwn o fylbiau trydan yn goleuo'r adeiladau modern gyda'r nos, a Dafydd yn dweud ei bod hi'n werth y daith i weld y rhyfeddodau technolegol yn y Machinery and Transportation Building. Ond er bod y papurau'n brolio goleuni Ffair Buffalo, ysgrifennodd Esther lythyr maith at Sara yn dweud bod yr Exposition, er gwaethaf yr holl foderndedd honedig, yn arddangos enaid tywyll y wlad. Aeth yno gyda rhai o'i chyfeillesau er mwyn dosbarthu cyhoeddiadau'r National American Woman Suffrage Association, a gwelodd rai o'r arddangosfeydd.

> Nid moderndedd y Ffair sydd fwyaf trawiadol, fy annwyl Chwaer, ond ei golwg ar hanes ein gwlad: mae'r hyn a elwir yn 'The Old Plantation' yn hysbysebu bod dau gant o 'genuine southern darkies' yn perfformio, yn canu ac yn dawnsio er mwyn difyrru'r cyhoedd â 'the best of the carefree entertainments of the merry old South in the days before the War.' Meddylia! Ar ddechrau'r ugeinfed ganrif, mewn rhan ogleddol o dalaith ogleddol yn bell o'r dehau, ac o dan arlywyddiaeth Gweriniaethwr sy'n ymffrostio'i fod yn olynydd i Abraham Lincoln: darlunio'r hen 'South' fel gwynfyd rhamantus, a hynny ar yr union adeg ag y mae deheuwyr presennol yn defnyddio trais y dorf a'r lynching i lofruddio cynifer o ddisgynyddion yr hen gaethweision dioddefus. O'r Amerig! Rwyt ti wedi myned yn wlad heb na chof na chydwybod!

Bu darllen a thrafod llythyr Esther yn sbardun i Sara gynnal oriau o drafod gyda'i thad. Byddai'n tyrchu ym mhapurau newyddion y misoedd diwethaf er mwyn cymharu'r disgrifiadau canmoliaethus â'r hyn a ddywedodd ei ferch hynaf am y Ffair, yn cnoi cil yn fodlon ar ei beirniadaeth hi.

'Dyna ni, Sara, un graff fu dy chwaer erioed.' Yna, byddai'n tynnu'i sbectol a'i hysgwyd yn geryddgar ati hi. 'Ac un graff wyt ti hefyd, Sara, er dy fod wedi'i guddio gan wyleidd-dra gydol dy oes.'

'Nid gwylaidd ydw i, 'Nhad, ond swil.'

'Yr un peth ydi o yn y bôn, Sara, hyd y gwela i.'

'Dwn i ddim, 'Nhad, dwn i ddim.'

Yn dilyn 6 Medi 1901 cyfeiriai pawb at Ffair Fawr Buffalo fel lleoliad y llofruddiaeth. Roedd yr Is-Arlywydd Teddy Roosevelt wedi rhybuddio'r Arlywydd, a chytunai nifer o'r papurau iddo annog Mr McKinley i ailfeddwl a pheidio â mynd i ganol torf mor fawr. Ond aeth yr Arlywydd i'r *Exposition* ac fe'i saethwyd gan Leon Czolgosz. Bu farw William McKinley wythnos a dau ddiwrnod yn ddiweddarach. Cwynai Jwda mewn llythyr a nodi mai un o'r Pwyliaid trafferthus oedd Czolgosz, aelod o'r hil a wnaeth gymaint i daflu masnach a gwleidyddiaeth ein gwlad oddi ar y cledrau. Erbyn deall, roedd Czolgosz yn un o'r gweithwyr yn y Cleveland Rolling Mill adeg y streic fawr rai blynyddoedd yn ôl ac yn dyst i lawer o streiciau eraill hefyd. Roedd wedi ymaelodi â sawl cymdeithas wleidyddol mewn sawl dinas ar draws Ohio, Michigan ac Efrog Newydd. Mewn datganiad a gyhoeddwyd mewn nifer o'r papurau, geiriau Czolgosz ar y diwrnod oedd *I am an anarchist and I only did my duty!*

Nid dyna oedd ei diwedd hi; roedd eisteddfod fawreddog yn cael ei chynnal yn ffair Buffalo, ac yn wir, roedd yr Arlywydd McKinley ar ei ffordd i agor yr eisteddfod honno pan saethwyd o gan Czolgosz. Roedd siarad yr hen bobl ar groesffordd Ynys Fadog yn adleisio'r ebychiadau yn llythyr Jwda. Pa fath o ddyn sy'n saethu Arlywydd mewn eisteddfod? Yn ogystal â bod yn fygythiad i barhad democratiaeth, mae anarchiaeth yn ymosodiad ar holl ddiwylliant Cymry America. Yn ei gwers nesaf felly eglurodd Sara y byddai marwolaeth yr Arlywydd McKinley yn golygu y câi'r Is-Arlywydd Roosevelt ei ddyrchafu'n Arlywydd yn fuan. Cododd Josiah Lloyd ei law a gofyn a fyddai Teddy Roosevelt yn rhedeg y wlad fel y gwnaeth arwain y Rough Riders. 'Rwy'n gobeithio'n fawr nad yfelly y bydd, Josiah,' atebodd Sara, yn ceisio'n galed i beidio â gwenu o flaen y plant.

Erbyn diwedd y mis Medi hwnnw roedd Cymanfa Ganu Ty'n Rhos wedi disodli'r llofruddiaeth yn ffair Buffalo ar dafodau'r ynyswyr. Dyna fyddai'r tro cyntaf i Gymanfa Gynulleidfaol Deheubarth Ohio gael ei chynnal yn Nhy'n Rhos ers y flwyddyn 1872. Nid oedd trigolion hŷn yr ynys am fynd. Er ei bod hi'n flynyddoedd lawer ers i'r rhan fwyaf ohonynt fynychu cymanfa neu eisteddfod yn un o'r cymunedau Cymraeg eraill, cofiai pob un ohonynt frath y sarhad pan godai Cymry'r tir mawr eu trwynau arnynt a sibrwyd dan eu gwynt am 'bechod yr ynys'. Ond mynnodd rhai o'r ynyswyr iau fynd, gan gynnwys Miriam. Aeth ei thad, Benjamin, gyda hi.

'Dw i ddim am ofyn i ti ddod, Sara,' meddai Benjamin wrthi y noson cyn iddyn nhw ymadael. Roedd wedi dod i'w thŷ i ofyn a gâi fenthyg nifer o lyfrau emynau. 'Bydd yn ddigon anodd i ni fel y mae,' meddai, 'dw i ddim eisia i ni gael ein dal heb y geiria cywir i'w canu chwaith.'

Dychwelodd y ddau ymhen pedwar diwrnod, yn awyddus i rannu'r holl hanes. Roedd Benjamin fel pe bai wedi'i gyffroi gan y profiad. Oedd, roedd ambell un wedi cefnu arno, ond bu'r rhan fwyaf o'r bobl yn ddigon cyfeillgar, o bosibl gan nad oeddyn nhw'n gwybod pwy oeddent. Yn ogystal â'r sesiynau yn nau gapel Annibynwyr Ty'n Rhos, Nebo a Siloam, cynhaliwyd rhai cyfarfodydd y tu allan gan fod y tywydd mor braf. Bu Benjamin a Miriam yn lletya ar fferm gyfagos. Roedd y ffarmwr, Robert Rees Evans, yn hoff o gynnyrch Ynys Fadog ac nid oedd yn poeni dim am sibrydion Cymry eraill y sir. Roedd y pregethu'n ardderchog, meddai Benjamin, yn enwedig y Parchedig Caleb Samson, y Parchedig John Evans, a'r Parchedig Volander Jones, a oedd wedi teithio'r holl ffordd o New Castle, Pennsylvania. A'r canu, ebychodd Miriam, y canu! Cannoedd o Gymry'n cydganu'r hen emynau, y sŵn yn felys fuddugoliaethus ac yn boddi popeth arall o'u cwmpas.

Erbyn i Sara gael yr holl hanes gan Joshua, deallai fod rhywbeth arall wedi ychwanegu at felyster y profiad. Roedd Miriam wedi cwrdd â dyn ifanc o'r enw

Ifan John Roberts, Cymro o'r Hen Wlad a oedd wedi croesi'r môr ar wyliau, er mwyn chwilio am ei berthnasau pell yn ne Ohio. Gwyddai Sara arwyddocâd yr hyn a ddywedodd ei brawd. Gwelai'r un arwyddocâd yn yr olwg ar wyneb ei nith. Aeth Sara i'w gwely y noson honno'n meddwl am Miriam a'r Cymro ifanc. Cododd y gwynt y tu allan a dechreuodd y glaw guro'r to. Gorweddai'n effro, ei llygaid yn llydan agored, curiadau'r glaw yn gyfeiliant undonog i'r sylweddoliad a oedd yn troi drosodd a throsodd yn ei meddwl. Ni fyddai Miriam yn chwilio am swydd yn y cyffiniau wedi'r cwbl. Byddai'n priodi ac yn symud dros y môr.

32

Syllodd Sara ar y tudalen. Roedd y llyfr wedi'i rwymo mewn clawr caled da, a'r weithred seml o'i ddal yn ei dwylo'n rhoi pleser iddi. Câi bleser neilltuol yn y stori hefyd; roedd wedi ymgolli ynddi ers iddi dderbyn yr anrheg bedwar diwrnod cynt. Treuliai'r holl amser rhydd a oedd ganddi ar ôl y diwrnod ysgol yn llowcio'r penodau'n gyflym, wedyn yn oedi ac yn ailddarllen rhai darnau. Ymhyfrydai yn yr iaith ac yn y delweddau roedd yr iaith honno'n eu hau yn ei dychymyg. Cymeriadau a ddaeth i'w hadnabod, rhai ohonynt yn debyg i bobl a adwaenai. Hiwmor a thristwch. Ymdrechu, ennill a cholli. A hithau wedi cyrraedd y diweddglo o'r diwedd, ni allai droi'r tudalennau olaf. Roedd wedi'i hoelio gan y geiriau erchyll hynny a oedd i bob pwrpas yn gorffen y stori. Ni allai'r ychydig dudalennau a ddeuai wedyn newid hynny. Ôl-ymadrodd llugoer fyddai'r darn hwnnw, dim mwy. Hwn oedd y diweddglo. Y geiriau ofnadwy hyn a oedd wedi'i dal gan eu swyn arswydus. Fe'u darllenai hi nhw eto ac eto.

Deffrois un bore – neu, yn hytrach, dadfreuddwydiais, oblegid nid oeddwn wedi cysgu ers nosweithiau – a'r byd yn wag i mi, yn wag hollol. Yr oedd yr unig beth daearol a gyfrifwn i'n werthfawr wedi ei guddio dan ychydig droedfeddi o bridd oer.

Gorfododd ei llygaid i symud at ddechrau'r frawddeg nesaf. Gorfododd ei meddwl i ganolbwyntio ar y geiriau newydd. Ond llithrai'i llygaid yn ôl. Deffrois un bore. Dadfreuddwydiais. Yr unig beth daearol a gyfrifwn i'n werthfawr wedi'i guddio dan ychydig droedfeddi o bridd oer. Dadfreuddwydiais.

Bu blynyddoedd cyntaf y ganrif newydd yn ddigon hael. Er nad oedd elw cwmni masnach yr ynys wedi cynyddu, roedd yn ddigon i gynnal yr holl ddeiliaid a'u galluogi i dalu cyflog y gweinidog. Mynnodd Sara dderbyn cyflog is na'r hyn a gâi Hector Tomos. Byddai cyflog athrawes gychwynnol yn ddigon. Nid oedd ganddi radd na thystysgrif, meddai, ac nid oedd ganddi deulu i'w gynnal. Yn bwysicach na'r cyflog, cynigiai'r ysgol obaith iddi hi. Derbyniai'i thad bensiwn oddi wrth y cwmni a châi ei brodyr Joshua a Benjamin eu cyflogi o hyd ganddo.

Holai rhai o'r plant am hanes yr ynys ac yn ogystal ag ateb eu cwestiynau, plethai Sara'r hanes i mewn i wersi'r ysgol. Sicrhâi Sara fod trigolion ieuengaf

Ynys Fadog yn dysgu am yr hen hanes yn ystod eu diwrnod ysgol, ac roedd hanes ei theulu hi'n rhan annatod o'r hanes hwnnw, ers pan ddaeth Enos Jones gyntaf i'r ynys. Atebai eu cwestiynau. Ie, ie, dyna'r drefn a sefydlwyd gan Isaac Jones yn nyddiau cynnar y cwmni. A phwy oedd yr ysbryd ond Sadoc Jones ei hun, mab hynaf Isaac ac Elen Jones. Ydi, mae'n wir, mae cypyrddau cyfrinachol – cuddfannau'r caethweision ffoëdig – i'w canfod yn nhai Enos Jones ac Ismael Jones o hyd. Buasai lle amlwg ei theulu yng nghroniclau'r gymuned yn destun balchder i Sara, ond yn gynyddol roedd y balchder hwnnw'n troi'n brudd-der gan nad oedd cenhedlaeth iau ei theulu wedi aros ar yr ynys. Roedd Dafydd yn Pittsburgh, Tamar a'i theulu draw yn San Francisco, a Miriam wedi priodi a symud i Gymru gyda'i gŵr. Ceisiai Sara gau'i llygaid a dychmygu'i bod hi'n eu gweld yn eu bydoedd newydd weithiau, ond ni allai. Roedd hi wedi hen golli'r gallu hwnnw i weld.

Ond diolch i briodasau'r flwyddyn fendigedig honno, 1890, a diolch i'r ffawd dyner a lywiodd fywydau'r teuluoedd ifanc hynny, roedd ganddi bedwar ar ddeg o blant yn ei hysgol. Nid oedd yr un ohonynt yn Jones, ond rhwng yr Evansiaid, y Lloydiaid a'r Robertsiaid roedd ganddi ddosbarth ysgol. Pob un wedi'i eni ar yr ynys ac yn perthyn i deuluoedd a fu'n byw ar yr ynys ers cenedlaethau. Y nhw oedd y dyfodol ac roedd ganddi le canolog yn meithrin y dyfodol hwnnw. Ar lawer cyfrif, ei phlant hi fyddai'r genhedlaeth honno am byth.

Aeth llythyrau Esther bron mor brin â llythyrau Jwda. 'Madda i mi fy hir dawelwch,' meddai ar ddechrau un ohonynt, 'ond rwyf wedi bod yn teimlo'n flinedig iawn yn ddiweddar ac mae ysgrifennu'n ormod o orchwyl.' Ysgrifennai Dafydd at Sara bob hyn a hyn, yn disgrifio datblygiad y Carnegie Technical Schools a'i feddyliau am wahanol bynciau gwyddonol mewn modd a oedd yn ddigrif yn ei fanylder ar adegau. Darllenai Sara'r sylwadau cymhleth am ryw ddyfais nad oedd hi'n ei llawn ddeall a mwynhau'r sylwadau hynny'n fawr iawn gan eu bod yn rhoi cipolwg iddi ar feddwl Dafydd. Ysgrifennai Tamar yn ddefodol o gyson, yn disgrifio prifiant ei mab, Daniel, dinas San Francisco, a'r teithiau a gymerai'r teulu bach o gwmpas cefn gwlad gogledd Califfornia ar y penwythnosau pan fyddai Alvin wedi'i ryddhau o'i ddyletswyddau milwrol. Ond er ei bod hi'n trysori'r holl ohebiaeth deuluol, nid oedd dim a oedd mor rhyfeddol â llythyrau'i nith Miriam. Roedd rhywbeth digon annwyl yn y disgrifiadau o bentrefi bychain Ceredigion; gan fod ei gŵr Ifan yn feddyg teithiol, câi Miriam fynd gydag o weithiau er mwyn dod i ymgydnabod â'r ardal yn well. Byddai rhai o'r bryniau yn ei hatgoffa o fryniau de-ddwyrain Ohio, meddai, ond roedd patrymau'r caeau a ffurf y cloddiau'n bur wahanol. Nid y disgrifiadau hyn oedd wrth wraidd rhyfeddod ei llythyrau ond rhywbeth arall, rhywbeth na allai Sara ei alw'n ddim ond y syniad o Gymru. Y canfyddiad syml ond cwbl drawiadol y medrai Miriam fynd o bentref i bentref a gwybod y byddai pawb ym mhob cartref yn siarad Cymraeg, a llawer o'r bobl hŷn a'r plant iau fel ei gilydd yn methu siarad Saesneg hyd yn oed. Yr Hen Wlad dros y môr fu Cymru i Sara erioed, gwlad na allai hi ei hadanbod ond mewn straeon, llyfrau a breuddwydion rhamantus na lwyddodd i'w hasio'n llawn â realiti bywyd. Ond roedd Miriam yn byw yn y wlad honno. Weithiau byddai Sara'n estyn llawysgrif ei hen ewythr Enos a darllen am y cyfnod hwnnw yn gynnar yn y bedwaredd ganrif ar bymtheg pan deithiai'r awdur yn ôl ac ymlaen rhwng Cymru a'r Amerig, yn gadael sir Gaernarfon am Lerpwl ac yn hwylio i Efrog Newydd ac wedyn yn dychwelyd chwe mis neu flwyddyn yn ddiweddarch. Yna, deuai'r bennod dyngedfennol: Enos Jones a'i neiaint Isaac ac Ismael yn arwain mintai fach o ymfudwyr dros y môr i greu gwladychfa Gymreig newydd yn nyffryn yr Ohio. Roedd ei chwaer Esther yn bum mlwydd oed. Rhaid ei bod hi'n cofio peth o Gymru a thipyn am y fordaith, er na allai gofio Esther yn sôn am hyn. O bosibl am y rheswm syml nad oedd Esther yn un i hel atgofion fel rheol; dynes a edrychai tuag at y dyfodol ydoedd. A dyna'r rhan honno yn Hanes N'ewyrth Enos a ddisgrifiai enedigaeth ei or-nith, Sara, ar ganol y fordaith, hanner ffordd rhwng Cymru na fyddai hi byth yn ei hadnabod a'i chartref yn yr Unol Daleithiau. Weithiau byddai hi'n cydio yn llythyrau diweddaraf Miriam a'u hailddarllen yn syth ar ôl darllen talp o hanes ei hen ewythr. Gofynnai Sara un cwestiwn iddi'i hun pan fyddai hi'n poeni na welai ei nith byth eto ac yn teimlo'n hunandosturiol o'r herwydd. Ai hwn yw'r modd y mae Ffawd yn adfer cydbwysedd Hanes, yn mynd ag un aelod o'r teulu yn ôl dros y môr i wneud iawn am yr holl bobl a adawsai'r Hen Wlad yn yr hen ddyddiau?

Bu'n rhaid iddi ysgrifennu at Dafydd ar ddechrau'r flwyddyn 1904 a gofyn am gymorth. Roedd y plant yn sôn yn ddiddiwedd am y Brodyr Wright a'u Peiriant Hedfan. Wedi'r cwbl, dynion o Ohio oedd Orville a Wilbur Wright, ac roedd holl bapurau'r wlad yn sôn am eu camp. Felly ysgrifennodd Sara at ei nai a gofyn iddo egluro mewn iaith y medrai plant ysgol ei deall sut roedd y Wright Flying Machine yn gweithio. Atebodd yn fanwl gywir gan ddweud na welsai'r cynllun ond bod ganddo syniad ynglŷn â'r egwyddorion sylfaenol. Cynhwysodd ambell lun roedd wedi'i dynnu â'i law ei hun a chynnig geirfa Gymraeg i gyd-fynd â'r termau Saesneg. Cadwyn gyriant. Llafnau sgriw. Llif-reolaeth. Lluniodd Sara wers gyfan yn defnyddio'r deunydd, gan lenwi'r bwrdd du â'i fersiynau hi o luniau Dafydd. Roedd y plant wrth eu boddau.

Ar ddiwedd y diwrnod ysgol, cyhoeddodd Josiah Lloyd ei fod am geisio gwneud ei beiriant hedfan ei hun. Roedd ei frodyr Tomos, Owen a Stephen yn awyddus i'w gynorthwyo. Awgrymodd Ruth Huws y dylai gopïo lluniau Mrs Morgan cyn gadael yr ysgoldy. Mae gennyf syniad gwell, dywedodd Sara, gan roi llythyr gwreiddiol Dafydd iddo. Copïa di'r lluniau hyn, Josiah. Maen nhw'n fwy manwl. Cynigiodd Ruth wneud drosto. Mae dy feddwl yn rasio'n gyflymach na dy law, meddai, gan ailadrodd dywediad a ddefnyddiai Sara yn y dosbarth weithiau. Plethai Stephen, brawd ieuengaf Josiah, ei freichiau dros ei fynwes, golwg styfnig ar ei wyneb, yn ceisio dangos nad oedd yn fodlon gweld ei frawd yn derbyn cymorth merch, ond diolchodd Josiah i Ruth yn hael.

O dipyn i beth, dechreuodd creadigaeth ymffurfio ar ganol y llain fach o dir y tu ôl i dŷ'r Lloydiaid. Ffrâm wedi'i hadeiladu â thameidiau o bren, hen gynfas gwely wedi'i hoelio'n groen dros yr adenydd, a bwced bren a lifiwyd er mwyn ei throi'n sêt. Byddai cnwd o blant yn ymgasglu o'i chwmpas ddydd Sadwrn ac weithiau ar ôl dychwelyd o'r capel ar y Sul tan i Mari Lloyd ddod allan o ddrws cefn y tŷ a dweud y drefn wrth ei phedwar mab am wneud rhywbeth mor gableddus ar y Sabbath. Ymhen amser, collodd Tomos, Owen a Stephen Lloyd ddiddordeb ym mhrosiect eu brawd mawr, felly hefyd Robert, Rebeca, Dorothy a William Roberts a brodyr a chwiorydd Ruth Huws. Ond deuai Ruth ei hun bob dydd Sadwrn, yn cynorthwyo Josiah ac yn cynnig barn pan geisiai ddatrys rhyw broblem beirianyddol neu'i gilydd. Aeth Sara i weld y greadigaeth un dydd Sadwrn. Safai Josiah yn falch wrth iddi astudio'r gwaith, yn canmol y gofal a'r diwydrwydd. Daeth Mari Lloyd allan o'r drws cefn a mynnu bod Sara'n dod i mewn am baned o goffi a thamaid o'r deisen afalau roedd newydd ei phobi.

Byddai haf 1904 yn cael ei gofio am y Floating Theatre, er nad arhosodd wrth ddoc deheuol Ynys Fadog ond am dair awr. Roedd y llestr hirsgwar mawr ar ei ffordd i Maysville, a'r dyn busnes mentrus a'i prynasai'n dweud y byddai'r perfformiadau'n amrywio o sioeau Minstrel i ddramâu Shakespeare ac yn sicr o ddenu cynulleidfaoedd ar draws y rhan honno o ogledd Kentucky yn ogystal â phobl a ddeuai ar deithiau am y dydd dros yr afon o dde Ohio. Trwy ryw gadwyn hynod gymhleth o gysylltiadau yn cynnwys Ismael Jones, Sammy Cecil ac un o gyfeillion perchennog newydd y theatr ar yr afon trefnwyd i'r llestr ymweld â'r ynys ar ei ffordd i'w gartref parhaol. Roedd ganddo ganllawiau cain o gwmpas ei ddau lawr, yn debyg i'r rhai a welid ar yr agerfadau mawrion, a grisiau ar y tu allan yn mynd i fyny i'r ail lawr, i'r seti yn yr orielau. Roedd y *Jennifer Johnson* wedi'i chomisiynu i deithio'r holl ffordd o Wheeling, lle adeiladwyd hi, i'w gorffwysfa derfynol ym Mayseville. Peth cyffredin bellach oedd gweld agerfadau'n gwthio cychod mawr agored di-injan llawn glo, y *coal barges*, fel y dywedai gweithwyr yr afon, gan nad oedd ganddynt olwyn, na chyrn simdde, nac injan. Teithio i'r gorllewin fyddai'r *coal barges* yn ddieithriad, yn cludo tanwydd o feysydd glo Pennsylvania, Gorllewin Virginia a de-ddwyrain Ohio i gyflenwi anghenion Cincinnati, Louisville a St. Louis. Roedd yr olygfa pan ddaeth y *Jennifer Johnson* i lawr yr afon, mwg yn codi'n drwch o'i dau gorn simdde, yr injan yn tuchan yn uchel wrth iddi weithio'n galed i droi'r olwyn, yn gwthio'r Floating Theatre o'i blaen, yn ddigwyddiad i'w gofio – theatr fawr grand, ei grisiau a'i chanllawiau wedi'u paentio'n goch ac yn felyn, y lliwiau'n disgleirio yn erbyn glendid gwyn ei waliau.

Diolch i drefniant busnes cysylltiedig, roedd y theatr yn gartref dros dro i offer Kinetoscope a oedd ar ei ffordd o'r dwyrain i theatr yn Louisville, gan fod y ddau entrepreneur, perchennog y theatr a pherchennog yr offer, wedi gweld cyfle i wneud elw ychwanegol trwy oedi ar hyd yr afon a chodi tâl am y sioe. Talwyd chwe cheiniog ar ran trigolion yr ynys, is o lawer na'r pris a godwyd am sioe o'r fath yn y dinasoedd. Bu'n rhaid i'w dau frawd sgwrsio'n hir â Sara cyn ei darbwyllo i adael ei thŷ a mynd i'r doc.

'Tyrd!' meddai Joshua'n dawel. 'Fyddi di ddim yn gadael yr ynys, dim ond eistedd yn y theatr am ychydig.'

'Tyrd!' erfynodd Benjamin gyda mwy o fin i'w lais, 'Bydd y plant am drafod y Kinetoscope yn yr ysgol, Sara. Paid â'u siomi nhw.'

Ond pan gyrhaeddodd hi'r doc bu'n rhaid i Joshua gydio'n dyner yn ei braich a sibrwd yn ei chlust. 'Tyrd, Sara. Mi fydd popeth yn iawn.' A dim ond wedyn y cododd ei throed oddi ar y doc a'i gosod ar y dramwyfa. Teimlai'i chalon yn curo'n galed a chlywai'r gwaed yn ergydio'n rhythmig yn ei chlustiau, a hithau'n ymladd am ei gwynt. Ond roedd llaw Joshua'n gadarn ar ei braich a'i lais yn sibrwd yn gysurlon yn ei chlust wrth gamu i lawr i fwrdd y theatr. Safai dyn o'i blaen yn gwisgo lifrau gyda rhubanau aur ar ei ysgwydd a het wellt ar ei ben. Daliai'r drws ar agor iddi a gwenu'n llydan. Pan welodd nad oedd hi'n symud, siaradodd mewn llais melfedaidd.

'At your service, Madame.' Tynnodd ei het a moesymgrymu.

Camodd Sara'n gyflym i goflaid tywyllwch y theatr. Wedi i bawb eistedd, y plant yn ymyl eu rhieni a Sara rhwng ei thad a'i hewythr Ismael, camodd y dyn a oedd wedi'u croesawu wrth y drws i'r llwyfan a sefyll o flaen y llen wen fawr a hongiai fel pe bai'n cuddio rhywbeth.

'Ladies and gentelemen, boys and girls, welcome to the Maysville Floating Theatre's onetime performance at Inis Maddock! Through the wonderous workings of the Edison Manufacturing Company, the dramatic orchestration of Edwin S Porter, and the acting talents of Alfred Abadie, Justus Barnes and the one and only Broncho Billy Anderson, you will be entertained and amazed by the moving picture story of the infamous Great Train Robbery!'

Moesymgrymodd y dyn, ei het yn ei law. Ymsythodd wedyn, camu wysg ei ochr a diflannu y tu ôl i lenni ar ochr y llwyfan. Diffoddwyd y goleuadau olew ac aeth yr ystafell mor dywyll â noson ddileuad a di-sêr. Curodd pawb eu dwylo. Sgrechiodd rhai o'r plant yn llawn cyffro. Dechreuodd rhyw beiriant bach wneud sŵn, fel mangl dillad yn troi, a thaflwyd golau ar y llen wen fawr. Aeth yn ddu wedyn, ond gyda rhyw fflachiadau bychain o olau fel rhyw fath o fellt dof bob hyn a hyn i dorri ar y düwch. Ac yna roedd llythrennau gwynion mawrion ar y llen. *The Great Train Robbery*. Ochneidiodd rhai pobl. Chwarddodd rhai o'r plant. Newidiodd y llythrennau. *At a lonely railway station*. Ac wedyn roedd Sara'n edrych i mewn i swyddfa, lle'r oedd dyn yn eistedd o flaen desg yn astudio papurau o ryw fath. Ebychodd ei hewythr wrth ei hymyl. Arglwydd Mawr! Agorwyd drws. Rhedodd dau ddyn i mewn, pob un yn dal llawddryll yn fygythiol, hetiau cantel llydan ar eu pennau. Aeth y llen yn ddu eto ac wedyn ymddangosodd y geiriau *Hands up!* Trwy ffenestr yr ystafell gellid gweld trên yn cyrraedd ac un o'r lladron yn bwrw'r dyn ar ei ben yna'n ei glymu â rhaff. Clywodd Sara'i thad yn sugno'i anadl mewn syndod. Ebychodd ei hewythr Ismael eto. Y diawled! Ymlaen aeth y ddrama mewn du a gwyn ar y llen o'i blaen, y lladron ar y trên, a'r trên yn symud. Cyflawnwyd trosedd ar ôl trosedd, dynion yn dianc ar geffylau, pobl yn dawnsio mewn salŵn, y lladron yn symud ar gefn eu ceffylau trwy goedwig, a'r holl saethu, mwg yn codi, cyrff y meirwon yn disgyn. Yn y diwedd, tynnodd un o'r lladron, y tybiai Sara'i fod yn farw, ei lawddryll a saethu at gefn y theatr. Teimlodd law ei thad yn gafael yn dynn yn ei llaw hi. Llithrodd ei hewythr i lawr yn ei gadair er mwyn osgoi'r ergyd. Sgrechiodd y plant a'r oedolion, rhai mewn braw ac eraill mewn cyffro. Yna agorwyd nifer o ddrysau, a daeth golau'r dydd i doddi tywyllwch y theatr. Camodd y dyn i ganol y llwyfan eto.

'Thank you very much, ladies and gentlemen, boys and girls, now if you'd kindly exit and make your way down the gangway to the dock. We are scheduled for another show in Gallipolis and we'd like to make Huntington by nightfall.'

Roedd rhai o'r plant eisoes wedi rhuthro allan trwy'r drysau ac i fyny'r grisiau er mwyn cael y profiad o eistedd yn seti'r orielau. Cododd y dyn ei lygaid, ei lais yn ffug-lawen bellach. 'Thank you very much, boys and girls. If you'd kindly depart now.' Pwysai William Roberts dros ganllaw un o'r orielau, fel pe bai'n gweld a fyddai'n bosibl dringo i lawr, ond daeth ei frawd mawr Robert i'w dynnu'n ôl a'i lusgo trwy'r drws. Safodd Josiah Lloyd am ennyd yn edrych o'r llen i'r peiriant bach ac yn ôl i'r llen. Ysgydwodd ei ben a cherdded yn hamddenol trwy'r drws i olau'r dydd.

Ysgrifennodd Sara lythyr at ei nai y noson honno.

F'Annwyl Ddafydd, a fyddai'n bosibl i ti roi amcan i mi ynglŷn â sut mae peiriant Kinetoscope Mr Edison yn gweithio?

Wrth i'r haf ildio'i wyrddni'n araf i liwiau cyfoethog yr hydref, dechreusai Mr Roosevelt ddisodli enw Mr Edison ar dafodau'r plant. Ni chredai neb ar yr ynys fod gan y Democrat Alton Brooks Parker obaith o fath yn y byd. Cyhuddai'r papurau newydd a oedd yn bleidliol i'r Democratiaid y Gweriniaethwyr o dderbyn gormod o arian gan y cwmnïau mawrion. Cytunai Roosevelt â'r cyhuddiad ac i brofi'i onestrwydd gorfododd ei Blaid i roi'r rhodd o gan mil o ddoleri'n ôl i'r Standard Oil Company.

Un bore, a hithau'n gwrando ar y plant yn siarad wrth iddyn nhw gymryd eu seddi yn yr ysgoldy, clywodd Sara un bachgen, Mathew Evans, yn dweud wrth Robert Roberts fod ei dad wedi disgrifio gweithred ddiweddar Roosevelt fel tynnu cwningen allan o het. Parhâi Parker i gyhuddo'r Arlywydd o fod ym mhocedi'r cwmnïau mawrion ac atebai Roosevelt gyda'r un geiriau. 'I do promise to give a square deal to every American citizen.' Pan ddaeth yr etholiad ym mis Tachwedd enillodd Roosevelt yn hawdd.

Ryw wythnos ar ôl yr etholaid, cerddai Sara adref ar ôl ysgol, ei chôt wedi'i chau'n dynn rhag yr oerfel. Cododd ei llygaid er mwyn astudio'r cymylau llwydion. Eira erbyn heno, efallai. Mae'r gaeaf yn dod yn gynnar eleni. Yna gwelodd ei thad yn sefyll o'i blaen ar y lôn, heb ei gôt. Roedd yn dal darn o bapur yn ei law.

'Sara. Mae yna lythyr wedi dod. O Efrog Newydd.'

Cydiodd yn ei fraich a'i dywys yn gyflym yn ôl i'w dŷ, yn ei geryddu'n dawel am fynd allan heb wisgo'n gynnes a hithau mor oer. Teimlodd ryddhad pan welodd dân yn llosgi'n braf ar yr aelwyd.

'Dewch i eistedd yn ymyl y tân, 'Nhad, ac mi wnawn ni ddarllen y llythyr efo'n gilydd.'

'Dwi wedi'i ddarllen yn barod, Sara.'

Roedd ei wyneb yn welw. Safai yno o flaen y tân, ei lygaid yn symud o'r papur yn ei law i'w hwyneb hi.

'Esther?'

'Mae hi 'di marw, Sara.'

Estynnodd y llythyr iddi hi.

'My Dear Mr Jones.' Llithrodd ei llygaid dros y geiriau'n gyflym, gan syrthio ar y darnau allweddol. 'It grieves me to inform you... Eased the suffering of her afliction... Finally passed away. Yours most Sincerely and joined in Grief, Lillian Adams.'

Roedd wedi bod yn wael ers rhai blynyddoedd, y cancr yn tynhau'i afael y tu mewn iddi. Er bod ei chyfeilles, Lillian, wedi gofyn iddi ysgrifennu at ei theulu nifer o weithiau, gwrthododd bob tro. Ni allai'r un ohonyn nhw ddod i Efrog Newydd, felly nid oedd am eu poeni.

'Yr un cancr a laddodd eich mam.' Cydiodd dwy law ei thad yn dynn ym mreichiau'r gadair, ei wyneb yn welw iawn, a'i lygaid fel pe baent yn chwilio am rywbeth ar y llawr.

'Efallai,' atebodd Sara'n plygu er mwyn cydio yn un o'i ddwylo. Dim ond yn hwyr y noson honno pan oedd hi'n sicr bod ei thad yn cysgu a hithau'n gorwedd yn ei gwely'n methu â chysgu y sylweddolodd fod ei thad yn poeni y byddai hi'n syrthio'n ysglyfaeth i'r un afiechyd â'i mam a'i chwaer. Hawdd credu bod ffawd wedi ordeinio y byddai dynion y teulu'n byw'n hir ar ôl oed yr addewid a benywod y teulu'n marw cyn cyrraedd yr oed hwnnw. Ddylai hi geisio godi'r pwnc gydag o? Neu a fyddai hynny'n gwneud pethau'n waeth? Roedd Esther yn 64 oed adeg ei marw. Nid oedd yn agos at gant oed N'ewyrth Enos, ond ystyrid 64 oed yn eitha hen a'r rhan fwyaf o bobl y byd yn ddigon balch i fyw mor hir â hynny. Yn ystod ei salwch, talodd Lillian am y gofal meddygol gorau a allai dinas Efrog Newydd ei gynnig. Dyna pam roedd wedi byw cyhyd, o bosibl. Roedd wedi lleddfu'i phoen, ac wedi gwneud popeth yn ei gallu i'w chadw'n ddiddig. Dymuniad Esther oedd cael ei chladdu mewn mynwent roedd hi'n hoff ohoni. Byddai hi a Lillian yn cerdded trwyddi weithiau. 'The Green-Wood Cemetry in Brooklyn Heights. If you have not heard of it, it is a lovely place with trees and gardens and the feel of a park about it. Please write if you intend to visit and I would be honored to make your acquaintance and show you the grave site.' Dywedasai Esther wrthi na allai'r teulu ddod: bod ei thad yn rhy hen, ei brodyr yn rhy brysur gyda'u gwaith, a'i chwaer yn gaeth i'r ynys fach honno mewn modd na ellid ei egluro'n iawn. Adroddodd eiriau Esther fel pader y noson honno. Nid y ni sy'n cyfrif y blynyddoedd, yr hyn sy'n bwysig yw penderfynu pa beth a wnawn â'r blynyddoedd a roddir i ni.

Rhewodd yr afon ddechrau mis Chwefror 1905. Cerddodd Samuel, mab Jacob Jones, ar draws y sianel i hysbysu Isaac ac Ismael Jones fod ei dad wedi marw. Nid oedd am aros, am fod y ceffyl yn disgwyl amdano ar y tir mawr a bod rhaid iddo ymweld ag ambell le arall cyn nos i gyhoeddi ymadawiad ei dad. Mynnodd Isaac ac Ismael fynd i'r cynhebrwng er ei bod hi'n oer iawn a'r daith i'r fferm yn ymyl Gallipolis yn ymddangos yn bell oherwydd y lluwchfeydd eira. Ceisiodd Sara ddal pen rheswm â'r ddau.

'Does dim rhaid i ti f'atgoffa 'mod i bron 'di cyrraedd pedwar ugain oed,' meddai'i hewythr Ismael, yn tynnu ar ei farf wen hir ag un llaw. 'Dw i'n ddigon hen i wybod fy meddwl fy hun a dw i'n mynd i'r cynhebrwng.'

'Sara,' meddai'i thad, 'dwi 'di gweld 85 o flynyddoedd, ond dwi ddim yn rhy hen i golli cynhebrwng Jacob. Y fo oedd un o gyfeillion anwyla N'ewyrth Enos ac mae'n rhaid i ni dalu'r gymwynas ola hon iddo.'

Nid oedd yr un aelod arall o'r to hŷn am fentro dros yr afon a thrwy'r eira, dim ond Isaac ac Ismael Jones. Aeth Joshua a Benjamin gyda nhw ar y daith. Cychwynasant yn gynnar yn y bore er mwyn cyrraedd cyn y nos. Cysgodd y pedwar o Ynys Fadog yn y ffermdy, gan ychwanegu at y dyrfa a oedd dan yr un to, gan fod teulu Jacob yn naturiol wedi ymgasglu ar gyfer y cynhebrwng. Arhosodd y pedwar y noson ar ôl y cynhebrwng hefyd a theithio'n ôl y bore wedyn.

Bu tad Sara'n flinedig iawn am rai dyddiau ar ôl dychwelyd ond fel arall nid oedd y daith wedi gwneud drwg amlwg iddo. Nid felly ei frawd, Ismael. Roedd wedi bod yn yfed cryn dipyn o'i fflasg ar y ffordd yn ôl, er mwyn gwrthladd yr oerfel, yn ôl esboniad ei thad, ond syrthiodd unwaith neu ddwy yn y lluwchfeydd. Wrth gwympo, gwlychodd ei ddillad a dechreuodd hel annwyd erbyn iddo gyrraedd yr ynys. Erbyn iddo fynd i'w wely'r noson honno roedd yn pesychu'n ddrwg. Galwodd Sara ar yr Evansiaid, y Lloydiaid a'r Robertsiaid i ddweud na fyddai'n cynnal ysgol am rai dyddiau gan y byddai'n gofalu am ei hewythr. Daeth ei chwiorydd-yng-nghyfraith Lisa ac Elen â photes poeth, cawl brag a the mintys gyda mêl. Gallai Ismael godi'i ben i yfed o gwpan neu lwy ond roedd yn bur wan. Deuai Catherin Huws bob hyn a hyn, er ei bod hi'n hŷn nag Ismael Jones ac wedi cael ei rhybuddio gan ei phlant, Huw a Lydia, rhag mentro allan i'r oerfel. Erbyn yr ail noson dywedodd Mrs Huws ei bod hi'n sicr mai llid yr ysgyfaint ydoedd.

Mynnai Isaac Jones ymweld bob dydd ac eistedd gyda'i frawd. Ceisiodd Sara'i ddarbwyllo i beidio.

'Mae'n beth annoeth iawn, 'Nhad. Mae'n rhy oer. Ddylech chi ddim mentro o'r tŷ.'

'Ust, Sara. Mi fydda i'n iawn. 'Mrawd i ydi o. Dwi eisia eistedd efo fo, am ychydig bob dydd.'

Gofynnodd Sara i'w brodyr i'w helpu i'w ddarbwyllo. Yr un oedd ateb y ddau bob tro. 'Mae'n ddrwg gen i, Sara, ond dydi o ddim yn gwrando ar neb. Toes yr un gair yn gallu newid ei feddwl.'

Pan ddeuai ei thad i'r llofft byddai Sara'n symud i gadair yng nghornel yr ystafell a gadael iddo eistedd yn ymyl y gwely. Dechreuai'i sgwrs gyda'r un geiriau bob dydd. 'Sut wyt ti heddiw, Ismael?' A'r un fyddai ateb ei frawd. 'Go lew, Isaac, go lew.' Wedi wythnos a hanner o salwch, aeth croen wyneb Ismael yn llac ac mor welw â'i wallt gwyn anystywallt a'i farf wen hir.

Daeth Isaac ganol un bore ac eistedd wrth ei ymyl.

'Sut wyt ti heddiw, Ismael?'

'Dwi ddim yn hanner da, Isaac.'

Rhasglai'i lais yn ei wddwf ac roedd ei lygaid wedi'u hanner cau.

'Ew, Ismael bach, mi ddoi di'n ddigon handi cyn bo hir. Rwyt ti 'di bod trwy waeth petha o'r blaen.'

'Nag ydw, Isaac. Ddo i ddim trwy hyn. Mae'n mynd â fi i rylwe arall a fedra i ddim dychwelyd.'

Estynnodd tad Sara law grynedig a'i rhoi ar dalcen ei frawd. Symudodd gudynnau o wallt tenau o'i lygaid yn araf ac yn dyner.

'Mi ddoi di, Ismael. Mi ddoi di.'

'Nid y tro hwn, Isaac. Ddo i ddim yn ôl y tro hwn.'

Clywodd Sara fod rhywun wedi dod i mewn i'r tŷ ac aeth i lawr y grisiau. Roedd Lisa yno'n dal crochan bach poeth. Wedi diolch iddi, estynnodd Sara bowlen a llwy ac aeth â'r potes poeth i fyny'r grisiau. Symudodd ei thad o'r gadair ac eisteddodd hi, ond pan gododd y llwy at wefusau'i hewythr symudodd ei ben ychydig. Fe'i gwrthododd.

'Cym'wch o, N'ewyrth Enos. Mi fydd yn fodd i chi gynnal eich nerth.' Ceisiodd siarad ond methodd ei eiriau. Wedi cau'i geg a llyncu ceisiodd siarad wedyn, ei lais yn rhasglu'n dawel yn ei wddwf.

'Tyrd â llymaid o rywbeth cryfach i mi, 'mechan i.'

'Mi ga i o.' Wrth i'w thad symud i'w 'nôl dywedodd dros ei ysgwydd wrth Sara. 'Dwi'n gwybod ble mae'n cuddio'i hoff boteli.'

Ac felly gyda blas bwrbon gorau Kentucky ar ei dafod bu farw Ismael Jones, a hynny tua hanner dydd ar ddiwrnod ei ben-blwydd yn bedwar ugain oed.

Daeth eu tad adref i orffwys ar ôl eistedd am ychydig yn ymyl corff ei frawd. Aeth Sara i ddweud wrth Benjamin a Joshua ac aeth y naill i ddweud wrth y gweinidog ac aeth y llall gyda Sara 'nôl i dŷ eu tad. Cododd eu tad i fwyta ychydig o swper roedd Sara wedi'i baratoi ar ei gyfer. Daeth Benjamin ac Elen i eistedd gydag o a chydymdeimlo ac wedyn daeth Joshua a Lisa. Cyhoeddodd ei fod wedi blino ar ôl ychydig a'i fod am ei throi hi am ei wely.

'Mi wna i aros yma heno,' meddai Sara.

'Na wnei di ddim. Mi fydda i'n iawn. Dos i gysgu yn dy wely dy hun.'

'O'r gora, 'Nhad, ond mi fydda i yma i wneud brecwast i chi yn y bore.'

'O'r gora, Sara. Diolch.'

Plygodd a'i chusanu ar ei thalcen. 'Nos da, 'nghariad i.'

Y bore wedyn, a hithau wedi rhuthro o'i thŷ, a'r gwynt yn crafangu'n greulon o oer gan dynnu ar ei gwallt, dychwelodd er mwyn cadw'r addewid. Wedi iddi ffrio tameidiau o gig moch hallt a gosod bara, menyn, caws a jam ar y bwrdd, aeth a sefyll wrth ymyl gwaelod y grisiau. Gwrandawodd, yn ceisio canfod a oedd wedi deffro. Gwyddai Sara na chawsai'i thad ddigon o gwsg yn ystod y dyddiau diwethaf a bod profiadau'r diwrnod cynt wedi'i flino at ei esgyrn. Gadawodd iddo gysgu. Dechreuodd droi er mwyn bwyta'i brecwast ei hun ac wedyn cadw'r bwyd ond ar ôl ailfeddwl aeth yn ôl a sefyll wrth waelod y grisiau unwaith eto. Ni allai gofio'i thad yn cysgu'n hwyr erioed. Erioed. Gosododd flaenau bysedd ei throed ar y gris cyntaf, gan symud yn araf ac yn dawel. Oedodd er mwyn gwrando eto. Dim sŵn o fath yn y byd, dim ond y gwynt yn chwythu y tu allan, yn dod â rhagor o eira, mae'n siŵr. Aeth i fyny'r grisiau'n ofalus ac agor drws y llofft yn araf. Gwichiodd ar ei fachau. Gwingodd Sara. A oedd wedi'i ddeffro? Edrychodd. Roedd yn gorwedd yn ddisymud yn ei wely. Cerddodd ato a gosod llaw ar ei foch. Oer, fel y gwynt y tu allan. Yno'r oedd hi'n eistedd pan ddaeth Joshua i fyny'r grisiau.

'Mi welais y brecwast heb 'i fwyta ar y bwrdd.' Siaradodd yn dawel, gan gydnabod y gwyddai bod eu tad wedi marw. 'Af i 'nôl Benjamin.' Ychydig yn ddiweddarach, safai Sara yn y parlwr gyda'i dau frawd. Dechreuodd edliw iddyn nhw am adael i'w tad fynd i weld N'ewyrth Ismael bob dydd. Oedd, roedd yn ormod iddo, o ystyried popeth. Syllai Benjamin yn ddisiarad ar ei esgidiau. Pan seibiodd Sara i ddal ei hanadl cyn ymaflyd i lifeiriad arall o geryddu, siaradodd Joshua'n dawel.

'Paid â gweld bai, Sara. Fydd o'n helpu dim.'

Roedd rhew'r afon wedi toddi erbyn diwrnod y cynhebrwng. Cafodd y ddwy arch eu gwasgu ynghyd yn y gofod o flaen y pulpud. Pe na bai'r Parchedig Solomon Roberts wedi teneuo'n ofnadwy yn ei henaint ni fyddai wedi llwyddo i wasgu heibio iddynt ac esgyn i'w bulpud i draddodi'i bregeth. Eisteddai Sara yn y rhes flaen rhwng ei brodyr. Edrychodd y gweinidog arnyn nhw, ei lygaid yn dosturiol a'i wên yn garedig.

'Er bod yr ergyd i'r teulu'n fwy wrth golli'r ddau hyn, eto ni allaf ond meddwl bod rhyw dro daionus yn y ffaith iddynt adael y byd hwn gyda'i gilydd.' Aeth rhagddo i draethu ychydig am hanes Isaac ac Ismael Jones, yn dweud cymaint roedd o wastad wedi trysori'u cyfeillgarwch a disgrifio rhai o'r cymwynasau lu a wnaeth y brodyr â'u cymdogion. Disgrifiodd eu rhinweddau. Adroddodd ambell stori ddoniol am Ismael. Er bod ei lais wedi gwanhau yn ystod y blynyddoedd diwethaf, medrai ei godi ar adegau, yr hen ddyfnder yn ymchwyddo ac yn bygwth ysgwyd chwareli gwydr y ffenestri yn eu fframiau pren.

'Yn wir,' dywedodd wrth agor ei feibl, 'ar ganol un o'n trafodaethau, unwaith, rai blynyddoedd yn ôl, gofynnais iddo pa destun y credai y dylid ei ddarllen yn ei wasanaeth angladdol ei hun. A wyddoch chi beth oedd ateb Ismael Jones?' Oedodd, gan wenu ar y gynulleidfa. 'Dywedodd y byddai Dameg y Mab Afradlon yn gweddu'n berffaith.' Oedodd eto er mwyn gadael i'r chwerthin tawel ddistewi. 'Ie, gyfeillion, roedd yr hen frawd Ismael yn fodlon cydnabod ei ffaeleddau.' Rhagor o chwerthin. 'Ond o ddifrif calon, mi ddywedaf hyn: mae pob enaid byw yn bechadur, ac felly gwyn ei fyd y dyn sy'n gallu cydnabod hynny.' Edrychodd ar y Beibl ac wedyn cododd ei lygaid ac astudio'i gynulleidfa. Pesychodd. 'Ond o ystyried bod ei frawd annwyl, Isaac, wedi'i ddilyn o'r byd hwn a chan ein bod ni yma i ffarwelio â'r ddau, roeddwn i wedi amau a fyddai'r adnodau hynny'n addas. Wedi'r cwbl, beth bynnag fu cyffes ei frawd, Ismael, ni fu Isaac Jones yn afradlon mewn unrhyw ffordd gydol ei oes.' Pesychodd, 'Ond pan edrychais eto ar y Ddameg hon, cofiais ei bod hi'n sôn am ddau frawd. Ac felly rwyf am ei darllen hi, yn unol â dymuniadau Ismael.' Oedodd a chydio yn ochrau'r pulpud â'i ddwylo, pwysodd a darllen. 'Yr oedd gan ryw ŵr ddau fab: a'r ieuengaf ohonynt a ddywedodd wrth ei dad, Fy nhad, dyro i mi y rhan a ddigwydd o'r da...' Dilynai Sara'r geiriau cyfarwydd, ei llygaid yn symud yn ôl ac ymlaen rhwng wyneb yr hen weinidog a'r ddwy arch o'i flaen. Ac yna roedd y naill frawd yn edliw i'w dad gan ei fod wedi lladd y llo pasgedig pan ddychwelodd ei frawd afradlon. 'Ac efe a ddywedodd wrtho, Fy mab, yr wyt ti yn wastadol gyda mi, a'r eiddof fi oll ydynt eiddot ti. Rhaid oedd llawenychu a gorfoleddu, oblegid dy frawd, hwn a oedd yn farw, efe a aeth yn fyw drachefn, ac a fu golledig, efe a gafwyd.' Ac wedyn safodd pawb i ganu. 'Dyma babell y cyfarfod, dyma gymod yn y gwaed...'

Gyda Joshua a Lisa y cerddodd Sara adref.

'Fedra i ddim peidio â meddwl am un peth, Sara,' meddai'i brawd hŷn, ei lais fel petai'n teimlo'n euog. 'Y fi yw'r hyna yn y teulu rŵan.'

Wedi cerdded ychydig, atebodd Sara.

'Nage, Joshua. Dydi hynny ddim yn wir. Sadoc yw'r hyna.'

Gwenodd ei brawd, ei wyneb yn dangos rhyddhad.

'Ie, wrth gwrs.' Difrifolodd a holi'n dawel iawn. 'Ond sut wyt ti'n gwybod 'i fod o'n dal yn fyw?'

'Mae'n fyw, Joshua. Mae o'n fyw.'

'Y mab afradlon.'

'Ie.' Roedd hi am awgrymu bod Jwda'n fwy felly gan nad oedd ganddo lawer o esgus dros beidio â dychwelyd i'r cynhebrwng ond penderfynodd y byddai'n well cerdded yr ychydig gamau mewn tawelwch.

Angladd Isaac ac Ismael Jones oedd gwasanaeth olaf y Parchedig Solomon Roberts. Bu farw ychydig yn ddiweddarach, a hynny wrth ei ddesg yn paratoi ar gyfer y Sul. Daeth y Parchedig Caleb Samson o Oak Hill i gladdu'i gyd-weinidog. A'r ynys yng ngafael tristwch mor ddygn, nid oedd neb wedi gwerthfawrogi'r ffaith mai dyma fyddai'r tro cyntaf i weinidog o'r tir mawr ddod i gynnal gwasanaeth yng nghapel Ynys Fadog. Ni ddywedodd air am yr hyn a alwai Cymry'r tir mawr yn 'bechod yr ynys'; roedd yr holl wasanaeth yn deilwng ac yn urddasol a chyn ymadael cynigiodd y Parchedig Samson ddychwelyd bob hyn a hyn er mwyn sicrhau na fyddai'r gymuned heb foddion gras yn rhy hir.

Daeth newyddion o bell i aflonyddu ar yr ynys y gwanwyn hwnnw: roedd y Moro wedi codi mewn gwrthryfel yn erbyn rheolaeth yr Unol Daleithiau ac felly roedd catrawd Alvin ar ei ffordd i ymladd yn erbyn y Philipiniaid unwaith eto. Ddiwedd mis Awst 1907 – blwyddyn a phum mis ar ôl i Alvin fynd i ryfel eto – daeth Tamar a Daniel i aros ar yr ynys ar eu ffordd i Pittsburgh. Roedd Daniel yn naw oed bellach, blwyddyn yn iau na Lois Evans, y disgybl ieuengaf yn ysgol Sara. Roedd yn haf poeth, a'r plant yn chwarae yn nŵr bas yr hen angorfa. Eisteddai Sara a Tamar ar ddwy garreg lefn, yn eu gwylio.

'Mae wrth ei fodd yn siarad Cymraeg gyda phlant eraill.' Roedd llais Tamar yn gryg. Awgrymai'r cylchoedd duon o dan ei llygaid nad oedd hi wedi bod yn cysgu'n dda. 'Mae'r capel Cymraeg agosa'n eitha pell. Dyn ni ddim yn cael cyfle i fynd yn aml.' Siaradai am San Francisco yn y presennol o hyd, a hithau wedi ymadael yn gorfforol ond nid yn feddyliol. Estynnodd Sara law a'i gosod ar ben-glin ei nith.

'Mae sawl capel Cymraeg yn Pittsbrugh. Dywed Dafydd fod un sy'n agos iawn at ei dŷ o er nad yw'n ei fynychu.' Gwenodd Tamar yn wan. 'Ac mi fydd yn braf byw gyda Dafydd. Daw Daniel i adnabod ei ewythr yn dda.' Gwenodd Tamar eto.

'Bydd.'

Wedi edrych ar Daniel a sicrhau'i hun bod ei mab yn chwarae'n braf gyda'r plant eraill yn y dŵr bas, dechreuodd siarad yn araf ac yn bwyllog am ei gŵr. Roedd wedi cael pyliau drwg iawn ers dod yn ôl o'r Philipines y tro cyntaf ond byddai cyfnodau hirion pan fyddai'n debyg iddo fo'i hun. Yn hael ac yn gariadus. Yn ŵr da ac yn dad da i Daniel. Ond roedd cyfnodau pan na fyddai'n siarad â hi, ac na allai egluro'r hyn a oedd yn pwyso ar ei feddwl. Byddai'n deffro ganol nos yng nghanol hunllef. Pan dderbyniodd y gair yn gynnar yn y gwanwyn y flwyddyn ddiwethaf y byddai'r gatrawd yn hwylio am yr ynysoedd unwaith eto, aeth Alvin i'w gragen. Byddai'n llefain ar ei ben ei hun yn y fyfrgell fach a oedd ganddo yn eu tŷ, er byddai'n ymddwyn yn siriol o flaen Daniel, yn ffug-lawen, y wên ar ei wyneb mewn gwrthgyferbyniad â'i lygaid prudd. Unwaith, yn hwyr y nos yn fuan cyn i'r gatrawd ymadael, deffrodd hi a sylweddoli nad oedd Alvin yn y gwely. Aeth i'w fyfyrgell a'i ganfod yn eistedd o flaen ei ddesg, ond nid oedd wedi cynnau'r un golau. Roedd yn dal rhywbeth yn ei ddwylo – llyfr y tybiai hi gan geisio'i ddarllen yng ngolau'r lleuad a lifai i mewn trwy'r ffenestr fawr. Ni wyddai a glywsai o hi'n dod i'r ystafell. Cerddodd yn dawel a sefyll y tu ôl iddo.

Cododd ei ben yn dangos ei fod yn ymwybodol o'i phresenoldeb. Rhoddodd ei dwylo ar ei ysgwyddau a theimlo bod ei gyhyrau'n annaturiol o dynn a'i grys yn wlyb gan chwys. Rhoddodd gusan iddo ar dop ei ben, ond wrth bwyso i lawr edrychodd a gweld bod Alvin yn dal ei lawddryll – y *service revolver* a wisgai gyda'i lifrai maes. Daliai'i law dde'r arf fel pe bai'n barod i'w chodi a'i defnyddio. Pwysodd Tamar yn is a sibrwd yn ei glust. Beth am ei gadw yn y drôr a dod yn ôl i'r gwely. Cydsyniodd. Wedi cau drôr ei ddesg, dechreuodd siarad. Crynai ei lais. Oedai bob hyn a hyn, gan ddechrau brawddeg arall cyn gorffen y frawddeg cynt. Nid oedd am ddychwelyd, meddai. Ni allai fynd yn ôl i ymladd yn erbyn y Philipiniaid eto. Nid oedd y cryfder ganddo i wynebu hynny ac nid oedd yn sicr chwaith ynglŷn â daioni'r ymgyrch. Ond pa ddewis arall oedd ganddo? Yn sefyll yn y drws roedd Daniel, wedi clywed y lleisiau ac wedi deffro am fod pared y tŷ yn San Francisco yn denau iawn. Daeth Daniel a sefyll yn ymyl y ddesg. Gofynnodd pam bod ei dad yn crio. 'Mae'n drist,' atebodd Tamar a chofleidio'i fab. 'Nid yw am ein gadael ni a mynd ymhell i ffwrdd ond mae'n gorfod gwneud. Dyna pam mae mor drist heno.'

Ysgrifennai Alvin yn weddol gyson ar ôl cyrraedd yr ynysoedd. Ni siaradai am y rhyfela, dim ond rhoi manylion bychain am yr hinsawdd, yr anifeiliaid a'r bobl – pethau y byddai Daniel yn eu mwynhau. Wedyn daeth brwydr Bud Dajo ar ddechrau mis Mawrth a'r llythyr olaf a ysgrifenasai Alvin wedi'i ddyddio ddau ddiwrnod cyn y frwydr. Ni chlywodd hi air ganddo wedyn. Dair wythnos yn ddiweddarach daeth caplan i'r tŷ, dyn nad oedd Tamar yn ei nabod. Nid caplan catrawd Alvin ydoedd gan nad oedd y gatrawd wedi dychwelyd i San Francisco. Trwy lwc roedd Daniel yn yr ysgol ar y pryd, a dyna pryd y clywodd fod Alvin wedi'i ladd ym mrwydr Bud Dajo.

Gwyddai Sara nad er ei mwyn hi aeth Tamar dros holl fanylion ei stori. Roedd gwerth yn yr adrodd. Plygodd Sara ychydig yn nes er mwyn dal dwylo'i nith.

'Doedd dim byd y gallet ti fod wedi'i wneud i'w gynorthwyo.'

'Dwi'n gwybod, Boda Sara.'

Hoffai ddweud y dylai Tamar gymryd cysur yn y ffaith bod ganddi fab. O leiaf byddai llinach ei theulu'n parhau. Byddai Daniel yn fodd i gofio Alvin ac yn y cofio hwnnw byddai cyfran o hapusrwydd y gorffennol yn cael ei drosglwyddo. Ond ni allai ddweud y pethau hynny.

'Bydd Pittsburgh yn dda i chi'ch dau, Tamar. Caiff Daniel gyfle i adnabod ei ewythr a daw Dafydd i adnabod ei nai.'

Gwenodd Tamar yn wan. 'Bydd yn gyfle i Dafydd ddod i nabod ei chwaer eto hefyd.'

'Bydd, Tamar. Bydd.'

Galwodd dau agerfad ar yr ail ddiwrnod o fis Awst 1907. Roedd y cyntaf yn teithio i'r dwyrain ac aeth â Tamar a Daniel i ddociau Pittsburgh. Teithio i'r gorllewin roedd yr ail un, yn cludo ychydig o bost. Roedd pecyn bach i Sara, un a ddaethai'r holl ffordd o Gymru. Ynddo roedd llyfr ynghyd â llythyr diweddaraf Miriam.

Cyhoeddwyd y llyfr hwn ychydig dros ddeng mlynedd yn ôl ond rwyf newydd ei ddarllen. Gwn y byddwch chwi'n ei fwynhau'n fawr hefyd, Boda Sara, a dyma ef yn anrheg i chwi. Derbyniwch ef yn ernes o'm serch ac yn atgof o'r dyddiau dedwydd hynny yn ystod fy mhlentyndod pan fuom yn darllen gyda'n gilydd.

Agorodd Sara glawr caled y llyfr a darllen ei wynebddalen. *Gwen Tomos, Merch y Wernddu* gan Daniel Owen.

A dyna lle roedd hi, yn treulio'i holl amser rhydd yn darllen y nofel. Eisteddai ar y setl, fel yr arferai'i wneud pan ddarllenai gyda Miriam a hefyd cyn hynny gyda Dafydd a Tamar. Llowciai'r penodau'n gyflym. Âi'n ôl ac ailddarllen darnau, yn sawru'r iaith, yn cnoi cil ar y delweddau. Roedd Rheinallt a Gwen wedi symud o Gymru cyn diwedd y nofel, wedi ymfudo i'r Amerig. Dyna oedd diwedd eu hanes – yn ffermio, rywle yn Ohio, yn debyg i gynifer o Gymry eraill. Ond darlun o fywyd ydoedd, a deuai bywyd â thristwch yn ei sgil. Bu farw Gwen ac fe'i claddwyd yno yn nhir da Ohio. Darllenodd Sara y geiriau dro ar ôl tro. Ceisiai ddal ati. Byddai'n rhyddhad iddi orffen y nofel a'i gosod o'r neilltu. Gallai droi at lyfr arall, medrai ymgolli mewn stori a fyddai'n codi'i chalon. Un o nofelau Mark Twain, efallai. Ond ni allai godi o'i heisteddle ac ni allai orfodi'i llygaid i symud ymlaen. Ailddarllenai'r un ddwy frawddeg dro ar ôl tro.

Deffrois un bore – neu, yn hytrach, dadfreuddwydiais, oblegid nid oeddwn wedi cysgu ers nosweithiau – a'r byd yn wag i mi, yn wag hollol. Yr oedd yr unig beth daearol a gyfrifwn i yn werthfawr wedi ei guddio dan ychydig droedfeddi o bridd oer.

33

Mis y marwolaethau fu mis Awst 1914. Bu farw Catherin Huws, y fydwraig, ganol y mis hwnnw, dim ond chwe blynedd yn fyr o gant oed. Gwyddai Sara na ddylai warafun y farwolaeth hon, ond wylai'n hidl ddiwrnod y cynhebrwng yr un fath. Catherin Huws oedd yr olaf o'r oedolion a ddaethai dros y môr gyda'r fintai gyntaf yn y flwyddyn 1845. Roedd aelodau eraill y genhedlaeth hŷn wedi marw fesul un yn ystod y blynyddoedd diwethaf. Fe'i hystyriwyd yn anarferol am gyfnod pan âi mis heibio heb i un o ddynion iau'r ynys groesi'r sianel gul a chyrchu gweinidog o Oak Hill, Centreville, Ty'n Rhos neu Gallipolis. Dilynodd rhai o'r ail genhedlaeth eu rhieni i'r bedd hefyd.

Dim ond blwyddyn yn fyr o oed yr addewid oedd Sara ddiwedd haf 1914, un arall o blant y fintai gyntaf a dyfodd yn hen. Ond colled o fath gwahanol oedd colli Catherin Huws, yr olaf o hynafiaid yr ynys. Roedd y Rhyfel Mawr wedi torri'n gynharach y mis Awst hwnnw. Eisteddai geiriau *Y Drych* fel cerrig trymion ym mol Sara. 'Y rhyfel ofnadwy yn Ewrop, yr hwn sydd yn debyg o droi'n gyflafan gyffredinol, ac nid hawdd dychymygu beth fydd y diwedd.' Nid oedd yr Unol Daleithiau am ymuno yn y rhyfel hwnnw, ond gwnaeth miloedd o Gymry'r Hen Wlad ymrestru.

Roedd poblogaeth yr ynys yn lleihau, ac nid oherwydd marwolaethau'n unig. Ymadawodd Robert Philips â'i ddau frawd yn fuan ar ôl claddu eu tad, y tri hen lanc wedi'i mentro hi ar y tir mawr. Ni allai cwmni masnach yr ynys gyflogi cynifer o ddynion bellach beth bynnag. Aeth eraill hefyd. Erbyn diwedd y mis Awst hwnnw, Richard Lloyd oedd yr hynaf o bobl yr ynys ac yntau'n 77 oed. Dim ond wyth mlynedd yn iau na Richard Lloyd oedd hithau, felly ni allai Sara wadu nad oedd hi'n perthyn i'r to hŷn bellach.

Ond tystiodd y blynyddoedd diweddar fod gobaith hefyd. Priododd Rachel Evans a Tomos Lloyd yn y flwyddyn 1911. Ganed eu plentyn cyntaf, a enwyd ar ôl ei dad, y flwyddyn ganlynol. Ganed dau fabi nesaf Rachel yn farw, ond roedd Tomos bach yn fachgen iach a chyn bo hir byddai'n ddigon hen i ddechrau yn ysgol Sara. A nhwythau wedi troi'n ddeunaw'r flwyddyn honno, roedd Stephen Lloyd, William Roberts ac Elizabeth Evans wedi gorffen eu hysgol ddechrau'r haf hwnnw gan adael dosbarth o un disgybl i Sara, sef Lois Evans, hithau bron wedi troi'n ddeunaw hefyd. Ond byddai Tomos Lloyd bach yn ddigon hen i ddyfod i'r ysgol cyn bo hir a byddai Sara'n barod i'w ddysgu. Meddyliai Sara am Lois fel personoliaeth fawr, yn ddigon i lenwi dosbarth ar ei phen ei hun weithiau, gyda'i chwestiynau treiddgar a'i hawydd i wrthryfela yn erbyn y drefn.

Josiah Lloyd fu hoff ddisgybl Sara am flynyddoedd, ond bu'n rhaid iddi adael i'r bachgen caredig ond anturus fynd o'i gafael a thyfu'n ddyn. Aeth ei frawd iau Owen i Goleg Rio Grande a'r brawd ieuengaf, Stephen, i'r un coleg y mis Medi hwnnw. Ond arhosodd y ddau frawd hynaf, Josiah a Tomos Lloyd, ar yr ynys a mynd yn syth i weithio gyda'r cwmni masnach. Er nad oedd busnes yn dda, roedd y ddau'n ddigon dyfeisgar, yn teithio ar agerfadau ac ar y tir mawr er mwyn dod o hyd i gwsmeriaid newydd i nwyddau'r cwmni. Er bod Dirwest yn dynn ei afael ar gymunedau Cymraeg Ohio o hyd, llwyddai'r brodyr Lloyd ddod o hyd i Gymry yn siroedd Jackson a Gallia a oedd yn awyddus i brynu cwrw, gwin, bwrbon neu chwisgi, cyn belled â bod y masnachu'n digwydd yn dawel y tu ôl i ddrysau caeedig. Nid oedd yr elw a ddeuai'n sgil ymdrechion Josiah a Tomos Lloyd yn ddigon i esgor ar ddadeni yn hanes y cwmni masnach, ond roedd yn ddigon i sicrhau y gellid talu cyflogau'r dynion ifanc hynny a ddewisodd aros ar yr ynys a gweithio. Roedd Josiah Lloyd a Ruth Evans wedi priodi'r flwyddyn flaenorol ac roedd Ruth yn disgwyl eu plentyn cyntaf.

Diolch byth bod hadau serch wedi'u canfod yn hynny o bridd sydd gennym ar yr ynys. Dyna a ddywedai Sara wrthi'i hun weithiau pan welai un o'r cyplau priod ifanc yn cerdded trwy ddrws y capel law-yn-llaw ar y Sul. Roedd ambell hen ferch a hen lanc yn byw ar yr ynys o hyd, ond llwyddodd y teuluoedd Evans, Lloyd a Roberts ganfod hadau serch yno. Gan i'r ddwy chwaer briodi dau frawd, roedd Ruth, Rebeca, Josiah a Tomos yn frodyr-yng-nghyfraith ac yn chwiorydd-yng-nghyfraith ddwywaith drosodd. Ond gwyddai Sara na fyddai'n hawdd canfod rhagor o hadau serch ar yr ynys os na fyddai pobl eraill yn symud yno i fyw, er bod digon o bobl ifanc i gynnal y gymuned am y tro. Byddai Mathew Evans a Dorothy Roberts yn priodi cyn bo hir hefyd. Gobaith wedi'i ganfod unwaith eto yn y pridd tenau. Byddai plant y tri chwpl ifanc yn fodd i lenwi'r dosbarth ymhen amser, a Tomos Lloyd bach fyddai'r hynaf o'r to newydd hwnnw. Priododd John Evans a Rebeca Roberts ddechrau'r haf hefyd, ond symudodd y cwpl ifanc i Pittsburgh yn fuan wedyn. Yn ôl Mari Roberts, mam Rebeca, cafodd ei dychryn gan y ffaith bod dau o fabanod ei chwaer-yng-nghyfraith Rachel wedi'u geni'n farw. Nid oedd yn bosibl cyrchu'r meddyg o Gallipolis mewn pryd i le mor anghysbell â'r ynys. Felly symudodd John a Rebeca Roberts i'r ddinas ac ymgartrefu yn ymyl ysbyty a honno'n fodern ac yn fawr. Dywedai Tamar yn ei llythyrau y byddai hi, Daniel a Dafydd yn gweld y cwpl ifanc o Ynys Fadog yn y capel weithiau. Oedd, roedd Dafydd wedi dechrau mynychu capel Cymraeg yr Annibynwyr yn Pittsburgh ar ôl i'w chwaer a'i nai symud i fyw ato.

Woodrow Wilson oedd yr Arlywydd bellach. Democrat o New Jersey, yn dilyn pedair blynedd o arlywyddiaeth William Howard Taft. Bu ethol Taft yn gysur i'r ynyswyr; wedi'r cwbl, roedd yn Weriniaethwr ac yn ddyn o Ohio. Ond pan ddaeth yn amser i Taft geisio ennill ail dymor, ffrwydrodd y blaid. Roedd y cyn-Arlywydd Teddy Roosevelt yn gweld pethau'n wahanol iawn i'r Arlywydd presennol ac yn y diwedd penderfynodd Roosevelt gystadlu yn erbyn ei hen blaid a sefyll yn enw'r Progressive Party. Gyda phleidlais y Gweriniaethwyr wedi'i rhannu, roedd yn hawdd i'r Democrat Woodrow Wilson ennill yr etholiad. Gwyddai Sara fod nifer o ddynion yr ynys wedi pleidleisio dros Taft, ond roedd hi'n amau, serch hynny, bod ambell ddyn ifanc, na siaradai am ei bleidlais, wedi'i bwrw dros Roosevelt neu Wilson.

Wilson fyddai wedi ennill pleidlais Sara pe bai ganddi bleidlais. Dyna a ddywedai wrthi'i hun, a byddai wedi ysgrifennu hynny mewn llythyr at Esther, pe bai'n fyw. Roedd McKinley yn Weriniaethwr ond idliodd i ryfelgwn ei blaid a mynd â'r wlad i ryfel yn erbyn Sbaen ac wedyn yn erbyn Ynysoedd y Philipines. Bu Roosevelt yntau'n ymladd yn y rhyfel yn Ciwba; *progressive* neu beidio, roedd Roosevelt yntau'n rhyfelgi. Ond yn wyneb yr ymladd erchyll a wlychai dir Ffrainc â gwaed y mis Awst hwnnw, safodd Wilson yn gryf yn erbyn rhyfela. Darllenodd ei eiriau yn y papurau Saesneg. *Every man who really loves America will act and speak in the true spirit of neutrality, which is the spirit of impartiality and fairness and friendliness to all concerned.* Pob dyn, ie, a phob benyw hefyd. *The United States must be neutral in fact, as well as in name, during these days that are to try men's souls.* Y dyddiau hyn fydd yn profi eneidiau dynion. Ie, ac yn profi eneidiau benywod hefyd, y rhai sy'n gweld eu gwŷr, eu tadau, eu brodyr a'u meibion yn mynd i ryfel. Ond mynnai Wilson fod yr Unol Daleithiau'n aros yn niwtral. Ni fyddai Ewythr Sam yn teithio i bellafoedd byd i dywallt gwaed y tro hwn, ac roedd hynny'n ddigon o reswm dros gefnogi'r Democrat Wilson ym marn Sara.

Cyrhaeddodd y Fictrola ar ddiwrnod olaf y mis Awst hwnnw, y tro cyntaf i un o'r peiriannau siarad gael ei weld a'i glywed ar yr ynys. Roedd yr ynyswyr a ymwelai â'r trefi a'r dinasoedd wedi dychwelyd â straeon am y peiriannau sŵn – dyfais â disg y gramaffon yn troi a chorn yn taflu llais neu gerddoriaeth. Ond ni ellid gweld corn na mecanwaith y Fictrola; darn digon twt o ddodrefn ydoedd, yn debyg i gwpwrdd pren tal a chul gyda chaead i'w godi ar ei dop er mwy gosod y disg y tu mewn iddo. Daeth Josiah a Tomos Lloyd o hyd iddo yn ystod un o'u teithiau gwerthu ar y tir mawr. Ei berchennog gwreiddiol oedd John Rawlins Rosser, Ironton, ond roedd Mr Rosser yn flaenor yng nghapel y Methodistiaid Calfinaidd a dechreuodd rhai o'i gyd-flaenoriaid ofyn cwestiynau anghysurus iddo. Oedd Mr a Mrs Rosser yn ymroi i'r dawnsfeydd anllad newydd yn eu cartref gyda'r nos? Beth pe bai aelodau eraill y capel yn dilyn esiampl dyn mor fawr ei barch yn y gymuned? Beth fyddai'r dylanwad ar yr ieuenctid? Trwy ryfedd ffyrdd, yr hyn a elwid yn Rhagluniaeth gan Mr Rosser, roedd hefyd yn un o gwsmeriaid cyfrinachol y Brodyr Lloyd. Gan fod Josiah wedi cymryd at y Fictrola, cytunwyd ffeirio chwe photel o fwrbon gorau cwmni'r ynys a chasgen fach o chwisgi rhad am y peiriant siarad. Trefnodd Josiah dalu'r ddyled i gwmni'r ynys o'i gyflog ei hun dros gyfnod o amser. Anrheg ydoedd i'w wraig,

Ruth, rhywbeth i godi'i chalon yn ystod cyfnod olaf ei beichiogrwydd. Yn yr haf, bydd hinsawdd dyffryn yr Ohio yn ymosodol o boeth ac yn ormesol o laith, a gall ymylu at fod yn annioddefol i wraig sy'n drwm dan ei baich.

Dechreuodd pobl ymgasglu ar y lôn o flaen tŷ Ruth a Josiah Lloyd er mwyn gwrando ar y gerddoriaeth a lifai trwy'r ffenestri agored. Pan sylweddolodd Josiah fod peth cenfigen yn y gymuned, penderfynodd sicrhau y medrai pawb fwynhau'r adloniant rhyfeddol. Bob nos Sadwrn, pan fyddai'r tywydd a'r amgylchiadau'n caniatáu, byddai Josiah a'i frawd Tomos yn cludo'r Fictrola i'r ysgoldy a'i osod wrth ymyl desg yr athrawes. Eisteddai un o'r dynion ifanc eraill mewn cadair yn ymyl y peiriant er mwyn troi'r cranc, y camdro'n troi'r disg, a'r disg yn creu'r gerddoriaeth. Deuai'r holl gymuned fel rheol i eistedd yn y cadeiriau bychain, er bod rhai'n dod â chadeiriau mwy cyfforddus ar gyfer y noson. Weithiau byddai rhai'n codi a dechrau dawnsio ac felly ymhen amser daeth yn arferiad symud y desgiau i'r cefn, a gosod y cadeiriau mewn hanner cylch, gan adael digon o le ar gyfer y rhai a ddewisai ddawnsio. Deuai pawb â bwydydd a diodydd i'w rhannu ac felly byddai naws parti yn y nosweithiau hyn. Pan nad oedd Josiah Lloyd wrthi'n troi'r cranc, eisteddai wrth ymyl Ruth, y cwpl ifanc yn dal dwylo gydol yr amser. Byddai'r ddau'n tywallt dagrau pan ganai Enrico Caruso rai o'i ddarnau mwyaf teimladwy ac yn ysgwyd eu pennau'n rhythmig i gyfeiliant caneuon ymdaith sionc band John Philip Sousa. Ar y Sul byddai waliau'r capel yn atseinio â'r emynau Cymraeg cyfarwydd, ond cerddoriaeth hollol wahanol a lenwai'r ysgoldy bob nos Sadwrn. Y tenor yn canu geiriau Eidaleg yn felfedaidd – *Celeste Aida, E lucevan le stelle* neu *O Mimi tu piu non torni* – a band Soussa – cyfuniad o seindorf bres a cherddorfa, yn perfformio *The Rose Waltz, Honey Bees Jubilee, The Light Cavalry Overture* neu *Stars and Stripes Forever*.

Dim ond ar ôl i'r Fictrola ddyfod i'w plith y sylweddolodd Sara fod ei brawd, Joshua yn gallu dawnsio'n dda. Waltz, Polka neu Schottische – roedd wedi meistroli'r cyfan. Erbyn deall, dysgodd ddawnsio pan oedd yn filwr yn New Orleans dros hanner canrif yn ôl. Mynychai Huw Llywelyn Huws rai o'r dawnsfeydd hefyd, ond nid oedd mor sicr ar ei draed â brawd Sara. Dysgodd y ddau y rhai a gymerai ddiddordeb, a chyn bo hir bu'n rhaid symud y cadeiriau ymhellach yn ôl er mwyn i'r cyplau droi a llithro'n ôl ac ymlaen ar draws llawr yr ysgoldy. Dysgodd Joshua ei chwaer, Sara hefyd; deuai i'w thŷ gyda'r nos yn ystod yr wythnos a dangos y camau a'r symudiadau iddi. Canai ryw ganeuon di-eiriau yn uchel er mwyn cadw'r rhythm. I-dym-dym, i-dym-dym, w-di-w-di w. Wedi un noson o ymarfer eisteddodd y brawd a'r chwaer ar y setl, chwys ar dalcen Sara a rhyw chwerthin na fedrai'i atal yn codi yn ei gwddwf.

'Mae hyn yn hwyl.' Gwenodd ei brawd arni. 'Er dw i'n credu 'mod i braidd yn hen i ddawnsio.'

'Paid â bod yn wirion, Sara. Mi rwyt ti'n hynod sionc.'

'Fyddwn i byth wedi dyfalu mai ti fyddai dawnsiwr mawr y teulu, Joshua.'

'Pam?' Edrychodd arni gyda pheth hiwmor yn ei lygaid.

'Ti yw'r un tawel. Sadoc, Seth, Jwda neu Benjamin, ond... '

'Mae yna wahaniaeth rhwng bod yn dawel a bod yn ddiflas.'

Chwarddodd y ddau. Wedi i'r miri ostegu gofynnodd Sara gwestiwn o fath gwahanol.

'Joshua?'

'Ie?'

'Fyddai Rowland yn mynd efo chi i'r dawnsfeydd yn New Orleans?'

'Na fyddai.' Sylweddolodd Joshua fod ei chwaer yn disgwyl eglurhad. 'Byddai nifer o'r hogiau yn mynd pan fyddai cyfle. Y rhan fwya ohonon ni, am wn i. Ond byddai'n well gan Rowland aros yn y barics.' Syllodd ar y cysgodion yng nghornel yr ystafell, yn gweld pethau nad oedd wedi'u gweld ers dros hanner canrif. 'Hen stordy halen yn ymyl y dociau oedd barics y gatrawd yn New Orleans.'

'Mi wn. Ysgrifennodd Rowland amdano fo yn 'i lythyrau.'

'Ei lythyrau.' Ochenaid o ddatganiad ydoedd. Cadarnhad.

'Ie.'

'Dyna pam roedd yn aros yn y barics. Ei lythyrau. Byddai'n darllen y rhai a gâi o gen ti drosodd a throsodd. A sgwennu'i lythyrau atat ti. Byddai'n cymryd hydoedd i ysgrifennu, yn meddwl am bob brawddeg. Byddai rhai o'r hogiau'n tynnu'i goes.' Ffugiodd Joshua lais dyn mwy haerllug a swnllyd na Joshua Jones, un a siaradai mewn acen a nodweddai iaith y rhan fwyaf o Gymry de Ohio. 'Dere 'mla'n Rowland Morgan. Ma merched New Orleans yn dishgwl.' Ysgydwai Joshua'i ben. 'Ond ni fyddai Rowland yn eu hateb, na chodi'i ben o'i bapur ysgrifennu hyd yn oed.' Gwenodd. 'Dw i ddim yn credu i Rowland gael cyfle i ddysgu dawnsio.'

Un nos Sadwrn, pan oedd Tomos Lloyd yn troi camdro'r peiriant a band John Phillip Sousa'n dechrau'r *Blue Danube*, gwasgodd Josiah law ei wraig Ruth a phlygu i gusanu'i boch. Cododd o'i gadair a cherdded draw at Sara a gofyn a fyddai Mrs Morgan yn hoffi dawnsio. A dyna oedd y tro cyntaf iddi ddawnsio gyda dyn ar wahân i'w brawd Joshua, ei thraed yn symud ar lawr ei hysgoldy ei hun, yn dilyn traed dyn ifanc a fu'n ddisgybl yn yr ysgoldy hwnnw. Pan chwythodd cerddorion Sousa eu nodyn olaf, diolchodd Sara i Josiah a dweud wrtho y câi ddawnsio gyda'i wraig cyn bo hir.

Edrychodd dros ei ysgwydd a gwenu ar Ruth. Ac wedyn roedd ei brawd bach, Benjamin yn ei hymyl, yn cynnig y ddawns nesaf iddi, ac yn dweud rhywbeth am y ffaith ei fod am ddal i fyny â'i frawd mawr, Joshua. Roedd wedi bod yn ymarfer gydag Elen gartref, meddai. 'O'r gora,' dywedodd Sara. 'Ty'd, ta.'

Galwodd y *Wheeling Belle* ddiwedd mis Medi ar ei ffordd o Cincinnati i Pittsburgh. Ymysg y teithwyr roedd dyn a werthai ddisgiau gramaffon. Cyrhaeoddodd y gair Josiah Lloyd wrth ei waith yng nghefn stordy'r cwmni, a rhuthrodd i'r doc er mwyn dal yr agerfad cyn iddo ymadael am y dwyrain.

Nid oedd y rhan fwyaf o'r disgiau newydd yn apelio ato. *Animal Sounds by the Trombonist Frederick Sanders*. *English Elocution*. I ba beth y byddai'n gwastraffu arian prin ar y cyfryw bethau? Ond roedd un disg cerddorol o fath gwahanol, a dywedodd y dyn ei fod yn gwerthu'n well na phob dim arall a oedd ganddo. *Selling like sugared doughnuts, this one. You're lucky I got one left.* Cyn nos Sadwrn roedd Josiah a Ruth wedi gwrando ar y disg newydd ddwsin o weithiau'n barod. Clywsai rhai cymdogion a gerddai heibio'r cartref ar y lôn y gerddoriaeth anghyfarwydd yn llifo o'r tŷ, yn swynol o rythmig, yn hyfryd o fympwyol, yn hynod drwm ac yn rhyfeddol o ysgafn ar yr un pryd. Daeth pawb yn gynnar nos Sadwrn, gan fod y gair ar led fod rhywbeth go arbennig i'w glywed. Wedi agor caead y Fictrola a gosod y disg yn ofalus y tu mewn, troes Josiah er mwyn wynebu'r dyrfa.

'Gyfeillion. Foneddigesau a Boneddigion.' Moesymgrymodd ychydig ac wedyn ymsythu ac estyn un llaw, cledr ar agor, a'i chwifio o flaen y Fictrola. 'Mae'n bleser gennyf eich cyflwyno heno i'r Victor Military Band, a fydd yn chware cân boblogaidd Mr William Christopher Handy.' Oedodd a chwifio'i law yn fwy dramatig, ei ben ar ogwydd. 'The Memphis Blues!'

34

'It is mighty good to see you again, Sarah Morgan.'

Roedd Sammy Cecil yn ymddangos yn iau. Gwyddai Sara ei fod tua'r un oed â hi – ychydig dros 70 – er ei bod hi'n cofio meddwl ei fod wedi heneiddio'n ofnadwy y tro diwethaf iddi'i weld flynyddoedd yn ôl. Ond y tro hwn roedd yn iau. Gwenodd y dyn arni, rhes fawr o ddannedd gwyn ar draws ei wyneb hirsgwar mawr. 'I reckon' it's been an awfully long time.' Dyna ydoedd: ei ddannedd. Roedd ei wên yn fylchog iawn y tro diwethaf ond roedd ganddo lond ei geg o ddannedd gosod glân bellach. Josiah Lloyd a ddaethai o hyd i Sara. Roedd yn ddiwrnod braf, yn anarferol o gynnes am ddiwedd mis Tachwedd, ac roedd hi wedi penderfynu mynd am dro. Wedi camu i lawr y grisiau cerrig a throi i'r chwith er mwyn dechrau cerdded i drwyn dwyreiniol yr ynys, clywodd draed ar y lôn y tu ôl iddi.

'Mrs Morgan?' Josiah Lloyd, ei wynt yn ei ddwrn. Dywedodd ei fod wedi dod gan fod dyn ar y doc yn gofyn amdani.

'Diolch, Josiah. Mi ddo i efo chi rŵan.' Dechreuodd gerdded gydag o ac fe'i holodd yn hamddenol, 'sut mae Ifan?'

'Mae'n dod yn ei flaen yn dda, Mrs Morgan, diolch i chi. *All guns blazing*, yn siarad am bopeth dan haul.'

Roedd Ifan Handy Lloyd yn ddyflwydd bellach; cyfrifai Sara oedran pob plentyn ar yr ynys.

'Ardderchog, Josiah. Bydd yn ddigon hen i ddechrau yn yr ysgol ymhen rhyw flwyddyn.'

'Bydd, Mrs Morgan, bydd.'

Bydd yn rheswm i mi ailagor yr ysgol, meddyliai Sara. Roedd Lois Evans, ei disgybl olaf, wedi troi'n ddeunaw oed yr haf blaenorol a'r ysgol wedi'i chau. Defnyddid yr ysgoldy ar gyfer cyfarfodydd cyhoeddus nad oedd yn gweddu i'r capel. Roedd yn gartref i'r dawnsfeydd nos Sadwrn, gyda Josiah neu Tomos Lloyd yn troi cranc y Fictrola a phobl o bob oed yn dawnsio i un o waltses band Sousa, y bobl hŷn yn eistedd ac yn gwylio'r bobl ifanc a ddawnsiai i'r *Memphis Blues*, y gerddoriaeth rythmig yn lleddf ac yn llawen ar yr un pryd, a Sara'n cael ei chymell i symud ei phen a'i llaw i gyfeiliant y rhythm heintus, er nad oedd hi'n sicr a oedd yn gwbl weddus.

'A sut mae'r fechan?'

'Mae'r ddwy'n *first rate*, Mrs Morgan, diolch i chi.'

Roedd ail blentyn Ruth a Josiah Lloyd – merch o'r enw Myfanwy – wedi'i geni'r haf hwnnw. Un arall a fyddai'n dod i'r ysgol cyn bo hir. Roedd Tomos Lloyd bach yn bedair oed; anogai Sara ei rieni i ystyried gadael iddi ddechrau'i ddysgu yn yr hydref. Cyfrifai hi'r misoedd. Tomos bach yn gyntaf, ac wedyn ei gefnder Ifan Handy, meddai wrthi'i hun. Ac ymhen rhai blynddoedd ei gyfnither, Myfanwy. Er bod pob un o fabanod eraill Rachel a Tomos Lloyd wedi'i eni'n farwanedig ers i Tomos bach ddod i'r byd, roedd gobaith o hyd. Ac roedd Ruth wedi goroesi genedigaeth Myfanwy ac yn hynod iach. Oedd, roedd gobaith eto y byddai ganddi ddosbarth ysgol o fath. Os byw ac iach.

'Mae'n rhaid i mi fynd yn ôl i swyddfa'r siop nawr, Mrs Morgan.'

Roedd y ddau bron wedi cyrraedd y doc. Cododd Josiah ei law ar Sara, fel pe na bai'n sefyll yn ei hymyl hi ac yn ffarwelio o bell.

'Wrth gwrs, Josiah. Diolch.' Ac yno o'i blaen ar y doc oedd Sammy Cecil. Wedi cyfarch ei gilydd a gwneud ychydig o sylwadau am y tywydd, cyfeiriodd Sammy at y llestr bach a oedd wedi'i glymu gyda rhaffau wrth y doc. Un bach, ychydig yn llai o ran hyd nag ystafell yr ysgoldy ac yn gul iawn, iawn, gyda rhyw fath o gaban pren isel yn cymryd hanner y bwrdd a'r hanner arall yn agored. Un corn bach a godai o'r tu blaen i'r caban ac roedd olwyn ddŵr fach yn y cefn – mor fach nes ei bod hi'n ymddangos bron fel tegan plentyn mewn cymhariaeth ag olwynion yr hen agerfadau mawrion. Ar drwyn y cwch roedd yr enw *Boone's Revenge II* wedi'i baentio mewn llythrennau gwynion.

'What d'ya think of her? She's about the most newfangled sternwheel launch yer likely to see on the river these days. Runs on fuel oil too.' Teimlai Sara lawenydd syml a grymus yn cymell gwên i'w hwyneb hi ac roedd arni eisiau cofleidio'i hen gyfaill ond eto ni allai wneud. Er mwyn cuddio'i chwithod, daeth â'i dwylo ynghyd a'u dal o flaen ei brest.

'Oh Sammy! You're a captain again.' Moesymgrymodd y capten o'i blaen hi.

'Yes indeed, Ma'am.' Daeth dyn ifanc tua'r un oed â Josiah Lloyd o gyfeiriad y stordy, yn amlwg wedi cwblhau'i waith. Roedd ei wyneb yn hardd iawn ond pan ddaeth yn nes sylweddolodd Sara fod craith ar ei foch chwith, stribed hir a oedd yn dywyllach na'i groen brown golau. Cododd Sammy ei law ac amneidio arno.

'Elias, this here is Misses Sara Morgan. Just 'bout as old a friend as I got along this here river.' Edrychodd ar Sara eto. 'And this here is Elias Green.' Wedi i Sara a'r dyn ifanc gyfnewid cyfarchion, siaradodd o â Sammy.

'I expect we're about all finished here, Captain Cecil.'

'Well all right then, Elias. If you get her ready I'll be along directly.'

Wedi i Elias neidio o'r doc i fwrdd y *Boone's Revenge II*, eglurodd Sammy'i fod wedi cynilo digon o arian ar ôl blynyddoedd o weithio i gychwyr eraill i brynu'r llestr newydd. 'It were my own savings and a contribution from a business partner in Maysville what done it in the end,' ychwanegodd. Dywedodd ei fod wedi cyflogi dyn o Louisville am gyfnod ond ei fod yn feddwyn ac yn yfed y nwyddau y tu ôl i'w gefn. Bu bron iawn i'w fenter fethu yn ystod y flwyddyn gyntaf o'r herwydd. Ond daeth o hyd i Elias wedyn ac ers hynny roedd busnes wedi bod yn ffynnu. 'Got all these here counties with their local option laws 'gainst liquor. It clamps down business in some ways but it sure opens up business in other ways if you know where the customers are.'

Dywedodd Sara ei bod hi'n falch bod ei fusnes yn llwyddo. Cafodd ei dal wedyn rhwng yr awydd i ddweud rhywbeth hollbwysig ac ofn y byddai hi'n brifo teimladau'i hen gyfaill. Penderfynodd y dylai hi siarad.

'Sammy?' Edrychodd arni gyda chwestiwn yn ei lygaid. 'I am sorry for asking, but –' plygodd ychydig yn nes ato a sibrwyd – 'you're not selling whiskey and bourbon you bought untaxed to the island company are you?'

Gwenodd o'n hael, ei res o ddannedd gwyn yn fflachio.

'Heck no, Sara. You know I'm always goin' to honour the arrangements my daddy made with your'n back at the time of the Whiskey Ring. I ain't gonna get ya'll in trouble.' Winciodd arni wedyn a dweud bod ganddo rai cwsmeriaid eraill a oedd yn fodlon ei mentro hi am yr elw. Estynnodd Sara ei llaw a chydio yn ei law o.

'Don't you get yourself in trouble now.'

'As it is, I'm doin' business in counties with that local option law, so I figure I'm takin' risks one way or t'other.'

Gwasgodd Sara'i law a'i hysgwyd. Ffarweliodd hi ag o. Galwodd Elias o fwrdd y llestr, yn dweud bod popeth yn barod. Gollyngodd Sara law Sammy ond siaradodd o cyn troi.

'Don't 's'pose I could ask you a question too?' Baglodd dros ei eiriau ac wedyn mwmialodd rywbeth. 'Seein' as you still a widow and me still an old bachelor…?' Estynnodd Sara ei llaw er mwyn cydio yn ei law yntau eto. Diolch, Sammy, ond ni fedraf. Mae'n ddrwg gennyf.

'That's what I figured.' Gwenodd arni hi. 'Well I expect we'll be goin'. You take care of yourself now, Sara Morgan.'

Safai Sara ar y doc am yn hir, yn gwylio'r *Boone's Revenge II* wrth iddi symud i'r gorllewin, yr olwyn yn ei chefn yn curo'r dŵr mewn modd a oedd yn ddoniol o ffyrnig am rywbeth mor fach. Bu'n rhaid iddi droi ac edrych i'r dwyrain pan glywodd gri agerfad arall. Gwelodd lestr mawr yn dod, y ddau gorn simdde uchel yn poeri mwg a sŵn curiadau olwyn rhythmig yn cyrraedd ei chlustiau. O ran gwneuthuriad, roedd yr agerfad yn debyg i lestri mawrion y gorffennol ond roedd yn newydd sbon danlli yn ôl pob golwg. Nid oedd yn dod i'r doc, dim ond yn canu'i chorn er mwyn cyfarch yr ynys wrth iddi fynd heibio – hynny ac efallai i rybuddio'r *Revenge* y dylai symud o'i ffordd. Pan ddaeth yn nes medrai Sara ddarllen yr enw mewn llythrennau cochion mawr ar du blaen ail lawr yr uwchstrwythur. *The President Wilson*. Rhaid bod y perchnogion yn

Ddemocratiaid, meddyliodd. Roedd Woodrow Wilson wedi ennill ail dymor yn yr etholiad yn gynharach y mis Tachwedd hwnnw.

Âi arferion darllen Sara trwy gylchoedd. Weithiau byddai hi'n anwybyddu'r cylchgronau a'r papurau newydd ac yn ymgolli mewn hen nofelau a chyfrolau o farddoniaeth. Ond wedyn byddai pwl o euogrwydd yn golchi drosti a hithau'n teimlo'i bod hi'n esgeuluso dyletswydd foesol i ddysgu am faterion y dydd, a byddai'n dechrau darllen y papurau newydd unwaith eto. Teimlai Sara ei bod hi'n gynyddol anodd gweld y gwahaniaeth rhwng y Democratiaid a'r Gweriniaethwyr. Roedd niferoedd cynyddol o hoelion wyth y ddwy blaid yn ochri â'r Anti-Saloon League ac yn dweud eu bod o blaid gwaharddiad cyfreithiol ar ddiodydd meddwol. Roedd y Democratiaid fel pe baent yr un mor awyddus i blesio'r cwmnïau mawrion â'r Gweriniaethwyr. Cafwyd streic ar ôl streic, a'r streicwyr yn colli dro ar ôl tro, y llywodraeth yn ochri gyda pherchnogion y cwmnïau haearn, y meistri glo a barwniaid y rheilffyrdd. Nid ataliodd Wilson Gyflafan Ludlow; lladdodd milwyr y National Guard bump ar hugain o lowyr a'u teuluoedd, gan gynnwys nifer o blant, a hynny ar gais y Colorado Fuel and Iron Company.

Dywedodd rhai o'r papurau fod Wilson a'i gabinet wedi gweld *Birth of a Nation*, y math o stori luniau symudol y cyfeiriai pobl ati fel 'ffilm'. Roedd yr Arlywydd yn gyfeillion ag awdur y stori, meddid, ac wedyn gofyn i'r ffilm gael ei dangos yn y Tŷ Gwyn. Er bod y National Assocation for the Advancement of Colored People wedi bod wrthi'n cylchredeg deisebau i wahardd y ffilm, ac er bod pobl o bob lliw wedi bod yn protestio yn erbyn ei dangosiad mewn dinasoedd ar draws y wlad, roedd yr Arlywydd Wilson ei hun wedi'i dangos yn y Tŷ Gwyn. Cyhoeddodd nifer o'r papurau Saesneg grynodeb o gwynion y NAACP a sylwadau Jane Addams. *History is easy to misuse. The impression that is created of the Ku Klux Klan is perfectly ridiculous. None of the outrageous, vicious, misguided outrages which it has committed are shown.* Pan chwiliai Sara am rywbeth tebyg yn *Y Drych*, yr unig straeon am faterion cyfoes o bwys a welai oedd hanes 'Y Rhyfel yn Ewrop'. Fel arall, y cyfan a gâi yn y papur Cymraeg oedd erthyglau am 'Hen Gymeriadau', manylion am gapeli a oedd wedi llwyddo i dalu'u morgeisiau'n glir, a beirniadaethau Eisteddfod Utica.

Ddechrau mis Mai roedd priodas Mathew a Dorothy. Yn fuan wedyn roedd y papurau'n cynnwys hanes y *RMS Lusitania*, y llong a suddwyd gan yr Almaenwyr. Dechreuodd rhai o'r papurau gwestiynu safiad niwtral y wlad a phwyso ar Wilson i ailfeddwl yn wyneb y weithred; onid oedd dros gant o ddinasyddion yr Unol Daleithiau wedi'u llofruddio gan yr Almaenwyr pan suddwyd y *Lusitania*? Ryw wythnos yn ddiweddarach cyrhaeddodd un o lythyrau prin Jwda. Roedd busnes yn dda a'r cwmni'n dal i wneud elw er bod y streiciau a'r undebau llafur yn llyffetheirio masnach. Roedd Seth yn 26 oed ac wedi hen orffen ei gwrs gradd ym Mhrifysgol y Northwestern. Nid oedd ei fab wedi priodi eto, meddai, ond roedd wedi profi'n deilwng o'r swydd roedd Jwda wedi'i chreu ar ei gyfer yn y cwmni. Dywedai'i wraig, Clara, yr hoffai i Jwda ymddeol er mwyn iddo fwynhau ychydig o hamdden gyda hi. Gyda Seth yn dod yn ei flaen mor dda yn y swyddfa, credai Jwda y medrai wneud hynny cyn bo hir. Pwy a wŷr? Efallai y medrai o a Clara ymweld ag Ynys Fadog o'r diwedd? Cyn cloi'i lythyr dywedodd ei fod yn gobeithio y byddai Wilson yn cytuno i ymuno â'r rhyfel yn erbyn yr Almaen. Mae'r Kaiser yn gofyn amdani ar ôl suddo'r *Lusitania*, meddai. Wedi rhannu'r llythyr â Joshua aeth Sara ag o draw at dŷ Benjamin. Wedi'i ddarllen, rhoddodd Benjamin y llythyr yn ôl i Sara, gan siarad dan ei wynt.

'Mi wyddwn y bydda fo o blaid rhyfel.'

'Beth, Benjamin?'

Nid oedd Sara'n gwbl sicr iddi'i glywed yn gywir. Edrychodd ei brawd er mwyn sicrhau nad oedd ei wraig Elen wedi dod yn ôl i mewn i'r ystafell. Siaradodd eto, ychydig yn uwch.

'Wrth gwrs bod Jwda o blaid rhyfel.'

'Pam felly?'

'Mae'i gwmni o'n masnachu mewn comoditis mawr y dyddiau hyn, yn tydi? Haearn. Glo. Olew. Mae rhyfel yn cynyddu pris petha felly. Ac mae'r llywodraeth yn galetach ar streicwyr adeg rhyfel.'

'Fedra i ddim credu hynny, Benjamin.'

Cyn i'w brawd allu parhau, daeth Elen i mewn i'r ystafell, yn sychu'i dwylo yn ei ffedog.

'Clywes dy lais di, Sara. Mae'n ddrwg 'da fi am bidio dod atat ti'n syth.' Eisteddodd wrth y bwrdd gyda nhw. 'Am beth roeddech chi'n siarad?'

Gwenodd Benjamin ar ei wraig.

'Sôn am gomoditis oeddan ni.' Edrychodd Elen arno gyda golwg a awgrymai nad oedd hi'n ei gredu. Gwenodd Benjamin yn ddireidus arni. 'Glo, haearn, ac yn y blaen.'

'Haearn?'

'Ie.'

Goleuodd wyneb Elen. 'Fi'n cofio nawr. Dywedodd Lisa wrtha i'r bore 'ma fod y ffwrnes golosg ola yn y sir wedi'i diffodd.'

'Do?'

'Do, roedd Lisa wedi clywed y stori gan 'i theulu ar y tir mawr.'

Syllodd Joshua ar y bwrdd.

'Mae ffwrneisi bychain yr ardal wedi bod yn cau ers tipyn. Fesul un. Rown i'n meddwl bod yr ola wedi'i chau ers ychydig yn barod.'

'Newydd 'i diffodd, yn ôl Lisa.'

'Dwi'n cofio 'Nhad a N'ewyrth Ismael yn dweud bod Cardis sir Gallia a sir Jackson yn gwneud 'u ffortiwn gyda'u ffwrneisi haearn bychain.'

Er bod meddwl Sara ar y rhyfel yn Ewrop o hyd, ceisiai ymuno yn y sgwrs gyda'i brawd a'i chwaer-yng-nghyfraith.

'Rhai ohonyn nhw.'

Siaradodd ei brawd yn dawel, ei lygaid yn dangos bod ei feddwl yntau 'mhell i ffwrdd.

'Ond beth ddigwyddith iddyn nhw rŵan?' holodd Sara.

'Mae llawer ohonyn nhw wedi buddsoddi'u harian mewn mentrau eraill ers blynyddoedd. Ffermydd. Ffatrïoedd brics. Banciau. Pob math o betha.'

'Trist hefyd.'

'Pam?' Edrychodd ei brawd arni, ei lygaid yn dangos diffyg dealltwriaeth.

'Wel, mae'n ddiwedd cyfnod, yn tydi?'

'Ydi, am wn i. Ond mae'r gweithfeydd haearn mawr wedi claddu'r hen ffwrneisi golosg bychain ers talwm.' Gwenodd. 'Beth bynnag. Wnaethon nhw erioed fasnachu gyda chwmni'r ynys. Gwynt teg ar 'u hola nhw!'

'Benjamin!' Roedd syndod gwirioneddol yn llais Sara.

'Beth?' Edrychai'i brawd fel pe bai hi wedi poeri yn ei wyneb.

'Rown i wastad 'di meddwl mai ti fydda'r ola i ddeud rhywbeth mor gas!'

'Maen nhw 'di gwneud 'u harian, Sara. A dydan nhw erioed wedi rhoi cyfle i ni. Gwynt teg ar 'u hola nhw. Mi wyddost ti'n iawn y bydda'r rhan fwya ohonyn nhw'n cau cwmni masnach yr ynys pe bai'n bosibl iddyn nhw wneud. Does neb mor selog dros y *local option* a gwaharddiad ar wirodydd â Chymry Ohio. Mi wyddost ti hynny, Sara.'

'Gwn, Joshua. Ond Cymry Ohio ydan ni hefyd.'

'Nage, Sara. Cymry Ynys Fadog ydan ni. Mae 'na wahaniaeth.'

Gwenodd arni eto. Er ei bod hi wastad wedi gweld Benjamin yn debyg i'w tad, roedd rhyw ddireidi yn ei lygaid yn ei hatgoffa hi o'u hen ewythr Enos a'u hewythr Ismael. Ildiodd Sara i ddireidi'i brawd.

'O'r gora, Benjamin. Cymry Ynys Fadog ydan ni.'

35

'Fel hyn y dywed yr Arglwydd: y bobl, y rhai a weddilliwyd gan y cleddyf, a gafodd ffafr yn yr anialwch, pan euthum i beri llonyddwch i Israel.'

Roedd wyneb y gweinidog mor eglur. Nid oedd yn wyneb neilltuol o olygus ond eto ni allai Sara dynnu'i llygaid oddi ar y dyn. Y ffaith ei bod hi'n gallu gweld cymaint yn ei wyneb oedd yn drawiadol. Gallai gyfrif y crychau o gwmpas ei lygaid pe bai'n dymuno gwneud hynny. Er ei bod hi'n eistedd yn ei lle arferol a'r gweinidog yntau'n sefyll y tu ôl i'r pulpud, roedd syllu ar ei wyneb yn brofiad rhyfeddol o gyffrous gan ei bod hi'n gallu darllen ei wyneb mor dda.

'Ers talwm yr ymddangosodd yr Arglwydd i mi, gan ddywedyd, â chariad tragwyddol y'th gerais: am hynny tynnais di â thrugaredd.'

Y Parchedig Mordecai Thomas oedd enw'r gweinidog a ymfudasai'n ddiweddar o'r Hen Wlad er mwyn derbyn galwad i un o gapeli Cynulleidfaol Cymraeg Illinois. Ond roedd yn teithio'n araf ar draws y wlad o Efrog Newydd i'r gorllewin, yn pregethu mewn capeli ar hyd y daith. Dim ond yn achlysurol y deuai gweinidog i'r ynys i bregethu; hyd yn oed pe bai gweinidog un o gapeli Cymraeg eraill de Ohio yn dymuno gwneud, gwyddai na fyddai'n llesol i'w enw da. Roedd gan yr ynys ddau bregethwr lleyg – Llywelyn Dafis a'i frawd Huw Dafydd Dafis. Cysegrai'r ddau hen lanc eu holl amser hamdden i gynnal y capel – trwy drwsio'r to a phaentio'r waliau allanol a gwneud pa beth bynnag arall roedd angen ei wneud er mwyn cadw'r adeilad mewn cyflwr derbyniol – a hefyd yn ysbrydol, trwy bregethu'r rhan fwyaf o'r dyddiau Sul pan na fyddai gweinidog go iawn wedi dyfod i gynnal gwasanaeth. Y brodyr Dafis hefyd a ofalai am yr ysgol Sabathol, a oedd yn wan bellach. Ymwelai'r Parchedig Edward Elis, Cincinnati, weithiau gan na chredai fod natur y cynnyrch a werthid gan gwmni masnach yr ynys yn rheswm dros beidio â gwneud. Fel rheol, dim ond adeg priodas neu angladd y byddai un o weinidogion sir Gallia neu sir Jackson yn cytuno dyfod; roedd gwasanaethu cymuned a elwai trwy werthu diodydd meddwol ychydig yn llai o staen ar enaid bugail Duw na bod yn gyfrifol am adael i gorff gael ei gladdu heb foddion Cristnogol neu adael y drws yn agored i gwpl fyw mewn pechod gan nad oedd gweinidog ar gael i'w priodi.

Ac felly pregethwyr teithiol o Gymru oedd y rhan fwyaf o'r gweinidogion a ddeuai i gynnal gwasanaeth yng nghapel yr ynys, ond fel arfer byddai rhyw olwg yn llygaid y dyn a awgrymai fod cynulleidfa'r capel yr ymwelodd ag o cyn dyfod i'r ynys wedi'i rybuddio. 'Beth? Ydych chi'n ddigon dewr i fentro i blith y pechaduriaid hynny? Bydd Annibynwyr Ynys Fadog yn gwneud y rhan fwyaf o'u harian trwy brynu a gwerthu'r ddiod gadarn.' Capel Coalport oedd y capel diwethaf y pregethodd y Parchedig Mordecai Thomas ynddo cyn dod i'r ynys, ond nid oedd arwydd yn ei lygaid ei fod wedi'i wenwyno yn erbyn Cymry Ynys Fadog. Gallai Sara weld nad oedd yn ei lygaid unrhyw arwydd o amheuaeth na beirniadaeth.

'Wele y dyddiau yn dyfod, medd yr Arglwydd, y gwnaf gyfamod newydd â thŷ Israel, ac â thŷ Jwda!'

Astudiodd Sara fanylion wyneb y pregethwr – y modd y crynai'i wefus uchaf pan seibiai rhwng ei eiriau a'r modd y codai crychau'i dalcen yn uchel uwchben ei aeliau. Anodd credu nad oedd rhywun yn Coalport neu Minersville neu Pomeroy wedi dweud gair wrtho am fasnach yr ynys. Tybed a oedd, fel y Parchedig Edward Elis, yn ddyn na chyfrifai'r fath beth yn bechod?

'Ac y felly y llefarodd Jeremiah, gwas yr Arglwydd, gan ddatgan bod cenedl a fuasai'n ddarostyngedig am gael ei dyrchafu gan ei rymus law!'

Er ei bod yn bregeth dda a oedd wedi'i saernïo'n ofalus er mwyn hoelio'u sylw ar ystyr ddiwinyddol y digwyddiadau mawr a oedd yn trawsffurfio'r wlad, ni chlywai Sara ond rhai o'i eiriau. Ymgollai yn ei wyneb, ei llygaid hi'n hawlio mwy na'u rhan ddyledus o'i meddwl hi a'i chlustiau'n gorfod derbyn mai dyna oedd y drefn heddiw: nid geiriau ond wyneb y gweinidog oedd y peth rhyfeddol – wyneb y medrai Sara'i weld mor syfrdanol o glir.

Roedd wedi dechrau defnyddio sbectol ddarllen ei thad flynyddoedd cynt, ond dim ond yn ddiweddar y sylwodd fod angen sbectol arni i weld yn bell hefyd. Un dydd Sadwrn braf aeth am dro a diweddu ar ddoc y lan ddeheuol. Roedd ei brawd Benjamin yno, wedi crwydro allan o'r siop gan nad oedd digon o waith iddo. Daeth agerfad mawr i'r golwg yn y dwyrain, yn symud yn osgeiddig, dwy stribed hir o fwg yn codi o'r cyrn simdde. Symudai'n bwrpasol ddi-wyro ac roedd yn amlwg na fyddai'n dod i'r doc.

'Dyna hi, y *Senator Scott*.' Datganiad didaro ydoedd, nid cyhoeddiad o bwys.

'Ie?' Craffodd Sara. Gallai weld y llythrennau cochion ar ochr y llestr ond ni allai'u darllen. Roedd llinellau enwau'r agerfadau bellach yn aneglur. Wrth i Sara graffu ar y llestr yn ymrolio heibio, craffai ei brawd ar ei hwyneb hithau.

'Mae angen sbectol arnat ti, Sara.'

Ysgydwodd hi ei phen ac edrych eto. 'Efallai'n wir.'

Roedd dau ddyn yn Gallipolis a ddarparai sbectol o bob math a hefyd un yn Pomeroy, ond ni allai adael yr ynys er mwyn ymweld â'r un ohonyn nhw. Wedi ychydig o drafod a llythyru, cytunodd un o ddynion Gallipolis ddod â'i offer a'i gynnyrch i'r ynys am ffi deilwng. Er bod cyflog Sara'n fach iawn a hithau heb dderbyn cyflog o gwbl am gyfnod am fod yr ysgol ar gau, roedd ganddi ychydig o arian wrth gefn. Mynnodd ei brodyr Joshua a Benjamin gyfrannu hefyd.

Daeth yr optegydd o Gallipolis yn ei gar modur ar hyd glan y tir mawr. Hen lwybr wagen ydoedd, ond gan fod y tywydd wedi bod yn sych am rai wythnosau a'r ddaear yn galed, nid oedd yn ormod i olwynion tenau'r cerbyd. Pan ddaeth o fewn golwg ar y tir mawr, yr injan yn canu grwndi ac yn pesychu, a'r cerbyd du di-geffyl yn symud yn araf ond yn benderfynol i gyfeiriad glanfa'r sianel gul, dechreuodd yr ynyswyr ymgasglu ar y doc bach er mwyn ei weld. Nid oedd ceir modur Henry Ford yn bethau newydd i'r rhai ohonyn nhw a fu'n teithio ar y tir mawr yn ystod y blynyddoedd diwethaf. Gwelid rhai ar fyrddau llestri'r afon hefyd, yn cael eu cludo i'w gwerthu mewn dinasoedd ar hyd y glannau. Ond dyna'r tro cyntaf y gyrrodd un ohonynt mor agos at yr ynys. Aeth Josiah a Tomos Lloyd ar draws y sianel yn un o'r cychod bach a dod â Mr Lucius Babcock a'i holl offer yn ôl. Erbyn diwedd y diwrnod daeth o hyd i'r lensys a weddai orau i lygaid Sara ac fe'u gosododd mewn ffrâm fetel lliw arian. Beiffocals a'i helpai i ddarllen a hefyd i weld yn bell. Er bod hynny dri diwrnod cyn pregeth Mordecai Thomas, nid oedd Sara wedi bod yn gwisgo'i sbectol newydd ryw lawer. Mater o arfer ydi hi, meddai, pan geryddai un o'i brodyr hi am beidio â'u defnyddio. Ond penderfynasai ei gwisgo'r bore hwnnw cyn mynd i'r capel i wrando ar y Parchedig Thomas. Ac felly eisteddodd yno'n rhyfeddu at fanylion wyneb y dyn, yn teimlo bod niwl wedi codi a'i bod hi wedi deffro o fyd breuddwyd ac yn gweld yr un byd a welai pawb arall.

Craffodd Sara ar y pulpud, yn synnu wrth allu gweld patrymau bychain yn y pren. Edrychodd ar y wal y tu ôl i'r gweinidog, a rhyfeddu at y pethau symlaf. Cylchoedd bychain yn dangos bod hoelion o dan yr haen drwchus o baent gwyn. Gwibedyn mawr du'n cerdded yn araf ar draws y wal uwchben y pregethwr. Manylion rhyddieithol y byd roedd pobl eraill yn byw ynddo.

* * *

'Dyma'r byd rydym yn byw ynddo'n awr.' Dyna a ddywedasai Tamar yn ei llythyr ychydig dros flwyddyn yn ôl, y tro olaf iddi ysgrifennu at Sara o Pittsburgh. Roedd Daniel wedi ymrestru yn nechrau gwanwyn 1918. Ceisiodd Tamar ddarbwyllo'i mab i beidio â gwneud. Byddai'n dechrau yn y brifysgol yr hydref nesaf a'i fywyd yn ymagor o'i flaen. Mentrodd Sara ysgrifennu ato: 'Rwyf yn erfyn arnat ti i wrando ar un sy'n hŷn o lawer na thi ac sydd wedi profi chwerwder rhyfel ac sydd yn dy garu di. Gwranda ar dy fam, Daniel, a phaid ag ymrestru.' Ni dderbyniodd Sara ateb. Ac yna dywedodd Joshua fod Daniel yn ddeunaw oed, wedi bygwth gadael cartref a gwneud ei ffordd ei hun, heb gefnogaeth ei fam a'i ewythr Dafydd, ac felly nid oedd gan Tamar fodd yn y byd o'i rwystro gan fod Dafydd wedi dihysbyddu'i ddadleuon hefyd. Cyhoeddodd Daniel ei fod am gyflawni'i ddyletswydd, a dyna a fu. Erbyn dechrau mis Awst 1918 roedd yn Ewrop. Fis yn ddiweddarch, wrth i'r U.S. First Army ymosod ar linellau'r Almaenwyr yng nghyffiniau Verdun, clwyfwyd Daniel. Ni wyddai pa beth yn union ydoedd. Ffrwydriad, tân, poen – dyna'r cyfan a wyddai. Daeth adref o'r rhyfel yn gwbl ddall a chyda gwe o greithiau tenau ar draws ei wyneb.

Tua'r un adeg ag y derbyniodd Tamar lythyr oddi wrth un o nyrses y Groes Goch yn dweud y byddai Daniel yn teithio adref o'r ysbyty yn Lloegr mewn pythefnos, daeth Dafydd adref a dweud wrth ei chwaer iddo golli'i swydd yng Ngholeg Carnegie.

'Sara. Mae yna lythyr gan Tamar.'

Roedd ei brawd, Joshua, wedi curo drws ei thŷ gyda'r nos. Safai yno ar y trothwy, yn dal yr amlen yn ei law, ei lais yn dawel a'i eiriau'n anscir a herciog. 'Dafydd. Fedrai o ddim ysgrifennu. Ond mae Tamar wedi gwneud.'

Wedi iddo ddod i mewn ac eistedd wrth y bwrdd, dechreuodd egluro hanes ei fab yn well. Ni allai Dafydd ei hun ysgrifennu, gan adael i'w chwaer drosglwyddo'r hanes chwerw. Roedd rhai o swyddogion y coleg wedi clywed bod Dafydd yn cynnal perthynas o fath anllad. Pe bai'r stori'n dod yn gyhoeddus medrai Dafydd gael ei erlyn mewn llys barn. Byddai'n dwyn anfri ar y sefydliad oedd casgliad Profost y Coleg. Ac felly diswyddwyd Dafydd.

'Mae digon o bobl yn cynnal perthynas y tu allan i briodas y dyddiau hyn.' Rhoddodd Sara law ar fraich ei brawd. Syllodd Joshua ar y dwylo roedd wedi'u plethu o'i flaen, golwg hynod flinedig ar ei wyneb. Ceisiodd Sara eto. 'Dwi ddim wedi gadael yr ynys fechan hon ers blynyddoedd, ond dwi 'di darllen digon a chlywed digon i wybod bod cynnal perthynas y tu allan i briodas yn beth digon cyffredin. Mae pobl yn codi trwyn ar y rhai sy'n gwneud, ond mae 'na ddigon o bobl sy'n gwneud.'

'Nid fel hyn, Sara.' Ochneidiodd Joshua. 'Efallai'i fod yn beth digon cyffredin, ond dydi o ddim yn rhywbeth mae pobl yn 'i gymeradwyo.'

Deallodd Sara. Mae Dafydd yn caru dyn arall. Plygodd hi'n nes at ei brawd, ei llaw'n gwasgu'i fraich.

'Gwranda. Mae hynny'n digwydd hefyd.' Ceisiodd ddal ei lygaid cyn siarad eto. 'Dw i wastad 'di meddwl mai dyna oedd natur bywyd Esther.'

'Esther?' Roedd golwg fwy effro ar wyneb Joshua bellach.

'Ie.' Tynnodd Sara'i llaw'n ôl ac ymsythu yn ei chadair, yn ymateb i boen yn ei chefn. 'Wyt ti'n cofio cyfeilles Esther? Yr un a ysgrifennodd aton ni ar ôl iddi farw?'

'Yndw.'

'Does dim modd gwybod i sicrwydd, ond dwi wastad wedi meddwl hynny amdanyn nhw.' Rhoddodd ei dwylo ar y bwrdd a sefyll yn araf. 'Beth bynnag, dydi petha felly ddim yn fusnes i neb arall.'

'Efalla, Sara. Ond mae Profost y Coleg wedi'i wneud yn fusnes iddo fo. Ac mae Dafydd wedi colli'i swydd o'r herwydd.'

Cerddodd Sara'n araf o gwmpas y bwrdd.

'Gwn i, Joshua. Gwn i. Ond wnaiff Tamar ddim gadael i'r byd hwn eu trechu nhw.'

Aeth Dafydd gyda Tamar ar y trên i Efrog Newydd er mwyn cyfarfod â'r llong a ddaeth â Daniel adref. Y bwriad oedd dychwelyd i Pittsburgh, gwerthu'r tŷ a symud i bentref bach ar y ffin rhwng Pennsylvania a Gorllewin Virginia. Roedd cyfaill i un o gyfeillion Dafydd yn ddyn cyfoethog iawn – entrepreneur a wariai arian ar wahanol fentrau uchelgeisiol. Y bwriad oedd creu gweithdy o ryw fath yn y lleoliad hwnnw er mwyn arbrofi gyda thechnoleg newydd. Rhywbeth y dylid ei wneud yn weddol bell o'r ddinas ond yn ddigon agos at y rheilffyrdd a'r afon. Roedd angen peirianwyr arno, dynion a ddeallai athroniaeth gwyddoniaeth yn ogystal â mecanwaith technolegol. Cynigiai dalu'n hael iawn i Dafydd, cymaint â'i gyflog yn y Coleg. Byddai'n ddigon i gynnal y tri ohonyn nhw. Dyna a ddywedodd Tamar yn y llythyr a ysgrifennodd at ei modryb cyn symud o Pittsburgh. 'Chi'n gweld, Boda Sara, ein bod ni'n dechrau ar fywyd pur wahanol mewn lle pur wahanol. Mae Daniel wedi'i glwyfo'n gorfforol a bydd angen cymorth arno, efalla am weddill 'i oes, ac mae balchder Dafydd wedi'i glwyfo ac rwy'n rhyw deimlo bydd angen cryn dipyn o gynhaliaeth arno yntau hefyd. Ond dyna fydd fy ngwaith i ac rwy'n 'i gofleidio â chalon agored. Dyma'r byd yr ydym yn byw ynddo yn awr.'

Y tro nesaf y gwelodd Sara Joshua teimlai fod sicrwydd yn ei lygaid yn adlewyrchu'r hyn a deimlai hi.

'Ti oedd yn iawn, Sara. Gwnaiff Tamar eu cynnal nhw, ill tri.'

Gwnaiff, meddyliodd Sara. Bydd y tri'n creu bywyd newydd ac ni fydd y bywyd newydd hwnnw heb gariad na chysur.

Nid oedd byd Sara heb gariad na chysur chwaith, am fod ganddi ddosbarth ysgol eto erbyn 1920. Dim ond tri phlentyn a ddeuai bob bore: Myfanwy Lloyd, yr ieuengaf, ei brawd mawr Ifan Handy Lloyd, a'u cefnder, Tomos, a oedd yn wyth oed, ond roedd yn ddosbarth ysgol yr un fath. Edrychai'r dyfodol yn well hefyd: roedd gan Ifan a Myfanwy frawd bach dwyflwydd oed, Gruffydd, ac ar ôl blynyddoedd o dristwch roedd un arall o blant Rachel a Tomos Lloyd wedi goroesi'i enedigaeth, William Lloyd. Byddai ganddi chwe phlentyn yn ei dosbarth ymhen rhai blynyddoedd, a Sara, er gwaethaf ei hoed, yn benderfynol o barhau'n ddigon iach i'w dysgu. Roedd Mathew a Dorothy Roberts yn ddi-blant o hyd, ond nid oedd Sara wedi colli gobaith. Pe bai ei hiechyd yn torri yn ystod y blynyddoedd nesaf byddai'n ysgrifennu at Lois Evans a gofyn iddi hi ddychwelyd i'r ynys ac ymgymryd â'r ysgol. A hithau'n dair ar hugain oed ac wedi graddio yng Ngholeg Oberlin, roedd wedi ymweld yn ddiweddar ar ei ffordd i swydd yn Philadelphia. Athrawes breifat i deulu cyfoethog fyddai hi yno. Dywedodd wrth Sara nad dyna oedd ei huchelgais, ond ei bod hi'n dymuno gweld tipyn o'r byd ac yn gwybod bod rhaid cael ei thraed o dani cyn gwneud hynny. Philadelphia eleni, Paris y flwyddyn nesaf.

Er bod ymroddiad gwleidyddol a phenderfyniad Lois Evans yn atgoffa Sara o'i chwaer Esther, roedd ysgafnder a natur fohemaidd ynddi nad oedd wedi'i weld yn un o fenywod yr ynys erioed ac ymfalchïai ynddi hi. Y ffotograffydd

Constance Bisson a ymwelodd yn ystod y Rhyfel Cartref oedd yr unig fenyw debyg y medrai Sara gofio cwrdd â hi. Gweithio er mwyn helpu newid y byd er gwell fyddai Lois, ond gan wneud hynny gyda'r hyn a elwid gan awdur colofn un o'r cylchgronau Saesneg a ddarllenai Sara'n achlysurol yn *style and panache*. Yn ystod ei chyfnod yn Oberlin bu Lois yn llythyru ac yn hel enwau ar ddeisebau. Teithiai gyda nifer o gyfeillesau i'r State House yn Columbus i bwyso ar lywodraeth y dalaith. Teithiai'r holl ffordd i Washington DC hefyd. Gan fod y gwelliant i Gyfansoddiad yr Unol Daleithiau'n symud yn ei flaen, penderfynasai Lois ohirio'i chwrs coleg am flwyddyn er mwyn gweithio'n llawn amser ar yr ymgyrch. Erbyn diwedd wythnos gyntaf mis Mehefin 1919 aeth y gwelliant trwy Gyngres yr Unol Daleithiau fel yr aeth trwy'r Senedd. Y mis Awst hwnnw yn 1920 roedd wedi'i gadarnhau gan ddigon o lywodraethau'r taleithiau. Bloeddiai penawdau'r papurau Saesneg y newyddion: *Women's Right to Vote Now Part of the Constitution!*

Yn wahanol i gynifer o hoelion wyth yr ymgyrch dros Etholfraint y Ferch, nid oedd Lois wedi cefnogi'r ymgyrch i wneud gwelliant arall yn rhan o Gyfansoddiad y Wlad, sef yr un yn gwahardd diodydd meddwol trwy'r holl daleithiau. Un nos Sadwrn yn ystod un o'i hymweliadau â'r ynys, gwelodd Sara fod Lois yn derbyn glasiad o'r cwrw a ddaethai'n ddiweddar o Cincinnati. Roedd Sara a Lois ill dwy wedi dewis eistedd yn hytrach na chwilio am ddyn a allai ymuno mewn walts. Wedi sgwrs am y dawnsio – gyda Sara'n dweud bod ei chefn yn brifo ychydig a'i bod hi am orffwys cyn ei mentro hi eto, a Lois yn dweud bod y dawnsfeydd modern yn apelio'n fwy ati hi na'r hen waltses – cyfeiriodd Sara at y gwydr yn llaw'i chyn-ddisgybl a gofyn onid oedd y rhan fwyaf o'i chyfeillesau yn Oberlin yn ymgyrchu dros y gwelliant i'r Cyfansoddiad gan wahardd pethau felly.

'Rhai ohonyn nhw, ond nid pob un.' Cymerodd lymaid o'r cwrw a gwenu. 'Dwy i ddim yn cydweld â'r *suffragettes* sych, Mrs Morgan.' Cododd ei glasiad mewn ystum chwareus. 'Rhydd i bawb ei farn, a rhydd i bob un 'i fywyd 'i hun.' Yfodd eto. 'Ond dwy'n credu y dylai'r rhai sy'n honni'u bod yn cydweithio i wella *society* edrych yn ofalus ar y rhai sy'n cynnig cydweithio â hwy i wneud hynny.' Pan ofynnodd Sara iddi beth yn union roedd yn ei olygu, gwenodd y ferch, yn mwynhau'r cyfle i draddodi gwers i'w hen athrawes, yn siriol yn hytrach nag yn hunanbwysig. 'Edrychwch chi ar y rhai sy'n campeino dros *Prohibition* i lawr yn y Sowth, Mrs Morgan. Maen nhw'n poeni mwy am gadw'r bobl dduon rhag yfed na dim byd arall. Fel y dywedodd un Seneddwr o'r taleithiau deheuol, dyn du gyda photel o chwisgi yn ei law dde a phapur pleidleisio yn ei law chwith yw "the worst fear of the gentlemen who desire to keep the honour of the Old South".' Amneidiodd Sara, yn dangos ei bod hi'n dilyn y ddadl. '*And what's more*, edrychwch chi ar yr holl Brotestants selog sy'n ymgyrchu dros *Prohibition* yma yn y gogledd, gan gynnwys llawer o'r hen Gymry. Maen nhw'n sôn byth a hefyd am *the Irish and their Whiskey* a'r *Germans and their Beer*, yn honni nad oes neb ond y nhw 'u hunain yn Americanwyr go iawn, ac yn credu mai nhw sy'n gyfrifol am warchod moesa a manners yr holl wlad. Mae cymaint o gampein y *Prohibitionists* yn frwydr rhwng yr *Anti-Saloon League* a'r *German Brewers.*' Gwenodd eto, yn ceisio mygu chwerthiniad a âi'n groes i ddifrifoldeb ei phwnc. 'Beth bynnag, meddyliwch chi am yr hypocrasi!' Roedd Sara wedi colli gafael ar drywydd y ddadl. Gwelodd Lois hynny ac eglurodd. 'Mae'r rhai ucha'u cloch gyda *Prohibition* yn gweud 'u bod nhw'n Gristnogion *above all else*, ond eto maen nhw am basio cyfraith a fyddai'n gorfodi'r *authorities* i roi Iesu Grist 'i hunan yn y *jail* pe bai'n troi dŵr yn win!' Chwarddodd yn uchel. Chwarddodd Sara hefyd, gan ymroi i gynhesrwydd yr eiliad.

Roedd yr Anti-Saloon League wedi ennill y rhyfel hir. Aeth y gwelliant trwy'r Senedd a'r Gyngres yn ôl yn 1917, bragwyr Almaenig yr Unol Daleithiau wedi'u trechu gan y Dirwestwyr ar yr union adeg ag roedd Americanwyr ifanc yn ymladd yn erbyn byddin Almaenig yn ffosydd Ewrop. Erbyn 16 Ionawr 1919 roedd digon o daleithiau wedi cadarnhau'r gwelliant, gan sicrhau y byddai *Prohibition* mewn grym flwyddyn yn ddiweddarach. Mis rhyfedd oedd y mis Ionawr hwnnw ar ddechrau'r flwyddyn.

'Beth mae'n 'i olygu, Joshua?'

Eisteddai Sara gyda'i brawd a'i chwaer-yng-nghyfraith Lisa, yn yfed coffi i gadw oerfel mis Ionawr i ffwrdd. Yn debyg i fenywod eraill yr ynys, gwyddai Sara dipyn am y cwmni masnach gan fod manylion gwaith gwrywod y gymuned yn llifo trwy gynifer o sgyrsiau bob dydd, ond nid oedd wedi cymryd diddordeb yn y manylion ers blynyddoedd lawer.

'Wel, Sara, yn syml, mae'n cyfrif am ddwy ran o dair.'

'Dwy ran o daïr?'

'Dwy ran o dair o elw'r cwmni. Rhwng y chwisgi, y bwrbon, y cwrw a'r gwin.'

'Y rhan fwya.'

'Y rhan fwya.'

'Ond beth allwch chi wneud rŵan?'

'Wn i ddim, Sara.' Roedd ei brawd yn edrych yn hen, rhywbeth y sylwai Sara arno'n aml y dyddiau hyn. 'Mae gan Benjamin fwy o ran ym musnes bob dydd y cwmni bellach. Dw i 'di rhyw geisio cadw draw, ond mae'r dynion eraill yn troi ata i am gyngor o hyd.'

'Felly beth allwch chi wneud?'

'Wn i ddim. Dw i wedi blino meddwl amdano fo, Sara. Mae'n fater i'r dynion ifanc.'

Nid y dynion ifanc oedd yr unig rai i benderfynu. Gadawodd Helen, Gwen a Catherin Dafis yr ynys. Roedd y tair chwaer heb hawl ffurfiol ar gronfa gynhaliaeth y cwmni gan eu bod yn hen ferched. Roedd gan Sara hawl ar y gronfa fel gweddw i un o weithwyr y cwmni, ond gan ei bod hi'n derbyn cyflog bach fel athrawes o'r un gronfa, nid oedd wedi codi'r arian ychwanegol. Yn yr un modd, cyfrannai teuluoedd eraill yr ynys fwy na'u cyfran neu byddent yn torri costau er mwyn sicrhau bod digon o arian i gynnal pawb. Ond âi arian yn boenus o brin cyn hir, ac er bod cymdogion wedi erfyn ar y chwiorydd Dafis i aros, roedd y tair wedi penderfynu. Ni allen nhw fod yn faich ar y gymuned; bydden nhw'n symud i fyw at berthnasau cefnog yn Utica. Y cwpl diwethaf i briodi oedd Elizabeth Evans a William Lloyd, ond ni fyddai'r teulu newydd yn chwyddo dosbarth ysgol Sara yn y dyfodol: roedd William wedi sicrhau swydd yn Columbus a'r ddau wedi symud cyn diwedd y mis Ionawr hwnnw.

Yn achlysurol yn ystod 1920 deuai'r ynyswyr a ymwelai â'r tir mawr â straeon adref. Roedd cymunedau Cymraeg eraill y sir yn gorfoleddu ac awgrym o edliw i'r ynyswyr ynghlwm yn y gorfoleddu hwnnw. 'Dyna ni, mae pobl Ynys Fadog wedi'u gorfodi i gefnu ar y fasnach anfoesol o'r diwedd. Mae grym cyfraith gwlad wedi gwneud yr hyn y methodd crefydd, moesoldeb a synnwyr cyffredin 'i wneud.'

Ond er na threuliai Sara lawer o amser o gwmpas y doc deheuol ac er nad oedd wedi rhoi'i phig trwy ddrws y siop na'r stordy ers talwm, gwyddai nad oedd cwmni masnach yr ynys wedi rhoi gorau i'r fasnach. Pan alwai'r *Boone's Revenge II* ar ôl oriau ysgol byddai un o'r dynion yn dod i chwilio amdani gan y byddai Sammy Cecil bob amser yn gofyn amdani, a byddai sgwrs â'i hen gyfaill wastad yn braf. Felly gwyddai fod y *Revenge* wedi bod yn galw'n amlach. Yn ogystal, nid oedd llai o boteli i'w gweld yn yr ysgoldy ar nos Sadwrn er bod ffurf y poteli wedi newid a nifer ohonyn nhw'n ddilabel bellach. Er bod y cwrw a'r gwin yn gymharol brin, yn ôl yr hyn a welai Sara, roedd chwisgi a bwrbon yn llifo trwy wythiennau'r ynys yr un fath ag erioed. Clywsai Sara fod ambell gwpl priod ifanc arall wedi ystyried gadael yr ynys a chwilio am waith rhywle arall ond nid oedd neb arall wedi ymadael yn ddiweddar. Felly, roedd digon o arian yn cyrraedd yr ynys i gynnal y gymuned oedd ar ôl, a hynny er gwaethaf crafangau *Prohibition*.

Ni wyddai'r Parchedig Mordecai Thomas ddim am y cynnyrch a gedwid yn stordy'r ynys na'r hyn a yfid yn yr ysgoldy bob nos Sadwrn. Hyd y gwyddai, roedd Ynys Fadog fel pob cymuned arall yn y wlad wedi'i hysgubo i gorlan y drefn newydd, gan esgymuno'r ddiod gadarn ar y naill law a dadesgymuno benywod y wlad o'r etholfraint ar y llaw arall. Ac felly pregethodd i gynulleidfa capel yr Ynys y dydd Sul hwnnw, gan gymeryd ei destun o Jeremiah. 'Wele y dyddiau yn dyfod, medd yr Arglwydd, y gwnaf gyfamod newydd â chwi.'

Nid ymunodd Sara â'r gweddill a oedd yn ymgynnull yng nghartref ei chwaer-yng-nghyfraith, Lisa, ar gyfer y cinio gyda'r gweinidog. Roedd nifer o'r ynyswyr yn awyddus ac ildiodd Sara ei lle wrth y bwrdd er mwyn gadael i un arall fwynhau cwmni'r ymwelydd. Ni fyddai'n cynnal gwasanaeth arall yn y nos gan na allai aros. Roedd y *Lucy Armand*, llestr bach tebyg i'r *Revenge*, yn galw yn hwyr y prynhawn hwnnw i fynd ag o ymlaen i Ironton a'i bregeth nesaf. Er ei bod hi'n Sul daeth y capten â sach bost o Pomeroy; daeth un o'r agerfadau mawr â'r llwyth o'r dwyrain a'i adael ar ddoc Pomeroy trwy amryfusedd. Dyna ni, meddai rhai o'r dynion ar y doc, dyna pam mae'r afon yn colli cymaint o waith y post i'r rheilffyrdd.

Roedd hi'n noson boeth a di-wynt ac er bod holl ffenestri tŷ Sara'n llydan agored teimlai'i bod ar fygu yn y parlwr. Cododd er mwyn mynd am dro gan hanner meddwl galw heibio cartref Joshua a Lisa a gweld a oedd gwaith ar ôl i'w wneud yn sgil y cinio mawr roedd ei chwaer-yng-nghyfraith wedi'i gynnal y prynhawn hwnnw. Ond clywodd sŵn yn dod o dŷ Josiah a Ruth Lloyd. Fe'i tynnid yn araf gan y gerddoriaeth, yn symud cam ac wedyn yn oedi, yn gwrando, ac yna'n cymryd cam arall. Daeth y gân i ben, ac erbyn i Josiah gychwyn y disg eto safai Sara yn union o flaen un o ffenestri'r tŷ. Gallai weld Josiah o flaen y Fictrola a Ruth yn eistedd mewn cadair freichiau, yn dal Gruffydd bach ar ei lin. Eisteddai'r plant hŷn, Ifan Handy a Myfanwy, ar y llawr wrth ymyl traed eu tad. Symudai Josiah gan ddilyn rhythm y cyrn pres a llais benyw yn canu'n angerddol o bersonol. Trodd Josiah ac estyn llaw i'w wraig, o bosibl yn cynnig cymryd Gruffydd, ond gwelodd Sara trwy'r ffenestr. Ymhen ychydig eiliadau roedd yn sefyll yn nrws y tŷ.

'Dewch i mewn, Mrs Morgan.'

'Diolch, Josiah, dim ond digwydd bod yn cerdded heibio roeddwn i.'

'Dewch i mewn. Cewch fod ymysg y cynta i glywed y disg gramaffon newydd a ddaeth heddiw.'

Eisteddodd Sara yn ymyl Ruth, wrth i Josiah ailosod y disg y tu mewn i'r Fictrola. Roedd Tomos, brawd Josiah, yn eistedd yn ymyl y peiriant, yn barod i droi'r cranc. Dechreuodd y gerddoriaeth, y rhythm yn taro Sara yn ei brest a'r cyrn fel côr o leisiau pres. Ac yna dechreuodd y llais ganu. Mamie Smith, yn canu'r *Crazy Blues*.

I can't sleep at night,
I can't eat a bite,
'Cause the man I love,
He don't treat me right.

Teimlai Sara ei chalon yn cyflymu mewn cyffro. Cafodd ei thaflu i ganol byd arall, a'r ddynes ddieithr hon yn canu'i stori iddi hi, yn agor drysau'i bywyd ac yn gofyn i Sara ddod i mewn. Canai mewn modd a oedd yn dyner ac yn galed ar yr un pryd, yn dangos ei phoen ac yn brolio'i chryfder, ei thristwch a'i llawenydd, y cyfan yn gymysg yn ei nodau. Clywai Sara beth o gysur emyn yn y gân ac roedd rhywbeth ynddi yn ei hatgoffa o Cynthia Jones yn canu 'There is a Balm in Gilead', ond clywai rywbeth newydd hefyd.

Symud. Sylwodd fod y lleill yn symud. Roedd Josiah wedi codi Gruffydd bach yn ei freichiau erbyn hyn ac yn dawnsio'n araf gydag o, y plentyn dwyflwydd yn taflu'i freichiau o gwmpas yn llawen os nad yn rhythmig. Cododd

Ifan ar ei draed, cydio yn nwylo Myfanwy, a'i thynnu hi i ymuno. Dechreuodd y ddau ddawnsio, yn dal dwylo, a Myfanwy'n chwerthin yn afreolus. Cododd Ruth hithau a mynd at ei gŵr, yn ei gofleidio'n llac, Gruffydd yn arnofio ym mreichiau'i dad rhwng y ddau. Ysgydwai Tomos ei ben yn ôl ac ymlaen, y llaw nad oedd yn troi cranc y Fictrola'n curo'i lin, yn gwneud drwm o'i gorff ei hun.

> There's a change in the ocean,
> Change in the deep blue sea, my baby,
> I'll tell you folks, there ain't no change in me,
> My love for that man will always be.

Dechreuodd Sara godi hefyd ond teimlai embaras. Gwyddai'i bod hi'n cochi er nad oedd neb arall yn edrych arni hi. Pwysai'n ôl yn y gadair, ei dwylo wedi'u plethu'n fyfyrgar o dan ei gên. Edrychai ar y teulu'n dawnsio a'u gweld yn gwbl glir trwy'i sbectol newydd. Gwrandawai ar Mamie Smith yn canu a meddwl, dyma'r byd newydd. Ie, mae'r rhai ifanc yn byw yn y byd newydd hwn. Mae'n edrych fel hyn ac mae'n swnio fel hyn, ac rwyf innau wedi byw i'w weld yn dyfod i oed. Rwyf wedi dadfreuddwydio ar ôl cwsg hir y gorffennol ac rwyf yn gweld ac yn clywed y byd newydd hwn.

Hen Gyfamod a Bargen Newydd

1920–1937

36

'Yn nhreigl y blynyddoedd daeth llawer tro ar fyd, a gwelwyd Annie yn wraig Pen y Bryn. Daeth y ferlen fach yn ôl i'w hen gynefin, a chafodd y ferch, a'i hoffai gymaint gynt, weld rhai o'i phlant ei hun yn ei marchogaeth.'

Ailddarllenodd Sara'r frawddeg yn uchel er nad oedd neb arall yn y tŷ i glywed ei geiriau. Caeodd y llyfr. Gwyddai fod cwpl o dudalennau ar ôl y byddai'n eu darllen ryw bryd eto, ond am heddiw roedd am gredu mai dyna oedd diwedd *Gŵr Pen y Bryn*. Yn nhreigl y blynyddoedd daeth llawer tro ar fyd. Wedi byseddu'r clawr ychydig fe'i agorodd a darllen y darn bach o bapur roedd ei nith, Miriam, wedi'i osod y tu mewn.

F'annwyl Boda Sara – Wedi i'm tad nodi mewn llythyr eich bod yn dathlu'ch pen-blwydd yn bedwar ugain oed eleni dyma fi'n penderfynu y byddech chi'n mwynhau'r llyfr hwn.

Symudodd Sara flaen ei bys yn ysgafn dros y nodyn, yn cofio llawysgrifen Miriam ac yn ceisio cofio manylion ei hwyneb hefyd. Caeodd y llyfr eto a'i osod ar y bwrdd. Cododd yr hances roedd wedi'i gosod ar y bwrdd a sychu'r chwys ar ei thalcen. Tynnodd ei sbectol yn araf a'i gosod ar y llyfr. Sychodd y chwys o'i thrwyn, plygu'r hances a'i rhoi yn ôl ar y bwrdd. Wedi gwisgo'i sbectol edrychodd trwy'r ffenestr a gweld ei bod hi'n dechrau nosi, ond yn dal yn boeth.

Cododd lyfr arall a'i agor ar yr wynebddalen. *The Great Gatsby*. Ar ôl enw'r awdur, F Scott Fitzgerald, roedd rhai llinellau gan fardd o'r enw Thomas Parke D'Invilliers nad oedd Sara wedi clywed amdano erioed o'r blaen. Ac yna roedd rhai llinellau wedi'u hysgrifennu mewn llaw grynedig.

'Dearest Sara – Happy Birthday, from Clara, from your nephew Seth, ac oddi wrth dy frawd sy'n dymuno pob bendith i ti ar dy ben-blwydd, dy frawd Jwda.'

Edrychodd Sara ar y flwyddyn ar waelod y tudalen. 1925. Craffodd ar ysgrifen ei brawd, gwaelodion lensys ei sbectol yn dod â'r llythrennau'n glir i'w llygaid. Oedd, roedd hi'n 80 ac roedd Jwda a Benjamin yn 75 oed. Dair blynedd yn hŷn, Joshua oedd yr hynaf. Nid oedd hi wedi clywed gair oddi wrth Sadoc ers blynyddoedd ac felly dechreuodd feddwl am Joshua fel yr hynaf.

Bodiodd dudalennau'r nofel Saesneg. *In my younger and more vulnerable years. My family have been prominent. I never saw this great-uncle. Inside, the crimson room bloomed with light.* Fe'i caeodd eto. Bu'n arfer ganddi ddarllen nofelau nifer o weithiau, ond ni theimlai y byddai ganddi'r nerth i wynebu ailddarllen yr un o'r ddwy. Er ei bod hi wedi mwynhau'r Gymraeg cyfoethog a'r Saesneg llithrig ac wedi profi'r hen wefr gyfarwydd honno wrth ddechrau dod i adnabod cymeriadau newydd, roedd y ddwy nofel wedi'i gadael yn anniddig a'r teimlad hwnnw'n llosgi fel dŵr poeth yn ei brest. Nid oedd hi'n adnabod na Chymru Gŵr Pen y Bryn nac America Jay Gatsby. Roedd wedi darllen am y gwledydd hyn, wedi clywed amdanyn nhw, yn gyfarwydd â pheth o'u hanes, eu llenyddiaeth a'u cerddoriaeth, ond nid oedd hi'n eu hadnabod. Deallai'r iaith ac arwyddocâd yr ymadroddion, ond nid cymundeb capel bach yr ynys oedd seiat capel Gŵr Pen y Bryn ac nid *bootleggers* Jay Gatsby oedd dynion ifanc yr ynys.

Gwelsai ei brawd, Benjamin, yn mynd ag Owen Lloyd a William Roberts i mewn i dŷ gwag eu hewythr rai blynyddoedd ynghynt. Holodd hi Benjamin y tro nesaf y gwelodd hi o ar y lôn. Cochodd ei brawd, a dweud,

"Mond yn trio helpu'r cwmni, Sara.'

'Helpu'r cwmni wneud beth, Benjamin?'

'Survival, Sara, dyna'r point. Sicrhau bod digon o arian yn dod i mewn i gadw'r gymuned yma.'

'Beth sy a wnelo tŷ N'ewyrth Ismael â hynny?'

Edrychodd Benjamin ar ei draed. Er ei fod dros 70 oed, nid patriarch parchus ydoedd ond plentyn wedi'i ddal yng nghanol ei ddrygioni.

'Benjamin?'

Cododd ei ben yn araf, wedi'i orfodi i ateb llais yr athrawes flin. Rhoddodd ei ddwylo yn ei bocedi.

'Tyrd, ta. Mi ddangosa i ti.'

'Dwi ddim yn siŵr a dwi eisiau'i weld. Deud di wrtha i, Benjamin.'

Edrychodd i'w chwith ac i'w dde ac wedyn sibrwd rhywbeth. Ni allai hi ei glywed ac felly plygodd ei brawd yn nes a sibrwd eto.

'Y cypyrddau cudd.' Arhosodd yn dawel am ychydig, fel pe bai'r geiriau hynny yn ddigon.

Deallodd Sara y geiriau ond nid yr ergyd. Plygodd Benjamin yn nes er mwyn sibrwd eto.

'Y cypyrddau cudd yn y waliau a oedd yn cael eu defnyddio i guddio *fugitive slaves* yn y ganrif ddiwetha.'

'Beth amdanyn nhw?'

'Mae dynion ifanc y cwmni'n cuddio'r storfa ynddyn nhw.'

'Y storfa?'

'Yr holl ddiodydd.' Wedi ychydig o oedi, ychwanegodd, 'Maen nhw'n defnyddio tŷ N'ewythr Enos hefyd.'

'Ei dŷ o?'

'Wel, y cwpwrdd cudd.' Gwenodd, yn mwynhau manylu, ei gyfrinachedd yn angof. 'Maen nhw'n fawr iawn, yn ddigon mawr i guddio teulu cyfan. Rhwng y ddau dŷ, mae'n ddigon i guddio popeth mae'r *Boone's Revenge* yn gallu'i gael i ni.'

'Oes rhaid cuddio'r nwyddau?'

'Oes, Sara. Mae'n anghyfreithlon, yn tydi?' Gwenodd eto. "Dan ni ddim wedi gweld dynion y Treasury Department ar gyfyl y rhan yma o'r afon eto, ond mae 'na dro cynta i bopeth.' Rhoddodd ei ddwylo yn ei bocedi a chicio carreg fach i lawr y lôn. Llanc ifanc ydoedd, yn ddihid o reolau a beichiau'r byd. 'Gadewch iddyn nhw ddod a chwilio. Ddaw nhw byth o hyd i'n storfa ni.'

Aeth pum mlynedd gyntaf *Prohibition* heibio ac nid oedd unrhyw un o'r Trysorlys, na'r Adran Gyfiawnder, na'r heddlu wedi ymweld â'r ynys. Deallai Sara o'r papurau Saesneg nad oedd gan y llywodraeth ddigon o arian i dalu'r heddlu i weithredu'r gyfraith. Y Gweriniaethwr Warren G. Harding oedd yr Arlywydd am dair blynedd ac wedi'i farwolaeth annhymig yn 1923 fe'i dilynwyd gan ei Is-Arlywydd Calvin Coolidge. Soniai'r Gweriniaethwyr yn gynyddol am rinweddau'r hyn a alwent yn *small government*, ond roedd angen llywodraeth fawr i weithredu'r gwaharddiad ar alcohol roeddent mor frwd dros ei gadw'n rhan o Gyfansoddiad yr Unol Daleithiau. Bob tro y syrffedai Sara ar newyddion y papurau, byddai'n ebychu'n uchel:

'Mae rhagrith o ryw fath yn llechu yng nghalon y wlad 'ma. Mae wastad 'di bod felly.' Siaradai â hi'i hun yn aml, yn mwynhau clywed ei llais ei hun yn dweud y math o beth y byddai hi wedi'i ddweud wrth Esther neu'i thad neu Rowland yn yr hen ddyddiau.

Tachwedd 1920 oedd y tro cyntaf iddi gael pleidleisio. Câi ei harteithio am gyfnod, yn methu dychmygu y byddai'n bosibl iddi adael yr ynys er mwyn pleidleisio ond eto'n gwybod na fyddai'i chydwybod yn maddau iddi os na ddefnyddiai'r etholfraint roedd cynifer wedi ymladd drosti cyhyd. Pan dynnai'i sbectol yn y nos a'i gosod ar y bwrdd bach wrth ymyl ei gwely byddai'n gosod ei phen ar ei gobennydd yn gwybod na ddeuai cwsg am oriau. Gwelai lawysgrifen Esther ar hen lythyr. Tyred, Sara! Os nad wyt ti'n gallu gwneud hyn er dy fwyn dy hun, cymer y daith er fy mwyn i.

Josiah Lloyd a'i hachubodd yn y diwedd. Er nad oedd hi wedi trafod yr ofn a'i rhwystrai rhag gadael yr ynys â neb ond ei theulu'i hun, gwyddai fod pawb yn y gymuned yn gwybod am ei chaethiwed meddyliol. Un prynhawn hydrefol, a'r wers olaf ar ben, agorodd Sara ddrws yr ysgoldy a sefyll yno er mwyn ffarwelio â phob plentyn yn unol â'i harfer. Ni chofiai ai ei syniad hi ydoedd, neu'r drefn a luniwyd gan y plant, ond ymadawai'r disgyblion yn ôl eu hoedran, gyda'r hynaf gyntaf a'r ieuengaf yn olaf. Tomos, Ifan Handy, Myfanwy, Gruffydd ac wedyn Dafydd a William. Er bod y ddau olaf wedi'u geni yn yr un flwyddyn, roedd Dafydd fis yn hŷn na'i gefnder ac felly William a fyddai'n olaf bob tro. Y prynhawn hwnnw, pan ffarweliodd â William a throi i gau'r drws gwelodd fod Ifan Handy a Myfanwy'n sefyll yno gyda'u tad.

'Tybed a fyddai'n bosib cael gair, Mrs Morgan. Mae gen i newyddion i chi.' Roedd wedi gwneud ymholiadau a chanfod ei bod hi'n bosibl pleidleisio trwy'r post. 'Ydi, mae'n gwbl gyfreithlon. Dim ond i chi ysgrifennu i gael balot paper, ei lenwi a'i bostio i'r county seat yn Gallipolis cyn yr elecsiwn.'

Pwysodd Sara yn erbyn ffrâm y drws a chodi'i llaw a'i gwasgu at ei chalon.

'Diolch, Josiah. Rwyt ti wedi achub fy enaid i.'

Edrychodd y plant yn syn arni ond gwenodd Josiah. Dim ond ar ôl diolch iddo eto a chau'r drws y sylwodd iddi wneud unwaith eto. Ceisiai alw 'chi' ar ei chyn-ddisgyblion wedi iddyn nhw adael ei hysgol ond llithrai'n gynyddol yn ôl ar yr hen arferiad a ffurfiasid pan oedd pob un yn blentyn bach ac yn eistedd mewn cadair fach y tu ôl i ddesg yn ei hystafell ddosbarth. Pwysodd yn erbyn y drws caeëdig a siarad â'r ystafell wag.

'Dw i am bleidleisio, Esther.'

Dechreuodd boeni am y cyfrifoldeb a fyddai'n pwyso ar ei hysgwyddau bellach. Roedd y ddau ymgeisydd – y Democrat Cox a'r Gweriniaethwr Harding – o Ohio. Er bod llawer yn canmol y gwaith a wnâi Cox fel llywodraethwr y dalaith, roedd y rhan fwyaf o'r ynyswyr, fel y rhan fwyaf o Gymry'r tir mawr, am ddychwelyd at gorlan y Gweriniaethwyr. Wedi'r cwbl, Plaid Lincoln oedd hi. Yn ogystal, roedd Harding yn addo 'a return to normalcy', ac roedd hwnnw'n swnio'n gartrefol braf ar ôl cythrwfwl blynyddoedd y Rhyfel. Roedd y taleithiau deheuol yn cefnogi'r Democrat Cox ac roedd y ffaith honno'n ddigon o rwystr yn y diwedd ym marn Sara. Darllenai yn y papurau am droseddau'r Ku Klux Klan a dywedid bod grymoedd gwleidyddol y de'n goddef y fath drais. Yn hytrach nag aros a dioddef llid y dynion gwynion hynny symudodd llawer o bobl i ddinasoedd y gogledd. Cyfeiriai rhai o'r papurau at y 'negro flight', ond clywodd Sara'i brawd Benjamin yn dweud bod rhai o'r cychwyr a weithiai ar yr afon yn defnyddio geiriau llai caredig. Na, ni allai hi gefnogi Cox os oedd y deheuwyr o'i blaid o. Ac felly cafodd y Gweriniaethwr o Ohio bleidlais gyntaf Sara.

Bedair blynedd yn ddiweddarach roedd Gweriniaethwr o Vermont, Calvin Coolidge, yn sefyll yn erbyn Democrat o Orllewin Virginia. John Davis oedd ei enw; roedd rhai o'r ynyswyr yn sicr ei fod yn Gymro ond dywedodd eraill fod ei deulu wedi bod yn America ers canrifoedd a'i fod yn Sais o dras. Roedd Sara wedi dechrau blino ar y papurau. Pleidleisiodd dros y Gweriniaethwr Coolidge yn y diwedd er nad oedd hi'n teimlo'n sicr iawn. Dyna ni, dywedodd wrthi'i hun pan gaeodd y papur pleidleisio yn yr amlen. Plaid Lincoln oedd hi wedi'r cwbl, a Lincoln a enillodd y Rhyfel. Ond ni allai ymroi i boeni llawer am wlad Coolidge. Gwlad Jay Gatsby ydoedd, gwlad nad oedd hi'n ei hadnabod yn iawn. Cododd y nofel eto a'i hagor, ei bysedd yn troi'r tudalennau'n ddifeddwl. Yn ddigymell, syrthiodd ei llygaid ar un llinell: 'I had that familiar conviction that life was beginning over again with the summer.' Cododd ei phen ac edrych trwy'r ffenestr: roedd y golau'n dechrau meddalu gyda'r machlud ond roedd hi'n dal yn boeth.

Clywodd sŵn o bell – cerddoriaeth. Cododd Sara o'i chadair a cherdded yn araf at y drws. Fe'i agorodd a sefyll yno'n anadlu arogleuon yr haf. Gallai glywed y gerddoriaeth yn well: banjo unigol, yn taro cordiau'n araf ac wedyn yn cyflymu. Ifan Handy Lloyd, yn eistedd ar ddoc bach y gogledd yn ôl pob tebyg. Roedd yn un ar ddeg oed ac wedi meistroli'r offeryn ers rhyw flwyddyn. Llwyddasai ei dad, Josiah, i'w gael rai blynyddoedd yn ôl, ond yn fuan sylweddolodd fod gan ei fab hynaf fwy o ddawn ac felly banjo Ifan Handy ydoedd bellach. Roedd y gân yn gyfarwydd i Sara ond ni allai gofio'r enw. *Canal Street Blues*, *Memphis Blues* neu *St. Louis Blues* – un o'r caneuon a chwaraeid ar y Fictrola yn yr ysgol bob nos Sadwrn, rhwng y darnau opera a'r waltses. Gwrandawodd Sara'n astud, yn edmygu dawn y bachgen. Ni fu plentyn yn ei hysgol erioed nad oedd Sara'n ei hoffi, ond roedd Ifan Handy Lloyd yn un o'i ffefrynnau. Yn debyg i'w dad, roedd yn gwrtais ac yn fentrus ar yr un pryd, ac roedd yn ddeallus, yn dyner ac eto'n llawn hwyl.

Penderfynodd Sara gau'r ysgol am byth ddechrau'r haf hwnnw. Roedd hi'n agos at ei phedwar ugain oed ac yn athrawes ddidrwydded, peth anghyffredin yn 1925. Gwyddai i'r rhieni ystyried yr ysgol yn Gallipolis ers peth amser er na ddywedodd neb air wrthi eu bod nhw'n meddwl symud eu plant. Disgwyl i Mrs Morgan ymddeol roedd y pedwar, Josiah a Ruth Lloyd – rhieni Ifan Handy, Myfanwy, Gruffydd a Dafydd – a hefyd Tomos a Rachel Lloyd, rhieni Tomos bach a William. Gallai Sara weld y cwestiwn yn eu llygaid: ai hon fyddai'r flwyddyn ysgol olaf? Ond roedd y pedwar yn rhy gwrtais i ofyn y cwestiwn hwnnw iddi a chan ei bod hi wedi parhau'n syfrdanol o iach am ei hoed a'i meddwl heb arwyddion o ddirywio, ildiai'r naill flwyddyn i'r llall a Mrs Sara Morgan yn parhau yn athrawes yn Ysgol Ynys Fadog. Ond teimlai Sara'n gynyddol euog.

Pam rwyt ti'n parhau felly? Rho'r gorau iddi a gad i'r plant gael addysg mewn ysgol fodern draw ar y tir mawr. Bu'n agos iawn i ildio i'r hunanholi hwnnw y flwyddyn flaenorol ond clywodd fod athrawes draw yn Washington County yn hŷn na hi. Ac felly, er iddi lefaru'r un hen gerydd o gwestiwn yn aml ar ddechrau neu ar ddiwedd diwrnod ysgol, nid oedd wedi ildio eto. Yna, dechreuodd y plant ofyn cwestiynau na allai eu hateb ac roedd chwilota am oriau mewn llyfrau neu ysgrifennu llythyrau at bobl a allai ddarparu atebion wedi mynd yn orchwylion anodd. Dechreuodd deimlo bod y plant yn haeddu gwell. Felly un prynhawn y gwanwyn olaf hwnnw, ar ôl cerdded o gwmpas yr ysgoldy gwag a sicrhau bod popeth yn barod ar gyfer gwers y bore, ildiodd o'r diwedd.

Wn i ddim pam dwi wedi parhau mor hir. Mae'n hen bryd i mi roi'r gorau iddi. Pan gyhoeddodd y newyddion i'r rhieni gwnaeth y pedwar sioe o geisio'i darbwyllo i newid ei meddwl, ond medrai weld y rhyddhad yn eu llygaid. 'Ydych chi'n siŵr, Mrs Morgan? Mae'r plant mor eithriadol o hoff ohonoch chi, cofiwch.'

Rhwng y ddau deulu roedd digon o arian wrth gefn i brynu cwch modur bychan, lawns a oedd yn weddol debyg i'r *Boone's Revenge II* er nad oedd mor hir. Casglodd Josiah a Ruth arian er mwyn prynu piano i'r plant gael dysgu ond cyhoeddwyd y medrai'r piano ddisgwyl am flwyddyn arall. Ac felly pan ddaeth yn adeg ysgol unwaith eto ddiwedd yr haf hwnnw âi Josiah neu Tomos â'r chwe disgybl draw i Gallipolis bob bore a'u casglu bob prynhawn. Yn hytrach na cherdded i'r ysgoldy i'w agor, byddai Sara'n cerdded i ddoc bach y gogledd a ffarwelio wrth i'r llestr bach fynd â'r chwech i lawr y sianel gul i'r gorllewin ar eu ffordd i'r ysgol ar y tir mawr.

Dechreuodd y banjo chwarae'r un gân ond yn gyflymach y tro hwn. Gwenodd Sara: roedd yn blentyn a ddysgai'n gyflym. Cerddodd i lawr y grisiau cerrig yn araf, yn dewis peidio â chau'r drws y tu ôl iddi. Oedodd pan gyrhaeddodd y lôn a sythu'i chefn, gan deimlo ychydig o boen. Dechreuodd gerdded i gyfeiriad doc bach y gogledd, yn dilyn sŵn banjo Ifan Handy Lloyd.

37

'Wyt ti wedi gweld Lisa? Dw i'n ei disgwyl hi ers tro byd erbyn hyn.' Safai'i brawd, Joshua, ar y grisiau cerrig. Daeth o allan heb ei ffon gerdded ac roedd yr ymdrech o guro ar ei drws wedi'i daflu ychydig; symudai o ochr i ochr, fel planhigyn tal tenau yng ngafael y gwynt. Estynnodd Sara law a chydio yn ei fraich.

'Tyrd i mewn ac eistedd am ychydig, Joshua.' Er ei bod hi'n ddechrau mis Tachwedd a min anghyffredin o oer ar yr awel, nid oedd wedi gwisgo na chôt na het. 'Tyrd i mewn, i ni gael siarad am Lisa.'

Roedd Lisa wedi marw dros dair blynedd yn ôl, yn haf 1926. Soniai'r papurau Saesneg am hynt a helynt *Prohibition*, am y farchnad stoc garlamus a'r ffaith bod dynion busnes Wall Street yn frenhinoedd y byd modern, ac am ddynion yn Chicago o'r enw Billy McSwiggin ac Al Capone. Roedd *Y Drych* yn llawn sôn am y trefniadau ar gyfer yr Eisteddfod Fawr yn Utica. Ond marwolaeth Lisa Jones oedd yr unig newyddion o bwys ar yr ynys yr haf hwnnw. Roedd hi wedi gofyn i Joshua sicrhau y câi'i chladdu yn yr un fynwent â'i theulu yn Oak Hill. Wedi i bawb arall a ddaethai i gydymdeimlo fynd adref, eglurodd o'n dawel wrth Sara nad oedd Lisa wedi anghofio'r ymdrech i ymestyn mynwent fach yr ynys ac agor beddau'n agosach at yr afon. Soniai weithiau am y dŵr yn cronni yng ngwaelod bedd ac mai dyna oedd un o'r pethau mwyaf brawychus a welsai hi erioed yn ei bywyd. Roedd ofn afresymol wedi cydio ynddi a hithau'n erfyn arno drosodd a thro i addo'i chladdu ar y tir mawr. Byddai'n deffro yng nghanol hunllef weithiau, meddai, yn taeru'i bod hi'n gweld beddau'n agor a dŵr yn codi holl eirch y fynwent a hwythau'n arnofio fel cychod i lawr yr afon. Credai Joshua y byddai'n marw cyn Lisa, ac felly ysgrifennodd ei dymuniad mewn ewyllys. Fel y digwyddodd pethau, gwelodd y dymuniad hwnnw'n cael ei wireddu. Daeth Tamar, Daniel a Dafydd i Oak Hill i'r cynhebrwng, ond gan fod gwaith Dafydd yn galw nid oedd modd iddynt ddod i ymweld ag Ynys Fadog ar eu ffordd adref.

Ryw flwyddyn a hanner ar ôl y cynhebrwng dechreuodd Joshua fynd yn anghofus, ond bob tro y gofynnai, ble mae Lisa, deuai ato'i hun yn syth, ysgwyd ei ben a dweud, wrth gwrs, wrth gwrs. Ond ers cwpl o fisoedd dechreuodd yr anghofio ymdreiddio'n ddyfnach ac weithiau byddai'n cymryd peth amser cyn iddo gael gafael ar y presennol unwaith eto. Byddai'n beth cyffredin bellach iddo ddod a churo ar ddrws Sara, wrth i lawer o'r blynyddoedd diweddar lithro o'i gof, ond gwyddai Sara fod ei brawd yn medru ymddiried ynddi hi. Ni hoffai Sara dorri'r newyddion iddo; gwell ganddi fyddai eistedd yn dawel a disgwyl iddo gofio. Yna, byddai'n eistedd i fyny yn ei gadair, golwg un wedi'i daro ag ergyd ar ei wyneb, ac wedyn deuai'r 'wrth gwrs, wrth gwrs'. Ond y tro hwn dim ond ochenaid a chysgod yn ei lygaid a ddangosai iddo gofio wedi iddo eistedd yng nghwmni'i chwaer mewn ystafell heb ynddi arwydd o Lisa.

Gwnâi hi a'i chwaer-yng-nghyfraith arall, Elen, eu gorau i baratoi bwyd ar gyfer Joshua ond mynnai Samantha Evans wneud y rhan fwyaf o'r coginio a'r glanhau. Weithiau byddai un o'i merched, Ruth neu Rachel, yn dod i edrych ar ôl Mr Jones, a phe bai angen trwsio rhywbeth yn y tŷ byddai Josiah Lloyd neu un o'i frodyr yn barod iawn i helpu. Eisteddai Benjamin gyda'i frawd Joshua am oriau hefyd, a byddai'i gyfaill Huw Llywelyn Huws yn gwneud yr un fath, ond weithiau pan nad oedd neb yn y tŷ byddai Joshua'n crwydro. Weithiau âi i'r siop yn y bore, fel pe bai'n barod am ddiwrnod o waith ac wedyn byddai Robert Roberts neu un o'r Lloydiaid – Josiah, Tomos, Owen neu Stephen – yn dod ag o yn ôl i dŷ Sara. Weithiau deuai'n syth i dŷ Sara, yn chwilio am ei wraig. Siaradai'n dawel, ei lais yn dangos ei fod yn ymddiheuro am greu trafferth. 'Sara, wyt ti'n gwybod ble mae Lisa?'

Pan glywai gri corn agerfad neu pan fyddai'n crwydro at y doc deheuol byddai'n holi am Sammy.

'Sara, ai honno oedd y *Boone's Revenge* sydd newydd ymadael? Sut mae Sammy? Dwi ddim wedi'i weld ers tro byd.' Galwodd y *Revenge* rai misoedd wedi marwolaeth Lisa. Pan gyrhaeddodd Sara roedd y rhaffau wedi'u clymu a'r injan wedi'i diffodd. Cerddodd Robert Roberts a Tomos Lloyd yn araf, y ddau ddyn ifanc yn dal bocs pren rhyngddynt, poteli gwydr yn tincian yn dawel y tu mewn i'r bocs. Cydadroddai'r ddau eu 'bore da, Mrs Morgan,' wrth iddi gerdded heibio. Safai Josiah Lloyd ar y doc yn siarad ag Elias.

'Mornin', Ma'am.' Roedd golwg ddifrifol iawn ar ei wyneb, heb arwydd o'r chwerthin a ddeuai fel arfer pan fyddai'r cychwr yn siarad â dynion yr ynys. Gweithiodd ei geg ychydig, fel pe bai'n ystyried dweud rhywbeth arall, y graith dywyll hir ar ei foch yn symud wrth iddo gnoi cil ar beth bynnag a oedd ar ei feddwl.

'Bore da, Mrs Morgan,' meddai Josiah yn dawel. 'Mae gan Elias newyddion trist.'

Roedd Samuel Cecil wedi gwaelu ers iddo ymweld â'r ynys y tro diwethaf ac wedi marw mewn gwesty ym Mayseville wythnos yn ôl.

'He had him some good years, you know.' Clywodd Sara edmygedd yn llais Elias. 'Hard workin' people often go young. The work and the weather wears them down, you see.' Gwenodd, y graith yn plygu ychydig ar ei foch. 'But not Captain Cecil, he was one strong man.' Difrifolodd. 'And a good man too.' Camodd yn nes at Sara. 'And I know he'd want you to know.' Oedodd, yn chwilio am y geiriau. 'That he was always mighty fond of all of you folks here on the island. All of you.' Oedodd eto. 'But especially you, Mrs Morgan. I know he'd want you to know that.' Gwenodd, er bod dagrau'n cronni yng nghorneli'i lygaid. 'But you take comfort now. He had him some good years.' Bu farw yn llawn o ddyddiau.

Wedi i'r llestr bach ymadael, ei olwyn yn curo dŵr yr afon yn gyflym, eglurodd Josiah fod Samuel Cecil wedi gadael y *Boone's Revenge* i Elias yn ei ewyllys. Roedd wedi cael peth trafferth gan fod dyn gwyn a fu'n gweithio yn y gwesty ym Mayseville wedi honni mai iddo fo roedd yr ymadawedig wedi gadael ei holl eiddo. Roedd y llys yn barod iawn i wrando arno ac roedd arwyddion bod digon yn barod i gredu bod y dyn du wedi twyllo'r hen gychwr gwyn.

'Cael a chael oedd hi ar Elias, Mrs Morgan. Dyna a ddywedodd wrtha i. Roedd o fewn trwch blewyn i golli popeth ac mewn perygl o gael ei garcharu hefyd. "Just a frog's short hair away from disaster," dyna a ddywedodd. Ond daeth Judge Harmon i'w achub wedyn.' Roedd barnwr y llys yn un o gwsmeriaid Sammy, yn adnabod Elias yn dda ac yn hoff ohono.

'Mae'n beth rhyfedd, Mrs Morgan.'

'Beth, Josiah?'

'Bydd rhywun yn darllen yn y papurau am y corrupt officials a'r crooked judges. A dyna un ohonyn nhw, am wn i, yn ysgwyddo baich y gyfraith ond eto'n hen lawiau â'r bootleggers sy'n torri'r gyfraith.'

'Ond ni thorrodd y gyfraith yn achos Mr Cecil, naddo, Josiah?'

'Naddo, Mrs Morgan.' Roedd yn ddisgybl ysgol eto, yn gwrtais ac yn hoffus er ei fod yn herio'r drefn ac yn gofyn cwestiynau pryfoclyd. 'Dyna ydan ni, Mrs Morgan. Pobol dda sy'n torri'r gyfraith.'

Daeth sŵn i dorri ar draws eu sgwrs, rhyw hymian peiriannol pell. Roedd llygaid Josiah yn astudio'r awyr yn barod. Edrychodd Sara i fyny ac ar ôl ychydig llwyddodd i ganfod y cerbyd adeiniog yn symud yn osgeiddig uwch ben.

'Y *tin goose*. Dyna yw honno. Y Ford Trimotor.' Yr ŵydd dun: chwarddodd Sara ychydig.

'Ydi honna'n debyg i'r un a hedfanodd dros yr Iwerydd, Josiah?'

Eglurodd o fod peiriant hedfan Charles Lindbergh yn wahanol ac wedi'i adeiladu'n arbennig ar gyfer y daith hanesyddol.

Ysgydwodd Sara ei phen. 'Aeth yn fyd rhyfedd, Josiah.'

Ar y dechrau, pan holai Joshua am Sammy byddai Sara'n cydio'n dyner yn ei law a dweud y gwir.

'Mae Sammy wedi marw, cofia.' Weithiau pan ofynnai am dad y cychwr, byddai hi'n ysgwyd ei phen a dweud, 'Rŵan, 'ta, Joshua, mae blynyddoedd wedi mynd heibio ers i'r hen Gapten Cecil farw.'

Pan ofynnodd am frawd Sammy, roedd cryndod yn ei llais wrth ateb.

'O Joshua... bu farw Clay yn y Rhyfel.'

'Y Rhyfel?' Chwiliai ei lygaid am ragor o arwyddion, fel pe bai'n bosibl darllen y gwirionedd yn ei llygaid hi.

'Do, do, Joshua. Wyt ti'n cofio? Nid y rhyfel diwetha, cofia. Y Rhyfel Cartref.' Goleuodd ei lygaid ychydig.

'Yn debyg i Seth.'

'Ie, yn debyg i Seth.'

'A Sadoc.'

'Wel, ie, ond daeth Sadoc yn ôl wedyn. Wyt ti'n cofio?'

'Do?'

'Do.'

'Mae Sadoc yn fyw.' Datganiad ydoedd, nid cwestiwn.

'Ydi, Joshua. Roedd pawb yn meddwl ei fod o 'di marw ond daeth yn ôl flynyddoedd wedyn, yn fyw.'

Nid oedd ganddi'r galon na'r modd i geisio egluro'i bod hi'n meddwl bod eu brawd hynaf wedi marw bellach gan nad oedd neb wedi clywed gair oddi wrtho ers tro byd.

Bywiogodd Joshua yn ystod ymgyrch etholiadol 1928. Cyn teithio i Gallipolis gyda'r lleill i fwrw ei bleidlais mynnodd sgwrs â Sara a Benjamin. Eisteddai'r tri o gwmpas y bwrdd yn nhŷ Joshua am oriau, yn yfed coffi ac yn siarad, weithiau'n rhannu straeon ysmala am etholiadau'r gorffennol ac weithiau'n trafod y dewis a oedd o'u blaenau'r flwyddyn honno.

'Mi gei di bleidleisio dros bwy bynnag, cofia, Joshua,' dywedodd Benjamin.

'Wn i, ond dw i eisia'i chael hi'n iawn.'

'O'r gora, Joshua,' meddai Sara yn ei llais athrawes ysgol. 'Mi awn ni dros y ffeithiau.' Gwelodd hi fod Benjamin yn mwynhau'r drafodaeth, y brawd bach wedi disgwyl rhyw dri chwarter canrif i ysgwyddo cyfrifoldeb y brawd mawr.

'Gwranda ar Sara rŵan, Joshua. Mi wnaiff hi egluro popeth fesul tipyn.'

'Iawn, 'ta.' Gosododd Sara'i dwylo ar y bwrdd, y cledrau ar agor, fel be bai'n dal pethau anweledig. 'Mae dau ymgeisydd.'

'Wrth gwrs.' Siaradai Joshua'n dawel gydag awgrym o wên ar ei wyneb, yn mwynhau ymdrechion ei chwaer ac yn derbyn y drefn.

Cododd hi ei llaw chwith ychydig. 'Mae Al Smith yn Ddemocrat.' Cododd ei llaw arall. 'Ac mae Herbert Hoover yn Weriniaethwr.'

'Ac yn ddyn o Ohio.' Datganiad ydoedd.

'Nac 'di, Joshua. Mae Herbert Hoover yn ddyn o Iowa.'

'Iowa?'

'Ie.'

'Ond roedd Ulysses S Grant o Ohio.'

'Oedd.'

'A Rutherford B Hayes.'

'Oedd.' Dechreuodd Sara gyfrif ar ei bysedd, yn gorffen y rhestr, 'a James Garfield... Benjamin Harrison... William McKinley... a...'

'A William Howard Taft a Warren G. Harding hefyd!' Ebychodd Benjamin yn uchel, yn torri ar ei thraws fel plentyn yn ceisio ennill gêm parlwr. Amneidiodd Joshua, golwg hynod fodlon ar ei wyneb gan fod yr holl enwau'n gyfarwydd iddo.

'Ond dydi... dydi'r... dyn yma ddim yn ddyn o Ohio.'

'Nacdi, nacdi,' atebodd Benjamin yn frwdfrydig. 'Mae Herbert Hoover yn Weriniaethwr, ond mae'n dod o Iowa.'

'Iowa?'

'Ie.' Dechreuodd Benjamin egluro rhai o'r pynciau llosg roedd y papurau yn dadlau amdanynt ond tawelodd pan sylweddolodd nad oedd ei frawd hŷn yn dilyn ei sgwrs.

'Wn i ddim,' ochneidiodd Joshua. 'Os ydi... os ydi'r dyn yma'n Weriniaethwr...' Edrychodd ar Sara, ei lygaid yn ymbil am gefnogaeth.

'Ydi, Joshua, mae Mr Hoover yn Weriniaethwr.'

'Wel, dyna ni. Enillodd Lincoln y Rhyfel, wedi'r cwbl.'

'Ti enillodd y Rhyfel, Joshua, nid Abraham Lincoln!'

Cododd Joshua law grynedig a'i chwifio yn erbyn ffolineb ei frawd bach.

'Ond o ddifri, Joshua, mae petha ychydig yn wahanol y tro hwn.' Siaradai Sara'n araf ac mor eglur â phosibl.

'Yn wahanol, Sara?'

'Ie. Mae'r Democrat, Mr Smith, yn Babydd.'

'Yn Babydd?'

'Ie, y tro cynta i Babydd sefyll fel ymgeisydd.'

'Wel, does a wnelo hynny ddim... mae'r Gwyddelod a'r Allmynwyr 'dan ni 'di masnachu â nhw wastad wedi bod yn bobl glên iawn.' Gwenodd. 'Ar y llaw arall, 'tasa fo'n Fethodist...'

Chwarddodd Benjamin yn uchel, yn taro'r bwrdd â'i ddwrn. Ystyriai Sara geisio egluro bod yr ymgyrch wedi aflonyddu arni hi; roedd sôn bod eglwysi Protestannaidd ledled y wlad yn cynghreirio â'r Gweriniaethwyr a'r Ku Klux Klan er mwyn dychryn pawb a dweud y byddai ethol Pabydd yn Arlywydd yn dod â'r apocalyps. Penderfynodd gydio mewn pwnc y gwyddai y medrai'i brawd ei ddeall.

'Rhaid ystyried *Prohibition*.'

'*Prohibition?*'

'Y gwaharddiad ar gynhyrchu a gwerthu diodydd meddwol.'

'Ie, ie.'

'Mae Mr Hoover o blaid ei gynnal ond mae Mr Smith am ddod ag o i ben.'

'Dod â'r gwaharddiad i ben?'

'Ydi, dyna mae'r papura yn 'i ddweud.'

'Ond mae ar ben yn barod, yn tydi? Mae'r *Boone's Revenge* yn ymweld eto, yn tydi?'

'Dydi o ddim ar ben, Joshua, ond mae'n wir bod y *Revenge* wedi bod yn galw'n ddiweddar.'

'Do?'

'Do.'

'A sut mae Sammy Cecil? Dw i ddim wedi'i weld ers tro byd.'

Ysgrifennodd Sara lythyrau maith at Tamar a Dafydd yn disgrifio cyflwr eu tad. Mae'n weddol fodlon ei fyd, ond mae'n drysu weithiau. Ychydig iawn o hanes eu bywyd newydd roedd Tamar wedi'i gyfleu i Sara, dim ond bod y pentref yn dawel iawn a bod y llonyddwch hwnnw'n gwrthdaro'n rhyfedd â'r holl brysurdeb yn labordai Dafydd ar gyrion y pentref. Roedd Daniel wedi dysgu darllen Braille ond treuliai Sara oriau'n darllen i'w mab. Mwynhâi siarad â'i ewythr Dafydd am ei waith ond nid oedd wedi dangos diddordeb yn un o'r swyddi y medrai dyn dall ymgymryd â hi. Eisteddai yn y parlwr yn gwrando ar y Fictrola roedd Dafydd wedi'i brynu. Darllenai a gwrandawai ar ei fam yn darllen. Âi i gerdded yn araf gyda'i ffon, yn gweithio'i ffordd ar hyd y lonydd bychain y tu allan i'r pentref. Awgrymodd Benjamin unwaith y dylai Sara ysgrifennu atyn nhw a gofyn iddyn nhw gymryd Joshua a gofalu amdano yn eu cartref.

'Dwi ddim yn credu'i bod hi'n deg rhoi rhagor o gyfrifoldebau ar ysgwydda Tamar, Benjamin.'

'Ond 'u tad nhw ydi o. Byddai'n gysur i Joshua fod yng nghwmni'i fab, 'i ferch a'i ŵyr.'

Dywedai'r taerineb yn ei lais fod Benjamin yn meddwl am ei ferch, Miriam, a oedd yn byw yng Nghymru gyda'r wyrion nad oedd Benjamin na'i wraig, Elen, wedi'u gweld erioed.

'Gwn i, Benjamin, gwn i. Ond er bod Tamar yn gryf, dwi'n rhyw feddwl bod ganddi ddigon o waith cynnal 'i brawd a'i mab fel y mae.'

'O'r gora, Sara.' Siriolodd. 'Beth bynnag, hoffwn i ddim colli aelod mwya ffyddlon y capel.'

Ers rhai blynyddoedd roedd Benjamin wedi dechrau arwain y gwasanaethau ar y Sul. Ac yntau heb ddangos arwyddion ei fod yn neilltuol o dduwiol gydol ei oes, roedd yn syndod i Sara pan ddywedodd nad oedd am i'r capel gau yn wyneb diffyg gweinidog a'i fod wedi penderfynu y dylai gymryd yr awenau. Er ei fod yn 79 oed erbyn hydref 1929, nid oedd ei ymroddiad wedi pylu. Gan fod y Parchedig Solomon Roberts wedi marw'n ddi-etifedd gadawodd ei holl eiddo ar yr ynys. Ceisiai'r cenedlaethau iau gynnal y capel fel y gwnaent yn achos y tai gwag eraill, a mater hawdd i Joshua oedd dod o hyd i hen bregethau'r Parchedig Solomon Roberts. Nid oedd y to iau wedi'u clywed a phe bai hynafiaid yr ynys yn cofio darnau ohonynt, byddai'n gysur yn hytrach na phoendod gwrando ar yr un gwersi eto. Felly âi Benjamin i'r pulpud bob bore Sul a thraddodi pregeth gaboledig gyda chryn sylwedd diwinyddol. Byddai pawb yn canu detholiad o'r hen emynau cyfarwydd, lleisiau cryf sawl cenhedlaeth o deulu'r Lloydiaid yn gwneud yn iawn am wendidau'r hen leisiau crynedig a'r bylchau a adawyd yn sgil marwolaethau'r blynyddoedd. Awgrymodd Tomos Bach, a oedd yn ddwy ar bymtheg yn 1929, eu bod nhw'n canu rhai o'r emynau roedd o, ei frawd, ei gefndryd a'i gyfnither wedi'u dysgu yn Gallipolis. 'At the Cross,' efallai? Beth am 'Abide With Me?' Ond nid oedd Benjamin Jones am lastwreiddio traddodiad capel Ynys Fadog â rhyw newyddbethau Saesneg.

Roedd Stephen Lloyd – ewythr ieuengaf Tomos Bach – wedi'i urddo'n weinidog gyda'r Annibynwyr ac yn byw gyda'i deulu yn ymyl Youngstown yn rhan ogleddol y dalaith. Gwasanaethai mewn eglwys Saesneg ond câi gyfle i bregethu yn un o gapeli Cymraeg y cyffiniau bob hyn a hyn, yn ôl ei rieni. Roedd ganddo fo a'i wraig bedwar o blant ac roedd Stephen yn brysur byth a hefyd gan ei fod wedi'i ddyrchafu'n arolygydd ysgolion Sul – braint, o ystyried ei fod yn weinidog mor ifanc – ac felly nid oedd wedi ymweld â'r ynys ers blynyddoedd. Ond pan ddeuai'n ôl byddai'n cynnal gwasanaeth o'r iawn ryw eto. Yn y cyfamser, llenwai hen bregethau Solomon Roberts y bwlch trwy enau Benjamin Jones. Bob tro y cyhoeddai eu bod am ganu emyn, ei frawd hŷn, Joshua, fyddai'r cyntaf i sefyll er ei fod yn gwneud hynny gyda chryn drafferth bellach. Codai'i lais yn uchel, yn crynu gan oedran er bod ei angerdd yn chwyddo'r nodau. 'Tan fy maich yr wyf yn griddfan... Pob seraff, pob sant...' Ac er mai dyn tawel fu Joshua Jones ar hyd ei oes dechreuodd borthi'i frawd ar ganol ei bregeth, yn cynnig sylwadau ac yn canmol y pregethwr lleyg am ei ymdrechion. 'A-men, a-men! Clywch, clywch! Gwir a ddywedodd! Ew, Benjamin, roedd honno'n un dda, mi wyddost sut mae'i deud hi!' Ni chynhaliwyd oedfa'r hwyr ers peth amser gan fod y rhieni wedi awgrymu na fyddai'n ddoeth rhoi gormod o bwysau ar y plant, a'u bod hwythau'n fodlon gydag un gwasanaeth yr wythnos. Ond er byddai Tomos Lloyd, ei frawd Owen, a'u cyfaill Robert Roberts yn absennol weithiau, byddai'r rhan fwyaf o'r gymuned i'w gweld yn y capel fore Sul fel rheol.

Ond bellach, nid oedd yn gyfrinach mai nos Sadwrn oedd uchafbwynt yr wythnos i bawb ar wahân i'r bobl hŷn efallai. Tomos Bach neu un o'r bechgyn eraill fyddai'n troi cranc y Fictrola a phawb yn dechrau'r noson trwy eistedd mewn cadeiriau o amgylch y waliau yn gwrando ar ychydig o opera neu Gene Austin yn canu *My Blue Heaven*. Wedyn byddai disgiau band Sousa'n troi a phobl yn codi ar gyfer y waltses. Ond wedyn, ar ôl i'r yfwyr gael tipyn o chwisgi neu fwrbon, byddai'n amser chwarae hoff ddisgiau Josiah Lloyd. Bandiau Joe King Oliver, Frankie Trumbauer a Duke Ellington yn perfformio *Canal Street Blues*, *Riverboat Shuffle* neu *Black Beauty*. Canai Mamie Smith y *Crazy Blues*, y disg yn newydd gan fod yr un gwreiddiol wedi'i wisgo'n ddim. Pan ganai Louis Armstrong ei *Heebie Jeebies*, byddai Dafydd Lloyd a'i gefnder William – y plant ieuengaf, ill dau'n ddeg oed – yn codi ac yn dawnsio'n wirion fel pethau gwyllt. Gwyddai Sara na fyddai'r fath adloniant yn cael ei ystyried yn weddus yn yr hen ddyddiau ond gwyddai hefyd nad oedd yn iawn iddi warafun rhywbeth a ddaeth â chymaint o lawenydd i gymaint.

Beth bynnag, roedd gwerth o fath arall yn y cyfarfodydd cymdeithasol hyn.

Ers i'r plant ddechrau mynychu'r ysgol yn Gallipolis, roedd Sara wedi sylwi'u bod yn siarad tipyn o Saesneg ymysg ei gilydd, yn enwedig Dafydd – a elwid yn Davey gan William – a William – a elwid yn Willie gan Dafydd. Eisteddai'r holl blant trwy'r gwasanaeth yn y capel bob bore Sul ac roedd eu lleisiau ifanc yn hydreiddio'r hen emynau cyfarwydd, ond yr hyn a roddai obaith i Sara oedd y cyfarfodydd cymdeithasol nos Sadwrn. Er eu bod nhw'n dawnsio ac yn canu i ganeuon Saesneg, siaradai'r plant Gymraeg â'r holl oedolion ac felly gyda'i gilydd. Byddai Sara'n clywed y bechgyn fore Sadwrn weithiau, yn cerdded heibio i ddrws ei thŷ ar eu ffordd i bysgota. 'Come on, Willie, we don't have all day. Tyrd.' 'All right then, Davey, aros di. Hold your horses, I'm comin.' Ond atebai'r ddau hi yn Gymraeg bob tro y siaradai â nhw ac roedd y nosweithiau Sadwrn a'r boreau Sul yn eu hamgylchynu â'r iaith. Bron yn ddieithriad, âi'r sŵn afreolus yn ormod i'r bobl hŷn. Joshua, Benjamin, a Huw Llywelyn Huws fyddai'r rhai cyntaf i godi ac ymadael. Gwyddai Sara mai mynd i siarad yn dawel yn un o'r tai roeddent ac y byddai croeso iddi ymuno â nhw, ond aros fyddai hi. Nid oedd am golli diweddglo'r noson pan fyddai Josiah Lloyd yn annerch yr ystafell.

'Ladies and Gentlemen, boys and girls, fel maen nhw'n ei weud. Beth am roi cyfle i'r hen beiriant yma orffwys am ychydig.' Wedyn byddai'n gofyn i'w fab hynaf, Ifan Handy, ddod gerbron gyda'i fanjo a chwarae rhai o'r caneuon a swniai'n debyg i'r rhai ar y disgiau a elwid yn bethau fel rags, blues, shuffles a stomps. Weithiau pan fyddai Benjamin a Joshua Jones wedi ymadael, byddai'r bachgen yn annog y dyrfa i ganu ac yn cyfeilio ar ei fanjo i rai o'r hen emynau cyfarwydd. Er nad oedd Sara'n sicr nad oedd hynny yn gabledd, ni allai ond ymgolli pan fyddai'r tannau'n codi'r alaw o dan y geiriau cyfarwydd, yn creu telyneg gerddorol felys a yrrai iasau i lawr ei hasgwrn cefn wrth iddynt ganu 'Dyma babell y cyfarfod, dyma gymmod yn y gwaed...' Pan ganai Josiah Lloyd 'Dyma odfa newydd' i gyfeiliant ei fab roedd y naws wefreiddiol o leddf yn atgoffa Sara o flws Mamie Smith. 'Dyma odfa newydd, O Arglwydd dyro rym, i ymladd â phla calon, a llid gelynion llym...' Teimlai Sara mai codi a dilyn ei brodyr fyddai'r peth gweddusaf i'w wneud wrth sylwi fod Robert Roberts ac Owen Lloyd yn parhau i yfed chwisgi yn ystod y canu, ond ni allai godi o'i chadair a gadael. Ni allai gefnu ar wres a llawenydd y noson, rhag ofn na ddeuai cyfle i brofi'r ffasiwn afiaith byw eto. Dyma oedfa newydd, meddyliai. Dyma oedfa newydd yn wir.

Yn niwedd mis Hydref, 1929 cyrhaeddodd rhifyn o'r *Pittsburgh Press* gyda phennawd mawr mewn llythrennau duon trwchus: *HUGE LOSSES IN WALL STREET*. Ac wedyn, ar dudalen arall y tu mewn i'r papur: *SELLING PANIC WRECKS STOCK EXCHANGE: NEW YORK FRENZIED*. Nid oedd neb ar yr ynys wedi buddsoddi yn y farchnad stoc erioed ac yn yr un modd nid oedd neb yn y gymuned wedi defnyddio banciau'r tir mawr chwaith. Arian parod a gedwid yng ngwaelod tresel neu yng nghornel cist teulu, a'r nwyddau a gedwid yn stordy cwmni masnach yr ynys oedd cyfoeth materol pobl Ynys Fadog, nid rhifau ar bapur mewn llyfr llog banciwr neu dystysgrifau arwerthwr stoc. Pan holodd Sara ei brawd, Benjamin am hyn, aeth cwmwl dros ei wyneb.

'Gall droi'n storm go fawr, Sara.'

'Storm?'

'Ie. Un sy'n dod â llawer o law'n gyflym, wyddost ti. Y math o storm sy'n ysgubo dros y wlad. Y math o law sy'n peri i'r afon dorri'i glannau.'

Deallodd Sara ystyr geiriau'i brawd, ond roedd ei meddwl wedi dechrau crwydro. Roedd rhywbeth yn y modd y ceisiai egluro'r sefyllfa genedlaethol a oedd yn ei hatgoffa o Rowland. Flynyddoedd lawer yn ôl, dros drigain o flynyddoedd yn ôl, yn trafod yr anghydfod rhwng y Gogledd a'r De. Dyw cwt bach fel'na ddim yn gallu sefyll am byth. Mae'r holl gynhyrfu ac ymladd oddi mewn iddo fe'n siŵr o'i chwalu'n hwyr neu'n hwyrach.

Ond er bod penawdau'r papurau ar dafodau pawb, nid oedd golwg poeni ar neb yn ystod y dyddiau cyntaf hynny. Benjamin oedd yr unig un a geisiai ddweud wrth Sara fod rhywbeth go ddrwg ar y gorwel. Pan gododd Ifan Handy Lloyd â'i fanjo y nos Sadwrn honno, dywedodd ei fod am berfformio cân newydd iddyn nhw, un roedd yn ei galw'n *Wall Street Rag*. Chwarddodd yr holl oedolion, yn cydnabod clyfrwch y bachgen. Ymunodd Sara yn y rhialtwch hefyd. Onid oedd yn hogyn dawnus a deallus yn troi testun sgwrs ei rieni'n destun cân i'w diddanu?!

Daeth llythyr o Chicago bythefnos yn ddiweddarach a wnaeth i Sara deimlo bod chwerthin a hwyl y nos Sadwrn honno'n codi'n gyfog y tu mewn iddi. Llythyr Saesneg ydoedd, wedi'i ysgrifennu gan frawd Clara, y chwaer-yng-nghyfraith nad oedd Sara'n ei hadnabod. Dywedodd fod Seth, mab Jwda, wedi newid dulliau buddsoddi'r cwmni yn ystod y blynyddoedd diweddar ac wedi buddsoddi symiau mawrion yn y farchnad. Gan iddo lwyddo'n rhyfeddol, aeth ati i fuddsoddi'i holl arian personol hefyd. Roedd tad Seth mor falch o'i fab, ac felly cydsyniodd, pan awgrymodd Seth, fod ei dad yntau'n buddsoddi holl gynilion y teulu yn y farchnad. Collwyd y cyfan pan chwalwyd Wall Street. Saethodd Seth ei hun â llawddryll. Ddiwrnod yn ddiweddarach, canfuwyd Jwda a Clara'n farw yn eu gwely, y ddau wedi llyncu seianid. Nid oedd yr un o'r tri wedi gadael llythyr, ac felly roedd brawd Clara wedi penderfynu ysgrifennu ati. *While we have never met, I know that you will feel, as do I, that we are joined as a family in mourning.* Roedd yr amlen wedi'i chyfeirio at Mrs Sarah Morgan, Innis Maddock, near Gallipolis, Ohio; rhaid bod Jwda wedi sôn digon amdani i beri i'w frawd-yng-nghyfraith gofio'i henw. Y hi fyddai'n gorfod dweud wrth Joshua a Benjamin. Rydym yn deulu wedi'n huno mewn galar.

38

My friends, I want to talk for a few minutes with the people of the United Sates about banking.

Hwn oedd y llais. Hwn oedd ei lais o. Anghofiodd Sara am bopeth arall – rhyfeddod y radio, y cymdogion a oedd yn eistedd wrth ei hymyl, y tân a losgai'n ddewr yn hen stof yr ysgoldy rhag oerfel mis Mawrth a oedd yn debycach i grafangau'r gaeaf nag i addewid cyntaf gwanwyn, a'r poenau yn ei chefn a'i choesau. Plygai ymlaen yn ei chadair er mwyn gosod ei phen yn nes at y sŵn ac ymgolli yn y llais. *And I know that when you understand what we in Washington have been about I shall continue to have your cooperation as fully as I have had your sympathy and your help.* C-tssss. Sŵn aflafar. Clinddarach. C-tsss-tsss. Neidiodd Dafydd Lloyd o'i eisteddle ar y llawr a throi un o'r deialau ar wyneb y teclyn.

Cyrhaeddasai'r radio ddeufis yn gynharach. Bu cryn sôn a siarad am ryfeddodau'r radio ers peth amser ond nid oedd trydan wedi dyfod i'r ynys. Roedd rhai o'r plant, a âi i'r ysgol yn Gallipolis, wedi'i glywed yng nghartrefi'u cyfeillion ar y tir mawr ac roedd rhai o'r oedolion a deithiai'n achlysurol i drefi mawrion y glannau wedi'i glywed hefyd. Wedi i Lois Evans ddod adref am rai dyddiau, dywedodd ei mam, Samantha, wrth Sara fod ei merch wedi siarad yn ddibaid am rinweddau'r ddyfais. 'Rhaid i chi gael un,' meddai. 'Mae'n dod â bwrlwm y dinasoedd pell i ganol eich parlwr. Cewch eistedd yn eich hoff gadair a gwrando ar gyngherddau gan gerddorion enwocaf y byd. Cewch fwynhau dramâu byw.' Ni chredai Sara fod arni eisiau bwrlwm y dinasoedd mawrion yn ei pharlwr, ond roedd hi wastad wedi bod yn hoff o Lois ac felly teimlai y byddai'r radio'n rhywbeth i'w groesawu os oedd Lois yn tystio i'w werth. Ond nid oedd yr Electric Company wedi mentro croesi'r sianel ac nid oedd gan yr ynyswyr yr arian i ddarbwyllo'r cwmni y byddai'n werth mentro croesi'r dŵr â'u gwifrau hudol. Wedi gorffen yn yr ysgol priododd Tomos Lloyd bach Sally Schneider, merch a fu'n eistedd y tu blaen iddo ers ei ddiwrnod cyntaf yn ysgoldy Gallipolis, ac roedd wedi sicrhau swydd yn swyddfa'r post yn y dref. Y fo a ddywedodd wrth ei dad a'i ewythrod ei bod hi'n bosibl prynu radio yn gweithio o fatri ac felly archebwyd un yn ddiymdroi ac aeth Josiah, Tomos ac Owen Lloyd draw yn y cwch modur bach i'w gyrchu.

Yn wahanol i'r Fictrola, a symudid o gartref Josiah a Ruth i'r ysgoldy bob nos Sadwrn, cafodd y radio orsedd barhaol ar hen ddesg Sara yn ei hen ystafell ddosbarth. Cyfranasai pob teulu ar yr ynys at y gost ac felly fe'i hystyrid yn eiddo i bawb. Bellach, ugain o bobl oedd yn byw ar yr ynys, a byddai pawb yn eistedd mewn dwy res o gadeiriau wedi'u cau mewn dau hanner cylch o gwmpas y radio, y plant ieuengaf – Dafydd Lloyd a'i gefnder William, y ddau'n bedair ar ddeg oed – yn eistedd ar y llawr yn union o flaen y radio. Daeth bodau newydd yn ganolog i'w bywydau dros nos.

Fel y gwyddai pawb fod dinasyddion mewn rhyw ffordd neu'i gilydd yn atebol i Lywodraeth y Sir, Llywodraeth y Dalaith ac i Lywodraeth yr Unol Daleithiau, roedd Sara a'i chymdogion bellach yn ddeiliaid teyrnasau newydd a oedd yn anweladwy ond yn hollbwerus gydag enwau fel y Crosely Broadcasting Corporation, WLW Cincinnati a WSM Nashville.

Trwy garedigrwydd yr endidau hyn deuai lleisiau newydd â cherddoriaeth newydd i'w diddanu a'u rhyfeddu. Yr Old Timer a gyflwynai straeon am y cymeriadau a deithiai ar drên a elwid yr Empire Builder, rhialtwch dyn gwirion o'r enw Eddie Cantor, cyngherddau'r Grand Ole Opry neu berfformiadau cerddorfa Duke Ellington. Gwrandawai pawb yn astud ar y brodyr McGee o dalaith Tennessee yn canu gitar a ffidil mewn modd a atgoffai Sara o rai o'r alawon a glywsai gan weithwyr yr agerfadau yn yr hen ddyddiau. Pan ddywedai Duke Ellington fod Ivie Anderson am ganu gyda'i gerddorfa byddai dwy genhedlaeth a dwy gangen o deulu'r Lloydiaid yn bloeddio'u cymeradwyaeth, ond yn ymadawelu'n syth pan ddechreuai'r nodau bas yrru'r gân – cân a oedd mor gymhellgar a phwerus ag injan, ond yn fwy byw nag unrhyw beiriant, y cyrn yn siarad yn ddireidus ar draws y cyfan a llais Ivie Anderson yn chwyddo o ganol y gymysgfa felys. Weithiau, byddai Myfanwy Lloyd yn codi a chymell un o'i brodyr, Dafydd, Gruffydd neu Ifan Handy, i ddawnsio gyda hi. Peth rhyfedd oedd caneuon o'r fath yn nhyb Sara; ar un wedd roedd y geiriau'n gwbl ddiystyr ac eto teimlai'i bod hi'n deall yn union beth roedd Ivie Anderson yn canu amdano. *It don't mean a thing if you ain't got that swing.*

Ond roedd digwyddiad o fath gwahanol ar y diwrnod hwnnw ym mis Mawrth, 1933. Dydd Sul ydoedd, ond byddai'r plant wedi aros ar yr ynys i'w glywed pe bai'n ddiwrnod ysgol. Nid oedd gwasanaeth yn y capel y bore hwnnw; eisteddent o gwmpas y radio yn hytrach nag o flaen y pulpud, ac yn hytrach na gwrando ar un o'u cymdogion yn traddodi pregeth lleygwr, gwrandawent ar lais eu Harlywydd. Hwn oedd ei lais, yn fyw yn eu mysg, yn egluro pethau pwysfawr mewn modd a oedd yn bendant ac eto'n dyner ar yr un pryd. Roedd acen Mr Roosevelt yn ddieithr i Sara ar y dechrau; dyma ddyn a oedd wedi'i fagu ym mhell o ddyffryn yr Ohio. Dywedai *moah* yn hytrach na *more*, a *so foath* yn hytrach na *so forth*, ond er bod ambell dinc yn ddoniol ar y dechrau, roedd ei lais yn soniarus ac yn gysurlon, ac ar ôl rhai munudau daeth yn hynod gyfarwydd. Wrth gwrs, hwn oedd Franklin Delano Roosevelt, eu harlywydd ac fel hyn y siaradai. Soniodd am broblemau'r banciau a natur bancio, pynciau nad oedd yn golygu llawer i Sara, er ei bod hi'n deall bod y pethau hyn yn dragwyddol bwysig i rifedi o bobl na allai hi eu cyfrif. Hoffai hi'r modd y ceisiai Mr Roosevelt egluo'r pethau pwysfawr hyn mewn iaith seml, fel gŵr, tad neu frawd yn cysuro'i deulu ar yr aelwyd.

Er i fywyd ar yr ynys fynd rhagddo yn ystod y blynyddoedd diwethaf, siaradai pawb yn gynyddol am y crafangau a oedd yn gwasgu perfedd y wlad. Nid oedd galw am nwyddau'r cwmni masnach bellach ar wahân i'r chwisgi a ddeuai'n dawel o Orllewin Virginia a'r bwrbon a ddeuai gyda'r *Boone's Revenge II* o Kentucky. Mae'n wir mai'r gwirodydd a fu'n cyfrif am y rhan fwyaf o elw'r cwmni ers blynyddoedd, ond bellach nid oedd dim byd arall roedd pobl yn fodlon talu amdano, neu'n gallu talu amdano, ond y poteli di-label. Gwelid dynion yn cerdded y llwybr ar y tir mawr yr ochr arall i'r sianel, teithwyr blinedig mewn dillad carpiog yn sefyll a syllu'n ddigywilydd ar dai'r ynys. Gallai tlodi droi dynion yn lladron, meddai pobl ifanc yr ynys, ac felly ffurfiwyd gwarchodlu o fath. Daeth Sara o hyd i hen lawddryll ei hewythr Ismael. Roedd powdr y cetris papur wedi hen ddampio ac yn dda i ddim, ond o leiaf byddai'r llawddryll yn ddigon i ddychryn lleidr a fentrai dros y dŵr. Y brodyr Lloyd – Josiah, Tomos ac Owen – a ffurfiai'r gwarchodlu, ynghyd â'u cefnder, yr hen lanc Robert Roberts. Roedd Ifan Handy Lloyd yn 19 oed ac wedi dewis aros ar yr ynys yn hytrach na cheisio am le yn Rio Grande, Marietta neu yn un o golegau eraill yr ardal: y fo oedd y gwarchodwr ieuengaf. Pan welai Sara fod Robert Roberts neu un o'r Lloydiaid yn cerdded ar hyd glan y gogledd, llawddryll mawr N'ewyrth Ismael wedi'i gadw yn ei wregys neu'n hongian yn drwm yn ei law, ni allai ond gwenu. Pa beth fyddai Owen Watcyn, druan, yn meddwl am y gwarchodlu hwn? Ym mha le roedd y baneri gwladgarol? Ym mha le y rhesi o ddynion a gerddai'n debyg i filwyr â drylliau ar eu hysgwyddau? Un dyn yn crwydro'n hamddenol gyda hen lawddryll na allai'i saethu! Weithiau pan âi Sara i'r fynwent orlawn byddai'n sefyll o flaen carreg Owen Watcyn a dweud,

'Maen nhw'n ceisio ateb yr amgylchiadau, wyddoch chi. Nid mintai John Hunt Morgan sy'n ein bygwth ni rŵan, ond ambell drempyn llwglyd.'

Ond fel arfer byddai hi'n sefyll o flaen beddau'r teulu, yn syllu ar y cerrig a gadwai'n lân, yn tynnu mwsog a chen o'r llythrennau er mwyn sicrhau bod yr enwau i'w gwelid yn glir: Isaac ac Elen Jones, ei mam a'i thad; Enos Jones, ei hen ewythr; Ismael Jones, ei hewythr. Y cerrig di-fedd, yn cofnodi marwolaeth Seth a marwolaeth Rowland yn Louisiana. Y garreg nad oedd neb wedi'i symud yn cofnodi marwolaeth Sadoc, na fu farw yn Chicamauga. Ysgrifennodd Tamar a chynnig bod ei thad yn symud atyn nhw i fyw. Bu'n rhaid i Sara dderbyn y ffaith na allai hi ofalu am ei brawd yn well na'i ferch ei hun, er bod dyddiau Tamar yn llawn iawn rhwng ei brawd, Dafydd, ac anghenion ei mab, Daniel. Trafod trefniadau'r symud fyddai cynnwys llythyr nesaf Sara, ond bu farw Joshua'n ddisymwth yn ei gwsg ac felly llythyr o fath gwahanol a ysgrifennodd at ei nith.

Eisteddai Sara o flaen y ddalen wag. Roedd ei hymdrechion blaenorol yn gorwedd yn belenni papur ar y llawr yn ymyl ei chadair, yn dameidiau o sbwriel na fyddai'r poenau yn ei chefn a'i choesau'n ei gwneud hi'n hawdd iddi eu codi.

Er bod ei farwolaeth yn ergyd, mae hefyd yn gysur o gofio bod...

O ystyried dirywiad ei feddwl, gellid dweud mai trugaredd o fath...

Yn ddiau, bydd y tristwch yn pylu wrth gofio...

Gwir ddrwg gennyf na chafwyd cyfle i'w symud atoch, ond hoffwn i chwi...

Rwyf wedi colli brawd, fel yr ydych chwi wedi colli tad a thaid, ond mewn...

Nid oedd wedi llwyddo i orffen yr un frawddeg hyd yn oed, gan fod y geiriau'n teimlo'n chwithig ar ei thafod ac yn ymddangos yn ffuantus ar y ddalen wrth iddi eu hysgrifennu. Ysgrifennodd yr un cyfarchiad ar frig pob dalen wag – F'Annwyl Dafydd, Tamar a Daniel – ond oedodd wedyn, yn meddwl, cyn dechrau brawddeg arall na fyddai'n ei gorffen. Teimlodd frath euogrwydd; ysgrifennu atynt er eu mwyn nhw roedd hi ond eto ni allai ond ysgrifennu am ystyr y farwolaeth iddi hi'i hun.

Ni fydd gennyf gysur clywed llais sydd mor gyfarwydd â'm llais fy hun, ond eto teimlaf fod cysur o fath yn y golled, gan fod cymaint o'r brawd a garwn wedi myned ers talwm.

Cododd y ddalen a'i throi'n belen fach flêr. Symudodd ei llaw a'i gollwg yn biwis i orwedd gyda'r lleill yn ymyl ei thraed. O'r gorau, roedd wedi cwblhau brawddeg gyfan, ond nid ar gyfer plant ac ŵyr Joshua roedd wedi ysgrifennu'r frawddeg honno chwaith. Cododd yn y diwedd, a cherdded yn araf o'r ystafell, yn gadael y pelenni papur ar y llawr. Ymwisgodd ei chôt yn araf ac aeth wrth ei phwysau draw i guro drws Benjamin ac Elen. Fe'i hagorwyd gan ei brawd. Cyn iddo'i chyfarch hyd yn oed, poerodd Sara y geiriau o'i cheg.

'Rhaid i ti ysgrifennu atyn nhw, Benjamin.' Syllodd yn syn ar ei chwaer, golwg ddiddeall ar ei wyneb. Ochneidiodd ac egluro, ei llais yn fwy rhesymol y tro hwn. 'Fedra i ddim ysgrifennu at Tamar, Dafydd a Daniel a dweud bod Joshua wedi marw. Fedra i ddim gwneud.'

Edrychodd Benjamin i lawr, fel pe bai'n chwilio am y geiriau rhywle ar drothwy'r drws rhyngddo fo a'i chwaer. Wedyn cododd ei lygaid a siarad, ei lais yn dyner.

'Paid â phoeni, Sara. Mi wna i.'

Daeth y tri adref i'r cynhebrwng. Er bod Tamar dros ei thrigain oed bellach, ni allai Sara weld olion y gwaith na'r pryder ar ei hwyneb. 'Oedd,' meddai, roedd bywyd yn eu cartref newydd yng nghefn gwlad Pennsylvania yn ddigon dymunol. Roedd adegau anodd, pan fyddai asthma Dafydd yn ei gadw o'i waith a phan fyddai Daniel yng ngafael anobaith, yn gwaredu'r ffaith ei fod yn faich ar ei fam. Ond roedd pethau wedi gwella'n arw yn ddiweddar, dywedodd Tamar yn awgrymog, er na chawsai amser i egluro'n iawn wrth Sara. Ymddangosai ei nai, Dafydd, yn flinedig ac eiddil, ei groen yn hongian yn llac ar esgyrn ei fochau, a'i lygaid yn ddyfrllyd. Er gwaethaf y creithiau a ffurfiai batrwm fel gwe pry cop ar draws rhan helaeth o'i wyneb, roedd Daniel yn ddyn golygus. Roedd hi'n bymtheng mlynedd ers iddo gael ei glwyfo ym mrwydr Verdun a thybiai Sara bod yr olion yn ychwanegu at ei gymeriad, fel brychni haul neu fan geni y dywedid ei fod yn addurn ar wyneb yn hytrach na nam. Roedd ei wallt yn goch felynllyd, yn wahanol iawn i wallt tywyll gweddill teulu Sara. Ond roedd rhywbeth yn llinell ei ên ac ystum ei geg a atgoffai Sara o'i thad. Gwisgai Daniel sbectol ddu; ceryddai Sara'i hun am na allai gofio lliw ei lygaid. Siaradai'n debyg i'w ewythr Dafydd, yn ddeallus, ei Gymraeg yn syfrdanol o gywir. Pan gofleidiodd Sara o, cymerodd ei fam ei ffon gerdded fel y medrai Daniel gofleidio'i hen fodryb yn iawn.

'Diolch, Boda Sara. Mae'n dda bod yma eto.'

'Mae'n hyfryd dy weld di eto, Daniel bach.'

Oedodd Sara a chochi, yn rhyw deimlo bod Tamar yn gallu gweld ei phenbleth a Daniel yntau'n gallu'i synhwyro mewn modd arall.

'Ac mae'n dda iawn eich gweld chi eto, Boda Sara.' Wedi ymryddhau o'r coflaid, estynnodd ei law i dderbyn ei ffon oddi wrth ei fam eto. 'Peidiwch â phoeni. Mae gweld yn ffordd o siarad.'

Poenai Sara pan welodd Daniel yn mynd am dro ar ei ben ei hun, yn teimlo'r lôn o'i flaen â'i ffon neu'n ei defnyddio i fesur doc bach y gogledd.

'Anghofiwch eich pryderon, Boda Sara,' oedd ateb Tamar. 'Bydd yn crwydro trwy'r dydd gartre pan fydd y tywydd yn braf a'i hwyliau yn iawn. Aiff am filltiroedd ar hyd y lonydd bychain a gwnaeth ffrindiau mewn pentrefi eraill.' Gwgodd. 'Bu bron iawn iddo gael ei daro i lawr gan fotor car unwaith. Daeth adre'n llawn mwd, yn dweud iddo ddisgyn i'r ffos ar ôl neidio pan glywodd y cerbyd yn rhuo heibio, ond nid oedd fawr gwaeth, ar wahân i gyflwr ei ddillad.'

Trwy gyfrwng rhagluniaeth, daeth mab ieuengaf Mari Lloyd, y Parchedig Stephen Lloyd, adref i gynnal y gwasanaeth. Roedd wedi bod yn fwriad ganddo ymweld yn fuan beth bynnag, a phan dderbyniodd neges gan gymydog, penderfynodd newid y cynllun a dod adref yn syth. Ac felly am y tro cyntaf ers talm, roedd gweinidog urddedig yn pregethu yng nghapel Ynys Fadog, a phregeth angladdol Joshua Jones yn cael ei thraddodi gan un a oedd wedi'i adnabod. Wedi pregethu ar destun Mathew 5:4, oedodd Stephen a chodi hances i sychu'r chwys oddi ar ei wyneb. Edrychodd ar Sara.

'Gyfeillion, rydym ni yma heddiw i ffarwelio â brawd annwyl.' Yna, disgynnodd ei lygaid ar Tamar ac yna ar Dafydd. 'Ac rydym ni yma hefyd i ffarwelio â thad annwyl.' Yn olaf edrychodd ar Daniel, er y gwyddai, mae'n siŵr, na welai ddim trwy'r sbectol ddu, 'ac, ie, rydym ni yma i ffarwelio â thaid annwyl.' Wedi cuddio'i hances yn ei boced, cydiodd yn ochrau'r pulpud a phwyso ymlaen ychydig. 'Ac rydym ni yma i gofio cymydog a chyfaill, dyn a fu ymysg arweinwyr y gymuned hon a phileri'r eglwys hon.' Taflodd ei lygaid dros y gynulleidfa fechan eto. 'Nid oeddwn i'n adnabod Enos Jones, hen ewythr yr ymadawedig a fu farw y flwyddyn y'm ganed, 1896.' Gwenodd. 'Des i i'r byd hwn yr un adeg ag roedd patriarch y gymuned hon yn ymadael. Ond bûm yn ddigon ffodus i adnabod tad Joshua Jones, y gŵr parchus a charedig hwnnw, Isaac Jones. Ie, a'i ewythr hefyd, Ismael Jones, a oedd wastad â gair da i ddweud wrth blant yr ynys.' Ysgydwodd ei ben ychydig a gwenu eto. 'Naw oed oeddwn i adeg cynhebrwng y ddau frawd. Cofiaf ddiwrnod y cynhebrwng mor glir, a'r hen weinidog, y Parchedig Solomon Roberts, bugail olaf yr eglwys hon yn sefyll yn yr union fan ag yr wyf innau'n sefyll y funud yma.' Cododd law a'i hestyn i gyfeiriad Sara. 'Ac rwyf yn cofio Mrs Joshua Jones yn eistedd yno gyda gweddill y teulu, un arall o anwyliaid yr eglwys hon sydd wedi ymadael â ni. Dyn tawel oedd Joshua Jones, hwyrach heb y direidi a oedd yn nodwedd mor amlwg yn ei ewythr, Ismael a rhai o'i frodyr, ond dyn solet, yn debyg i'w dad, dyn y medrai'i deulu, ei gyfeillion a'i gymdogion ddibynnu arno.'

Roedd meddwl Sara wedi crwydro, ond daeth yn ôl i'r presennol wrth i'r Parchedig Stephen Lloyd ddychwelyd at Efengyl Mathew. 'Gwyn eu byd y rhai sydd yn galaru, canys hwy a ddiddenir.' Pan ganasant ddau o'r hen emynau traddodiadol, sylwodd Sara fod Daniel yn gwybod y geiriau ac yn canu gydag arddeliad, ei sbectol yn cuddio'i lygaid, ond grym emosiwn yn symud dros weddill ei wyneb. 'Dyma babell y cyfarfod, dyma gymod yn y gwaed...'

Pan ffarweliodd Tamar, Dafydd a Daniel â hi ar ôl wythnos ar yr ynys, rhoddodd ei gor-nai ei ffon i'w fam fel y gallai gofleidio Sara'n dynn.

'Tyrd i'n gweld ni ym Mhensylvania ryw bryd, Boda Sara. Byddai'n llesol i'm henaid i.'

'Tyrd di 'nôl eto i aros am sbelan, Daniel,' atebodd hithau. 'Dw i braidd yn hen i deithio, ond mae croeso yma i chi'ch tri.'

Sylwodd fod rhywbeth yn debyg i ryddhad ar wyneb Tamar.

Wedi iddynt ymadael, ac ar ôl i'r Parchedig Stephen Lloyd ddychwelyd at ei deulu a'i waith gyda chomisiwn yr ysgolion Sabathol yn Youngstown, roedd llai nag ugain ohonyn nhw'n byw ar yr ynys. Symudodd rhai pobl hŷn i fyw at berthnasau yn Ironton, Pomeroy, neu Cincinnati, rhai ymhellach i Scranton neu i Utica. Roedd eraill wedi'u claddu yn y fynwent, gweddill yr hen lôn a arweiniai at drwyn gorllewinol yr ynys wedi'i orchuddio gan y beddau gan nad oedd yn bosibl ymestyn y fynwent i gyfeiriad y ddaear wlyb yn ymyl glan yr afon. Sara oedd yr hynaf ohonynt, yn 88 oed yn 1933. Yn 21 oed, Ifan Handy Lloyd oedd yr hynaf o'r to ieuengaf, gyda Myfanwy a Gruffydd yn y canol a William a Dafydd – neu Willie a Davey, fel y'i gelwid gan bawb ond eu rhieni – yr ieuengaf ohonynt, yn 14 oed. Roedd y gymuned wedi crebachu ond roedd yn dal yn gymuned o hyd.

Ond cyn hir byddai dau arall wedi ymadael.

'Mae'n ddrwg gen i, Sara. 'Dan ni wedi penderfynu ers tipyn, ond dwi ddim wedi'i chael hi'n hawdd torri'r newyddion i ti.'

Eisteddai ei brawd am y bwrdd â hi, rhyw olwg rhwng euogrwydd a thristwch ar ei wyneb.

'Paid â phoeni, Benjamin. Dwi'n deall. Pe bai Miriam yn ferch i mi, mi fyddwn i'n mynnu'i gweld hi'n amlach.' Geiriau gonest, yr unig eiriau y medrai eu dweud. 'Ond mi fydd yn chwith ofnadwy hebddoch chi'ch dau. Mi fydd yn...' Torrodd ei llais. Tynnodd ei sbectol a chodi hances i sychu'r dagrau. Cododd Benjamin ac eistedd mewn cadair yn ei hymyl.

'Sara.' Estynnodd law a'i gosod ar ei hysgwydd. 'Gallet ti ddod hefyd.' Mwmialodd ei hateb, ei llais wedi'i lyncu gan ei chrio. Er na allai Benjamin glywed yr union eiriau, gwyddai eu hateb yn iawn. Ni allaf groesi'r sianel gul hyd yn oed, heb sôn am groesi'r moroedd.

Ond dyna fyddai brawd a chwaer-yng-nghyfraith Sara'n ei wneud. Croesi'r sianel i'r tir mawr, teithio ar y trên yr holl ffordd i Efrog Newydd, ac wedyn mordaith hir i Lerpwl. Yno y byddai eu merch, Miriam, ei gŵr a'u plant yn disgwyl amdynt, yn barod i fynd â nhw i'w cartref yng Ngheredigion. Diolch i lythyrau Miriam, gwyddai Sara fod y Dirwasgiad wedi gyrru degau o filoedd o Gymry o'u cartrefi i chwilio am waith mewn gwledydd eraill. Ond byddai un cwpl oedrannus nad oeddent wedi gweld Cymru erioed o'r blaen yn symud yno i fyw, yn symud yn erbyn llif hanes er mwyn treulio'u blynyddoedd olaf yng nghwmni'u merch a'u hwyrion.

Roedd Sara wedi dymuno trefnu gwasanaeth o ryw fath, gan fod yr ymadawiad yn haeddu cydnabyddiaeth o bregeth, araith, canu a chrio. Ond daeth diwrnod yr ymadawiad yn ddisymwth ac nid oedd neb arall wedi meddwl trefnu cyfarfod cyhoeddus. Felly bu'n rhaid iddi dderbyn mai sefyll yno ar ddoc bach y gogledd yn crio fyddai'r cyfan y medrai wneud i nodi'r achlysur. Safodd yno'n gwylio wrth i Josiah a Tomos Lloyd fynd â Joshua ac Elen dros y sianel yn y cwch. Safodd yno'n galw ar eu holau gan grio, wrth i'w brawd a'i chwaer-yng-nghyfraith ddiflannu o'i bywyd am byth.

* * *

Pan enwebwyd Franklin Delano Roosevelt yn ymgeisydd arlywyddol gan y Democratiaid ym mis Gorffennaf 1932 ysgrifennodd Sara lythyr maith at ei nith, Tamar, yn rhannu'r un math o feddyliau ag y byddai wedi'u rhannu â'i chwaer Esther yn yr hen ddyddiau. Hoovervilles y gelwid y gwersyllfannau truenus ar gyrion trefi a dinasoedd, a pholisïau'r Arlywydd Hoover oedd wedi gyrru cynifer o bobl i ddibynnu ar y *soup kitchens* am eu hymborth. Sut ar wyneb y ddaear gallai'r un enaid bleidleisio dros Mr Hoover a'r Gweriniaethwyr eto? Cyffesodd Sara y gwyddai bod yr etholiad yn peri cryn benbleth i'r 'genhedlaeth ganol oed', fel y galwai gymdogion oedd yn dipyn iau na Mrs Sara Morgan ei hun. Dywedodd Mari Roberts, Mari Lloyd ac Ann Lloyd eu bod nhw a'u gwŷr rhwng dau feddwl. Byddai Mr Roosevelt yn dod â Phrohibition i ben o'r diwedd, trefn a oedd wedi achosi cymaint o drafferth ledled y wlad. Byddai'n cyfreithloni masnach cwmni'r ynys eto. Ond roedd Mr Hoover yn Weriniaethwr ac – wedi'r cwbl – Plaid Lincoln oedd y blaid honno. Dywedodd Samantha Evans wrth Sara fod ei gŵr hi'n selog dros Hoover er gwaethaf pob dim.

'Ond dyna ni,' meddai, gwên ddireidus ar wyneb Samantha a atgoffai Sara o'i merch Lois. 'Er ei fod wedi byw yma ers dros ddeugain mlynedd, un o Centreville yw John o hyd. Ac mae llusgo Cymry'r tir mawr oddi wrth y Republican Party yn ormod o orchwyl i Mr Roosevelt ei gyflawni hyd yn oed, mae arna i ofn.' Ond sibrydodd, yn ffug gynllwyngar, 'Bydda i'n bwrw 'mhleidlais dros Mr Roosevelt.' Dywedodd Sara mai dyna fyddai hithau'n gwneud hefyd. Hoffai'r iaith a ddefnyddiai'r dyn. Pan dderbyniodd enwebiad ei blaid, dywedodd y byddai'i ymgyrch yn rhyfel sanctaidd – 'a crusade to restore America to its own people'. Cyfeiriai'n benodol at y trueiniaid a ymgasglai yn yr Hoovervilles ac a fynychai'r *soup kitchens*, y dynion carpiog a gerddai'r tir mawr, yn llygadu'r ynys wrth iddyn nhw ymlusgo o dref i dref yn chwilio am waith. Dywedodd Franklin Roosevelt y byddai'n cynnig Bargen Newydd iddyn nhw i gyd – 'A New Deal for the American People'.

Cydiodd y syniad yn nychymyg Sara ar ôl iddi ddarllen araith Mr Roosevelt yn y papurau: Bargen Newydd ar gyfer Pobl y Wlad. Estynnodd ei Beibl a darllen Genesis. 'Wedi y Dilyw, ar ôl i Dduw godi'r dyfroedd a boddi'r rhan fwyaf o greaduriaid y ddaear, gwnaeth Ef gyfamod newydd â Noah a'i ddisgynyddion. Ac wele myfi, ie myfi, ydwyf yn cadarnhau fy nghyfamod â chwi, ac â'ch had ar eich ôl chwi.' Addewid. Cytundeb. Cadarnhad. 'A mi a gadarnhaf fy nghyfamod â chwi, ac ni thorrir ymaith bob cnawd mwy gan y dwfr dilyw ac ni bydd dilyw mwy i ddifetha y ddaear. A Duw a ddywedodd, dyma arwydd y cyfamod, yr hwn yr ydwyf fi yn ei roddi rhyngof fi â chwi, ac â phob peth byw a'r y sydd gyda chwi, tros oesoedd tragwyddol.' Hen gyfamod ydoedd bellach, yr un a rwymai Duw a'i bobl ynghyd – dyna a ddywedai'r diwinyddion ers talwm. Ac yn wyneb y dilyw o dlodi a chaledi a oedd yn bygwth boddi'r holl wlad, dyma ddyn a oedd yn cynnig Bargen Newydd. Nid trem yn ôl, ond cyfle i edrych ymlaen a gweld y dyfodol.

Aeth yn ormod i gynnal holl dai gweigion yr ynys, ond oherwydd eu parch at Sara a safle'i theulu yn hanes yr ynys, ymrodd aelodau'r cenedlaethau iau i gynnal tai'r Jonesiaid. Yr unig dŷ gwag arall a gâi'r fath sylw oedd tŷ'r gweinidog. Fe'i defnyddid fel llyfrgell hefyd gan bobl a ddymunai ddarllen yr hen lyfrau a'r hen gylchgronau a gedwid ar silffoedd myfyrgell y Parchedig Solomon Roberts. Gan fod cylchgrawn Cymraeg Annibynwyr America, *Y Cenhadwr Americanaidd*, wedi darfod ar ddechrau'r ganrif newydd, roedd Solomon Roberts wedi cadw tanysgrifiad i gylchgrawn Cymraeg Methodistiaid Calfinaidd y wlad, *Y Cyfaill*.

Deuai'r rhifynnau o hyd, flynyddoedd ar ôl marwolaeth yr hen weinidog. Ni wyddai neb y rheswm pam.

'Wedi talu tanysgrifiad oes,' awgrymodd Samantha Evans. 'Dyn felly oedd y Parchedig Solomon Roberts. Doedd ganddo ddim teulu o fath yn y byd a gwariai ar ei lyfrau.' Deuai nifer o'r gwragedd ynghyd, gan gynnwys Sara, er mwyn tynnu llwch o'r llyfrau. Âi'r sesiynau gwaith hyn yn gyfarfodydd llenyddol yn amlach na pheidio, wrth iddyn nhw ddarllen darnau o rai cyfrolau a'u trafod.

'Sa' i'n siŵr,' atebodd Mari Lloyd. 'Wy'n credu bod yr hen *Gyfaill* wedi mynd braidd yn anghofus ac wedi rhoi'r gorau i ofyn am yr arian.'

Bid a fo am y rheswm, deuai rhifynnau'r cylchgawn a châi pob rhifyn newydd ei osod ar yr un silff ym myfyrgell dawel Solomon Roberts, yn un rhes hir ohonynt, yn ymestyn yn ôl trwy'r blynyddoedd.

'Pam na wnewch chi ei ddarllen, Mrs Morgan?' Roedd anogaeth yn llais Mari Lloyd. Teimlodd Sara'i gwaed yn codi: cofiai Mari pan oedd hi'n ferch fach yn ei hysgol a Sara'n gorfod ei hannog i ddarllen – 'Pam na wnei di roi cynnig arni, Mari? Tyrd, mi ddarllena i'r frawddeg gynta i ti.'

'Byddwch chi'n sicr o'i fwynhau, Mrs Morgan.' Roedd caredigrwydd yn ei llais a llyncodd Sara'r geiriau hallt roedd wedi ystyried eu poeri allan. Gwenodd.

'Mi fues i'n ei ddarllen yn achlysurol, Mari, ond dw i 'di colli diddordeb. Mae yna dipyn o Saesneg ynddo fo erbyn hyn a dydi o ddim at fy nant i.' Sylwodd fod y gwragedd eraill yn gwrando'n astud a hithau'n athrawes eto, yn traddodi gwers i ddosbarth o ddisgyblion a oedd yn ei pharchu hi'n fawr. 'O leia bu farw'r *Cenhadwr* pan oedd yn dal yn uniaith Gymraeg. Bu farw'n ddisymwth ar ddechrau'r ganrif newydd, ac er bod hynny'n ergyd ar y pryd mae'n gysur erbyn hyn. Bu farw'n urddasol, fel hen ŵr parchus yn marw'n dawel yn ei gwsg. Ond marw'n araf mae'r *Cyfaill*, fel dyn sy'n mynd o'i gof yn ei henaint ac yn anghofio pwy ydi o.'

'Mae'n cynnwys y Saesneg er mwyn ceisio cadw'r bobl ifanc yn Gristnogion...'

'Ffwlbri noeth, Mari!' Cochodd Sara, wrth glywed ei llais crintachlyd yn rhefru ar un a geisiai 'i helpu. Newidiodd dôn ei llais. 'Meddylia amdano fo, Mari bach. Pa ddiben ceisio denu pobl ifanc i ddarllen cyhoeddiad Cymraeg os nad ydi'r bobl ifanc yn siarad Cymraeg? Os ydan nhw am eu cadw'n Gristnogion, mae yna ddigon o gyhoeddiadau Cristnogol Saesneg i'w darllen. Torri coes i ffwrdd er mwyn ceisio achub braich, dyna ydi peth felly. Dyna pam mae'n ffwlbri noeth.'

'Efallai'n wir, Mrs Morgan,' meddai'n gymodlon, 'ond mae yna ddeunydd Cymraeg digon difyr ynddo o hyd.' Estynnodd rai o'r rhifynnau diweddar. 'Edrychwch ar hwn, er enghraifft.' Plygodd Sara ei phen ac edrych dros ei sbectol ar Mari Roberts, ei llygaid yn ei hoelio mewn modd a wnaeth i'r wraig wrido a gwingo fel merch fach wedi'i dal yn dweud celwydd. Ond gwenodd Sara'n haul arni wedyn ac estyn llaw i gymryd y rhifyn. Edrychodd ar y darn y bu Mari'n ei ddangos drwy lensys gwaelod ei biffocals.

'Trem yn Ôl', gan Llyfnwy, New York City. Edrychodd ar Mari eto a gofyn, 'A pwy ydi Llyfnwy, sgwn i?'

Ochneidiodd y ddynes iau, gwên flinedig ar ei hwyneb.

'Wn i ddim, Mrs Morgan.'

Gwenodd Sara arni eto a dechrau darllen:

'Eisteddwn un hwyrnos yn fy annedd, a'm meddwl wedi bod yn crwydro ôl a blaen gyda goruchwylion bywyd hyd at flinder.' Caeodd hi'r cylchgrawn a chydio mewn rhifyn arall roedd Mari wedi'i estyn. Bodiodd trwy'r tudalennau, oedi, a darllen yn uchel mewn llais gyda min hiwmor ynddo.

'Adlais o'r Dyddiau Gynt.'

'Darllenwch o, Mrs Morgan. Mae'n ddarn digon difyr.'

Caeodd Sara y rhifyn hwnnw hefyd a'i roi'n ôl iddi. 'Trem yn Ôl. Adlais o'r Dyddiau Gynt. Hen bobl yn hel atgofion am yr hen ddyddia, dyna'r cyfan ydi o, Mari.'

'Efallai, ond... '

'Roeddet ti'n meddwl 'mod i'n hen ddynes a fyddai'n mwynhau darllen am hen bobl eraill yn hel atgofion am y dyddiau gynt.'

'Nag oeddwn, dim ond... meddwl y byddech chi'n eu mwynhau oeddwn i.' Estynnodd Sara law er mwyn cyffwrdd ym mraich Mari. 'Diolch, 'mechan i. Diolch. Ond pan fydd arna i awydd hel atgofion am yr hen ddyddia, mi wna i hynny'n iawn ar 'y mhen 'yn hun heb gymorth Llyfnwy o New York City.'

Yr hyn na ddywedodd wrth Mari Lloyd oedd ei bod hi wedi dechrau darllen Hanes ei hen ewythr Enos eto. Gan fod y papur yn breuo a'r inc yn pylu, penderfynasai ailysgrifennu'r cyfan yn ei llaw ei hun. Wedi blwyddyn gron o weithio'n ddyfal roedd wedi cyrraedd 1888 ac yn weddol agos at ddiwedd y llawysgrif. Ei bwriad oedd parhau ac ychwanegu hanes yr ynys ers marwolaeth Enos Jones. Pan flinodd ar y gwaith, y crud cymalau'n cloi'i bysedd a'i llygaid yn colli ambell linell yn y golau egwan, byddai'n ymsythu yn ei chadair a siarad â hi'i hun.

'Dos ymlaen, Sara. Mae'n hen gyfamod, a thi yw'r unig un ar ôl i'w anrhydeddu.'

* * *

C-tsss-tsss!

Neidiodd Dafydd Lloyd o'i eisteddle ar y llawr a throi'r deial ar wyneb y radio. Dywedodd ei ewythr Tomos rywbeth dan ei wynt, a swniai fel rheg i Sara, er na allod glywed y geiriau. Plygodd Sara yn ei chadair, yn chwilio am lais cysurlon yr Arlywydd Roosevelt yng nghanol yr holl glinddarach aflafar. C-tssss. C-tssss. Wedyn daeth yn ôl yn hollol glir, fel pe bai'r dyn yn eistedd yno yn ei hen gadair o flaen y dyrfa fechan a ymgasglodd yn yr ysgoldy. *Confidence and courage are the essentials of success in carrying out our plan. You people must have faith.* C-tsss. *Let us unite in banishing fear.* C-tsss. C-tsss. *It is your problem no less than it is mine. Together we cannot fail.*

39

'Does dim rhaid i chi aros, Mrs Morgan.'

Pwysai Sara ar ei ffon gerdded, yr un a fu'n gymar i'w brawd, Joshua, yn ystod ei flynyddoedd olaf. Roedd yn ddiwrnod braf yn nechrau mis Mai ac awel yr afon yn fwyn. Er bod Josiah wedi poeni pan ddywedodd Sara ei bod hi am gerdded i lawr i'r lan gyda nhw, mynnodd y byddai'n iawn; nid oedd wedi bwrw glaw ers rhyw wythnos ac felly roedd y tir yn ymyl y lan yn ddigon sych ac yn hawdd iddi gerdded gyda'i ffon dim ond iddi symud yn araf. Byddai hi'n 91 oed yr haf hwnnw yn 1936, ac fel y dywedai wrth Josiah'n aml, nid oedd ganddi ddewis ond symud yn araf i bob man. Ond mynnodd fynd gydag o a'i deulu i'r lan. Roedd pren doc bach y gogledd wedi pydru'n ddrwg a phenderfynwyd nad oedd yn werth gwario arian prin er mwyn ei drwsio. Y tro diwethaf yr aeth Josiah a'i fab hynaf Ifan Handy i'w archwilio llithrodd troed Ifan trwy un o'r estyll pwdr a chyhoeddwyd na ddylai neb fentro i'r hen ddoc bach byth wedyn.

Ifan Handy Lloyd, plentyn hynaf Josiah a Ruth, a'u plentyn ieuengaf, Dafydd, oedd yr unig aelodau o'r to iau oedd wedi aros ar yr ynys. Gyda chymorth Sara a'r athrawes yn Gallipolis, roedd Myfanwy wedi'i derbyn i Goleg Oberlin, a diolch i gysylltiadau'i hewythr, Y Parchedig Stephen Lloyd, derbyniodd ysgoloriaeth gan Gyngres Eglwysi Cynulleidfaol Ohio gan na allai'i rhieni dalu'r ffioedd. Roedd Gruffydd yn ddeunaw ac wedi ymrestru yn y Civilian Conservation Corps ac wrthi'n gweithio ar lôn fawr newydd ar gyrion Cincinnati. Gydag un flwyddyn ar ôl yn yr ysgol yn Gallipolis, Dafydd oedd yr ieuengaf ar yr ynys, am fod rhieni William ei gefnder, Tomos a Rachel, wedi symud i Gallipolis bellach. Cysgai Dafydd yn eu cartref hwy yn ystod yr wythnos a deuai'n ôl i'r ynys i fwrw'r Sul. Er na chlywodd Sara neb yn dweud hynny, gwyddai fod Tomos yn ennill cyflog da ac felly roedd yn haws iddo fwydo mab ei frawd. Dim ond Ifan Handy Lloyd a'i dad Josiah a oedd ar ôl ar yr ynys i wneud y gwaith cynnal a chadw angenrheidiol.

Y flwyddyn cynt y daeth yr agerfad mawr olaf i oedi wrth y doc deheuol, y *Gordon Greene*. Llestr mawr ysblennydd ydoedd, coron ymerodraeth teulu enwocaf yr afon. Roedd wedi'i phrynu'n ddiweddar a'i henwi ar ôl y penteulu a fuasai farw rai blynyddoedd yn gynharach. Roedd ei weddw, Mary Becker Greene – Ma Greene fel y'i hadwaenid o New Orelans i Pittsburgh – yn goruchwylio'r cwmni cyfan, a'i mab, Thomas, yn gapten ar yr agerfad newydd.

Ond roedd Mary Becker Greene ei hun yno gyda'i mab pan ymwelodd yn haf 1935, yr olwyn fawr goch yn ei chefn yn curo'r dŵr yn galed, mwg yn codi mewn dwy golofn hir o'i chyrn simdde, a chaban bach y capten yn eistedd yn uchel uwchben pedwar llawr, pob un gyda'i res o ffenestri sgleiniog a'i ganllawiau gwynion. Pan gyrhaeddodd Sara'r doc roedd Josiah Lloyd a'i fab yno'n siarad â rhai o'r cychwyr. Pan welodd Josiah fod Sara'n dod, yn cerdded yn araf gyda'i ffon i gyfeiriad y doc, brasgamodd i'w chyfarfod.

'Mae'n well i chi beidio, Mrs Morgan. Dyw'r hen ddoc 'ma ddim yn hollol saff. Dweud wrth ddynion y *Gordon Greene* own i mai dim ond Ifan a finna sy'n gwybod pa ddarna y gallwch chi gamu arnyn nhw heb syrthio trwy'r pren.'

Er bod gan Sara awydd gweld yr agerfad yn agosach, ildiodd a bodloni ar sefyll yno ar y darn olaf o ddaear galed, yn pwyso ar ei ffon. Craffodd trwy'i sbectol, yn edmygu llinellau hardd y *Gordon Greene* ac yn rhyfeddu at ei huchder. Gwelodd symudiad ar y to, rhywun yn dod allan o gaban y capten ac yn sefyll yno, yn edrych i lawr ar y dynion a siaradai ar y doc. Gallai Sara weld mai dynes ydoedd, dynes fer lond ei chroen, yn gwisgo ffrog ddu seml. Capten Mary Becker Greene ydoedd, fel y cyfeiriai Sara ati; er y galwai pobl eraill hi'n 'Ma Greene', teimlai Sara fod y wraig yn haeddu'r parch a ddeuai gyda'r teitl gan iddi ennill ei thrwydded fel capten trwy ei hymdrech ei hun. Ceisiodd Sara astudio wyneb y wraig ond ni allai'i gweld yn glir. Beth oedd ei hoedran? Ychydig yn iau na Sara, ond nid o ryw lawer iawn. Roedd wedi bod yn gweithio'r afon ers ymhell cyn diwedd y ganrif ddiwethaf.

'All right then. Good bye now!'

Ffarweliodd y dynion â'i gilydd, y cychwyr yn camu'n ofalus ar y darnau a nodwyd gan Josiah a'i fab wrth iddyn nhw symud o'r doc i'r dramwyfa ac i fyny i'r *Gordon Greene*. Cerddai Ifan Handy Lloyd yn gyflym ond yn ddigrif, bron fel pe bai'n dawnsio i un o'r caneuon jazz roedd o a'i dad mor hoff ohonynt, wrth osgoi'r estyll pwdr, gan symud o ben dwyreiniol y doc i'r pen gorllewinol er mwyn dadglymu'r rhaffau a'u taflu i'r dynion ar fwrdd y llestr. Daeth Josiah a sefyll wrth ymyl Sara.

'Capten Thomas Greene oedd yn holi,' meddai'n freuddwydiol, ei lygaid ar y llestr mawr o hyd.

'Beth yn union oedd o'n holi, Josiah?'

'Dywedodd eu bod nhw wedi clywed bod y rhan fwyaf o'r tai yn wag erbyn hyn. Holi oedd o a fyddai'n bosibl i'r Greene Line brynu'r tai gweigion a'r adeiladau mawr... y siop, y stordy a'r ysgoldy... a'u defnyddio fel storfa nwyddau. A good location, meddai fo. Rhwng Cincinnati a Pittsburgh.'

'Ond beth ddywedaist ti, Josiah?'

'Dyw'r hawl ddim gyda fi i benderfynu. Dywedais mai chi yw perchennog y tir, os nad yr holl adeilada.'

'Y fi, Josiah?'

'Ie, Mrs Morgan. Wrth gwrs. Mae pawb yn gwybod hynny.'

Edrychodd Sara'n syn arno. Erbyn hyn roedd Ifan Handy yn cerdded yn ôl atyn nhw, wedi gadael y doc ac yn camu'n gyflym ar y ddaear galed. 'Eich hen ewythr chi brynodd yr ynys, Mrs Morgan. Mae pawb yn gwybod hynny.'

Cyrhaeddodd Ifan Handy a dweud rhywbeth wrth ei dad, ond ni allai Sara'i glywed gan i gorn yr agerfad ganu ar yr un pryd, y cri uchel yn mynd trwyddi mewn modd gwefreiddiol o hyfryd ac yn annymunol ar yr un pryd. Daeth sŵn injan fawr, fel rhuo anifail mecanyddol yn ei ffau, a dechreuodd yr olwyn fawr goch droi, yn curo dŵr yr afon a chodi tonnau ewynnog bychain. Edrychodd Sara i fyny a gweld Capten Mary Becker Greene yn syllu i lawr arni. Oedd, roedd Sara'n sicr ei bod hi'n edrych arni hi. Er na allai Sara weld ei hwyneb yn iawn, amneidiodd y wraig arni a chodi llaw. Cododd Sara un llaw a'i chwifio, gan ddal i bwyso ar y ffon yn ei llaw arall. Syllai'r ddwy ar ei gilydd wrth i'r agerfad mawr symud i ffwrdd i gyfeiriad y gorllewin.

Cofiai Sara'r diwrnod hwnnw gyda rhyw gymysgedd o hiraeth a balchder. Bwriadai ychwanegu pwt amdano at yr Hanes pan fyddai'r egni ganddi i ganolbwyntio a llunio brawddegau a fyddai'n deilwng. Ymysg pethau eraill, roedd Capten Greene yn enwog wrth gwrs am ei safiad hi yn erbyn y ddiod gadarn. Rhaid ei bod hi a'i mab wedi clywed bod Cwmni'r Ynys a'i fasnach mewn gwirodydd meddwol wedi darfod. Parchai Sara'r Capten Greene. Roedd yn resyn ganddi na chawsai'r cyfle i ddod i'w hadnabod. Ond ni fyddai'n ildio darn o'i theyrnas iddi. Dyna fyddai arwyddocâd y diwrnod hwnnw yn hanes Ynys Fadog, cymuned a oroesodd y blynyddoedd trwy werthu gwin, cwrw, chwisgi a bwrbon. Wrth i'r *Gordon Greene* symud i ffwrdd, syllai matriarch ddirwestol yr afon ar fatriarch yr Ynys, y naill yn codi llaw ar y llall, gan ddangos parch i'w gilydd, a'r afon fel yr hanes yn llifo rhyngddynt, yn agendor i'w gwahanu ac yn ddolen gyswllt ar yr un pryd.

Ni ddaeth yr un agerfad wedyn i oedi wrth Ynys Fadog. Penderfynodd Josiah y byddai'n well dymchwel y doc yn gyfan gwbl, rhag ofn i rywun syrthio trwy'r pren pwdr a chael ei frifo'n ddrwg. Wedi wythnos o dywydd sych y mis Medi hwnnw, tywalltodd Josiah ac Ifan Handy olew ar y pren a'i gynnau. Daeth Sara i eistedd ar gadair y tu allan i'r hen siop, yn gwylio'r fflamau'n codi. Safai Josiah a'i fab gerllaw gyda rhaw a bwcedi o ddŵr rhag i'r tân geisio lledu i'r ynys, ond roedd y gwynt o'u plaid a chwythwyd y gwreichion allan ar draws yr afon i'r de. Syrthiodd darnau o'r doc fesul tipyn, y darnau pren yn cludo'r fflamau, gan farw'n hisian yn y dŵr a'r mwg du'n symud ar draws wyneb yr afon. Wedi i'r fflamau olaf farw, nid oedd ond pen ambell bostyn lliw golosg i'w weld yn codi o'r afon fel bys marw cyhuddgar.

Erbyn y gwanwyn canlynol cyhoeddodd Josiah ac Ifan Handy nad oedd doc bach y gogledd yn saff bellach chwaith. Dechreuwyd defnyddio'r hen gildraeth yn ymyl y doc bach fel lloches i'r cychod. Angorfa dychymyg y plant fu'r harbwr bychan hwn â'i ddŵr bas, ond angorfa o'r iawn ryw ydoedd bellach. Dim ond un o'r hen gychod bychain a oedd ar ôl, a hwnnw wedi'i dynnu allan o'r dŵr a'i osod gyda'i waelod i fyny yn ymyl yr angorfa. Yr unig lestr a welid yn yr harbwr bach bas oedd y cwch modur a ddefnyddid i deithio rhwng yr ynys a dociau Gallipolis, wedi'i glymu â rhaff wrth hen foncyff coeden gerllaw. Gweithiai Josiah ac Ifan Handy yn achlysurol i sicrhau nad oedd y dŵr yn rhy fas i'w cwch modur.

Safai Sara yno'r diwrnod hwnnw ym mis Mai, 1936, rhwng yr hen gwch a orweddai â'i waelod i fyny ar y tir sych a'r rhaff a gadwai'r cwch modur rhag llithro i goflaid yr afon. Pwysai ar ei ffon, yn anadlu arogleuon awel y gwanwyn. Grandawai'n dawel wrth i Josiah Lloyd awgrymu y dylai hi fynd adref a gorffwys.

'Does dim rhaid i chi aros, Mrs Morgan.' Cododd Sara ei llygaid o'r cwch a chanfod cymylau pinc a gwyn blodau'r coed cwyrwiail ar y tir mawr yr ochr arall i'r sianel. 'Wir i chi, Mrs Morgan. Does dim rhaid.'

Edrychodd hi arno a gwenu. 'Paid â phoeni amdana i, Josiah. Mae'n ddiwrnod hyfryd i fod yma ar lan yr afon. A dwi ddim eisiau colli'r cyfle hwn i ffarwelio â chi.'

Cydiodd yn mhen ei ffon a phwyso arni. Gollyngodd ei llygaid a syllu ar y ddaear sych yn ymyl ei thraed, llinellau mân ar ffurf gwe pry cop yn dangos ôl sychu a chracio mwd y lan, ychydig o gerrig i'w gweld yma ac acw. Roedd hi wedi eistedd yn yr union fan gyda Rowland. Droeon. Cofiai hi un diwrnod chwilboeth ar ganol un o hafau lu'r gorffennol: eisteddai hi, Rowland a Joshua yma'n gwylio Benjamin, Jwda a Robert Dafis yn chwarae yn y dŵr bas, Lydia Huws ac Elen Jones yn sefyll a'u traed noeth yn y dŵr ond yn agosach at y lan. Tyrd, Elen, galwai Jwda, tyrd draw ata i yn fa'ma. Yma, galwodd Benjamin wedyn, tyrd yma, Elen, draw fan hyn. Eisteddai Sara rhwng Rowland a Joshua ar y ddaear galed, eu traed yn noeth ond yn sych. Cododd Rowland ar ei draed yn ddisymwth, ac yntau wedi gweld rhywbeth neu rywun draw ar y tir mawr. Crwydrodd llygaid Sara o wyneb Josiah i'r olygfa y tu ôl iddo. Oedd hi wedi gweld rhywbeth? Craffodd: nid oedd dim ond caeau a bryniau gwyrddion a chymylau pinc a gwyn y coed cwyrwiail i'w gweld. Nid oedd ei llygaid yn gweld hanner cystal y dyddiau hyn. Craffodd eto. Oedd, roedd rhywbeth ar lan y tir mawr yr ochr arall i'r sianel gul. Rhywun? Nage. Rhywbeth disymud. Carreg? Nage, cwch. Gweddillion un o'r hen gychod bychain wedi'i dynnu o afael yr afon i farw'n araf yno ar y tir sych, ei bren yn pydru ac wedi dechrau mynd yn un â'r ddaear, y cwch yn araf idlio i'r tir fesul mis, fesul blwyddyn. Ym mha le mae ôl treigl amser, meddyliai. Ym mha le y mae?

'Ond, wir i chi, Mrs Morgan. Does dim rhaid i chi aros.'

Safai Josiah'n dawel, yn disgwyl yn gwrtais.

'Ust rŵan, Josiah. Dwi yma tan y diwedd a dyna'i diwedd hi.' Sythodd ei chefn ychydig a chymryd un llaw oddi ar ei ffon, gan anwybyddu'r poenau. Roedd hwn yn ddiwrnod y byddai hi'n ei gofio, yn ddigwyddiad y byddai'n ei gofnodi.

Bu'r tair blynedd ddiwethaf yn dapestri cymhleth, gyda gobaith ac anobaith wedi'u plethu ynghyd. Pan eisteddai Sara wrth ei bwrdd gyda'r nos a myfyrio ynglŷn â'r darn nesaf byddai angen ei ychwanegu at Hanes ei hen ewythr Enos, myfyrio yn hytrach nag ysgrifennu fyddai. Cofnodai'r ffeithiau ar bapur, ond ni wyddai ym mha fodd y dylai hi drafod arwyddocâd y ffeithiau hynny. Pa fodd y cwympodd muriau'r blynyddoedd? Pan eisteddent o gwmpas y radio yn gwrando ar ail anerchiad yr Arlywydd Roosevelt, crisialodd gyflwr y wlad mewn iaith blaen. *The country was dying by inches.* Ond credai Mr Roosevelt y byddai'r mesurau a roddwyd ar waith yn gymorth. Gweithredu, nid athrawiaeth, roedd ei angen ar y pryd, meddai. *We were faced by a condition and not a theory.* Ymysg pethau eraill, arwyddodd Mr Roosevelt y *Beer Bill*, ac erbyn mis Ebrill 1933 roedd yn gyfreithlon bragu a gwerthu cwrw eto.

'Mae hyn yn well nag unrhyw fargen newydd arall,' meddai Robert Roberts. 'Happy Days are here again, fel maen nhw'n ddweud.' Ond cymaint oedd y galw am gynnyrch bragdai Almaenig Cincinnati, Covington a Pittsburgh, ni allai cwmni masnach bach Ynys Fadog sicrhau cytundeb o fath yn y byd.

Trwy holi'n gyson o gwmpas dociau Gallipolis daeth Tomos Lloyd i adnabod un o Gymry'r tir mawr, John Bertram Richards, masnachwr parchus a chanddo swyddfa a siop mewn nifer o drefi a phentrefi. 'Dewch, Mr Lloyd,' meddai, 'cefnwch ar y fasnach sy'n dinistrio dynion. Cewch ddod i'm helpu i gynhesu cartrefi.' Ac felly derbyniodd Tomos Lloyd swydd yn stordy glo J Bertram Richards a symudodd ei deulu i dŷ bychan yn un o strydoedd cefn Gallipolis a'i gael yn ddi-rent gan ei gyflogwr newydd.

Ond byddai Josiah Lloyd a Robert Roberts yn teithio'r afon yn y cwch modur bach, yn holi perchnogion gwestai a threfnwyr cyngherddau, yn ogystal â mynd ar drywydd rhai o hen gysylltiadau masnach y cwmni, yn y gobaith o ddod o hyd i ddigon o fusnes i gadw'r rhai oedd yn dewis aros ar yr ynys. Gwyddai pawb y byddai *Prohibition* yn dod i ben ar ddiwedd y flwyddyn ac y gallai'r cwmni werthu'r poteli lu o fwrbon a chwisgi a oedd yn hel llwch yng nghilfachau cudd yr ynys gan y byddai hynny'n gyfreithlon bellach.

Ceisiai eraill helpu hefyd, gyda Samantha ac Ann Lloyd yn cynnig gwneud gwaith gwnïo i bwy bynnag ar y tir mawr a allai dalu a Mari Roberts a Mari Lloyd yn pobi bisgedi i'w gwerthu gyda chynhwysion a oedd ar ôl ar silffoedd stordy'r cwmni – powdr sinsir, sinamon, cardamom a chlôfs, yn ogystal â'r ffrwythau sychion. Ailafaelodd eu gwŷr yn nifyrrwch eu plentyndod. Er y byddai'r poenau yn ei hysgwydd yn aflonyddu yn ogystal â'r poenau yn ei chefn a'i choesau, hoffai Sara gerdded i ba ran bynnag o'r lan er mwyn gweld Henri Lloyd a'i frawd Samuel Richard yn pysgota, y ddau'n ceisio dysgu John Evans a Robert Roberts gyfrinachau cathbysgod. Nid dynion dros eu trigain oed oedd y brodyr Lloyd yr adegau hynny, ond plant a ymffrostiai yn eu gorchest, yn edliw eu diffygion i fechgyn y tir mawr. Roedd Sara'n rhyw feddwl eu bod nhw'n dangos eu hunain yn waeth pan ddeuai hi i'w gwylio, er mwyn creu adloniant i'w hen athrawes ysgol. Henri Lloyd oedd y mwyaf ffraeth a swnllyd.

'Ty'd 'mlaen, Robert! A finna wastad 'di meddwl bod Ironton ar lan yr afon! Beth ar wyneb daear Duw oeddat ti'n neud gyda dy forea Sadwrn cyn priodi Mari a dod i'r ynys i fyw?'

Weithiau pan ddisgrifiai ddiffygion John Evans mewn manylder eithafol, byddai'i frawd Samuel yn ei geryddu ac yn achub cam John mewn llais ffug gysurlon.

'Gad lonydd i'r truanddyn, Henri! Mae'r hogyn yn dod o Centreville, cofia, wedi'i fagu'n bell o olwg yr afon. Paid â disgwyl gwell na hynna.'

Tynnwyd llawer o bysgod o'r dyfroedd tywyll ac aeth y dynion ati i fygu a halltu'r cig er mwyn i'r dynion iau eu gwerthu ar y tir mawr. Roedd y pysgota a'r pobi yn fodd i godi calonnau pawb, ond nid oedd llawer o arian gan bobl ar y tir mawr i'w wario ar bethau felly.

Gan nad oedd llestri masnach yn galw bellach, roedd yn rhaid i Josiah Lloyd neu'i fab Ifan Handy gyrchu'r post o Gallipolis. Rhybuddiai *Y Drych* a'r rhan fwyaf o'r papurau Saesneg bod nifer o wledydd Ewrop yn troedio llwybr peryglus. Cefnodd yr Almaen, yr Eidal a Rwsia ar Ddemocratiaeth, meddai'r golygyddion, ac roedd hynny'n fygythiad difrifol iawn i ryddid y ddynoliaeth.

Daeth Prohibition i ben ar ddydd Mawrth, 5 Rhagfyr 1933. Roedd yn aeaf mwyn a'r afon yn gwbl ddi-rew. Cododd Josiah Lloyd, ei fab Ifan Handy, a Robert Roberts cyn y wawr i fynd â'r cwch modur draw i Gallipolis er mwyn bod yno ar y dociau ac yn yr orsaf drên i ffurfio cysylltiadau masnach newydd yn syth. Ond ar ddiwedd y dydd daeth y tri yn ôl yn benisel, lliwiau'r machlud yn harddu'r awyr y tu ôl iddyn nhw yn y gorllewin a chymylau duon dros eu hwynebau. Roedd yr *Harvey Holland* wedi cyrraedd yr un pryd â nhw, y llestr mawr yn llawn casgenni bwrbon a fuasai dan glo yn stordy un o ddistylltai Covington. Ac felly pan ddychwelodd Robert, Josiah ac Ifan Handy i'r ynys, roedd cistiau'r cwch modur bach yn llawn diodydd a'u pocedi'n wag.

Galwodd y *Boone's Revenge III* unwaith y gwanwyn canlynol. Pan gyrhaeddodd Sara'r angorfa, yn araf gyda'i ffon, roedd gweddill trigolion yr ynys yno'n barod, yn edmygu'r llestr a oedd wedi'i chlymu'n ymyl cwch modur Josiah Lloyd. Er bod y llestr newydd yn debyg i'r hen lawns modur o ran maint, eto, roedd yn hollol wahanol gyda'i ffenestri mawrion a rhes o gadeiriau cyfforddus y tu mewn i'r caban hir. Roedd wedi'i phaentio'n las, coch a gwyn, ac Elias yntau'n gwisgo dillad newydd – trywsus glas, siaced wen a gwasgod goch o dani. Dywedodd ei fod wedi sicrhau cytundeb gyda rheolwyr parc hamdden Coney Island ger Cincinnati. Byddai'n mynd â phobl ar 'river excursion cruises,' gwaith a oedd yn talu'n dda.

'I reckon my bootleggin days were over anyway,' meddai. 'I think old Captain Cecil would've understood.'

'I think so, Elias,' atebodd Sara'n rhadlon. Cododd ei ffon a'i hanelu at yr enw a oedd wedi'i baentio mewn llythrennau gwynion hardd ar drwyn y llestr. 'You're keeping the name alive, after all. That's what he would've wanted.'

'I expect so, Mrs Morgan. I expect so.'

Cyn mynd, dywedodd ei fod yn nabod dyn yn gweithio ym mharc Coney Island a oedd yn chwilio am rywun arall i'w gyflogi.

'It's strange to think that an amusement park is about the only place hiring these days, but I guess amusement is what people want these days.'

Gofynnodd Owen Lloyd i Elias fynd ag o'r diwrnod hwnnw. Brasgamodd adref i bacio ychydig o bethau, ac ar lawns modur newydd Elias yr ymadawodd Owen Lloyd am y tro olaf.

Cyn diwedd haf 1934 roedd cwmni John Bertram Richards wedi sicrhau cytundeb newydd hefyd – yn darparu glo ac olew i un o'r cwmnïau a gludai nwyddau i weithfeydd y Civilian Conservation Corps. Dyrchafwyd Tomos Lloyd a symudodd ei deulu i fyw mewn tŷ mwy yn Gallipolis. Symudodd ei rieni, Henri a Mari, i fyw atyn nhw ar y tir mawr. Wylodd Samuel Lloyd yn hidl pan gamodd ei frawd Henri a'i chwaer-yng-nghyfraith Mari i'r cwch, ac aeth eu mab Josiah â nhw i lawr yr afon i'r gorllewin.

'Paid di â phoeni dim, Sam bach,' galwodd Henri ar ei frawd. 'Mi ddo i 'nôl i bysgota ambell Sadwrn, ac mi wnawn ni ddangos i John a Robert sut mae ei gwneud hi'n iawn!'

Ond ni fyddai'r brodyr yn pysgota gyda'i gilydd ar yr ynys byth wedyn. Symudodd Robert a Mari Roberts nhwythau ddechrau'r gwanwyn canlynol, i fyw gyda'u merch Rebeca a'i theulu yn Pittsburgh. Roedd gŵr Rebeca, John, yn fab i Samantha a John Evans a chyn hir roedd y cwpl hwnnw hefyd wedi'u darbwyllo i bacio'u heiddo mewn cistiau, mynd ar y cwch modur i'r tir mawr, a theithio gyda'r trên i'r ddinas fawr yn y dwyrain. Roedd Ann a Samuel Richard Lloyd, chwaer a brawd-yng-nghyfraith Samantha, yn ddiblant, ond penderfynodd y ddau mai gwell fyddai bod yng nghwmni'r teulu a symud i Pittsburgh hefyd.

Trodd y cyfarfodydd cymdeithasol nos Sadwrn yn achlysuron tawel. Nid oedd angen ysgoldy bellach, felly symudwyd y radio i barlwr Josiah a Ruth Lloyd. Cafodd le anrhydeddus ar fwrdd bach yn ymyl yr hen Fictrola. Pump ohonyn nhw felly fyddai'n ymgasglu yn y parlwr bob nos Sadwrn: Ifan Handy Lloyd, ei rieni Josiah a Ruth, Robert Roberts, a Mrs Sara Morgan. Roedd Josiah Lloyd a Robert Roberts yn gefndryd. Atgoffai Sara'r pedwar arall weithiau fod hen daid Robert yn gefnder i'w mam hi, felly cynulliad teuluol bach fyddai'n cyfarfod ym mharlwr y Lloydiaid.

Deuai Robert ag un o'r poteli llychlyd a byddai Ruth yn darparu bara, menyn a jam neu fisgedi o ryw fath. Dim ond un glasiad o'r bwrbon fyddai Sara'n ei yfed a hwnnw'n cynnwys tipyn o ddŵr hefyd, ond byddai Robert Roberts a Josiah Lloyd yn sicrhau bod y botel yn wag erbyn diwedd y noson. Er y byddai Sara'n clywed Ifan Handy'n ymarfer ei fanjo yn ystod y dydd weithiau, y cordiau'n llifo trwy ffenestri'i thŷ, ni chynigiai berfformio ar gyfer y dyrfa fechan hon. Ni ddawnsiai neb, dim ond eistedd a gwrando ar y radio a siarad yn dawel rhwng y caneuon a'r rhaglenni poblogaidd. Ond un nos Sadwrn lawog ym mis Tachwedd a thân yn llosgi'n braf ar yr aelwyd, llanwyd y parlwr bach â sŵn cerddorfa Duke Ellington, nodau'r piano'n glir a phlethiad melys o offerynnau eraill yn chwyddo o'r radio. Cyhoeddwyd mai *Sophisticated Lady* fyddai'r gân nesaf. Wedi cyflwyniad chwareus y piano a ffanffer goeglyd y cyrn, daeth y gerddorfa o hyd i'w cherddediad rhythmig a soniarus. Cododd Josiah ar ei draed a moesymgrymu'n urddasol o flaen ei wraig. Gwenodd Ruth a chodi, yn derbyn llaw ei gŵr. Dawnsiodd y ddau'n araf o gwmpas y gofod bach rhwng y cadeiriau, y radio, y Fictrola a'r lle tân. Teimlai Sara wres yn codi i'w bochau, fel pe bai'n gweld rhyw ddefod nad oedd ganddi'r hawl i'w gweld, y ddau'n dangos eu cariad yn y modd mwyaf cyfrin. Dywedai llais y tu mewn iddi na ddylai hi edrych arnyn nhw, ond ni allai dynnu'i llygaid oddi arnynt. Gwelodd Robert Roberts ei phenbleth ac estyn y botel iddi. Pan gododd hi law i wrthod, gwenodd, gwthio'i llaw'n dyner o'r neilltu, a thywallt ychydig o'r hylif euraid i'w gwydr. Cododd Ifan Handy a llenwi gweddill ei gwydr â dŵr. Yfodd ychydig ac edrych ar Josiah a Ruth, y ddau'n dawnsio'n osgeiddig ac yn dal ei gilydd yn agos. Dyna ni, meddyliodd Sara wrth iddi godi'r gwydr i'w gwefusau. Mae heno'n noson sy'n teilyngu dau lasiad.

Ond erbyn y flwyddyn newydd roedd Robert Roberts yntau wedi ymuno â'r ecsodus ac wedi ymadael am y dwyrain, a chwyddo'r gymuned fach o gyn-drigolion yr ynys a oedd yn byw ar un o strydoedd Pittsburgh. Dim ond Ruth, Josiah a'u mab hynaf a oedd ar ôl. Er bod digon o dai gwag, roedd Ifan Handy Lloyd wedi aros yn nhŷ'i rieni – roedd ganddo fo a'i dad ddigon o waith i gynnal y tŷ hwnnw a thŷ Sara, yn ogystal â'u hymdrech i gael gwaith ar hyd y glannau. Ond nid fel triawd ond fesul un y daeth y tri a churo ar ddrws Sara.

'Ga i air â chi, Mrs Morgan.' Safai Josiah yn chwithig ar garreg ei drws. 'Y cwch modur yw'r unig ffordd o gael gwaith sy gyda fi a bydd mwy o gyfle bachu rhywbeth os dreulia i'n amser o gwmpas docia'r trefi. Cludo, welwch chi, yw'r gwaith. Mae rhai'n talu'n o lew o dda, ond dwi'n gwastraffu olew na fedra i fforddio'i wastraffu, yn mynd yn ôl ac ymlaen o'r ynys i Gallipolis.' Parhaodd, ei lais yn torri ar adegau. Nid oedd neb mwy awyddus i aros ar yr ynys nag o. Gwnaeth bopeth o fewn ei allu i aros, popeth y medrai'i droi'i law ato er mwyn aros yn eu cartref a chadw'r hen drefn. Ond nid oedd am i'w fab nychu; roedd gan Ifan Handy ddawn. Roedd yn ddyn ifanc galluog. Dylai weld y byd a gwneud rhywbeth ohono'i hun, ond roedd yn rhy ffyddlon i'w dad a'i fam ac yn rhy ffyddlon i'r ynys. Doedd dim dewis bellach ond ymadael. 'Ddewch chi gyda ni, Mrs Morgan a byw gyda ni ar y tir mawr?'

Diolchodd Sara iddo, ac estyn llaw pan welodd arwyddion ei fod ar fin wylo.

'Diolch, Josiah. Dw i ddim yn gweld bai o fath yn y byd arnat ti. Ond fedra i ddim gadael.'

Daeth Ruth yn ei thro, a dweud na fyddai'r teulu'n teimlo'n gyflawn hebddi hi, a hithau'n fwy o lawer na'u hen athrawes. Aelod o'r teulu ydoedd i bob pwrpas ac felly dylai hi symud gyda nhw, gan fod teulu'n 'bwysicach na'r hen le 'ma'.

Diolchodd Sara iddi'n hael a gwrthod yn gwrtais.

Yn olaf daeth Ifan Handy Lloyd. Yn ddyn dwy ar hugain oed, siaradai â hi fel oedolyn. 'Mae'r byd yn fawr, Mrs Morgan, ac mae 'na lawer o leoedd a allai fod yn gartre i ni. Fyddan nhw ddim mor ddrwg â'r ofnau sy'n eich cadw chi yma. Dewch a gweld.'

Ochneidiodd Sara ac ysgwyd ei phen.

'Diolch, Ifan. Mi rwyt ti'n fachgen ffeind ofnadwy, yn debyg i dy dad. Ac mae dy fam yn neilltuol o garedig hefyd. Dwi'n ddiolchgar am eich gofal gydol y blynyddoedd, ond fedra i ddim cydsynio. Mi fydd yn chwith gen i beidio â'ch gweld chi bob dydd, ond felly y mae.'

Pan ddaeth y diwrnod, dywedodd Josiah ei fod yn poeni y byddai'n ormod o ymdrech iddi ddod i'r angorfa a ffarwelio â nhw. Mynnodd Sara ddod. Wedi cyrraedd y lan, dywedodd unwaith eto y dylai hi fynd adref a gorffwys. 'Does dim rhaid i chi aros, Mrs Morgan, wir i chi.' Ond ni symudodd Sara. Safai yno'n pwyso ar ei ffon gerdded, yn teimlo awel mis Mai ar ei chroen, arogleuon y gwanwyn yn llenwi'i thrwyn. Roedd Josiah a'i fab wedi llwytho'r cwch modur bach â'u cistiau a'u bagiau a hynny o ddodrefn roedd y teulu'n mynd gyda nhw i'w cartref newydd ar y tir mawr. Symudodd y tad a'r mab y radio i dŷ Sara. Gwrthododd y Fictrola; byddai'r poenau yn ei hysgwydd yn ei rhwystro rhag troi'r cranc. Byddai'r radio'n hen ddigon. Eisteddodd Ifan Handy yn ymyl y modur yng nghefn y cwch a dringodd ei fam Ruth i mewn ac eistedd ymhlith y tomenni bychain o eiddo'r teulu. Edrychodd Josiah ar Sara unwaith eto.

'Wel dyna ni. Mi alwa i bob wythnos, cofiwch. Er mwyn sicrhau'ch bod chi'n iawn.'

'Gwn i, Josiah. A dwi'n ddiolchgar iawn am eich gofal. Ewch rŵan. Peidiwch â phoeni amdana i.'

'Wel dyna ni felly.'

Ciciodd Josiah un garreg fach â blaen ei esgid, edrychodd ar Sara a gwelai hi'r dagrau'n disgleirio yn ei lygaid. Camodd ati a'i chofleidio'n ofalus a chusanu'i boch. Camodd yn ôl, plygu a datglymu'r rhaff. Ymsythodd, gwenu arni a cherdded trwy'r dŵr bas, gan wthio trwyn y cwch er mwyn troi'r llestr bach. Wrth ddringo i mewn yn ofalus, ysgydwodd y cwch llwythog yn fygythiol am rai eiliadau cyn iddo sadio. Pesychodd y modur. Dechreuodd ganu'i grwndi mecanyddol a symud allan o'r angorfa i'r sianel, a throi i'r chwith, i gyfeiriad y gorllewin. Diflannodd o'i golwg y tu ôl i'r tai a'r capel. Gwrandawai'n astud ar sŵn y modur, yn casglu'i fod yn symud heibio'r fynwent. Wedyn, roedd tawelwch, fel sŵn pryf bach yn diflannu. Gwyddai Sara fod y cwch wedi ymuno â phrif ffrwd yr afon, ac ar ei ffordd i ddociau Gallipolis.

Edrychodd ar y tir mawr o'i blaen, y caeau'n ymrolio'n wyrdd dros y bryniau.

Cymerodd Sara un llaw oddi ar ei ffon yn ofalus, ei holl bwysau'n symud i'r llaw arall. Brathai'r poenau yn ei hysgwydd wrth iddi godi'i llaw'n araf a thynnu'i sbectol. A hithau'n dal y sbectol rhwng bysedd crynedig, symudai gefn ei llaw ar draws ei llygaid, gan eu sychu gystal ag y medrai. Agorodd ei llygaid ac edrych, yr olygfa'n feddwol o niwlog ac yn llesmeiriol o liwgar heb ei sbectol. Arnofiai cymylau pinc a gwyn ar donnau môr o wyrddni. Am y tro cyntaf ers hyd oes dyn, teimlai y medrai groesi'r sianel gul a gosod ei thraed ar y tir mawr. Gallai, meddai wrthi'i hun, medrai gerdded yn araf i mewn i'r meddalwch gwyrdd, pinc a gwyn hwnnw a diflannu yng nghoflaid ei harddwch.

Ond wedi iddi osod y sbectol yn sownd ar ei thrwyn ailymddangosodd y caeau a'r bryniau a'r blodau'n glir, yn dir a berthynai i ddaear galed. Roedd yn dal yn hyfryd ond yn hyfrydwch na ddymunai hi'i gyffwrdd. Gosododd ei llaw ar y ffon a throi'i chorff yn araf. Rhedai'r poenau i fyny ac i lawr ei chefn a'i choesau, ond nid oedd hi am oedi. Cerddodd gan osod y naill droed ac yna'r llall wrth symud fesul troedfedd i gyfeiriad ei thŷ. Gweithiai'i meddwl gyda'i thraed, a hithau'n gofyn y cwestiynau cyfarwydd.

Pa beth yw henaint? Dirywiad, colled, colli gafael ar iechyd a chryfder corff? Ym mha le mae'n gorwedd? Y corff? Y meddwl? Yr hyn a wêl llygaid yr ifanc? O ba beth y'i gwnaethpwyd? Ai cyfanswm yr holl golledion hyn ydyw? A yw'n gyfystyr â hiraeth, hiraeth am yr hyn a fu a'r hyn a gollwyd yn ystod yr holl flynyddoedd? A pha beth yw hiraeth, ai colled ynteu'r hyn a enillir trwy golli?

40

Yn debyg i bob haf arall yn nyffryn yr Ohio, roedd haf 1936 yn boeth ac yn llaith, a'r lleithder hwnnw ar ei waethaf cyn i storm dorri. Byddai dillad yn gwlychu'n gyflym ac roedd yn anodd gwybod ai lleithder yr awyr ynteu chwys y corff fyddai'n gyfrifol am hynny. Ar ddiwrnod o'r fath, aeth Sara am dro i drwyn dwyreiniol yr ynys, taith fer na fyddai ond pum munud hamddenol o gerdded ers talwm, bellach yn cymryd hanner awr. Safodd yn hir yn ymyl sylfeini hen dŷ Hector Tomos, yn ceisio'i gorau i anwybyddu'r poenau yn ei chorff. Gwelodd gymylau duon yn hel ar y gorwel, a'r cymylau hynny'n ymffurfio wedyn yn llen dywyll drwchus. Gwelodd ambell fellten yn y pellter, yn taro rhywle yn y dwyrain pell. Daeth clecian y taranau wedyn, yn fygythiol o sicr. Symudai'r llen yn agosach yn llifo o'r dwyrain i'r gorllewin. Penderfynodd Sara droi'n ôl, ergydion y taranau pell yn ei chlustiau. Nid oedd arni ofn y storm ond ni allai oddef sefyll lawer yn hwy. Pan gyrhaeddodd hi dŷ newydd Hector Tomos, yr adeilad a fuasai'n gartref i'r ysgolfeistr a'i wraig Hannah a'u merch Morfudd, sylwodd am y tro cyntaf ers blynyddoedd fod yna fainc y tu allan, wedi'i hadeiladu o goed derw nad oedd wedi pydru. Eisteddodd, ac estyn ei choesau o'i blaen, yn mwynhau'r rhyddhad wrth i'w chyhyrau ddechrau ystwytho. Duodd yr awyr uwchben: roedd y llen o gwmwl wedi cyrraedd ac yn ymrolio dros yr ynys. Ffrwydrai'r taranau, fflachiodd mellten, y golau'n annisgwyl o lachar, y llinell ysgythrog yn taro rhywle yn y gogledd, ym mryniau sir Gallia. Gallasai hi fod wedi codi, agor drws y tŷ a chysgodi, ond nid oedd am wneud. Roedd ei dillad yn wlyb gan chwys a lleithder y bore beth bynnag ac ysai am oerfel y glaw. Daeth y dafnau mawr yn y diwedd, y math o law y dywedai'i hen ewythr Enos na ellid ei brofi yn unman ar wyneb y ddaear ond yn y rhan honno o gyfandir gogledd America. Gwlychodd Sara at ei chroen, y teimlad yn deffro'i chorff ac yn gogleisio'i meddwl wrth eistedd ar ddarn bach o dir yng nghanol y dŵr yn croesawu'r drochfa. Dwy len fach o ddŵr symudol oedd lensys ei sbectol hi; ni allai weld dim arall. Wedyn roedd y storm drosodd, y cymylau'n ymrolio i'r gorllewin, a'r haul yn ymddangos gan godi stêm o'r ddaear wlyb. Cododd Sara a cherddodd yn araf, gan deimlo'i dillad yn sychu yn y gwres.

Gwrandawai ar y radio yn achlysurol. Ymgollai yng nghyngherddau'r Grand Ole Opry a pherfformiadau Cerddorfa Duke Ellington. Ceisiai ddal popeth a ddywedai Mr Roosevelt bob tro yr anerchiai'r genedl. Ond nid oedd y dramâu digrif na'r straeon yn apelio ati bellach a byddai'n diffodd y radio ac estyn un o'i hoff lyfrau – un o nofelau Mark Twain neu un o gyfrolau Daniel Owen roedd ei nith Miriam wedi'u hanfon ati o Gymru. Deuai Josiah Lloyd unwaith bob wythnos – ac yn amlach na hynny pan fyddai ganddo'r hyn a alwai'n 'special delivery' ar gyfer un o drefi neu bentrefi Gorllewin Virginia. Deuai â basgedaid yn llawn bwyd roedd Ruth wedi'i baratoi ac weithiau byddai'n newid batri'r radio. Fyddai ar Sara ddim awydd bwyta llawer, ac weithiau byddai'n rhaid iddi ymdrechu i orffen cynnwys y fasged cyn i'r nesaf gyrraedd. Wiw iddi frifo teimladau Josiah a Ruth.

Gallai Sara eistedd yn ei thŷ yn darllen, a byddai'n hawdd iddi anghofio bod ei hamgylchiadau wedi newid. Roedd ei thŷ yr un fath ag erioed, mwy neu lai, presenoldeb y radio oedd yr unig ddarn o ddodrefn newydd. Gallai adael i'w meddwl lithro a chredu dros dro bod teulu a chymdogion yn dal i fyw yn rhai o'r tai eraill ar yr ynys. Byddai plant yn yr ysgol ar fore Llun a thyrfa yn y capel fore Sul. Ond wedyn deuai'r gwynt i ysgwyd y ffenestri, a'r sŵn yn deffro Sara o'i breuddwydion; gwyddai mai rhodio ar hyd lôn wag heibio i dai gweigion fyddai'r gwynt.

Weithiau, câi fwynhad wrth gerdded yn araf o gwmpas yr ynys. Safai o flaen y siop a'r stordy yn cofio prysurdeb y gorffennol – dynion yn mynd a dod, yn cludo nwyddau ac yn siarad yn gyfeillgar â'i gilydd. Byddai'n oedi o flaen yr ysgol a dychmygu'r rhes o blant yn cyrraedd yn y bore a hithau'n sefyll yn y drws i'w croesawu. Âi i mewn i'r capel ac eistedd yn yr hen le arferol, ei dillad yn gadael ynys fach lân yng nghanol yr holl lwch. Ar adegau eraill, peth poenus fyddai edrych ar bennau duon polion yr hen ddoc mawr, neu syllu ar ambell dwll a oedd wedi ymddangos mewn ambell do. Y fi yw'r ysbryd rŵan, meddyliai, er nad oes neb yma i godi ofn arno ond y fi fy hun.

Erbyn diwedd yr haf roedd Sara wedi cynefino â'r bywyd hwnnw. Nid oedd ganddi ddewis ond derbyn mai'r radio, ei llyfrau a'r sgyrsiau achlysurol a gâi â Josiah Lloyd oedd cyfanswm ei chymuned bellach. Bob hyn a hyn deuai Josiah â llythyr oddi wrth Tamar neu oddi wrth y teulu yng Nghymru. Fe'i darllenai ddwywaith neu dair cyn ei osod yn y blwch gyda'r hen lythyrau eraill. Nid oedd ganddi ddewis ond derbyn mai'r darnau brau hynny o bapur oedd cyfanswm ei theulu bellach. Dywedai wrthi'i hun nad oedd neb ond y hi yn cadw'r cyfamod, yn parhau i fyw hynny o freuddwyd a oedd ar ôl.

Un diwrnod daeth aroglau hiraeth ar awel mis Hydref, a'r awel yn ei dilyn trwy'r dydd. Cerddodd yn araf at y lan ddeheuol a sefyll yno. Cododd ei llygaid dros bennau duon hen byst y doc diflanedig a syllu ar dir Gorllewin Virginia draw dros yr afon lydan. Roedd y dail yn anterth eu hysblander hydrefol, y coch a'r melyn yn amrywio o liw meddal ambell un o'i hen ffrogiau i goch llachar a ddaeth â dagrau i'w llygaid. Gan ei bod hi'n teimlo'n gryfach na'r arfer, penderfynodd gerdded yn ôl ar draws y groesffordd ac ymlaen heibio i'w thŷ at y lan ogleddol. Pan oedd wrthi'n symud yn araf o flaen yr hen ysgoldy tawel clywodd sŵn – pry yn hymian, nage, modur yn y pellter. Cyflymodd ei chamre gymaint â phosibl a sylwi fod y sŵn yn nesáu. Cyrhaeddodd Sara lan yr angorfa yr un pryd ag y cyrhaeddodd cwch modur. Safai dyn ar drwyn y llestr bach, yn gafalîr ei osgo. Roedd yn gwisgo siaced las o wneuthuriad da a atgoffai Sara o ddillad rhai o'r teithwyr cyfoethocaf a welsai ar fyrddau'r agerfadau mawrion yn yr hen ddyddiau. Daeth yn nes a gwelodd mai Ifan Handy Lloyd oedd y dyn ifanc, gwên fawr yn goleuo'i wyneb hardd. Eisteddai'i dad yng nghefn y cwch, yn gweithio'r llyw. Cododd Ifan ei law a galw arni.

'Sut ydach chi, Mrs Morgan?'

Diffoddodd Josiah y modur a neidiodd Ifan i'r dŵr bas. Roedd yn gwisgo trywsus gwyn ysgafn newydd ei olwg, ond roedd wedi'i dorchi at ei bengliniau ac roedd yn droednoeth. Daliai raff yn ei ddwylo a thynnodd y cwch nes bod ei drwyn yn cyffwrdd â'r lan. Cerddodd i'r tir sych a chlymu'r rhaff wrth yr hen foncyff.

'Ew, mae'n braf dy weld di,' dywedodd Sara'n estyn un llaw i gymryd llaw'r dyn ifanc.

'Ac mae'n neis ofnadwy ych gweld chitha hefyd, Mrs Morgan.'

Wedi gosod ei draed ar dir, y fasged arferol o fwyd yn ei ddwylo, dywedodd Josiah yn falch fod ei fab wedi bod yn chwarae banjo gyda Cherddorfa Jazz Robbie Watson. Cochodd Ifan.

'Wel, do wir. Un o'r territory bands, wyddoch chi.' Cerddodd yn ôl at y cwch ac estyn ei esgidiau a'i sanau. 'Wedi bod yn teithio'n ôl ac ymlaen ar draws y Middle West.' Safodd ar un droed, yn gwneud sioe o ysgwyd y dŵr o'r droed arall cyn gwisgo'r hosan a'r esgid. 'Yn ôl ac ymlaen, o Cleveland draw i Kansas City.' Safodd ar y droed arall.

'Mae'n waith sy'n talu, Mrs Morgan,' dywedodd Josiah. Cochodd Ifan eto.

'Wel, oedd, roedd y gwaith yn talu.' Rhoddodd ei dad y fasged iddo a chymerodd Josiah fraich Sara wrth i'r tri ddechrau cerdded yn araf. 'Mae'r band yn cael yr hyn mae Mr Watson yn ei alw'n demporary break. Mae tipyn o gompetition y ddyddiau hyn, ac mae'n anodd cael digon o waith i dalu'r holl fechgyn.' Ychwanegodd y byddai'n teithio'n ôl i Cincinnati ymhen yr wythnos er mwyn siarad â Robbie Watson a gweld a oedd wedi sicrhau digon o gytundebau i fynd â'r gerddorfa ar y lôn unwaith eto.

'Ond mae gen i ambell stori fach dda i chi, Mrs Morgan,' meddai wrth iddyn nhw gyrraedd y grisiau o flaen tŷ Sara. 'Wedi wythnos o *running performances* yn Cleveland, daeth y band yn ôl trwy Youngstown a chwarae am un noson mewn neuadd yn y dre. Pwy ddaeth i'n gweld ni, ond good old Reverend Uncle Stephen.'

'Do wir?'

'Do, do,' atebodd Josiah, yn dweud iddo dderbyn llythyr oddi wrth ei frawd yn canmol safon y gerddoriaeth.

Wedi iddyn nhw fynd i mewn, gosod y fasged ar y bwrdd ac eistedd,

adroddodd Ifan ragor o straeon am y trefi a'r dinasoedd roedd wedi ymweld â
nhw, a disgrifio'r gwestai, y clybiau a'r neuaddau a oedd wedi cynnig llwyfan
i Gerddorfa Robbie Watson. Disgrifiodd gyngerdd mewn pabell fawr yng
nghanol gwastadedd sychion Missouri, rhai'n talu'r trefnwyr â wyau neu gig
carw a thwrci gwyllt wedi'i sychu yn hytrach nag ag arian. Cyd-deithiai gyda
chwmni o acrobatiaid o Romania, a chyfansoddodd Ifan a rhai o'r cerddorion
eraill ddarnau i gyd-fynd â'u campau. Gwelsai dlodi affwysol ond roedd wedi
profi haelioni annisgwyl hefyd. 'Do wir, Mrs Morgan, mae'n debyg 'mod i 'di
gweld the best and the worst sy 'da'r wlad 'ma i'w gynnig i ddyn.' Ategodd ei dad
ei sylwadau, gan adrodd ambell hanesyn roedd Ifan ei hun yn rhy wylaidd i'w
adrodd. Wedi i'r llif o straeon arafu a'r sgwrs dawelu ychydig, edrychodd y dyn
ifanc ar Sara.

'Nawr 'te, Mrs Morgan. Fi'n gwybod bod 'Nhad wedi gofyn i chi nifer o
weithia, a'ch bod chi 'di gwrthod bob tro.' Winciodd ar ei dad cyn parhau. 'Ac
mae 'di deud mai refusal yw'r unig ateb a ga i, ond dyma drio'r un fath. Tybed
fyddech chi'n fodlon ystyried dod gyda ni a byw yn Gallipolis gyda Mam a Dad?
Mae'n werth y consideration.'

Mae'n ddrwg iawn gen i, atebodd Sara, gan ddiolch iddo am gofio amdani.
Ond mae'r ateb yr un fath â'r un rwy 'di'i roi o'r blaen. Fedra i ddim gadael
yr ynys yma. Aeth y tawelwch yn wahanfur rhyngddynt. Symudai'r dynion yn
anghyfforddus yn eu cadeiriau, y tad yn osgoi llygaid Sara a'r mab yn gwenu'n
lletchwith. Ystyriai Sara newid y pwnc a'u holi oedd ganddynt unrhyw newyddion
arall o'r tir mawr, ond Ifan Handy Lloyd a siaradodd.

'Dw i bron 'di anghofio – mae'r banjo yn y cwch. Rhaid i mi chwarae cân
fach neu ddwy i chi cyn ymadael.' Gwenodd dros ei ysgwydd, ei law ar ddolen y
drws. 'Rhag ofn na fydd 'na gyfle eto am sbel.'

Roedd poenau hiraeth yn ei chalon a gafael henaint ar ei chorff yn deimladau
cyfarwydd iawn erbyn hyn, ond yr hyn a synnai Sara oedd y canfyddiad y byddai'r
dyddiau'n llusgo heibio mor araf er bod y blynyddoedd yn rhuthro heibio mor
gyflym. Artaith araf oedd disgwyl i'r haul fachlud ar ôl diwrnod hir o segurdod
anfoddog, ond heb iddi sylwi, bron, roedd yr hydref wedi ildio i'r gaeaf. Pan
ddaeth Josiah â'r fasged a newid batri'r radio, gofynnodd a fyddai hi'n ystyried
dod i dreulio'r Nadolig gyda nhw yn Gallipolis. Dim ond am ddwy neu dair
noson? Dros nos yn unig? Am y diwrnod? Gallai ddod yn y bore a mynd â hi'n ôl
i'r ynys ar ôl cinio ar ddydd y Nadolig – ni fyddai'n rhaid iddi gysgu noson ar y
tir mawr. Ond gwrthododd Sara bob cynnig, a dywedai'r olwg ar wyneb Josiah
Lloyd nad oedd yn synnu wrth iddi wrthod.

Daeth yr eira un diwrnod ond cynhesodd y tywydd yn gyflym yn fuan wedyn.
Ac yna daeth y glaw. Bu'r elfennau'n ymrafael â'i gilydd am rai wythnosau, y
tywydd yn oeri ac yn caniatáu i'r eira wneud cyrch arall a gorchuddio'r ynys
â llen wen frau dros dro cyn iddi gynhesu wedyn, y glaw'n dychwelyd yn
ddisymwth a'r eira'n toddi'n ddim. Un diwrnod cymharol sych aeth Sara am

dro. Sylwodd yn fuan fod yr afon wedi codi. Pan gyrhaeddodd dŷ Owen Watcyn, sylwodd na allai weld sylfeini hen dŷ Hector Tomos; roedd y rhan honno o drwyn dwyreiniol yr ynys wedi'i llyncu'n gyfan gwbl gan y dyfroedd llidiog. Aeth draw a sefyll wrth ymyl drws y siop a nodi na allai weld pennau duon pyst yr hen ddoc. Pan gerddodd yn ôl heibio i'w thŷ at lan y gogledd gwelodd fod yr angorfa wedi colli'r rhan fwyaf o'i ffurf gan fod y sianel gul wedi ymledu a llyncu llawer o'i glannau.

Roedd hi'n annifyr o gynnes ar ddiwrnod cyntaf mis Ionawr 1937. Cododd o'i gwely, ymolchi, ymwisgo, bwyta ychydig o fara ceirch a menyn, gwisgo'i chôt a mynd am dro. Wedi cyrraedd gwaelod y grisiau cerrig o flaen y drws, oedodd. Roedd yn anarferol o gynnes. Symudodd o gwmpas y grisiau er mwyn pwyso'i ffon yn erbyn wal y tŷ ac wedyn defnyddiodd ei dwylo i agor botymau'i chôt. Gwanwyn yng nghanol gaeaf, meddyliodd. Erbyn iddi gyrraedd tŷ Hector, Hannah a Morfudd Tomos, sylwodd nad tir ond dŵr a oedd yn ymestyn i'r dwyrain o flaen y tŷ y drws nesaf iddo – hen gartref Owen Watcyn. Eisteddodd ar y fainc o flaen tŷ'r Tomosiaid. Gallai weld yr afon fawr dywyll yn chwyrlïo heibio, yn nes o lawer at ganol yr ynys nag erioed o'r blaen. Cododd Sara'i phen ac arogli'r awyr. Byddai'r eira ar y mynyddoedd i'r dwyrain yn toddi, meddyliai, a'r afon yn codi eto. Os daw rhagor o law mi ddaw'r diwedd gydag o.

Deffrodd yn hwyr y bore wedyn. Roedd wedi bod yn breuddwydio ac nid oedd am ddychwelyd o hyfrydwch hafaidd y freuddwyd honno, ond daeth yn ymwybodol bod sŵn i lawr y grisiau – rhywun yn curo'n galed ar y drws. Ac wedyn llais yn galw. 'Mrs Morgan? Ydych chi yna?' Galwodd ei hateb a chododd o'i gwely. Ymwisgodd mor gyflym â phosibl, y poenau'n tanio'r cyhyrhau a'r cymalau yn ei hysgwydd, ei chefn a'i choesau. Daeth i lawr y grisiau, ei ffon yn cadw'r rhythm gyda'i thraed, a gweld Josiah Lloyd a'i frawd Tomos yn sefyll yno o'i blaen.

'Dewch gyda ni, Mrs Morgan. Dewch, cyn ei bod hi'n rhy hwyr.'

'Diolch, ond fedra i ddim.'

Eto, nid oedd yr ateb yn syndod iddynt. Eglurodd Josiah fod cwch bach olaf yr ynys y tu allan. Aethai gyda'r afon a mynd yn sownd ym mrig y llwyni ar gyrion Gallipolis.

'Rhan o ffarm hen Robert Evans', eglurodd, 'mae'r caeau ar lan yr afon o dan ddŵr erbyn hyn.' Ond cwch bach yr ynys ydoedd; byddai Josiah yn ei adnabod unrhywle. Dywedodd bod y ddau wedi dod ag o draw yn y cwch modur a'i gludo i fyny'r lôn.

'Mae yma, Mrs Morgan, yn yml y grisiau, ei drwyn yn anelu am y tir mawr. Os daw'r dŵr yn uwch na'r capel, dylech chi gymryd y cwch. Eisteddwch ynddo a disgwyl. Aiff â chi i lif yr afon a daw rhywun o hyd i chi.'

'Wnewch chi eistedd, i ni gael siarad yn haws?'

Eisteddodd Sara wrth y bwrdd a'r ddau frawd yn sefyll, y dŵr yn diferu o'u cotiau rwber.

'Does dim amser, Mrs Morgan. Mae yna bobl eraill ar hyd y glannau sydd angen help.'

'Wrth gwrs, wrth gwrs.' Teimlodd y gwaed yn codi yn ei bochau. 'Dw i ddim yn gwybod beth oedd ar 'y mhen i.' Dechreuodd godi o'i chadair er mwyn ceisio edrych i fyw llygaid Josiah Lloyd. 'Ond dw i am ofyn un peth i ti, Josiah. Mi wna i addo mynd i'r cwch os daw at hynny, ond dw i eisiau i ti addo un peth i mi.'

Roedd hi wedi gobeithio cynnal gwasanaeth coffa yn ôl yn y flwyddyn 1918. Roedd yn gan mlynedd ers i'w hen ewythr Enos Jones ddyfod i ddyffryn yr Ohio, gan mlynedd ers i hadau'r freuddwyd gael eu hau, a gwyddai y byddai'i hen ewythr, ei hewythr a'i thad wedi gwerthfawrogi gwasanaeth o'r fath. Ond roedd y Rhyfel Mawr yn ei anterth, a channoedd o filoedd o ddynion ifanc yn mynd i ganol y tân yn Ewrop, gan gynnwys ei gor-nai hi, Daniel. Nid oedd yn briodol cynnal dathliad o'r fath, ac felly ni soniodd hi wrth neb ar y pryd. Gwelodd fod cwrteisi ac anghenraid yn ymrafael â'i gilydd ar wynebau'r ddau ddyn. Cododd Tomos ei law.

'O'r gorau, Mrs Morgan, ond... '

'Gad i mi orffen, Tomos Lloyd,' meddai, y geiriau'n dod yn fwy pigog na'r bwriad. 'Bydd y flwyddyn 1951 yn nodi can mlynedd ers i ni symud o'r tir mawr i fyw ar yr ynys. Roeddwn i wedi gobeithio y byddai disgynyddion 'y nheulu i a disgynyddion teuluoedd eraill y fintai gynta yn dal yma i gofio, ond mae'r dyfodol yn edrych yn o ddu erbyn hyn.' Syllodd i fyw llygaid Josiah Lloyd. 'Dw i am i ti addo cynnal gwasanaeth.' Edrychodd ar ei frawd Tomos hefyd. 'Dw i am i chi addo cynnal gwasanaeth coffa mewn pedair blynedd ar ddeg. Yn y flwyddyn 1951. Yma, ar yr ynys. A gofynnwch i'ch plant addo hefyd. Dewch i gyd yn ôl a chynnal gwasanaeth yma ar yr ynys. Cenwch yr hen emynau. Cofiwch. Cofiwch amdanon ni i gyd.'

Credai Sara fod rhywbeth yn llygaid Josiah Lloyd a ddangosai'i fod yn deall nad mympwy hen ddynes ydoedd. Deallai mai dyma oedd yr unig beth ar y ddaear a oedd o bwys iddi; roedd plethu'r gorffennol â'r dyfodol yn yr unig ffordd y medrai hi wneud hynny yn bwysicach iddi na hynny o fywyd a oedd ganddi ar ôl.

Safodd Tomos Lloyd wrth y drws, yn barod i'w agor, ond nid oedd Josiah wedi symud. Estynnodd law wleb a chydio yn ei llaw hi. 'Mi wnawn ni hynny, Mrs Morgan.' Gwasgodd ei llaw yn dyner. 'Mi wnawn ni gofio.'

'A chofiwch ddod yn ôl hefyd.'

'Peidiwch â phoeni, mi wnawn ni.'

'Ym mhen pedair blynedd ar ddeg. 1951.' Gwasgodd hi ei law yntau, mor galed â phosibl. 'Cofiwch!'

Gollyngodd hi ei law ac wrth droi estynnodd Josiah un bys cyhuddgar ati. 'Ond cofiwch chitha am y cwch hefyd!'

Eisteddai hi o flaen y radio gyda'r nos. Roedd WLW Cincinnati yn darlledu'r hyn a elwid yn *non-stop news coverage*. Dim hysbysebion, dim adloniant, dim ond newyddion am y llifogydd a chyfarwyddiadau i'r cychwyr a oedd yn gweithio i achub pobl. Dechreuodd fwrw glaw'n drwm yn ystod ail wythnos y mis. Gorweddai Sara yn ei gwely gyda'r nos, yn gwrando ar guriadau'r glaw'n gwneud drwm o'r to. Roedd yn ddibaid ac ni fentrodd Sara o'r tŷ. Wedi bwyta'i brecwast un bore aeth ac eistedd o flaen y radio. C-tsss. C-tsss. Wedi ychydig o sŵn aflafar ac ar ôl iddi droi'r deial ychydig yn unol â chyfarwyddiadau Josiah, daeth llais y dyn yn dweud ei fod yn ailadrodd rhywbeth roedd wed'i ddweud nifer o weithiau'n barod y bore hwnnw. *This is WLW Cincinnati on the twenty-fourth of January nineteen-thirty-seven with the latest flood update. As rain continues to fall all over the region, water levels continue to rise. Martial law has been declared in Evansville, Indiana. Latest reports have the flood level at fifty-four feet in that area.* Cododd Sara'n araf o'i chadair ac estyn llyfr. Eisteddodd, ceisiodd ddarllen, ond ni chydiodd yn ei dychymyg.

Breuddwydiodd y noson honno am Rowland. Roedd yn ddiwrnod braf a'r tir yn sych o dan ei thraed. Cerddodd hi'n araf at drwyn dwyreiniol yr ynys a sefyll yn ymyl sylfeini hen dŷ Hector Tomos. Am ryw reswm, gwyddai'n iawn mai yn y fan honno y byddai'n glanio. Cododd ei llygaid a gweld bod cwch yn dyfod, yn syfrdanol o agos. Gallai weld Rowland yn sefyll yn gefnsyth ar drwyn y llestr, yn dal i wisgo'i lifrai glas. Cododd ei law, yn arwydd ei fod wedi'i hadnabod yn sefyll yno ar lan yr ynys. Hwn oedd arwydd cyntaf eu haduniad, ac yntau wedi dyfod adref o'r diwedd.

Y storm oedd wedi'i deffro. Rhagor o law, a'r afon yn dal i godi. Agorodd ei llygaid ar lwydni'r bore a meddwl, y chi oedd yn iawn, 'Nhad, fel hyn y byddai hi. Mae'n bosib mai eleni y bydd hi. Pwy a ŵyr, efallai heddiw. Wedi cau'i llygaid a cheisio mynd ar drywydd y freuddwyd eto, ildiodd. 'O'r gora', dywedodd wrth lwydni'r bore. 'Os dyma yw diwedd y byd, fydd o ddim yn fy nal fel hyn.'

Wedi iddi ymolchi ac ymwisgo aeth at un o'r ffenestri ac edrych allan. Edrychodd i'r gogledd. Oedd, roedd y dŵr wedi cyrraedd y capel. Roedd y rhan fwyaf o'r grisiau wedi diflannu a'r afon bron wedi cyrraedd gwaelod drws yr addoldy. Aeth hi i nôl broets ei mam, y darn arbennig hwnnw o emwaith a dynasid o fol pysgodyn pan oedd Sara'n ferch fach iawn. Gyda chryn drafferth, fe'i rhoddodd yn sownd ar fynwes ei blows. Gwrandawodd ar y radio wrth iddi ymbaratoi, y sain wedi'i droi mor uchel â phosibl. *Highest levels yet recorded.* C-tsss. *Mayseville evacuated.* C-tsss. *Urgently required.* C-tssss. *Portsmouth... Ironton... Ashland... Huntington... Gallipolis.* Gwagiodd flwch llythyrau eu rhieni a gosod y darnau o bapurau ynghyd â Hanes ei hen ewythr Enos – y gwaith roedd hi wedi'i ailysgrifennu yn ei llaw ei hun. Agorodd gloriau'r hen lyfr cyfrifon lle bu llythyrau Rowland gydol y blynyddoedd a chymryd y tudalennau brau allan. Daeth o hyd i'r man priodol yn yr Hanes a gosododd y llythyrau ynddo yng nghanol y llawysgrif. Lapiodd yr holl bapurau mewn darn mawr o bapur brown trwchus ac wedyn estynnodd oelcloth a lapio'r cyfan. Edrychodd ar ei llyfrau a hen rifynnau'r cylchgronau a eisteddai'n dwt yn eu rhesi. Na, meddai wrthi'i hun, bydd un pecyn trwm yn ddigon.

Clywodd sŵn tebyg i daranau. Cratsh uchel. Ergyd a ysgydwodd y llawr pren o dani. Edrychodd trwy'r ffenestr a gweld tŷ cyfan yn mynd heibio yn llif yr afon, a'r afon honno ryw bum llathen o'r ynys fach o dir o flaen ei thŷ hi. Oedodd a chraffu, yn ceryddu'i hun wedyn am wneud, ond roedd am wybod pa adeilad a ysgubodd heibio. Credai mai tŷ Owen Watcyn ydoedd. A dyna ergyd arall, a theimlodd ei thŷ hi'n crynu, y llawr yn symud fel pe bai daeargryn yn ei ysgwyd. Gwisgodd ei chôt a chydiodd yn y pecyn. Oedodd am ychydig, yn meddwl ac yna'n ailfeddwl. Gosododd y pecyn ar y bwrdd eto ac agorodd ei chôt. Cododd y pecyn a'i osod y tu mewn i'w chôt, a'i deimlo'n gwasgu broets ei mam i'w chnawd trwy'i dillad. Caeodd fotymau'i chôt a'r pecyn yn gaeth y tu mewn. Penderfynodd adael y ffon gerdded; nid cerdded y byddai hi ymhen ychydig, beth bynnag.

Agorodd Sara'r drws. Syllodd ar y Dilyw. Dŵr tywyll yn rhuo heibio. Tai pren a ddrylliwyd gan ymosodiad didostur yr afon, rhai ohonynt yn chwilfriw mân a rhai'n ymddangos fel tai cyfan mwy neu lai – cychod mawr sgwâr yn troi yn y llifeiriant, ambell un ar ogwydd, un talcen o'r golwg a'r talcen arall i fyny yn yr awyr, ambell un wedi'i godi'n dwt oddi ar ei sylfeini ac yn teithio yn syfrdanol o osgeiddig ar frig y dyfroedd llidiog. Camodd dros y rhiniog, rhuo'r Dilyw yn uwch yn ei chlustiau. Bu bron iddi â llithro ar y grisiau cerrig. Oedodd cyn cyrraedd y gwaelod; nid oedd ond llain denau o dir o flaen y tŷ nad oedd wedi'i sugno o dan y dŵr ac roedd honno'n diflannu fesul modfedd gyda phob eiliad. Teimlodd yn wan, ei choesau'n bygwth ildio a'i thaflu i'r llif. Ac yna bu bron iawn i rywbeth arall ei bwrw hi oddi ar ei thraed – rhywbeth caled a oedd yn gwthio yn erbyn ei choes chwith. Edrychodd: yr hen gwch bach, ei ben ôl sgwâr yn rhwbio yn erbyn ei choes wrth i'r dŵr ei godi'n uwch ac yn uwch. Roedd yn dechrau troi hefyd, ei drwyn yn symud oddi wrth y tŷ. Galwodd ar y cwch. Arhoswch! Bloeddiodd yn uchel – y sŵn yn waedd o ryfelgri o fath na roesai erioed o'r blaen yn ystod ei bywyd hir – rhyw udo anifeilaidd fel petai'n herio'r holl dwrw a'r holl ddinistr o'i chwmpas. A chyda'r waedd ryfeddol honno, camodd Sara o'r grisiau, ei thraed yn afrosgo, ei phengliniau'n ildio a disgynnodd ei phen ôl yn drwm ar y fainc fach yng nghefn y cwch. Poen, a honno'n llosgi o'i thraed i frig asgwrn ei chefn. Cododd law a'i gwasgu yn erbyn ei chôt wleb a theimlo trwch y pecyn mawr. Roedd yn ddiogel. Cododd ei llaw'n uwch gan sicrhau bod ei sbectol yn dal ar ei thrwyn.

Roedd yn symud. Edrychodd yn ôl a gweld ei thŷ y tu ôl iddi, y dyfroedd ffyrnig yn tasgu o gwmpas y ffenestri. Cratsh! Daeth yr adeilad oddi ar ei sylfeini gydag ergyd farwol. Dechreuodd symud ar ei hôl hi. Holltwyd yr adeilad bach yn ei hanner cyn iddo'i chyrraedd, ac wedyn chwalwyd un o'r ddau hanner yn ddarnau llai, rhai tameidiau'n diflannu o dan y dŵr ac eraill yn mynd eu ffyrdd eu hunain, yn ddistiau ac yn rafftiau bychain a rwygwyd o lawr neu o bared.

Daliai Sara yn ochrau'r cwch, gan hanner troi'i chorff er mwyn edrych yn ôl wrth i'r cwch symud i lawr yr afon i'r gorllewin. Chwiliai am y tir cyfarwydd y tu ôl iddi ond ni allai'i weld. Boddfa. Dyna ydoedd. Dinistr llwyr. Diwedd. Ni allai weld dim yn sefyll, dim ond yr afon gynddeiriog yn cludo gweddillion drylliedig y pentref yn ei lifeiriant didostur. Deuai darnau bychain o froc môr heibio, rhai pethau roedd hi'n gallu'u hadnabod yn syth a rhai y dibynnai ar ei dychymyg er mwyn eu gweld yn glir.

Hen dresel fawr Mrs Richards, gwraig gweinidog cyntaf yr ynys, y dodrefnyn yn ddigon mawr a solet i fod yn gwch bach ynddo'i hun.

Darnau o bapur, weithiau'n llynges fechan fregus ac weithiau'n ddalennau unigol. Un o bregethau Solomon Roberts siŵr o fod. Tamaid o arwrgerdd Hector Tomos efallai? Cyfrifon siop cwmni masnach yr ynys. Llythyr a ysgrifennwyd gan anwylyn a oedd wedi hen farw. Symudai'r papurau ar wyneb y dŵr tywyll, yr inc yn pylu ac ystyr yn suddo o'r golwg.

Carthen fawr liwgar. Nage, baner. Llun o Uncle Sam a oedd yn ymddangos yn syfrdanol o debyg i Ewythr Enos Jones.

Potel wydr wag. Ac un arall. Ac un arall, y label yn gyfarwydd, efallai'n dynodi un o hoff ddistylltai bwrbon Ismael Jones.

Y Fictrola, ei gaead ar agor a rhyw ddisg yn troi'n ddi-sŵn y tu mewn iddo. Suddodd yn araf wrth i Sara'i wylio'n diflannu o'i golwg wrth i'r peirianwaith trwm y tu mewn iddo'i dynnu i lawr. Byddai'n gorwedd ar wely'r afon, yn gymysg ag esgyrn hen agerfadau a losgwyd yn y ganrif ddiwethaf, efallai gyda darn o emwaith yr hen Ffrancwr yn chwincio yn y dyfroedd tywyll yn ei ymyl.

Poenai Sara y byddai arch yn dod heibio, ond ni welodd yr un: roedd y beddau'n ddiogel o dan y dŵr ac atgofion y meirwon yn eu cyfrin cadw.

Ildiodd hi i'r poenau yn ei chefn a'i hysgwydd o'r diwedd a throi. Teimlai'n well. Gallai eistedd yn ddigon cyfforddus felly. Edrychai ymlaen, yr afon lydan yn dangos y ffordd. Symudodd ei thraed ychydig wrthi iddi geisio esmwytho'i choesau ac ysgwyd gweddill y poenau o'i chorff. Teimlodd rywbeth o dan ei thraed. Edrychodd a gweld bod rhwyf yn gorwedd ar waelod y cwch. Gallai ei chodi a cheisio cyfeirio'r cwch ychydig; byddai'n haws ei gael i'r lan felly. Ond i ba bwrpas? Roedd hi'n symud ymlaen gyda llif yr afon ac roedd hynny'n ddigon.

Diolchiadau'r Awdur

Hoffwn ddiolch i holl staff gwasg y Lolfa am eu hymroddiad a'u gwaith caled, ac i Gyngor Llyfrau Cymru am ei gefnogaeth. Rwyf yn ddiolchgar iawn i'm cydweithwyr yn Ysgol y Gymraeg, Prifysgol Bangor, ac i'r holl fyfyrwyr sydd wedi trafod llenyddiaeth Gymraeg America â mi dros y blynyddoedd am yr ysbrydoliaeth greadigol a'r gwmnïaeth ddeallusol. Hoffwn ddiolch i'r holl gyfeillion sydd wedi cynnig anogaeth a chefnogaeth, ond rhaid nodi dau gyfaill yn enwedig gan eu bod wedi cyd-deithio â mi yng nghyffiniau Ynys Fadog mewn gwahanol ffyrdd: Ifor ap Glyn a Patrick K. Ford. Ac yn olaf, mae'n dda cael cyfle arall i ddweud nad yw geiriau'n ddigon i ddiolch i Judith, Megan a Luned.

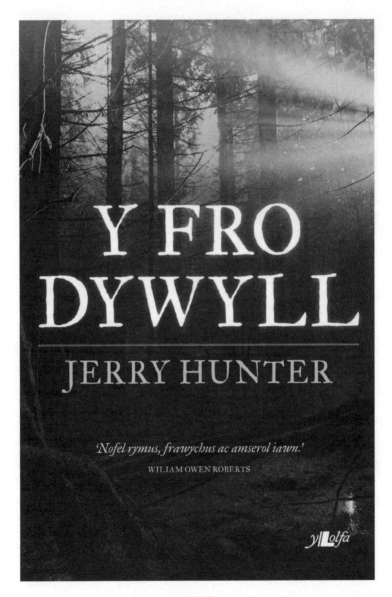

£9.95

JERRY·HUNTER
EBARGOFIANT

'Nofel gynhyrfus, hoffus, chwyldroadol.'
ANGHARAD PRICE

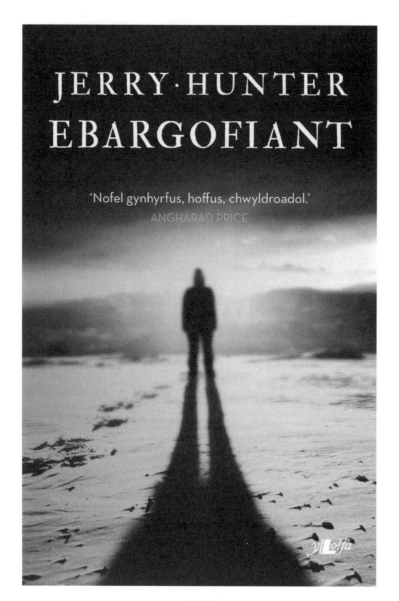

y Lolfa

£7.95

Ruth Richards

'...nofel gywrain a
champ-us, sy'n plethu
dychymyg amryliw pumed
Marcwis Môn â phrofiadau
dwysaf rhai o'i gyfoeswyr.'
GERWYN WILIAMS

Siani Flewog

yr Lolfa

£8.99

Am restr gyflawn o lyfrau'r Lolfa, mynnwch
gopi am ddim o'n catalog
neu hwyliwch i mewn i'n gwefan

www.ylolfa.com

lle gallwch archebu llyfrau ar-lein.

TALYBONT CEREDIGION CYMRU SY24 5HE
ebost ylolfa@ylolfa.com
gwefan www.ylolfa.com
ffôn 01970 832 304
ffacs 832 782